Tip des Monats

In derselben Reihe
erschienen außerdem als Heyne-Taschenbücher:

Dean Koontz

ZWEI UNGEKÜRZTE HORROR-ROMANE

Unheil über der Stadt
Todesdämmerung

WILHELM HEYNE VERLAG
MÜNCHEN

HEYNE TIP DES MONATS
Nr. 23/101

Inhalt

Unheil über der Stadt

Todesdämmerung

Unheil über der Stadt

TEIL I

Opfer

Da kam mich Furcht und Zittern an

Das Buch Hiob, 4:14

Der zivilisierte menschliche Geist ... kann ein Gefühl des Unheimlichen nicht ablegen.

Dr. Faustus, Thomas Mann

1

Das Stadtgefängnis

Der Schrei war weit entfernt und kurz. Der Schrei einer Frau.

Deputy Paul Henderson sah von seiner Zeitschrift auf und lauschte.

Staubkörner tanzten träge in einem Sonnenstrahl, der durch das Fenster hereinfiel. Der dünne, rote Sekundenzeiger der Wanduhr kreiste lautlos um das Zifferblatt.

Das einzige Geräusch war das Knarren von Hendersons Stuhl, als er sein Gewicht darauf verlagerte.

Nachdem Henderson einige Sekunden angestrengt gelauscht hatte, war er sich nicht mehr sicher, ob er tatsächlich etwas gehört hatte.

Durch die großen vorderen Fenster konnte er ein Stück der Hauptstraße von Snowfield, der Skyline Road, sehen. Alles lag völlig still und friedlich in der strahlenden Nachmittagssonne. Nur die Bäume bewegten sich und rauschten in der sanften Brise mit ihren Blättern.

Einbildung, sagte er sich selbst. Reines Wunschdenken.

Fast wäre es ihm lieber, wenn wirklich jemand geschrien hätte. Er war unruhig.

Während der Nebensaison von April bis September war er der einzige Hilfssheriff in Snowfield, und der Dienst war langweilig. Im Winter waren Tausende von Skiläufern in der Stadt, und betrunkene Randalierer, Schlägereien und Hoteleinbrüche sorgten für Abwechslung. Jetzt aber, Anfang September, war nur das Candleglow Inn und einige kleine Motels offen, alles war ruhig, und Henderson — gerade 24 Jahre alt und am Ende seines ersten Jahres als Deputy — langweilte sich.

Er seufzte, sah auf das Magazin auf seinem Schreibtisch herab — und hörte wieder einen Schrei. Wie der erste war er weit weg und kurz, klang aber dieses Mal nach einer Männerstimme. Es war mehr als nur ein aufgeregter Ausruf oder ein Schmerzensschrei; er hatte nach Entsetzen geklungen.

Henderson runzelte die Stirn, ging auf die Tür zu und rückte seinen Revolver zurecht. Er trat durch die Schwingtür zwischen dem öffentlichen und dienstlichen Bereich und hatte die Eingangstür halb erreicht, als er hinter sich eine Bewegung hörte.

Das war unmöglich. Er hatte den ganzen Tag allein drinnen gesessen, seit der letzten Woche waren die drei Arrestzellen leer, die Hintertür war abgeschlossen, und sonst gab es zu der Polizeistation keinen Zugang.

Als er sich aber umdrehte, entdeckte er, daß er nicht mehr allein war. Und plötzlich langweilte er sich nicht mehr im geringsten.

2

Heimkehr

In der Abenddämmerung trugen die Berge nur zwei Farben: grün und blau. Die Nadelbäume sahen aus, als seien sie aus Billard-Filz. Alles war voller kühler, bläulicher Schatten, die mit jeder Minute tiefer und dunkler wurden.

Jennifer Paige saß lächelnd hinter dem Steuer ihres Pontiac Trans Am. Sie erfreute sich an der Schönheit der Berge und hatte das Gefühl, als kehrte sie heim. Hier gehörte sie her.

Sie bog von der dreispurigen Staatsstraße in die schmale Landstraße ein, die in Kurven die vier Meilen durch den Paß bis Snowfield hinaufführte.

Vom Beifahrersitz sagte ihre vierzehnjährige Schwester Lisa: »Herrlich hier oben.«

»Finde ich auch.«

»Wann bekommen wir Schnee?«

»Das dauert noch einen Monat, vielleicht aber auch weniger.«

»Ich kenne Schnee nur von Bildern.«

»Bis zum nächsten Frühjahr hast du ihn gründlich satt.«

»Niemals, ich doch nicht. Ich habe schon immer davon geträumt, wie du in Schneegebiet zu wohnen.«

Jenny warf dem Mädchen von der Seite einen Blick zu. Selbst für Schwestern sahen sie sich auffallend ähnlich: die gleichen grünen Augen, das gleiche kastanienbraune Haar, die gleichen hohen Backenknochen.

»Bringst du mir dann Skifahren bei?«

»Tja, wenn es hier in der Stadt mit dem Wintersport losgeht, werde ich mich mit den üblichen verstauchten Knöcheln, gebrochenen Beinen und Sehnenzerrungen befassen müssen ... Ich habe dann gewöhnlich alle Hände voll zu tun.«

»Ach so«, sagte Lisa und konnte ihre Enttäuschung nicht verbergen.

»Warum aber zu mir kommen, wenn du bei einem echten Profi Unterricht nehmen kannst?«

»Bei einem Profi?« fragte Lisa mit erneutem Interesse.

»Klar. Hank Sanderson gibt dir bestimmt Ski-Unterricht, wenn du ihn darum bittest. Er ist Besitzer einer Skihütte und gibt manchmal Unterricht, aber nur ganz wenigen Auserwählten.«

»Ist das dein Freund?«

Jenny lächelte; sie erinnerte sich noch daran, daß auch sie mit vierzehn fast ausschließlich an Jungen gedacht hatte. »Nein, nicht so, wie du das meinst. Ich kenne Hank schon seit zwei Jahren, also seitdem ich nach Snowfield gezogen bin, und er ist ein guter Freund von mir, nicht mehr.«

Sie kamen an einem grünen Schild mit weißer Beschriftung vorbei: SNOWFIELD — 3 MEILEN.

»Ich wette, hier gibt es eine Menge dufte Jungen in meinem Alter.«

»Snowfield ist nicht sehr groß«, warnte Jenny. »Ich glaube aber schon, daß du den einen oder anderen Jungen finden wirst, der dir gefällt.«

»Während der Saison muß es davon doch Dutzende geben!«

»Nur mal langsam! Von Fremden läßt du schön die Finger weg — und zwar mindestens noch einige Jahre lang.«

»Warum denn das?«

»Weil ich es sage.«

»Aber warum denn?«

»Bevor du dich mit einem Jungen verabredest, solltest du seinen Hintergrund kennen.«

»Ach, da brauchst du dir keine Gedanken zu machen. Ich habe ein unheimlich gutes Urteilsvermögen«, sagte Lisa. »Ich hänge mich bestimmt nicht an einen Lustmörder oder Sittenstrolch.«

»Da bin ich auch ganz sicher«, sagte Jenny und bremste vor einer scharfen Kurve leicht ab. »Weil du nämlich nur mit Jungen von hier ausgehst.«

Lisa seufzte und schüttelte theatralisch den Kopf. »Falls du das noch nicht bemerkt haben solltest, Jenny, aber während du weg warst, habe ich die Pubertät hinter mich gebracht.«

»Oh, das ist meiner Aufmerksamkeit nicht entgangen.«

»Sogar Brüste habe ich jetzt«, bemerkte Lisa trotzig.

»Das habe ich auch bemerkt«, sagte Jenny, ohne sich aus der Fassung bringen zu lassen.

»Ich bin kein Kind mehr.«

»Erwachsen bist du aber auch noch nicht.«

»Mein Gott.«

»Jetzt hör mir mal zu. Ich bin deine Erziehungsberechtigte und damit für dich verantwortlich. Außerdem bin ich deine Schwester, und ich liebe dich. Ich werde genau das tun, was ich für dich für richtig halte.«

Lisa seufzte.

»Weil ich dich liebe«, betonte Jenny.

»Du wirst genauso streng wie Mama«, sagte Lisa mit finsterem Gesicht.

Jenny nickte. »Wahrscheinlich sogar noch strenger.«

»Mein Gott!«

Jenny sah zu Lisa hinüber. Sie starrte auf ihrer Seite aus dem Fenster. Ihr Gesicht war nur teilweise zu sehen, aber wütend schien sie nicht zu sein. Ihre Lippen waren nicht zusammengepreßt, sondern schienen im Gegenteil leicht zu lächeln.

Jenny richtete ihre Aufmerksamkeit wieder auf die Straße, spannte und entspannte ihre Hände auf dem Lenkrad und sagte: »Ich will dir sagen, was du machen darfst.«

»Was denn?«

»Du darfst dir die Schuhe selbst zubinden.«

Lisa blinzelte. »Was?«

»Und du darfst aufs Klo gehen, wann du willst.«

Lisa konnte ihre Pose von gekränkter Würde nicht mehr aufrechterhalten und kicherte. »Und darf ich auch etwas essen, wenn ich Hunger habe?«

»Auf jeden Fall.« Jenny grinste. »Du darfst sogar jeden Morgen selbst dein Bett machen.«

»Das ist ja geradezu antiautoritär!« sagte Lisa.

In diesem Augenblick schien sie noch jünger, als sie wirklich war. Mit ihren Tennisschuhen, ihren Jeans und dem karierten Hemd sah sie süß und verwundbar aus.

»Sind wir noch Freunde?« fragte Jenny.

»Sicher.«

Jenny war freudig überrascht über die Leichtigkeit, mit der sie sich auf der langen Fahrt von Newport Beach mit Lisa vertragen hatte. Sie waren schließlich trotz ihrer Blutsverwandtschaft praktisch Fremde. Jenny war mit ihren einunddreißig genau siebzehn Jahre älter als Lisa. Sie war vor Lisas zweitem Geburtstag von zu Hause weggezogen, und ein halbes Jahr später war ihr Vater gestorben. Während ihres Studiums und ihres praktischen Jahrs in New York war Jenny zu überarbeitet und zu weit weg von zu Hause gewesen, um ihre Mutter und Lisa regelmäßig besuchen zu können. Dann war sie nach Kalifornien zurückgekehrt und hatte in Snowfield eine Praxis aufgemacht. In den letzten beiden Jahren hatte sie sehr hart daran gearbeitet, sie zum Laufen zu bringen. Kürzlich war ihre Mutter gestorben, und dann erst hatte Jenny es zu vermissen begonnen, daß sie keine engere Beziehung zu Lisa hatte. Vielleicht konnten sie jetzt die verlorenen Jahre wieder einholen, zumal von der Familie nur noch sie beide übrig waren.

»Ich habe ein Gefühl in den Ohren, als wären sie mit Watte verstopft«, sagte Lisa und gähnte, um den Druck auszugleichen.

Sie kamen um eine scharfe Kurve, und Jenny bremste ab. Vor ihnen lag eine lange, gerade Steigung, die sich in der Entfernung in die Hauptstraße von Snowfield, die Skyline Road, verwandelte.

Lisa sah angestrengt durch die Windschutzscheibe und

musterte die Stadt mit offensichtlichem Entzücken. »So hatte ich das mir aber nicht vorgestellt!«

»Was hast du denn erwartet?«

»Ach, du weißt schon, Massen von häßlichen kleinen Motels mit Neonleuchten, zu viele Tankstellen, so in der Richtung etwa. Ich finde es echt ganz toll hier. Ganz ehrlich!«

»Wir haben hier sehr strenge Bau-Bestimmungen«, sagte Jenny. »Neonleuchten, Plastikschilder und grelle Farben sind ebenso verboten wie Cafés, die wie Kaffeekannen aussehen.«

»Einfach sagenhaft«, sagte Lisa und starrte mit offenem Mund begeistert aus dem Fenster, als sie in die Stadt hineinfuhren.

Die einzige erlaubte Reklame waren rustikale Holzschilder mit dem Namen und der Spezialität des jeweiligen Ladens, vor dem sie hingen. Die Architektur war eine bunt zusammengewürfelte Mischung, aber jedes Gebäude war in einem oder anderem Gebirgs-Stil erbaut worden, und die Privathäuser waren dazu noch mit bunten Blumenkästen und Balkons mit kunstvoll geschnitzten Geländern geschmückt.

»Wirklich hübsch«, sagte Lisa, während sie die lange Steigung bis zum anderen Ende der Stadt hochfuhren. »Aber ist es hier immer so ruhig?«

»Oh, nein«, sagte Jenny. »Im Winter ist hier schwer Betrieb, und ...«

Sie führte den Satz nicht zu Ende, denn ihr wurde bewußt, daß die Stadt mehr als nur ruhig war. Sie sah *tot* aus.

Normalerweise hätten an einem so milden Sonntagnachmittag zumindest einige Einwohner ihren Spaziergang durch die gepflasterten Straßen gemacht und wären auf ihren Balkons gesessen. Der Winter stand vor der Tür, und die letzten warmen Tage mußte man genießen. Heute aber waren Straßen und Balkons leer, obwohl sich der Nachmittag erst langsam dem Abend zuneigte. Selbst in Läden und Wohnungen, in denen Lichter brannten, war kein Lebenszeichen zu entdecken. Jennys Trans Am war das einzige fahrende Auto auf der langen Straße.

Sie bremste an der ersten Kreuzung, sah sich angestrengt

in beide Richtungen um, konnte aber überhaupt niemanden finden.

Auch der nächste Block der Skyline Road war verlassen. Der Block danach ebenfalls.

»Komisch«, sagte Jenny.

»Das Fernsehprogramm muß ja einsame Spitze sein«, sagte Lisa.

»Sieht ganz so aus.«

Sie kamen an dem Restaurant an der Kreuzung von Skyline Road und Vail Lane vorbei. Drinnen brannten Lichter, und durch die großen Fenster konnte man den größten Teil des Lokals überblicken, aber es war niemand darin zu sehen. Es war sowohl im Winter als auch außerhalb der Saison ein beliebter Treffpunkt, und es war ungewöhnlich, daß es zu dieser Tageszeit völlig verlassen war. Nicht einmal Kellnerinnen waren da.

Lisa hatte inzwischen ihr Interesse an der unheimlichen Stille verloren, obwohl sie sie zuerst bemerkt hatte, und sah sich wieder interessiert die altmodische Architektur an.

Jenny aber konnte es nicht glauben, daß alles vor dem Fernsehschirm versammelt sein sollte. Sie runzelte die Stirn und sah beim Vorbeifahren in jedes Fenster hinein, konnte aber nicht das geringste Lebenszeichen entdecken.

Snowfields steile Hauptstraße war insgesamt sechs Blocks lang, und Jennys Haus stand oben mitten im letzten Block. Es war ein einstöckiges Fachwerkhaus mit einem grau und schwarz-blau gefleckten verwinkelten Schieferdach. Es stand zwanzig Fuß von der Straße zurückgesetzt hinter einer hüfthohen, immergrünen Hecke. An einer Ecke des Vorbaus stand ein Schild mit der Aufschrift: Dr. med. JENNIFER PAIGE; darunter waren die Öffnungszeiten der Praxis vermerkt.

Jenny parkte den Trans Am in der kurzen Einfahrt.

»Das ist ja ein süßes Haus!« sagte Lisa.

Es war Jennys erstes eigenes Haus; sie liebte es und war stolz darauf. Allein sein Anblick entspannte sie, und für den Augenblick vergaß sie die eigenartige Stille, die über Snowfield lastete.

»Na ja, es ist etwas zu klein, weil die Hälfte des Erdgeschosses für die Praxis und das Wartezimmer draufgeht. Außerdem gehört der Bank mehr davon als mir. Aber es hat irgendwie Stil, nicht?«

»Tonnenweise«, sagte Lisa.

Sie stiegen aus dem Auto, und Jenny bemerkte, daß mit dem Sonnenuntergang ein kühler Wind aufgekommen war. Sie trug einen langärmligen Pullover zu ihren Jeans, fröstelte aber trotzdem.

Sie streckte sich, um die von der langen Fahrt verkrampften Muskeln zu lockern, und dann schlug sie die Autotür zu. Das Geräusch hallte von den Bergen in die Stadt zurück. Es war das *einzige* Geräusch in der Stille der Dämmerung.

Am Heck ihres Wagens blieb sie kurz stehen und sah hinunter zum Zentrum von Snowfield. Nichts rührte sich.

»Hier könnte ich ewig bleiben«, erklärte Lisa und sah voller Freude auf die Stadt herab.

Jenny lauschte. Das Echo der zugeschlagenen Tür war verklungen, und jetzt war nur noch das sanfte Rauschen des Winds zu hören.

Es gibt die verschiedensten Arten von Stille. Jenny hatte den Eindruck, daß die Stille, die in Snowfield herrschte, ein Anlaß für Trauer war. Sie hätte allerdings nicht sagen können, was sie auf diesen Gedanken gebracht hatte. Außerdem war diese Stille mit einer Art Erwartung erfüllt, die Jenny nervös machte. Sie wollte laut rufen und fragen, ob da jemand sei, wollte sich aber als Ärztin nicht blamieren und ließ es deshalb bleiben. Eine Ärztin, die sich am Montag komisch benimmt, hat am Dienstag keine Patienten mehr.

»Macht dich das nicht unruhig?« fragte Jenny ihre Schwester.

»Was denn?«

»Die Stille.«

»Im Gegenteil. Es ist richtig friedlich hier.«

Es war tatsächlich friedlich. Es gab keinerlei Anzeichen, daß etwas nicht stimmte. Warum bin ich dann so nervös? fragte sich Jenny.

Sie schloß den Kofferraum auf und hob zwei von Lisas Koffern heraus. Lisa nahm einen von ihnen, und sie gingen zu der Haustür hinüber, wo die Schatten inzwischen immer tiefer wurden.

Jenny machte die Tür auf und trat in das dunkle Foyer. »Hilda, wir sind da!«

Keine Antwort. Das einzige Licht im Haus brannte hinten im Gang nach der Küchentür. Jenny stellte den Koffer ab und schaltete das Ganglicht ein. »Hilda?«

»Wer ist Hilda?« fragte Lisa und ließ den Koffer fallen.

»Meine Haushälterin. Sie wußte, wann sie uns ungefähr zurückerwarten konnte. Ich dachte eigentlich, sie würde uns ein Essen vorsetzen.«

Lisa war beeindruckt. »Mensch, eine Haushälterin! Bist du etwa reich, oder was?«

Jenny lachte. »Kaum. Eigentlich kann ich mir Hilda gar nicht leisten — aber ich komme einfach nicht ohne sie aus. Ich habe meinen normalen Praxis-Betrieb, außerdem mache ich noch Hausbesuche, und wenn sie nicht wäre, würde ich sicher nichts anderes essen als Sandwiches oder Hamburger.«

»Kann sie gut kochen?« fragte Lisa.

»Ganz toll. Fast zu gut, wenn ich an ihre Desserts denke«, sagte Jenny und fragte sich gleichzeitig, warum in der Küche kein Licht brannte.

Jenny schaltete das Licht an der Tür an und ging in der makellos sauberen Küche nach links zu der Schreibplatte, um nachzusehen, ob Hilda eine Nachricht hinterlassen hatte. Sie fand jedoch keine vor und drehte sich gerade um, als sie Lisa japsend nach Luft schnappen hörte.

Sie war um die andere Seite des Herdes herumgegangen und stand nun neben dem Kühlschrank und starrte auf etwas auf dem Boden herab. Sie war kalkweiß im Gesicht und zitterte.

Ein plötzlicher Schrecken durchzuckte Jenny, und sie ging hastig um den Herd herum.

Hilda Beck lag tot auf ihrem Rücken auf dem Boden. Sie starrte mit blicklosen Augen an die Decke, und ihre verfärbte Zunge war starr zwischen ihren geschwollenen Lippen herausgestreckt.

Jenny nahm ihre Schwester bei der Hand, führte sie um

den Herd herum, so daß sie die Leiche nicht mehr sehen konnte, und nahm Lisa in die Arme. Das Mädchen klammerte sich an ihr fest.

»Alles klar, Lisa?« Lisa antwortete nicht, sondern zitterte nur haltlos.

Gerade vor sechs Wochen war Lisa nachmittags von einem Kinobesuch heimgekommen und hatte ihre Mutter tot auf dem Küchenboden vorgefunden. Sie war einem schweren Gehirnschlag erlegen. Allmählich war Lisa über dieses schreckliche Erlebnis weggekommen, hatte den Tod ihrer Mutter akzeptiert und sogar wieder lachen gelernt. In den letzten Tagen hatte sie ganz den Eindruck gemacht, als sei sie wieder die alte — und jetzt das!

Jenny führte ihre Schwester zu einem Stuhl, setzte sie darauf und hockte sich vor ihr hin; sie tupfte ihr die Stirn mit einem Küchentuch ab und bemerkte, daß das Fleisch des Mädchens nicht nur so weiß wie Schnee, sondern auch ebenso kalt war.

»Was kann ich für dich tun?«

»Laß nur, das wird schon wieder. Halt mir bloß die Hand.« Lisa packte fast schmerzhaft fest zu.

Schließlich sagte sie: »Ich weiß, es klingt verrückt, aber ... als ich sie zuerst sah, dachte ich ... dachte ich, es ist Mom.« Sie unterdrückte mühsam die Tränen. »Ich weiß, daß Mom schon lange tot ist ... Außerdem sieht ihr die Frau da gar nicht ähnlich. Aber ..., es war halt die Überraschung ... der Schock ... Ich war total durcheinander.«

Nach einer Weile lockerte sich Lisas Griff etwas, und Jenny sagte: »Geht es dir jetzt besser?«

»Etwas.«

»Möchtest du dich hinlegen?«

»Nein.« Sie ließ Jennys Hand los, holte sich noch ein Küchentuch aus der Schachtel und putzte sich die Nase. Dann sah sie zu dem Herd hinüber, hinter dem die Leiche lag. »Ist das Hilda?«

Jenny hatte Hilda Beck sehr gern gemocht. Ihr Tod ging ihr sehr nahe, aber im Augenblick machte sie sich mehr Gedanken um Lisa als um irgend etwas anderes. »Ja«, sagte sie. »Hör mal, ich glaube, es ist besser für dich, wenn du erst einmal hier aus der Küche verschwindest. Am besten wartest du in meinem Arbeitszimmer auf mich. Ich möchte mir zuerst die Leiche etwas genauer ansehen, bevor ich den Sheriff verständige.«

»Ich bleibe hier bei dir.«

»Es wäre für dich wirklich besser, wenn du —«

»Nein«, sagte Lisa und begann plötzlich wieder zu zittern. »Ich möchte nicht allein sein.«

»Na gut«, sagte Jenny beruhigend. »Dann bleib hier sitzen.«

»O Gott«, jammerte Lisa leise vor sich hin. »Wie sie ausgesehen hat! Total geschwollen und blau! Und dann noch ihr Gesichtsausdruck!« Sie wischte sich mit dem Handrücken über die Augen. »Warum war sie so angeschwollen und überall so *blau*?«

»Na, offensichtlich ist sie schon einige Tage lang tot«, sagte Jenny. »Mach dir aber jetzt über solche Dinge keine Gedanken, das —«

»Wenn sie schon ein paar Tage lang tot ist«, sagte Lisa mit zitternder Stimme, »warum stinkt es dann hier nicht? Würde sie dann nicht stinken?«

Jenny runzelte die Stirn. Natürlich würde es hier drinnen stinken, wenn Hilda Beck schon so lange tot war, daß sie sich dunkel verfärbte und ihr Gewebe so anschwoll. Es *müßte* stinken. Es stank aber nicht.

»Jenny, was ist bloß mit ihr passiert? Schau dir doch bloß ihren entsetzlichen Gesichtsausdruck an! Ich habe Angst.«

»Du brauchst keine Angst zu haben. Ich weiß zwar noch nicht, woran sie gestorben ist, aber sie muß einen schnellen Tod gehabt haben. So, wie es aussieht, war sie nicht krank oder mußte kämpfen. Sie hat sicher keine großen Schmerzen aushalten müssen.«

»Aber ... es sieht aus, als wäre sie mitten in einem Schrei gestorben.«

3

Die tote Frau

So eine Leiche hatte Jenny Paige noch nie gesehen. Im Verlauf ihres Studiums und während ihrer medizinischen Praxis hatte sie nichts auf den eigenartigen Zustand der sterblichen Überreste Hilda Becks vorbereitet. Sie kauerte sich daneben nieder und untersuchte sie voller Trauer und Abscheu — aber zugleich mit erheblicher Neugier und immer größer werdender Verwirrung.

Das Gesicht der toten Frau war zu einer runden, glatten und glänzenden Karikatur ihres früheren Aussehens angeschwollen. Auch ihr Körper war geschwollen; das Fleisch sah weich und überreif aus und drückte an manchen Stellen gegen die Nähte der Kittelschürze. Es schien sich jedoch nicht um die gasige Aufgequollenheit zu handeln, die die natürliche Folge von Verwesung ist. Zunächst einmal wäre dann der Bauch durch Gase weit stärker geschwollen als der Rest des Körpers, was nicht der Fall war, und außerdem fehlte der Verwesungsgeruch.

Bei näherer Prüfung stellte sich heraus, daß die dunkle Verfärbung der Haut allem Anschein nach nicht die Folge von Gewebeverfall war. Jenny konnte keinerlei Anzeichen von Verwesung feststellen. Selbst die Augen, die sonst wegen ihres verhältnismäßig weichen Gewebes vor den anderen Teilen des Körpers Anzeichen von Verfall zeigen, waren völlig klar, hatten keine geplatzten Blutgefäße oder eine milchige Färbung in der Iris.

Zu Lebzeiten hatte in Hildas Augen gewöhnlich ein fröhlicher, gütiger Ausdruck gestanden, aber nun starrten sie weit offen an die Decke. Jenny wurde es mit plötzlicher Trauer klar, wie sehr ihr Hilda fehlen würde. Sie schloß einen Moment die Augen, weil sie es nicht mehr fertigbrachte, die Leiche anzusehen. Sie riß sich zusammen, unterdrückte ihre Tränen, und als sie ihre professionelle Abgeklärtheit wiedergefunden hatte, öffnete sie die Augen wieder und machte mit ihrer Untersuchung weiter.

Je länger sie sich die Leiche ansah, desto mehr verfestigte

sich bei ihr die Überzeugung, daß die Verfärbung die Folge einer Prellung war, die sich allerdings vollständig von allen Prellungen unterschied, die Jenny bisher erlebt hatte. Soweit sie das erkennen konnte, war jeder Quadratzentimeter ihrer Haut geprellt, und Jenny hatte den starken Verdacht, daß diese Prellung sich auf den gesamten Körper erstreckte.

Sie sah sich noch einmal das Gesicht an. Die Haut war *vollständig* mit Prellungen bedeckt. Manchmal hatten Opfer von schweren Autounfällen Prellungen, die den größten Teil des Gesichts bedeckten, aber sie waren dann immer von schweren Verletzungen wie Knochenbrüchen oder Schnittwunden begleitet. Wie war es möglich, daß Mrs. Beck derart groteske Prellungen hatte, daß ihr aber andere Verletzungen völlig zu fehlen schienen?«

»Jenny?« sagte Lisa. »Warum brauchst du so lange?«

»Nur noch eine Minute; bleib da sitzen.«

Also waren die Prellungen, die Mrs. Becks Körper bedeckten, vielleicht nicht die Folge von Schlägen von außen. War es möglich, daß die Verfärbung der Haut statt dessen auf inneren Druck, auf die Schwellungen von subkutanem Gewebe zurückzuführen war? Die Schwellung war schließlich deutlich sichtbar. Wenn das aber der Fall war, mußte die Schwellung plötzlich und mit ungeheurer Gewalt aufgetreten sein. Das ergab auch keinen Sinn, weil lebendes Gewebe nicht so schnell anschwellen konnte. Bei bestimmten Allergien schwoll das Gewebe abrupt an, aber Jenny kannte nichts, was in der Lage gewesen wäre, eine heftige Schwellung so plötzlich auszulösen, daß sich daraus eine scheußliche und universelle Prellung ergab.

Und selbst wenn die Schwellung nicht einfach auf Verwesung zurückzuführen war und irgendwie mit der universellen Prellung in Verbindung stand, was hatte sie dann zuerst ausgelöst? Eine Allergie kam ebensowenig in Frage wie ein Gift. Wenn nämlich irgendein Gift dahintergestanden hätte, hätte es ein sehr exotisches Gift sein müssen, und wo sollte Hilda mit so etwas in Berührung kommen? Nein, Gift war es auch nicht.

Krankheit?

Wenn es eine Krankheit war, so hatte sie Symptome, auf

die Jenny im Verlauf ihrer Ausbildung und Karriere noch nie gestoßen war. Was war, wenn es eine ansteckende Krankheit war?

Jenny war froh, daß sie nur den Ärmel der Kittelschürze berührt hatte, stand hastig auf und taumelte zurück.

»Jenny?« rief Lisa.

Es fiel ihr zum erstenmal auf, daß auf der Arbeitsfläche bei der Spüle vier große Kartoffeln, ein Kohlkopf, ein Beutel Karotten, ein langes Messer und ein Kartoffelschälmesser lagen. Hilda war gerade mit den Vorbereitungen für das Abendessen beschäftigt gewesen, als sie tot umgefallen war. Einfach so. Offensichtlich war sie nicht krank gewesen und war ohne Vorwarnung gestorben. Ein so plötzlicher Tod sprach nicht für eine Krankheit, zumindest nicht für eine, die der modernen medizinischen Wissenschaft bekannt war.

»Jenny, können wir jetzt endlich raus hier?« fragte Lisa.

»Psst! Augenblick noch. Laß mich überlegen«, sagte Jenny, lehnte sich an die Spüle und sah auf die tote Frau herab.

Ihr war ein düsterer und beängstigender Gedanke gekommen: *Pest*. In den letzten Jahren waren ungefähr ein halbes Dutzend Fälle gemeldet worden, und man ging allgemein davon aus, daß es insgesamt wohl zwei Dutzend Fälle gewesen waren. Es gab die verschiedensten Arten von Pest, die sich heutzutage aber alle relativ einfach mit Antibiotika heilen ließen. Bei einer Art traten kleine, dunkelrote, nässende Flecken auf der Haut auf, die sich in extremen Fällen über große Teile des Körpers ausbreiteten und fast schwarz wurden: das war der Grund dafür, daß die Pest im Mittelalter oft einfach »der Schwarze Tod« genannt wurde. War es aber möglich, daß sich diese Flecken so ausbreiteten, daß der ganze Körper praktisch schwarz wurde, wie das bei Hilda der Fall war?

Wohl kaum, und außerdem war Hilda plötzlich beim Kochen gestorben und hatte offensichtlich keinerlei vorherige Krankheitssymptome wie Erbrechen, Fieber und Unwohlsein gehabt. Damit war die Pest ausgeschlossen, und dazu jede andere bekannte Infektionskrankheit.

Auf der anderen Seite gab es keinerlei Anzeichen für Gewaltanwendung, keinerlei Stichwunden oder Würgemale.

Jenny ging um den Körper herum, berührte den Kohlkopf und stellte überrascht fest, daß er noch kalt war. Es konnte nicht mehr als eine Stunde her sein, seitdem er aus dem Kühlschrank geholt worden war. Sie sah noch einmal auf Hilda herab, aber jetzt war sie noch beunruhigter als vorher.

Die Frau war innerhalb der letzten Stunde gestorben. Möglicherweise war ihr Körper sogar noch warm.

Aber woran war sie gestorben?

Jenny war der Antwort auf diese Frage durch ihre Untersuchung nicht nähergekommen. Obwohl Krankheit hier nicht in Betracht zu kommen schien, konnte man die Möglichkeit einer Ansteckung nicht ausschließen, auch wenn es im Augenblick nicht danach aussah.

Jenny sagte Lisa nichts von diesen Befürchtungen, sondern forderte sie nur auf: »Komm jetzt, Lisa. Ich kann von meinem Behandlungszimmer aus telefonieren.«

»Mir geht es jetzt schon viel besser«, sagte Lisa, stand aber sofort auf. Sie war offensichtlich froh darüber, endlich herauszukommen. Jenny legte ihr einen Arm um die Schulter, und sie gingen zusammen aus der Küche.

Trotz der Neonbeleuchtung an der Decke war Jennys Behandlungsraum nicht so kahl und unpersönlich wie in den meisten Arztpraxen. Der Raum sah eher wie die Praxis eines altmodischen Landarztes aus. An den Wänden standen volle Bücherregale, einige alte Aktenschränke, die Jenny auf einer Auktion erstanden hatte, und in einer Ecke befand sich ein kleiner Tisch mit billigem Spielzeug und zuckerfreiem Kaugummi, den Jenny an die Kinder verteilte, um sie bei Untersuchungen ruhigzuhalten.

Ein großer, dunkelgebeizter, abgestoßener Schreibtisch aus Kiefernholz beherrschte den Raum, und Jenny führte Lisa zu dem großen Ledersessel, der dahinter stand.

»Es tut mir leid«, sagte das Mädchen.

»Was denn?« fragte Jenny, während sie sich auf die Schreibtischkante setzte und das Telefon zu sich herzog.

»Daß ich so durchgedreht habe, als ich die Leiche gesehen habe. Ich ... bin ... na ja, ich war eben hysterisch.«

»Keineswegs. Du hattest einfach einen Schock und hast dich gefürchtet. Das ist wirklich verständlich.«

»Aber *du* hattest doch keinen Schock und hast dich auch nicht gefürchtet.«

»O doch«, sagte Jenny. »Mehr als das, ich war wie gelähmt.«

»Aber du hast keine Angst gehabt, so wie ich.«

»Ich hatte Angst, und ich habe sie noch«, sagte Jenny. Sie zögerte, beschloß aber dann, daß sie die Wahrheit nicht vor ihrer Schwester verbergen sollte, und erzählte ihr von der bestürzenden Möglichkeit einer Ansteckung. »Ich glaube zwar nicht, daß wir es hier mit einer Krankheit zu tun haben, aber wenn ich mich täusche …«

Das Mädchen starrte Jenny verblüfft an. »Du hast also genauso Angst gehabt wie ich, und trotzdem hast du die Leiche da so lange untersucht. Mein Gott, das würde ich nie fertigbringen, nie im Leben.«

»Na ja, ich bin eben Ärztin. Dafür bin ich ausgebildet.«

»Trotzdem …«

Jenny hob den Hörer ab, um den Hilfssheriff in Snowfield anzurufen; es war jedoch kein Freizeichen zu hören, sondern nur ein leises Zischen. Sie drückte mehrfach die Gabel herunter, aber das Telefon blieb tot.

Irgendwie empfand sie es als bedrohlich, daß das Telefon nicht funktionierte und zugleich die tote Frau dort in der Küche lag. Vielleicht war Mrs. Beck ja ermordet worden. Wenn jemand die Telefonleitung durchgeschnitten und sich in das Haus geschlichen hatte, um sie … um ihr zum Beispiel ein Messer in den Rücken zu stoßen und sie damit augenblicklich zu töten. Weil Mrs. Beck auf dem Rücken lag, war Jenny vielleicht die Wunde entgangen. Damit wäre allerdings weder das völlige Fehlen von Blut, noch die universelle Prellung und die Schwellung erklärt. Trotzdem konnte es sein, daß ihre Haushälterin eine Wunde im Rücken hatte und der Mörder — wenn es tatsächlich einen gab — sich vielleicht noch im Haus versteckt hielt. Jenny sagte sich zwar, ihre Einbildung ging mit ihr durch, beschloß aber trotzdem sicherheitshalber, sofort mit Lisa das Haus zu verlassen.

»Wir müssen nebenan Vince oder Angie Santini bitten, ob sie für uns anrufen könnten«, sagte Jenny ruhig und stand von ihrem Schreibtisch auf. »Unser Telefon funktioniert nicht.«

Lisa blinzelte. »Hat das irgendwas mit ... mit der Leiche zu tun?«

»Ich weiß es nicht«, sagte Jenny.

Das Herz klopfte ihr bis zum Hals, als sie durch den Behandlungsraum auf die halboffene Tür zuging. Vielleicht wartete jemand auf der anderen Seite. Lisa sagte hinter ihr: »Irgendwie ist es aber doch komisch, daß das Telefon ausgerechnet jetzt nicht funktioniert, oder?«

»Ein bißchen.«

Fast erwartete Jenny einen riesig großen, grinsenden Fremden mit einem Messer in der Hand draußen, einen jener Irren, die es heutzutage so häufig zu geben schien, und die den Fernsehreportern die schaurigen Bilder für die Sechs-Uhr-Nachrichten lieferten.

Sie streckte vorsichtig ihren Kopf in den Gang hinaus und war bereit, sofort zurückzuspringen und die Tür zuzuwerfen, falls da jemand war. Der Gang war leer.

Die beiden eilten durch den Flur zum vorderen Teil des Hauses, und als sie zu der Treppe zum ersten Stock kamen, waren Jennys Nerven angespannter denn je. Vielleicht lauerte der Mörder ja auf der Treppe und würde sich jetzt gleich mit hocherhobenem Messer auf sie stürzen.

Niemand wartete auf der Treppe.

Im Foyer und vor der Haustür auch nicht.

Draußen senkte sich nun schnell die Nacht herab. Das Licht war rötlich, und aus tausend Stellen, die die Sonne nicht mehr erreichte, stieg eine Armee von dunklen Schatten auf. Es würde noch zehn Minuten dauern, und es war ganz dunkel.

Das Nachbarhaus

Das Haus der Santinis war in einem etwas moderneren Stil als Jennys Haus gebaut und folgte mit seinen abgerundeten Ecken und sanften Winkeln den Konturen des Hangs, so daß es vor dem Hintergrund riesiger Kiefern fast wie eine natürliche Gesteinsformation aussah. In zwei Zimmern im Erdgeschoß brannte Licht.

Die Haustür war nur angelehnt. Innen spielte klassische Musik.

Jenny drückte auf die Klingel und trat einige Schritte zu Lisa zurück. Vielleicht hatten sie sich ja allein schon dadurch angesteckt, daß sie bei der toten Mrs. Beck in der Küche gewesen waren.

»Bessere Nachbarn kann man sich nicht wünschen«, sagte Jenny und wünschte sich im Stillen, der harte Klumpen in ihrem Magen würde endlich schmelzen. Niemand reagierte auf die Klingel.

Jenny drückte noch einmal auf den Klingelknopf. Keine Antwort. Nur die Musik drinnen schwoll an, wurde leiser, schwoll wieder an. Beethoven.

»Vielleicht ist niemand da«, sagte Lisa.

»Das kann ich mir nicht vorstellen. Die Musik, die Lichter...« Jenny drückte die Tür auf. Aus dem Arbeitszimmer am Ende des Gangs fiel Licht in den Gang und auf die Schwelle des dunklen Wohnzimmers.

»Angie? Vince?« rief Jenny.

Keine Antwort. Nur die Musik, die nun mit einem donnernden Finale abschloß. Danach begann keine neue Musik. Offensichtlich hatte sich die Anlage automatisch abgeschaltet.

»Hallo? Ist denn da niemand?« Keine Antwort. Die Nacht hinter Jenny war still, und nun war auch das Haus vor ihr still geworden.

»Du willst doch nicht etwa da reingehen?« fragte Lisa besorgt.

Jenny warf ihr einen kurzen Blick zu. »Wieso? Was ist denn?«

Lisa biß sich auf die Lippe. »Irgend etwas stimmt da nicht. Du spürst es doch auch, oder?«

Jenny zögerte. Schließlich sagte sie widerwillig: »Ja, ich spüre es auch.«

»Es ist ... als wären wir beide allein hier ... und irgendwie doch nicht allein.«

Jenny hatte auch das Gefühl, als würden sie beobachtet. Sie drehte sich um und sah zu dem Rasen und den Büschen hinüber, die inzwischen fast völlig von der Dunkelheit verschluckt worden waren. Irgend jemand konnte dort stehen, oder auch hinter den dunklen Fensterscheiben, und sie beobachten, ohne selbst gesehen zu werden.

»Komm, verschwinden wir hier. Holen wir die Polizei, oder egal, was, wenn wir nur von hier verschwinden«, sagte Lisa. »Bitte!«

Jenny schüttelte den Kopf. »Wir sind bloß übernervös. Wahrscheinlich ist das alles bloß Einbildung. Außerdem muß ich sowieso dort reinschauen. Es könnte ja sein, daß jemand verletzt ist.«

»Bitte nicht.« Lisa packte Jenny am Arm und versuchte, sie zurückzuhalten. »Vielleicht hast du dich bei Mrs. Beck angesteckt, und das könntest du an die Santinis weitergeben. Das hast du selbst gesagt.«

»Schon, aber ich bin Ärztin. Vielleicht liegen sie da drinnen und sterben an der gleichen Krankheit, oder was es auch ist, das Mrs. Beck ihr Leben gekostet hat. Es ist doch möglich, daß sie ärztliche Versorgung brauchen.«

»Ich glaube nicht, daß das eine Krankheit ist«, sagte Lisa niedergeschlagen. »Das ist etwas Schlimmeres.«

Jenny hatte so etwas zwar auch schon gedacht, fragte aber: »Was könnte denn schlimmer sein?«

»Ich weiß es nicht. Ich ... ich habe das im Gefühl. Es ist etwas Schlimmeres.«

Ein Windstoß fuhr raschelnd durch die Büsche vor dem Haus.

»Na gut«, sagte Jenny. »Dann warte eben hier, während ich ...«

»Nein«, unterbrach Lisa sie hastig. »Wenn du da reingehst, komme ich mit.«

»Hör mal, du würdest mich damit nicht im Stich lassen —«

»Ich komme mit«, beharrte Lisa und ließ Jennys Arm los. »Komm, bringen wir's hinter uns.«

Sie gingen in das Haus hinein.

Jenny blieb im Gang stehen und sah nach links durch die offene Tür in das Arbeitszimmer. Zwei Lampen warfen ein warmes Licht in jede Ecke, aber das Zimmer war leer.

»Angie? Vince? Ist hier jemand?«

Kein Laut durchbrach die übernatürliche Stille, aber die Dunkelheit schien die beiden zu belauern, als sei sie ein riesiges, wachsames Tier. Das Wohnzimmer rechts von Jenny lag in undurchdringlicher Dunkelheit. Jenny fand einen Lichtschalter, und als das Licht anging, lag das Zimmer leer vor ihr.

»Siehst du«, sagte Lisa. »Niemand zu Hause.«

»Schauen wir nur noch in das Eßzimmer.« Die beiden durchquerten das leere Zimmer mit seinen bequemen Sofas und dem eleganten grünen Lehnsessel im Queen-Anne-Stil. Am anderen Ende des Zimmers öffnete Jenny die Doppeltüren zu dem Eßzimmer, die leicht quietschten.

Auch in dem Eßzimmer war niemand, aber der Kronleuchter beleuchtete eine seltsame Szene. Der Tisch war zum Essen gedeckt: vier Teller, vier kleinere Salat-Teller, davon drei sauber und einer mit einer Portion Salat darauf, vier Bestecke; vier Gläser — zwei voll Milch, eines voll Wasser, und eines voll mit einer klaren, bernsteinfarbigen Flüssigkeit, die wahrscheinlich Apfelsaft war. In dem Saft und dem Wasser schwammen Eiswürfel, die erst teilweise geschmolzen waren. Mitten auf dem Tisch standen die Schüsseln mit dem Essen, das bis auf den Salat unberührt war. Das Fleisch war zwar kalt geworden, aber die Kruste aus geschmolzenem Käse auf den Kartoffeln war nicht unterbrochen, und als Jenny eine Hand an die Schüssel legte, fand sie sie noch warm. Der Tisch war innerhalb der letzten Stunde, möglicherweise sogar innerhalb der letzten halben Stunde gedeckt worden.

»Sieht so aus, als hätten sie verdammt eilig weggemußt«, sagte Lisa.

Jenny runzelte die Stirn und sagte: »Ich habe fast den Eindruck, sie sind gegen ihren Willen weggeschafft worden.«

Da waren einige beunruhigende Einzelheiten. Wie der umgeworfene Stuhl, der einige Fuß weit von dem Tisch auf dem Boden lag. Die anderen Stühle standen, aber neben einem lag ein Soßenlöffel und eine zweizinkige Fleischgabel. Ein zusammengeknäultes Tuch, wahrscheinlich eine Serviette, lag in einer Ecke, als sei es dort nicht fallengelassen, sondern hingeworfen worden. Auf dem Tisch selbst war ein Salzstreuer umgeworfen worden.

Kleinigkeiten. Nichts Dramatisches. Nichts Eindeutiges.

»Gegen ihren Willen weggeschafft?« fragte Lisa erstaunt.

»Na ja, wahrscheinlich täusche ich mich ja. Sicher ist eines der Kinder plötzlich krank geworden und mußte sofort nach Santa Mira ins Krankenhaus gebracht werden, oder so etwas ähnliches.«

Lisa sah sich noch einmal in dem Zimmer um und lauschte mit geneigtem Kopf der Grabesstille in dem Haus. »Nein, das glaube ich nicht.«

»Ich eigentlich auch nicht«, gab Jenny zu.

Lisas Neugier war stärker als ihre Angst, und sie ging langsam um den Tisch herum und musterte ihn, als erwartete sie, dort eine geheime Botschaft der Santinis vorzufinden. Schließlich sagte sie: »Das erinnert mich an eine Geschichte, die ich in einem Buch über unerklärliche Ereignisse gelesen habe — so etwas in der Art wie *Das Bermuda-Dreieck*. Irgendwann, so um 1870 herum, ist ein großes Segelschiff, die *Mary Celeste*, völlig leer im Atlantik gefunden worden. Die Tische waren zum Essen gedeckt, aber die gesamte Mannschaft war weg. Das Schiff war nicht bei einem Sturm beschädigt worden, und es hatte auch kein Leck oder sowas. Es gab überhaupt keinen Grund, warum die Mannschaft das Schiff verlassen haben sollte. Außerdem waren die Rettungsboote noch da. Die Segel waren gesetzt, die Lampen haben gebrannt, alles war völlig in Ordnung, aber es war kein Mensch an Bord; das gehört zu den großen Geheimnissen des Meeres.«

»Ich bin sicher, daß hinter der Sache hier kein großes Ge-

heimnis steckt«, sagte Jenny ohne Überzeugung. »Die Santinis sind ganz bestimmt nicht verschwunden.«

Auf der anderen Seite des Tisches blieb Lisa plötzlich stehen, sah ihre Schwester an und sagte: »Wenn man sie tatsächlich gegen ihren Willen weggebracht hat, hat das etwas
mit dem Tod deiner Haushälterin zu tun?«

»Vielleicht. Das kann man jetzt noch nicht sicher sagen.«

»Meinst du, wir sollten uns eine Pistole oder sowas besorgen?« fragte Lisa noch leiser.

»Nein, nein.« Jenny sah auf das unberührte Essen, das
verschüttete Salz und den umgestoßenen Stuhl herab.
»Komm, jetzt wollen wir erst einmal nachsehen, ob hier das
Telefon funktioniert.«

Das Telefon hing über dem Spülstein an der Wand. Jenny
schaltete das Küchenlicht an, ging zu dem Apparat, nahm
den Hörer ab und drückte auf den Knopf, um in die Leitung
zu kommen. Wieder bekam sie kein Freizeichen.

Diesmal aber war das Telefon nicht tot wie in ihrem
Haus. Die Leitung war offen, und das leise Rauschen von
elektrischer Statik war zu hören. Obwohl Jenny kein Freizeichen bekam, wählte sie die Nummer des Sheriffs, kam
aber nicht durch.

Dann aber, als sie gerade wieder auf den Knopf drücken
wollte, hatte sie plötzlich das deutliche Gefühl, daß am anderen Ende der Leitung jemand war und ihr zuhörte.

»Hallo?« sagte sie in die Sprechmuschel.

Weit entfernt zischte es, als würden Eier in einer Pfanne
gebraten.

»Hallo?« wiederholte sie.

Nichts. Nur das Rauschen. ›Weißes Rauschen‹ nannte
man das wohl.

Sie sagte sich, daß da nichts anderes war als das gewöhnliche Geräusch einer offenen Leitung, aber sie wurde das
Gefühl nicht los, daß ihr jemand angespannt zuhörte, während sie ihrerseits ebenfalls zuhörte.

Unsinn.

Es lief ihr kalt den Rücken hinunter, und sie hängte hastig auf; Unsinn oder nicht.

»In so einer kleinen Stadt kann doch das Büro des Sheriffs nicht weit weg sein«, sagte Lisa. »Warum gehen wir nicht einfach hin?«

Eigentlich hatte Jenny vorgehabt, das Haus zu durchsuchen, falls jemand von den Santinis krank oder verletzt war und sich nicht bemerkbar machen konnte. Nun aber kam ihr der Verdacht, daß vielleicht jemand an einem anderen Anschluß im ersten Stock saß und lauschte. Diese Möglichkeit veränderte alles; sie nahm zwar ihre beruflichen Pflichten nicht auf die leichte Schulter, aber in dieser Situation war sie zuerst für ihre Schwester und sich selbst verantwortlich. Vielleicht war es tatsächlich am besten, wenn sie Hilfssheriff Paul Henderson herholte, um *dann* mit ihm zusammen das Haus zu durchsuchen. Sie hätte zwar am liebsten geglaubt, daß das nur ihre Einbildung war, aber sie spürte neugierige Augen, als würde jemand sie beobachten — geduldig warten und beobachten.

»Also gut«, sagte sie zu Lisa. »Los, komm mit.«

Offensichtlich erleichtert rannte ihr Schwester vor ihr her durch Eßzimmer und Wohnzimmer auf die Straße hinaus.

Draußen war es inzwischen Nacht geworden. Die Luft war kühler als bei der Dämmerung, und bald würde es ausgesprochen kalt werden. Die Straßenlaternen an der Skyline Road hatten sich mit Einbruch der Dunkelheit automatisch angeschaltet, und auch in einigen Läden war die Abendbeleuchtung angegangen. Jenny und Lisa blieben vor dem Haus der Santinis stehen und bewunderten kurz die Aussicht.

Die an den Gebirgshang geschmiegte Stadt war mit ihren verwinkelten Dächern und Erkern jetzt noch schöner als in der Dämmerung. Aus einigen Schornsteinen stiegen wie geisterhafte Federn weiße Rauchfäden hoch. Hinter manchen Fenstern schienen Lichter, aber die meisten reflektierten wie schwarze Spiegel die Strahlen der Straßenlaternen. Der leichte Wind ließ die Bäume sanft schwanken und ihre Blätter wie zu einem Schlaflied leise rauschen.

Nicht die Schönheit allein aber hatte die beiden stocken lassen. Jenny war vor allem die unheimliche, völlige Stille aufgefallen. Bei ihrer Ankunft hatte sie sie nur merkwürdig gefunden. Nun kam sie ihr bedrohlich vor.

»Das Büro des Sheriffs ist an der Hauptstraße«, sagte sie zu Lisa. »Nur zweieinhalb Blocks weit weg von hier.«

Sie hasteten auf das tote Herz der Stadt zu.

5

Drei Kugeln

In dem düsteren Stadtgefängnis brannte nur ein einziges Licht, das aber von einer Tischlampe kam und auf den Schreibtisch konzentriert war, so daß von dem Rest des großen Hauptraums nicht viel zu sehen war. Auf der Tischplatte lag ein aufgeschlagenes Magazin direkt im Licht. Sonst war es bis auf das blasse Licht, das durch die Fenster hereinfiel, dunkel in dem Raum.

Jenny öffnete die Tür, trat ein, und Lisa kam direkt hinter ihr her.

»Hallo? Paul? Sind Sie da?«

Sie fand einen Wandschalter, knipste die Deckenbeleuchtung an — und zuckte buchstäblich vor dem zurück, was sie ihr auf dem Boden zeigte.

Paul Henderson. Dunkelverfärbtes Fleisch, Prellung. Angeschwollen, tot.

»Großer Gott!« sagte Lisa und drehte sich hastig um. Sie stolperte zu der offenen Tür, lehnte sich an den Türrahmen und sog sich die kühle Nachtluft tief in die Lungen.

Es kostete Jenny erhebliche Mühe, die urtümliche Angst zu unterdrücken, die in ihr aufstieg. Sie ging zu Lisa, legte ihr eine Hand auf die Schulter und sagte: »Bist du okay? Ist dir schlecht?«

Lisa konnte anscheinend nur schwer den Brechreiz unterdrücken. Schließlich schüttelte sie den Kopf. »Nein, es geht schon wieder. K-komm, raus hier!«

»Augenblick noch«, sagte Jenny. »Zuerst möchte ich mir die Leiche ansehen.«

»Du *möchtest* die Leiche ansehen? Das kann doch nicht wahr sein!«

»Ja, ja, du hast ja recht. Ich *möchte* mir alles andere lieber ansehen, aber vielleicht komme ich dahinter, was hier los ist. Du kannst ja hier in der Tür warten.«

Lisa seufzte resigniert.

Jenny ging zu der Leiche auf dem Boden hin und kniete sich daneben.

Paul Henderson war im gleichen Zustand wie Hilda Beck. Jedes sichtbare Stück Fleisch war eine ununterbrochene Prellung. Der Körper war aufgeschwollen, das Gesicht verquollen und verzerrt, aber es war keinerlei Verwesungsgeruch festzustellen.

Die blicklosen Augen quollen aus dem dunkelverfärbten Gesicht und verrieten mit dem weitaufgerissenen und verzerrten Mund unverkennbar eine Emotion: *Angst*. Paul Henderson war anscheinend wie Hilda plötzlich und in den Klauen eines lähmenden Entsetzens gestorben.

Jenny war mit dem Toten nicht eng befreundet gewesen. Natürlich hatte sie ihn gekannt, denn in einer so kleinen Stadt kannte jeder jeden. Er war ein freundlicher, guter Polizeibeamter gewesen, und sie war tief betroffen von dem, was ihm zugestoßen war. Sie sah in sein verzerrtes Gesicht, und der Ekel stieg in ihr hoch, so daß sie ihren Blick abwenden mußte.

Die Waffe des Deputy steckte nicht in ihrem Halfter. Sie lag neben der Leiche auf dem Boden. Ein Revolver vom Kaliber .45.

Sie starrte auf die Pistole und überlegte. Vielleicht war sie ja aus dem Halfter gerutscht, als Henderson auf den Boden gefallen war, aber sie bezweifelte es. Damit blieb als logischste Möglichkeit, daß er die Pistole gezogen hatte, um sich gegen einen Angreifer zu wehren.

Wenn das der Fall war, war er nicht ein Opfer von Krankheit oder Gift.

Jenny wandte sich von der Leiche ab, hockte sich vor den Revolver und überlegte lange, ob sie ihn berühren sollte oder nicht. Sie machte sich nicht mehr so viele Gedanken um Ansteckung wie bei Mrs. Beck, denn ihrer Meinung nach sah das alles immer weniger nach einer bizarren Krankheit aus, und außerdem hatte sie sich bestimmt ohnehin schon angesteckt, wenn es sich tatsächlich um eine exo-

30

tische Krankheit handeln sollte, denn dann mußte sie erschreckend virulent sein. Sie hatte also nichts zu verlieren, wenn sie den Revolver aufnahm und den Toten genauer untersuchte. Am meisten Gedanken machte ihr, daß sie vielleicht Fingerabdrücke verwischen und wichtiges Beweismaterial vernichten könnte.

Selbst wenn Henderson aber wirklich ermordet worden war, hatte sein Mörder ganz sicher nicht die Pistole seines Opfers benutzt und seine Fingerabdrücke darauf hinterlassen. Darüber hinaus sah Paul nicht so aus, als sei er erschossen worden; es hatte ganz im Gegenteil den Anschein, daß er geschossen hatte.

Sie hob die Pistole auf und sah sie sich an. Von den sechs Patronen in der Trommel waren drei abgefeuert, und nach dem scharfen Geruch von verbranntem Pulver zu urteilen, vor nicht allzu langer Zeit. Sie nahm den .45er in die Hand und suchte den gesamten Raum sorgfältig ab, konnte aber keine Einschußlöcher entdecken.

Das überraschte sie. Wenn mit der Pistole nicht in den Boden oder durch das Fenster gefeuert worden war — unmöglich, weil die Fenster geschlossen waren und keine Einschußlöcher zeigten —, dann war sie ungefähr in Hüfthöhe in dem Raum abgeschossen worden. Wo waren aber dann die Kugeln?

Wenn sie in dem Raum nicht zu finden waren, konnten sie nur noch an einer anderen Stelle sein: Im Körper des oder der Angreifer, auf die Paul Henderson gezielt hatte. Wenn er aber mit einem .45er Polizeirevolver einen oder verschiedene Angreifer so im Körper getroffen hatte, daß die Kugeln steckengeblieben waren, hätte alles voller Blut sein müssen. Es war jedoch kein Tropfen zu sehen.

Verwirrt drehte sich Jenny zum Schreibtisch um und nahm den Hörer von der Gabel, obwohl sie bereits vorher wußte, was sie hören würde. Kein Freizeichen. Nur das elektronische, insektenähnliche Zischen einer offenen Leitung. Auch dieses Mal hatte sie das Gefühl, daß sie in der Leitung nicht allein war.

Sie legte den Hörer auf — zu abrupt, zu hart. Ihre Hände zitterten.

An der hinteren Wand des Raums stand neben einem verschlossenen Waffenschrank ein Fotokopier-Gerät, ein Fernschreiber und ein Funkgerät. Mit dem Fernschreiber kannte sich Jenny nicht aus, und außerdem schien er ebenso tot zu sein wie das Funkgerät, dessen Kontrollampe nicht brannte, obwohl es angeschaltet war. Wer den Deputy umgebracht hatte, hatte offensichtlich auch den Fernschreiber und das Funkgerät unbrauchbar gemacht.

Als Jenny in den vorderen Teil des Raums zurückkam, sah sie Lisa nicht mehr in der Tür stehen, und einen Augenblick lang wollte ihr das Herz stehenbleiben, aber dann sah sie das Mädchen neben Hendersons Leiche kauern und sie genau betrachten.

Als Jenny näherkam, sah Lisa auf, deutete auf den aufgeschwollenen Leichnam und sagte: »Ich hätte nie gedacht, daß Haut sich so dehnen läßt, ohne aufzureißen.« Ihre Pose von wissenschaftlicher Neugier und gespielter Gleichgültigkeit gegenüber dem schrecklichen Bild vor ihr war leicht zu durchschauen; ihre unruhigen Augen verrieten sie. Lisa sah von der Leiche weg, als mache sie ihr nicht das geringste aus, und erhob sich langsam.

»Warum bist du denn nicht bei der Tür geblieben?«

»Ich habe mich über mich selbst geärgert, weil ich so ein Feigling war.«

»Hör mal, ich habe dir doch schon gesagt, daß —«

»Ich meine, ich habe natürlich Angst davor, daß uns hier in Snowfield etwas ganz Schlimmes passieren wird, vielleicht schon ganz bald, aber wegen *der* Angst schäme ich mich nicht, weil sie nach allem, was hier passiert ist, nicht mehr als vernünftig ist. Ich hatte aber sogar vor der Leiche da Angst, und das ist einfach kindisch.«

Lisa stockte, aber Jenny sagte nichts. Sie wußte, daß ihre Schwester noch mehr zu sagen hatte, das sie loswerden wollte.

»Er ist tot. Er kann mir nichts tun, und es gibt keinen Grund, Angst vor ihm zu haben. Irrationalen Ängsten sollte man nicht nachgeben, weil das falsch und schwach und dumm ist. Man kann mit ihnen nur fertigwerden, indem man sich ihnen stellt. Stimmt's? Also habe ich mich entschlossen, mich dem hier zu stellen.« Sie deutete mit einem Kopfnicken auf den toten Mann zu ihren Füßen.

Es war nicht allein die Situation in Snowfield, die ihr zu schaffen machte, überlegte sich Jenny. All das hatte ihr mit Macht wieder ins Gedächtnis zurückgerufen, wie sie ihre Mutter an einem heißen Juli-Nachmittag tot in der Küche vorgefunden hatte.

»Ich habe das jetzt überwunden«, sagte Lisa. »Ich habe zwar immer noch Angst vor dem, was uns passieren könnte, aber vor *ihm* habe ich keine Angst mehr.« Sie sah auf die Leiche herab, um das zu beweisen, und dann sah sie Jenny direkt in die Augen. »Siehst du? Du kannst dich jetzt wirklich auf mich verlassen. Ich baue bestimmt nicht noch einmal ab.«

Es wurde Jenny zum erstenmal klar, daß sie Lisas Vorbild war. Das Mädchen zeigte mit ihren Augen, ihrem Gesichtsausdruck, ihrer Stimme und ihren Händen auf subtile Art, wie sehr sie Jenny respektierte und verehrte, und sie sagte ihr ohne Worte etwas, das Jenny tief rührte: *Ich liebe dich, aber mehr noch, ich mag dich; ich bin stolz auf dich; ich finde dich sagenhaft, und wenn du etwas Geduld mit mir hast, werde ich dich stolz und glücklich darüber machen, daß du mich als kleine Schwester hast.*

Jenny war davon überrascht, daß sie in Lisas plötzlichem Pantheon eine so bedeutende Position einnahm. Wegen ihrer langen Abwesenheit hatte sie eigentlich angenommen, daß sie für ihre Schwester praktisch eine Fremde wäre.

»Ich weiß, daß ich mich auf dich verlassen kann«, versicherte sie Lisa. »Ich hatte nie etwas anderes angenommen.«

Lisa lächelte verlegen.

Jenny nahm sie in die Arme, und einen Augenblick lang klammerte sie sich an ihr fest; schließlich sagte sie: »Und … hast du inzwischen eine Ahnung davon, was sich hier abgespielt hat?«

»Eigentlich nicht. Es ergibt alles keinen Sinn.«

»Das Telefon funktioniert hier auch nicht, was? Sicher sind alle Telefone in der Stadt außer Betrieb.«

»Wahrscheinlich.«

Sie gingen auf die gepflasterte, menschenleere Straße hinaus. Lisa sah sich in der Stille um und sagte: »Sie sind alle tot.«

»Das können wir jetzt noch nicht sicher sagen.«

»Alle«, beharrte das Mädchen hoffnungslos. »Die ganze Stadt. Alle tot. Ich *spüre* das.«

»Die Santinis waren aber bloß nicht da, nicht tot«, erinnerte sie Jenny.

Inzwischen war über den Bergen der Mond aufgegangen und machte mit seinem silbernen Licht alles noch geheimnisvoller, als es das vorher gewesen war.

»Ein Friedhof«, sagte Lisa. »Die ganze Stadt ist ein Friedhof. Können wir uns nicht einfach ins Auto setzen und Hilfe holen?«

»Das geht nicht, das weißt du doch. Wenn hier eine Krankheit —«

»Das ist keine Krankheit.«

»Absolut sicher wissen wir das noch nicht.«

»Ich schon. Außerdem hast du selbst gesagt, du hieltest es praktisch für ausgeschlossen.«

»So lange auch nur die leiseste Möglichkeit besteht, müssen wir hier in Quarantäne bleiben.«

Jetzt erst schien Lisa die Pistole zu bemerken. »Hat sie dem Sheriff gehört?«

»Ja.«

»Ist sie geladen?«

»Drei Schuß fehlen, aber es sind noch drei in der Trommel.«

»Willst du sie behalten?« fragte Lisa zitternd.

Jenny starrte auf den Revolver in ihrer rechten Hand herab und nickte. »Wahrscheinlich ist es das beste.«

»Stimmt. Auf der anderen Seite ..., *ihn* hat er auch nicht gerettet, oder?«

Neuigkeiten und Theorien

Sie gingen weiter die Skyline Road entlang und sahen in alle Fenster hinein, um irgendwelche Lebenszeichen zu entdecken, fanden aber keine. Bei den Privathäusern, an denen sie vorbeikamen, stieg Jenny die Stufen zur Haustür hinauf und klingelte, erhielt aber nirgends eine Antwort, auch nicht in den Häusern, in denen hinter den Fenstern Lichter brannten. Sie überlegte sich, ob sie in die Häuser hineingehen sollte, ließ es aber bleiben, weil sie wie Lisa befürchtete, die Bewohner in dem gleichen grotesken Zustand vorzufinden wie Hilda Beck und Paul Henderson. Von Leichen konnte sie nichts mehr erfahren; sie brauchte lebende Menschen, Zeugen.

»Gibt es hier in der Gegend irgendwo ein Kernkraftwerk?« fragte Lisa.

»Nein. Warum?«

»Ich dachte, vielleicht ... Strahlung.«

»So schnell wirkt Strahlung nicht tödlich.«

»Auch nicht, wenn sie unheimlich stark ist?«

»Dann würden die Opfer nicht so aussehen. Sie hätten Verbrennungen, Blasen, offene Wunden.«

»Gift?« fragte Lisa weiter.

»Wie soll denn eine ganze Stadt gleichzeitig vergiftet werden?«

»Mit schlechtem Essen vielleicht.«

»Höchstens, wenn die ganze Stadt an einem Festessen teilgenommen hätte, bei dem irgend etwas Vergiftetes serviert worden war. So ein Festessen hat aber nicht stattgefunden. Das gibt es nur einmal im Jahr, am vierten Juli zum Nationalfeiertag.«

»Gift in der Wasserversorgung?«

»Dann müßten alle genau zur gleichen Zeit Wasser getrunken haben, denn sonst hätten die anderen ja gewarnt werden können.«

»Das ist ja so gut wie unmöglich.«

»Außerdem sieht das nicht nach Gift aus. Ich habe noch nie von einem Gift gehört, das so wirkt.«

Die Bäckerei der Liebermanns. Während der Ski-Saison standen die Touristen Schlange, um etwas von dem köstlichen Gebäck von Jakob und Aida Liebermann zu bekommen, aber die beiden waren so stolz auf ihre Back-Künste, daß sie auch außerhalb der Saison ihre Produkte verkauften, obwohl dann das Geschäft lange nicht so gut ging. Sie wohnten in einer Wohnung über der Bäckerei, in der heute keine Lichter brannten.

Jenny und Lisa lehnten sich nahe an das Schaufenster und sahen hinein. Von hinten fiel aus der Backstube Licht in den Laden und das kleine Café. Die weißen Schaukästen unter der Theke waren leer.

Jenny betete im stillen darum, daß Jakob und Aida von dem Schicksal verschont geblieben waren, das anscheinend den Rest von Snowfield getroffen hatte. Die beiden waren die nettesten, freundlichsten und sanftesten Menschen, die sie je kennengelernt hatte.

Lisa wendete sich von dem Schaufenster ab und sagte: »Und wie ist es mit giftigem Abfall? Irgendeine Chemikalie, von der eine Wolke von tödlichem Gas aufgestiegen ist?«

»Doch nicht hier«, sagte Jenny. »Hier in den Bergen gibt es keine Giftmülldeponien oder chemische Fabriken.«

»Manchmal entgleist auch ein Zug, und ein Tankwagen voller Chemikalien reißt auf.«

»Die Eisenbahnschienen sind mindestens zwanzig Meilen weit weg von hier.«

Lisa runzelte nachdenklich die Stirn und drehte sich um, um von der Bäckerei wegzugehen.

»Augenblick noch. Ich möchte mich da drinnen mal umsehen«, sagte Jenny und ging zu der Ladentür.

»Warum? Es ist doch niemand da.«

»Das wissen wir noch nicht sicher.« Sie versuchte, die Tür zu öffnen, aber sie ging nicht auf. »In der Backstube und der Küche brennen die Lichter. Vielleicht sind sie dort hinten und bereiten alles für morgen vor, und von dem, was in dem Rest der Stadt passiert ist, haben sie gar nichts bemerkt. Die Tür hier ist zu. Probieren wir es mal mit der Hintertür.«

Neben dem Laden führte hinter einer verriegelten Holz-

tür zwischen diesem und dem Nachbargebäude ein über-
dachter Gang zu einem schmalen Weg hinter den Häusern.
Als Jenny den Riegel aufgeschoben und die quietschende
Tür geöffnet hatte, lag ein beängstigend dunkler Tunnel
vor ihnen; das einzige Licht in ihm war ein grauer Fleck an
seinem hinteren Ende, wo er in den Weg mündete.

»Das gefällt mir aber gar nicht«, sagte Lisa.

»Nur die Ruhe. Bleib einfach dicht hinter mir. Wenn du
die Orientierung verlieren solltest, taste dich mit einer Hand
an der Wand weiter.«

Jenny wollte ihrer Schwester nicht noch mehr Angst machen, und deshalb sagte sie nichts davon, daß der unbeleuchtete Gang auch sie nervös machte. Er schien mit jedem
Schritt schmaler und bedrückender zu werden.

Als sie ein Viertel des Wegs durch den Tunnel hinter sich
gebracht hatten, überfiel Jenny plötzlich das unheimliche
Gefühl, daß sie und Lisa nicht allein waren. Einen Augenblick später bemerkte sie, daß sich an der dunkelsten Stelle,
acht oder zehn Fuß über ihr unter dem Dach, etwas bewegte. Sie hätte nicht sagen können, *wie* sie das bemerkte. Das
einzige Geräusch waren ihre und Lisas widerhallende
Schritte. Plötzlich fühlte sie, daß da etwas war, was ihnen
feindlich gesonnen war, und als sie in die tiefe Finsternis
des Weges vor ihnen starrte, war sie sich sicher, daß diese
Finsternis ... sich änderte.

Sie verschob und bewegte sich, bewegte sich dort oben
zwischen den Dachbalken.

Sie sagte sich selbst, daß sie sich das nur einbildete, aber
als sie den Tunnel halbwegs hinter sich gebracht hatte,
schrien ihr all ihre animalischen Instinkte zu, loszurennen
und von hier zu verschwinden. Ärzte sollten eigentlich
nicht in Panik geraten; Gleichmut gehörte zu ihrer Ausbildung, aber sie ging trotzdem etwas schneller. Nur ein wenig
schneller, nicht viel, und dann noch ein bißchen schneller,
und noch ein bißchen, bis sie schließlich gegen ihren Willen
doch rannte.

Sie erreichte den Fußweg. Auch hier war es düster, aber
nicht so dunkel wie in dem Tunnel. Lisa kam stolpernd hinter ihr hergerannt und wäre beinahe auf einem Stück nas-

sem Asphalt ausgerutscht. Jenny konnte sie gerade noch festhalten.

Sie zogen sich zurück und behielten den Ausgang des Tunnels genau im Auge. Jenny hob den Revolver, den sie von der Polizeistation mitgenommen hatte.

»Hast du das auch gespürt?«

»Da war irgendwas unter dem Dach. Wahrscheinlich ein paar Vögel oder schlimmstenfalls Fledermäuse.«

Lisa schüttelte den Kopf. »Nein, das war nicht unter dem Dach. Es hat an der Wand gekauert.«

»Ich habe etwas zwischen den Dachbalken gesehen«, sagte Jenny.

»Nein«, sagte ihre Schwester und schüttelte den Kopf.

»Was hast *du* denn gesehen?«

»Es war links an der Wand. Ungefähr halbwegs durch den Tunnel. Fast wäre ich hineingestolpert.«

»Was war das denn?«

»Ich ... ich weiß nicht. Richtig gesehen habe ich es nicht.«

»Was denn sonst? Hast du etwas gehört oder gerochen?«

»Nein«, sagte Lisa und beobachtete weiter unverwandt den Ausgang des Tunnels. »Aber an einer Stelle war die Dunkelheit ... irgendwie anders. Ich habe eine Bewegung gespürt ... irgend etwas hat sich verschoben ...«

»Das habe ich auch zu sehen geglaubt — aber zwischen den Balken.«

Sie warteten, und als nichts aus dem Tunnel herauskam, beruhigte sich Jennys Herzschlag wieder einigermaßen. Nun kamen ihr Zweifel. Sie vermutete, daß sie und Lisa nur ihrer Hysterie nachgegeben hatten. Diese Erklärung gefiel ihr zwar ganz und gar nicht, weil sie nicht zu dem Bild paßte, das sie sich von sich selbst gemacht hatte, aber sie war ehrlich genug, um zugeben zu können, daß sie dieses eine Mal in Panik geraten sein könnte.

»Wir sind einfach nervös«, sagte sie zu Lisa. »Wenn da drinnen etwas Gefährliches gewesen wäre, wäre es uns doch bestimmt nachgekommen — meist du nicht auch?«

»Vielleicht.«

»He, weißt du, was es gewesen sein könnte? Katzen! Die mögen doch solche dunklen Wege.«

»Das waren keine Katzen. Meiner Ansicht nach war das *viel* größer als Katzen«, erwiderte Lisa nervös.

»Na gut, dann waren es eben keine Katzen. Höchstwahrscheinlich war es gar nichts. Wir sind übernervös.« Sie seufzte. »Komm, sehen wir lieber nach, ob die Hintertür offen ist. Dafür sind wir schließlich hergekommen.«

Sie gingen zu der Hintertür der Bäckerei und sahen dabei immer wieder über ihre Schultern zu dem Ausgang des Tunnels.

Die Hintertür war unverschlossen, und Jenny und Lisa gingen durch den Lagerraum hinter ihr in die riesige Küche. Der appetitliche Geruch nach Gebäck war so anheimelnd und erinnerte sie so sehr an normale Zeiten, daß die Spannung, die sie gepackt hatte, etwas nachließ.

Die Küche war mit verschiedenen Backöfen, einer Teig-Knetmaschine und einer Reihe von anderen Gerätschaften reichlich ausgestattet; alles blitzte vor Sauberkeit. Die Mitte des Raums war von einem langen Tisch oder einer Theke beherrscht, der die Haupt-Arbeitsfläche darstellte, und zur einen Hälfte aus einer Edelstahlfläche und zur anderen aus einem Hackbrett bestand.

»Hier ist niemand«, sagte Lisa.

»Scheint so«, sagte Jenny; ihre Stimmung besserte sich, als sie in den Raum hineinging.

Wenn die Familie Santini entkommen war, und wenn Jakob und Aida verschont geblieben waren, dann war es vielleicht doch nicht so schlimm. Vielleicht —

O Gott!

Mitten auf dem Hackbrett lag ein großer Fladen Teig. Auf dem Teig lag ein Nudelholz. Zwei Hände hatten es am Griff gepackt. Zwei abgetrennte menschliche Hände.

Lisa trat so heftig an einen Metallschrank zurück, daß sein Inhalt laut klapperte. »Verdammt noch mal, was ist eigentlich los hier? Was ist nur los hier?«

Voller morbider Faszination ging Jenny näher auf die Arbeitsfläche zu und starrte auf die körperlosen Hände herab; sie betrachtete sie mit einer Mischung von Ekel und Ungläubigkeit — und einer Angst, die so scharf wie ein Rasiermesser war. Die Hände waren nicht geschwollen und hatten keine Prellung; abgesehen von einem leichten Grauton waren sie mehr oder weniger fleischfarben. Blut — das erste Blut, das sie bisher gesehen hatte — führte in einer nassen Spur von den abgerissenen Händen weg und endete in Streifen und glänzenden Tropfen in einer dünnen Mehlschicht. Die Händen waren stark, oder vielmehr waren sie das früher einmal gewesen. Zweifellos Männerhände. Jakob Liebermanns Hände.

»Jenny!«

Jenny sah erschreckt auf.

Lisa deutete mit erhobenem Arm auf die andere Seite der Küche.

An der hinteren Wand waren drei Backöfen in der Mauer versenkt. Einer davon war riesig und hatte eine doppelte Edelstahltür. Die beiden anderen waren kleiner, aber noch immer größer als ein Küchenbackofen; ihre Tür hatte eine Sichtscheibe in der Mitte. Keiner der Öfen war im Augenblick angeschaltet. Das war auch gut so, weil der Gestank sonst nicht auszuhalten gewesen wäre.

In jedem der kleineren Backöfen lag ein abgetrennter Kopf.

Gräßliche, tote Gesichter drückten ihre Nasen von innen an die Scheibe und glotzten in die Küche.

Jakob Liebermann. Das weiße Haar mit Blut bespritzt. Ein Auge halb geschlossen, das andere weit aufgerissen. Die Lippen schmerzvoll zusammengepreßt.

Aida Liebermann. Beide Augen weit offen. Der Mund aufgerissen, als sei die Kinnlade ausgekugelt.

Einen Augenblick lang konnte Jenny nicht glauben, daß die Köpfe wirklich waren. Sie waren einfach zu schockierend. Sie dachte an teure, lebensechte Halloween-Masken in Zellophanschachteln, an die grauenhaften Wachsköpfe mit Nylon-Haar und Glasaugen, wie sie in den Scherzartikel-Läden angeboten wurden (und das waren *die da* doch bestimmt auch) — und dann fiel ihr noch eine Zeile aus einem Werbe-Slogan ein: *Ofenfrisch auf Ihren Tisch!*

Ihr Herz klopfte dröhnend, und ihr war schwindlig, als habe sie Fieber.

Auf der Arbeitsfläche hielten die beiden Hände noch immer das Nudelholz fest. Jenny erwartete halb, sie würden plötzlich wie zwei Krabben über den Tisch laufen.

Wo waren die kopflosen Leichen der Liebermanns? In dem großen Backofen? In dem Kühlschrank, tiefgefroren und weiß?

Ein bitterer Geschmack stieg ihr im Hals hoch, aber sie unterdrückte ihn. Der Revolver schien nun gegen diesen unglaublich brutalen, unbekannten Feind ein allzu dürftiger Schutz.

Wieder hatte Jenny das Gefühl, als würde sie beobachtet. Sie drehte sich zu Lisa um. »Komm, raus hier!«

Ihre Schwester ging auf die Hintertür zu.

»Nicht da raus! Durch den dunklen Tunnel gehe ich nicht noch einmal.«

»Mein Gott, da hast du recht«, stimmte ihr Lisa zu.

Sie hasteten durch die Küche und den Laden zu der vorderen Eingangstür. Jenny bekam den Riegel davor nicht auf und dachte schon, sie müßten doch durch den Hinterausgang hinaus, bis sie bemerkte, daß sie den Entriegelungsknopf falsch herumgedreht hatte. Danach ging der Riegel ohne Schwierigkeiten auf, Jenny riß die Tür auf, und die beiden rannten in die kühle Nachtluft hinaus.

Nach einer Weile sagte Lisa: »Strahlung, Krankheit, Gift, Gas — Mann, damit waren wir aber echt auf der falschen Spur. Das kann nur irgendein Irrer gewesen sein, oder?«

Jenny schüttelte den Kopf. »Ausgeschlossen. Snowfield hat fast fünfhundert Einwohner, und das hätte ein einziger Irrer nie geschafft. Dazu wäre eine ganze Armee Irre nötig gewesen, und so gehen Psychopathen nicht vor. Sie schließen sich nicht zusammen und planen einen Mord, sondern sind fast immer Einzelgänger.«

Lisa ließ ihren Blick nervös über die Schatten am Straßenrand wandern, als erwarte sie einen Angriff von einem von ihnen, und sagte: »Und was ist mit dieser Kommune von Charles Manson, die damals in den 60er Jahren diesen Filmstar umgebracht hat — wie hieß sie doch gleich wieder? Sharon Tate! Meinst du nicht, um so etwas könnte es sich hier auch handeln?«

»Der harte Kern der Manson-Familie bestand aus höchstens sechs Leuten, und schon das war eine ungeheure Seltenheit. Sechs Leute hätten das hier in Snowfield nie geschafft; dazu wären mindestens fünfzig, vielleicht sogar hundert nötig gewesen, und das ist unmöglich. So viele Psychopathen wären niemals unter einen Hut zu bringen.«

Nach kurzem Schweigen sagte Jenny: »Da gibt es noch etwas, das nicht stimmt. Warum war in der Küche nicht mehr Blut?«

»Ein bißchen war schon da.«

»Das war doch so gut wie gar nichts. Eigentlich hätte alles in Blut schwimmen müssen.«

Lisa rieb sich die Arme ab, um sich aufzuwärmen. Im Schein der Straßenlaterne sah ihr Gesicht wie Wachs aus. Sie sah älter aus als vierzehn. Das Entsetzen hatte sie gereift. »Außerdem waren da keinerlei Anzeichen für einen Kampf«, sagte sie.

Jenny runzelte die Stirn: »Stimmt; da hast du recht.«

»Das ist mir sofort aufgefallen«, sagte Lisa. »Sie haben sich anscheinend gar nicht gewehrt. Eigentlich hätte man doch annehmen sollen, daß das Nudelholz eine ganz gute Waffe abgegeben hätte, nicht wahr? Er hat es aber nicht benutzt. Es sieht fast so aus, als hätte er sich die Hände freiwillig abhacken lassen. Warum nur?«

Jenny sah sich in der Skyline Road um. Die Stille lastete auf der Stadt wie ein schwarzes Tuch. Sie kannte diese Stille aus manchen Krankenzimmern, in denen der Patient gerade seinen letzten Kampf hinter sich gebracht hatte. Es war die spezielle, grimmige Stille des Todes.

Sie hatte es sich nicht eingestehen wollen. Deshalb hatte sie auch nicht laut in die ausgestorbenen Straßen hinausgeschrien. Sie hatte befürchtet, niemand würde ihr antworten.

Nun aber blieb sie ruhig, weil sie befürchtete, jemand *würde* ihr antworten. Jemand oder etwas Gefährliches.

Es blieb ihr nun keine andere Wahl mehr. Sie mußte die Tatsachen akzeptieren. Snowfield war eigentlich keine Stadt mehr, sondern ein riesiger Friedhof mit Gräbern, die wie Berghäuser aussahen.

Der Wind wurde wieder stärker und pfiff durch die Giebel. Er klang wie die Ewigkeit.

7

Der County-Sheriff

In der County-Verwaltung in Santa Mira wußte man noch nichts von der Krise in Snowfield. Man hatte hier seine eigenen Probleme.

Lieutenant Talbert Whitman kam in das Zimmer, als Sheriff Bryce Hammond gerade das Tonbandgerät anschaltete und den Verdächtigen über seine Rechte belehrte. Whitman wollte das Verhör nicht stören und setzte sich daher nicht zu den drei Männern an den Tisch, sondern ging zu dem großen Fenster und ließ sich auf der breiten Fensterbank nieder.

Tal Whitman, schwarz wie ein Schatten im Winter, hatte es aus Harlem hierher nach Santa Mira verschlagen, und es gefiel ihm hier. Manchmal sah er sich die saubere Stadt in ihrer angenehmen Umgebung an, und er konnte sein Glück nicht so recht fassen.

Das Bild, das sich ihm *in* dem Raum bot, konnte ihn allerdings weniger zu Begeisterungsstürmen hinreißen. Hier sah es aus wie in zahllosen anderen Polizeistationen überall im Land. Ein billiger Linoleum-Fußboden, abgestoßene Aktenschränke, und mitten in dem Raum ein runder Konferenztisch mit fünf Stühlen.

An dem Tisch saß im Stuhl des Verdächtigen der große, gutaussehende sechsundzwanzigjährige Grundstücksmakler Fletcher Kale und steigerte sich in eine beeindruckende gerechtfertigte Empörung hinein.

»Jetzt hören Sie mal, Sheriff«, sagte Kale. »Können wir den Scheiß nicht lassen? Sie brauchen mich doch nicht *schon wieder* über meine Rechte zu belehren! Das haben wir doch in den letzten drei Tagen schon ein dutzendmal hinter uns gebracht, oder?«

Bob Robine, Kales Anwalt, legte seinem Klienten hastig eine Hand auf den Arm, um ihn zum Schweigen zu bringen. Robine war klein, dick, hatte ein rundes Gesicht und ein freundliches Lächeln, aber seine Augen waren hart wie die eines Chefcroupiers.

»Nur Ruhe«, sagte Robine. »Sheriff Hammond hat Sie jetzt aufgrund seines Verdachtes so lange festgehalten, wie ihm das Gesetz das erlaubt, und er weiß genau, daß ich das weiß. Er wird diesen Fall also innerhalb der nächsten Stunde so oder so zu Ende bringen.«

Kale blinzelte, nickte und änderte seine Taktik. Er sank wie von Kummer niedergedrückt in seinem Stuhl zusammen und sagte mit leicht zitternder Stimme: »Tut mir leid, daß ich meinen Kopf verloren habe, Sheriff. Ich hätte Sie nicht so anfahren dürfen. Es ist aber so schwer für mich ... so unendlich schwer.« Sein Gesicht schien zusammenzufallen, und das Zittern in seiner Stimme wurde deutlicher. »Mein Gott, ich habe schließlich meine Familie verloren. Meine Frau ... mein Sohn ... beide tot.«

Bryce Hammond sagte: »Wenn Sie glauben, ich hätte Sie ungerecht behandelt, so tut mir das leid. Ich versuche nur, mein Bestes zu tun. Manchmal habe ich recht. Vielleicht aber täusche ich mich dieses Mal.«

Fletcher Kale kam offensichtlich zu der Überzeugung, daß seine Lage doch nicht so bedrohlich war und er es sich leisten konnte, jetzt Großzügigkeit zu zeigen, denn er wischte sich die Tränen ab und sagte: »Na ja, ich ... ich glaube, ich verstehe Ihre Lage, Sheriff.«

Wie die meisten, die mit dem Sheriff zu tun hatten, unterschätzte auch Kale den Sheriff. Das war verständlich, denn Bryce sah nicht besonders beeindruckend aus. Er war neununddreißig, schien aber viel jünger. Mit seinem dichten blonden Haar, seiner Stupsnase und seinen Sommersprossen sah er eher jungenhaft aus; mit seinen schweren Augenlidern und seiner langsamen Redeweise erweckte er oft den irrtümlichen Eindruck, er sei schwerfällig und es mache ihm Mühe, seine Gedanken zu fassen. Bryce Hammond wußte genau, wie ihn andere einschätzten, und er kultivierte sein Bild und verwendete es zu seinem Vorteil.

Whitman wußte, daß der Fall Kale Bryce Hammond tief und persönlich berührte. Er war über den sinnlosen Tod von Joanna und Danny Kale zutiefst erschüttert, weil er selbst erst vor einem Jahr Frau und Sohn verloren hatte, obwohl die Umstände völlig anders gewesen waren.

Ellen Hammond war bei einem Verkehrsunfall umgekommen. Ihr siebzehnjähriger Sohn Timmy hatte auf dem Beifahrersitz neben ihr gesessen und so schwere Schädelverletzungen davongetragen, daß er seitdem im Koma lag. Die Ärzte räumten ihm nicht allzuviel Chancen ein, jemals wieder daraus zu erwachen.

Diese Tragödie hätte Bryce fast zerstört. Erst in der letzten Zeit hatte er langsam angefangen, seine Verzweiflung zu überwinden. Der Fall Kale hatte seine Wunden wieder aufgerissen, aber Bryce hatte seine Wachsamkeit nicht von seinem Kummer einschläfern lassen, und Tal Whitman hatte am letzten Donnerstag an dem kalten, erbarmungslosen Ausdruck, der in die Augen des Sheriffs getreten war, genau erkannt, daß er Kale eines vorsätzlichen Doppelmords verdächtigte.

Nun malte der Sheriff wie geistesabwesend auf seinen gelben Notizblock und sagte: »Mr. Kale, ich möchte Ihnen nicht eine Menge Fragen stellen, die Sie mir schon längst beantwortet haben. Ich schlage Ihnen deshalb vor, ich fasse Ihnen das bisherige Untersuchungsergebnis zusammen. Wenn Sie damit einverstanden sind, kann ich Sie dann zu den neuen Aspekten befragen, die aufgetaucht sind.«

»Okay. Bringen wir's hinter uns, damit ich hier rauskomme«, sagte Kale.

»Also gut«, sagte Bryce. »Nach Ihrer Aussage hat sich Ihre Frau Joanna in der Ehe eingesperrt gefühlt. Sie meinte, sie sei von dem Kind überfordert, weil sie zu jung ist. Sie hat einen Ausweg gesucht, und deshalb hat sie sich dem Rauschgift zugewendet. Habe ich damit Ihrer Meinung nach Ihre Aussage richtig wiedergegeben?«

»Ja«, sagte Kale. »Genau richtig.«

»Gut«, sagte Bryce. »Sie hat also angefangen, Gras zu rauchen. Es hat nicht lange gedauert, bis sie praktisch ständig hinüber war. Das ging zweieinhalb Jahre lang so weiter, bis sie vor einer Woche durchgedreht hat und Geschirr und Essen in der Küche an die Wand warf. Sie konnten sie nur mit größter Mühe beruhigen, und Sie haben dann entdeckt, daß sie PCP — auch bekannt als ›Angel Dust‹ — nahm. Das hat Sie schockiert, weil Sie wußten, daß davon manche Leute gewalttätig werden. Sie haben sie dann gezwungen, Ihnen zu zeigen, wo sie ihren Vorrat versteckte, und den haben Sie anschließend vernichtet. Sie haben ihr dann gesagt, wenn Sie sie noch einmal erwischten, daß sie bei dem kleinen Danny Drogen nimmt, würden Sie sie ordentlich verprügeln.«

Kale räusperte sich. »Sie hat mich bloß ausgelacht und gesagt, das würde ich doch nicht fertigbringen, weil ich keine Frauen schlagen könnte.«

»Und dann sind Sie zusammengebrochen und haben geweint?«

»Genau«, sagte Kale. »Das hat sie dann wieder zur Vernunft gebracht. Wahrscheinlich hat es sie doch erschreckt, einen starken Ochsen wie mich weinen zu sehen. Sie hat mir versprochen, sie würde kein PCP mehr nehmen, und sogar mit dem Marihuana wollte sie aufhören.«

Bryce malte noch immer auf seinem Block und sagte: »Dann sind Sie am letzten Donnerstag früh von der Arbeit heimgekommen und haben den kleinen Danny tot in dem großen Schlafzimmer vorgefunden. Sie haben etwas hinter sich gehört, und als Sie sich umgedreht haben, stand Joanna mit dem Hackmesser in der Hand da, mit dem sie gerade ihren Sohn umgebracht hatte.«

»Sie war im Rausch«, sagte Kale. »PCP. Ich habe das sofort gesehen. Sie hatte so einen wilden Ausdruck in den Augen, wie ein Tier.«

»Sie hat Sie dann angeschrien und Ihnen einen Haufen verrücktes Zeug von Schlangen im Kopf von Leuten erzählt, die sie kontrollieren. Sie haben dann versucht, ihr das Hackmesser abzunehmen —«

»Ich hatte Angst, sie bringt mich um. Ich habe versucht, sie zu beruhigen.«

»Also sind Sie ihr ausgewichen, bis Sie Ihren Nachttisch erreichten, wo Sie eine .38 Automatik aufheben.«

»Ich habe ihr gesagt, sie soll das Messer fallenlassen. Ich habe sie *gewarnt*.«

»Sie hat sich darum aber nicht gekümmert und Sie mit dem Hackmesser angegriffen. Also haben Sie auf sie geschossen. Einmal. In die Brust.«

Kale lehnte sich jetzt mit dem Gesicht in den Händen nach vorne.

Der Sheriff legte seinen Stift weg und verschränkte die Hände vor seinem Bauch. »Mr. Kale, noch ein bißchen Geduld! Ich habe nur noch ein paar Fragen. Kleinigkeiten eigentlich, aber ich möchte im nächsten Jahr wiedergewählt werden, und deshalb will ich mir aus solchen Kleinigkeiten keinen Strick drehen lassen. Sie wissen ja, wie es ist. Gerade solche Dinge werden dann zu einem Riesenskandal aufgebläht.« Bryce grinste Kale an.

Kale ließ seine Hände von seinem Gesicht herabsinken. »Schon gut, Sheriff. Fragen Sie nur.«

Talbert Whitman auf dem Fenstersims lehnte sich vor.

Und Bryce Hammond sagte: »Erstens habe ich mich gefragt, warum Sie Ihre Frau erschossen haben, *und dann haben Sie eine Menge Wäsche gewaschen*, bevor Sie uns das gemeldet haben.«

8

Barrikaden

Abgetrennte Hände. Abgetrennte Köpfe.

Jenny wurde das schreckliche Bild einfach nicht los. Sie mußte ständig daran denken, während sie mit Lisa zu dem Haus von Tom und Karen Oxley unterwegs war. Tom machte für die meisten Ski-Hütten und Motels der Stadt die Buchhaltung, und Karen hatte ein nettes kleines Café. Beide waren Amateurfunker und hatten einen Kurzwellen-Sender, und das war der Grund dafür, daß Jenny sie aufsuchte.

»Wenn jemand das Funkgerät in der Polizeistation sabotiert hat«, sagte Lisa, »warum sollte er nicht das auch noch sabotieren?«

»Vielleicht hat er es nicht gefunden. Einen Versuch ist es auf jeden Fall wert.«

Sie drückte auf die Klingel, und als sich niemand meldete, versuchte sie, die Tür zu öffnen. Sie war verschlossen. Als die beiden um das Haus herumgingen und es an der Hintertür versuchten, fanden sie auch diese verschlossen. Die Vorhänge waren nicht vorgezogen, und als Jenny in die Küche hineinsah, konnte sie kein Anzeichen für Gewalt feststellen. Sie ging weiter zum Fenster des Hobbyraums. Drinnen brannte Licht, aber die Vorhänge waren vorgezogen. Jenny klopfte an das Fenster, aber niemand reagierte. Sie versuchte, das Fenster aufzudrücken, aber es war verriegelt. Sie packte den Revolver am Lauf und schlug damit eine Scheibe ein. Das Glas zerbrach mit durchdringend lautem Klirren. Das war zwar ein Notfall, aber Jenny fühlte sich trotzdem wie eine Einbrecherin. Sie griff durch die zerbrochene Scheibe, öffnete das Fenster und kletterte ins Haus, und Lisa kam hinter ihr her.

In dem kleinen Raum waren zwei Leichen. Tom und Karen Oxley.

Karen lag eingerollt wie ein Fötus auf dem Boden. Auch sie war verfärbt und angeschwollen. Ihre herausgequollenen Augen starrten voller Entsetzen, und ihr Mund war in einem lautlosen Schrei eingefroren.

»Die Gesichter sind am schlimmsten«, sagte Lisa.

»Ich verstehe einfach nicht, warum sich ihre Gesichtsmuskeln beim Tod nicht entspannt haben. Es ist mir unbegreiflich, wie sie so bleiben können.«

»Was sie nur gesehen haben?« überlegte sich Lisa.

Tom Oxley saß zusammengesunken vor dem Funkgerät und hielt noch immer das Tischmikrofon in der Hand, als habe er es auch im Tod nicht aufgeben wollen. Er war ebenso wie Karen verfärbt und angeschwollen. Offensichtlich war es ihm nicht gelungen, um Hilfe zu rufen, denn sonst wäre die Polizei schon längst eingetroffen.

Das Funkgerät war tot. Jenny hatte das schon befürchtet, als sie die Leichen gesehen hatte.

Weder der Zustand der Leichen, noch der des Funkgeräts war jedoch so interessant wie die Barrikaden. Die Tür des Raums war verschlossen, und dazu hatten Karen und Tom noch einen schweren Schrank davorgeschleppt, den sie mit Stühlen und einem Fernsehgerät festgeklemmt hatten.

»Sie wollten irgend etwas daran hindern, hier hereinzukommen«, sagte Lisa.

»Es ist aber trotzdem hereingekommen.«

»Wie?«

Sie untersuchten die beiden Fenster des Zimmers, aber sie waren beide fest von innen verriegelt.

»Ein verschlossener Raum«, sagte Lisa.

Jenny drehte sich langsam um und musterte den Raum. Da war eine kleine Öffnung des Heißluftschachts, die aber mit einem Metallgitter verschlossen war, und zwischen der Tür und dem Boden befand sich ein Zwischenraum von ungefähr einem halben Inch. Es war ausgeschlossen, daß sich jemand Zugang zu dem Raum verschafft haben konnte.

Sie sagte: »Soweit ich das beurteilen kann, kann hier nur Giftgas, Bakterien oder Strahlung hereingekommen sein, um sie zu töten.«

»Aber nichts davon hat die Liebermanns getötet.«

Jenny nickte. »Außerdem würde niemand sich verbarrikadieren, um sich vor Strahlung oder Giftgas zu schützen.«

Was war das bloß, das in verschlossene Räume eindringen konnte, ohne Türen oder Fenster zu öffnen? Was hatte diese Barrikade überwunden, ohne sie zu beschädigen?

Nach einer langen Stille sagte Lisa schließlich: »Und jetzt?«

»Ich denke, wir werden eine Ansteckung riskieren müssen. Wir fahren aus der Stadt bis zum nächsten öffentlichen Fernsprecher, rufen den Sheriff in Santa Mira an, berichten ihm von der Lage hier, und dann soll er entscheiden, wie es weitergehen soll. Wir fahren dann wieder hierher und warten. So kommen wir mit niemand in direkten Kontakt, und wenn es sein muß, können sie ja später die Telefonzelle sterilisieren.«

In diesem Augenblick klingelte das Telefon.

Erschreckt drehte sich Jenny um. Das Telefon stand auf dem Tisch neben dem Funkgerät.

Es klingelte noch einmal.

Sie riß den Hörer von der Gabel. »Hallo?«

Der Anrufer gab keine Antwort.

»Hallo?«

Eisiges Schweigen.

Jennys Hand verkrampfte sich am Hörer. Irgend jemand

hörte ohne einen Laut zu und wartete, bis sie etwas sagen würde. Sie drückte den Hörer an ihr Ohr und lauschte angestrengt. Sie hörte zwar nichts, aber sie *fühlte*, daß da etwas oder jemand war. Plötzlich spürte Jenny Paige in dem verbarrikadierten Zimmer in dem stillen Haus, in dem der Tod so unmöglich zugeschlagen hatte, eine eigenartige Veränderung in sich. Sie war eine gebildete Frau, und Aberglaube war ihr fremd. Sie hatte bisher versucht, das Geheimnis von Snowfield mit Vernunft und Logik zu lösen, aber zum erstenmal in ihrem Leben kam sie damit keinen Schritt weiter. Nun verschob sich etwas in ihr, als würde von den dunkelsten Bereichen ihres Unterbewußtseins ein Deckel heruntergeschoben, und dort, praktisch auf der Ebene der in den Genen gespeicherten rassischen Erinnerung, spürte sie, was hier in Snowfield vor sich ging. Dieses Wissen, das sie in sich trug, war jedoch so zutiefst unlogisch und auf Aberglauben begründet, daß sie sich heftig dagegen wehrte.

– Das ist kein Mensch, das ist ein *Ding*.
– Unsinn.
– Es ist nicht menschlich, hat aber ein Bewußtsein.
– Jetzt wirst du hysterisch.
– Unglaublich bösartig; die perfekte, reine Verkörperung des Bösen.
– Aufhören, sofort *aufhören!*

Lisa kam näher zu ihr. »Was ist denn los mit dir? Wer ist das?«

Jenny war schweißüberströmt und wollte sich gerade den Hörer vom Ohr wegreißen und ihn auf die Gabel knallen, als sie ein Zischen hörte, dann ein Klicken — und dann kam das Freizeichen.

Einen Moment war sie so verblüfft, daß sie nicht reagieren konnte. Dann aber wimmerte sie auf und wählte hastig das Amt.

Es klingelte am anderen Ende der Leitung, ein wunderbar normales, beruhigendes Geräusch.

»Hier Fernamt.«

»Hallo, das ist ein Notruf«, sagte Jenny. »Ich muß unbedingt das Sheriffsbüro in Santa Mira erreichen.«

9

Ein Hilferuf

»Wäsche?« fragte Kale. »Was für Wäsche?«

Bryce sah, daß Kale von der Frage erschreckt worden war und nur so tat, als würde er sie nicht verstehen.

»Sheriff, wohin soll das führen?« fragte Bob Robine.

Bryce antwortete mit ruhiger Stimme: »Mein Gott, Bob, ich arbeite auch nicht gern am Sonntag. Ich muß diese Fragen stellen. Mr. Kale braucht keine einzige davon zu beantworten, aber ich muß das hinter mich bringen, damit ich heimgehen und in Ruhe mein Bier trinken kann.«

Robine sah Bryce stirnrunzelnd an und sagte: »Also gut, weiter.«

Bryce sagte: »Als wir am letzten Donnerstag bei Mr. Kale ankamen, ist mir aufgefallen, daß der dicke Bund seines Pullovers und ein Hosenaufschlag noch etwas feucht waren. Das hat mich auf die Idee gebracht, daß er alles, war er anhatte, vorher gewaschen hatte, und daß es nicht lange genug im Trockner war. Ich habe mir also seinen Waschraum etwas näher angesehen und auf einer Waschmittelpackung zwei blutige Fingerabdrücke gefunden. Einer davon war verschmiert, aber der andere war deutlich. Nach dem Laborbericht stammt er von Mr. Kale.«

»Welche Blutgruppe?«

»Sowohl Mrs. Kale, als auch Danny und Mr. Kale haben die Blutgruppe 0, und das macht es etwas schwieriger für uns —«

»Welche Blutgruppe hatte das Blut auf der Waschmittelpackung?« unterbrach ihn Robine.

»Blutgruppe 0.«

»Dann hätte es doch ebensogut das Blut meines Mandanten sein können! Wer weiß, vielleicht stammt der Fingerabdruck von letzter Woche.«

Bryce schüttelte den Kopf. »Heutzutage ist die Blutgruppenbestimmung so weit fortgeschritten, daß man an den verschiedenen Enzymen Blut so genau bestimmen kann wie einen Fingerabdruck. Es steht zweifelsfrei fest, daß das Blut auf der Schachtel — das Mr. Kale an den Händen hatte, als er die Fingerabdrücke machte — von dem kleinen Danny Kale stammt.«

Fletcher Kales gräue Augen blieben weiter kalt und ausdruckslos, aber er war blaß geworden. »Ich kann das erklären«, sagte er.

»Augenblick mal!« sagte Robine. »Erklären Sie es mir zuerst — aber privat.« Der Anwalt zog sich mit seinem Mandanten in die hinterste Ecke des Zimmers zurück.

Kurz darauf kehrten sie wieder zurück. »Sheriff, ich fürchte, mein Mandant hat eine Dummheit gemacht.«

Kale versuchte, einen gebührend zerknirschten Eindruck zu machen.

»Was er getan hat, könnte falsch ausgelegt werden — wie Sie das ja auch getan haben. Mr. Kale war durcheinander und konnte nicht klar denken, und deshalb hat er seinen kleinen Jungen aufgehoben, als er ihn gefunden hat —«

»Uns hat er aber gesagt, er hätte ihn nicht angerührt.«

Kale sah Bryce aufrecht in die Augen und sagte: »Als ich Danny gefunden habe ... konnte ich nicht glauben, daß er ... daß er tot war ... und da habe ich ihn aufgehoben. Später, nachdem ich Joanna erschossen hatte, habe ich bemerkt, daß ich voller Blut war, und da dachte ich, man könnte vielleicht denken, ich hätte meinen Sohn auch umgebracht.«

»Ihre Frau hatte doch das Hackmesser in der Hand«, sagte Bryce. »Außerdem war sie auch voll von Dannys Blut, und Sie haben sich doch sicher überlegt, daß man bei der Autopsie PCP in ihrem Blut finden würde.«

»Jetzt weiß ich das auch«, sagte Kale, zog ein Taschentuch heraus und wischte sich die Augen ab. »Aber in dem Augenblick hatte ich einfach Angst, man würde mir etwas vorwerfen, was ich nie getan habe.«

»Na ja, lassen wir das erst einmal«, sagte Bryce. »Sie haben uns gesagt, ihre Frau sei seit zweieinhalb Jahren eine schwere Marihuana-Raucherin gewesen.«

»Ganz richtig.«

»Deshalb hat sich der Arzt bei der Autopsie auf meine Anweisung hin ihre Lungen etwas näher angesehen. Sie hat nicht geraucht, und Rauschgift schon gar nicht. Ihre Lungen waren sauber.«

»Ich sagte doch, sie hat Marihuana geraucht, nicht Tabak«, sagte Kale.

»Der Rauch von Marihuana greift auch die Lungen an«, sagte Bryce. »Bei Joanna ist nichts dergleichen festgestellt worden.«

»Aber ich —«

»Sagen Sie nichts«, riet Robine seinem Mandanten. »Vor allem ist doch wichtig, ob PCP in ihrem Blut gefunden worden ist. Ja oder nein?«

»Ja«, sagte Bryce. »Sie hatte es im Blut, aber sie hat es nicht geraucht. Sie hat es eingenommen; in ihrem Magen war noch eine Menge davon.«

Robine blinzelte überrascht, riß sich aber schnell wieder zusammen. »Na bitte«, sagte er. »Dann hat sie das Zeug eben eingenommen. Das ist doch wohl egal, oder?«

»In ihrem Magen war sogar noch mehr als in ihrem Blut.«

Kale versuchte, zugleich interessiert, besorgt und unschuldig auszusehen; selbst mit seinem elastischen Gesicht machte ihm das einige Mühe.

Bob Robine runzelte die Stirn und sagte: »Na gut, dann war eben noch mehr PCP in ihrem Magen als in ihrem Blut. Na und?«

»Angel Dust wird sehr leicht absorbiert; es hält sich also nicht lange im Magen, wenn man es einnimmt. Joanna hat zwar genug von dem Zeug geschluckt, um durchzudrehen, aber die Zeit hatte nicht gereicht, um es wirken zu lassen. Sie hat das PCP nämlich zusammen mit Eiscreme gegessen, die sich an ihren Magenwänden abgesetzt und die Absorption des PCP verzögert hat. Bei der Autopsie ist teilweise verdautes Schokoladeneis gefunden worden. Es war also nicht genug Zeit, um das PCP tatsächlich wirken zu lassen, so daß sie auch nicht in die typische rasende Wut geraten konnte. In Dannys Magen war auch Schokoladeneis, aber kein PCP. Als Mr. Kale uns erzählt hat, er sei am Donnerstag früh von der Arbeit heimgekommen, hat er nichts davon erwähnt, daß er seiner Familie auch eine große Packung Schokoladeneis mitgebracht hat. Wir haben den halbleeren

Behälter im Eisschrank gefunden. Meiner Meinung nach ist folgendes passiert: Sie haben allen Eis gegeben, aber dem Eis für Ihre Frau haben Sie heimlich PCP beigemischt, damit sie später behaupten könnten, sie sei unter dem Einfluß der Droge in Raserei geraten. Sie haben nicht damit gerechnet, daß bei der Autopsie etwas davon herauskommen könnte.«

»Einen Augenblick mal!« rief Robine.

»Dann haben Sie Ihre blutigen Kleider gewaschen«, redete Bryce unbeirrt weiter, »das schmutzige Geschirr gespült und weggeräumt, damit sie dann später behaupten könnten, bei Ihrer Heimkehr sei der kleine Danny schon tot gewesen, und Ihre Frau im PCP-Rausch.«

Robine sagte: »Das sind doch nur Vermutungen. Haben Sie das Motiv vergessen? Warum sollte mein Mandant so etwas Schreckliches tun?«

Bryce beobachtete Kales Augen genau und sagte: »High County Investments.«

Kales Gesicht blieb ausdruckslos, aber in seinen Augen zuckte etwas auf.

Bryce starrte Kale an. »Haben Sie am letzten Donnerstag Eis gekauft, bevor Sie heimgefahren sind?«

»Nein«, sagte Kale tonlos.

»In dem Laden an der Calder Street sagen sie aber etwas anderes.«

Kale biß wütend die Zähne zusammen, und seine Backenmuskeln traten hervor.

»Was war das mit High County Investments?« fragte Robine.

Bryce ignorierte ihn und fragte Kale weiter: »Kennen Sie einen Mann namens Gene Terr?«

Kale starrte ihn nur an.

»Manchmal nennen ihn die Leute bloß ›Jeeter‹.«

Robine sagte: »Wer ist das denn?«

»Der Anführer Chrome Demons«, sagte Bryce und beobachtete dabei Kale genau. »Das ist ein Motorrad-Club. Jeeter handelt mit Drogen. Ihn selbst haben wir noch nie erwischen können, aber ein paar von seinen Leuten haben wir schon eingesperrt. Wir haben Jeeter etwas unter Druck gesetzt, und er hat uns zu jemanden weitergeschickt, der zugegeben hat, daß er Mr. Kale regelmäßig Gras verkauft hat. Nicht Mrs. Kale. Die hat nie etwas gekauft.«

»Wer sagt das?« fragte Robine. »Dieser Rocker etwa? Das ist doch ein Asozialer! Ein zuverlässiger Zeuge ist das aber nicht!«

»Nach unseren Informationen hat Mr. Kale am letzten Donnerstag nicht nur Gras gekauft, sondern auch Angel Dust. Der Mann, von dem er es gekauft hat, wird das vor Gericht beeiden.«

Mit animalischer Abruptheit sprang Kale auf, packte den leeren Stuhl neben sich, warf ihn über den Tisch nach Bryce Hammond und rannte auf die Tür zu.

Bis der Stuhl Kales Hand verlassen hatte, war Bryce schon aufgesprungen, und er flog harmlos an seinem Kopf vorbei.

Kale riß die Tür auf und rannte in den Korridor hinaus. Bryce war vier Schritte hinter ihm, und Tal Whitman, der von seinem Platz auf dem Fenstersims heruntergesprungen war, als sei eine Sprengladung unter ihm losgegangen, folgte ihm mit einem Schritt Abstand.

Kale erreichte die Ausgangstür, rannte hinaus, und Bryce holte ihn im gleichen Augenblick ein. Kale spürte die Nähe seines Verfolgers, fuhr mit einer katzenhaft flüssigen Bewegung herum und schlug mit einer großen Faust zu.

Bryce wich dem Schlag aus, schlug selbst zu und erwischte Kale auf seinem harten, flachen Bauch. Mit einem zweiten Schlag traf er ihn am Hals. Kale taumelte zurück, hob die Hände zum Hals und keuchte und würgte.

Bryce griff ihn sofort an, aber Kale war nicht so schwer getroffen, wie er vorgegeben hatte. Als Bryce näherkam, machte er einen Satz auf ihn zu und umfaßte ihn mit beiden Armen.

»Bastard«, schrie Kale und übersprühte dabei Bryce mit Speichel. Seine grauen Augen waren weit aufgerissen, und seine Lippen waren wie bei einer angreifenden Raubkatze von seinen Zähnen zurückgezogen. Obwohl Bryce selbst ein starker Mann war, gelang es ihm nicht, den eisernen Griff zu durchbrechen, mit dem Kale ihn umklammert hielt. Die beiden taumelten einige Schritte weit zurück und stürzten dann zu Boden. Kale war oben, und Bryce schlug mit dem Hinterkopf auf die Asphaltdecke, so daß er beinahe das Bewußtsein verloren hätte.

Kale schlug einmal ungezielt nach ihm, rollte sich dann herunter und kroch hastig weg. Bryce war überrascht, daß sein Gegner seinen Vorteil nicht weiter ausgenützt hatte, bis er den Revolver sah, der einige Fuß weit entfernt matt glänzend auf dem Boden lag.

Bryce tastete nach seinem Halfter. Leer. Der Revolver war sein eigener. Offensichtlich war er ihm aus dem Halfter gerutscht, als er auf den Boden gefallen war.

Die Hand des Mörders schloß sich um die Waffe.

In diesem Augenblick griff Tal Whitman ein und schlug Kale mit seinem Gummiknüppel von hinten über das Genick. Der Mann brach bewußtlos über der Pistole zusammen. Tal kauerte sich hin und fühlte Kales Puls.

Bryce hielt sich seinen schmerzenden Hinterkopf und humpelte zu ihnen hinüber. »Ist er in Ordnung, Tal?«

»Sicher. In ein paar Minuten kommt er wieder zu sich.« Er nahm Bryces Pistole an sich und stand auf.

Bryce nahm seinen Revolver wieder an sich und sagte: »Dafür bin ich Ihnen was schuldig.«

»Ach was. Wie geht es Ihrem Kopf?«

»Jetzt müßte ich Besitzer einer Aspirin-Fabrik sein.«

»Ich hätte nicht gedacht, daß er wegläuft.«

»Ich auch nicht«, sagte Bryce. »Wenn es solchen Typen an den Kragen geht, werden sie gewöhnlich nur ruhiger und vorsichtiger.«

»Na, ich denke, der hat sich schon in der Zelle gesehen.«

Bob Robine stand in der offenen Tür, starrte zu ihnen heraus und schüttelte konsterniert den Kopf.

Als Bryce Hammond einige Minuten später an seinem Schreibtisch saß und die Anklageformulare ausfüllte, mit denen Fletcher Kale eines Doppelmords beschuldigt wurde, klopfte Robine an die offene Tür.

Bryce sah auf. »Ah, der Anwalt. Wie geht es Ihrem Mandanten?«

»Es geht ihm gut, aber mein Mandant ist er nicht mehr. Ich habe mein Mandat niedergelegt. Wenn mir jemand *nur* Lügen erzählt, kann ich ihn nicht vertreten.«

»Dann muß ich mich um einen Pflichtverteidiger kümmern, bevor er morgen früh dem Haftrichter vorgeführt wird. Mit dem Typ möchte ich keine Zeit verschwenden«, sagte Bryce.

Robine nickte. »Ganz richtig. Das ist ein ganz übler Bursche, Bryce. Ich dachte immer, das Böse wäre eine Erfindung der Kirche, aber als ich vorhin in der Zelle war, ist Kale plötzlich zu mir herumgefahren und hat gesagt: ›Mich kriegen sie nicht. Sie werden mich nicht vernichten. Das schafft niemand. Ich komme wieder frei.‹ Als ich ihn vor übertriebenem Optimismus warnte, sagte er: ›Vor Ihrer Sorte habe ich keine Angst. Außerdem war das kein Mord. Ich habe mir etwas Abfall vom Hals geschafft, der mir das Leben verpestet hatte.‹«

»Mein Gott«, sagte Bryce. Darauf folgte eine kurze Stille. Noch bevor jemand etwas sagen konnte, kam Tal Whitman eilig vom Gang herein. »Bryce, kann ich kurz mit Ihnen sprechen?« Er sah zu Robine. »Eigentlich wäre es mir lieber unter uns.«

»Sicher«, sagte Robine.

Tal machte die Tür hinter dem Anwalt zu. »Bryce, kennen Sie Dr. Jennifer Paige?«

»Sie hat doch vor einiger Zeit in Snowfield eine Praxis eröffnet. Nach allem, was man so hört, soll sie eine gute Ärztin sein. Ich habe sie aber bisher nicht kennengelernt.«

»Ich auch nicht. Ich wollte nur wissen, ob sie vielleicht … haben Sie schon einmal etwas gehört, daß sie … äh, daß sie trinkt?«

»Nein, davon habe ich noch nie etwas gehört. Wieso? Was ist denn los?«

»Sie hat vor ein paar Minuten angerufen. Angeblich hat es in Snowfield eine Katastrophe gegeben.«

»Eine Katastrophe? Wie meint sie das?«

»Das weiß sie eben selbst nicht, sagt sie.«

Bryce blinzelte. »Hat sie hysterisch geklungen?«

»Völlig verängstigt, aber nicht hysterisch. Sie will niemand außer Ihnen viel erzählen. Eines hat sie allerdings gesagt«, sagte Tal und runzelte besorgt die Stirn.

»Ja?«

»Sie hat gesagt, dort oben seien alle tot. Alle Einwohner von Snowfield. Sie sagt, sie und ihre Schwester wären die einzigen, die dort noch am Leben sind.«

10
Schwestern und Polizisten

Jenny und Lisa verließen das Haus der Oxleys, wie sie hineingekommen waren: durch das Fenster.

Die Nacht wurde immer kälter. Die beiden kehrten zurück zu Jennys Haus, um sich warme Jacken zu holen, und dann gingen sie zurück zu der Polizeistation und setzten sich auf die Bank davor, um hier auf Hilfe aus Santa Mira zu warten.

»Wie lange brauchen sie, bis sie hier sind?« fragte Lisa.

»Na ja, bis Santa Mira sind es über dreißig Meilen, und die Straße ist sehr kurvenreich. Außerdem fahren sie sicher vorsichtiger als gewöhnlich. Ich denke, in einer Dreiviertelstunde sind sie hier, höchstens in einer Stunde.«

»Ach du Schande!«

»So lange ist es auch wieder nicht.«

Das Mädchen schlug den Kragen seiner Jacke hoch. »Jenny, als bei den Oxleys das Telefon geklingelt hat, wer war denn dran?«

»Niemand.«

»Aber du hast doch etwas gehört, oder?«

»Nein«, log Jenny.

»Du hast aber ein Gesicht gemacht, als würde dich jemand bedrohen oder so etwas ähnliches.«

»Ich war natürlich unheimlich enttäuscht. Als das Telefon geklingelt hat, dachte ich zuerst, es wäre wieder in Ordnung, aber dann war die Leitung doch tot. Das war alles.«

»Aber dann hast du ein Freizeichen gehört?«

»Ja.«

Wahrscheinlich glaubt sie mir nicht, dachte Jenny. Sie

denkt, ich will sie bloß vor etwas beschützen. Sie hat natürlich recht damit. Wie soll ich ihr das auch erklären, daß ich das Gefühl hatte, da wäre etwas zutiefst Böses am Telefon? Ich verstehe es ja selbst nicht. Warum hat er — oder *es* — mir auf einmal eine offene Leitung gegeben?

Nach einer Weile sagte Lisa: »Jenny, falls mir heute nacht etwas zustoßen sollte —«

»Was soll dir den zustoßen? Dir passiert schon nichts.«

»Falls mir aber doch etwas passieren sollte«, beharrte Lisa, »möchte ich dir nur sagen, daß ich … daß ich … daß ich unheimlich stolz auf dich bin.«

Jenny legte ihrer Schwester einen Arm um die Schulter, und die beiden rückten noch enger zusammen. »Schwesterchen, es tut mir jetzt leid, daß wir in den letzten Jahren so wenig zusammen waren.«

»Du bist doch heimgekommen, so oft zu konntest«, sagte Lisa. »Ich habe bestimmt ein Dutzend Bücher darüber gelesen, was man alles tun muß, um Arzt zu werden. Ich weiß genau, daß du immer viel zu tun hattest und dir um viele Sachen Gedanken machen mußtest.«

Überrascht sagte Jenny: »Trotzdem hätte ich öfters heimkommen können.«

Manchmal war sie nicht heimgefahren, weil sie den stummen Vorwurf in den Augen ihrer Mutter nicht ertragen konnte, der ihr verletzender als mit Worten sagte: *Du hast deinen Vater auf dem Gewissen, Jenny; du hast ihm das Herz gebrochen, und das hat ihn umgebracht.*

»Mama war auch immer so stolz auf dich«, sagte Lisa.

Diese Eröffnung bedeutete für Jenny mehr als eine Überraschung, sie brachte sie völlig durcheinander.

»Meinst du das ernst?«

»Natürlich. Was denn sonst?«

»Aber hat Mama nicht …«

»Hat sie nicht was?« fragte Lisa.

»Hat sie nie etwas über Papa gesagt? Er … er ist vor 12 Jahren gestorben.«

»Mein Gott, das weiß ich doch. Er ist gestorben, als ich zweieinhalb Jahre alt war.« Lisa runzelte die Stirn. »Wovon redest du eigentlich?«

»Hat mir Mama denn nie die Schuld gegeben?«

»Schuld? Wofür denn?«

Bevor Jenny antworten konnte, war es mit der Friedhofsruhe in Snowfield vorbei. Alle Lichter gingen aus.

Drei Polizeiwagen fuhren mit blinkenden Lichtern in die Nacht hinaus nach Snowfield.

Tal Whitman fuhr den ersten Wagen, und Sheriff Hammond saß neben ihm. Auf dem Rücksitz saß Gordy Brogan mit einem weiteren Hilfssheriff.

Gordy hatte Angst.

Er wußte, daß man ihm diese Angst nicht ansah, und darüber war er froh. Er sah im Grunde aus, als sei ihm Angst unbekannt. Er war groß, vierschrötig und muskulös, seine Hände waren so groß und stark wie die eines professionellen Basketball-Spielers, und sein hartes Gesicht sah durch die dünnen Lippen etwas grausam aus. Jake Johnson hatte ihn einmal so beschrieben: *Gordy, wenn du die Stirn runzelst, siehst du aus, als würdest du lebende Hühner zum Frühstück verzehren.*

Trotz seines gefährlichen Aussehens hatte er Angst. Er hatte Angst davor, zum erstenmal seine Pistole benutzen zu müssen, um sein eigenes Leben oder das eines anderen Menschen zu schützen.

Er glaubte nicht, daß er das fertigbringen würde.

Sein Magen krampfte sich bei dem Gedanken zusammen, was ein .45er-Hohlspitzgeschoß anrichten konnte. Es würde einem Menschen *buchstäblich* den Kopf abreißen, eine Schulter zu Fleischfetzen und Knochensplittern zerfetzen, es würde ein Bein abreißen, wenn es die Kniescheibe traf, und es würde einen Brustkasten aufreißen und das Herz und alles andere auf seinem Weg zerschmettern. Gordy Brogan war einfach nicht in der Lage, irgend jemand so etwas anzutun. Das war seine geheime Schwäche. Er wußte zwar, daß manche das nicht als Schwäche, sondern als moralische Überlegenheit bezeichnen würden, aber er wußte auch, daß das nicht immer stimmte. Es gab Gelegenheiten, bei denen es moralischer war, zu schießen. Er hatte als Polizeibeamter geschworen, die Öffentlichkeit zu schützen, und deshalb war seine Unfähigkeit, auf jemand zu schießen, vielleicht nicht nur eine Schwäche, sondern sogar eine Sünde.

Er hatte es bisher vermeiden können, seine Waffe einzusetzen, aber offensichtlich war es in Snowfield zu Gewalttätigkeiten in einem unvorstellbaren Umfang gekommen, und er wußte, daß man Gewalt nur zu oft ebenfalls nur mit Gewalt begegnen konnte.

Gordy Brogan hatte Angst. Die Pistole an seiner Seite schien tausend Pfund zu wiegen.

Jenny und Lisa sprangen von ihrer Bank auf.

»Was ist passiert?«

»Pssst!« sagte Jenny. »Hör doch!«

Es herrschte jedoch weiter tiefe Stille.

Mit klopfendem Herz drehte sich Jenny um und musterte die Gebäude hinter ihnen. Die Türen lagen in tiefen Schatten, so daß man nicht feststellen konnte, ob sie offen oder geschlossen waren — oder ob sie sich in diesem Augenblick langsam öffneten, um die scheußlich aufgeschwollenen, durch Dämonen wieder zum Leben erweckten Toten auf die Straße zu entlassen.

Hör auf damit, dachte Jenny. Die Toten erwachen nicht wieder zum Leben und kommen zurück.

Ihre Augen ruhten auf der dunklen, schmalen Lücke zwischen der Polizeistation und dem Laden daneben. Sie erinnerte Jenny an den engen, dunklen Gang neben der Bäckerei der Liebermanns. Versteckte sich dort auch etwas? Kam es nun, da die Lichter erloschen waren, lautlos und unaufhaltsam auf den dunklen Bürgersteig?

»Komm«, sagte sie zu Lisa.

»Wohin?«

»Auf die Straße. Da kommt nichts an uns heran —«

»Ohne daß wir es vorher sehen«, sprach Lisa weiter.

»Wie lange dauert es noch, bis der Sheriff kommt?« fragte Lisa.

»Mindestens noch eine Viertelstunde oder zwanzig Minuten.«

Plötzlich gingen abrupt alle Lichter in der Stadt an und blendeten sie — und dann wieder Dunkelheit.

Jenny hob den Revolver, wußte aber nicht, wohin sie zielen sollte.

Ein markerschütternder Lärm — ein durchdringendes Geheul — hallte durch Snowfield.

Jenny und Lisa stießen beide einen Schrei aus und zuckten erschreckt zusammen.

Dann Stille.

»Was war das denn, um Gottes willen?« fragte Lisa.

»Die Feuerwehrsirene.«

Wieder ein Heulen, und dann Stille.

Bong! Bong!

»Eine Kirchenglocke«, sagte Lisa.

Noch einmal läutete die Glocke mit einem lauten, trauererfüllten Klang, der sich an den leeren Fensterhöhlen der Stadt brach.

»Irgend jemand muß doch am Glockenseil ziehen, um die Glocke zum Läuten zu bringen«, sagte Lisa. »Oder auf den Knopf drücken, der die Sirene auslöst. Also *muß* noch jemand außer uns hier sein.«

Jenny antwortete nicht.

Erneut heulte die Sirene auf, erstarb wieder, heulte auf und erstarb wieder, und dann meldeten sich Sirene und Glocke zur gleichen Zeit, immer und immer wieder, als wollten sie ein Ereignis von ungeheurer Bedeutung ankündigen.

In den Bergen fuhren die drei Wagen aus Santa Mira inzwischen weiter auf Snowfield zu. Deputy Frank Autry fuhr den zweiten Wagen, und Deputy Stu Wargle saß zusammengesunken auf dem Beifahrersitz.

Frank Autry war ein schlanker, sehniger Mann mit gepflegtem, kurzgeschnittenem, graumeliertem Haar und einem sauber gestutzten Schnurrbart. Seine Gesichtszüge waren hager und scharf geschnitten, als habe der Herrgott nichts verschwenden wollen, als er seinen genetischen Plan zusammenstellte. Seine Uniform sah wirklich aus, als stamme sie direkt aus der Dienstvorschrift, seine schwarzen Stiefel und sein Koppel mit dem Halfter waren auf Hochglanz poliert.

»Das ist einfach eine beschissene Ungerechtigkeit«, sagte Stu Wargle.

»Vorgesetzte Offiziere brauchen nicht immer gerecht zu sein — nur recht müssen sie haben«, sagte Frank.

»Was für ein vorgesetzter Offizier?« fragte Wargle mürrisch.

»Sheriff Hammond. Den meinen Sie doch wohl, oder?«

»Das ist für mich kein vorgesetzter Offizier.«

»Das ist er aber, damit müssen Sie sich abfinden.«

»Er will mich fertigmachen, das Schwein«, sagte Wargle.

Frank sagte nichts. Vor seinem Eintritt in die Polizei war er Offizier bei der Armee gewesen. Er hatte mit 44 nach 25 Dienstjahren den Dienst quittiert und war wieder in seine Heimatstadt Santa Mira gezogen. Ursprünglich hatte er ein kleines Geschäft aufmachen wollen, um seine Pension aufzustocken und um sich zu beschäftigen, aber schon bald hatte er gemerkt, daß er sich ohne Uniform und eine militärische Organisation nicht wohl fühlte, und so hatte er sich als Deputy verpflichtet. Das war zwar eine Degradierung von seinem vorherigen Majorsrang gewesen, aber er hatte seinen Entschluß bisher noch nie bereut.

Das stimmte nicht ganz, denn er bereute ihn gewöhnlich immer dann, wenn er mit Wargle zusammen zum Dienst eingeteilt war. Wargle war unerträglich, und Frank tolerierte ihn nur als Test für seine Selbstbeherrschung.

Wargle war schlampig. Er wusch sein Haar zu selten, rasierte sich unsauber, trug eine ständig zerknitterte Uniform und schmutzige Stiefel. Außerdem war er zu fett.

Wargle war ein Langweiler ohne jeglichen Sinn für Humor. Er las nichts, wußte nichts, hatte aber zu jeder sozialen und politischen Frage eine unumstößliche Meinung.

Wargle war widerlich. Er war 45 Jahre alt, bohrte aber trotzdem noch in der Öffentlichkeit in der Nase und rülpste und furzte oft und lautstark.

»Eigentlich habe ich ab zehn Uhr dienstfrei. Zehn Uhr, verdammt noch mal! Es ist einfach ungerecht, mich wegen so einem Scheiß-Anruf mit nach Snowfield zu nehmen! Dazu wartet noch ein geiles Püppchen auf mich.«

Frank fragte nicht nach, wer damit gemeint war. Er fuhr

schweigend weiter und hoffte, Wargle würde ihm nicht sagen, wer das ›geile Püppchen‹ war.

»Sie ist Kellnerin in Spankys Schnellimbiß«, sagte Wargle. »Vielleicht haben Sie sie schon mal gesehen. Eine Blondine namens Beatrice; gewöhnlich nennen die Leute sie bloß Bea.«

»Ich komme kaum einmal in Spankys Schnellimbiß«, sagte Frank.

»Ach so. Ihr Gesicht ist eigentlich gar nicht so schlecht, aber Wahnsinnstitten hat sie. Vielleicht ein bißchen fett, aber sie hält sich für viel häßlicher, als sie ist. Total unsicher, verstehen Sie? Wenn man darauf noch ein bißchen herumhackt und dann sagt, daß man sie trotzdem will, auch wenn sie ein bißchen zu fett geworden ist — Mann, ich sage Ihnen, die macht alles, was man will! Einfach alles!« Er lachte, als habe er etwas unwahrscheinlich Komisches gesagt.

Frank hätte ihm zu gern ins Gesicht geschlagen, ließ es aber.

Wargle war ein Frauenhasser. Er sprach von Frauen, als wären sie eine niedrigere Spezies. Die Vorstellung, daß man sein Leben mit einer Frau teilen und über die innersten Gedanken mit ihr sprechen konnte, war Wargle völlig fremd.

Frank Autry dagegen war seit sechsundzwanzig Jahren mit seiner schönen Ruth verheiratet. Er verehrte sie und — obwohl das ein egoistischer Gedanke war — betete manchmal, sie würde erst nach ihm sterben, damit er nicht ohne Ruth zu leben brauchte.

»Dieser Scheißkerl Hammond will mich fertigmachen; ständig belämmert er mich.«

»Womit?«

»Mit allem. Es paßt ihm nicht, wie meine Uniform aussieht. Es paßt ihm nicht, wie ich meine Berichte schreibe. Sagt mir der Kerl doch, ich sollte etwas an meiner Einstellung ändern. Meine *Einstellung*, das muß man sich vorstellen! Er will mich fertigmachen, aber das schafft er nicht. Ich reiße noch fünf Jahre ab, und dann bekomme ich meine Pension für dreißig Dienstjahre. Das wird er nicht schaffen, mich um meine Pension zu bringen.«

Der kleine Konvoi hatte die Abbiegung nach Snowfield

erreicht. Frank sah in den Rückspiegel und sah, daß der dritte Wagen wie verabredet herumschwenkte, um eine Straßensperre aufzubauen.

Sheriff Hammonds Wagen fuhr weiter in Richtung Snowfield, und Frank folgte ihm.

»Wozu haben wir denn das Scheiß-Wasser mitgebracht?« fragte Wargle. Hinten im Wagen standen drei Zwanzig-Liter-Kanister Wasser.

Frank sagte: »Vielleicht ist das Wasser in Snowfield verseucht.«

»Und was soll all der Fraß, den wir im Kofferraum haben?«

»Die Nahrungsmittel könnten auch vergiftet sein.«

»Ich glaube nicht, daß da alle tot sind.«

»Der Sheriff hat Paul Henderson in der Polizeistation nicht erreichen können.«

»Na und? Henderson macht doch ständig blau.«

»Die Ärztin dort oben sagt, Henderson wäre tot, und die anderen —«

»Mein Gott, die Ärztin ist entweder verrückt oder besoffen. Was soll das überhaupt, eine Ärztin? Die hat doch sicher ihr Examen nur bestanden, weil sie mit den richtigen Leuten gevögelt hat.«

»Wie kommen Sie denn darauf?«

»Keine Frau hat genug Grips, um das Studium so zu schaffen.«

»Mein Gott, Wargle, Sie sind wirklich das Letzte.«

»Wieso, was ist denn jetzt schon wieder los?« fragte Wargle.

»Nichts. Vergessen Sie es.«

Wargle rülpste. »Na ja, egal, ich glaube auf jeden Fall nicht, daß sie alle tot sind. Das ist doch Scheiße. Und auf mich wartet ein geiles Püppchen.«

Im Gegensatz zu Wargle hatte Frank Autry ein sehr gutes Vorstellungsvermögen. Es arbeitete während der ganzen Fahrt wie eine gutgeölte Maschine. Er hatte das beunruhigende Gefühl — Vorahnung? Eingebung? —, daß sie direkt in die Hölle fuhren.

Die Feuerwehrsirene heulte. Die Glocke schlug immer schneller. Ein betäubender Lärm erfüllte die Stadt.

»Jenny!« rief Lisa.

»Halt die Augen offen! Paß auf, ob sich etwas bewegt!«

Die Straße war ein Flickenteppich aus zehntausend Schatten; es gab zu viele dunkle Stellen, die man im Auge behalten mußte.

Die Sirene heulte, und die Glocke dröhnte, und nun begannen alle Lichter — in den Häusern, den Läden und auf der Straße — so schnell an und auszugehen, daß ein Effekt wie bei einem Stroboskop entstand. Jenny hielt den Revolver mit ausgestreckten Armen vor sich und drehte sich um die eigene Achse, aber sie konnte in dem flackernden Licht nicht erkennen, ob etwas sich näherte.

Sie dachte: Was ist, wenn der Sheriff ankommt und mitten auf der Straße zwei abgetrennte Köpfe vorfindet? Meinen und Lisas.

Der Lärm wurde so unerträglich, daß Lisa sich die Hände an die Ohren preßte und Jenny ihre Hand nicht ruhighalten konnte.

Dann aber hörte er so abrupt auf, wie er angefangen hatte. Die Sirene und die Glocke verstummten, und die Lichter blieben an.

Jenny sah sich angestrengt um und wartete darauf, daß irgend etwas passieren würde, irgend etwas Schlimmeres.

Es rührte sich jedoch nichts. Die Stadt war wieder so still wie ein Friedhof. Ein Wind kam auf und brachte die Bäume zum Schwanken, als tanzten sie zu einer für Menschen unhörbaren Musik.

Lisa schüttelte sich, um ihre Betäubung abzuschütteln, und sagte: »Es ist fast so, als ... als wollte uns jemand Angst machen ... oder mit uns spielen.«

»Genau so war es«, sagte Jenny. »Als wollte jemand mit uns spielen. Wie eine Katze mit einer Maus.«

Sie standen bewegungslos mitten auf der stillen Straße; sie hatten Angst, wieder zu ihrer Bank vor der Polizeistation zurückzugehen, weil sie mit ihrer Bewegung vielleicht wieder die Sirene und die Glocke in Gang setzen könnten.

Plötzlich hörten sie ein leises Brummen. Einen Augenblick lang krampfte sich Jennys Magen zusammen, aber dann erkannte sie das Geräusch. Das waren Autos, die sich die steile Gebirgsstraße hinaufquälten.

Sie drehte sich um und sah die Straße hinunter. Das Motorengeräusch wurde lauter, und dann bogen zwei Polizeiwagen mit blinkenden roten Lichtern auf den Dächern um die Kurve.

»Gott sei Dank«, sagte Lisa.

Jenny führte ihre Schwester schnell zu der Polizeistation. Die beiden Wagen hielten davor an, und beide Motoren wurden gleichzeitig abgeschaltet. Wieder senkte sich die totenähnliche Stille über Snowfield.

Ein gutaussehender schwarzer Mann stieg aus dem ersten Wagen und ließ die Tür offen. Er sah Jenny und Lisa an, sagte aber nichts. Ein zweiter Mann stieg aus dem gleichen Wagen aus. Er hatte widerspenstiges, sandfarbiges Haar, und seine Augenlider waren so schwer, daß er aussah, als würde er gleich einschlafen. Er trug Zivilkleider, aber an seine dunkelblaue Nylon-Jacke hatte er seinen Sheriffs-Stern geheftet.

Noch vier Männer stiegen aus den Wagen aus. Alle sechs Neuankömmlinge blieben einen langen Augenblick wortlos stehen und sahen die ausgestorbenen Läden und Häuser an.

In diesem merkwürdigen Augenblick hatte Jenny die eiskalte Vorahnung, an die sie selbst nicht glauben wollte, die ihr aber sagte, daß nicht alle wieder lebend von hier wegfahren würden.

11

Erste Untersuchung

Bryce hatte sich neben der Leiche Paul Hendersons auf ein Knie niedergelassen. Die anderen sieben — seine Leute, Dr. Paige und Lisa — drängten sich vor dem Holzgeländer in der Station. Sie schwiegen in der Gegenwart des Todes, denn sie hatten Paul Henderson als guten Mann gekannt.

Bryce sagte: »Dr. Paige?«

Sie kauerte sich auf der anderen Seite der Leiche nieder. »Ja?«

»Sie haben die Leiche doch nicht bewegt?«

»Ich habe sie nicht einmal berührt, Sheriff.«

»Und es war kein Blut da?«

»Wie Sie es jetzt sehen. Kein Blut.«

»Vielleicht hat er eine Wunde im Rücken«, sagte Bryce.

»Selbst dann müßte Blut auf dem Boden sein.«

»Unter gewöhnlichen Umständen würde ich eine Leiche nicht anrühren, bevor sie nicht untersucht worden ist, aber hier muß ich eine Ausnahme machen. Ich muß ihn umdrehen.«

»Ich weiß nicht, ob es ungefährlich ist, ihn zu berühren.«

»Irgend jemand muß es ja tun.«

Bryce legte eine Hand an Hendersons schwarz-blaues, verzerrtes Gesicht. »Die Haut ist ja noch etwas warm«, sagte er überrascht.

Dr. Paige sagte: »Ich glaube nicht, daß sie schon lange tot sind.«

»Aber eine Leiche verfärbt sich doch nicht so und schwillt in zwei Stunden derart an«, sagte Tal Whitman.

»Die Leichen hier schon«, sagte die Ärztin.

Bryce rollte die Leiche auf die Brust, konnte aber keine Wunde auf dem Rücken finden. Er schob eine Hand in das dichte Haar des Sheriffs, um festzustellen, ob ihm vielleicht der Schädel eingeschlagen worden war — aber das war auch nicht der Fall.

Bryce erhob sich wieder. »Sie haben doch von zwei Enthauptungen gesprochen ... Ich denke, das sollten wir uns jetzt ansehen.«

»Könnte vielleicht währenddessen einer von Ihren Leuten bei meiner Schwester bleiben?«

»Ich kann Ihre Gefühle verstehen«, sagte Bryce. »Aber unter den gegenwärtigen Umständen sollten wir vielleicht besser alle zusammenbleiben.«

»Keine Sorge, Jenny«, beruhigte Lisa sie. »Ich wollte sowieso nicht hierbleiben.«

Das Mädchen hatte Mumm in den Knochen, dachte Bryce

Hammond. Man sah ihr und ihrer älteren Schwester zwar an, daß sie etwas Schreckliches mitgemacht hatten, aber sie wurden besser damit fertig, als man das von den meisten Leuten in diesem Alptraum erwartet hätte.

Sie führten den Sheriff mit seiner Gruppe durch das verlassene Städtchen zu der Bäckerei. Alles lag tot und verlassen, als sei das hier eine seit Jahrhunderten verlassene Geisterstadt in der Wüste, auf der seit Generationen diese tiefe Stille lastete.

Sie gingen durch die vordere Eingangstür in die Bäckerei und weiter nach hinten in die Backstube. Noch immer packten zwei abgetrennte Hände den Griff des Nudelholzes.

Zwei abgeschnittene Köpfe glotzten durch die Sichtscheiben der Backöfen.

»Mein Gott«, sagte Tal leise. Bryce schüttelte sich, und Jake Johnson, dem die Beine den Dienst versagen wollten, lehnte sich an einen Schrank.

Wargle sagte: »Ach du Scheiße, die sind ja geschlachtet worden wie zwei Kühe«, und dann redeten sie alle durcheinander.

»... warum jemand so etwas wohl ...«

»... geisteskrank, einfach nicht normal ...«

»... wo die Körper wohl sind?«

»Ganz genau«, sagte Bryce etwas lauter, um die anderen zu übertönen. »Wo sind die Körper? Los, die müssen wir finden.«

Einige Sekunden lang blieben alle wie erstarrt stehen. Der Gedanke, was sie wohl finden würden, hatte sie gefrieren lassen. Dann aber rafften sie sich mühsam zusammen und suchten die gesamte Bäckerei nach den Körpern — oder anderen Körperteilen — der beiden alten Leute ab, konnten aber nichts finden.

»Warum die Mörder wohl die Leichen weggeschafft haben?« fragte Frank.

»Vielleicht war das irgendeine verrückte Sekte, und sie haben die Körper für ein Ritual gebraucht«, sagte Jake Johnson.

»Wenn es sich tatsächlich um ein Ritual handelt, dann ist es hier abgehalten worden, wie es aussieht«, sagte Frank.

Gordy Brogan rannte stolpernd zur Toilette, und durch die Tür, die er hinter sich zugeworfen hatte, kam das Geräusch von Würgen.

Stu Wargle lachte und sagte: »Mein Gott, ist der aber zart besaitet.«

Bryce drehte sich um und fuhr ihn mit finsterem Gesicht an: »Ich möchte wirklich mal wissen, was Sie hier so witzig finden, Wargle. Ich finde auf jeden Fall Gordys Reaktion viel natürlicher als unsere.«

Als Gordy von der Toilette zurückkam, machte er ein verlegenes Gesicht. »Tut mir leid, Sheriff.«

»Dazu besteht kein Anlaß, Gordy.«

Als sie wieder draußen auf der Straße waren, ging Bryce sofort zu der Holztür zwischen der Bäckerei und dem Laden nebenan und starrte über sie in die unbeleuchtete, abgedeckte Passage zwischen den Häusern. Als Jenny neben ihn trat, sagte er: »Da drinnen haben Sie doch irgend etwas bemerkt, oder?«

»Ja.«

Er nahm Tals lange Taschenlampe, schob die knarrende Tür auf, zog seinen Revolver und ging hinein. Ein leichter muffiger Geruch hing in dem Gang. Der starke Strahl der Taschenlampe reichte bis in den halben Gang, aber er leuchtete nur direkt vor sich und sah sich die Mauern und die Dachbalken über seinem Kopf genau an. Bis jetzt zumindest war nichts zu entdecken.

Mit jedem Schritt wurde sich Bryce sicherer, daß es unnötig gewesen war, den Revolver zu ziehen — bis er ungefähr die Mitte des Tunnels erreicht hatte. Dann plötzlich spürte er etwas ... etwas Eigenartiges ... ein vorausahnendes Kribbeln auf dem Rücken. Er hatte das Gefühl, daß er in dem Gang nicht mehr allein war.

Er war ein Mann, der seinem Gefühl vertraute, und er ignorierte auch dieses Mal seine Ahnung nicht. Er hob seinen Revolver, blieb bewegungslos stehen, lauschte angestrengt und ließ den Strahl seiner Taschenlampe schnell über Mauern und Dachbalken wandern. Er sah in den Gang vor sich und drehte sich sogar einmal kurz um, um sich zu überzeugen, daß sich nicht inzwischen wie durch Zauberei jemand hinter ihm angeschlichen hatte. Es war nichts zu sehen, aber trotzdem hielt sich das Gefühl beharrlich, daß er von feindseligen Augen beobachtet wurde.

Er setzte sich langsam wieder in Bewegung, und als der Strahl seiner Taschenlampe auf den Gully in der Mitte des Ganges fiel, glänzte darin etwas Undefinierbares auf, das das Licht reflektierte und sich *bewegte*.

Vorsichtig trat Bryce näher und leuchtete direkt in den Gully hinein. Was immer darin geglänzt hatte, war jetzt verschwunden. Er kauerte sich hin und sah durch die Rippen der Abdeckung. Das Licht beleuchtete nur das Abflußrohr von ungefähr 45 Zentimeter Durchmesser. Es war trokken, und das bedeutete, daß er nicht einfach Wasser gesehen hatte.

Eine Ratte? Snowfield hatte als Urlaubsort ein relativ wohlhabendes Publikum, und daher achtete man genau darauf, daß sich hier keine Schädlinge breitmachten. Es war natürlich trotzdem nicht unmöglich, daß die eine oder andere Ratte der Aufmerksamkeit der Bewohner entging, aber Bryce glaubte nicht, daß es das gewesen war, was er gesehen hatte.

Er ging weiter bis zum Ende des Tunnels und kehrte dann wieder zu Tal und den anderen zurück.

»Haben Sie etwas gesehen?« fragte Tal.

»Nicht viel«, sagte Bryce, trat auf den Bürgersteig und machte die Holztür hinter sich zu. Er erzählte ihnen von seinem Gefühl, er würde beobachtet, und von der Bewegung in dem Abflußrohr.

»Die Liebermanns sind von Menschen ermordet worden«, sagte Frank Autry. »Nicht von etwas, das so klein ist, daß es durch ein Abflußrohr kriechen kann.«

»Eigentlich müßte man das annehmen«, stimmte ihm Bryce zu.

»Aber Sie haben das da drinnen doch auch gespürt, oder?« fragte Lisa eindringlich.

»Irgend etwas habe ich gespürt«, sagte Bryce zu dem Mädchen. »Es hat mich allerdings offensichtlich nicht so stark berührt wie Sie beide. Auf jeden Fall war es ... eigenartig.«

»Gott sei Dank«, sagte Lisa. »Ich dachte schon, Sie halten uns für zwei hysterische Weiber.«

»Wenn man bedenkt, was Sie durchgemacht haben, sind Sie beide wohl so unhysterisch, wie man sich das nur vorstellen kann.«

»Na ja«, sagte das Mädchen. »Jenny ist Ärztin, und vielleicht will ich das auch einmal werden, und eine Ärztin kann es sich einfach nicht leisten, hysterisch zu werden.«

Sie war ein hübsches Mädchen, aber ihre ältere Schwester gefiel Bryce noch besser. Beide hatten das gleiche dichte, rotbraune Haar und die gleiche goldfarbene Haut, aber Dr. Paige war reifer und deshalb für Bryce interessanter und attraktiver.

Bryce sagte: »Dr. Paige, ich möchte mir jetzt das Haus ansehen, in dem sich die beiden Leute verbarrikadiert hatten.«

»Das sind die Oxleys drüben in der Vale Lane.« Sie führte sie die Straße hinunter zu der Ecke Vale Lane und Skyline Road.

Das trockene Schaben ihrer Schritte ließ Bryce an eine Wüstenstadt denken, an Käfer, die hastig über Stapel von uralten Papyrus-Rollen in Wüstengräbern krochen.

Als der kleine Trupp um die Ecke der Vale Lane bog, blieb Dr. Paige stehen und sagte: »Zwei Blöcke weiter wohnen ... äh ... wohnten die Oxleys.«

Bryce musterte die Straße und sagte: »Bevor wir dorthin gehen, sollten wir uns alle Häuser und Läden bis dahin ansehen — zumindest auf einer Straßenseite. Ich glaube, es ist sicherer, wenn wir uns in zwei Vierergruppen aufteilen. Wir gehen ja nicht in verschiedene Richtungen auseinander und bleiben uns nahe genug, falls es Schwierigkeiten geben sollte. Dr. Paige und Lisa bleiben bei mir. Frank, Sie übernehmen die zweite Gruppe.«

Frank nickte.

»Bleiben Sie aber zusammen«, ermahnte sie Bryce eindringlich. »Ich meine damit *wirklich* zusammen, also immer in Sichtweite voneinander. Ist das klar?«

»Geht in Ordnung, Sheriff«, sagte Frank Autry.

»Also gut, dann seht ihr euch das erste Gebäude nach dem Restaurant dort an, und wir übernehmen das nächste

Haus, dann ihr wieder das übernächste, und so weiter. Wenn ihr etwas wirklich Interessantes findet, und damit meine ich nicht nur weitere Leichen, holt mich. Wenn ihr Hilfe braucht, feuert zwei oder drei Schüsse ab. Dann hören wir auch, wenn wir in einem anderen Haus sind.«

Dr. Paige trat einen Schritt vor und sagte zu Frank Autry: »Eines noch. Wenn Sie Leichen finden, die aus Augen, Ohren, Nase oder Mund bluten, lassen Sie es mich sofort wissen. Oder wenn sich Anzeichen für Erbrechen oder Durchfall finden.«

»Weil das auf eine Krankheit hindeuten könnte, oder?« fragte Bryce.

»Ja«, sagte sie. »Oder eine Vergiftung.«

Jake Johnson, der inzwischen älter wirkte als 57, sagte: »Das war keine Krankheit, die den Leuten da den Kopf abgeschnitten hat.«

»Darüber habe ich auch nachgedacht«, sagte Dr. Paige. »Was ist, wenn es so etwas wie eine mutierte Art von Tollwut ist, die manche Leute sofort tötet, andere aber in den Wahnsinn treibt — und die haben dann die Leute so verstümmelt?«

»Halten Sie denn so etwas für wahrscheinlich?« fragte Whitman.

»Nein, aber unmöglich ist es auch nicht. Wer will hier außerdem noch sagen, was wahrscheinlich ist und was nicht? Hätten Sie es denn für wahrscheinlich gehalten, daß so etwas in einer Stadt wie Snowfield passiert?«

Frank Autry zupfte an seinem Schnurrbart. »Wenn aber hier Rudel von Wahnsinnigen herumstreifen, wo *sind* sie denn?«

»Vielleicht haben sie sich irgendwo versteckt und lauern«, sagte Wargle.

»Nein, das würde keinen Sinn ergeben«, sagte Bryce. »Wenn jemand in rasenden Wahnsinn verfallen ist, dann versteckt er sich nicht irgendwo und lauert. Dazu müßte er planen. Wenn es so wäre, würden die Leute über uns herfallen.«

»Außerdem ist das nicht einfach Tollwut«, sagte Lisa leise. »Hier geht es um etwas viel Merkwürdigeres.«

»Wahrscheinlich hat sie recht«, sagte Dr. Paige.

»Na ja, wie auch immer. Wenn wir Anzeichen von Blutungen oder Erbrechen oder Durchfall finden, wissen wir Bescheid«, sagte Bryce. »Und wenn nicht ...«

»Dann müssen wir uns eine neue Hypothese überlegen«, sagte Dr. Paige.

Die anderen schwiegen; sie wollten nur ungern mit ihrer Suche beginnen, denn sie wußten nicht, was sie finden würden — oder was *sie* finden würde.

Die Zeit schien stillzustehen. Die Morgendämmerung wird nie kommen, wenn wir nicht etwas unternehmen, dachte Bryce Hammond.

»Also los«, sagte er.

Das erste Gebäude war ein Kunstgewerbeladen mit einer Wohnung im ersten Stock. Frank Autry schlug eine Scheibe in der Eingangstür ein, griff durch und machte sie auf. Er ging hinein und schaltete das Licht an.

Er winkte die anderen hinter sich her und sagte: »Verteilt euch, bleibt nicht zu eng zusammen. Wir wollen kein einfaches Ziel bieten.« Er wurde dabei unwillkürlich an seine Dienstzeit in Vietnam vor zwanzig Jahren erinnert. Die Spähtrupp-Unternehmungen in Guerilla-Gebiet, die er damals durchgeführt hatte, waren ebenso nervenzermürbend gewesen.

Sie schlichen vorsichtig in den Laden, fanden aber weder dort noch in dem kleinen Büro dahinter jemand. Die Treppe, die von dort aus nach oben führte, stiegen sie hinauf, als sei dies eine feindliche Stadt, die im Häuserkampf erobert werden mußte. Frank ging allein vor, während ihm die anderen von unten Deckung gaben, und als er oben war, schaltete er das Licht an. Er stand in einer Ecke des Wohnzimmers des Besitzers. Der Raum war leer, und er winkte die anderen die Treppe hoch.

Sie durchsuchten das Apartment und behandelten jede Tür wie einen potentiellen Hinterhalt. Alle Zimmer waren leer, aber in der Küche fanden sie einen toten Mann. Er war nur mit einem blauen Pyjama-Unterteil bekleidet und hielt mit seinem verfärbten, aufgeschwollenen Körper die Tür des Kühlschranks auf. Er hatte keine sichtbaren Verletzungen. Sein Gesicht hatte keinen entsetzten Ausdruck. Er war offensichtlich zu plötzlich gestorben, um seinen Angreifer noch sehen zu können — und ohne die leiseste Warnung, daß der Tod nahe war, denn um ihn waren die Bestandteile eines Sandwichs auf dem Boden verteilt.

»Der ist auf jeden Fall nicht an einer Krankheit gestorben«, sagte Jake Johnson bestimmt. »Wenn er krank gewesen wäre, hätte er bestimmt keine Salami mehr gegessen.«

»Und außerdem muß es unwahrscheinlich schnell passiert sein«, sagte Gordy. »Er hatte die Zutaten zu seinem Sandwich gerade aus dem Kühlschrank geholt, und als er sich herumdrehte, ist es passiert. Peng! Einfach so.«

Im Schlafzimmer fanden sie noch eine Leiche. Es war eine Frau zwischen zwanzig und vierzig — wegen der Verfärbung und Schwellung war es schwierig, ihr Alter zu schätzen — und sie lag nackt im Bett. Ihr Gesicht war wie das Paul Hendersons vor Entsetzen verzerrt, und ihr Mund war noch zu einem Schrei geöffnet.

Jake Johnson zog einen Stift aus der Tasche seines Hemds, schob ihn vorsichtig durch den Abzugsbügel der .22er Automatik, die neben ihr auf dem Bett lag, und hob sie auf.

»Ich glaube eigentlich nicht, daß wir damit besonders vorsichtig zu sein brauchen«, sagte Frank. »Erschossen worden ist sie nicht; sie hat keinerlei Wunden, und Blut ist auch keines da. Wenn jemand die Pistole gebraucht hat, dann sie. Geben Sie mal her!«

Er nahm Jake die Automatik ab und zog das Magazin heraus. Er zog den Verschluß zurück, aber auch das Patronenlager war leer. Er hob sich den Lauf an die Nase und roch daran.

»Ist sie irgendwann in letzter Zeit abgefeuert worden?« fragte Jake.

»Das kann noch nicht lange her sein. Wenn das Magazin voll war, hat sie zehn Schuß abgefeuert.«

»Da, sehen Sie«, sagte Wargle und deutete auf ein Einschußloch gegenüber von dem Bett in ungefähr zwei Meter Höhe in der Wand.

»Und hier«, sagte Gordy Brogan und deutete auf ein Schußloch in der dunklen, hochbeinigen Kommode.

Sie fanden die zehn leeren Patronenhülsen auf dem Boden um das Bett, aber keine Einschußlöcher mehr.

»Sie meinen doch wohl nicht, daß sie achtmal getroffen hat?« fragte Gordy Frank.

»Blöde Frage, das ist ja wohl kaum möglich!« sagte Wargle und zog sich seinen Revolvergurt an seinen fetten Hüften hoch. »Wenn sie acht Treffer gelandet hätte, wäre sie nicht die einzige Leiche hier in dem Zimmer.«

»Ganz richtig«, sagte Frank, obwohl er nur äußerst ungern über irgend etwas mit Wargle der gleichen Meinung war. »Außerdem ist kein Blut zu sehen. Wenn sie achtmal getroffen hätte, müßte hier alles voll Blut sein.«

Wargle ging zum Fuß des Bettes und starrte auf die Tote herab. Sie ruhte auf zwei Kissen und hatte in einer grotesken Parodie von Lust die Beine gespreizt. »Der Typ in der Küche muß die Alte hier gevögelt haben«, sagte Wargle. »Als er damit fertig war, ist er in die Küche gegangen und hat sich was zu essen gemacht. Währenddessen ist jemand hier reingekommen und hat sie umgelegt.«

»Der Mann in der Küche ist zuerst umgebracht worden«, sagte Frank. »Er wäre nie so überrascht worden, *nachdem* sie zehnmal geschossen hat.«

Wargle sagte: »Mann, ich wünschte mir nur, *ich* hätte den ganzen Tag mit so einer geilen Alten im Bett gelegen.«

Frank glotzte ihn mit offenem Mund an. »Wargle, Sie sind einfach widerlich. Sie lassen sich sogar von einer angeschwollenen Leiche anmachen — bloß weil sie nackt ist.«

Wargle wurde rot und riß seinen Blick von der Leiche weg. »Was ist denn eigentlich los mit Ihnen, Frank? Wofür halten Sie mich denn — glauben Sie, ich bin pervers, oder was? Quatsch, ich habe nur das Bild auf dem Nachttisch gesehen.« Er deutete auf eine in Silber gerahmte Fotografie auf dem Nachttisch. »Da, sehen Sie, sie ist im Bikini. Verdammt gut hat sie ausgesehen, große Titten. *Das* hat mich angemacht, Kumpel.«

Frank schüttelte den Kopf. »Ich bin nur verblüfft darüber, daß Sie unter den Umständen an sowas denken können.«

Wargle hielt das für ein Kompliment und zwinkerte ihm zu.

Wenn ich die Sache hier lebend überstehe, dachte Frank, lasse ich mich von Bryce nie mehr zusammen mit Wargle einteilen. Eher kündige ich.

Gordy Brogan sagte: »Wie ist das denn möglich, daß sie achtmal getroffen hat, und hier ist kein Tropfen Blut oder sonstwas in der Art zu sehen?«

Jake Johnson fuhr sich mit einer Hand durch sein weißes Haar. »Ich weiß es nicht, Gordy, aber eines weiß ich genau — ich wünsche, Bryce hätte sich jemand anders ausgesucht, um mit herzukommen.«

Nebenan war ein altmodisches zweistöckiges Haus mit einem Getränkeladen im Erdgeschoß. Die Lichter brannten, und die Tür war nicht verschlossen.

Bryce ging als erster hinein, dann folgten Jennifer und Lisa Paige, und als letzter kam Tal. In einer gefährlichen Situation suchte sich Bryce immer Tal Whitman als Rückendeckung aus. Nicht einmal Frank Autry vertraute er so sehr.

Der Laden war mit Flaschen, Bierdosen und Kühlschränken vollgestellt, machte aber einen warmen und angenehmen Eindruck. Kein Mensch war zu sehen.

Bryce ging vor durch den Laden. Er erwartete eine weitere Leiche hinter der Theke, fand aber keine. Auf dem Boden war jedoch eine riesige, tiefe Pfütze. Sie gingen vorsichtig um sie herum.

»Wo kommt denn all das Wasser her?« fragte Lisa.

»Das muß aus einem der Kühlschränke herausgelaufen sein«, sagte Tal Whitman. Sie sahen sich die Kühlschränke genauestens an, konnten aber kein Wasser in ihrer Nähe entdecken.

»Vielleicht ist ein Wasserrohr undicht«, sagte Jennifer Paige.

Sie suchten weiter, stiegen in den Keller hinunter, der zur Lagerung von Kartons mit Wein und anderen Getränken benutzt wurde, und dann gingen sie in den ersten Stock über dem Laden hinauf, in dem ein Büro eingerichtet war. Auch hier fanden sie nichts Außergewöhnliches.

Als sie durch den Laden wieder hinausgehen wollten, kauerte sich Bryce vor der Lache auf dem Boden nieder und befeuchtete sich eine Fingerspitze darin. Es fühlte sich genauso an wie Wasser und war geruchlos.

»Was ist denn?« fragte Tal.

Bryce richtete sich wieder auf und sagte: »Komisch — all das Wasser hier.«

Tal sagte: »Höchstwahrscheinlich ist es nur ein undichtes Wasserrohr, wie Dr. Paige schon sagte.«

Bryce nickte, aber irgendwie schien ihm die große Lache wichtig, obwohl er nicht hätte sagen können, warum.

Taytons Apotheke war ein kleiner Laden, der für Snowfield und die umliegenden Bergdörfer zuständig war. Der Besitzer bewohnte die beiden Stockwerke darüber.

Frank Autry führte seine Männer durch das ganze Haus, aber sie fanden nichts Auffälliges — bis auf den nassen Teppichboden im Wohnzimmer. Er war buchstäblich klatschnaß und quatschte unter ihren Schuhen.

Die Candleglow Inn strahlte eine gepflegte Gastlichkeit aus; das überhängende Dach, seine kunstvoll geschnitzten Holzleisten und die altmodisch geteilten Fenster mit ihren weißen Fensterläden vermittelten einen Eindruck von Gemütlichkeit und Wärme.

Jenny, Lisa, der Sheriff und Lieutenant Whitman blieben davor stehen, und Hammond sagte: »Ist das um diese Jahreszeit offen?«

»Ja«, sagte Jenny. »Hier ist es auch außerhalb der Saison meistens noch ungefähr halb voll. Sie haben allerdings auch einen sehr guten Ruf, und außerdem bloß sechzehn Zimmer.»«

»Na schön ... schauen wir uns mal um.«

Die mit dezenter Eleganz eingerichtete Eingangshalle war wie ausgestorben. Rechts an der Rezeption stand eine altmodische Glocke; Jenny schlug mehrere Male schnell darauf. Sie hatte keine Antwort erwartet, und sie bekam auch keine.

»Dan und Sylvia haben hinter dem Büro dort ein Apartment«, sagte sie und deutete auf das enge Büro hinter dem Rezeptionstisch.

»Sind das Freunde von Ihnen?« fragte der Sheriff.

»Ja. Dan und Sylvia Kanarsky.«

»Dann sehen wir vielleicht besser nicht in ihr Apartment hinein«, sagte er. Er sah sie mit seinen blauen Augen mit den schweren Lidern voller Wärme und Mitgefühl an.

Jenny registrierte überrascht die Freundlichkeit und Intelligenz in seinem Gesicht. Sie hatte ihn im Verlauf der letzten Stunde beobachtet, und es war ihr allmählich klargeworden, daß er weit wachsamer und tüchtiger war, als er zunächst ausgesehen hatte. Nun sah sie in seine sensiblen, warmherzigen Augen und stellte für sich fest, faß er ein genau beobachtender, interessanter und nicht zu unterschätzender Mann war.

»Wir können doch nicht einfach weggehen«, sagte sie. »Früher oder später muß das Hotel doch durchsucht werden, genau wie die ganze Stadt. Es wird am besten sein, wenn wir es gleich hinter uns bringen.«

Sie hob ein bewegliches Brett in dem Rezeptionstisch hoch und wollte gerade durch die Schwingtür in das Büro dahinter gehen, als der Sheriff sagte: »Entschuldigung, Dr. Paige, aber lassen Sie immer mich oder Lieutenant Whitman vorgehen.«

Sie trat gehorsam zur Seite, und er ging vor ihr her in das Apartment der Kanarskys, fand es aber leer. Keine Leichen. *Gott sei Dank.*

Als sie wieder zur Rezeption kamen, blätterte Whitman durch das Gästebuch. »Im Augenblick sind nur sechs Zimmer vermietet, und die sind alle im ersten Stock.«

Der Sheriff fand einen Hauptschlüssel neben den Briefkästen, und sie gingen mit fast monotoner Vorsicht in den ersten Stock hinauf und durchsuchten die sechs Zimmer. In den ersten fünf fanden sie Kameras, Gepäck und andere Anzeichen, daß sie tatsächlich bewohnt waren, aber von den Gästen selbst war keine Spur zu entdecken.

Als Whitman in dem sechsten Zimmer in das angrenzende Bad wollte, fand er die Tür verschlossen. Er hämmerte dagegen und rief: »Polizei! Ist da jemand?«

Keine Antwort.

Whitman sah auf den Türknopf und dann zu dem Sheriff. »Auf der Seite ist kein Verriegelungsknopf, also muß jemand drinnen sein. Soll ich die Tür aufbrechen?«

»Sieht aus wie eine massive Tür«, sagte Hammond. »Es hat keinen Sinn, wenn Sie sich die Schulter ausrenken. Schießen Sie das Schloß auf.«

Jenny zog Lisa am Arm zur Seite, damit sie nicht von herumfliegenden Splittern getroffen wurde. Whitman rief eine Warnung in das Bad hinein, gab einen Schuß auf das Schloß ab, trat die Tür auf und sprang in das Bad. »Hier ist niemand.«

»Vielleicht sind sie aus dem Fenster geklettert«, sagte der Sheriff.

»Hier sind keine Fenster«, sagte Whitman stirnrunzelnd.

»Sind Sie sicher, daß die Tür verschlossen war?«

»Hundert Prozent. Und sie läßt sich nur von innen verschließen.«

»Aber wie — wenn doch niemand drinnen war?«

Whitman zuckte die Achseln. »Davon ganz abgesehen ist hier etwas, das Sie sich anschauen sollten.«

Sie schauten es sich alle an, denn das Bad war groß genug für alle vier. Auf dem Spiegel über dem Waschbecken hatte jemand mit dicken, fettigen, schwarzen Buchstaben hinterlassen:

TIMOTHY FLYTE
DER ALTE FEIND

In einer anderen Wohnung über einem anderen Laden fanden Frank Autry und seine Männer wieder einen triefnassen Teppichboden vor. Im Wohnzimmer, Eßzimmer und in den Schlafzimmern war der Teppich trocken, aber in dem Gang zur Küche war er naß, und in der Küche selbst stand das Wasser stellenweise bis zu zwei Zentimeter tief.

Jake Johnson stand im Gang, starrte in die Küche und sagte: »Das muß ein undichtes Wasserrohr sein.«

»Das haben Sie in dem anderen Haus auch schon gesagt«, erinnerte ihn Frank. »Meinen Sie nicht, der Zufall wäre zu groß?«

Gordy Brogan sagte: »Aber das ist doch bloß Wasser. Das kann doch wohl nichts mit ... mit all den Morden zu tun haben.«

»Wir verschwenden hier bloß unsere Zeit«, sagte Stu Wargle. »Hier ist nichts. Los, gehen wir.«

Frank ignorierte sie, ging in die Küche und stieg vorsichtig durch einen Ausläufer des kleinen Sees zu einer Reihe von Schränken. Er suchte darin herum, bis er einen verschließbaren Plastik-Behälter fand, der sauber und trocken war. Mit einem Soßenlöffel, den er in einer Schublade fand, füllte er etwas von dem Wasser auf dem Boden in den Behälter und verschloß ihn sorgfältig.

»Was machen Sie denn da?« fragte Jake von der Tür.

»Ich nehme eine Probe mit.«

»Probe? Wozu denn das? Das ist doch bloß Wasser.«

»Schon«, sagte Frank, »aber irgend etwas daran ist komisch.«

Jenny starrte die fünf Worte mit den dicken, fettigen, schwarzen Buchstaben auf dem Spiegel an.

Lisa sagte: »Wer ist Timothy Flyte?«

»Das könnte der Typ sein, der das geschrieben hat«, sagte Lieutenant Whitman.

»Ist das Zimmer an Flyte vermietet?« fragte der Sheriff.

»Ich bin sicher, daß der Name nicht im Gästebuch gestanden hat«, sagte der Lieutenant. »Wir können auch noch unten nachsehen, aber eigentlich bin ich sicher.«

»Vielleicht ist Flyte einer der Mörder«, sagte Lisa. »Vielleicht hat ihn der Mann, der das Zimmer hier gemietet hat, erkannt und seinen Namen aufgeschrieben.«

Der Sheriff schüttelte den Kopf. »Nein. Wenn Flyte wirklich etwas mit der Sache zu tun gehabt hätte, hätte er seinen Namen doch nicht auf dem Spiegel gelassen. Er hätte ihn weggewischt.«

Bryce Hammond sah Jenny an. »Gibt es hier in der Stadt einen Flyte?«

»Nie von ihm gehört.«

»Kennen Sie jeden in Snowfield?«

»Ja.«

»Alle fünfhundert Einwohner?«

»Fast alle«, sagte sie.

»So, also *fast* alle. Es *könnte* doch einen Timothy Flyte hier geben, oder?«

»Selbst wenn ich ihn persönlich nicht kennengelernt hätte, hätte ich auf jeden Fall den Namen schon einmal gehört. Das ist ein kleines Nest, Sheriff, zumindest außerhalb der Saison.«

Sie wünschte, sie könnten sich irgendwo anders über die Nachricht auf dem Spiegel unterhalten. Draußen. Im Freien. Wo sich nichts unbemerkt anschleichen konnte. Sie hatte das unheimliche Gefühl, daß in diesem Augenblick irgendwo in dem Gebäude ein entsetzliches Wesen umherschlich und heimlich eine furchtbare Aufgabe ausführte, die sie alle bedrohte, von der sie aber nichts ahnten.

»Und was hat es mit dem zweiten Teil auf sich?« fragte Lisa und deutete auf DER ALTE FEIND.

Nach einiger Zeit sagte Jenny: »Es scheint tatsächlich auf das hinauszulaufen, was Lisa gesagt hat. Der Mann, der das geschrieben hat, wollte uns sagen, daß Timothy Flyte sein Feind war. Unserer auch, denke ich.«

»Möglich«, sagte Bryce Hammond skeptisch. »Aber irgendwie ist das doch ungewöhnlich ausgedrückt — der Alte Feind. Irgendwie seltsam. Fast archaisch. Wenn er sich im Bad eingeschlossen hat, um Flyte zu entkommen, und wenn er dann hastig eine Warnung aufgeschrieben hat, warum nicht ›Mein alter Feind Timothy Flyte‹ oder so etwas Ähnliches, was normal klingt?«

Lieutenant Whitman war der gleichen Meinung. »Wenn er eine Botschaft hinterlassen wollte, um Flyte zu beschuldigen, dann hätte er so etwas wie ›Timothy Flyte war es‹ oder ›Timothy Flyte ist der Mörder‹ hingeschrieben. Er hätte uns auf keinen Fall ein Rätsel aufgeben wollen.«

Der Sheriff sah sich den Inhalt des Toilettenschranks neben dem Spiegel an. »Nach den Toilettenartikeln zu urteilen, haben hier zwei Leute gewohnt. Das heißt, daß sie sich wahrscheinlich auch zu zweit hier eingeschlossen haben — also sind *zwei* Leute spurlos verschwunden. Womit haben sie aber auf den Spiegel geschrieben?«

»Ich würde sagen, mit einem Augenbrauenstift«, sagte Lisa.

Jenny nickte. »Das glaube ich auch.«

Sie suchten das Bad nach einem schwarzen Augenbrauenstift ab, konnten aber keinen finden.

»Das wird ja immer besser«, stöhnte der Sheriff. »Der Augenbrauenstift ist also auch verschwunden. Hier sind also zwei Leute aus einem von innen verschlossenen Raum gekidnappt worden.«

Sie gingen wieder zu der Rezeption hinunter. Nach dem Gästebuch war das Zimmer von Mr. und Mrs. Harold Ordnay aus San Francisco gemietet gewesen.

»Von den Gästen heißt niemand Timothy Flyte«, sagte Sheriff Hammond und schlug das Gästebuch zu.

»Mehr können wir wohl hier im Augenblick nicht tun«, sagte Lieutenant Whitman.

Jenny war erleichtert, das zu hören.

Sie gingen durch die Eingangshalle auf die Eingangstür zu. Nach nur zwei Schritten brachte sie Lisa durch einen Schrei zum Stehen.

Sie sahen sie alle eine Sekunde, nachdem sie dem Mädchen aufgefallen war. Sie lag auf einem kleinen Tisch direkt im Licht einer Lampe mit einem rosenfarbigen Schirm, die sie so hübsch beleuchtete, daß sie wie ein ausgestellter Kunstgegenstand aussah. Eine Männerhand. Eine abgetrennte Hand.

Lisa wendete sich von dem makabren Anblick ab. Jenny nahm ihre Schwester in die Arme und starrte mit morbider Faszination die Hand an.

Sie hielt fest einen Augenbrauenstift zwischen Daumen und den ersten beiden Fingern. *Den* Augenbrauenstift. Er mußte es einfach sein.

Jenny war ebenso entsetzt wie Lisa, aber sie biß sich auf die Lippen und unterdrückte den Schrei. Es war nicht allein der Anblick der Hand, der lähmendes Entsetzen in ihr hochsteigen ließ, sondern die Tatsache, daß sie vor ganz kurzer Zeit noch nicht dagewesen war. Irgend jemand hatte sie auf den Tisch gelegt, während sie im ersten Stock waren, und dieser jemand hatte genau gewußt, daß sie sie finden würden. Jemand verspottete sie, der einen äußerst perversen Sinn für Humor hatte.

Bryce Hammond hob seine schweren Augenlider so hoch wie nie zuvor und sagte: »Verdammt noch mal, das Ding da war doch vorher noch nicht hier, oder?«

»Nein«, sagte Jenny.

Der Sheriff und sein Deputy hoben ihre Revolver, mit denen sie bisher auf den Boden gezielt hatten, in die Höhe, als befürchteten sie, die abgetrennte Hand würde gleich den Stift fallenlassen und sie angreifen.

Irgendwo über ihnen knarrte ein Bretterboden oder eine ungeölte Tür. Wahrscheinlich war es ein natürliches Geräusch. Vielleicht war es aber auch etwas anderes.

»Jetzt besteht kein Zweifel mehr daran«, sagte der Sheriff.

»Kein Zweifel woran?« fragte Lieutenant Whitman, sah dabei aber nicht den Sheriff an, sondern die Zugänge zu der Halle.

Der Sheriff drehte sich zu Jenny um. »Als Sie vorher die Sirene und die Kirchenglocken hörten, sagten Sie doch, es sei Ihnen klargeworden, daß das, was sich in Snowfield abgespielt hätte, noch nicht vorüber sei.«

»Ja.«

»Und jetzt wissen wir, daß Sie damit recht hatten.«

12

Kampfplatz

Jake Johnson wartete zusammen mit Frank, Gordy und Stu Wargle am Ende des Blocks auf einem hellerleuchteten Stück Bürgersteig auf Bryce Hammond. Er beobachtete ihn, wie er aus der Candleglow Inn herauskam und wünschte sich im stillen, der Sheriff würde schneller gehen. Es gefiel ihm nicht, hier so im Licht herumzustehen. Er kam sich vor wie auf einem Präsentierteller.

Als sie allerdings vor einigen Minuten die Häuser in der Straße durchsucht hatten und dabei durch düsterere Stellen gehen mußten, in denen sich die Schatten wie lebende Wesen bewegt hatten, hatte er sehnsüchtig nach genau diesem hellerleuchteten Wegstück gesehen. Er hatte die Dunkelheit ebenso gefürchtet wie jetzt das Licht.

Er fuhr sich nervös mit einer Hand durch sein dichtes, weißes Haar. Seine andere Hand hielt er am Griff seines Revolvers an seiner Hüfte.

Jake Johnson war nicht nur ein Freund von Vorsicht. Er verehrte sie geradezu; Vorsicht war sein Gott. *Vorsicht ist die Mutter der Porzellankiste; lieber ein Spatz in der Hand als eine Taube auf dem Dach; Vorsicht ist besser als Nachsicht ...* Solche Sprüche kannte er zu Tausenden. Für ihn waren sie die Leitsätze für den einzig sicheren Weg, und abseits davon lag nur das kalte Nichts von Risiko, Gefahr und Chaos.

Er hatte nie geheiratet, denn das hätte für ihn eine Menge neuer Verantwortungen gebracht. Wer heiratet, riskierte damit seine Emotionen, sein Geld und seine gesamte Zukunft.

Auch in Finanzdingen war er sehr vorsichtig und führte ein sparsames Leben. Er war 58 Jahre alt und arbeitete schon seit 37 Jahren bei der Polizei. Er hatte sich zwar schon eine ordentliche Summe angespart und hätte schon lange in Pension gehen können, aber er hatte Angst vor der Inflation, und so arbeitete er weiter bei der Polizei und sparte sich immer mehr Geld.

Die Entscheidung, Polizist zu werden, war vielleicht die einzige unvorsichtige Handlung seines ganzen Lebens. Er *wollte* eigentlich kein Polizist werden, um Gottes willen, aber sein Vater war Sheriff gewesen, und Jake war sicher, daß er ihn enterbt hätte, wenn er nicht in seine Fußstapfen getreten wäre. Große Reichtümer hatte er zwar nicht zu erwarten gehabt, aber immerhin besaß er ein schönes Haus und ein beachtliches Bankkonto, und außerdem waren da noch die hinter der Garage vergrabenen Einmachgläser mit Bündeln von eingerollten Geldscheinen, die sein Vater als Bestechungsgeld eingenommen hatte. Als Jakes Vater mit 82 gestorben war, war Jake selbst 51 und konnte nicht mehr den Beruf wechseln, weil er außer Polizeiarbeit nichts gelernt hatte.

Er war jedoch immer ein *vorsichtiger* Polizist. Er ging Aufträgen aus dem Weg, bei denen persönliche Konfrontationen drohten, und einmal hatte er sogar bei der Meldung eines Raubüberfalls vorsätzlich einen falschen Standort durchgegeben, um nicht zum Tatort fahren zu müssen.

Ein Feigling war er nicht. Es hatte schon Gelegenheiten gegeben, bei denen er in gefährlichen Situationen wie ein Löwe gekämpft hatte. Er war eben nur vorsichtig.

Manche Arten von Polizeiarbeit machten ihm sogar Spaß. Verkehrsregelung war nicht schlecht, aber Büroarbeit liebte er geradezu. Gerade das war ihm bei dieser Gelegenheit zum Verhängnis geworden, denn wenn er nicht im Büro mit seinen Formularen herumgetrödelt hätte, wäre er auch nicht dagewesen, als Dr. Paige aus Snowfield anrief, und dann hätte er wahrscheinlich auch nicht mitfahren müssen.

So aber stand er hier in dem hellen Licht und gab eine perfekte Zielscheibe ab. Verdammt!

Das war aber noch nicht alles. Offensichtlich hatten sich in dem Supermarkt, vor dem sie standen, extrem gewalttätige Szenen abgespielt, denn zwei von fünf großen Fensterscheiben waren von innen zerbrochen worden. Der Bürgersteig war voller Glasscherben und Dosen mit Hundefutter und Bier, die herausgeschleudert worden waren. Jake befürchtete, der Sheriff würde ihnen befehlen, in den Supermarkt hineinzugehen und nachzusehen, was dort passiert war, und er befürchtete weiter, daß da drinnen noch ein gefährlicher Feind lauerte.

Endlich kam der Sheriff mit Tal Whitman und den beiden Frauen zu dem Supermarkt, und Frank Autry zeigte ihnen den Plastikbehälter mit der Wasserprobe. Tal Whitman erzählte ihnen von der Nachricht auf dem Spiegel und der abgetrennten Hand, und auch von ihnen wußte niemand, was das bedeuten könnte. Dann drehte sich Sheriff Hammond zu dem Supermarkt um und machte Jakes Befürchtungen wahr. »Schauen wir uns das doch mal an«, sagte er.

Jake wollte weder der erste noch der letzte sein, der hineinging, und es gelang ihm, sich in die Mitte der Prozession hineinzuschieben.

In dem Supermarkt sah es schlimm aus. Schon an den Kassen waren Auslagen umgeworfen worden, und Rasierklingen, Kaugummis und Taschentücher waren auf dem Boden verstreut. In den Gängen waren Waren aus den Regalen gerissen, Corn Flakes lagen wie Schnee auf dem Boden, zerbrochene Essigflaschen verbreiteten einen scharfen Geruch, und Gläser mit Gurken, Mayonnaise und Senf waren zu einem klebrigen Haufen voller Splitter aufgetürmt.

An dem letzten Gang drehte sich Bryce Hammond zu Dr. Paige um: »Hätte der Supermarkt normalerweise heute aufgehabt?«

»Nein«, sagte die Ärztin. »Aber ich glaube, manchmal werden am Sonntagabend die Bestände nachgefüllt. Nicht immer, aber manchmal.«

»Sehen wir uns doch einmal hinten um«, sagte der Sheriff. »Vielleicht finden wir da etwas Interessantes.«

Genau das habe ich befürchtet, dachte Jake.

Sie folgten Bryce Hammond durch den letzten Gang in den hinteren Raum des Supermarkts, wo Reihen von hüfthohen Kühlanlagen für Fleisch, Eier, Käse und Milch standen. Dahinter war die blitzsaubere Theke, wo das Fleisch abgewogen und verpackt wurde.

Jakes Blick zuckte nervös über den Schneidetisch für das Fleisch. Er seufzte erleichtert auf, als er sah, daß nichts darauf lag. Es hätte ihn nicht überrascht, hier den Geschäftsführer sauber zu Steaks, Braten und Koteletts verarbeitet vorzufinden.

Bryce Hammond sagte: »Werfen wir noch einen Blick in das Lager.«

Lieber nicht, dachte Jake.

Hammond sagte: »Vielleicht sollten wir —«

Die Lichter gingen aus.

Die einzigen Fenster waren vorne in dem Supermarkt, aber selbst dort war es dunkel, denn auch die Straßenlaternen waren ausgegangen. Hier war die Finsternis vollkommen, erdrückend.

Verschiedene Stimmen meldeten sich zur gleichen Zeit:

»Taschenlampen!«

»Jenny!«

»Taschenlampen!«

Dann passierte sehr schnell eine ganze Menge.

Tal Whitman schaltete eine Taschenlampe an, und der scharf abgegrenzte Strahl fiel wie eine Klinge auf den Boden. Zugleich versetzte ihm etwas von hinten einen Schlag, etwas, das sich unter dem Schutz der Dunkelheit mit unglaublicher Geschwindigkeit und Lautlosigkeit ungesehen angeschlichen hatte. Whitman wurde nach vorne geschleudert und prallte gegen Stu Wargle.

Autry zerrte hastig die zweite lange Taschenlampe aus der Schlaufe in seinem Gürtel. Bevor er sie jedoch anschalten konnte, fielen Wargle und Tal Whitman auf ihn, und sie stürzten alle drei zu Boden. Dabei fiel Tal die Taschenlampe aus der Hand.

Bryce Hammond wurde kurz davon beleuchtet und griff nach ihr, erwischte sie aber nicht. Die Lampe fiel auf den Boden, rollte weg, warf wild zuckende Schatten an die Wände und beleuchtete nichts dabei.

Und etwas Kaltes berührte Jake hinten am Hals. Kalt und etwas feucht — aber trotzdem *lebendig*. Er zuckte zurück und versuchte, der Berührung auszuweichen und sich umzudrehen.

Etwas legte sich schnell wie eine Peitschenschnur um seinen Hals.

Jake schnappte nach Luft.

Noch bevor er seine Arme heben konnte, um sich gegen seinen Angreifer zu wehren, wurden sie gepackt und an seine Seite gedrückt.

Er wurde in die Luft gehoben, als sei er ein Kind.

Er versuchte zu schreien, aber eine kalte Hand legte sich über seinen Mund. Zumindest glaubte er, es sei eine Hand. Sie fühlte sich jedoch an wie das Fleisch eines Aals, kalt und feucht.

Außerdem stank sie. Nicht sehr, so daß Wolken von Gestank von ihr aufgestiegen wären. Aber der Geruch war so völlig anders als irgend etwas, das Jake bisher gerochen hatte, so bitter und scharf und unklassifizierbar, daß schon die leiseste Andeutung davon schier unerträglich war.

Wellen von Ekel und Entsetzen brandeten in ihm hoch, und er spürte, daß er es hier mit etwas unvorstellbar Fremdem und fraglos Bösem zu tun hatte.

Die Taschenlampe rollte noch immer über den Boden. Es waren noch keine zwei Sekunden vergangen, seit Tal sie fallengelassen hatte, obwohl Jake die Zeit viel länger vorkam. Nun rollte sie ein letztes Mal und knallte gegen die Ecke eines Kühlgeräts. Das Glas zerbrach in tausend Stücke, und auch dieses dürftige Licht ging ihnen verloren. Es hatte zwar nichts beleuchtet, aber es war immerhin besser als totale Finsternis gewesen. Mit ihm war auch die Hoffnung erloschen.

Jake tobte, bäumte sich auf, streckte sich und zuckte in einem epileptischen Tanz von Panik, einem spastischen Fandango der Flucht. Es gelang ihm jedoch nicht einmal, eine einzige Hand zu befreien. Sein unsichtbarer Gegner ergriff ihn nur noch fester.

Jake hörte, wie die anderen sich etwas zuriefen; es klang so, als seien sie sehr weit entfernt.

13

Plötzlich

Jake Johnson war verschwunden.

Bevor Tal die intakte Taschenlampe finden konnte, die Frank Autry fallengelassen hatte, flackerten die Lichter und brannten dann wieder hell. Es war nicht länger als fünfzehn oder zwanzig Sekunden lang dunkel gewesen.

Aber Jake war weg.

Sie suchten nach ihm. Er war nicht in den Gängen, in dem Kühlraum, dem Lagerraum oder der Toilette für das Personal.

Nun nur noch zu siebt gingen sie mit größter Vorsicht aus dem Supermarkt heraus. Sie hofften, Jake draußen auf der Straße zu finden, aber da war er auch nicht.

Snowfield war totenstill, ein lautloser Schrei, der sie zu verspotten schien. Tal Whitman hatte den Eindruck, daß es viel dunkler war als vorher. Die Nacht war ein riesiger Schlund, in den sie hineingeraten waren, ohne es zu merken. Die finstere Nacht beobachtete sie hungrig.

»Wo ist er denn bloß hingegangen?« fragte Gordy. Wie immer, wenn er die Stirn runzelte, sah er etwas brutal aus, obwohl er im Augenblick nur Angst hatte.

»Der ist nirgends hingegangen«, sagte Stu Wargle. »Den haben sie *geholt*.«

»Er hat aber nicht um Hilfe gerufen.«

»Dazu hatte er keine Möglichkeit mehr.«

»Meinen Sie, er lebt noch, oder ist er … ist er tot?« fragte die jüngere der beiden Paige-Schwestern.

»Kleine«, sagte Wargle und rieb sich die Bartstoppeln, »an deiner Stelle würde ich mir nicht mehr allzuviel Hoffnungen machen. Ich würde meinen letzten Penny darauf wetten, daß wir Jake irgendwo finden werden, steif wie ein Brett und dunkelrot und aufgeschwollen wie die anderen auch.«

Das Mädchen zuckte zusammen und drängte sich enger an ihre Schwester.

Bryce Hammond sagte: »Augenblick mal, so einfach wollen wir Jake aber nicht abschreiben.«

»Ganz meine Meinung«, sagte Tal. »Hier gibt es tatsächlich viele Tote, aber wie es aussieht, sind die meisten Leute *nicht* tot, sondern nur vermißt.«

»Sie sind alle toter als mit Napalm geröstete Babies. Hab' ich nicht recht, Frank?« sagte Wargle, der nie eine Chance ausließ, Autry mit seiner Militärzeit in Vietnam zu ärgern. »Wir haben sie bloß noch nicht gefunden.«

Frank ließ sich nicht provozieren und sagte nur: »Ich verstehe bloß nicht, warum es uns nicht alle geholt hat, solange es die Chance dazu hatte. Warum hat es Tal bloß umgeworfen?«

»Ich wollte gerade die Taschenlampe anschalten«, sagte Tal. »Das wollte es nicht zulassen.«

»Möglich«, sagte Frank. »Aber warum hat es nur Jake geholt, und warum ist es sofort wieder verschwunden?«

»Es spielt mit uns«, sagte Dr. Paige. Die Straßenlaternen ließen grünes Feuer in ihren Augen blitzen. »Das ist wie mit der Kirchenglocke und der Sirene. Es spielt mit uns wie eine Katze mit einer Maus.«

»Aber warum nur?« fragte Gordy erbittert. »Was hat es bloß davon? Was will es denn?«

»Augenblick mal«, sagte Bryce. »Wieso redet plötzlich alles von ›es‹? Als wir uns zum letzten Mal darüber unterhalten haben, waren doch alle mehr oder weniger der Meinung, das wäre eine Bande von psychopathischen Mördern. Irre. *Menschen.*«

Sie sahen sich unruhig an. Keiner wollte es aussprechen, was sie insgeheim dachten. Das Undenkbare war nun denkbar geworden. Es gab Dinge, die vernünftige Menschen nicht leicht in Worte fassen konnten.

Ein plötzlicher Windstoß fuhr in die Bäume, und die Straßenlaternen flackerten.

Alle fuhren wegen der Unzuverlässigkeit des Lichts erschreckt zusammen. Tal legte eine Hand auf den Griff seines Revolvers, aber die Lichter gingen nicht aus.

Sie lauschten in die friedhofsstille Stadt hinaus. Das einzige Geräusch war das Rauschen der Bäume im Wind, das wie ein endloser Todesseufzer klang.

Jake war wirklich tot, dachte Tal. Wargle hat ausnahmsweise einmal recht. Jake war tot, und wir vielleicht auch. Wir wissen es nur noch nicht.

Bryce richtete sich an Frank Autry und fragte ihn: »Frank, warum haben Sie ›es‹ gesagt, und nicht ›sie‹ oder sonstwas?«

Frank sah Tal hilfesuchend an, aber Tal wußte selbst nicht genau, warum er ›es‹ gesagt hatte. Frank räusperte sich, trat von einem Fuß auf den anderen, sah Bryce an und zuckte die Achseln. »Also, ich denke, weil ... äh ... weil ein Mensch uns dort in dem Supermarkt sofort alle erledigt hätte, solange er die Gelegenheit dazu hatte und es so dunkel war.«

»Was wollen Sie damit sagen? Sie glauben also, daß wir es hier nicht mit einem Menschen zu tun haben?«

»Vielleicht ist es eine Art ... Tier.«

»Ein Tier? Das glauben Sie also wirklich?«

Frank schien sich ganz und gar nicht wohl in seiner Haut zu fühlen. »Nein, Sir.«

»Was glauben Sie denn sonst?« fragte Bryce.

»Herrgott noch mal, ich weiß einfach nicht, was ich glauben soll«, sagte Frank frustriert. »Ich habe eine militärische

Ausbildung, wie Sie wissen. Ein Soldat stürzt sich nicht gern blind in eine Situation. Er plant seine Strategie am liebsten sorgfältig. Für eine gute, fundierte strategische Planung braucht man aber zuverlässige vergleichbare Erfahrungen. Was ist in ähnlichen Schlachten in früheren Kriegen passiert? Wie haben sich Menschen unter ähnlichen Umständen verhalten? Hatten sie Erfolg oder sind sie gescheitert? In unserer Lage *gibt* es aber keine vergleichbaren Situationen oder Erfahrungen, auf die wir uns beziehen können. Es ist alles so eigenartig und fremd, daß ich von unserem Gegner weiter als gesichtsloses, neutrales ›Es‹ denken werde.«

Bryce wendete sich an Dr. Paige und sagte: »Und Sie? Warum haben Sie das Wort ›es‹ gebraucht?«

»Ich bin nicht sicher. Vielleicht, weil Mr. Autry es auch gebraucht hat.«

»Von Ihnen stammt aber doch die Theorie, daß durch eine mutierte Art von Tollwut aus Menschen eine Bande von gemeingefährlichen Wahnsinnigen werden könnte. Halten Sie das jetzt nicht mehr für möglich?«

Sie runzelte die Stirn. »Ganz ausschließen kann man zur Zeit noch gar nichts, Sheriff. Ich habe aber nie behauptet, daß das die einzige mögliche Theorie wäre.«

»Haben Sie denn noch eine andere?«

»Nein.«

Bryce sah zu Tal hinüber. »Und Sie?«

Tal fühlte sich ebensowenig wohl in seiner Haut wie Frank. »Nun, ich habe ›es‹ gesagt, weil ich die Theorie, es handle sich hier um Wahnsinnige, nicht mehr akzeptieren kann.«

Bryces schwere Augenlider hoben sich höher als gewöhnlich. »So? Und warum nicht?«

»Wegen der Sache mit der abgeschnittenen Hand in der Candleglow Inn«, sagte Tal. »Als wir herunterkamen und die Hand mit dem Augenbrauenstift fanden, den wir gesucht haben, dachte ich, daß ... na, daß ein Irrer so etwas nicht tun würde. Wir sind schon lange genug Polizisten und haben unseren Teil von gestörten Menschen kennengelernt. Hat jemals einer von ihnen einen Sinn für Humor gehabt?

Selbst einen schwarzen, häßlichen, kranken Sinn für Humor? Solche Menschen sind völlig humorlos. Sie haben die Fähigkeit verloren, über *irgend etwas* zu lachen. Wahrscheinlich ist das zum Teil dafür der Grund, daß sie verrückt sind. Deshalb hat die Hand auf dem Tisch nicht zu der Theorie einer Bande von Wahnsinnigen gepaßt. Ich bin der gleichen Meinung wie Frank; von jetzt an ist unser Gegner für mich ein gesichtsloses ›Es‹.«

»Warum will bloß keiner von euch zugeben, was ihr wirklich denkt?« sagte Lisa Paige leise. Sie war vierzehn, eine Halbwüchsige, die auf dem besten Weg dazu war, eine hübsche junge Dame zu werden, aber nun sah sie sie alle mit der einfachen Direktheit eines Kindes an. »Tief in unserem Innern, wo es wirklich zählt, wissen wir doch alle, daß das keine Menschen waren. Wir fühlen es alle, daß das etwas Unbekanntes und Widerliches ist. Wir haben alle Angst davor, und deshalb bemühen wir uns alle, nicht zuzugeben, daß es da ist.«

Nur Bryce erwiderte den Blick des Mädchens; er musterte sie nachdenklich. Die anderen sahen von Lisa weg, und auch einander wollten sie nicht in die Augen sehen.

Wir wollen nicht in uns hineinsehen, dachte Tal, und genau das sagt uns das Mädchen. Wir wollen unseren Blick nicht nach innen richten und primitiven Aberglauben dort finden. Wir sind alle zivilisierte, relativ gebildete *Erwachsene*, und Erwachsene glauben nicht mehr an den Schwarzen Mann.

»Lisa hat recht«, sagte Bryce. »Wir kommen nur dann hinter die Sache hier — und schaffen es vielleicht, daß wir nicht alle auch noch Opfer werden —, wenn wir nichts ausschließen und unserer Fantasie freien Lauf lassen.«

»Ich bin der gleichen Meinung«, sagte Dr. Paige.

Gordy Brogan schüttelte den Kopf. »Aber was sollen wir denn dann denken? Sollen wir *alles* in Betracht ziehen? Ich meine, ohne irgendwelche Grenzen? Sollen wir auch an Geister und Zombies und Werwölfe und … Vampire denken? Ich meine, es sollte doch auch Möglichkeiten geben, die wir ausschließen können.«

»Selbstverständlich«, sagte Bryce geduldig. »Gordy, kein

Mensch behauptet, wir hätten es mit Geistern oder Werwölfen zu tun. Wir müssen uns aber darüber klarwerden, daß wir hier von dem Unbekannten konfrontiert sind. Das ist alles. Von dem *Unbekannten*.«

»Ach Quatsch«, sagte Wargle mürrisch. »Das Unbekannte! So ein Scheiß! Wenn das hier alles vorbei ist, werden wir feststellen, daß das irgendein perverser Drecksack war, der auch nicht anders ist als andere Drecksäcke, mit denen wir schon früher zu tun hatten.«

Frank sagte: »Wargle, das ist genau die Art von Engstirnigkeit, die Sie dazu bringen könnte, wichtige Beweise oder Spuren zu übersehen, und das könnte uns alle das Leben kosten.«

»Wartet's bloß ab«, sagte Wargle. »Ihr werdet schon sehen, daß ich recht habe.« Er spuckte auf den Bürgersteig, hängte sich mit den Daumen in seinem Revolvergurt ein und versuchte den Eindruck zu vermitteln, er sei der einzige, der sich noch einen kühlen Kopf bewahrt hatte.

Tal Whitman durchschaute die übertrieben männliche Pose und sah, daß auch in Wargles Augen das Entsetzen stand. Obwohl er einer der unsensibelsten Männer war, den Tal jemals kennengelernt hatte, spürte auch er die primitive Reaktion, von der Lisa Paige gesprochen hatte, ob er das nun zugeben wollte oder nicht. Er spürte offensichtlich wie alle anderen die tiefe Eiseskälte in seinen Knochen.

Nach einer kurzen Pause wendete sich Dr. Paige an Bryce Hammond und sagte: »Wollen Sie sich jetzt das Haus der Oxleys ansehen?«

Bryce schüttelte den Kopf. »Im Augenblick noch nicht. Ich glaube, es wäre unvorsichtig von uns, wenn wir weitere Häuser durchsuchen würden, bevor Verstärkung hier eingetroffen ist. Ich möchte nicht noch einen Mann verlieren, wenn ich es vermeiden kann. Ich meine, wir gehen jetzt besser wieder in die Polizeistation und überlegen uns genau, wie wir jetzt weiter vorgehen sollten. Außerdem muß ich telefonieren.«

Sie gingen auf dem gleichen Weg zurück, auf dem sie hergekommen waren. Wargle war offensichtlich noch immer fest entschlossen, seine Furchtlosigkeit unter Beweis zu stellen und bestand darauf, diesmal die Nachhut zu bilden. Er ging mit einem übertrieben lässigen Gang hinter ihnen her.

Als sie die Skyline Road erreichten, läutete eine Kirchenglocke und erschreckte sie alle. Wieder läutete sie, und langsam wieder ...

Tal spürte, wie das metallische Geräusch an seinen Zähnen widerhallte.

An der Ecke blieben sie alle stehen, lauschten der Glocke und starrten nach Westen zum anderen Ende der Vale Lane. Nur etwas mehr als einen Block weit entfernt erhob sich ein gemauerter Kirchturm aus den anderen Häusern.

»Die katholische Kirche«, informierte sie Dr. Paige mit erhobener Stimme, um die Glocke zu übertönen. »Sie ist für die ganze Gegend hier zuständig.«

Das Läuten einer Kirchenglocke konnte ein fröhlicher Laut sein, aber diese Glocke hatte auf jeden Fall nichts Fröhliches an sich, überlegte sich Tal.

»Wer die wohl läutet?« überlegte sich Gordy laut.

»Vielleicht niemand. Vielleicht ist sie an eine Schaltuhr angeschlossen und läutet automatisch«, sagte Frank.

»Läutet sie gewöhnlich um diese Zeit Sonntag nachts?« fragte Bryce Dr. Paige.

»Nein.«

»Dann ist es auch keine Automatik.«

»Und wer zieht dann am Glockenseil?« fragte Gordy Brogan.

Ein makabres Bild entstand vor Tal Whitmans geistigem Auge: Jake Johnson, voller Prellungen und aufgeschwollen und mausetot, stand am Fuß des Kirchturms, das Glockenseil in den blutleeren Händen, tot, aber durch dämonische Kräfte belebt, tot, aber trotzdem am Glockenseil, so stand er da und zog, zog immer wieder, das tote Gesicht nach oben gewendet, mit dem breiten, freudlosen Grinsen einer Leiche auf den Lippen, die hervorgetretenen Augen auf die Glocke gerichtet, die dort oben im Dachstuhl schwang und läutete.

Tal schüttelte sich unmerklich.

»Vielleicht sollten wir zu der Kirche hinübergehen und nachsehen, ob jemand da ist«, sagte Frank.

»Nein«, sagte Bryce sofort. »Ganz genau das ist es, was

es will. Es will, daß wir hingehen und nachsehen. Wir sollen in die Kirche gehen, und dann schaltet es wieder das Licht aus ...«

Tal bemerkte, daß auch Bryce nun von ›es‹ sprach.

»Genau«, sagte Lisa Paige. »Es ist in diesem Augenblick da drüben und wartet auf uns.«

Nicht einmal Stu Wargle war bereit, sie zu einem Besuch der Kirche zu ermutigen.

Die Glocke läutete mit hypnotischer Eintönigkeit weiter und schien sie anlocken zu wollen.

Bryce schüttelte sich, als wolle er einen Alptraum loswerden, und sagte: »Wenn es will, daß wir in die Kirche kommen, dann ist das allein schon ein guter Grund, das zu lassen. Bis es hell wird, lassen wir die Erkundungen.«

Sie drehten sich um und setzten sich in Richtung auf die Polizeistation in Bewegung. Sie waren kaum fünf Meter weit gegangen, als die Glocke aufhörte zu läuten.

Wieder floß die unheimliche Stille in die Stadt wie eine zähflüssige Masse, die alles bedeckte.

Als sie die Polizeistation erreichten, entdeckten sie, daß Paul Hendersons Leiche verschwunden war. Es schien, als sei der tote Hilfssheriff einfach aufgestanden und weggegangen. Wie Lazarus.

14

Abriegelung

Bryce saß an Paul Hendersons Schreibtisch. Er hatte die *Time* zur Seite geschoben, die Paul offensichtlich gelesen hatte, als Snowfield ausgelöscht worden war. Ein gelbes Blatt Papier lag vor ihm, das er mit seiner präzisen Handschrift bedeckt hatte.

Um ihn herum beschäftigten sich die anderen sechs mit der Aufgabe, die er ihnen zugewiesen hatte. In der Polizeistation herrschte eine Stimmung, als sei Krieg. Ihre grimmige Entschlossenheit, zu überleben, hatte eine zerbrechliche, aber immer fester werdende Kameradschaft zwischen ihnen entstehen lassen. Langsam machte sich sogar ein vorsichtiger Optimismus breit, der vielleicht darauf zurückzuführen war, daß sie noch am Leben waren, obwohl um sie herum so viele den Tod gefunden hatten.

Bryce überflog noch einmal die Liste, die er aufgestellt hatte, um festzustellen, ob er etwas übersehen hatte. Schließlich zog er das Telefon an sich. Er bekam sofort ein Freizeichen, worüber er sich angesichts der Schwierigkeiten, die Jennifer Paige in dieser Hinsicht gehabt hatte, froh war.

Er zögerte, bevor er die erste Nummer wählte. Das Gefühl für die ungeheure Bedeutung dieses Moments lastete schwer auf ihm. Die brutale Vernichtung der gesamten Bevölkerung von Snowfield war ein noch nie dagewesenes Ereignis. Innerhalb von Stunden würde es hier von Journalisten wimmeln. Morgen früh würden die Schlagzeilen auf der ganzen Welt nur einem Thema gelten. Bis es völlig klar war, ob ein mutierter Virus für die Tragödie verantwortlich war oder nicht, würden Hunderte von Millionen von Menschen in atemloser Spannung darauf warten, ob in Snowfield auch ihr Todesurteil ausgesprochen worden war. Selbst wenn aber eine Krankheit mit Sicherheit ausgeschlossen werden konnte, würde die allgemeine Aufmerksamkeit nicht nachlassen, bis das Geheimnis aufgeklärt war.

Für Bryce persönlich bedeutete das, daß sein Leben völlig verändert werden würde. Er leitete die polizeiliche Untersuchung, und deshalb würde er in allen Berichten eine prominente Position einnehmen. Diese Aussicht beunruhigte ihn tief. Er war nicht die Art von Sheriff, der auf Berühmtheit aus war. Unauffälligkeit war ihm viel lieber.

Daran war jedoch jetzt nichts mehr zu ändern. Er konnte Snowfield nicht einfach den Rücken kehren.

Er wählte mit der Notrufnummer direkt seine eigene Station in Santa Mira an. Der diensthabende Beamte dort war Charlie Mercer, ein zuverlässiger Mann, der genau das tun würde, was er ihm befahl.

Charlie beantwortete das Telefon mitten im zweiten Klingelzeichen. »Sheriffs-Station hier.« Er hatte eine nasale Stimme.

»Charlie, hier ist Bryce Hammond.«

»Ja, Sir. Wir haben schon an Sie gedacht. Was gibt's da oben?«

Bryce schilderte ihm knapp die Lage.

»Mein Gott!« sagte Charlie. »Ist Jake auch tot?«

»Das wissen wir noch nicht sicher. Wir hoffen nicht. Hören Sie zu, Charlie, in den nächsten zwei Stunden ist hier einiges zu erledigen, und es wäre für uns alle am einfachsten, wenn wir die Sache hier zunächst einmal geheimhalten könnten. *Abriegelung* heißt die Parole also, Charlie. Snowfield muß total abgeriegelt werden, und das ist leichter zu bewerkstelligen, wenn die Reporter vorerst nichts davon erfahren.«

»Machen Sie sich darüber keine Gedanken«, sagte Charlie. »Ein paar Stunden lang schaffen wir das schon.«

»Also gut. Zunächst einmal verstärken Sie die Straßensperre auf dem Weg nach Snowfield, und dann brauche ich hier noch zehn Leute. Suchen Sie sich dazu unverheiratete Männer aus, wenn es geht.«

»Sieht es wirklich so schlimm aus?«

»Wirklich. Die Leute sollen außerdem besser keine Verwandten hier in Snowfield haben. Noch eines: sie sollen Wasser und Nahrung für zwei Tage mitbringen, damit sie nichts aus Snowfield zu sich zu nehmen brauchen. Jeder soll seine Pistole, ein Schrotgewehr und Tränengas mitbringen. Haben Sie das?«

»Alles klar.«

»Soviel ich weiß, gibt es außer der Straße nur noch einen Fußweg nach Snowfield. Die Straße haben wir bereits blockiert. Stellen Sie zwei Beamte an dem Fußweg auf. Sie sollen jeden zurückschicken, der herkommen will. Wir dürfen keinerlei Risiko eingehen. Sie sind doch aus der Gegend. Gibt es sonst noch irgendwelche Möglichkeiten, hierherzukommen?«

»Nein, das ist alles undurchdringliche Wildnis, da kommt keiner durch. Den Weg lasse ich sperren.«

»Gut. Dann brauche ich noch die Telefonnummer von diesem General, der vor einem halben Jahr im Polizeiseminar von Chicago einen Vortrag gehalten hat. Wie hieß er doch ... Richtig: Copperfield! General Copperfield.«

»Ist der nicht von der B- und C-Waffen-Abteilung der Armee? Moment, das habe ich gleich.« Charlie war weniger als eine Minute weg. Als er sich wieder meldete, las er Bryce die Nummer vor und sagte noch: »Es sitzt in Dugway, Utah und hat eine sogenannte Zivilverteidigungseinheit unter sich. Mein Gott, glauben Sie, daß es die Leute angehen könnte? Da kann man ja richtig Angst bekommen.«

»Allerdings kann man da Angst bekommen. Jetzt noch folgendes: Versuchen Sie, über einen gewissen Timothy Flyte herauszubekommen, was Sie können. Ich kann Ihnen weder eine Beschreibung noch eine Adresse nennen. Lassen Sie ihn über den Computer laufen. Außerdem noch über Mr. und Mrs. Harold Ordnay aus San Francisco.« Er buchstabierte die Namen und gab Charlie die Adresse der Ordnays aus dem Gästebuch. »Ach ja, eines noch. Wenn die Leute herkommen, sollen sie Plastik-Leichensäcke aus dem County-Leichenschauhaus mitbringen.«

»Wieviele?«

»Erst einmal ... zweihundert.«

»Wa ... was ... zwei ... *hundert*?«

»Wir werden wahrscheinlich noch weit mehr brauchen, bevor alles vorbei ist. Viele Bewohner sind anscheinend verschwunden, aber es ist möglich, daß wir ihre Leichen später noch finden. Hier haben ungefähr 500 Menschen gewohnt, und so viele Leichensäcke werden wir vielleicht auch brauchen.«

Vielleicht sogar noch mehr als 500, dachte Bryce. Für uns könnten auch noch Leichensäcke gebraucht werden.

Charlie hatte Bryce zwar aufmerksam zugehört und es ihm auch geglaubt, daß die gesamte Bevölkerung von Snowfield ausgelöscht worden sei, aber der volle Umfang der entsetzlichen Katastrophe war ihm erst aufgegangen, als er die Bestellung der 200 Leichensäcke gehört hatte. In diesem Augenblick hatte er ein Bild vor sich gesehen, wie all die Leichen in den undurchsichtigen Plastiksäcken auf den Straßen von Snowfield übereinandergestapelt lagen.

»Großer Gott im Himmel«, sagte Charlie Mercer.

Während Bryce Hammond am Telefon mit Charlie Mercer sprach, hatten Frank und Stu angefangen, das große Polizeifunkgerät in der Ecke auseinanderzunehmen. Bryce hatte ihnen gesagt, sie sollten es untersuchen, denn von außen war ihm keine Beschädigung anzusehen. Die Frontplatte war mit zehn Schrauben befestigt, die Frank sorgfältig nacheinander lockerte.

Stu war wie üblich keine große Hilfe. Er sah sich immer wieder nach Dr. Paige um, die am anderen Ende des Raums zusammen mit Tal Whitman mit einer anderen Aufgabe beschäftigt war.

»Echt scharf, die Alte«, sagte Stu mit einem gierigen Blick auf die Ärztin und bohrte dabei in der Nase.

Frank sagte nichts.

Stu betrachtete sich das, was er gerade aus seiner Nase geholt hatte, als sei es eine Perle, die er gerade in einer Auster gefunden hatte, und dann sah er wieder zu der Ärztin hinüber. »Schauen Sie sich bloß mal an, wie die Jeans sitzen! Mann, der würde ich gern mal einen reinschieben.«

Frank sah auf die drei Schrauben herab, die er bereits gelöst hatte, zählte für sich langsam auf zehn und unterdrückte nur mühsam den Impuls, sie Stu direkt in seinen dicken Schädel hineinzujagen. »Sie werden ja wohl nicht so dumm sein, bei ihr aufdringlich zu werden, hoffe ich.«

»Warum nicht? Daß die scharf drauf ist, sieht doch jeder.«

»Sie sind wirklich das allerletzte, Stu. Wir könnten alle draufgehen, vielleicht schon in der nächsten Sekunde, und Sie denken an Sex.«

»Na und? Wenn wir sowieso draufgehen müssen, können wir doch vorher noch unseren Spaß haben. Stimmt's? Die andere ist auch nicht schlecht.«

»Wie, die andere?«

»Die Kleine meine ich.«

»Sie ist doch erst vierzehn, Wargle! Ein *Kind*.«

»Sie ist alt genug, aber dicke.«

»Sie sind ja krank.«

»Würde es Ihnen etwa nicht gefallen, wenn Sie zwischen diesen festen kleinen Schenkeln liegen würden, Frank?«

Mit einer Stimme, die fast unhörbar war, aber trotzdem

Wargle das Grinsen auf dem Gesicht gefrieren ließ, sagte Frank: »Wenn mir jemals etwas davon zu Ohren kommt, daß Sie dieses Mädchen oder ein anderes kleines Mädchen auch nur angerührt haben, *dann mache ich Sie fertig,* Wargle. Ich war in Vietnam kein Schreibtischsoldat, und sie würden sich wundern, was ich da alles gelernt habe. Für Sie reicht es allemal. Hören Sie das? Verlassen Sie sich darauf!«

Einen Moment brachte Wargle keinen Ton heraus. Er starrte nur Frank in die Augen. Bruchstücke von Unterhaltungen waren aus anderen Teilen des Raums zu hören, aber offensichtlich hatte niemand etwas davon bemerkt, was sich bei dem Funkgerät abspielte.

Schließlich blinzelte Wargle, sah auf seine Schuhe, dann wieder hoch und setzte ein versöhnliches Grinsen auf. »Mein Gott, Frank, werden Sie doch nicht gleich sauer. Das war doch nur ein Witz, Mann. Ich habe es doch nicht ernst gemeint, das wissen Sie doch. Meinen Sie vielleicht, ich bin pervers, oder? Kommen Sie, Frank, machen Sie nicht ein so böses Gesicht. Okay?«

Frank starrte ihn noch einen Moment lang durchdringend an und sagte dann: »Nehmen wir das Funkgerät auseinander.«

Tal Whitman schloß den großen Waffenschrank auf.

»Mein Gott, das ist ja ein wahres Arsenal«, sagte Jenny Paige.

Er reichte ihr die Waffen, und sie legte sie nebenan auf einen Arbeitstisch.

Der Inhalt des Waffenschranks schien tatsächlich für eine Stadt von der Größe Snowfields etwas übertrieben. Zwei großkalibrige Gewehre mit Zielfernrohren. Zwei halbautomatische Schrotgewehre. Zwei nicht tödlich wirkende Demonstrationsgewehre, die Plastikkugeln verschossen. Zwei Leuchtpistolen. Zwei Gewehre für Gasgranaten. Drei Faustfeuerwaffen: zwei .38er und eine große Smith & Wesson .357 Magnum.

Während der Lieutenant Munitionsschachteln auf dem Tisch aufstapelte, sah sich Jenny die Magnum genauer an. »Eine Riesenkanone, was?«

»Allerdings. Damit könnten Sie einen Stier zum Stehen bringen.«

»Sieht so aus, als hätte Paul alles ausgezeichnet gepflegt.«

»Sie gehen mit Waffen um, als würden Sie sich damit auskennen«, sagte der Lieutenant und stapelte weiter Munition auf dem Tisch auf.

»Ich habe Pistolen schon immer gehaßt und hätte nie gedacht, daß ich selbst einmal eine kaufen würde«, sagte sie. »Als ich aber drei Monate hier gewohnt hatte, bekamen wir Schwierigkeiten mit einer Motorradfahrer-Gang, die hier in der Gegend ihr Sommerlager aufschlagen wollte.«

»Die Chrom-Dämonen.«

»Genau. Unangenehme Burschen.«

»Das ist aber noch vornehm ausgedrückt.«

»Die sind dann manchmal hinter mir hergefahren, wenn ich nachts Hausbesuche zu machen hatte, oder ganz nah an beiden Seiten meines Autos. Sie haben dann zu mir hereingegrinst und mir Sachen zugerufen, na ja, eben ihren Scheiß gemacht. Eigentlich getan haben sie mir nichts, aber irgendwie war es doch ...«

»Bedrohlich.«

»So ist es. Deshalb habe ich mir eine Pistole gekauft, schießen gelernt und mir einen Waffenschein besorgt, damit ich sie mitnehmen konnte.«

»Mußten Sie sie jemals gebrauchen.«

»Na ja, ich brauchte Gott sei Dank auf niemanden zu schießen«, sagte sie. »Aber zeigen mußte ich sie einmal. Es war kurz nach Einbruch der Dunkelheit. Ich war zum Mount Larson unterwegs, und da sind diese Dämonen wieder aufgetaucht. Vier von ihnen haben mich zum Anhalten gezwungen. Ich kann Ihnen sagen, ich hatte vielleicht Herzklopfen! Dann ist einer von seinem Motorrad abgestiegen. Er war sehr groß, ungefähr 1,85 oder so, hatte langes, lockiges Haar mit einem Stirnband und einen goldenen Ohrring. Wie ein Pirat hat er ausgesehen.«

»Hatte er auf jede Handfläche in Gelb und Rot ein Auge tätowiert?«

»Genau! Zumindest auf einer Handfläche, die er gegen das Fenster gestützt hat.«

»Er heißt Gene Terr und ist der Anführer der Chrom-Dämonen. Ein ganz übler Bursche. Zwei- oder dreimal war er schon im Knast, aber nie wegen etwas Ernstem und nie lange. Jedesmal, wenn es so aussieht, als könnten wir ihn festnageln, nimmt einer von seinen Leuten die Schuld auf sich. Er hat eine unheimliche Gewalt über seine Bande. Sie machen alles, was er will; man könnte schon fast meinen, sie beten ihn an. Selbst wenn jemand im Gefängnis sitzt, kümmert er sich noch um sie und läßt ihnen Geld und Drogen hineinschmuggeln. Er weiß genau, daß wir ihn nicht packen können und ist deshalb immer scheißfreundlich und hilfreich uns gegenüber. Also, Jeeter — so nennen sie ihn — ist zu Ihrem Auto gekommen und hat hereingeschaut. Und dann?«

»Er wollte, daß ich rauskomme, und das habe ich abgelehnt. Dann sagte er, ich solle doch zumindest das Fenster herunterkurbeln, damit wir nicht so zu schreien brauchen. Ich sagte, ich würde ganz gern ein wenig schreien. Dann drohte er mir, er würde das Fenster einschlagen, wenn ich es nicht herunterkurbele. Ich wußte genau, wenn ich das mache, greift er herein und macht die Tür auf, und deshalb sagte ich ihm, ich würde herauskommen, wenn er ein bißchen zurückgeht. Er ging einen Schritt von der Tür zurück, und währenddessen habe ich die Pistole unter dem Sitz vorgeholt. Sobald ich die Tür aufgemacht hatte und ausgestiegen war, kam er wieder zu mir, und da habe ich ihm die Pistole in den Bauch gerammt. Der Hahn war gespannt, das hat er sofort gesehen.«

»Mein Gott, seinen Gesichtsausdruck hätte ich zu gern gesehen!« sagte Lieutenant Whitman grinsend.

»Ich hatte eine Todesangst«, erzählte Jenny weiter. »Vor allem davor, daß ich vielleicht den Abzug durchziehen müßte. Ich war mir nicht sicher, ob ich das fertigbringen würde, aber das durfte ich den Typ natürlich nicht merken lassen.«

»Wenn er etwas davon gemerkt hätte, wären Sie reif gewesen.«

»Das dachte ich mir auch. Ich habe ihm also mit sehr kalter und bestimmter Stimme gesagt, ich wäre Ärztin, wollte einen Hausbesuch machen und hätte nicht vor, mich lange aufhalten zu lassen. Ich habe aber leise gesprochen, damit die anderen nichts hören konnten, denn die Pistole konnten sie von ihren Motorrädern aus nicht sehen, und ich dachte, dieser Jeeter ist der Typ, der eher stirbt, als daß er es zuläßt, daß andere sehen, wie eine Frau ihm etwas befiehlt, und deshalb wollte ich ihn nicht bloßstellen.«

Der Lieutenant schüttelte den Kopf. »Damit haben Sie ihn genau richtig eingeschätzt.«

»Ich habe ihn außerdem daran erinnert, daß er vielleicht selbst eines Tages eine Ärztin brauchen könnte, wenn er mit seinem Motorrad einen Unfall baut. Ich könnte dann als Ärztin dafür sorgen, daß seine Verletzungen viel komplizierter werden würden, und daß sein Heilungsprozeß äußerst lang und schmerzhaft wird. Das sollte er sich auch einmal überlegen.«

Whitman starrte sie mit offenem Mund an.

»Auf jeden Fall scheint es gewirkt zu haben, denn er hat dann für seine Freunde eine Show abgezogen und gesagt, ich sei die Freundin eines Freundes von ihm und stünde ab sofort unter dem speziellen Schutz der Chrom-Dämonen. Dann ist er wieder auf seine Harley gestiegen und mit den anderen drei weggefahren.«

»Und Sie haben Ihren Krankenbesuch gemacht?«

»Was sonst? Schließlich bin ich Ärztin. Ich muß allerdings zugeben, daß mir nachträglich der Angstschweiß auf der Stirn gestanden hat.«

»Seitdem hat Sie keiner mehr von den Leuten belästigt?«

»Im Gegenteil. Sie winken mir zu, wenn sie an mir vorbeifahren.«

Whitman lachte.

Jenny sagte: »Das war also die Antwort auf Ihre Frage. Ja, ich kann mit einer Pistole umgehen, aber ich hoffe, daß ich nie auf jemand zu schießen brauche.«

Sie sah auf die .357 Magnum in ihrer Hand herab, runzelte die Stirn und begann, sie zu laden.

Sie blieben einen Moment still, und dann sagte er: »Wenn er Ihnen etwas angetan hätte, wenn er Sie vergewaltigt hätte, und Sie hätten ihn dann später irgendwann als Patient behandelt ..., hätten Sie ... wirklich ...?«

»Meine Fachkenntnisse gegen ihn verwendet? Na ja, versucht wäre ich schon. Auf der anderen Seite nehme ich den hippokratischen Eid sehr ernst. Deshalb ... wahrscheinlich bedeutet das, daß ich im Grund doch nur ein gutherziger Trottel bin, aber ich würde Jeeter medizinisch so gut versorgen, wie ich kann.«

»Gutherziger Trottel! Wenn ich sowas höre! Wie Sie dem Typ die Stirn geboten haben, das hätten Sie ohne Härte nie fertiggebracht. Wenn Sie aber dann später Ihre Position als Ärztin ausgenutzt hätten, um sich zu revanchieren ... also, das wäre etwas anderes gewesen. Sie sind in Ordnung, Dr. Paige. Wenn Sie möchten, können Sie mich Tal nennen. So sagen die meisten Leute zu mir. Das ist eine Abkürzung von Talbert.«

»Einverstanden, Tal. Und Sie können Jenny zu mir sagen.«

»Das fände ich irgendwie nicht richtig.«

»So? Und warum nicht?«

»Doktoren spricht man nicht mit Vornamen an. Das wäre komisch.«

»Doktoren sind auch Menschen, und wenn man unsere Lage hier berücksichtigt ...«

»Trotzdem«, sagte er und schüttelte den Kopf.

»Wenn es Sie stört, dann reden Sie mich doch so an wie meine meisten Patienten.«

»Und wie ist das?«

»Einfach nur Doc.«

»Doc. Wenn ich daran denke, wie Sie Gene Terr den Revolver in den Bauch gerammt haben, paßt es zu Ihnen.«

»Sagen Sie mal, Tal, warum sind in einer kleinen Station wie Snowfield so viele Waffen?«

»Das sind eben die Bestimmungen. Eigentlich können wir jetzt froh darüber sein.«

»Bisher haben wir aber noch nichts gesehen, auf das man schießen könnte.«

»Ich habe den starken Verdacht, daß das noch kommen wird«, sagte Tal. »Und ich will Ihnen noch etwas sagen.«

»Was denn?«

Sein breites, dunkelhäutiges, schönes Gesicht konnte sehr

düster aussehen. »Ich glaube, Sie brauchen sich nicht all-zuviel Gedanken darüber machen, ob Sie auf Menschen schießen brauchen. Ich glaube irgendwie nicht, daß wir uns vor *Menschen* vorsehen müssen.«

Bryce wählte die geheime Privatnummer des Gouverneurs in Sacramento. Nach einigen vergeblichen Versuchen des Dienstmädchens und des Butlers, ihn abzuwimmeln, wurde er mit Gary Poe, dem ersten politischen Berater von Gouverneur Jack Retlock verbunden.

»Bryce«, sagte Gary, »Jack kann im Augenblick unmöglich ans Telefon kommen. Wir haben hier gerade ein wichtiges Diner mit dem japanischen Handelsminister und dem Generalkonsul aus San Francisco.«

»Gary...«

»Wir tun unser Bestes, daß die neue japanisch-amerikanische Elektronik-Fabrik in Kalifornien und nicht in Texas oder Arizona oder vielleicht sogar in New York gebaut wird. Ausgerechnet New York!«

»Gary...«

»Wie sie auf New York mit den ständigen Streiks und den unmöglichen Steuersätzen kommen, ist mir schleierhaft. Manchmal —«

»Gary, halten Sie den Mund!«

»Wie bitte!«

Bryce fuhr nie jemanden an. Selbst Gary Poe — der schneller und lauter reden konnte als jeder Marktschreier — war so schockiert, daß er seinen Redefluß unterbrach.

»Gary, wir haben hier einen Notfall. Holen Sie Jack.«

»Bryce, ich bin bevollmächtigt —«, begann Poe beleidigt.

»Ich habe in den nächsten beiden Stunden verdammt viel zu tun, wenn ich noch lange genug lebe. Ich kann es mir nicht leisten, zuerst Ihnen die Lage eine Viertelstunde lang zu schildern, und dann Jack noch eine Viertelstunde. Hören Sie zu. Ich bin hier in Snowfield, und wie es aussieht, sind alle Einwohner tot.«

»Was?«

»Fünfhundert Menschen.«

»Bryce, wenn das ein Witz sein soll —«

»Fünfhundert Tote. Mindestens. Holen Sie jetzt vielleicht Jack her, verdammt noch mal?«

»Aber Bryce, fünfhundert ...«

»Holen Sie Jack, zum Teufel noch mal!«

Poe zögerte und sagte dann: »Also gut, aber wehe, Sie nehmen mich auf den Arm.« Er legte den Hörer ab und ging zum Gouverneur.

Bryce kannte Jack Retlock schon seit siebzehn Jahren. Als er bei der Polizei in Los Angeles angefangen hatte, war er Jack, der damals schon seit sieben Jahren bei der Polizei gewesen war, für sein Probejahr zugewiesen worden. Er war ein so erfahrener und guter Polizist gewesen, daß Bryce schon daran verzweifelt war, jemals auch nur halb so gut werden zu können. Nach einem Jahr war er jedoch schon besser. Die beiden hatten sich entschlossen, als Partner zusammenzubleiben, aber dann hatte sich Jack entschlossen, in die Politik zu gehen und es bis zum Gouverneur geschafft. Er war schon immer der aggressivere der beiden gewesen.

»Doody, bist du das?« fragte Jack. Er benutzte noch immer Bryces Spitznamen aus der Zeit in Los Angeles.

»Ja, ich bin's.«

»Gary erzählte mir da irgendwelchen Schwachsinn —«

»Es ist wahr«, sagte Bryce und berichtete ihm über die Ereignisse.

Nachdem sich Jack die ganze Geschichte angehört hatte, holte er tief Luft und sagte: »Ich hoffe nur, du bist betrunken, Doody.«

»Ich bin stocknüchtern, Jack. Hör zu, als erstes brauche ich —«

»Die Nationalgarde?«

»Nein!« sagte Bryce. »Genau die möchte ich raushalten, so lange es möglich ist.«

»Wenn ich nicht die Nationalgarde und alle Mittel einsetze, die mir zur Verfügung stehen, und das stellt sich nachher als Fehler heraus, bin ich erledigt.«

»Jack, ich zähle darauf, daß du die richtigen Entscheidungen triffst, und zwar nicht nur *politisch* die richtigen. Bis wir nicht mehr darüber wissen, was hinter der Sache hier steckt, kann ich keine Scharen von Nationalgardisten brauchen, die hier wild durcheinanderrennen. Das sind doch Verkäufer oder Anwälte oder Lehrer. Für Naturkatastrophen sind sie in Ordnung, aber hier brauchen wir eine straffe Polizeiaktion, und sowas können wirklich nur ausgebildete Polizisten.«

»Und wenn deine Leute nicht damit fertig werden?«

»Dann bin ich der erste, der nach der Garde schreit!«

»Also gut. Was sonst?«

Bryce seufzte. »Das Gesundheitsministerium möchte ich auch heraushalten.«

»Doddy, sei doch vernünftig. Wie stellst du dir das denn vor? Wenn das eine ansteckende Krankheit ist, oder eine Umweltkatastrophe —«

»Hör zu, Jack, mit einer Seuche oder einer massenhaften Nahrungsmittelvergiftung werden die vom Gesundheitsministerium fertig, aber im Grunde sind das doch Bürokraten, und die lassen sich Zeit. Das können wir uns hier nicht leisten. Ich habe das dringende Gefühl, daß der Zeitfaktor hier äußerst wichtig ist. Hier kann jeden Augenblick die Hölle losbrechen. Außerdem hat das Gesundheitsministerium nicht die richtigen Geräte für sowas, und außerdem sind sie in ihren Plänen nicht darauf vorbereitet, daß eine ganze Stadt ausgelöscht wird. Ich weiß aber jemand, der viel besser geeignet wäre. In der B- und C-Waffen Abteilung der Armee gibt es ein ganz neues Programm namens Zivilverteidigungseinheit.«

»B- und C-Waffen? Das ist doch bakteriologische und chemische Kriegsführung? Großer Gott, meinst du, es ist so etwas?«

»Wahrscheinlich nicht«, sagte Bryce und dachte dabei an die abgetrennten Köpfe der Liebermanns, an das unheimliche Gefühl, das ihn in der abgedeckten Passage überfallen hatte, und an die unglaubliche Geschwindigkeit, mit der Jake Johnson verschwunden war. »Ich weiß aber nicht genug darüber, um B- und C-Waffen oder sonst irgend etwas auszuschließen.«

Ein harter, zorniger Tonfall hatte sich in die Stimme des Gouverneurs eingeschlichen. »Wenn das irgendein Unfall der Armee mit einem von ihren gottverdammten Viren ist, dann gnade ihnen Gott!«

»Nur ruhig, Jack. Vielleicht ist es ja gar kein Unfall. Vielleicht ist es das Werk von Terroristen, die irgend etwas in der Richtung in die Finger bekommen haben, oder die Russen wollen ausprobieren, wie gut unsere Abwehrmaßnahmen gegen B- und C-Waffen sind. Gerade für solche Situationen ist doch die Zivilverteidigungsabteilung unter General Copperfield ins Leben gerufen worden.«

»Wer ist das denn?«

»General Galen Copperfield. Er ist der Kommandeur der Zivilverteidigungseinheit der Abteilung für chemische und bakteriologische Kriegsführung der Armee. Er könnte innerhalb von Stunden ein erstklassig ausgebildetes Team von Wissenschaftlern in Snowfield zum Einsatz bringen — Biologen, Virologen, Bakteriologen, Pathologen mit einer Ausbildung in den neuesten Entwicklungen der forensischen Medizin, mindestens ein Immunologe ist dabei. Die haben komplette fahrbare Feld-Labors und sind einfach besser auf sowas vorbereitet als die staatlichen Stellen. Ich möchte den General anrufen, das heißt, ich *werde* ihn anrufen, aber ich hätte lieber deine Einwilligung dazu, und deine Garantie, daß sich hier keine staatlichen Bürokraten einmischen.«

Nach kurzem Zögern sagte Jack Retlock: »Also gut, einverstanden. Was brauchst du sonst noch?«

Bryce sah auf die Liste vor ihm herab. »Du könntest dafür sorgen, daß die Telefonleitungen hierher nur für wirklich wichtige Anrufe benutzt werden können, damit uns die Reporter und weiß der Teufel wer sonst noch vom Hals bleibt. Wir hatten allerdings schon Schwierigkeiten mit dem Telefon und es ist möglich, daß wir es ganz verlieren. Ich brauche also auch noch einen Kurzwellensender.«

»Wird alles erledigt. Ich kann dir einen großen Kurzwellensender mit einer unabhängigen Stromversorgung über einen Generator schicken lassen. Sonst noch was?«

»Da wir gerade von Generatoren sprechen, es wäre gut, wenn wir nicht völlig vom öffentlichen Netz abhängig wären, weil der Feind das offensichtlich beliebig manipulieren kann. Könntest du also zwei große Generatoren besorgen?«

»Wird gemacht. Sonst noch was?«

»Wenn mir noch etwas einfällt, sage ich Bescheid.«

»Ich will dir nur noch eines sagen, Bryce. Es tut mir auf der einen Seite verdammt leid, daß du in die Sache verwickelt bist, weil du mein Freund bist, aber auf der anderen Seite bin ich froh darüber, daß du als Sheriff die Leitung übernommen hast. Ich wüßte keinen besseren Mann dafür.«

»Vielen Dank, Jack.«

Nach einer kurzen Stille sagte Retlock: »Doody, paß auf dich auf.«

»Ich werde mein Bestes tun, Jack. Jetzt muß ich aber Copperfield verständigen. Ich rufe dich später wieder an.«

Der Gouverneur sagte: »Bitte tu das, Bryce. Verschwinde bloß nicht auch noch, mein Alter!«

Er legte den Hörer auf, sah sich kurz um und nahm ihn wieder auf, um Copperfield in Dugway anzurufen.

Er bekam kein Freizeichen.

Er drückte die Gabel herunter, ließ sie wieder los und sagte »Hallo!« in die Sprechmuschel.

Nichts.

Bryce spürte, daß etwas oder jemand zuhörte, wie ihm Dr. Paige es beschrieben hatte.

»Wer ist da?« fragte er.

Eigentlich erwartete er keine Antwort, bekam aber trotzdem eine. Es war keine Stimme, sondern ein eigenartiges und doch vertrautes Geräusch: der Schrei von Möwen über einem sturmigen Strand.

Dann änderte sich das Geräusch und klang nun wie Bohnen in einem hohlen Flaschenkürbis. Zweifellos das warnende Rasseln einer Klapperschlange. Dann ein elektronisches Summen. Nein, nicht elektronisch. Ein Bienenschwarm. Dann wieder der Schrei von Möwen. Dann ein Singvogel. Ein Hecheln wie ein müder Hund. Dann das Fauchen kämpfender Katzen.

Obwohl die Geräusche selbst nichts besonders Bedrohliches an sich hatten, überlief es Bryce eiskalt.

Die Tiergeräusche hörten auf.

Bryce wartete ab, lauschte und sagte schließlich: »Wer ist da?«

Wieder kam ein Geräusch aus dem Telefon, und es durchfuhr Bryce wie ein Dolch aus Eis. Schreie. Männer und Frauen und Kinder. Dutzende, vielleicht Hunderte. Keine gespielten Schreie, sondern durchdringende, nervenzerfetzende Schreie von Schmerz, Angst und tiefster Verzweiflung.

Fast wurde Bryce übel. Sein Herz klopfte wie ein Hammer. Fast hatte er das Gefühl, als sei er direkt mit der Hölle verbunden. Waren das die Schreie der Toten von Snowfield, die auf Band aufgenommen worden waren? Von wem? Warum?

Ein letzter Schrei. Ein Kind. Ein kleines Mädchen. Sie schrie vor Entsetzen auf, dann vor Schmerz, dann in unvorstellbarer Qual, als würde sie in Stücke gerissen. Ihre Stimme stieg an, wurde höher, immer höher —
Stille.

Die Stille war noch schlimmer, weil das namenlose Wesen noch in der Leitung war. Bryce spürte es jetzt deutlicher und hatte das Gefühl, als sei er in der Gegenwart des reinen, gnadenlosen Bösen. Hastig legte er den Hörer auf. Seine Hände zitterten, und Schweiß lief ihm an seinem Genick herunter.

Er sah sich in der Station um. Alle waren noch mit den zugewiesenen Aufgaben beschäftigt, und offensichtlich hatte niemand etwas davon bemerkt, was sich am Telefon abgespielt hatte. Er beschloß, es ihnen auch vorerst noch nicht zu sagen. Sie erwarteten Führung von ihm, und er hatte nicht die Absicht, sie zu enttäuschen und ihnen zu zeigen, daß er vor Angst zitterte.

Er holte tief Luft und nahm den Hörer wieder auf. Er bekam sofort ein Freizeichen. Ungeheuer erleichtert rief er bei der B- und C-Zivilverteidigungseinheit in Dugway, Utah, an.

Lisa mochte Gordy Brogan. Zunächst war er ihr finster und bedrohlich vorgekommen, aber dann hatte sie ihn lächeln gesehen, und das hatte ihn völlig verwandelt. Jetzt kam er ihr vor wie ein großer junger Hund, der von allen geliebt werden möchte.

Als sie das Essen auf den Tisch stellten, sagte Lisa: »Sie kommen mir gar nicht wie ein Polizist vor.«

»So?« sagte Gordy. »Wie denn sonst?«

»Vielleicht eher wie ein junger Pfarrer«, sagte Lisa.

»*Ich*? Wie ein Pfarrer?«

»Doch, ich kann mir Sie richtig vorstellen. Von der Kanzel herunter würden Sie knallharte Strafpredigten halten, aber dann im Pfarrhaus würden Sie freundlich lächeln und sich die Probleme der Leute anhören.« Sie machte eine kurze Pause. »Wissen Sie, warum Sie mir nicht wie ein Polizist vorkommen? Weil ich mir nicht vorstellen kann, daß Sie *das* da jemals benutzen würden.« Sie deutete auf seinen Revolver. »Ich glaube einfach nicht, daß Sie jemals auf jemand schießen würden. Nicht einmal, wenn er es verdient.«

Sie war von dem Ausdruck erschreckt, der plötzlich in Gordy Brogans Gesicht getreten war. Er war offensichtlich schockiert.

Bevor sie ihn fragen konnte, was er hatte, flackerten die Lichter.

O nein, dachte sie. Um Gottes willen, nicht wieder Dunkelheit. Bitte, bitte nicht.

Die Lichter gingen aus.

15

Das Ding am Fenster

Bryce hatte von dem diensthabenden Offizier in Dugway schnell eine Verbindung mit General Galen Copperfields Privatwohnung bekommen. Copperfield hatte ihm zugehört, nicht viel gesagt und Bryce nur eindringlich und streng daran erinnert, daß es sich hier um eine offene Leitung handle und deshalb keine Dienstgeheimnisse diskutiert werden sollten. Er sei jedoch davon überzeugt, daß seine Organisation zugezogen werden müsse, und er versprach, bis morgen früh oder etwas später sei ein Feldlabor und ein Untersuchungsteam in Snowfield.

Als Bryce den Hörer auflegte, flackerten die Lichter und gingen ganz aus.

Er tastete auf dem Schreibtisch vor ihm nach einer der beiden zusätzlichen Taschenlampen, die sie in der Station gefunden hatten, und schaltete sie an. Gordy hatte die eine, die noch heil geblieben war, und Dr. Paige hatte ebenfalls eine Lampe. Sie gingen nun beide gleichzeitig an und warfen helle Strahlen durch die Dunkelheit.

Sie hatten sich schon vorher auf eine Strategie für den Fall geeinigt, daß die Lichter wieder ausgehen sollten. Nun gingen sie alle wie verabredet von den Türen und Fenstern weg in die Mitte des Raumes und stellten sich in einem großen Kreis mit den Gesichtern nach außen auf, um sich so weniger verwundbar zu machen.

Niemand sprach auch nur ein Wort. Alle lauschten angestrengt.

Lisa Paige stand links neben Bryce; ihre schmalen Schultern waren vorgeschoben und ihr Kopf eingezogen. Tal Whitman stand mit gebleckten Zähnen rechts von Bryce und starrte in die Dunkelheit jenseits der Strahlen aus den Taschenlampen. Tal und Bryce hielten Revolver in der Hand. Die drei waren zu dem hinteren Teil des Raums gerichtet, während die anderen vier — Dr. Paige, Gordy, Frank und Stu — zur Tür sahen.

Bryce ließ den Lichtstrahl umherwandern, denn plötzlich schien alles bedrohlich geworden zu sein, aber in dem Raum rührte sich nichts.

Stille.

In der hinteren Wand in der Nähe der rechten Ecke waren zwei Türen, die zu den Arrestzellen und der Treppe führten. Sie hatten den Rest des Gebäudes zwar vorher durchsucht, aber trotzdem war Bryce beunruhigt und leuchtete immer wieder auf die halboffenen Türen.

In der Dunkelheit war ein leiser Aufprall zu hören.

»Was war das?« fragte Wargle.

»Von dort drüben ist es gekommen«, sagte Gordy.

»Nein, von da«, sagte Lisa Paige.

»Ruhe!« sagte Bryce mit scharfer Stimme.

Wieder war ein gedämpfter Aufprall zu hören, als würde

ein Kissen auf den Boden fallen. Jetzt wurde es lauter, klang aber nicht näher.

»Die Fenster!« sagte Frank.

Sofort schwang der Strahl der drei Taschenlampen zu den Fenstern. Das Licht wurde zunächst wie von Spiegeln reflektiert und beleuchtete die Fenster dann indirekt.

Irgend etwas stieß gegen ein Fenster, prallte davon ab und verschwand wieder in der Nacht. Bryce meinte, Flügel gesehen zu haben.

»Was war das?«

»— Vogel —«

»— niemals ein Vogel —«

»— grauenhaftes Wesen —«

Es kehrte zurück und flog mit größerer Entschlossenheit gegen das Glas.

Lisa schrie. Frank Autry schnappte nach Luft und Stu Wargle sagte: »Meine Fresse!« Gordy brachte nur ein unterdrücktes Gurgeln heraus. Bryce starrte auf das Fenster und hatte das Gefühl, er habe die Realität hinter sich gelassen und sei in einem Alptraum.

Das Ding am Fenster wurde vom Mondlicht undeutlich beleuchtet, aber selbst das war zuviel. Die Kreatur da draußen schien direkt aus einem Fiebertraum zu stammen. Das Wesen hatte eine Flügelspannweite von einem Meter oder einem Meter zwanzig, einen insektenartigen Kopf, kurze, zitternde Fühler, pausenlos arbeitende Kauwerkzeuge, riesige, tintenschwarze Augen mit zahllosen Facetten und einen segmentierten Körper von der Form und Größe von zwei hintereinandergesetzten Fußbällen. Flügel und Körper waren ein widerliches, schimmliges Grau, das irgendwie feucht aussah.

Das Ding am Fenster war eine Motte von der Größe eines Adlers. Wahnsinn, unmöglich, so etwas gab es nicht!

Es schleuderte sich nun mit erneuter Wut gegen das Fenster, hatte aber keinen Panzer, so daß es trotz seiner Größe die Glasscheiben mit seinem weichen Körper nicht zerbrechen konnte.

Und dann war es plötzlich verschwunden und die Lichter gingen an.

Wie eine Theatervorführung, dachte Bryce.

Als sie zu den Fenstern gingen und hinaussahen, lag die Straße leer vor ihnen, und nichts rührte sich.

Bryce setzte sich hinter Paul Hendersons Schreibtisch, und die anderen versammelten sich um ihn. Sie wichen sich mit ihren Blicken aus, und nur Dr. Paige sah ihm in die Augen.

»Hat vielleicht jemand eine Ahnung, was das gewesen sein könnte?« fragte Bryce.

»Unmöglich«, sagte Frank Autry. »Das war einfach unmöglich.«

»Mein Gott, was ist denn bloß los mit euch«, sagte Stu Wargle und verzog sein fleischiges Gesicht. »Das war doch nur ein verdammter Vogel, nichts weiter.«

»Dummes Zeug«, sagte Frank.

»Nichts als ein Scheiß-Vogel«, beharrte Wargle. Als ihm die anderen widersprachen, sagte er: »Bei der schlechten Beleuchtung habt ihr einen falschen Eindruck bekommen. Ihr habt das nicht gesehen, was ihr zu sehen geglaubt habt.«

»Haben wir nicht das gleiche gesehen wie Sie auch, selbst wenn Sie das jetzt nicht glauben wollen?« fragte Tal. »Eine verdammt große, häßliche Motte, die unmöglich ist?«

Wargle sah auf seine Schuhe herab. »Ich habe nur einen Vogel gesehen. Nichts als einen Vogel.«

Bryce wurde es klar, daß Wargle so völlig phantasielos war, daß er selbst dann nicht die Möglichkeit des Unmöglichen in Betracht ziehen konnte, wenn er es mit eigenen Augen gesehen hatte.

»Was wollte das denn?« fragte Bryce.

»Es wollte *uns*«, sagte Lisa.

»Es konnte aber unmöglich Jake weggeschafft haben«, sagte Frank. »Es war zu schwach, um einen erwachsenen Mann zu tragen.«

Bryce entschloß sich, jetzt doch zu erzählen, was er am Telefon gehört und gefühlt hatte. Eigentlich hatte er bis zum Morgen damit warten wollen, bis es hell wurde und Verstärkung eintraf. Jetzt aber überlegte er sich, daß ihnen vielleicht etwas Wichtiges auffallen könnte, was ihm entgangen war. Außerdem war nun, nachdem sie alle das Ding am Fenster gesehen hatten, im Vergleich dazu der Zwischenfall am Telefon nicht mehr so schockierend.

Sie hörten sich seinen Bericht an, und ihre Stimmung verschlechterte sich durch die neue Information noch weiter.

»Was ist das bloß für ein perverses Schwein, das die Schreie seiner Opfer auf Band aufnimmt?« fragte Gordy.

Tal Whitman schüttelte den Kopf und sagte: »Vielleicht war das gar keine Bandaufnahme und die Leute waren noch am Leben. Es ist doch auch möglich, daß sie umgebracht worden sind, während Sie zuhörten.«

Bryce erinnerte sich an die entsetzlichen Schreie und spürte, wie ihm das Mark in den Knochen langsam gefror.

»Das brauchen nicht unbedingt Terroristen oder Kidnapper gewesen zu sein. Ich bin jetzt bereit, die Möglichkeit in Betracht zu ziehen, daß wir es hier mit etwas zu tun haben, das nicht menschlich ist. Vielleicht werden die anderen nur deshalb festgehalten, weil *es* das Vergnügen in die Länge ziehen will, sie zu töten. Vielleicht hält es sie nur fest, um uns mit ihren Schreien zu quälen, wie es das mit Bryce getan hat. Mein Gott, wenn wir es hier mit etwas wirklich Außergewöhnlichem, nicht Menschlichem zu tun haben, sind auch seine Motive für uns unverständlich.«

»So ein Blödsinn. Ihr redet daher, als wärt ihr alle bescheuert«, sagte Wargle.

Alle ignorierten ihn.

Sie waren durch den Spiegel getreten. Das Unmögliche war möglich. Der Feind war das Unbekannte.

Lisa Paige, die kalkweiß geworden war, räusperte sich und sagte mit kaum hörbarer Stimme: »Vielleicht hat es irgendwo im Dunkeln, in einem Keller oder einer Höhle, ein Netz gesponnen und alle Vermißten in Kokons lebendig aufgehängt. Es hebt sie sich nur auf, bis es wieder Hunger bekommt.«

Wenn absolut nichts mehr unmöglich war, hatte das Mädchen vielleicht sogar recht, dachte Bryce. Vielleicht hing tatsächlich irgendwo im Dunkeln ein ungeheures Netz, in dem hundert oder zweihundert appetitlich in Frischhaltepackungen eingewickelte Menschen hingen und darauf warteten, von einem brutalen, unvorstellbar bösen Wesen mit einer finsteren Intelligenz, das aus einer anderen Dimension stammte, verzehrt zu werden.

Nein. Lächerlich.

Auf der anderen Seite vielleicht doch.

Großer Gott!

Bryce kauerte vor dem Funkgerät und betrachtete sich sein zerstörtes Inneres. Verschiedene Teile schienen von einem Schraubstock zerdrückt oder flachgehämmert.

Frank sagte: »Dafür mußte die Frontplatte abgenommen werden.«

»Warum sie sich wohl die Mühe gemacht haben, sie hinterher wieder anzuschrauben?« fragte Wargle.

Lisa und Gordy erschienen, und das Mädchen sagte: »Kaffee ist fertig, und es gibt etwas zu essen, wenn jemand Hunger hat.«

»Ich bin total ausgehungert«, sagte Wargle und leckte sich die Lippen.

»Sheriff«, sagte Gordy. »Ich und Lisa, wir haben uns Gedanken darüber gemacht, was mit den Haustieren hier passiert ist. Das ist uns eingefallen, als Sie erzählt haben, daß Sie am Telefon Tiere gehört hätten.«

»Niemand hat einen Hund oder eine Katze gesehen«, sagte Lisa. »Jenny sagt, hier in der Stadt hätte es einige ziemlich große Hunde gegeben. Einige Schäferhunde, einen Dobermann auf jeden Fall, und sogar eine dänische Dogge. Meinen Sie nicht, die hätten sich gewehrt? Eigentlich sollte man doch denken, daß ein paar von den Hunden fliehen konnten, oder?«

»Schon gut«, sagte Gordy schnell, um Bryces Antwort zuvorzukommen. »Es war vielleicht stark genug, um einen wütenden, großen Hund überwältigen zu können. Größe und Stärke zählen aber bei Katzen nicht unbedingt so viel. Katzen sind blitzschnell. Wenn es tatsächlich jede Katze in der Stadt erwischt hat, muß es verdammt leise gewesen sein.«

»Verdammt leise und irre schnell«, sagte Lisa.

»Ganz richtig«, sagte Bryce beunruhigt. »*Irre* schnell.«

Jenny hatte gerade angefangen, ein Sandwich zu essen, als sich Sheriff Hammond neben sie setzte und seinen Teller auf seinen Knien balancierte. »Störe ich Sie?«

»Keineswegs.«

»Tal Whitman hat mir erzählt, wie Sie mit unserer lokalen Rocker-Gang fertiggeworden sind.«

Sie lächelte. »Tal übertreibt.«

»Der Mann kann überhaupt nicht übertreiben«, sagte der Sheriff. »Ich will Ihnen mal eine Geschichte über ihn erzählen. Vor einiger Zeit war ich drei Tage lang weg auf einem Lehrgang. Als ich wieder zurückkam, bin ich als erstem Tal begegnet. Ich fragte ihn, ob irgend etwas Besonderes losgewesen wäre, und er sagte, nein, eigentlich nicht. Ach doch, meinte er dann weiter, ein versuchter Raubüberfall, als sei ihm das gerade noch eingefallen. Es war in dem kleinen Laden an der Ecke gewesen, und leider hätte er dabei einen der Täter erschießen müssen. Es sei einwandfreie Notwehr gewesen. Ich habe dann nachgehakt, und da winkt er ab und sagt: ›Ach wissen Sie, Bryce, eigentlich war es eine Lappalie.‹ Ich habe dann später herausbekommen, daß der eine Typ Tal durch den Arm geschossen hatte, bevor der zurückschoß und ihn tötete. Tals Wunde war nicht ernst, aber er hat geblutet wie ein Schwein, und dann hat er noch den zweiten Täter niedergeschlagen, obwohl der fünf Zentimeter größer und zwanzig Pfund schwerer war als Tal, und außerdem war er *nicht* verwundet.«

Der Sheriff war mit seiner Geschichte zu Ende und sah Jenny erwartungsvoll an.

»Mein Gott! Und zu Ihnen hatte er gesagt, es wäre bloß eine Lappalie gewesen!«

»So ist es«, sagte der Sheriff und lachte. »Sie sehen also, wenn Tal mir erzählt, sie wären mit den Chrom-Dämonen fertiggeworden, dann weiß ich, daß das keine Übertreibung ist. Übertreibungen liegen ihm nicht.«

Jenny schüttelte beeindruckt den Kopf. »Als ich Tal von meinem kleinen Abenteuer erzählt habe, hat er sich angestellt, als wäre das die mutigste Tat der Weltgeschichte gewesen, und dabei war das im Vergleich mit seiner ›Lappalie‹ für ihn doch eher so etwas wie ein Streit im Kindergarten.«

»Nein, nein, da tun Sie ihm Unrecht«, sagte Hammond. »Das hat er nicht nur so gesagt, um Ihnen eine Freude zu machen. Er hat das wirklich für mutig gehalten. Ich übrigens auch. Dieser Jeeter ist gefährlich wie eine Klapperschlange, Dr. Paige.«

»Sie können mich Jenny nennen, wenn Sie möchten.«

»Einverstanden, wenn Sie Bryce zu mir sagen.«

Sie aßen und unterhielten sich dabei über belanglose Dinge. Er strahlte trotz der Umstände eine gewisse Ruhe aus, und sie war dankbar für die kurzen Minuten der Entspannung.

Nach dem Essen aber lenkte er das Gespräch wieder auf die gegenwärtige Krise. »Sie kennen sich in Snowfield besser aus als ich. Wir brauchen ein geeignetes Hauptquartier für diese Operation. Hier ist es zu eng. Bald kommen noch zehn von meinen Leuten, und dazu kommt morgen früh noch das Team von General Copperfield.«

»Wieviele sind das denn?«

»Mindestens ein Dutzend Leute, und vielleicht bis zwanzig. Ich brauche also mehr Platz, und außerdem einen Raum, in dem die Leute schlafen können, und eine Cafeteria, um sie zu verpflegen. Das kann hier Tage dauern.«

»Dann wäre wahrscheinlich das Hilltop Inn am besten geeignet.«

»Schauen wir es uns doch einmal an«, sagte Bryce, stellte seinen leeren Papp-Becher auf den Tisch und stand auf.

Jenny sah zu den Fenstern hinüber. Sie dachte an die Kreatur, die gegen die Scheiben geflogen war, und hörte noch immer die gedämpften Schläge, die sie dabei verursacht hatte. Sie wurde einfach das Bild dieser schwarzen Insektenaugen nicht los, die so bösartig und hungrig hereingesehen hatten.

Sie sagte: »Meinen Sie ... jetzt, sofort?«

»Warum nicht?«

»Wäre es nicht klüger, auf Verstärkung zu warten?« fragte sie.

»Es wird wahrscheinlich noch eine Weile dauern, bis die kommt. Es hat keinen Sinn, hier herumzusitzen und Däumchen zu drehen. Es geht uns bestimmt allen besser, wenn wir etwas Konstruktives unternehmen. Das wird uns ablenken von … von den schlimmsten Dingen, die wir gesehen haben. Wir sind hier drinnen keinen Deut sicherer als draußen.«

Jenny dachte an die Oxleys in ihrem verbarrikadierten Zimmer und nickte. »Es gibt nirgends Sicherheit.«

16

Aus der Finsternis

Bryce Hammond führte sie aus der Station heraus. Er trug wie Tal Whitman ein Schrotgewehr. Sie traten auf die ausgestorbene Skyline Road hinaus.

Die Stadt stand in atemloser Stille. Die Bäume rührten sich nicht, und die Häuser waren wie Schemen aus Rauch und Dunst.

Weiter die Skyline Road hinauf konnten sie das Hilltop Inn sehen. Es war ein vierstöckiges, graues Steingebäude, in dessen Fenstern sich der fast volle Mond spiegelte. Kein Licht brannte in dem Hotel.

Sie hatten alle die Mitte der Straße erreicht oder überschritten, als etwas aus der Finsternis kam. Bryce bemerkte zuerst den Mondschatten, der wie eine Welle über die Straße huschte. Instinktiv duckte er sich. Er hörte Flügel und spürte, wie etwas leicht über seinen Kopf strich.

Stu Wargle schrie.

Bryce fuhr hoch und wirbelte herum.

Die Motte.

Sie hing fest an Wargles Gesicht und hielt sich irgendwie daran fest. Sein ganzer Kopf war davon versteckt.

Wargle war nicht der einzige, der schrie. Auch die anderen stießen Schreie aus und traten zurück. Auch das Ding kreischte mit einem hohen, durchdringenden Laut.

Im silbrigen Licht des Mondes flatterten die fahlen Flügel des unmöglichen Insekts, breiteten sich mit einer schrecklichen Grazie und Schönheit aus und schlugen Wargle an Kopf und Schultern.

Wargle taumelte bergab weg und versuchte, sich mit den Händen von dem grauenhaften Wesen zu befreien, das an seinem Gesicht klebte. Seine Schreie wurden bald immer unterdrückter und hörten nach ungefähr zwei Sekunden ganz auf.

Bryce war wie die anderen von Entsetzen und Schock gelähmt.

Wargle begann zu rennen, kam aber nur einige Meter weit, bis er abrupt stehenblieb. Seine Hände sanken von dem Ding vor seinem Gesicht herunter.

Bryce erwachte abrupt aus seiner kurzen Trance, ließ sein nutzloses Schrotgewehr fallen und rannte zu Stu.

Wargle fiel wider Erwarten doch nicht zu Boden, sondern richtete sich plötzlich stocksteif auf, riß die Schultern zurück und zuckte und zitterte am ganzen Körper, als habe er einen elektrischen Schlag bekommen.

Bryce versuchte, die Motte zu packen, um sie Wargle vom Gesicht wegzureißen, aber der Deputy tanzte in seiner Qual wie ein Besessener umher, so daß Bryce ihn nicht packen konnte.

Dann brach Wargle zusammen. Im gleichen Augenblick stieg die Motte von ihm auf, schwebte einen Augenblick über ihm in der Luft, starrte die anderen mit ihren schwarzen Augen haßerfüllt an, und dann flog sie auf Bryce zu.

Er stolperte zurück und fiel zu Boden. Die Motte schwebte über ihm vorbei und glitt lautlos über die Straße auf die Gebäude auf der anderen Seite zu.

Tal Whitman hob sein Schrotgewehr. Der Schuß hallte wie ein Kanonenschlag durch die stille Stadt.

Die Motte wurde in der Luft zur Seite geschleudert, taumelte fast bis zum Boden, fing sich aber dann wieder und verschwand über die Dächer.

Stu Wargle lag bewegungslos auf dem Rücken.

Bryce stand hastig auf und ging zu ihm hin. Der Deputy lag mitten auf der Straße, und es war noch hell genug, um erkennen zu können, daß sein Gesicht nicht mehr da war. Großer Gott. *Verschwunden.* Als sei es weggerissen worden. Sein Haar und Fetzen seiner Kopfhaut hingen über die weißen Knochen seiner Stirn. Ein Totenschädel grinste Bryce an.

17

Die Stunde vor Mitternacht

Tal, Gordy, Frank und Lisa saßen in roten Kunstledersesseln
in einer Ecke der Eingangshalle des Hilltop Inn. Das Hotel
war seit dem Ende der Skisaison geschlossen, und sie hatten die weißen Staubschutztücher von den Sesseln gezogen,
bevor sie wie betäubt von dem Schock hineingesunken waren. Der ovale Kaffeetisch vor ihnen war noch verhängt; sie
starrten ihn an, weil sie sich nicht ins Gesicht sehen konnten.

Am hinteren Ende des Raums standen Bryce und Jenny
vor der Leiche Stu Wargles, die auf einem langen, niedrigen
Tisch an der Wand lag. Von den anderen konnte sich niemand dazu überwinden, in diese Richtung zu sehen.

Tal starrte auf den abgedeckten Kaffeetisch und sagte:
»Ich habe das verdammte Ding getroffen. Ich weiß das genau.«

»Wir haben doch alle gesehen, wie es von der Schrotla-
dung getroffen worden ist«, stimmte ihm Frank zu.

»Und warum ist es dann nicht in Stücke gerissen worden?« fragte Tal. »Ein direkter Treffer mit einem großen
Schrotgewehr, verdammt noch mal! Von dem hätte eigentlich nicht viel übrigbleiben dürfen.«

»Schußwaffen werden uns nicht retten«, sagte Lisa.

Mit einer abwesenden, grabesschweren Stimme sagte
Gordy: »Es hätte jeden von uns treffen können. Dieses Ding
hätte auch mich erwischen können. Ich war direkt hinter
Stu. Wenn er sich geduckt hätte oder aus dem Weg gesprungen wäre . . .«

»Nein«, sagte Lisa. »Nein. Es wollte Mr. Wargle. Sonst
niemand.«

Tal starrte das Mädchen an. »Wie meinst du das?«

Ihre Haut war so blaß wie ihre Knochen geworden.
»Mr. Wargle hat sich geweigert, zuzugeben, was er gesehen
hatte, nachdem es gegen die Scheiben geflogen war, und
hat sich darauf versteift, daß es nur ein Vogel war.«

»Na und?«

»Deshalb wollte es ihn. Um ihm eine Lektion zu erteilen. Vor allem aber, um *uns* eine Lektion zu erteilen.«

»Es konnte doch unmöglich gehört haben, was Wargle gesagt hat!«

»Doch. Es hat es gehört.«

»Meiner Ansicht nach unterstellst du ihm zuviel Intelligenz«, sagte Tal. »Es war groß, sicher, und von uns hat noch niemand jemals so etwas gesehen, aber es war doch trotzdem nur eine Motte, oder?«

Das Mädchen sagte nichts.

»Es ist doch nicht allwissend, oder?« versuchte Tal, sich zu überzeugen. »Meinst du denn, es sieht alles, hört alles und weiß alles?«

Das Mädchen starrte schweigend auf den abgedeckten Kaffeetisch.

Jenny unterdrückte ihren Ekel und untersuchte Wargles entsetzliche Verletzung. Die Lichter in der Halle waren nicht hell genug, und deshalb benutzte sie ihre Taschenlampe, um ihre Ränder zu untersuchen und in den Schädel hineinzusehen. Das Gesicht des Toten war völlig weggefressen, und von Haut, Fleisch oder Sehnen war keine Spur mehr übrig. Selbst die Knochen schienen angegriffen und sahen stellenweise aus, als seien sie mit Säure bespritzt worden. Die Augen waren verschwunden. An den Seitenrändern der Wunde aber war das Fleisch von der Außenkante der Kieferknochen bis zu den Wangenknochen, vom Kinn an abwärts, sowie von der Mitte der Stirn an nach oben glatt und unberührt. Es war, als habe ein Meisterfolterer in künstlerischer Perfektion einen Rand gesunder Haut gelassen, um den grauenhaft grinsenden Totenkopf besonders zu betonen.

Jenny hatte genug gesehen und deckte die Leiche mit einem Staubschutztuch ab. Sie war froh, das schreckliche Gesicht nicht mehr sehen zu müssen.

»Und?« fragte Bryce.

»Keine Bißspuren«, sagte sie.

»Meinen Sie denn, so etwas hat Zähne?«

»Ich weiß, daß es ein Maul und Kauwerkzeuge aus Chitin hatte. Das habe ich durch das Fenster gesehen.«

»Richtig, ich auch.«

»Trotzdem sieht es nicht aus, als wäre das Fleisch abgerissen worden. Es scheint, als wäre es ... aufgelöst worden. Das Fleisch an den Wundrändern sieht aus, als wäre es versengt.«

»Sie meinen, das ... das Insekt hat eine Säure abgesondert?«

Sie nickte. »Damit hat es Stu Wargles Gesicht aufgelöst und das verflüssigte Fleisch aufgesaugt.«

»Großer Gott!« sagte Bryce. Sein Gesicht war blaß wie eine unbemalte Totenmaske, und seine Sommersprossen traten wie Brandmale hervor. »Deshalb konnte es auch in so wenigen Sekunden soviel Schaden anrichten.«

»Das ist noch nicht alles«, sagte sie. »Ich glaube, sein gesamtes Blut ist weg. Bei der Verletzung hätte er bluten müssen wie eine Fontäne, aber es ist kein Tropfen zu sehen. Schauen Sie sich den Hals an, die Halsschlagader.«

Bryce rührte sich nicht. »An den Adern ist keine Spur einer blauen Färbung mehr zu entdecken. Er hat keinen Tropfen Blut mehr im Körper.«

Bryce holte tief Luft. Er sagte: »Ich habe ihn umgebracht. Ich bin dafür verantwortlich. Wir hätten auf Verstärkung warten sollen, bevor wir aus der Station herausgegangen sind, wie Sie gesagt haben.«

»Nein, nein, Sie hatten recht. Da war es auch nicht sicherer als auf der Straße. Verstärkung hätte auch nichts geändert, dazu war das Ding einfach zu schnell. Da hätte auch eine ganze Armee nicht geholfen. Außerdem wissen Sie noch nicht alles. Sein Gehirn.«

Bryce wartete und sagte nach einiger Zeit. »Was ist mit seinem Gehirn.«

»Es ist weg.«

»Wie, weg?»

»Es ist weg, verschwunden. Sein Schädel ist völlig leer.«

»Woher wollen Sie das denn wissen. Sie haben ihn doch nicht geöffnet —«

Sie hielt ihm die Taschenlampe hin und unterbrach ihn. »Nehmen Sie das und leuchten Sie ihm in die Augenhöhlen.«

Er machte keinen Versuch, ihrer Aufforderung nachzukommen, sondern sah sie nur aus weitaufgerissenen Augen an. Sie selbst bemerkte, daß sie die Taschenlampe nicht ruhig halten konnte. Ihre Hand zitterte heftig.

Auch er bemerkte es. Er nahm ihr die Taschenlampe aus der Hand, legte sie hin und nahm beide ihre Hände zwischen seine ledrigen großen Hände, um sie ein bißchen zu wärmen.

Sie sagte: »Hinter den Augenhöhlen ist nichts, gar nichts. Nur eine feuchte Höhlung. Das Ding hat sich durch sein Gesicht gefressen, durch seine Augen, so schnell, daß er kaum blinzeln konnte.« Ihre Stimme stieg immer mehr an und überschlug sich. »Es hat sich durch seinen Mund gefressen, seine Zunge aufgelöst, sein Zahnfleisch, sein ganzes Gehirn, das ganze Blut in seinem Körper, alles, und all das in nicht mehr als zehn oder zwölf Sekunden. Das ist einfach unmöglich! Es hat das alles aufgefressen, verstehen Sie das, das ganze Gewebe! Das Gehirn allein wiegt sechs oder sieben Pfund, und dazu das ganze Blut, und all das in zehn oder zwölf *Sekunden*!«

Sie stand da und schnappte nach Luft. Er führte sie zu einem weiß verhängten Sofa, und sie setzten sich beide hin. Niemand von den anderen sah zu ihnen herüber, und Jenny war froh darüber. Sie wollte nicht, daß Lisa sie in diesem Zustand sah.

Bryce legte ihr eine Hand auf die Schulter und sprach leise und mit beruhigender Stimme mit ihr.

Allmählich wurde sie ruhiger. Nicht weniger verstört oder verängstigt. Nur ruhiger.

»Geht's wieder besser?« fragte Bryce.

»Wie würde meine Schwester sagen — tut mir leid, daß ich so durchgedreht habe.«

»Sie? Wollen Sie mich auf den Arm nehmen? Ich habe es doch nicht einmal fertiggebracht, ihn mir mit der Taschenlampe anzusehen. *Sie* haben ihn doch untersucht.«

»Na ja, auf jeden Fall vielen Dank, daß Sie mir so geholfen haben.«

»Ich? Ich habe doch gar nichts gemacht.«

»Dann haben Sie aber eine sehr tröstende Art, nichts zu machen.«

Die beiden saßen eine Weile schweigend da und dachten über Dinge nach, über die sie nicht nachdenken wollten.

Schließlich sagte er: »Diese Motte ... Woher kommt die wohl?«

»Vielleicht aus dem Mesozoikum?« sagte sie halb im Spaß.

»War das nicht das Zeitalter der Dinosaurier? Hat es damals solche Motten gegeben?«

»Ich weiß es nicht«, gab sie zu. »Ich könnte mir aber vorstellen, wie sie über die prähistorischen Sümpfe fliegt und einen *Tyrannosaurus Rex* so belästigt, wie wir heute von unserer kleinen Motte belästigt werden.«

»Wenn das Ding aber aus der Urzeit stammt, wo war es dann in der Zwischenzeit, all die Jahrmillionen lang?« fragte er.

»Meinen Sie, sie ... sie stammt vielleicht aus einem Labor?« fragte sie nach einiger Zeit. »Ein Experiment in Gen-Manipulation?«

»Sind sie denn schon so weit? Ich weiß zwar nur, was in den Zeitungen steht, aber ich dachte, von so etwas sind sie noch weit entfernt. Bis jetzt beschränken sie sich noch auf Bakterien.«

»Wahrscheinlich haben Sie recht«, sagte sie. »Aber trotzdem ...«

»Genau. Nichts ist unmöglich, denn die Motte ist *hier*.«

Nach einer weiteren kurzen Stille sagte sie: »Was da draußen wohl sonst noch herumkriecht oder fliegt?«

»Sie denken wohl an Jake Johnson?«

»Ja. Was hat ihn geholt? Die Motte war das nicht. Sie mag noch so tödlich sein, aber sie hätte ihn nicht lautlos töten können, und wegtragen auch nicht.« Sie seufzte. »Wissen Sie, am Anfang wollte ich nicht weg, weil ich dachte, wir würden vielleicht eine Seuche verbreiten, aber jetzt würde ich nicht versuchen, wegzufahren, weil ich weiß, daß wir nicht lebendig von hier wegkämen. Wir würden aufgehalten werden.«

»Nein, nein, ich bin sicher, wir kämen raus«, sagte Bryce. »Wenn wir beweisen können, daß das hier nichts mehr mit einer Krankheit zu tun hat und auch General Copperfields

Leute davon überzeugt sind, werden Sie und Lisa sofort in Sicherheit gebracht.«

Sie schüttelte den Kopf. »Nein. Da draußen ist irgend etwas, Bryce, das ist weit listiger und gefährlicher als die Motte, und das will uns nicht weglassen, weil es mit uns spielen möchte, bevor es uns umbringt. Hier kommt keiner von uns weg, und deshalb sollten wir uns anstrengen, einen Weg zu finden, wie wir damit fertigwerden könnten, bevor es sein Spiel müde wird.«

Sie hatten es sich in beiden Räumen des großen Restaurants des Hilltop Inn einigermaßen bequem gemacht. Ein Raum sollte als Cafeteria dienen, und den anderen hatten sie mit hergeschafften Matratzen zu einem Schlafraum umfunktioniert. Sie waren gerade dort beschäftigt, als sie das leise, aber unverkennbare Geräusch von Automotoren hörten.

Bryce ging zu der Balkontür und sah hinaus. Drei Polizeiwagen kamen mit blinkenden Lichtern die Skyline Road herauf.

»Sie sind da«, sagte er den anderen.

Er hatte bisher immer gedacht, zusammen mit der Verstärkung könnten sie mit allem fertigwerden, aber nun kam sie ihm eher erbärmlich vor.

Die Lichter flackerten kurz und gingen aus, wurden aber nach nur einer Sekunde wieder hell. Es war 11.15; bald kam die Geisterstunde.

18

London, England

Als es in Kalifornien Mitternacht wurde, war es in London acht Uhr früh am Morgen.

Es war ein trüber Tag. Graue Wolken zogen über den Himmel, und schon vor der Morgendämmerung hatte ein Nieselregen eingesetzt, der seitdem nicht nachgelassen hatte. Der Wind trieb den Regen gegen die Fenster des Churchill Hotels an der Portman Square, der an ihnen herablief und die Sicht nach draußen verzerrte.

Burt Sandler, der geschäftlich aus New York hergeflogen war, saß an einem Tisch am Fenster und überlegte sich, wie er bei seiner Spesenabrechnung jemals die Höhe der Ausgaben für dieses Frühstück rechtfertigen könnte. Sein Gast hatte zunächst einmal eine teure Flasche Sekt bestellt, außerdem wollte er Kaviar — Sekt und Kaviar zum Frühstück! — und zwei verschiedene Arten von frischem Obst, und der alte Herr hatte offensichtlich noch nicht fertigbestellt.

Ihm gegenüber saß Dr. Timothy Flyte, der Anlaß für Sandlers Verblüffung, und studierte die Speisekarte mit kindlichem Entzücken. »Und dann möchte ich noch eine Portion Croissants«, sagte er zu dem Kellner.

»Ja, Sir«, sagte der Kellner.

»Sind sie schön kusprig?«

»Ja, Sir, sehr.«

»Ah, gut. Und Eier«, sagte Flyte. »Zwei schöne, weiche Eier mit Toast und Butter.«

»Toast?« fragte der Kellner. »Kommt das noch zu den Croissants dazu?«

»Natürlich«, sagte Flyte und rückte sich den etwas ausgefransten Kragen seines weißen Hemds zurecht. »Und dann noch etwas gebratenen Schinken zu den Eiern.«

Der Kellner blinzelte. »Ja, Sir.«

Endlich sah Flyte zu Sandler auf. »Was ist schließlich ein Frühstück ohne gebratenen Schinken? Hab ich recht?«

»Ganz Ihrer Meinung«, sagte Burt Sandler mit einem erzwungenen Lächeln. Er bemerkte, daß der Steg von Flytes Brille ungeschickt zusammengeklebt war. Flyte hatte das offensichtlich selbst gemacht, um Geld zu sparen.

»Haben Sie gute Schweinswürstchen? Ich will eine ehrliche Antwort. Wenn sie nicht wirklich gut sind, lasse ich sie zurückgehen.«

»Unsere Schweinswürstchen sind ausgezeichnet«, versicherte ihm der Kellner.

»Also gut. Schweinswürstchen.«

»An Stelle des Schinkens, Sir?«

»Nein, nein, dazu«, sagte Flyte, als sei das eine törichte Frage.

Flyte war achtundfünfzig, sah aber mindestens zehn Jahre älter aus. Sein weißes Haar stand von seinem Kopf weg, als sei es elektrisch aufgeladen, und angesichts seiner hageren Figur konnte man daran zweifeln, ob er alles schaffen würde, was er bestellt hatte.

»Kartoffeln«, sagte Flyte.

»Sehr wohl, Sir«, sagte der Kellner und schrieb es sich auf seinem Block auf, auf dem er inzwischen kaum noch Platz hatte.

»Haben Sie gute Süßspeisen?« wollte Flyte nun wissen.

Der Kellner warf Sandler einen Blick zu, als wolle er ihn fragen, ob sein Großvater völlig senil sei. Sandler lächelte nur.

»Ja, Sir, wir haben verschiedene Süßspeisen. Da wäre ein köstliches —«

»Bringen Sie eine Auswahl«, sagte Flyte. »Am Schluß des Frühstücks natürlich.«

»Überlassen Sie das nur mir, Sir.«

»Gut. Sehr gut. Ausgezeichnet!« sagte Flyte strahlend und legte etwas widerwillig die Speisekarte ab.

Fast hätte Sandler erleichtert aufgeseufzt. Er selbst bestellte Orangensaft, Eier mit Schinken und Toast, während Professor Flyte die leicht verwelkte Nelke am Aufschlag seines glänzenden, blauen Anzugs zurechtrückte.

Als Sandler fertigbestellt hatte, lehnte sich Flyte verschwörerisch zu ihm hinüber. »Trinken Sie auch etwas von dem Sekt, Mr. Sandler?«

»Ein oder zwei Gläschen könnten bestimmt nicht schaden«, sagte Sandler und hoffte, das könnte ihm vielleicht dabei helfen, daß ihm eine einigermaßen plausible Erklärung für das üppige Frühstück einfiel.

Flyte sah den Kellner an. »Dann bringen Sie vielleicht besser *zwei* Flaschen.«

Sandler, der gerade Eiswasser getrunken hatte, verschluckte sich fast.

Der Kellner ging, und Flyte sah durch das Fenster hinaus. »Scheußliches Wetter. Ist es bei Ihnen in New York im Herbst auch so schlimm?«

»Da regnet es auch oft, aber es gibt auch schöne Tage.«

»Hier auch«, sagte Flyte. »Obwohl es hier mehr regnet. Londons schlechter Ruf in dieser Beziehung ist nicht ganz unverdient.«

Der Professor blieb beharrlich bei belangloser Konversation, bis der Sekt serviert war, als befürchtete er, die Bestellung würde zurückgenommen, sobald der geschäftliche Teil erledigt war.

»Sind Sie extra wegen mir aus New York hergekommen?« fragte Flyte, nachdem sie angestoßen hatten.

»Nein, ich treffe mich mit einigen Autoren«, sagte Sandler. »Ich komme gewöhnlich einmal im Jahr her und spüre neue Bücher auf. Englische Autoren sind in den Staaten sehr populär, besonders die Thriller.«

»MacLean, Follet, Forsythe, Bagley, die Leute?«

»Ich selbst suche eigentlich keine Thriller«, sagte Sandler. »Meine Interessen sind breiter gestreut. Ich spreche auch mit unbekannten Autoren, und manchmal schlage ich einem bestimmten Autor ein Projekt vor.«

»Mit mir haben Sie offensichtlich etwas vor.«

»Zuerst möchte ich Ihnen sagen, daß ich *Der Alte Feind* sehr faszinierend fand, als er herauskam.«

»Einige Leute fanden es faszinierend«, sagte Flyte. »Aber die meisten haben sich darüber aufgeregt.«

»Soweit ich gehört habe, haben Sie durch das Buch einige Probleme bekommen.«

»Eigentlich nichts als Probleme.«

»Welche denn?«

»Ich habe mit 43 meine Stelle an der Universität verloren, also mit einem Alter, wenn die meisten Akademiker endlich eine sichere Position bekommen.«

»Sie haben wegen *Der Alte Feind* Ihre Stelle verloren?«

»So direkt haben sie es nicht gesagt«, sagte Flyte und schob sich etwas Kaviar in den Mund. »Das hätte sie zu engstirnig erscheinen lassen. Nein, man hat mich indirekt angegriffen. Mein werter Mr. Sandler, der Konkurrenzkampf in akademischen Kreisen ist unglaublich. Es sind Gerüchte ausgestreut worden, in denen von meinen skandalösen sexuellen Praktiken mit meinen weiblichen Studenten die Rede war. Mit meinen männlichen übrigens auch. Das kam nie offen zur Sprache, und deshalb konnte ich mich auch nicht dagegen wehren. Bei mir direkt haben sie höflich von Inkompetenz, Überarbeitung, Ermüdungserscheinungen und ähnlichem mehr gesprochen. Auf jeden Fall war ich achtzehn Monate nach der Veröffentlichung von *Der Alte Feind* meine Stelle los. Ich bin auch bei keiner anderen Universität angekommen. Offiziell wurde das mit meinem schlechten Ruf begündet, aber in Wirklichkeit kam es daher, daß meine Theorien zu bizarr für akademische Geschmäcker waren. Man hat mich beschuldigt, ich wollte ein Vermögen machen, indem ich die Neigung der einfachen Menschen zu Pseudowissenschaftlichkeit und Sensationen ausnützen würde, und daß ich meine Glaubwürdigkeit verkauft hätte.«

Er machte eine Pause und nahm genußvoll einen Schluck Sekt.

Sandler war zutiefst über das empört, was Flyte ihm da erzählt hatte. »Aber das ist ja ungeheuerlich! Ihr Buch war eine wissenschaftliche Abhandlung. Die sogenannten einfachen Menschen hätten sich nur mit größten Schwierigkeiten durch *Der Alte Feind* kämpfen können. Mit so etwas ein Vermögen zu machen, ist praktisch unmöglich.«

»Was die Einkünfte aus dem Buch deutlich zeigen.«

»Sie waren doch ein geachteter Archäologe«, sagte Sandler.

»Na ja, so geachtet auch wieder nicht«, sagte Flyte bescheiden. »Auf jeden Fall war ich nie eine Schande für den Berufszweig, wie das später behauptet worden ist. Wenn Ihnen das Verhalten meiner Kollegen unglaublich vorkommt, dann kennen Sie eben die Wissenschaftler nicht. Wissenschaftler wachsen mit der festen Überzeugung heran, daß neue Erkenntnisse allmählich wachsen, als würden Sandkörner aufeinandergehäuft, bis sich ein Berg gebildet hat. Die meisten neuen Erkenntnisse entstehen tatsächlich so. Daher stehen sie bahnbrechenden neuen Erkenntnissen immer mit größtem Mißtrauen gegenüber. Kopernikus ist von seinen Zeitgenossen ausgelacht worden, weil er gesagt hat, die Planeten würden sich um die Sonne drehen, obwohl er recht hatte. Für dieses Phänomen gibt es noch zahllose andere Beispiele.« Flyte wurde rot und trank hastig noch einen Schluck Sekt. »Nicht, daß ich mich mit Kopernikus oder irgendeinem anderen von diesen großen Männern vergleichen will! Ich möchte damit lediglich erklären, warum meine Kollegen dazu konditioniert waren, so über mich herzufallen. Ich hätte mir das denken sollen.«

»Glauben Sie noch immer an die Richtigkeit Ihrer Theorie?«

»Absolut! Die Geschichte ist voll von Berichten darüber, daß Massen von Menschen auf geheimnisvolle Art verschwunden sind, für die weder Archäologen noch Historiker eine einleuchtende Erklärung finden können.«

Die wäßrigen Augen des Professors unter seinen buschigen, weißen Augenbrauen wurden scharf und durchdringend, und er lehnte sich über den Tisch und starrte Sandler hypnotisch an.

»Am 10. Dezember 1939«, sagte Flyte, »war eine Armee von 3000 chinesischen Soldaten, die in den Bergen von Nanking auf dem Weg an die Front war, spurlos verschwunden, bevor sie ankam. Nicht eine einzige Leiche ist jemals gefunden worden, keine Spur, kein Zeuge. In den japanischen Quellen findet sich keine Erwähnung von Kämpfen mit dieser Armee. Die Bauern in der Gegend haben keine Schüsse oder sonstige Hinweise auf einen Kampf gehört. Eine ganze Armee hat sich in Luft aufgelöst. 1711 marschierte während des Spanischen Erbfolgekriegs eine viertausend Mann starke Abordnung in die Pyrenäen los. Noch bevor das erste Nachtlager aufgeschlagen worden war, verschwand sie bis auf den letzten Mann, obwohl sie sich auf bekanntem Gelände befand und weit und breit kein Feind war.«

Flyte war von dem Thema noch ebenso fasziniert wie vor 17 Jahren, als er das Buch geschrieben hatte. Sein Frühstück war vergessen.

»So etwas gibt es auch noch in größerem Umfang«, fuhr der Professor fort. »Da ist das Rätsel der großen Maya-Städte Copán, Piedras Negras, Palenque, Menché, Seibal und noch einige mehr, die über Nacht verlassen wurden. Zehntausende, *Hunderttausende* von Mayas verließen ungefähr im

Jahr 610 ihre Heimat, und zwar vielleicht innerhalb einer Woche, möglicherweise sogar innerhalb eines einzigen Tags. Manche scheinen nach Norden geflohen zu sein und dort neue Städte gegründet zu haben, aber es gibt Anzeichen dafür, daß zahllose Tausende von Menschen einfach verschwunden sind, und zwar innerhalb einer unwahrscheinlich kurzen Zeitspanne. Sie haben sich nicht einmal die Mühe gemacht, alle ihre Töpfe und Werkzeuge sowie ihre Küchengeräte mitzunehmen ... Meine gelehrten Kollegen behaupten, das Land um die Städte herum sei unfruchtbar geworden und habe die Bewohner zur Auswanderung gezwungen. Warum haben sie aber dann so viel zurückgelassen? Warum haben sie kostbaren Saat-Mais nicht mitgenommen? Warum ist nicht ein einziger Überlebender zurückgekehrt, um die verlassenen Städte auszuplündern?« Flyte schlug leicht mit einer Faust auf den Tisch. »Das ist doch einfach irrational! Emigranten machen sich nicht auf einen langen und beschwerlichen Weg, ohne dabei sämtliche Hilfsmittel mitzunehmen, die ihnen zur Verfügung stehen. In manchen Häusern in Piedras Negras und Seibal haben Familien umfangreiche Mahlzeiten vorbereitet, aber dann sind sie weggegangen, *ohne sie zu verzehren.* Das deutet doch wohl auf einen abrupten Aufbruch hin. Zur Zeit vermag keine Theorie diese Fragen zu beantworten — außer meiner, so bizarr sie auch sein mag, so *unmöglich* sie auch sein mag.«

»Und so beängstigend«, fügte Sandler hinzu.

»Genau«, sagte Flyte.

Der Professor sank atemlos auf seinen Stuhl zurück. Sein Blick fiel auf sein gefülltes Sektglas, und er leerte es in einem Zug.

Der Kellner erschien und füllte ihre Gläser nach. Flyte machte sich hastig an seine Erdbeeren, als habe er Angst, der Kellner werde sie ihm wegnehmen, weil er sie nicht angerührt hatte.

»Man hat mich beschuldigt, ich wollte *alle* Fälle der Weltgeschichte mit einer Theorie erklären, in denen jemand auf geheimnisvolle Art verschwunden ist, aber das ist ein ungerechter Vorwurf. Ich bin nur an solchen Fällen interessiert, in denen *Massen* von Tieren oder Menschen verschwunden sind, und davon gibt es buchstäblich Hunderte.«

Der Kellner brachte die Croissants.

Sandler sagte: »Wenn es nach der Veröffentlichung Ihres Buches zu weiteren auffälligen Beispielen dafür gekommen wäre, hätte das natürlich die Glaubwürdigkeit Ihres Buches erheblich —«

»Ah«, unterbrach ihn Flyte, »aber solche Fälle *sind* vorgekommen!«

»Das wäre aber doch in allen Schlagzeilen —«

»Ich persönlich weiß von zwei Fällen. Es könnte aber auch noch mehr geben«, beharrte Flyte. »In einem Fall sind niedrigere Tiere in Massen verschwunden, und zwar *Fische*. In den Zeitungen hat man sich dafür nicht sonderlich interessiert, aber ich weiß, daß vor ungefähr acht Jahren Meeresbiologen festgestellt haben, daß in einem bestimmten Teil des Pazifik der Fischbestand dramatisch abgenommen hat, und zwar so sehr, daß manche Arten nur noch halb so zahlreich vorgekommen sind. Kein Mensch konnte sich das erklären, aber in einem Gebiet von einigen hundert Quadratmeilen Größe sind Millionen und Abermillionen von Fischen einfach verschwunden.«

»Umweltverschmutzung«, vermutete Sandler.

Flyte schmierte sich Marmelade auf sein Croissant und sagte: »Nein, ausgeschlossen. Dazu wäre die größte Umweltkatastrophe der Menschheitsgeschichte nötig gewesen, und außerdem hätte man dann Massen von toten Fischen finden müssen. So etwas wäre nicht unbemerkt geblieben.«

Burt Sandler war aufgeregt. Er roch Geld. Bei manchen Büchern hatte er Vorahnungen, und die hatten sich bisher fast immer als richtig erwiesen. Wenn er Flyte dazu überreden konnte, das trockene, akademische Material von *Der Alte Feind* in eine populäre Form und auf den neuesten Stand zu bringen, würde der Professor sich noch viele Jahre selbst Sekt und Kaviar leisten können.

»Sie sagten, sie wüßten von *zwei* Fällen«, sagte er, um Flyte zum Weiterreden zu ermutigen.

»Der zweite war 1980 in Afrika. Zwischen drei- und viertausend primitive Ureinwohner sind aus einer relativ abgelegenen Gegend Zentralafrikas verschwunden. Die Dörfer wurden leer vorgefunden, aber die Besitztümer und vor allem die Vorräte waren zurückgelassen worden. Das einzige Anzeichen von Gewaltanwendung waren einige zerbrochene Töpfe. Natürlich sind in diesem Teil der Welt immer mehr Stämme einfach verschwunden, aber sie sind dann niedergemetzelt worden. In solchen Fällen werden die Dörfer immer geplündert und dann niedergebrannt, und die Bewohner werden in Massengräbern verscharrt. Das war hier nicht der Fall. Außerdem haben einige Wochen später Wildhüter von einer unerklärlichen Abnahme des Wildbestandes gesprochen, aber das hat niemand mit den verschwundenen Dorfbewohnern in Verbindung gebracht.«

»Die meisten Fälle kommen in sehr abgelegenen Gebieten vor«, sagte Sandler. »Das erschwert eine Verifikation.«

»Ganz richtig. Das ist mir auch vorgeworfen worden. Wahrscheinlich kommen die meisten Fälle auf dem Meer vor, weil der größte Teil der Erdoberfläche aus Wasser besteht. Vergessen Sie aber die beiden Armeen nicht. *Das* waren Fälle, die in unserer modernen Zivilisation vorgekommen sind, und wenn tatsächlich Zehntausende von Mayas dem Alten Feind zum Opfer gefallen sind, wie ich in meiner Theorie postuliere, dann war das ein Fall, in dem ganze Städte, Zentren der Zivilisation mit einer beängstigenden Kühnheit angegriffen worden sind.«

»Sie meinen, das könnte heute wieder passieren —«

»Ohne jeden Zweifel!«

»— und in Städten wie New York oder sogar hier in London?«

»Sicherlich. Es könnte praktisch überall passieren, wo die in meinem Buch beschriebenen geologischen Voraussetzungen gegeben sind.«

Sie nippten beide an ihren Sektgläsern und dachten nach.

Sandler war sich nicht sicher, ob er an die Theorie glaubte, die Flyte in *Der Alte Feind* vorgetragen hatte. Er wußte, daß sie die Basis für ein ungeheuer populäres Buch liefern könnten, aber das bedeutete noch nicht, daß er auch an sie glauben mußte. Eigentlich *wollte* er nicht an sie glauben, denn damit hätte er das Tor zur Hölle aufgestoßen.

Er sah Flyte an, der wieder an seiner verwelkten Nelke herumzupfte, und sagte: »Das läßt es einem kalt den Rükken herunterlaufen.«

Flyte nickte und sagte: »Das sollte es auch.«

Der Kellner kam mit Eiern, Schinken, Würstchen und Toast.

19

In finsterster Nacht

Das Hotel war eine Festung.

Bryce war mit den getroffenen Vorbereitungen zufrieden.

Inzwischen war es halb zwei Uhr früh, und mit Hilfe der zehn Deputies aus Santa Mira war viel geschafft worden.

Der eine Raum des Restaurants war mit Matratzen aus den Zimmern in einen Schlafsaal verwandelt worden, der auch dann noch ausreichen würde, wenn General Copperfields Männer da waren. In dem zweiten waren einige Tische zusammengestellt worden, damit sie alle dort essen konnten, und sie hatten die Küche geputzt und einsatzbereit gemacht. Die Lobby war in eine riesige Einsatzzentrale mit Schreibtischen, Schreibmaschinen, Aktenschränken, schwarzen Brettern und einer großen Karte von Snowfield verwandelt worden.

Außerdem war das gesamte Hotel genau durchsucht worden, und sie hatten Maßnahmen getroffen, um dem Feind ein Eindringen zu erschweren. Die beiden Hintereingänge hatten sie verschlossen und zusätzlich mit angenagelten Balken gesichert; Bryce hatte diese zusätzliche Vorsichtsmaßnahme angeordnet, um sich Wachen an diesen Eingängen zu ersparen. Auch die Tür zur Feuertreppe hatten sie so gesichert, so daß niemand in die oberen Stockwerke des Hotels eindringen und sie von dort überraschen konnte. Nun war die Eingangshalle nur über zwei kleine Fahrstühle mit dem ersten, zweiten und dritten Stock verbunden, und die wurden ständig bewacht. Eine weitere Wache stand am vorderen Eingang. Ein Trupp von vier Männern hatte sich versichert, daß alle Fenster im Erdgeschoß geschlossen waren. Sie stellten zwar Schwachstellen in den Befestigungsanlagen dar, aber zumindest würden sie durch das Geräusch von zerbrechendem Glas gewarnt werden, wenn jemand versuchen sollte, einzudringen.

Stu Wargles verstümmelte Leiche war vorerst in einem Geräteraum neben der Eingangshalle abgelegt worden. Außerdem hatte Bryce einen Dienstplan aufgestellt und die nächsten drei Tage in zwölf-Stunden-Schichten aufgeteilt, falls die Krise so lange dauern sollte.

Schließlich war ihm nichts mehr eingefallen, und nun saß er hier, trank koffeinfreien Kaffee und versuchte, den Ereignissen der Nacht einen Sinn abzugewinnen. Seine Gedanken kehrten immer wieder zu einem unwillkommenen Thema zurück:

Sein Gehirn war verschwunden. Sein Blut war ausgesaugt, bis auf den letzten Tropfen.

Er schüttelte mit Mühe das ekelerregende Bild von Wargles zerstörtem Gesicht ab, stand auf, um sich noch einen Kaffee zu holen, und setzte sich dann wieder an seinen Tisch.

Es war sehr ruhig in dem Hotel.

An einem anderen Tisch saßen drei von den Männern, die die Nachtschicht übernommen hatten, und spielten Karten. Wenn sie überhaupt etwas sagten, flüsterten sie es praktisch.

Das Hotel war sehr ruhig.

Das Hotel war eine Festung.

Das Hotel *war* eine Festung, verdammt noch mal.

War es aber sicher?

Lisa suchte sich eine Matratze in einer Ecke des Schlafsaals aus, so daß sie mit dem Rücken zur Wand lag.

Jenny breitete eine der Decken aus, die auf das Bett gelegt worden waren, und deckte ihre Schwester damit zu.

»Willst du noch eine?«

»Nein«, sagte Lisa. »Eine reicht. Es ist aber schon ein komisches Gefühl, wenn man sich mit den Kleidern ins Bett legt.«

»Bald wird alles wieder normal laufen«, sagte sie, überlegte sich aber im gleichen Augenblick, daß das eine alberne Aussage war.

»Legst du dich jetzt auch schlafen?«

»Noch nicht sofort.«

»Schade«, sagte Lisa. »Ich wünschte, du würdest dich direkt auf die nächste Matratze neben mich legen.«

»Du bist doch nicht allein.« Jenny strich dem Mädchen über das Haar.

Einige Deputies — darunter auch Tal Whitman, Gordy Brogan und Frank Autry — hatten sich auf anderen Matratzen hingelegt. Außerdem standen noch drei schwer bewaffnete Männer Wache.

»Werden die Lichter noch dunkler gestellt?« fragte Lisa.

»Nein. Dunkelheit können wir nicht riskieren.«

»Gott sei Dank. Sie sind so schon düster genug. Bleibst du bei mir, bis ich eingeschlafen bin?« fragte Lisa und sah dabei viel jünger als vierzehn aus.

»Klar.«

»Und können wir uns dabei unterhalten?«

»Sicher. Nur nicht so laut, damit wir die anderen nicht stören.« Jenny legte sich neben ihre Schwester und stützte ihren Kopf in eine Hand. »Worüber möchtest du dich denn unterhalten?«

»Egal. Nur nicht über ... heute nacht.«

»Das trifft sich gut, denn ich wollte dich etwas fragen«, sagte Jenny. »Heute nachmittag haben wir uns doch über Mutter unterhalten, und da hast du gesagt, sie hätte mit mir angegeben. Stimmt das wirklich?«

Lisa lächelte: »Ihre Tochter, die Ärztin. Mein Gott, war sie stolz auf dich, Jenny!«

Wie beim ersten Mal brachte diese Aussage Jenny durcheinander. »Und sie hat mir nie die Schuld dafür gegeben, daß Vater einen Schlaganfall bekommen hat?«

Lisa runzelte die Stirn. »Dir? Warum denn?«

»Na ja, schließlich habe ich ihm einige Zeit viel Kummer gemacht.«

»*Du?*« fragte Lisa erstaunt. »Das einzige, was du nach Moms Meinung jemals Schlimmes getan hast, war, daß du an Halloween unsere weißbraune Katze schwarz färben wolltest und dabei die ganzen Gartenmöbel ruiniert hast.«

Jenny lachte überrascht. »Das hatte ich vergessen. Ich war damals erst acht Jahre alt.«

Sie lächelten sich zu und fühlten sich in diesem Augenblick mehr denn je wie Schwestern.

Dann sagte Lisa: »Wie kommst du denn darauf, daß Mom dir die Schuld an Vaters Tod gegeben haben könnte? Das war doch ein Schlaganfall. Wie sollst du denn daran schuld sein können?«

Jenny zögerte. Diese Eröffnung bedeutete für sie eine ungeheure Befreiung. Zum ersten Mal, seit sie neunzehn war, spürte sie diese Last nicht mehr auf ihren Schultern.

»Jenny?«

»Ja?«

»Weinst du?«

»Nein, ich bin okay«, sagte sie und unterdrückte ihre Tränen. »Wenn Mom es mir nicht vorgeworfen hat, war es wohl ein Fehler von mir, es mir selbst vorzuwerfen. Ich bin einfach glücklich über das, was du mir da erzählt hast.«

»Was hat dich aber zu dieser Meinung gebracht? Wenn wir gute Schwestern sein wollen, dürfen wir keine Geheimnisse voreinander haben. Los, raus mit der Sprache!«

»Das ist eine lange Geschichte, und ich erzähle sie dir auch einmal irgendwann, aber nicht jetzt. Reden wir von etwas anderem.«

Sie unterhielten sich noch einige Minuten über Belanglosigkeiten, dann wurden Lisas Augenlider immer schwerer.

Jenny versuchte, nicht an die leeren Augenhöhlen und den Totenschädel zu denken, der einmal Stu Wargles Gesicht gewesen war. Ihre Gedanken kehrten jedoch immer wieder zu diesem Bild von monströser Gewalt und Tod zurück.

Sie wünschte sich, mit ihr würde auch jemand beruhigend reden, bis sie eingeschlafen war. Sie würde in dieser Nacht nicht viel Ruhe finden.

In dem Geräteraum neben der Einganghalle brannte kein Licht. Er hatte keine Fenster. Ein leichter Geruch von Reinigungsmitteln hing in der Luft.

In der rechten hinteren Ecke war ein großes Metallwasch-becken. Aus diesem undichten Wasserhahn fiel alle zehn bis zwölf Sekunden ein Tropfen mit einem leisen, hohlen *Ping* in das Metallbecken.

In der Mitte des Raums lag die gesichtslose Leiche Stu Wargles unter einem Staubschutztuch auf einem Tisch.

Bis auf das monotone Geräusch der Wassertropfen war alles still.

Eine atemlose Spannung hing in der Luft.

Gordy Brogan hatte Angst davor, die Augen zu schließen. Jedesmal, wenn er sie zugemacht hatte, war er von blutrün-stigen Visionen geplagt worden, die aus seiner eigenen pri-vaten Dunkelheit aufgestiegen waren. Nun lag er mit offe-nen Augen unter seiner Decke und starrte Frank Autrys Rük-ken an.

In Gedanken formulierte er ein Kündigungsschreiben an Bryce Hammond. Er würde es erst schreiben können, nach-dem die Angelegenheit hier in Snowfield vorüber war, weil er seine Freunde nicht mitten in einer Krise im Stich lassen wollte. Sobald sie aber beigelegt war, würde er das Kündi-gungsschreiben dem Sheriff persönlich überreichen.

Er hatte nun keinen Zweifel mehr daran, daß Polizeiarbeit nichts für ihn war, und sie war es auch noch nie gewesen.

Er war noch jung, und es war noch Zeit genug, um den Beruf zu wechseln. Er hatte sich von der Liebe und Zunei-gung seiner Eltern erdrückt gefühlt und deshalb den Beruf gewählt, den sie am wenigsten gewollt hatten. Sie hatten es bemerkt, wie gut er sich mit Tieren verstand und daß er die Fähigkeit besaß, in einer Minute das Vertrauen und die Freundschaft jeder Kreatur mit vier Beinen zu gewinnen, und deshalb hätten sie es gern gesehen, wenn er Tierarzt geworden wäre. Nun erkannte er, daß sie recht gehabt und es nur gut mit ihm gemeint hatten.

Die Uniform hatte ihn auch deshalb angezogen, weil er glaubte, sie würde seine Männlichkeit beweisen. Schon als Junge hatte er sich nicht für Sport interessiert und Gewalt in jeder Form verabscheut, und Mädchen gegenüber war er schon immer zurückhaltend gewesen. Er hatte deshalb gemeint, die anderen würden ihn trotz seines Aussehens und seiner Muskeln für weibisch halten. Nun aber erkannte er endlich, daß er sich vor niemandem zu beweisen brauchte. Er würde den Beruf wählen, der ihm am meisten zusagte. Er würde Tierarzt werden, weil ihn das selbst zufrieden und seine Eltern glücklich machen würde.

Er schloß zufrieden die Augen und wollte einschlafen, aber aus der Dunkelheit stiegen wie ein Alptraum Bilder von abgeschnittenen Katzen- und Hundeköpfen und zerfleischten und gequälten Tieren auf.

Er schnappte nach Luft und riß die Augen wieder auf.

Was war nur mit den Haustieren von Snowfield passiert?

In dem dunklen Geräteraum hatte das monotone *Ping* der Wassertropfen in das Metallbecken aufgehört.

Es war jedoch nicht völlig still. Es bewegte sich etwas in der Dunkelheit und verursachte ein weiches, nasses, kaum merkliches Geräusch in dem stockfinsteren Raum.

Jenny war noch nicht bereit zum Schlafen und ging in die Cafeteria, schenkte sich eine Tasse Kaffee ein und setzte sich zu dem Sheriff an seinen Ecktisch.

»Schläft Lisa?« fragte er.

»Wie ein Stein.«

»Und wie geht es Ihnen? Das muß doch schwer für Sie sein. Alle Ihre Nachbarn und Freunde ...«

»Ich bin irgendwie wie betäubt und lasse es nicht an mich herangehen, sonst wäre es einfach zu viel.«

»Das ist eine normale, gesunde Reaktion. Wir machen es alle so.«

Sie tranken Kaffee und unterhielten sich. Dann:

»Verheiratet?« fragte er.

»Nein. Sie?«

»Ich war verheiratet.«

»Geschieden?«

»Sie ist gestorben.«

»Ach ja, wie dumm von mir. Ich habe ja darüber in der Zeitung gelesen. Das war doch ein Verkehrsunfall, oder?«

»Ein Lkw.«

Sie sah ihm in die Augen und dachte, sie würden etwas trüber und weniger blau als vorher. »Wie geht es Ihrem Sohn?«

»Er liegt noch immer im Koma. Ich glaube nicht, daß er jemals wieder daraus erwacht.«

»Es tut mir leid für Sie, Bryce, ganz ehrlich.«

Er legte seine Hände um seinen Kaffeebecher und starrte in den Kaffee herab. »Bei dem Zustand, in dem Timmy sich befindet, wäre es im Grund ein Segen, wenn er ganz einschlafen würde. Am Anfang war ich wie betäubt, aber in der letzten Zeit habe ich es akzeptieren gelernt.« Er sah auf und begegnete Jennys Blick. »Eigentlich ist es komisch, aber seit ich hier in Snowfield bin, ist der Grauschleier verschwunden.«

»Grauschleier?«

»Eine lange Zeit war aus allem die Farbe verschwunden, und ich habe meine Umwelt nur noch grau gesehen. Heute abend aber hat es hier so viel Aufregung und Spannung, so viel Angst gegeben, daß für mich wieder alles außerordentlich deutlich geworden ist.«

Dann erzählte ihm Jenny vom Tod ihrer Mutter und die heftige Wirkung, die er trotz der jahrelangen Trennung auf sie gehabt hatte. Wieder fiel ihr Bryce Hammonds außergewöhnliche Fähigkeit auf, ihr ein Gefühl von Vertrautheit zu vermitteln. Es war, als würden sie sich seit Jahren kennen.

Sie erzählte ihm sogar von den Fehlern, die sie mit achtzehn und neunzehn gemacht hatte, und mit denen sie ihre Eltern schwer verletzt hatte. Sie hatte sich mit einem fünf Jahre älteren Studenten angefreundet, dem sie allmählich ganz verfallen war. Dann aber war sie schwanger geworden, und er wollte ihr nicht einmal einen Tag Zeit lassen, sondern verlangte eine sofortige Abtreibung. Als sie auf einem Tag Frist bestanden hatte, um sich alles in Ruhe überlegen zu können, hatte er einen Wutanfall bekommen und sie so geschlagen, daß sie eine Fehlgeburt hatte. Damit war für sie alles vorbei, und sie wurde abrupt erwachsen.

»Seitdem«, erzählte sie Bryce, »habe ich hart gearbeitet — vielleicht zu hart, um meiner Mutter zu beweisen, daß es mir leid tat und daß ich ihrer Liebe doch wert war. Ich bin nicht so oft heimgefahren, wie ich gesollt hätte, weil ich meiner Mutter nicht in die Augen sehen konnte. Ich habe immer nur den Vorwurf darin gesehen. Und dann habe ich heute abend von Lisa etwas Verblüffendes erfahren.«

»Ihre Mutter hat Ihnen nie irgendwelche Schuld gegeben und war wahrscheinlich sogar stolz auf Sie«, sagte Bryce mit der unheimlichen Sensibilität und dem Einfühlungsvermögen, das sie vorher schon an ihm bemerkt hatte.

»Genau! Ich hatte gedacht, sie hätte mir die Schuld am Tod meines Vaters gegeben, aber das hat sie nie getan. Was ich da in ihren Augen gesehen habe, war wahrscheinlich nur eine Reflexion meiner eigenen Schuldgefühle.« Jenny lachte leise und bitter. »Es wäre ja witzig, wenn es nicht so verdammt traurig wäre.«

»Ich glaube, wir sind uns in gewisser Beziehung sehr ähnlich«, sagte er. »Wir haben beide einen Märtyrer-Komplex.«

»Jetzt nicht mehr«, sagte sie. »Das Leben ist dazu zu kurz. Das habe ich heute abend gelernt. Von jetzt an werde ich leben, wirklich leben — wenn Snowfield das zuläßt.«

Sie unterhielten sich noch einige Minuten, und dann waren auch sie bereit zum Schlafen.

Ping.

In dem dunklen Geräteraum, in dem Stu Wargles Leiche auf einem Tisch lag, fielen wieder Wassertropfen in das Metallbecken.

Ping.

Etwas kroch weiter mit einem weichen, nassen Geräusch um den Tisch, als sei der Boden aus fettem Schlamm.

Das war nicht das einzige Geräusch in dem Raum. Es waren noch viele andere leise Geräusche zu hören. Das Hecheln eines müden Hundes. Das Fauchen einer Katze. Das Gelächter eines kleinen Kindes. Dann das schmerzerfüllte Wimmern einer Frau. Stöhnen. Ein Seufzer. Das Gezwitscher einer Schwalbe, deutlich, aber leise, um die Aufmerksamkeit der Wache vor der Tür nicht zu erregen. Die Warnung einer Klapperschlange. Das bedrohliche Summen einer Wespe. Ein Knurren.

Die Geräusche verstummten so abrupt, wie sie begonnen hatten.

Ping.

Eine Minute lang wurde die Stille nur von den regelmäßig fallenden Wassertropfen unterbrochen.

Ping.

Nun raschelte das Staubschutztuch über Wargles Leiche, rutschte von ihr weg und fiel zu Boden.

Wieder das nasse Gleiten.

Und ein Geräusch, als würde trockenes Holz brechen. Ein gedämpftes, aber heftiges Geräusch, ein zerbrechender Knochen.

Wieder Stille.

Ping. Ping. Ping.

Während Tal Whitman auf den Schlaf wartete, dachte er über die Angst nach. Es war ein Schlüsselwort seiner Existenz, denn sein ganzes Leben hatte praktisch aus der Ablehnung der Angst bestanden, aus der Weigerung, sich davon beeinflussen und einschüchtern zu lassen. Er hatte es schon früh aus bitterer Erfahrung gelernt, daß die Angst nur darauf wartete, daß man ihre Existenz anerkannte, und schon verschlang sie einen mit gierigem Hunger.

Er war in Harlem geboren und aufgewachsen, wo die Angst überall war — die Angst vor den Straßen-Gangs, vor den Rauschgiftsüchtigen, vor der Armut und der Not. Nicht einmal in der Wohnung, die er mit seiner Mutter, einem Bruder und drei Schwestern geteilt hatte, war er sicher gewesen, denn ein oder zweimal war sein Vater aufgetaucht, um sich das Vergnügen zu gönnen, seine Frau bewußtlos zu schlagen und die Kinder zu terrorisieren. Seine Mutter war allerdings auch nicht besser gewesen. Sie trank zuviel Wein, rauchte zuviel Gras und war zu den Kindern fast genauso gemein wie der Vater.

Dann aber war eines Nachts, als sein Vater zufällig zu Hause war, das Haus abgebrannt, in dem sie wohnten, und Tal hatte als einziger überlebt.

Er war von der Schwester seiner Mutter, Tante Rebecca, aufgenommen worden. Sie hatte selbst keine Kinder, aber einen festen Beruf, und für den Jungen hatte sie große Hoffnungen. Sie sagte oft zu Tal, man brauche vor nichts Angst zu haben, als vor der Angst selbst, und die Angst sei wie der Schwarze Mann nur ein Schatten, und sie sei es nicht wert, daß man vor ihr Angst habe. »Gott hat dich gesund geschaffen, Tal, und er hat dir einen guten Verstand gegeben. Wenn du also versagst, ist daran niemand schuld als nur du allein.« Mit der Hilfe von Tante Beckys Liebe, Disziplin und Führung war in Tal allmählich die Überzeugung gewachsen, daß er praktisch unbesiegbar war. Er hatte vor nichts im Leben Angst, und vor dem Tod auch nicht.

Deshalb konnte er auch Jahre später Bryce nach dem Raubüberfall sagen, das sei nur eine Lappalie gewesen.

Nun hatte er zum ersten Mal seit vielen Jahren wieder die Angst kennengelernt. Tal dachte an Stu Wargle, und die Angst zog ihm die Eingeweide zusammen.

Die Augen waren aus dem Kopf herausgefressen.

Dieser Schwarze Mann war real.

Ein halbes Jahr vor seinem einunddreißigsten Geburtstag entdeckte Tal Whitman, daß er noch immer Angst haben konnte, so sehr er das auch abstreiten mochte. Seine Furchtlosigkeit hatte ihn im Leben weit gebracht, aber nun war ihm klar, daß es auch Gelegenheiten gab, bei denen es nicht mehr als klug war, Angst zu haben.

Kurz vor der Morgendämmerung wachte Lisa von einem Alptraum auf, an den sie sich nicht mehr erinnern konnte. Sie sah sich nach Jenny und den anderen um, die friedlich schliefen, und ging dann leise zwischen den Matratzen durch zur Tür hinüber. Sie spürte einen Druck auf der Blase und wollte zur Toilette. Sie lächelte der Wache an der Tür zu, und der Mann zwinkerte ihr zu. In der Cafeteria saß ein Mann an einem Tisch und blätterte in einem Magazin.

In der Eingangshalle standen zwei Wachtposten an den Fahrstuhltüren, und einer mit einem Schrotgewehr in der Hand stand an der Eingangstür und beobachtete die Straße.

Ein vierter Mann saß in der Eingangshalle am Telefon. Es hatte offensichtlich oft geklingelt, denn der große Papierbogen vor ihm war mit Botschaften vollgeschrieben. Als sie vorbeikam, klingelte es wieder. Der Mann hob eine Hand zur Begrüßung und nahm den Hörer ab. Lisa ging direkt zu den Toiletten weiter, die in einer Ecke der Eingangshalle versteckt waren.

Die Toiletten waren als sicher eingestuft worden, weil sie keine Fenster hatten und nur von der Eingangshalle aus zu betreten waren, in der immer Wachen standen. Die Frauentoilette war geräumig und sauber und hatte vier Kabinen und Handwaschbecken.

Lisa benutzte die erste Kabine und dann das erste Handwaschbecken. Nachdem sie sich die Hände gewaschen hatte, sah sie in den Spiegel darüber, und da war er. *Er*. Der tote Deputy. Wargle.

Er stand acht oder zehn Fuß weit von ihr entfernt mitten in dem Raum und grinste.

Sie fuhr herum, denn sie war sich sicher, daß das ein Fehler in dem Spiegel war, der sie getäuscht hatte. Er war doch ganz sicher nicht wirklich da.

Er *war* aber da und grinste sie obszön an. Nackt.

Sein Gesicht war wieder komplett: die schweren Backen, die dicken, fettig aussehenden Lippen, die Schweinchen-Nase, die kleinen, flinken Augen. Wie durch Zauberei war alles wieder da.

Unmöglich.

Bevor Lisa reagieren konnte, trat Wargle zwischen sie und die Tür. Seine nackten Füße klatschten laut auf dem gekachelten Boden.

Irgend jemand hämmerte an die Tür.

Wargle schien es nicht zu hören.

Warum machten sie nicht einfach die Tür auf und kamen herein?

Wargle streckte einen Arm aus und forderte sie grinsend mit einer Handbewegung auf, herzukommen.

Wargle war Lisa sofort unsympathisch gewesen. Sie hatte seinen Blick aufgefangen, als er glaubte, sie sei mit etwas anderem beschäftigt, und der Ausdruck in seinen Augen hatte sie beunruhigt.

»Komm her, Süße«, sagte er.

Sie sah auf die Tür, und nun wurde ihr klar, daß niemand

dagegen klopfte. Sie hörte nur das verzweifelte Pochen ihres eigenen Herzens.

Wargle leckte sich über die Lippen.

Plötzlich schnappte Lisa nach Luft und überraschte sich selbst damit. Sie war von der Rückkehr des Toten so vollständig gelähmt gewesen, daß sie vergessen hatte, zu atmen.

»Komm her, du kleines Flittchen.«

Sie versuchte zu schreien und schaffte es nicht.

Wargle berührte sich selbst obszön.

»Ich wette, davon würdest du gern mal versuchen, was?« sagte er grinsend. Seine Lippen waren von seiner hungrig leckenden Zunge naß.

Wieder versuchte sie zu schreien, und wieder gelang es ihr nicht. Sie schaffte es kaum, sich die dringend notwendige Luft in die brennenden Lungen zu zerren.

Er ist nicht wirklich da, sagte sie sich selbst. Wenn sie einige Sekunden lang die Augen schließen würde, ganz fest zudrücken, dann wäre er bestimmt nicht mehr da, wenn sie sie wieder aufmachte.

»Kleines Flittchen.«

Sie prüfte ihre Theorie jedoch nicht. Sie schloß nicht die Augen und zählte auf zehn. Sie wagte es nicht.

Wargle kam einen Schritt näher auf sie zu. Er spielte noch immer mit sich.

Er ist nicht wirklich da. Er ist nur eine Illusion.

Noch einen Schritt.

Er ist eine Illusion.

»Komm her, Süße, laß mich mal an deinen Titten knabbern.«

Er ist eine Illusion, er ist eine ...

»Das wird dir gefallen, Süße.«

Sie trat einen Schritt zurück.

»Einen geilen kleinen Körper hast du, Süße. Echt geil.«

Er kam weiter auf sie zu.

Nun war das Licht hinter ihm. Sein Schatten fiel auf sie.

Geister werfen keine Schatten.

Trotz seines Grinsens wurde seine Stimme immer härter und bedrohlicher. »Du dumme, kleine Fotze. Dir werd' ich's ordentlich geben, glaub mir. Besser als es dir die Jungs von der High School jemals gegeben haben. Wenn ich mit dir fertig bin, kannst du eine Woche lang nicht mehr richtig laufen, Süße.«

Ihr Herz schlug so schwer, daß es sich gleich losreißen wollte. Lisa zog sich weiter zurück, noch weiter — aber bald stieß sie mit dem Rücken an eine Wand. Sie stand in einer Ecke.

Sie sah sich nach einer Waffe um, nach etwas, das sie zumindest nach ihm werfen konnte. Es war nichts da.

Jeder Atemzug fiel ihr schwerer als der vorausgegangene. Sie war schwach, und es wurde ihr schwindlig.

Er ist eine Illusion.

Sie konnte sich nicht mehr selbst überreden; das war kein Traum.

Wargle blieb eine Armeslänge von ihr entfernt stehen und glotzte sie an. Er schwankte leicht auf seinen Fersen vor und zurück, als lauschte er auf eine verrückte Musik in sich.

Er schloß seine haßerfüllten Augen und schwankte verträumt.

Eine Sekunde verging, zwei, drei, sechs, zehn. Noch immer waren seine Augen geschlossen.

Konnte sie an ihm vorbeischleichen, während seine Augen geschlossen waren? Nein, es war zu nahe. Sie würde ihn berühren. Ihn berühren? Großer Gott, nein! Er würde davon aus seiner Trance erwachen, und dann würde er sie packen, und seine Hände würden kalt sein, so kalt wie der Tod.

Dann bemerkte sie, daß sich etwas an seinen Augen veränderte. Etwas bewegte sich hinter seinen Augenlidern, die nun nicht mehr der Rundung der Augäpfel folgten.

Er öffnete die Augen.

Sie waren nicht mehr da. Hinter den Lidern waren nur noch leere, schwarze Höhlen.

Endlich schrie sie, aber ihr Schrei war von menschlichen Ohren nicht zu erfassen. Der Atem fuhr wie Preßluft aus ihren Lungen, sie spürte, wie ihr Hals konvulsivisch zuckte, aber kein erleichternder Laut wollte kommen!

Seine Augen. Seine leeren Augen.

Sie war sicher, daß auch diese leeren Augenhöhlen sie noch sehen konnten. Sie saugten sie mit ihrer Leere förmlich auf.

Sein Grinsen war nicht verschwunden.

»Na komm, mein Fötzchen«, sagte er.

Sie schrie ihren lautlosen Schrei.

»Komm, mein Fötzchen, küß mich.«

Irgendwie stand in diesen knochenumrandeten Augenhöhlen ein bösartiges Bewußtsein, obwohl sie so schwarz wie die Nacht waren.

»Küß mich.«

Laß mich sterben, betete sie. Bitte, lieber Gott, laß mich vorher sterben.

»Komm, gib mir deine saftige Zunge«, sagte Wargle eindringlich und brach in ein Kichern aus.

Er griff nach ihr.

Sie drückte sich mit aller Kraft an die Mauer.

Wargle berührte ihre Wange und fuhr ihr mit den Fingerspitzen leicht daran herunter. Seine Haut war eiskalt und glatt.

Sie zuckte zusammen und versuchte, der Hand auszuweichen, hörte ein dünnes, unheimliches Stöhnen und bemerkte, daß sie sich selbst hörte.

Sie roch einen eigenartigen, beißenden Geruch. Sein Atem? Der stinkende Atem eines Toten, der aus verfaulenden Lungen kommt? Atmeten lebende Tote denn? Der Gestank war leicht, aber unerträglich. Ein Brechreiz stieg in ihr hoch.

Er senkte sein Gesicht zu ihr herab und packte sie mit einer Hand am Hals. Sie starrte in seine leeren Augenhöhlen, und das war wie ein Blick in die allertiefste Hölle.

Er sagte: »Komm, Süße, nur —«

Sie sog sich tief die Luft in die Lungen.

»— ein Küßchen.«

Und sie stieß wieder einen Schrei aus, aber dieses Mal war er nicht lautlos, sondern schien grellend genug, um die Spiegel und Kacheln an den Wänden zum Zerspringen zu bringen.

Als sich Wargles totes, augenloses Gesicht langsam zu ihr

herabsenkte und sie ihren eigenen Schrei hörte, schlug die Finsternis über ihr zusammen und sie sank bewußtlos zu Boden.

20
Leichenräuber

In der Eingangshalle des Hilltop Inn saß Jennifer Paige neben ihrer Schwester auf einem rostroten Sofa und hielt sie im Arm.

Bryce hockte vor ihr und massierte Lisas Hand, aber sie schien trotz aller Bemühungen einfach nicht warm werden zu wollen.

Bis auf die Wachen hatten sich alle in einem Halbkreis um das Sofa versammelt.

Lisa sah schrecklich aus. Ihre Augen waren eingesunken und hatten einen gehetzten Ausdruck. Ihr Gesicht war so weiß wie der gekachelte Boden der Frauentoilette, auf dem sie sie bewußtlos vorgefunden hatten.

»Stu Wargle ist tot«, versicherte ihr Bryce noch einmal.

»Er wollte, daß ich ... ihn ... küsse«, wiederholte das Mädchen und blieb beharrlich bei ihrer bizarren Geschichte.

»In der Toilette war außer dir niemand, Lisa«, sagte Bryce.

»Doch, er war da«, beharrte Lisa.

»Wir sind hingerannt, sobald wir dich schreien gehört haben. Du warst allein, bewußtlos auf dem Boden.«

»Ich sage euch, er war da.«

»Seine Leiche liegt in dem Geräteraum«, sagte Bryce und drückte ihr sanft die Hand. »Wir haben sie doch dort hingebracht. Weißt du noch?«

»Ist sie aber immer noch da?« fragte das Mädchen. »Ihr solltet besser einmal nachschauen.«

Bryce sah Jenny an. Sie nickte. Er erinnerte sich daran, daß hier *alles* möglich war, erhob sich, ließ die Hand des Mädchens los und drehte sich zu dem Geräteraum um.

»Tal, kommen Sie mit.«

Tal zog seinen Revolver.

Auch Bryce zog seine Waffe und sagte zu den anderen: »Ihr bleibt zurück.«

Bryce dachte an Paul Hendersons Leiche, die auch verschwunden war, aber da hatte es einen großen Unterschied gegeben. Sie war frei zugänglich und unbewacht gewesen. Wargles Leiche aber hätte niemand erreichen können, ohne von einem der drei Deputies gesehen zu werden, die in der Halle Wache standen.

Bryce stellte sich links neben die Tür und forderte Tal mit einer Handbewegung auf, rechts davon Stellung zu beziehen.

Sie lauschten einige Sekunden lang. Es war völlig still in dem Hotel, und aus dem Geräteraum war nichts zu hören.

Bryce lehnte sich vorsichtig nach vorne, ohne dabei seinen Körper in die Tür zu bringen, und drehte langsam und lautlos den Türgriff, so weit er sich drehen ließ. Er zögerte und sah Tal an, der ihm zu verstehen gab, daß auch er bereit war. Bryce holte tief Luft, stieß die Tür auf und sprang zur Seite.

Nichts kam aus dem dunklen Raum heraus.

Tal tastete sich vorsichtig zum Lichtschalter vor. Bryce wartete geduckt darauf, daß das Licht anging, und im gleichen Augenblick, in dem Tal es anschaltete, sprang er mit gezogenem Revolver in die Tür.

Das Staubschutztuch, mit dem sie die Leiche zugedeckt hatten, lag neben dem Tisch auf dem Boden.

Wargles Leiche war verschwunden.

Deke Coover, der an der Eingangstür Wache gestanden hatte, konnte Bryce nicht viel weiterhelfen, denn er hatte praktisch ununterbrochen mit dem Rücken zur Eingangshalle die Straße beobachtet. Jemand hätte Wargles Leiche wegschaffen können, ohne daß er etwas davon bemerkte.

»Sie haben mir gesagt, ich soll die Straße draußen beobachten, Sheriff«, sagte Deke. »Wenn Wargle keinen Krach gemacht hat, hätte er leicht allein dort herauskommen können und dabei in jeder Hand mit einer Fahne winken, und ich hätte es auch nicht gesehen.«

Die beiden Männer bei den Fahrstühlen, Kelly MacHeath und Donny Jessup, waren Mitte Zwanzig und gehörten zu den jüngeren Deputies, aber sie waren trotzdem zuverlässig und einigermaßen erfahren.

MacHeath, ein muskulöser blonder Mann mit einem Stiernacken und breiten Schultern, schüttelte den Kopf und sagte: »Durch die Tür zum Geräteraum ist die ganze Nacht niemand hineingegangen oder herausgekommen. Ausgeschlossen. Das hätten wir gesehen. Sie kennen uns doch, Sheriff. Wenn wir Wache stehen, dann passen wir auch auf. Wir sind keine Drückeberger.«

»Verdammt noch mal«, sagte Bryce. »Wargles Leiche ist verschwunden. Die ist doch nicht einfach aufgestanden und durch die Wand gegangen!«

»Durch die Tür aber auch nicht«, sagte MacHeath.

»Wargle war tot, Sir«, sagte Jessup. »Ich habe die Leiche zwar nicht selbst gesehen, aber nach allem, was ich gehört habe, war er sogar *sehr* tot, und Tote bleiben da liegen, wo man sie hinlegt.«

»Nicht unbedingt«, sagte Bryce. »Nicht in dieser Stadt. Nicht heute nacht.«

In dem Geräteraum sagte Bryce zu Tal: »Es gibt hier einfach keinen anderen Ausweg als durch die Tür.«

Sie gingen langsam in dem Raum umher und untersuchten ihn.

Der undichte Wasserhahn ließ einen Tropfen mit einem leisen *Ping* in das Metallbecken fallen.

»Der Luftschacht«, sagte Tal und deutete auf ein Gitter direkt unterhalb der Decke. »Was ist damit?«

Bryce wußte wie jeder Polizist, der Einbrüche zu bearbeiten hat, daß eine Öffnung, die groß genug ist, um den Kopf durchzulassen, bei einem normal gebauten Menschen auch den Rest des Körpers durchlassen wird. Stu Wargle war jedoch kein normal gebauter Mann gewesen.

»Stu's Bauch wäre doch steckengeblieben wie ein Kork in einer Flasche«, sagte Bryce. Trotzdem holte er sich einen Hocker, der in einer Ecke gestanden hatte, stieg darauf und sah sich den Schacht genauer an.

»Der Rost ist nicht angeschraubt, sondern nur angesteckt«, sagte er Tal. »Es wärde also theoretisch möglich, daß er von innen wieder zugezogen worden ist.«

Er zog den Rost heraus, und Tal gab ihm eine Taschenlampe hoch. Bryce leuchtete in den dunklen Schacht hinein und runzelte die Stirn. Der enge Metallschacht bog nach einer kurzen Entfernung in einem rechten Winkel ab.

Der Sheriff schaltete die Taschenlampe wieder aus, gab sie Tal hinunter und sagte: »Unmöglich. Wenn Wargle hier durchgekommen wäre, hätte er nicht größer als Sammy Davis jr. und so gelenkig wie ein Gummimensch auf dem Jahrmarkt sein müssen.«

Frank Autry kam zu Bryce Hammond, der gerade an dem großen Tisch in der Mitte der Eingangshalle saß und die telefonischen Nachrichten durchlas, die im Verlauf der Nacht eingetroffen waren.

»Sir, es gibt da etwas, was Sie über Wargle wissen sollten.«

Bryce sah auf. »Und zwar?«

»Also … ich möchte von einem Toten nicht schlecht sprechen, aber …«

»Keiner von uns hat ihn besonders gemocht«, sagte Bryce nüchtern. »Jeder Versuch, sein Andenken zu ehren, wäre reine Heuchelei. Wenn Sie also etwas wissen, was mir weiterhelfen könnte, Frank, dann heraus damit.«

Frank lächelte leicht. »Als ich gestern abend zusammen mit Wargle das Funkgerät in der Station auseinandergenommen habe, hat er einige widerliche Bemerkungen über Dr. Paige und Lisa gemacht.«

»Sexuelle Anzüglichkeiten?«

»Das wäre gelinde ausgedrückt.« Frank berichtete Hammond von der Unterhaltung mit Wargle.

»Mein Gott«, sagte Bryce und schüttelte den Kopf.

Frank sagte: »Vor allem, was er über das Mädchen gesagt hat, hat mich gestört. Wargle hat es halb ernst gemeint, als er sagte, er würde einen Versuch starten, wenn sich die Gelegenheit ergeben sollte. Ich glaube nicht, daß er bis zu einer Vergewaltigung gehen würde, aber er würde es fertigbringen, *sehr* aufdringlich zu werden und seine dienstliche Autorität, seine Uniform dazu benutzen würde, um sie unter Druck zu setzen. Ich glaube zwar nicht, daß sich Lisa unter Druck setzen lassen würde, weil sie dazu zu resolut ist, aber versucht hätte er es eventuell.«

Der Sheriff tippte mit einem Bleistift auf den Tisch und starrte nachdenklich in die Luft.

»Aber Lisa konnte davon nichts gewußt haben«, sagte Frank.

»Meinen Sie nicht, sie hat etwas von der Unterhaltung gehört?«

»Kein Wort.«

»Aber vielleicht hat sie aus Wargles Blicken gemerkt, was für eine Art Mann er ist.«

»Aber sie konnte es nicht *gewußt* haben, verstehen Sie? Die meisten Kinder, die so eine Geschichte erfinden wollen, hätten sich damit zufriedengegeben, zu sagen, sie seien von einem Toten gejagt worden. Auf so etwas, daß er sie auch noch belästigen wollte, wären sie doch gar nicht gekommen.«

Bryce neigte der gleichen Meinung zu. »So kompliziert denken Kinder nicht; ihre Lügen sind einfach und nicht ausgeklügelt.«

»Genau«, sagte Frank. »Meiner Ansicht nach ist ihre Geschichte gerade dadurch glaubwürdiger, daß sie erzählt hat, Wargle sei nackt gewesen und habe sie sexuell belästigen wollen. Wir möchten alle gern glauben, daß Wargles Leiche gestohlen worden ist, und daß sich Lisa das alles nur eingebildet hat, weil sie die Täter irgendwie dabei beobachten konnte, aber das haut doch hinten und vorne nicht hin. Die Wahrheit ist viel unheimlicher.«

Bryce ließ den Stift fallen und lehnte sich in seinem Stuhl zurück. »Scheiße, Mann, glauben Sie etwa an Geister? An die Untoten?«

»Nein. Für all das gibt es irgendeine ganz reale Erklärung. Nicht irgendeinen abergläubischen Kram.«

»Ich bin der gleichen Meinung«, sagte Bryce. »Aber auf der anderen Seite war Wargles Gesicht schließlich ...«

»Ich weiß. Ich habe es selbst gesehen.«

Bryce seufzte. »Wie beim Rätsel der Sphinx. Wenn wir die Lösung nicht finden, bedeutet das unseren Tod.«

In seiner Zelle in Santa Mira wachte Fletcher Kale, der Mörder seiner Frau und seines Sohnes, vor der Morgendämmerung auf. Er lag regungslos auf seiner dünnen Schaumgummimatratze und starrte zum Fenster.

Er würde nicht sein Leben im Gefängnis verbringen. Auf keinen Fall. Ihm war ein herrliches Schicksal bestimmt. Das war es, was sie alle nicht verstanden. Sie sahen nur den Fletcher Kale in seiner jetzigen Lage und erkannten dabei nicht, daß er der Fletcher Kale war, dem das Schicksal ungeheure Macht, unvorstellbare Reichtümer und allseitige Hochachtung bestimmt hatte.

Kale wußte, daß er anders war als die anderen Menschen. Er erkannte, daß alle Menschen von egoistischem Interesse angetrieben wurden. Das war in Ordnung, denn diese Eigenschaft war der Spezies angeboren. Die meisten Menschen konnten es aber nicht ertragen, dieser Wahrheit ins Gesicht zu sehen. Sie erfanden daher hochstehende Ideale wie Liebe, Freundschaft, Glaube, Wahrheit, Güte und Würde und behaupteten dann auch noch, sie glaubten daran, obwohl sie in ihrem Innern wußten, daß das alles Scheißdreck war. Sie wollten es bloß nicht zugeben und verurteilten sich damit selbst zu Versagen und Unglück.

Trottel. Mein Gott, wie er sie verachtete.

Mit seinem einzigartigen Scharfblick erkannte Kale, daß die Menschen in Wirklichkeit die gnadenloseste, gefährlichste und gemeinste Spezies auf der Erde war, und er freute sich an dieser Erkenntnis. Er war stolz darauf, dieser Rasse anzugehören.

Ich bin meiner Zeit voraus, dachte Kale. Ich bin der nächste Schritt der menschlichen Evolution. Ich bin so hoch entwickelt, daß ich Moralvorstellungen nicht mehr brauche. Deshalb schauen sie mich alle so voller Abscheu an. Nicht weil ich Joanna und Danny umgebracht habe. Sie hassen mich, weil ich besser bin als sie, weil ich die wahre Natur des Menschen vollkommener auslebe.

Er hatte keine andere Wahl gehabt, als Joanna zu töten.

Sie hatte ihm schließlich das Geld verweigert und wollte ihm damit die Zukunft zerstören.

Das mit Danny war irgendwie schade, und manchmal bedauerte es Kale sogar. Aber nur manchmal.

Außerdem war Danny sowieso ein richtiges Muttersöhnchen geworden. Joanna hatte das Kind irgendwie auf ihre Seite gebracht, so daß es eigentlich gar nicht mehr Kales Sohn war, sondern ein Fremder.

Kale erhob sich von dem Bett, legte sich auf den Fußboden und begann, Liegestütze zu drücken. Er mußte schließlich für den Augenblick bereit sein, in dem sich die Gelegenheit zur Flucht bot. Er wußte genau, wohin er dann gehen würde. Nicht nach Westen in Richtung Sacramento, denn das würden sie von ihm erwarten.

Er kannte das perfekte Versteck. Es war direkt hier im County, und sie würden nie auf die Idee kommen, ihn direkt unter ihrer Nase zu suchen. Er würde dann einige Wochen verstreichen lassen, bis Gras über die Sache gewachsen war, und *dann* würde er nach Westen gehen.

Zuerst aber würde er sich in den Bergen verstecken. Da war sein Versteck. Er hatte das im Gefühl. Die Berge. Er fühlte sich zu ihnen hingezogen.

Der Morgen dämmerte in den Bergen.

Der Wald oberhalb von Snowfield war ruhig. Sehr ruhig.

Der Fuchs stand bewegungslos auf einer Kalksteinformation an einem Hang direkt unterhalb vom Waldrand. Der Wind spielte in seinem grauen Fell. Er war zwar ein Nachtjäger, aber der Hunger zwang ihn, gegen seine Gewohnheiten zu verstoßen. Er hatte schon seit zwei Tagen keine Beute gefunden. In den Wäldern hatte er nicht einmal die Witterung von Beute aufnehmen können.

So etwas war bisher noch nie vorgekommen. Selbst im tiefsten Winter hatte er immer zumindest Beute wittern können. Alle Tiere in diesem Teil der Wälder schienen auf irgend eine Weise den Tod gefunden zu haben, aber selbst der Aasgeruch fehlte.

Nun aber, während er vorsichtig durch die Kalksteinformation lief und aufpaßte, daß er nicht in eines der Löcher stürzte, die zu den unterirdischen Höhlen führten, hatte er endlich am Waldrand eine Bewegung gesehen.

Ein Eichhörnchen. Zwei, nein, noch mehr, fünf, zehn, zwanzig. Sie saßen nebeneinander in dem Zwielicht jenseits des Waldrands. Obwohl sie nur fünf oder sechs Meter weit entfernt waren, konnte der Fuchs sie nicht riechen. Die Eichhörnchen sahen ihn direkt an, schienen aber keine Angst vor ihm zu haben.

Der Fuchs neigte seinen Kopf zur Seite. Sein Mißtrauen war stärker als sein Hunger.

Plötzlich kamen die Eichhörnchen in einer dichtgedrängten Gruppe aus dem schützenden Wald direkt auf den Fuchs zu. Sie sprangen übereinander, rollten in dem braunen, vertrockneten Gras und hielten drei oder vier Meter vor dem Fuchs entfernt abrupt an. Sie waren nun keine Eichhörnchen mehr.

Der Fuchs zuckte und zischte leise.

Die zwanzig kleinen Eichhörnchen waren nun vier große Waschbären.

Der Fuchs knurrte leise. Er stellte die Haare in seinem Nacken auf und sog die Luft ein. Er konnte die Witterung der Eichhörnchen nicht aufnehmen. Er duckte sich und spannte seine Muskeln an, aber nicht, um anzugreifen, sondern um zu fliehen. Irgend etwas stimmte hier nicht.

Alle vier Waschbären hatten sich nun auf die Hinterfüße aufgerichtet und boten dem Fuchs ihren verwundbaren Bauch. Sie beobachteten ihn.

Waschbären waren unter normalen Umständen kein Beutetier für den Fuchs. Sie waren dazu zu aggressiv und zu schnell. Trotzdem gingen sie einer Konfrontation lieber aus dem Weg und boten sich nicht so an wie die vier hier.

Wieder schnüffelte der Fuchs, und diesmal witterte er etwas. Seine Ohren legten sich abrupt an seinen Kopf, und er knurrte.

Es war nicht der Geruch von Waschbären. Es war ein Geruch, wie er ihn bisher im Wald noch nie angetroffen hatte, ein unbekannter, scharfer, unangenehmer Geruch. Leicht, aber abstoßend.

Der Fuchs spürte eine ernste Gefahr, fuhr blitzschnell

herum und rannte den Abhang hinunter. Er sprang über eine dreißig Zentimeter breite Felsspalte —

— und wurde mitten im Satz von etwas aus der Luft gerissen, das dunkel war und kalt und pulsierte. Es brach mit brutaler, erschreckender Gewalt und Schnelligkeit aus der Felsspalte.

Der Todesschrei des Fuchses war kurz und durchdringend.

Ebenso schnell, wie er gepackt worden war, wurde er in die Spalte und durch ein Loch auf ihrem Boden gezerrt, das zu klein für seinen Körper war, so daß ihm die Knochen im Leib zerbrachen.

Er war in die Erde hineingesaugt, bevor das Echo seines Schreis wieder zurückgeworfen worden war.

Die Waschbären waren verschwunden. Statt dessen ergoß sich eine Flut von Feldmäusen zum Rand der Felsspalte und sah hinab. Die Mäuse ließen sich nacheinander in die Spalte fallen und krochen durch die kleine natürliche Öffnung in die Höhle darunter.

Bald waren auch alle Mäuse verschwunden.

In den Wäldern oberhalb von Snowfield herrschte wieder Stille.

TEIL II

Phantome

Das Böse ist nicht ein abstraktes Konzept. Es lebt. Es hat eine Form. Es jagt. Es ist real.

Dr. Tom Dooley

Phantome! Jedesmal, wenn ich die Bestimmung der Menschheit auf der Welt voll zu erfassen meine und der törichten Einbildung nachhänge, ich hätte den Sinn des Lebens erfaßt ... sehe ich plötzlich Phantome in den Schatten tanzen, geheimnisvolle Phantome bei einer Gavotte, die so deutlich wie Worte sagt: »Was du weißt, ist nichts, kleines Menschlein; was du noch lernen mußt, unendlich.«

Charles Dickens

21

Der Knüller

Santa Mira, Montag — 1:02 h.

»Hallo«

»Ist dort die *Santa Mira Daily News?* Die Zeitung?«

»Mein Gott, es ist schon nach ein Uhr früh. Wir sind zu.«

»Wieso zu? Ich dachte, eine Zeitung hat nie geschlossen.«

»Hören Sie mal, das ist hier nicht die *New York Times.*«

»Aber drucken Sie denn jetzt nicht die Zeitungen von morgen?«

»Die Druckerei ist nicht hier, das ist bloß das Büro und die Verwaltung. Wollen Sie die Druckerei, oder was?«

»Äh, also, ich ... ich hätte eine Story.«

»Wenn es ein Nachruf ist, oder eine Auktion für die Armen, rufen Sie doch morgen früh nach neun Uhr an, und dann —«

»Nein, nein, das ist echt ein Knüller.«

»Rufen Sie morgen früh an.«

»Warten Sie, hören Sie doch mal zu. Ich arbeite für die Telefongesellschaft.«

»Soll das vielleicht der Knüller sein?«

»Nein, aber weil ich für die Telefongesellschaft arbeite, bin ich dahintergekommen.«

»Jetzt hören Sie mal zu, werte Dame, ich sitze hier ganz allein am Sonntag abend — nein, Montag früh — in diesem trostlosen Büro hier, bin todmüde, gereizt, und ich sage es Ihnen jetzt zum letzten Mal: rufen Sie morgen früh an.«

»Aber in Snowfield ist irgend etwas Schreckliches passiert. Was genau, weiß ich nicht, aber auf jeden Fall hat es Tote gegeben. Vielleicht waren es eine ganze Menge Tote, oder zumindest sind eine Menge Leute ernsthaft bedroht.«

»Mein Gott, ich muß noch müder sein, als ich dachte. Die Sache fängt an, mich gegen meinen Willen zu interessieren. Erzählen Sie!«

»Das ganze Telefon-Netz von Snowfield ist abgeriegelt worden. Man kann jetzt nur noch zwei Nummern dort erreichen, und bei beiden melden sich Leute vom Sheriff. Das haben sie so angeordnet, damit die Stadt abgeriegelt werden kann, bevor die Reporter dahinterkommen, daß da etwas los ist.«

»Was haben Sie getrunken, Lady?«

»Ich trinke nicht.«

»Und was haben Sie dann geraucht?«

»Hören Sie, ich weiß noch etwas mehr. Sie bekommen dort ständig Anrufe vom Sheriffs-Büro in Santa Mira, und vom Gouverneur, und von irgendeiner Militärbasis in Utah, und sie —«

San Francisco, Montag — 1:40 h.

»Hier ist Sid Sandowicz. Kann ich Ihnen helfen?«

»Ich sage den Leuten doch ständig, ich will einen Reporter vom *San Francisco Chronicle*.«

»Das bin ich.«

»Mann, schon dreimal habt ihr da aufgelegt. Was ist mit euch Arschlöchern eigentlich los?«

»Na, na, nur mal langsam!«

»Ach, Scheiße!«

»Hör mal zu, weißt du, wieviel Kinder bei der Zeitung anrufen und unsere Zeit mit irgendwelchen blöden Witzen verschwenden? Ich höre dir auch bloß deshalb zu, weil ich selbst einen Sohn in deinem Alter habe. Wenn du also wirklich etwas Interessantes weißt, dann heraus damit.«

»Woher wollen Sie wissen, daß ich ein Kind bin?«

»Weil du eine Stimme wie ein Zwölfjähriger hast.«

»Ich bin aber fünfzehn!«

»Herzlichen Glückwunsch. Können wir jetzt vielleicht zur Sache kommen?«

»Also, mein Alter ist Professor in Stanford. Er ist Virologe und Epidemiologe. Wissen Sie überhaupt, was das ist, Mann?«

»Ja. Ein Fachmann für Krankheiten. Weiter.«

»Genau. Und er hat sich bestechen lassen.«

»Wie bitte?«

»Er hat sich von den Scheiß-Militärs kaufen lassen und hängt in irgend so einem Verein für biologische Kriegsführung drin. Angeblich dient seine Forschung nur friedlichen

Zwecken, aber das ist natürlich völliger Blödsinn. Er hat seine Seele verkauft, und jetzt haben sie ihn geholt. Die Kacke ist am Dampfen, Mann.«

»Das dürfte unsere Leser kaum besonders interessieren, Kleiner.«

»Meinen Sie vielleicht, wegen so einem Scheiß rufe ich an? Ich habe einen echten Knüller. Sie haben ihn heute nacht abgeholt. Es muß da eine echte Krise geben. Mir wollten sie weismachen, er müßte geschäftlich in den Osten fliegen, aber ich habe mich hochgeschlichen und an ihrer Schlafzimmertür gelauscht, während er meiner Mutter alles erzählt hat. In Snowfield muß alles total verseucht sein. Eine Riesenkatastophe. Alle versuchen, es geheimzuhalten. Ich schätze, sie haben irgendeine biologische Waffe ausprobiert, und zwar *an unseren eigenen Leuten*, und das ist in die Hose gegangen. Oder vielleicht war es auch ein Unfall. Auf jeden Fall tut sich da unheimlich was.«

»Wie heißt du denn, Kleiner?«

»Rick Bettenby. Mein Alter heißt Wilson Bettenby.«

»In Stanford, sagtest du doch.«

»Richtig. Setzen Sie jemand darauf an?«

»Möglich, aber erst muß ich dir noch eine ganze Menge Fragen stellen.«

»Nur zu. Ich erzähle Ihnen alles, was ich weiß. Das muß an die große Glocke gehängt werden. Er soll dafür *bezahlen*, daß er sich hat bestechen lassen.«

Im Verlauf der Nacht wurden die undichten Stellen immer häufiger. In Dugway, Utah rief ein Armee-Offizier, der es eigentlich hätte besser wissen sollen, seinen heißgeliebten Bruder in New York an und erzählte ihm die ganze Geschichte, weil er gerade als Reporter bei der *Times* angefangen hatte. Ein Berater des Gouverneurs erzählte es einer Reporterin im Bett. Diese und andere Löcher im Damm ließen den zunächst spärlichen Fluß von Informationen zu einer Flut anwachsen.

Um drei Uhr früh war die Telefonzentrale des Sheriffs-Büros in Santa Mira von Anrufen überschwemmt, und als der Morgen dämmerte, wimmelte die Stadt von Reportern aller Art, und es dauerte keine zwei Stunden mehr, bis die Straßen von Übertragungswagen der Fernsehgesellschaften verstopft waren.

Die Deputies gaben ihren Versuch auf, die Menschen vor der Station von der Fahrbahn fernzuhalten, und sperrten die Straße statt dessen für den Fahrzeugverkehr. Die Straße wurde zu einem riesigen Pressezentrum, und bald hatten sich einige geschäftstüchtige Kinder eingefunden, die Süßigkeiten und Kaffee zu horrenden Preisen verkauften.

Andere Reporter durchstreiften Santa Mira und suchten Leute, die Verwandte oder Freunde in Snowfield hatten oder mit einem der dorthin geschickten Deputies verwandt waren. Wieder andere Reporter belagerten die Straßensperre von Snowfield.

Trotz all des Trubels war noch nicht die Hälfte der Presse angekommen. Viele Vertreter der Zeitungen des Ostens oder ausländischer Zeitungen waren noch unterwegs. Die Behörden versuchten zwar ihr Bestes, die Ordnung aufrechtzuerhalten, aber bis Montagnachmittag würde das Chaos ausbrechen.

22
Morgen in Snowfield

Kurz nach der Morgendämmerung kam das Funkgerät und die beiden unabhängigen Generatoren bei der Straßensperre an, die die Grenze der Quarantäne-Zone markierte. Sie wurden auf den beiden Kleinlastern, die von Highway-Polizisten gefahren wurden, zu einem Punkt auf halbem Weg nach Snowfield gebracht, wo sie später von Tal Whitman, Frank Autry und zwei anderen Deputies abgeholt wurden, um so eine Ausbreitung einer möglichen Seuche zu verhindern.

Das Funkgerät wurde in einer Ecke der Eingangshalle des Hilltop Inn aufgestellt und durch einen Funkspruch an die Zentrale in Santa Mira auf seine Funktion überprüft. Nun waren sie auch dann nicht vollständig isoliert, wenn das Telefon nicht funktionieren sollte.

Innerhalb einer Stunde war einer der Generatoren an die Straßenlaterne auf der Westseite der Skyline Road und der andere an das Hotel angeschlossen. Wenn heute nacht wieder auf geheimnisvolle Weise der Strom abgestellt werden sollte, würden sich die Generatoren automatisch einschalten, so daß es nicht länger als ein bis zwei Sekunden dunkel bleiben würde.

Bryce war davon überzeugt, daß selbst ihr unbekannter Feind sich in dieser Zeit nicht wieder ein Opfer holen könnte.

Jenny Paige begann den Morgen mit einer dürftigen Katzenwäsche, auf die ein um so üppigeres Frühstück folgte.

Dann ging sie in Begleitung von drei schwerbewaffneten Männern in ihr Haus und holte sich dort frische Kleider für sich und Lisa. Aus ihrer Praxis nahm sie das Nötigste mit, um im Hotel eine medizinische Notversorgungsstation einrichten zu können.

In ihrem Haus war es totenstill. Die Deputies sahen sich ständig nervös um und betraten jeden Raum so, als erwarteten sie hinter jeder Tür ein Fallbeil.

Als Jenny in ihrer Praxis alles eingepackt hatte, was sie brauchte, klingelte das Telefon. Sie starrten es alle entgeistert an.

Sie wußten, daß in Snowfield nur noch zwei Telefone in Betrieb waren, und beide standen im Hilltop Inn.

Das Telefon klingelte noch einmal.

Jenny hob den Hörer ab, meldete sich aber nicht.

Stille.

Sie wartete.

Nach einer Sekunde hörte sie weit entfernt den Schrei von Möwen. Das Summen eines Bienenschwarms, ein miauendes Kätzchen. Ein weinendes Kind. Wieder ein Kind, nur das es dieses Mal lachte. Ein hechelnder Hund. Eine Klapperschlange.

Bryce hatte von seinem Erlebnis am Telefon berichtet, die Geräusche hätten ihn stark beunruhigt, obwohl sie ganz alltäglich gewesen waren. Den Grund dafür hatte er nicht nennen können.

Nun verstand Jenny genau, was er meinte.

Vogelgezwitscher, Frösche quakten, eine Katze schnurrte.

Aus dem Schnurren wurde ein Fauchen, der Zornesschrei einer Katze, und daraus wurde ein kurzer, aber entsetzlicher Schmerzensschrei.

Dann eine Stimme: »Ich werde deiner appetitlichen kleinen Schwester meinen Schwanz reinschieben.«

Jenny erkannte die Stimme. Wargle. Der Tote.

»Hörst du mich?«

Sie sagte nichts.

»Und es ist mir scheißegal, in welches Loch.« Er kicherte.

Sie knallte den Hörer auf die Gabel.

Die Deputies sahen sie fragend an. Sie entschloß sich, ihnen nichts davon zu sagen, was sie gehört hatte. Sie waren sowieso schon zu nervös. »Äh ... es war niemand dran«, sagte sie.

Von Jennys Praxis gingen sie in die Apotheke, um sich mit zusätzlichen Medikamenten zu versorgen. Als sie damit fertig waren, klingelte das Telefon.

Jenny war am nächsten dran. Sie wollte es nicht beantworten, konnte aber dann doch nicht widerstehen.

Wieder war *es* in der Leitung.

Jenny wartete einen Moment, und dann sagte sie: »Hallo?«

Wargle sagte: »Ich werd's deiner Schwester so besorgen, daß sie eine Woche lang nicht laufen kann.«

Jenny legte auf. »Die Leitung ist tot«, sagte sie den Deputies. Wahrscheinlich glaubten sie ihr nicht. Sie starrten auf ihre zitternden Hände.

Bryce saß an seinem Schreibtisch im Hotel und telefonierte mit der Zentrale in Santa Mira.

Über Timothy Flyte hatten sie nichts herausbekommen können. Er wurde weder in den Vereinigten Staaten noch in Kanada gesucht, und beim FBI war sein Name unbekannt.

Über Harold Ordnay und seine Frau hatte die Polizei in San Francisco herausgefunden, daß ihnen zwei Buchläden gehörten, und zwar ein normaler und ein Antiquariat, wobei letzteres offensichtlich mehr Geld einbrachte. Die Ordnays waren in Sammlerkreisen recht bekannt und hatten einen guten Ruf. Ihre Angehörigen hatten noch nie etwas von einem Flyte gehört, und auch in dem persönlichen Adreßbuch der Ordnays hatten sie den Namen nicht gefunden. Nun bestand nur noch die Hoffnung, daß er mit den Ordnays geschäftlich zu tun hatte, aber das würde sich erst um zehn Uhr herausstellen, wenn die Buchläden aufgemacht wurden und die Polizei einen der Angestellten befragen konnte.

»Halten Sie mich weiter auf dem laufenden«, sagte Bryce dem Beamten in Santa Mira. »Wie sieht's denn bei euch aus?«

»Hier ist die Hölle los.«

»Das wird noch schlimmer werden.«

Als Bryce den Hörer auflegte, kam Jenny von ihrem Ausflug zurück. »Wo ist Lisa?«

»In der Küche«, sagte Bryce.

»Ist sie in Ordnung?«

»Klar. Schließlich sind drei große, starke, bis an die Zähne bewaffnete Männer bei ihr. Wieso? Ist etwas passiert?«

»Das erzähle ich Ihnen später.«

Bryce teilte den drei Wachen Jennys neue Aufgaben zu und half ihr dann, in einer Ecke der Halle ihre Krankenstation einzurichten.

»Wahrscheinlich ist das reine Zeitverschwendung«, sagte sie.

»Warum?«

»Bis jetzt haben wir keine Verwundeten, nur Tote. Ich glaube, *es* schlägt nur dann zu, wenn es töten will.«

»Möglich. Aber bei all den schwerbewaffneten, nervösen Männern hier würde es mich nicht überraschen, wenn jemand versehentlich verwundet würde, oder wenn sich jemand selbst in den Fuß schießen würde.«

Jenny räumte Medikamente in eine Schublade und sagte dabei: »Sowohl bei mir als auch in der Apotheke hat das Telefon geklingelt. Es war Wargle.« Sie erzählte ihm von beiden Anrufen.

»Sind Sie sicher, daß es wirklich er war?«

»Ich erinnere mich noch deutlich an seine Stimme. Eine unangenehme Stimme.«

»Aber Jenny, er war —«

»Ich weiß, ich weiß. Sein Gesicht war weggefressen, sein Gehirn war verschwunden, und sein Blut war ausgesaugt. Das macht mich noch wahnsinnig!«

»Vielleicht macht jemand seine Stimme nach?«

»Dann muß es ein Spitzenkönner sein.«

»Hat es geklungen, als wäre er —«

Bryce brach mitten im Satz ab, und er und Jenny drehten sich um, als Lisa hereingerannt kam.

Das Mädchen winkte ihnen aufgeregt zu. »Los, kommt her! In der Küche passiert etwas Unheimliches.«

Bevor Bryce sie aufhalten konnte, hatte sie sich schon herumgedreht und war wieder in die Küche gelaufen.

Verschiedene Männer wollten hinter ihr her und zogen bereits ihre Pistolen, aber Bryce forderte sie auf, dazubleiben.

Jenny war bereits hinter ihrer Schwester hergerannt. Bryce eilte ihnen nach, zog seinen Revolver und lief hinter Lisa durch die Schwingtür in die Küche.

Die drei Männer, die für die Küche eingeteilt waren — Gordy Brogan, Henry Wong und Max Dunbar —, hatten die Büchsenöffner und Küchengeräte gegen ihre Pistolen ausgetauscht, wußten aber nicht, worauf sie zielen sollten. Sie sahen Bryce verwirrt an.

>*Das Wandern ist des Müllers Lust,*
>*Das Wandern ist des Müllers Lust.*«

Die Luft war erfüllt vom Gesang einer Kinderstimme. Ein kleiner Junge. Seine Stimme war klar und hell und süß.

>*Das Wandern ist es Müllers Lust,*
>*Das Waaaa-haaa-nnndern!*«

»Der Abfluß«, sagte Lisa und deutete darauf.

Völlig verblüfft ging Bryce zu dem ersten Spülstein. Jenny kam direkt hinter ihm her.

Das Lied hatte sich nun geändert, aber die Stimme war die gleiche geblieben:

>*Wer hat die schönsten Schäfchen?*
>*Die hat der goldne Mond ...*«

Die Kinderstimme kam direkt aus dem Abfluß, als sei sie tief in den Rohren gefangen.

> »— *am Himmel droben wohnt!*«

Für metronomische Sekunden hörte Bryce mit atemloser Aufmerksamkeit zu. Er war sprachlos.

»Es hat ganz plötzlich angefangen«, sagte Lisa mit erhobener Stimme, um den Gesang zu übertönen.

»Wann?« fragte Bryce.

»Vor ungefähr zwei Minuten«, sagte Gordy Brogan.

»Ich stand gerade am Abfluß«, sagte Max Dunbar. Er war ein gedrungener, haariger, rauh aussehender Mann mit warmen, schüchternen, braunen Augen. »Als der Gesang losging, habe ich mir fast in die Hose gemacht vor Schrekken.«

Wieder änderte sich das Lied. Inzwischen war eine erdrückende, fast spöttische Frömmigkeit in die Stimme getreten.

> *»Liebster Jesu, wir sind hier,*
> *Deinem Worte nachzuleben;*
> *dieses Kindlein kommt zu Dir,«*

»Das gefällt mir nicht«, sagte Henry Wong. »Wie ist das möglich?«

> *»Weil Du den Befehl gegeben,*
> *daß man sie zu Dir hinführe,*
> *denn das Himmelreich ist ihre.«*

Nichts an dem Gesang war direkt bedrohlich, aber wie die Geräusche, die Bryce und Jenny am Telefon gehört hatten, war die zarte Kinderstimme, die aus einer so unwahrscheinlichen Quelle kam, unheimlich und bedrohlich.

> *»Liebster Jesu, wir sind hier,*
> *Liebster Jesu, wir sind —«*

Abrupt hörte der Gesang auf. »Gott sei Dank!« seufzte Max Dunbar erleichtert, als sei die melodische Kinderstimme unerträglich hart und unangenehm gewesen. »Die Stimme ging einem ja durch Mark und Bein!«

Nach einigen Sekunden Stille lehnte sich Bryce vor und sah in den Abfluß —

— und etwas explodierte aus dem dunklen, runden Loch.

Alle stießen einen Schrei aus. Er fluchte innerlich über

seine Unvorsichtigkeit, er taumelte zurück und zielte mit seinem Revolver auf das, was da aus dem Rohr herauskam.

Es war jedoch nur Wasser.

Ein langer, harter Strahl von besonders schmutzigem, fettigem Wasser zuckte fast bis an die Decke hoch und übersprühte alles. Der Strahl hielt nicht länger als ein oder zwei Sekunden lang an.

Einige übelriechende Tropfen spritzten Bryce ins Gesicht. Dunkle Flecken erschienen auf seinem Hemd. Das Zeug stank. Es war genau das, was man aus einer verstopften Leitung erwarten würde: Dreckwasser, schmierige Essensreste und verklebter Abfall.

Gordy holte eine Rolle Papierhandtücher, und sie wischten sich alle die Gesichter und die Kleider damit ab.

Sie waren noch damit beschäftigt, als Tal Whitman die Schwingtür aufstieß. »Bryce, wir haben gerade einen Anruf bekommen. General Copperfield und sein Team haben die Straßensperre erreicht und sind vor zwei Minuten durchgewunken worden.«

23

Das Krisen-Team

Snowfield sah in dem kristallklaren Licht des frühen Morgens frisch geschrubbt und ruhig aus. Eine leichte Brise fuhr durch die Bäume. Der Himmel war wolkenlos.

Bryce, Frank, Tal, Doc Paige und die anderen kamen aus dem Hotel heraus. Lisa stellte sich neben Tal, und sie alle sahen den Berg hinunter und warteten auf die Ankunft der B- und C-Verteidigungseinheit.

Am Fuße des Berges rührte sich nichts. Alles war noch ruhig. Offensichtlich war Copperfields Team noch weit weg.

Tal dachte darüber nach, daß er bisher trotz der allgemeinen Verschlechterung der Lage — der ständig wachsenden Kriminalität, des allgemeinen Verfalls in den Großstädten, der Zunahme der Rauschgiftsucht — deshalb noch kein Pessimist geworden war, weil er fest daran glaubte, daß die an-

ständigen Leute, Leute wie Bryce, Frank, Doc Paige oder
seine Tante Becky, es irgendwie schaffen würden, diese ne-
gative Entwicklung wieder umzukehren. Hier in Snowfield
aber wurde sein Glaube an die Kraft der Anständigkeit und
Verantwortlichkeit einer schweren Prüfung unterzogen. Hier
schien das Böse unschlagbar.

»Hört mal!« sagte Gordy Brogan. »Das sind Motoren.«

Tal sah Bryce an. »Ich dachte, sie werden erst so gegen
Mittag erwartet«, sagte er. »Sie kommen drei Stunden zu
früh.«

»Die Mittagszeit war die spätmöglichste veranschlagte
Ankunftszeit«, sagte Bryce. »Copperfield hat gesagt, er
würde schon früher kommen, wenn er das schafft. Nach
meiner Unterhaltung mit ihm habe ich den Eindruck, daß er
ein harter Bursche ist und von seinen Leuten gewöhnlich
genau das bekommt, was er haben will.«

»Also genau wie Sie, was?« fragte Tal.

Bryce sah ihn mit schläfrigen, schweren Augenlidern an.
»Ich? Hart? Ich bin doch nichts als ein Kätzchen.«

Tal grinste. »Ein Panther ist dann auch ein Kätzchen.«

»Da kommen sie.«

Unten an der Skyline Road erschien ein großes Fahrzeug,
und das Geräusch seines gequälten Motors wurde lauter.

Das Team bestand insgesamt aus drei großen Fahrzeugen.
Ganz vorne kam ein riesiger, zwölf Meter langer umgebau-
ter Wohnwagen. Er hatte keine Türen und Fenster an der
Seite, und sein einziger Eingang war offensichtlich hinten.
Die geschwungene Windschutzscheibe war sehr dunkel und
getönt und bestand anscheinend aus viel dickerem Glas als
bei gewöhnlichen Wohnwagen, denn man konnte nicht in
das Fahrzeug hineinsehen. Es trug keinerlei Beschriftung
oder Wappen, und es ließen keinerlei Anzeichen darauf
schließen, daß es Armee-Eigentum war. Selbst das
Nummernschild war zivil. Allem Anschein nach war An-
onymität während des Transports ein Teil von Copperfields
Programm.

Hinter dem ersten Wohnwagen kam ein zweiter, und die
Nachhut wurde von einem neutralen grauen Lkw gebildet,

der einen nichtssagenden Anhänger zog. Selbst die Windschutzscheiben des Lkws bestanden aus getöntem Panzerglas.

Bryce war nicht sicher, ob der Fahrer des ersten Fahrzeugs sie bemerkt hatte, stellte sich auf die Straße und winkte ihm zu.

Die Wohnwagen und der Lkw hatten offensichtlich eine schwere Last zu befördern, denn die Motoren mühten sich schwer ab, und die Fahrzeuge kamen nur langsam vorwärts. Als sie endlich das Hilltop erreichten, fuhren sie weiter, bogen an der Ecke nach rechts ab und hielten erst in der Querstraße neben dem Hotel an.

Jenny, Bryce und die anderen gingen zu dem kleinen Konvoi hin. Die Querstraßen der Skyline Road verliefen längs am Hang und waren eben, so daß die schweren Fahrzeuge hier besser zu parken waren als an der steilen Skyline Road.

Jenny stand auf dem Bürgersteig und beobachtete die hintere Tür des ersten Wohnwagens, ob endlich jemand herauskommen würde. Die drei geplagten Motoren wurden nacheinander abgeschaltet, und die gewohnte schwere Stille senkte sich wieder über Snowfield.

Jennys Stimmung war besser als zu sonst irgendeinem Zeitpunkt seit ihrer Ankunft hier. Die Spezialisten waren da. Wie die meisten Amerikaner hatte sie großes Vertrauen zu Spezialisten, zu Technologie und Naturwissenschaft. Ihr Vertrauen war wahrscheinlich sogar überdurchschnittlich groß, denn schließlich war sie selbst eine Spezialistin, eine Naturwissenschaftlerin. Jetzt würden sie bald herausbekommen, was Hilda Beck und die Liebermanns und all die anderen umgebracht hatte. Die Spezialisten waren eingetroffen. Endlich war die Kavallerie da.

Zuerst öffnete sich die Tür des Lkws und Männer sprangen heraus. Sie waren mit ihrer Bekleidung auf eine verseuchte Atmosphäre vorbereitet und trugen alle die weißen, luftdichten Plastikanzüge mit den übergroßen Sichtschirmen aus Plastik, die die NASA entwickelt hatte. Jeder Mann trug seinen eigenen Luftvorrat auf dem Rücken, und dazu noch eine aktentaschengroße Abfallbereinigungsanlage.

Eigenartigerweise dachte Jenny zunächst nicht, die Männer würden wie Astronauten aussehen, sondern ihr kamen sie eher wie Priester einer seltsamen Religion in weißen Kultgewändern vor.

Sechs Männer waren geschickt aus dem Lkw geklettert. Es kamen noch mehr nach, bis es Jenny auffiel, daß sie schwer bewaffnet waren.

Sie bezogen zwischen ihren Fahrzeugen und den Menschen auf dem Bürgersteig Stellung. Das waren keine Wissenschaftler, sondern Begleit-Truppen. Sie hoben ihre Waffen und sicherten ihre Fahrzeuge mit einer Entschlossenheit, die keine Einmischung duldete.

Zu ihrem Schock und ihrer Verwirrung sah sich Jenny in den Lauf seiner Maschinenpistole starren.

Bryce ging einen Schritt auf die Soldaten zu und sagte: »Was soll das bedeuten, verdammt noch mal?«

Der Mann, der Bryce am nächsten war und nach dem Namensschild über seiner Sichtplatte Sergeant Harker hieß, hob seine Waffe zum Himmel und gab als Warnung einen kurzen Feuerstoß ab.

Bryce blieb abrupt stehen, Tal und Frank griffen automatisch nach ihren Waffen.

»Nein!« rief Bryce. »Nicht schießen, um Gottes willen! Wir sind auf der selben Seite.«

Einer der Soldaten, ein Lieutenant Underhill, meldete sich mit blecherner Stimme durch einen kleinen Lautsprecher auf seiner Brust. »Bitte treten Sie von den Fahrzeugen zurück! Unsere erste Pflicht ist es, die Unversehrtheit der Labors zu schützen, und das werden wir um jeden Preis tun.«

»Verdammt noch mal«, sagte Bryce. »Wir wollen Ihnen doch nichts tun! Schließlich habe ich Sie ja hergerufen.«

»Bleiben Sie zurück«, beharrte Underhill.

Endlich ging auch die Hintertür des ersten Wohnwagens auf. Die vier Personen, die herauskamen, waren ebenfalls mit luftdichten Anzügen bekleidet, aber sie waren keine Soldaten. Sie bewegten sich langsam und trugen keine Waffen. Eine von ihnen war eine Frau; Jenny sah ganz kurz ein auffallend hübsches, weibliches, orientalisches Gesicht. Die

Namen auf ihren Helmen waren nicht von einer Dienstgradbezeichnung begleitet: Bettenby, Valdez, Niven, Yamaguchi. Das waren die Zivilisten, die Wissenschaftler, die bei einer Krisensituation, die mit biologischer oder chemischer Kriegsführung in Verbindung stand oder stehen könnte, ihr Privatleben hinter sich ließen und sich Copperfield zur Verfügung stellten.

Sechs Personen kamen aus dem zweiten Fahrzeug. Goldstein, Roberts, Copperfield, Houk. Die letzten beiden hatten keine Namensschilder auf ihren Anzügen. Sie blieben hinter den Bewaffneten und stellten sich zu den anderen, um sich kurz zu besprechen.

Man konnte das an ihren Lippen erkennen, die sich bewegten, obwohl aus den Lautsprechern auf ihrer Brust kein Ton herauskam. Sie standen offensichtlich über Sprechfunk miteinander in Verbindung und wollten nicht, daß die anderen etwas von dem hörten, was sie sagten.

Warum aber? fragte sich Jenny. Sie haben doch nichts vor uns zu verbergen. Oder doch?

Bevor Copperfield die Initiative ergreifen konnte, ging Bryce zu ihm hin. »General, ich verlange eine Erklärung dafür, daß wir hier mit der Waffe bedroht werden.«

»Das tut mir leid«, sagte Copperfield und drehte sich zu den Soldaten um, die mit steinernem Gesicht dastanden. »Alles klar, Männer. Kein Grund zur Unruhe. Rührt euch.«

Die Soldaten nahmen sofort mit der flüssigen Harmonie eines perfekt ausgebildeten Teams ihre Maschinenpistolen von den Schultern und ließen sie an ihrer Seite herabsinken. Dann blieben sie wieder unbeweglich stehen.

Copperfield drehte sich wieder zu Bryce um, lächelte ihm durch seine Sichtscheibe zu und sagte: »Besser so?«

»Etwas«, sagte Bryce. »Ich bestehe aber trotzdem auf einer Erklärung.«

»Das ist die normale Prozedur«, sagte der General. »Wir haben nichts gegen Sie oder Ihre Leute, Sheriff.«

»Das reicht mir nicht. Ich will eine echte Erklärung hören. Kommen Sie mir nicht mit normale Prozedur.«

»Sie brauchen mich nicht anzuschreien, Sheriff.« Copperfield berührte mit einer behandschuhten Hand den Lautsprecher auf seiner Brust. »Hier ist ein äußerst empfindliches Mikrofon eingebaut. In einer solchen Lage müssen wir davon ausgehen, daß wir eventuell von einer Menge kranker oder sterbender Menschen überwältigt werden könnten. Wir sind nicht dafür ausgerüstet, zu heilen oder auch nur zu lindern. Unsere Aufgabe ist es nur, die Art der Vergiftung herauszubekommen, damit die Opfer dann entsprechend medizinisch versorgt werden können. Sterbende oder verzweifelte Leute könnten aber vielleicht nicht verstehen, daß *wir* nichts für sie tun können, und die Labors aus Wut und Erbitterung angreifen.«

»Und Angst«, sagte Tal Whitman.

»Genau«, sagte der General, dem die Ironie entgangen war. »Nach den uns vorliegenden psychologischen Erkenntnissen ist das eine durchaus reale Möglichkeit.«

»Und wenn kranke oder sterbende Menschen Sie tatsächlich bei Ihrer Arbeit stören würden«, sagte Jenny, »würden Sie sie dann töten?«

Copperfield drehte sich zu ihr um. »Ich nehme an, Sie sind Dr. Paige.«

»Ja.«

»Nun, wenn Terroristen oder Agenten einer feindlichen Macht einen Akt biologischer oder chemischer Kriegsführung gegen eine amerikanische Siedlung begehen würden, wäre es die Aufgabe meines Teams, die verwendeten Mittel zu analysieren und mögliche Gegenmaßnahmen vorzuschlagen. Das ist eine wichtige Verantwortung, und wenn wir es zulassen würden, daß uns jemand dabei stört, so würde dadurch die Gefahr enorm vergrößert.«

»Sie würden diese Menschen dann also töten«, beharrte sie.

»Ja«, sagte er unverblümt. »Selbst anständige Leute müssen manchmal das geringere von zwei Übeln wählen.«

Jenny sah sich in Snowfield um, das auch im Sonnenschein genauso wie in der Dunkelheit der Nacht wie ein Friedhof aussah. General Copperfield hatte recht. *Alles*, was er zum Schutz seines Teams unternahm, war als Übel geringer als das, was dieser Stadt angetan worden war und noch angetan wurde.

174

Sie war sich selbst nicht sicher, warum sie so gereizt gewesen war. Wahrscheinlich, weil sie ihn und sein Team als Retter betrachtet hatte, mit deren Ankunft alle Fragen sofort beantwortet und alle Probleme beseitigt waren. Als sie dann feststellen mußte, daß es nicht so kommen würde, und dann sogar noch mit der Schußwaffe bedroht worden war, hatte das das Ende ihres Traums bedeutet, und dafür hatte sie dem General die Schuld gegeben.

Eine so irrationale Reaktion sah ihr gar nicht ähnlich. Ihre Nerven mußten noch angegriffener sein, als sie gedacht hatte.

Bryce begann, seine Männer dem General vorzustellen, aber Copperfield unterbrach ihn. »Ich möchte nicht unhöflich sein, Sheriff, aber für Vorstellungen haben wir einfach keine Zeit. Später. Jetzt möchte ich mir all das ansehen, wovon Sie gestern abend am Telefon gesprochen haben, und dann möchte ich mich sofort an die Autopsie eines Opfers machen.«

Er will bloß deshalb die Vorstellungen auslassen, weil es keinen Sinn hat, Freundschaft mit Leuten zu schließen, die sowieso zum Tod verurteilt sind, dachte Jenny. Wenn es sich als eine Erkrankung des Gehirns erweist und wir in den nächsten Stunden anfangen, die ersten Symptome zu zeigen und seine Labors angreifen, wird es für ihn leichter sein, uns erschießen zu lassen, wenn er uns nicht kennt.

Hör auf damit! befal sie sich wütend. Sie sah Lisa an und dachte: Mein Gott, wenn ich schon ein Nervenbündel bin, wie muß es dir dann erst gehen, Kleine! Du hältst dich genauso tapfer wie irgend jemand sonst hier. Ich bin verdammt stolz auf dich!

»Bevor wir Sie hier herumführen«, sagte Bryce zu Copperfield, »sollten Sie zunächst einmal erfahren, was wir gestern nacht hier erlebt haben, und was mit —«

»Nein, nein«, sagte Copperfield ungeduldig. »Ich möchte hier Schritt für Schritt vorgehen. Für Berichte ist später noch viel Zeit. Auch das ist für uns normale Prozedur. Wir müssen zuerst prüfen, ob es sich hier um einen Angriff mit B- oder C-Waffen handelt, und *dann* können wir auch noch andere Möglichkeiten in Betracht ziehen.«

Bryce schickte den größten Teil seiner Leute zurück ins Hilltop und behielt nur Tal und Frank bei sich.

Jenny nahm Lisa bei der Hand und wollte ebenfalls zurück zum Hotel gehen, aber dann rief ihr Copperfield zu: »Doktor! Einen Moment, bitte. Ich möchte Sie dabeihaben. Sie waren die erste medizinisch geschulte Person, die die Leichen gesehen hat, und wenn sich ihr Zustand verändert haben sollte, würde es Ihnen wahrscheinlich zuerst auffallen.«

Jenny sah Lisa an. »Möchtest du mitkommen?«

»Noch einmal in die Bäckerei? Nein danke.« Das Mädchen schüttelte sich.

Jenny dachte an die unheimliche Kinderstimme, die aus dem Abfluß gekommen war, und sagte: »Geh nicht in die Küche, und wenn du auf die Toilette willst, bitte jemand, mitzukommen.«

»Aber Jenny, das sind doch alles Männer!«

»Das ist mir egal. Bitte doch Gordy darum. Er kann vor der Tür stehenbleiben und dir den Rücken zudrehen.«

»Mein Gott, das wäre mir aber saupeinlich.«

»Willst du vielleicht lieber allein in diese Toilette gehen?«

Ihre Schwester wurde blaß. »Niemals.«

»Gut. Bleib nahe bei den anderen. *Wirklich* nahe. Versprichst du mir das?«

»Ich verspreche es.«

Jenny dachte an die beiden Anrufe von Wargle, die sie heute morgen erhalten hatte. Sie dachte an die obszönen Drohungen, die er ausgestoßen hatte. Sie waren zwar nur die Drohungen eines Toten gewesen und damit eigentlich bedeutungslos, aber Jenny hatte trotzdem Angst.

»Paß du auch auf«, sagte Lisa.

Jenny gab ihrer Schwester einen Kuß und sagte: »Jetzt beeil dich aber, sonst holst du Gordy nicht mehr ein, bevor er um die Ecke biegt.«

Lisa rannte los und rief: »Gordy! Warten Sie auf mich!«

Der große junge Deputy blieb an der Ecke stehen und sah sich um.

Jenny sah hinter ihrer Schwester her, wie sie über den gepflasterten Bürgersteig rannte, und spürte, wie sich ihr Herz zusammenzog. Sie dachte: Was ist, wenn sie verschwunden ist, wenn ich zurückkomme? Wenn ich sie nie lebendig wiedersehe?

24

Kalter Schrecken

Die Bäckerei der Liebermanns.

Bryce, Tal, Frank und Jenny gingen in die Backstube der Liebermanns, und General Copperfield kam mit den neun Wissenschaftlern seines Teams direkt hinter ihnen her. Vier Soldaten mit Maschinenpistolen im Anschlag bildeten die Nachhut.

Die Backstube war überfüllt, und Jenny fühlte sich nicht wohl bei dem Gedanken, daß sie jetzt vielleicht angegriffen werden würden und sich hinausdrängen müßten.

Die beiden Köpfe glotzten noch unverändert durch die Sichtscheibe der Öfen, und auch das Nudelholz wurde noch von den beiden abgetrennten Händen gehalten.

Niven, einer der Leute des Generals, fotografierte die Küche aus verschiedenen Blickwinkeln, und dann machte er noch ungefähr ein Dutzend Nahaufnahmen von den Köpfen und den Händen. Das mußte erledigt werden, bevor man mit einer näheren Untersuchung begann.

Die Raumanzüge der Wissenschaftler knarrten, und ihre Stiefel scharrten laut auf dem gekachelten Boden.

»Meinen Sie noch immer, das wäre ein relativ einfacher Fall von B- oder C-Waffen-Einsatz?« fragte Bryce Copperfield.

»Schon möglich.«

»Wirklich?«

Copperfield sagte: »Phil, Sie sind doch hier der Spezialist für Nervengas. Denken Sie das gleiche wie ich?«

»Es ist noch zu früh für eine definitive Aussage«, antwortete der Mann mit dem Namensschild ›Houk‹. »Wir könnten es aber hier durchaus mit einem neuroleptischen Toxin zu tun haben. Einige Anzeichen — besonders die extreme psychopathische Gewalttätigkeit — sprechen für T-139.«

»Auf jeden Fall eine Möglichkeit«, sagte Copperfield. »Ich habe genau das gleiche gedacht, als wir hereingekommen sind.«

Während Niven weiter Bilder machte, fragte Bryce: »Was ist denn T-139?«

»Eines der wichtigsten Nervengase in dem Arsenal der Russen«, sagte der General. »Seine volle Bezeichnung lautet Timoshenko-139, nach dem Wissenschaftler, der es entwickkelt hat.«

»Eine wunderbare Art, sich unsterblich zu machen«, sagte Tal sarkastisch.

»Die meisten Nervengase verursachen innerhalb von dreißig Sekunden bis fünf Minuten nach Hautkontakt den Tod«, sagte Houk. »So human ist T-139 nicht.«

»Human!« sagte Frank Autry entsetzt.

»T-139 tötet die Menschen nicht einfach«, sagte Houk. »Das wäre tatsächlich vergleichsweise human. T-139 ist das, was die Militärstrategen ein Demoralisierungsmittel nennen.«

Copperfield sagte: »Es dringt innerhalb von zehn oder weniger.Sekunden durch die Poren in den Blutkreislauf ein, wandert dann ins Gehirn und richtet dort sofort irreparable Schäden an. Das Opfer behält seine volle Kraft und ist noch ungefähr vier bis sechs Stunden lang physisch voll einsatzfähig, aber sein Gehirn wird geschädigt. Angstzustände stellen sich ein, Verlust der emotionellen Kontrollen und ein sehr ausgeprägtes Gefühl, daß die Welt sich gegen das Opfer verschworen hat. Damit ist ein unbezähmbarer Zwang verbunden, gewalttätig zu werden. T-139 verwandelt die Menschen also praktisch sechs Stunden lang in hirnlose Tötungs-Maschinen, Sheriff. Sie fallen übereinander her, und Sie können sich wohl vorstellen, wie demoralisierend sich so etwas auswirkt.«

»Allerdings«, sagte Bryce. »Und so etwas hat Dr. Paige schon gestern abend theoretisch in Betracht gezogen, eine Art mutierte Tollwut, die manche Menschen tötet, andere dagegen in rasende Wahnsinnige verwandelt.«

»T-139 ist keine Krankheit«, sagte Houk hastig. »Es ist ein Nervengas. Und wenn ich die Wahl hätte, wäre es mir lieber, das wäre tatsächlich ein Nervengas-Angriff. Nachdem sich das Gas nämlich erst einmal verteilt hat, ist die Gefahr vorüber, während eine Bedrohung durch ein biologisches Kampfmittel weit schwerer zu beschränken wäre.«

»Wenn es sich um ein Gas handelt«, sagte Copperfield, »dann hat es sich schon lange verteilt, aber kondensierte Überreste würden alles bedecken, und wir hätten die Sache sehr schnell gelöst.«

Jenny sagte: »Dr. Houk, Sie sagten, die erste Wirkungs-phase dieses T-139 dauert vier bis sechs Stunden. Was kommt dann?«

»Die zweite Phase endet mit dem Tod«, sagte Houk. »Sie dauert sechs bis zwölf Stunden und beginnt mit dem Ver-lust der motorischen Nerven und eskaliert bis zur Lähmung der kardischen, vasomotorischen und respiratorischen Re-flex-Zentren im Gehirn.«

»Mein Gott«, sagte Jenny.

Frank sagte: »Können Sie das uns Laien auch erklären?«

Jenny sagte: »Das bedeutet, daß das T-139 in der zweiten Phase über einen Zeitraum von sechs bis zwölf Stunden all-mählich dem Gehirn die Fähigkeit raubt, die automatischen Funktionen des Körpers — also Atmung, Herzschlag, Er-weiterung der Blutgefäße, Organfunktionen — zu kontrol-lieren ... Das Opfer bekommt einen unregelmäßigen Herz-schlag, kann nur unter größten Schwierigkeiten atmen, und allmählich stellt jedes Organ und jede Drüse ihre Funk-tion ein. Zwölf Stunden mögen Ihnen vielleicht unmöglich erscheinen, aber dem Opfer werden sie wie eine Ewigkeit vorkommen. Es wird sich erbrechen, ein unkontrollierbarer Durchfall wird einsetzen, es kann das Wasser nicht mehr halten, und es wird ständig unter sehr schmerzhaften Muskelkrämpfen leiden ... und wenn nur die motorischen Nerven geschädigt sind, und der Rest des Nervensystems intakt bleibt, leidet das Opfer ununterbrochen brutale Schmerzen.«

»Sechs bis zwölf Stunden lang Höllenqualen«, sagte Houk. »Bis der Herzschlag aussetzt oder das Opfer einfach aufhört zu atmen und erstickt.«

Für lange Sekunden sagte niemand ein Wort, bis Niven

seine letzten Bilder gemacht hatte. Schließlich meldete sich Jenny wieder zu Wort. »Ich glaube noch immer nicht, daß hier ein Nervengas beteiligt war, selbst wenn dieses T-139 die Enthauptungen hier erklären könnte. Zunächst einmal hat keines der Opfer sich erbrochen oder sonstwie Anzeichen von Übelkeit gezeigt.«

»Wir könnten es mit einer Weiterentwicklung von T-139 zu tun haben, die diese Symptome nicht hervorruft, oder mit einem anderen Gas.«

»Kein Gas könnte die Motte erklären«, sagte Tal Whitman.

»Oder was Stu Wargle passiert ist«, sagte Frank.

»Die Motte?« fragte Copperfield.

»Davon wollten Sie ja nichts hören, bis Sie sich alles andere angesehen hatten«, erinnerte ihn Bryce. »Ich glaube aber, es ist jetzt an der Zeit —«

Niven sagte: »Fertig.«

»Sehr schön«, sagte Copperfield. »Wenn Sie anderen jetzt bitte völlig still bleiben würden, bis wir unsere Aufgaben hier ausgeführt haben, wären wir Ihnen sehr dankbar.«

Das Team machte sich sofort an die Arbeit. Yamaguchi und Bettenby verstauten die abgetrennten Köpfe in mit Porzellan ausgekleidete Behälter mit luftdicht verschließbaren Deckeln, während Valdez die Hände sorgfältig von dem Nudelholz löste und in einem ähnlichen Behälter verstaute. Houk nahm Proben von dem Mehl und dem Teig auf dem Tisch, um sie später auf Reste von Nervengas untersuchen zu können, und Goldstein und Roberts saugten mit einem batteriebetriebenen Staubsauger die Backöfen aus, versiegelten den Inhalt sorgfältig, beschrifteten und verpackten ihn.

Die Wissenschaftler waren alle beschäftigt, bis auf die beiden Männer, die keine Namensschilder auf ihren Helmen trugen. Die standen unbeteiligt daneben und sahen nur zu. Bryce beobachtete sie seinerseits und fragte sich, welche Funktion ihnen zukam.

Während die Wissenschaftler arbeiteten, beschrieben sie ihre Tätigkeit immer laut in einem für Bryce unverständlichen Jargon. Dabei sprachen nie zwei Personen zur gleichen

Zeit, was zusammen mit Copperfields Bitte um Ruhe darauf schließen ließ, daß eine Aufzeichnung der Prozedur angefertigt wurde. Tatsächlich bemerkte Bryce an Copperfields Gürtel ein Tonbandgerät, dessen Spulen sich bewegten und das direkt mit dem Sprechgerät des Generals in Verbindung stand.

Als die Wissenschaftler aus der Küche alles geholt hatten, was sie brauchten, sagte Copperfield: »Alles fertig, Sheriff. Wohin jetzt?«

Bryce deutete auf das Tonbandgerät. »Wollen Sie das jetzt nicht wieder abschalten?«

»Nein. Wir haben die Aufnahme in dem Augenblick angefangen, an dem wir an der Straßensperre vorbeigelassen worden sind, und wir werden das Band laufen lassen, bis wir dahintergekommen sind, was sich in dieser Stadt abgespielt hat. Wenn also etwas schiefläuft und wir alle umkommen, bevor wir die Lösung gefunden haben, wird das zweite Team über jeden Schritt informiert sein, den wir ergriffen haben. Es braucht nicht wieder ganz von vorne anzufangen, und vielleicht bekommt es sogar einen detaillierten Bericht über den Fehler, der uns das Leben gekostet hat.«

Die zweite Station war der Kunstgewerbeladen, in den Frank Autry die drei anderen Männer am Vorabend geführt hatte. Die Szene kam ihm heute fast komisch vor: all die Raumfahrer, die mit theatralisch ernsten Gesichtern hinter ihren Sichtscheiben aus Plexiglas die schmale Treppe hochstiegen, das Geräusch ihres Atems, der verstärkt aus den Lautsprechern auf ihrer Brust herauskam und irgendwie bedrohlich klang, all das hätte aus einem SF-Film der 50er Jahre stammen können.

Sein leichtes Lächeln verschwand jedoch sofort wieder, als sie in die Küche kamen und den Toten wiedersahen. Er lag noch immer in einer blauen Pyjama-Hose vor dem Kühlschrank und starrte voller Prellungen und angeschwollen mit aufgerissenen Augen ins Leere.

Wieder bat Copperfield um Ruhe, und die Wissenschaftler traten vorsichtig um die auf dem Boden verstreuten Zutaten eines Sandwichs und drängten sich um den Toten.

Nach einigen Minuten waren sie mit der ersten Untersuchung der Leiche fertig und Copperfield sagte zu Bryce: »Den nehmen wir für eine Autopsie mit.«

»Glauben Sie noch immer, daß wir es hier mit einem simplen B- und C-Angriff zu tun haben?« fragte Bryce wie schon einmal.

»Es ist durchaus möglich«, sagte der General.

»Aber schauen Sie sich doch einmal die Verfärbung und die Schwellung an«, sagte Tal.

»Das könnte eine allergische Reaktion auf Nervengas sein«, sagte Houk.

»Wenn Sie das Bein des Pyjamas hochschieben«, sagte Jenny, »werden Sie diese sogenannten Reaktionen auch auf nicht freiliegender Haut feststellen.«

»So ist es«, sagte Copperfield. »Wir haben bereits nachgesehen.«

»Wie soll denn die Haut auf ein Nervengas reagieren, mit dem sie gar nicht in Berührung gekommen ist?«

»Solche Gase gehen durch die meisten Kleider«, sagte Houk. »Sie lassen sich eigentlich nur von Plastik- oder Gummi-Bekleidung aufhalten.«

Also genau, was ihr anhabt, dachte Frank, aber wir nicht.

»Hier ist noch eine Leiche«, sagte Bryce dem General. »Möchten Sie sich die auch ansehen?«

»Auf jeden Fall.«

Als sie in das Schlafzimmer kamen, hatte Frank insgeheim die Befürchtung, die nackte, blonde Frau mit Wargle zusammen in kalter Leidenschaft im Bett vorzufinden, denn er erinnerte sich noch an Wargles Bemerkungen über sie, aber die Frau lag noch immer unverändert allein mit gespreizten Beinen auf dem verwühlten Bett, den Mund zu einem ewigen Schrei geöffnet.

Als Copperfield und sein Team mit der vorläufigen Untersuchung fertig waren, deutete Frank auf die .22 Automatik und sagte: »Meinen Sie, sie hätte damit auf eine Wolke aus Nervengas geschossen?«

»Selbstverständlich nicht«, sagte Copperfield. »Aber vielleicht hätte sie unter dem Einfluß von Gas Halluzinationen und hat auf Phantome geschossen.«

»Phantome«, sagte Frank. »So etwas muß es wohl gewesen sein. Sie hat schließlich von den zehn Schuß im Magazin achtmal getroffen, weil wir nur zwei Kugeln gefunden haben. Sie konnte damit ihren Angreifer nicht aufhalten; nicht einmal geblutet hat er. Na ja, Phantome bluten natürlich nicht, aber könnte ein Phantom auch wieder verschwinden und dabei acht Kugeln mitnehmen?«

Copperfield starrte ihn stirnrunzelnd an. Auch die Wissenschaftler machten besorgte Gesichter.

Die Soldaten runzelten nicht nur die Stirn; sie sahen sich unruhig um. Die beiden Leichen, und besonders der Gesichtsausdruck der Frau, hatten ihre Wirkung auf den General und seine Leute nicht verfehlt. Die Angst war in allen Augen deutlicher geworden. Sie wollten es zwar nicht zugeben, aber sie waren hier auf etwas gestoßen, auf das sie ihre Erfahrungen nicht vorbereitet hatten. Sie klammerten sich zwar noch an ihren vertrauten Erklärungen fest — Nervengas, Viren, Gift — aber die ersten Zweifel kamen in ihnen auf.

Nachdem Copperfields Leute die Leiche in der Küche in einen verschließbaren Plastiksack verstaut und weggebracht hatten, führte Bryce sie in den Supermarkt zu den Kühlanlagen, wo es passiert war, und berichtete ihnen, wie Jake verschwunden war. »Keine Schreie. Keinerlei Geräusche. Nur einige Sekunden lang Dunkelheit. *Einige Sekunden.* Als das Licht wieder anging, war Jake verschwunden.«

»Haben Sie überall nachgesehen?« fragte Copperfield.

»Überall.«

»Vielleicht ist er weggelaufen«, sagte Dr. Yamaguchi. »Verwunderlich wäre es nicht ...«

»Nein, nein, Jake würde nie weglaufen«, sagte Bryce. »Er war zwar nicht mein aggressivster Beamter, aber er war nicht verantwortungslos, und er würde mir nie davonlaufen. Dazu war er viel zu vorsichtig. Er neigte nicht zu impulsiven Handlungen. Wenn er außerdem wirklich so verängstigt gewesen wäre, daß er tatsächlich weglaufen wollte, hätte er einen Polizeiwagen genommen. Er wäre doch nicht zu Fuß aus der Stadt verschwunden.«

»Er hätte aber doch wohl gewußt, daß er an der Straßen-sperre nicht vorbeigekommen wäre«, sagte Copperfield. »Vielleicht hat er deshalb keinen Wagen genommen, son-dern ist zu Fuß durch die Wälder weg.«

Jenny schüttelte den Kopf. »Ausgeschlossen, General. Das ist eine Wildnis da draußen. Deputy Johnson hätte ge-nau gewußt, daß er sich dort bloß verlaufen und umkom-men würde.«

»Würde sich außerdem ein verängstigter Mann nachts in einen fremden Wald stürzen?« sagte Bryce. »Ich glaube nicht, General. Was ich allerdings glaube, ist, daß es höchste Zeit ist, daß Sie sich anhören, was meinem anderen Deputy passiert ist.«

Bryce stand an ein Kühlgerät voller Käse und Frühstücks-fleisch gelehnt und erzählte ihnen von der Motte, von dem Angriff auf Wargle und den entsetzlichen Zustand seiner Leiche, erzählte ihnen von Lisas Begegnung mit der wieder-auferstandenen Leiche Wargles und der Entdeckung, daß sie verschwunden war.

Copperfield und seine Leute reagierten zuerst mit Erstau-nen, dann mit Verwirrung und dann mit Angst, aber wäh-rend des größten Teils seiner Geschichte starrten sie ihn mit vorsichtiger Stille an und sahen einander dann und wann wissend an.

Er schloß seinen Bericht mit der Kinderstimme ab, die Augenblicke vor Copperfields Ankunft aus dem Abfluß her-ausgesungen hatte und fragte dann zum dritten Mal: »Glau-ben Sie noch immer, daß es sich hier um einen einfachen Fall von B- und C-Waffen handelt?«

Copperfield zögerte, sah sich in dem verwüsteten Super-markt um und begegnete schließlich Bryces Blick. »Sheriff, ich möchte Sie und alle anderen, die diese sogenannte ... äh ... Motte gesehen haben, von Dr. Roberts und Dr. Gold-stein gründlich untersuchen lassen.«

»Sie glauben mir nicht.«

»Ich glaube, daß Sie wirklich ernsthaft glauben, Sie hät-ten all das gesehen und erlebt.«

»Arschloch«, sagte Tal.

Copperfield sagte: »Sie verstehen doch sicher, daß das für

uns klingen muß, als seien Sie verseucht und litten unter Halluzinationen.«

Bryce hatte ihre Ungläubigkeit und intellektuelle Starrheit gründlich satt. Sie hätten als Wissenschaftler eigentlich für neue Ideen und unerwartete Möglichkeiten ein offenes Ohr haben müssen, aber sie schienen statt dessen entschlossen, das vorliegende Beweismaterial ihren vorgefertigten Meinungen mit Gewalt anzupassen, um sie nicht ändern zu müssen.

»Sie glauben doch wohl nicht etwa, wir hätten alle die *gleiche* Halluzination gehabt?«

»So etwas ist nicht unbekannt«, sagte Copperfield.

Frank Autry musterte Copperfield mit finsterem Blick und sagte: »Wenn das alles aber nur Halluzinationen waren, wo ist dann Stu Wargle?«

»Vielleicht ist er zusammen mit Jake Johnson weggerannt«, sagte Roberts. »Sie haben das dann bloß in Ihre Fantasievorstellung eingebaut.«

Bryce wußte aus langer Erfahrung, daß man eine Diskussion in dem Augenblick verloren hatte, wenn man emotional wurde. Er zwang sich zu einer lässigen Haltung und sagte mit sanfter Stimme langsam: »General, nach dem, was Sie hier sagen, könnte man annehmen, daß die Abteilung des Sheriffs von Santa Mira County ausschließlich aus Feiglingen, Vollidioten und Traumtänzern besteht.«

Copperfield machte mit seinen geschützten Händen eine beschwichtigende Geste. »Nein, nein, da verstehen Sie mich ganz falsch. Bitte, Sheriff, versuchen Sie doch, uns zu verstehen. Wir sind doch bloß ehrlich zu Ihnen. Wir sagen Ihnen, wie die Situation in unseren Augen aussieht — wie sie für *jeden* aussehen würde, der über Sachkenntnis in biologischer und chemischer Kriegsführung verfügt. Halluzinationen gehören zu den Dingen, die wir bei den Überlebenden erwarten würden. Wenn Sie uns nun eine Erklärung für die Existenz einer adlergroßen Motte liefern könnten, würden wir vielleicht auch daran glauben, aber das können Sie ja nicht. Das läßt für uns nur einen einzigen vernünftigen Schluß zu — daß Sie alle unter Halluzinationen gelitten haben.«

Bryce bemerkte, daß die Soldaten ihn nun, da sie ihn für ein Opfer von Nervengas hielten, ganz anders ansahen. Ein solcher Mann war offensichtlich gefährlich. Sie hoben ihre Maschinenpistolen leicht an, zielten aber noch nicht direkt auf Bryce.

Plötzlich wurde er von einem lauten Geräusch aus dem hinteren Teil des Supermarkts erschreckt und drehte sich danach um. Aus seinen Augenwinkeln bemerkte er, daß die Soldaten eher auf ihn als das Geräusch reagierten. Als er seine Hand auf seinen Revolver gelegt hatte, hatten sie sofort ihre Maschinenpistolen gehoben.

Irgend jemand hämmerte von innen an die dicke, isolierte Tür des Kühlraums ihnen gegenüber, und auch eine Stimme war zu hören.

»Jemand ist da drinnen eingeschlossen«, sagte Copperfield.

»Ausgeschlossen«, sagte Bryce. »Die Tür geht von beiden Seiten auf.«

Abrupt verstummten die Rufe, und auch das Klopfen hörte auf. Der Griff der großen Stahltür schob sich nach oben und die Tür schwang auf, aber nur fünf Zentimeter weit, und dann blieb sie wieder stehen. Die kalte Luft aus dem Kühlraum vermischte sich mit der warmen Luft in dem Supermarkt, und leichte Nebelschwaden bildeten sich am Boden.

Obwohl in dem Raum hinter der Stahltür Licht brannte, konnte man durch den schmalen Schlitz nicht hineinsehen. Trotzdem wußte Bryce, wie es da drinnen aussah: ein kahler, kalter Raum mit Neonbeleuchtung, in dem von Schienen an der Decke große Fleischstücke herabhingen.

Plötzlich war aus dem Kühlraum ein schmerzerfülltes Stöhnen zu hören. Eine schwache, verzerrte, aber trotzdem erkenntliche Stimme rief nach Hilfe.

»Bryce? ...Tal ...? Wer ist da draußen? Frank? Gordy? Ist da jemand? Helft ... helft mir doch!«

Es war Jake Johnson.

Bryce, Jenny, Tal und Frank lauschten bewegungslos.

Copperfield sagte: »Wer das da drinnen auch ist, er braucht auf jeden Fall dringend Hilfe.«

»Bryce ... bitte ...«

»Kennen Sie ihn?« fragte Copperfield. »Er ruft doch Ihren Namen, Sheriff, nicht wahr?«

Ohne auf eine Antwort zu warten, befahl der General zwei seiner Männer — Private Pascalli und Sergeant Harker — in dem Kühlraum nachzusehen.

»Warten Sie!« sagte Bryce. »Niemand geht da hinein. Wir halten diese Kühlgeräte zwischen uns und dem Kühlraum, bis wir mehr wissen.«

»Sheriff, ich bin zwar bereit, so weit wie möglich mit Ihnen zusammenzuarbeiten, aber Sie haben keine Befehlsbefugnisse über meine Männer und mich.«

»Bryce ... ich bin's, Jake ... so helft mir doch. Ich habe mein Bein gebrochen.«

»Jake?« fragte Copperfield und sah Bryce aus zusammengekniffenen Augen merkwürdig an. »Das ist doch der Mann, der angeblich gestern abend von hier verschwunden ist?«

»Es klingt so wie er«, gab Bryce zu.

»Na bitte!« sagte Copperfield. »Also doch kein Geheimnis. Er war die ganze Zeit hier.«

Bryce sah den General wütend an. »Ich sagte Ihnen doch, daß wir überall gesucht haben. Auch in dem verdammten Kühlraum da! Er war nicht darin.«

»Na ja, jetzt ist er auf jeden Fall da«, sagte der General.

»Hallo, da draußen! Ich friere! Ich kann ... das verdammte Bein ... nicht bewegen!«

Jenny berührte Bryce am Arm. »Da stimmt doch etwas nicht.«

Copperfield sagte: »Sheriff, wir können doch nicht hier herumstehen und einen Verletzten leiden lassen.«

»Hier droht Gefahr«, sagte Bryce zu Copperfield. »Ich spüre das, und Dr. Paige und meine Männer auch.«

»Aber ich nicht«, sagte Copperfield.

»General, Sie sind einfach noch nicht lange genug in Snowfield und wissen deshalb nicht, daß man hier das völlig unerwartete erwarten muß.«

»Wie zum Beispiel Motten, die so groß wie Adler sind, was?«

Bryce schluckte seinen Ärger hinunter und sagte: »Sie wissen einfach noch nicht, daß hier nichts so ist, wie es aussieht.«

Copperfield musterte ihn skeptisch. »Erzählen Sie mir bloß keinen mystischen Kram, Sheriff.«

'In dem Kühlraum begann Jake Johnson zu weinen. Sein flehentliches Gewimmer war schier unerträglich. Er klang wie ein von Schmerzen gequälter alter Mann, und nicht im geringsten gefährlich.

»Wir müssen dem Mann sofort helfen«, sagte Copperfield.

»Ich setze meine Männer nicht aufs Spiel«, sagte Bryce. »Noch nicht.«

Copperfield befahl seinen beiden Soldaten noch einmal, in dem Kühlraum nachzusehen. Obwohl er offensichtlich nicht glaubte, daß zwei gutausgebildete Soldaten mit Maschinenpistolen irgendwie in Gefahr sein könnten, wies er sie an, vorsichtig zu sein.

Harker und Pascalli gingen durch das Gatter hinter den Kühlanlagen auf den Kühlraum zu.

Tal Whitman sagte: »Da paßt einfach zu vieles nicht zusammen, verdammt noch mal. Wenn das wirklich Jake ist, warum hat er dann bis jetzt gewartet, bis er herausgekommen ist?«

»Das können wir nur dadurch herausbekommen, daß wir ihn fragen«, sagte der General. »Vielleicht war er bis jetzt bewußtlos.«

Jenny wollte noch einen Einwand vorbringen, aber Bryce sagte zu ihr: »Sparen Sie sich die Mühe.«

»Sie sind doch Ärztin«, sagte Copperfield zu ihr. »Meinen Sie wirklich, wir könnten die Hilferufe des Mannes da drinnen einfach ignorieren?«

»Natürlich nicht«, sagte sie. »Wir sollten uns aber die Zeit nehmen und uns einen *sicheren* Weg überlegen, wie wir dort hineinschauen könnten.«

»Die Zeit haben wir aber nicht«, sagte Copperfield und schüttelte den Kopf. »Wir müssen uns sofort um ihn kümmern. Hören Sie doch selbst! Er ist schwer verletzt.«

Jake stöhnte wieder schmerzerfüllt aus dem Kühlraum,

und Harker ging auf die Tür zu. Pascalli versuchte, ihm so gut es ging von der Seite Deckung zu geben.

Nun hatte Harker die Tür erreicht. Die Tür ging nach innen auf, und Harker stieß mit dem Lauf seiner Maschinenpistole dagegen und schob sie ganz auf. Jake lag nicht hinter der Tür. Er war nirgends zu sehen. Hinter dem Sergeant hingen die an die Decke gehängten Fleischstücke.

Harker zögerte kurz und sprang dann geduckt über die Schwelle, sah nach links, dann fast sofort nach rechts und schwang dabei den Lauf herum.

Auf der rechten Seite sah Harker offensichtlich etwas. Er richtete sich überrascht mit einem Ruck auf, stolperte voller Angst zurück und stieß dabei mit einer Rinderhälfte zusammen.

»*Großer Gott!*« rief Harker und gab einen kurzen Feuerstoß aus seiner Maschinenpistole ab.

Bryce zuckte zusammen. Die Schüsse donnerten überlaut.

Im gleichen Augenblick drückte etwas von innen gegen die Tür des Kühlraums und schlug sie zu.

Es hatte Harker gefangen. *Es.*

Bryce sprang über das hüfthohe Kühlgerät vor ihm und rannte zu der Tür des Kühlraums.

Wieder ein Feuerstoß. Dieses Mal war er länger, vielleicht lange genug, um das ganze Magazin zu lehren.

Pascalli war schon an der Tür und zerrte verzweifelt an dem Griff.

»Was ist? Los, holen wir ihn da raus!« sagte Bryce.

»Ich bringe die verdammte Tür nicht auf!« sagte Private Pascalli. Er sah zu jung für die Armee aus — und er hatte Angst.

In dem Kühlraum hörten die Schüsse auf und die Schreie begannen.

Pascalli zerrte verzweifelt an dem unbeweglichen Griff.

Obwohl die dicke, isolierte Tür Harkers Schreie dämpfte, waren sie sehr laut und wurden schnell immer lauter. Durch das Funksprechgerät in Pascallis Raumanzug mußten sie ohrenbetäubend gewesen sein, denn plötzlich drückte sich der Private beide Hände an den Kopf, als wolle er sich die Ohren zuhalten.

Bryce schob den Soldaten zur Seite und packte den langen Hebelgriff der Tür mit beiden Händen, aber der rührte sich nicht.

Die durchdringenden Schreie in dem Kühlraum wurden immer lauter, schriller und entsetzlicher. Was macht es bloß mit Harker da drinnen, dachte Bryce. Zieht es dem armen Schwein die Haut bei lebendigem Leib ab?

Er sah sich zu den anderen um. Tal kam im Laufschritt auf die Tür zu, der General und ein weiterer Soldat rannten durch das Gatter, und Frank war auf eine der Kühlanlagen gesprungen und behielt den Supermarkt im Auge, falls die Aufregung in dem Kühlraum nur ein Ablenkungsmanöver sein sollte. Die anderen standen in einer Gruppe zusammen.

Bryce rief: »Jenny!«

»Ja?«

»Ich brauche einen Schraubenzieher.«

»Wird erledigt.« Sie war bereits losgerannt.

Harker schrie noch immer.

Großer Gott, was für ein entsetzlicher Schrei! Wie aus einem Alptraum. Aus einem Irrenhaus. Aus der Hölle.

Allein, daß er ihn hörte, ließ Bryce in kalten Schweiß ausbrechen.

Copperfield erreichte den Kühlraum. »Lassen Sie mich an den Griff.«

»Es hat doch keinen Zweck.«

»Lassen Sie mich an den Griff!«

Bryce trat zur Seite. Der General war ein großer, muskulöser Mann. Er sah aus, als sei er stark genug, um Jahrhunderte alte Eichen auszureißen. Obwohl er fluchend seine ganze Kraft einsetzte, bewegte er den Griff auch nicht mehr als Bryce.

»Das verdammte Schloß muß kaputt sein«, sagte Copperfield keuchend.

Bryce warf einen Blick zu Tal hinüber. Er sah es zum ersten Mal, daß sein Deputy deutlich Angst hatte.

Jenny kam mit drei in buntes Plastik eingeschweißten Schraubenziehern zurück. »Ich wußte nicht, welche Größe Sie brauchen«, keuchte sie.

»Schon gut, geben Sie her«, sagte Bryce und griff nach den Werkzeugen. »Und jetzt verschwinden Sie schnellstens wieder und gehen zu den anderen zurück.«

Harkers Schreie waren inzwischen so schrill, so entsetzlich geworden, daß sie nicht mehr menschlich klangen.

Jenny ignorierte seinen Befehl und riß die Verpackung von einem Schraubenzieher ab. »Ich bin Ärztin. Ich bleibe.«

»Dem kann kein Arzt mehr helfen«, sagte Bryce und riß hektisch die Verpackung von dem dritten Schraubenzieher ab.

»Vielleicht nicht, aber wenn Sie wirklich denken würden, er hätte keine Chance mehr, würden Sie auch nicht versuchen, ihn da herauszuholen.«

»Verdammt noch mal, Jenny!«

Er machte sich Gedanken um sie, wußte aber, daß er sie nicht zum Gehen überreden konnte, wenn sie sich zum Bleiben entschlossen hatte. Er nahm ihr den dritten Schraubenzieher aus der Hand, schob General Copperfield zur Seite und sah sich die Tür an.

Die Türangeln konnte er nicht abschrauben, da die Tür nach innen aufging, aber der Griff ging durch eine große Abdeckplatte, hinter der der Schloßmechanismus saß. Bryce kauerte sich vor die Tür, schraubte die ersten Schrauben aus der Platte und ließ sie auf den Boden fallen.

Harkers Schreie verstummten. Die Stille, die folgte, war fast noch schlimmer als die Schreie selbst.

Bryce schraubte die restlichen drei Schrauben ab, zog die Abdeckplatte über den Griff ab und warf sie weg. Er sah in das Schloß hinein und stocherte mit seinem Schraubenzieher darin herum. Zackige abgebrochene Metallstücke fielen auf den Boden, und andere klapperten in den Hohlraum der Türfüllung. Das Schloß war *von innen* zerschmettert worden. Er fand den manuellen Entriegelungshebel und schob ihn mit dem Schraubenzieher zurück. Auch er schien schwer verbogen, ließ sich aber trotzdem weit genug zurückschieben, daß die Tür aufging.

Als sie langsam zurückschwang, traten alle zur Seite.

Private Pascalli zielte mit seiner Maschinenpistole darauf, und Bryce und Copperfield zogen ihre Pistolen, obwohl

Sergeant Harker schlüssig bewiesen hatte, daß solche Waffen nichts nützten.

Bryce erwartete, daß sich aus der Tür etwas auf sie stürzen würde, aber nichts rührte sich.

Als er durch die Tür in den Kühlraum hineinsah, bemerkte er, daß die Lieferantentür nach außen offenstand, obwohl sie auf jeden Fall vor zwei Minuten noch geschlossen gewesen war, als Harker seinen Vorstoß gewagt hatte.

Copperfield befahl Pascalli und Fodor, den Kühlraum zu sichern. Sie drangen schnell in ihn ein und verschwanden an beiden Seiten der Tür außer Sicht.

Einige Sekunden später kam Pascalli zurück. »Alles klar, Sir.«

Copperfield ging in den Kühlraum, und Bryce kam hinter ihm her.

Harkers Maschinenpistole lag auf dem Boden.

Sergeant Harker hing neben einem halben Rind von der Decke herab. Ein riesiger, spitzer Fleischerhaken war durch seinen Brustkorb getrieben.

Bryce drehte sich der Magen um, und er wollte sich von dem schrecklichen Bild abwenden — aber dann bemerkte er, daß es nicht wirklich Harker war, sondern nur sein Raumanzug mit dem Helm, der schlaff und leer an dem Haken hing. Das widerstandsfähige Plastikmaterial war zerrissen, und die Sichtplatte aus Plexiglas war zerbrochen und hing halb aus der stabilen Fassung heraus. Harker war aus dem Anzug herausgezogen worden, bevor *es* ihn aufgehängt hatte.

Wo aber war Harker?

Verschwunden. Auch er, einfach weg.

Pascalli und Fodor standen draußen auf der Verladerampe und sahen sich um.

»Diese furchtbaren Schreie«, sagte Jenny und stellte sich neben Bryce. »Und doch ist kein Blut auf dem Boden oder an dem Anzug.«

Tal Whitman hob eine Handvoll leerer Patronenhülsen vom Boden auf, wo sie überall verstreut waren. Das Messing blitzte in seiner offenen Handfläche. »Sehen Sie sich einmal um, General«, sagte er zu Copperfield. »Hier sind kaum Einschußlöcher zu sehen. Er muß also getroffen haben. Wieviel Schuß hat so ein großes Magazin?«

Copperfield starrte auf die Hülsen und sagte nichts.

Die beiden Soldaten kamen von der Verladerampe zurück, und Pascalli sagte: »Da draußen ist nichts von ihm zu sehen, Sir. Sollen wir auf der Straße weitersuchen?«

Bevor Copperfield antworten konnte, sagte Bryce: »General, Sergeant Harker müssen Sie abschreiben, so schmerzlich das auch sein mag. Er ist tot. Sie brauchen sich da gar nicht irgendwelchen Hoffnungen hinzugeben. Hier geht es um den Tod, nichts anderes. Nicht um Geiselnahme, Terrorismus oder Nervengas. Ich weiß zwar nicht, was da draußen ist oder wo es hergekommen ist, aber eines weiß ich: das ist der personifizierte Tod. Es geht hier ums Ganze. Die Form unseres Feindes können wir uns noch nicht vorstellen, und seine Motive werden wir vielleicht nie erfahren. Diese Motte, die Stu Wargle umgebracht hat — das war nicht einmal die wahre Erscheinungsform von diesem Ding. Ich *fühle* das. Das war wie die Wiederbelebung von Wargles Leiche in der Toilette ein Täuschungsmanöver ... eine Vorführung.«

»Ein Phantom«, sagte Tal, gebrauchte aber das Wort, das General Copperfield eingeführt hatte, in einer anderen Bedeutung.

»Genau, ein Phantom«, sagte Bryce. »Unseren wahren Feind haben wir bisher noch nicht kennengelernt. Das ist irgend etwas, das ganz einfach gern tötet. Es kann schnell und lautlos töten, wie bei Jake Johnson. Harker aber hat es langsam getötet und ihn gefoltert, damit er schreit. Das sollten wir nämlich hören. Harkers Tod war wie dieses T-139 ein Demoralisierungsmittel. Harker ist tot, und ich würde an Ihrer Stelle keine Leute mehr für die Suche nach einem Toten riskieren.«

Copperfield schwieg einen Moment und sagte dann: »Aber wir haben doch diese Stimme gehört, und das war *Ihr* Mann, Jake Johnson.«

»Nein«, sagte Bryce. »Ich glaube nicht, daß das wirklich Jake war. Sicher, er hat genau wie er geklungen, aber mir kommt langsam der Verdacht, daß wir es hier mit einem ausgezeichneten Imitator zu tun haben.«

»Imitator?« sagte Copperfield.

»Ganz richtig. All die Tiergeräusche am Telefon, die Katzen, Hunde, Vögel, Klapperschlangen, die Kinderstimmen ... das war so etwas wie eine Vorführung. Es wollte angeben und uns vorführen, was es alles kann. Jakes Stimme war auch so etwas.«

»Was wollen Sie damit sagen?« fragte Copperfield. »Ist das etwas Übernatürliches?«

»Nein, das ist durchaus real.«

»Was ist es dann? Nennen Sie mir seinen Namen!« verlangte Copperfield.

»Das *kann* ich nicht, verdammt noch mal«, sagte Bryce. »Vielleicht ist es eine natürliche Mutation, aber wer weiß, vielleicht kommt es ja auch aus irgendeinem biologischen Labor. Wissen Sie darüber etwas, General? Vielleicht ist es das Produkt einer DNS-Manipulation, eine Art moderner Frankenstein? Halten Sie mich für völlig verrückt, weil ich nur auf so eine Idee komme? Vielleicht sollten wir nicht einmal das Übernatürliche ausschließen. Ich will damit sagen, daß es alles mögliche sein könnte. Lassen Sie Ihrer Fantasie freien Lauf, General. Wir kämpfen hier gegen das Unbekannte, und das Unbekannte schließt auch all unsere Alpträume ein.«

Copperfield starrte ihn an, und dann richtete er seinen Blick auf Sergeant Harkers Anzug an dem Fleischerhaken. Er drehte sich zu seinen beiden Soldaten um: »Wir werden draußen nicht weitersuchen. Wahrscheinlich hat der Sheriff recht. Sergeant Harker ist tot, und wir können nichts mehr für ihn tun.«

Zum vierten Mal seit Copperfields Ankunft fragte Bryce: »Meinen Sie *immer noch*, wir hätten es hier mit einem einfachen Fall von B- oder C-Kampfstoffen zu tun?«

»So etwas könnte beteiligt sein«, sagte Copperfield »Wie Sie ja selbst bemerkt haben, können wir nichts ausschließen. Ein einfacher Fall ist es jedoch nicht, Sheriff. Damit hatten Sie recht, und ich möchte mich dafür entschuldigen, daß ich gemeint hatte, es seien nur Halluzinationen gewesen, die —«

»Schon gut, schon gut«, sagte Bryce.

»Haben Sie irgendwelche Theorien?« fragte Jenny.

»Bis jetzt noch nicht«, sagte Copperfield. »Ich möchte aber sofort mit der Autopsie und pathologischen Tests anfangen. Wir werden vielleicht keine Krankheit oder irgendein Nervengas finden, aber vielleicht etwas anderes, was uns weiterbringt.«

»Tun Sie das, Sir«, sagte Tal. »Ich habe nämlich so eine Ahnung, daß wir nicht mehr viel Zeit haben.«

25
Fragen

Corporal Billy Velaszquez, der zu General Copperfields Begleittruppen gehörte, stieg durch das Einstiegsloch in die Kanalisation hinunter. Obwohl er sich nicht angestrengt hatte, schnaufte er schwer. Er hatte Angst.

Was war mit Sergeant Harker passiert?

Die anderen waren mit bedrückten Gesichtern zurückgekommen. Der alte Copperfield hatte gesagt, Harker wäre tot. Er wüßte noch nicht genau, woran er gestorben wäre, aber das würden sie bald herausbekommen. So einen Scheiß konnten sie ihm nicht erzählen. Natürlich wußten sie, woran er gestorben war. Sie wollten es nur nicht sagen. Das war wieder einmal typisch für die hohen Tiere, daß sie aus allem ein Geheimnis machen mußten.

Als er den Fuß der Leiter erreichte und mit seinen Stiefeln auf den betonierten Boden trat, machten sie ein hartes, trockenes Geräusch. Der Tunnel war zu niedrig, und er konnte nicht ganz aufrecht stehen. Er leuchtete mit seiner Taschenlampe um sich.

Graue Betonwände. Telefon- und Stromkabel. Etwas Feuchtigkeit. Hier und dort einige Algen. Nichts sonst.

Billy trat zur Seite, um Ron Peake, der hinter ihm herkam, Platz zu machen. Er leuchtete dabei ständig überallhin und sah sich nervös um.

Warum der alte Eisenfresser Copperfield wohl so betont hatte, sie sollten sich hier unten vorsehen?

Sir, wovor sollten wir uns denn vorsehen? hatte Billy gefragt.

Copperfield hatte gesagt: *Vor allem und jedem. Ich kann es Ihnen auch nicht genau sagen, aber wenn sich dort unten auch nur eine Maus rührt, kommen Sie wieder heraus, so schnell Sie können.*

Was soll man mit so einer Antwort anfangen? Direkt unheimlich konnte einem werden!

Billy wünschte, er hätte die Möglichkeit gehabt, mit Pascalli oder Fodor zu sprechen. Sie hätten ihm erzählt, was mit Harker wirklich passiert war.

Ron Peake erreichte den Fuß der Leiter und sah Billy besorgt an, und der leuchtete mit der Taschenlampe in alle Richtungen, um ihm zu zeigen, daß er keine Angst zu haben brauchte. Ron lächelte verlegen über seine eigene Nervosität und schaltete seine eigene Taschenlampe an.

Von oben wurde ein Stromanschlußkabel durch das offene Einstiegsloch geschoben. Es führte zu den fahrbaren Labors, die direkt in der Nähe abgestellt waren. Ron nahm das Kabel an, und Billy schlurfte geduckt vor ihm her in östlicher Richtung. Die Männer oben auf der Straße führten das Kabel nach.

Der Tunnel kreuzte direkt unter der Skyline Road einen zweiten, und an dieser Kreuzung war ein Verteilerkasten, an den sie das Kabel anschließen sollten. Billy ging vorsichtig weiter, bis er den Verteilerkasten links an der Wand sah. Er schlurfte noch ein Stück weiter, um in den Tunnel unter der Skyline Road zu leuchten und sich davon zu überzeugen, daß dort niemand lauerte. Dieser Tunnel war genauso groß wie der, in dem er jetzt stand, aber er folgte dem Straßenverlauf und fiel nach unten ab.

Als Billy in die graue Röhre des Tunnels hinabsah, fiel ihm ein Horror-Comic ein, das er vor Jahren gelesen hatte. Es ging darin um einen Bankräuber, der bei einem Überfall zwei Menschen erschossen und sich auf der Flucht vor der Polizei in die Kanalisation gerettet hatte. Er hatte einen bergab verlaufenden Tunnel gewählt, weil er angenommen hatte, er würde zum Fluß führen, aber statt dessen hatte er direkt in die Hölle geführt. Genauso sah der Tunnel unter der Skyline Road vor ihm aus; wie eine Straße in die Hölle.

Billy drehte sich um, denn er überlegte sich, daß die Gegenrichtung damit eigentlich wie eine Straße in den Himmel aussehen müßte, aber das war nicht der Fall. Auch bergauf sah es aus wie eine Straße in die Hölle.

Er wendete sich davon ab und ging zu dem Verteilerkasten zurück. Ron Peake war bereits damit beschäftigt. Trotz ihrer sperrigen Schutzanzüge und des engen Raums arbeiteten die beiden mit geschickten Bewegungen und hatten das Kabel bald an das städtische Stromnetz angeschlossen. Das Team hatte zwar seinen eigenen Generator mitgebracht, aber der würde erst eingesetzt werden, wenn die praktischere Verbindung mit dem städtischen Netz zusammenbrechen sollte.

Billy meldete über das Funksprechgerät in seinem Anzug nach oben: »Der Anschluß ist fertig. Eigentlich müßten Sie oben Strom haben.«

Die Antwort kam sofort: »Haben wir auch. Und jetzt kommen Sie so schnell wie möglich wieder herauf!«

»Ja, Sir«, sagte Billy.

Dann hörte er ... etwas. Rascheln. Keuchen. Ron Peake packte Billy an den Schultern und deutete an ihm vorbei in das Tunnel unter der Skyline Road.

Billy fuhr herum, kauerte sich noch niedriger und leuchtete auf die Kreuzung, auf die Peake deutete.

Tiere strömten den Tunnel herab. Dutzende um Dutzende. Hunde, weiße, graue, schwarze, braune, rostrote, goldgelbe Hunde aller Rassen und Größen. Zum größten Teil waren es Mischlinge, aber es waren auch Beagles, Zwergpudel, große Pudel, Schäferhunde, Spaniels, zwei dänische Doggen, zwei Airdales, ein Schnauzer und ein Paar Dobermanns darunter. Auch Katzen waren da. Große, kleine, schwarze, weiße, gescheckte und gestreifte von allen Rassen. Keiner von den Hunden bellte, und keine von den Katzen miaute oder fauchte. Die einzigen Geräusche, die sie verursachten, war ihr leises Keuchen und das Scharren ihrer Krallen auf dem Beton. Die Tiere rannten mit einer seltsamen Konzentration durch den Tunnel, und keines von ihnen warf auch nur einen Blick zu der Kreuzung herüber, wo Billy und Ron Peake standen.

»Was machen die denn hier?« wollte Billy wissen. »Wie sind sie bloß hereingekommen?«

Copperfield meldete sich von oben von der Straße: »Was ist da unten los, Velaszquez?« Billy aber war von der Prozession von Tieren so verblüfft, daß er nicht sofort Anwort gab.

Nun tauchten noch andere Tiere zwischen den Hunden und Katzen auf. Eichhörnchen rannten mit, Hasen, ein grauer Fuchs, jetzt wieder Hasen, weitere Füchse, Skunks, Waschbären, Opossums, Dachse, Mäuse, Hamster und Coyoten. Alle rannten weiter, ohne einen Blick zur Seite zu werfen, rannten schnurstracks in die Hölle hinunter, schwärmten übereinander, stolperten aber nie, zögerten nicht oder schnappten nacheinander. Die merkwürdige Parade war so schnell, ununterbrochen und harmonisch wie fließendes Wasser.

»Velaszquez! Peake! Melden Sie sich!«

»Tiere«, sagte Billy dem General. »Hunde, Katzen, Waschbären, alle möglichen Tiere. Ein ganzer Strom!«

»Sir, sie rennen unter der Skyline Road direkt an unserem Tunnel vorbei«, meldete Ron Peake.

»Unter der Erde«, sagte Billy verwundert. »Es ist verrückt.«

»Rückzug, verdammt noch mal!« sagte Copperfield eindringlich. »Macht daß ihr da rauskommt, aber sofort! *Sofort!*«

Billy dachte an die Warnung, die der General ausgesprochen hatte, bevor sie in den Kanalschacht hinuntergestiegen waren: »*Wenn sich da unten auch nur eine Maus rührt, kommen Sie wieder heraus, so schnell Sie können.*«

Am Anfang war die unterirdische Tierparade verblüffend, aber nicht besonders bedrohlich gewesen. Nun war das bizarre Schauspiel plötzlich unheimlich, ja, beängstigend geworden.

Nun mischten sich auch Schlangen zwischen die Tiere. Lange schwarze Kletternattern, die ihre Köpfe vierzig oder fünfzig Zentimeter über den Boden hoben, kürzere, aber ebenso schnelle Klapperschlangen, die mit geheimnisvoller Zielstrebigkeit einem mysteriösen Ziel entgegenkrochen.

Obwohl sie sich genauso wenig um die beiden Männer kümmerten wie die anderen Tiere, reichte ihr Erscheinen aus, um Billy, der Schlangen haßte, aus seiner Trance herauszureißen. Er drehte sich um, stieß Peake in die Seite und rief: »Los, Mann, los! Raus hier! Lauf!«

Irgend etwas kreischte-schrie-brüllte.

Billys Herz klopfte wie ein Vorschlaghammer. Das Geräusch kam von der Skyline Road, aus der Straße zur Hölle. Billy traute sich nicht, sich umzusehen.

Es war weder ein menschlicher Schrei, noch der Schrei eines Tiers, aber ohne Zweifel war es der Schrei eines lebenden Wesens. Die Emotionen, die dahinter standen, waren unverwechselbar: rasende Wut, Haß, gieriger Blutdurst.

Glücklicherweise schien der bösartige Schrei noch von weither zu kommen, von weiter oben, aber er kam schnell immer näher.

Ron Peake hastete auf die Leiter zu, und Billy kam direkt hinter ihm her. Ihre Schutzanzüge hielten sie auf, so daß sie nicht schnell vorwärtskamen, obwohl sie nicht weit hatten.

Das Ding in dem Tunnel schrie wieder. Näher.

Wäre Billy ein frommer Mann gewesen und hätte regelmäßig die Kirche besucht, so hätte er vielleicht gewußt, wer einen solchen Schrei ausstoßen könnte.

Der nun schnell immer näher kam.

Billy war aber Katholik, und der moderne Katholizismus legt nicht mehr so großen Wert auf die Qualen der Hölle und ihre Bewohner, sondern beschäftigt sich mehr mit der unendlichen Gnade und Güte Gottes. Die radikalen Protestanten sahen die Hand des Teufels in allem vom Fernsehen bis zum verschlußlosen BH, und sie hätten sofort übernatürliche, satanische Kräfte mit diesem markerschütternden Schrei in Verbindung gebracht. Billy aber wußte nur, daß dieses brüllende Wesen, das da aus den Tiefen der Erde näherkam, böse war. Sehr böse.

Und es kam näher. Viel näher.

Ron Peake erreichte die Leiter, begann, hochzuklettern, ließ seine Taschenlampe fallen und machte sich nicht die Mühe, sie zu holen. Er war zu langsam, und Billy rief von unten: »Mach doch zu, du Penner!«

Peake kletterte hastig die Leiter hoch. Seine Taschenlampe leuchtete in den Tunnel hinter ihnen, aber Billy sah sich nicht um. Er starrte unverwandt nach oben ins Tageslicht. Wenn er sich jetzt umschaute und etwas Entsetzliches sah, dann würde ihn seine Kraft verlassen, und er könnte nicht weiterfliehen, und das Ding würde ihn erwischen. Mein Gott, es würde ihn erwischen.

Der Beton vibrierte wie unter dem Schritt schwerer, aber blitzschneller Füße. *Schau nicht hin, schau nicht hin!*

Billy packte die seitliche Verstrebung der Leiter und kletterte hinter Peake die Leiter hoch, so schnell der ihm das erlaubte. Nun hatte Peake das Einstiegsloch erreicht und stieg auf die Straße hinauf. Billy war die Leiter halb hochgestiegen. Er würde es schaffen. Auf jeden Fall würde er es schaffen.

Sein Schutzanzug kam ihm schwerer vor als je zuvor. Er war eine Rüstung, wog eine Tonne und zog ihn nach unten. Noch eine Stufe.

Er streckte seinen Kopf durch das Einstiegsloch. Copperfield selbst streckte eine Hand aus, um ihm herauszuhelfen.

Das Schreien hinter Billy hörte auf.

Er stieg noch eine Sprosse höher, ließ mit einer Hand die Leiter los, um die ausgestreckte Hand des Generals zu ergreifen — aber plötzlich packte ihn etwas von unten an den Beinen, bevor er die Hand erwischen konnte.

»Nein!«

Irgend etwas packte ihn, riß seine Füße von der Leiter und zerrte ihn nach unten. Schreiend — seltsamerweise hörte er sich selbst nach seiner Mutter schreien — rutschte Billy nach unten, schlug mit seinem Helm gegen die Wand und dann gegen die Leiter, verlor dabei fast das Bewußtsein, versuchte verzweifelt, eine Sprosse der Leiter zu packen, schaffte es aber nicht, bis er schließlich in den machtvollen Griff eines unaussprechlichen Wesens fiel, das ihn zurück in Richtung Skyline Road zu zerren begann. Er wand sich, trat aus, schlug mit seinen Fäusten um sich, aber all das nutzte ihm nichts. Er wurde gnadenlos weiter in die Kanalisation hineingezerrt.

Im Licht der heruntergefallenen Taschenlampe konnte er etwas von dem Wesen sehen, das ihn gepackt hatte. Nicht viel, aber was er sah, reichte aus, um ihm die Kontrolle über seine Blase und seinen Schließmuskel verlieren zu lassen. Es war wie eine Eidechse, aber doch keine Eidechse, wie ein Insekt, aber doch kein Insekt. Es zischte und miaute und knurrte und schnappte nach seinem Schutzanzug, während es ihn weiterschleifte. Es hatte ein ungeheures Maul und Zähne — allmächtiger Gott, die Zähne! Eine Doppelreihe von rasiermesserscharfen Dornen. Es hatte Klauen und es war riesig, und es hatte rauchige, rote Augen mit schrägstehenden Pupillen, und es hatte Schuppen statt Haut, und über den Augen hatte es zwei nadelspitze Hörner, und statt der Nase hatte es eine Schnauze. Zwischen diesen tödlichen Fängen zuckte eine gespaltene Zunge hervor und züngelte wie bei einer Schlange.

Billy versuchte verzweifelt, sich festzuhalten, riß sich dabei aber nur die Handschuhe auf. Als er die kühle Luft an seinen Händen spürte, überlegte er sich, daß er jetzt wohl verseucht war, aber das spielte nun keine Rolle mehr.

Es zerrte ihn immer weiter in die Dunkelheit. Mit einem Mal hielt es an, hielt ihn fest und riß seinen Schutzanzug auf. Es hämmerte auf seiner Sichtscheibe herum und riß daran, als sei es gierig auf eine wohlschmeckende Nuß in einer harten Schale.

Es hatte nun den größten Teil seines Schutzanzugs heruntergerissen und drängte sich kalt und widerlich glatt an ihn. Es schien zu pulsieren und sich irgendwie zu *verändern*, als es ihn berührte. Billy schnappte nach Luft und weinte laut, und plötzlich fiel ihm eine Illustration in einem alten Katechismus ein. Das Bild eines Dämons. Genauso sah es aus, ganz genau. Die Hörner, die dunkle, gespaltene Zunge, die roten Augen. Ein Dämon, der aus der Hölle aufgestiegen war. Nein, das war doch verrückt, das konnte nicht sein! Während ihm diese Gedanken durch den Kopf rasten, riß ihm die Kreatur den Helm herunter, schob seine Schnauze in sein Gesicht und schnüffelte. Er fühlte, wie die Zunge um seinen Mund und seine Nase spielte. Er bemerkte einen vagen, aber unangenehmen Geruch, wie er ihm bisher noch nie begegnet war. Die Kreatur senkte den Kopf zu seinem Bauch herab, und dann spürte er, wie sich ein seltsames und grauenhaft schmerzhaftes Feuer in ihn hineinfraß; das Feuer einer Säure. Er bäumte sich verzweifelt auf, aber das nützte ihm nichts. Billy hörte sich selbst, wie er in seinem Entsetzen und seinem Schmerz laut schrie: »Es ist der Teufel! Es ist der Teufel!« und erst dann wurde ihm bewußt, daß er ununterbrochen Worte vor sich hingeschrien hatte, seit er von der Leiter herabgezerrt worden war. Nun fraß sich das flammende Feuer in ihn hinein und brannte seine Lungen zu Asche und löste seine Stimmbänder auf und er konnte nichts mehr sagen.

Seine Frage war ihm beantwortet worden.

Er wußte, was mit Sergeant Harker passiert war.

Galen Copperfield war ein Freund der freien Natur und wußte eine Menge über die Tierwelt Nordamerikas. Eines der Tiere, die er am interessantesten fand, war die Falltür-Spinne. Sie baute sich eine tiefe, runde Grube im Boden und verschloß sie mit einer Falltür an einer Angel. Diese Falltür war perfekt dem Rest des Bodens angepaßt, und wenn andere Insekten ahnungslos darüberliefen, wurden sie abrupt in die Grube herabgezerrt und verschlungen. Es war erschreckend und faszinierend, wie schnell das geschah. Im einen Augenblick stand das Opfer noch auf der Falltür, und im nächsten war es verschwunden, als sei es nie dagewesen.

Corporal Velaszquez war so plötzlich verschwunden, als sei er auf eine solche Falltür getreten.

Verschwunden.

Copperfields Leute waren schon wegen Harkers Verschwinden nervös gewesen, und das unheimliche Geheul, das aufgehört hatte, kurz bevor Velaszquez heruntergezerrt worden war, hatte ihnen Angst gemacht. Als der Corporal geholt wurde, waren sie alle zurück über die Straße gestolpert, weil sie fürchteten, etwas würde sich aus der Kanalisation auf sie stürzen.

Copperfield, der gerade nach Velaszquez greifen wollte, als *es* ihn holte, sprang zurück und blieb dann unentschlossen stehen. Das sah ihm nicht ähnlich. Er hatte bisher in einer Krise noch nie Unentschlossenheit gezeigt.

Er entschloß sich, niemand hinter Velaszquez herzuschikken, weil das zweifellos Selbstmord gewesen wäre. Aber diese entsetzlichen Schreie!

Zwischen den Schreien waren einzelne Worte zu hören. Der Corporal machte den verzweifelten Versuch, denen über der Erde — und vielleicht sich selbst — mitzuteilen, was er sah.

»... Eidechse ...«

»... Käfer ...«

»Drache ... prähistorisches ...«

»... Dämon ...«

Und ganz zum Schluß, mit all den Schmerzen und der seelischen Not in der Stimme: »Es ist der Teufel! Es ist der Teufel!«

Danach kam nur noch Stille, und Copperfield schob den Kanaldeckel wieder auf die Öffnung. Wegen des Stromkabels schloß er nicht mehr ganz dicht, aber das Loch war abgedeckt. Der General postierte zwei Mann auf den Bürgersteig daneben und wies sie an, auf alles zu schießen, was herauskam.

Da Harker seine Schußwaffe nichts genutzt hatte, stellte Copperfield mit einigen anderen Leuten Molotov-Cocktails her. Sie holten sich leere Flaschen aus dem Getränke-Laden, füllten zuerst Seifenpulver und dann Benzin hinein, und dann verschlossen sie sie mit zusammengedrehten Lappen.

Ob Feuer helfen würde, wo alles andere versagt hatte?

Was war Harker und Velaszquez geschehen?

Was wird mit mir geschehen? fragte sich Copperfield.

Das erste der beiden fahrbaren Labors hatte mehr als drei Millionen Dollar gekostet, aber es war jeden Penny davon wert.

Das Labor war ein Wunder der Miniaturisierungskunst. Allein der Computer, der nicht größer als zwei Koffer war, konnte komplizierte medizinische Analysen durchführen und war höher entwickelt als die meisten Computer in den Pathologie-Labors der größeren Universitätskliniken. Auch die diagnostische Ausrüstung mit ihren Zentrifugen, ihrem Elektronen-Mikroskop und einer Gefrieranlage stand solchen Labors nicht nach.

Im Augenblick lag auf dem zusammenklappbaren Seziertisch hinter der Fahrerkabine die Leiche von Gary Wechlas, des Toten vor dem Kühlschrank. Seine blaue Pyjama-Hose war weggeschnitten und für eine spätere Untersuchung zur Seite gelegt worden.

Dr. Seth Goldstein, einer der drei führenden forensischen Mediziner der Westküste, würde die Autopsie durchführen. Er stand mit Dr. Daryl Roberts auf einer Seite des Tisches, und Copperfield stand auf der anderen. Über ihnen nahm eine Video-Kamera die gesamte Prozedur auf.

Goldstein begann zunächst mit einer detaillierten Beschreibung der Leiche, was, wie bei einer normalen Autopsie auch, auf Band aufgenommen wurde. Er konnte keine äußere Verletzung an der Leiche finden.

Er zögerte kurz, da er nicht recht wußte, wo er anfangen sollte. Unter normalen Umständen hatte er schon vor Beginn der Autopsie eine recht genaue Vorstellung von der Todesursache. War der Verstorbene einer Krankheit erlegen, so hatte er gewöhnlich das Krankenblatt des Hospitals zur Hand. War ein Unfall die Todesursache, waren sichtbare Verletzungen da. Hier aber gab der Zustand der Leiche mehr Anlaß zu Fragen, als er beantwortete.

Als spürte er die Gedanken des Arztes, sagte Copperfield: »Sie müssen einfach etwas herausbekommen, Doktor. Sehr wahrscheinlich hängt unser Leben davon ab.«

Viele von den diagnostischen Geräten in dem ersten Wohnwagen waren in dem zweiten auch vorhanden. Er hatte keinen Seziertisch, dafür aber drei Computerausgänge statt zwei, sowie verschiedene andere Geräte, die in dem ersten Wohnwagen nicht vorhanden waren.

Dr. Enrico Valdez arbeitete zusammen mit Houk und Niven am Computer an der Analyse der verschiedenen Proben, die sie aus Geschäften und Privathäusern an der Skyline Road entnommen hatten. Sie suchten nach Spuren von Nervengas oder anderer chemischer Substanzen, hatten aber bisher überhaupt noch nichts Außergewöhnliches gefunden.

Dr. Valdez glaubte inzwischen auch nicht mehr, daß sich ein Nervengas oder eine Krankheit als verantwortlich erweisen würde. Langsam kam ihm der Verdacht, daß die Angelegenheit hier in Isleys und Arkhams Zuständigkeitsbereich fallen könnte. Sie waren die beiden, die keine Namensschilder auf ihren Schutzanzügen trugen. Als Dr. Valdez ihnen in Sacramento vorgestellt worden war und erfahren hatte, was ihr Forschungsgebiet war, hätte er fast gelacht. Er hatte es im Stillen für eine Verschwendung von Steuergeldern gehalten, aber jetzt war er nicht mehr so sicher.

Auch Dr. Sara Yamaguchi war in dem zweiten Wohnwagen beschäftigt.

Sie präparierte Bakterien-Kulturen. Mit einer Blutprobe vom Körper von Gary Wechlas infizierte sie methodisch eine Reihe von verschiedenen Nährlösungen, in denen Bakterien gewöhnlich gedeihen.

Sara Yamaguchi war eine Genetikerin, die seit elf Jahren in der DNS-Forschung arbeitete. Falls es sich herausstellen sollte, daß ein von Menschen hergestellter Mikroorganismus für die Zustände in Snowfield verantwortlich war, würde sie eine zentrale Rolle bei der Untersuchung spielen.

Wie Dr. Valdez hatte sie sich schon überlegt, ob Isley und Arkham möglicherweise wichtiger werden könnten, als sie gedacht hatte. Noch am Morgen war ihr das Sachgebiet der beiden so exotisch vorgekommen wie Voodoo, aber nach den Ereignissen seit ihrer Ankunft in Snowfield waren ihre Überzeugungen ins Wanken geraten.

Dr. Wilson Bettenby, der Leiter der zivilen Wissenschaftler-Abteilung der B-und C-Waffen-Abwehreinheit für die Westküste, saß zwei Sitze neben Dr. Valdez an einem Computerausgang.

Er führte mit verschiedenen Wasserproben Analyse-Programme durch. Die Proben wurden in einen Prozessor geschoben, der das Wasser destillierte, das Destillat speicherte und mit den herausgefilterten Substanzen spektrogra-

phische Analysen und andere Tests durchführte. Er suchte
nicht nach Mikroorganismen; dafür wäre eine andere Prozedur nötig gewesen. Diese Maschine identifizierte und quan-
tifizierte nur alle Mineralien und chemischen Elemente in
dem Wasser.

Mit einer Ausnahme waren die Proben aus verschiedenen
Wasserhähnen in Küchen und Bädern an der Vale Lane entnommen worden. Sie enthielten keine gefährlichen chemischen Substanzen.

Eine Wasserprobe war am Vorabend von Deputy Autry
vom Küchenboden in der Wohnung in der Vale Lane entnommen worden. Nach den Angaben von Sheriff Hammond waren in verschiedenen Häusern Wasserpfützen und
nasse Teppichböden gefunden worden, aber die waren im
Verlauf der Nacht verdunstet beziehungsweise mehr oder
weniger ausgetrocknet, so daß man hier keine Probe mehr
entnehmen konnte.

Er schob die von dem Deputy genommene Probe in den
Prozessor.

Nach wenigen Minuten lieferte der Computer die Analyse. Das Wasser enthielt außer seinen beiden Bestandteilen
Wasserstoff und Sauerstoff keinerlei Elemente oder Chemikalien irgendwelcher Art, war also chemisch rein. Autrys
Probe konnte nicht aus der städtischen Wasserversorgung
stammen, denn es enthielt weder Chlor noch Fluor, und aus
einer Flasche konnte es auch nicht kommen, denn dann hätte es Spurenelemente enthalten. Selbst wenn in der Küche
eine Wasserbereinigungsanlage eingebaut gewesen wäre,
hätten sich noch Spuren von Mineralien nachweisen lassen
müssen. Autrys Probe war reinstes, laborgeeignetes, destil-
liertes und mehrfach gefiltertes Wasser.

Wie kam das auf den Küchenboden?

War die Lache in dem Getränkeladen auch solches Wasser?

Woher hatte jemand so reines Wasser in solchen Mengen?
Merkwürdig.

Jenny, Bryce und Lisa saßen an einem Ecktisch in dem Speiseraum des Hilltop Inn. Major Isley und Captain Arkham,

die beiden, die keine Namen auf den Helmen trugen, saßen ihnen gegenüber. Sie hatten ihnen erzählt, was mit Corporal Velaszquez passiert war, und sie hatten ein Tonbandgerät mitgebracht, das nun vor ihnen auf dem Tisch stand.

»Ich vermag immer noch nicht einzusehen, warum das nicht noch warten kann«, sagte Bryce.

»Es dauert nicht lange«, sagte Major Isley.

»Wir haben eine Menge Arbeit vor uns«, sagte Bryce. »Wir müssen alle Häuser durchsuchen, und wir können nur bei Tageslicht arbeiten. Nachts schicke ich niemanden mehr los.«

Major Isley sagte: »Nur ein paar Fragen.«

Arkham schaltete das Tonbandgerät ein.

»Fangen wir mit Ihnen an, Sheriff«, sagte Major Isley. »Haben Sie in den letzten 48 Stunden vor diesen Ereignissen irgendwelche Berichte über Stromausfälle oder Störungen im Telefonnetz erhalten?«

»Soviel ich weiß, nicht«, sagte Bryce.

»Haben Sie Berichte über irgendwelche Explosionen oder andere Laute und unerklärliche Geräusche erhalten?«

»Nein. Nichts dergleichen.«

Jenny fragte sich, was all diese Fragen sollten.

Isley zögerte und sagte: »Irgendwelche Berichte über ungewöhnliche Flugzeuge in der Gegend?«

»Nein.«

Lisa mischte sich ein. »Sie beide gehören doch regulär nicht zu General Copperfields Team, oder? Deshalb haben Sie keine Namensschilder auf den Helmen.«

Bryce sagte: »Außerdem passen Ihre Schutzanzüge nicht so genau wie bei den anderen.«

»Sehr aufmerksam von Ihnen«, sagte Isley. »Wir wollten es Ihnen nicht gleich sagen, wonach wir suchen, weil wir dann wahrscheinlich ehrlichere Antworten bekommen würden. Wir kommen von der Air Force und gehören zum Projekt *Skywatch*. Das ist zwar keine geheime Organisation, aber wir bemühen uns, nicht zu sehr an die Öffentlichkeit zu treten.«

»*Skywatch*? Sie beobachten den Himmel?« Lisa strahlte förmlich. »Reden Sie von UFOs? Fliegende Untertassen?«

Jenny sah, wie Isley bei den letzten Worten leicht zusammenzuckte. »Wir fahren nicht in der Gegend herum und überprüfen jeden Spinner, der kleine, grüne Männchen vom Mars gesehen hat«, sagte er. »Erstens einmal fehlen uns dafür die Mittel. Unsere Aufgabe ist es, die wissenschaftlichen, sozialen und militärischen Aspekte einer ersten Begegnung der Menschheit mit außerirdischen Intelligenzen zu planen. Eigentlich sind wir nicht mehr als ein Planungsstab.«

Bryce schüttelte den Kopf. »Hier in der Gegend hat keiner irgendwelche fliegenden Untertassen gemeldet.«

»Genau das ist es, was Major Isley gemeint hat«, sagte Arkham. »Nach unseren Überlegungen könnte eine solche Begegnung so bizarr beginnen, daß wir sie gar nicht als solche erkennen. Wir gehen allgemein von der Vorstellung aus, daß ein Raumschiff vom Himmel herunterkommt, aber so muß es ja nicht unbedingt sein. Wenn wir vielleicht auf *wirklich* fremde Intelligenzen stoßen, könnte sich ihr Konzept von einem Raumschiff so von unserem unterscheiden, daß wir ihr Fahrzeug gar nicht als Raumschiff erkennen. Wir untersuchen deshalb auch solche merkwürdigen Phänomene, die auf den ersten Blick nichts mit einem UFO zu tun zu haben scheinen. Wir haben zum Beispiel im letzten Frühjahr in Vermont einen extrem aktiven Poltergeist überprüft —«

»Ist denn ein Poltergeist nicht eine übernatürliche Erscheinung?« fragte Bryce. »Was kann denn ein Geist mit Ihrem Interessengebiet zu tun haben?«

»Nichts«, sagte Isley. »Wir glauben nicht an Geister. Wir dachten aber, es könnte sich da um einen fehlgeschlagenen telepathischen Kommunikationsversuch handeln.«

»Und welche Entscheidung haben Sie dann über diesen Poltergeist in Vermont getroffen?« fragte Jenny.

»Entscheidung? Gar keine. Wir fanden das bloß ... interessant.«

Jenny sah zu Lisa und bemerkte, daß sie ihre Augen weit geöffnet hatte. Monster aus dem Weltraum, das war eine Bedrohung, auf die sie durch Filme und Bücher und Fernsehen gründlich vorbereitet war. Die Morde in Snowfield wurden dadurch nicht weniger schrecklich, aber zumindest war es eine *bekannte* Bedrohung, und die war dem Unbekannten weit vorzuziehen. Jenny bezweifelte es zwar sehr, daß das hier der erste Kontakt der Menschheit mit Wesen von anderen Sternen war, aber Lisa schien nur zu gern bereit, daran zu glauben.

»Und was ist mit Snowfield?« fragte das Mädchen. »Steckt so etwas dahinter? Ist hier etwas von — von dort oben gelandet?«

Arkham sah Isley beunruhigt an. Isley räusperte sich, was durch den Lautsprecher auf seiner Brust mechanisch und rauh klang. »Äh, es ist noch viel zu früh, um darüber ein Urteil abgeben zu können. Wir halten es jedoch für möglich, daß es bei einem solchen ersten Kontakt zu einer unerklärlichen Verseuchung kommen könnte. Deshalb wurden wir auch von General Copperfield sofort über den unerklärlichen Ausbruch einer unbekannten Krankheit informiert, und deshalb sind wir hier.«

»Wenn das hier aber tatsächlich ein außerirdisches Wesen ist«, sagte Bryce, der das offensichtlich nicht zu glauben schien, »dann kommt es mir für ein Wesen mit ›überlegener‹ Intelligenz aber verdammt brutal vor.«

»Das hatte ich mir auch schon überlegt«, sagte Jenny.

Isley zog die Augenbrauen hoch. »Es gibt keinerlei Garantie dafür, daß ein Wesen von überlegener Intelligenz pazifistisch und wohlwollend ist. Das ist ein weit verbreitetes Vorurteil, muß aber keineswegs so sein. Die Menschen sind schließlich erheblich weiter entwickelt als die Gorillas, aber trotzdem sind wir als Spezies weit aggressiver.«

»Vielleicht werden wir eines Tages eine wohlwollende außerirdische Rasse kennenlernen, die in vollständiger Harmonie mit den Artgenossen und anderen Rassen lebt und uns beibringen wird, wie wir in Frieden leben können«, sagte Arkham. »Vielleicht wird sie uns das Wissen und die Technologie schenken, mit der wir unsere Probleme hier auf der Erde lösen und die Sterne erreichen können.«

»Vielleicht. Wir können die Alternative aber nicht ausschließen«, sagte Arkham grimmig.

26

London, England

Als es in Snowfield Montag Vormittag elf Uhr war, war es in London sieben Uhr abends.

Ein trüber, verregneter Tag war in einen trüben, verregneten Abend gemündet. Professor Timothy Flyte stand in seinem kleinen Zwei-Zimmer-Apartment in der winzigen Küche und machte sich ein Sandwich. Nach dem üppigen Sektfrühstück auf Burt Sandlers Kosten hatte er das Mittagessen ausgelassen.

Er hatte heute zwei Stunden gegeben, eine in Hieroglyphen-Analyse und eine in Latein. Nach dem schweren Frühstück war er in beiden fast eingeschlafen, aber damit hatten sich seine Schüler bei den niedrigen Preisen, die sie bezahlten, eben abfinden müssen.

Während er eine dünne Scheibe gekochten Schinken und eine Scheibe Käse auf das mit Senf beschmierte Brot legte, hörte er draußen im Gang das Telefon klingeln. Er glaubte nicht, daß es für ihn war, denn er bekam nur wenig Anrufe.

Sekunden später klopfte es jedoch an seine Tür, und der junge Inder, der nebenan wohnte, rief ihn ans Telefon und sagte, ein gewisser Sandler rufe ihn an.

Sandler? Burt Sandler?

Im Verlauf des Frühstücks waren sie übereingekommen, daß er eine völlig neue, popularisierte Version von *Der Alte Feind* schreiben solle. Er hatte solche Angebote in der Vergangenheit zwar schon mehrfach abgelehnt, aber nun hatte ihn seine jahrelange Geldknappheit seine Prinzipien vergessen lassen. Sandler hatte sich zu einer Vorauszahlung von 15 000 Dollar bereiterklärt, was an ein Wunder grenzte. Während der Professor die schmale Treppe zum Telefon hinunterging, kam ihm der Verdacht, Sandler hätte es sich vielleicht anders überlegt. Sein Herz begann fast schmerzhaft heftig zu klopfen.

Flyte nahm den Hörer auf. »Hallo?«

»Mein Gott, haben Sie die Abendzeitung nicht gelesen?« fragte Sandler mit schriller, fast hysterischer Stimme.

Flyte fragte sich, ob Sandler vielleicht betrunken war. Was sollte die Frage denn?

Bevor der Professor antworten konnte, sprach Sandler aufgeregt weiter: »Ich glaube, es ist passiert. Es ist tatsächlich passiert, Dr. Flyte. Es steht in der Zeitung. Sie meldet zwar noch nicht viele Details, aber es sieht ganz danach aus.«

Professor Flyte verlor langsam die Geduld. »Wenn Sie vielleicht etwas genauer werden könnten, Mr. Sandler?«

»Der Alte Feind, Dr. Flyte. Eines von diesen Wesen hat wieder zugeschlagen. Gestern in einer Stadt in Kalifornien. Die meisten Bewohner sind spurlos verschwunden, einige sind tot. Eine ganze Stadt. Verschwunden.«

»Gott sei ihnen gnädig«, sagte Flyte. Er war sprachlos. Neben dem Telefon stand ein Stuhl. Plötzlich brauchte er ihn.

»Ich habe einen Freund bei Associated Press hier in London, und er hat mir einige Details erzählt, die noch nicht in den Zeitungen stehen«, sagte Sandler. »Anscheinend hat eines der Opfer Ihr Buch gelesen. Als der Angriff kam, hat er sich in sein Bad eingeschlossen. Es hat ihn zwar trotzdem erwischt, aber vorher hat er noch Ihren Namen und den Titel Ihres Buches auf den Badezimmerspiegel geschrieben. Die Leute in Kalifornien haben keine Ahnung, was passiert ist. Sie wissen nicht einmal, daß *Der Alte Feind* ein Buchtitel ist und halten es möglicherweise für biologische oder chemische Kriegsführung. Los, im Auto erzähle ich weiter.«

»Auto?« fragte Flyte.

»Ich hole Sie gleich mit einem Auto ab. Sie haben doch wohl einen Reisepaß?«

»Äh, ja, aber —«

»Wir fliegen nach Kalifornien. Ich habe schon einen Platz in der Maschine heute abend für Sie reservieren lassen.«

»Aber das kann ich mir doch gar nicht leisten —«

»Das bezahlt der Verlag, machen Sie sich da keine Sorgen. Sie schreiben jetzt nicht mehr eine Neufassung von *Der Alte Feind*, sondern einen sachkundigen, fundierten Bericht über die Ereignisse in Kalifornien. Verstehen Sie? Tolle Idee, was?«

»Halten Sie das denn für richtig?« fragte Flyte besorgt. »Würde das nicht so aussehen, als wollte ich aus einer schrecklichen Tragödie Kapital schlagen?«

Sandler reagierte mit einer gewissen Ungeduld auf die Bedenken des Professors. »Na ja, das mag ja sein. Über den Aspekt habe ich noch nicht nachgedacht, aber wenn Sie mit Ihrer Sachkenntnis das Buch nicht schreiben, macht es jemand anders, der dann bestimmt Ihre Theorien verzerrt wiedergibt. Nein, nein, das müssen Sie schon machen.«

»Meinen Sie wirklich ...«

»Aber sicher. Packen Sie Ihren Koffer. In einer halben Stunde bin ich bei Ihnen.«

Während das Taxi mit halsbrecherischer Geschwindigkeit zum Flughafen raste, gab Sandler noch die letzten Anweisungen. »In New York legen Sie einen kurzen Aufenthalt ein. Sie werden von einem unserer Leute abgeholt, aber die Pressekonferenz halten wir erst in San Francisco ab.«

»Könnte ich nicht in aller Stille nach Santa Mira fliegen und mich dort mit den Behörden in Verbindung setzen?« fragte Flyte unglücklich.

Diese Idee entsetzte Sandler offensichtlich. »Nein, nein, ausgeschlossen. Die Pressekonferenz brauchen wir unbedingt. Sie sind schließlich der einzige, der die Antwort weiß, Dr. Flyte, und das müssen wir allen klarmachen. Wir müssen die Werbetrommel für Ihr nächstes Buch rühren, bevor sich Norman Mailer die Sache unter den Nagel reißt.«

»Ich habe mit dem Buch doch noch nicht einmal angefangen.«

»Mein Gott, wem sagen Sie das! Und bis wir es herausbringen, werden wir uns vor Vorbestellungen nicht retten können!«

Das Taxi raste mit quietschenden Reifen um die Ecke.

»Ein Agent von uns holt Sie in San Francisco vom Flughafen ab«, sagte Sandler weiter. »Irgendwie müssen wir Sie von da nach Santa Mira schaffen. Vielleicht am besten mit einem Hubschrauber.«

»Hubschrauber?« fragte Flyte erstaunt zurück.

Das Taxi sauste durch eine Pfütze und schleuderte eine Fontäne in die Luft.

Burt Sandler, der seit Beginn der Fahrt ununterbrochen geredet hatte, war noch immer nicht fertig. »Eines noch: Bei der Pressekonferenz müssen Sie auch von den Fällen erzählen, von denen Sie mir auch berichtet haben. Vor allem aber müssen Sie ihnen Fälle auftischen, die in den Vereinigten Staaten passiert sind — auch wenn es schon vor der Gründung der Vereinigten Staaten war. Ist nicht die erste englische Kolonie in Amerika spurlos verschwunden?«

»Doch, die Kolonie auf der Roanoke-Insel. Als 1590 eine britische Expedition unter Führung von Sir Walter Raleigh zu der Kolonie zurückkam, waren die Siedler ohne Ausnahme verschwunden. 120 Menschen sind spurlos verschwunden. Über ihr Schicksal gibt es zahllose Theorien, aber nach der populärsten sind sie den Croatoanern zum Opfer gefallen, denn der Name dieses Stammes war von den Kolonisten hastig in einen Baum geschnitten worden. Die Croatoaner aber wußten angeblich nichts von den Siedlern, und sie waren ein sehr friedlicher Stamm. Außerdem fanden sich in der Siedlung keinerlei Anzeichen von Gewaltanwendung, und es sind weder Leichen noch irgendwelche Knochen gefunden worden. Gräber auch nicht. Wie Sie sehen, wirft also die am meisten akzeptierte Theorie mehr Fragen auf, als sie beantwortet.

Nach meiner Theorie nun haben die Siedler den Namen dieses Indianerstammes deshalb in den Baum geschnitten, weil seine Angehörigen wußten, was mit den Siedlern geschehen ist. Nach Berichten von britischen Forschern, die mit Croatoanern gesprochen haben, hatten die tatsächlich eine Vorstellung davon, was passiert war, oder sie glaubten es zumindest. Nach Berichten dieser Indianer sind gleichzeitig mit den Siedlern auch große Mengen von Tieren aus der Wildnis verschwunden, in denen sie jagten. Die Indianer brachten das mit übernatürlichen Wesen in Verbindung, vor denen sie eine ungeheure abergläubische Angst hatten. Die Weißen interessierten sich leider damals nicht für die indianischen Religionen und haben deshalb nicht mehr in dieser Richtung weitergefragt. Ich habe mich aber selbst mit den religiösen Überzeugungen der Croatoaner befaßt — was übrigens nicht leicht war, weil dieser Stamm schon sehr lange ausgestorben ist —, und es hat sich herausgestellt, daß sie unter anderem an einen bösen Geist geglaubt haben, der der Ursprung von allem Bösen ist und den man vielleicht mit dem christlichen Satan vergleichen könnte. Den indianischen Namen dieses Geistes weiß ich nicht mehr, aber grob übersetzt lautete er: ›Er, der alles sein kann, aber nichts ist.‹«

»Mein Gott«, sagte Sandler. »Das paßt doch genau auf den Alten Feind.«

»Manchmal verstecken sich hinter religiösen Überzeugungen auch Wahrheiten. Die Croatoaner glaubten, die Siedler seien von diesem Wesen geholt worden. Man kann also nicht mit Bestimmtheit sagen, ob der Alte Feind diese Siedler geholt hat oder nicht, aber meiner Ansicht nach sprechen genug Indizien für die Möglichkeit, um sie ernsthaft in Erwägung ziehen zu können.«

»Fantastisch!« sagte Sandler. »Genau so müssen Sie das den Reportern bei der Pressekonferenz erzählen!«

Das Taxi bremste quietschend vor dem Flughafengebäude ab. Sandler drückte dem Fahrer einige Fünf-Pfund-Noten in die Hand und sagte: »Dr. Flyte, jetzt müssen wir Sie aber in das Flugzeug schaffen.«

Von seinem Fensterplatz aus sah Timothy Flyte die Lichter der Stadt unter sich verschwinden. Das Flugzeug stieg nach oben, durchstieß die Wolkendecke, und bald war die Nacht von dem unheimlichen Licht des Mondes erfüllt, das von den unruhigen Wolken reflektiert wurde.

Als das Warnsignal erlosch, löste Flyte seinen Gurt, konnte sich aber noch nicht entspannen. Seine Gedanken rasten.

Als die Stewardeß mit dem Getränkewagen kam, bat er sie um einen Scotch.

Die Spannung, die ihn gepackt hatte, war nicht unangenehm. Nur zu gern begann er eine neue Phase seiner Existenz. Er riskierte es zwar, wegen seiner Theorien wieder verspottet und ausgelacht zu werden, aber vielleicht konnte er sie ja auch beweisen. Er leerte seinen Scotch, und als die Stewardeß wieder vorbeikam, bestellte er noch einen, nippte langsam daran und entspannte sich.

27

Flucht

Durch das vergitterte Fenster seiner Arrestzelle hatte Fletcher Kale einen guten Blick auf die Straße. Er sah den ganzen Morgen die Reporter ankommen. Es mußte etwas wirklich Großes passiert sein.

Die anderen Häftlinge gaben sich Neuigkeiten von Zelle zu Zelle weiter, aber an Kale wollte niemand etwas weitergeben. Sie haßten ihn, und oft nannten sie ihn Kinderschlächter. Auch in einem Gefängnis gab es soziale Abstufungen, und niemand stand tiefer als ein Kindermörder. Eigentlich war es fast komisch. Selbst die brutalsten Verbrecher verspürten Bedürfnis, sich irgend jemandem gegenüber moralisch überlegen zu fühlen, und so verfolgten und verspotteten sie gnadenlos jeden, der einem Kind etwas getan hatte, und kamen sich im Vergleich dazu wie Priester oder Bischöfe vor.

Idioten. Kale verachtete sie. Er würde ihnen nicht die Genugtuung geben und sie um etwas bitten, sondern streckte sich auf seiner Liege aus und träumte von seiner herrlichen Zukunft: Ruhm, Reichtum, Macht ...

Als sie ihn um halb zwölf zur offiziellen Verlesung der Anklageschrift holen kamen, lag er noch immer auf dem Bett. Der Deputy, der ihn abholte — ein grauhaariger Mann mit einem Spitzbauch —, kam in die Zelle und legte Kale die Handschellen an.

»Wir sind heute etwas knapp«, sagte er zu Kale. »Deshalb komme ich allein. Glauben Sie aber deshalb bloß nicht, Sie könnten abhauen. Sie sind gefesselt, ich habe eine Pistole, und nichts würde mir mehr Spaß machen, als Ihnen damit eine zu verbraten.«

In seinen Augen stand deutlich der Abscheu geschrieben.

Endlich wurde die Möglichkeit, daß er den Rest seines Lebens hinter Gittern verbringen könnte, für Kale real. Zu seiner eigenen Überraschung begann er zu weinen, als er aus der Zelle herausgeführt wurde.

Die anderen Gefangenen lachten schadenfroh und nannten ihn eine Heulsuse. Der Deputy mit dem Spitzbauch versetzte Kale einen Stoß und sagte: »Na los, vorwärts!«

Als sie in dem kleinen Fahrstuhl nach unten fuhren, erkannte er, daß der Deputy sich von ihm nicht mehr bedroht fühlte. Er betrachtete ihn nicht mehr als Gefahr. Kales emotioneller Zusammenbruch ekelte ihn an, und er stieß ihn ständig mit seinem Knüppel weiter, auch wenn das nicht nötig war.

Nach einiger Zeit war auch in Kale eine Veränderung eingetreten. Er weinte zwar noch immer still vor sich hin, aber seine Tränen waren nicht mehr echt, und er zitterte nun vor Erregung und nicht mehr vor Verzweiflung.

Sie kamen wieder an einer Wache vorbei. Der Deputy zeigte einem anderen Deputy, der ihn Joe nannte, seine Papiere. Kale wendete sein Gesicht vor ihm ab, als schämte er sich. Er weinte weiter.

Dann waren er und Joe draußen und gingen über einen großen Parkplatz, auf dem eine Reihe von Polizeiwagen abgestellt war. Es war ein warmer, sonniger Tag.

Kale tat noch immer so, als würde er weinen und als würden ihm die Knie weich. Er hielt seinen Kopf gesenkt und seine Schultern hochgezogen und ging mit schlurfenden, mutlosen Schritten, als sei er völlig gebrochen.

Bis auf ihn und den Deputy war der Parkplatz leer. Nur die beiden, ganz allein. Perfekt.

Bis zu dem Polizeiwagen wartete Kale auf den richtigen Moment. Eine Weile dachte er schon, er würde nicht kommen.

Dann aber stieß ihn Joe gegen einen Wagen und drehte sich halb zur Seite, um die Tür aufzuschließen — und da schlug Kale zu. Er warf sich auf den Deputy, als er sich vorbeugte, um den Schlüssel ins Schlüsselloch zu stecken. Der Deputy schnappte nach Luft und schwang eine Faust nach ihm. Zu spät. Kale duckte den Schlag ab, schnellte hoch und drückte Joe gegen den Wagen. Der Deputy wurde blaß vor Schmerz, als sich ihm der Türgriff mit voller Wucht gegen die Wirbelsäule rammte. Der Schlüsselring flog ihm aus der Hand, und während er noch in der Luft war, griff Joe mit der gleichen Hand nach seiner Pistole.

Kale wußte, daß er ihm mit seinen gefesselten Händen die Pistole nicht abnehmen konnte. Wenn es dem Deputy gelang, sie zu ziehen, war der Kampf vorbei.

Also sprang Kale dem Mann an die Kehle und packte ihn mit den Zähnen. Er biß fest zu, fühlte Blut spritzen, biß wieder zu, schob seinen Mund tiefer in die Wunde wie ein dressierter Hund, biß wieder zu, und der Deputy schrie auf, aber es war nur ein schwaches Blubbern, das niemand hätte hören können, und dann fiel die Pistole aus dem Halfter auf den Boden, beide Männer stürzten hin. Kale war oben, und als der Deputy wieder zu schreien versuchte, riß Kale das Knie hoch, und immer weiter pulsierte das Blut aus der zerrissenen Kehle.

»Du Hund«, sagte Kale.

Der Blick des Deputys erstarrte. Das Blut hörte auf zu spritzen. Es war vorbei.

Noch nie hatte sich Kale so stark gefühlt, so *lebendig*.

Er sah sich auf dem Parkplatz um. Noch immer niemand zu sehen. Er holte sich die Schlüssel, probierte so lange, bis er den richtigen gefunden hatte, schloß die Handschellen auf und warf sie unter den nächsten Wagen. Auch die Leiche des Deputys rollte er unter ein Auto und außer Sicht.

Er wischte sich mit einem Ärmel sein Gesicht ab. Sein Hemd war voller Blutflecken, aber daran war ebensowenig zu ändern wie an der Tatsache, daß er weite, blaue, schlechtsitzende Anstaltskleidung aus grobem Tuch und Leinenschuhe trug.

Er kam sich auffällig vor, während er an dem Zaun entlangeilte und den Parkplatz durch das offene Tor verließ. Er überquerte die Seitenstraße und ging auf einen anderen Parkplatz hinter einem großen, zweistöckigen Apartment-Haus. Er sah zu all den Fenstern hoch und hoffte, daß gerade niemand heraussah.

Auf dem Parkplatz standen vielleicht zwanzig Autos. Bei

einem gelben Datsun steckten die Schlüssel im Zündschloß. Er setzte sich hinter das Steuer, warf die Tür zu und seufzte erleichtert auf. Er war außer Sicht und hatte ein Transportmittel.

Auf der Ablage stand eine Schachtel Kleenex-Tücher. Mit ihrer Hilfe und etwas Spucke machte er sein Gesicht sauber. Nachdem er das Blut abgewischt hatte, betrachtete er sich selbst im Rückspiegel — und grinste.

28

Bestandsaufnahme

Während General Copperfields Team die Autopsie durchführte und mit den Tests im Labor begann, teilte Bryce Hammond seine Leute in zwei Suchtrupps auf und begann, die Häuser der kleinen Stadt einzeln zu untersuchen. Frank Autry führte den ersten Trupp an, und Major Isley ging als Beobachter mit. Captain Arkham schloß sich Hammonds Gruppe an. Die beiden Trupps waren nie mehr als ein Gebäude weit voneinander entfernt und blieben über Walkie-Talkie miteinander in Verbindung.

Jenny begleitete Bryce. Sie kannte die Bewohner von Snowfield und würde daher wahrscheinlich irgendwelche Leichen identifizieren können, die sie fanden. Außerdem wußte sie in den meisten Fällen, wieviele Bewohner ein Haus jeweils gehabt hatte, was ihnen dabei helfen würde, eine Liste der Vermißten zusammenzustellen.

Sie machte sich Gedanken darüber, daß sie Lisa eventuell wieder schrecklichen Bildern aussetzen würde, aber sie konnte es nicht ablehnen, sich an der Durchsuchung zu beteiligen, und ihre Schwester im Hilltop zurücklassen konnte sie auch nicht. Nicht, nachdem Harker und Velaszquez ein so schreckliches Schicksal hatten erleiden müssen. Lisa wurde jedoch gut mit der Spannung der Suche von Haus zu Haus fertig. Sie wollte sich noch immer Jenny beweisen, und Jenny wurde immer stolzer auf sie.

Eine Weile fanden sie keine Leichen. Die ersten Häuser und Geschäfte, die sie durchsuchten, waren leer. In manchen Häusern war der Tisch fürs Sonntagsessen gedeckt oder Badewannen waren mit inzwischen kaltgewordenem Wasser gefüllt. Manchmal lief noch ein Fernsehprogramm ohne Publikum ab.

In einer Küche entdeckten sie das Sonntagsessen auf dem Elektroherd. Das Essen in den drei Töpfen hatte schon so lange gekocht, daß jegliches Wasser daraus verdunstet war. Die Überreste waren trocken, hart, blasig und unidentifizierbar. Die Edelstahltöpfe waren ruiniert und hatten sich innen und außen blauschwarz verfärbt. Die Plastikgriffe waren weich geworden und zum Teil geschmolzen. In dem gesamten Haus war der beißendste, widerlichste Gestank verbreitet, den Jenny je erlebt hatte.

Bryce schaltete die Platten ab. »Es ist geradezu ein Wunder, daß nicht das ganze Haus abgebrannt ist.«

»Wenn es ein Gasherd gewesen wäre, wäre es wahrscheinlich so gekommen«, sagte Jenny.

Als sie wieder draußen waren, holten alle außer Major Arkham mit seinem Schutzanzug, der das nicht nötig hatte, tief Luft und genossen die frische Bergluft, um sich von dem ekelerregenden Gestank in dem Haus zu befreien.

In dem Haus nebenan fanden sie die erste Leiche des Tages. Es war John Farley, dem ein Lokal gehört hatte. Zu Lebzeiten war er ein auffälliger Mann in den vierziger Jahren mit graumeliertem Haar, einer großen Nase und einem großen Mund mit einem ansteckenden Lachen gewesen. Nun war er verfärbt und aufgeschwollen, seine Augen traten aus den Höhlen und seine Kleider platzten wegen der Schwellung aus den Nähten.

Farley saß in seiner großen Küche am Frühstückstisch. Vor ihm stand ein Teller mit Ravioli und Hackfleischbällchen und ein Glas Rotwein. Neben dem Teller lag ein aufgeschlagenes Magazin. Farley saß aufrecht auf seinem Stuhl. Eine Hand lag mit der Handfläche nach oben auf seinem Schoß. Sein anderer Arm lag auf dem Tisch, und in der Hand hielt er ein Stück Brot. Farleys Mund stand halb offen, und mit seinen Zähnen hatte er ein Stückchen Brot gepackt. Er war beim Kauen gestorben, und seine Backenmuskeln waren noch nicht entspannt.

»Mein Gott«, sagte Tal. »Er hat nicht einmal Zeit gehabt, das Brot auszuspucken oder zu verschlucken. Er muß sofort tot gewesen sein.«

»Und er hat vorher nichts von seinem Angreifer bemerkt«, sagte Bryce. »Schaut euch sein Gesicht an. Er zeigt keinen entsetzten oder überraschten Ausdruck wie die anderen.«

Jenny starrte die Backenmuskeln des Mannes an und sagte: »Ich verstehe bloß nicht, warum sich beim Tod die Muskeln nicht entspannen. Es ist einfach unheimlich.«

In der Kirche strömte das Sonnenlicht durch die hauptsächlich blau- und grüngefärbten bunten Glasfenster auf das polierte Holzgestühl und an die Wände.

Als wäre man unter Wasser, dachte Gordy Brogan, als er Frank Autry durch das eigenartig und schön beleuchtete Mittelschiff folgte. Direkt hinter der Vorhalle fiel ein rotgefärbter Lichtstrahl auf das weiße Marmorbecken und färbte das Weihwasser darin rot wie das Blut Christi. Gordy war der einzige Katholik von den fünf Männern des Suchtrupps. Er befeuchtete zwei Finger in dem Weihwasser, bekreuzigte sich und kniete kurz nieder.

In der Kirche herrschte eine feierliche Stille. Niemand saß auf den Stühlen, und zunächst sah es so aus, als sei die Kirche leer. In der Luft hing ein leichter Duft von Weihrauch.

Dann aber sah Gordy genauer zum Altar hin und schnappte nach Luft.

Auch Frank sah es. »Oh, mein Gott!«

Der Altarraum war schattiger als der Rest der Kirche, und deshalb hatten sie das scheußliche Sakrileg über dem Altar nicht sofort bemerkt. Die Altarkerzen waren ganz heruntergebrannt und ausgegangen.

Als die Männer des Suchtrupps jedoch vorsichtig durch den Mittelgang zum Altar gingen, konnten sie das lebensgroße Kruzifix hinter dem Altar deutlicher sehen. Es war ein Holzkreuz mit einer schönen, handbemalten und glasierten Gipsfigur Christi daran. Im Augenblick aber wurde ein großer Teil davon von einem anderen Körper verdeckt, der davor hing. Es war der Priester in seinem Ornat; er war an das Kreuz genagelt.

Zwei Chorknaben knieten vor dem Altar auf dem Boden. Sie waren tot, verfärbt und aufgeschwollen.

Das Fleisch des Priesters hatte begonnen, sich dunkler zu verfärben und andere Verwesungsmerkmale zu zeigen. Der Körper war nicht in dem gleichen bizarren Zustand wie alle anderen, die sie bisher gefunden hatten, sondern seine Verfärbung war so, wie man das bei einem einen Tag alten Leichnam erwarten würde.

Frank Autry, Major Isley und die beiden anderen Deputies gingen weiter durch das Tor in der Absperrung des Altarraums.

Gordy war dazu nicht in der Lage. Er war zu erschüttert und mußte sich hinsetzen, um nicht zusammenzubrechen.

Nachdem Frank den Altarraum untersucht und einen Blick in die Sakristei geworfen hatte, rief er über sein Sprechfunkgerät Bryce in dem Haus nebenan an. »Sheriff, wir haben drei in der Kirche gefunden. Wir brauchen Doc Paige, um sie zu identifizieren. Es ist aber besonders grauenhaft, und Sie lassen deshalb besser Lisa mit ein paar von Ihren Leuten draußen.«

»Wir sind in zwei Minuten da«, sagte der Sheriff.

Frank kam aus dem Altarraum zurück und setzte sich neben Gordy. Er hielt in einer Hand das Funkgerät und in der anderen seine Pistole. »Sind Sie Katholik?«

»Ja.«

»Tut mir leid für Sie, daß Sie das sehen mußten.«

»Ich komme schon wieder darüber weg«, sagte Gordy. »Für Sie ist es auch nicht leichter, weil Sie kein Katholik sind.«

»Kennen Sie den Priester?«

»Ich glaube, er heißt Pater Callahan. Ich habe die Kirche hier allerdings nicht besucht, sondern die in Santa Mira.«

Frank legte das Walkie-Talkie ab und kratzte sich am Kinn. »Nach allen anderen Anzeichen, die wir gefunden haben, sieht es so aus, als sei der Angriff gestern abend kurz vor der Ankunft von Dr. Paige und Lisa gekommen. Jetzt

aber das ... Wenn die drei morgens während der Messe gestorben sind —«

»Wahrscheinlich war es während der Vesper«, sagte Gordy.

»Vesper?«

»Das ist ein Abendgottesdienst.«

»Ach so. Dann paßt es zeitlich zu den anderen Fällen.« Er
sah sich in der Kirche um. »Was ist aber mit der Gemeinde
passiert? Warum sind nur noch die beiden Chorknaben und
der Priester da?«

»Na ja, zur Vesper kommen in der Regel nicht allzuviele
Leute«, sagte Gordy. »Wahrscheinlich waren nicht mehr als
drei oder vier da. Die hat *es* aber geholt.«

»Warum nicht alle?« fragte Frank.

»Um uns auszulachen und zu verspotten. Um uns die
Hoffnung zu rauben«, sagte Gordy verzweifelt.

Frank starrte ihn wortlos an.

Gordy sagte: »Vielleicht haben einige von uns darauf gezählt, daß Gott uns lebend hier herausbringen würde.
Wahrscheinlich die meisten. Ich auf jeden Fall habe sehr viel
gebetet, seit wir hier angekommen sind. Das hat es genau
gewußt, und damit will es uns zeigen, daß Gott uns auch
nicht helfen kann. Zumindest sollen wir das glauben. Das
ist doch seine Art, in uns Zweifel an Gott zu säen. Das war
doch schon immer so.«

Frank sagte: »Das klingt, als wüßten Sie ganz genau, womit wir es hier zu tun haben.«

»Vielleicht«, sagte Gordy. Er starrte zu dem gekreuzigten
Priester hinauf und drehte sich dann wieder zu Frank um.
»Wissen Sie es denn nicht? Wissen Sie es wirklich nicht,
Frank?«

Nachdem sie in der Kirche fertig waren, bogen sie um die
nächste Ecke und fanden die beiden verunglückten Autos.

Ein Cadillac war vor der Kirche über den Rasen gefahren,
hatte unterwegs das Gebüsch umgepflügt und war mit dem
Eckpfosten des Vorbaus vor dem Nachbarhaus zusammengestoßen. Der Pfosten war fast durchgebrochen, und der
Vorbau hing herunter.

Tal Whitman sah durch ein Seitenfenster des Cadillacs. »Da sitzt eine Frau hinter dem Steuer.«

»Tot?« fragte Bryce.

»Ja. Aber nicht wegen dem Unfall.«

Sie versuchten, das Auto aufzumachen, aber alle vier Türen waren von innen verriegelt. Trotzdem war die Frau hinter dem Steuer — Edna Gower; Jenny kannte sie — wie die anderen Leichen verfärbt und aufgeschwollen. Ein Entsetzensschrei war auf ihrem verzerrten Gesicht eingefroren.

»Wie ist es bloß in das Auto hineingekommen?« überlegte sich Tal.

»Erinnern Sie sich noch an das verschlossene Bad in der Candleglow Inn?« sagte Bryce.

»Und das verbarrikadierte Zimmer der Oxleys«, sagte Jenny.

»Fast wäre das ein Argument für die Nervengas-Theorie des Generals«, sagte Captain Arkham, griff sich aber dann sicherheitshalber einen kleinen Geigerzähler vom Gürtel und überprüfte den Cadillac. Es war jedoch nicht radioaktive Strahlung, die die Frau in dem Auto umgebracht hatte.

Das zweite Auto, einen halben Block weit entfernt, war ein perlweißer Lynx. Auf der Straße hinter ihm waren schwarze Bremsspuren zu sehen. Der Lynx stand schräg über die Straße und war mit einem gelben Lieferwagen zusammengestoßen. Der Schaden war aber nicht groß, weil der Lynx offensichtlich schon vor dem Zusammenprall praktisch zum Stehen gekommen war.

Der Fahrer war ein Mann in den mittleren Jahren mit einem buschigen Schnurrbart in abgeschnittenen Jeans und einem T-Shirt. Jenny kannte auch ihn. Es war der freundliche, entgegenkommende Marty Sussman, der seit sechs Jahren in der Stadtverwaltung gearbeitet hatte. Auch bei ihm hatte die Todesursache offensichtlich nichts mit dem Unfall zu tun.

Wie bei dem Cadillac waren auch bei dem Lynx die Türen von innen verriegelt und die Fenster ganz hochgerollt.

»Es sieht so aus, als hätten sie beide versucht, vor etwas zu fliehen«, sagte Jenny.

»Vielleicht«, sagte Tal. »Vielleicht waren sie aber auch

bloß so unterwegs, als der Angriff kam. Wenn sie tatsächlich versucht haben, vor etwas zu fliehen, hat sie das auf jeden Fall voll von der Straße abgedrängt.«

»Sonntag war ein warmer Tag. Warm, aber nicht *zu* warm«, sagte Bryce. »Nicht so heiß, daß man die Fenster schließen und die Klima-Anlage anschalten würde. An so einem Tag würden die meisten Leute die Fenster offenlassen und die frische Luft genießen. Ich meine deshalb, daß sie etwas zum Anhalten gezwungen hat. Sie haben dann die Fenster hochgekurbelt und die Türen verriegelt, um etwas daran zu hindern, in das Auto einzudringen.«

»Aber es hat sie trotzdem erwischt«, sagte Jenny.

Es.

Ned und Sue Marie Bischoff hatten ein herrliches Haus im Tudor-Stil, das auf einem großen Grundstück zwischen hohen Kiefern stand. Sie hatten zwei Jungen, den achtjährigen Lee und den sechsjährigen Terry.

Ned war ein erfolgreicher Maler, aber trotz seines Erfolgs und seinen jungen Jahren — er war erst 32 —, war er ein Patient Jennys gewesen. Er hatte an einem Magengeschwür gelitten.

Jetzt litt er nicht mehr daran. Er lag in seinem Atelier tot vor seiner Staffelei.

Sue Marie war in der Küche. Wie Jennys Haushälterin Hilda Beck und viele andere Frauen in der Stadt war sie gestorben, während sie das Abendessen vorbereitet hatte. Sie war eine hübsche Frau gewesen. Jetzt nicht mehr.

Die beiden Jungen fanden sie in einem der Schlafzimmer. Der jüngere Terry war hinter Lee, der anscheinend den mutigen Versuch unternommen hatte, seinen kleinen Bruder zu beschützen. Die beiden Jungen starrten mit hervorquellenden Augen in das Zimmer, und Lee hatte noch immer seine dünnen Arme schützend in die Luft erhoben, als wolle er Schläge abwehren.

Bryce kniete sich vor die Kinder hin und legte Lee eine zitternde Hand an die Wange, als wolle er es nicht glauben, daß das Kind wirklich tot war. Die Tränen liefen ihm über das Gesicht.

»Das sind die beiden Kinder der Bischoffs«, sagte Jenny mit gebrochener Stimme. »Damit wäre die Familie komplett.« Sie versuchte, sich daran zu erinnern, wie alt der Sohn des Sheriffs war, der in diesem Augenblick in tiefem Koma im Krankenhaus von Santa Mira lag. Sicher, er war völlig teilnahmslos, aber das war immer noch besser als so etwas wie hier. Alles war besser als das.

Schließlich trocknete Bryce seine Tränen. Er spürte den Zorn in sich hochsteigen. »Dafür wird es bezahlen«, sagte er. »Wer oder was das auch war, dafür wird es bezahlen.«

»Was ist aber, wenn das nichts Menschliches war, das sie getötet hat«, sagte sie. »Auch die Natur kennt das Böse. Denken Sie nur an die sinnlose Zerstörung, die ein Erdbeben anrichtet, oder an das Leid, das eine Krebskrankheit bringt. Das hier könnte ebenso unangreifbar sein. Was dann?«

»Wer oder was das auch war, dafür muß es bezahlen«, wiederholte er hartnäckig. »Ich werde es aufhalten, das schwöre ich!«

Frank Autrys Gruppe durchsuchte nach der Kirche drei leere Häuser, bis sie im vierten die Leiche von Wendell Hulbertson fanden. Er war Lehrer in Santa Mira, wohnte aber hier in den Bergen in einem Haus, das er von seiner Mutter geerbt hatte. Er war nicht verfärbt und aufgeschwollen wie die anderen, denn er hatte sich selbst das Leben genommen. Er hatte sich in eine Ecke seines Schlafzimmers zurückgezogen, den Lauf seiner .32 Automatik in den Mund gesteckt und den Abzug durchgezogen. Offensichtlich hatte er das dem vorgezogen, was *es* ihm antun wollte.

Nach dem Haus der Bischoffs fand Bryce mit seiner Gruppe erst wieder im fünften Haus ein älteres Ehepaar in einem Bad, in das die beiden sich eingeschlossen hatten, um sich vor ihrem Mörder zu verstecken. Sie lag in der Wanne, und er lag zusammengesunken auf dem Boden.

»Sie waren Patienten von mir«, sagte Jenny. »Nick und Melina Papandrakis.«

Bryce notierte ihre Namen auf der Liste der Opfer. Wie

Harold Ordnay hatte auch Nick Papandrakis versucht, eine
Nachricht zu hinterlassen, die Aufschluß über den Mörder
geben würde. Er hatte ein Fläschchen Jod aus dem Medika-
mentenschrank geholt und damit auf die Wand geschrieben.
Er hatte nicht einmal genug Zeit gehabt, ein einziges Wort
zu beenden. An der Wand standen nur zwei Buchstaben
und ein Teil eines dritten:

P RC

»Hat vielleicht jemand eine Idee, was er schreiben wollte?« fragte Bryce.

Sie kamen alle nacheinander in das Bad und sahen sich
die orangefarbigen Buchstaben an, aber keinem fiel etwas
ein.

Im Haus nebenan war der Küchenboden mit Kugeln bedeckt. Nicht ganze Patronen, sondern nur Dutzende von
Bleikugeln ohne Hülsen.

Es lagen keine ausgeworfenen Hülsen herum, und deshalb war wahrscheinlich hier nicht geschossen worden. Es
roch auch nicht nach Pulverdampf, und in den Wänden und
Schränken waren keine Einschußlöcher zu sehen.

Die Geschosse lagen auf dem Boden, als seien sie wie
durch Zauberei herabgeregnet. Frank Autry hob eine Handvoll von den grauen Metallklumpen auf. Er war zwar kein
Ballistik-Experte, aber da merkwürdigerweise keine der Kugeln beschädigt oder schwer deformiert war, konnte er ohne
Schwierigkeiten feststellen, daß sie aus einer Vielzahl ver-
schiedener Waffen stammten. Zahlenmäßig am häufigsten
waren die Stahlmantelgeschosse von dem Kaliber, wie es zu
den Maschinenpistolen von General Copperfields Team
paßte.

Waren das die Kugeln aus Sergeant Harkers Maschinenpistole? fragte sich Frank. Waren das die Kugeln, die er in
dem Kühlraum auf seinen Angreifer abgeschossen hatte?

Er runzelte verwirrt die Stirn.

Er ließ sie wieder auf den Boden fallen. Er hob andere auf
und sah sie sich an. Alle möglichen Kaliber und sogar

Schrot waren vertreten. Besonders genau betrachtete er eine .45er-Kugel. Das war genau das Kaliber seines eigenes Revolvers.

Gordy Brogan kauerte sich neben ihm hin. Frank sah ihn nicht an, sondern starrte weiter die Kugel an. Ihm war ein unheimlicher Gedanke gekommen.

Gordy hob einige Kugeln vom Küchenboden auf. »Sie sind überhaupt nicht deformiert.«

Frank nickte.

»Irgend etwas *müssen* sie ja getroffen haben«, sagte Gordy. »Also müßten sie auch deformiert sein. Zumindest ein bißchen.« Er machte eine Pause und sagte dann weiter: »Hey, Sie sind ja meilenweit weg. Worüber denken Sie denn nach?«

»Ich denke an Paul Henderson.« Frank hielt Gordy die .45er-Kugel vor das Gesicht. »Von der Sorte hat Paul gestern abend in der Station drei abgeschossen.«

»Auf seinen Mörder.«

»Höchstwahrscheinlich.«

»Und weiter?«

»Ich habe die verrückte Idee, daß sich bei einem ballistischen Test mit dieser Kugel hier herausstellen würde, daß sie aus Pauls Revolver stammt.«

Gordy sah in blinzelnd an.

»Außerdem glaube ich«, sagte Frank, »daß wir davon noch genau zwei weitere finden würden, wenn wir uns die Kugeln da auf dem Boden genauer anschauen würden. Noch zwei mit genau den gleichen Markierungen.«

»Meinen ... meinen Sie die gleichen, die Paul gestern abend abgefeuert hatte?«

»Genau?«

»Aber wie sollen die denn hierhergekommen sein?«

Frank gab keine Antwort, sondern stand auf und drückte auf den Sprechknopf seines Funkgeräts. »Sheriff? Ich glaube, Sie sollten besser einmal herkommen und sich anschauen, was wir hier gefunden haben.«

»Wieder Leichen?«

»Nein, Sir. Es ... äh ... ist äußerst eigenartig.«

»Ich komme sofort.«

Erst dann sagte Gordy zu Frank: »Ich glaube, *es* war innerhalb der letzten beiden Stunden in diesem Raum und hat alle Kugeln abgestoßen, die es bisher eingefangen hat, als würde es Wasser vom Pelz schütteln.«

29

Auf der Flucht

Während Fletcher Kale mit seinem gestohlenen Datsun durch Santa Mira fuhr, hörte er im Radio von Snowfield.

Obwohl der Rest des Landes von der Nachricht gefesselt gewesen war, interessierte sie Fletcher Kale nur wenig. Er machte sich nie sonderlich viel Gedanken über die Tragödien anderer Leute. Er streckte eine Hand aus, um das Radio abzuschalten, weil er es schon satt hatte, darüber zu hören, wo er doch selbst so viele Probleme hatte, als er einen Namen hörte, der ihm verriet, daß das Geheimnis von Snowfield doch etwas mit ihm zu tun hatte. Jake Johnson. Jake Johnson war einer der Deputies, die gestern abend mit nach Snowfield gefahren waren. Nun wurde er wie all die anderen vermißt, und man hielt ihn allgemein für tot.

Jake Johnson ...

Vor einem Jahr hatte Kale Johnson eine stabil gebaute Holzhütte zusammen mit fünf Morgen Land in den Bergen verkauft. Angeblich war Johnson ein begeisterter Jäger und wollte die Hütte für diesen Zweck benutzen. Nach einer Reihe von Andeutungen aber, die dem Deputy herausgerutscht waren, war Kale dahintergekommen, daß Johnson auch zu den Spinnern gehörte, die das Ende der Welt befürchteten und nach irgendwelchen sicheren Zufluchtsorten suchten.

Für diesen Zweck lag die Hütte tatsächlich abgelegen genug. Sie stand auf dem von Snowfield abgewendeten Hang des Snowtop, des Berges in der Nähe, und war nur mit einem Fahrzeug mit Allradantrieb zu erreichen; das letzte Stück mußte man sogar zu Fuß gehen.

Zwei Monate, nachdem Jake die Hütte und das Grundstück gekauft hatte, hatte ihr Kale eines Morgens einen Besuch abgestattet, als Jake Dienst in Santa Mira hatte. Er hatte die Hütte zwar unverändert vorgefunden, aber dann hatte er entdeckt, daß Jake eine der Kalksteinhöhlen auf seinem Grundstück für seine Zwecke ausbaute. Sie hatte sich nach einem langen, schmalen Gang zu einem ersten großen Raum verbreitert, in der Johnson Milchpulver, getrocknete Früchte, Gemüse, Suppe, pulverisierte Eier, Honig und Getreide in luftdicht verschlossenen Dosen gestapelt hatte. Außerdem war da noch ein Lager vorbereitet, eine Luftmatratze war da, und noch vieles mehr. Jake war fleißig gewesen.

Die erste Kammer führte in eine zweite. In ihr war ein natürliches Loch im Boden, das ungefähr 25 Zentimeter Durchmesser hatte und aus dem merkwürdige Geräusche aufstiegen. Flüstern. Bedrohliches Gelächter. Fast hätte sich Kale schon umgedreht und wäre weggelaufen, als es ihm klarwurde, daß er nichts bedrohlicheres hörte als laufendes Wasser. Ein unterirdischer Fluß. Jake Johnson hatte einen Schlauch hineingehängt und ihn mit einer Handpumpe verbunden. Fließendes Wasser. Eine komfortable Behausung.

Kale war für sich zu dem Entschluß gekommen, daß der Mann nicht einfach vorsichtig war. Das war eher eine Besessenheit.

Als Kale wieder zwei Monate später noch einmal zurückkehrte, fand er den Eingang zu der Höhle nur unter größten Bemühungen wieder. Johnson hatte ihn hinter einer Mauer von Gestrüpp getarnt. Kale drängte sich durch das Gebüsch und paßte auf, dabei keine Spuren zu hinterlassen. Als er wie beim ersten Mal dem tunnelartigen Höhleneingang folgte, stand er plötzlich vor einer Wand. Er wußte, daß eigentlich nach der nächsten Biegung die erste große Kammer hätte kommen müssen, aber statt dessen stand er vor einer Kalkwand, die sich auf den ersten Blick nicht von der Höhlenwand unterschied und den Zugang zu dem Rest der Höhle versperrte. Nach längerem Suchen kam er dahinter, daß die scheinbare Felswand nur eine geschickt getarnte Tür war, die Johnson in einer schmalen Stelle des Gangs angebracht hatte. Sie war mit Kunstharz bestrichen und der Struktur des Felsens täuschend ähnlich nachgeahmt.

An diesem Tag im August, als Kale dastand und diese Tür bewunderte, entschloß er sich, diesen Zufluchtsort selbst zu benutzen, falls es nötig werden sollte. Vielleicht hatten die Warner ja recht und irgendwelche Idioten würden tatsächlich eines Tages versuchen, die Welt in die Luft zu sprengen. Wenn diese Gefahr drohen sollte, würde sich Kale als erster hierher zurückziehen, und wenn Johnson durch seine geschickt getarnte Tür kam, würde Kale ihn einfach umlegen.

Der Gedanke gefiel ihm. Er kam sich schlau dabei vor. Überlegen.

Dreizehn Monate später hatte er zu seinem Erstaunen und Entsetzen das Ende der Welt kommen sehen. Das Ende *seiner* Welt. Als sie ihn eingesperrt und des Mordes angeklagt hatten, hatte er gewußt, daß es für ihn nur ein Ziel geben konnte, falls ihm je die Flucht gelingen sollte: die Berge, diese Höhle. Hier konnte er es wochenlang aushalten, bis die Polizei ihn im County Santa Mira nicht mehr suchte.

Besten Dank, Jake Johnson.

Jake Johnson ...

Nun saß Kale in seinem gestohlenen Datsun, das Gefängnis lag erst Minuten hinter ihm, und er hörte den Namen Jake Johnson im Radio. Er hörte zu und begann zu lächeln. Das Schicksal war auf seiner Seite.

Nach der Flucht war sein größtes Problem, wie er die Gefängniskleider loswerden und sich richtig für die Berge ausrüsten konnte. Er war sich nicht ganz sicher gewesen, wie er das schaffen könnte. Sobald er aber hörte, daß Johnson tot oder zumindest außer Gefecht gesetzt war, war dieses Problem gelöst, denn nun würde er direkt zu Johnsons Haus fahren. Der Deputy war alleinstehend, und fürs erste würde ihm sein Haus einen sicheren Zufluchtsort bieten. Johnson hatte zwar nicht genau die gleiche Größe wie Kale, aber die beiden waren sich von ihrem Körperbau doch ähnlich genug, daß Kale seine Anstaltskleidung gegen etwas aus Johnsons Kleiderschrank austauschen konnte.

Und Schußwaffen. Vorsichtig, wie Johnson war, hatte er ganz sicher ein kleines Arsenal in seinem Haus versteckt.

Der Deputy bewohnte das einstöckige Haus, das er von seinem Vater, Big Ralph Johnson, geerbt hatte. Es war keine

Prachtvilla, denn der alte Johnson war schlau genug gewesen, seine Bestechungsgelder nicht auffällig anzulegen. Eine Bruchbude war es jedoch auch nicht, und die Inneneinrichtung des Hauses war luxuriöser, als man das von außen hätte annehmen können. Kale war während der Verkaufsverhandlungen für das Grundstück in den Bergen zweimal bei Johnson gewesen und fand sein Haus ohne Schwierigkeiten wieder.

Er fuhr mit dem Datsun in die Einfahrt hinein und stellte den Motor ab. Er hoffte, daß ihn niemand von den Nachbarn beobachtete.

Er ging um das Haus herum zum Hintereingang in die Küche, schlug ein Fenster ein und war im Haus. Er ging direkt in die Garage. Sie war groß genug für zwei Wagen, aber nur ein großer Jeep mit Allradantrieb stand darin. Er hatte gewußt, daß Johnson einen solchen Jeep hatte und freute sich darüber, ihn vorzufinden. Er öffnete die Garagentür, fuhr den gestohlenen Datsun hinein und schloß die Tür sofort wieder. Nun, da dieses Auto von der Straße aus nicht mehr zu sehen war, fühlte er sich sicherer.

Im großen Schlafzimmer durchstöberte er Johnsons Schrank und fand ein paar kräftige Wanderstiefel, die ihm nur eine halbe Nummer zu groß waren. Johnson war ungefähr fünf Zentimeter kleiner als Kale, und deshalb paßten die Hosen nicht richtig, aber wenn man sie in die Stiefel steckte, fiel das nicht mehr auf. Die Hosen waren für Kale außerdem zu weit, aber das ließ sich mit einem Gürtel korrigieren.

Als er die Kleider gewechselt hatte, musterte er sich in dem großen Spiegel. »Gut siehst du aus!« sagte er seinem Spiegelbild.

Dann ging er durch das Haus und sah sich nach den Waffen um, konnte aber keine finden. Auch gut. Dann mußte er das Haus eben auseinandernehmen. Irgendwo mußten die Waffen ja sein.

Zuerst räumte er den großen Kleiderschrank aus, und als er darin nichts fand, riß er den Teppichboden ab, um nach Falltüren darunter zu suchen. Nichts.

Eine halbe Stunde später schwitzte er zwar, war aber

nicht müde. Er sah sich die Zerstörung an, die er in dem Haus angerichtet hatte, und freute sich daran. Es sah aus, als habe eine Bombe eingeschlagen.

Er suchte weiter, denn die Waffen wollte er unbedingt haben. Außerdem machte es ihm Spaß.

30
Einige Antworten / Weitere Fragen

Das Haus war außergewöhnlich ordentlich und sauber, aber die starre Farbengebung machte Bryce nervös. Alles war entweder grün oder gelb. *Alles.* Die Teppichböden waren grün, und die Wände blaßgelb. Das Sofa war mit gelben Blumen auf grünem Untergrund bedruckt, und die Farben waren so grell, daß man unwillkürlich nach einer Sonnenbrille greifen wollte. Die beiden Polstersessel waren smaragdgrün, und die beiden Bilder an der Wand zeigten gelbe Blumen auf einem grünen Feld. Selbst die Vorhänge waren gelb.

Von den Bewohnern, nach den Angaben Jennys Mr. und Mrs. Lange, ihre drei Kinder und Mrs. Langes siebzigjährige Großmutter, war keine Spur zu entdecken. Bryce war froh darüber, denn in dieser geradezu manischen Fröhlichkeit hätte eine verfärbte und angeschwollene Leiche ganz besonders grotesk ausgesehen.

Aus der ebenfalls grün und gelb gestrichenen Küche meldete sich Tal: »Das hier sollten Sie sich ansehen, Chef.«

Bryce, Jenny und Captain Arkham gingen zu Tal, aber die beiden anderen Deputies blieben mit Lisa an der Tür stehen. Man wußte schließlich nicht, was sich in diesem Alptraum in einem Küchenabfluß finden würde. Vielleicht wieder ein abgeschnittener Kopf, oder zwei Hände. Vielleicht aber auch etwas Schlimmeres.

Es war jedoch nichts Schlimmeres. Es war nur merkwürdig.

»Ein regelrechter Juwelierladen«, sagte Tal.

Die Doppelspüle war mit Schmuck angefüllt. Hauptsächlich Uhren und Ringe. Da lagen sowohl Männer- als auch Frauenuhren: Timex, Seiko, Bulova, sogar eine Rolex, manche mit dehnbaren Metallarmbändern, manche ganz ohne Armbänder. Keine hatte ein Armband aus Leder oder Plastik. Weiter lagen da alle Arten von Ringen sowie andere Schmuckstücke. Billiger Modeschmuck war ebenso vertreten wie teure Stücke. Bryce schob seine Hände in den Schmuck wie ein Pirat im Kino, und er sah noch andere Arten von Schmuck: Ohrringe, Armbänder, lose Perlen, die irgendwo herausgefallen waren, Goldketten, Anhänger ...

»Das kann doch unmöglich alles den Langes gehört haben«, sagte Tal.

»Warten Sie mal«, sagte Jenny und nahm eine Uhr an sich.

»Erkennen Sie die wieder?« fragte Bryce.

»Ja, eine Cartier«, sagte Jenny. »Nicht das klassische Modell mit römischen Ziffern. Die hier hat keine Ziffern und ein schwarzes Zifferblatt. Sylvia Kanarsky hat sie ihrem Mann zum fünften Hochzeitstag geschenkt.«

Bryce runzelte die Stirn. »Woher kenne ich den Namen bloß?«

»Ihnen gehört das Candleglow Inn«, sagte Jenny.

»Ach richtig, Ihre Freunde.«

»Sie gehören auch zu den Vermißten«, sagte Tal.

»Dan hat diese Uhr geliebt«, sagte Jenny. »Als Silvia sie ihm gekauft hat, ging das Lokal noch nicht richtig, und die Uhr, die damals 350 Dollar gekostet hat, war für sie eine unheimliche Extravaganz. Inzwischen ist sie natürlich erheblich viel mehr wert. Dan hat immer im Scherz darüber gesagt, daß sie die beste Investition gewesen sei, die sie jemals gemacht haben.«

Bryce sah auf den Schmuck in dem Abfluß herunter. »Das gehört also wahrscheinlich den Bewohnern von Snowfield.«

»Den Vermißten zumindest«, sagte Tal. »Die Opfer, die wir gefunden haben, haben ihren Schmuck noch angehabt.«

»Sie haben recht«, nickte Bryce. »Den anderen ist also wahrscheinlich ihr Schmuck abgenommen worden, bevor sie ... na, irgendwohin geschafft worden sind.«

»Wenn das Diebe gewesen wären, hätten sie ihre Beute

nicht einfach so herumliegen lassen«, sagte Tal. »Sie hätten sie mitgenommen.«

»Und warum liegt das Zeug dann hier herum?« fragte Bryce.

»Keinen Schimmer«, sagte Jenny. Auch Tal zuckte die Achseln.

In dem Abfluß blitzte und blinkte der Schmuck.

Möwenschreie. Hundegebell.

Galen Copperfield sah von seinem Computer-Ausgang auf. Er war müde, alle Muskeln taten ihm weh, und er fühlte sich verschwitzt in seinem Schutzanzug. Einen Moment lang war er sich nicht sicher, ob er wirklich etwas gehört hatte.

Dann fauchte eine Katze. Ein Pferd wieherte.

Der General sah sich unsicher mit gerunzelter Stirn in dem Labor um. Auch die anderen hörten es und sahen sich beunruhigt an.

Roberts sagte: »Das kommt durch die Sprechfunkgeräte in unserem Schutzanzug.«

»Richtig«, sagte Dr. Bettenby vom anderen Labor aus. »Wir hören es hier auch.«

»Also schön«, sagte Copperfield, »dann soll es uns eben seine Tricks vorführen. Wenn Sie miteinander sprechen wollen, können Sie ja die Außenlautsprecher benutzen.«

Die Bienen, die zu hören gewesen waren, verstummten abrupt.

Ein Kind von unbestimmbarem Geschlecht begann, sehr leise in weiter Entfernung zu singen.

> *Liebster Jesu, wir sind hier,*
> *Deinem Worte nachzuleben;*
> *Dieses Kindlein kommt zu Dir,*
> *Weil du den Befehl gegeben,*
> *Daß man sie zu Dir hinführe ...*

Die Stimme war süß und melodisch. Trotzdem ließ sie den Zuhörern das Blut in den Adern gerinnen.

Copperfield hatte so etwas noch nie gehört. Obwohl es zweifellos die zarte und zerbrechliche Stimme eines Kindes war, klang etwas in ihr mit, das in einer Kinderstimme eigentlich keinen Platz hatte. Das war keine unschuldige Stimme. Wissen war es vielleicht, das da mitklang. Ja, Wissen um zu viele schreckliche Dinge. Drohung. Haß. Verachtung. An der Oberfläche war davon nichts zu hören, aber unter der Oberfläche war es da, pulsierend und düster und unheimlich.

»Dr. Paige und der Sheriff haben uns von diesem Phänomen erzählt«, sagte Goldstein. »Sie haben es am Telefon und aus dem Spülstein gehört. Wir haben ihnen nicht geglaubt, weil es zu lächerlich klang.«

»Jetzt klingt es aber nicht mehr lächerlich«, sagte Roberts.

»Nein«, sagte Goldstein. Trotz seines schweren Schutzanzugs war es deutlich zu sehen, daß er zitterte.

»Es funkt uns über Velaszquez' Schutzanzug an«, sagte Roberts.

Die Kinderstimme hörte auf zu singen und sagte flüsternd: »*Ihr sagt jetzt besser eure Gebete. Sagt alle eure Gebete. Vergeßt eure Gebete nicht.*« Die Stimme kicherte.

Sie warteten darauf, wie es weitergehen würde. Es folgte nur Stille.

»Ich glaube, es will uns bedrohen«, sagte Roberts.

»Verdammt, hören Sie mit solchem Gerede auf«, sagte Copperfield. »Eine Panik würde uns auch nicht weiterbringen.«

»Haben Sie bemerkt, daß wir jetzt auch *es* sagen?« fragte Goldstein.

Copperfield und Roberts sahen ihn und sich an, sagten aber nichts.

»Wir sagen auf die gleiche Art *es* wie Dr. Paige und der Sheriff und die Deputies auch. Heißt das, daß wir ... jetzt genauso darüber denken wie sie?«

In Gedanken konnte Copperfield noch immer die menschliche, aber doch nicht menschliche Kinderstimme hören. *Es.*

»Lassen wir das jetzt«, sagte er mürrisch. »Wir haben eine Menge Arbeit.« Er drehte sich wieder zu dem Computer um, konnte sich aber nur unter Schwierigkeiten konzentrieren.

Es.

Am Nachmittag um halb fünf blies Bryce die Suchaktion ab. Es würde zwar noch zwei Stunden lang hell bleiben, aber alle waren todmüde. Die ständige Spannung war ebenso anstrengend wie schwere körperliche Arbeit. Außerdem hatte sich herausgestellt, daß sie mit der Aufgabe einfach überfordert waren. Wenn sie in diesem Tempo weitermachten, würden sie zwei Wochen brauchen, um Snowfield zu durchsuchen.

In der letzten Nacht hatte Bryce noch nicht gewollt, daß die Nationalgarde durch die Stadt trampelte, aber nun dachte er anders. Sobald Copperfield und sein Team mit Bestimmtheit sagen konnte, daß es sich hier nicht um eine Seuche oder einen Angriff mit biologischen Kampfmitteln handelte, würde er die Nationalgarde als Unterstützung kommen lassen.

Ursprünglich hatte er von der Lage in Snowfield so gut wie nichts gewußt und wollte daher nichts von seinen Kompetenzen abgeben, aber nun wurde die Verantwortung von Stunde zu Stunde schwerer, und er hätte nur zu gern einen Teil davon auf andere Schultern abgewälzt. Er rief daher um halb fünf beim Gouverneur an und vereinbarte mit Jack Retlock, daß die Nationalgarde in Alarmbereitschaft versetzt werden sollte und auf grünes Licht von Copperfield hin sofort hergeschickt werden würde.

Er hatte kaum aufgelegt, als Charlie Mercer von Santa Mira aus anrief und von der Flucht Fletcher Kales berichtete.

Bryce war wütend. Charlie ließ ihn eine Weile toben, und als er sich wieder einigermaßen beruhigt hatte, meldete er weiter: »Es kommt noch schlimmer. Er hat Joe Fermont getötet.«

»Mein Gott, auch das noch«, sagte Bryce. »Habt ihr es Mary schon gesagt?«

»Sicher. Ich war selbst bei ihr.«

»Wie hat sie es aufgenommen?«

»Schlecht. Sie waren 26 Jahre verheiratet.«

Wieder ein Toter. Überall Tod.

»Wie weit seid ihr mit der Fahndung nach Kale?« fragte Bryce.

»Wir glauben, er hat sich von einem benachbarten Parkplatz ein Auto geholt. Ein Datsun ist von dort aus gestohlen gemeldet worden. Wir haben zwar sofort Straßensperren aufgestellt, aber wir schätzen, daß er mindestens eine Stunde Vorsprung hatte.«

»Der ist lange weg.«

»Wahrscheinlich. Wenn wir das Schwein bis sieben Uhr nicht erwischen, blase ich die Straßensperren ab, weil wir sowieso knapp mit Leuten sind.«

»Wie Sie meinen«, sagte Bryce müde. »Gibt es irgend etwas Neues über die Nachricht, die uns Harold Ordnay auf dem Spiegel hinterlassen hat?«

»Da hat sich endlich etwas getan. Nach den Angaben des Geschäftsführers des Antiquariats in San Francisco ist Timothy Flyte ein Autor. Raten Sie mal, wie das Buch heißt, das er geschrieben hat?«

»Mein Gott, woher soll ich denn ... Ach so, natürlich. *Der Alte Feind.*«

»Ganz genau«, sagte Charlie Mercer.

»Worum geht es in dem Buch?«

»Das ist das Interessanteste dabei. Der Geschäftsführer meint, es geht darin um rätselhafte Massenverschwindungen im Lauf der Geschichte.«

Einen Moment lang war Bryce sprachlos. Dann aber sagte er: »Im Ernst? Meinen Sie, sowas ist schon öfters vorgekommen? Warum habe ich dann davon noch nie etwas gehört?«

»Der Typ sagte etwas von einer rätselhaften Emigration aus Maya-Städten —«

Dunkel rührte sich etwas in Bryces Gedächtnis. Davon hatte er schon einmal gelesen. Verlassene Maya-Städte.

»— und von der Kolonie von Roanoke. Das war die erste englische Siedlung in Amerika«, sagte Charlie.

»Davon habe ich schon in den Schulbüchern gelesen.«

»Nun, dieser Flyte hat offensichtlich eine Theorie entwickelt, die diese rätselhaften Ereignisse erklären würde.«

»Und was ist das für eine Theorie?«

»Keine Ahnung. Ich habe noch niemanden auftreiben können, der das Buch gelesen hat. Es ist offensichtlich in diesem Land hier nie gedruckt worden, und auch in England nur in sehr niedriger Auflage. Das Buch ist eine Rarität.«

»Mein Gott, Charlie, ich *muß* an ein Exemplar dieses Buches kommen, aber unbedingt.«

»Ich arbeite daran«, sagte Charlie. »Vielleicht werden Sie das Buch aber gar nicht brauchen und können sich die Geschichte direkt aus berufenem Mund anhören. Flyte ist im Augenblick aus London hierher unterwegs.«

Jenny saß Bryce gegenüber in der Eingangshalle des Hilltop und sah Bryce völlig verblüfft mit offenem Mund an. »Er ist von London hierher unterwegs? Jetzt schon? Sie meinen, er hat *gewußt*, was hier passieren würde?«

»Wahrscheinlich nicht«, sagte Bryce. »Wahrscheinlich hat er aber in dem Augenblick, als er in den Nachrichten davon gehört hat, gewußt, daß das ein Fall ist, der zu seiner Theorie paßt.«

Tal, der vor dem Schreibtisch stand, fragte: »Wann wird er denn erwartet?«

»Er kommt kurz nach Mitternacht in San Francisco an. Sein Verleger hier in den USA will am Flughafen eine Pressekonferenz mit ihm abhalten. Danach kommt er direkt nach Santa Mira.«

»Sein Verleger hier?« sagte Frank Autry. »Ich dachte, Sie hätten gesagt, sein Buch sei hier nie erschienen?«

»Ist es auch nicht«, sagte Bryce. »Er schreibt offensichtlich gerade ein neues.«

»Über Snowfield?« fragte Jenny.

»Ich weiß es nicht. Vielleicht. Wahrscheinlich.«

»Mein Gott, das ist aber schnelle Arbeit«, sagte Jenny stirnrunzelnd. »Weniger als einen Tag, nachdem es passiert ist, hat er schon einen Vertrag, darüber zu schreiben.«

»Ich wünschte nur, er würde noch schneller arbeiten und wäre jetzt schon hier.«

Tal sagte: »Ich glaube, unser Doc meint damit, dieser Flyte könnte nur ein Geschäftemacher sein, der aus der Sache Kapital schlagen will.«

»Genau«, sagte Jenny.

»Schon möglich«, gab Bryce zu. »Vergessen Sie aber nicht, daß Ordnay Flytes Namen auf den Spiegel geschrieben hat. In gewisser Beziehung ist Ordnay unser einziger Zeuge, und aus seiner Nachricht können wir schließen, daß das, was hier passiert ist, sehr eng mit dem in Verbindung steht, worüber Flyte in seinem Buch schreibt.«

»Verdammt«, sagte Frank. »Wenn Flyte wirklich über irgendwelche Informationen verfügt, die uns helfen könnten, dann hätte er sofort anrufen sollen, statt uns hier warten zu lassen.«

»Allerdings«, sagte Tal. »Bis Mitternacht sind wir vielleicht schon alle tot. Er hätte uns sagen sollen, was wir machen können.«

»Genau darum geht es«, sagte Bryce.

»Wie meinen Sie das?«

Bryce seufzte. »Nun, ich habe das Gefühl, Flyte *hätte* uns angerufen, wenn er gewußt hätte, wie wir uns schützen könnten. Ich glaube, er weiß zwar, was das ist, aber er hat auch nicht die leiseste Ahnung, was wir dagegen tun könnten.«

Jenny und Bryce saßen in der Einsatz-Zentrale und unterhielten sich über die Entdeckungen des Tages. Sie versuchten, der höhnischen Kreuzigung des Priesters, den Kugeln auf dem Küchenboden und den Leichen in den von innen verriegelten Autos einen Sinn abzugewinnen.

Lisa saß in der Nähe. Allem Anschein nach war sie völlig in ein Kreuzworträtsel vertieft, aber plötzlich sah sie auf und sagte: »Ich weiß, warum der Schmuck in dem Spülstein lag.«

Jenny und Bryce sahen sie erwartungsvoll an.

»Erstens«, sagte das Mädchen und lehnte sich in ihrem Stuhl vor, »muß man davon ausgehen, daß die Vermißten alle tot sind. Das sind sie nämlich. Tot. Daran besteht kein Zweifel.«

»Ich finde doch, daß daran noch ein gewisser Zweifel besteht, Liebling«, sagte Jenny.

»Sie sind tot«, sagte Lisa leise. »Ich weiß es, und ihr wißt es auch.« Ihre leuchtend grünen Augen glänzten, als habe sie Fieber. »Es hat sie geholt, und dann hat es sie aufgefressen.«

»Und wie soll damit der Schmuck erklärt werden?« fragte Bryce.

»Na ja«, sagte Lisa. »Erst hat es die Leute alle gefressen, und dann ... und dann hat es den Schmuck wieder ausgespuckt, wie wir einen Kirschkern ausspucken würden.«

Dr. Sara Yamaguchi kam in das Hilltop herein, beantwortete an der Tür kurz die Frage einer Wache und ging dann zu Jenny und Bryce hinüber. Sie trug zwar noch den Schutzanzug, hatte den Helm aber abgesetzt, und auch die Tanks mit komprimierter Luft und die Luftbereinigungsanlage waren nicht mehr auf ihrem Rücken.

Jenny und Bryce standen auf, um sie zu begrüßen, und Jenny sagte: »Ist die Quarantäne denn schon aufgehoben?«

»Schon? Ich habe das Gefühl, ich hätte *Jahre* in diesem Anzug gesteckt.« Sie klang anders als über die Sprechanlage, und ihre Stimme war noch zarter als sie selbst. »Es ist ein herrliches Gefühl, wieder frische Luft atmen zu können.«

»Sie haben doch Bakterien-Kulturen angelegt, oder?«

»Ich habe damit angefangen.«

»Dauert es denn nicht 48 Stunden, bis Sie die Ergebnisse bekommen?«

»Doch. Wir sind aber zu dem Entschluß gekommen, daß es sinnlos wäre, noch so lange zu warten. Mit den Kulturen werden wir keine Bakterien bekommen, weder gutartige noch irgendwelche anderen.«

Jenny konnte diese eigenartige Aussage nicht recht verstehen, aber bevor sie nachfragen konnte, sagte die Genetikerin:

»Außerdem hat unser Computer gesagt, es sei sicher. Er hat alle Daten aus den Autopsien und den anderen Tests verarbeitet und ist zu dem Ergebnis gekommen, die Chance, daß all das hier eine biologische Erklärung hätte, sei Null Komma Null.«

»Und sie vertrauen einer Computeranalyse so sehr, daß sie die Luft hier ungefiltert atmen«, sagte Bryce. Er war offensichtlich überrascht davon.

»Der Computer hat sich in über achthundert Probeläufen nie geirrt.«

»Das ist aber hier kein Probelauf«, sagte Jenny.

»Da haben Sie recht, aber nach allem, was wir bisher herausgefunden haben ...« Die Genetikerin zuckte die Achseln und reichte Jenny einen Stapel grünen Papiers. »Hier. Das sind die Ergebnisse. General Copperfield dachte, Sie würden sie sich vielleicht gern ansehen. Wenn Sie irgendwelche Fragen haben, erkläre ich Sie ihnen gern. Zunächst aber möchte ich erst einmal den Anzug hier loswerden. Kann ich mich vielleicht irgendwo waschen? Es juckt mich überall.« Sie lächelte und kratzte sich am Hals. Ihre behandschuhten Finger hinterließen leichte rote Streifen auf ihrer porzellanglatten Haut.

Jenny sagte: »Wir haben in einer Ecke der Küche ein Waschbecken aufgestellt und Seife und Handtücker danebengelegt. Ein Bad ist es zwar nicht, aber wir dachten, wir sollten lieber etwas von unserem Schamgefühl aufgeben, wenn wir dann nicht mehr allein zu sein brauchen.«

Dr. Yamaguchi nickte. »Ganz meine Meinung. Wo finde ich dieses Waschbecken, bitte?«

Lisa warf ihr Kreuzworträtsel zur Seite und sprang auf. »Ich zeige es Ihnen. Und außerdem passe ich auf, daß die Männer, die in der Küche zu tun haben, Ihnen den Rücken zudrehen und keine neugierigen Blicke riskieren.«

Bei dem grünen Papier handelte es sich um Computer-Drucke, die am Rand zusammengeheftet waren.

Jenny durchblätterte den ersten Teil, und Bryce sah ihr dabei über die Schulter. Es handelte sich um Goldsteins Notizen nach der Autopsie. Er hatte Anzeichen für eine mögliche Erstickung sowie deutlichere Anzeichen für eine allergische Reaktion gefunden, konnte aber keine konkrete Todesursache nennen.

Der zweite Teil war der Bericht über die ersten Pathologie-Tests. Mit einer langen Reihe von Versuchen sollten auch die kleinsten Mikro-Organismen aufgespürt werden. Man hatte nach Bakterien gesucht, die in dem Leichnam lebten, und war zu einem verblüffenden Ergebnis gekommen.

Jenny sah sich die Computerbögen an und dachte an Dr. Yamaguchis Worte, sie hätten *weder gutartige noch irgendwelche anderen* Bakterien gefunden.

»Komisch«, sagte Jenny.

»Ich kann mit dem, was da steht, nicht das geringste anfangen«, sagte Bryce. »Wenn Sie mir das vielleicht übersetzen könnten?«

»Also, normalerweise wimmelt eine Leiche nur so von Bakterien«, sagte Jenny. »In der Leiche von Gary Wechlas ist aber nicht das geringste in der Richtung gefunden worden. Nicht einmal Koli-Bakterien, und die hat jedermann im Darm. Sie, ich, jeder. Bei der Untersuchung haben sie zwar massenhaft tote Koli-Bakterien gefunden, aber keine lebenden. In Wechlas Leiche ist keine einzige lebende Bakterie mehr.«

»Und was bedeutet das für uns?« fragte Bryce. »Die Leiche verwest also nicht so, wie sie das sollte, oder?«

»Sie verwest überhaupt nicht. Es ist aber nicht nur das. Der Grund dafür ist, daß der Leiche eine Riesendosis eines Sterilisierungs- und Stabilisierungsmittels injiziert worden ist, Bryce. Die Leiche ist mit einem äußerst wirksamen Präservierungsmittel behandelt worden.«

Lisa brachte ein Tablett mit vier Tassen Kaffee zu dem Tisch von Dr. Yamaguchi, Jenny und Bryce und setzte sich auch dazu. Draußen lag die Straße im rotgoldenen Licht der Nachmittags-Sonne.

In einer Stunde ist es wieder dunkel, dachte Jenny. Dann werden wir wieder eine lange Nacht durchstehen müssen. Sara Yamaguchi war inzwischen mit hellbraunen Cordhosen und einer gelben Bluse bekleidet. Ihr langes, seidiges, tiefschwarzes Haar fiel ihr über die Schultern herab. »Wahrscheinlich haben Sie alle schon genug Tierfilme im Fernsehen gesehen«, sagte sie gerade, »um zu wissen, daß manche Spinnen- und Wespenarten ihren Opfern Präservierungsmittel injizieren, um sie für späteren Verzehr oder für ihre Jungen aufheben zu können. Das Präservierungsmittel, das sich in Mr. Wechlas' Gewebe findet, hat damit eine Ähnlichkeit, ist aber weit stärker und komplizierter aufgebaut.«

Jenny dachte an die riesige Motte, die Stu Wargle angegriffen und getötet hatte. Sie war jedoch nicht das Wesen, das ganz Snowfield geleert hatte. Auf keinen Fall. Selbst wenn Hunderte von diesen Kreaturen irgendwo gelauert hätten, hätten sie nicht alle erwischt. Eine Motte von dieser Größe wäre niemals in die verschlossenen Autos und Häuser oder in ein verbarrikadiertes Zimmer hineingekommen. Da draußen war noch etwas anderes.

»Wollen Sie damit sagen, daß ein Insekt all die Menschen getötet hat?« fragte Bryce die Wissenschaftlerin.

»Die uns vorliegenden Indizien sprechen nicht dafür. Ein Insekt hätte das Präservierungsmittel mit einem Stachel injiziert. Es wäre also auf jeden Fall ein Einstich da, was aber nicht der Fall ist. Seth Goldstein hat jeden Quadratzentimeter der Leiche mit einem Vergrößerungsglas untersucht, und zwar buchstäblich. Er hat sogar die Körperbehaarung mit einem chemischen Mittel entfernt, damit ihm auf keinen Fall etwas entgeht. Es ist keinerlei Verletzung der Haut gefunden worden. Wir haben schon gedacht, wir hätten uns getäuscht, und deshalb ist noch eine zweite Autopsie mit der Leiche von Karen Oxley durchgeführt worden. Das Ergebnis war das gleiche.« Sie unterbrach sich kurz, lehnte sich zum Fenster hinüber und sah die Straße hinauf nach General Copperfield und den anderen. Als sie sich wieder zum Tisch umdrehte, sagte sie: »Wir haben die gleichen bizarren Untersuchungsergebnisse erhalten. In der Leiche waren keinerlei lebende Bakterien, die Verwesung ist auf nicht natürliche Weise aufgehalten worden, und das Gewebe war mit einem Präseriverungsmittel getränkt.«

Bryce fragte: »Wenn es aber nicht injiziert worden ist, wie ist es dann in den Körper gekommen?«

»Wir vermuten, daß es extrem leicht absorbierbar ist, durch Hautkontakt in den Körper eindringt und sich innerhalb von Sekunden durch das gesamte Gewebe verteilt.«

Jenny sagte: »Könnte es vielleicht doch ein Nervengas sein? Es wäre doch möglich, daß der Präservierungs-Effekt nur eine Nebenwirkung ist.«

»Nein«, sagte Sara Yamaguchi. »In den Kleidern der Opfer finden sich keinerlei Spuren, und das wäre absolut zwangsläufig der Fall, wenn es sich um Nervengas handeln würde. Außerdem hat die fragliche Substanz zwar eine toxische Wirkung, aber nach der chemischen Analyse ist sie nicht primär ein Toxin, sondern ein Konservierungsmittel.«

»War sie denn nicht die Todesursache?« fragte Bryce.

»Sie hat dazu beigetragen, aber wir können noch keine Aussage über die konkrete Todesursache machen. Zum Teil ist sie sicherlich die toxische Wirkung des Konservierungsmittels, aber andere Anzeichen bringen uns zu der Überzeugung, daß auch Sauerstoffmangel zum Tod beigetragen hat.«

»Aber das ist doch ausgeschlossen«, sagte Lisa. »Bei Sauerstoffmangel dauert es doch Minuten, bis jemand tot ist, aber die Leute hier sind *schnell* gestorben, innerhalb von Sekunden.«

»Außerdem haben wir bisher nirgends Anzeichen für einen Kampf gefunden«, sagte Jenny. »Wenn jemand erstickt wird, wehrt er sich in der Regel und tritt um sich —«

»Ganz richtig«, sagte die Genetikerin und nickte. »Es ergibt einfach keinen Sinn.«

»Warum sind die Körper so angeschwollen?« fragte Bryce.

»Das haben wir für eine toxische Reaktion auf das Präservierungsmittel gehalten.«

»Die Prellung auch?«

»Nein. Da … da liegt die Sache anders.«

»Inwiefern?«

Sara antwortete nicht sofort, sondern starrte mit gerunzelter Stirn auf ihren Kaffee herab. Schließlich sagte sie: »Nach der Beschaffenheit der Haut und des subkutanen Gewebes zu urteilen, sind die Prellungen ohne jeden Zweifel *von außen* verursacht worden. Es waren also klassische Prellungen, die mit der Schwellung oder einer anderen allergischen Reaktion nichts zu tun hatten. Allem Anschein nach sind die Opfer wiederholt von heftigen Schlägen getroffen worden, und das ist einfach verrückt, denn bei so heftigen Schlägen hätten wir logischerweise auch Frakturen finden müssen, oder zumindest eine einzige, aber das ist nicht der Fall. Noch etwas ist verrückt: Die Prellungen sind am ganzen Körper ganz genau gleich stark. Das Gewebe ist an den

Schenkeln, den Händen, auf der Brust, einfach überall gleichstark beschädigt, und das ist einfach unmöglich.«

»Wieso?« fragte Bryce.

Jenny gab ihm die Antwort. »Wenn jemand mit einem schweren Instrument geschlagen wird, sind die Prellungen zwangsläufig an manchen Stellen des Körpers stärker als an anderen. Es wäre unmöglich, jeden Quadratzentimeter des Körpers mit Schlägen zu treffen, die dazu noch mit genau der gleichen Wucht aus genau dem gleichen Winkel geführt werden müßten.«

»Außerdem«, sagte Sara, »sind auch an Stellen Prellungen vorhanden, die ein Schlag niemals treffen würde, wie zum Beispiel unter der Achselhöhle, zwischen den Hinterbacken oder an den Fußsohlen, und das, obwohl Mrs. Oxley Schuhe anhatte.«

»Das läßt doch nur einen Schluß zu«, sagte Jenny. »Die Kompression des Gewebes, die die Prellungen zur Folge hatte, ist durch etwas anderes als Schläge auf den Körper verursacht worden.«

»Was zum Beispiel?« fragte Bryce.

»Ich habe keine Ahnung.«

»Und sie sind schnell gestorben«, erinnerte Lisa sie alle.

Bryce sagte: »Dr. Yamaguchi, was ist Ihre Meinung? Ich meine damit nicht Ihr sachkundiges Urteil. Ganz persönlich und nicht formell, was ist Ihrer Ansicht nach hier los? Haben Sie irgendwelche Theorien?«

Sie drehte sich zu ihm um und schüttelte den Kopf. »Nein, ich fürchte, ich habe keine Theorie. Nur eines vielleicht ...«

»Ja?«

»Ich ... ich glaube jetzt, es war von Isley und Arkham eine kluge Entscheidung, mitzukommen.«

Jenny stand der Möglichkeit einer extraterrestrischen Invasion noch immer mit Skepsis gegenüber, aber Lisa war weiterhin davon gefesselt und fragte: »Glauben Sie wirklich, es kommt von einer anderen Welt?«

»Vielleicht gibt es auch noch andere Möglichkeiten«, sagte Sara. »Aber ich wüßte im Augenblick beim besten Willen keine zu nennen.« Sie sah auf die Uhr, rutschte ungeduldig auf ihrem Stuhl herum und sagte schließlich: »Wo bleiben sie denn nur?« Sie sah wieder aus dem Fenster heraus.

Die Bäume draußen standen bewegungslos. Die Stadt war totenstill.

»Sagten Sie nicht, sie wollten die Schutzanzüge wegpakken?«

»Schon, aber das dürfte doch nicht so lange dauern.«

»Wenn etwas passiert wäre, hätten wir Schüsse gehört.«

»Oder Explosionen«, sagte Jenny. »Sie haben doch Molotow-Cocktails gemacht.«

»Sie hätten schon vor mindestens fünf oder zehn Minuten hier sein müssen«, beharrte die Genetikerin.

Jenny dachte an die unglaubliche Lautlosigkeit, mit der *es* Jake Johnson geholt hatte.

Bryce zögerte und schob dann seinen Stuhl zurück. »Es kann ja wohl nichts schaden, wenn ich mit ein paar Männern rübergehe und nachsehe.«

Sara Yamaguchi wendete sich abrupt vom Fenster ab. »Irgend etwas ist passiert.«

»Nein, nein, wahrscheinlich nicht«, sagte Bryce.

»Sie spüren es doch auch«, sagte Sara. »Ich merke das. Mein Gott.«

»Machen Sie sich keine Gedanken«, sagte Bryce ruhig. Seine Augen blieben jedoch nicht so ruhig wie seine Stimme. Jenny hatte im Verlauf der letzten vierundzwanzig Stunden den Ausdruck in diesen verschleierten Augen erkennen gelernt, und nun stand Spannung und eine eiskalte Furcht in ihnen.

Sie alle wollten es nicht wahrhaben, aber sie *wußten* es.

Der Schrecken hatte wieder begonnen.

Bryce suchte sich Tal, Frank und Gordy als Begleitung zum Laborwagen aus.

»Jenny sagte: »Ich komme auch mit.«

Die beiden hatten eine wichtige und seltene Verbindung miteinander hergestellt. Er fühlte sich wohl bei ihr, und er glaubte, daß es ihr genauso ging. Doch er wollte sie nicht verlieren und sagte deshalb: »Es wäre mir lieber, wenn Sie hierbleiben würden.«

»Ich bin Ärztin«, sagte Jenny, als sei das nicht nur ein Beruf, sondern ein Schutzschild, das jeden Schaden von ihr fernhalten würde.

»Das ist hier eine regelrechte Festung«, sagte er. »Hier ist es sicherer.«

»Es ist nirgends sicher.«

»Ich habe nicht gesagt ›sicher‹, sondern *sicherer*.«

»Vielleicht brauchen sie eine Ärztin.«

»Wenn sie angegriffen worden sind, sind sie entweder verschwunden oder tot. Verletzte hat es bisher noch nie gegeben, oder?«

»Vielleicht dieses Mal.« Sie drehte sich zu Lisa um. »Hol meine Tasche, Liebling.«

Das Mädchen rannte zu der behelfsmäßigen Krankenstation.

»*Sie* bleibt aber auf jeden Fall hier«, sagte Bryce.

»Nein«, sagte Jenny. »Sie bleibt bei mir.«

Bryce wußte offensichtlich nicht mehr weiter und sagte: »Hören Sie mal, Jenny, es herrscht hier praktisch der Ausnahmezustand. Ich kann Ihnen *befehlen*, hierzubleiben.«

»So? Und wie wollen Sie den Befehl durchsetzen? Mit der Pistole?« fragte sie, blieb dabei aber freundlich.

Bryce sah Jenny an und dachte: Ich kann dich nicht beschützen. Verstehst du das denn nicht? Bleib hier, wo die Fenster verschlossen und die Türen bewacht sind. Verlaß dich nicht darauf, daß ich dich beschützen werde, denn ich werde dich enttäuschen. Genauso, wie ich Ellen enttäuscht habe, und ... und Timmy.

»Also los«, sagte Jenny.

Bryce war sich seiner Machtlosigkeit schmerzhaft bewußt, als er sie aus dem Hotel heraus und auf die Straßenecke zuführte — hinter der *es* lauern konnte. Tal führte zusammen mit Bryce die Prozession an, Frank und Gordy bildeten die Nachhut, und zwischen ihnen waren Jenny, Sara Yamaguchi und Lisa.

Langsam wurde es kühl, und in dem Tal unterhalb von Snowfield hatte sich ein leichter Nebel gebildet. In weniger als einer Dreiviertelstunde würde es dunkel werden.

Die Straße schien noch bedrohlicher still als am Vorabend.

Ihre Schritte hallten, als durchquerten sie eine riesige Kirche.

Sie gingen vorsichtig um die Kurve.

Drei Schutzanzüge lagen leer und unordentlich mitten auf der Straße, und ein weiterer halb auf dem Bürgersteig. Zwei der Helme waren gesprungen. Maschinenpistolen waren überall verstreut, und am Straßenrand waren Molotow-Cocktails aufgereiht.

Die hintere Tür des Lkws stand offen. Drinnen lagen weitere Schutzanzüge und Maschinenpistolen. Von Menschen war keine Spur zu sehen.

Bryce rief: »General? General Copperfield?«

Grabesstille.

»Seth!« rief Sara Yamaguchi. »Will? Will Bettenby? Galen? Gebt doch Antwort bitte!«

Nichts. Niemand.

Jenny sagte: »Nicht einen einzigen Schuß konnten sie abgeben.«

Tal sagte: »Oder schreien. Die Wachen an der Eingangstür im Hotel hätten es auf jeden Fall gehört, auch wenn sie nur geschrien hätten.«

Die hinteren Türen des Labors standen offen. Bryce hatte das Gefühl, daß sie in dem Labor etwas erwartete. Am liebsten hätte er sich umgedreht und wäre weggelaufen, aber das hätte sicher eine Panik ausgelöst.

Sara ging als erste auf das Labor zu.

Als Bryce sie aufhielt, protestierte sie ärgerlich: »Aber das sind meine Freunde, verdammt noch mal!«

»Ich weiß«, sagte Bryce. »Lassen Sie aber zuerst mich hineinsehen.« Einen Moment lang war er vor Angst wie gelähmt und konnte kein Glied rühren, aber dann ging er doch los.

31

Computerspiele

Bryce hatte seinen Dienstrevolver gezogen und gespannt. Er packte die Tür mit seiner freien Hand, riß sie auf, sprang zugleich zurück und zielte in den Wagen hinein.

Er war leer. Zwei Schutzanzüge lagen zerknittert auf dem Boden, und ein dritter war über einen Drehstuhl vor einem Computerausgang gehängt.

Als Bryce mit klopfendem Herz die Tür zu dem dritten Labor aufriß, fand er auch es leer. Zwei Schutzanzüge. Sonst nichts.

In dem Augenblick, in dem er seinen Kopf hereinstreckte, gingen alle Lampen an der Decke aus, und er schreckte vor der plötzlichen Dunkelheit zurück. Eine Sekunde später ging das Licht wieder an. Es kam jedoch nicht von der Dekke, sondern leuchtete ungewohnt grünlich, und es dauerte eine kurze Zeit, bis er merkte, daß es von den drei Sichtschirmen des Computers kam, die alle zur gleichen Zeit angegangen waren. Nun gingen sie wieder aus, dann wieder an, flackerten kurz und blieben dann ganz an und warfen ein unheimliches Licht in das Labor.

»Ich gehe hinein«, sagte Bryce.

Die anderen protestierten, aber er war schon die Treppe hochgesprungen und stand im Labor. Er ging zu dem ersten Video-Schirm, auf dem fünf Worte hellgrün vor dem dunkelgrünen Hintergrund standen:

LIEBSTER JESU, WIR SIND HIER.

Bryce sah zu den beiden anderen Schirmen hinüber. Sie trugen die gleichen Worte. Ein kurzes Flackern, und nun stand etwas anderes da:

DEINEM WORTE NACHZULEBEN.

Bryce runzelte die Stirn. Was war denn das für ein Programm? Das war doch das Lied, das aus dem Ablauf gekommen war.

IN DER BIBEL STEHT NUR SCHEISSE, teilte ihm der Computer mit.

Flackern.

JESUS VÖGELT HUNDE.

Diese letzten drei Worte blieben einige Sekunden lang auf dem Schirm. Bryce hatte den Eindruck, als sei das Licht, das aus dem Sichtschirm fiel, kalt. So, wie ein Kamin ein warmes Licht ausstrahlt, strahlte dieses Licht eine Kälte aus, die ihn durchbohrte. Das da war kein normales Programm, und ganz sicher war es nicht von General Copperfield oder seinen Leuten eingespeist worden.

Flackern.

JESUS IST TOT. GOTT IST TOT.

Flackern.

ICH LEBE.

Flackern.

WIE WÄR'S MIT EINEM RATESPIEL?

Bryce sah auf den Schirm und spürte, wie eine primitive, abergläubische Angst in ihm aufstieg. Ganz tief, fast in seinem Unterbewußtsein, fühlte er, daß er hier in der Gegenwart von etwas war, das böse war ... und vertraut? Wie aber konnte es vertraut sein. Er wußte schließlich noch nicht einmal, was *es* war. Vielleicht wußte er es aber auch. Tief in seinem Innern, instinktiv. Wenn es ihm nur gelingen könnte, Zugang zu seiner rassischen Erinnerung zu bekommen, so würde er dort vielleicht die Wahrheit über dieses Wesen erfahren, das die Bewohner von Snowfield überwältigt und abgeschlachtet hatte.

Flackern.

SHERIFF HAMMOND, WOLLEN SIE EIN RATESPIEL MIT MIR MACHEN?

Die Verwendung seines Namens erschreckte ihn. Dann aber folgte eine noch größere und beunruhigendere Überraschung:

ELLEN

Der Name seiner toten Frau brannte auf dem Schirm. Jeder Muskel in seinem Körper spannte sich an, und er wartete darauf, daß noch etwas auf dem Schirm erscheinen würde, aber für lange Sekunden stand da nur dieser kostbare Name, und er konnte seinen Blick nicht davon losreißen, und dann —

ELLEN FAULT.

Er bekam keine Luft. Wie konnte es etwas über Ellen wissen?

Flackern.

ELLEN IST FUTTER FÜR DIE WÜRMER.

Was war das denn bloß? Was hatte das zu bedeuten?

TIMMY WIRD STERBEN.

Die Prophezeiung glühte grün auf grün.

Er schnappte nach Luft und sagte leise »Nein!«. Während des letzten Jahres hatte er oft gedacht, es wäre für Timmy besser, wenn er sterben würde. Noch gestern hatte er gesagt, ein schneller Tod wäre für seinen Sohn ein Segen. Aber jetzt nicht mehr. Snowfield hatte ihm beigebracht, daß nichts schlimmer als der Tod ist. In den Armen des Todes gab es keine Hoffnung mehr, aber solange er lebte, konnte man auch noch auf Heilung hoffen. Schließlich hatten die Ärzte gesagt, sein Gehirn sei nicht beschädigt, und wenn er jemals aus seinem unnatürlichen Schlaf aufwachen sollte, hatte er eine gute Chance, wieder ganz gesund zu werden. Deshalb sagte Bryce nun »Nein!« zu dem Computer.

TIMMY WIRD FAULEN. ELLEN FAULT. ELLEN VERFAULT IN DER HÖLLE.

»Wer *bist* du?« fragte Bryce und kam sich sofort albern vor, weil er zu dem Computer wie zu einem normalen Menschen gesprochen hatte. Wenn er ihm eine Frage stellen wollte, mußte er sie eingeben.

WIE WÄR'S MIT EINER KLEINEN UNTERHALTUNG?

Bryce wendete sich von dem Terminal ab, ging zur Tür hinaus und rief den anderen zu: »Dr. Yamaguchi, ich brauche hier Ihre Hilfe.« Er versuchte dabei, sich nichts von seiner Nervosität anmerken zu lassen.

Tal, Jenny, Lisa und Sara Yamaguchi kamen in das Labor. Frank und Gordy blieben draußen stehen und beobachteten nervös die Straße.

Bryce zeigte Sara die Video-Schirme.

WIE WÄR'S MIT EINER KLEINEN UNTERHALTUNG?

Als er ihnen erzählte, was er bisher auf den Schirmen gesehen hatte, unterbrach ihn Sara und sagte: »Aber das ist doch unmöglich. Dieser Computer hat keine Programmierung und kein Vokabular, das es ihm ermöglichen würde —«

»Etwas hat den Computer unter Kontrolle«, sagte er.

»Unter Kontrolle? Wie denn?« fragte Sara stirnrunzelnd.

»Ich weiß es nicht.«

»Und wer soll das sein?«

»Nicht *wer*«, sagte Jenny und legte einen Arm um ihre Schwester. »Ich würde eher fragen *was*.«

»So ist es«, sagte Tal. »Dieses Ding, das all die Leute umgebracht hat, das hat die Kontrolle über den Computer übernommen.«

Die Genetikerin war offensichtlich noch skeptisch, setzte sich aber an den Computer und sagte: »Ich lasse es auf jeden Fall ausdrucken, falls wir tatsächlich etwas bekommen sollten.« Sie gab ihren Zugangs-Code ein und tippte eine Frage.

IST DA JEMAND?

Das automatische Schreibgerät ratterte los und lieferte sofort die Antwort: JA.

WER BIST DU?

ZAHLLOS.

»Was soll das bedeuten?« fragte Tal.

»Ich weiß es auch nicht«, sagte die Genetikerin, erhielt aber auf die gleiche Frage die gleiche rätselhafte Antwort. ZAHLLOS.

»Fragen Sie nach seinem Namen«, sagte Bryce.

HAST DU EINEN NAMEN?

JA.

WIE IST DEIN NAME?

VIELE.

NENNE EINEN DEINER NAMEN.

CHAOS.

WELCHE NAMEN HAST DU SONST NOCH?

DU LANGWEILST MICH, BLÖDE FOTZE. EINE ANDERE FRAGE!

Deutlich erschreckt sah die Genetikerin Bryce an: »*Das* ist auf jeden Fall nicht in den Computer programmiert worden.«

Lisa sagte: »Fragen Sie es nicht, *wer*, sondern *was* es ist.«

»Genau«, sagte Tal. »Lassen Sie sich eine physische Beschreibung geben.«

Nach einer kurzen Überlegung tippte die Genetikerin: GIB UNS EINE PHYSISCHE BESCHREIBUNG.

ICH LEBE.

LIEFERE EINE SPEZIFISCHE BESCHREIBUNG.

ICH BIN VON NATUR AUS UNSPEZIFISCH.

BIST DU EIN MENSCH?

AUCH DIESE MÖGLICHKEIT STEHT MIR OFFEN.

»Es spielt doch bloß mit uns«, sagte Jenny.

Bryce fuhr sich mit einer Hand über das Gesicht und sagte: »Fragen Sie es nach General Copperfield.«

WO IST GALEN COPPERFIELD?

TOT.

WO IST SEINE LEICHE?

VERSCHWUNDEN.

WOHIN?

DU LANGWEILST MICH.

WO SIND DIE ANDEREN, DIE BEI GALEN COPPER-FIELD WAREN?

TOT.

HAST DU SIE GETÖTET?

JA.

WARUM?

IHR.

UNKLAR. DEUTLICHER.

IHR SEID ALLE TOT.

Bryce sah, daß der Frau die Hand zitterte. Trotzdem flog sie geschickt und genau über die Tastatur: WARUM WILLST DU UNS TÖTEN?

DAFÜR SEID IHR DA.

SOLL DAS HEISSEN, DASS WIR NUR DA SIND, UM GETÖTET ZU WERDEN?

JA. IHR SEID VIEH. IHR SEID SCHWEINE. IHR SEID WERTLOS.

WAS IST DEIN NAME?

LEERE.

UNKLAR. DEUTLICHER.

NICHTS.

UNKLAR. DEUTLICHER. WAS IST DEIN NAME?

MILLIONEN.

UNKLAR. DEUTLICHER.

MEIN SCHWANZ IST DEUTLICHER. DU LANGWEILST MICH, SCHLAMPE.

Sara wurde rot und sagte: »Das ist einfach Wahnsinn!«

Der Schirm wurde leer. Dann: WANN KOMMT ER?

UNKLAR. DEUTLICHER.

WANN KOMMT DER EXORZIST?

»Mein Gott«, sagte Tal. »Was soll *das* denn jetzt?«

Sara tippte: UNKLAR. DEUTLICHER.

TIMOTHY FLYTE.

»Jetzt werd' ich aber verrückt!« sagte Jenny.

»Es kennt also diesen Flyte«, sagte Tal. »Aber wie? Und hat es Angst vor ihm oder was?«

HAST DU ANGST VOR FLYTE?

BLÖDE SCHLAMPE.

HAST DU ANGST VOR FLYTE? tippte sie unbeirrt.

ICH HABE VOR NICHTS ANGST.

INTERESSIERT DICH FLYTE?

ICH HABE ENTDECKT, DASS ER ES WEISS.

WAS WEISS ER?

ER WEISS, DASS ES MICH GIBT.

WEISS ER, WAS DU BIST?

JA. ICH WILL IHN HIER HABEN.

WARUM WILLST DU IHN HIER HABEN?

ER IST MEIN MATTHÄUS.

UNKLAR. DEUTLICHER.

ER IST MEIN MATTHÄUS, MARKUS, LUCAS UND JOHANNES.

Sara runzelte die Stirn und sah zu Bryce herüber. Dann flogen ihre Finger wieder über die Tasten. HEISST DAS, ER IST DEIN APOSTEL?

NEIN. ER IST MEIN BIOGRAF. ER SCHILDERT MEIN WERK. ER SOLL HERKOMMEN.

WILLST DU IHN AUCH TÖTEN?

NEIN. ICH SICHERE IHM FREIES GELEIT ZU.

UNKLAR. DEUTLICHER.

IHR WERDET ALLE STERBEN. ABER FLYTE DARF AM LEBEN BLEIBEN. DAS MÜSST IHR IHM SAGEN. WENN ER DAS NICHT WEISS, WIRD ER NICHT HERKOMMEN.

Saras Hände zitterten stärker denn je. Sie vertippte sich, mußte ihre Frage löschen und neu eingeben. WENN WIR FLYTE HERBRINGEN, WIRST DU UNS DANN LEBEN LASSEN?

IHR SEID MEIN.

WIRST DU UNS LEBEN LASSEN?

NEIN!

Bisher war Lisa für ihr Alter unverhältnismäßig tapfer gewesen. Als sie aber auf dem Video-Schirm so unverblümt ihr Schicksal ausgedruckt sah, war es zuviel für sie, und sie fing leise an zu weinen.

WOHER KOMMST DU?

AUS URALTER ZEIT.

UNKLAR. DEUTLICHER.

DU LANGWEILST MICH, SCHLAMPE.

BIST DU EXTRATERRESTRISCH?

NEIN.

»Damit wäre die Sache für Isley und Arkham geklärt«, sagte Bryce, überlegte sich aber erst dann, daß die beiden schon tot waren.

Sara kehrte noch einmal zu einer Frage zurück, die sie schon einmal gestellt hatte. WAS BIST DU?

DU LANGWEILST MICH.

WAS BIST DU?

DUMMES FLITTCHEN.

WAS BIST DU?

VERPISS DICH.

WAS BIST DU? tippte sie noch einmal und drückte dabei die Tasten so heftig herunter, daß Bryce schon dachte, sie würde sie zerbrechen. Anscheinend war ihr Zorn inzwischen größer als ihre Angst geworden.

ICH BIN GLASYALABOLAS.

UNKLAR. DEUTLICHER.

DAS IST MEIN NAME. ICH BIN DER GEFLÜGELTE MIT DEN ZÄHNEN EINES HUNDES. SCHAUM STEHT MIR VOR DEM MUND. ICH BIN FÜR ALLE EWIGKEIT DAZU VERDAMMT, DASS MIR SCHAUM VOR DEM MUND STEHT.

Bryce starrt den Schirm verständnislos an. War das ernst

gemeint? Ein Geflügelter mit Hundezähnen? Doch bestimmt nicht. Es spielte sicher wieder mit ihnen und hatte seinen Spaß. Was war an der ganzen Sache aber so spaßig?

Der Schirm wurde leer. Eine Pause. Dann aber erschienen neue Worte, obwohl Sara keine Frage gestellt hatte.

ICH BIN HABORYM. ICH BIN DER MANN MIT DREI KÖPFEN — EINER VON EINEM MENSCHEN, EINER VON EINER KATZE, UND EINER VON EINER SCHLAN-GE.

»Was soll denn der Scheiß da?« fragte Tal frustriert.

Die Luft war inzwischen deutlich kälter geworden. Das ist nur der Wind, sagte sich Bryce. Nur der Wind in der Tür, der die Kühle des Abends hereinweht.

ICH BIN RANTAN. ICH BIN PALLANTRE. ICH BIN AMLUTIAS, ALFINA, ERYN, FUARD, BELIAL, OMGOR-MA, NEBIROS, ELIGOR UND VIELE ANDERE.

Die seltsamen Namen glühten einen Moment lang auf allen drei Schirmen, und dann verschwanden sie wieder.

ICH BIN ALLE, UND ICH BIN KEINER. ICH BIN AL-LES.

Die drei Video-Schirme leuchteten noch einen Moment leer und grün, und dann gingen sie aus, und die Deckenbeleuchtung ging wieder an.

»Wir danken Ihnen für dieses Gespräch«, sagte Jenny.

Belial. Das war einer der Namen, den es sich gegeben hatte.

Bryce war zwar kein zutiefst religiöser Mann, aber er war belesen genug, um zu wissen, daß Belial entweder ein anderer Name des Satans oder der Name einer der drei gefallenen Engel war. Was genau, wußte er nicht sicher.

Er ging deshalb zu Gordy Brogan, der ein frommer Katholik und der religiöseste von ihnen allen war. Sie standen auf dem Bürgersteig, und Gordy las sich die Namen durch.

»Hier«, sagte Gordy. »Dieser Name. Baal.« Er deutete auf den grünen Computerdruck. »Ich weiß nicht genau, wo ich den Namen schon einmal gesehen habe. Es war nicht in der Kirche oder im Katechismus. Vielleicht in einem Buch.«

Bryce bemerkte, daß Gordy mit einem seltsamen Tonfall und Rhythmus sprach. Es war mehr als Nervosität. Manche

Worte sagte er viel zu langsam, während er andere fast frenetisch schnell aussprach.

»In einem Buch?« fragte Bryce. »In der Bibel vielleicht?«

»Nein, ich glaube nicht. Leider lese ich nicht in der Bibel. Nein, das war in einem gewöhnlichen Buch, aber ich kann mich nicht mehr daran erinnern, in welchem.«

»Und wer ist dieser Baal?«

»Ich glaube, das soll ein sehr machtvoller Dämon sein«, sagte Gordy. Mit seiner Stimme war irgend etwas nicht in Ordnung, nein, *er* war nicht in Ordnung.

»Und die anderen Namen?« fragte Bryce.

»Die sagen mir nichts.«

»Ich dachte, das wären auch Namen von Dämonen.«

»Wissen Sie, die Kirche droht nicht mehr so mit der Hölle und dem Teufel wie früher. Vielleicht ist das ein Fehler«, sagte er mit seiner veränderten Stimme. »Doch, das ist ein Fehler. Weil ich nämlich glaube, daß Sie recht haben. Das sind die Namen von Dämonen.«

Jenny seufzte müde. »Dann hat es wieder eines seiner Spielchen mit uns getrieben.«

Gordy schüttelte heftig den Kopf. »Nein, das war kein Spiel. Das war die reine Wahrheit.«

Bryce runzelte die Stirn. »Gordy, Sie glauben doch nicht etwa, daß das wirklich ein Dämon oder der Satan oder sonst etwas in der Richtung ist, oder?«

»Das ist doch alles Unsinn«, sagte Sara Yamaguchi.

»Und wie erklären Sie dann den gekreuzigten Priester?« fragte Gordy mit fiebernden Augen. In ihnen stand nicht nur Angst. Das waren die Augen eines Mannes in geistiger Not, vielleicht sogar Agonie.

Ich hätte das eher kommen sehen müssen, warf sich Bryce vor.

Gordy sprach mit leiser, aber intensiver Stimme weiter: »Ich glaube, die Zeit ist gekommen. Das Ende. Der jüngste Tag. Genau so, wie es in der Bibel steht. Das habe ich nie geglaubt. An alles, was die Kirche lehrt, habe ich geglaubt, nur nicht, daß es einen Tag des Gerichts geben könnte. Ich habe immer gemeint, das geht alles einfach so weiter. Aber jetzt ist er gekommen, und zwar nicht nur für uns in Snowfield, sondern für alle Menschen. Deshalb habe ich mich gefragt, welches Urteil über mich gesprochen werden würde, und ich habe Angst. Ich besitze nämlich eine besondere Gabe Gottes, ein ganz besonderes Geschenk, und ich habe es weggeworfen. Mir ist die Gabe des heiligen Franziskus verliehen worden. Ich habe mich schon immer gut mit Tieren verstanden. Doch, das ist wahr. Kein Hund bellt mich an, keine Katze kratzt mich. Mir fressen wilde Eichhörnchen aus der Hand. Meine Eltern wollten, daß ich diese Gabe nütze und Tierarzt werde, aber ich habe auf die Gabe Gottes gespuckt und bin Polizist geworden, habe das Schwert aufgenommen, und deshalb habe ich jetzt Angst.«

Bryce wußte nicht, was er zu Gordy sagen sollte. Seine eingebildete Sünde war so weit weg von dem wahren Bösen, daß es schon fast lächerlich war.

»Timothy Flyte ist ein Wissenschaftler und kein Theologe«, sagte Jenny mit bestimmter Stimme. »Wenn Flyte eine Erklärung für die Ereignisse hat, dann ist es eine wissenschaftliche und bestimmt keine theologische.«

Gordy hörte nicht auf sie. Tränen liefen ihm über das Gesicht. Seine Augen sahen glasig aus. Er warf den Kopf zurück und starrte in den Himmel, sah dabei offensichtlich aber nicht den Sonnenuntergang, sondern eine himmlische Straße, auf der Gott mit seinen Heerscharen herabstieg, um Gericht zu halten.

In seinem Zustand konnte man ihm keine geladene Pistole anvertrauen. Bryce zog Gordy die Pistole aus dem Halfter und nahm sie an sich. Der Deputy registrierte es nicht einmal.

Bryce bemerkte, daß Gordys bizarre Ausführungen Lisa schwer erschüttert hatten. »Es wird alles wieder gut«, sagte er zu ihr. »Das ist natürlich nicht das Ende der Welt. Gordy ist nur ein bißchen ... na, sagen wir durcheinander. Wir kommen hier schon durch. Glaubst du mir das, Lisa? Bleib nur noch ein bißchen so tapfer wie bisher. Meinst du, das schaffst du?«

Sie antwortete ihm nicht sofort, aber dann raffte sie ihre letzten Reserven zusammen und nickte. Sie rang sich sogar ein schwaches, unsicheres Lächeln ab.

»Du bist wirklich ein tolles Mädchen«, sagte er. »Ganz ähnlich wie deine Schwester.«

Lisa sah kurz zu Jenny hinüber und richtete dann ihren Blick wieder auf Bryce. »Sie sind aber auch ein toller Sheriff«, sagte sie.

Es war ihm peinlich, daß sie ihm so fraglos ihr Vertrauen schenkte, denn er hatte das nicht verdient.

Ich habe dich angelogen, dachte er. Der Tod ist noch immer hier. Er wird wieder zuschlagen. Vielleicht jetzt, vielleicht erst später.

Er konnte das nicht gewußt haben, aber einer von ihnen würde in einer Minute sterben.

32

Schicksal

In Santa Mira verbrachte Fletcher Kale den größten Teil des Montagnachmittags damit, methodisch Jake Johnsons Haus Zimmer für Zimmer zu zerstören.

In der Speisekammer hinter der Küche hatte er endlich Jake Johnsons Versteck gefunden. Es war nicht auf den Regalen, denn die waren mit genug Vorräten für ein Jahr oder mehr vollgestellt, oder auf dem Boden, wo die Mehl- und Zuckersäcke standen. Nein, der wahre Schatz war unter dem Linoleum und den Bodenbrettern in einem Geheimfach versteckt.

In diesem Geheimfach hatte Johnson eine sorgfältig ausgesuchte Auswahl von Schußwaffen versteckt. Sie waren einzeln in wasserdichte Plastikfolien eingeschlagen, und Kale wickelte sie aus und hatte ein Gefühl wie an Weihnachten dabei. Da war ein Paar Smith & Wesson Combat Magnum, vielleicht die stärkste und beste Faustfeuerwaffe der Welt. Mit .357er Munition geladen war sie die tödlichste Pistole, die ein Mann tragen konnte, und ihre Wucht reichte aus, um einen Grisly zu stoppen, und mit der leichteren .38er Patrone war sie eine sehr genaue Pistole für Kleinwild. Weiter war da noch ein Schrotgewehr, zwei Jagdgewehre, eine

M-1 und ein HK 91 Sturmgewehr von Heckler und Koch mit acht Magazinen à dreißig Schuß, die bereits gefüllt waren, und zusätzlich dazu noch zweitausend Schuß Munition dafür.

Fast eine Stunde lang untersuchte Kale die Waffen und spielte mit ihnen. Wenn die Polizei ihn auf dem Weg in die Berge erwischen sollte, würde ihnen das leid tun.

In dem Loch unter dem Speisekammerboden fand er auch Geld. Eine ganze Menge Geld sogar. Die Scheine waren zu Bündeln zusammengerollt und in fünf großen Einmachgläsern verstaut.

Er trug die Gläser in die Küche, stellte sei auf den Tisch, holte sich eine Dose Pepsi aus dem Kühlschrank, weil er kein Bier gefunden hatte, und setzte sich an den Küchentisch, um das Geld zu zählen. $ 63440.

Es bedeutete eine gewisse Ironie, daß er dieses versteckte Geld jetzt fand, denn wenn er es schon früher gehabt hätte, hätte er in der letzten Woche Joanna und Danny nicht umzubringen brauchen. Das war mehr, als er gebraucht hätte, um sich aus seinen Schwierigkeiten mit High County Investments herauszubringen.

Er hatte vor anderthalb Jahren alles darin investiert, was er hatte, aber das war nötig gewesen, wenn er in das Geschäft einsteigen wollte, das einen ungeheuren Gewinn versprach. Allem Anschein nach war das die goldene Gelegenheit gewesen, die, wie er wußte, vom Schicksal für ihn bestimmt war.

Es hatte sich jedoch alles anders entwickelt, als er vorausgesehen hatte. Jeder der Beteiligten an dem Projekt hatte sich verpflichtet, sich anteilsmäßig an etwaigen Folgekosten zu beteiligen. Sollte er dazu nicht in der Lage sein, so war damit auch sein ursprünglich investiertes Kapital verloren. Im Lauf der Zeit entwickelte das Projekt einen geradezu abenteuerlichen Geldhunger.

Als die erste Nachforderung von $ 35000 kam, hatte er seiner Frau mit größter Mühe die Zustimmung abgerungen, das Haus mit einer Hypothek zu belasten. Sie war von Anfang an gegen das Projekt gewesen und hatte gesagt, es sei eine Nummer zu groß für ihn. Nun machte sie ihm zwar keine offenen Vorwürfe oder sagte ihm mit ihren Blicken ›das habe ich dir gleich gesagt‹, weil sie dazu zu schlau war, aber natürlich hatte sie sich insgeheim an seiner Verzweiflung gefreut. Sie und all die anderen, die ihm den Erfolg nicht gönnen wollten. Wenn High County Investments erst einmal das große Geld brachte, würde er es ihnen schon zeigen. Vor allem aber Joanna würde dann büßen müssen.

Dann aber wurde von den an dem Geschäft beteiligten Partnern noch einmal $ 40 000 verlangt. Er hätte auch die noch bezahlen können, wenn Joanna ihm den Erfolg wirklich gegönnt hätte. Sie hätte das Geld aus dem Fond nehmen können, den Joannas Großmutter für Danny als ihren einzigen Urenkel eingerichtet hatte. Das aber hatte Joanna abgelehnt. »Was ist denn, wenn du *noch einmal* zahlen sollst? Dann verlierst du alles, Fletch, einfach alles, und Dannys Fond ist auch weg.« Er hatte versucht, ihr klarzumachen, daß es dieses Mal auf jeden Fall die letzte Zahlung war und daß das Geld jetzt sehr bald einrollen müsse, aber sie wollte nicht auf ihn hören. In Wirklichkeit hatte sie ihm nur den Erfolg nicht gegönnt und wollte ihn ruinieren.

Damit blieb ihm keine andere Wahl, als sie und Danny umzubringen. Nach den Bestimmungen zu dem Fond würde er aufgelöst und das Geld an Joanna überwiesen werden, wenn Danny vor seinem 21. Geburtstag sterben sollte, und Joanna hatte in ihrem Testament ihren gesamten Besitz an ihren Mann vermacht. Wenn er sie also beide aus dem Weg räumte, bekam er den Fond in die Hand, und dazu noch $ 20 000 aus Joannas Lebensversicherung.

Die Schlampe hatte ihm keine andere Wahl gelassen. Es war also nicht seine Schuld, daß sie tot war.

Er dachte an den Ausdruck auf ihrem Gesicht, als sie die Leiche des Jungen gesehen hatte — und die Pistole in seiner Hand, und er lächelte. Er sah auf das Geld herab, das er vor sich auf dem Küchentisch aufgestapelt hatte, und sein Lächeln wurde noch breiter.

Noch vor wenigen Stunden hatte er ohne einen Penny in der Tasche unter Mordanklage im Gefängnis gesessen, und vor ihm hatte allem Anschein nur eine lebenslängliche Haftstrafe gelegen. Die meisten Menschen wären in einer solchen Lage vor Verzweiflung erstarrt. Fletcher Kale aber hatte sich nicht geschlagen gegeben, weil er gewußt hatte, daß das Schicksal Großes mit ihm vorhatte. Nun lag der Beweis vor ihm. In unglaublich kurzer Zeit hatte er sich befreit, verfügte über ein Versteck, Transportmittel, Waffen und vor allem über $ 63440.

Endlich hatte es begonnen. Sein spezielles Schicksal entfaltete sich.

33

Phantome

Bryce sagte: »Wir sollten uns besser wieder ins Hotel zurückziehen.« In einer Viertelstunde würde die Nacht die Stadt wieder in ihren Besitz nehmen. Jetzt schon drängten sich die Schatten aus ihren Ecken, wo sie sich den Tag über versteckt hatten.

Sie ließen das Labor hinter sich, in dem *es* zum erstenmal mit ihnen in Verbindung getreten war, und gingen auf die Straßenecke zu, als die Straßenlaternen aufleuchteten. Im gleichen Augenblick hörten sie hinter sich ein Winseln und dann ein Bellen. Die gesamte Gruppe blieb wie angewurzelt stehen und drehte sich um.

Hinter ihnen humpelte ein Hund an den Laborwagen vorbei und versuchte, sie einzuholen. Es war ein Airedale. Anscheinend war sein linkes Vorderbein gebrochen. Seine Zunge baumelte ihm zum Maul heraus, sein Pelz war stumpf und verfilzt, und er machte allgemein einen angegriffenen Eindruck. Er kam noch einen Schritt auf sie zu, stockte, um sein verwundetes Bein abzulecken, und winselte erbärmlich.

Bryce war von dem plötzlichen Erscheinen des Hundes wie elektrisiert. Er war der erste Überlebende, den sie gefunden hatten. Er war zwar nicht in besonders guter Verfassung, aber er *lebte* noch.

Warum aber lebte er noch? Was hatte er Besonderes an

sich, das ihn gerettet hatte, während alle anderen zugrundegegangen waren?

Wenn sie die Antwort auf diese Frage finden könnten, könnte das vielleicht auch ihnen die Rettung bringen.

Gordy reagierte als erster.

Der Anblick des verwundeten Airedales berührte ihn tiefer als alle anderen. Er konnte es nicht ertragen, ein Tier Schmerzen leiden zu sehen. Lieber litt er selbst. Sein Herz begann, schneller zu schlagen. Gott hatte ihm ein Zeichen geschickt, daß er ihm noch eine Chance bot, seine Begabung zu nutzen. Wenn er diesem Hund nicht half, war ihm die ewige Verdammnis sicher. Es gab keinerlei Zweifel daran, was er jetzt tun mußte. Er eilte auf den Airedale zu, der ungefähr sechs Meter weit weg war.

Jenny war zunächst von dem Hund völlig verblüfft, und dann stieg eine ungeheure Freude in ihr hoch. Das Leben hatte doch über den Tod triumphiert. *Es* hatte doch nicht jedes Lebewesen in Snowfield erwischt. Dieser Hund, der sich nun müde hinsetzte, als Gordy auf ihn zukam, hatte überlebt, und das bedeutete, daß sie selbst es vielleicht auch schaffen könnten, lebend aus dieser Stadt herauszukommen —

— und dann fiel ihr die Motte ein.

Auch die Motte war ein lebendes Wesen gewesen, hatte ihnen aber nichts Gutes gebracht.

Der Hund, der am Rand des Schattens auf dem Bürgersteig lag, legte nun seinen Kopf auf den Boden und bettelte winselnd darum, gestreichelt zu werden.

Gordy ging leicht niedergebückt auf ihn zu und sprach liebevoll und beruhigend auf ihn ein. »Nur keine Angst, mein Kleiner. Braver Hund. Das kriegen wir alles wieder hin. Nur ruhig ...«

Das Entsetzen stieg in Jenny hoch. Sie öffnete ihren Mund, um zu schreien, aber andere waren schneller als sie.

»Gordy, *nicht*!« rief Lisa.

»Zurück!« schrie Bryce zusammen mit Frank Autry.

Tal brüllte: »Bleiben Sie weg davon, Gordy!«

Gordy aber schien sie nicht zu hören.

Als Gordy näherkam, hob der Hund seinen Kopf vom

Boden und gab leise, einschmeichelnde Geräusche von sich. Es war ein kräftiges Tier. Wenn sein Bein geheilt und sein Fell gewaschen und gebürstet war, würde er ein schöner Hund werden.

Gordy streckte eine Hand aus und streichelte den Hund. Der arme Kerl war kalt, unglaublich kalt, und leicht feucht.

»Komm her, mein guter Hund«, sagte Gordy.

Der Hund roch auch eigenartig. Scharf. Eigentlich ekelerregend. Gordy hatte so etwas noch nie gerochen.

»Wo hast du dich nur herumgetrieben?« fragte er den Hund. »In was für einem Dreck hast du dich denn gewälzt?«

Gordy hörte die anderen hinter sich rufen, aber er war zu sehr mit dem Airedale beschäftigt, um auf sie zu hören. Er legte beide Arme um den Hund, drückte ihn vorsichtig an seine Brust und hob ihn hoch. Seine verwundete Pfote baumelte herab.

Er hatte es noch nie mit einem Tier zu tun gehabt, das so kalt war. Es kam nicht nur davon, daß sein Pelz feucht und deshalb kalt war; auch unterhalb des Fells schien keine Wärme zu existieren.

Er leckte Gordy die Hand ab. Die Zunge war eiskalt.

Frank hatte aufgehört zu rufen und sah nur noch atemlos zu. Gordy hatte den Köter aufgehoben und streichelte ihn jetzt. Es war nichts Schreckliches passiert, und vielleicht war es doch ein ganz normaler Hund, der —

Dann.

Der Hund leckte Gordys Hand ab, und ein eigenartiger Ausdruck trat in das Gesicht des Deputys, und dann begann der Hund, sich … zu verwandeln.

Es war so, als würde ein Plastilinklumpen unter den Händen eines unsichtbaren Bildhauers schnell seine Gestalt verändern. Das verfilzte Haar schien zu schmelzen und die Farbe zu ändern, und dann veränderte sich auch seine Textur, bis es eher wie grünliche Schuppen aussah, und dann sank der Kopf in den Rumpf zurück, der inzwischen eigentlich kein Rumpf mehr war, sondern nur noch ein formloser Klumpen, der sich zuckend verformte, und dann wurden die Beine kürzer und dicker. All das dauerte nicht länger als fünf oder sechs Sekunden, und dann —

Gordy starrte entsetzt auf das Ding, das er in den Armen hielt.

Ein Eidechsenkopf mit bösartigen, gelben Augen begann sich aus der formlosen Masse zu bilden, zu der der Hund geworden war. Das Maul der Eidechse erschien in dem Pudding-ähnlichen Gewebe, eine gespaltene Zunge zuckte vor, und eine Menge spitzer, kleiner Zähne wurde sichtbar.

Gordy versuchte, das Ding hinzuwerfen, aber es klebte an ihm fest, großer Gott, es klebte an ihm fest wie Gift, und nun hatte es sich um seine Hände und Arme herumgeformt, so daß sie nun *in* dem Wesen waren.

Dann war es nicht mehr kalt, sondern plötzlich warm, und dann heiß. Furchtbar heiß.

Noch bevor die Eidechse ganz aus der zuckenden Gewebemasse aufgestiegen war, begann sie sich wieder aufzulösen, und ein neues Tier entstand, ein Fuchs, aber auch der verschwand, bevor er ganz ausgebildet war, und dann waren es Eichhörnchen, zwei Eichhörnchen, die wie siamesische Zwillinge zusammengewachsen waren, sich aber schnell trennten, und —

Gordy begann zu schreien. Er schüttelte heftig seine Arme und versuchte, das Wesen abzuschütteln. Es brannte inzwischen wie Feuer an seinen Armen und Schultern.

Er schrie und schluchzte und stolperte einen Schritt vor, schüttelte wieder seine Arme und versuchte, seine Hände auseinanderzuzerren, aber das Ding klammerte sich weiter an ihm fest.

Die halb ausgeformten Eichhörnchen zerschmolzen wieder, und kurz erschien eine Katze, aber dann war auch die wieder weg, und etwas anderes stieg auf, großer Gott, nein, nur das nicht, ein ungeheuerliches Insekt, groß wie der Airedale, mit sieben oder acht Augen auf seinem widerlichen Kopf und eine Menge spinnendürrer Beine und —

Der Schmerz durchfloß ihn wie Lava. Er stolperte zur Seite, fiel auf die Knie und dann auf die Seite. Er trat in seiner Qual wild um sich und wand sich auf dem Bürgersteig.

Sara Yamaguchi konnte nur ungläubig starren. Die Kreatur, die Gordy angriff, schien seine DNS-Struktur völlig unter Kontrolle zu haben und sein Aussehen beliebig und mit verblüffender Schnelligkeit ändern zu können.

Eine solche Kreatur konnte es einfach nicht geben. Eigentlich sollte sie es wissen, denn sie war Biologin und Genetikerin. Unmöglich. Trotzdem war sie da.

Das spinnenähnliche Gebilde löste sich wieder auf, und eine neue Phantom-Gestalt trat an ihre Stelle. Das Wesen schien in seiner natürlichen Gestalt nichts als eine formlose, gallertartige Masse zu sein, grau und rostrot gefleckt, wie eine Kreuzung zwischen einer riesigen Amöbe und einem ekelhaften Schimmelpilz. Das Gewebe floß an Gordys Armen hoch —

— und plötzlich streckte er eine Hand aus der schleimigen Masse heraus. Es war jedoch keine Hand mehr, sondern nur noch Knochen. Skelettierte Knochen, weiß abgefressen, ohne eine Spur von Fleisch darauf.

Sie würgte, drehte sich um und übergab sich in den Rinnstein.

Jenny riß Lisa zwei Schritte von dem Ding weg, mit dem Gordy kämpfte. Das Mädchen schrie ununterbrochen.

Der Schleim floß um die Knochenhand und umgab sie mit einem Handschuh aus pulsierendem Gewebe. Auch die Knochen wurden aufgelöst, und der Handschuh zog sich zu einem Ball zusammen und verschwand in dem Organismus. Er wogte und zuckte ständig, bildete hier einen Auswuchs, dort eine Einbuchtung, die sofort wieder verschwand und einer anderen Form Platz machte, als bedeute schon ein kurzer Stillstand Tod. Er zog sich an Gordys Armen hoch, während er sich verzweifelt dagegen wehrte, und hinterließ nichts, gar nichts, keine Stümpfe, keine Knochen, nichts; alles wurde von ihm verschlungen. Es begann nun, sich auch auf seine Brust auszubreiten, und wohin es auch floß, verschwand Gordy einfach, als würde er langsam in einem Säurefaß aufgelöst.

Lisa riß ihren Blick von dem Sterbenden los und klammerte sich schluchzend an Jenny fest.

Gordys Schreie waren unerträglich.

Tal hielt seinen Revolver bereits in der Hand. Er hastete auf Gordy zu.

Bryce hielt ihn auf. »Sind Sie verrückt, Tal? Wir können ihm doch nicht helfen.«

»Wir können ihn aus seiner Qual erlösen.«

Gordys Schreie wurden immer gequälter, und nun schrie er zu Jesus um Hilfe, trommelte mit den Fersen auf dem Boden, bäumte sich auf und versuchte, sich von der Last seines entsetzlichen Angreifers zu befreien.

Bryce zuckte zusammen. »Also gut. Schnell.«

Sie gingen beide vorsichtig auf den tobenden, sterbenden Deputy zu und eröffneten das Feuer. Verschiedene Schüsse trafen ihn, und die Schreie hörten auf. Sie zogen sich hastig wieder zurück.

Sie machten keinen Versuch, auch Gordys Angreifer zu töten. Sie wußten, daß Kugeln gegen dieses Wesen nichts ausrichten konnten, und langsam verstanden sie auch, warum nicht. Geschosse töten, indem sie lebenswichtige Organe oder Blutgefäße zerstören. Nach allem, was sie sehen konnten, hatte dieses Wesen weder Organe, noch einen Blutkreislauf oder ein Skelett. Es schien eine Masse von undifferenziertem, aber hochentwickeltem Protoplasma zu sein. Eine Kugel würde es durchbohren, aber das verblüffend formlose Fleisch würde einfach in den Schußkanal fließen und die Wunde in Sekunden heilen.

Das Wesen begann nun, Gordy schneller in einer lautlosen Raserei zu verschlingen, und innerhalb von Sekunden war von ihm keine Spur mehr zu sehen. Nur noch der Verwandler war übrig, weit größer als der Hund, denn nun hatte er ja noch Gordys Substanz in sich aufgenommen.

Tal und Bryce gingen zu den anderen zurück, aber sie flohen nicht ins Hotel, sondern beobachteten wie gebannt das amöbenhafte Wesen auf dem Bürgersteig.

Es nahm wieder eine neue Form an und wurde zu einem riesigen, bedrohlichen Wolf, der seinen Kopf zurückwarf und den Himmel anheulte.

Dann durchliefen Wellen sein Gesicht, und Tal erkannte, daß er menschliche Züge anzunehmen begann. Aus den

Wolfsaugen wurden Menschenaugen, und ein Teil eines menschlichen Kinns bildete sich. Gordys Augen? Gordys Kinn? Die Menschenähnlichkeit hielt sich nur eine Sekunde, und dann floß das Gesicht wieder in die Wolfsform.

Werwolf, dachte Tal.

Für einen Augenblick stand er da, stand *es* da, und fletschte seine scharfen und riesigen Zähne, viel größer als sie ein Wolf auf der Erde jemals besessen hatte, und seine Augen glühten schmutzigrot wie der Sonnenuntergang auf.

Es wird gleich angreifen, dachte Tal. Er schoß auf das Wesen. Die Kugeln drangen ein, hinterließen aber keine sichtbaren Wunden und verursachten offensichtlich auch keine Schmerzen.

Der Wolf wendete sich mit einer Art kühler Gleichgültigkeit für die Schüsse von Tal ab und trabte auf den offenen Kanaleinstieg zu, in dem das Stromkabel des fahrbaren Labors verschwand.

Plötzlich stieg etwas aus diesem Kanal auf, schaffte sich mit ungeheurer Kraft Weg, eine dunkle, pulsierende Masse, die aus einer gallertartigen Substanz bestand und in einer Säule, die fast so groß war wie der Einstieg, in die Luft aufstieg, höher und immer höher: vier Fuß, sechs Fuß, acht …

Etwas stieß Tal gegen den Rücken. Er zuckte zusammen, versuchte, sich umzudrehen und bemerkte, daß er lediglich mit der Mauer des Hotels zusammengestoßen war. Er hatte es selbst nicht bemerkt, daß er sich immer weiter vor dem aufragenden Wesen zurückgezogen hatte.

Er sah nun, daß die pulsierende Säule wieder ein Stück Protoplasma wie der Airedale war, der sich zu einem Wolf verändert hatte; es war nur erheblich größer. Riesig war es. Tal fragte sich, wieviel davon wohl noch unter der Straße verborgen war, und er hatte eine Ahnung, daß es die gesamte Kanalisation füllte und daß das, was sie hier sahen, nur ein verschwindend kleiner Teil von ihm war.

Als es die Höhe von ungefähr zehn Fuß erreicht hatte, stieg es nicht weiter hoch. Die obere Hälfte der Säule verbreitete sich zu einem Schirm, so daß es nun dem Kopf einer Kobra ähnelte. Dann aber wurde der Schirm immer breiter, bis es kein Schirm mehr war, sondern zwei riesige, membranartige Flügel wie von einer Fledermaus, die aus der noch immer gestaltslosen Säule wuchsen. Dann aber nahm auch sie eine Form an — große, überlappende Schuppen —, und kleine Hinterfüße bildeten sich. Es wurde zu einer geflügelten Schlange.

Die Flügel flatterten und verursachten ein Geräusch wie eine knallende Peitsche.

Tal drückte sich an die Wand.

Die Flügel flatterten.

Lisa klammerte sich fester an Jenny fest. Die Ärztin hielt ihre Schwester fest im Arm, aber ihre Aufmerksamkeit war auf die Monstrosität gerichtet, die aus dem Kanalschacht aufgestiegen war, in der Dämmerung zuckte und sich wendete.

Wieder flatterten die Flügel. Jenny spürte einen kühlen Wind, der von ihnen ausging.

Dieses neue Phantom sah aus, als wolle es sich gleich von dem noch unterirdischen Protoplasma lösen und sich in den Abendhimmel erheben — oder sich auf sie stürzen.

Sie wußte, daß eine Flucht unmöglich wäre. Mit jeder Bewegung würde sie nur seine Aufmerksamkeit auf sich lenken. Es war sinnlos, seine Energie mit Fluchtversuchen verschwenden zu wollen. Flucht vor dem Ding da war unmöglich.

Jenny sah wie gebannt zu, wie sich am oberen Ende der zehn Fuß hohen Säule aus fleckigem, amorphem Gewebe ein Schlangenkopf bildete. Haßerfüllte grüne Augen wuchsen aus dem formlosen Fleisch. Sie waren milchig, trübe, offensichtlich blind, aber nun wurden sie klar, und die waagrechten schwarzen Pupillen wurden sichtbar. Die Augen starrten bösartig auf Jenny und die anderen herab. Ein riesiges Maul wurde aufgerissen, und zwei nadelspitze, riesige Fangzähne wurden sichtbar, die aus schwarzem Zahnfleisch wuchsen.

Jenny dachte an die Dämonen-Namen auf dem Video-Schirm, die höllischen Namen, die das Wesen sich selbst verliehen hatte. Die Masse aus formlosem Fleisch, die da gerade eine geflügelte Schlange bildete, war tatsächlich wie ein Dämon, der aus der Hölle hergerufen worden war.

Das Wolfsphantom, das die Substanz Gordy Brogans aufgenommen hatte, kam auf den Fuß der aufgerichteten Schlange zu. Es berührte die Säule aus pulsierendem Fleisch — und verschmolz mit ihr. In weniger als einer Sekunde hatten sich die beiden Kreaturen vereinigt.

Offensichtlich war der erste Verwandler kein selbständiges Wesen. Es war vielmehr ein Teil jener riesenhaften Kreatur in der Kanalisation unter den Straßen. Sie konnte offensichtlich Teile von sich lösen und zu besonderen Aufgaben ausschicken — wie der Angriff auf Gordy Brogan —, um sie dann beliebig wieder zurückzuholen.

Die Flügel flatterten, und das Geräusch hallte durch die ganze Stadt. Dann begannen sie wieder in die Säule zurückzuschmelzen, und auch das Gesicht der Schlange löste sich auf. Offensichtlich war *es* der Vorführung müde. Bald waren auch die Füße verschwunden, und nachdem es noch einige Sekunden als brodelnde, formlose Masse über dem Einstieg gestanden hatte, eine Vision des Bösen, begann es sich wieder durch das Loch in die Kanalisation zurückzuziehen.

Bald war es verschwunden.

Lisa hatte aufgehört zu schreien. Sie schnappte nach Luft und weinte laut. Die anderen waren fast ebenso erschüttert und sahen sich wortlos an.

Bryce sah aus, als habe ihn ein Keulenschlag getroffen. Schließlich sagte er: »Los, gehen wir ins Hotel zurück, bevor es noch dunkler wird.«

Vor dem Hoteleingang stand keine Wache.

»Hier ist was passiert«, sagte Tal. Bryce nickte und ging vorsichtig durch die Doppeltür. Fast wäre er dabei auf eine Pistole getreten, die auf dem Boden lag. Die Eingangshalle war leer.

»Verdammt«, sagte Frank Autry. Sie durchsuchten alles. In der Cafeteria war niemand, und in dem Schlafsaal auch nicht. Auch die Küche war verlassen. Kein Schuß war abgegeben worden. Niemand hatte gerufen.

Niemand war entkommen. Die zehn Deputies waren verschwunden.

Draußen war es wieder Nacht geworden.

34

Abschied

Die sechs Überlebenden — Bryce, Tal, Frank, Jenny, Lisa und Sara — standen in der Eingangshalle des Hilltop Inn am Fenster. Draußen lag die Skyline Road still und ruhig vor ihnen. Die Nacht schien leise zu ticken, wie eine Zeitbombe.

Jenny erinnerte sich an den überdachten Gang neben der Bäckerei der Liebermanns. Sie hatte gedacht, sie hätte etwas oben zwischen den Balken gesehen, und Lisa unten an der Mauer. Wahrscheinlich hatten sie beide recht gehabt. Auch Bryce hatte später in dem Abfluß sicher ein dunkles Stück Protoplasma gesehen, das sie belauerte oder sonst einer düsteren und unergründlichen Tätigkeit nachging.

Jenny dachte auch an die Oxleys in ihrem verbarrikadierten Raum und sagte: »Das Geheimnis der verschlossenen Räume ist plötzlich kein Geheimnis mehr. Dieses Wesen konnte unter eine Tür oder durch einen Heizungsschacht fließen. Das kleinste Loch, die kleinste Ritze würden ausreichen. Harold Ordnay hat es wahrscheinlich durch die Abflüsse erwischt.«

»Das gleiche gilt für die von innen verschlossenen Autos«, sagte Frank. »Es konnte ein Auto völlig umgeben und durch die Belüftung fließen.«

»Es kann sich völlig lautlos bewegen, wenn es will«, sagte Tal. »Deshalb sind auch so viele Leute überrascht worden. Sie haben es erst in dem Augenblick bemerkt, als es sie angriff.«

Draußen stieg ein leichter Nebel aus dem Tal hoch. Die Straßenlaternen bekamen weiße Höfe.

»Wie groß es wohl ist?« fragte Lisa.

Einen Moment antwortete niemand. Dann sagte Bryce: »Riesig.«

»Vielleicht so groß wie ein Haus«, sagte Frank.

»Oder so groß wie das ganze Hotel«, sagte Sara.

»Oder vielleicht sogar noch größer«, sagte Tal. »Es hat schließlich die gesamte Stadt zugleich angegriffen. Es könnte so groß sein wie … ein unterirdischer See, ein See aus lebendem Gewebe, der sich unter dem größten Teil von Snowfield erstreckt.«

»Wie Gott«, sagte Lisa.

»Was?«

»Es ist überall«, sagte Lisa. »Es weiß alles und sieht alles. Genau wie Gott.«

»Wir haben fünf Polizeiwagen«, sagte Frank. »Wenn wir uns aufteilen würden und jeder in einem anderen Auto genau zur gleichen Zeit aus Snowfield herausfahren —«

»Es würde uns aufhalten«, sagte Bryce.

»Vielleicht würde es uns nicht alle erwischen. Vielleicht würde ein Wagen durchkommen.«

»Es hat eine ganze Stadt aufgehalten.«

»Stimmt. Da haben Sie auch wieder recht«, gab Frank widerwillig zu.

Jenny sagte: »Außerdem hört es uns wahrscheinlich sowieso gerade zu und würde uns aufhalten, noch bevor wir die Autos erreicht haben.«

Sie sahen alle zu den Heizungsschächten an der Decke hoch. Hinter dem Metallgitter war nichts zu sehen. Nichts als Finsternis.

Sie versammelten sich in dem Speiseraum der Festung, die keine mehr war. Sie redeten sich selbst ein, sie hätten Lust auf Kaffee, weil ein gemeinsamer Kaffee ihnen ein Gefühl von Gemeinschaftlichkeit und Normalität gab.

Bryce machte sich nicht mehr die Mühe, Wachen aufzustellen. Das war doch sinnlos. Wenn *es* wollte, würde es sie holen.

Draußen wurde der Nebel immer dichter und drückte gegen das Glas. Wie unter einem Zwang mußten sie über das sprechen, was sie gesehen hatten. Sie alle wußten, daß ihr Tod bevorstand, und so wollten sie verstehen, wie und warum sie sterben sollten. Tod war immer schrecklich, sicher, aber ein sinnloser Tod war noch viel schlimmer als alles andere.

Bryce kannte sich aus mit sinnlosem Tod. Vor einem Jahr

hatte ihm ein Lastwagen alles beigebracht, was es zu diesem Thema zu wissen gab.

»Die Motte«, sagte Lisa. »War die wie der Airedale, wie das … das Ding, das Gordy geholt hat?«

»Ja«, sagte Jenny. »Die Motte war nur ein Phantom, ein kleines Stück des Verwandlers. Das war gestern nacht und auch nicht wirklich Stu Wargle in der Toilette. Es hat sich Wargles Leiche aus der Gerätekammer geholt und dann ihre Form angenommen, um dich zu ängstigen. Es kann offensichtlich jede Person oder jedes Tier darstellen, das es absorbiert hat.«

Lisa runzelte die Stirn. »Die Motte kann es aber nicht vorher gefressen haben, weil es so etwas gar nicht gibt.«

»Na ja«, sagte Bryce, »vielleicht hat es solche Insekten vor Millionen von Jahren im Zeitalter der Dinosaurier ja einmal gegeben, und damals hat es sie gefressen.«

Lisa sah ihn mit großen Augen an. »Meinen Sie damit, daß das Ding, was aus dem Kanal gekommen ist, vielleicht Millionen von Jahre alt ist?«

»Mit den biologischen Gesetzen, wie wir sie kennen, scheint es auf jeden Fall nichts zu tun zu haben«, sagte Bryce. »Habe ich nicht recht, Dr. Yamaguchi?«

»Doch, allerdings.«

»Warum sollte es dann nicht unsterblich sein?«

Jenny sah ihn skeptisch an.

Bryce sagte: »Hast du dagegen einen Einwand?«

»Gegen die Möglichkeit, daß es unsterblich ist? Oder praktisch unsterblich? Nein, das will ich akzeptieren. Es könnte tatsächlich aus dem Mesozoikum stammen und sich ständig selbst erneuern, so daß es praktisch unsterblich ist. Was ist aber mit der geflügelten Schlange? Es fällt mir verdammt schwer, zu glauben, daß *so* etwas schon irgendwann einmal wirklich existiert hat. Wenn der Verwandler nur die Form von solchen Organismen annehmen kann, die er vorher aufgenommen hat, wie kann er dann so etwas wie die geflügelte Schlange werden?«

»So ähnliche Tiere hat es doch schon gegeben«, sagte Frank. »Der Pterodactylus war ein geflügeltes Reptil.«

»Ein Reptil wohl«, sagte Jenny. »Aber keine Schlange.

Der Pterodactylus war der Vorfahre der Vögel, aber das Ding da war ganz deutlich eine Schlange, und das ist etwas ganz anderes. Es hat ausgesehen, als sei es direkt aus einem Märchenbuch oder einem Buch über Schwarze Magie.«

Lisa sagte: »Ist es wirklich der Teufel? Ein Dämon aus der Hölle?«

»Nein«, sagte Jenny. »Das ist bloß eine Pose.«

»Aber warum nimmt es dann die Form des Teufels an?« fragte Lisa. »Und warum gibt es sich selbst Dämonen-Namen.«

»Ich habe die Vermutung, daß es nicht auf die Formen seiner Opfer beschränkt ist. Es kann sich deren Form geben, aber auch irgendeine andere, die es sich vorstellt. Wenn nun eines der Opfer einmal ein Bild von dieser geflügelten Schlange gesehen hat, kann *es* sie auch darstellen.«

Dieser Gedanke erschreckte Bryce. »Wollen Sie damit sagen, es nimmt nicht nur das *Fleisch* seiner Opfer in sich auf, sondern auch ihre *Kenntnisse und Erinnerungen?*«

»Es sieht auf jeden Fall danach aus«, sagte Jenny.

»Rein biologisch gesehen ist so etwas nicht unbekannt.« Sara Yamaguchi schob sich ihr Haar mit beiden Händen hinter ihre Ohren. »Wenn man eine bestimmte Plattwurmart lange genug durch ein Labyrinth schickt, das Futter auf der anderen Seite hat, wird der Wurm auf die Dauer dieses Labyrinth schneller überwinden lernen. Wenn man diesen Wurm nun zermahlt und an einen anderen Wurm verfüttert, wird der zweite Wurm auch schneller durch das Labyrinth kommen, obwohl er vorher nicht an der Testreihe teilgenommen hat. Er hat irgendwie mit dem Fleisch seines Artgenossen auch sein Wissen und seine Erfahrungen mitgegessen.«

»So hat der Verwandler auch von Timothy Flyte erfahren«, sagte Jenny. »Harold Ordnay wußte von Flyte, und damit *es* auch.«

»Warum hat es Lisa gestern nacht in der Toilette nicht geholt? Warum hat es uns nicht alle schon geholt?«

»Es spielt mit uns und braucht uns als Opfer für seine sadistischen Späße.«

»Das auch. Ich glaube aber, es hat uns leben lassen, damit wir Flyte sagen können, wir hätten es hier gesehen, um ihn herzulocken und ihm das freie Geleit zuzusichern.«

»Und wenn wir unseren Zweck erst einmal erfüllt haben ...«

»Ja.«

Etwas stieß von außen heftig an die Mauer des Hotels. Die Scheiben klirrten, und das ganze Haus schien zu beben.

Bryce stand so schnell auf, daß er den Stuhl umwarf, und lauschte angespannt, um festzustellen, woher das Geräusch kam. Es begann in Bodenhöhe, stieg aber schnell höher.

Jetzt klapperte und klickte etwas.

»Da zieht sich etwas Großes außen an dem Gebäude hoch«, sagte Frank.

»Das ist *es* wieder«, sagte Lisa.

»Aber nicht in seiner gallertartigen Form«, sagte Sara. »Dann brauchte es doch bloß lautlos an den Wänden hochzufließen.«

Sie lauschten alle eine Weile, und dann gingen sie zum Fenster, um hinauszusehen. Durch den Nebel war fast einen Block weit entfernt im Schein der Straßenlaterne schemenhaft etwas auszumachen. Ein ungeheuerlicher Krebs, groß wie ein Auto, kletterte an einem Haus hoch. Bryce erkannte die riesige Klaue mit den gezackten Schneiden, die sofort wieder in der Dunkelheit verschwand. Dann war noch kurz ein fiebrig zitternder Fühler zu sehen, und die Kreatur verschwand wieder in der Nacht.

»Was das wohl soll?« fragte Lisa ängstlich. »Warum gibt es vor, etwas zu sein, was es in Wirklichkeit nicht ist?«

»Vielleicht macht ihm das ganz einfach Spaß«, sagte Bryce. »Es gibt ja auch tropische Vögel, die Geräusche nachahmen, weil ihnen das Spaß macht und sie sich selbst hören wollen.«

Die Geräusche auf dem Dach hörten abrupt auf.

Die sechs warteten. Die Nacht schien sie wie ein wildes Tier zu belauern und nur auf den richtigen Zeitpunkt für den Angriff zu warten.

Sie waren zu unruhig, um sich wieder hinzusetzen, und standen weiter am Fenster und starrten hinaus.

Draußen bewegte sich nur der Nebel.

»Jetzt ist auch das Rätsel der ununterbrochenen Prellungen geklärt«, sagte Sara Yamaguchi. »Dieses Wesen hat seine Opfer vollständig eingeschlossen und dann gedrückt. Die Prellungen sind das Ergebnis eines ungeheuren, überall angewandten und länger aufrechterhaltenen Drucks. Auch der Sauerstoffentzug erklärt sich so.«

»Wahrscheinlich wird dabei auch das Konservierungsmittel in die Blutbahn gebracht.«

»Das denke ich auch«, sagte Sara. »Deshalb haben wir auch keinen Einstich von einer Injektionsnadel gefunden. Das Konservierungsmittel wird in jede Pore hineingepreßt. Eine Art von osmotischer Anwendung.«

»Ich habe jetzt auch eine Idee, wie das Wasser zu erklären wäre«, sagte Jenny. »Der Verwandler hat es ausgestoßen.«

»Wie kommen Sie darauf?«

»Der menschliche Körper besteht zum größten Teil aus Wasser. Nachdem also dieses Ding seine Opfer absorbiert und jedes Milligramm Mineralien, Vitamine und alle Kalorien aufgenommen hat, hat es das abgestoßen, was es nicht brauchte: überschüssige Mengen von absolut reinem Wasser. Diese Pfützen und getränkten Teppiche sind die gesamten Überreste Hunderter von Vermißten. Keine Leichen. Keine Gebeine. Nur Wasser ..., und das ist auch schon verdunstet.«

»Meinen Sie, das verdammte Ding könnte getötet werden?« fragte Frank.

»Mit Kugeln auf jeden Fall nicht, das haben wir ja gesehen«, sagte Tal.

»Mit Feuer vielleicht?« fragte Lisa.

»Die Soldaten hatten schon Molotow-Cocktails vorbereitet«, erinnerte sie Sara. »Der Verwandler hat sie aber offensichtlich so schnell angegriffen, daß niemand Zeit gehabt hat, sich eine Flasche zu holen und den Docht anzuzünden.«

»Außerdem ist mit Feuer höchstwahrscheinlich auch nicht viel zu machen«, sagte Bryce. »Wenn das Ding anfangen würde zu brennen, würde es sich einfach von dem brennenden Teil lösen und den Hauptteil des Organismus in Sicherheit bringen.«

»Sprengstoff ist wahrscheinlich auch sinnlos«, sagte Jenny. »Ich habe das Gefühl, daß wir nach einer Sprengung nicht mehr hätten als tausend kleinere Verwandler, die dann wieder zusammenfließen würden.«

»Kann das Ding also getötet werden oder nicht?« fragte Frank noch einmal.

»Nein. Soweit ich das beurteilen kann, nicht«, sagte Bryce.

Frank Autry rief seine Frau Ruth an und sprach fast eine halbe Stunde lang mit ihr. Tal rief mit dem anderen Telefon verschiedene neue Freunde an. Später besetzte Sara Yamaguchi eine Leitung fast eine Stunde lang. Jenny rief verschiedene Leute an, darunter auch ihre Tante in Newport Beach, mit der auch Lisa sprach. Bryce hatte ein längeres Gespräch mit verschiedenen Leuten in dem Hauptquartier in Santa Mira, mit Deputies, mit denen er schon seit Jahren zusammenarbeitete und mit denen ihn ein Band von Freundschaft verband; danach sprach er noch mit seinen Eltern in Glendale und mit Ellens Vater in Spokane.

Alle sechs Überlebenden zeigten sich optimistisch am Telefon und sprachen davon, daß sie mit der Sache hier bald fertigwerden würden und Snowfield dann wieder verlassen könnten.

Bryce wußte jedoch genau, daß sie alle aus einer hoffnungslosen Lage noch das Beste herauszuholen versuchten, und daß das keine gewöhnlichen Telefongespräche waren. Trotz des optimistischen Tonfalls hatten diese Anrufe nur einen einzigen düsteren Zweck: Die sechs Überlebenden nahmen Abschied.

35

Pandämonium

Sal Corello, der Presse-Agent, der angestellt worden war, um Timothy Flyte vom Flughafen in San Francisco abzuholen, wurde unter normalen Umständen mit jeder Ansammlung von Reportern fertig, aber heute nicht. Dazu war die Sensation zu groß. Corello hatte so etwas noch nie gesehen. Hunderte von Reportern und Neugierigen stürzten sich auf Flyte, sobald sie ihn sahen, zerrten an ihm, schoben ihm Mikrofone vor das Gesicht, blendeten ihn mit einem Blitzlichtgewitter und brüllten hektisch Fragen: »Dr. Flyte ...« »Professor Flyte ...« »... Flyte!« *Flyte, Flyte, Flyte-Flyte-Flyte, FlyteFlyteFlyteFlyte* ... Die einzelnen Fragen waren in dem chaotischen Stimmengewirr nicht mehr zu verstehen. Bis sie die kleine Plattform am hinteren Ende der Halle erreicht hatten, sah Professor Flyte aus, als würde er gleich vor Angst sterben.

Corello nahm das Mikrofon an sich und brachte die Menge schnell zum Schweigen. Er bat sie, Professor Flyte Gelegenheit für ein kurzes Statement zu geben, und dann würde er ihnen auch einige Fragen beantworten.

Als sie alle Flyte genauer sehen konnten, machte sich plötzlich überall Skepsis breit. Corello sah ihnen genau an, daß sie befürchteten, der Professor wolle sie alle auf den Arm nehmen. Er sah tatsächlich etwas verrückt aus. Sein weißes Haar stand von seinem Kopf weg, als habe er gerade einen Finger in eine Steckdose gesteckt, seine Augen waren aus Angst und in der Bemühung, gegen die Müdigkeit anzukämpfen, weit aufgerissen, und sein unrasiertes Gesicht sah heruntergekommen aus wie das eines alten Penners. Seine Kleider hingen zerknittert und formlos wie ein Sack an ihm herab, und er machte insgesamt den Eindruck, als sei er einer jener religiösen Spinner, die an der Straßenecke vor dem baldigen Weltuntergang warnen.

Er räusperte sich einige Male laut in das Mikrofon, und die Reporter wurden schon unruhig, aber als er dann endlich zu sprechen begann, waren sie innerhalb einer Minute gefesselt. Er erzählte ihnen von der Kolonie von Roanoke, über die verschwundene Kultur der Mayas, von der Armee, die 1711 verschwunden war. Die Menge hörte ihm in atemloser Spannung zu.

Flyte erzählte ihnen von dem Eskimo-Dorf Anjikuni, fünfhundert Meilen nordwestlich von der kanadischen Polizei-Außenstation Churchill. An einem Nachmittag im November 1930 war ein Pelzjäger namens Joe LaBelle in diesem Dorf angekommen und hatte entdeckt, daß alle seine Bewohner verschwunden waren. Alle Besitztümer, darunter auch die kostbaren Jagdgewehre, waren zurückgelassen worden. Mahlzeiten standen halb gegessen herum. Auch die Hundeschlitten waren noch da — allerdings ohne die Hunde —, und das bedeutete, daß das gesamte Dorf unmöglich umgezogen sein konnte. Eine eingehende Untersuchung der Angelegenheit wurde später von der Polizei eingeleitet, aber von den Eskimos wurde nie wieder eine Spur gefunden.

Die Reporter schrieben mit und nahmen seine Worte mit ihren Tonbandgeräten auf, und dann legte ihnen Flyte seine vielverspottete Theorie über den Alten Feind dar. Es waren erstaunte Ausrufe und ungläubige Zwischenfragen zu hören, aber zu dem befürchteten Aufruhr kam es nicht.

Sobald Flyte seine vorbereitete Ansprache verlesen hatte, brach Sal Corello sein Versprechen, nachher würden noch Fragen beantwortet werden, nahm Flyte am Arm und zerrte ihn durch eine Tür hinter der Plattform hinaus.

Die Reporter heulten empört auf und versuchten, Flyte zu folgen, aber inzwischen war ihnen bereits der Weg von der Flughafenpolizei versperrt worden.

Flyte und Corello hasteten durch ein Labyrinth von Gängen und Hallen, bis sie auf einem anderen Teil des Flughafens vor einem großen, gut ausgestatteten, blauen Hubschrauber standen.

»Das ist der Hubschrauber des Gouverneurs«, eröffnete Corello Flyte.

»Der Gouverneur?« sagte Flyte. »Ist der auch hier?«

»Nein. Er hat Ihnen aber seinen Hubschrauber zur Verfügung gestellt.«

Als sie in den bequemen Passagierraum stiegen, begannen die Rotoren sich zu drehen.

Zwei Stunden später saß er in dem Sheriffs-Büro in Santa Mira und wurde mit Sheriff Bryce Hammond am Telefon verbunden. Es war eine Konferenzschaltung hergestellt worden, so daß er den Hörer nicht in der Hand zu halten brauchte und die anderen in dem Raum der Unterhaltung folgen konnten. Vorher war er von dem Flug noch mitgenommen und träge gewesen, aber nun war er aufgeregt und hellwach. Er wollte endlich genau wissen, was in Snowfield passiert war.

Hammond lieferte die erste Sensation, sobald er und Timothy sich begrüßt hatten. »Dr. Flyte, wir haben den Alten Feind gesehen, oder zumindest glauben wir, daß Sie das gemeint haben. Ein riesiges, amöbenartiges Wesen. Ein Verwandler, der jede beliebige Form annehmen kann.«

Timothys Hände zitterten; er packte die Lehnen seines Stuhls. »Mein Gott.«

»Ist das Ihr Alter Feind?« fragte Hammond.

»Ja. Ein Überbleibsel aus einem anderen Zeitalter. Millionen von Jahre alt.«

»Sie können uns mehr darüber erzählen, wenn Sie herkommen«, sagte Hammond. »Falls ich Sie zum Kommen überreden kann.«

Flyte hörte nur halb hin. Er dachte an den Alten Feind. Er hatte darüber geschrieben, und er hatte wirklich an seine Existenz geglaubt. Trotzdem war er nicht darauf vorbereitet gewesen, seine Theorie so spektakulär zu bekommen. Das erschütterte ihn.

Hammond berichtete ihm von dem schrecklichen Tod eines Deputy namens Gordy Brogan.

»Sie haben es gesehen und *leben noch*?« fragte Timothy verblüfft.

»Es mußte ein paar von uns am Leben lassen«, sagte Hammond. »Wir sollten doch versuchen, Sie dazu zu überreden, daß Sie herkommen. Es hat Ihnen freies Geleit zugesichert.«

Flyte kaute nachdenklich auf seiner Unterlippe.

Hammond sagte: »Dr. Flyte? Sind Sie noch da?«

»Was? Ach ... ja. Ja, ich bin noch da. Was wollen Sie damit sagen, es hat mir freies Geleit *zugesichert*?«

Hammond erzählte ihm eine erstaunliche Geschichte über eine Kommunikation mit dem Alten Feind über einen Computer.

Bei dem Bericht des Sheriffs brach Flyte der Schweiß aus. Er sah vor sich eine Schachtel Kleenex-Tücher auf dem Schreibtisch stehen, holte sich eine Handvoll davon und wischte sich das Gesicht ab.

Als der Sheriff zu Ende gekommen war, holte der Professor tief Luft und sagte mit angespannter Stimme: »Ich hätte nie damit gerechnet ..., ich hätte nie gedacht, daß der Alte Feind eine menschenähnliche Intelligenz haben könnte.«

»Ich habe den Verdacht, daß es sogar eine überlegene Intelligenz sein könnte«, sagte Hammond.

»Aber ich habe immer gedacht, das sei nicht mehr als ein Tier, dem das Eigenbewußtsein fehlt.«

»Dann haben Sie sich geirrt.«

»Das macht es ja noch gefährlicher. *Viel* gefährlicher.«

»Werden Sie herkommen?« fragte Hammond.

»Ich habe eigentlich nicht vorgehabt, näherzukommen, als ich jetzt bin«, sagte Timothy. »Wenn es aber *intelligent* ist ... und mir freies Geleit garantiert ...«

Plötzlich meldete sich am Telefon die klare Stimme eines fünf- oder sechsjährigen Jungen: »Bitte, bitte, Dr. Flyte, kommen Sie her und spielen Sie mit mir! Bitte! Wir werden so viel Spaß zusammen haben. Bitte!«

Und dann, bevor Timothy antworten konnte, meldete sich eine weiche, musikalische Frauenstimme: »Ja, mein lieber Dr. Flyte, statten Sie uns doch einen Besuch ab. Sie sind hier mehr als willkommen. Niemand wird Ihnen etwas tun.«

Schließlich kam noch die warme, herzliche Stimme eines alten Mannes aus der Leitung: »Es gibt so viel, was Sie über mich und von mir erfahren könnten, Dr. Flyte. Es gibt hier so viel Weisheit, die Sie sich aneignen könnten. Bitte kommen Sie her und beginnen Sie Ihre Untersuchungen. Die Garantie des freien Geleits ist ernstgemeint.«

Stille.

Verwirrt fragte Timothy: »Hallo? Hallo? Wer ist denn da?«

»Ich bin noch dran«, sagte Hammond. »Nur noch ich.«

»Aber wer waren die Leute eben?« fragte Flyte.

»Das waren nicht wirklich Leute, sondern nur Phantome. Verstehen Sie denn nicht? *Es* hat Ihnen eben in drei verschiedenen Stimmen die Garantie des freien Geleits wiederholt. Der Alte Feind, Professor.«

Timothy wischte sich mit den bereits durchtränkten Kleenex-Tüchern noch einmal das Gesicht ab, sah die anderen vier Männer in dem Raum an und sagte: »Ich komme.«

Sheriff Hammond meldete sich wieder: »Es besteht allerdings nicht viel Grund zu der Annahme, daß es sein Versprechen auch halten wird. Es ist gut möglich, daß Sie auch sterben müssen, wenn Sie erst einmal hier sind.«

»Wenn es aber doch intelligent ist —«

»Das bedeutet noch nicht, daß es sich auch an Vereinbarungen hält«, sagte Hammond. »Ich kann Ihnen nur sagen: Das einzige, was bis jetzt sicher ist, ist, daß diese Kreatur die Verkörperung des Bösen ist. Des Bösen, Dr. Flyte. Würden Sie dem Versprechen des Teufels glauben?«

Wieder mischte sich die süße Kinderstimme ein: »Wenn Sie kommen, Dr. Flyte, werde ich nicht nur Sie selbst verschonen, sondern die sechs Menschen auch, die ich hier gefangenhalte. Ich werde sie laufenlassen. Wenn Sie aber nicht kommen, dann hole ich mir diese Schweine und zerquetsche sie. Ich zerdrücke sie, daß das Blut und die Scheiße aus ihnen herausläuft, ich quetsche sie zu Brei, und dann fresse ich sie.«

All das wurde mit der gleichen unschuldigen Kinderstimme gesagt, und gerade dadurch wirkte es bedrohlicher, als wäre es in einem tiefen Baß gebrüllt worden.

Timothy klopfte das Herz bis zum Hals.

»Damit ist die Sache entschieden«, sagte er. »Ich komme. Mir bleibt keine andere Wahl.«

»Kommen Sie bitte nicht wegen uns«, sagte Hammond. »Sie wird es vielleicht wirklich verschonen, weil es Sie seinen Matthäus, Markus, Lukas und Johannes nennt, aber uns wird es keinesfalls laufenlassen, ganz egal, was es jetzt sagt.«

»Ich komme«, beharrte Flyte.

Hammond zögerte. Dann: »Also gut. Lassen Sie sich von einem meiner Männer bis zu der Straßensperre fahren. Von da an müssen Sie allein weiter. Ich kann nicht noch einen Mann aufs Spiel setzen. Können Sie fahren?«

»Ja, Sir«, sagte Timothy. »Geben Sie mir einen Wagen, und dann komme ich allein dorthin.«

Plötzlich war die Leitung tot.

»Hallo?« fragte Timothy. »Sind Sie da, Sheriff?«

Nichts. *Es* hatte sie unterbrochen.

Timothy sah zu den anderen hoch. Sie starrten ihn alle an, als sei er bereits tot und läge in einem Sarg.

Wenn ich aber in Snowfield sterbe, dachte er, wenn der Verwandler mich holt, dann gibt es für mich keinen Sarg. Kein Grab. Keinen ewigen Frieden.

»Ich fahre Sie bis zu der Straßensperre«, sagte Charlie Mercer.

Timothy nickte.

Es war Zeit zu gehen.

36

Von Angesicht zu Angesicht

Um 3:12 h in der Frühe begannen in Snowfield die Kirchenglocken zu läuten und die Feuersirene zu heulen.

In der Eingangshalle des Hilltop Inn Hotel stand Bryce von seinem Stuhl auf. Auch die anderen erhoben sich.

Jenny sagte: »Das ist sicher Flyte.« Die sechs gingen hinaus.

Die Straßenlaternen gingen an und aus und ließen die Schatten über den Bürgersteig zucken.

Als am Fuß der Skyline Road ein Auto um die Kurve kam und mit seinen Scheinwerfern wie mit Speeren den Nebel durchbohrte, hörten die Laternen auf zu flackern. Bryce stellte sich unter eine von ihnen und hoffte, Flyte würde ihn in dem Nebel bemerken.

Unter Glockengeläut und Sirenengeheul kroch das Auto den Berg hinauf. Es war ein grün- und weißgespritzter Polizeiwagen. Er hielt zehn Fuß weit von Bryce entfernt an, und der Fahrer schaltete die Scheinwerfer aus.

Die Tür ging auf, und Flyte stieg aus. Er sah nicht so aus, wie Bryce ihn sich vorgestellt hatte. Er trug eine dicke Brille, die seine Augen unnatürlich groß erscheinen ließ. Sein dünnes, verwirrtes, weißes Haar stand wie ein Heiligenschein von seinem Kopf weg. Irgend jemand in Santa Mira hatte ihm eine isolierte Polizeijacke mit dem County-Wappen auf der Brust geliehen.

Die Glocke hörte auf zu läuten, und auch die Sirene stellte ihr Geheul ein. Eine tiefe Stille senkte sich über die Stadt.

Flyte sah sich in der nebelverhangenen Straße um, lauschte und wartete ab.

Schließlich sagte Bryce: »Es will sich offensichtlich noch nicht zeigen.«

Flyte drehte sich zu ihm um: »Sheriff Hammond?«

»Ja. Kommen Sie, gehen wir hinein. Wir können es uns beim Warten genausogut bequem machen.«

Sie saßen in dem Speiseraum des Hotels bei heißem Kaffee und lauschten Timothy Flyte wie gebannt.

Er erzählte ihnen von den verschwundenen Armeen in Spanien und China, von den verlassenen Maya-Städten und von der Kolonie von Roanoke.

Er erzählte ihnen von der südamerikanischen Urwaldsiedlung Joya Verde, die offensichtlich ein ähnliches Schicksal wie Snowfield erlitten hatte. 1923 verschwanden irgendwann zwischen den regelmäßigen Stops des Flußschiffs am Morgen und am Abend 604 Männer, Frauen und Kinder spurlos. Man hatte zunächst angenommen, daß die sonst friedlichen Indianer in der Nachbarschaft plötzlich einen Überraschungsangriff gestartet hätten, aber es wurden keine Leichen und keinerlei Anzeichen von Gewaltanwendung oder Plünderei gefunden. Auf der Tafel der Missionsschule wurde eine Nachricht gefunden: *Es hat keine Form, und doch hat es jede Form.* Damals hatte niemand diese hastig hingekritzelten Worte mit dem Rätsel der ausgestorbenen Siedlung in Verbindung gebracht, aber Flyte war anderer Meinung, und Jenny inzwischen auch.

»Auch in den verlasssenen Maya-Städten ist eine Art Nachricht gefunden worden«, sagte Flyte. »Archäologen haben Bruchstücke eines in Hieroglyhen geschriebenen Gebets gefunden und entziffert, das ungefähr aus der Zeit der Massenauswanderung stammt. Es lautete ungefähr so: ›Böse Geister schlafen unter der Erde, und ihre Macht schlummert im Fels. Wenn sie erwachen, steigen sie auf wie Lava, aber kalte Lava, und sie fließen und nehmen viele Gestalten an. Dann wissen stolze Männer, daß sie nicht mehr sind als Stimmen im Donner, Gesichter im Wind, die weggeblasen werden, als hätte es sie nie gegeben.‹ Manche vertreten die Meinung, damit seien Vulkanausbrüche und Erdbeben gemeint, aber ich glaube, es geht darin um den Alten Feind.«

»Wir haben hier auch eine Nachricht gefunden«, sagte Bryce, »den Teil eines Wortes.«

Jenny erzählte Flyte von den beiden Buchstaben P und R, die Nick Papandrakis mit Jod in seinem Bad an die Wand geschrieben hatte. »Von einem dritten Buchstaben war noch ein Stück da. Es könnte ein Teil eines U oder eines O sein.«

»Papandrakis«, sagte Flyte und nickte heftig. »Ein Grieche. War der Mann stolz auf sein Erbe, seine Kultur?«

»Ja, sehr«, sagte Jenny. »Warum?«

»Weil er sich dann bestimmt gut in der griechischen Mythologie ausgekannt hat«, sagte Flyte. »Da gibt es nämlich einen Gott namens Proteus, und ich vermute, daß Papandrakis das hinschreiben wollte. Proteus war ein Gott, der in der Erde lebte, keine eigene Gestalt besaß, jede beliebige Form annehmen konnte — und sich von allem ernährte, was er wollte.«

Tal Whitman meldete sich etwas gereizt zu Wort. »Was soll das denn dauernd mit diesem abergläubischen Kram? In dem Computer hat es sich selbst Dämonen-Namen gegeben.«

Flyte sagte: »Dämonen und böse Geister, die jede beliebige Form annehmen können, sind in den meisten antiken Mythen und Sagen und in den meisten, wenn nicht allen Weltreligionen relativ häufig. Auch im Christentum übrigens. Denken Sie nur an die vielen verschiedenen Formen und Namen des Teufels. Die Bibel sagt uns, Satan sei ›veränderlich wie Schatten‹ und so ›geschickt wie Wasser‹, denn so, wie Wasser zu Dampf oder Eis werden kann, kann Satan zu dem werden, was er will.«

Lisa sagte: »Wollen Sie damit sagen, daß der Verwandler hier in Snowfield tatsächlich der Teufel ist.«

»Nun, in gewisser Beziehung, ja.«

Frank Autry schüttelte den Kopf. »Nein, Dr. Flyte, an solche Spukgeschichten glaube ich nicht.«

»Ich auch nicht«, beruhigte ihn Flyte hastig. »Ich will doch damit nicht sagen, daß dieses Ding da draußen ein übernatürliches Wesen ist. Das ist es nicht. Es ist real, eine Kreatur aus Fleisch — allerdings nicht Fleisch wie unseres. Das ist kein Geist oder Teufel. Trotzdem halte ich es in gewisser Beziehung für den Teufel, denn diese Kreatur — oder ein anderes entsetzliches Überbleibsel aus dem Mesozoikum — hat den Mythus von Satan entstehen lassen. Die Menschen in prähistorischer Zeit müssen einer dieser Kreaturen begegnet sein, und das hat sich dann in der Mythologie und der Religion niedergeschlagen. Meiner Ansicht nach handelt es sich bei den meisten dämonischen Figuren in den Religionen der Welt um verzerrte Bilder dieser Verwandler, die über zahllose Generationen mündlich weitergegeben wurden, bis sie endlich in Hieroglyhen und Keilschrift festgehalten wurden. Das sind Berichte über ein sehr seltenes, sehr reales und sehr gefährliches Tier ..., das aber in der Sprache religiöser Mythen beschrieben wird.«

Jenny fand diesen Teil von Flytes Theorie zugleich verrückt und brillant, unwahrscheinlich, aber überzeugend. »Dieses Wesen absorbiert irgendwie das Wissen und die Erinnerungen seiner Opfer«, sagte sie. »Es weiß daher, daß viele Menschen es als den Teufel betrachten, und es macht ihm eine gewisse sadistische Freude, diese Rolle zu spielen.«

Bryce sagte: »Anscheinend hat es Spaß daran, uns zu verspotten.«

Sara Yamaguchi strich sich ihr langes Haar hinter die Ohren. »Dr. Flyte, können Sie uns eine wissenschaftliche Erklärung liefern? Wie kann ein solches Wesen existieren, wie funktioniert es biologisch? Wie sieht Ihre Theorie darüber aus?«

Bevor Flyte antworten konnte, kam *es*.

Ganz oben an einer Wand brach plötzlich der Metallrost eines Heizungsschachts aus seinen Halterungsschrauben und knallte auf den Boden.

Alle sprangen von den Stühlen auf, und Lisa schrie auf und deutete nach oben.

Der Verwandler quoll aus dem Schacht und blieb dunkel und naß und pulsierend an der Wand hängen. Bryce und Tal griffen automatisch nach ihren Pistolen, zögerten aber dann. Sie konnten doch nichts damit ausrichten.

Das Ding quoll weiter aus dem Schacht heraus und floß nun an der Wand herab auf den Boden, wo es sich zu einem gallertartigen, sich ständig bewegenden Klumpen sammelte. Er hatte inzwischen bereits die Größe von drei bis vier Menschen erreicht, und noch immer floß die ekelhafte Masse weiter aus dem Heizungsschacht.

Lisa würgte und wendete ihren Blick ab. Jenny aber konnte sich nicht davon losreißen. Zu groß war die groteske Faszination, die von ihm ausging.

In dem riesigen, formlosen Protoplasma-Haufen begannen sich nun Gliedmaßen zu bilden, die aber nie länger als einige Sekunden ihre Form hielten. Männliche und weibliche Arme wurden ausgestreckt, als suchten sie Hilfe. Auch dünne, wild in der Luft wedelnde Kinderärmchen wuchsen hoch, und manche von ihnen breiteten wie in einer stummen, verzweifelten Bitte ihre Hände aus. Es war schwer, dabei nicht zu vergessen, daß das nicht die Arme von Kindern waren, die der Verwandler in sich gefangen hielt, sondern Imitationen, Phantom-Arme, ein Teil von ihm und nicht von einem Kind. Nun kamen auch Klauen, Vogelkrallen und eine verblüffende Vielfalt von Tiergliedmaßen aus der Protoplasma-Suppe heraus, verschwanden aber ebensoschnell wieder, wie sie sich gebildet hatten.

Der Verwandler nahm nun die gesamte Breite des Raums ein und war so groß wie ein Elefant. Jenny und die anderen zogen sich bis zu den Fenstern zurück.

Flyte redete mit plötzlicher Eindringlichkeit los und beantwortete Dr. Yamaguchis Fragen, als habe er das Gefühl, es bliebe ihm dazu nicht mehr viel Zeit. »Vor ungefähr zwanzig Jahren ist mir die Idee gekommen, daß es vielleicht eine Verbindung zwischen dem rätselhaften massenhaften Verschwinden von Menschen und dem unerklärten Aussterben von besonderen Arten in vormenschlichen geologischen Zeitabschnitten gibt. Ich denke da zum Beispiel an die Dinosaurier.«

Die zuckende, pulsierende Masse des Verwandlers reichte nun fast bis zur Decke und füllte den gesamten hinteren Teil des Raums aus. Ein leichter, aber widerlicher Geruch verbreitete sich. Leicht schweflig, wie ein Zug aus der Hölle.

»Es gibt eine Menge von Theorien, die angeblich alle das Aussterben der Dinosaurier erklären«, sagte Flyte. »Keine Einzeltheorie vermag aber alle Fragen zu beantworten. Ich habe mir deshalb überlegt, ob die Dinosaurier vielleicht einem anderen Tier zum Opfer gefallen sind, einem natürlichen Feind, der ihnen als Jäger und Kämpfer überlegen war. Wenn das tatsächlich der Fall war, mußte das ein großes Tier mit einem sehr leichten oder gar keinem Skelett gewesen sein, denn es sind nie irgendwelche Fossilien von Tieren gefunden worden, die den großen Sauriern auch nur entfernt ebenbürtig gewesen wären.«

Ein Zittern durchlief den unruhigen Schleim, und Dutzende von Gesichtern begannen in der Masse zu erscheinen.

»Es wäre doch nun möglich, so meine Theorie, daß einige dieser amöbenartigen Wesen Millionen von Jahre überlebt haben, in unterirdischen Flüssen, Seen oder in den tiefen, ozeanischen Gräben, Tausende von Metern unter der Oberfläche, die sich von Meerestieren ernähren, nur selten an die Oberfläche kommen und noch seltener auf Menschen treffen.«

Die Tier- und Menschengesichter hatten keine Augen, und andere hatten keinen Mund. Dann aber erschienen Augen, gingen auf, erschreckend echt aussehende, durchdringende Augen, in denen Schmerz und Angst und Not stand. Dann erschienen auch Münder in den Gesichtern, die schrien, aber keinen Laut dabei von sich gaben. Katzenge-sichter. Hundegesichter. Gesichter prähistorischer Reptilien.

Dann hörten die Gesichter auf, sich zu bilden.

Der Schleimberg blieb einen Moment lang unbeweglich; er pulsierte nur noch langsam und fast unmerklich.

Sara Yamaguchi stöhnte leise.

Jenny drückte Lisa an sich.

Niemand sprach. Einige Sekunden lang wagte es nie-mand, auch nur zu atmen.

Dann lieferte der Alte Feind eine neue Demonstration sei-ner Formbarkeit und ließ sich abrupt Mengen von Tentakeln wachsen. Manche waren dick und trugen die Saugnäpfe ei-nes Tintenfisches, andere wieder waren dünn wie ein Seil, glatt oder in Segmente aufgeteilt. Ein Teil der Tentakel glitt auf dem Boden hin und her und warf dabei Stühle um oder schob Tische zur Seite, während andere in der Luft schwankten wie Kobras zur Musik des Schlangenbeschwö-rers.

Dann schlug es blitzschnell zu.

Jenny stolperte nach hinten und hatte nach einem Schritt die Wand erreicht.

Die Tentakeln schnellten wie Peitschenschnüre auf sie zu und fuhren zischend durch die Luft.

Lisa brachte es nicht mehr fertig, ihren Blick abzuwenden; sie war wie gelähmt.

Ein Seil aus kaltem, glattem, total fremdartigem Fleisch fiel auf Jennys Handrücken und legte sich sofort um ihr Handgelenk. Mit einem raschen Schütteln riß sie sich davon los. Erleichterung überkam sie. Sie hatte nicht viel Anstren-gung dafür gebraucht; offensichtlich war das Ding an ihr nicht interessiert — im Augenblick noch nicht.

Sie duckte sich, als über ihr die Tentakeln durch die Luft zuckten, Lisa folgte ihrem Beispiel.

In seiner Hast, dem Wesen auszuweichen, stolperte Flyte und fiel hin. Ein Tentakel bewegte sich auf ihn zu. Flyte kroch zurück bis an die Wand und drückte sich daran. Der Tentakel folgte ihm, schwebte über ihm in der Luft, als wol-le er ihn zerschmettern, bewegte sich dann aber wieder weg. Das Wesen war auch an Flyte nicht interessiert.

Obwohl es eine sinnlose Geste war, feuerte Bryce seinen Revolver ab. Tal brüllte etwas, das Jenny nicht verstehen konnte, und stellte sich vor sie und Lisa, so daß er zwischen ihnen und dem Verwandler stand.

Zwei dicke Tentakel glitten an Sara vorbei, legten sich pfeilschnell um Frank Autrys Körper und zerrten ihn von den anderen weg. Er war es, den das Wesen haben wollte.

Frank trat wild um sich und schlug nach dem Ding, das ihn festhielt. Sein Gesicht war vor Entsetzen verzerrt, und er stieß einen wortlosen Schrei aus.

Alle schrien nun, selbst Bryce und Tal.

Bryce rannte hinter Frank her, packte ihn am rechten Arm und versuchte, ihn dem Wesen zu entreißen, das ihn unaufhaltsam an sich heranzog.

»Schafft das Ding weg! Schafft es weg von mir!« brüllte Frank.

Bryce versuchte, einen Tentakel von dem Deputy zu lösen, aber ein anderer schleimiger Strang fuhr vom Boden hoch und versetzte Bryce einen ungeheuren Schlag, so daß er zu Boden stürzte.

Frank wurde in die Luft gehoben. Seine Augen traten hervor, als er auf die glitzernde, fließende Masse des Alten Feinds herabsah. Seine verzweifelten Versuche, sich zu befreien, brachten ihm nichts ein.

Wieder brach ein Pseudopod aus der Hauptmasse des Verwandlers hervor. An seiner Seite schien sich die grau und rotbraun gescheckte Haut aufzulösen, und rohes, nasses Gewebe trat darunter hervor.

Lisa würgte und wollte sich übergeben. Nicht nur der ekelhafte Anblick ließ die Übelkeit in ihr hochsteigen. Auch der widerliche Geruch war stärker geworden.

Eine gelbliche Flüssigkeit begann aus der offenen Wunde in dem Tentakel zu tropfen. Wo die Tropfen auf den Boden fielen, brodelten sie, schäumten und fraßen sich in die Kacheln hinein.

»Säure!« hörte Jenny jemanden sagen.

Franks Schreie wurden noch greller und verrieten deutlich sein Entsetzen und seine Verzweiflung.

Der säuretriefende Tentakel legte sich geschmeidig um

den Hals des Deputies und zog sich fest wie eine Garotte zu.

»O Gott, nein!«

»Nicht hinsehen«, sagte Jenny zu Lisa.

Wie ein prahlerisches Kind zeigte der Verwandler, wie er Jakob und Aida Liebermann enthauptet hatte.

Frank Autrys Schreie erstarben mit einem blubbernden, gurgelnden Röcheln. Die Säure fraß sich mit erschreckender Schnelligkeit durch seinen Hals, und nur eine oder zwei Sekunden später löste sich der Kopf und fiel mit einem lauten Krachen auf die Kacheln.

Jenny kam die Galle hoch, aber sie schluckte sie wieder herunter. Sara Yamaguchi schluchzte.

Das Ding hielt Franks kopflosen Körper noch immer in der Luft. Nun öffnete sich in dem Schleimklumpen auf dem Boden ein riesiger zahnloser Rachen, der groß genug für ihn war, und die Tentakeln warfen den Körper hinein. Das dunkle Fleisch floß um ihn herum, und dann schloß sich der Mund und existierte nicht mehr.

Auch Frank Autry existierte nicht mehr.

Bryce starrte den abgetrennten Kopf ungläubig an. Die blicklosen Augen sahen ihn an, sahen durch ihn durch.

Frank war tot. Frank, der verschiedene Kriege und eine jahrelange gefährliche Arbeit bei der Polizei überlebt hatte, hatte das hier nicht überlebt. Bryce dachte an Ruth Autry, und seine Trauer um seinen Deputy wurde noch tiefer. Die beiden waren sich sehr nahegewesen, und es würde eine schmerzhafte Pflicht werden, ihr den Tod ihres Mannes zu unterbreiten.

Die Tentakeln zogen sich wieder in die schleimige Masse zurück, die ein Drittel des Raums füllte, und waren innerhalb von ein bis zwei Sekunden spurlos verschwunden.

Bryce konnte sich vorstellen, wie es lautlos durch die prähistorischen Sümpfe floß, mit dem Schlamm verschmolz und sich an sein Opfer anschlich. Ja, den Dinosauriern wäre es mehr als ebenbürtig gewesen.

Er hatte bisher geglaubt, der Verwandler hätte ihn und die anderen nur deshalb am Leben gelassen, damit sie Flyte nach Snowfield locken könnten. Nun aber überlegte er sich, daß das nicht stimmen konnte. Der Verwandler hätte ebensogut ihre Stimmen am Telefon nachahmen können, und Flyte hätte sich davon auch nach Snowfield locken lassen. Sie waren also aus einem anderen Grund verschont worden. Vielleicht wollte diese unheimliche Kreatur sie vor Flytes Augen töten, um ihm vorzuführen, wie sie funktionierte.

Großer Gott.

Der Verwandler ragte bedrohlich vor ihnen auf und pulsierte, als schlügen in ihm ein Dutzend nichtsynchronisierter Herzen.

»Ich wünschte nur, ich könnte eine Gewebeprobe davon bekommen«, sagte Sara mit einer Stimme, die noch unsicherer klang, als Bryce sich fühlte. »Ich würde es mir zu gern einmal unter dem Mikroskop ansehen ... seine Zellenstruktur untersuchen. Vielleicht würden wir ja eine Schwäche finden ... einen möglichen Angriffspunkt, der uns vielleicht sogar einen Sieg über es ermöglichen würde.«

Flyte sagte: »Ich möchte es auch genauer untersuchen ... nur um es zu *wissen*.«

Ein Auswuchs wucherte aus der formlosen Masse heraus und begann, eine menschliche Form anzunehmen. Bald erkannten sie entsetzt, daß da Gordy Brogan nachgebildet wurde. Bevor das Gesicht jedoch ganz fertig war, öffnete sich der halb gebildete Mund und sprach, aber nicht mit Gordys Stimme, sondern, und das brachte die Zuhörer ganz besonders aus der Fassung, mit der Stu Wargles.

»Gehen Sie ins Labor«, sagte die Stimme aus dem halb ausgebildeten Mund mit völliger Klarheit. »Dort werde ich Ihnen alles zeigen, was Sie sehen wollen, Dr. Flyte. Sie sind mein Matthäus, mein Lukas. Gehen Sie ins Labor. Gehen Sie ins Labor.«

Die unfertige Nachbildung Gordy Brogans löste sich auf wie Rauch und verschwand wieder in der Hauptmasse Protoplasma. Dann begann die gesamte pulsierende Masse wieder die Wand hochzufließen und in dem Heizungsschacht zu verschwinden, und bald verriet nur noch Franks Kopf und das herausgedrückte Gitter, daß eben noch eine Kreatur der Hölle hiergewesen war.

Nach der elektrischen Wanduhr war es 3:44. Die Nacht war fast um. Wie lange es wohl noch dauert, bis es dämmert, fragte sich Bryce. Noch anderthalb Stunden? Wahrscheinlich spielte es keine Rolle.

Den Sonnenaufgang würde er sicher nicht mehr erleben.

37

Arroganz

Die Tür des zweiten Laborwagens stand weit offen. Die Lichter brannten. Die Video-Schirme glühten. Alles war für sie bereit.

Jenny hatte versucht, sich an dem Glauben festzuklammern, daß sie sich trotz allem noch irgendwie wehren könnten und vielleicht eine, wenn auch verschwindend kleine, Chance hätten, den Verlauf der Ereignisse zu beeinflussen. Nun war auch diese geringe Hoffnung verschwunden. Sie waren machtlos. Sie konnten nur das tun, was *es* wollte, nur dorthin gehen, wohin *es* wollte.

Die sechs drängten sich in das Labor hinein.

»Was jetzt?« fragte Lisa.

»Wir warten«, sagte Jenny.

Sie standen eine längere Zeit wortlos herum und fragten sich im Stillen, wer wohl als nächster würde sterben müssen. Schließlich sagte Bryce: »Dr. Flyte, wenn diese prähistorischen Wesen Millionen von Jahren überlebt haben und nur dann und wann an die Oberfläche kommen, um Nahrung aufzunehmen, warum sind dann solche Vorfälle wie hier nicht viel häufiger?«

Flyte zupfte sich mit einer schmalen, langfingrigen Hand am Kinn und sagte: »Weil sie nur selten auf Menschen treffen.«

»Warum denn das?«

»Ich bezweifle es, daß mehr als eine Handvoll dieser Kreaturen überlebt hat. Wahrscheinlich sind die meisten einer klimatischen Veränderung zum Opfer gefallen.«

»Trotzdem, selbst wenn es nur wenige sind —«

»Sehr wenige«, betonte Flyte. »Und die sind über die ganze Erde verteilt. Vielleicht müssen sie nur selten Nahrung zu sich nehmen. Nehmen Sie doch zum Beispiel eine Boa Constrictor; die kommt wochenlang ohne Nahrung aus. Vielleicht braucht der Alte Feind nur alle zwei Jahre Nahrung zu sich nehmen. Sein Stoffwechsel ist von unserem so völlig verschieden, daß praktisch alles möglich ist.«

»Vielleicht gibt es für sie auch eine Art Winterschlaf«, sagte Sara. »Nur daß der nicht eine Jahreszeit lang dauert, sondern möglicherweise Jahre.«

»Gut möglich«, sagte Flyte und nickte. »Das würde es auch erklären, daß es so selten zu Begegnungen mit Menschen kommt. Ich darf Sie außerdem daran erinnern, daß die Menschen weniger als ein Prozent der Oberfläche unseres Planeten bewohnen. Selbst wenn der Alte Feind regelmäßig an die Oberfläche kommen würde, ständen die Chancen schlecht, daß er dabei gesehen wird.«

»Und wenn doch, wird das höchstwahrscheinlich auf dem Meer passieren«, sagte Bryce. »Schließlich ist der größte Teil der Erdoberfläche mit Wasser bedeckt.«

»Genau«, sagte Flyte. »Und wenn alle lebenden Organismen auf dem betreffenden Schiff getötet und gefressen werden, erfährt davon niemand etwas. Die Geschichte der Seefahrt ist voll von Berichten über verschwundene Schiffe und Geisterschiffe, von denen die Mannschaft spurlos verschwunden ist.«

»Die *Mary Celeste*«, sagte Lisa mit einem Seitenblick auf Jenny.

Jenny erinnerte sich daran, wann ihre Schwester die *Mary Celeste* zum erstenmal erwähnt hatte. Es war früh am Sonntag abend gewesen, als sie bei den Santinis den gedeckten Tisch vorgefunden hatten.

»Das ist ein berühmter Fall«, stimmte ihr Flyte zu, »aber einzigartig ist er nicht. Buchstäblich Hunderte von Schiffen sind unter geheimnisvollen Umständen verschwunden, und zwar bei gutem Wetter, in Friedenszeiten ohne eine ›logische‹ Erklärung.«

Tal sagte: »Da gibt es doch dieses Gebiet in der Karibik, in dem so viele Schiffe verschwunden sind ...«

»Das Bermuda-Dreieck«, warf Lisa schnell ein.

»Genau«, sagte Tal. »Ob es vielleicht auch ein Verwandler ...?«

»Durchaus möglich«, sagt Flyte.

In diesem Augenblick erschien eine Nachricht auf den Video-Schirmen: ICH SCHICKE EUCH EINE SPINNE.

»Was soll das denn bedeuten?« fragte Flyte.

Sara tippte ihre Frage: UNKLAR. DEUTLICHER.

Die gleiche Nachricht wurde wiederholt: ICH SCHICKE EUCH EINE SPINNE.

UNKLAR. DEUTLICHER.

SCHAUT EUCH UM.

Jenny sah sie zuerst. Sie hockte links von Sara auf einer Arbeitsfläche. Eine schwarze Spinne. So groß wie Tarantula war sie nicht, aber wesentlich größer als eine gewöhnliche Spinne.

Sie zog ihre langen Beine ein und rollte sich zu einer Kugel zusammen. Sie verwandelte sich. Zuerst wurde ihre schwarze Farbe von der grau-roten Färbung des Verwandlers ersetzt, und dann wurde aus der Spinne eine Kakerlake, eine abstoßend häßliche, übernatürlich große Kakerlake, und dann eine kleine Maus mit zuckender Nase.

Neue Worte erschienen auf dem Videoschirm.

HIER IST DIE GEWEBEPROBE, DIE SIE VERLANGT HABEN, DR. FLYTE.

»Warum ist es denn plötzlich so entgegenkommend?« fragte Tal.

»Weil es weiß, daß wir ihm mit nichts, was wir herausbekommen, etwas tun können«, sagte Bryce düster.

»Irgendwie muß ihm beizukommen sein«, sagte Lisa. »Wir dürfen einfach die Hoffnung nicht aufgeben.«

Die Maus löste sich nun zu einem formlosen Klumpen auf.

DAS IST MEIN LEIB, DER FÜR EUCH GEGEBEN WIRD, teilte es ihnen mit und verspottete sie wieder mit einem Bibelzitat.

Der Klumpen war wie der größere, der Frank Autry getötet hatte, ständig in Bewegung und formte kleine Vertiefungen oder Auswüchse. Es war allem Anschein nach nicht in der Lage oder nicht bereit, auch nur eine Sekunde lang ruhigzubleiben.

SEHET DAS WUNDER MEINES FLEISCHES, DENN NUR IN MIR KÖNNT IHR UNSTERBLICHKEIT ERLANGEN. NICHT MIT GOTT ODER MIT CHRISTUS. NUR MIT MIR.

Der Schirm flackerte auf, und eine neue Nachricht erschien: IHR DÜRFT ES BERÜHREN. IHR WERDET NICHT VERLETZT WERDEN, WENN IHR ES BERÜHRT.

ICH MÖCHTE, DASS IHR MICH VERSTEHT UND MEINE WUNDER SEHT.

»Das Ding hat nicht nur ein Bewußtsein«, sagte Bryce. »Es zeigt sogar eine ausgesprochene Arroganz.«

Schließlich streckte Sara Yamaguchi zögernd eine Hand aus und berührte den kleinen Protoplasma-Klumpen mit einer Fingerspitze.

»Es ist nicht warm, so wie unser Fleisch. Kühl. Kühl und ein wenig ... fettig.«

Das kleine Stück des Verwandlers zitterte aufgeregt.

Sara zog hastig ihre Hand zurück. »Ich muß einen Schnitt davon anfertigen.«

»Ja«, sagte Jenny. »Wir brauchen einen oder zwei dünne Schnitte für das Licht-Mikroskop.«

»Und noch einen für das Elektronen-Mikroskop«, sagte Sara. »Und ein etwas größeres Stück für die Analyse.«

Der Alte Feind ermutigte sie durch den Computer. VORWÄRTS. VORWÄRTS. VORWÄRTS. VORWÄRTS.
VORWÄRTS.
VORWÄRTS.

38

Eine kleine Chance

Nebelfetzen wehten durch die offene Tür in das Labor hinein.

Sara hockte gebückt über einem Mikroskop. »Unglaublich«, sagte sie leise.

Jenny saß neben ihr vor einem zweiten Mikroskop und untersuchte eine weitere Gewebeprobe des Verwandlers. »So eine Zellstruktur habe ich noch nie gesehen.«

»Es ist einfach unmöglich ... und doch ist es wahr«, sagte Sara.

Bryce stand hinter Jenny. Er hätte nur zu gern auch einen Blick durch das Mikroskop geworfen, obwohl ihm das nicht viel eingebracht hätte, weil er den Unterschied zwischen einer normalen und einer nicht normalen Zellstruktur nicht kannte. Trotzdem wollte er es sich unbedingt ansehen.

Dr. Flyte war zwar Wissenschaftler, aber kein Biologe, und über Zellenstruktur wußte er kaum mehr als Bryce. Trotzdem wollte auch er sich den Zellenaufbau des Alten Feinds gern einmal ansehen und stand lauernd hinter Sara. Auch Tal und Lisa standen in der Nähe und warteten interessiert auf die Möglichkeit, sich den Teufel unter einem Mikroskop anzusehen.

Sara schaute weiter angestrengt durch das Mikroskop und sagte: »Der größte Teil des Gewebes hat *keine* Zellenstruktur.«

»Bei der Probe hier ist es genauso«, sagte Jenny.

»Aber jede organische Materie muß doch eine Zellenstruktur haben«, sagte Sara. »Eine Zellenstruktur ist praktisch die Definition von organischer Materie. Jegliches lebendes Gewebe, sei es nun pflanzlich oder tierisch, besitzt eine Zellenstruktur.«

»Wenn ich es nicht besser wüßte«, sagte Jenny, »würde ich den größten Teil davon als anorganisch bezeichnen, aber das ist ja nicht möglich.«

Bryce sagte: »Allerdings. Wir wissen schließlich alle, wie lebendig es ist.«

»Hier und dort sehe ich auch Zellen«, sagte Jenny. »Nicht viele, aber einige sind doch da.«

»In der Probe hier auch«, sagte Sara. »Die Zellen scheinen aber unabhängig voneinander zu existieren.«

»Sie sind auf jeden Fall sehr weit auseinander«, sagte Jenny. »Sie scheinen einfach in einem Meer aus undifferenzierter Materie zu schwimmen.«

»Sehr flexible Zellwände«, sagte Sara. »Ein dreifach gegabelter Zellkern. Eigenartig. Und er beansprucht mehr als die Hälfte des Zell-Innenraums.«

»Was bedeutet das?« fragte Bryce. »Ist das wichtig?«

»Ich weiß noch nicht, ob es wichtig ist oder nicht«, sagte Sara und lehnte sich mit finsterem Gesicht von dem Mikroskop zurück. »Ich habe keine Ahnung, was das bedeutet.«

Auf allen drei Video-Schirmen leuchtete eine Frage auf: HATTET IHR DENN NICHT ERWARTET, DASS DES SATANS FLEISCH GEHEIMNISVOLL IST?

Der Verwandler hatte ihnen eine mausgroße Probe seines Fleisches geschickt, aber bis jetzt war erst ungefähr die Hälfte davon für die verschiedenen Tests verwendet worden. Die andere Hälfte lag weiterhin in einer Schale auf dem Tisch.

Der kleine Klumpen zitterte wie Gelatine.

Er verwandelte sich in eine Spinne, die unruhig um die Schale herumkrabbelte.

Die Spinne wurde zu einer Kakerlake, dann zu einer Schnecke, zu einer Grille, und schließlich zu einem grünen Käfer mit einem roten Muster auf dem Panzer.

Bryce und Dr. Flyte saßen nun vor den Mikroskopen, während hinter ihnen Lisa und Tal warteten, bis sie an der Reihe waren.

Jenny und Sara saßen vor dem Schirm des Elektronenmikroskops und waren mit der Untersuchung eines Zellkerns beschäftigt.

»Haben Sie irgendwelche Ideen?« fragte Jenny.

Sara antwortete ihr, ohne von dem Schirm wegzusehen. »Zum gegenwärtigen Zeitpunkt kann ich nur Vermutungen anstellen. Ich würde aber sagen, daß die undifferenzierte Materie, die offensichtlich die Hauptmasse dieses Wesens ausmacht, jede beliebige Zellstruktur nachahmen kann. Das Gewebe selbst ahmt also nach. Im Ruhezustand hat es keine eigene Zellstruktur. Die vereinzelten Zellen müssen den Verwandlungsprozeß irgendwie steuern; sie produzieren Enzyme oder teilen dem unstrukturierten Gewebe mit chemischen Signalen mit, was es werden soll.«

»Das heißt also, daß diese vereinzelten Zellen unverändert bleiben, welche Form das Wesen auch einnimmt, oder?«

»Ganz richtig. Allem Anschein nach trifft das zu. Wenn der Verwandler zu einem Hund wird, und wir würden davon eine Probe nehmen, würden wir Hundezellen sehen, aber hier und da würden wir auf vereinzelte flexible Zellen treffen, die einen dreifach gegabelten Kern besitzen, und das würde uns verraten, daß es doch kein Hund ist.«

»Sagt uns das aber irgend etwas darüber, wie wir uns retten könnten?« fragte Jenny.

»Soweit ich das beurteilen kann, nicht.«

Der formlose Klumpen in der Schale hatte wieder die Gestalt einer Spinne angenommen. Dann löste sich die Spinne auf, und Dutzende von winzigen Ameisen blieben übrig, die in der Schale umherkrochen. Sie fügten sich zusammen zu einem Wurm, der sich wieder in einen Käfer verwandelte. Die Verwandlungen schienen sich in ihrem Tempo zu beschleunigen.

»Wie das Gehirn wohl aussieht?« überlegte sich Jenny laut.

Sara sagte: »Wie meinen Sie das?«

»Das Ding da muß doch irgendwo ein Zentrum seiner Intelligenz haben. Sein Erinnerungsvermögen, sein Wissen und sein logisches Potential sind doch sicherlich nicht in diesen vereinzelten Zellen gespeichert.«

»Wahrscheinlich haben Sie recht«, sagte Sara. »Irgendwo in diesem Wesen ist höchstwahrscheinlich ein Organ, das dem menschlichen Gehirn entspricht. Es sieht natürlich nicht so aus wie unser Gehirn, aber seine Funktionen müßten ähnlich sein. Wahrscheinlich kontrolliert es die Zellen, die wir gesehen haben, und die wiederum kontrollieren das formlose Protoplasma.«

Mit wachsender Erregung sagte Jenny: »Die Gehirnzellen hätten zumindest eine wichtige Gemeinsamkeit mit den vereinzelten Zellen in dem amorphen Gewebe: sie würden selbst *nie* die Form wechseln!«

»Höchstwahrscheinlich haben Sie recht. Erinnerung, Logik und Intelligenz können sicherlich nur in einem Gewebe mit einer permanenten, festen Zellstruktur gespeichert werden.«

»Und das heißt, daß ein Loch, was man dort hineinschlägt, auch ein Loch *bleibt*. Wenn man dieses Gewebe also schwer genug beschädigen könnte, wäre es nicht mehr in der Lage, das amorphe Gewebe zu kontrollieren, und damit würde das gesamte Wesen sterben.«

Bryce sagte: »Das mag ja alles sein, aber wie sollen wir dieses Gehirn denn finden? Der Verwandler wird es doch ganz sicher so vor uns schützen, daß wir es auf keinen Fall erreichen können.«

Jennys Aufregung legte sich abrupt wieder. Bryce hatte recht. Vielleicht war das Gehirn tatsächlich der schwache Punkt des Verwandlers, aber sie würden keine Gelegenheit bekommen, diese Theorie zu prüfen.

Sara brütete über dem Ergebnis der chemischen Analyse.

»Eine extrem breite Vielfalt von Kohlenwasserstoffen«, sagte sie.

»Kohle ist aber auch ein Grundelement von allem lebenden Gewebe«, sagte Jenny. »Was ist daran also so besonders?«

»Hier haben wir aber so eine breite Vielfalt von Kohle in den verschiedensten Formen ...«

»Bringt uns das irgendwie weiter?«

»Ich weiß es nicht«, erwiderte Sara nachdenklich.

Kellerassel. Heuschrecke. Raupe. Käfer. Ameisen. Raupe. Kellerassel. Spinne. Ohrwurm. Kakerlake. Tausendfüßler. Spinne.

Käfer-Wurm-Spinne-Schnecke-Ohrwurm.

Lisa starrte auf den Gewebeklumpen in der Schale herab. Es veränderte sich ständig, und die Wechsel wurden von Minute zu Minute schneller.

Irgend etwas stimmte nicht.

»Petrolatum«, sagte Sara.

»Was ist das?« fragte Bryce.

»Vaseline«, sagte Jenny.

Flyte sagte zu Sara: »Sie wollen doch nicht etwa sagen, daß das amorphe Gewebe so etwas Einfaches wie Vaseline ist?«

»Nein, nein, nein«, sagte Sara hastig. »Natürlich nicht. Das ist schließlich lebendes Gewebe, und es ist weit komplexer als Petrolatum. Ich habe nicht den leisesten Schimmer, wie es seine Nahrung verarbeitet, wie das ganze Wesen ohne ein Kreislaufsystem oder ein Nervensystem funktionieren kann, wie es atmet. Aber diese extrem hohen Kohlenwasserstoff-Werte ...«

Ihre Stimme erstarb, und sie sah nachdenklich ins Leere. Tal hatte das Gefühl, daß sie aus irgendeinem Grund plötzlich sehr aufgeregt war. Das zeigte sich zwar an ihrem Gesichtsausdruck oder ihrer Körperhaltung nicht, aber sie hatte irgend etwas an sich, was ihm verriet, daß sie einer wichtigen neuen Erkenntnis auf der Spur war.

Tal sah zu Bryce hinüber, und ihre Blicke trafen sich. Offensichtlich war auch Bryce die Veränderung in Sara aufgefallen.

Fast unbewußt drückte Tal sich beide Daumen.

»Schaut euch das hier an«, sagte Lisa eindringlich.

Sie stand bei der Schale mit dem Rest der Gewebeprobe des Verwandlers. Als die anderen nicht sofort reagierten, sagte sie noch einmal: »Los, beeilt euch, schaut euch das an.«

Jenny und die anderen versammelten sich um sie und starrten auf den Protoplasma-Klumpen in der Schale.

Heuschrecke-Wurm-Tausendfüßler-Spinne-Schnecke-Spinne-Wurm ...

»Es geht immer schneller«, sagte Lisa.

Spinne-Wurm-Spinne-Wurm-Spinnewurmspinnewurmspinnewurm ...

»Es hat sich kaum halb in einen Wurm verwandelt, wenn es schon wieder anfängt, sich wieder in eine Spinne zurückzuverwandeln«, sagte Lisa. »Irgendwie wahnsinnig hektisch. Seht ihr das? Da tut sich was mit dem Ding.«

»Es sieht aus, als hätte es völlig die Kontrolle über sich verloren«, sagte Tal.

»Sieht fast aus wie eine Art Zusammenbruch«, sagte Flyte.

Abrupt veränderte sich die Beschaffenheit des kleinen Gewebe-Klumpens. Eine milchige Flüssigkeit floß aus ihm, und dann brach der Klumpen zu einem nassen Häufchen aus leblosem Brei zusammen.

Es rührte sich nicht und nahm auch keine andere Form mehr an.

Sara nahm einen kleinen Laborlöffel und stieß damit an den Haufen in der Schale. Er rührte sich nicht.

Sie rührte ihn um. Das Gewebe wurde noch flüssiger, reagierte aber sonst nicht.

»Es ist tot«, sagte Flyte leise.

Bryce schien von dieser Entwicklung wie elektrisiert. »Was war in der Schale, bevor die Probe hineingekommen ist? *Das* ist unsere Waffe gegen den Verwandler.«

»Es tut mir leid, Ihre Hoffnungen enttäuschen zu müssen, aber die Schale war steril«, sagte Jenny. »Wahrscheinlich ist es eher so, daß ein vom Hauptteil des Verwandlers getrennter kleinerer Teil nur verhältnismäßig kurze Zeit überlebensfähig ist. Es wäre doch zum Beispiel möglich, daß das amorphe Gewebe eine stetige Zufuhr eines bestimmten Enzyms braucht, um seinen Zusammenhalt zu bewahren, und daß dieses Enzym im Gehirn produziert wird.«

»Das ist keineswegs unwahrscheinlich«, sagte Sara. »Das menschliche Gehirn produziert schließlich auch Enzyme und Hormone, ohne die unser Körper nicht überleben kann. Warum sollte der Verwandler nicht ähnlich funktionieren?«

Bryce sank enttäuscht in sich zusammen. »Damit sind wir doch genausoweit wie vorher. Wir müssen dieses Gehirn erst finden, bevor wir einen tödlichen Schlag gegen diesen Organismus führen können, und das wird der natürlich niemals zulassen.«

»Wir sind *nicht* genausoweit wie vorher«, sagte Sara und deutete auf den leblosen Schleim in der Schale. »Wir wissen jetzt, daß das amorphe Gewebe in einem empfindlichen Gleichgewicht lebt, *das gestört werden kann.*«

Die tiefen Kummerfalten in Bryces Gesicht wurden etwas weicher.

Sara sagte weiter: »Das Fleisch des Verwandlers kann beschädigt werden, sogar abgetötet. Der Beweis liegt in der Schale hier.«

»Wie sollen wir diese Erkenntnis für uns verwenden?« fragte Tal. »Wie können wir das chemische Gleichgewicht in ihm stören?«

»Das müssen wir herausbekommen«, sagte Sara.

»Haben Sie denn keine Idee?« fragte Lisa die Genetikerin.

»Nein«, sagte Sara. »Keine.«

Jenny hatte plötzlich das Gefühl, daß Sara Yamaguchi log.

Sara wollte ihnen von dem Plan erzählen, der ihr eingefallen war, aber sie konnte kein Wort sagen. Erstens bot ihre geplante Strategie nur eine sehr dürftige Hoffnung, und sie wollte ihren Leidensgefährten nicht sinnlos Mut machen, nur um sie dann später wieder grausam enttäuschen zu müssen. Wenn sie außerdem wie durch ein Wunder eine Methode gefunden hatte, wie der Verwandler zu vernichten wäre, würde auch er es erfahren, wenn sie den anderen davon berichtete, und er würde sie an der Durchführung ihres Plans hindern. Sie konnte ihren Plan hier nirgends mit den anderen in Sicherheit diskutieren. Ihre beste Chance sah sie darin, den Verwandler in seiner überheblichen Arroganz zu bestätigen.

Für die Durchführung ihres Plans brauchte sie jedoch Zeit. Der Verwandler war Millionen Jahre alt und praktisch unsterblich. Was waren für ein solches Wesen schon ein paar Stunden? Es würde ihre Bitte bestimmt erfüllen. Ganz bestimmt.

Sie setzte sich an einen der Computerausgänge, wischte sich mit einer Hand über die vor Müdigkeit brennenden Augen und tippte:

BIST DU DA?

JA.

WIR HABEN EINIGE TESTS DURCHGEFÜHRT, tippte sie, während sich die anderen um sie drängten.

ICH WEISS.

WIR SIND FASZINIERT VON DIR! WIR MÖCHTEN NOCH MEHR ÜBER DICH ERFAHREN.

SELBSTVERSTÄNDLICH.

WIR MÖCHTEN NOCH ANDERE TESTS DURCHFÜH-REN.

WARUM?

DAMIT WIR MEHR ÜBER DICH ERFAHREN.

UNKLAR. DEUTLICHER, lautete die spöttische Anwort.

Sara überlegte einen Augenblick und tippte dann: DR. FLYTE BRAUCHT NOCH ZUSÄTZLICHE ANGABEN, UM RICHTIG ÜBER DICH BERICHTEN ZU KÖNNEN.

ER IST MEIN MATTHÄUS.

ER BRAUCHT WEITERE ANGABEN, WENN ER DEINE GESCHICHTE SO ERZÄHLEN SOLL, WIE SICH DAS GE-HÖRT.

MACHT WEITER MIT EUREN TESTS.

WIR MÜSSEN DAZU MEHR LABORAUSRÜSTUNGEN KOMMEN LASSEN.

WARUM? IHR HABT DOCH EIN VOLLAUSGERÜSTE-TES LABOR.

Saras Hände waren feucht. Sie wischte sie an ihren Jeans ab, bevor sie weitermachte.

DAS LABOR IST NUR FÜR DIE ANALYSE BIOLOGI-SCHER UND CHEMISCHER KAMPFSTOFFE AUSGERÜ-STET. AUF EIN WESEN WIE DICH WAREN WIR NICHT VORBEREITET. WIR BRAUCHEN DAHER ZUSÄTZLICHE LABOREINRICHTUNGEN, UM UNSERE SACHE RICHTIG MACHEN ZU KÖNNEN.

VORWÄRTS.

Sie starrte auf die grün auf grün gedruckten Worte und konnte es kaum glauben, daß es so leicht war, mehr Zeit herauszuschlagen.

Sie gab wieder etwas in den Computer ein: WIR MÜS-SEN IN DAS HOTEL ZURÜCK UND DORT DAS TELE-FON BENUTZEN.

VORWÄRTS, DU SCHLAMPE. DU LANGWEILST MICH. VORWÄRTS. VORWÄRTS!

Ihre Hände waren wieder feucht geworden. Sie wischte sie ab und stand auf. An den Blicken der anderen erkannte sie, daß sie genau wußten, daß sie etwas versteckte, und daß sie auch den Grund dafür kannten. Woher wußten sie das aber? War sie so leicht zu durchschauen? Bedeutete das, daß *es* auch Bescheid wußte?

Sie räusperte sich und sagte mit unsicherer Stimme: »Also los.«

»Also los«, sagte Sara Yamaguchi unsicher, aber Timothy sagte: »Augenblick, bitte. Nur eine Minute oder zwei. Ich möchte etwas versuchen.«

Er setzte sich an den Terminal, holte tief Luft und tippte:
HIER SPRICHT TIMOTHY FLYTE.

ICH WEISS.

WIR MÜSSEN UNS UNTERHALTEN.

VORWÄRTS.

MUSS ES DENN UNBEDINGT DURCH DEN COMPUTER SEIN?

DAS IST BESSER ALS DURCH EINEN BRENNENDEN BUSCH.

Eine oder zwei Sekunden lang wußte Timothy nicht, was damit gemeint war. Als er den Witz endlich verstand, hätte er beinahe laut gelacht. Das Ding da hatte tatsächlich einen gewissen perversen Sinn für Humor. Er tippte: DEINE SPEZIES UND MEINE SOLLTEN IN FRIEDEN LEBEN.

WARUM?

WEIL WIR DIE ERDE TEILEN.

WIE DER BAUER DIE ERDE MIT SEINEM VIEH TEILT! IHR SEID MEIN VIEH.

WIR SIND DIE BEIDEN EINZIGEN INTELLIGENTEN ARTEN AUF DER ERDE.

IHR GLAUBT, IHR WÜSSTET SO VIEL! IN WIRKLICHKEIT WISST IHR SO WENIG.

WIR SOLLTEN ZUSAMMENARBEITEN, forderte Flyte beharrlich.

IHR SEID MIR UNTERLEGEN.

WIR HABEN VIEL VONEINANDER ZU LERNEN.

ICH HABE VON EURER ART NICHTS ZU LERNEN.

VIELLEICHT SIND WIR KLÜGER, ALS DU MEINST.

IHR SEID UNSTERBLICH. IST DAS NICHT DIE WAHRHEIT?

JA.

FÜR MICH SIND EURE LEBEN SO KURZ UND UN-
WICHTIG, WIE DAS LEBEN EINER EINTAGSFLIEGE FÜR
EUCH.

WENN DU SO ÜBER UNS DENKST, WARUM SOLL
ICH DANN ÜBER DICH SCHREIBEN?

ES AMÜSIERT MICH, DASS EINER VON EUCH
DURCH THEORETISCHE ÜBERLEGUNGEN AUF MEINE
EXISTENZ GEKOMMEN IST. DAS IST SO, WIE WENN
EIN LIEBLINGSÄFFCHEN EIN SCHWIERIGES KUNST-
STÜCK LERNT.

ICH HALTE UNS NICHT FÜR UNTERLEGEN, tippte
Flyte beharrlich.

VIEH.

ICH GLAUBE, DU WILLST NUR DESHALB, DASS
ÜBER DICH GESCHRIEBEN WIRD, WEIL DU EINE GANZ
MENSCHLICHE EITELKEIT ENTWICKELT HAST.

IRRTUM.

ICH GLAUBE, DU BIST ERST DANN ZUM INTELLI-
GENTEN WESEN GEWORDEN, ALS DU ANGEFANGEN
HAST, ANDERE INTELLIGENTE WESEN ZU FRESSEN,
NÄMLICH DIE MENSCHEN.

DEINE IGNORANZ ENTTÄUSCHT MICH.

Timothy forderte es weiter heraus: ICH MEINE, DU
HAST ERST DURCH DEINE MENSCHLICHEN OPFER
WISSEN UND ERINNERUNG UND DAMIT AUCH INTEL-
LIGENZ AUFGENOMMEN. DEINE ENTWICKLUNG VER-
DANKST DU UNS. ·

Keine Antwort.

Timothy löschte seine beiden vorherigen Sätze und
schrieb weiter: DEIN BEWUSSTSEIN SCHEINT EINE
SEHR MENSCHLICHE STRUKTUR ZU HABEN — ICH,
ÜBER-ICH UND SO WEITER.

VIEH, lautete die Antwort. SCHWEINE, ERBÄRMLCIHE
TIERE. IHR LANGWEILT MICH.

Und dann erloschen alle Schirme.

Timothy lehnte sich in seinem Stuhl zurück und seufzte.
»So eine Arroganz«, sagte er.

»Wie es sich für einen Gott gehört«, sagte Dr. Paige.
»Und dafür scheint es sich ja wohl zu halten.«

»In gewisser Beziehung«, sagte Lisa, »ist er das ja auch.«

»So ist es«, sagte Tal Whitman. »Was uns betrifft, könnte es ebensogut ein Gott sein. Es hat schließlich Macht wie ein Gott, oder?«

»Oder wie ein Teufel«, sagte Lisa.

Hinter den Straßenlaternen war der Horizont jetzt grau. Die ersten Anzeichen der Dämmerung kündigten sich an.

Sara wünschte, Dr. Flyte hätte den Verwandler nicht so kühn herausgefordert, weil sie befürchtete, er hätte davon Wut bekommen und würde sein vorher gegebenes Versprechen nicht halten.

Auf ihrem kurzen Weg von dem Labor zum Hotel wurden sie von merkwürdigen Tierstimmen begleitet, von einem seltsamen Geheul, wie es Sara noch nie vorher gehört hatte. *Es* führte ihnen weiter seine Künste vor. Einmal brachte ein höllischer Schrei, der ganz aus der Nähe kam, die Überlebenden dazu, sich eng aneinander zu drängen.

Sie wurden jedoch nicht angegriffen, und auch im Hotel erwartete sie keine neue Überraschung.

Sara setzte sich an den Schreibtisch und wählte die Nummer des Standorts in Dugway, Utah. Die anderen versammelten sich um sie, um zuzuhören.

Wegen der Krise in Snowfield war das Telefon in Utah nicht nur wie normal besetzt; Captain Daniel Tersch, Armee-Arzt und Spezialist für ansteckende Krankheiten, meldete sich sofort.

Sara berichtete ihm über ihre letzten Entdeckungen, und Tersch war fasziniert, obwohl das nicht zu seinem Sachgebiet gehörte.

»Petrolatum?« unterbrach er sie an einem Punkt überrascht.

»Das amorphe Gewebe ähnelt Petrolatum nur insofern, als es eine ähnliche Mischung von sehr hochwertigen Kohlenwasserstoffen ist. Es ist natürlich weit komplexer aufgebaut.«

Sie betonte das besonders, denn sie wollte, daß er es an die übrigen Wissenschaftler in Dugway weitergab. Wenn sich ein anderer Biochemiker oder Genetiker die Liste der

Bestellungen ansah, wußte er ganz bestimmt, was sie vorhatte, und dann könnte die Waffe schon vorher zusammen-
gesetzt werden, und sie brauchten sich nicht hier damit aufzuhalten, während der Verwandler ihnen über die Schulter
sah. Sie konnte Tersch nicht einfach sagen, was sie vorhatte,
weil der Verwandler ganz sicher zuhörte.

Zum Schluß sprach sie die zusätzlichen Labor-Geräte an,
die sie noch brauchte. »Den größten Teil davon können Sie
sich von Universitäts- und Industrie-Labors hier in Nordka-
lifornien ausleihen. Ich brauche es nur so schnell wie möglich.«

»Was brauchen Sie denn genau?« fragte Tersch. »Sagen
Sie es mir einfach, und in vier oder fünf Stunden haben Sie
es.«

Sie las ihm eine Liste von Geräten vor, die sie in Wirklichkeit gar nicht brauchte, und erst ganz zum Schluß sagte
sie: »Ich brauche außerdem soviel wie möglich von der vierten Generation von Dr. Chakrabartys kleinem Wunder. Verpacken Sie es und schicken Sie es mir so schnell wie möglich.«

»Wer ist denn Chakrabarty?« fragte Tersch verwirrt.

»Den kennen Sie sicher nicht. Ich brauche außerdem noch
zwei oder drei Druckluft-Sprühgeräte.«

»Was ist das denn für ein kleines Wunder? Was meinen
Sie damit?«

»Notieren Sie nur Chakrabarty, vierte Generation.« Sie
buchstabierte ihm den Namen.

»Ich habe keine Ahnung, worum es geht«, sagte er.

Gut, dachte Sara erleichtert. Ausgezeichnet.

Wenn Tesch gewußt hätte, was Dr. Chakrabartys kleines
Wunder war, hätte er es vielleicht ausgeplaudert, bevor sie
ihn daran hindern konnte, und damit wäre der Alte Feind
gewarnt gewesen.

»Das liegt außerhalb Ihres Sachgebiets«, sagte sie. »Warum sollten Sie auch darüber informiert sein.« Sie versuchte
jetzt hastig, von dem Thema so schnell und so weit wie
möglich wegzukommen. »Ich habe im Augenblick keine Zeit
für Erklärungen, Dr. Tersch. Andere werden Ihnen das erklären können. Vier oder fünf Stunden, sagten Sie?«

»Damit müßten wir hinkommen«, sagte Tersch. »Wie sollen wir das Zeug denn liefern?«

»Wäre es vielleicht möglich, es mit einem Hubschrauber einfliegen zu lassen?« fragte Sara.

»Aber sicher.«

»Sagen Sie dem Piloten, er soll nicht zu landen versuchen. Der Verwandler würde dann denken, wir wollten zu fliehen versuchen. Er würde uns und die Hubschraubermannschaft bestimmt in dem Augenblick töten, in dem der Hubschrauber aufsetzt. Sie sollen die Geräte im Schwebeflug mit einer Winde ablassen.«

»Das wird alles zusammen ein ziemlich großes Paket werden, aber sie werden es schon schaffen. Ihnen wünsche ich viel Glück.«

»Vielen Dank«, sagte Sara. »Wir werden es brauchen können.«

Sie legte auf.

»Plötzlich kommen einem fünf oder sechs Stunden wie eine Ewigkeit vor«, sagte Jenny.

Sie warteten offensichtlich ungeduldig auf eine Möglichkeit, etwas über Saras Plan zu erfahren, wußten aber zugleich, daß sie nicht darüber sprechen konnten. Selbst in ihrem Schweigen aber entdeckte Sara einen neuen Optimismus.

Erhofft euch nicht zuviel, dachte sie sorgenvoll. Es war durchaus möglich, daß ihr Plan nichts taugte. Das war sogar die wahrscheinlichere Möglichkeit. Und wenn der Plan scheiterte und der Verwandler herausbekam, was sie vorgehabt hatten, würde er sie alle auf eine ganz besonders brutale Art töten.

Draußen dämmerte es.

Der Nebel leuchtete nicht mehr fahl wie vorher, sondern reflektierte blendend weiß die Morgensonne.

39

Die Erscheinung

Fletcher Kale wachte um die Morgendämmerung auf.

Im Wald herrschte noch Halbdunkel. Nur hier und da fielen vereinzelte Sonnenstrahlen wie weiße Speere durch Lücken in der Decke aus Blättern. Das Sonnenlicht war in dem Morgennebel diffus und undeutlich.

Er hatte die Nacht in dem großen Jeep verbracht, den er aus Jake Johnsons Garage geholt hatte. Nun stieg er aus, stellte sich neben den Jeep und lauschte angestrengt, ob ihn jemand verfolgte.

Gestern nacht war er um kurz nach elf auf dem Weg zu Johnsons geheimem Zufluchtsort auf eine Straßensperre gestoßen, die dafür sorgen sollte, daß niemand das Quarantäne-Gebiet um Snowfield betrat. Die Fahndung nach ihm lief schon seit Stunden, und die Polizisten hatten bestimmt sein Foto bekommen. Wenn sie ihn erkannten, war er in einer Stunde wieder im Gefängnis.

Nun erinnerte er sich daran, daß er im Radio gehört hatte, um Snowfield sei eine Quarantäne-Zone eingerichtet worden, aber er hatte gedacht, nur auf der anderen Seite des Bergs.

Zwei Deputies stiegen aus dem schräggestellten Polizeiwagen aus, und er wünschte sich, er hätte zur Abwechslung einmal genauer zugehört, als die Nachrichten kamen.

Überraschung war seine einzige Hoffnung. Die Polizisten erwarteten bestimmt keine Schwierigkeiten an dieser langweiligen Straßensperre. Das HK 91-Sturmgewehr lag auf dem Sitz neben ihm unter einer Decke. Er zog es hervor, stieg aus dem Jeep aus und eröffnete das Feuer. Die automatische Waffe ratterte, und die beiden Deputies tanzten einen kurzen Totentanz.

Er rollte die Leichen in den Straßengraben, kurvte den Polizeiwagen zur Seite und fuhr den Jeep daran vorbei. Dann hielt er an und brachte den Polizeiwagen wieder an die gleiche Stelle wie vorher, damit es so aussah, als sei der oder die Mörder nicht daran vorbeigefahren. Er fuhr auf dem Waldweg weiter, bis der Weg nach ungefähr sechs Kilometern auch mit dem Jeep nicht mehr befahrbar war. Er versteckte ihn im Gebüsch, so gut es ging, und stieg aus.

Außer dem HK 91 trug er noch die anderen Waffen aus Johnsons Speisekammer in einem Sack, und die $ 63440 hatte er in den Taschen seiner Jacke verteilt. Sonst hatte er nur noch eine Taschenlampe dabei, und mehr brauchte er auch nicht, weil er alles andere in der Höhle finden würde.

Er hatte zwar ursprünglich vorgehabt, den letzten halben Kilometer, der nur zu Fuß zu schaffen war, sofort hinter sich zu bringen, aber er mußte bald feststellen, daß ein Marsch durch einen nächtlichen Wald auch mit einer Taschenlampe keine Kleinigkeit ist, und so war er zu dem Jeep zurückgegangen und hatte in ihm geschlafen. Selbst wenn die beiden toten Deputies noch vor dem Morgen entdeckt wurden, würde sicher erst dann ein Suchtrupp ausgeschickt werden, wenn es hell war, und bis sie hierherkamen und den Jeep fanden, war er in seinem Höhlenversteck in Sicherheit.

Nun stand er im Licht des frühen Morgens neben dem Jeep und lauschte, ob jemand kam. Er hörte nichts. Eigentlich hätte ihn das auch überrascht, denn es war ihm nicht vom Schicksal bestimmt, in einem Gefängnis zu verfaulen. Vor ihm lag eine goldene Zukunft. Das wußte er sicher.

Er streckte sich, gähnte herzhaft und machte sich auf den Weg. Das war ihm in der Nacht zwar noch nicht aufgefallen, aber der Fußweg war voller frischer Spuren. Es war noch nicht lange her, seitdem er von verschiedenen Leuten benützt worden war.

Er entsicherte das Sturmgewehr und ging vorsichtig weiter. Er hielt dabei das Gewehr im Anschlag, um jeden, der auftauchten sollte, sofort niedermähen zu können.

Weniger als eine halbe Stunde später erreichte er die Lichtung um die Hütte — und sah, wer den Weg benutzt hatte. Vor der Hütte waren acht Harleys mit dem Namen Chrom-Dämonen auf dem Tank aufgestellt.

Das war Gene Terrs Bande. Nicht alle. Wahrscheinlich ungefähr die Hälfte. Kale drückte sich an einen Kalkfelsen am Rand der Lichtung und musterte die Blockhütte. Es war niemand zu sehen. Er holte sich leise ein Ersatzmagazin für das Gewehr aus seinem Wäschesack und setzte es ein.

Wie war Terr mit seiner Schlägerbande hierher gekommen? Es war doch sicher unheimlich gefährlich, mit den schweren Motorrädern in die Berge zu fahren, aber diese Typen liebten ja die Gefahr.

Was wollten sie aber bloß hier? Wie hatten sie die Hütte gefunden, und warum waren sie hergekommen?

Kale lauschte angestrengt, und nach einer Weile wurde ihm bewußt, daß nicht einmal das Geräusch von Tieren oder Insekten zu hören war. Keine Vögel. Absolut nichts. Unheimlich.

Dann aber raschelte es hinter ihm in dem Gebüsch. Ein leises Geräusch, aber in der unnatürlichen Stille laut wie ein Kanonenschuß.

Kale hatte auf dem Boden gekniet. Mit katzenhafter Schnelligkeit rollte er sich seitlich ab und hob das Sturmgewehr.

Er war bereit zu töten, aber auf diesen Anblick war er nicht vorbereitet gewesen. Es war Jake Johnson, der in knapp zehn Metern Entfernung grinsend und nackt aus den Bäumen und dem Nebel kam. Splitterfasernackt.

Wieder eine Bewegung links von Johnson.

Ein zweiter Mann kam durch den Nebel aus dem Wald, und das hohe Gras wogte um seine nackten Beine. Auch er war nackt und grinste breit.

Das war aber nicht das Schlimmste. Das Schlimmste war, daß dieser zweite Mann auch Jake Johnson war.

Kale sah erschreckt und verwirrt von einem zum anderen. Die beiden Männer waren sich so ähnlich wie eineiige Zwillinge. Aber Jake war doch ein Einzelkind gewesen — oder? Von einem Zwillingsbruder hatte Kale noch nie etwas gehört.

Nun trat eine dritte Gestalt aus dem Schatten unter einer riesigen Tanne hervor. Noch einmal Jake Johnson.

Kale bekam keine Luft. Es war vielleicht entfernt möglich, daß Johnson einen Zwillingsbruder hatte, aber er war auf gar keinen Fall einer von Drillingen.

Irgend etwas stimmte hier nicht. Plötzlich waren es nicht

mehr die unmöglichen Drillinge, die Kale Angst einjagten. Mit einem Mal schien alles bedrohlich: der Wald, der Nebel, die steinerne Silhouette der Berge ...

Die drei Gestalten kamen langsam von verschiedenen Seiten den Hang hinauf auf Kale zu. Ihre Augen hatten einen seltsamen Ausdruck, und ihre Münder waren grausam.

Kale stand hastig auf. »Keinen Schritt weiter!«

Sie blieben jedoch nicht stehen, obwohl er bedrohlich sein Sturmgewehr schwenkte.

»Wer bist du? Was *soll* das denn?« fragte Kale.

Sie antworteten ihm nicht, sondern kamen wie Zombies weiter auf ihn zu.

Er riß den Wäschesack mit den Waffen an sich und zog sich hastig und ungeschickt von dem alptraumhaften Trio zurück.

Nein. Inzwischen war es kein Trio mehr, sondern ein Quartett. Unten am Hang kam ein vierter Jake Johnson zwischen den Bäumen hervor, völlig nackt wie die anderen.

Kales Angst drohte in Panik umzukippen.

Die vier Johnsons kamen fast geräuschlos auf Kale zu. Nur die trockenen Blätter unter ihren Füßen raschelten. Sie beschwerten sich nicht über die Steine und die Dornen und die spitzen Holzstücke unter ihren nackten Fußsohlen, die ihnen weh getan haben mußten. Einer von ihnen begann, sich die Lippen abzulecken, und die anderen drei folgten sofort seinem Beispiel.

Kale durchzuckte das eiskalte Entsetzen, und er fragte sich, ob er den Verstand verloren hatte. Der Gedanke hielt sich jedoch nicht lange. Kritische Betrachtungen seiner eigenen Person waren Kale fremd, und er hielt sich auch diesmal nicht lange damit auf.

Er ließ den Wäschesack fallen, packte die HK 91 mit beiden Händen und eröffnete das Feuer. Während des Feuerstoßes ließ er die Mündung herumwandern und sah, wie alle vier Männer von den Kugeln getroffen wurden und die Wunden aufbrachen. Kaum waren sie jedoch sichtbar, schlossen sie sich bereits wieder, verheilten und waren innerhalb von Sekunden verschwunden.

Die Männer kamen weiter auf ihn zu.

Nein, nicht Männer, das war etwas anderes.

Halluzinationen? Vor Jahren während seiner Schulzeit hatte Kale oft LSD eingeworfen. Nun fiel es ihm wieder ein, daß man noch Monate oder gar Jahre, nachdem man das LSD genommen hatte, von Flashbacks geplagt werden konnte. Ihm selbst war so etwas zwar noch nie passiert, aber er hatte davon gehört. War das hier ein Flashback? Halluzinationen?

Vielleicht. Auf der anderen Seite glänzten die Männer hier, als würde sich der Morgentau auf ihrer Haut niederschlagen, und solche Details registrierte man normalerweise bei Halluzinationen nicht. Außerdem war dieses Erlebnis hier völlig anders als alles, was er bisher unter Drogen erlebt hatte.

Noch immer grinsend hob der eine Doppelgänger einen Arm und deutete auf Kale. Es war unglaublich, aber das Fleisch hatte sich von dieser Hand völlig gelöst und war anscheinend in den Arm zurückgeflossen, als sei es Wachs, das von einer Kerze herunterläuft. Das Handgelenk wurde dadurch etwas dicker, aber von der Hand blieb nichts als weiße Knochen. Ein Knochenfinger deutete voller Verachtung, Zorn und Anschuldigung auf Kale.

Kale wollte seinen Augen nicht mehr trauen.

Die anderen drei Exemplare Jake Johnsons hatten sich noch makabrer verändert. Bei einem war aus einem Teil des Gesichts das Fleisch verschwunden; ein Backenknochen war zu sehen, eine Reihe Zähne, und vom rechten Auge war nur noch der Augapfel übrig, der feucht in der fleischlosen Höhle glänzte. Dem dritten Mann fehlte ein Stück Fleisch von seinem Rumpf; man konnte seine spitzen Rippen und dunkle, pulsierende innere Organe sehen. Der vierte ging auf einem normalen Bein, aber von dem anderen waren nur noch Knochen und Sehnen übrig.

Als sie näher kamen, sagte einer von ihnen: »Kindermörder.«

Kale schrie, ließ sein Gewehr fallen und rannte los. Er blieb jedoch sofort wieder stehen, als er zwei weitere Johnsons von der Hütte her kommen sah. Sie hatten ihn eingekreist, und jetzt blieb ihm nur noch die Höhle. Er rannte zu ihrem Eingang, schob keuchend das Gebüsch davor zur Seite und hastete in die dunkle Höhle hinein. Er tastete sich an der Wand weiter, versuchte, sich daran zu erinnern, wie der Gang verlief und wünschte sich, er hätte die Taschenlampe behalten. Plötzlich kam ihm die Idee, daß das hier vielleicht keineswegs so sicher war, wie er angenommen hatte. Je mehr er darüber nachdachte, desto sicherer wurde er sich, daß sie ihn in der Höhle haben *wollten* — und als er sich umsah, standen zwei von den verwesenden Männern im Eingang. Er heulte auf und rannte weiter, stieß gegen die Felswand, schürfte sich eine Hand auf, und dann sah er vor sich plötzlich Licht durch die offene Tür der Felsenkammer. Er rannte durch und warf sie hinter sich zu, obwohl er wußte, daß sie sich davon nicht würden aufhalten lassen. Er hastete wie im Traum an aufgestapelten Lebensmitteln auf die Lichtquelle zu, die in der zweiten Kammer war.

Das Licht stammte von einer Camping-Leuchte.

Kale trat in die dritte Kammer.

Was er da in dem blassen, weißlichen Licht der Gaslampe sah, ließ ihm das Blut in den Adern gefrieren. Es war aus dem unterirdischen Fluß durch die Öffnung im Boden der Höhle aufgestiegen, in der Jake Johnson seine Wasserpumpe angebracht hatte. Es wand sich, zuckte und pulsierte. Dunkles, fleckiges Fleisch. Formlos.

Flügel begannen sich zu bilden, schmolzen aber dann wieder.

Ein schwefeliger Geruch hing in der Luft, nicht stark, aber ekelerregend.

Auf der ganzen sieben Fuß hohen Säule aus Schleim öffneten sich Augen und richteten sich auf Kale. Er wich vor ihnen zurück bis an die Wand der Kammer und klammerte sich an dem Gestein fest, als könne er sich nur noch mit dieser letzten Berührung mit der Realität vor dem Abgrund des Wahnsinns retten.

Manche der Augen waren menschlich, manche aber auch nicht. Sie schauten ihn durchbohrend an, und dann schlossen sie sich wieder und verschwanden.

Münder öffneten sich, wo vorher keine Münder gewesen waren. Zähne. Fänge. Gespaltene Zungen über schwarzen

Lippen. Aus anderen Mündern schlängelten sich wurmähn-
liche Auswüchse und verschwanden wieder wie die Augen.

Ein Mann saß einige Fuß weit von dem pulsierenden
Ding auf dem Boden. Sein Gesicht lag im Schatten.

Als er sah, daß Kale ihn bemerkt hatte, lehnte er sich
leicht vor und ließ das Licht auf sein Gesicht fallen. Er war
einen Meter neunzig oder noch größer; er hatte einen Bart,
und sein langes, blondes, lockiges Haar hielt er mit einem
zusammengerollten Stirnband zusammen. Ein goldener
Ohrring baumelte herab. Er lächelte Kale eigenartig an, hob
eine Hand zur Begrüßung, und auf ihre Handfläche war in
Rot und Gelb ein Auge tätowiert.

Es war Gene Terr.

40

Biologische Kriegsführung

Der Armee-Hubschrauber kam dreieinhalb Stunden nach
Saras Gespräch mit Daniel Tersch in Dugway an, also früher
als versprochen. Offensichtlich war er von einer Base in Kalifornien ausgeschickt worden, und offensichtlich hatten ihre
Kollegen verstanden, wie ihr Plan aussah. Es war ihnen
klargeworden, daß sie den größten Teil der Geräte gar nicht
wirklich brauchte, und hatten ihr nur das geschickt, was sie
für den Angriff auf den Verwandler brauchte. Sonst hätte
der Hubschrauber nicht so schnell dasein können.

Der große, mit Tarnfarbe gestrichene Hubschrauber mit
seinen zwei großen Rotoren schwebte zwar ungefähr zwanzig Meter über der Skyline Road, wirbelte aber trotzdem
Nebel und trockene Blätter auf. Seitlich an dem Hubschrauber ging eine Tür auf, ein Mann lehnte sich heraus und erkundigte sich durch Handzeichen, ob hier die mitgebrachten
Geräte abgelassen werden sollten. Sara wies die anderen
an, sich in einem großen Kreis aufzustellen.

Daraufhin wurde ein in Leinen gewickeltes Bündel aus
dem Hubschrauber gestoßen, mit einer elektrischen Winde
äußerst vorsichtig abgelassen und landete mitten in ihrem
Kreis sanft auf dem Boden.

Bryce war der erste, der das Paket erreichte. Er löste den Schnappverschluß des Windenkabels, und als Sara und die anderen zu ihm kamen, wurde es bereits wieder nach oben gezogen, und der Hubschrauber flog hoch und verschwand aus der Gefahrenzone.

Sara kauerte sich neben das Bündel und begann, in fieberhafter Eile die Nylon-Verschnürung zu lösen, und innerhalb von wenigen Sekunden hatte sie den Inhalt ausgepackt.

Da waren zwei blaue Kanister mit handgeschriebenen weißen Worten und Zahlen darauf. Sie seufzte erleichtert auf, als sie sie sah. Ihre Nachricht war richtig verstanden worden. Außerdem waren da noch drei Sprüh-Tanks, wie sie für die Schädlingsbekämpfung benutzt werden, die jedoch nicht mit einer Handpumpe bedient wurden, sondern mit Druckluft arbeiteten. Jeder Tank hatte einen Rückentragegurt. Ein Gummischlauch mit einer Hochdruckdüse aus Metall von einem Meter Länge ermöglichte es, ein Ziel aus einer Entfernung von vier bis fünf Metern anzusprühen.

Während der Hubschrauber im Westen am Himmel verschwand, fragte Lisa: »Sara, das ist doch alles, was Sie brauchen — oder?«

»Alles, was ich angefordert habe«, war die ausweichende Antwort.

Sie sah sich nervös um und erwartete jeden Augenblick den Angriff des Verwandlers. Als aber keine Spur von ihm zu entdecken war, sagte sie: »Tal, wenn Sie vielleicht zwei von den Tanks tragen könnten ...«

Der Sheriff und der Deputy legten sich die Tanks an den Tragegurten an und zogen die Gurte fest. Sie wußten beide offensichtlich, daß die Tanks eine Waffe enthielten, mit der sie den Verwandler vielleicht zerstören könnten, auch ohne daß ihnen das jemand gesagt hatte. Sara wußte, daß sie vor Neugier fast zersprangen und war beeindruckt davon, daß sie keine Fragen stellten.

Eigentlich hatte sie das dritte Sprüh-Gerät selbst bedienen wollen, aber es war viel schwerer, als sie angenommen hatte. Wenn sie sich anstrengte, würde sie es wohl tragen können, aber dann könnte sie sich nicht mehr schnell bewegen, und auf Schnelligkeit und Beweglichkeit kam es in den nächsten beiden Stunden vor allem an. Auch Lisa oder Flyte waren für das Gerät zu schwach, und damit blieb nur noch Jenny übrig. Sie war allem Anschein nach in bester körperlicher Verfassung und würde das Gewicht des Sprühgeräts relativ mühelos bewältigen können.

Auch Jenny selbst war dieser Meinung. Sara half ihr, den Tank anzulegen, und sie waren kampfbereit.

Noch immer war von dem Verwandler nichts zu sehen.

Sara wischte sich den Schweiß von der Stirn. »Also gut. Sobald es sich zeigt, sofort einsprühen. Verschwendet keine Sekunde. Sprüht es ein, versucht vielleicht, mehr davon herauszulocken, aber vor allem sprühen, sprühen, sprühen.«

»Ist das eine Säure — oder was?« fragte Bryce.

»Nein, Säure ist das nicht«, sagte Sara. »Es wird allerdings ungefähr so wirken — wenn es überhaupt wirkt.«

»Wenn es keine Säure ist, was ist es dann?« fragte Tal.

»Ein einziger, hochspezialisierter Mikro-Organismus«, sagte Sara.

»Viren?« fragte Jenny überrascht.

»Ja. Sie schwimmen in einer Nährlösung.«

»Wollen wir den Verwandler etwa *krank* machen?« fragte Lisa skeptisch.

»Das hoffe ich auf jeden Fall inständig«, sagte Sara.

Nichts rührte sich. Nichts. Trotzdem war da draußen etwas und hörte ihnen mit feinem Gehör zu.

»Sehr, sehr krank, wenn wir Glück haben«, sagte Sara weiter. »Weil Krankheit scheinbar die einzige Möglichkeit ist, es zu töten.«

Nun waren ihre Leben bedroht, denn *es* wußte, daß sie es betrogen hatten.

Flyte schüttelte den Kopf. »Aber der Alte Feind ist doch so völlig anders als Menschen oder Tiere ... Krankheiten, die für andere Organismen schädlich wären, würden ihm wahrscheinlich nicht das geringste ausmachen.«

»Ganz richtig«, sagte Sara. »Aber diese Mikrobe ist keine gewöhnliche Krankheit. Eigentlich ist es überhaupt kein Krankheitserreger.« Sara sah sich unruhig um und erzählte ihnen von Ananda Chakrabarty und seiner Entdeckung.

1972 hatte General Electrics für seinen Angestellten Dr. Chakrabarty zum ersten Mal eine von Menschenhand hergestellte Bakterie patentieren lassen. Mit Zellfusion hatte Chakrabarty einen Mikro-Organismus hergestellt, der die Kohlenwasserstoff-Teile von Erdöl verzehren und verdauen konnte, was sich bei Katastrophen mit Öltankern sehr nützlich erweisen könnte. Die Bakterien fraßen das Öl buchstäblich auf und machte es für die Umwelt harmlos.

Nach einer Reihe von Rechtsstreitigkeiten sprach der Oberste Gerichtshof in einer bahnbrechenden Entscheidung General Electrics das Recht zu, Dr. Chakrabartys Erfindung patentieren zu lassen. Mit dieser Entscheidung vom Juni 1980 war zum ersten Mal ein von Menschenhand hergestellter Organismus patentiert worden.

»Und das ist in den Tanks?« fragte Bryce.

»In einer weiterentwickelten Form, Biosan 4. Der ursprüngliche Organismus war zu empfindlich und konnte nur im Labor überleben.«

In der Stadt herrschte Grabesstille, aber trotzdem hatte Jenny das untrügliche Gefühl, daß *es* kam, daß es zugehört hatte und schon ganz nahe war. Auch die anderen spürten es und sahen sich unruhig um.

Sara sagte: »Erinnern Sie sich noch, daß ich gesagt habe, das Gewebe des Verwandlers wäre wie Petrolatum? Nicht genauso, aber vielleicht wie ein organischer, metabolisch aktiver Verwandter von Petrolatum. Ich hoffe daher, daß das Biosan ...«

Es kommt etwas.

»Sie hoffen, daß es sich in den Verwandler genauso hineinfrißt wie in Erdöl, oder daß es zumindest sein empfindliches chemisches Gleichgewicht so durcheinanderbringt, daß der gesamte Organismus destabilisiert wird.«

Es kommt, es kommt, aber woher? Wo ist es?

»Das kommt mir aber wie eine sehr dürftige Hoffnung vor«, sagte Flyte.

»Sie ist auch sehr dünn, aber sie ist alles, was wir haben.«

Ein Geräusch. Ein Zwitschern, ein Zischen, das ihnen die Haare zu Berge stehen ließ. Sie erstarrten und sahen sich um.

Nichts. Stille senkte sich wieder über die Stadt. Das Geräusch kam nicht wieder.

Bryce Hammonds Gesicht war zutiefst beunruhigt. »Dieses Biosan ist doch wohl nicht schädlich für uns?«

»Völlig harmlos«, sagte Sara.

Wieder ein Geräusch. Ein kurzer Ausbruch, und dann Ruhe.

»Jetzt kommt etwas«, sagte Lisa leise.

Gott sei uns gnädig, dachte Sara.

»Jetzt kommt etwas«, sagte Lisa, und Bryce spürte es auch. Ein Gefühl einer nahenden, entsetzlichen Gefahr. Die Luft wurde dicker und kühler. Wirklichkeit? Einbildung? Er war nicht sicher. Er wußte nur, daß er es fühlte.

Das Geräusch setzte wieder ein, aber nun anhaltend. Es klang ähnlich wie eine elektrische Bohrmaschine, aber so etwas Harmloses und Alltägliches verursachte es sicher nicht. Nein, es klang eher nach Insekten. Bienen. Nein, das verstärkte Summen von Hornissen.

Er sagte: »Ihr drei ohne Sprühgerät, stellt euch in die Mitte.«

Sara, Lisa und Dr. Flyte stellten sich zusammen, während Bryce, Jenny und Tal einen Ring um sie bildeten.

Dann plötzlich erschien in der Nähe der Bäckerei ein Monster am Himmel, schwebte über die Häuser und flog wieder über die Skyline Road. Eine Wespe. Ein Phantom von der Größe eines Schäferhundes. Ein solches Insekt hatte es während der Jahrmillionen, die der Verwandler schon existierte, mit Sicherheit noch nie gegeben. Nein, das war wieder ein Produkt seiner bösartigen Fantasie. Sechs Fuß große Flügel schimmerten in der Sonne. Die schwarzen Facetten-Augen saßen schräg in dem spitzen, bösartigen Kopf. Der segmentierte, schimmelfarbig weiße Körper endete mit einem dreißig Zentimeter langen, nadelspitzen Stachel.

Bryce hatte ein Gefühl, als würden sich seine Eingeweide in Eiswasser verwandeln.

Die Wespe schwebte nicht mehr. Sie griff an.

Jenny schrie, als die Wespe auf sie zuraste, rannte aber nicht weg, sondern zielte mit ihrer Sprüh-Dose auf den Kopf. Ein milchiger Dunst sprühte knapp zwei Meter weit.

Die Wespe war noch sieben Meter weit weg und kam immer näher.

Jenny drückte den Knopf ganz herunter. Aus dem Dunst wurde ein Strahl, der fünf oder sechs Meter weit reichte.

Auch Bryce fing an zu sprühen. Die beiden Biosan-Strahlen trafen sich in der Luft.

Die Wespe kam in Reichweite. Die beiden Strahlen trafen sie, ließen das Schimmern der Flügel verlöschen und tränkten den geteilten Körper. Das Insekt stockte abrupt, zögerte, sank etwas herab, als könne es die Höhe nicht mehr halten, schwebte. Sein Angriff war aufgehalten worden, obwohl es sie noch aus haßerfüllten Augen anstarrte.

Jenny spürte, wie Erleichterung und Hoffnung sie durchzuckte.

»Es funktioniert!« rief Lisa.

Dann griff die Wespe sie wieder an.

Gerade, als Tal gedacht hatte, sie seien sicher, griff die Wespe sie wieder an. Sie flog durch einen Nebel von Biosan, aber sie flog noch.

»Herunter!« brüllte Bryce.

Sie duckten sich, und die Wespe flog über ihre Köpfe weg. Von ihren grotesken Beinen und von der Spitze ihres Stachels tropfte dabei eine milchige Flüssigkeit herab.

Tal erhob sich wieder, um sie bei ihrem nächsten Anflug voll mit dem Biosan-Strahl zu erwischen. Sie schwang zu ihm herum, aber bevor er sie mit seinem Sprühgerät erreichen konnte, schwankte die Wespe in der Luft, flatterte wild mit den Flügeln und stürzte auf den Boden. Sie flatterte und summte wütend, schaffte es aber nicht, wieder aufzusteigen. Dann verwandelte sie sich.

Sie verwandelte sich.

Timothy Flyte wagte sich mit den anderen näher an sie heran und beobachtete fasziniert, wie sie zu einem formlosen Protoplasma zusammenschmolz. Das Hinterbein eines

Hundes begann sich zu bilden, dann die Schnauze. Es würde ein Dobermann werden. Ein Auge öffnete sich. Der Verwandler schaffte es aber nicht mehr, die Transformation ganz durchzuführen, und der Hund verschwand wieder. Das amorphe Gewebe zitterte und pulsierte wie im Fieber, und so hatten sie es noch nie gesehen.

»Es stirbt«, sagte Lisa.

Timothy starrte die Zuckungen des unmenschlichen Fleisches mit atemlosem Staunen an. Dieses bisher unsterbliche Wesen lernte die Bedeutung des Todes und die Angst davor kennen.

Überall auf der Masse brachen nun offene Schwären aus, die eine dünne, gelbe Flüssigkeit absonderten. Bald war die gesamte Oberfläche damit bedeckt, die nun aussah wie eine riesige eitrige Wunde. Dann degenerierte dieses Phantom wie die kleine Gewebeprobe in der Schale zu einer leblosen Pfütze aus stinkendem, wäßrigem Brei.

»Mein Gott, Sie haben es tatsächlich geschafft«, sagte Timothy und drehte sich zu Sara um.

Drei dicke Tentakeln stiegen aus einem Abfluß drei Meter hinter ihr hoch und kamen auf sie zu. Jeder davon war so dick wie Timothys Handgelenk. Die Spitze der ersten war kaum einen Meter weit von Sara entfernt.

Timothy stieß einen Warnschrei aus, aber er kam zu spät.

Flyte rief ihr etwas zu, und Jenny fuhr herum. *Es* war da.

Drei Tentakeln zuckten mit tödlicher Schnelligkeit vom Bürgersteig hoch und fielen auf Sara. In einem Bruchteil einer Sekunde hatte sich einer um ein Bein der Genetikerin gelegt, einer um ihre Hüfte, und einer um ihren schlanken Hals.

Großer Gott, es ist zu schnell, einfach zu schnell für uns, dachte Jenny. Noch in der Drehung zielte sie mit der Düse ihres Sprühgeräts und lenkte fluchend einen Strahl Biosan auf Sara und die Tentakeln. Auch Bryce und Tal kamen ihr mit ihren Geräten zu Hilfe, aber sie waren alle zu langsam und kamen zu spät.

Saras Augen weiteten sich, sie riß ihren Mund zu einem lautlosen Schrei auf. Sie wurde in die Luft gehoben und —

Nein! betete Jenny.

— wie eine Puppe hin und her geschleudert —

Nein!

— und dann fiel ihr Kopf von ihren Schultern und schlug mit einem lauten, entsetzlichen Krachen auf die Straße auf.

Jenny konnte nur mit Mühe ihren Brechreiz unterdrücken und stolperte zurück.

Die Tentakeln hoben sich vier Meter in die Luft. Sie zuckten und wanden sich, als das Biosan die bindende Struktur des amorphen Gewebes zerstörte. Wie Sara gehofft hatte, wirkte der Mikro-Organismus auf den Verwandler fast so wie Schwefelsäure auf menschliches Gewebe.

Tal rannte an Jenny vorbei direkt auf die drei Tentakeln zu, und sie rief ihn entsetzt zurück.

Was hatte er denn vor, um Gottes willen?

Tal rannte durch die beweglichen Schatten der Tentakel über ihm und betete, daß keiner auf ihn herabfallen würde. Als er den Abfluß erreichte, aus dem sie aufgestiegen waren, sah er, daß die drei Auswüchse von der Hauptmasse aus dunklem, zuckendem Protoplasma getrennt wurden. Der Verwandler stieß infiziertes Gewebe ab, bevor die Bakterien die Hauptmasse des Organismus erreichen konnten. Tal steckte die Düse seines Sprühgeräts durch den Rost des Abflusses und sprühte Biosan hinein.

Die Tentakeln rissen sich von dem Rest des Wesens los und zuckten und wanden sich auf der Straße. Unten in der Kanalisation zog sich der feuchte Schleim vor dem Spray zurück und stieß ständig Stücke von sich ab, die zu zucken und aufzuschäumen begannen, um dann zu sterben.

Selbst der Teufel war verwundbar. Selbst Satan war nicht unverletzlich.

Nun siegessicher sprühte Tal weiter Biosan in die Kanalisation.

Das amorphe Gewebe zog sich weiter zurück und verschwand außer Sicht.

Tal drehte sich um und sah, daß die Tentakeln inzwischen ihren Zusammenhalt verloren hatten und nicht mehr waren als Stränge aus nässendem Gewebe. Sie peitschten, scheinbar in Höllenqualen, wild um sich und degenerierten schnell zu einem leblosen, stinkenden Brei.

Er sah sich nach einem anderen Abfluß um, betrachtete die leblosen Häuser und die Straße und fragte sich, woher der nächste Angriff kommen würde.

Plötzlich rumpelte es unter seinen Füßen und der Boden bäumte sich auf. Flyte vor ihm wurde zu Boden geworfen, und seine Brille zerbrach. Tal taumelte zur Seite und hätte fast Bryce niedergetreten.

Wieder bewegte sich der Bürgersteig und bäumte sich noch heftiger als beim ersten Mal auf, als liefen die Wellen eines Erdbebens darunter. Das war jedoch kein Erdbeben. *Es* griff nun an — nicht nur ein Teil von ihm, ein weiteres Phantom, sondern sein größter Teil, vielleicht sogar seine gesamte Riesenmasse drängte sich mit unglaublicher Zerstörungskraft an die Oberfläche wie ein verratener Gott, um sich in seinem furchtbaren Zorn an den Frauen und Männern zu rächen, die es gewagt hatten, sich gegen es zu stellen, und deshalb formte es sich zu einer ungeheuren Masse von Muskeln und Sehnen und drückte nach oben, daß die Straße sich hochwölbte und aufsprang.

Tal wurde zu Boden geworfen und schlug mit seiner Kinnspitze auf, so daß er beinahe das Bewußtsein verloren hätte. Er versuchte aufzustehen, um die Kreatur mit seinem Sprühgerät angreifen zu können, wenn sie erschien, aber der Boden schwankte noch zu sehr, und er legte sich wieder flach hin, um abzuwarten, bis er sich etwas beruhigt hatte.

Wir werden alle sterben, dachte er.

Bryce lag flach auf dem Bauch und klammerte sich am Boden fest. Lisa lag neben ihm. Sie schrie oder weinte laut, aber wegen des ohrenbetäubenden Lärms konnte er sie nicht hören.

In dem ganzen Block erreichte eine atonale Symphonie der Zerstörung ein ohrenbetäubendes Crescendo, als risse die Welt selbst auseinander. Die Luft war voller Staub, der aus den immer breiter werdenden Rissen im Boden aufstieg.

Die Straße neigte sich mit ungeheurer Gewalt zur Seite. Stücke davon flogen in die Luft. Die meisten davon waren nur so groß wie Kieselsteine, aber einzelne waren auch so groß wie eine Faust. Vereinzelte Brocken waren sogar noch größer, und fünfzig, hundert oder sogar zweihundert Pfund schwere Betonstücke flogen zwei oder drei Meter hoch in die Luft, als die Kreatur darunter mit unheimlicher Wucht von unten dagegenrammte.

Bryce zog Lisa an sich und versuchte, sie zu schützen. Er fühlte wie stark sie zitterte.

Die Erde unter ihnen hob sich und fiel mit einem lauten Krachen wieder zurück, und hob und senkte sich sofort noch einmal. Geröllbrocken regneten auf das Gerät auf Bryces Rücken und auf seinen Kopf. Er zuckte zusammen und sah sich verzweifelt um.

Wo war Jenny?

Die Straße hatte sich hochgeschoben, und in der Mitte der Skyline Road hatte sich ein Kamm gebildet. Offensichtlich war Jenny auf seiner anderen Seite und klammerte sich dort an der Straße fest.

Sie lebt, dachte er. Sie lebt. Verdammt noch mal, sie *muß* einfach noch leben!

Ein riesiger Betonbrocken wurde links von ihnen aus der Straße herausgerissen und flog zwei oder drei Meter hoch in die Luft. Er war sicher, der Brocken würde auf sie stürzen und hielt Lisa fest, so eng er konnte, obwohl ihnen das nichts nützen würde, wenn er sie wirklich treffen sollte. Er traf jedoch Timothy Flyte. Der Brocken fiel dem Wissenschaftler auf beide Beine, brach sie und klemmte ihn ein. Flyte heulte in seinem Schmerz so laut auf, daß Bryce ihn trotz des ungeheuren Lärms noch sehr deutlich hören konnte.

Es konnte nur noch Sekunden dauern, bis *es* durchbrach und sich auf sie stürzte, bevor sie es geschafft hatten, aufzustehen, um sich gegen es zu wehren.

Ein Beton-Geschoß von der Größe eines Baseballs schlug fünf oder zehn Zentimeter von Jennys Kopf entfernt auf den Boden auf. Ein Splitter traf sie an der Wange, und ein dünner Blutfaden lief herab.

Dann hörte der Druck von unten, der den Kamm gebildet

hatte, plötzlich auf. Die Straße hörte auf zu beben und stieg nicht mehr weiter hoch.

Die Geräusche der Zerstörung ließen nach und verstummten ganz. Jenny konnte ihren eigenen rasselnden, keuchenden Atem hören.

Einen Meter weit von ihr entfernt begann Tal Whitman mühsam, sich zu erheben. Auch sie versuchte, aufzustehen, aber die Straße bebte noch einmal kurz, und sie wurde flach auf den Boden geworfen. Auch Tal fiel unter lauten Flüchen wieder hin.

Abrupt begann die Straße einzustürzen. Sie gab ein gequältes Geräusch von sich, und von den aufgebrochenen Spalten brachen Stücke ab und fielen ins Leere. Zuviel Leere war da: Es klang so, als würden die großen Betonstücke in einen Abgrund fallen, und nicht nur in die Kanalisation. Dann brach die ganze hochgeschobene Sektion mit einem donnernden Krachen zusammen, und Jenny fand sich am Rand dieses Abgrunds.

Sie lag mit erhobenem Kopf auf dem Bauch und wartete darauf, daß etwas aus der Tiefe aufsteigen würde.

Es kam jedoch nichts. Nichts stieg aus dem Loch auf.

Der Einbruch war drei Meter breit und mindestens zwanzig Meter lang. Auf seiner anderen Seite versuchten Bryce und Lisa, aufzustehen. Bei ihrem Anblick hätte Jenny fast einen lauten Freudenschrei ausgestoßen. Sie lebten!

Dann sah sie Timothy. Seine Beine waren unter einem riesigen Beton-Klotz eingeklemmt. Schlimmer noch — er war auf einem Stück Straße gefangen, das ohne Untergrund über den Rand des Loches hinausragte. Es konnte jeden Augenblick abbrechen und ihn mit sich reißen.

Jenny rutschte vorsichtig einige Zentimeter vor und starrte in das Loch hinab. Es war mindestens zehn Meter tief, und zweifellos stellenweise noch tiefer; das war nicht genau abzuschätzen, weil sie zum Teil nicht bis auf den Boden sehen konnte. Der Alte Feind war offensichtlich nicht nur aus der Kanalisation aufgestiegen, sondern aus den einstmals stabilen Kalksteinhöhlen unter dem Boden, auf dem die Straße gebaut war.

Welche ungeheure Stärke und unvorstellbare Größe mußte es besitzen, wenn es nicht nur die Straße, sondern auch noch den gewachsenen Fels darunter bewegen konnte! Wohin war es jetzt verschwunden?

Das Loch schien leer, aber Jenny wußte, daß *es* da unten irgendwo sein mußte, in den tieferen Regionen. Es versteckte sich in den unterirdischen Kammern vor dem Biosan, wartete ab und lauschte.

Sie sah hoch und erkannte, das Bryce Flyte zu retten versuchte.

Ein kurzer, trockener Knall hallte durch die Luft. Flytes Kanzel aus Beton neigte sich leicht. Sie würde gleich abbrechen und in den Abgrund stürzen.

Bryce erkannte die Gefahr. Er kletterte hastig über ein schräges Betonstück und versuchte, Flyte noch rechtzeitig zu erreichen.

Jenny glaubte nicht, daß er es schaffen würde.

Dann aber knarrte und zitterte auch der Boden unter ihren Füßen, und es wurde ihr klar, daß auch sie sich in Gefahr befand. Sie stand vorsichtig auf. Der Beton unter ihren Füßen brach mit einem Donnerschlag durch.

41

Luzifer

Die Schatten an den Höhlenwänden änderten sich ständig, und auch das Wesen, das die Schatten warf, blieb niemals ruhig. In dem merkwürdigen, kalkweißen Licht der Gaslampe sah das Wesen aus wie eine Säule aus dichtem Rauch, sich windend, formlos, dunkel wie Blut.

Obwohl Kale gern geglaubt hätte, daß es nur Rauch war, wußte er es besser. Ektoplasma. Das mußte es sein. Dieses komische Zeug, aus dem Dämonen, Geister und andere Wesen aus dem Jenseits bestanden.

Kale hatte nie an Geister geglaubt. Der Glaube an ein Leben nach dem Tode war eine Krücke für Schwächlinge. Fletcher Kale brauchte so etwas nicht. Aber jetzt ...

Gene Terr saß auf dem Boden und starrte die Erscheinung an. Sein einzelner Gold-Ohrring glitzerte.

Kale stand mit seinem Rücken an die kühle Kalkstein-wand gedrückt. Er hatte das Gefühl, er sei mit dem Fels verschmolzen.

Noch immer hing der abstoßende, schweflige Geruch in der feuchten Luft.

Links von Kale kam ein Mann aus dem ersten Raum des Höhlenverstecks. Nein, nicht ein Mann. Es war einer der Johnson-Doppelgänger. Derjenige, der ihn Kindermörder genannt hatte.

Kale gab ein leises, verzweifeltes Geräusch von sich.

Es war die dämonische Version von Johnson, bei der die Hälfte des Fleisches vom Schädel fehlte. Ein nasser Aug-apfel sah Kale aus einer leeren Augenhöhle bösartig an. Dann drehte sich der Dämon zu der Monstrosität in der Mitte des Raums um. Er ging auf die Säule aus bewegli-chem Schleim zu, breitete seine Arme aus, legte sie um die Gelatine-ähnliche Masse — und verschmolz einfach damit.

Kale starrte verständnislos darauf.

Wieder kam ein Jake Johnson herein. Ihm fehlte das Fleisch am Rumpf. Unter den freiliegenden Rippen pochte blutig das Herz, und die Lungen arbeiteten. Trotzdem fielen die Organe nicht durch die Lücken heraus. Es war einfach unmöglich. Das war aber eine Erscheinung, eine Kreatur der Hölle — da war er doch, der Geruch nach Schwefel, der Ge-ruch des Teufels! —, und deshalb war *alles* möglich.

Kale *glaubte* jetzt.

Die einzige Alternative dazu war Wahnsinn.

Die restlichen Johnsons kamen nacheinander herein, sa-hen kurz zu Kale hinüber und verschmolzen mit der pulsie-renden Schleim-Säule.

Die Camping-Lampe zischte leise.

Das schleimige Fleisch des Besuchers aus der Unterwelt begann, schreckliche, schwarze Flügel zu bilden, die aber gleich wieder in die Säule hineinschmolzen. Insektenartige Gliedmaßen nahmen allmählich Form an.

Endlich sagte Gene Terr etwas. Er sah aus, als sei er in Trance — aber seine Augen blitzten lebhaft. »Ich komme so zwei- oder dreimal im Jahr mit ein paar von meinen Leuten hier hoch, verstehst du? Das ist hier nämlich der ideale Platz für einen Todesfick. Kein Mensch sieht was, kein Mensch hört was. Verstehst du?«

Nun gelang es Jeeter, seinen Blick von der Kreatur loszureißen und Kale direkt anzusehen.

Kale sagte: »Was zum Teufel ist ein ... ein Todesfick?«

»Na ja, so alle zwei Monate, oder manchmal auch öfter, kreuzt irgendeine Alte bei den Dämonen auf und will mitmachen, weißt du. Meistens wollen solche Weiber irgendeinen von uns zum Freund, oder sie wollen einfach nur mitfahren.« Jeeter saß mit eingeschlagenen Beinen da, und seine Hände ruhten unbeweglich auf seinem Schoß. Er sah aus wie ein bösartiger Buddha. »Manchmal will ja einer von uns tatsächlich einmal was Neues, oder die Alte sieht echt gut aus, und dann darf sie mitmachen, wenn sie sich von uns allen flachlegen läßt. Sowas kommt aber nicht allzu oft vor, und wir sagen ihr einfach, sie soll abhauen.«

In der Mitte der Höhle schmolzen die Insektenbeine wieder in die Schleimsäule zurück. Dutzende von Händen begannen sich zu formen, und die Finger öffneten sich wie seltsame Blütenblätter.

Jeeter sagte: »Dann und wann meldet sich aber auch einmal eine verdammt gut aussehende Alte, aber wir brauchen sie nicht oder wollen sie nicht bei uns haben. Statt dessen nehmen wir sie mit und haben unseren Spaß mit ihr. Oder wir sehen einen Teenie, der von zu Hause weggelaufen ist und Anhalter macht. Die nehmen wir manchmal mit, ob sie es wollen oder nicht. Zuerst geben wir ihr dann etwas Koks oder Hasch, damit es ihr richtig gut geht, und dann schaffen wir sie hoch, vögeln sie alle ein, zwei Tage lang, bis keiner mehr einen hochkriegt, und dann machen wir sie auf irgendeine richtig interessante Art alle.«

Das dämonische Wesen in der Mitte des Raums veränderte sich wieder. Die Hände schmolzen, und Rachen mit rasiermesserscharfen Zähnen öffneten sich. Gene Terr warf einen kurzen Blick auf diese letzte Manifestation, schien aber keine Angst davor zu haben. Er lächelte sogar leicht darüber.

»Wie, ihr macht sie alle?« fragte Kale. »Bringt ihr sie um?«

»Klar, Mann«, sagte Jeeter. »Aber auf eine echt interessante Art. Die Leichen begraben wir dann auch gleich hier. Wer soll sie denn hier in der gottverdammten Wildnis jemals finden? Das hat immer Spaß gemacht, bis letzten Sonntag. Sonntag nachmittag war es, wir waren alle da draußen auf der Wiese vor der Hütte und hatten unseren Spaß mit einer Frau, die wir mitgebracht hatten, bis plötzlich Jake Johnson total nackt aus dem Wald herausgekommen ist. Zuerst dachten wir ja, der will auch mal ran bei der Alten, und wir dachten, mit dem haben wir auch unseren Spaß. Wir würden ihn später zusammen mit der Frau umlegen, damit keine Zeugen übrigbleiben, aber bevor wir ihn uns greifen können, kommt wieder ein Jake aus dem Wald, und dann noch einer —«

»Genau wie bei mir«, sagte Kale.

»— und noch einer und noch einer. Wir haben auf sie geschossen und sie mitten in die Brust getroffen, aber sie sind nicht umgefallen und weiter auf uns zugekommen. Also hat sie Little Willie, das war einer meiner besten Männer, mit dem Messer angegriffen, aber das hat auch nichts genützt, weil die Johnsons sich Willie gegriffen haben. Er ist einfach nicht von ihnen losgekommen, und auf einmal ist Johnson nicht mehr Johnson, sondern ... sondern ein komischer Klumpen ohne irgendeine Form, und der hat Willie aufgefressen, ich sage es dir, Mann einfach aufgelöst. Danach wurde das Ding größer und verwandelte sich in einen riesigen Wolf —«

»Mein Gott«, sagte Kale.

»— aber in einen Wolf, wie du noch nie einen gesehen hast, und dann haben sich die anderen Johnsons auch verwandelt, in eine Art Eidechse oder sowas, und noch mehr verrückte Tiere. Einen Teil von uns haben sie gleich erwischt, und die anderen haben sie in die Höhle gejagt.«

»Genau wie mich«, sagte Kale.

»Wir wußten von dieser Höhle bis dahin noch gar nichts, und dann im Dunkeln hat es angefangen, uns umzubringen, Mann, alle nacheinander, das war echt hart, das kann ich dir sagen, all die Schreie, und ich konnte meine Hand nicht vor Augen sehen. Ich bin dann weggekrochen und habe gehofft, es würde mich nicht wittern, aber viel Hoffnung hatte ich nicht.«

Die Rachen mit den Zähnen verschwanden, und nur das blutfarbene Gewebe pulsierte.

»Nach einer Weile waren die Schreie vorbei und alle waren tot. Es war unheimlich still ..., und dann habe ich Bewegungen gehört.«

Kale hörte Terr zu, starrte dabei aber die Schleimsäule an. Eine andere Art von Maul bildete sich, wie man es vielleicht bei einem exotischen Fisch erwarten würde. Das Maul öffnete sich gierig, als erwarte es Fleisch.

Kale schüttelte sich. Terr lächelte.

Auf der ganzen Säule bildeten sich weitere Fischmäuler.

Jeeter lächelte noch immer und erzählte weiter: »Ich sitze also da in der Dunkelheit und höre Bewegungen, aber nichts greift mich an. Plötzlich wird es hell. Ein Johnson hockt vor mir und macht die Gaslampe da an. Er sagt mir, ich soll mitkommen. Er packt mich am Arm, und seine Hand ist eiskalt, Mann, aber verdammt stark. Er packt mich also am Arm und zerrt mich hierher, wo das Ding da aus dem Boden kommt, und so etwas hatte ich noch nie gesehen. Ich hätte mir fast in die Hose geschissen, Mann! Er sagt mir, ich soll mich hierhinsetzen, und dann geht er einfach zu dem Schleimding dort und verschmilzt damit. Seitdem sitze ich hier, und das Ding verwandelt sich ständig.«

Es verwandelte sich weiter, wie Kale sah. Die Fischmäuler verschwanden, und Dutzende von Hörnern aller Arten wuchsen aus der Gelatine-Masse.

»So geht das seit ungefähr anderthalb Tagen«, sagte Terr. »Ich sitze hier und beobachte es, wenn ich nicht gerade einmal eingenickt bin oder mir nebenan etwas zu essen hole. Dann und wann spricht es auch mit mir, weißt du. Es weiß anscheinend praktisch alles von mir, auch Dinge, die nur meine engsten Vertrauten bei den Dämonen wußten. Es weiß sogar über die dreckigen Mexikaner Bescheid, die wir umgelegt haben, als wir von ihnen den Drogenring übernahmen, und es weiß auch von dem einen Bullen, den wir vor zwei Jahren in Stücke gehackt haben, und noch nicht einmal die anderen Bullen haben einen Verdacht, daß wir damit etwas zu tun hatten. Das Ding da, dieses wunderbare, seltsame Ding kennt alle meine Geheimnisse. Und was es noch nicht weiß, will es von mir hören, und es hört mir echt gut zu. Es findet mich in Ordnung. Mann, ich hätte nie gedacht, daß ich das Ding endlich einmal kennenlernen würde. Seit Jahren schon bete ich es an, und meine ganze Gang hat früher einmal, einmal in der Woche eine schwarze Messe gefeiert, aber ich dachte nie, daß es mir wirklich einmal erscheinen würde. Alles haben wir versucht, die richtigen Beschwörungsformeln haben wir gesagt, Opfer haben wir ihm gebracht, sogar Menschenopfer, aber nie hat sich etwas getan. Ein richtiges Wunder ist das hier.« Jeeter lachte. »Mein ganzes Leben lang tue ich schon sein Werk, Mann, und bete es an. Jetzt ist es gekommen, das Tier. Es ist echt ein Wunder.«

Kale verstand ihn nicht. »Ich kapiere gar nichts.«

Terr starrte ihn an. »Doch, doch, du kapierst mich ganz genau. Du weißt, wovon ich rede. Du *weißt* es.«

Kale sagte nichts.

»Du hast gedacht, das ist ein Dämon aus der Hölle. Aus der Hölle kommt es tatsächlich, aber ein Dämon ist es nicht. *Er* selbst ist es. *Er.* Luzifer.«

Zwischen den Dutzenden von spitzen Hörnern öffneten sich zahlreiche, kleine, rote Augen und starrten sie haßerfüllt und voll bösem Wissen an.

Terr winkte Kale näher zu sich her. »Er erlaubt es mir, weiterzuleben, weil Er weiß, daß ich Sein wahrer Jünger bin.«

Kale rührte sich nicht. Sein Herz schlug donnernd. Es war nicht Angst, die ihm das Adrenalin in das Blut schickte. Nicht allein Angst. Da war noch eine Emotion, die ihn erschütterte, ihn überwältigte, eine Emotion, die er noch nicht richtig identifizieren konnte ...

»Es hat mich leben lassen«, sprach Jeeter weiter, »weil Er weiß, daß ich immer Sein Werk tue. Die anderen ... vielleicht waren sie Ihm nicht so völlig ergeben wie ich, und deshalb hat Er sie getötet. Ich aber ... ich bin anders. Er läßt mich leben, damit ich weiter Sein Werk tue. Vielleicht läßt Er mich ewig leben, Mann.«

Kale blinzelte.

»Und dich läßt Er aus dem gleichen Grund leben, weißt du«, sagte Jeeter. »Klar. Genauso ist es. Weil du Sein Werk tust.«

Kale schüttelte den Kopf. »Ich war nie ein … ein Teufelsanbeter. Ich habe nie daran geglaubt.«

»Egal. Du tust trotzdem Sein Werk, und das gefällt dir.«

Die roten Augen beobachteten Kale.

»Du hast deine Frau umgebracht«, sagte Jeeter.

Kale nickte stumm.

»Mann, sogar deinen kleinen Jungen hast du umgebracht. Wenn das nicht *Sein* Werk ist, was denn sonst?«

Keines von den leuchtenden roten Augen blinzelte, und Kale begann die Emotion zu identifizieren, die ihn beherrschte. Begeisterung, Staunen … religiöse Verzückung.

»Wer weiß, was du im Lauf der Jahre sonst noch getan hast«, sagte Jeeter. »Auf jeden Fall war vieles davon sein Werk. Vielleicht war praktisch alles, was du getan hast, sein Werk. Du bist genau wie ich, Mann. Du bist ein geborener Gefolgsmann Luzifers. Du und ich … das steckt in unseren Genen, Mann. In unseren *Genen*.«

Endlich löste sich Kale von der Wand.

»So ist es richtig«, sagte Jeeter. »Komm her, komm nahe zu ihm.«

Die Emotion hatte Kale überwältigt. Er hatte schon immer gewußt, daß er anders war als andere Menschen. Besser. Etwas Besonderes. Gewußt hatte er es schon immer, aber so etwas hätte er trotzdem nicht erwartet. Nun war er da, der unbestreitbare Beweis, daß er auserwählt war. Eine wilde, alles überwältigende Freude erfüllte ihn.

Er kniete sich neben Jeeter vor die wunderbare Erscheinung.

Endlich war er am Ziel. Sein großer Augenblick war gekommen.

Hier, dachte Kale, erfüllt sich mein Schicksal.

42

Die andere Seite der Hölle

Der Boden unter Jennys Füßen brach mit einem Donnerschlag durch. Sie kroch hastig zurück, war aber nicht schnell
genug. Der Boden neigte sich und brach ihr unter den Füßen weg.

Sie fiel in das Loch. Großer Gott, nur das nicht! Wenn der
Sturz sie nicht das Leben kostete, würde *es* aus seinem Versteck kommen und sie wegschleifen; es würde sie verschlingen, bevor die anderen auch nur einen Versuch unternehmen konnten, sie zu retten —

Tal Whitman packte sie an den Knöcheln und hielt fest.
Sie hing kopfüber in den Abgrund hinein. Der Betonboden,
auf dem sie eben noch gelegen hatte, fiel in das Loch und
landete mit einem Krachen. Der Boden unter Tals Füßen zitterte und wollte nachgeben, und fast hätte er Jenny losgelassen. Dann aber trat er zurück und hob sie von dem ab-
bröckelnden Rand weg. Als er wieder festen Boden erreicht
hatte, half er ihr auf die Füße.

Obwohl sie wußte, daß es biologisch unmöglich war, daß
ihr Herz wie ein Kloß in ihrem Hals saß, schluckte sie es
trotzdem herunter.

»Mein Gott«, sagte sie atemlos. »Vielen Dank, Tal! Wenn
Sie nicht —«

»Gehört alles zum Service«, sagte er, obwohl er ihr beinahe selbst in die Grube gefolgt wäre.

Nur eine Lappalie, dachte Jenny und erinnerte sich an die
Geschichte, die ihr Bryce über Tal erzählt hatte.

Sie sah, daß Timothy Flyte auf der anderen Seite des Einbruchs nicht so viel Glück hatte wie sie. Bryce würde ihn
nicht mehr rechtzeitig erreichen.

Der Boden unter Flyte gab nach. Ein drei Meter langes
und einen Meter breites Stück Beton trug den Wissenschaftler mit sich in die Tiefe wie auf einem Schlitten. Als Flyte
unten ankam, war er noch am Leben. Er schrie vor Schmerzen.

»Wir müssen ihn schnellstens herausholen«, sagte Jenny.

»Es hat keinen Sinn, es auch nur zu versuchen«, sagte Tal.

»Aber —«

»Sehen Sie doch!«

Es stürzte sich auf Flyte. Es explodierte aus einem der Tunnels in der Wand des Loches, die offensichtlich in tiefere Höhlen führten. Ein riesiger Pseudopod aus amorphem Protoplasma stieg zitternd auf, löste sich von der Hauptmasse, die sich in der Tiefe verborgen hielt, und verwandelte sich in eine obszön fette, schwarze Spinne von der Größe eines Pferdes. Sie war nur drei oder vier Meter weit von Flyte entfernt und kroch mit offensichtlich mörderischer Absicht auf ihn zu.

Timothy lag hilflos auf dem Beton-Brocken, der ihn in die Grube getragen hatte, und beobachtete die Spinne. Seine Schmerzen wurden von einer Welle von namenlosem Entsetzen verdrängt.

Die dünnen schwarzen Beine mit den Tausenden von borstigen, drahtähnlichen, schwarzen Haaren darauf kamen schneller voran als ein Mensch. Der aufgeblähte Körper war glatt und glänzte wie Leder.

Drei Meter weit weg, zwei. Es gab ein Geräusch von sich, das halb Schrei, halb Zischen war und das Blut in den Adern gefrieren ließ.

Anderthalb Meter, einen Meter.

Es blieb vor Timothy stehen, und er sah in einen Rachen mit riesigen Greifklauen davor.

Die Tür zwischen Wahnsinn und Vernunft begann sich für ihn zu öffnen.

Plötzlich fiel ein milchiger Regen auf Timothy. Einen Moment dachte er, die Spinne würde ihn mit Gift bespritzen, aber dann wurde ihm klar, daß es sich um Biosan handelte. Sie standen über ihm am Rand des Einbruchs und sprühten auf ihn herunter.

Auch die Spinne wurde von der Flüssigkeit getroffen. Weiße Flecken begannen auf ihrem schwarzen Körper zu erscheinen.

Bryces Sprühgerät war durch umherfliegendes Geröll beschädigt worden. Er bekam keinen Tropfen heraus.

Fluchend legte er das Gerät ab und ließ es auf die Straße fallen. Während Tal und Jenny von der anderen Seite des Loches Biosan herabsprühten, holte sich Bryce hastig zwei Ersatzkanister der mit Bakterien angereicherten Flüssigkeit und trug die schweren Behälter zum Rand der Grube. Dort zögerte er kurz, und dann kletterte er mit den beiden Kanister hinein und ganz bis zum Boden herunter. Irgendwie gelang es ihm, sie dabei alle beide in der Hand zu behalten.

Er ging nicht zu Flyte. Jenny und Tal machten schon alles, was möglich war, um die Spinne zu vernichten. Statt dessen kletterte er auf das Loch zu, durch das der Verwandler sein letztes Phantom herausgeschickt hatte.

Timothy Flyte beobachtete entsetzt, wie die Spinne über ihm sich in einen riesigen Hund verwandelte. Es war nicht einfach nur ein Hund, sondern eine Kreatur der Hölle, und sein Gesicht war zum Teil menschlich. Sein Fell war noch schwärzer als die Spinne, wo es nicht mit Biosan bespritzt war, die Krallen an seinen Riesenpranken hatten Widerhaken, und seine Zähne waren so groß wie Timothys Finger. Er stank nach Schwefel und etwas noch Schlimmerem aus seinem Rachen.

Wunden begannen auf dem Hund zu erscheinen, als die Bakterien sich in sein Fleisch hineinfraßen, und ein leiser Hoffnungsschimmer keimte in Timothy auf.

Der Hund sah auf ihn herab und sagte mit einer schrecklichen, metallischen Stimme: »Ich dachte, du wärst mein Matthäus, aber du warst mein Judas.«

Der riesige Rachen öffnete sich.

Timothy schrie.

Obwohl die Kreatur bereits von den Bakterien zerfressen wurde, schnappte sie zu und biß ihm brutal in sein Gesicht.

Tal Whitman stand am Rand des Einbruchs und beobachtete wie gebannt gleichzeitig das schreckliche Schauspiel von Flytes Mord und Bryce bei seinem selbstmörderischen Unternehmen.

Flyte. Der Phantom-Hund löste sich zwar unter dem Einfluß der Bakterien auf, aber er starb nicht schnell genug. Er biß Flyte in das Gesicht und dann in den Hals.

Bryce. Sieben Meter von dem Höllenhund entfernt hatte Bryce das Loch erreicht, aus dem vor zwei Minuten das Protoplasma gekommen war. Er begann, einen der Behälter aufzuschrauben.

Flyte. Der Hund zerfleischte Flytes Gesicht. Der hintere Teil der Kreatur hatte ihre Form verloren und löste sich schäumend auf, aber das Phantom bemühte sich, so lange wie möglich seine Gestalt zu behalten, um sich an Flyte zu rächen.

Bryce. Er hatte von dem ersten Behälter nun den Deckel abgeschraubt. Tal hörte ihn klappern, als Bryce ihn wegwarf. Er war sicher, jetzt würde gleich etwas aus den Höhlen aufsteigen und Bryce mit seiner tödlichen Umarmung umschlingen.

Flyte. Er hatte aufgehört zu schreien.

Bryce. Er hob den Behälter und goß die Bakterien-Lösung in die unterirdische Höhle unter dem Boden des Loches.

Flyte war tot.

Von dem Hund war nun nur noch sein großer Kopf übrig. Obwohl ihm der Körper fehlte und er voller nässender Wunden war, schnappte er noch immer nach dem toten Archäologen.

In dem Augenblick, in dem Bryce begann, Biosan aus dem blauen Kanister in das Loch im Boden zu schütten, meinte er dort unten eine Bewegung zu sehen. Er erwartete jeden Augenblick einen Angriff des Phantoms, goß aber trotzdem den gesamten Inhalt seines Behälters in die Höhle hinab. Nichts rührte sich.

Schweißtriefend schleifte er den zweiten Kanister durch die Trümmer und die gebrochenen Rohrleitungen. Er ging vorsichtig um eine gerissene und funkensprühende, elektrische Leitung herum, sprang über eine kleine Pfütze, die sich neben einem gebrochenen Wasserrohr gebildet hatte, kam an Flytes zerfleischter Leiche vorbei und sah die stinkenden Überreste des Hundes, der den alten Mann getötet hatte.

Als Bryce das nächste Loch erreichte, das zu der Höhle darunter führte, schraubte er den zweiten Kanister auf und goß seinen Inhalt hinunter. Als er leer war, warf er ihn zur Seite und rannte los. Er wollte versuchen, aus der Grube herauszukommen, bevor ihn das Phantom erwischte wie Flyte.

Er hatte ein Drittel des Aufstiegs zur Oberfläche, der schwieriger war, als er angenommen hatte, geschafft, als er hinter sich etwas Schreckliches hörte.

Jenny sah zu, wie Bryce hastig zur Straße hochkletterte. Sie hielt den Atem an und befürchtete, er würde es nicht schaffen.

Plötzlich wurde ihr Blick zu dem ersten Loch gezogen, in das er Biosan geschüttet hatte. Der Verwandler stieg aus seinem unterirdischen Reich auf und floß auf den Boden des Loches. Es sah aus wie eine Flut von halb erstarrtem Abwasser. Bis auf die Stellen, die von der Bakterien-Lösung erfaßt waren, sah das Fleisch des Wesens dunkler als vorher aus. Es pulsierte und brodelte unruhiger als je zuvor; vielleicht war das ein Anzeichen für Verfall. Die milchigen Flekken der Infektion breiteten sich nun deutlich auf das ganze Wesen aus. Blasen bildeten sich, schwollen an und platzten; häßliche Schwären brachen auf, und eine wäßrige, gelbe Flüssigkeit lief heraus. Innerhalb weniger Sekunden hatte das Loch mindestens eine Tonne von dem gallert-artigen Fleisch ausgespuckt. Es war allem Anschein nach durchwegs von der Krankheit infiziert, und immer mehr kam nach, sprudelte wie ein Lava-Strom aus lebendem Gewebe aus dem Felsen. Nun kam noch mehr aus einem anderen Loch heraus. Die Masse floß über das Geröll und bildete Pseudopodien — formlose, wild rudernde Arme —, die in die Luft aufstiegen, aber dann schnell schäumend wieder zurücksanken. Und dann kam wieder aus einem anderen Loch ein grauenhaftes Geräusch: die Stimmen von tausend Männern, Frauen, Kindern und Tieren, die alle in Schmerzen, vor Entsetzen und trostloser Verzweiflung schrien. Es war ein Heulen von so herzzerreißender Not, daß Jenny es nicht ertragen konnte und sich die Ohren zuhielt. Das nutzte ihr jedoch nichts, den der Schrei war zu laut. Es war natürlich der Todesschrei von nur einer Kreatur, des Verwandlers, dieses geheimnisvollen Wesens, aber da *es* selbst keine Stimme hatte, war es gezwungen, die Stimmen seiner Opfer zu benutzen, um nichtmenschliche Emotionen und nichtmenschliches Entsetzen auf eine sehr menschliche Art auszudrücken.

Es floß über das Geröll auf Bryce zu.

Bryce war halb hochgeklettert, als sich das Geräusch hinter ihm vom Geheul von tausend Stimmen zu einem Wutschrei veränderte.

Er wagte es, sich umzusehen. Drei oder vier Tonnen Gewebe waren inzwischen in die Grube geflossen, und ständig sprudelte noch mehr nach, als wolle sich die Erde selbst entleeren. Das Fleisch des Alten Feinds zuckte und brodelte, und überall platzten nässende Blasen auf. Das Wesen versuchte, geflügelte Phantome zu bilden, aber es war entweder zu schwach oder zu instabil dafür. Die halb herausgebildeten Vögel oder Insekten lösten sich entweder zu Brei auf oder sanken kraftlos in die Hauptmasse zurück. Trotzdem kam *es* in brodelnder Raserei auf Bryce zu. Es hatte fast den Fuß des Hangs erreicht, an dem er gerade hochkletterte, und nun schickte es sich auflösende, aber noch immer starke Tentakeln auf seine Beine zu.

Er wandte sich wieder von ihm ab und verdoppelte seine Anstrengungen, doch noch den Rand des Einbruchs zu erreichen.

Die beiden großen Fenster des Restaurants, vor dem Lisa stand, explodierten nach außen. Eine Scherbe verletzte sie leicht an der Stirn, aber sonst blieb sie unverletzt, denn die meisten Scherben fielen zwischen ihr und dem Haus auf den Bürgersteig.

Eine obszöne, schattenhafte Masse schob sich durch die zerbrochenen Fenster.

Lisa stolperte zurück und wäre beinahe hingefallen.

Das übelriechende, fast flüssige Fleisch schien das ganze Haus auszufüllen, aus dem es herausquoll.

Etwas legte sich um Lisas Knöchel. Aus dem Kanalgitter

hinter ihr hatten sich Tentakeln geschoben, die sie nun packten.

Schreiend versuchte sie, sich von ihnen loszureißen — und stellte fest, daß ihr das überraschend leicht gelang. Die dünnen, wurmähnlichen Tentakeln fielen von ihr ab, brachen auf und waren innerhalb von Sekunden zu leblosem Schleim degeneriert.

Auch die widerliche Masse, die aus dem Restaurant quoll, fiel den Bakterien zum Opfer. Schäumende Fetzen lösten sich davon und klatschten auf die Straße. Trotzdem quoll es weiter heraus, bildete Tentakeln, und die wedelten durch die Luft und suchten Lisa, aber nur zögernd und halbherzig, als seien sie blind.

Tal sah von der anderen Straßenseite aus, wie die Fenster explodierten, aber bevor er auch nur einen Schritt machen konnte, um Lisa zu helfen, zerbrachen auch hinter ihm die Fenster der Eingangshalle und des Speiseraums des Hilltop Inn, und aus beiden Türen und aus den Fenstern quollen Tonnen von pulsierendem Protoplasma — Herrgott im Himmel, wie groß war das verdammte Ding eigentlich? So groß wie die ganze Stadt? So groß wie der Berg, aus dem es gekommen war? Unendlich? — und bildete Mengen von Tentakeln, die zwar von der Krankheit gezeichnet waren, aber deutlich aktiver als diejenigen waren, die Bryce verfolgten. Bevor Tal die Düse seines Sprühgeräts heben und auf den Auslöseknopf drücken konnte, hatten ihn die kalten Tentakeln mit bestürzender Kraft gepackt und zerrten ihn auf das Hotel zu, zu der Mauer aus Schleim, die noch immer aus den zerbrochenen Fenstern herausquoll. Die Tentakeln begannen, durch seine Kleidung durchzubrennen, er spürte, wie seine Haut brannte und Blasen schlug; er heulte auf, als sich die Säure in sein Fleisch hineinfraß, und auf seiner Brust und an seinen Armen brannte es wie Feuer. An seinem linken Oberschenkel zuckte ein Schmerz auf, als sei er mit einem glühenden Messer geschnitten worden, und er dachte daran, wie ein Tentakel Frank Autry enthauptet hatte, er dachte an seine Tante Becky, er —

Jenny wich einem Tentakel aus, der sie packen wollte.

Sie sprühte Tal und die drei schlangenhaften Gebilde an, die ihn ergriffen hatten. Zerfallendes Gewebe tropfte von ihnen herunter, aber sie lösten sich nicht völlig auf.

Selbst dort, wo sie das Fleisch mit der Flüssigkeit nicht getroffen hatte, brachen nässende Wunden in ihm auf. Das ganze Wesen war verseucht und wurde von innen her zerfressen. Lange konnte es nicht mehr aushalten, aber vielleicht noch lange genug, um Tal Whitman zu töten.

Er schrie und schlug wild um sich.

Verzweifelt ließ Jenny die Düse los und ging näher an Tal heran. Sie packte einen der Tentakel, die ihn quälten, und versuchte, ihn zu lösen. Ein anderer Tentakel packte sie.

Sie befreite sich aus seinem unsicheren Griff und überlegte sich, daß ihr Feind den Kampf mit den Bakterien wohl verloren hatte, wenn ihr das so leicht gelang.

Unter ihrem Zugriff lösten sich Stücke aus dem Tentakel, totes Gewebe, das entsetzlich stank. Obwohl sie nur mit Mühe ihren Brechreiz unterdrücken konnte, zerrte sie heftiger denn je an dem Tentakel, bis er sich endlich von Tal löste. Dann fielen auch die anderen beiden von ihm ab, und Tal brach japsend und blutend zusammen.

Die blinden, tastenden Tentakel berührten Lisa nicht, sondern zogen sich in die ekelerregende Masse zurück, die aus dem Restaurant gequollen war, die krampfhaft zuckte und schäumende, infizierte Stücke von sich abstieß.

»Es stirbt«, sagte Lisa laut, obwohl niemand nahe genug war, um sie hören zu können. »Der Teufel stirbt.«

Bryce kroch die letzten Meter aus dem Einbruch heraus, erreichte den Rand und zog sich heraus.

Er warf einen Blick zurück. Der Verwandler war nicht einmal in seine Nähe gekommen. Ein unglaublich großer Gelatine-See bedeckte den Boden der Grube, der aber praktisch inaktiv war. Hier und da wollten sich noch menschliche oder tierische Formen bilden, aber der Alte Feind verlor seine Nachahmungsfähigkeit. Die Phantome waren fehlerhaft und verschwanden gleich wieder. Der Verwandler verschwand langsam unter einer Schicht aus seinem eigenen toten und sich auflösenden Gewebe.

Jenny kniete sich neben Tal nieder.

Er hatte häßliche Wunden an den Armen und auf der Brust, und auch am linken Oberschenkel war er verletzt.

»Haben Sie Schmerzen?« fragte sie.

»Während es mich gepackt hatte, unheimliche Schmerzen. Jetzt ist es aber nicht mehr so schlimm«, sagte er, obwohl an seinem Gesichtsausdruck deutlich zu erkennen war, daß er noch immer zu leiden hatte.

Der riesige Berg aus Schleim, der aus dem Hilltop herausgebrochen war, zog sich nun wieder in die Kanalisation zurück, aus der er aufgestiegen war, und ließ nur die stinkenden Überreste seines verwesenden Fleisches zurück.

Ein mephistophelischer Rückzug. Zurück in die Unterwelt. Zurück zur anderen Seite der Hölle.

Jenny war überzeugt, daß ihnen zunächst keine Gefahr mehr drohte, und sah sich Tals Wunden etwas genauer an.

»Ist es schlimm?« fragte er.

»Nicht so schlimm, wie ich angenommen hatte.« Sie drückte ihn zurück und legte ihn auf seinen Rücken. »Stellenweise ist die Haut weggefressen. Und etwas von dem Fettgewebe darunter.«

»Hat es Venen oder Arterien erwischt?«

»Nein. Es war schon zu schwach, um noch tief brennen zu können. In dem Oberflächengewebe sind eine Menge Kapillar-Gefäße zerstört, und daher kommt auch die Blutung, aber selbst das ist nicht so schlimm, wie ich angenommen hätte. Ich hole meine Tasche, sobald es sicher ist, hineinzugehen, und dann werde ich Sie besser versorgen, damit es zu keiner Infektion kommt. Ich denke, sie sollten sich vielleicht zwei Tage ins Krankenhaus legen, damit Sie beobachtet werden können, ob nicht noch eine verzögerte allergische Reaktion auf die Säure oder andere Toxine kommt. Ich glaube aber, es geht Ihnen schon bald wieder gut.«

»Wissen Sie was?« sagte er.

»Was?«

»Sie reden so, als wäre alles vorbei.«

Jenny blinzelte und sah zum Hotel hinauf. Sie konnte durch die zerschmetterten Fenster in den Speiseraum sehen. Von dem Alten Feind war keine Spur zu entdecken.

Sie drehte sich um und sah über die Straße. Lisa und Bryce kamen zu der anderen Seite des Einbruchs hinüber.

»Ich denke, so ist es auch«, sagte sie zu Tal. »Ich glaube, es ist alles vorbei.«

43

Apostel

Fletcher Kale hatte keine Angst mehr. Er saß neben Jeeter und sah zu, wie das satanische Fleisch immer bizarrere Formen annahm.

Allmählich drang es in sein Bewußtsein ein, daß die Wade seines linken Beines juckte. Er kratzte sich geistesabwesend ständig, während er die wahrhaft wunderbare Verwandlung ihres dämonischen Besuchers beobachtete.

Da Jeeter sich seit Sonntag in den Höhlen aufgehalten hatte, wußte er nichts von den Ereignissen in Snowfield. Kale gab ihm die spärlichen Informationen weiter, die er behalten hatte, und Jeeter war fasziniert. »Weißt du, was das ist? Das ist ein *Zeichen*. Was Er da in Snowfield gemacht hat, war ein Zeichen, mit dem Er der Welt sagte, daß Seine Zeit kommt. Seine Herrschaft wird jetzt bald beginnen. Er wird tausend Jahre lang die Erde beherrschen. Das steht sogar in der Bibel, Mann — tausend Jahre lang die Hölle auf Erden! Alle werden leiden — bis auf dich und mich und noch ein paar andere Leute, die auch so sind wie wir. Weil wir nämlich die Erwählten sind, Mann. Wir sind Seine Apostel. Wir werden die Welt zusammen mit Luzifer beherrschen, und wir können mit allen Leuten die allerletzten Sachen anstellen, wenn wir es wollen. Mit *allen* Leuten. Und niemand wird uns jemals etwas anhaben können. Kapierst du das?« fragte Terr und packte Kale am Arm. Seine Stimme war vor Erregung angestiegen, und er zitterte vor religiösem Eifer, einem Eifer, den er mit Leichtigkeit auch auf Kale übertragen konnte, der dadurch in eine neue Verzückung geriet.

Kale spürte Jeeters Hand auf seinem Arm und meinte den

heißen Blick des rot und gelb tätowierten Auges zu fühlen. Es war ein magisches Auge, das ihm in die Seele sah und eine gewisse düstere Verwandtschaft erkannte.

Kale räusperte sich, kratzte sich am Knöchel, kratzte sich an der Wade und sagte: »Klar kapiere ich das. Ganz ehrlich.«

Die Säule aus Schleim in der Mitte des Raums begann einen peitschenähnlichen Schwanz zu formen. Flügel bildeten sich, breiteten sich aus und flatterten einmal. Große, muskulöse Arme wuchsen. Die Hände waren riesig, und die starken Finger endeten mit Krallen. An der Spitze der Säule begann sich ein Gesicht zu bilden: Kinn und Backenknochen wie gemeißelter Granit; ein Mund wie ein Messerschnitt mit dünnen Lippen, schiefen, gelben Zähnen und Eckzähnen, die an eine Schlange erinnerten; eine Nase wie die Schnauze eines Schweins; verrückte rote Augen, die nicht einmal entfernt menschenähnlich waren, sondern eher wie die Facettenaugen einer Fliege aussahen. Als Konzession an den christlichen Mythos wuchsen Hörner aus der Stirn. Die Haare schienen aus Würmern zu bestehen; sie glänzten fettig und grünschwarz und ringelten sich ständig zu verworrenen Knoten zusammen.

Der grausame Mund öffnete sich. Der Teufel sagte: »Glaubt ihr?«

»Ja«, sagte Terr ehrfürchtig. »Du bist mein Herr.«

»Ja«, sagte Kale mit unsicherer Stimme. »Ich glaube.« Er kratzte sich an der rechten Wade. »Ich glaube wirklich.«

»Seid ihr mein?« fragte die Erscheinung.

»Ja, für immer«, sagte Terr, und Kale stimmte ihm zu.

»Werdet ihr mich jemals verlassen?« fragte sie.

»Nein.«

»Niemals.«

»Wollt ihr mich erfreuen?«

»Ja«, sagte Terr, und Kale sagte: »Was du willst.«

»Bald werde ich euch verlassen«, sagte die Erscheinung. »Die Zeit meiner Herrschaft ist noch nicht bekommen. Sie wird kommen. Bald. Es gibt jedoch Bedingungen, die eingehalten werden müssen, Prophezeiungen müssen sich erfüllen. Dann aber werde ich wiederkommen, und dann werde ich nicht nur ein Zeichen für die ganze Menschheit geben, sondern ich werde für tausend Jahre herrschen. Bis dahin werde ich euch mit meiner ungeheuren Macht schützen; niemand wird euch verletzen oder in euren Weg treten können. Ich schenke euch die Unsterblichkeit. Ich verspreche euch, daß die Hölle für euch ein Ort großer Freuden und ungeheurer Belohnungen sein wird. Ihr müßt als Gegenleistung dafür fünf Aufgaben erfüllen.«

Er sagte ihnen, was sie tun sollten, um sich zu beweisen und um Ihm zu gefallen. Während Er zu ihnen sprach, brachen überall an Ihm Blasen und Schwären aus, aus denen eine dünne gelbe Flüssigkeit lief.

Kale fragte sich, was das wohl zu bedeuten hätte, aber dann fiel ihm wieder ein, daß Luzifer der Vater aller Krankheiten war. Vielleicht war das eine gar nicht sanfte Erinnerung daran, welche schreckliche Seuchen Er ihnen schicken könnte, wenn sie nicht bereit waren, die fünf Aufgaben zu übernehmen.

Das Fleisch schäumte und löste sich auf. Große Stücke davon fielen auf den Boden und zersetzten sich; einige wurden durch die krampfhaften Windungen und Verrenkungen der Gestalt sogar an die Wand geschleudert. Der Schwanz des Teufels brach von seinem Körper ab und fiel zuckend auf den Boden. Innerhalb von Sekunden war nicht mehr als ein lebloser Brei übrig, der nach Tod stank.

Als Er ihnen gesagt hatte, was sie für Ihn tun sollten, fragte Er sie: »Gilt unser Pakt?«

»Ja«, sagte Terr, und Kale sagte: »Unser Pakt gilt.«

Das Gesicht Luzifers, das mit offenen Wunden bedeckt war, zerschmolz ebenso wie die Hörner und die Flügel. Unter Windungen sank das Ding in den Boden und verschwand in dem unterirdischen Fluß. Es ließ nichts als eine eitrige Flüssigkeit zurück.

Es war eigenartig, aber das stinkende tote Gewebe verschwand nicht. Ektoplasma sollte eigentlich zusammen mit dem übernatürlichen Wesen spurlos verschwinden, aber dieses Zeug blieb ekelerregend stinkend und im Gaslicht leicht glitzernd liegen.

Allmählich legte sich Kales Verzückung. Er begann, die

Kälte, die der Steinboden ausstrahlte, durch seine Hosen zu spüren.

Gene Terr hustete: »Na … war das … vielleicht nichts?«

Kale kratzte seine juckende Wade. Unter dem Juckreiz hatte sich inzwischen ein leichter Schmerz gebildet, der dumpf klopfte.

Es hatte das Ende seiner Periode der Nahrungsaufnahme erreicht. Es hatte sogar zuviel Nahrung aufgenommen. Es hatte vorgehabt, sich heute später am Tag durch eine Reihe von Höhlen, unterirdische Kanäle und Flüsse zum Meer hinzubewegen. Es hatte geplant, über das Kontinentalschelf hinauszuschwimmen und in einem der tiefen ozeanischen Gräben zu verschwinden. Zahllose Male hatte es seine lethargische Periode — die manchmal viele Jahre dauerte — in der kühlen, dunklen Tiefe des Meeres verbracht. Dort unten, wo der Druck so hoch war, daß nur noch wenige Lebensformen ihn aushalten konnten, und wo die absolute Dunkelheit und Stille so gut wie keine Eindrücke von außen brachte, konnte der Alte Feind seinen Stoffwechsel verlangsamen und in einen sehr erwünschten traumartigen Zustand versinken, in dem er ungestört nachdenken konnte.

Aber das Meer würde er nicht mehr erreichen. Nie mehr. Er starb.

Die Vorstellung, das Wesen könne sterben, war noch so neu, daß es sich noch nicht mit dieser düsteren Realität abgefunden hatte. Immer wieder stieß es kranke Teile ab und kroch in stygischer Finsternis tiefer, immer tiefer in die Erde, in ihre infernalischen Regionen, in die Wohnungen von Orcus, Hades, Osiris, Erebus, Minos, Loki, Satan. Jedesmal, wenn es sich schon frei von den gefräßigen Mikro-Organismen gefühlt hatte, stellte sich irgendwo in seinem amorphen Gewebe ein Kribbeln ein, das sich zu einem Schmerz entwickelte, der völlig anders als menschlicher Schmerz war, und wieder war er gezwungen, sich von infiziertem Fleisch zu trennen. Noch tiefer stieg es hinab, in die Gehenna, nach Sheol, nach Abbadon, in die Grube. Im Verlauf der Jahrhunderte hatte es gern die Rolle des Satans und anderer Repräsentanten des Bösen übernommen, für die die Menschen es gehalten hatten, und es hatte sich durch die Ausnutzung ihres Aberglaubens amüsiert. Nun aber war er selbst zu einem Schicksal verurteilt, das genau zu der

Mythologie paßte, die zu schaffen es selbst geholfen hatte. Es dachte voll Bitterkeit über diese Ironie nach. Es war in den Abgrund gestoßen worden. Es war verdammt. Es mußte für den Rest seines Lebens in Finsternis und Verzweiflung existieren — und diese Zeit konnte in Stunden gemessen werden.

Zumindest hatte es zwei Apostel zurückgelassen. Kale und Terr. Sie würden weiter sein Werk tun, auch wenn es selbst nicht mehr existierte. Sie würden Furcht und Schrecken verbreiten und es rächen. Für diese Aufgaben waren sie ausgezeichnet geeignet.

Nun war von dem Verwandler nur noch sein Gehirn und ein minimaler Rest von Stützgewebe übrig. Er zog sich in eine Nische der Unterwelt und wartete auf sein Ende. Seine letzten Minuten verbrachte er rasend vor Haß und Wut auf die gesamte Menschheit.

Kale rollte sein Hosenbein hoch und sah sich seine rechte Wade an. Im Licht der Lampe sah er zwei kleine, rote Flekken; sie waren geschwollen, juckten und waren sehr empfindlich.

»Insektenstiche«, sagte er.

Gene Terr sah sie sich an. »Zecken. Sie bohren sich unter die Haut. Das Jucken hört erst auf, wenn man sie mit einer Zigarette ausgebrannt hat.«

»Hast du mal eine?«

Kale grinste. »Ich habe noch Gras. Damit funktioniert es genauso gut, und außerdem sterben die Zecken sehr fröhlich.«

Sie rauchten einen Joint, und Kale brannte damit die Zecken aus. Es tat nicht sehr weh.

»Im Wald muß man immer die Hosen in die Stiefel stekken«, sagte Terr.

»Sie *waren* in meine Stiefel gesteckt.«

»So? Und wie kommen dann die Zecken an dein Bein?«

»Keine Ahnung.«

Nachdem sie noch eine Weile an dem Joint geraucht hatten, runzelte Kale die Stirn und sagte: »Er hat uns doch versprochen, niemand könnte uns verletzen, weil wir unter Seinem Schutz stehen.«

»So ist es, Mann. Unbesiegbar.«

»Und warum habe ich dann die Scheiß-Zecken im Bein?«
fragte Kale.

»Mensch, das ist doch bloß eine Kleinigkeit.«

»Aber wenn wir doch unter Seinem Schutz stehen —«

Jeeter zuckte die Achseln. »Das ist doch unwichtig, Mann. Außerdem haben dich die Scheiß-Zecken schon gebissen, *bevor* wir den Pakt geschlossen haben, oder nicht?«

»Ach ja.« Kale konnte wegen dem Gras nicht mehr allzu klar denken und nickte. »Tatsächlich, da hast du recht.«

Sie blieben eine Weile still, und dann sagte Kale: »Was meinst du wohl, wann wir von hier verschwinden können?«

»Wahrscheinlich suchen sie dich noch überall.«

»Aber sie können mir doch nichts tun —«

»Es hat doch keinen Sinn, sich das Leben schwerzumachen«, sagte Terr.

»Wahrscheinlich hast du recht.«

»Wir halten uns noch ein paar Tage versteckt. Bis dahin ist es mit der Fahndung nicht mehr so schlimm.«

»Und dann legen wir die fünf um, wie er es uns gesagt hat.«

Sie blieben eine Weile still. Dann sagte Terr: »Erzähl mir, wie du deine Frau und dein Kind umgebracht hast.«

»Was willst du denn wissen?«

»Alles, Mann. Was war das für ein Gefühl, besonders bei dem Kind? Ich habe noch nie ein Kind umgebracht. Ist das irgendwie anders? Was genau hast du gemacht?«

»Nur das, was ich machen mußte. Sie waren mir im Weg.«

»Ein Klotz am Bein, was?«

»Alle beide.«

»Klar, das verstehe ich. Aber was hast du *gemacht*?«

»Ich habe sie erschossen.«

»Das Kind auch?«

»Nein, den habe ich mit einem Hackmesser zerstückelt.«

»Echt, ohne Scheiß?«

Sie rauchten weiter Gras, und die Gaslampe zischte, und durch das Loch im Boden stieg das Flüstern und Lachen des unterirdischen Flusses hoch, und Kale erzählte, wie er Joanna und Danny und den Deputy umgebracht hatte.

Dann und wann kicherte Jeeter bekifft und sagte: »Hey, Mann, was werden wir Spaß haben, was? Meinst du nicht auch, wir beide werden zusammen einen irren Spaß haben? Erzähl weiter. Mann, werden wir einen Spaß haben!«

44

Sieg?

Bryce stand auf dem Bürgersteig, sah sich um und lauschte angestrengt. Von dem Verwandler war keine Spur zu entdecken, aber er konnte es noch nicht richtig glauben, daß er tatsächlich tot war. Er befürchtete, er würde ihn sofort anfallen, wenn er nicht mehr auf der Hut war.

Tal Whitman lag auf dem Boden. Jenny und Lisa säuberten seine Säure-Verbrennungen, puderten sie mit einem Antibiotikum ein und legten ihm einen Verband an.

In Snowfield war es weiter so still wie auf dem Meeresgrund.

Als Jenny mit der Versorgung Tals fertig war, sagte sie: »Wir sollten ihn sofort ins Krankenhaus bringen. Die Wunden sind zwar nicht tief, aber vielleicht kommt es noch zu einer verzögerten Reaktion auf die Toxine des Verwandlers. Das Krankenhaus ist auf die schlimmsten Möglichkeiten vorbereitet. Ich nicht.«

Bryce sah sich um und sagte: »Was ist denn, wenn wir alle in einem fahrenden Auto gefangen sind, wenn *es* zurückkommt?«

»Es ist tot«, sagte Lisa.

»Sicher wissen wir das nicht«, sagte Bryce.

»Fühlen Sie das nicht? Den Unterschied?« beharrte Lisa. »Es ist weg! Es ist tot. Das *fühlt* man doch an der Luft.«

Bryce machte sich klar, daß das Mädchen recht hatte. Der Verwandler war nicht nur physisch, sondern auch geistig präsent gewesen; Bryce selbst hatte seine fast greifbare Bösartigkeit gefühlt. Der Alte Feind hatte subtil etwas ausgestrahlt, das mit den Sinnen nicht erfaßt werden konnte, wohl aber mit dem Unterbewußtsein, dem Instinkt. Davon war jetzt nichts mehr zu spüren. Es lag keine Drohung in der Luft.

Tal sagte: »Wenn Sie sich noch nicht in ein Auto setzen wollen, macht das auch nichts. Wir können noch eine Weile warten. Mir geht es gut.«

»Ich habe meine Meinung geändert«, sagte Bryce. »Wir können fahren, und nichts wird uns aufhalten. Es ist tot.«

Als Bryce in dem Streifenwagen den Motor anließ, sagte Jenny: »Wissen Sie noch, was Flyte über die Intelligenz dieses Wesens gesagt hat? Bei seinem Dialog über den Computer hat er ihm gesagt, es hätte seine Intelligenz und sein Bewußtsein wahrscheinlich erst dann erworben, als es anfing, intelligente Wesen zu verzehren.«

»Ich weiß es noch«, sagte Tal vom Rücksitz, wo er mit Lisa saß. »Das hat ihm gar nicht gefallen.«

»Und?« fragte Bryce. »Worauf wollen Sie hinaus?«

»Nun, wenn es seine Intelligenz dadurch erworben hat, daß es unsere Intelligenz und kognitiven Fähigkeiten mit seiner Nahrung aufgenommen hat ..., hat es dann auch seine Grausamkeit und Brutalität von uns, von der Menschheit bekommen?« Sie erkannte, daß diese Frage Bryce unangenehm war, aber sie ließ trotzdem nicht nach. »Wenn man es richtig bedenkt, sind die einzigen wirklichen Teufel vielleicht Menschen. Nicht die Menschen als Ganzes, sondern nur die Kranken, Verdrehten, die niemals Güte oder Mitleid empfinden. Wenn der Verwandler wirklich der Teufel war, wie wir ihn aus der Mythologie kennen, dann ist das Böse in den Menschen nicht eine Reflexion des Teufels, sondern der Teufel selbst ist eine Reflexion unserer eigenen Brutalität und Grausamkeit. Vielleicht ist es das, was dahintersteckt ... wir haben uns den Teufel nach unserem eigenen Bild geschaffen.«

Bryce blieb lange still. Schließlich sagte er: »Vielleicht haben Sie recht. Wahrscheinlich sogar. Es hat keinen Sinn, seine Energie dafür zu verschwenden, sich vor Teufeln, Dämonen und Geistern zu fürchten ... weil wir letzlich niemals etwas Entsetzlicheres finden werden als die Ungeheuer unter uns. Die Hölle ist immer da, wo man sie sich macht.«

Sie fuhren die Skyline Road hinunter.

Snowfield sah heiter und schön aus. Nichts versuchte, sie aufzuhalten.

45

Gut und Böse

Am Sonntag abend, eine Woche, nachdem Jenny und Lisa Snowfield in Grabesstille vorgefunden hatten, und fünf Tage nach dem Tod des Verwandlers besuchten sie alle Tal Whitman im Krankenhaus in Santa Mira. Es hatte sich nämlich doch eine leichte toxische Reaktion auf die von dem Verwandler abgesonderten Flüssigkeiten eingestellt, und außerdem hatte er eine leichte Infektion entwickelt. Ernsthaft gefährdet war er aber nie gewesen, und jetzt war er fast so gut wie gesund und wartete ungeduldig darauf, endlich heimgeschickt zu werden.

Als Lisa und Jenny in Tals Zimmer kamen, saß er in seiner Uniform in einem Sessel beim Fenster und las ein Magazin. Seine Dienstpistole und sein Halfter lagen auf dem kleinen Tisch neben ihm.

Lisa legte ihre Arme um ihn, bevor er aufstehen konnte, und Tal drückte sie auch an sich.

»Gut sehen Sie aus«, sagte sie zu ihm.

»Und du siehst Spitze aus«, antwortete er.

»Sie werden allen Frauen den Kopf verdrehen.«

»Und wegen dir werden sich die Jungen rückwärts überschlagen.«

Dieses Ritual spielten sie jeden Tag durch, eine kleine Zeremonie der Zuneigung, die Lisa immer leicht zum Lächeln brachte. Jenny sah das gern; in den letzten Tagen hatte sie nicht oft gelächelt, und richtig gelacht hatte sie kein einziges Mal.

Tal stand auf, und Jenny nahm ihn auch in die Arme. Sie sagte: »Bryce ist bei Timmy. Er kommt auch gleich hoch.«

»Ich habe den Eindruck, daß er damit jetzt viel besser fertig wird«, sagte Tal. »Im ganzen letzten Jahr konnte man deutlich sehen, daß Jimmys Zustand ihn fertiggemacht hat, aber jetzt scheint er damit auszukommen.«

Jenny nickte. »Er war zu der Überzeugung gekommen, daß Timmy besser tot wäre. Dort oben in Snowfield hat er aber seine Meinung geändert. Ich glaube, er ist für sich zu dem Ergebnis gekommen, daß es nichts Schlimmeres als den Tod gibt. Solange noch Leben da ist, kann man auch noch hoffen. Vielleicht ändert er seine Meinung wieder, wenn Timmy in einem Jahr immer noch im Koma liegt, aber im Augenblick ist er schon dankbar dafür, wenn er sich jeden Tag ein wenig zu ihm setzen und seine Hand halten kann.« Sie sah zu Tal hinüber und fragte streng: »Was soll das denn, daß Sie hier in Straßenkleidern herumsitzen?«

»Ich werden entlassen.«

»Fantastisch!« sagte Lisa.

Timmys Zimmergenosse war zur Zeit ein achtzigjähriger alter Mann, der an ein Infusionsgerät, einen piepsenden Herz-Monitor und ein keuchendes Beatmungsgerät angeschlossen war.

Obwohl Timmy nur an dem Infusionsgerät hing, war seine Bewußtlosigkeit ebenso tief wie das Koma des alten Mannes. Ein oder zweimal in der Stunde, nie öfter und nie länger als jeweils eine Minute, flatterten die Augenlider des Jungen, oder seine Lippen bewegten sich leicht, oder ein Muskel an seiner Wange zuckte. Das war alles.

Bryce saß neben dem Bett, hatte eine Hand durch das Gestell geschoben und hielt die Hand seines Sohnes. Seit Snowfield reichte dieser bescheidene Kontakt aus, um ihn zufrieden zu machen. Jeden Tag ging es ihm besser, wenn er aus dem Zimmer ging.

Nun, da der Abend gekommen war, war es nicht sehr hell in dem Zimmer. Am Kopf des Betts hing eine kleine Lampe an der Wand, die mit ihrem sanften Schein jedoch nur bis Timmys Schultern reichte und seinen zugedeckten Körper im Schatten ließ. In dem Halbdunkel sah Bryce, wie dünn und verkümmert der Junge geworden war. Er hatte trotz der Nährlösung an Gewicht verloren, und er sah dünn und zerbrechlich aus. Sein Sohn war schon immer klein für sein Alter gewesen, aber nun schien die Hand, die Bryce da hielt, einem Kleinkind zu gehören.

Sie war aber warm. Sie war warm.

Nach einer Weile ließ Bryce sie widerwillig los. Er fuhr dem Jungen durch das Haar, zog sein Leintuch glatt und schüttelte das Kissen auf.

Es war Zeit zu gehen, aber das konnte er im Augenblick noch nicht. Er weinte und wollte nicht mit Tränen im Gesicht in den Gang hinausgehen.

Er zog sich einige Kleenex-Tücher aus der Schachtel auf dem Nachttisch, stand auf, ging zum Fenster hinüber und sah auf Santa Mira hinaus.

Er weinte jeden Tag, wenn er hierherkam, aber das waren andere Tränen als früher. Sie brannten heiß, wuschen das Elend weg und heilten ihn. Stückchen für Stückchen heilten sie ihn langsam.

»Entlassen?« fragte Jenny mit finsterem Gesicht. »Wer sagt das?«

Tal grinste. »Ich sage das.«

»Seit wann sind Sie denn Ihr eigener Arzt?«

»Ich dachte eben, ich sollte doch sichergehen, und deshalb habe ich mich selbst konsultiert, und meine Empfehlung lautete: Entlassung.«

»Tal —«

»Doch, doch, mir geht es ausgezeichnet. Die Schwellung ist weg, ich habe seit zwei Tagen kein Fieber mehr, und deshalb bin ich überreif für eine Entlassung. Wenn Sie versuchen, mich hier noch länger einsperren zu wollen, haben Sie meinen Tod auf Ihrem Gewissen.«

»Tod?«

»Das Essen hier bringt mich um.«

»Er sieht doch aus, als könnte er tanzen gehen«, sagte Lisa.

»Und wann hast *du* deinen Doktor gemacht?« fragte Jenny. Sie richtete sich wieder an Tal: »Na ja ... lassen Sie sich einmal ansehen. Ziehen Sie Ihr Hemd aus.«

Er schlüpfte schnell und mühelos aus ihm und schien tatsächlich keine Schwierigkeiten mehr zu haben. Jenny nahm ihm vorsichtig den Verband ab und stellte fest, daß er nicht geschwindelt hatte: keinerlei Schwellung, und die Wunden heilten gut ab.

»Gewöhnlich entlassen wir abends keine Patienten. Die Anweisungen werden morgens ausgeschrieben, und Entlassungen finden zwischen zehn und zwölf Uhr statt.«

»Bestimmungen sind dafür da, daß man sie bricht.«

»Das ist vielleicht eine Aussage für einen Polizisten«, sagte sie spöttisch. »Nein, im Ernst, Tal, ich würde es lieber sehen, wenn Sie noch eine Nacht bleiben würden, nur für den Fall, daß —«

»Und ich würde es lieber sehen, wenn ich sofort verschwinden könnte, weil ich sonst einen Koller bekomme.«

»Sie sind wirklich fest entschlossen?«

»Er ist wirklich fest entschlossen«, sagte Lisa.

Tal sagte: »Sie hatten meine Pistole zusammen mit ihren Drogen im Safe eingeschlossen, und ich mußte bei einer süßen Schwester namens Paula meine ganze Überredungskunst aufbringen, damit sie sie mir rausholt. Ich habe mir gesagt, Sie würden mich ganz sicher heute abend rauslassen. Sie müssen wissen, daß diese Paula sehr attraktiv ist, jung, alleinstehend, einfach zum Anbeißen —«

»Es reicht, es reicht«, sagte Lisa. »Ich bin schließlich noch minderjährig.«

»Ich möchte mich mit Paula zu einem Rendezvous verabreden«, sagte Tal. »Wenn Sie mir aber jetzt die Entlassung verweigern, dann bekommt Paulas Oberschwester heraus, daß sie mir ohne Entlassungsanweisung meinen Revolver gegeben hat, und dann bekommt sie Schwierigkeiten wegen mir und geht nicht mit mir aus, und dann wird es auch nichts mit den kleinen Tal Whitmans, die ich sonst bekommen hätte, weil ich Paula natürlich heiraten werde, und damit würden Sie der Welt einen kleinen schwarzen Einstein oder einen kleinen schwarzen Beethoven nehmen.«

Jenny lachte und schüttelte den Kopf. »Na gut, wenn das so ist, schreibe ich Ihnen die Entlassungsanweisung aus, und Sie können noch heute verschwinden.«

Er nahm sie kurz in die Arme und begann, sein Hemd anzuziehen.

»Paula sollte sich vorsehen«, sagte Lisa. »Eigentlich sollten Sie nicht auf Frauen losgelassen werden.«

»Ich? Wieso denn nicht?« Er schnallte sich sein Halfter an. »Ich bin doch ein schüchterner Mensch.«

»Gewiß doch«, sagte Lisa.

Jenny sagte: »Wenn Sie —«

Und plötzlich wurde Tal zum Berserker. Er stieß Jenny zur Seite, so daß sie mit der Schulter gegen das Bett prallte und schwer auf dem Fußboden aufschlug. Sie hörte Schüsse, sah Lisa fallen und wußte nicht, ob sie getroffen war oder sich nur in Sicherheit brachte; einen Moment lang dachte sie, Tal würde auf sie schießen, aber dann sah sie, daß er noch damit beschäftigt war, seinen Revolver aus dem Halfter zu ziehen.

Noch während der Schuß durch das Zimmer hallte, klirrte Glas. Es war das Fenster hinter Tal.

»Fallenlassen!« brüllte Tal.

Jenny drehte ihren Kopf um, und da stand in dem helleren Licht, das aus dem Gang draußen hereinfiel, Gene Terr in der Tür.

Bryce stand in den tiefen Schatten am Fenster und trocknete sich die Tränen. Er hörte ein leises Geräusch aus dem Zimmer hinter sich und nahm an, es sei die Schwester. Er drehte sich um — und sah Fletcher Kale. Einen Moment starrte er ungläubig.

Kale stand am Fuß von Timmys Bett; er war in dem dürftigen Licht kaum zu erkennen. Er hatte Bryce nicht bemerkt. Er beobachtete den Jungen — und er grinste. Wahnsinn stand in seinem Gesicht geschrieben. Er hielt eine Pistole in der Hand.

Bryce trat vom Fenster weg und griff nach seinem eigenen Revolver. Zu spät fiel es ihm ein, daß er nicht in Uniform war und deshalb keinen Revolvergurt trug, sondern nur eine private .38er mit einem kurzen Lauf, die in einem Knöchel-Halfter steckte. Er beugte sich herab, sie zu ziehen.

Aber Kale hatte ihn gesehen. Die Pistole in seiner Hand zuckte hoch und bellte einmal, zweimal, dreimal kurz hintereinander auf.

Bryce spürte an seiner linken Seite einen Schlag wie von einem Vorschlaghammer, und der Schmerz durchzuckte seine gesamte Brust. Als er zu Boden sank, hörte er die Waffe des Mörders noch dreimal röhren.

»*Fallenlassen!*« brüllte Tal, und Jenny sah Jeeter. Ein zweiter Schuß prallte von dem Bettgestell ab und knallte gegen die Decke. Zwei Platten fielen herunter.

Tal duckte sich und schoß zweimal. Der erste Schuß traf Jeeter am linken Oberschenkel. Der zweite traf ihn in den Bauch und warf ihn nach hinten in eine Ecke, wo er blutüberströmt landete. Er rührte sich nicht mehr.

»Was war *das* denn, zum Teufel?« fragte Tal.

Jenny rief nach Lisa und kroch auf allen vieren um das Bett herum, um festzustellen, ob sie noch am Leben war.

Kale ging es schon seit zwei Stunden schlecht. Er hatte Fieber, seine Augen brannten, und er hatte ein Gefühl, als sei Sand darin. Es war ganz plötzlich gekommen. Er hatte auch Kopfweh, und als er am Bett des Jungen stand, war ihm plötzlich übel geworden, und seine Knie hatten nachgegeben. Er konnte das einfach nicht verstehen; angeblich war er doch unverletzlich, unbesiegbar. Na ja, vielleicht war Luzifer ungeduldig geworden, weil sie fünf Tage lang abgewartet hatten, bis sie aus der Höhle herausgegangen waren, und die Krankheit war eine eindringliche Ermahnung, sich jetzt endlich an die Arbeit zu machen. Wahrscheinlich würden die Symptome in dem Augenblick verschwinden, in dem der Junge starb. Genau. So würde es kommen. Kale grinste das komatose Kind an, hob langsam seinen Revolver und zuckte zusammen, als ihm ein Krampf die Gedärme zusammenzog.

Dann sah er in den Schatten eine Bewegung und fuhr herum. Ein Mann. Er kam auf ihn zu. Hammond. Kale eröffnete sofort das Feuer und schoß die ganze Trommel leer, um sicherzugehen. Ihm war schwindlig, er sah nicht sehr scharf, seine Arme waren schwach, und er konnte kaum die Pistole festhalten; selbst aus so großer Nähe konnte er sich nicht darauf verlassen, daß er treffen würde.

Hammond stürzte schwer zu Boden und blieb bewegungslos liegen.

Obwohl das Licht düster war und Kale nicht genau sehen konnte, erkannte er die Blutflecken an der Wand und auf dem Boden.

Kale lachte fröhlich und fragte sich, wann die Krankheit ihn wohl wieder verlassen würde, nachdem er doch jetzt die erste der Aufgaben erfüllt hatte, die ihnen von Luzifer aufgetragen worden waren. Er schwankte auf den Körper zu, um ihm den Gnadenschuß zu geben. Selbst wenn Hammond schon tot war, wollte Kale ihm in sein selbstzufriedenes Gesicht schießen und es zerstören.

Dann würde er sich um den Jungen kümmern.

Das war es, was Luzifer gewollt hatte. Fünf Morde. Hammond, sein Junge, Whitman, Dr. Paige und das Mädchen.

Er erreichte Hammond, beugte sich zu ihm herab —

— und dann schlug der Sheriff zu. Seine Hand war blitzschnell. Er riß eine Pistole aus einem Knöchel-Halfter, und bevor Kale reagieren konnte, sah er das Mündungsfeuer.

Kale war getroffen. Er stolperte und fiel hin. Seine Pistole flog aus seiner Hand. Er hörte, wie sie klappernd gegen ein Bein des Betts prallte.

Das kann doch nicht sein, sagte er sich selbst. Ich bin beschützt. Niemand kann mir etwas anhaben.

Lisa lebte. Als sie hinter das Bett gefallen war, war sie nicht getroffen gewesen, sie hatte sich nur in Sicherheit bringen wollen. Jenny hielt sie fest in ihren Armen.

Tal hockte vor Gene Terr. Der Rocker-Chef hatte ein riesiges Loch im Bauch und war tot.

Eine Menge hatte sich versammelt: Schwestern, zwei Ärzte, ein oder zwei Patienten in Bademänteln.

Ein rothaariger Pfleger kam hergerannt. Er sah aus, als würde er noch unter Schock stehen. »Im ersten Stock hat es auch eine Schießerei gegeben!«

»Bryce«, sagte Jenny, und die Angst durchzuckte sie wie eine Klinge aus Eis.

»Was ist hier eigentlich los?« fragte Tal.

Jenny rannte auf den Gang hinaus und die Treppe hinunter. Bis sie den ersten Stock erreicht hatte, hatte Tal sie eingeholt und hielt ihr die Tür auf. Sie rannten beide zusammen durch den Gang zu Timmys Zimmer.

Auch davor hatte sich eine Menge von Neugierigen versammelt. Jennys Herz schlug ihr bis zum Hals, während sie sich durch sie durchdrängte.

Jemand lag am Boden, und eine Schwester kauerte daneben.

Zuerst dachte Jenny, das sei Bryce, aber dann sah sie ihn in einem Sessel sitzen. Eine Schwester schnitt ihm das Hemd von der Schulter. Er war nur verwundet.

Bryce zwang sich ein Lächeln ab. »Sehen Sie sich vor, Doc. Wenn sie immer so schnell da sind, nennt man sie bestimmt bald eine übereifrige Patientenjägerin.«

Sie brach in Tränen aus. Sie konnte einfach nichts dagegen tun. Sie hatte sich in ihrem ganzen Leben noch nie über etwas so gefreut wie über den Klang seiner Stimme.

»Nur ein Kratzer«, sagte er.

»Sie sind genau wie Tal«, sagte sie und lachte durch ihre Tränen. »Ist Timmy etwas passiert?«

»Kale wollte ihn umbringen. Wenn ich nicht dagewesen wäre ...«

»Ist das Kale?«

»Ja.«

Jenny wischte sich mit einem Ärmel die Tränen ab und untersuchte Bryces Schulter. Die Kugel war glatt durchgegangen. Es gab zwar keinen Grund für die Annahme, daß sie aufgesplittert war, aber sie würde die Schulter trotzdem röntgen lassen. Die Wunde blutete stark, aber das Blut spritzte nicht, und sie ließ die Blutung von der Schwester durch Borsäure-getränkte Wattebäusche stillen.

Er würde wieder gesund werden.

Nun wendete sich Jenny dem Mann auf dem Boden zu. Sein Zustand war ernster. Die Schwester hatte ihm Jacke und Hemd aufgerissen und seine Schußwunde in der Brust freigelegt. Dann bemerkte Jenny, daß Kale Fieber hatte. Seine Stirn war heiß, und sein Gesicht gerötet. Als sie sein Handgelenk nahm, um seinen Puls zu fühlen, sah sie, daß es voller roter Flecken war. Sie schob seinen Ärmel hoch und stellte fest, daß sie sich auch am Arm fanden. Sein Gesicht und sein Hals aber waren frei davon. Auf seiner Brust waren ihr blaßrote Flecken aufgefallen, aber die hatte sie für Blut gehalten. Als sie sie sich jetzt noch einmal näher ansah, stellte sie fest, daß sie wie die Flecken an seinen Armen aussahen.

Masern? Nein. Etwas anderes, das ernster als Masern war.

Die Schwester kam mit zwei Pflegern und einer fahrbaren Liege zurück, und Jenny sagte zu ihr: »Wir werden das Stockwerk hier unter Quarantäne stellen müssen. Das darüber auch. Wir haben hier eine Krankheit, und ich bin nicht ganz sicher, was das ist.«

Nachdem Bryces Verwundung geröntgt und verbunden worden war, wurde er in ein Zimmer auf dem gleichen Stock wie Timmy gelegt. Die Schmerzen in seiner Schulter wurden immer stärker, denn die Auswirkungen des Schocks begannen nun nachzulassen. Schmerzstillende Mittel lehnte er ab, weil er einen klaren Kopf behalten wollte, bis er genau wußte, was hier passiert war, und warum.

Jenny besuchte ihn für eine halbe Stunde, nachdem er ins Bett gebracht worden war. Sie sah erschöpft aus, aber ihrer Schönheit tat das keinen Abbruch. Ihr Anblick war die beste Medizin für ihn.

»Wie geht es Kale?« fragte er.

»Die Kugel hat sein Herz nicht beschädigt. Ein Lungenflügel ist zusammengebrochen, und eine Arterie ist verletzt. Normalerweise würden seine Chancen gut stehen, aber er muß sich nicht nur von seiner Verwundung erholen. Er hat außerdem noch Rocky Mountain-Fleckfieber.«

Bryce blinzelte überrascht. »Fleckfieber?«

»An seiner rechten Wade hat er zwei Verbrennungen von Zigaretten, wo er sich zwei Zecken ausgebrannt hat, und von denen wird diese Krankheit übertragen. Nach den Verbrennungen zu urteilen, ist er vor fünf oder sechs Tagen von ihnen gebissen worden, und das ist ungefähr die Inkubationszeit von Fleckfieber. Die Symptome müssen innerhalb der letzten Stunde eingesetzt haben. Schwindelgefühl, Kältegefühl, Gliederschmerzen …«

»Deshalb hat er so schlecht gezielt!« sagte Bryce. »Er hat dreimal aus nächster Nähe auf mich geschossen, und ich habe nur einen ungefährlichen Durchschuß.«

»Dann sollten Sie Gott dafür danken, daß er Kale die Zecke das Hosenbein hochgeschickt hat.«

Er dachte darüber nach und sagte: »Es scheint tatsächlich wie Gottes Hand, nicht wahr? Was hatten er und Terr aber vor? Warum haben sie das Risiko nicht gescheut, mit Pistolen hierherzukommen? Ich kann ja noch verstehen, daß Kale mich umbringen will, oder sogar Timmy, aber warum Tal und Sie und Lisa?«

»Sie werden das jetzt wahrscheinlich nicht glauben«, sagte sie. »Seit Dienstag morgen hat Kale schriftlich darüber Bericht geführt, was seit dem ›Tag Seiner Ankunft‹, wie er es nennt, passiert ist. Wie es aussieht, haben Kale und Terr einen Pakt mit dem Teufel abgeschlossen.«

Montag früh um vier Uhr, nur sechs Tage nach der Ankunft, von der Kale geschrieben hatte, starb er im Krankenhaus. Bevor er dieses Leben verließ, öffnete er die Augen, starrte die Schwester mit wildem Blick an, sah an ihr vorbei und richtete seinen Blick auf etwas Schreckliches hinter ihr, das sie nicht sehen konnte. Irgendwie fand er die Kraft, die Arme zu heben, als wolle er sich schützen, und dann stieß er einen dünnen Schrei aus. Als die Schwester ihn beruhigen wollte, sagte er: »Aber *das* ist doch nicht mein Schicksal.« Und dann war er tot.

Am 31. Oktober, mehr als sechs Wochen nach den Ereignissen in Snowfield, feierten Tal Whitman und seine neue Freundin aus dem Krankenhaus, Paula Thorne, in Tals Haus in Santa Mira eine Halloween-Party. Bryce ging als Cowboy, Jenny als Cowgirl. Lisa war als Hexe verkleidet und trug einen schwarzen spitzen Hut und viel Schminke.

Tal öffnete die Tür und sagte: »Putt! Putt!« Er trug das Kostüm eines Huhns.

Jenny hatte noch nie so ein albernes Kostüm gesehen. Sie lachte so laut, daß sie eine Zeitlang nicht bemerkte, daß auch Lisa lachte.

Es war das erste Mal seit sechs Wochen, daß sie laut gelacht hatte. Bisher hatte sie sich nur ein Lächeln abringen können, aber nun lachte sie Tränen.

»Hey, was soll das?« fragte Tal mit gespielter Empörung. »Du siehst in deinem Hexenkostüm auch ganz schön doof aus.«

Er zwinkerte Jenny zu, und es wurde ihr klar, daß er sein Kostüm wegen seiner Wirkung auf Lisa ausgesucht hatte.

»Verschwinden Sie um Gottes willen von der Tür und gehen Sie hinein«, sagte Bryce. »Wenn die Leute Sie so sehen, verlieren sie auch noch den letzten Rest von Respekt für das Sheriffs-Büro, den sie bis jetzt noch hatten.«

An diesem Abend beteiligte sich Lisa an der Unterhaltung und den Spielen, und sie lachte viel dabei. Es war ein neuer Anfang.

Im August des folgenden Jahres, es war der erste Tag ihrer Flitterwochen, fand Jenny Bryce auf dem Balkon ihres Hotelzimmers, wie er nachdenklich auf den Strand von Waikiki herabsah.

»Machst du dir Gedanken, weil du so weit weg von Timmy bist?« fragte sie.

»Nein. Ich habe aber tatsächlich an Timmy gedacht. Ich habe in der letzten Zeit das Gefühl, das alles wieder in Ordnung kommen wird. Fast wie eine Vorahnung. Gestern nacht habe ich geträumt, daß Timmy aus seinem Koma aufgewacht ist, hallo zu mir gesagt hat und einen Big Mac haben wollte. Es war ganz anders als irgendein anderer Traum … Es war so *wirklich*.«

»Na ja, die Hoffnung hast du ja nie aufgegeben.«

»Doch, eine Zeitlang hatte ich sie aufgegeben, aber ich habe sie wieder zurückgewonnen.«

Sie blieben noch eine Weile schweigend stehen, ließen sich von dem warmen Meerwind umspielen und lauschten dem Rauschen der Wellen.

Dann liebten sie sich wieder.

An diesem Abend saßen sie in einem guten chinesischen Restaurant in Honolulu. Sie tranken den ganzen Abend

nichts anderes als Sekt, obwohl der Kellner schüchtern andeutete, zu manchen Gerichten würde vielleicht ein anderes
Getränk besser passen.

Beim Dessert sagte Bryce: »Timmy hat in dem Traum
noch etwas zu mir gesagt. Als ich überrascht war, daß er
aufgewacht ist, sagte er: ›Aber Daddy, wenn es einen Teufel
gibt, muß es doch auch einen Gott geben. Hast du dir das
nicht auch überlegt, als du den Teufel getroffen hast? Gott
würde es nicht zulassen, daß ich mein ganzes Leben verschlafe.‹«

Jenny starrte ihn unsicher an.

Er lächelte. »Keine Angst, ich drehe jetzt nicht durch und
schicke Geld an all die Scharlatane im Fernsehen und sage
ihnen, sie sollen für Timmy beten. Ich fange nicht einmal
an, in die Kirche zu gehen. Sonntag ist schließlich der einzige Tag, an dem ich ausschlafen kann! Ich rede hier nicht von
der gewöhnlichen Feld-, Wald- und Wiesen-Religion —«

»Ja, aber es war doch nicht *wirklich* der Teufel«, sagte sie.

»Wirklich nicht?«

»Es war ein prähistorisches Wesen, das —«

»Wäre es denn nicht möglich, daß es *beides* war?«

»Was soll das denn jetzt? Eine philosophische Diskussion
während unserer Flitterwochen?«

»Ich habe dich zum Teil auch geheiratet, weil du so ein
kluges Köpfchen bist.«

Später im Bett sagte er noch kurz vor dem Einschlafen:
»Auf jeden Fall hat der Verwandler mir deutlichgemacht,
daß es auf dieser Welt noch weit mehr Geheimnisse gibt, als
ich angenommen hatte. Ich werde in Zukunft nichts mehr
einfach als unmöglich abtun. Und wenn man bedenkt, was
wir in Snowfield ausgehalten haben, und daß Tal gerade
seine Pistole umgeschnallt hatte, als Jeeter hereinkam, und
daß Kale wegen seinem Fleckfieber nicht richtig zielen
konnte ... na ja, ich habe den Eindruck, es war uns bestimmt, daß wir überlebt haben.«

Am Morgen sagte sie: »Eines weiß ich sicher.«

»Was?«

»Es war uns bestimmt, daß wir heiraten.«

»Auf jeden Fall.«

»Was auch immer passiert wäre, irgendwann hätte uns das Schicksal einander in die Arme getrieben.«

Als sie am Nachmittag am Strand spazierengingen, dachte Jenny, daß die Wellen fast wie riesige, rumpelnde Räder klangen. Dadurch fiel ihr der Spruch wieder ein, daß Gottes Mühlen langsam mahlen. Das Donnern der Wogen ließ in ihren Gedanken ein Bild von zwei riesigen Mühlsteinen entstehen, die sich polternd gegeneinander drehten.

Sie sagte: »Meinst du also, es hat einen Sinn gehabt?«

Er brauchte sie nicht zu fragen, was sie meinte. »Ja. Im Leben hat alles einen Sinn.«

Das Meer schäumte am Strand.

Jenny lauschte den Mühlrädern und fragte sich, welche Geheimnisse und Wunder, welche Schrecken und Freuden wohl in diesem Augenblick gemahlen wurden, um in der Zukunft Wirklichkeit zu werden.

Todesdämmerung

Dieses Buch ist zwei ganz besonderen Menschen gewidmet,

George und Jane Smith

– und ihrer reizenden Tochter Diana Summers wie ihren Katzen. Möge ihnen all das Glück und der Erfolg beschieden sein, den sie so sehr verdienen. (Ich meine natürlich George und Jane und Diana, nicht die Katzen.) Und auf daß sie Spaß haben mögen beim Mäusefangen und beim Gesang auf den Zäunen. (Das gilt natürlich für die Katzen, nicht für George, Jane und Diana.)

Teil I

DIE HEXE

Und nach dem Essen sitzen
wir and'ren Kinder all'
ums Feuer in der Küch'
und haben großen Spaß,
wenn Annie ihre Geschichten erzählt
von der bösen Hex',
die einen auffrißt.
Wenn
   Man
       Nicht
          Aufpaßt!

         Little Orphant Annie,
         James Whitcomb Riley, 1849–1916

...die Staubhexe kam murmelnd.
Als Will einen Augenblick später aufblickte,
  sah er sie.
Nicht tot! dachte er. Weggeschleppt, verletzt,
gestürzt, ja, aber jetzt wieder zurück
  und wahnsinnig.
Herrgott, ja, wahnsinning, und sie sucht
  ausgerechnet mich!

        Something Wicked This Way Comes,
        Ray Bradbury

1

Es begann im Sonnenschein, nicht in einer finsteren, stürmischen Nacht.

Sie war nicht auf das vorbereitet, was geschah, war nicht auf der Hut. Wer hätte auch an einem wunderschönen Sonntagnachmittag mit etwas so Schlimmem gerechnet.

Der Himmel war klar und blau. Dafür, daß es Ende Februar war, war es überraschend warm, selbst für Südkalifornien. Eine sanfte Brise wehte und trug den Duft von Winterblumen mit sich. Es war einer jener Tage, an dem es jedem beschieden schien, ewig zu leben.

Christine Scavello war zur South Coast Plaza in Costa Mesa gefahren, um dort einiges einzukaufen, und sie hatte Joey mitgenommen. Er liebte das große Shoppingcenter; der künstliche Bach faszinierte ihn, der plätschernd durch einen Flügel des Gebäudes strömte, mitten durch die öffentliche Promenade, und dann am Ende einen sanften Wasserfall bildete. Dann beeindruckten ihn die Hunderte von Bäumen und Pflanzen, die dort unter dem Dach wuchsen, und außerdem war Joey der geborene Menschenbeobachter; aber am allermeisten mochte er das Karussell im mittleren Hof. Wenn er einmal Karussell fahren durfte, trottete er ruhig und zufrieden hinter Christine her, während sie zwei oder drei Stunden lang einkaufte.

Joey war ein guter Junge, der beste, den man sich wünschen konnte. Er war nie quengelig, bekam nie Wutanfälle und beklagte sich auch nie. Wenn es den ganzen Tag über regnete und er nicht aus dem Haus durfte, dann verstand er es, sich stundenlang mit sich selbst zu beschäftigen und sich nie zu langweilen oder unruhig zu werden, wie das die meisten Kinder tun.

Christine schien es manchmal, als wäre Joey in Wirklichkeit ein alter Mann in dem kleinen Körper eines sechsjährigen Jungen. Hier und da sagte er höchst erstaunliche, erwachsene Dinge, und gewöhnlich verfügte er über die Geduld eines Erwachsenen, besaß häufig eine Weisheit, die weit über seine Jahre hinausreichte.

Aber dann konnte es wieder sein, ganz besonders wenn er fragte, wo sein Daddy war oder warum sein Daddy weggegangen wäre – oder selbst wenn er nicht fragte oder nur dastand und die Frage in seinen Augen glänzte –, daß er so unschuldig, so zerbrechlich, so herzzerreißend verletzbar aussah, daß sie ihn einfach in die Arme nehmen und an sich drücken mußte.

Und wenn sie ihn so an sich drückte, so war das manchmal nicht nur ein Ausdruck ihrer Liebe für ihn, sondern sie wich damit der Frage aus, die er gestellt hatte. Sie hatte es nie fertiggebracht, ihm zu erklären, wie das mit seinem Vater gewesen war, und das war auch ein Thema, von dem sie sich wünschte, er würde es fallenlassen, bis *sie* soweit war, daß sie darüber sprechen wollte. Er war zu jung, um die Wahrheit zu begreifen, und sie wollte ihn nicht anlügen wenigstens nicht zu offenkundig, und ihn mit schönen Worten täuschen wollte sie auch nicht.

Er hatte erst vor ein paar Stunden nach seinem Vater gefragt, auf dem Weg zum Shoppingcenter. Und sie hatte gesagt: »Honey, dein Daddy war einfach noch nicht soweit, daß er die Verantwortung für eine Familie tragen konnte.«

»Hat er mich nicht gemocht?«

»Er hat dich überhaupt nie gekannt, wie konnte er dich also nicht mögen? Er ist schon vor deiner Geburt weggegangen.«

»Ach so? Aber wie konnte ich denn geboren werden, wenn er nicht da war?« hatte der Junge skeptisch gefragt.

»Das verstehst du noch nicht. Das wirst du einmal in der Schule lernen, in Sexualkunde«, hatte sie amüsiert gesagt.

»Wann denn?«

»*Oh*, ich denke in sechs oder sieben Jahren.«

»Da muß ich aber lange warten.« Er hatte geseufzt. »Ich wette, daß er mich nicht gemocht hat und deswegen weggegangen ist.«

Sie hatte die Stirn gerunzelt und gesagt: »Schlag dir das ganz aus dem Kopf, Süßer. Ich war es, den dein Daddy nicht gemocht hat.«

»Du? Dich hat er nicht gemocht?«

»Ganz richtig.«

Joey war ein oder zwei Straßen lang still gewesen, hatte aber am Ende gesagt: »Junge, wenn er dich nicht gemocht hat, muß er einfach blöd gewesen sein.«

Und dann hatte er offenbar gespürt, daß ihr das Thema peinlich war, und hatte es gewechselt. Ein kleiner alter Mann in dem kleinen Körper eines sechsjährigen Jungen.

Tatsache war, daß Joey das Produkt einer kurzen, leidenschaftlichen, unüberlegten und dummen Affäre war. Manchmal, wenn sie sich daran erinnerte, konnte sie einfach nicht glauben, daß sie so naiv gewesen war oder so verzweifelt darauf erpicht zu beweisen, daß sie eine unabhängige Frau war. Es war die einzige Beziehung in Christines Leben, die eigentlich verrückt gewesen war, das einzige Mal, daß sie sich wirklich hatte hinreißen lassen. Sie hatte sich eingeredet, daß das Romantik war, nicht nur Liebe, sondern die Große Liebe, sogar die Liebe-auf-den-ersten-Blick. In Wirklichkeit war sie einfach nur schwach und verletzbar gewesen und förmlich darauf erpicht, sich selbst zum Narren zu machen. Später, als sie erkannte, daß Mr. Wunderbar sie angelogen und sie in Wirklichkeit nur ausgenutzt hatte, ohne jede Rücksicht auf ihre Gefühle, kalt und zynisch, hatte sie sich zutiefst geschämt. Und dann wurde ihr nach einer Weile klar, daß es einen Punkt gab, wo Scham und Selbstvorwürfe zu etwas wie Selbstmitleid wurden, und das war fast genauso schlimm wie die Sünde, die diese Gefühle ausgelöst hatte; also verdrängte sie die jämmerliche Episode und gelobte sich, sie zu vergessen.

Nur daß Joey immer wieder fragte, wer sein Vater war, wo sein Vater war, warum sein Vater sie verlassen hatte. Und wie konnte man einem Sechsjährigen etwas von triebhaftem Verhalten erklären und davon, wie einen das eigene Herz täuschen konnte, und von der eigenen bedauernswerten Fähigkeit, sich gelegentlich völlig zum Narren zu machen? Und wenn man das konnte, hatte sie es jedenfalls noch nicht begriffen. Sie würde einfach warten müssen, bis er groß genug war, um begreifen zu können, daß Erwachsene manchmal genauso dumm und konfus wie kleine Kinder sein konnten. Und bis zu dem Zeitpunkt hielt sie ihn mit vagen Antworten und Ausflüchten hin, die sie beide nicht befriedigten.

Sie wünschte sich nur, er würde nicht so verloren, so klein, so verletzbar aussehen, wenn er nach seinem Vater fragte. Ihr war dann jedesmal zum Heulen.

Die Verletzbarkeit, die sie in ihm wahrnahm, bedrückte sie. Er war nie krank; ein außergewöhnlich gesundes Kind war er, und dafür war sie dankbar. Trotzdem las sie alle Zeitschriftenartikel über Kinderkrankheiten, nicht nur über Mumps und Masern und Windpocken – dagegen und gegen einige andere hatte sie ihn impfen lassen –, sondern über schreckliche, unheilbare Krankheiten, die zwar nur selten auftraten, aber gerade deshalb besonders erschreckend waren. Sie prägte sich die Frühsymptome hundert exotischer Krankheiten ein und hielt beständig Ausschau, ob diese etwa an Joey auftraten. Natürlich holte er sich wie jeder andere aktive Junge all die Aufschürfungen und Schrammen, die es zu holen gab, und der Anblick seines Blutes jagte ihr immer wieder eine Höllenangst ein, selbst wenn es nur ein einziger Tropfen aus einer kleinen Hautabschürfung war. Ihre Sorge um Joeys Gesundheit war beinahe zwanghaft, aber sie ließ es nie zu, daß wirklich etwas Zwanghaftes daraus wurde, weil sie die psychologischen Probleme kannte, die eine übermäßig besorgte Mutter in einem Kind hervorrufen konnte.

An jenem Sonntagnachmittag im Februar, als plötzlich der Tod vor Joey trat und ihn angrinste, geschah das nicht in Gestalt von Viren und Bakterien, um die Christine sich Sorgen machte. Es war einfach nur eine alte Frau mit strähnigem grauem Haar, einem blassen Gesicht und grauen Augen in der Farbe von schmutzigem Eis.

Als Christine und Joey das Einkaufszentrum durch Bullock's Warenhaus verließen, war es fünf Minuten nach drei. Die Sonne spiegelte sich im Chrom der Automobile und in den Windschutzscheiben von einem Ende des breiten Parkplatzes bis zum anderen. Ihr silbergrauer Pontiac Firebird stand in der vordersten Reihe von Bullock's auf dem zwölften Platz, und sie hatten ihn schon fast erreicht, als die alte Frau auftauchte.

Sie trat zwischen dem Firebird und einem weißen Ford Combi hervor, stellte sich ihnen direkt in den Weg.

Auf den ersten Blick wirkte sie gar nicht bedrohlich. Ein wenig seltsam war sie zwar, aber auch nicht mehr als das. Ihre schulterlange graue Mähne wirkte vom Wind zerzaust, obwohl nur eine milde Brise über den Parkplatz wehte. Sie war um die Sechzig, vielleicht sogar Anfang der Siebzig, vierzig Jahre älter als Christine, aber ihr Gesicht zeigte keine tiefen Falten, und ihre Haut war glatt wie die eines Babys; sie hatte die unnatürliche Aufgedunsenheit an sich, wie sie häufig von Cortisonspritzen herrührte. Eine spitze Nase. Kleiner Mund, dicke Lippen. Ein rundes Kinn mit einem Grübchen. Sie trug eine einfache Kette mit Türkisen, eine langärmelige grüne Bluse, einen grünen Rock, grüne Schuhe. Sie hatte acht Ringe an den plumpen Händen, alle grün: Türkis, Malachit, Smaragde. Was sie trug, wirkte wie eine Uniform.

Sie blinzelte Joey zu, grinste und sagte: »Du liebe Güte, bist du aber ein hübscher junger Mann.«

Christine lächelte. Solche Komplimente von Fremden waren für Joey nichts Neues. Mit seinem dunklen Haar, den strahlenden blauen Augen und den gutgeschnittenen Zügen war er wirklich ein auffallend hübsches Kind.

»Ja, wirklich, ein richtiger kleiner Filmstar«, sagte die alte Frau.

»Danke«, sagte Joey und wurde rot.

Christine sah sich die fremde Frau näher an und fühlte sich veranlaßt, ihren ersten Eindruck zu korrigieren, der ›großmütterlich‹ gewesen war. Der zerdrückte Rock der alten Frau war mit Fusseln übersät. Sie hatte zwei Flecken auf der Bluse und Schuppen auf den Schultern. Ihre Strümpfe waren an den Knien ausgebeult, und am linken Bein hatte sie eine Laufmasche. Sie hielt eine verglimmende Zigarette in der Hand, und die Finger ihrer rechten Hand waren vom Nikotin gelb. Sie gehörte zu den Leuten, von denen Kinder nie Schokolade oder Bonbons oder sonstige Leckerbissen annehmen sollten – nicht weil sie der Typ war, der Kinder vergiftete oder belästigte, sondern weil sie die Art von Frau war, die eine schmutzige Küche hatte. Selbst bei näherem Hinsehen wirkte sie nicht gefährlich, nur ungepflegt.

Jetzt beugte sie sich zu Joey hinunter, grinste ihn an, nahm Christine überhaupt nicht zur Kenntnis und sagte: »Wie heißt du denn, junger Mann? Kannst du mir deinen Namen sagen?«

»Joey«, sagte er scheu.

»Wie alt bist du, Joey?«

»Sechs.«

»Erst sechs und schon hübsch genug, um Frauen zum Schmachten zu bringen!«

Joey wußte vor Verlegenheit nicht, wo er hinsehen sollte, und hatte offensichtlich keinen sehnlicheren Wunsch als zum Wagen zu rennen. Aber er blieb, wo er war, und benahm sich höflich, wie seine Mutter es ihm beigebracht hatte.

Die alte Frau sagte: »Ich wette einen Dollar gegen einen Zukkerkringel, daß ich deinen Geburtstag kenne.«

»Ich hab' keinen Zuckerkringel«, sagte Joey, der die Wette wörtlich nahm, und warnte sie damit feierlich, daß er nicht würde zahlen können, falls er verlor.

»Ist das nicht reizend?« sagte die alte Frau zu ihm. »Wirklich wunderbar. Aber ich *weiß* es. Du bist am Heiligen Abend geboren.«

»Nee«, sagte Joey. »Zweiter Februar.«

»Zweiter Februar? Ach, komm schon, mach dich nicht über mich lustig«, sagte sie, Christine immer noch ignorierend, und grinste Joey breit an, drohte ihm scherzhaft mit dem nikotingelben Finger. »Ich weiß ganz sicher, daß du am vierundzwanzigsten Dezember geboren bist.«

Christine begann sich zu fragen, worauf die alte Frau hinauswollte.

»Mama, sag du es ihr«, sagte Joey. »Zweiter Februar. Muß sie mir jetzt einen Dollar geben?«

»Nein, sie muß dir gar nichts geben, Honey«, sagte Christine. »Das war keine richtige Wette.«

»Nun«, meinte er, »wenn ich verloren hätte, hätt' ich ihr sowieso keinen Zuckerkringel geben können, also ist's wahrscheinlich richtig, wenn sie mir auch keinen Dollar gibt.«

Endlich hob die alte Frau den Kopf und sah Christine an.

Christine setzte zu einem Lächeln an, hielt aber inne, als sie die Augen der Fremden sah. Sie waren hart, kalt und böse. Es waren weder die Augen einer Großmutter noch die einer harmlosen alten Schlampe. In den Augen war Kraft und Hartnäckigkeit und Entschlossenheit. Die Frau lächelte auch nicht mehr.

Was geht hier vor?

Ehe Christine zum Reden ansetzen konnte, sagte die alte Frau: »Er ist doch am Heiligen Abend geboren, oder? Oder?« Das sagte sie so eindringlich, so gehetzt, daß sie Christine mit ihrem Speichel benetzte. Sie wartete auch gar nicht auf Antwort, sondern fuhr hastig fort: »Das mit dem zweiten Februar ist gelogen. Ihr wollt euch nur verstecken, alle beide. Aber ich kenne die Wahrheit. Ich *kenne* sie. Mich könnt ihr nicht täuschen. *Mich* nicht.«

Plötzlich schien sie doch gefährlich.

Christine legte Joey die Hand auf die Schulter und versuchte ihn um die Alte herum zu bugsieren, auf den Wagen zu.

Aber die Frau machte einen Schritt zur Seite, versperrte ihnen den Weg, fuchtelte mit ihrer Zigarette herum, funkelte Joey an und sagte: »Ich weiß, wer du bist. Ich weiß, *was* du bist, alles weiß ich über dich, alles. Das kannst du ruhig glauben. Oh, ja, ja, ich weiß es, ja.«

Eine Verrückte, dachte Christine, und ihr Magen verkrampfte sich. Herrgott. Ein verrücktes altes Weib. Eine von der Art, die zu allem fähig sind. Herrgott, laß sie bitte harmlos sein.

Mit verstörtem Blick trat Joey einen Schritt zurück, packte die Hand seiner Mutter und preßte sie.

»Bitte gehen Sie uns aus dem Weg«, sagte Christine, bemüht, ihre Stimme ruhig und vernünftig klingen zu lassen, um die Alte nur ja nicht wütend zu machen.

Die alte Frau bewegte sich nicht von der Stelle. Sie führte die Zigarette zum Mund. Ihre Hand zitterte.

Joeys Hand festhaltend, versuchte Christine, um die Fremde herumzukommen.

Aber wieder versperrte ihnen die Frau den Weg. Sie paffte nervös an ihrer Zigarette und blies den Rauch aus den Nasenlöchern. Dabei wandte sie die ganze Zeit den Blick nicht von Joey.

Christine sah sich auf dem Parkplatz um. Zwei Reihen entfernt stiegen zwei Leute aus einem Wagen, und am Ende der Reihe waren zwei junge Männer, die in die andere Richtung gingen, aber da war niemand nahe genug, um ihnen zu helfen, falls die Verrückte gewalttätig werden sollte.

Jetzt warf sie die Zigarette weg, und die Augen traten ihr hervor, wie die einer bösen großen Kröte, und sie sagte: »Oh, ja, ich weiß Bescheid, ich kenne deine abscheulichen, häßlichen Geheimnisse, du kleiner Schwindler.«

Christines Herz begann wie wild zu schlagen.

»Gehen Sie uns aus dem Weg«, sagte sie scharf, nicht länger darum bemüht oder fähig, ruhig zu bleiben.

»Mich legt ihr mit dem Theater nicht herein –«

Joey fing zu weinen an.

»– und mit dem netten Gehabe. Tränen helfen auch nichts.«

Zum drittenmal versuchte Christine, an der Frau vorbeizukommen, aber erneut versperrte sie ihr den Weg.

Das Gesicht der alten Vettel verfärbte sich. Man konnte jetzt rote Flecken auf ihren Wangen sehen. »Ich weiß ganz genau, was du bist, du kleines Monstrum.«

Christine stieß sie an, und die alte Frau stolperte nach rückwärts.

Joey hinter sich herziehend, rannte Christine zum Wagen und hatte das Gefühl, sie durchlebte einen Alptraum, so als könne sie sich nur im Zeitlupentempo bewegen.

Die Wagentür war versperrt. Sie verspürte immer den Zwang, Türen abzusperren.

Sie wünschte sich, sie wäre dieses eine Mal unvorsichtig gewesen.

Die alte Frau kam hinter ihnen hergerannt, schrie irgend etwas, das Christine nicht hören konnte, weil das wilde Pochen ihres Herzens und Joeys Weinen alles übertönten.

»Mama!«

Joey wurde ihr beinahe weggerissen. Die alte Frau hatte ihre Klauen in sein Hemd geschlagen.

»Lassen Sie ihn los, verdammt!« sagte Christine.

»Gib's doch zu!« kreischte ihn die alte Frau an. »Gib doch zu, was du bist!«

Christine stieß sie wieder weg.

Die Frau wollte nicht loslassen.

Jetzt schlug Christine nach ihr, mit der offenen Hand, traf sie zuerst an der Schulter und dann im Gesicht.

Die alte Frau taumelte rückwärts, und Joey entwand sich ihr, wobei sein Hemd zerriß.

Irgendwie schaffte es Christine, obwohl ihre Hände zitterten, den Schlüssel ins Schloß zu stecken und die Wagentür zu öffnen. Sie schob Joey hinein, und der rutschte auf den Beifahrersitz hinüber. Sie setzte sich hinter das Steuer, zog die Tür mit ungeheurer Erleichterung hinter sich zu und sperrte sie ab.

Die alte Frau spähte durch die Seitenscheibe. »Hör zu!« schrie sie. »Hör zu!«

Christine rammte den Schlüssel ins Zündschloß, schaltete die Zündung ein und trat das Gaspedal durch. Der Motor heulte auf.

Mit einer Faust, die weiß wie Milch war, trommelte die Verrückte auf das Wagendach. Immer wieder.

Christine legte den Gang ein und fuhr rückwärts aus dem Parkplatz, ganz langsam, um der alten Frau nicht wehzutun, nur von dem einen Wunsch beseelt, so schnell wie möglich hier zu verschwinden.

Die Verrückte ließ nicht locker, schlurfte neben ihnen her, beugte sich vor, ließ den Türgriff nicht los, funkelte Christine an. »Er muß sterben. Er muß sterben.«

Joey bettelte schluchzend: »Mama, laß sie nicht zu mir!«

»Keine Angst«, sagte Christine, und ihr Mund war dabei so trocken, daß sie die Worte kaum herausbekam.

Der Junge preßte sich gegen seine versperrte Tür, und die Tränen strömten ihm aus den Augen, die dabei weit geöffnet blieben und das verzerrte Gesicht der Frau mit dem strähnigen Haar am Fenster seiner Mutter fixierten.

Immer noch mit eingelegtem Rückwärtsgang, beschleunigte Christine ein wenig, drehte das Steuer und wäre fast rückwärts gegen einen anderen Wagen gestoßen, der langsam auf sie zukam. Der andere Fahrer hupte, und Christine konnte gerade noch mit quietschenden Bremsen anhalten.

»Er muß sterben!« schrie die Alte. Sie schmetterte ihre blasse Faust mit solcher Kraft gegen die Scheibe, daß sie fast zerbrochen wäre.

Was ich hier erlebe, kann nicht wahr sein, dachte Christine. Nicht an einem sonnigen Sonntag. Nicht im friedlichen Costa Mesa.

Wieder schlug die alte Frau gegen die Scheibe.

»Er muß sterben!«

Ihr Speichel bespritzte das Glas.

Christine hatte jetzt den Vorwärtsgang eingelegt und fuhr, aber die alte Frau ließ nicht los. Christine beschleunigte. Die alte Frau hielt immer noch den Türgriff fest, rutschte und rannte und stolperte neben dem Wagen her, drei Meter, fünf Meter, zehn Meter, schneller, immer schneller. Herrgott, war das überhaupt ein Mensch? Woher nahm eine so alte Frau die Kraft und die Hartnäckigkeit, sich so festzuklammern? Sie grinste verzerrt durch die Seitenscheibe herein, und in ihren Augen war eine solche Wildheit, daß es Christine nicht überrascht hätte, wenn die alte Hexe trotz ihres Alters und ihres Aussehens die Tür abgerissen hätte. Aber dann ließ sie endlich mit einem zornigen Aufschrei los.

Am Ende der Reihe bog Christine nach rechts. Sie fuhr viel zu schnell durch den Parkplatz, und so befanden sie sich weniger als eine Minute später auf der Bristol Street und rollten nach Norden.

Joey weinte immer noch, wenn auch jetzt nicht mehr so laut.

»Alles ist gut, mein Kleiner. Jetzt ist alles in Ordnung. Sie ist nicht mehr da.«

Sie fuhr zum MacArthur Boulevard, bog nach rechts, fuhr drei Straßen weiter und sah immer wieder in den Rückspiegel, um zu sehen, ob sie verfolgt wurden, obwohl sie wußte, daß diese Gefahr nicht drohte. Schließlich hielt sie am Randstein an.

Sie zitterte und hoffte, daß Joey es nicht bemerkte.

Sie zog ein Kleenex aus der kleinen Schachtel auf der Mittelkonsole und sagte: »Da, Honey. Wisch dir die Augen ab. Schneuz dich und sei tapfer. Okay?«

»Okay«, sagte er und nahm das Papiertaschentuch. Gleich darauf war seine Fassung wiederhergestellt. »Fühlst du dich jetzt besser?« fragte sie.

»Mhm. Irgendwie.«

»Angst?«

»Vorhin schon.«

»Aber jetzt nicht mehr?«

Er schüttelte den Kopf.

»Weißt du«, sagte Christine, »in Wirklichkeit hat sie all die bösen Sachen gar nicht ernst gemeint.«

Er sah sie verwirrt an. Seine Unterlippe zitterte, aber seine Stimme klang wieder gleichmäßig. »Warum hat sie es dann gesagt, wenn sie es nicht so gemeint hat?«

»Nun, sie konnte eben nicht anders. Die alte Frau ist krank.«

»Du meinst... krank, so wie erkältet?«

»Nein, Honey. Ich meine... geisteskrank. Gestört.«

»Du meinst, sie hat 'ne Meise, hm?«

Den Ausdruck hatte er von Val Gardner, Christines Geschäftspartnerin. Das war das erste Mal, daß sie den Ausdruck bei ihm hörte, und sie fragte sich, ob er sich vielleicht noch mehr solcher Ausdrücke aus derselben Quelle angeeignet hatte.

»Hat sie 'ne Meise gehabt, Mama? War sie verrückt?«

»Geistesgestört, ja.«

Er runzelte die Stirn.

»Damit versteht man das auch nicht leichter, hm?« sagte sie.

»Nee. Was heißt verrückt schon in Wirklichkeit, wenn es nicht bedeutet, daß man in eine Gummizelle gesperrt wird? Und selbst wenn sie eine verrückte alte Lady war, warum war sie dann so wütend auf mich? Hm? Ich hab' sie doch noch nie gesehen.«

»Nun...«

Wie erklärt man einem Sechsjährigen psychisch anomales Verhalten? Sie wußte nicht, wie sie es anpacken sollte, höch-

384

stens auf geradezu lächerlich vereinfachende Weise; aber in diesem Fall war eine vereinfachende Antwort besser als keine.

»Vielleicht hatte sie selbst mal einen kleinen Jungen, einen, den sie sehr lieb gehabt hatte, aber vielleicht war es kein kleiner braver Junge wie du. Vielleicht ist er mit den Jahren sehr böse geworden und hat eine Menge schlimmer Sachen getan, die seiner Mutter das Herz gebrochen haben. So etwas könnte... sie ein wenig aus dem Gleichgewicht gebracht haben.«

»Und deshalb haßt sie vielleicht jetzt alle kleinen Jungs, ob sie sie nun kennt oder nicht«, sagte er.

»Ja, vielleicht.«

»Weil sie sie an ihren eigenen kleinen Jungen erinnern? Ist es das?«

»Ja, das ist es.«

Er dachte einen Augenblick darüber nach und nickte dann. »Mhm. Das kann ich mir irgendwie vorstellen.«

Sie lächelte ihm zu und zerzauste ihm das Haar. »Hey, ich sag' dir was – fahren wir doch zu Baskin-Robbins und kaufen dir ein Eis. Ich glaube, die bieten gerade Eis mit Erdnuß- und Schokoladengeschmack an. Das magst du doch, oder?«

Er war sichtlich überrascht. Sie war gegen zuviel Fett in seiner Ernährung und plante seine Mahlzeiten sorgfältig. Es gab nicht oft Eis. Er nutzte den Augenblick und sagte: »Kann ich eine Kugel davon und eine Kugel Zitronencreme haben?«

»Zwei Kugeln?«

»'s ist doch Sonntag«, sagte er.

»Sonst war Sonntag gar nichts Besonderes; schließlich gibt's jede Woche einen. Hat sich da etwas verändert?«

»Nun, hm... Weißt du, ich hab' gerade...« Er verzog das Gesicht, dachte scharf nach. Dann arbeitete sein Mund, als würde er irgend etwas Klebriges kauen, und schließlich meinte er: »Ich hab' doch gerade ein... ein traumamamatisches Erlebnis gehabt.«

»Ein traumatisches Erlebnis?«

»Mhm. So heißt's.«

Sie blinzelte ihm zu. »Wo hast du denn das aufgeschnappt? Oh. Natürlich. Schon gut. Val.«

Wenn es nach Valerie Gardner ging, die zu theatralischen Auftritten neigte, war es schon ein traumatisches Erlebnis, am Morgen aufzustehen. Und keinen guten Parkplatz zu finden, war auch ein traumatisches Erlebnis. Val hatte jeden Tag ein halbes Dutzend traumatischer Erlebnisse – und genoß das ungeheuer.

»Also, es ist Sonntag, und ich hatte ein traumatisches Erlebnis«, sagte Joey, »und deshalb sollte ich zwei Kugeln Eis haben, um das auszugleichen. Verstehst du?«

»Ich verstehe nur, daß ich am besten wenigstens zehn Jahre nichts mehr von traumatischen Erlebnissen höre.«

»Und wie ist das mit dem Eis?«

Sie blickte auf sein zerrissenes Hemd. »Zwei Kugeln«, stimmte sie zu.

»Mann! Ist heute ein Klassetag, was? Jemand mit ʼner richtigen Meise und zwei Kugeln Eis!«

Christine kam aus dem Staunen nicht heraus, wie unverwüstlich Kinder doch waren, ganz besonders wie unverwüstlich dieses Kind war. Er hatte die Episode mit der alten Frau innerlich bereits von einem Augenblick des Schreckens in ein Abenteuer verwandelt, das zwar nicht ganz, aber fast so gut wie ein Besuch in einer Eisdiele war.

»Du bist mir einer«, sagte sie.

»Du bist auch eine.«

Er schaltete das Radio ein und summte glücklich mit der Musik, bis sie vor Baskin-Robbins anhielten.

Christine sah immer wieder in den Rückspiegel. Niemand folgte ihnen. Dessen war sie sicher. Trotzdem sah sie sich immer wieder um.

2

Nachdem sie mit Joey in der Küche ein leichtes Abendessen eingenommen hatte, ging Christine an ihren Schreibtisch, um etwas zu arbeiten. Sie und Val Gardner besaßen in Newport

Beach einen Feinschmeckerladen, der sich Wine & Dine nannte; sie verkauften dort gute Weine, Delikatessen aus der ganzen Welt, hochwertige Kochutensilien und etwas exotische Geräte wie Spaghetti- und Espressomaschinen. Der Laden existierte jetzt seit sechs Jahren und war gut etabliert; genaugenommen machten sie sogar höhere Gewinne, als Christine oder Val je zu hoffen gewagt hatten, als sie ihr Geschäft eröffnet hatten. Jetzt planten sie, noch in diesem Sommer eine Filiale zu eröffnen und dann, irgendwann im nächsten Jahr, ein drittes Geschäft im Westen von Los Angeles. Das Ganze machte ungeheuren Spaß, nur mit dem Nachteil, daß das Geschäft immer mehr Zeit in Anspruch nahm. Dies war nicht der erste Abend an einem Wochenende, den sie mit dem allgegenwärtigen Papierkrieg verbringen mußte.

Nicht, daß sie sich beklagt hätte. Vor dem Wine & Dine hatte sie sechs Tage die Woche als Kellnerin gearbeitet. Sie hatte damals zwei Jobs gleichzeitig ausgefüllt: vier Stunden mittags in einem Schnellimbiß und sechs Stunden am Abend in einem mittelmäßig teuren französischen Restaurant, dem Chez Lavelle. Aber nach ein paar Jahren hatte sie gespürt, daß die Arbeit sie abstumpfte und altern ließ: die Sechzig-Stunden-Woche; die Hilfskellner, die häufig schon unter Drogen standen, wenn sie zur Arbeit kamen, so daß sie sie hatte decken und zwei Jobs statt des einen hatte verrichten müssen; die schmierigen Typen, die in dem Schnellimbiß zu Mittag aßen und die so widerwärtig und ekelhaft und hartnäckig sein konnten, die man aber um des Geschäftes willen mit gespielter Koketterie beruhigen mußte.

Und dabei verbrachte sie so viel Zeit auf den Füßen, daß sie an ihrem freien Tag nichts anderes tat, als mit hochgelegten Beinen die Sonntagszeitung zu lesen und sich dabei besonders auf den Wirtschaftsteil zu konzentrieren, wobei sie davon träumte, eines Tages ein eigenes Geschäft zu besitzen.

Immerhin hatte sie sparsam gelebt – sie hatte sogar zwei Jahre lang auf einen Wagen verzichtet –, daß sie es mit ihren gesparten Trinkgeldern schließlich geschafft hatte, genügend auf die Seite zu legen, um sich eine einwöchige Kreuzfahrt nach Mexiko auf einem Luxusliner, der *Aztec Princess*, leisten zu können und dazu noch die Hälfte der Summe aufzubringen, mit der sie und Val ihren Feinschmeckerladen gegründet hatten. Die Kreuzfahrt und das Geschäft hatten ihr Leben radikal verändert.

Und wenn es schon besser war, viele Abende mit Papierkrieg zu verbringen, als als Kellnerin zu arbeiten, dann war dies noch unermeßlich viel besser als die zwei Jahre ihres Lebens vor den Jobs im Schnellimbiß und im Chez Lavelle. Die verlorenen Jahre. So sah sie jene Zeit, die jetzt so weit zurücklag; die jämmerlichen, traurigen, dummen, verlorenen Jahre.

Verglichen mit jener Periode ihres Lebens, war der Papierkrieg ein Vergnügen, eine Freude, ja geradezu ein Fest.

Sie hatte bereits mehr als eine Stunde am Schreibtisch gearbeitet, als ihr klar wurde, daß Joey, seit sie sich an den Schreibtisch gesetzt hatte, ausnehmend ruhig gewesen war. Er war natürlich nie besonders laut. Häufig spielte er stundenlang ganz alleine, ohne einen Laut von sich zu geben. Aber nach dem entnervenden Zwischenfall mit der alten Frau heute nachmittag war Christine immer noch ein wenig gereizt, und selbst diese völlig normale Stille schien ihr plötzlich seltsam bedrohlich. Nicht, daß sie regelrecht Angst gehabt hätte. Nur besorgt war sie. Wenn Joey irgend etwas zustieß...

Sie legte den Stift weg und schaltete die leise vor sich hinsummende Rechenmaschine ab. Dann lauschte sie.

Nichts.

In einer Echokammer ihrer Erinnerung konnte sie die Stimme der alten Frau hören: *Er muß sterben! Er muß sterben...*

Sie stand auf, verließ ihr Arbeitszimmer, ging schnell durch das Wohnzimmer und den Flur hinunter zum Schlafzimmer des Jungen.

Die Tür stand offen, das Licht brannte, und da war er, sicher und unversehrt, und spielte auf dem Boden mit ihrem Hund Brandy, einem freundlich blickenden, ungemein geduldigen Golden Retriever.

»He, Mama, hast du Lust, mit uns *Krieg der Sterne* zu spielen? Ich bin Han Solo, und Brandy ist mein Kumpel, Chewbacca der Wookiee. Du kannst die Prinzessin sein, wenn du Lust hast.«

Brandy saß mitten im Zimmer zwischen dem Bett und den Schiebetüren des Kleiderschrankes. Er trug eine Baseball-mütze, auf der RETURN OF THE JEDI stand, und unten hingen seine langen Ohren heraus. Joey hatte dem Hund auch einen Patronengurt mit Plastikmunition umgeschnallt und einen Halfter mit einer futuristisch aussehenden Plastikpistole. Brandy nahm das Ganze hechelnd mit glänzenden Augen hin; es wirkte sogar so, als würde er lächeln.

»Er gibt einen prima Wookiee ab«, sagte Christine.

»Magst du mitspielen?«

»Tut mir leid, Captain, aber ich hab' schrecklich viel Arbeit. Ich hab' nur vorbeigesehen, um nachzuschauen, ob... ob bei dir alles okay ist.«

»Nun, wir wären gerade beinahe von einem Schlachtkreuzer des Imperiums zerstrahlt worden«, sagte Joey. »Aber jetzt sind wir wieder okay.«

Brandy schniefte zustimmend.

Sie lächelte Joey zu. »Paß auf Darth Vader auf.«

»Oh, klar, natürlich, immer. Wir sind supervorsichtig, weil wir wissen, daß er sich irgendwo in diesem Teil der Galaxis rumtreibt.«

»Bis später dann.«

Sie schaffte nur einen Schritt zur Tür, bis Joey sagte: »Mama? Hast du Angst, daß die verrückte alte Frau wieder auftaucht?«

Christine drehte sich zu ihm herum. »Nein, nein«, sagte sie, obwohl ihr genau das durch den Kopf gegangen war. »Sie kann unmöglich wissen, wer wir sind oder wo wir wohnen.«

Joeys Augen glänzten in noch hellerem Blau als sonst und begegneten jetzt den ihren, sahen sie unverwandt an, blickten beunruhigt. »Ich hab' ihr meinen Namen gesagt, Mama. Erinnerst du dich? Sie hat mich gefragt, und dann hab' ich ihr gesagt, wie ich heiße.«

»Nur deinen Vornamen.«

Er runzelte die Stirn. »Ja?«

»Du hast nur gesagt, ›Joey‹.«

»Mhm. Stimmt.«

»Mach dir keine Sorgen, Honey. Du wirst sie nie wiedersehen. Das ist jetzt alles vorbei. Sie war bloß eine alte Frau, und –«

»Und was ist mit unserem Nummernschild?«

»Was soll damit sein?«

»Nun, siehst du, wenn sie sich die Nummer gemerkt hat, kann sie vielleicht etwas damit anfangen. Herausfinden, wer wir sind. Wie die das manchmal in den Fernsehkrimis machen.«

Diese Möglichkeit beunruhigte sie, aber sie meinte: »Das bezweifle ich. Ich glaube, daß nur Polizisten mit Hilfe der Nummernschilder rauskriegen können, wem ein Auto gehört.«

»Aber immerhin vielleicht«, sagte der Junge beunruhigt.

»Wir sind so schnell weggefahren, daß sie gar nicht Zeit hatte, sich die Nummer zu merken. Außerdem war sie hysterisch. Sie hat nicht klar genug denken können, um das Nummernschild zu lesen. Wie gesagt, das ist jetzt alles vorbei. Wirklich. Okay?«

Er zögerte einen Augenblick lang und sagte dann, »Okay. Aber, Mama, ich hab' nachgedacht...«

»Was denn?«

»Diese verrückte Alte... Könnte es sein, daß sie... eine Hexe war?«

Fast hätte Christine gelacht – aber dann wurde ihr klar, daß er es nicht ironisch meinte. Sie setzte eine ernste Miene auf, so ernst wie sein eigener Ausdruck, und sagte: »Oh, ich bin ganz sicher, daß sie keine Hexe war.«

»Ich meine nicht wie Hilda mit dem Besen, du weißt schon, aus dem Fernsehen, ich meine eine richtige Hexe. Eine richtige Hexe würde unser Nummernschild nicht brauchen, weißt du? Die würde gar nichts brauchen. Sie würde uns einfach ausschnüffeln. Es gibt keinen Ort im ganzen Universum, wo man sich verstecken kann, wenn eine Hexe hinter einem her ist. Hexen haben Zauberkräfte.«

Er war entweder bereits überzeugt, daß die alte Frau eine Hexe war, oder im Begriff, sich davon zu überzeugen. Jedenfalls machte er sich selbst unnötige Angst.

Christine erinnerte sich daran, wie die seltsame Frau sich an den Wagen geklammert hatte, wie sie an dem Türgriff gezerrt und mit ihnen Schritt gehalten hatte, als sie wegfuhren, und ihnen nachgeschrien hatte. Ihre Augen und ihr Gesicht hatten zugleich Wut und eine beunruhigende Macht ausgestrahlt; es hatte wirklich den Anschein erweckt, als könnte sie imstande sein, den Firebird mit bloßen Händen aufzuhalten. Eine Hexe? Daß ein Kind auf die Idee kommen könnte, sie verfüge über übernatürliche Kräfte, war durchaus verständlich.

»Eine richtige Hexe«, wiederholte Joey mit einem leichten Zittern in der Stimme.

Sie mußte ihm diese Hexengeschichte ausreden, konnte aber nicht einfach sagen, daß es so etwas nicht gab. Wenn sie das versuchte, würde er meinen, sie behandle ihn wie ein Baby. Sie würde auf seiner Annahme aufbauen müssen daß es wirklich Hexen gab, dann die Logik eines Kindes einsetzen müssen und ihm klarmachen, daß die alte Frau auf dem Parkplatz unmöglich eine Hexe gewesen sein konnte.

So sagte sie: »Nun, ich kann durchaus verstehen, daß du sie für eine Hexe hältst. Mann! Ich meine, sie hat ja wirklich ein wenig so ausgesehen, wie man sich Hexen vorstellt, nicht wahr?«

»Nicht nur ein wenig.«

»Nein, nein, wirklich nur ein wenig. Wir wollen nicht ungerecht zu der armen alten Lady sein.«

»Sie hat ganz genau wie eine gemeine Hexe ausgesehen«, sagte er. »Ganz genau. Nicht wahr, Brandy?«

Der Hund schnaubte so, als würde er die Frage verstehen und seinem jungen Besitzer zustimmen.

Christine kauerte sich nieder, kraulte den Hund hinter den Ohren und sagte: »Was weißt du denn davon, du Pelzgesicht? Du warst ja nicht einmal dabei.«

Brandy gähnte.

»Sie hat gruselige Augen gehabt«, beharrte der Junge. »Richtig aus dem Kopf gequollen sind sie ihr; du hast sie doch gesehen, irgendwie irr. Und dann ihr zerzaustes Haar – wie das einer Hexe.«

»Aber sie hatte keine große Hakennase mit einer Warze an der Nasenspitze, oder?«

»Nein«, räumte Joey ein.

»Und sie war auch nicht schwarz gekleidet, oder?«

»Nein, aber ganz in *Grün*«, sagte Joey, und sein Tonfall ließ klar erkennen, daß die Kleidung der alten Frau ihm ebenso seltsam vorgekommen war wie Christine.

»Hexen tragen kein Grün. Sie trug auch keinen hohen spitzen Hut.«

Er zuckte die Achseln.

»Und sie hatte keine Katze«, sagte Christine.

»Na und?«

»Eine Hexe geht ohne ihre Katze nirgendwohin.«

»Wirklich nicht?«

»Nein. Das ist ihr Schutzgeist.«

»Was heißt das?«

»Der Schutzgeist einer Hexe ist ihr Kontakt mit dem Teufel. Durch den Schutzgeist, durch die Katze also, verleiht der Teufel ihr Zauberkräfte. Ohne die Katze ist sie bloß eine häßliche alte Frau.«

»Du meinst, daß die Katze auf sie aufpaßt, damit sie nichts tut, was dem Teufel nicht gefallen würde?«

»Genau.«

»Ich hab' keine Katze gesehen«, sagte Joey und runzelte die Stirn.

»Da war keine Katze, weil sie keine Hexe war. Du brauchst dir keine Sorgen zu machen, Honey.«

Sein Gesicht hellte sich auf. »Junge, das ist fein! Wenn sie eine Hexe gewesen wäre, hätte sie mich in eine Kröte verwandeln können oder so etwas.«

»Nun, das Leben als Kröte wäre vielleicht gar nicht so schlecht«, hänselte sie ihn. »Da dürftest du den ganzen Tag dasitzen und brauchtest nichts zu tun.«

»Kröten fressen Fliegen«, sagte er und schnitt eine Grimasse, »und ich mag nicht einmal Kalbfleisch.«

Sie lachte, beugte sich vor und küßte ihn auf die Wange.

»Selbst wenn sie eine Hexe wäre«, sagte er, »würde das wahrscheinlich für mich nichts ausmachen, weil ich Brandy habe und Brandy ganz bestimmt nicht zuläßt, daß irgendeine alte Katze in meine Nähe kommt.«

»Ja, auf Brandy kannst du dich verlassen«, pflichtete Christine ihm bei. Sie sah den Hund mit seinem Clownsgesicht an und sagte: »Du bist die Nemesis aller Katzen und Hexen, nicht wahr, Pelzgesicht?«

Zu ihrer Überraschung schob Brandy seine Schnauze vor und leckte Christine unter dem Kinn.

»Puuh«, sagte sie, »nimm's nicht übel, Pelzgesicht, aber ich weiß nicht, ob es besser ist, von dir geküßt zu werden oder Fliegen zu fressen.«

Joey kicherte und legte dem Hund die Arme um den Hals.

Christine kehrte in ihr Arbeitszimmer zurück. Der Papierstapel schien, während sie weg war, noch einmal gewachsen zu sein.

Sie hatte sich kaum an ihren Schreibtisch gesetzt, als das Telefon klingelte. Sie nahm den Hörer ab.

»Hallo?«

Niemand meldete sich.

»Hallo?« wiederholte sie.

»Falsch verbunden«, sagte eine Frau leise und legte auf. Christine legte den Hörer auf und machte sich wieder an die Arbeit. Sie verschwendete keine Gedanken an den Anruf.

3

Sie wurde von Brandys Bellen geweckt, und das war ungewöhnlich, weil Brandy nur ganz selten bellte. Dann hörte sie Joeys Stimme.

»Mom! Komm schnell! *Mamie!*«

Er rief sie nicht etwa nur; er schrie geradezu.

Als sie die Decke von sich wegstieß und aus dem Bett stieg, sah sie die roten Leuchtziffern auf dem Digitalwecker. Es war 1:20 Uhr morgens.

Sie rannte durch das Zimmer, durch die offene Tür in den Korridor, auf Joeys Zimmer zu und knipste im Laufen sämtliche Lichtschalter an.

Joey saß im Bett, gegen das Kopfende gepreßt, als versuchte er durch das Brett hindurch und auf magische Weise in die

Wand dahinter einzutauchen, um sich zu verstecken. Seine beiden Hände krampften sich in Bettlaken und Decke. Sein Gesicht war aschfahl.

Brandy war am Fenster, die Vorderpfoten auf dem Sims. Er bellte etwas an, was hinter der Glasscheibe draußen in der Nacht war. Als Christine das Zimmer betrat, hörte der Hund zu bellen auf, trottete ans Bett und sah Joey fragend an, als würde er von ihm Aufklärung verlangen.

»Da war jemand draußen«, sagte der Junge. »Jemand hat hereingesehen. Das war diese verrückte alte Frau.«

Christine ging ans Fenster. Es war ziemlich dunkel. Der gelbliche Schein der Straßenlaterne an der Ecke reichte nicht ganz soweit. Der Mond stand zwar am Himmel, warf aber nur ein schwaches, milchiges Licht, das die Bürgersteige mit leichtem Frost überzog und die entlang der Straße parkenden Wagen versilberte, aber nur wenig von den Geheimnissen der Nacht enthüllte. Die Rasenfläche und die Sträucher lagen zum größten Teil in tiefer Dunkelheit da.

»Ist sie immer noch dort draußen?« fragte Joey.

»Nein«, sagte Christine.

Dann wandte sie sich vom Fenster ab, ging zu ihm, setzte sich auf seine Bettkante.

Er war immer noch blaß, zitterte.

Sie sagte: »Honey, bist du auch sicher –«

»Sie war da!«

»Was genau hast du gesehen?«

»Ihr Gesicht.«

»Die alte Frau?«

»Mhm.«

»Und du bist sicher, daß das sie war, nicht jemand anderer?«
Er nickte. »Ja.«

»Dort draußen ist es so dunkel. Wie konntest du so deutlich sehen, daß –«

»Ich hab' jemanden am Fenster gesehen, eine Art Schatten im Mondlicht, und dann hab' ich das Licht angeknipst: Sie war es. Ich konnte es ganz genau sehen. Das war sie.«

»Aber, Honey, ich begreife einfach nicht, wie sie uns gefolgt sein soll. Ich *weiß*, daß sie das nicht getan hat. Und sie kann unmöglich herausgekriegt haben, wo wir wohnen. Jedenfalls nicht so schnell.«

Er sagte nichts. Er starrte nur auf seine zu Fäusten geballten Hände und ließ langsam Laken und Decke los. Seine Handflächen waren feucht.

»Vielleicht hast du geträumt?« sagte Christine.

Er schüttelte heftig den Kopf.

Sie meinte: »Manchmal, wenn man einen bösen Traum hat und aufwacht, ist man irgendwie durcheinander und weiß nicht recht, was echt ist und was Traum war. Verstehst du? Es ist schon gut. Das passiert hier und da jedem.«

Er sah ihr in die Augen. »So war es aber nicht, Mama. Brandy hat angefangen zu bellen, und dann bin ich aufgewacht. Und da war die verrückte alte Lady am Fenster. Wenn es nur ein Traum war... was hat Brandy dann angebellt? Er bellt nicht nur, um sich selbst zu hören. Das tut er nie. Du weißt, wie er ist.«

Sie starrte Brandy an, der sich neben dem Bett hatte niederplumpsen lassen, und Unruhe stieg wieder in ihr auf. Schließlich stand sie auf und ging ans Fenster.

Draußen in der Nacht gab es eine Menge Stellen, die die Dunkelheit fest im Griff hatte. Stellen, wo man sich verstecken und warten konnte.

»Mama?«

Sie sah ihn an.

Und er sagte: »Das ist nicht wie früher.«

»Was meinst du damit?«

»Das ist keine imaginäre weiße Schlange unter meinem Bett. Das ist echt. Auf der Stelle will ich tot umfallen, wenn's nicht stimmt.«

Ein plötzlicher Windstoß seufzte durch die Dachluke und ließ eine Dachrinne klappern, die sich gelockert hatte.

»Komm!« sagte sie und streckte ihm die Hand hin.

Er krabbelte aus dem Bett, und sie führte ihn in die Küche.

Brandy folgte ihnen. Er stand einen Augenblick lang unter der Tür, und sein buschiger Schweif klopfte abwechselnd links und rechts gegen den Türstock. Dann kam er rein und ringelte sich in der Ecke zusammen.

Joey saß in seinem blauen Pyjama mit der roten Aufschrift SATURN PATROL auf der Brust am Tisch. Er blickte ängstlich zum Fenster über der Spüle, während Christine die Polizei anrief.

Die zwei Polizeibeamten standen auf der Veranda und hörten höflich zu, wie Christine unter der offenen Tür – Joey neben sich – ihnen ihre Geschichte erzählte, das wenige, das es zu erzählen gab. Der jüngere von den beiden, Officer Statler, war skeptisch und zog schnell den Schluß, daß der Eindringling nur ein Phantom aus Joeys Fantasie war. Aber der andere, Officer Templeton, nahm sie ernst. Auf seine Veranlassung verbrachten er und Statler zehn Minuten damit, das ganze Grundstück mit ihren Taschenlampen abzusuchen, hinter alle Büsche zu leuchten, das Haus zu umkreisen, in der Garage nachzusehen und sogar die Nachbargärten zu kontrollieren. Sie fanden niemanden.

Als sie dann zur Tür zurückkehrten, wo Christine und Joey warteten, schien Templeton etwas weniger geneigt als vor ein paar Minuten, ihre Geschichte zu glauben. »Nun, Mrs. Scavello, wenn diese alte Frau sich hier herumgetrieben hat, ist sie jetzt jedenfalls nicht mehr da. Entweder hatte sie ohnehin nicht viel im Sinn, oder... oder der Streifenwagen hat sie verscheucht. Vielleicht auch beides. Wahrscheinlich ist sie harmlos.«

»Harmlos? Heute nachmittag am South Coast Plaza jedenfalls kam sie mir nicht harmlos vor«, sagte Christine. »Mir schien sie da recht gefährlich.«

»Nun...« Er zuckte die Achseln. »Sie wissen ja, wie es ist. Eine alte Lady... vielleicht ein wenig senil... die sagen oft Dinge, die sie gar nicht so meinen.«

»Ich glaube nicht, daß das so ist.«

Templeton wich ihrem Blick aus. »Wenn Sie sie wiedersehen oder sonst Ärger haben, dann rufen Sie uns bitte an.«

»Sie fahren weg?«

»Ja, Ma'am.«

»Sie werden sonst nichts unternehmen?«

Er kratzte sich am Kopf. »Ich wüßte nicht, was wir sonst noch tun *können*. Sie sagten, daß Sie weder den Namen dieser Frau kennen noch wissen, wo sie wohnt; also können wir uns ja nicht gut mit ihr unterhalten. Wie gesagt, wenn sie wieder auftaucht, rufen Sie uns bitte gleich an, und dann kommen wir wieder.«

Er nickte ihr zu, drehte sich um und ging die Zufahrt hinunter zur Straße, wo sein Partner auf ihn wartete.

Eine Minute später standen Christine und Joey am Wohnzimmerfenster und sahen zu, wie der Streifenwagen wegfuhr. Dann meinte der Junge: »Sie war dort draußen, Mama. Wirklich, wirklich. Das ist nicht wie die Schlange.«

Sie glaubte ihm. Was er am Fenster gesehen hatte, hätte ein Produkt seiner Fantasie sein können oder die Nachwirkung eines bösen Traumes. Aber das war es nicht gewesen. Er hatte wirklich die alte Frau gesehen. Christine wußte nicht, weshalb sie dessen so sicher war, aber sie war es. Ganz sicher.

Sie stellte ihm anheim, den Rest der Nacht in ihrem Zimmer zu verbringen. Aber er war entschlossen, tapfer zu sein.

»Ich werde in meinem Bett schlafen«, sagte er. »Brandy wird da sein. Brandy kann die alte Hexe aus einer Meile Entfernung riechen. Aber ... könnten wir vielleicht eine Lampe eingeschaltet lassen?«

»Sicher«, sagte sie, obwohl sie ihn erst vor kurzem der Notwendigkeit entwöhnt hatte, ein Nachtlicht brennen zu lassen.

Sie zog die Vorhänge in seinem Zimmer vor, so daß nicht einmal ein Spalt blieb, durch den ihn jemand sehen könnte. Dann packte sie ihn ins Bett, gab ihm einen Gutenachtkuß und überließ ihn Brandys Obhut.

Als sie dann wieder in ihrem eigenen Bett lag und das Licht ausgeschaltet hatte, starrte sie zur Decke. Sie konnte nicht schlafen, rechnete die ganze Zeit mit irgendeinem plötzlichen Geräusch – dem Splittern von Glas oder dem Ächzen einer Tür, die aufgebrochen wurde –, aber die Nacht blieb friedlich.

Nur der Februarwind störte mit einer gelegentlichen heftigen Bö die nächtliche Stille.

In seinem Zimmer knipste Joey die Lampe aus, die seine Mutter für ihn eingeschaltet gelassen hatte. Die Dunkelheit war absolut.

Brandy sprang auf das Bett, auf dem er unter keinen Umständen sein durfte (eine von Mamas Regeln: kein Hund im Bett), aber Joey schob ihn nicht weg. Brandy ringelte sich ein und war willkommen.

Joey lauschte dem Nachtwind, der am Haus leckte und schnüffelte; er klang wie ein lebendes Wesen. Er zog sich die Decke bis zur Nase, als wäre sie ein Schild, das ihn vor allem Ungemach schützen konnte.

Nach einer Weile sagte er: »Sie ist immer noch irgendwo dort draußen.«

Der Hund hob den Kopf.

»Sie wartet, Brandy.«

Der Hund stellte ein Ohr auf.

»Sie wird wiederkommen.«

Der Hund knurrte tief in der Kehle.

Joey legte seinem pelzigen Freund die Hand auf den Rücken. »Du weißt es auch, nicht wahr, Junge? Du weißt, daß sie dort draußen ist, oder?«

Brandy wuffte leise.

Der Wind stöhnte.

Der Junge lauschte.

Die Nacht tickte der Morgendämmerung entgegen.

4

Mitten in der Nacht – sie konnte nicht schlafen – ging Christine den Korridor hinunter zu Joeys Zimmer, um nach ihm zu sehen. Die Lampe, die sie hatte brennen lassen, war jetzt ausgeschaltet, und das Zimmer war schwarz wie ein Grab. Einen Augenblick lang schnitt ihr die Angst den Atem ab. Aber als sie das Licht anknipste, sah sie, daß Joey im Bett lag, schlief, in Sicherheit war.

Brandy lag ebenfalls behaglich eingerollt auf dem Bett, wachte aber auf, als sie das Licht einschaltete. Er gähnte, leckte sich die Lefzen und warf ihr einen Blick zu, der voll hündischen Schuldgefühls war.

»Du kennst doch die Regeln«, flüsterte sie. »Auf den Boden mit dir!«

Brandy stieg vom Bett, ohne Joey zu wecken, trollte sich in die nächste Ecke und ringelte sich auf dem Boden zusammen. Dann sah er sie mit einem Blick wie ein Schaf an.

»Braver Hund«, flüsterte sie.

Er wedelte mit dem Schweif und fegte damit den Teppich.

Sie knipste das Licht aus und ging wieder zu ihrem Zimmer zurück. Sie hatte erst ein oder zwei Schritte zurückgelegt, als sie im Zimmer des Jungen eine Bewegung hörte und wußte, das war Brandy, der zum Bett zurückkehrte. Aber in dieser Nacht war es ihr eigentlich gleichgültig, ob sie nun Hundehaare auf die Decke bekam oder nicht. Das einzige, was ihr heute nacht wichtig schien, war, daß sie Joey in Sicherheit wußte.

Sie kehrte in ihr Bett zurück und döste unruhig, wälzte sich hin und her und murmelte im Schlaf, als die Nacht dem Morgen entgegenkroch. Sie träumte von einer alten Frau mit grünem Gesicht, grünem Haar und langen grünen Fingernägeln, die sich zu scharfen Klauen krümmten.

Endlich kam der Montagmorgen, und die Sonne schien. Es war viel zu sonnig. Sie wachte früh auf, und das Licht bohrte sich durch ihre Schlafzimmerfenster, ließ sie zusammenzucken. Ihre Augen waren verklebt, empfindlich, gerötet.

Sie duschte lang und heiß und brannte damit etwas von ihrer Müdigkeit weg, zog dann eine dunkelbraune Bluse, einen einfachen grauen Rock und graue Schuhe an.

Sie trat an den bodenlangen Spiegel in der Badezimmertür und musterte sich kritisch, obwohl es ihr immer peinlich war, ihr Abbild anzustarren. An dieser Scheu war nichts Geheimnisvolles; sie wußte, daß diese Verlegenheit eine Folge der Dinge war, die man ihr in den verlorenen Jahren beigebracht hatte, zwischen ihrem achtzehnten und zwanzigsten Geburtstag. In jener Phase ihres Lebens hatte sie sich darum bemüht, jegliche

Eitelkeit und einen großen Teil ihrer Individualität abzuschütteln, weil man von ihr damals graugesichtige Einförmigkeit verlangt hatte. Man hatte von ihr erwartet, einfach und unterwürfig zu sein und sich selbst zu verleugnen. Jedes Interesse an ihrem Äußeren, auch nur der Anschein von Stolz auf ihr Aussehen, hätte ihr schnelle disziplinarische Maßnahmen seitens ihrer Vorgesetzten eingetragen. Obwohl sie jene düsteren einsamen Jahre und Ereignisse hinter sich gebracht hatte, gab es doch immer noch gewisse Nachwirkungen davon, die sie nicht verleugnen konnte.

Jetzt kämpfte sie ihre Verlegenheit nieder und studierte, gleichsam als Test ihres Triumphes über die verlorenen Jahre, ihr Bild im Spiegel mit so viel Eitelkeit, wie sie sich selbst entlocken konnte. Sie hatte eine gute Figur, wenn auch nicht die Art von Körper, der, mit einem Bikini bekleidet, je eine Million Pin-up-Plakate verkaufen würde. Ihre Beine waren schlank und wohlgeformt, ihre Hüften wölbten sich gerade richtig, und ihre Taille war fast zu schlank, obwohl dies ihren eigentlich nur durchschnittlichen Busen größer erscheinen ließ, als er war. Manchmal wünschte sie sich, soviel Busen wie Val zu haben, aber Val sagte, große Brüste wären eher ein Fluch als ein Segen, es wäre, als würde man ein Paar Satteltaschen herumtragen, und an manchen Abenden schmerzten ihr Schultern und Hals von der Last. Selbst wenn das stimmte, was Val sagte, und es nicht nur eine freundliche Lüge aus Sympathie für weniger gut Ausgestattete war, so wünschte sich Christine doch, große Titten zu haben, und wußte zugleich, daß dieser Wunsch, diese hoffnungslose Eitelkeit einfach eine Reaktion auf alles das war, was man ihr an jenem grauen, düsteren Ort beigebracht hatte, wo sie zwischen ihrem achtzehnten und zwanzigsten Lebensjahr gelebt hatte.

Ihr Gesicht hatte sich unterdessen gerötet, aber sie zwang sich, noch eine Minute vor dem Spiegel stehenzubleiben, bis sie sich hatte vergewissern können, daß ihr Haar sorgfältig gekämmt und ihr Make-up perfekt war. Sie wußte, daß sie hübsch war. Nicht überwältigend, aber immerhin hatte sie einen guten Teint, ein zartes Kinn und eine gute Nase. Das Beste an ihr waren ihre Augen, groß und dunkel und klar. Ihr Haar war ebenfalls dunkel, fast schwarz. Val sagte, sie würde ihre Titten jeden Tag für solches Haar eintauschen. Aber Christine wußte, daß das nur Gerede war. Aber wenn die Feuchtigkeit ein gewisses Maß überschritt, wurde es entweder schlaff und ausdruckslos oder es kräuselte sich, und dann sah sie entweder wie Vampira oder wie Gene Shalit aus.

Sie ging in die Küche, um Kaffee und Toast zu machen, und Joey saß bereits am Frühstückstisch. Er aß nicht, saß nur da, das Gesicht von ihr abgewandt, und starrte zum Fenster hinaus auf den sonnenüberfluteten Rasen im hinteren Garten.

Christine nahm eine Filtertüte aus einer Schachtel und schob sie in die Kaffeemaschine. »Was hättest du denn gern zum Frühstück, Captain?« fragte sie.

Er gab keine Antwort.

Sie löffelte Kaffee in den Papierfilter und sagte: »Wie wär's mit Corn-flakes und Toast mit Erdnußbutter? Vielleicht möchtest du auch gern ein Ei?«

Er gab immer noch keine Antwort. Manchmal, auch wenn das nicht oft vorkam, konnte er morgens muffig sein, aber es war nicht schwierig, ihn in bessere Laune zu versetzen. Er war von seinem Wesen her viel zu freundlich, um längere Zeit mürrisch zu bleiben.

Sie schaltete das Gerät ein und goß Wasser hinein. Dann meinte sie: »Okay. Wenn du keine Corn-flakes und kein Toast und kein Ei magst, dann könnte ich dir ja vielleicht Spinat und Brokkoli machen. Das magst du doch gern, oder?«

Er nahm den Köder nicht an. Starrte nur zum Fenster hinaus. Regte sich nicht. Blieb stumm.

»Oder ich könne einen von deinen alten Schuhen in die Mikrowelle stecken und ihn dir hübsch zart kochen. Wie wäre das? Nichts schmeckt so gut wie ein alter Schuh. Wirklich köstlich.«

Er sagte nichts.

Sie holte den Toaster aus dem Schrank, stellte ihn auf die Theke, stöpselte ihn ein und begriff dann plötzlich, daß der Junge nicht einfach muffig war. Irgend etwas stimmte nicht.

Sie starrte seinen Hinterkopf an und sagte: »Honey?«

Er gab ein klägliches, halb ersticktes leises Geräusch von sich. »Honey, was ist denn los?«

Endlich wandte er sich vom Fenster ab, sah sie an. Das zerzauste Haar hing ihm in die Augen, die gehetzt blickten, ein bedrückter Ausdruck, der an dem Sechsjährigen so erschütternd wirkte, daß Christines Herz schneller schlug. Tränen glitzerten auf seinen Wangen.

Sie ging schnell zu ihm und griff nach seiner Hand. Sie war kalt.

»Liebes, was ist denn? Sag es mir.«

Er wischte sich mit der anderen Hand die Augen. Die Nase lief ihm, und er wischte sie sich am Ärmel ab.

Er war so *bleich*.

Was auch immer hier nicht stimmte, das war nicht irgendein einfaches Kindertrauma, das spürte sie, und ihr Mund fühlte sich vor Angst ganz trocken an.

Er versuchte zu reden, brachte kein Wort heraus, deutete auf die Küchentür, holte rasselnd Luft, fing zu zittern an und sagte schließlich. »Die Veranda.«

»Was ist mit der Veranda?«

Er konnte es ihr nicht sagen.

Mit gerunzelter Stirn ging sie zur Tür, zögerte, öffnete sie. Sie stöhnte auf, von dem Anblick erschüttert, der sie erwartete.

Brandy. Sein fellbedeckter goldener Körper lag am Rand der Veranda, dicht bei den Stufen. Aber sein Kopf lag unmittelbar vor der Tür zu ihren Füßen. Man hatte dem Hund den Kopf abgeschnitten.

5

Christine und Joey saßen auf dem beigefarbenen Sofa im Wohnzimmer. Der Junge hatte zu weinen aufgehört, wirkte aber immer noch verstört.

Der Polizist, der den Bericht ausfüllte, Officer Wilford, hatte auf einem der Lehnsessel Platz genommen. Er war hochgewachsen, mit kantigen Gesichtszügen, buschigen Augenbrauen und strahlte eine Art zupackender Kompetenz aus, die Art von Mann, die sich wahrscheinlich im Freien zu Hause fühlte, ganz besonders im Wald und in den Bergen oder beim Jagen und Fischen. Er saß auf der vorderen Stuhlkante und hielt seinen Block auf den Knien, eine für einen Mann seiner Größe fast erheiternde Haltung; offenbar war er besorgt, er könnte die Möbel schmutzig machen.

»Aber wer hatte den Hund hinausgelassen?« erkundigte er sich, nachdem er jede andere Frage, die ihm einfallen wollte, gestellt hatte.

»Niemand«, sagte Christine. »Das war er selbst. Unten in der Küchentür ist eine Hundeklappe.«

»Die hab' ich gesehen«, sagte Wilford. »Die ist für einen Hund seiner Größe doch zu klein.«

»Ich weiß. Sie war schon da, als wir das Haus kauften. Brandy hat sie kaum benutzt, aber wenn er wirklich hinauswollte und niemand da war, um ihm die Tür aufzumachen, dann hat er den Kopf auf den Boden gepreßt und sich durch die kleine Klappe gezwängt. Ich hab' mir immer wieder vorgenommen, sie schließen zu lassen, weil ich Angst hatte, er könnte einmal steckenbleiben. Wenn ich das nur getan hätte, dann würde er jetzt noch leben.«

»Die Hexe hat ihn erwischt«, sagte Joey leise.

Christine legte den Arm um ihren Sohn.

Wilford fragte: »Sie denken also, daß die ihn vielleicht mit Fleisch und Hundekuchen hinausgelockt haben?«

»Nein«, sagte Joey hartnäckig und ohne seine Mutter zu Wort kommen zu lassen, sichtlich von der Andeutung beleidigt, daß Gefräßigkeit zum Tod des Hundes geführt hätte. »Brandy ist da hinausgegangen, um mich zu schützen. Er wußte, daß die alte Hexe sich noch da draußen herumtrieb, und wollte sie verjagen, aber dann ... hat sie ihn erwischt.«

Christine war bewußt, daß Wilfords Vermutung wahrscheinlich zutraf, wußte aber gleichzeitig, daß es Joey leichterfallen würde, Brandys Tod zu akzeptieren, wenn er glauben konnte, daß sein Hund um einer guten Sache willen gestorben war. Sie sagte: »Er war ein sehr tapferer Hund, sehr tapfer, und wir sind stolz auf ihn.«

Wilford nickte. »Ja, Sie haben sicherlich allen Grund, stolz zu sein. Es ist wirklich jammerschade. Golden Retriever sind so sanftmütig. Und das freundliche Gesicht und ihre nette Art.«

»Die Hexe hat ihn erwischt«, wiederholte Joey, als hätte ihn diese schreckliche Erkenntnis abgestumpft.

»Vielleicht auch nicht«, sagte Wilford. »Vielleicht war es nicht die alte Frau.«

Christine sah ihn mit gerunzelter Stirn an. »Aber natürlich war sie das.«

»Ich verstehe schon, daß Sie diese Geschichte gestern an der South Coast Plaza durcheinandergebracht hat«, meinte Wilford. »Ich kann auch verstehen, daß Sie dazu neigen, die alte Frau mit dieser Sache in Verbindung zu bringen. Aber es gibt keine Beweise dafür, keinen wirklichen Grund, um anzunehmen, daß da eine Verbindung besteht. Es könnte ein Fehler sein, das zu glauben.«

»Aber die alte Frau war gestern vor Joeys Fenster«, sagte Christine verzweifelt. »Das hab' ich Ihnen doch gesagt. Und den Beamten, die gestern abend hier waren, habe ich es auch gesagt. Hört denn niemand zu? Sie war an Joeys Fenster und hat zu ihm hereingesehen, und Brandy hat sie angebellt.«

»Aber als Sie kamen, war sie verschwunden«, sagte Wilford.

»Mhm«, machte Christine. »Aber –«

Wilford wandte sich jetzt dem Jungen zu und lächelte ihn an. »Junge, bist du völlig sicher, daß das die alte Frau war, an deinem Fenster?«

Joey nickte heftig. »Mhm. Die Hexe.«

»Denn, siehst du, als du jemanden am Fenster gesehen hast, wäre es ganz natürlich gewesen, daß du den Betreffenden für die alte Frau hältst. Schließlich hat sie dir schon einmal Angst eingejagt, also hast du an sie gedacht. Und als du dann das Licht angeschaltet und jemanden am Fenster gesehen hast, hattest du dir vielleicht das Gesicht der alten Frau so fest eingeprägt, daß du sie auf jeden Fall gesehen hättest, ganz gleich, wer es wirklich war.«

Joey blinzelte; er konnte der Argumentation des Polizisten nicht ganz folgen, und so wiederholte er nur hartnäckig: »Sie war es. Die Hexe.«

Zu Christine gewandt, meinte Officer Wilford: »Ich neige auch zu der Annahme, daß der nächtliche Eindringling später den Hund getötet hat, aber nicht, daß die alte Frau der Eindringling war. Sehen Sie, normalerweise, wenn ein Hund vergiftet wird – und das passiert viel häufiger, als Sie vielleicht glauben –, dann ist das nicht das Werk irgendeines Fremden. Gewöhnlich ist das jemand, der höchstens eine Straße von dem Haus entfernt wohnt, wo der Hund gelebt hat. Ein Nachbar. Ich vermute, daß sich da irgendein Nachbar herumgetrieben hat, sich nach dem Hund umgesehen hat und überhaupt nicht nach Ihrem kleinen Jungen, als Joey ihn am Fenster sah. Später fanden sie den Hund und haben das getan, was sie schon ursprünglich vorhatten.«

»Das ist doch lächerlich«, widersprach Christine. »Wir haben hier anständige Nachbarn. Keiner davon würde unseren Hund töten.«

»Passiert aber immer wieder«, erklärte Wilford.

»Aber nicht in dieser Nachbarschaft.«

»In jeder«, beharrte Wilford. »Hunde, die Tag für Tag und Nacht für Nacht bellen... die machen manche Leute ganz verrückt.«

»Brandy hat fast nie gebellt.«

»Nun ja, ›fast nie‹ für Sie – das könnte einem Ihrer Nachbarn ja wie ›die ganze Zeit‹ vorkommen.«

»Außerdem ist Brandy nicht vergiftet worden. Was da geschehen ist, war viel gewalttätiger. Sie haben es doch gesehen. Verrückt! Ein Nachbar würde so etwas niemals tun.«

»Sie würden staunen, was Nachbarn manchmal tun«, sagte Wilford. »Manchmal bringen sie sich sogar gegenseitig um. Das ist ganz und gar nicht ungewöhnlich. Wir leben in einer seltsamen Welt.«

»Sie täuschen sich«, sagte sie hitzig. »Es war die alte Frau. Der Hund und das Gesicht am Fenster – sie standen beide mit dieser alten Frau in Verbindung.«

Er seufzte. »Sie mögen recht haben.«

»Ich habe recht.«

»Ich wollte ja nur vorschlagen, daß wir ohne Vorurteil an die Sache herangehen«, sagte er.

»Das ist eine gute Idee«, meinte sie spitz.

Er klappte seinen Block zu. »Nun, ich denke, ich habe alles notiert, was ich brauche.«

Christine stand auf, als sich der Beamte aus seinem Sessel erhob. »Was nun?« fragte sie.

»Wir werden natürlich einen Bericht machen mit ihrer Aussage, und dann geben wir Ihnen eine Fall-Nummer.«

»Was ist eine Fall-Nummer?«

»Wenn wieder etwas passieren sollte, falls diese alte Frau noch einmal auftauchen sollte, dann nennen Sie, wenn Sie uns anrufen, die Fall-Nummer, und die Kollegen, die Ihren Anruf entgegennehmen, kennen den Vorgang dann schon, ehe sie hierherkommen; sie wissen dann unterwegs, wonach sie Ausschau halten müssen. Falls also vielleicht die Frau hier verschwindet, ehe sie ankommen, dann können sie sie im Vorbeifahren erkennen und sie aufhalten.«

»Warum hat man uns diese Fall-Nummer nicht schon gestern abend gegeben?«

»Oh, wenn nur ein nächtlicher Eindringling gemeldet wird, eröffnen die noch keinen Fall«, erklärte Wilford. »Sehen Sie, gestern abend war noch kein Verbrechen verübt worden, soweit wir das erkennen konnten. Keinerlei Hinweise auf irgendein Verbrechen. Aber das hier ist... etwas schwerwiegender.«

»*Etwas* schwerwiegender?« sagte sie und erinnerte sich an Brandys abgeschnittenen Kopf und die toten glasigen Augen, die sie anstarrten.

»Eine unglückliche Wortwahl«, sagte er. »Nur, verglichen mit vielen anderen Dingen, die wir in diesem Beruf zu Gesicht bekommen, ist ein toter Hund nicht so –«

»Okay, okay«, sagte Christine, der es immer schwerer fiel, ihren Zorn und ihre Ungeduld zu verbergen. »Sie werden uns also anrufen und uns eine Fall-Nummer geben. Aber was werden Sie sonst noch unternehmen?«

Wilford war anzumerken, daß er sich unbehaglich fühlte. Er kratzte sich am Hals. »Die Beschreibung, die Sie uns gegeben haben, ist die einzige Handhabe, die wir besitzen, und das ist nicht viel. Wir werden sie durch den Computer jagen und versuchen, auf einen Namen zu stoßen. Die Maschine wird uns dann die Namen aller Leute ausspucken, die schon einmal Ärger mit uns gehabt haben und die in wenigstens sieben von zehn Vergleichspunkten der Beschreibung entsprechen. Dann werden wir uns die Fotos ansehen, die wir in den Akten haben. Vielleicht liefert uns der Computer sogar einige Namen und findet Fotos von mehr als einer alten Frau. Dann werden wir die Bilder hierher zu Ihnen bringen, damit Sie sie sich ansehen können. Sobald Sie erklären, daß wir sie gefunden haben... Nun, dann können wir zu ihr fahren und uns mit ihr unterhalten und herausfinden, was das alles zu bedeuten hat. Sie sehen, es ist wirklich nicht hoffnungslos, Mrs. Scavello.«

»Und was ist, wenn sie mit Ihnen noch keinen Ärger gehabt hat und Sie sie nicht in Ihrer Kartei haben?«

Wilford war bereits zur Tür unterwegs und meinte: »Wir haben ein Datenvergleichssystem mit sämtlichen Polizeistationen in Orange, San Diego, Riverside und allen Bezirken von Los Angeles. Wir können über unseren Computer direkt den Zugang zu deren Computern herstellen. Datenverbund nennt man das. Wenn sie bei denen irgendwo registriert ist, finden wir sie ebenso schnell, als wenn wir sie selbst in der Datei hätten.«

»Ja, sicher. Aber was ist, wenn sie nie irgendwo Ärger gehabt hat?« fragte Christine besorgt.

Wilford öffnete die Haustür und meinte: »Oh, machen Sie sich keine Sorgen. Wir stoßen bestimmt auf etwas. So ist es fast immer.«

»Das reicht mir nicht«, sagte sie, und das hätte sie selbst dann gesagt, wenn sie ihm geglaubt hätte, was aber nicht der Fall war. Sie würden gar nichts finden.

»Es tut mir leid, Mrs. Scavello, aber das ist alles, was wir tun können.«

»Scheiße.«

Er blickte finster. »Ich kann Ihre Enttäuschung verstehen und möchte Ihnen versichern, daß wir diesen Bericht nicht einfach ablegen und dann vergessen werden. Aber Wunder wirken können wir auch nicht.«

»Scheiße.«

Sein Blick wurde noch finsterer. Seine buschigen Augenbrauen schoben sich zusammen, daß sie wie ein einziger breiter Strich wirkten. »Lady, es geht mich ja nichts an, aber ich finde, Sie sollten vor Ihrem kleinen Jungen so etwas nicht sagen.«

Sie starrte ihn verblüfft an. Und dann schlug die Verblüffung in Ärger um. »So? Und was sind Sie – ein ›wiedergeborener Christ‹?«

»Ja, das bin ich tatsächlich. Und ich glaube, es ist ungemein wichtig für uns, daß wir den jungen Menschen ein gutes Beispiel liefern, damit sie im Angesicht Gottes heranwachsen können. Wir müssen –«

»Das ist nicht zu glauben«, sagte Christine. »Sie sagen, ich würde ein schlechtes Beispiel geben, weil ich ein harmloses Wort gebrauche –«

»Worte sind nicht harmlos. Der Teufel treibt sein Spiel mit der Sprache, und Worte sind –«

»Und was ist mit dem Beispiel, das Sie meinem Sohn geben? Mit allem, was Sie tun, lehren Sie ihn, daß die Polizei in Wirklichkeit niemanden beschützen kann, daß sie in Wirklichkeit niemandem helfen kann, daß Sie nicht sehr viel mehr tun können, als hinterher auftauchen und die Scherben einsammeln.«

»Ich wünschte, Sie würden das nicht so sehen«, meinte Wilford.

»Wie, zum Teufel, soll ich es denn sonst sehen?«

Er seufzte. »Wir rufen Sie an und geben ihnen die Fall-Nummer durch.« Dann wandte er sich von der Tür ab, wandte ihr und Joey den Rücken und ging steif den Plankenweg hinunter.

Sie blieb einen Augenblick lang stehen und eilte dann hinter ihm her, holte ihn ein, legte ihm die Hand auf die Schulter. »Bitte.«

Er blieb stehen, drehte sich zu ihr um. Sein Gesicht war hart, und seine Augen blickten kalt.

»Es tut mir leid«, sagte sie. »Wirklich. Ich bin völlig durcheinander. Ich weiß nicht, was ich denken soll. Ganz plötzlich weiß ich nicht mehr, wohin ich mich wenden soll.«

»Ich verstehe«, sagte er, so wie er das schon einige Male gesagt hatte, aber in seinem Granitgesicht war kein Verständnis zu erkennen.

Sie sah sich um, um sich zu vergewissern, daß Joey noch unter der Tür stand und zu weit entfernt war, um sie hören zu können, und sagte dann: »Es tut mir leid, daß ich Sie so angefahren habe. Und wahrscheinlich haben Sie recht, daß ich mich vor Joey etwas mehr zusammennehmen und so etwas nicht sagen sollte. Die meiste Zeit passe ich auch auf, glauben Sie mir, aber heute kann ich nicht klar denken. Diese verrückte Frau hat mir gesagt, mein kleiner Junge müßte sterben. Das hat sie gesagt. Er *muß* sterben, hat sie gesagt. Und jetzt ist der Hund tot, der arme Brandy. Ich hab' ihn wirklich gern gehabt. Er ist tot, und Joey hat mitten in der Nacht ein Gesicht am Fenster gesehen, und plötzlich ist die Welt völlig durcheinander, und ich habe Angst, wirklich Angst, weil ich denke, daß diese verrückte Frau uns irgendwie gefolgt ist, und ich denke, daß sie es tun wird, oder zumindest es versuchen wird, daß sie versuchen wird, meinen kleinen Jungen umzubringen. Ich weiß nicht, warum. Es kann einfach keinen Grund dafür geben. Keinen vernünftigen jedenfalls. Aber das macht keinen Unterschied, nicht wahr? Nicht in einer Zeit wie der unseren. Heutzutage wimmeln die Zeitungen von Berichten über Punks und Menschen, die Kinder belästigen, und Verrückte aller Art, die keinen Grund für das brauchen, was sie tun.«

Wilfords Gesichtsausdruck hatte sich nicht verändert. »Mrs. Scavello, bitte, Sie müssen sich zusammenreißen«, sagte er. »Sie dramatisieren die Dinge. Ich will nicht sagen, daß Sie sich hysterisch verhalten, aber Sie dramatisieren jedenfalls. Es ist nicht so schlimm, wie Sie das hinstellen. Wir werden den Fall bearbeiten, wie ich Ihnen gesagt habe. Und unterdessen setzen Sie Ihr Vertrauen auf Gott, und alles wird gut sein, und Ihnen und Ihrem kleinen Jungen wird nichts passieren.«

Sie kam einfach nicht an diesen Mann heran. Er schien Lichtjahre entfernt. Sie konnte ihn nicht dazu bringen, den Schrekken mitzuempfinden, konnte ihm nicht klarmachen, was es für sie bedeuten würde, Joey zu verlieren. Es war also doch hoffnungslos.

Sie schaffte es kaum, auf den Beinen zu bleiben. Alle Kraft verließ sie.

Und er meinte: »Aber es freut mich wirklich, daß Sie künftig besser auf Ihre Sprache achten wollen, wenn der Junge in der Nähe ist. Die letzten zwei Generationen haben wir in diesem Land asoziale Schlaumeier herangezogen, die vor nichts Respekt haben. Wenn wir je wieder eine gute, friedliche, gottesfürchtige Gesellschaft haben wollen, müssen wir unsere Kinder mit gutem Beispiel erziehen.«

Sie sagte nichts. Sie hatte das Gefühl, hier mit jemandem aus einem anderen Land – vielleicht sogar von einem anderen Planeten – dazustehen, der nicht nur ihre Sprache nicht sprach, sondern auch nicht die Fähigkeit besaß, sie zu lernen. Er würde ihre Probleme nie begreifen oder ihre Sorge nachempfinden können. Es war, als lägen Tausende von Meilen zwischen ihnen.

Wilfords Augen leuchteten mit der Leidenschaft des wahren Gläubigen, als sie sagte: »Und dann würde ich Ihnen noch empfehlen, daß Sie vor dem Jungen nicht ohne Büstenhalter herumlaufen, so wie jetzt. Eine Frau, die wie Sie gebaut ist, selbst mit einer solchen Bluse... Wenn Sie sich bewegen, dann muß das... unerlaubte Gefühle hervorrufen.«

Sie starrte ihn ungläubig an. Ein paar schlagfertige Antworten kamen ihr in den Sinn, von denen ihn jede einzelne erschreckt hätte. Aber aus irgendeinem Grund schien es ihr unmöglich, sie über die Lippen zu bringen. Natürlich rührte es zum Teil daher, daß sie eine Mutter gehabt hatte, im Vergleich zu der ein General George Patton weich und locker gewirkt hätte, eine Mutter, die auf gute Manieren und Höflichkeit bestanden hatte. Und dann waren da auch die Gebote der Kirche tief in sie eingegraben, jene Gebote, die von einem verlangten, die andere Backe hinzuhalten. Sie sagte sich, daß sie sich von alledem gelöst und es weit hinter sich gelassen hatte. Aber jetzt war ihre Unfähigkeit, Wilford zurechtzuweisen, ein unwiderlegbarer Beweis dafür, daß sie zu ihrem Leidwesen immer noch eine Gefangene ihrer Vergangenheit war.

Wilford hatte unterdessen, ohne ihre Wut zu bemerken, weitergeplappert und sagte jetzt gerade: »Nun, dann ist ja alles in Ordnung. Wir sprechen uns dann wieder. Vertrauen Sie auf Gott, Mrs. Scavello. Vertrauen Sie auf Gott.«

Sie fragte sich, was er wohl sagen würde, wenn sie ihm erklärte, daß sie gar nicht Mrs. Scavello war. Was würde er tun, wenn sie ihm sagte, daß Joey unehelich zur Welt gekommen war? Würde er dann etwas weniger eifrig an dem Fall arbeiten? Würde er sich überhaupt bemühen, das Leben eines illegitimen kleinen Jungen zu schützen?

Mochte Gott alle Heuchler verdammen.

Sie hatte gute Lust, Wilford einen Tritt zu versetzen, ihn zu schlagen, ihre Enttäuschung und ihre Wut an ihm auszulassen, aber sie sah ihm nur nach, wie er in den Streifenwagen stieg, wo sein Partner auf ihn wartete. Er sah sich zu ihr um, hob eine Hand, winkte ihr durch das offene Fenster zu. Sie kehrte zur Haustür zurück.

Joey wartete auf sie.

Sie wollte irgend etwas zu ihm sagen, was ihn aufbaute, ihm Sicherheit verlieh. Er sah aus, als würde er das brauchen. Aber selbst wenn sie die richtigen Worte gefunden hätte, hätte sie ihn doch damit nicht täuschen können. Im Augenblick, zumindest bis sie wußten, was da eigentlich vorging, war es wahrscheinlich besser, Angst zu haben. Wenn er sich ängstigte, würde er vorsichtig sein, auf der Hut sein.

Sie spürte die Katastrophe herannahen.

Dramatisierte sie?

Nein.

Joey spürte es auch kommen. Sie konnte eine schreckliche Vorahnung in seinen Augen sehen.

Sie trat ins Haus, schloß die Tür, sperrte sie ab.

Dann zerzauste sie Joeys Haar. »Alles klar, Honey?«

»Brandy wird mir fehlen«, sagte er mit zitternder Stimme, versuchte ein tapferer kleiner Mann zu sein, schaffte es aber nicht ganz.

»Mir auch«, sagte Christine und erinnerte sich, wie komisch Brandy in der Rolle von Chewbacca dem Wookiee ausgesehen hatte.

Joey sagte: »Ich dachte...«

»Was denn?«

»Ich dachte, es wäre vielleicht eine gute Idee...«

»Ja?«

»...eine gute Idee, wenn wir uns bald wieder einen neuen Hund besorgen würden.«

Sie kauerte sich zu ihm herunter. »Weißt du, das ist eine sehr kluge Idee. Sehr reif, denke ich.«

»Ich meine nicht, daß ich Brandy vergessen will.«

»Natürlich nicht.«

»Ich könnte ihn nie vergessen.«

»Wir werden uns immer an Brandy erinnern. Er wird immer einen ganz besonderen Platz in unserem Herzen haben«, sagte sie. »Und ich bin ganz sicher, daß er auch verstehen würde, daß wir uns gleich einen anderen Hund besorgen. Ich bin sogar sicher, daß er es so haben wollte.«

»Damit er mich beschützt«, sagte Joey.

»Richtig. Brandy würde wollen, daß du beschützt wirst.«

In der Küche klingelte das Telefon.

»Ich sag' dir was«, meinte sie, »ich geh' jetzt nur ans Telefon, und dann sorgen wir dafür, daß Brandy begraben wird.«

Das Telefon klingelte erneut.

»Wir suchen uns einen hübschen Tierfriedhof oder so etwas. Und dann sorgen wir für ein Begräbnis für Brandy.«

»Ja, das möchte ich auch«, sagte er.

Das Telefon klingelte zum drittenmal.

Sie ging in die Küche und sagte: »Und später suchen wir uns

einen kleinen Hund.« Sie hob den Hörer ab, als es gerade zum fünftenmal geklingelt hatte. »Hallo?«

Eine Frau sagte: »Gehören Sie mit dazu?«

»Wie, bitte?«

»Gehören Sie mit dazu – oder wissen Sie nicht, was im Gang ist?« fragte die Frau.

Obwohl die Stimme irgendwie vertraut klang, sagte Christine: »Ich glaube, Sie haben sich verwählt.«

»Sie sind doch Miß Scavello, oder?«

»Ja. Wer spricht denn?«

»Ich muß wissen, ob Sie mit dazugehören. Sind Sie eine von *denen*, oder sind Sie eine Unschuldige? Ich muß das wissen.«

Plötzlich erkannte Christine die Stimme, und es lief ihr eisig über den Rücken.

Die alte Frau sagte: »Wissen Sie, was Ihr Sohn wirklich ist? Kennen Sie das Böse in ihm? Wissen Sie, warum er sterben muß?«

Christine knallte den Hörer hin.

Joey war ihr in die Küche gefolgt. Er stand vor der Tür zum Eßzimmer und kaute auf seinem Daumennagel herum. In seinem gestreiften Hemd, den Jeans und den etwas ausgetretenen Turnschuhen wirkte er jämmerlich klein und schutzbedürftig.

Das Telefon fing wieder zu klingeln an.

Christine ignorierte es und sagte: »Komm, Captain. Bleib bei mir. Bleib dicht bei mir.«

Sie führte ihn aus der Küche hinaus in das Eßzimmer und durch das Wohnzimmer den Korridor hinunter zu ihrem Schlafzimmer.

Er fragte nicht, was los war. Seinem Gesichtsausdruck nach zu schließen, wußte er es wahrscheinlich.

Das Telefon hörte nicht auf zu klingeln.

Im Schlafzimmer angelangt, zog sie die oberste Schublade aus der Kommode, wühlte dort unter einem Stapel zusammengefalteter Pullover herum und brachte schließlich eine gefährlich aussehende Pistole zum Vorschein, eine Astra Constable, Kaliber 32 Automatic, mit ganz kurzem Lauf. Sie hatte sie vor Jahren gekauft, vor Joeys Geburt, als sie anfing, alleine zu leben, und hatte auch gelernt, damit umzugehen. Die Waffe hatte ihr ein dringend benötigtes Gefühl der Sicherheit verliehen, so wie sie es jetzt auch wieder tat.

Das Telefon klingelte und klingelte.

Als Joey in ihr Leben getreten war, ganz besonders als er angefangen hatte zu laufen, hatte sie Angst gehabt, er würde in seiner unablässigen Neugierde die Waffe finden und mit ihr spielen. Der Schutz vor Einbrechern mußte gegen die wahrscheinlichere und beängstigende Möglichkeit abgewogen werden, daß Joey sich verletzen könnte. Sie hatte die Waffe entladen, hatte das leere Magazin in eine Schublade gelegt, die Waffe separat unter den Pullovern vergraben und sie glücklicherweise nie gebraucht.

Bis jetzt.

Das schrille Klingeln des Telefons wurde von Sekunde zu Sekunde lauter und eindringlicher.

Mit der Pistole in der Hand, ging Christine an den Schrank und fand das leere Magazin. Sie ging zu ihrem Kleiderschrank, wo sie auf dem obersten Regalbrett ganz hinten eine Schachtel mit Munition verwahrt hatte. Mit zitternden, ungeschickten Fingern schob sie Patronen ins Magazin, bis es voll war, und stieß es dann in den Kolben der Waffe.

Joey beobachtete sie mit faszinierten, geweiteten Augen.

Endlich hörte das Telefon zu klingeln auf.

Die plötzliche Stille traf Christine wie ein Schlag. Sie machte sie einen Augenblick lang benommen.

Joey fand als erster wieder Worte. Immer noch an seinem Daumennagel herumkauend, sagte er: »War das die Hexe?«

Es hatte keinen Sinn, es vor ihm zu verbergen, und auch keinen Sinn, ihm zu sagen, daß die alte Frau in Wirklichkeit gar keine Hexe war. »Ja. Das war sie.«

»Mami... ich hab' Angst.«

Die letzten paar Monate, seit er seine Angst vor der imaginären weißen Schlange überwunden hatte, die ihm den Schlaf geraubt hatte, hatte er ›Mama‹ zu ihr gesagt statt ›Mami‹, weil er versuchte, erwachsen zu sein. Daß er jetzt wieder ›Mami‹ sagte, deutete darauf, wie verängstigt er war.

»Alles wird gut werden. Ich werde nicht zulassen, daß...
uns beiden... etwas passiert. Wenn wir vorsichtig sind, geht
alles gut.«

Sie rechnete die ganze Zeit damit, daß es an der Tür klopfte
oder daß plötzlich ein Gesicht am Fenster auftauchte. Von wo
aus hatte die alte Frau angerufen? Wie lange würde sie brauchen, um herzukommen, jetzt, wo die Bullen weg waren,
jetzt, wo sie freie Bahn hatte?

»Was werden wir tun?« fragte er.

Sie legte die geladene Waffe auf die Kommode und holte
zwei Koffer aus dem hinteren Teil des begehbaren Kleiderschrankes. »Ich werde für jeden von uns einen Koffer packen,
und dann verschwinden wir hier.«

»Wohin gehen wir denn?«

Sie warf einen der Koffer auf das Bett und klappte ihn auf.
»Das weiß ich noch nicht, Süßer. Irgendwohin. Wahrscheinlich in ein Hotel. Wir werden irgendwohin gehen, wo uns
dieses verrückte alte Weib nicht findet, und wenn sie sich
noch so anstrengt.«

»Und was dann?«

Während sie Kleidungsstücke in den offenen Koffer legte,
sagte sie: »Dann werden wir jemanden finden, der uns helfen
kann – uns wirklich helfen kann.«

»Nicht wie die Bullen?«

»Nicht wie die Bullen.«

»Wer denn?«

»Das weiß ich noch nicht genau. Vielleicht... ein Privatdetektiv.«

»Wie Magnum im Fernsehen?«

»Nun, vielleicht nicht genau wie Magnum«, sagte Christine.

»Wer dann sonst?«

»Wir brauchen eine große Firma, die uns Leibwächter stellen kann und alles das, während sie diese alte Frau aufspüren. Eine erstklassige Organisation.«

»Wie in diesen alten Filmen?«

»Was meinst du denn für alte Filme?«

»Du weißt schon. Wenn die wirklich ganz dreckig dran sind, dann sagen sie: ›Wir werden Pinklerton einschalten.‹«

»Pinkerton«, korrigierte sie ihn. »Ja, so etwas wie Pinkerton. Ich kann es mir leisten, solche Leute zu beschäftigen, und genau das werde ich auch tun. Wir werden nicht einfach dasitzen und warten, bis man uns fertigmacht, so wie die Bullen das gern möchten.«

»Ich würd' mich viel sicherer fühlen, wenn wir Magnum anheuern«, sagte Joey.

Sie hatte nicht die Zeit, dem Sechsjährigen zu erklären, daß Magnum in Wirklichkeit gar nicht existierte. So sagte sie: »Nun, vielleicht hast du recht. Vielleicht werden wir wirklich Magnum engagieren.«

»Ja?«

»Ja.«

»Der wird das gut machen«, erklärte Joey überzeugt. »Das macht er immer.«

Dann nahm Joey seinen leeren Koffer, wie sie ihn geheißen hatte, und ging in sein Zimmer. Sie folgte ihm mit dem Koffer, den sie bereits gepackt hatte – und der Pistole.

Sie entschied, nicht gleich in ein Hotel zu gehen. Sie würden auf dem schnellsten Weg zu einer Detektiv-Agentur fahren und keine Zeit vergeuden.

Ihr Mund war so trocken wie Sandpapier. Ihr Herz pochte. Ihr Atem ging hart und schnell.

Vor ihrem inneren Auge entwickelte sich eine schreckliche Vision, das Bild eines blutenden, kopflosen Körpers auf der hinteren Veranda. Aber in der Vision sah sie nicht Brandy in seinem Blut. Sie sah Joey.

7

Charlie Harrison war auf das, was er geleistet hatte, stolz. Er hatte mit nichts angefangen, ein armer Junge aus den Slums von Indianapolis. Jetzt, mit sechsunddreißig Jahren, war er Inhaber eines blühenden Geschäfts – Alleininhaber, seit der Gründer der Firma, Harvey Klemet, in Ruhestand getreten war – und ließ es sich in Südkalifornien gutgehen. Nicht, daß er schon ganz oben an der Spitze angekommen wäre; aber wenigstens achtzig Prozent des Weges hatte er zurückgelegt, und der Blick von dort, wo er jetzt stand, war recht befriedigend.

Die Büros von Klemet-Harrison zeigten auch keine entfernte Ähnlichkeit mit den schäbigen Quartieren privater Ermittler in Romanen und Filmen. Die Räume im fünften Stockwerk eines fünfstöckigen Gebäudes an einer ruhigen Straße in Costa Mesa waren behaglich und geschmackvoll eingerichtet.

Der Empfang machte einen guten Eindruck auf neue Klienten. Er war dick mit Teppich ausgelegt, und die Wände waren von einer dezenten Grastapete bedeckt. Das Mobiliar war neu und keineswegs billig. An den Wänden gab es drei Farbdrucke von Eyvind Earle, von denen jeder gut und gern fünfzehnhundert Dollar wert war.

Charlies persönliches Büro war sogar noch etwas eleganter als der Empfangsbereich, zeigte aber nicht etwa den behäbigen Stil, wie Anwälte und ähnliche Berufe ihn häufig favorisieren. Die Wände waren bis zu halber Höhe mit gebleichtem Holz vertäfelt. An den Fenstern gab es Läden aus gebleichtem Holz, dazu einen zeitgenössischen Schreibtisch von Henredon und mit einem leichten grünen Stoff von Brunschwig & Fils bezogene Sessel. Die Wände zierten zwei sehr große, lichterfüllte Gemälde von Martin Green, Unterwasserszenen eines ätherischen Pflanzenlebens, das elegant in geheimnisvollen Strömen schwebte. Ein paar große Pflanzen hingen an der Decke oder standen auf großen Holzständern. Die Wirkung, die von dem Ganzen ausging, war fast subtropisch, doch kühl.

Aber als Christine Scavello durch die Tür trat, hatte Charlie plötzlich das Gefühl, daß der Raum irgendwie unzulänglich wäre. Ja, alles war sehr hell und ausgewogen, teuer und wirklich exquisit; dennoch schien es im Vergleich mit dieser auffallend gutaussehenden Frau hoffnungslos schwer, plump, ja grell.

Er trat hinter seinem Schreibtisch hervor und sagte: »Mrs.

Scavello, ich bin Charlie Harrison. Freut mich sehr, Ihre Bekanntschaft zu machen.«

Sie nahm seine Hand und sagte, es freue sie ebenfalls, ihn kennenzulernen.

Ihr Haar war dick, von einem glänzenden, dunklen Braun, fast schwarz. Er verspürte den Drang, mit den Fingern hineinzugreifen. Er wollte sein Gesicht in ihr Haar eintauchen und es riechen.

Da Charlie es nicht gewöhnt war, daß irgend jemand in ihm eine so ausgeprägte Reaktion hervorrief, zügelte er sich. Er musterte sie eingehender, so distanziert ihm das möglich war. Er sagte sich, daß sie nicht perfekt war, ganz gewiß nicht atemberaubend schön. Hübsch, ja, aber nicht umwerfend. Ihre Stirn war etwas zu hoch, und ihre Backenknochen schienen etwas kräftig, und ihre Nase stand etwas schief.

Trotzdem sagte er mit einer Art von Atemlosigkeit und Beflissenheit, die gar nicht zu ihm paßte: »Es tut mir leid, daß es in meinem Büro so aussieht«, und war selbst darüber überrascht, sich so etwas sagen zu hören.

Sie sah ihn verdutzt an. »Warum entschuldigen Sie sich? Es ist doch wunderschön.«

»Denken Sie das wirklich?«

»Absolut. Es ist völlig unerwartet. Ganz und gar nicht, wie ich mir das Büro eines Privatdetektivs vorgestellt hatte. Aber das macht es nur noch interessanter und sympathischer.«

Ihre Augen waren riesengroß und dunkel. Klare, direkte Augen. Jedesmal, wenn sein Blick ihnen begegnete, stockte ihm einen Augenblick der Atem.

»Ich habe es selbst eingerichtet«, sagte er und entschied für sich, daß das Zimmer eigentlich doch nicht so schlecht aussah. »Ich habe keinen Innenarchitekten genommen.«

»Sie haben wirklich Talent dafür.«

Er führte sie zu einem Stuhl und stellte, während sie sich setzte, fest, daß sie hübsche Beine und perfekt geformte Fesseln hatte.

Aber ich habe auch schon andere Beine gesehen, die ebenso hübsch waren, und andere ebenso wohlgeformte Fesseln, dachte er etwas verdutzt, und bis jetzt habe ich nicht dieses knabenhafte Sehnen verspürt und nicht diese lächerliche Aufwallung in meinem Hormonpegel wahrgenommen.

Entweder war er lüsterner, als er dachte, oder er reagierte auf mehr als nur ihr Äußeres.

Vielleicht war das, was ihn faszinierte, ihr Gang, die Art, wie sie ihm die Hand gegeben hatte, ihre Stimme (weich, weiblich und doch überhaupt nicht affektiert und irgendwie kräftig), die Art und Weise, wie sie ihm in die Augen sah (selbstbewußt), und nicht nur ihr Aussehen. Trotz der Umstände ihrer Begegnung, trotz der Tatsache, daß sie ein ernstes Problem hatte, über das sie sich ohne Zweifel Sorgen machte, besaß sie eine ungewöhnliche innere Ruhe, die ihn faszinierte.

Das erklärt es aber auch nicht ganz, dachte er. Seit wann habe ich je den Drang verspürt, mit einer Frau ins Bett zu springen, nur wegen ihrer ungewöhnlichen inneren Ruhe?

Nun gut, er würde also seine Gefühle nicht analysieren können, jedenfalls jetzt noch nicht. Er würde sich einfach treiben lassen und später versuchen, seine Reaktion zu begreifen.

Er trat wieder hinter seinen Schreibtisch, setzte sich und sagte: »Vielleicht hätte ich Ihnen nicht sagen sollen, daß ich mich für Innendekoration interessiere. Vielleicht ist es in Wirklichkeit das falsche Image für einen Privatdetektiv.«

»Ganz im Gegenteil«, sagte sie, »ich entnehme daraus, daß Sie gut beobachten können, aufmerksam sind, wahrscheinlich sehr empfindsam, und daß Sie einen ausgezeichneten Blick für Einzelheiten haben. Das sind alles Eigenschaften, die ich mir von einem Mann in Ihrem Beruf wünschen würde.«

»Richtig! Genau!« freute er sich und strahlte sie entzückt an.

Er mußte gegen den fast unwiderstehlichen Drang ankämpfen, sie auf die Stirn zu küssen, auf die Augen, auf die Nasenspitze, ihre Wangen, ihr Kinn und zuallerletzt ihre herrlich geformten Lippen.

Aber er sagte nur: »Nun, Mrs. Scavello, was kann ich für Sie tun?«

Sie erzählte ihm von der alten Frau.

Er war schockiert, neugierig und von Mitgefühl erfüllt, aber zugleich war ihm unbehaglich, weil man nie wußte, was man von verrückten Typen wie dieser alten Frau zu erwarten hatte. Alles mögliche konnte sich daraus entwickeln und würde es vermutlich auch. Außerdem wußte er, wie schwierig es war, solche Menschen aufzuspüren; da zog er Menschen mit klaren, verständlichen Motiven vor. Verständliche Motive waren es, die seine Arbeit möglich machten: Habgier, Neid, Eifersucht, Rache, Liebe, Haß – sie waren die Grundelemente seines Berufs. Dem Himmel sei Dank für die Schwächen und Unzulänglichkeiten der Menschheit, denn sonst hätte es für ihn keine Arbeit gegeben. Außerdem fühlte er sich unbehaglich, weil er Angst hatte, er könnte Christine Scavellos Erwartungen nicht erfüllen, und in dem Fall würde sie wieder für alle Zeiten aus seinem Leben treten. Und wenn sie für alle Zeit aus seinem Leben trat, würde er sich mit Träumen von ihr begnügen müssen, und für Träume dieser Art war er einfach zu alt.

Als Christine die Ereignisse des Morgens, den Mord an ihrem Hund und den Anruf der alten Frau geschildert hatte, sagte Charlie: »Wo ist Ihr Sohn jetzt?«

»Draußen in Ihrem Wartezimmer.«

»Sehr gut. Dort ist er in Sicherheit.«

»Ich weiß nicht, ob er das irgendwo ist.«

»Beruhigen Sie sich. Dies ist nicht das Ende der Welt. Wirklich nicht.«

Er lächelte ihr zu, um ihr zu zeigen, daß dies nicht das Ende der Welt war. Er wollte sie dazu bringen, daß sie sein Lächeln erwiderte, weil er sicher war, daß ihr Lächeln ihr Gesicht noch lieblicher machen würde. Aber sie schien kein Lächeln in sich zu haben.

Also fuhr er fort: »Also gut, was diese alte Frau betrifft. Sie haben sie mir ziemlich detailliert beschrieben.« Er hatte sich Notizen gemacht, während sie redete. Jetzt blickte er darauf. »Aber ist da sonst noch etwas, was uns bei der Identifizierung helfen könnte?«

»Ich habe Ihnen alles gesagt, woran ich mich erinnere.«

»Wie steht es mit Narben? Hatte sie irgendwelche Narben?«

»Nein.«

»Trug sie eine Brille?«

»Nein.«

»Sie sagten, sie sei Ende Sechzig oder Anfang Siebzig gewesen —«

»Ja.«

»— und doch hatte sie kaum Falten im Gesicht.«

»Das ist richtig.«

»Ungewöhnlich glatt, irgendwie aufgedunsen, sagten Sie.«

»Ihre Haut, ja. Ich hatte einmal eine Tante, die bekam Cortisonspritzen wegen ihrer Arthritis. Ihr Gesicht war wie das Gesicht dieser Frau.«

»Sie meinen also, sie ist wegen irgendeiner Form von Arthritis in Behandlung?«

Christine zuckte die Achseln. »Ich weiß nicht. Könnte sein.«

»Trug sie ein Kupferarmband oder irgendwelche Kupferringe?«

»Kupfer?«

»Das ist natürlich nur Geschwätz, aber eine Menge Leute glauben, daß Kupferschmuck gegen Arthritis gut ist. Ich hatte auch eine Tante mit Arthritis, und sie trug ein kupfernes Halsband, zwei Kupferreifen an jedem Handgelenk, ein paar Kupferringe und sogar einen Kupferreifen um die Knöchel. Ein ganz zartes Persönchen war sie, und dieses billige Zeug muß sie richtig belastet haben. Aber sie hat darauf geschworen, behauptet, es würde ihr sehr guttun. Aber deswegen konnte sie sich auch nicht leichter bewegen und hatte nicht die geringste Erleichterung von ihren Schmerzen.«

»Diese Frau trug keinen Kupferschmuck. Eine Menge anderen Schmuck, wie ich sagte, aber nichts aus Kupfer.«

Er starrte seine Notizen an. Dann fragte er: »Ihren Namen hat sie Ihnen nicht gesagt —«

»Nein.«

»— aber hatte sie ein Monogramm, beispielsweise an ihrer Bluse?«

»Nein.«

»Oder hatte sie vielleicht auf einem ihrer Ringe Initialen?«

»Ich glaube nicht. Wenn das der Fall war, habe ich es nicht bemerkt.«

»Und Sie haben nicht gesehen, wo sie herkam?«

»Nein.«

»Wenn wir wüßten, aus was für einem Wagen sie gestiegen ist —«

»Ich habe keine Ahnung. Wir hatten unseren Wagen schon beinahe erreicht, und sie trat einfach daneben hervor.«

»Was für ein Wagen parkte denn neben dem Ihren?«

Sie runzelte die Stirn, versuchte sich zu erinnern. Sie war schön, selbst wenn sie finster blickte.

Während sie nachdachte, studierte Charlie ihr Gesicht und suchte nach Unregelmäßigkeiten. Alles hatte wenigstens einen Fehler. Selbst eine Flasche Lafite Rothschild konnte einen schlechten Korken oder zuviel Gerbsäure haben. Nicht einmal ein Rolls-Royce hatte eine perfekte Lackierung. Aber ganz gleich, wie sorgfältig er auch Christine Scavellos Gesicht studierte, er konnte nichts, aber auch gar nichts daran finden, was nicht stimmte. Oh, ja, nun, die etwas schiefe Nase und die kräftigen Backenknochen und die zu hohe Stirn. Aber in ihrem Fall schienen ihm das keine Unregelmäßigkeiten zu sein; es waren nur... nun, Abweichungen von der gewöhnlichen Definition der Schönheit, winzige Abweichungen, die ihr Charakter verliehen. Und was, zum Teufel, stimmt mit mir nicht? fragte er sich. Ich muß aufhören, sie anzuschmachten wie ein Schuljunge.

Einerseits gefiel ihm die Art und Weise, wie er sich fühlte, durchaus; es war ein frisches, berauschendes Gefühl. Andererseits gefiel es ihm nicht, weil er dieses Gefühl nicht verstand und es in seinem Wesen lag, alles verstehen zu wollen. Deshalb war er Detektiv geworden – um Antworten zu finden, um zu verstehen.

Sie blinzelte, blickte zu ihm auf. »Jetzt erinnere ich mich. Was neben uns stand, war gar kein Personenwagen. Es war ein Lieferwagen.«

»Ein Lieferwagen? Was für einer?«

»Weiß.«

»Ich meine, welche Marke?«

Sie runzelte erneut die Stirn, versuchte sich zu erinnern.

»Alt oder neu?« fragte er.

»Neu. Sauber, glänzend.«

»Sind Ihnen irgendwelche Beulen oder Kratzer aufgefallen?«

»Nein. Und es war ein Ford.«

»Gut. Sehr gut. Könnten Sie das Baujahr sagen?«

»Nein.«

»Ein Freizeitfahrzeug? Vielleicht eines mit diesen runden Fenstern an den Seiten oder einem Gemälde außen?«

»Nein. Sehr zweckmäßig, wie ein Lieferwagen.«

»Stand ein Firmenname darauf?«

»Nein.«

»Irgendein Text?«

»Nein. Er war ganz weiß.«

»Und die Nummernschilder?«

»Die hab' ich nicht gesehen.«

»Sie sind doch an der Hinterseite des Lieferwagens vorbeigegangen. Sie haben bemerkt, daß es ein Ford war. Sie müssen doch das Nummernschild auch gesehen haben.«

»Ja, ich denke schon. Aber ich habe nicht hingesehen.«

»Wenn es notwendig sein sollte, können wir es wahrscheinlich mit Hypnose aus ihnen herausholen. Jetzt haben wir wenigstens eine Kleinigkeit, womit wir beginnen können.«

»*Falls* sie aus dem Lieferwagen gestiegen ist.«

»Für den Anfang wollen wir einmal davon ausgehen.«

»Und das ist vermutlich ein Fehler.«

»Und vielleicht auch nicht.«

»Sie hätte von irgendwo auf dem Parkplatz kommen können.«

»Aber da wir schließlich irgendwo beginnen müssen, können wir ebensogut mit dem Lieferwagen beginnen«, sagte er geduldig.

»Sie hätte auch aus einer ganz anderen Wagenreihe kommen können. Vielleicht vergeuden wir nur unsere Zeit. Ich will keine Zeit vergeuden. Sie vergeudet auch keine. Ich habe das schreckliche Gefühl, daß wir nicht viel Zeit *haben*.«

Ihre nervösen, unruhigen Handbewegungen gingen in ein unkontrolliertes Zittern über, das ihren ganzen Körper erfaßte. Charlie erkannte jetzt, daß sie sich ihre Fassung nur mit beträchtlicher Mühe bewahrt hatte.

»Ruhig«, sagte er, »ganz ruhig. Alles wird gut werden. Wir werden nicht zulassen, daß Joey etwas zustößt.«

Sie war bleich. Ihre Stimme zitterte beim Reden: »Er ist so süß. Ein so süßer kleiner Junge. Er ist mein ein und alles... der Mittelpunkt meines Lebens. Wenn ihm etwas zustoßen würde...«

»Es wird ihm nichts zustoßen. Das garantiere ich ihnen.«

Sie fing zu weinen an. Sie schluchzte nicht und jammerte auch nicht, wurde auch nicht hysterisch. Sie atmete nur tief, ihre Augen waren feucht, und dann rannen ihr Tränen über die Wangen.

Charlie schob seinen Sessel zurück, stand auf und wollte sie trösten, kam sich dabei zugleich ungeschickt und unzulänglich vor. »Ich glaube, Sie sollten einen Schluck trinken«, meinte er.

Sie schüttelte den Kopf.

»Das würde ihnen helfen«, sagte er.

»Ich trinke nicht viel«, sagte sie mit bebender Stimme, und die Tränen flossen noch reichlicher.

»Nur einen Schluck.«

»Dazu ist es zu früh«, sagte sie.

»Es ist schon nach halb zwölf. Beinahe Mittag. Außerdem sollten Sie das als Medizin sehen.«

Er ging an die Bar, die bei einem der großen Fenster in der Ecke stand. Er öffnete die unteren Türen, holte eine Flasche und ein Glas heraus, stellte sie beide auf die Marmorplatte und goß ihr zwei Fingerbreit Scotch ein.

Als er die Verschlußkappe wieder auf die Flasche schraubte, blickte er zufällig zum Fenster hinaus – und erstarrte. Ein weißer Ford-Lieferwagen, sauber und blitzblank, ohne irgendeine Aufschrift, stand auf der anderen Straßenseite. Charlie konnte über den obersten Wedeln einer riesigen Dattelpalme, die fast bis in den fünften Stock heraufreichte, einen dunkelgekleideten Mann an dem Lieferwagen lehnen sehen.

Zufall.

Der Mann schien zu essen. Einfach ein Arbeiter, der in einer ruhigen Seitenstraße Pause machte und einen Bissen zu sich nahm. Das ist alles. Ganz sicher hatte das nichts zu bedeuten.

Zufall.

Oder vielleicht auch nicht. Der Mann dort unten schien das Gebäude zu beobachten. Es sah so aus, als nähme er einen Bissen zu sich und beobachtete gleichzeitig das Gebäude. Charlie war im Laufe der Jahre Dutzende Male damit beschäftigt gewesen, andere zu beschatten, und wußte, wie das vor sich ging. Und das hier sah so aus, obwohl es nicht ganz professionell war, ein wenig auffällig und amateurhaft.

Hinter ihm sagte Christine: »Ist etwas?«

Ihre Aufmerksamkeit überraschte ihn; er staunte, wie gut sie auf ihn abgestimmt war, ganz besonders, wo sie doch immer noch hochgradig erregt war und weinte.

»Ich hoffe, Sie mögen Scotch«, sagte er.

Er wandte sich vom Fenster ab und brachte ihr das Glas.

Sie nahm es ohne weitere Einwände an. Sie hielt das Glas mit beiden Händen, die immer noch zitterten. Sie nippte vorsichtig an dem Whisky.

»Trinken Sie aus«, sagte Charlie. »Zwei Schluck. Das wird Ihnen guttun.«

Sie tat, wie er ihr geheißen hatte, und er konnte erkennen, daß sie wirklich nicht viel trank, weil sie das Gesicht verzog, obwohl Chivas so ziemlich das Samtigste war, was je auf Flaschen gezogen wurde.

Er nahm ihr das leere Glas weg, trug es zur Bar zurück, spülte es in dem kleinen Ausguß aus und stellte es ab.

Er sah wieder zum Fenster hinaus.

Der weiße Lieferwagen stand immer noch da.

Und ebenso der Mann in den dunklen Hosen und dem dunklen Hemd, der mit einstudierter Beiläufigkeit sein Sandwich aß.

Charlie ging zu Christine zurück und sagte: »Fühlen Sie sich besser?«

Ihr Gesicht hatte jetzt etwas Farbe bekommen. Sie nickte. »Es tut mir wirklich leid, daß ich so in Stücke gegangen bin.«

Er setzte sich auf die Schreibtischkante, so daß ein Fuß auf dem Boden ruhte, und lächelte ihr zu. »Da ist gar nichts, wofür Sie sich entschuldigen müssen. Die meisten Leute würden, wenn sie etwas so Schreckliches wie Sie erlebt haben, zusammenhanglos plappernd durch die Tür geschossen kommen und damit nicht aufhören. Sie halten sich sehr gut.«

»Mir ist aber gar nicht so *zumute*, als würde ich mich gut halten.« Sie holte ein Taschentuch heraus, schneuzte sich. »Aber wahrscheinlich haben Sie recht. Eine verrückte alte Frau ist schließlich nicht das Ende der Welt.«

»Genau.«

»So schwierig kann es doch nicht sein, mit einer verrückten alten Lady klarzukommen.«

»So gefallen Sie mir«, sagte er.

Aber bei sich dachte er: Eine verrückte alte Lady? Wer ist dann der Typ mit dem weißen Kombi?

8

Grace Spivey saß auf einem harten Eichenstuhl, und ihre eisgrauen Augen funkelten in der Düsternis.

Heute war ein roter Tag in der Geisterwelt, ein sehr roter Tag sogar, und sie war ganz in Rot gekleidet, um damit im Gleichklang zu sein, so wie sie sich gestern ganz grün gekleidet hatte, als die Geisterwelt eine grüne Phase durchlaufen hatte. Die meisten Leute waren sich nicht bewußt, daß die Geisterwelt rings um sie von Tag zu Tag die Farbe änderte; natürlich konnten die meisten Leute das übernatürliche Reich nicht so deutlich sehen, wie Grace das konnte, wenn sie sich wirklich Mühe gab; tatsächlich konnten die meisten von ihnen es sogar überhaupt nicht sehen, also konnten sie natürlich unmöglich begreifen, warum Grace sich so anzog. Aber für das Medium Grace war es wesentlich, in Harmonie mit der Farbe der Geisterwelt zu sein, weil sie dann leichter hellseherische Visionen aus der Vergangenheit und der Zukunft empfangen konnte. Diese Visionen wurden ihr von guten Geistern gesandt, und sie wurden ihr auf farbigen

Energiestrahlen übermittelt, Strahlen, die heute in allen Schattierungen von Rot leuchteten.

Wenn sie versucht hätte, dies den meisten Menschen zu erklären, hätten sie sie für verrückt gehalten. Vor ein paar Jahren hatte ihre eigene Tochter sie zur psychiatrischen Untersuchung in ein Krankenhaus einweisen lassen, aber Grace war aus der Falle geschlüpft, hatte sich von ihrer Tochter losgesagt und war seitdem viel vorsichtiger gewesen.

Heute trug sie dunkelrote Schuhe, einen dunkelroten Rock und eine gestreifte Bluse in helleren Rottönen. All ihr Schmuck war rot: eine zweireihige Kette aus karminroten Perlen und dazu passende Armbänder; eine feuerrote Porzellanbrosche; zwei Rubinringe; ein Ring mit vier blitzenden Ovalen aus hochglanzpoliertem Karneol; vier weitere Ringe mit billigem roten Glas, purpurrotem Email und scharlachrotem Porzellan. Ob wertvoll, Halbedelsteine oder Straß – alle Steine in ihren Ringen funkelten im flackernden Kerzenlicht.

Die zuckenden Flammen, die auf den Dochten blitzten, ließen seltsame Schatten über die Kellerwände huschen. In Wirklichkeit war der Raum groß, aber er wirkte klein, weil die Kerzen nur an ihrem Ende standen und drei Viertel des Raumes außerhalb ihres unregelmäßigen bernsteinfarbenen Lichtkreises lagen. Insgesamt waren da elf Kerzen, jede fett und weiß und jede in einem Kerzenhalter aus Messing mit einer Tropfschale darunter; jeder Messingkerzenhalter wurde fest von einem der Jünger von Grace gehalten, die jetzt alle begierig darauf warteten, daß sie zu sprechen begann. Von den elf waren sechs Männer und fünf Frauen. Einige waren jung, einige in mittleren Jahren, einige alt. Sie saßen auf dem Boden und bildeten einen Halbkreis um den Stuhl, auf dem Grace saß, und ihre Gesichter glänzten und wurden von dem flackernden, gespenstischen Leuchten seltsam verzerrt. Diese elf stellten nicht etwa ihre ganze Anhängerschaft dar. In dem Raum darüber waren mehr als fünfzig andere, die ungeduldig darauf warteten, das zu hören, was während dieser Sitzung geschehen würde. Mehr als tausend andere waren andernorts an hundert verschiedenen Stellen mit Arbeit befaßt, die Grace ihnen zugewiesen hatte.

Aber diese elf, die ihr zu Füßen saßen, waren ihre vertrautesten, fähigsten Stellvertreter. Sie waren es, die sie am meisten schätzte.

Sie kannte sogar ihre Namen und erinnerte sich an sie, obwohl es ihr heutzutage nicht leichtfiel, sich an Namen (oder sonst etwas) zu erinnern, nicht so leicht wie früher, ehe ihr die Gabe gegeben worden war. Die Gabe erfüllte sie, erfüllte ihren Verstand verdrängte so viele andere Dinge, die ihr einmal selbstverständlich gewesen waren – so wie die Fähigkeit, sich Namen und Gesichter zu merken. Und die Fähigkeit, dem Ablauf der Zeit zu folgen. Sie wußte nie mehr, wie spät es war; selbst wenn sie auf eine Uhr blickte, bedeutete ihr das häufig nichts. Sekunden, Minuten, Stunden und Tage schienen ihr jetzt wie lächerlich willkürliche Zeitmaße; gewöhnlichen Männern und Frauen mochten sie vielleicht nützlich sein, aber sie war darüber hinaus. Manchmal, wenn sie dachte, nur ein Tag sei verstrichen, stellte sie fest, daß eine ganze Woche fehlte. Das war beunruhigend, aber auch eigenartig berauschend, denn es machte ihr beständig bewußt, daß sie etwas Besonderes war, daß sie auserwählt war. Die Gabe hatte auch den Schlaf verdrängt. Manche Nächte schlief sie überhaupt nicht. Die meisten Nächte schlief sie eine Stunde, nie mehr als zwei, aber sie schien keinen Schlaf mehr zu brauchen, also war es ohne Belang, wie wenig Schlaf sie bekam. Die Gabe verdrängte alles, was das große und geheiligte Werk stören könnte, das ihr aufgetragen war.

Dennoch erinnerte sie sich an die Namen dieser elf Leute, weil sie die reinsten Mitglieder ihrer Herde waren. Sie waren die Besten der Besten, weithin unbefleckte Seelen, die am würdigsten waren, die schweren Aufgaben auszuführen, die vor ihnen lagen.

Und dann war da noch ein weiterer Mann in dem Kellerraum. Er hieß Kyle Barlowe. Er war zweiunddreißig, aber er sah älter aus – älter, finster, gemein und gefährlich. Er hatte strähniges braunes Haar, dick, aber ohne Glanz. Seine hohe Stirn endete in einem schweren, vorspringenden Knochen, unter dem seine tiefliegenden braunen Augen wachsam hervorblickten. Er hatte eine große Nase, aber sie war nicht königlich oder stolz; sie war mehr als einmal gebrochen und knollig. Seine Backen- und Kinnknochen waren schwer, grobgeformt wie die Knochenplatte, aus der seine Stirn gehauen war. Obwohl seine Gesichtszüge größtenteils übergroß und unedel waren, waren seine Lippen schmal, und sie waren so blutlos und blaß, daß sie noch dünner schienen, als sie in Wirklichkeit waren; demzufolge wirkte sein Mund wie ein Schnitt quer durch sein Gesicht. Er war groß, über zwei Meter, mit einem Stiernacken, mächtigen Schultern und dicken Muskelpaketen an Brust und Armen. Er sah so aus, als würde er einen Mann in Stücke brechen können – und so, als würde er genau das häufig tun, einfach weil es Spaß machte.

Tatsächlich hatte Kyle in den letzten drei Jahren, seit er einer von Grace' Anhängern, später ein Mitglied ihres inneren Kreises und schließlich ihr vertrautester Helfer geworden war, kein einziges Mal gegen jemanden die Hand erhoben. Ehe Grace ihn gefunden und gerettet hatte, war er ein von Launen geplagter, gewalttätiger, brutaler Mensch gewesen. Aber jene Tage waren vorbei. Grace war imstande gewesen, durch Kyle Barlowes abstoßendes Äußeres hindurchzublicken und die gute Seele zu erkennen, die darunterlag. Er war vom Pfad der Tugend abgekommen, ohne Zweifel, aber er war begierig gewesen (auch wenn er das selbst nicht erkannt hatte), auf den rechtschaffenen Pfad zurückzukehren. Er brauchte nur jemanden, der ihm den Weg wies. Grace hatte das getan, und er war ihr gefolgt. Jetzt würden seine mächtigen Arme und seine steinharten Fäuste keinem tugendhaften Mann und keiner tugendhaften Frau gefährlich werden, sondern nur jene zerschmettern, die die Feinde Gottes waren, und selbst dann nur, wenn Grace ihn anwies, sie zu zerschmettern.

Grace erkannte die Feinde Gottes, wenn sie sie erblickte. Die Fähigkeit, eine hoffnungslos verderbte Seele auf den ersten Blick zu erkennen – das war nur ein kleiner Teil der Gabe, die Gott ihr verliehen hatte. Der Bruchteil einer Sekunde des Augenkontakts war gewöhnlich alles, was Grace brauchte, um festzustellen, ob ein Mensch gewohnheitsmäßig von Sünde erfüllt und somit nicht mehr zu retten war. Sie besaß die Gabe. Sonst niemand. Nur sie, die Auserwählte. Sie hörte das Böse in den Stimmen der Verderbten; sie sah das Böse in deren Augen. Vor ihr gab es kein Verbergen.

Manche Leute hätten, wäre ihnen die Gabe verliehen worden, daran gezweifelt, hätten sich gefragt, ob sie sich vielleicht täuschten oder gar verrückt geworden waren. Aber Grace zweifelte nie an sich oder ihrer Zurechnungsfähigkeit. Niemals. Sie wußte, daß sie etwas Besonderes war, und sie wußte, daß sie in diesen Dingen immer recht hatte, weil Gott ihr gesagt hatte, daß sie recht hatte.

Der Tag rückte schnell heran, wo sie zu guter Letzt Kyle (und einige der anderen) auffordern würde, viele jener Jünger Satans zu erschlagen. Sie würde auf die Bösen zeigen, und Kyle würde sie vernichten. Er würde der Hammer Gottes sein. Wie wunderbar jener Tag sein würde! Im Keller ihrer Kirche sitzend, auf dem harten Eichenstuhl, vor ihrem innersten Kreis von Gläubigen, durchlief Grace ein wohliger Schauer. Es würde so schön, so befriedigend sein zuzusehen, wie die harten Muskeln des Hünen sich spannten und entspannten, wenn er das Strafgericht Gottes über die ungläubigen Anhänger Satans brachte.

Bald. Die Zeit rückte heran. Das Zwielicht.

Jetzt flackerte das Licht der Kerzen, und Kyle sagte leise: »Bist du bereit, Mutter Grace?«

»Ja«, sagte sie.

Sie schloß die Augen. Einen Augenblick lang sah sie nichts, nur Finsternis. Aber dann stellte sie schnell den Kontakt mit der Geisterwelt her, und Lichter erschienen hinter ihren Augen, Fontänen und Punkte und sich windende Gebilde aus Licht, einige grell, andere schwach, in allen Rottönen natürlich, weil sie Geister und spektrale Energien waren und dies in ihrer Existenzebene ein roter Tag war. Es war ein derart roter Tag, wie Grace ihn noch nie erlebt hatte. Die Geister umschwärmten sie ringsum, und sie bewegte sich zwischen ihnen, als entschwebte sie in eine Welt, die auf die Innenseite ihrer eigenen Augenlider gemalt war. Zuerst schwebte sie langsam. Sie fühlte, wie ihr Bewußtsein und ihr Geist sich von ihrem Körper trennten, langsam das Fleisch hinter sich ließen. Sie war sich noch der temporalen Ebene bewußt, in der ihr Körper existierte – der Geruch brennender Kerzen, der harte Eichenstuhl unter ihr, ein gelegentliches Rascheln oder ein Murmeln eines ihrer Jünger. Aber schließlich verblaßte das alles. Sie wurde schneller, bis sie dahinraste, schließlich flog und dann wie von Raketen getrieben durch die lichtbefleckte Leere schoß, schneller und schneller, mit berauschender, jetzt Übelkeit erregender, jetzt erschreckender Geschwindigkeit. Plötzliche Stille.

Sie war tief in die Geisterwelt eingedrungen, hing reglos da, als wäre sie ein Asteroid in einem fernen Winkel des Weltalls. Sie war nicht länger imstande, die Welt, die sie hinter sich zurückgelassen hatte, zu sehen, zu hören, zu riechen oder zu fühlen. Jenseits einer endlosen Nacht bewegten sich rotgetönte Geister aller Art in allen Richtungen, manche schnell, manche langsam, manche zielstrebig, manche planlos, die einen Abenteuern nachgehend, die anderen mit heiligen Verrichtungen beschäftigt, die Grace nicht durchschauen konnte.

Grace dachte über den Jungen nach, über Joey Scavello. Sie wußte, was er wirklich war, und wußte, daß er sterben mußte. Aber sie wußte nicht, ob die Zeit schon gekommen war, ihn zu beseitigen. Sie hatte diese Reise in die Geisterwelt aus dem einzigen Grund angetreten, um nachzuforschen, wann und wie sie mit dem Jungen verfahren sollte.

Sie hoffte, den Auftrag zu erhalten, ihn zu töten. Sie sehnte sich so sehr danach, ihn zu töten.

9

Der doppelte Whisky schien Christine Scavello etwas beruhigt zu haben, wenn auch noch nicht ganz. Sie lehnte sich schließlich in ihrem Sessel zurück; ihre Hände waren nicht länger ineinander verkrampft, aber sie wirkte immer noch angespannt und sichtlich labil.

Charlie saß immer noch auf der Schreibtischkante, einen Fuß

auf dem Boden. »Zumindest so lange, bis wir wissen, wer diese alte Frau ist und mit was für einer Art von Mensch wir es zu tun haben, sollten wir Joey rund um die Uhr zwei bewaffnete Leibwächter geben.«

»Ja, in Ordnung. Tun Sie es.«

»Geht der Junge zur Schule?«

»Zur Vorschule. Die reguläre Schule beginnt für ihn im nächsten Herbst.«

»Wir werden ihn so lange nicht zur Vorschule schicken, bis sich das gelegt hat.«

»Das wird sich nicht einfach legen«, sagte sie gereizt.

»Nun, natürlich habe ich damit nicht gemeint, daß wir einfach abwarten wollen. Ich wollte sagen, wir werden ihn so lange nicht in die Vorschule schicken, bis wir mit dieser Geschichte Schluß gemacht haben.«

»Werden zwei Leibwächter reichen?«

»In Wirklichkeit werden es sechs sein. Drei Zweierteams, die in Acht-Stunden-Schichten tätig sind.«

»Trotzdem werden es in jeder Schicht nur zwei Männer sein, und ich –«

»Zwei schaffen das. Sie sind gut ausgebildet. Das kann übrigens recht teuer werden, wenn –«

»Ich kann es mir leisten«, sagte sie.

»Meine Sekretärin kann Ihnen ein Gebührenblatt geben.«

»Wenn Sie wollen. Ich kann bezahlen.«

»Was ist mit Ihrem Mann?«

»Was soll mit ihm sein?«

»Nun, was denkt er über all das?«

»Ich habe keinen Mann.«

»Oh. Es tut mir leid, wenn –«

»Ich brauche kein Mitgefühl. Ich bin keine Witwe und bin auch nicht geschieden.« Hier war wieder die Direktheit, die er in ihr wahrgenommen hatte; ihre Weigerung, der Frage irgendwie auszuweichen, war erfrischend. »Ich war nie verheiratet.«

»Ah«, sagte er.

Obwohl Charlie überzeugt war, daß da nicht die geringste Andeutung von Mißbilligung in seiner Stimme gewesen war, erstarrte Christine, als ob er sie beleidigt hätte. »Was versuchen Sie mir da zu sagen?« fragte sie mit einer Art ruhigen Empörung, die ihn verblüffte. »Daß Sie zuerst die Moral Ihrer Klienten billigen müssen, ehe Sie einen Fall übernehmen?«

Der plötzliche Wandel in ihrem Verhalten verblüffte und verwirrte ihn zugleich, und er sah sie mit aufgerissenem Mund an. »Aber selbstverständlich nicht! Ich habe nur –«

»Ich beabsichtige nicht, hier wie ein Verbrecher beim Polizeiverhör dazusitzen.«

»Langsam, langsam. Was ist denn los? Was habe ich denn gesagt? Du lieber Gott, was interessiert es mich denn, ob Sie verheiratet waren oder nicht?«

»Sehr gut. Es freut mich, daß Sie das so sehen. So, und wie werden Sie jetzt diese alte Frau aufspüren?«

Der Zorn blieb wie ein schwelendes Feuer in ihren Augen und ihrer Stimme.

»Wirklich«, sagte er. »Mir ist das gleichgültig.«

»Großartig. Gratuliere zu Ihrer modernen Einstellung. Wenn es bei mir läge, würden Sie den Nobelpreis bekommen. Können wir das Thema jetzt fallen lassen?«

Was, zum Teufel, war mit der Frau los? fragte er sich.

Er war froh, daß es keinen Ehemann gab. Spürte sie sein Interesse für sie nicht? Konnte sie sein professionelles Gehabe nicht durchschauen? Merkte sie nicht, welchen Eindruck sie auf ihn machte? Die meisten Frauen hatten für so etwas einen sechsten Sinn.

»Wenn ich Ihnen irgendwie auf die Nerven gehe oder so etwas, kann ich den Fall einem meiner Mitarbeiter übertragen«, sagte er.

»Nein, ich –«

»Sie sind alle sehr verläßlich und tüchtig. Aber ich versichere Ihnen, ich wollte Sie in keiner Weise diffamieren oder mich über Sie lustigmachen oder was auch immer sonst Sie vielleicht glauben. Ich bin nicht wie dieser Bulle heute morgen, der Ihnen eine Gardinenpredigt gehalten hat, weil Sie Scheiße gesagt haben.«

»Officer Wilford.«

»Ich bin nicht wie Wilford. Ich bin ganz locker. Okay? Waffenstillstand?«

Sie zögerte und nickte dann. Langsam löste sich ihre Starre. Der Zorn verflog, und an seine Stelle trat Verlegenheit.

»Tut mir leid, daß ich Sie so angefahren habe, Mr. Harrison«, sagte sie.

»Sagen Sie Charlie zu mir. Und Sie können mich jederzeit anfahren.« Er lächelte. »Aber wir müssen über Joeys Vater reden, weil er vielleicht mit der ganzen Sache in Verbindung steht.«

»Mit dieser alten Frau?«

»Vielleicht.«

»Oh, das bezweifle ich.«

»Vielleicht will er das Sorgerecht für seinen Sohn.«

»Warum kommt er dann nicht einfach zu mir und bittet mich darum?«

Charlie zuckte die Achseln. »Die Leute gehen Probleme nicht immer logisch an.«

Sie schüttelte den Kopf. »Nein. Joeys Vater ist es nicht. Soweit mir bekannt ist, weiß er nicht einmal, daß es Joey gibt. Außerdem hat diese alte Frau gesagt, Joey müsse *sterben*.«

»Ich bin immer noch der Meinung, daß wir die Möglichkeit in Betracht ziehen und über seinen Vater reden müssen, selbst wenn das Ihnen unangenehm ist. Wir dürfen keine Möglichkeit unerforscht lassen.«

Sie nickte. »Es ist nur so, daß Evelyn, meine Mutter, fast zerbrochen wäre, als ich mit Joey schwanger wurde. Sie hatte so viel von mir erwartet... Sie hat mir schreckliche Schuldgefühle eingeredet, mich fast mit Schuld erstickt.« Sie seufzte. »Vermutlich liegt es daran, daß ich immer noch überempfindlich reagiere, wenn es um Joeys uneheliche Geburt geht.«

»Ich verstehe.«

»Nein. Sie verstehen nicht. Das können Sie gar nicht.«

Er wartete und hörte zu. Er war ein guter, geduldiger Zuhörer. Das war Teil seines Berufs.

Sie sagte: »Evelyn... Mutter... mag Joey nicht sehr. Sie will nicht viel mit ihm zu tun haben. Sie nimmt es ihm übel, daß er ein uneheliches Kind ist. Manchmal behandelt sie ihn sogar, als... als wäre er böse oder schlecht oder so etwas. Das ist unrecht, das ist krankhaft, das gibt keinen Sinn, aber es paßt ganz genau zu meiner Mutter, ihm die Schuld zu geben, daß sich mein Leben nicht so entwickelt hat, wie sie es für mich geplant hatte.«

»Wenn sie solche Abneigung gegenüber Joey empfindet, ist es dann möglich, daß Ihre Mutter hinter dieser Geschichte mit der alten Frau steckt?« fragte er.

Der Gedanke erschreckte sie sichtlich. Aber sie schüttelte den Kopf. »Nein. Ganz sicher nicht. Das wäre nicht Evelyns Art. Sie ist direkt. Sie sagt einem, was sie denkt, selbst wenn sie weiß, daß sie einem dabei weh tut, selbst wenn sie weiß, daß jedes Wort wie ein Nagel ist, den jemand in einen hineinschlägt. Sie würde nicht ihre Freunde auffordern, meinen Jungen zu belästigen. Das ist lächerlich.«

»Es könnte ja sein, daß sie nicht direkt in den Vorgang verwickelt ist. Aber vielleicht hat sie anderen Leuten gegenüber über Sie und Joey geredet, und vielleicht war diese alte Frau im Shoppingcenter eine von diesen Leuten. Vielleicht hat Ihre Mutter unüberlegte Dinge über den Jungen gesagt und dabei nicht erkannt, daß diese alte Frau geistesgestört war, nicht erkannt, daß die alte Frau das, was Ihre Mutter sagte, falsch auffassen, es zu wörtlich nehmen und dann tatsächlich etwas unternehmen würde.«

Christine runzelte die Stirn und sagte dann: »Vielleicht...«

»Ich weiß, daß es weit hergeholt ist, aber es ist möglich.«

»Okay. Mhm. Ja, das könnte sein.«

»Also erzählen Sie mir etwas über Ihre Mutter.«

»Ich versichere Ihnen, sie ist ganz bestimmt nicht in die Sache verwickelt.«

»Trotzdem«, redete er ihr zu.

Sie seufzte und sagte: »Sie ist ein Drache, meine Mutter. Sie können das nicht verstehen, und ich kann es Ihnen eigentlich auch nicht vermitteln, weil Sie mit ihr leben müßten, um sie wirklich zu begreifen. Sie hat mich all die Jahre unter Druck gehalten... eingeschüchtert... tyrannisiert...«

. . . all die Jahre.

Ihr Bewußtsein ging gegen ihren Willen auf Wanderschaft, in die Vergangenheit, und sie fühlte einen Druck auf der Brust, und Atemschwierigkeiten setzten ein, weil das vorherrschende Gefühl, das sie mit ihrer Kindheit verband, das Gefühl des Erstickens war.

Sie sah das große viktorianische Haus in Pomona, das Oma Giavetti Evelyn hinterlassen hatte, das Haus, in dem sie gelebt hatten, seit Christine ein Jahr alt gewesen war, und in dem Evelyn immer noch lebte, und die Erinnerung daran war eine drückende Last. Obwohl sie wußte, daß es ein weißes Haus mit hellgelbem Holzwerk und Giebeln war, ein Haus, das auf reizende Art kitschig war, mit vielen Fenstern, die der Sonne Zugang gewährten, sah sie es vor ihrem geistigen Auge immer im Schatten geduckt dastehen, mit kahlen Bäumen, die sich dicht an das Haus herandrängten, und darüber einen drohenden grauschwarzen Himmel. Sie konnte die Großvateruhr monoton im Flur ticken hören, ein allgegenwärtiges Geräusch, das sich in jenen Tagen immer über sie lustigmachte und sie beständig daran erinnerte, daß das Elend ihrer Kindheit sich fast bis in die Ewigkeit erstreckte und in Millionen und Abermillionen bleierner Sekunden gezählt werden würde. Und sie sah wieder die schweren Möbelstücke in jedem Zimmer, die zu dicht aneinanderstanden, und sie vermutete, daß ihre Erinnerung die tickende Uhr lauter und eindringlicher machte, als sie wirklich gewesen war, und daß in Wirklichkeit die Möbel auch nicht so groß und klobig und häßlich und finster gewesen waren, wie sie sie in Erinnerung hatte.

Ihr Vater, Vincent Scavello, hatte jenes Haus, jenes Leben als ebenso drückend empfunden, wie es in Christines Erinnerung gewesen war, und hatte sie verlassen, als sie vier und ihr Bruder Tony elf gewesen waren. Er kam nie zurück, und sie sah ihn nie wieder. Er war ein schwacher Mann mit einem Minderwertigkeitskomplex, und Evelyn erzeugte in ihm ein Gefühl noch größerer Unzulänglichkeit, weil sie für jeden so hohe Maßstäbe setzte. Nichts, was er tat, konnte sie befriedigen. Nichts, was *irgend jemand* tat – ganz besonders Christine und Tony –, war auch nur halb so gut, wie Evelyn es von ihnen erwartete. Weil Vincent ihren Erwartungen nicht gerecht werden konnte, fing er zu trinken an, und das führte dazu, daß sie noch mehr an ihm herumnörgelte, und das trieb ihn schließlich aus dem Haus. Zwei Jahre später war er tot. Man könnte sagen, daß er Selbstmord begangen hatte, wenn auch nicht mit einer Waffe, nichts so Dramatischem; einfach ein Unfall unter Alkoholeinfluß. Er fuhr mit hundert Stundenkilometern gegen einen Brückenpfeiler.

Evelyn ging einen Tag, nachdem Vincent sie verlassen hatte, arbeiten, unterhielt damit nicht nur ihre Familie, sondern tat das sogar sehr gut, erfüllte ihre eigenen Maßstäbe. Das machte alles für Christine und Tony noch schwerer. »Ihr müßt das, was ihr tut, besser als alle anderen tun; und wenn ihr das nicht schafft, dann hat es gar keinen Sinn, es auch nur anzupacken«, sagte Evelyn wenigstens tausendmal.

Christine erinnerte sich ganz besonders deutlich an einen unangenehmen Abend, den sie am Küchentisch verbracht hatte, nachdem Tony eine schlechte Zensur in Mathematik nach Hause gebracht hatte, ein Mangel, der in Evelyns Augen in keiner Weise durch die Tatsache gemildert wurde, daß er in jedem anderen Fach die beste Zensur mitgebracht hatte. Das wäre schon schlimm genug gewesen. Aber am selben Tag war er in milder Weise vom Schulleiter dafür getadelt worden, daß er auf der Knabentoilette geraucht hatte. Es war das erste Mal, daß er eine Zigarette probiert hatte. Sie hatte ihm nicht geschmeckt, und er beabsichtigte auch nicht, wieder zu rauchen; es war lediglich ein Experiment, für einen Vierzehnjährigen keineswegs ungewöhnlich. Aber Evelyn war wütend. An jenem Abend hatte sich der Vortrag beinahe drei Stunden hingezogen, wobei Evelyn abwechselnd auf und ab ging oder den Kopf auf beide Hände gestützt am Tisch saß und schrie und weinte und bettelte und auf den Tisch schlug. »Du bist ein Giavetti, Tony, eher ein Giavetti als ein Scavello. Du könntest den Namen deines Vaters tragen, aber, weiß Gott, von meinem Blut ist mehr in dir; so muß es sein; ich könnte es einfach nicht ertragen, daß die Hälfte deines Blutes von dem armen schwachen Vincent stammt, denn wenn das stimmte, dann weiß Gott allein, was aus dir werden

würde. Ich kann das nicht ertragen! Das kann ich nicht! Ich
schufte Tag und Nacht, um dir jede Chance, jede Gelegenheit
zu geben, und ich lasse einfach nicht zu, daß du mir ins Gesicht
spuckst, und genau das ist es, in Mathematik nicht aufzupassen
– das ist genauso, als würdest du mir ins Gesicht spucken!« Der
Zorn wich den Tränen, und sie stand auf, griff sich eine Handvoll Kleenextücher aus der Schachtel auf dem Küchenbüffet
und schneuzte sich laut. »Was nützt es mir denn, wenn ich mir
um dich Sorgen mache, wenn ich mich um das kümmere, was
aus dir wird? *Dich* kümmert das nicht. Da sind diese paar Tropfen aus dem Blut deines Vaters in dir, dieses Nichtstuers, und
die paar Tropfen reichen aus, um dich zu verseuchen. Wie eine
Krankheit. Die Scavello-Krankheit. Aber du bist auch ein Giavetti, und Giavettis geben sich immer mehr Mühe, arbeiten härter, lernen besser, und das ist nur recht so, es ziemt sich so, weil
Gott nicht wollte, daß wir Müßiggang treiben und unser Leben
vertrinken wie manche, die ich hier erwähnen könnte. Du mußt
die besten Zensuren bekommen, und selbst wenn du Mathematik nicht magst, mußt du einfach härter arbeiten, bis du auch
darin perfekt bist, weil du in dieser Welt die Mathematik
brauchst und dein Vater, möge Gott ihm vergeben, sich nicht
auf Zahlen verstand und ich nicht zulassen werde, daß du wie
der arme schwache Vincent wirst; das macht mir angst; ich will
nicht, daß mein Sohn ein Landstreicher wird, und ich fürchte,
ich sehe den Landstreicher in dir – ganz wie dein Vater –, sehe
Schwäche in dir. Nein, du bist auch ein Giavetti, vergiß das
nicht. Giavettis tun immer ihre Bestes. Und jetzt sag mir bloß
nicht, daß du schon die meiste Zeit mit Lernen verbringst, und
komm mir nicht mit deinem Job am Wochenende in dem Le-
bensmittelladen. Arbeiten ist gut für dich. Ich habe dir diesen
Job besorgt, denn zeig du mir einen Jungen in deinem Alter, der
nicht nebenbei arbeitet, und ich zeige dir einen künftigen
Nichtstuer. Dabei solltest du selbst mit dem Job und der Schule
und dem, was du hier tust, genügend Freizeit haben, zu viel,
viel zu viel. Vielleicht solltest du sogar ein oder zwei Abende in
der Woche im Markt arbeiten. Wenn man sich richtig Mühe
gibt, ist immer genügend Zeit da; Gott hat die ganze Welt in

sechs Tagen erschaffen, und sag jetzt bloß nicht, daß du nicht Gott bist, denn wenn du im Katechismusunterricht zugehört hast, würdest du wissen, daß du als sein Ebenbild geschaffen bist, und denke daran, du bist ein Giavetti, und das bedeutet, daß du ein klein wenig mehr sein Ebenbild bist als einige andere Leute, die ich erwähnen könnte, wie Vincent Scavello, aber das werde ich nicht. Sieh mich an! Ich arbeite den ganzen Tag, aber ich koche dir auch gutes Essen und halte mit Christine dieses große Haus makellos sauber, makellos, sage ich, Gott ist mein Zeuge, und wenn ich auch manchmal müde bin und das Gefühl habe, ich könnte nicht mehr weiter, dann mache ich trotzdem weiter, für dich, für dich mach' ich weiter, und deine Kleider sind immer hübsch gebügelt, nicht wahr? Und deine Socken immer gestopft. Sag mir nur, du hättest auch nur einmal einen Socken mit einem Loch anziehen müssen! Und wenn ich all das tun und nicht tot umfallen kann und mich nicht einmal beklage, dann kannst du auch ein Sohn sein, auf den ich stolz sein kann, und das wirst du bei Gott auch sein! Und was dich angeht, Christine...«

Evelyn hörte nie auf, ihnen Vorträge zu halten. Immer, jeden Tag. An Festtagen, Geburtstagen, es gab keinen Tag ohne Vorträge, während Christine und Tony wie gebannt dasaßen und nicht wagten, ihr zu widersprechen, weil das nur ihren Zorn anstachelte und zu schlimmen Bestrafungen und weiteren Vorträgen führte. Sie drängte sie gnadenlos, verlangte die größten Leistungen in allem, was sie taten, was nicht unbedingt schlecht war; es hätte möglicherweise sogar gut für sie sein können. Aber wenn sie die besten Noten bekamen, die höchsten Preise, die ausgesetzt waren, gewannen, auf die ersten Plätze im Schulorchester aufrückten, wenn sie all das und noch mehr taten, viel mehr, befriedigte es ihre Mutter doch nie. Das Beste war für Evelyn nicht gut genug. Wenn sie das Beste schafften, den Höhepunkt erreichten, dann machte sie ihnen Vorwürfe, daß sie es nicht früher geschafft hatten, setzte ihnen neue Ziele und behauptete, sie strapazierten ihre Geduld und wollten, daß sie nicht stolz auf sie sein könne.

Und wenn sie das Gefühl hatte, daß die Vorträge nicht ausreichten, setzte sie ihre letzte Waffe ein – Tränen. Sie weinte und machte sich wegen ihres Versagens Selbstvorwürfe: »Ihr werdet beide ein schlimmes Ende nehmen, und es wird meine Schuld sein, ganz allein meine Schuld, weil ich es nicht geschafft habe, an euch heranzukommen, euch klarzumachen, was wirklich wichtig ist. Ich habe nicht genug für euch getan. Ich habe euch nicht dabei helfen können, das Scavello-Blut in euch zu überwinden, und ich hätte es wissen müssen, hätte es besser machen müssen. Was tauge ich schon als Mutter? Gar nichts, ich bin keine Mutter.«

...vor all den Jahren.

Und doch schien es ihr wie gestern.

Christine konnte Charlie Harrison nicht alles über ihre Mutter und diese beengende Kindheit in den finsteren Räumen, inmitten des schweren viktorianischen Mobiliars und der schweren viktorianischen Schuld erzählen, denn dafür hätte sie Stunden gebraucht. Außerdem suchte sie kein Mitleid und war ihrem Wesen nach kein Mensch, dem es gegeben war, die intimen Einzelheiten des Lebens mit anderen zu teilen, nicht einmal mit Freunden, geschweige denn mit Fremden wie diesem Mann, so nett er auch sein mochte. Sie machte nur ein paar Andeutungen über ihre Vergangenheit, schloß aber aus seiner Miene, daß er mehr fühlte und begriff, als sie ihm sagte; vielleicht stand ihr der Schmerz von alledem im Gesicht geschrieben und ließ sich viel leichter davon ablesen, als sie vermutete.

»Diese Jahre waren für Tony schlimmer als für mich«, erklärte sie dem Detektiv. »Hauptsächlich weil Evelyn neben alledem, was sie von ihm erwartete, auch wollte, daß er Priester wurde. Die Giavettis hatten in ihrer Generation zwei Priester hervorgebracht, und das waren die angesehensten Mitglieder der Familie.«

Doch auch abgesehen von der Tradition der Giavettis, der Kirche zu dienen, war Evelyn eine religiöse Frau und hätte selbst ohne diese Tradition Tony zur Priesterschaft gedrängt. Sie tat das mit Erfolg, denn er trat unmittelbar nach der Schule ins Seminar ein. Er hatte keine Wahl. Als er zwölf Jahre alt war, hatte Evelyn ihre Gehirnwäsche an ihm vollendet, und es war ihm einfach nicht möglich, sich selbst in irgendeinem anderen Beruf als dem des Priesters vorzustellen.

»Evelyn erwartete, daß Tony Pfarrer werden würde«, erklärte Christine. »Vielleicht am Ende sogar ein Monsignore, möglicherweise gar ein Bischof. Wie gesagt, sie hatte hohe Maßstäbe. Aber als Tony seine Gelübde ablegte, bat er darum, Missionar werden zu dürfen, und man erfüllte ihm seinen Wunsch – in Afrika. Mama war wütend! Sie müssen wissen, in der Kirche ist es ebenso wie in der Regierungsbürokratie – man kommt in der Hierarchie gewöhnlich durch geschicktes Ausnutzen politischer Beziehungen nach oben. Aber wenn man in irgendeiner Mission im fernen Afrika feststeckt, kann man natürlich nicht dauernd in den Korridoren der Macht sichtbar bleiben. Mama war wütend.«

Der Detektiv sagte: »Hat er sich für die Missionarstätigkeit entschieden, weil er wußte, daß sie dagegen sein würde?«

»Nein. Das Problem war, daß Mama die Priesterschaft als etwas sah, womit Tony ihr und der Familie Ehre bringen konnte. Aber für Tony war die Priesterschaft eine Gelegenheit, anderen zu dienen. Er nahm seine Gelübde ernst.«

»Ist er immer noch in Afrika?«

»Er ist tot.«

»Oh, das tut mir leid.«

»Es ist keine frische Wunde«, beruhigte sie ihn. »Tony ist vor elf Jahren, als ich noch auf die Oberschule ging, von Terroristen getötet worden; es waren afrikanische Revolutionäre. Eine Zeitlang war Mutter untröstlich, aber mit der Zeit schlug diese Trauer in krankhaften Zorn um. Sie war tatsächlich böse auf Tony, daß er sich hatte umbringen lassen – so als wäre er weggegangen, wie vor ihm mein Vater. Sie vermittelte mir das Gefühl, daß ich jetzt das ausgleichen mußte, worin Daddy und Tony sie enttäuscht hatten. In meinem eigenen Leid und meiner Verwirrung, wohl auch meinen Schuldgefühlen sagte ich, ich wolle Nonne werden, und Evelyn... Mutter sprang förmlich auf die Idee. So trat ich auf ihr Drängen nach der Oberschule auf zwei Jahre in einen Konvent ein... und es war eine Katastrophe.«

So viel Zeit war verstrichen, und doch konnte sie sich noch

ganz deutlich daran erinnern, wie sich das Novizinnengewand angefühlt hatte, als sie es zum erstenmal getragen hatte: sein unerwartetes Gewicht, das überraschend grobe Gewebe; und auch daran erinnerte sie sich, wie sie ständig mit den langen Röcken an Türknöpfen, Möbeln und allen möglichen anderen Dingen hängengeblieben war. Das Gefühl, in diese Uniform eingeschlossen zu sein, in einer engen, von steinernen Mauern umgebenen Zelle auf einer einfachen Pritsche zu schlafen, Tag für Tag in den finsteren und asketisch möblierten Mauern des Konvents zu verbringen – das alles haftete an ihr fest, trotz aller Mühe, die sie sich gab, es zu vergessen. Jene verlorenen Jahre waren dem erstickenden Leben in dem viktorianischen Haus in Pomona so ähnlich gewesen, daß, ähnlich wie bei dem Gedanken an ihre Kindheit, jede Erinnerung an die Tage im Konvent einen Druck auf ihre Brust ausübte und sie beim Atmen behinderte.

»Eine Nonne?« sagte Charlie Harrison, der außerstande war, sein Staunen zu verbergen.

»Eine Nonne«, sagte sie.

Charlie versuchte sich diese lebenssprühende, sinnliche Frau in Nonnentracht vorzustellen. Aber er schaffte es einfach nicht. Sein Vorstellungsvermögen lehnte sich dagegen auf.

Zumindest begriff er nun, weshalb sie eine so ungewöhnliche innere Ruhe ausstrahlte. Zwei Jahre in einem Nonnenkloster, zwei Jahre langer, täglicher Meditations- und Gebetssitzungen, zwei Jahre Isoliertheit von den turbulenten Strömungen des Alltagslebens mußten eine dauerhafte Wirkung haben.

Aber nichts davon erklärte, weshalb sie eine so ungeheure plötzliche Anziehungskraft auf ihn ausübte und weshalb er sich in ihrer Gesellschaft wie ein geiler Teenager vorkam. Das war ihm immer noch ein Rätsel, ein angenehmes Rätsel, aber dennoch unerklärlich.

Sie fuhr fort: »Ich hielt zwei Jahre lang durch und versuchte mich selbst zu überzeugen, daß ich für dieses Leben berufen war. Aber es hatte keinen Sinn. Als ich den Konvent verließ, war Evelyn erschüttert. Ihre ganze Familie hatte sie enttäuscht.

Und als ich dann ein paar Jahre später mit Joey schwanger wurde, war Evelyn entsetzt. Ihre einzige Tochter, die eine Nonne hätte werden können, erwies sich statt dessen als eine Frau mit lockerem Lebenswandel, als unverheiratete Mutter. Sie häufte Schuld auf mich, erstickte mich damit.«

Sie blickte zu Boden, hielt einen Augenblick inne, um sich zu fassen.

Charlie wartete. Er verstand sich ebensogut auf das Warten wie auf das Zuhören.

Schließlich sagte sie: »Um diese Zeit hatte ich meine Religion so gut wie verloren... oder war von ihr weggetrieben worden. Ich ging nicht mehr zur Messe. Aber ich war immer noch genügend Katholikin, um vor dem Gedanken einer Abtreibung zurückzuschrecken. Ich behielt Joey und habe es nie bedauert.«

»Und Ihre Mutter hat ihre Einstellung nie geändert?«

»Nein. Wir reden miteinander, aber zwischen uns gibt es einen tiefen Abgrund. Und sie will mit Joey nicht viel zu tun haben.«

»Das ist schlimm.«

»Eigenartigerweise – und das ist beinahe eine Ironie des Schicksals – wandelte sich mein Leben von dem Tage an, an dem ich schwanger wurde. Alles wurde seit damals besser und besser. Ich war noch schwanger, als ich mit Val Gardner eine Partnerschaft einging und anfing, richtiges Geld zu verdienen.« Sie erzählte ihm von Wine & Dine. »Als Joey ein Jahr alt war, konnte ich meine Mutter unterstützen. Ich habe viel Erfolg gehabt, aber das ist für sie ohne Bedeutung; es ist nicht gut genug für sie, nicht, wo ich doch eine Nonne hätte sein können und *immer noch* eine ledige Mutter bin. Sie häuft jedesmal, wenn wir zusammen sind, Schuld auf mich.«

»Nun, jetzt kann ich verstehen, warum Sie da so empfindlich sind.«

»So empfindlich, daß ich... als gestern alles das mit der alten Frau anfing... nun, ich fragte mich im Innersten, ob es vielleicht so bestimmt war.«

»Was wollen Sie damit sagen?«

»Vielleicht ist es mir vorbestimmt, Joey zu verlieren. Vielleicht ist es unvermeidbar.«

»Jetzt kann ich Ihnen nicht folgen.«

Sie zögerte und schaffte es, gleichzeitig zornig und bedrückt, verängstigt und verlegen zu wirken. Sie räusperte sich, atmete tief durch und sagte: »Nun, vielleicht bestraft Gott mich dafür, daß ich als Nonne versagt habe, daß ich meiner Mutter das Herz gebrochen habe und daß ich mich von der Kirche entfernt habe, wo ich ihr doch früher einmal so nahe stand.«

»Aber das ist doch...«

»Lächerlich?« bot sie an.

»Nun, ja.«

Sie nickte. »Ich weiß.«

»Gott ist nicht rachsüchtig.«

»Ich weiß«, sagte sie mit einem leichten Lächeln. »Das ist albern. Unlogisch. Einfach dumm. Und doch nagt es an mir. Alberne Dinge können manchmal wahr sein.« Sie seufzte und schüttelte den Kopf. »Ich bin stolz auf Joey, ungeheuer stolz. Aber ich bin nicht stolz darauf, eine ledige Mutter zu sein.«

»Sie wollten mir etwas über den Vater sagen... für den Fall, daß er damit zu tun hat. Wie hat er geheißen?«

»Er hat mir gesagt, er hieße Luke, eigentlich Lucius, Unter.«

»Unter was?«

»Das war sein Familienname. Unter. Lucius Unter. Aber er hat gesagt, ich solle Luke zu ihm sagen.«

»Unter. Ein höchst ungewöhnlicher Name.«

»Ein *falscher* Name. Wahrscheinlich hat er bereits darüber nachgedacht, wie er mich aus meiner Unterwäsche bekommen könnte, als er ihn erfunden hat«, sagte sie zornig, und dann wurde sie rot. Diese persönlichen Enthüllungen waren ihr offensichtlich peinlich, aber sie ließ sich nicht beirren. »Es ist auf einem Kreuzfahrtschiff nach Mexiko passiert, auf einem dieser Ausflüge vom Typ Love Boat.« Sie lachte humorlos, als sie das Wort Liebe in diesem Zusammenhang erwähnte. »Nachdem ich aus dem Konvent ausgetreten war und ein paar Jahre als Kellnerin gearbeitet hatte, war diese Reise das erste, was ich mir gönnte. Schon ein paar Stunden nach dem Ablegen in Los Angeles begegnete ich einem Mann. Sehr gutaussehend... charmant. Er sagte, er hieße Luke. Nun, und dann gab eines das andere. Er mußte erkannt haben, wie verletzbar ich war, denn er stieß zu wie ein Hai. Ich war damals völlig anders, müssen Sie wissen, so scheu, eben eine ehemalige Nonne, eine Jungfrau, völlig unerfahren. Wir verbrachten fünf Tage zusammen auf diesem Schiff, und ich glaube, die meiste Zeit in meiner Kabine... im Bett. Ein paar Wochen später, als ich feststellte, daß ich schwanger war, versuchte ich Verbindung zu ihm aufzunehmen. Nicht wegen der Alimente, verstehen Sie; ich dachte nur, er hätte ein Recht, etwas über sein Kind zu erfahren.« Wieder lachte sie bitter. »Er hatte mir eine Adresse und eine Telefonnummer gegeben, aber die waren beide falsch. Ich überlegte, ob ich ihn über die Schiffahrtslinie ausfindig machen sollte, aber das wäre so erniedrigend gewesen.« Sie lächelte bedrückt. »Glauben Sie mir, seitdem habe ich ein sehr behütetes Leben geführt. Selbst bevor ich wußte, daß ich schwanger war, fühlte ich mich von diesem Mann und von dieser armseligen Affäre auf dem Schiff beschmutzt. Ich wollte das nie wieder empfinden, also war ich... nun, nicht gerade eine sexuelle Einsiedlerin... aber vorsichtig. Vielleicht ist das die ehemalige Nonne in mir. Ganz entschieden jedenfalls ist es die Nonne in mir, die das Gefühl hat, ich müßte bestraft werden, daß Gott mich vielleicht durch Joey bestrafen wird.«

Er wußte nicht, was er ihr sagen sollte. Er war daran gewöhnt, seinen Klienten eine physische, eine emotionale und eine geistige Stütze zu sein, aber er hätte nicht gewußt, wie er auch spirituelle Stütze hätte sein sollen.

»In bezug auf dieses Thema bin ich ein wenig verrückt«, sagte sie. »Wahrscheinlich werde ich Sie mit all meinen Sorgen auch ein wenig verrückt machen. Ich habe die ganze Zeit Angst, Joey könnte krank werden oder bei einem Unfall zu Schaden kommen. Ich rede dabei nicht nur von gewöhnlicher mütterlicher Besorgnis. Manchmal bin ich vor Sorge um ihn beinahe *besessen*. Und dann taucht gestern diese alte Vettel auf und sagt mir, mein kleiner Junge sei böse, sagt, er müsse sterben, treibt sich mitten in der Nacht ums Haus herum, bringt unseren Hund um ... Nun, sie scheint mir so schonungslos, so unvermeidbar.«

»Das ist sie nicht«, sagte Charlie.

»Nun, jetzt, wo Sie einiges über Evelyn, meine Mutter, wissen, glauben Sie immer noch, daß sie auch beteiligt sein könnte?«

»Eigentlich nicht. Aber es ist immer noch möglich, daß die alte Frau Ihre Mutter über Sie reden hörte oder über Joey und sich deshalb an Sie herangemacht hat.«

»Ich denke, es war einfach ein Zufall. Wir waren zur falschen Zeit am falschen Ort. Wenn wir gestern nicht in dem Shoppingcenter gewesen wären, wenn es irgendeine andere Frau mit ihrem kleinen Jungen gewesen wäre, hätte sich die alte Hexe statt dessen auf die fixiert.«

»Wahrscheinlich haben Sie recht«, sagte er.

Er erhob sich von seinem Schreibtisch.

»Aber machen Sie sich über diese verrückte Person keine Sorgen«, sagte er. »Wir werden sie finden.«

Er ging ans Fenster.

»Wir werden dafür sorgen, daß diese Belästigung aufhört«, sagte er. »Sie werden sehen.«

Er blickte hinaus, über die Dattelpalme hinweg. Der weiße Lieferwagen parkte immer noch auf der anderen Straßenseite. Der dunkelgekleidete Mann lehnte immer noch am vorderen Kotflügel, aber er hatte jetzt aufgehört zu essen, er wartete einfach, die Arme über der Brust verschränkt, den linken Fuß vor dem rechten, und beobachtete den Gebäudeeingang.

»Kommen Sie mal her«, sagte Charlie.

Christine kam ans Fenster.

»Könnte das der Lieferwagen sein, der gestern neben Ihrem Wagen parkte?«

»Mhm. So einer war es.«

»Aber könnte das derselbe sein?«

»Sie meinen, man ist mir heute morgen gefolgt?«

»Hätten Sie das denn bemerkt?«

Sie runzelte die Stirn. »Ich war in einem solchen Zustand ... zu nervös, so aufgeregt ... Es wäre mir wahrscheinlich nicht aufgefallen, daß jemand hinter mir herfuhr, nicht, wenn man es einigermaßen geschickt angestellt hat.«

»Dann könnte es derselbe Lieferwagen sein.«

»Oder nur ein Zufall.«

»Ich glaube nicht an Zufälle.«

»Aber wenn es derselbe Lieferwagen ist, wenn man mich verfolgt hat – wer ist dann der Mann, der am Wagen lehnt?«

Sie waren zu weit von dem Fremden entfernt, um sein Gesicht sehen zu können. Aus dieser Distanz konnte man nur sehr wenig feststellen. Er hätte alt oder jung oder in mittleren Jahren sein können.

»Vielleicht ist er der Mann der alten Frau. Oder ihr Sohn.«

»Aber wenn er mich verfolgt, müßte er ebenso verrückt sein wie sie.«

»Vielleicht.«

»Aber die ganze Familie kann doch nicht verrückt sein.«

»Dagegen gibt es kein Gesetz«, sagte Charlie.

Er ging an seinen Schreibtisch und führte ein Hausgespräch mit Henry Rankin, einem seiner besten Leute. Er beschrieb Rankin den Lieferwagen auf der anderen Straßenseite. »Ich möchte, daß Sie hinübergehen und sich die Zulassungsnummer merken und sich den Typen dort drüben ansehen, um ihn später wiederzuerkennen. Sehen Sie sich alles genau an, ohne dabei auffällig zu wirken. Benutzen Sie den Hintereingang und gehen sie um den Block herum, damit er nicht merkt, wo Sie herkommen.«

»Kein Problem«, sagte Rankin.

»Sobald Sie die Nummer haben, rufen Sie die Zulassungsstelle an und stellen fest, auf wen das Fahrzeug zugelassen ist.«

»Ja, Sir.«

»Und dann berichten Sie mir.«

»Ich gehe jetzt gleich los.«

Charlie legte auf und ging wieder ans Fenster.

»Hoffen wir, daß es nur ein Zufall ist«, sagte Christine.

»Im Gegenteil: Hoffen wir, daß es derselbe Lieferwagen ist. Einen besseren Hinweis könnten wir gar nicht haben.«

»Aber wenn es derselbe Lieferwagen ist, und wenn dieser Mann dazugehört...«

»Der gehört schon dazu.«

»Dann gibt es nicht nur diese alte Frau, die Joey bedrohte. Dann sind es *zwei*.«

»Oder mehr.«

»Was?«

»Es könnte doch noch ein oder zwei geben, von denen wir nichts wissen.«

Ein Vogel flog am Fenster vorbei.

Die Palmwedel bewegten sich in der für die Jahreszeit zu warmen Brise.

Die Sonne versilberte die Fenster der an der Straße parkenden Fahrzeuge.

Am Lieferwagen wartete der Fremde.

Christine sagte: »Was, zum Teufel, hat das alles zu bedeuten?«

10

In dem fensterlosen Keller hielten elf Kerzen die hartnäckigen Schatten in Schach.

Das einzige Geräusch, das zu hören war, war Mutter Grace Spiveys immer schwerer gehender Atem, während sie tiefer in die Trance sank. Die elf Jünger gaben keinen Laut von sich.

Auch Kyle Barlowe war still, sogar völlig still, obwohl er sich unbehaglich fühlte. Der Eichenstuhl, auf dem er saß, war für ihn zu klein. Barlowe war so groß, daß ihm die meisten Möbel so erschienen, als wären sie für Zwerge gebaut worden. Er mochte tiefe, schwellende Polstersessel und altmodische Armsessel mit Ohrenbacken, aber nur, wenn die Ohrenbacken weit genug auseinanderstanden, daß seine breiten Schultern dazwischenpaßten. Er mochte breite Betten und alte freistehende Badewannen, die so groß waren, daß sie ihn nicht nötigten, mit angezogenen Beinen in ihnen zu sitzen, als wäre er ein Baby, das im

Becken gebadet wird. Seine Wohnung in Santa Ana war seiner Körpergröße entsprechend möbliert, aber wenn er nicht zu Hause war, fühlte er sich gewöhnlich in der einen oder anderen Hinsicht unbehaglich.

Aber während Mutter Grace nun tiefer in ihre Trance sank, wartete Barlowe begierig auf die Botschaft, die sie aus der Geisterwelt bringen würde, und mit der Zeit merkte er gar nicht mehr, daß er wie auf einem Kinderstuhl saß.

Er verehrte Mutter Grace. Sie hatte ihm von der Ankunft des Zwielichts erzählt, und er hatte jedes Wort geglaubt. Zwielicht. Ja, das machte Sinn. Die Welt war schon lange für das Zwielicht überfällig. Indem sie ihn davor warnte, daß es herannahte, indem sie seine Hilfe suchte, um die Menschheit darauf vorzubereiten, hatte Mutter Grace ihm Gelegenheit gegeben, Sühne zu tun, ehe es zu spät war. Sie hatte ihn gerettet, mit Leib und Seele.

Bis er ihr begegnet war, hatte er den größten Teil seiner neunundzwanzig Jahre einzig und allein damit verbracht, sich selbst zu zerstören. Er war ein Trunkenbold gewesen, einer, der sich in Bars prügelte, ein Rauschgiftsüchtiger, ein Notzüchtiger, ja sogar ein Mörder. Er war in der Wahl seiner Bettpartnerinnen nicht wählerisch gewesen, hatte wenigstens jede Woche eine andere Frau im Bett gehabt, meistens Junkies oder Prostituierte oder beides. Er hatte sich sieben- oder achtmal eine Gonorrhoe zugezogen und zweimal die Syphilis, und es war eigentlich ein Wunder, daß er die beiden Krankheiten nicht öfter gehabt hatte.

Hier und da, wenn auch selten, war er nüchtern genug gewesen, um klar denken zu können und seine Art zu leben widerwärtig, ja sogar beängstigend zu finden. Aber dann rechtfertigte er sein Verhalten immer wieder, indem er sich einredete, daß sein asoziales, gewalttätiges Verhalten nur die natürliche Reaktion auf die gedankenlose, manchmal sogar absichtliche Grausamkeit war, die die meisten Leute ihm gegenüber an den Tag legten.

Für die Welt war er eine Mißgeburt, ein schwerfälliger Riese mit dem Gesicht eines Neandertalers, das selbst einem Grisly-bären angst machen konnte. Kleine Kinder fürchteten sich gewöhnlich vor ihm. Leute aller Altersstufen starrten ihn an, manche unverhohlen, manche verstohlen. Einige lachten ihn sogar aus, wenn sie glaubten, er würde nicht hinsehen, und machten sich hinter seinem Rücken über ihn lustig. Gewöhnlich tat er so, als würde er es nicht merken, wenn er nicht gerade in der Stimmung war, jemandem den Arm zu brechen oder in den Hintern zu treten. Aber er spürte es *immer*, und es tat weh. Teenager waren am schlimmsten, besonders bestimmte Mädchen, die ihn ganz offen auslachten und dabei kicherten; hier und da, wenn sie genügend weit von ihm entfernt waren, forderten sie ihn sogar heraus. Er war immer ein Außenseiter gewesen, von allen verschmäht und alleine.

Viele Jahre lang hatte er sein gewalttätiges, selbstzerstörerisches Leben vor sich selbst leicht rechtfertigen können. Bitterkeit, Haß und Wut waren ihm ein wesentlicher Panzer gegen die Grausamkeit der Gesellschaft erschienen. Die Welt bestand darauf, ihn zum Außenseiter zu machen, bestand darauf, in ihm entweder einen über zwei Meter großen Tölpel mit einem Affengesicht oder ein bedrohliches Monstrum zu sehen. Nun, ein Tölpel war er nicht, aber es machte ihm nichts aus, das Monstrum für sie zu spielen; es störte ihn überhaupt nicht, ihnen zu zeigen, wie bösartig und erschreckend monströs er sein konnte, wenn er das wirklich wollte. Sie hatten ihn zu dem gemacht, was er war. Er war für seine Verbrechen nicht verantwortlich. Er war schlecht, weil sie ihn schlecht gemacht hatten. Das hatte er sich die meiste Zeit seines Lebens eingeredet.

Bis er Mutter Grace Spivey begegnet war.

Sie zeigte ihm, was für eine armselige, von Selbstmitleid geplagte Kreatur er war. Sie ließ ihn erkennen, wie armselig dünn seine Rechtfertigung für sein sündiges Verhalten war. Sie lehrte ihn, daß ein Ausgestoßener aus seinem Zustand Kraft, Mut, ja sogar Stolz gewinnen konnte. Sie half ihm, den Satan in sich zu sehen, und half ihm dabei, den Teufel zu verjagen.

Sie half ihm zu begreifen, daß seine große Stärke und sein einmaliges Talent zur Zerstörung nur dazu eingesetzt werden durften, den Feinden Gottes Angst und Schrecken einzujagen und sie zu bestrafen.

Wie Kyle Barlowe jetzt vor Mutter Grace saß und miterlebte, wie sie in Trance versank, betrachtete er sie mit unverhohlener Verehrung. Er sah nicht, daß ihre ungepflegte graue Mähne zottig und ein wenig fettig war; für ihn war ihr glänzendes Haar in dem flackernden goldenen Licht wie ein heiliger Nimbus, der ihr Gesicht einrahmte, ein Heiligenschein. Er sah nicht, daß ihre Kleider zerdrückt waren; er bemerkte die Fusseln und Schuppen und Essensflecken nicht, die darauf waren. Er sah nur das, was er sehen wollte. Und er wollte die Rettung sehen.

Sie stöhnte. Ihre Lider flatterten, aber sie schlug die Augen nicht auf.

Während sie immer noch auf dem Boden saßen und ihre Kerzen hielten, kam unter den elf Jüngern des inneren Rates eine gewisse Spannung auf, aber keiner von ihnen sagte etwas oder gab sonst einen Laut von sich, der den Zauber hätte brechen können.

»O Gott«, sagte Mutter Grace, als hätte sie gerade etwas Schreckliches oder vielleicht sogar Beängstigendes gesehen. »O Gott o Gott o Gott!«

Sie zuckte zusammen. Sie schauderte. Sie leckte sich nervös die Lippen.

Schweiß brach ihr auf der Stirn aus.

Ihr Atem ging jetzt schwerer als vorher. Sie stöhnte mit offenem Mund, als wäre sie am Ertrinken. Dann holte sie mit einem kalten, zischenden Geräusch Luft.

Barlowe wartete geduldig.

Mutter Grace hob die Hände, griff ins Leere. Ihre Ringe schimmerten im Kerzenlicht. Dann fielen ihr die Hände wieder auf den Schoß zurück, flatterten kurz wie sterbende Vögel und blieben dann ruhig liegen.

Am Ende sprach sie mit schwacher, abgespannter, zittriger Stimme, die kaum als die ihre zu erkennen war. »Töte ihn.«

»Wen?« fragte Barlowe.

»Den Jungen.«

Die elf Jünger regten sich, sahen einander bedeutsam an, und die Bewegung ihrer Kerzen ließ die Schatten wie belebte Wesen durch den Raum tanzen.

»Du meinst Joey Scavello?« fragte Barlowe.

»Ja. Töte ihn«, sagte Mutter Grace wie aus weiter Ferne. *»Jetzt.«*

Aus Gründen, die weder Barlowe noch Mutter Grace kannte, war er der einzige Mensch, der mit ihr kommunizieren konnte, wenn sie sich in Trance befand. Wenn andere zu ihr sprachen, hörte sie sie nicht. Sie war der einzige Kontakt, den sie mit der Geisterwelt hatten, die einzige, die all die Botschaften von der anderen Seite vermittelte, aber es war Barlowe, der mit seinen vorsichtigen und geduldigen Fragen sicherstellte, daß diese Botschaften immer klar und detailliert waren. Diese Funktion war es – mehr als alles andere –, die ihn überzeugte, daß er einer von Gottes Auserwählten war, so wie Mutter Grace das sagte.

»Töte ihn, töte ihn«, sagte sie in einem eigenartig starren Singsang.

»Und du bist sicher, daß der Junge der Richtige ist?« fragte Barlowe.

»Ja.«

»Es gibt keinen Zweifel?«

»Keinen.«

»Wie kann er getötet werden?«

Das Gesicht von Mutter Grace wirkte jetzt schlaff. In ihrer sonst faltenlosen Haut waren Linien erschienen. Ihr blasses Fleisch hing wie zerknülltes, lebloses Tuch an ihr herunter.

»Wie können wir ihn vernichten?« erkundigte Barlowe sich erneut.

Der Mund hing ihr herunter, der Atem rasselte in ihrer Kehle. Speichel glitzerte in ihren Mundwinkeln, quoll heraus und rann ihr langsam über das Kinn.

»Mutter Grace?« drängte Barlowe.

Ihre Stimme klang noch schwächer als vorher. »Töte ihn... auf irgendeine Weise, die du auswählst.«

»Mit einer Pistole, einem Messer? Feuer?«

»Jede Waffe... wird Erfolg haben... aber nur... wenn du bald handelst.«

»Wie bald?«

»Die Zeit wird knapp. Tag für Tag... wird er... mächtiger... weniger verletzbar.«

»Wenn wir ihn töten, gibt es da ein bestimmtes Ritual, das wir befolgen müssen?« fragte Barlowe.

»Nur daß... wenn er tot ist... sein Herz...«

»Was ist mit seinem Herz?«

»Es muß... herausgeschnitten werden«, sagte sie, und ihre Stimme wurde jetzt kräftiger, schärfer.

»Und dann?«

»Es wird schwarz sein.«

»Sein Herz wird schwarz sein?«

»Eine Kohle. Und verfault. Und ihr werdet sehen...«

Sie richtete sich in ihrem Sessel auf. Der Schweiß von der Stirn rann ihr über das Gesicht. Auf ihrer Oberlippe waren winzige Schweißtropfen erschienen. Ihre weißen Hände flatterten wie zwei im Lichtschein gefangene Motten. Die Farbe kehrte in ihr Gesicht zurück, aber ihre Augen blieben geschlossen. Sie hatte aufgehört zu sabbern, aber der Speichel glänzte immer noch auf ihrem Kinn.

»Was werden wir sehen, wenn wir sein Herz herausschneiden?« fragte Barlowe.

»Würmer«, sagte sie angewidert.

»Im Herzen des Jungen?«

»Ja. Und Käfer, die darin herumkrabbeln.«

Einige ihrer Jünger fingen an miteinander zu murmeln. Jetzt machte das nichts mehr aus. Nichts konnte Mutter Grace' Trance jetzt stören; sie war völlig in sie versunken, ganz im Banne ihrer Visionen.

Barlowe lehnte sich in seinem Stuhl nach vorn, die Hände um die Schenkel gekrampft. »Was müssen wir mit dem Herz tun, sobald wir es ihm aus dem Leib geschnitten haben?«

Sie kaute auf ihrer Unterlippe, so heftig, daß er Angst hatte, sie würde zu bluten anfangen. Jetzt hob sie ihre spastischen Hände wieder und griff ins Leere, als könnte sie dem Äther die Antwort abringen.

»Werft das Herz in...«

»In was?« fragte Barlowe.

»In eine Schüssel mit heiligem Wasser.«

»Aus einer Kirche?«

»Ja. Das Wasser wird kalt bleiben... aber das Herz... wird kochen, zu schwarzem Dampf werden... und sich auflösen.«

»Und dann können wir sicher sein, daß der Junge tot ist?«

»Ja. Tot. Für alle Zeit tot. Dann kann er nicht mehr in einer anderen Inkarnation zurückkommen.«

»Dann gibt es Hoffnung?« fragte Barlowe, der kaum zu glauben wagte, daß es so war.

»Ja«, sagte sie mit belegter Stimme. »Hoffnung.«

»Lobet den Herrn«, sagte Barlowe.

»Lobet den Herrn«, sagten die Jünger.

Mutter Grace schlug die Augen auf. Sie gähnte, seufzte, blinzelte und blickte verwirrt in die Runde. »Wo ist das? Was ist los? Mir ist kalt. Habe ich die Sechs-Uhr-Nachrichten verpaßt? Ich darf die Sechs-Uhr-Nachrichten nicht verpassen. Ich muß wissen, was Luzifers Leute wieder angerichtet haben.«

»Es ist ein paar Minuten vor Mittag«, meinte Barlowe. »Die Sechs-Uhr-Nachrichten sind noch lange nicht.«

Sie starrte ihn mit dem vertrauten, glasigen, wirren Blick an, der immer das Zeichen dafür war, daß sie aus einer tiefen Trance zurückkehrte. »Wer sind Sie? Kenne ich Sie? Das glaube ich nicht.«

»Ich bin Kyle, Mutter Grace.«

»Kyle?« sagte sie, als hätte sie nie von ihm gehört. Ein argwöhnisches Flackern trat in ihre Augen.

»Nur ruhig«, sagte er. »Entspann dich, und denk darüber nach. Du hast eine Vision gehabt. Du wirst dich gleich daran erinnern. Sie wird sich wieder einstellen.«

Er streckte seine zwei riesigen schwieligen Hände aus. Manchmal, wenn sie aus einer Trance kam, war sie so verängstigt und verloren, daß sie freundlichen Kontakt brauchte. Wenn sie seine Hände packte, nutzte sie für gewöhnlich sein Reservoir an physischer Kraft und kam bald wieder zu sich, als wäre er eine Batterie, an die sie sich anschloß.

Aber heute zog sie sich vor ihm zurück. Sie runzelte die Stirn und wischte sich das feuchte Kinn. Sie blickte in die Runde, sah die Kerzen, die Jünger, war sichtlich verblüfft. »Herrgott, ich habe solchen Durst«, sagte sie.

Einer der Jünger beeilte sich, ihr zu trinken zu holen.

Sie sah Kyle an. »Was willst du von mir? Warum hast du mich hierhergebracht?«

»Du wirst alles gleich begreifen«, sagte er geduldig und lächelte aufmunternd.

»Mir gefällt es hier nicht«, sagte sie, und ihre Stimme war dünn und weinerlich.

»Das ist deine Kirche.«

»Kirche?«

»Der Keller deiner Kirche.«

»Es ist finster«, jammerte sie.

»Hier bist du sicher.«

Sie schmollte, als wäre sie ein Kind, runzelte dann die Stirn und sagte: »Ich mag nicht, wenn es dunkel ist. Ich habe Angst vor der Dunkelheit.« Sie preßte sich die Arme an den Leib. »Warum hast du mich hier ins Dunkle gebracht?«

Einer der Jünger stand auf und schaltete die Beleuchtung ein.

Die anderen bliesen die Kerzen aus.

»Kirche?« sagte Mutter Grace erneut und musterte die vertäfelten Kellerwände und die freiliegenden Deckenbalken. Sie gab sich große Mühe, das alles zu begreifen, war aber immer noch desorientiert.

Barlowe konnte nichts tun, um ihr zu helfen. Manchmal brauchte sie bis zu zehn Minuten, um die Verwirrung abzuschütteln, die sich stets nach einer Reise in die Geisterwelt einstellte.

Sie stand auf.

Barlowe erhob sich ebenfalls, ragte über ihr auf.

»Ich muß dringend pinkeln«, sagte sie. »*Ganz* dringend.« Sie schnitt eine Grimasse und legte sich eine Hand auf den Leib. »Kann man hier denn nirgends pinkeln? Hm? Ich muß pinkeln.«

Barlowe winkte Edna Vanoff zu, einer kleinen korpulenten Frau, die dem inneren Rat angehörte, und Edna führte Mutter Grace in den Waschraum am anderen Ende des Kellers. Die alte Frau ging unsicher; sie stützte sich beim Gehen auf Edna und blickte die ganze Zeit verwirrt in die Runde.

Mit lauter Stimme, so laut, daß man sie im ganzen Saal hören konnte, sagte Mutter Grace: »Oh, Mann, ich muß so dringend pinkeln, daß ich Angst habe, ich platze.«

Barlowe seufzte müde und setzte sich auf den zu kleinen, zu harten Stuhl.

Das war für ihn und die anderen Jünger das Schwierigste – Mutter Grace' eigenartiges Verhalten nach einer Vision zu verstehen und zu akzeptieren. Manchmal schien sie in solchen Augenblicken ganz und gar nicht wie eine große spirituelle Führungspersönlichkeit, eher wie eine wirrköpfige, verrückte alte Frau. In allerhöchstens zehn Minuten würde sie wieder ganz die alte sein, und dann würde sie die überzeugte, klar denkende Frau mit dem scharfen Verstand sein, die ihn von einem Leben der Sünde bekehrt hatte. Dann würde niemand Zweifel an ihrer Einsicht, ihrer Macht und ihrer Heiligkeit haben; niemand würde ihre Mission in Zweifel ziehen. Aber während dieser paar beunruhigenden Minuten – obwohl er sie schon oft in diesem Zustand gesehen hatte und wußte, daß er nicht andauerte – fühlte Barlowe sich nichtsdestoweniger unruhig und verunsichert.

Er hatte Zweifel an ihr.

Und haßte sich ob dieser Zweifel.

Er vermutete, daß Gott Mutter Grace diese würdelose Desorientierung auferlegte, um damit den Glauben ihrer Gefolgsleute auf die Probe zu stellen. Auf diese Weise stellte Gott sicher, daß nur die ergebensten Jünger von Mutter Grace bei ihr blieben und daß in den schweren Tagen, die vor ihnen lagen, ihre Kirche stark war. Und doch war Barlowe jedesmal, wenn sie so war, erschüttert.

Er musterte die Mitglieder des inneren Rates, die immer noch auf dem Boden saßen. Sie wirkten alle verstört, und alle beteten. Wahrscheinlich beteten sie um Kraft, um nicht an Mutter Grace zu zweifeln, so wie er an ihr zweifelte. Er schloß die Augen und begann ebenfalls zu beten.

Sie würden all die Stärke, den Glauben und das Vertrauen

brauchen, das sie in sich selbst finden konnten, denn es würde nicht leicht sein, den Jungen zu töten. Er war kein gewöhnliches Kind. Das hatte Mutter Grace ihnen unerschütterlich klargemacht. Er würde über schreckliche Kräfte verfügen und würde vielleicht sogar imstande sein, sie in dem Augenblick zu vernichten, wo sie es wagten, die Hand gegen ihn zu erheben. Aber um der ganzen Menschheit willen mußten sie versuchen, ihn zu töten.

Barlowe hoffte, daß Mutter Grace es ihm erlauben würde, den tödlichen Schlag zu führen. Selbst wenn das seinen eigenen Tod bedeutete, wollte doch er derjenige sein, der dem Jungen die tödliche Wunde schlug. Denn wer auch immer den Jungen tötete – oder bei dem Versuch, das zu tun, starb –, war sicher, einen Platz im Himmel zu bekommen, dicht beim Throne Gottes. Barlowe war überzeugt, daß dies die Wahrheit war. Wenn er seine ungeheure körperliche Kraft und seine aufgestaute Wut einsetzte, um dieses böse Kind zu zerschmettern, dann würde er damit für all die vielen Male Sühne tun, wo er Unschuldigen ein Leid zugefügt hatte, in der Zeit, bevor Mutter Grace sein Leben verändert hatte.

Auf dem harten Eichenstuhl sitzend, die Augen geschlossen, ballten sich seine mächtigen Hände langsam zu Fäusten. Sein Atem ging schneller. Seine mächtigen Muskeln spannten sich, und ein Zittern durchlief ihn. Es drängte ihn, Gottes Werk zu tun.

11

Keine zwanzig Minuten später kam Henry Rankin mit dem Bericht der Zulassungsstelle in Charlie Harrisons Büro.

Rankin war klein, einen Meter achtundfünfzig, schlank, mit der Behendigkeit und der Haltung eines Athleten. Christine fragte sich, ob er vielleicht einmal Jockey gewesen war. Er trug schwarze Mokassins, einen hellgrauen Anzug, ein weißes Hemd, eine blaue Strickkrawatte und ein blaues Tuch, das sorgfältig gefaltet in der Brusttasche seines Jacketts steckte. Er sah ganz und gar nicht so aus, wie Christine sich einen Privatdetektiv vorstellte.

Nachdem Rankin Christine vorgestellt worden war, reichte er Charlie ein Blatt Papier und sagte: »Nach Angaben der Zulassungsstelle gehört der Lieferwagen einer Druckerei, die sich Das Wahre Wort nennt.«

Genaugenommen sah auch Charlie Harrison nicht wie ein Privatdetektiv aus. Sie hatte erwartet, daß er groß sein würde. Charlie war nicht so klein wie Henry Rankin, aber er war nur einen Meter fünfundsiebzig oder einen Meter achtundsiebzig groß. Sie hätte erwartet, daß ein Detektiv wie ein Kleiderschrank gebaut wäre und so aussah, als könnte er mit bloßen Händen eine Ziegelmauer durchbrechen. Charlie war schlank, und obwohl er den Eindruck machte, als würde er sich in einer handgreiflichen Auseinandersetzung durchsetzen können, würde er ganz bestimmt nie eine Mauer einreißen, ob nun aus Ziegeln oder sonstigem Material. Sie erwartete von einem Detektiv, daß er wenigstens etwas gefährlich aussah, mit einem gewalttätigen Blick in den Augen und vielleicht einem schmallippigen, grausamen Mund. Charlie wirkte intelligent, fähig, effizient, aber nicht gefährlich. Er hatte ein unauffälliges, wenn auch durchaus gut geschnittenes Gesicht und dickes blondes, sorgfältig gekämmtes Haar. Das Beste an ihm waren die Augen, graugrün, klar, direkt; es waren warme, freundliche Augen, aber gewalttätig blickten sie nicht, wenigstens konnte sie das nicht feststellen.

Aber obwohl weder Charlie noch Rankin wie Magnum oder Sam Spade oder Philip Marlowe aussahen, hatte Christine das Gefühl, daß sie richtig gewählt hatte. Charlie Harrison war freundlich und selbstbeherrscht und redete nicht um die Dinge herum. Seine Bewegungen und alles, was er tat, wirkten ungewöhnlich knapp, und auch seine Gesten waren abgezirkelt und präzise. Er strahlte Kompetenz und Vertrauenswürdigkeit aus. Sie hatte den Eindruck, daß er alles, was er in die Hand nahm, gut machen würde. Er vermittelte ihr ein Gefühl der Sicherheit.

Es gab nur wenige Menschen, die diese Wirkung auf sie hatten. Verdammt wenige. Ganz besonders Männer. Wenn sie sich in der Vergangenheit auf Männer verlassen hatte, hatten die selten, wenn überhaupt, ihr Vertrauen verdient. Aber der Instinkt sagte ihr, daß Charlie Harrison anders als die meisten anderen Männer war und daß sie es nicht bedauern würde, ihm zu vertrauen.

Charlie blickte von dem Blatt auf, das Rankin ihm gegeben hatte. »Das Wahre Wort, hm? Haben wir darüber etwas in den Akten?«

»Gar nichts.«

Charlie sah Christine an. »Haben Sie je von ihnen gehört?«

»Nein.«

»Haben Sie jemals Prospekte oder Briefpapier oder so etwas für Ihren Feinschmeckerladen drucken lassen?«

»Selbstverständlich. Aber das ist nicht die Druckerei, mit der wir arbeiten.«

»Okay«, sagte Charlie, »wir müssen herausfinden, wem die Firma gehört, versuchen, eine Liste ihrer Angestellten zu bekommen, und eben alles überprüfen.«

»Wird gemacht«, erklärte Henry Rankin.

Zu Christine gewandt, meinte Charlie: »Es könnte sein, daß Sie mit Ihrer Mutter über diese Sache reden müssen, Mrs. Scavello.«

»Das würde ich lieber nicht tun«, sagte sie. »Nur wenn es sich als unbedingt nötig erweist.«

»Nun... in Ordnung. Aber es wird wahrscheinlich nötig werden. Im Augenblick können Sie zur Arbeit gehen. Wir werden eine Weile brauchen, um uns Einzelheiten zu beschaffen.«

»Was ist mit Joey?«

»Er kann heute nachmittag bei mir bleiben«, erklärte Charlie. »Ich möchte sehen, was geschieht, wenn Sie hier ohne den Jungen weggehen. Wird der Mann in dem Lieferwagen Ihnen folgen oder wird er warten, daß Joey herauskommt? Auf diese Weise erfahre ich, für wen von Ihnen er sich am meisten interessiert.«

Er wird auf Joey warten, dachte Christine grimmig. Denn Joey ist es, den er töten will.

Sherry Ordway, die Empfangssekretärin bei Klemet-Harrison, fragte sich, ob sie und Ted, ihr Mann, einen Fehler gemacht hatten. Vor sechs Jahren, nach drei Jahren Ehe, hatten sie beschlossen, daß sie in Wirklichkeit keine Kinder haben wollten, und Ted hatte eine Vasektomie an sich vornehmen lassen. Ohne Kinder konnten sie sich ein besseres Haus, bessere Möbel und einen schöneren Wagen leisten, konnten ungehindert reisen, und die Abende waren immer friedlich und eigneten sich perfekt dazu, sich mit einem Buch oder miteinander einzuigeln. Die meisten ihrer Freunde waren mit Kindern belastet, und jedesmal wenn Sherry oder Ted sahen, wie das Kind von irgend jemandem unartig oder gar bösartig war, gratulierten sie sich gegenseitig zu ihrem klugen Entschluß. Sie genossen ihre Freiheit, und Sherry bedauerte es nie, daß sie kinderlos geblieben waren. Bis zu diesem Augenblick. Während sie Telefongespräche entgegennahm und Briefe tippte und zwischendurch Ablage erledigte, beobachtete sie Joey Scavello und begann sich zu wünschen (nur ein klein wenig), daß er ihr gehörte.

Er war solch ein braver Junge. Er saß in einem der Sessel vor ihrer Empfangstheke und wirkte darin winzig; seine Kinderbeine reichten nicht bis zum Boden. Er redete nur, wenn er angesprochen wurde, unterbrach aber niemanden und zog auch nicht die Aufmerksamkeit auf sich. Er blätterte in den Magazinen, sah sich die Bilder an und summte leise vor sich hin. Er war wirklich das netteste Kind, das sie je gesehen hatte.

Sie hatte gerade einen Brief zu Ende getippt und den Jungen verstohlen dabei beobachtet, wie er, mit gerunzelter Stirn und sich mehrfach auf die Zunge beißend, die Knoten in den Schnürsenkeln seiner Turnschuhe überprüft und dann einen davon neu geschnürt hatte. Sie wollte ihn gerade fragen, ob er noch ein Karameldrops von ihr wollte, als das Telefon klingelte.

»Klemet-Harrison«, meldete sich Sherry.

Eine Frauenstimme sagte: »Ist Joey Scavello da? Er ist ein kleiner Junge, sechs Jahre alt. Sie können ihn nicht verfehlt haben, wenn er da ist; er ist ganz reizend.«

Überrascht, daß jemand den Jungen sprechen wollte, zögerte Sherry.

»Ich bin seine Großmutter«, sagte die Frau. »Christine hat mir gesagt, daß sie den Jungen mit in Ihr Büro nehmen würde.«

»Oh. Seine Großmutter. Ja, natürlich, sie sind im Augenblick hier. Mrs. Scavello ist gerade in Mr. Harrisons Büro. Ich kann Sie nicht verbinden, aber...«

»Nun, in Wirklichkeit will ich mit Joey sprechen. Ist er auch in Mr. Harrisons Büro?«

»Nein. Er wartet hier bei mir.«

»Meinen Sie, ich könnte ihn einen Augenblick sprechen?« sagte die Frau. »Wenn es nicht zu viele Umstände macht.«

»Oh, es macht gar keine Umstände.«

»Ich brauche gar nicht lange.«

»Aber sicher. Einen Augenblick«, sagte Sherry. Sie nahm den Hörer vom Ohr und sagte: »Joey? Für dich. Deine Großmutter.«

»Oma?« sagte er und schien verblüfft.

Er kam an ihren Schreibtisch. Sherry gab ihm das Telefon, und er sagte hallo, aber sonst nichts. Er wurde steif. Seine kleine Hand hielt den Hörer so fest umfaßt, daß seine Knöchel aussahen, als würden sie gleich durch die Haut treten. Er stand mit großen Augen da und lauschte. Alles Blut schoß aus seinem Gesicht. Seine Augen füllten sich mit Tränen. Plötzlich stöhnte er auf, schauderte und knallte den Hörer auf den Apparat.

Sherry zuckte überrascht zusammen. »Joey? Was ist denn?« Sein Mund wurde weich, zitterte.

»Joey?«

»Das war... s-s-sie.«

»Deine Großmutter?«

»Nein. Die H-h-hexe.«

»Hexe?«

»Sie hat gesagt... sie wird mir... das H-herz herausschneiden.«

Charlie schickte Joey zu Christine in sein Büro, schloß die Tür hinter ihm und blieb im Vorzimmer, um Sherry zu befragen.

Sie wirkte bedrückt. »Ich hätte sie nicht mit ihm sprechen lassen sollen. Mir war nicht klar...«

»Es war nicht Ihre Schuld«, sagte Henry Rankin.

»Natürlich war es das nicht«, fügte Charlie hinzu.

»Was für eine Frau...«

»Genau das versuchen wir herauszufinden«, sagte Charlie. »Ich möchte, daß Sie über den Anruf nachdenken und ein paar Fragen beantworten.«

»Sie hat nicht viel gesagt.«

»Sie behauptete, seine Großmutter zu sein?«

»Ja.«

»Hat sie sich als Mrs. Scavello gemeldet?«

»Nun, das nicht. Sie hat ihren Namen nicht genannt. Aber sie wußte, daß er mit seiner Mutter hier ist, und ich hätte nie gedacht, ich meine, nun, sie klang wie eine Großmutter.«

»Wie hat sie denn geklungen, ich meine, genau?« fragte Henry.

»Herrgott, das weiß ich nicht. Eine sehr angenehme Stimme«, sagte Sherry.

»Hatte sie einen Akzent?« fragte Charlie.

»Nein.«

»Es braucht kein sehr auffälliger Akzent gewesen zu sein«, sagte Henry. »Das würde uns sehr weiterhelfen. Jeder hat irgendeinen Akzent.«

»Nun, mir ist jedenfalls nichts aufgefallen«, sagte Sherry.

»Haben Sie irgend etwas im Hintergrund gehört?« fragte Charlie.

»Was zum Beispiel?«

»Irgendeinen Lärm, ein Geräusch?«

»Nein.«

»Wenn sie zum Beispiel von einem Telefonautomaten aus gesprochen hat, würde man Verkehrslärm gehört haben, Straßengeräusche.«

»Davon war nichts zu hören.«

»Irgendwelche anderen Geräusche, aus denen man schließen könnte, von wo aus sie anrief?«

»Nein. Nur ihre Stimme«, sagte Sherry. »Sie klang sehr nett.«

Nach ihrer Vision schickte Mutter Grace alle ihre Jünger, mit Ausnahme von Kyle Barlowe und Edna Vanoff, weg. Dann rief sie von dem Telefon im Keller der Kirche aus die Detektivagentur an, die Joey Scavello und seine Mutter aufgesucht hatten, und sprach kurz mit dem Jungen. Kyle begriff nicht recht, welchen Sinn das hatte, aber Mutter Grace war sehr zufrieden.

»Es reicht nicht aus zu töten«, sagte sie, »wir müssen ihn in Angst und Schrecken versetzen und ihn demoralisieren. Über den Jungen werden wir Satan selbst in Angst und Verzweiflung treiben. Wir werden dem Teufel endlich klarmachen, daß der liebe Gott nie zulassen wird, daß er über die Erde herrscht, und dann wird er schließlich seine bösen Pläne und seine Hoffnungen auf ewigen Ruhm aufgeben.«

Kyle hörte sie gerne so reden. Wenn er Mutter Grace zuhörte, wußte er, daß er, Kyle Barlowe, an den allerwichtigsten Ereignissen in der Geschichte der Welt beteiligt war. Ehrfurcht und Demut machten ihm die Knie weich.

Grace führte Kyle und Edna zum anderen Ende des Kellersaales, wo in einer vertäfelten Wand geschickt eine Tür versteckt war. Hinter der Tür lag ein sechs mal acht Meter großer Raum. Er war voller Waffen.

Ganz zu Anfang ihrer Mission hatte Mutter Grace eine Vision gehabt, in der sie gewarnt worden war, sie müsse, wenn das Zwielicht kam, bereit sein, sich mit mehr als nur mit Gebeten zu verteidigen. Sie hatte die Vision sehr ernst genommen. Dies war nicht die einzige Waffenkammer der Kirche.

Kyle war schon viele Male hier gewesen. Die Kühle des Raumes und der schwache Geruch von Waffenöl war ihm angenehm. Am meisten Freude bereitete ihm die Erkenntnis, daß auf diesen Regalen Tod und Vernichtung harrten, wie ein böser Dschinn in einer Flasche, der nur darauf wartete, daß eine Hand den Stöpsel entfernte.

Kyle mochte Waffen. Es bereitete ihm Freude, eine Pistole in seinen riesigen Händen zu halten, sie hin und her zu drehen, die ihr innewohnende Macht zu fühlen, so wie ein Blinder in der Braille-Schrift die Bedeutung fühlt.

Manchmal, wenn sein Schlaf besonders tief und dunkel war, träumte er davon, eine große Pistole in beiden Händen zu halten und sie auf Leute zu richten. Es war eine Magnum mit einer Mündung, die ihm so groß erschien wie die einer Kanone, und wenn die Waffe aufbrüllte, dann war es wie die Stimme eines Drachens. Jedesmal, wenn sie sich in seiner Hand aufbäumte, ging das wie ein elektrischer Schlag durch ihn, was ihm ungeheures Vergnügen bereitete.

Eine Weile war er wegen dieser nächtlichen Fantasien besorgt gewesen, weil er dachte, der Teufel wäre doch noch nicht ganz aus ihm ausgetrieben. Aber dann erkannte er, daß die Leute in seinen Träumen die Feinde Gottes waren und daß es gut für ihn war, von ihrer Vernichtung zu träumen. Kyle war dazu bestimmt, ein Instrument göttlicher Gerechtigkeit zu sein. Das hatte Grace ihm gesagt.

Jetzt ging Mutter Grace in der Waffenkammer zu den Regalen links von der Tür. Sie nahm eine Schachtel herunter, öffnete sie und entnahm ihr den in Plastik gehüllten Revolver, der darin lag, legte die Waffe auf einen Tisch. Die Waffe, die sie ausgewählt hatte, war eine 38er Smith & Wesson Chief's Special, eine kurzläufige, höchst wirksame Waffe. Sie holte eine weitere Schachtel vom Regal, entnahm ihr ebenfalls eine Waffe und legte sie neben die erste.

Edna Vanoff wickelte die beiden Waffen aus.

Ehe der Tag um war, würde der Junge tot sein, und vermutlich würde eine dieser Waffen das Werkzeug zu seiner Vernichtung sein.

Mutter Grace holte eine Remington Schrotflinte von einem der Regale und brachte sie zu dem Tisch.

Kyles Erregung stieg.

Joey saß in Charlies Sessel hinter dem großen Schreibtisch und trank eine Cola, die Charlie ihm gebracht hatte.

Christine hatte wieder auf dem Besucherstuhl Platz genommen. Sie war sichtlich erschüttert. Ein paarmal sah Charlie, wie sie den Fingernagel zwischen den Zähnen hatte und fast zubiß, ehe ihr klar wurde, daß sie dann auf Acryl gebissen hätte.

Er war darüber verärgert, daß man sie *hier*, in seinem Büro, erreicht und gestört hatte. Sie waren zu ihm gekommen, um Hilfe, um Schutz zu suchen, und jetzt waren sie beide wieder verängstigt.

Auf der Schreibtischkante sitzend, den Blick auf Joey gerichtet, sagte er: »Wenn du nicht über den Anruf reden willst, verstehe ich das. Aber ich würde dir wirklich gerne ein paar Fragen stellen.«

Joey sah seine Mutter an und sagte: »Ich dachte, wir wollten Magnum nehmen.«

Christine lächelte gequält. »Honey, du hast vergessen, daß Magnum in Hawaii ist.«

»Ach, ja, freilich. Mann, das stimmt«, sagte der Junge. Er wirkte verstört. »Magnum hätte uns am besten helfen können.«

Einen Augenblick lang wußte Charlie nicht, wovon der Junge redete, dann erinnerte er sich an die Fernsehserie und lächelte.

Joey nahm einen langen Schluck von seiner Cola und studierte dabei Charlie über den Glasrand. Schließlich meinte er: »Ich schätze, Sie sind wohl auch okay.«

Charlie hätte beinahe gelacht. »Du wirst es nicht bedauern, daß du zu uns gekommen bist, Joey. Also, was hat die Frau am Telefon zu dir gesagt?«

»Sie hat gesagt . . . ›Du kannst dich vor mir nicht verstecken.‹ «

Charlie hörte die Angst in der Stimme des Jungen und sagte schnell: »Nun, da hat sie unrecht. Wenn wir dich vor ihr verstecken müssen, dann können wir das auch. Mach dir darüber keine Sorgen. Was hat sie sonst noch gesagt?«

»Sie hat gesagt, daß sie weiß, was ich bin.«

»Was hat sie wohl damit gemeint?«

Der Junge blickte verstört. »Ich weiß es nicht.«

»Was hat sie sonst noch gesagt?«

»Sie hat gesagt... daß sie mir das Herz herausschneiden wird.«

Von Christine kam ein würgendes Geräusch. Sie stand auf, preßte nervös ihre Handtasche an sich. »Ich denke, ich sollte Joey wegbringen, irgendwohin.«

»Vielleicht müssen Sie das einmal tun«, sagte Charlie beruhigend. »Aber noch nicht jetzt.«

»Ich glaube, daß jetzt die Zeit dafür ist. Ehe etwas passiert. Wir könnten nach San Francisco gehen. Oder noch weiter. Ich bin noch nie in der Karibik gewesen. Dies ist doch eine gute Jahreszeit für die Karibik, oder?«

»Geben Sie mir wenigstens vierundzwanzig Stunden«, sagte Charlie.

»So? Vierundzwanzig Stunden? Und was ist, wenn diese Hexe uns vorher findet? Nein. Wir sollten heute abreisen.«

»Und wie lange haben Sie vor wegzubleiben?« fragte Charlie. »Eine Woche? Einen Monat? Ein Jahr?«

»Zwei Wochen sollten ausreichen. In zwei Wochen werden Sie sie finden.«

»Nicht unbedingt.«

»Wie lange dann?«

Charlie konnte Christines Sorge verstehen und hatte Mitgefühl mit ihr. Er wollte sie nicht zu hart anpacken, wußte aber, daß er genau das tun mußte, und deshalb sagte er: »Sie ist ja ganz offensichtlich irgendwie auf Joey fixiert, geradezu von ihm besessen. Joey hält sozusagen ihren Motor am Laufen. Wenn er nicht da ist, könnte es sein, daß sie die Hörner wieder einzieht. Sie könnte sich für uns in Luft auflösen. Möglicherweise finden wir sie nie, wenn Joey nicht da ist. Haben Sie vor, für immer Ferien zu machen?«

»Wollen Sie damit sagen, daß Sie vorhaben, meinen Sohn als Köder einzusetzen?«

»Nein. Das nicht gerade. Wir würden ihn niemals in eine Falle legen. Wir werden ihn eher als Lockmittel verwenden.«

»Das ist unerhört!«

»Aber es ist auch die einzige Möglichkeit, sie zu kriegen. Wenn er nicht da ist, gibt es keinen Grund für sie, sich zu zeigen.« Er trat neben Christine und legte ihr die Hand auf die Schulter. »Er wird die ganze Zeit bewacht werden. Er wird in Sicherheit sein.«

»Den Teufel wird er.«

»Ich schwöre Ihnen...«

»Sie haben doch die Zulassungsnummer des Lieferwagens«, sagte sie.

»Das könnte nicht genügen. Vielleicht bringt es uns nicht weiter.«

»Sie haben den Namen der Firma, der er gehört. Das Wahre Wort.«

»Das könnte auch nicht reichen. Und wenn es nicht reicht, wenn es uns nicht weiterführt, dann muß Joey dasein, damit die alte Frau es riskieren muß, sich zu zeigen.«

»Mir scheint, daß wir diejenigen sind, die die Risiken eingehen.«

»Vertrauen Sie mir«, sagte er leise.

Sie sah ihm in die Augen.

»Setzen Sie sich«, sagte er. »Bitte. Geben Sie mir eine Chance. Später, wenn ich irgendeinen Hinweis – den leisesten Hinweis – dafür habe, daß wir der Situation nicht gewachsen sind, schicke ich Sie und Joey auf eine Weile aus der Stadt weg. Aber bitte noch nicht jetzt.«

Sie sah an ihm vorbei auf ihren Sohn, der sein Colaglas weggestellt hatte und jetzt ganz vorn auf Charlies großem Sessel saß. Sie schien zu begreifen, daß sich ihre Angst unmittelbar auf den Jungen übertrug, also setzte sie sich hin und bemühte sich um Fassung, wie Charlie es verlangte.

Er setzte sich wieder auf die Schreibtischkante: »Joey, mach dir wegen der Hexe keine Sorgen. Ich weiß ganz genau, wie man mit Hexen umgeht. Überlaß die Sorgen mir. Also, du warst am Telefon, und sie hat gesagt, daß sie... daß sie dich schneiden will. Was hat sie dann gesagt?«

Der Junge runzelte die Stirn und versuchte sich zu erinnern. »Nicht viel, nur irgend etwas von einem Gericht.«

»Gericht?«

»Mhm. Sie hat gesagt... Gott will, daß sie ein Gericht zu mir bringt.«

»Gericht?« fragte Charlie.

»Mhm«, nickte der Junge. »Sie hat gesagt, Gott will, daß sie ein Gericht über mich bringt.« Er sah seine Mutter an. »Warum will Gott, daß diese alte Hexe zu mir kommt?«

»Das will er nicht, Honey. Sie hat gelogen. Sie ist verrückt. Gott hat mit alledem gar nichts zu tun.«

Charlie meinte mit gerunzelter Stirn: »Vielleicht im weitesten Sinne doch. Als Henry sagte, der Lieferwagen gehöre einer Druckerei, die sich Das Wahre Wort nennt, fragte ich mich, ob es vielleicht eine religiöse Druckerei wäre. ›Das Wahre Wort‹ könnte bedeuten: die Heilige Schrift, die Bibel, heilige Worte. Vielleicht haben wir es hier mit einer religiösen Fanatikerin zu tun.«

»Oder zwei davon«, sagte sie mit einem Blick auf das Fenster, wobei sie sich offenbar an den Mann vor dem weißen Lieferwagen erinnerte.

Oder mehr als zwei, dachte Charlie beunruhigt. In den letzten zwei Jahrzehnten, in denen es modern geworden war, den Institutionen der Gesellschaft zu mißtrauen und sich über sie lustig zu machen, waren eine Menge religiöser Kulte entstanden, die nur darauf warteten, das Vakuum zu füllen. Einige davon waren ehrliche, ernsthafte Ableger etablierter Religionen, andere waren Schwindelorganisationen, die nur ihren Gründern dienten, um diese zu bereichern oder um ihre Predigt des Wahnsinns, der Gewalt und der Heuchelei zu verbreiten. Kalifornien war gegenüber ungewöhnlichen und kontroversen Ansichten toleranter als irgendein anderer Staat der USA, und deshalb beherbergte Kalifornien mehr Kulte, gute wie schlechte, als es irgendwoanders gab. Es wäre keineswegs überraschend, wenn aus irgendeinem verrückten Grund einer dieser Kulte angefangen hätte, nach Sündenböcken oder Opfern zu suchen, und sich dafür einen unschuldigen sechsjährigen Jungen ausgesucht hätte. Verrückt ohne Zweifel, aber nicht besonders überraschend.

Charlie hoffte, daß das nicht die Erklärung dafür war, was den Scavellos widerfahren war. Es gab keinen gefährlicheren Feind als einen religiösen Fanatiker mit heiliger Mission.

Und dann, als Charlie sich von Christine abwandte und wieder den Jungen ansah, geschah etwas Seltsames. Etwas Beängstigendes.

Einen Augenblick lang schien die glatte Haut des Jungen lichtdurchlässig zu werden, fast völlig durchsichtig. Unglaublicherweise wurde der Schädel unter der Haut sichtbar. Charlie konnte hohle dunkle Augenhöhlen sehen, die ihn anstarrten. Würmer, die sich dahinter krümmten. Ein knochiges Lächeln. Gähnende schwarze Löcher, wo die Nase hätte sein sollen. Joeys Gesicht war noch da, wenn auch nur wie eine schemenhafte Fotografie, die über das Skelett kopiert war. Eine Vorahnung des Todes.

Charlie stand erschüttert da und hustete.

Die kurze Vision war fast ebensoschnell wieder dahin, wie sie gekommen war, schimmerte nur den Bruchteil einer Sekunde lang vor seinen Augen.

Er sagte sich, daß das Ganze ein Produkt seiner Fantasie war, obwohl ihm noch nie so etwas widerfahren war.

Eine eisige Schlange der Furcht ringelte sich in seinem Magen.

Nur Fantasie. Keine Vision. Visionen gab es nicht. Charlie glaubte nicht an das Übernatürliche, an parapsychologische Phänomene oder solchen Unsinn. Er war ein vernünftiger Mann und stolz auf seine solide, verläßliche Wesensart.

Um seine Überraschung und seine Angst zu tarnen, aber auch um das widerwärtige Bild aus seinem Bewußtsein zu verdrängen, sagte er: »Ah, also, okay, ich denke, Sie sollten dann zur Arbeit fahren, Christine. Sie sollten sich, soweit Sie das können, bemühen, sich ganz normal zu verhalten, als wäre dies ein ganz gewöhnlicher Tag. Ich weiß, daß es nicht leicht sein wird. Aber Sie müssen Ihr Geschäft weiterführen und weiterleben, während wir das für Sie in Ordnung bringen. Henry Rankin wird mitkommen. Ich habe schon mit ihm darüber gesprochen.«

»Sie meinen, er wird als Leibwächter mitkommen?«

»Ich weiß, daß er nicht groß ist«, sagte Charlie, »aber er ist Experte für Selbstverteidigung und trägt eine Waffe, und wenn ich unter meinen Mitarbeitern irgendeinen aussuchen sollte, um ihm mein eigenes Leben anzuvertrauen, dann wäre es, glaube ich, Henry.«

»Ich bin sicher, daß er fähig ist. Aber ich brauche wirklich keinen Leibwächter. Ich meine, die Frau hat es doch auf Joey abgesehen.«

»Der Weg zu ihm führt über Sie«, erklärte Charlie. »Henry geht mit Ihnen.«

»Was ist mit mir?« fragte Joey. »Geh' ich zur Vorschule?« Er sah auf seine Mickey-Mouse-Uhr. »Es ist schon spät.«

»Heute nicht«, sagte Charlie. »Du bleibst bei mir.«

»So? Helfe ich Ihnen bei den Ermittlungen?«

Charlie lächelte. »Na klar. Ich könnte einen tüchtigen jungen Assistenten gebrauchen.«

»Mann! Hast du's gehört, Mama? Ich werde wie Magnum werden.«

Christine zwang sich zu einem Lächeln, und obwohl es unecht war, sah ihr Gesicht dabei lieblicher denn je aus. Charlie sehnte sich danach, ein echtes, warmes Lächeln an ihr zu sehen.

Sie gab ihrem Sohn einen Abschiedskuß, und Charlie sah, daß es ihr schwerfiel, ja Schmerz bereitete, den Jungen unter diesen Umständen zu verlassen.

Er ging mit ihr zur Tür, während Joey hinter ihnen wieder nach seiner Cola griff.

»Soll ich nach der Arbeit hierher zurückkommen?« erkundigte sie sich.

»Nein. Wir bringen ihn zu Ihrem Laden, um... was meinen Sie... fünf?«

»Ja, fein.«

»Dann können Sie und Joey mit Leibwächtern nach Hause fahren. Sie werden bei Ihnen übernachten. Zwei davon bei Ihnen im Haus. Außerdem werde ich wahrscheinlich einen Mann auf der Straße postieren, der nach Leuten Ausschau hält, die nicht in Ihre Nachbarschaft gehören.«

Charlie öffnete die Tür zu seinem Vorzimmer, als Joey plötzlich nach seiner Mutter rief und sie sich umdrehte.

»Was ist mit dem Hund?« sagte der Junge, sprang von Charlies Sessel und kam um den Schreibtisch herum.

»Wir kümmern uns morgen darum, Honey.«

In den letzten paar Minuten war dem Jungen keine Angst anzusehen gewesen. Jetzt begann er wieder unruhig zu werden. »Heute«, sagte er. »Du hast's versprochen. Du hast gesagt, wir würden heute wieder einen Hund kaufen.«

»Honey...«

»Ich muß heute einen Hund haben, ehe es dunkel wird«, sagte der Junge mit kläglicher Stimme. »Ich muß, Mama. Ich muß.«

»Ich kann ja mit ihm einen Hund kaufen gehen«, sagte Charlie.

»Sie haben aber Arbeit«, sagte sie.

»Das ist kein Ein-Mann-Betrieb, Gnädigste. Ich habe einen ziemlich großen Mitarbeiterstab für die Tagesarbeit. Mein Job ist es für den Augenblick, mich um Joey zu kümmern, und wenn es dazugehört, daß man ihm einen Hund besorgen muß, dann werde ich mit ihm gehen und einen Hund kaufen. Kein Problem. Gibt es irgendein Geschäft, das Sie vorziehen?«

»Wir hatten Brandy aus dem Tierheim«, sagte Joey. »Wir haben ihn vor dem sicheren Tod gerettet.«

»Tatsächlich?« sagte Charlie amüsiert.

»Mhm. Die wollten Brandy schlafenlegen. Nur daß es nicht nur Schlaf war. Es war... nun, es war schon Schlaf, aber viel schlimmer als nur Schlaf.«

»Ich kann mit ihm ins Tierheim fahren«, sagte Charlie zu Christine gewandt.

»Wir werden wieder einen retten!« sagte Joey.

»Wenn es nicht zuviel Mühe macht«, meinte Christine.

»Nein, das macht Spaß«, erklärte Charlie.

Sie sah ihn sichtlich dankbar an, und er blinzelte ihr zu. Sie lächelte, diesmal war es halbwegs ein echtes Lächeln, und Charlie hätte sie am liebsten geküßt, tat es aber nicht.

»Keinen Schäferhund«, sagte Christine. »Die machen mir angst. Und auch keinen Boxer.«

»Wie wäre es mit einem Neufundländer?« fragte Charlie, um sich über sie lustig zu machen. »Oder vielleicht einem Bernhardiner oder einem Dobermann?«

»Ein Dobermann!« rief Joey erregt.

»Oder vielleicht eine große, wilde Dogge mit acht Zentimeter langen Zähnen?« fragte Charlie.

»Sie sind unverbesserlich«, sagte Christine, aber sie lächelte dabei wieder, und genau dieses Lächeln war es, das er in ihr hervorrufen wollte.

»Wir werden einen guten Hund besorgen«, sagte Charlie. »Keine Sorge. Vertrauen Sie mir.«

»Vielleicht nenn' ich ihn Pluto«, sagte Joey.

Charlie sah ihn mit gespieltem Schrecken an. »Warum willst du mich Pluto nennen?«

Joey kicherte. »Nicht Sie. Den neuen Hund.«

»Pluto«, sagte Charlie und überlegte. »Nicht schlecht.«

Diesen einen hellen Augenblick lang schien es, als wäre mit der Welt alles in Ordnung. Es schien, als gäbe es so etwas wie den Tod nicht. Und zum erstenmal hatte Charlie das Gefühl, daß sie, die sie zu dritt hier in seinem Büro versammelt waren, irgendwie zusammengehörten, daß ihre Zukunft mehr als nur eine Beziehung zwischen Ermittler und Klient war. Es war ein schönes, warmes Gefühl. Nur schade, daß es nicht von Dauer sein würde.

14

Zwei Revolver und zwei Schrotflinten lagen auf dem Tisch in der Waffenkammer. Alle vier Waffen waren geladen worden. Neben ihnen standen Schachteln mit weiterer Munition.

Mutter Grace hatte Edna Vanoff mit einem Auftrag weggeschickt. Sie und Kyle waren alleine.

Kyle griff nach der Schrotflinte. »Ich führe den Angriff.«

»Nein«, widersprach Mutter Grace.

»Nein? Aber du hast mir immer gesagt daß ich das dürfte.«

»Der Junge wird nicht leicht zu töten sein«, sagte Mutter Grace.

»So?«

»Er ist nicht menschlich. In seinen Adern fließt Dämonenblut.«

»Mir macht er keine Angst«, sagte Kyle.

»Das sollte er aber. Seine Kräfte sind groß, und sie wachsen jeden Tag.«

»Aber ich habe die Kraft des Allmächtigen Gottes hinter mir.«

»Trotzdem wird dieser erste Angriff mit hoher Wahrscheinlichkeit scheitern.«

»Ich bin bereit zu sterben«, sagte er.

»Ich weiß, mein lieber Junge. Ich weiß. Aber ich darf das Risiko nicht eingehen, dich gleich zu Anfang dieser Schlacht zu verlieren. Du bist zu wertvoll. Du bist mein Band zwischen dieser Welt und dem Geisterreich.«

»Ich bin auch der Hammer«, sagte er verdrießlich.

»Ich weiß um deine Kraft.«

Sie nahm ihm die Schrotflinte weg und legte sie wieder auf den Tisch.

Er verspürte den schrecklichen Drang, nach irgend etwas zu schlagen, natürlich im Namen Gottes. Er hatte es nicht mehr nötig, Schmerz und Vernichtung über die Unschuldigen zu bringen, nur um daraus Befriedigung zu ziehen. Diese Tage waren für immer vorbei. Aber er sehnte sich danach, ein Soldat Gottes zu sein. Seine Brust spannte sich dabei.

Er hatte sich auf den Angriff heute abend gefreut. Seine Nerven waren zum Zerreißen gespannt. »Der Hammer Gottes«, erinnerte er sie.

»Und zur rechten Zeit wirst du eingesetzt werden«, versicherte sie ihm.

»Wann?«

»Wenn es eine echte Chance gibt, das Kind zu vernichten.«

»Was? Wenn es heute abend keine Chance gibt, ihn zu vernichten, warum versuchen wir es dann überhaupt, diesen kleinen Bastard zu erwischen? Warum warten wir nicht?«

»Weil wir, wenn wir Glück haben, ihm wenigstens weh tun können, ihn verwunden können«, sagte Mutter Grace. »Und das wird sein Selbstvertrauen erschüttern. Im Augenblick glaubt diese kleine Bestie, daß wir ihr nie Schaden zufügen können. Wenn Joey zu glauben beginnt, daß er verletzbar ist, wird er noch verletzbarer *werden*. Wir müssen zuerst sein Selbstvertrauen erschüttern, verstehst du?«

Kyle nickte widerstrebend.

»Und wenn wir großes Glück haben«, sagte Grace, »wenn Gott mit uns ist und der Teufel nicht aufpaßt, könnten wir es schaffen, die Mutter zu töten. Dann wird der Junge alleine sein. Der Hund ist bereits weg. Wenn die Mutter auch noch entfernt wird, wird der Junge niemanden haben, und dann wird sein Selbstvertrauen zusammenbrechen, und er wird höchst verletzbar werden.«

»Dann laß mich die Mutter töten«, bettelte Kyle.

Sie lächelte ihm zu und schüttelte den Kopf. »Mein lieber Junge, wenn Gott will, daß du sein Hammer bist, werde ich es dir sagen. Bis dahin mußt du Geduld haben.«

Charlie stand mit einem starken Feldstecher, der zugleich als Kamera diente, am Fenster. Er richtete das Glas auf den Mann, der unten auf der Straße vor dem weißen Lieferwagen stand.

Der Fremde war etwa einen Meter achtzig groß, dünn, blaß, mit zusammengepreßtem Mund, einer schmalen Nase und buschigen dunklen Augenbrauen, die über der Nase zusammengewachsen waren. Der Mann konnte seine Hände nicht ruhig halten; eine Hand zupfte an seinem Hemdkragen, die andere glättete sein Haar und kniff dann in sein Ohrläppchen. Kratzte sich am Kinn. Schnippte ein Fussel von der Jacke. Glättete sich wieder das Haar. Er würde sich nie als gewöhnlicher Arbeiter ausgeben können, der hier Mittagspause machte.

Charlie knipste ein paar Fotos von ihm.

Als Christine Scavello und Henry in dem grauen Firebird der Frau wegfuhren, wäre der Beobachter beinahe in den Lieferwagen gestiegen und ihnen nachgefahren. Aber dann zögerte er, sah sich verwirrt um und beschloß schließlich, da zu bleiben, wo er war.

Joey stand neben Charlie. Er war gerade groß genug, um zum Fenster hinaussehen zu können. »Er wartet auf mich, was?«

»Sieht so aus.«

»Warum gehen wir nicht einfach hinaus und erschießen ihn?« fragte Joey.

Charlie lachte. »Wir können nicht einfach herumlaufen und Leute erschießen. Jedenfalls nicht in Kalifornien. Vielleicht, wenn das New York wäre.«

»Aber Sie sind doch Privatdetektiv«, sagte Joey. »Haben Sie nicht eine Lizenz zu töten?«

»Die hat nur James Bond.«

»Kennen Sie ihn auch?« fragte Joey.

»Eigentlich nicht«, sagte Charlie.

Er ist erst sechs, erinnerte sich Charlie. Manchmal benahm sich der Junge, als wäre er ein paar Jahre älter, und drückte sich mit einer Klarheit aus, wie man es von einem Sechsjährigen gar nicht erwartete.

Der Junge sah wieder zum Fenster hinaus. Einen Augenblick lang war er still, während Charlie zwei letzte Fotos von dem Mann an dem weißen Lieferwagen schoß. Dann sagte er: »Ich begreife wirklich nicht, warum wir ihn nicht erschießen können. Er würde mich auch erschießen, wenn er Gelegenheit dazu hätte.«

»Oh, ich denke nicht, daß er so weit gehen würde«, sagte Charlie, bemüht, den Jungen davon abzuhalten, sich selbst angst zu machen.

Aber Joey sagte mit einem Gleichmut und einem Tonfall, der, wenn man die Umstände in Betracht zog, weit über seine Jahre hinausging: »Oh, doch. Das würde er. Er würde mich erschießen, wenn er damit durchkäme. Er würde mich erschießen und mir das Herz aus dem Leib schneiden, genau das würde er tun.«

Fünf Stockwerke unter ihnen glättete der Beobachter mit einer blassen, langfingrigen Hand sein Haar.

Teil II

DER ANGRIFF

Naht das Ende der Welt?
Ist das der Teufel, den man summen hört?
Klingen da die Glocken des Jüngsten Tages?
Ist das der Teufel, den man singen hört?

Oder übertreiben sie ihre finsteren Ängste?
Sind diese Prediger des Jüngsten Tages etwa
   wirr im Kopf?

Jene, die das Herannahen aller Höllen fürchten,
sind es, die man selbst fürchten sollte.

Das Buch der gezählten Sorgen

Ein Fanatiker tut das, was er glaubt, das Gott
tun würde, wenn er alle Fakten kennte.

Finley Peter Dunne

15

Das Wine & Dine lag in einem attraktiven, mit viel Holz und Backstein errichteten Einkaufszentrum, das eine halbe Straße vom Yachthafen von Newport Beach entfernt war. Selbst an einem Montag herrschte ein ständiges Kommen und Gehen in der Abteilung für Import-Lebensmittel und fast ebenso in der Weinabteilung. Es gab immer wenigstens zwei oder drei Leute, die in der Geschirrabteilung herumstöberten, die Töpfe und Pfannen, importierte Eismaschinen und andere Küchenutensilien inspizierten. Am Nachmittag verkauften Christine und Val und ihre Angestellte Tammy zwei teure Spaghettimaschinen, einen hochwertigen Messersatz, ein schönes kupfernes Rechaud sowie eine wie ein Schmuckstück gebaute Cappuccino-Maschine, die mit neunhundert Dollar ausgezeichnet war.

Obwohl der Laden vom ersten Tag nach der Öffnung an ungewöhnlich erfolgreich gewesen war und bereits in der dritten Woche einen Profit abgeworfen hatte (was für ein neues Geschäft unerhört war), war Christine jeden Tag aufs neue überrascht und entzückt, daß die Registrierkasse nicht zu klingeln aufhörte. Sechseinhalb Jahre verläßlicher Einkünfte hatten sie immer noch nicht gegen den Erfolg abgestumpft.

Der rege Betrieb im Wine & Dine ließ den Montagnachmittag viel schneller verstreichen, als sie dies für möglich gehalten hatte, nachdem sie Joey widerstrebend bei Charlie Harrison zurückgelassen hatte. Die verrückte alte Frau ging ihr natürlich nicht aus dem Kopf. Einige Male dachte sie an Brandys geköpfte Leiche auf der hinteren Veranda und hatte dann jedesmal ein paar Minuten lang mit Schwäche zu kämpfen. Henry Rankin war allgegenwärtig, half mit, Einkäufe in Tüten zu verpacken, neue Ware auszuzeichnen, und unterstützte sie auch sonst, wo immer er konnte unter dem Vorwand, ein Angestellter zu sein, beobachtete aber dabei die ganze Zeit verstohlen die Kunden und war bereit einzugreifen, falls Christine bedroht schien.

Nichtsdestoweniger zogen die Stunden trotz der blutigen Bilder von Brandy, die sie plagten, und trotz der dauernden Erinnerung an die Gefahr schnell vorüber, und es war eine große Erleichterung für sie, beschäftigt zu sein.

Val Gardner war ebenfalls eine große Hilfe. Christine hatte ihr etwas widerstrebend erzählt, was vorgefallen war, obwohl sie befürchtet hatte, dies würde dazu führen, daß Val sie den ganzen Tag mit Fragen belästigen und sie damit bis fünf Uhr nachmittag zum Wahnsinn treiben würde. Val schien solche widrigen Umstände, und seien sie noch so klein, sichtlich zu genießen, und sie behauptete, selbst Kleinigkeiten wie ein tropfender Wasserhahn oder eine Laufmasche seien für sie ›traumatisch‹. Für Val war eine Erkältung oder ein abgebrochener Fingernagel ein Drama, ja eine Tragödie, aber dafür bereiteten ihr die kleinen Schicksalsschläge, die diese Reaktion in ihr auslösten, nie wirklichen Ärger oder Depressionen; sie genoß es einfach, die Heldin ihrer eigenen Seifenoper zu sein, ihr Leben zu dramatisieren und es damit für sich selbst farbenfroher zu machen. Wenn sie hier und da kein Trauma hatte, das ihren Tag erhellte, dann begnügte sie sich auch mit den Problemen ihrer Freunde und nahm sie auf sich, als wäre sie eine Kombination von Dear Abby und Atlas mit der Welt auf ihren Schultern. Aber sie meinte es gut und verstand Spaß, war ehrlich und arbeitete hart. Jetzt war Val, zu Christines Überraschung, empfindsam genug, um nicht näher auf die verrückte Frau und die Bedrohung von Joeys Leben einzugehen; sie hielt den Mund, obwohl es ohne Zweifel tausend nagende Fragen gab, die an ihr zehrten.

Um fünf Uhr erschien Charlie Harrison mit Joey und zwei Männern, die so aussahen, als wären sie auf dem Weg in ein Filmstudio, um sich dort um eine Rolle im nächsten Herkules-Film zu bewerben. Das waren die Leibwächter, die so lange Dienst tun sollten, bis das nächste Team sie um Mitternacht ablöste.

Der erste war Pete Lockburn, einen Meter achtundachtzig groß, mit lockigem blondem Haar, einem ernsten Gesicht und wachsamen Augen. Die Schultern seines Jacketts sahen aus, als wären sie mit zwei Eisenbahnschwellen ausgepolstert, aber in Wirklichkeit steckten nur Bizepse darunter. Der andere war Frank Reuther, ein Schwarzer, ebenso gefährlich aussehend wie Lockburn und Besitzer der größten Hände, die Christine je gesehen hatte. Lockburn und Reuther trugen beide Anzug und Krawatte und wirkten eher ruhig und höflich, und trotzdem würde man sie nie für Baptistenprediger oder Pazifisten oder Mitarbeiter einer Werbeagentur halten. Sie sahen so aus, als würden sie sich auf Ringkämpfe mit Grislybären einlassen und ausgewachsene Eichen in Stücke brechen, nur um in Form zu bleiben.

Val starrte sie erstaunt an, und ein besorgter Blick zog über ihr Gesicht, als sie sich Christine zuwandte. »Oh, Chris, Baby, hör zu, ich glaube, ich hab' das alles gar nicht so richtig kapiert, bis deine Armee hier aufgetaucht ist. Ich meine, das ist wirklich ernst, wie?«

»Wirklich ernst«, pflichtete Christine ihr bei.

Die beiden Männer, die Grace für den Einsatz auswählte, waren Pat O'Hara und Kevin Baumberg. O'Hara war Ire, vierundzwanzig Jahre alt, massiv gebaut, etwas übergewichtig und vom katholischen Glauben konvertiert. Baumberg war ein kleiner, stämmiger Mann mit einem dichten schwarzen Bart. Er hatte sein Leben als Jude aufgegeben, dazu eine Familie und ein prosperierendes Juweliergeschäft, und alles das, um Mutter Grace dabei zu helfen, die Welt auf das Zwielicht vorzubereiten, das Erscheinen des Antichrist. Sie hatte sie für das Attentat ausgewählt, weil sie zwei wichtige Dinge symbolisierten: die universale Bedeutung ihrer Botschaft und die Brüderschaft aller guten Menschen als die einzige Macht, die die Chance hatte, das Ende der Welt hinauszuzögern oder gar zu verhindern.

Ein paar Minuten nach fünf trugen O'Hara und Baumberg ein paar Wäschesäcke aus dem Keller der Kirche in Anaheim. Sie gingen die Betontreppe zum Parkplatz hinauf.

Die frühe Winternacht, die wie eine riesige schwarze Armada über den Himmel zog, hatte bereits das meiste Licht zum westlichen Horizont vertrieben. Ein paar drohende Wolken waren vom Meer hereingezogen, und die Luft war feucht und kühl.

O'Hara und Baumberg legten die Wäschesäcke in den Kofferraum einer weißen Chrysler-Limousine, die der Kirche gehörte. Die Säcke enthielten zwei Schrotflinten, zwei Revolver und Munition, die Mutter Grace gesegnet hatte.

Angespannt, von Angst erfüllt und mit Gedanken befaßt, die die Sterblichkeit zum Inhalt hatten, war keinem der beiden Männer nach Reden zumute. Schweigend fuhren sie aus dem Parkplatz auf die Straße, wo ein neuerwachter Wind plötzlich die Bäume am Randstein zerzauste und trockene Blätter über den Rinnstein fegte.

16

Während Tammy mit den letzten Kunden des Tages beschäftigt war, sagte Charlie zu Christine: »Irgendwelche Probleme? Hat jemand Schwierigkeiten gemacht?«

»Nein. Alles ganz friedlich.«

Henry Rankin fragte: »Was haben Sie über Das Wahre Wort ausfindig gemacht?«

»Zuviel, um es Ihnen jetzt zu sagen«, erklärte Charlie. »Ich möchte Christine und Joey nach Hause bringen und mich vergewissern, daß ihr Haus sicher ist und sie in der Nacht nicht in Gefahr sind. Aber ich habe Ihren Wagen mitgebracht. Er steht draußen. Auf dem Vordersitz liegt eine Kopie der Akte bis zum jetzigen Stand. Sie können sie später lesen, damit Sie informiert sind.«

»Brauchen Sie mich heute abend noch?« fragte Henry.

»Nee«, sagte Charlie.

Und Joey sagte: »Mama, komm. Komm zum Wagen. Ich möcht' dir was wirklich Hübsches zeigen.«

»Gleich, Honey.«

Obwohl sowohl Lockburn als auch Reuther zumindest physisch die Art von Männern waren, von denen die meisten Frauen träumten, hatte Val Gardner für keinen von beiden auch nur einen Blick übrig. Sie konzentrierte sich sofort auf Charlie, sobald dieser mit Henry Rankin zu Ende geredet hatte, und drehte ihren Charme auf, bis er heiß wie eine Gasflamme war.

»Ich wollte schon immer einen Detektiv kennenlernen«, hauchte Val. »Das muß ein aufregendes Leben sein.«

»Tatsächlich ist es meistens langweilig«, erklärte Charlie. »Der größte Teil unserer Arbeit besteht aus Recherchen oder Beobachtungen, Stunden um Stunden der Langeweile.«

»Aber hier und da...« kokettierte Val.

»Nun, freilich, hier und da gibt es auch Feuerwerk.«

»Ich wette, daß das die Augenblicke sind, für die Sie leben«, sagte Val.

»Niemand freut sich besonders darauf, vom Ehemann in einem häßlichen Scheidungsfall angeschossen zu werden oder eins über die Nase zu bekommen.«

»Jetzt sind Sie bloß bescheiden«, sagte Val und drohte ihm scherzhaft mit dem Finger, wobei sie ihren ganzen Charme aufbot.

Und davon hatte sie eine ganze Menge. Sie war eine äußerst attraktive Frau mit kastanienfarbenem Haar, leuchtendgrünen Augen und einer faszinierenden Figur. Christine beneidete Val um ihr gutes Aussehen. Obwohl einige Männer Christine gesagt hatten, daß sie schön sei, glaubte sie diesen Komplimenten nie. In den Augen ihrer Mutter war sie nie schön gewesen; tatsächlich hatte ihre Mutter immer gesagt sie sei ein ›gewöhnliches‹ Kind. Und obwohl sie wußte, daß die Maßstäbe ihrer Mutter unerträglich hoch waren und daß die Ansichten ihrer Mutter nicht immer vernünftig oder fair waren, war das Bild, das Christine sich von sich selbst machte, immer das einer *irgendwie* hübschen Frau im bescheidensten Sinne, einer Frau, die sich eher für eine Nonne als für eine Sirene eignete. Manchmal, wenn Val sich besonders herausgeputzt hatte und sich sehr kokett gab, kam Christine sich neben ihr wie ein Junge vor.

Zu Charlie meinte Val jetzt: »Ich wette, Sie sind der Typ Mann, der etwas Gefahr in seinem Leben braucht, um es zu würzen, der Typ Mann, der weiß, wie man mit Gefahren *umgeht*.«

»Ich fürchte, Sie sehen mich zu romantisch«, sagte Charlie.

Aber Christine blieb nicht verborgen, daß ihm Vals Interesse guttat.

Joey sagte: »Mama, bitte, komm. Komm zum Wagen. Wir haben einen Hund. Eine echte Schönheit. Komm und schau ihn dir an.«

»Aus dem Tierheim?« fragte Christine Charlie und unterbrach damit Vals Auftritt.

»Mhm«, sagte er. »Ich habe versucht, Joey zu einem hundert Kilo schweren Mastiff namens Killer zu überreden. Aber er wollte nicht auf mich hören.«

Christine grinste.

»Komm, schau ihn dir an, Mama«, bettelte Joey. »Bitte.« Er griff nach ihrer Hand und zerrte sie zur Tür.

»Macht es dir etwas aus, alleine zu schließen, Val?« fragte Christine.

»Ich bin nicht alleine. Ich habe Tammy«, sagte Val. »Fahr nur nach Hause.« Sie sah Charlie bedauernd und etwas wehmütig an und wünschte sich offenbar, sie hätte mehr Zeit, um ihn zu bearbeiten. Dann meinte sie, wieder zu Christine gewandt: »Und wenn du morgen nicht kommen willst, dann denk dir deswegen nichts.«

»Oh«, sagte Christine, »ich komme schon. Auf die Weise vergeht der Tag schneller. Ohne Arbeit wäre ich heute nachmittag verrückt geworden.«

»Nett, Sie kennenzulernen«, sagte Charlie zu Val.

»Ich hoffe Sie wiederzusehen«, sagte sie und schenkte ihm ein Hundert-Kilowatt-Lächeln.

Pete Lockburn und Frank Reuther gingen als erste aus dem Laden und musterten die Promenade vor der Reihe von Geschäften, wobei sie insbesondere den Parkplatz argwöhnisch studierten. Christine fühlte sich in ihrer Gesellschaft verlegen. Sie hielt sich nicht für wichtig genug, um Leibwächter zu brauchen. Nur Politiker und Filmstars brauchten Leibwächter. Die Anwesenheit dieser zwei bezahlten Revolvermänner machte sie verlegen, so als wäre ihr plötzlich irgend etwas in den Kopf gestiegen.

Im Osten war der Himmel schwarz. Über ihnen war er noch von tiefem Blau. Im Westen über dem Meer gab es einen grellen orange-gelb-rot-braunen Sonnenuntergang, der eine drohende Ansammlung herannahender Sturmwolken von unten beleuchtete. Obwohl der Tag für den Februar warm gewesen war, lag bereits eine gewisse Kühle in der Luft. Später würde es richtig kalt werden. In Kalifornien gehörten warme Wintertage zu den häufigen Geschenken der Natur, aber für warme Winternächte reichte ihre Großzügigkeit nur selten.

Ein dunkelgrüner Chevrolet, ein Firmenwagen von Klemet-Harrison, parkte neben Christines Firebird. Auf dem Hintersitz war ein Hund, der durch das Seitenfenster zu ihnen herausspähte, und als Christine ihn sah, stockte ihr der Atem in der Kehle.

Es war Brandy. Ein oder zwei Sekunden lang stand sie wie vom Blitz gerührt da und wollte ihren Augen nicht trauen. Dann begriff sie, daß es natürlich nicht Brandy war, aber ein anderer Golden Retriever, praktisch von der gleichen Größe, im gleichen Alter und der gleichen Farbe wie Brandy.

Joey rannte voraus und riß die Tür auf, und der Hund sprang heraus, wobei er einmal kurz und vergnügt bellte. Er beschnüffelte die Beine des Jungen und sprang dann an ihm hoch, legte ihm die Pfoten auf die Schultern und hätte ihn beinahe umgeworfen.

Joey lachte und zerzauste dem Hund das Fell. »Ist er nicht nett, Mama?«

Sie sah Charlie an, dessen Grinsen fast so breit wie das Joeys war. Immer noch zehn Meter von dem Jungen entfernt und außer dessen Hörweite, sagte sie leise und sichtlich verstimmt: »Glauben Sie nicht, daß eine andere Rasse eine bessere Wahl gewesen wäre?«

Charlie schien über ihren anklagenden Tonfall verblüfft. »Sie meinen, er ist zu groß? Joey hat mir gesagt, er sei genausogroß wie der Hund . . . den Sie verloren haben.«

»Nicht nur genausogroß. Es ist derselbe Hund.«

»Sie meinen, Brandy war ein Golden Retriever?«

»Hab' ich Ihnen das nicht gesagt?«

»Sie haben die Rasse nie erwähnt.«

»Oh. Hat Joey auch nichts gesagt?«

»Kein Wort.«

»Der Hund ist ein exaktes Double für Brandy«, sagte Christine besorgt. »Ich weiß nicht, ob das eine besonders gute Idee ist – im psychologischen Sinne, meine ich.«

Joey drehte sich jetzt zu ihnen herum und hielt den Retriever am Halsband. Er bestätigte ihre Vermutung, als er sagte: »Mama, weißt du, wie ich ihn nennen werde? Brandy! Brandy den Zweiten!«

»Jetzt verstehe ich, was Sie meinen«, sagte Charlie zu Christine.

»Er versucht zu verdrängen, daß Brandy getötet worden ist«, sagte sie, »und das ist ungesund.«

Während die Natriumdampflampen des Parkplatzes aufflammten und einen gelben Schein in das sich verdichtende Zwielicht streuten, ging sie zu ihrem Sohn und kauerte sich neben ihm nieder. Der Hund beschnüffelte sie, legte den Kopf zur Seite und musterte sie, als wollte er herausfinden, wie sie einzuordnen war, legte dann eine Pfote auf ihr Bein und suchte damit eine Bestätigung, daß ihr das genauso gefallen würde wie seinem neuen Herrchen.

Sie spürte, daß es bereits zu spät war, den Hund wieder zurückzubringen und eine andere Rasse zu besorgen, spürte, daß Joey sich bereits zu dem Tier hingezogen fühlte, und beschloß, wenigstens zu verhindern, daß er den Hund Brandy nannte.

»Honey, ich glaube, es wäre eine gute Idee, einen anderen Namen zu nehmen.«

»Ich mag Brandy«, sagte er.

»Aber wenn du den Namen wieder verwendest... ist das wie eine Beleidigung für den ersten Brandy.«

»Wirklich?«

»Als würdest du versuchen, unseren Brandy zu vergessen.«

»Nein!« sagte er entschieden. »Ich könnte ihn nie vergessen.« Tränen traten ihm in die Augen.

»Dieser Hund sollte einen eigenen Namen bekommen«, beharrte sie sanft.

»Ich mag den Namen Brandy wirklich.«

»Komm. Überleg dir einen anderen.«

»Nun...«

»Wie wär's mit Prinz?«

»Puuh! Aber vielleicht... Randy.«

Sie runzelte die Stirn und schüttelte den Kopf. »Nein, Honey. Laß dir etwas anderes einfallen. Etwas völlig anderes. Wie wär's mit einem Namen aus *Krieg der Sterne?* Wär' es nicht fein, einen Hund zu haben, der Chewbacca heißt?«

Sein Gesicht hellte sich auf. »Ja! Chewbacca! Das wäre fein.«

Als hätte er jedes Wort verstanden und wollte seine Zustimmung bekräftigen, bellte der Hund einmal und leckte Christine die Hand.

»Okay, dann wollen wir Chewbacca in Ihren Firebird setzen«, sagte Charlie. »Ich möchte hier weg. Sie und Joey und ich nehmen den Chevy, und Pete wird fahren. Frank wird uns in Ihrem Wagen mit Chewbacca folgen. Und dann haben wir übrigens Gesellschaft.«

Christine blickte in die Richtung, die Charlie ihr wies. Der weiße Lieferwagen stand am anderen Ende des Parkplatzes, halb im gelben Lichtschein der hohen Laternen, halb im Schatten. Der Fahrer war hinter der schwarzen Windschutzscheibe nicht zu sehen, aber sie wußte, daß er da war, sie beobachtete.

17

Die Nacht war angebrochen.

Die Sturmwolken wälzten sich immer noch von Westen heran. Sie waren schwärzer als die Nacht selbst und verdeckten schnell die Sterne.

In dem weißen Chrysler rollten O'Hara und Baumberg langsam dahin und studierten die gepflegten teuren Häuser zu beiden Seiten der Straße. O'Hara saß am Steuer, und die Hände rutschten ihm immer wieder vom Steuerrad ab, weil ihm der kalte Schweiß ausgebrochen war. Er wußte, daß er in dieser Sache ein Agent Gottes war, weil Mutter Grace ihm das gesagt hatte. Er wußte, daß das, was er tat, gut und richtig und absolut notwendig war, aber er konnte sich selbst dennoch nicht als Meuchelmörder vorstellen, ob nun heilig oder nicht. Er wußte, daß Baumberg genauso zumute war, weil der Atem des ehemaligen Juweliers für jemanden, der sich in keiner Weise körperlich angestrengt hatte, viel zu schnell ging. Die paarmal, die Baumberg etwas zu ihm gesagt hatte, war seine Stimme zittrig und höher als gewöhnlich gewesen.

Sie hatten keine Zweifel an ihrer Mission oder an Mutter Grace. Beide glaubten unverbrüchlich an die alte Frau. Beide würden tun, was ihnen aufgetragen war. O'Hara wußte, daß der Junge sterben mußte, und wußte auch, warum, und glaubte auch an diesen Grund. Dieses Kind zu ermorden, störte ihn nicht. Er wußte, daß Baumberg dasselbe empfand. Der Schweiß war ihnen nur deshalb ausgebrochen, weil sie Angst hatten.

Entlang der von Bäumen verhüllten Straße lagen einige Häuser in Dunkelheit da, und eines davon würde vielleicht ihrem Zweck dienen. Aber es war noch früh am Abend, und eine Menge Leute waren von der Arbeit nach Hause unterwegs. O'Hara und Baumberg wollten nicht ein Haus auswählen und einbrechen und dann von irgend jemandem entdeckt werden, der mit einem Aktenkoffer in der einen und einer Tüte voll chinesischen Essens in der anderen Hand nach Hause kam.

O'Hara war darauf vorbereitet, den Jungen zu töten und seine Mutter und irgendwelche Leibwächter, die dazu angeheuert waren, den Jungen zu schützen, weil sie alle im Dienste Luzifers standen. Davon hatte Grace ihn überzeugt. Aber O'Hara war nicht vorbereitet, irgendeinen unschuldigen Passanten zu töten, der ihm vielleicht über den Weg kam. Deshalb würde er das Haus sorgfältig auswählen müssen.

Was sie suchten, war ein Haus, auf dessen Veranda sich die Zeitungen von ein paar Tagen stapelten oder dessen Briefkasten überquoll, oder ein Haus mit irgendwelchen anderen Hinweisen darauf, daß die Bewohner nicht anwesend waren. Es mußte in diesem Block sein, und sie würden wahrscheinlich das, was sie suchten, nicht finden. In dem Fall würden sie einen anderen Angriffsplan auswählen müssen.

Sie hatten beinahe das nördliche Ende des Blocks erreicht, als Baumberg sagte: »Da! Was hältst du davon?«

Es war ein zweistöckiges Haus in spanischem Stil, beige verputzt, mit einem Ziegeldach, halb von großen Bäumen und Azaleensträuchern verdeckt. Die Straßenlaterne beschien die Tafel einer Immobilienfirma auf dem Rasen in der Nähe des Bürgersteigs. Das Haus war zu verkaufen, und hinter keinem der Fenster brannte Licht.

»Vielleicht steht es leer«, sagte Baumberg.

»An so viel Glück glaube ich nicht«, sagte O'Hara.

»Schau'n wir mal nach.«

»Ja, das können wir ja riskieren.«

O'Hara fuhr in die nächste Seitenstraße und parkte. Mit der Tasche einer Fluggesellschaft, die er in der Kirche vollgepackt hatte, in der Hand, stieg er aus dem Wagen und begleitete Baumberg zu dem Haus, eilte über einen von blühenden Begonien gesäumten Zugang und blieb vor einem Tor, hinter dem ein Atrium lag, stehen. Hier befanden sie sich im tiefen Schatten. O'Hara war überzeugt, daß man sie von der Straße aus nicht sehen konnte.

Ein kalter Wind seufzte in den Zweigen der Benjaminbäume und raschelte in den glänzenden Blättern von Ehrenpreis. O'Hara schien es, daß die Nacht selbst sie feindselig beobachtete. Konnte es sein, daß ihnen irgendeine dämonische Wesenheit gefolgt war und sie jetzt belauerte, eine Wesenheit, die in diesen Schatten zu Hause war, ein Abgesandter Satans, der darauf wartete, dann zuzuschlagen, wenn sie nicht auf der Hut waren, und sie in Stücke zu reißen.

Mutter Grace hatte gesagt, daß Satan alles in seiner Macht Stehende tun würde, um ihre Mission zum Scheitern zu bringen. Grace sah diese Dinge. Grace wußte Bescheid. Grace sprach die Wahrheit. Grace *war* die Wahrheit.

Mit wild schlagendem Herzen spähte Pat O'Hara in die undurchdringliche Dunkelheit und rechnete damit, einen Blick auf irgendeine lauernde Monstrosität zu erhaschen. Aber er sah nichts Ungewöhnliches.

Baumberg trat einen Schritt von dem schmiedeeisernen Atriumtor zurück, auf den Rasen und dann in ein mit Azaleen und dunkelblättrigen Begonien bepflanztes Beet, das in der Dunkelheit völlig schwarz erschien. Er spähte zu einem Fenster hinein und sagte leise: »Keine Vorhänge, und ich glaube auch nicht, daß Möbel da sind.«

O'Hara probierte es an einem anderen Fenster und entdeckte dasselbe.

»Bingo«, sagte Baumberg.

Sie hatten gefunden, was sie suchten.

An der Seite des Hauses war der Eingang zum hinteren Gartenteil ebenfalls mit einem Tor verschlossen, aber das Tor war nicht abgesperrt. Als Baumberg es aufschob, quietschte das schmiedeeiserne Tor in ungeölten Angeln.

»Ich geh' zum Wagen zurück und hole die Wäschesäcke«, sagte Baumberg und entschwand durch die schwarzen Vorhänge der Nacht.

O'Hara fand, daß es keine besonders gute Idee war, sich zu trennen, aber Baumberg war verschwunden, ehe er Einwände erheben konnte. Allein war es schwieriger, die Furcht im Zaum zu halten, und Furcht war die Nahrung des Teufels. Furcht zog die Bestie an. O'Hara sah sich in der pulsierenden Dunkelheit um und redete sich selbst ein, daß sein Glauben sein Panzer war. Nichts konnte ihn verletzen, solange er dem Panzer seines Glaubens an Grace und an Gott vertraute. Aber leicht war es nicht.

Manchmal sehnte er sich nach den Tagen vor seinem Übertritt, nach jener Zeit, wo er noch nichts vom Herannahen des Zwielichts gewußt hatte, wo ihm nicht klar gewesen war, daß Satan auf Erden wandelte und daß der Antichrist zur Welt gekommen war. Er war barmherzig unwissend gewesen. Das einzige, was er damals gefürchtet hatte, waren die Bullen gewesen und das Gefängnis und der Krebs, weil der Krebs seinen alten Herrn umgebracht hatte. Jetzt hatte er vor allem zwischen dem Sonnenuntergang und der Morgendämmerung Angst, weil das

Böse in den Stunden der Dunkelheit am mutigsten war. In diesen Tagen war sein Leben von der Furcht geformt, und manchmal war die Last von Mutter Grace' Verhalten fast zu schwer für seine Schultern.

Immer noch die Flugtasche in der Hand, ging O'Hara zum hinteren Teil des Hauses; er hatte beschlossen, nicht auf Baumberg zu warten. Er versuchte dem Teufel zu zeigen, daß er sich nicht einschüchtern ließ.

18

Joey wollte vorne bei Pete Lockburn sitzen und redete während der ganzen Fahrt pausenlos und begeistert auf ihn ein.

Christine saß hinten neben Charlie, der sich hier und da umdrehte und durch das Rückfenster blickte. Frank Reuther folgte ihnen in Christines Pontiac Firebird, und ein paar Fahrzeuge hinter Reuther verfolgte sie der weiße Ford-Lieferwagen. Selbst in der Nacht war er leicht zu identifizieren, weil einer seiner Scheinwerfer etwas heller als der andere leuchtete.

»Ich kapier' den Burschen nicht«, sagte Charlie. »Ist er so dumm, daß er glaubt, wir bemerkten ihn nicht? Hält er sich wirklich für unauffällig?«

»Vielleicht macht es ihm nichts aus, wenn wir ihn sehen«, sagte Christine. »Die kommen mir so arrogant vor.«

Charlie wandte sich vom Hinterfenster ab und seufzte. »Wahrscheinlich haben Sie recht.«

»Was haben Sie denn über diese Druckerei in Erfahrung gebracht – Das Wahre Wort?« fragte Christine.

»Es ist so, wie ich vermutet habe: Das Wahre Wort druckt religiöses Material, Broschüren, Pamphlete, Traktate aller Art. Sie gehört der Kirche des Zwielichts.«

»Nie gehört«, sagte Christine. »Irgendeine verrückte Sekte?«

»Soweit ich es sagen kann, ja. Total gaga.«

»Muß keine große Gruppe sein, sonst hätte ich wahrscheinlich von ihnen gehört.«

»Groß nicht, aber reich«, sagte Charlie. »Vielleicht tausend Mitglieder.«

»Gefährlich?«

»In irgendwelche größere Schwierigkeiten waren sie nicht verwickelt. Aber das Potential ist immer da, die fanatische Einstellung. Wir hatten im Auftrag eines anderen Klienten mit ihnen zu tun. Das liegt etwa sieben Monate zurück. Diesem Mann ist die Frau weggelaufen, hat sich dem Kult angeschlossen und ihre zwei Kinder mitgenommen, drei und fünf Jahre alt. Diese Zwielichtspinner wollten ihm nicht sagen, wo seine Frau war, wollten nicht zulassen, daß er seine Kinder besucht. Die Polizei war keine große Hilfe. Das sind die in solchen Fällen nie. Jeder hat Angst, er könnte irgendwelche religiösen Freiheiten beeinträchtigen. Außerdem waren die Kinder nicht entführt worden; sie waren bei ihrer Mutter. Eine Mutter kann ihre Kinder überall hinbringen, solange sie nicht irgendeine Sorgerechtsvereinbarung in einer Scheidungssituation verletzt, und das war hier nicht der Fall. Jedenfalls haben wir die Kinder gefunden, sie ihr weggeschnappt und sie dem Vater zurückgegeben. Bezüglich der Frau konnten wir nichts unternehmen. Sie ist freiwillig bei dem Kult geblieben.«

»Leben sie in einer Kommune? Wie vor ein paar Jahren diese Leute in Jonestown?«

»Einige von ihnen. Andere haben ihr eigenes Zuhause, aber nur, wenn Mutter Grace ihnen das Privileg einräumt.«

»Wer ist Mutter Grace?«

Er klappte einen Aktenkoffer auf und entnahm ihm einen Umschlag und eine Taschenlampe. Er reichte ihr den Umschlag, knipste die Lampe an und sagte: »Da, sehen Sie.«

Der Umschlag enthielt eine Hochglanzvergrößerung im Format achtzehn mal vierundzwanzig. Es war ein Bild der alten Frau, die sie auf dem Parkplatz belästigt hatte. Selbst auf dem Schwarzweißbild waren die Augen der alte Frau angsterregend; der Wahnsinn leuchtete aus ihnen. Christine schauderte.

19

An der Hinterseite des Hauses waren die Fenster des Eßzimmers, der Küche, einer Frühstücksecke und des Wohnzimmers. In das Wohnzimmer führten zwei Glastüren. O'Hara versuchte sie zu öffnen, obwohl er überzeugt war, daß sie versperrt sein würden; und das waren sie.

Die Terrasse war leer. Keine Blumentöpfe. Keine Gartenmöbel. Der Swimmingpool war geleert.

Neben der Terrassentür stehend, sah O'Hara zu dem nördlich benachbarten Haus hinüber. Eine zwei Meter hohe Mauer aus Betonsteinen trennte die beiden Grundstücke voneinander; deshalb konnte er nur das obere Stockwerk jenes anderen Hauses sehen. Es lag in Dunkelheit da. Im Süden, hinter einer anderen Mauer, war das Obergeschoß eines weiteren Hauses zu sehen, in dem Licht brannte, aber niemand zum Fenster heraussah.

Auch das hintere Ende des Grundstücks war mit einer Mauer gesichert, aber das in jener Richtung liegende Haus hatte offenbar nur ein Stockwerk, denn es war von O'Haras Standpunkt aus nicht zu sehen.

Er holte eine Taschenlampe aus der Flugtasche und sah sich damit die Glasscheiben in der Terrassentür und in einem der Fenster an. Er bewegte sich schnell, besorgt, man könne ihn sehen. Er suchte nach Drähten, Sensoren einer Alarmanlage und Fotozellen – irgend etwas, das darauf hindeutete, daß das Haus mit einer Alarmanlage ausgestattet war. In einer Umgebung wie dieser war damit zu rechnen, daß etwa ein Drittel der Häuser mit solchen Anlagen ausgestattet war. Aber er fand keine Hinweise darauf, daß dieses Haus zu dem Drittel gehörte.

Er knipste die Taschenlampe aus, wühlte in der Flugtasche herum und entnahm ihr schließlich ein batteriebetriebenes Gerät von der Größe eines Transistorradios. Ein etwa vierzig Zentimeter langes Stück Draht mit einem Saugnapf – etwa so groß wie der Deckel eines Mayonnaiseglases – hing heraus. Er befestigte den Saugnapf an einer der Scheiben der Terrassentür.

Wieder hatte er das beunruhigende Gefühl daß irgend etwas

Gefährliches ihn beschlich, und als er sich umsah und auf die von Schatten verhüllte Rasenfläche blickte, lief es ihm eisig über den Rücken. Der Wind fegte durch die dicken, etwas ausgedörrten Blätter eines großen Feigenbaumes, zischelte in den Wedeln von zwei Palmen und ließ kleinere Sträucher flattern und schwanken, als wären sie lebende Wesen. Aber ganz besonders erregte der leere Swimmingpool O'Haras Aufmerksamkeit und wurde zum Knotenpunkt seiner Angst. Plötzlich hatte er die Idee, daß sich irgend etwas Großes, Scheußliches im Pool versteckte, in dieser Betongrube kauerte und ihn belauschte und auf den geeigneten Augenblick wartete, um sich zu regen. Etwas, das aus der Dunkelheit zusammengeflossen war. Etwas, das aus den tiefsten Gründen der Hölle aufgestiegen war. Etwas, das ausgesandt war, um sie davon abzuhalten, den Jungen zu töten. Unter den Myriaden von Lauten, die der Wind erzeugte, bildete er sich ein, ein bösartiges, feuchtes, schleifendes Geräusch zu hören, das aus dem Pool kam, und plötzlich war ihm bis auf die Knochen kalt.

Baumberg tauchte jetzt mit den zwei Wäschesäcken auf und erschreckte O'Hara.

»Spürst du es auch?« fragte Baumberg.

»Ja«, sagte O'Hara.

»Es ist dort draußen. Das Tier selbst. Oder einer seiner Boten.«

»Im Pool«, sagte O'Hara.

Baumberg starrte das schwarze Loch in der Mitte der Rasenfläche an. Schließlich nickte er. »Ja. Ich spüre es. Dort unten im Pool.«

Es kann uns nur etwas anhaben, wenn wir zu zweifeln beginnen, daß Mutter Grace die Macht hat, uns zu schützen, sagte sich O'Hara. Es kann uns nur aufhalten, wenn wir unseren Glauben verlieren oder wenn wir zulassen, daß uns die Furcht, die wir vor ihm empfinden, überwältigt.

Das war es, was Mutter Grace ihnen gesagt hatte.

Mutter Grace hatte nie unrecht.

O'Hara wandte sich wieder der Terrassentür zu. Der Saugnapf war immer noch fest an einer der Scheiben befestigt. Er schaltete das kleine Gerät an, mit dem der Saugnapf verbunden war, worauf in der Mitte des Instruments eine verglaste Skala aufleuchtete. Das Gerät war ein Schallwellendetektor, der ihnen Klarheit darüber verschaffen würde, ob das Haus mit einem drahtlosen Alarmsystem ausgestattet war, das auf einem Bewegungsmelder basierte. Die Skala bewegte sich nicht, und das bedeutete, daß es in dem Wohnzimmer hinter den Terrassentüren keinerlei Radiowellenaktivität gab.

Ehe Mutter Grace ihn bekehrt hatte, war O'Hara ein vielbeschäftigter berufsmäßiger Einbrecher gewesen und hatte sich gut auf sein Handwerk verstanden. Weil Grace die Fähigkeit besaß, die am weitesten von Gott abgefallenen Sünder zu bekehren, verfügte die Kirche des Zwielichts über eine Vielfalt von Fähigkeiten und Wissen, wie es gewöhnlichen Kirchen nicht zugänglich war, deren Mitglieder gesellschaftlich prominenten, gesetzesfürchtigen Teilen der Bevölkerung entstammten. Manchmal war das ein Segen.

Er zog den Saugnapf vom Glas, schaltete den Wellendetektor ab und steckte ihn in die Flugtasche zurück. Dann entnahm er ihr eine Rolle Klebeband und eine Schere. Er schnitt ein paar Streifen von dem Band ab und klebte sie neben den Türgriff auf die Scheibe. Als das Glas völlig abgedeckt war, schlug er mit einer Faust kräftig dagegen. Die Scheibe zersplitterte, aber fast lautlos, und die Bruchstücke klebten alle an dem Band. Er zog die Stücke aus dem Rahmen, legte sie beiseite, griff durch die Öffnung, suchte den Riegel, zog ihn zurück und öffnete die Tür.

Jetzt war er ziemlich sicher, daß das Haus keine Alarmanlage besaß. Aber da war noch etwas, was er überprüfen mußte. Er kniete auf der Terrasse nieder, griff über die Schwelle und zog den Teppich aus dem Randstreifen, mit dem er befestigt war. Da war keine Alarmmatte unter dem Teppich, nur eine gewöhnliche dünne Schutzmatte.

Er legte den Teppich wieder zurück. Er und Baumberg betraten das Haus und nahmen die Wäschesäcke und die Flugtasche mit.

O'Hara schloß die Terrassentür und sperrte sie ab.

Er blickte auf den Rasen. Jetzt war alles friedlich. »Es ist nicht mehr dort draußen«, sagte Baumberg.

»Nein«, sagte O'Hara.

Baumberg spähte durch das unbeleuchtete Wohnzimmer auf den Eßtisch und die dunkle Küche dahinter. Dann sagte er: »Jetzt ist es mit uns im Haus.«

»Ja«, sagte O'Hara. Er hatte die feindliche Präsenz im Hause in dem Augenblick verspürt, als sie die Schwelle überschritten hatten.

»Ich wünschte, wir könnten das Licht einschalten«, sagte Baumberg beunruhigt.

»Das Haus gilt als verlassen. Die Nachbarn würden es merken, wenn Licht eingeschaltet wird, und vielleicht die Bullen rufen.«

In einem der Räume im Obergeschoß ächzte eine Diele.

Ehe O'Hara zu Mutter Grace' Glauben übergetreten war, in den Tagen, als er noch ein Dieb gewesen war und sich seinen Lebensunterhalt auf der Straße zur Hölle durch Stehlen erworben hatte, hätte O'Hara vermutet, daß dieses Ächzen nur ein Setzgeräusch war, eines der vielen bedeutungslosen Geräusche, die ein leeres Haus erzeugte, wenn die Balken sich ausdehnten oder zusammenzogen, je nach Luftfeuchtigkeit. Aber heute wußte er, daß es kein Setzgeräusch war.

O'Haras alte Freunde und einige seiner Familienangehörigen sagten, er sei paranoid geworden, seit er sich der Kirche des Zwielichts angeschlossen hatte. Aber sie verstanden das einfach nicht. Sein Verhalten schien nur deshalb paranoid, weil er die Wahrheit erkannt hatte, so wie Mutter Grace sie lehrte, und weil seine alten Freunde und seine Familie nicht gerettet worden waren. Ihm hatte man die Augen geöffnet; *sie* waren immer noch blind.

Wieder ächzende Geräusche aus dem Obergeschoß.

»Unser Glauben ist ein Schild«, sagte Baumberg mit brüchiger Stimme. »Wir dürfen daran nicht zweifeln.«

»Die Mutter hat uns einen Panzer geliefert«, sagte O'Hara.

»Wir tun Gottes Werk«, sagte Baumberg und forderte damit die Dunkelheit heraus, die das Haus erfüllte.

O'Hara knipste die Taschenlampe an und hielt eine Hand darüber, so daß sie gerade genug Licht hatten, um sich zurechtzufinden, aber nicht so viel, um von draußen gesehen zu werden.

Baumberg folgte ihm zur Treppe und hinauf ins Obergeschoß.

20

»Ihr Name ist Grace Spivey«, sagte Charlie, während ihr Wagen durch die immer kühler werdende Februarnacht rollte.

Christine konnte den Blick nicht von der Fotografie wenden. Der Schwarzweißblick der alten Frau war seltsam hypnotisch, und eine kalte Strahlung schien davon auszugehen.

Auf dem Vordersitz unterhielt sich Joey mit Pete Lockburn über Steven Spielbergs *ET*, den Joey viermal gesehen hatte – und Lockburn wesentlich häufiger. Die Stimme ihres Sohnes klang weit entfernt, als befände er sich auf einem fernen Berg, für sie bereits verloren.

Charlie schaltete die Taschenlampe ab.

Christine war erleichtert, als Schatten über das Foto fielen und damit der unheimliche Bann gebrochen war, den es auf sie ausübte. Sie steckte es in den Umschlag und reichte ihn Charlie zurück. »Ist sie das Oberhaupt dieses Kults?«

»Sie ist der Kult. Es ist in erster Linie ein Persönlichkeitskult. Ihre religiöse Botschaft ist in keiner Weise einmalig oder etwas Besonderes; es ist die Art und Weise, wie sie es an den Mann bringt. Wenn Grace etwas zustoßen würde, würden ihre Anhänger sich verlaufen, und die Kirche würde vermutlich zusammenbrechen.«

»Wie kann eine verrückte alte Frau wie sie Anhänger an sich binden? Auf mich wirkte sie überhaupt nicht charismatisch.«

»Aber das ist sie«, sagte Charlie. »Ich habe nie selbst mit ihr gesprochen, aber Henry Rankin hat das getan; er hat den Fall bearbeitet, den ich erwähnte. Die zwei kleinen Kinder, die ihre

Mutter mitgenommen hat. Er hat mir gesagt, Grace besäße einen ganz bestimmten Magnetismus, den man ihr nicht absprechen kann, eine sehr ausgeprägte Persönlichkeit. Und obwohl ihre Botschaft nicht besonders neu ist, ist sie dramatisch und erregend, eben das, worauf ein bestimmter Menschentyp enthusiastisch reagiert.«

»Und was für eine Botschaft ist das?«

»Sie sagt, wir leben in den letzten Tagen der Welt.«

»Jeder religiöse Spinner von hier bis Maine hat das irgendwann einmal verkündet.«

»Selbstverständlich.«

»Also muß doch mehr daran sein. Was sagt sie sonst noch?«

Charlie zögerte, und sie spürte, daß er Angst hatte, ihr den Rest zu sagen.

»Charlie?«

Er seufzte. »Grace sagt, der Antichrist sei bereits geboren worden.

»Das hab' ich auch schon einmal gehört. Einen Kult gibt es, der behauptet, der Antichrist sei der König von Spanien.«

»Das ist einmal etwas Neues.«

»Andere sagen, der Antichrist wird der Mann sein, der als nächster die russische Regierung übernimmt.«

»Das klingt schon etwas vernünftiger, als den König von Spanien damit zu belasten.«

»Mich würde es nicht überraschen, wenn es irgendwo einen Kult gäbe, der der Ansicht ist, Burt Reynolds oder Stephen King oder Rodney Dangerfield wären der Antichrist.«

Charlie lächelte nicht über ihren kleinen Scherz. »Wir leben in verrückten Zeiten«, sagte er.

»Wir nähern uns dem Ende eines Jahrtausends«, sagte Christine. »Aus irgendeinem Grund lockt das sämtliche Verrückten von den Bäumen herunter. Es heißt, als das Jahr 1000 herannahte, hätte es alle möglichen bizarren Kulte gegeben, Dekadenz und Gewalt, und alles hing mit den Ängsten der Menschen zusammen, die Welt könnte untergehen. Ich vermute, wenn wir uns dem Jahr 2000 nähern, wird es auch so sein. Zum Teufel, es hat ja bereits angefangen.«

»Ganz sicher hat es das«, sagte er mit leiser Stimme.

Sie spürte, daß er ihr noch nicht alles gesagt hatte, was Grace Spiveys Glaubensbekenntnis ausmachte. Selbst in dem schwachen Licht, das durch die Wagenfenster hereindrang, konnte sie erkennen, daß er zutiefst beunruhigt war.

»Nun?« drängte sie.

»Grace sagt, wir befinden uns im Zwielicht, jener Periode, unmittelbar bevor der Sohn des Satans die Macht über die Erde ergreift, um dann tausend Jahre zu herrschen. Wie gut sind Sie mit der Bibel vertraut, besonders mit den Prophezeiungen?«

»Ich kannte sie einmal sehr gut«, sagte sie. »Aber heute nicht mehr. Tatsächlich erinnere ich mich an kaum etwas.«

»Dann könnten wir schon fast einen Club aufmachen. Aber nach allem, was ich Grace Spiveys Predigten entnehmen konnte, sagt die Bibel, der Antichrist wird tausend Jahre regieren und der Menschheit unbeschreibliches Leid bringen, und dann wird die Schlacht von Armageddon stattfinden, und zuletzt wird Gott heruntersteigen und den Satan für immer vernichten. Sie sagt, Gott hätte ihr eine letzte Chance gegeben, das tausendjährige Reich des Teufels zu verhindern. Sie sagt, er hätte ihr befohlen, den Versuch zu unternehmen, die Menschheit zu retten, indem sie eine Kirche rechtschaffener Leute organisiert, die den Antichrist aufhalten werden, ehe er zur Macht kommt.«

»Wenn ich nicht wüßte, daß es Leute gibt, fanatische, vielleicht sogar gefährliche Leute, die an diesen Unsinn glauben, würde ich das amüsant finden. Und wie will diese kleine Schar rechtschaffener Leute die unheimlichen Kräfte des Satans bekämpfen?«

»Soweit mir bekannt ist, sind ihre Schlachtpläne streng geheim und nur denen bekannt, die Mitglieder der Kirche geworden sind. Aber ich glaube, ich weiß, was sie im Sinn haben.«

»Und was ist das?«

Er zögerte. Dann sagte er: »Sie haben vor, ihn zu töten.«

»Den Antichrist?«

»Ja.«

»Einfach so?«

»Ich kann mir nicht vorstellen, daß sie glauben, daß es leicht sein wird.«

»Ganz sicher nicht!« sagte Christine, die trotz ihrer Lage lächeln mußte. »Was für eine Art von Teufel würde schon zulassen, daß er einfach getötet wird? Jedenfalls ist die Logik nicht konsequent. Der Antichrist wäre eine übernatürliche Gestalt. Und übernatürliche Wesen kann man nicht töten.«

»Ich weiß, daß der Katholizismus aus langer Tradition seine Doktrin mit Logik rechtfertigt«, sagte Charlie. »Der hl. Thomas von Aquin und seine Schriften beispielsweise. Aber diese Leute, mit denen wir es hier zu tun haben, sind Randerscheinungen. Fanatiker. Logik und Konsequenz gehören nicht zu den Dingen, die Fanatiker voneinander verlangen.« Er seufzte. »Jedenfalls, wenn man all diese Mythologie glauben will, so wie sie die Bibel präsentiert und Grace interpretiert, ist diese Logik vielleicht gar nicht so lausig. Schließlich galt ja auch Jesus als übernatürliches Wesen, als der Sohn Gottes. Aber er ist von den Römern getötet worden.«

»Das ist etwas ganz anderes«, sagte sie. »Nach der Geschichte Christi war das Seine Mission, Sein Ziel, Seine Bestimmung, sich töten zu lassen, um uns vor den schlimmsten Folgen unserer Sünden zu schützen. Stimmt's? Aber ich kann mir kaum vorstellen, daß der Antichrist so altruistisch eingestellt ist.«

»Jetzt denken Sie schon wieder logisch. Wenn Sie Grace und die Kirche des Zwielichts verstehen wollen, müssen Sie die Logik beiseite legen.«

»Okay. Wer ist also ihrer Ansicht nach der Antichrist?«

»Als wir diese zwei kleinen Kinder aus dem Kult herausholten«, sagte Charlie, »hatte Grace den Antichrist noch nicht identifiziert. Sie hatte ihn noch nicht gefunden. Aber jetzt hat sie das vielleicht.«

»So? Wen denn?« fragte Christine. Aber ehe Charlie antworten konnte, traf sie die Erkenntnis wie ein Keulenschlag.

Vorne unterhielt sich Joey immer noch mit Pete Lockburn, ohne etwas von dem Gespräch zwischen seiner Mutter und Charlie Harrison wahrzunehmen.

Trotzdem senkte Christine ihre Stimme und flüsterte jetzt nur noch: »Joey? Mein Gott, glaubt diese verrückte Frau, mein kleiner Junge wäre der Antichrist?«

»Darauf würde ich fast wetten.«

Christine konnte die haßerfüllte Stimme der alten Frau hören, wie sie aus einem dunklen Tümpel der Erinnerung aufstieg: *Er muß sterben; er muß sterben.*

»Aber warum gerade er? Warum Joey? Warum hat sie sich nicht auf irgendein anderes Kind fixiert?«

»Vielleicht ist es so, wie Sie gesagt haben: Sie waren einfach zum falschen Zeitpunkt am falschen Ort«, sagte Charlie. »Wenn irgendeine andere Frau mit einem anderen Kind um dieselbe Zeit am gestrigen Sonntag in der South Coast Plaza ihren Wagen geparkt hätte, wäre Grace jetzt hinter einem anderen kleinen Jungen her und nicht hinter Joey.«

Christine wußte, daß er vermutlich recht hatte, aber der Gedanke machte sie dennoch benommen. Das war eine dumme, grausame, bösartige Art von Geistesgestörtheit. Was war das für eine Welt, in der sie lebten, wenn ein unschuldiger Einkaufsbummel im Shoppingcenter einen zu einem Kandidaten für den Märtyrertod machte?

»Aber wie können wir sie stoppen?« fragte Christine.

»Wenn sie tatsächlich gewalttätig wird, lenken wir die Gewalt ab. Und wenn wir das nicht können, dann... nun, dann blasen wir ihre Leute weg, ehe sie an Joey herankönnen. Die legale Verantwortlichkeit steht außer Frage. Sie haben uns dafür engagiert, um Sie zu schützen, und damit sind wir ganz legal befugt, auch Gewalt anzuwenden, wenn sich das als notwendig und unvermeidbar erweisen sollte, um unsere Pflicht zu erfüllen.«

»Nein. Ich meine, wie bringen wir sie dazu, es sich anders zu überlegen? Wie bringen wir sie zu der Einsicht, daß Joey bloß ein kleiner Junge ist? Wie bringen wir sie dazu, uns in Frieden zu lassen?«

»Ich weiß nicht. Ich könnte mir vorstellen, daß eine Fanatikerin wie sie so stur ist, wie nur gerade ein Mensch sein kann. Ich glaube nicht, daß es einfach wäre, sie in irgendeiner Sache umzustimmen, geschweige denn in etwas, das ihr so wichtig ist wie das.«

»Aber Sie sagten, daß sie tausend Anhänger hat.«

»Vielleicht sind es inzwischen sogar ein paar mehr geworden.«

»Wenn sie sie der Reihe nach auf Joey ansetzt, können wir sie nicht alle töten. Über kurz oder lang wird jemand unsere Abwehr durchdringen.«

»Ich werde nicht zulassen, daß sich das in die Länge zieht«, versicherte er ihr. »Ich werde denen nicht viele Chancen geben, Joey weh zu tun. Ich werde Grace dazu bringen, daß sie es sich anders überlegt, daß sie Sie in Ruhe läßt, daß sie verschwindet.«

»Wie?«

»Das weiß ich noch nicht.«

Ein Bild von der Megäre auf dem Parkplatz baute sich vor Christines innerem Auge auf – das windzerzauste Haar, die vortretenden Augen, die mit Fusseln und Essensresten besudelten Kleider –, und sie spürte, wie die Verzweiflung nach ihr griff. »Es gibt keine Möglichkeit, sie umzustimmen.«

»Doch, die gibt es«, beharrte Charlie. »Und ich werde sie finden.«

»Sie wird nie Ruhe geben.«

»Ich bin morgen früh mit einem ausgezeichneten Psychologen verabredet, Dr. Denton Boothe. Er interessiert sich ganz speziell für Kultpsychologie. Ich werde diesen Fall mit ihm diskutieren, ihm das Profil von Grace geben, das wir uns besorgt haben, und ihn bitten, mit uns zusammenzuarbeiten, um ihre schwache Stelle zu finden.«

Christine sah in dieser Vorgehensweise keine große Chance. Aber die sah sie in keiner Vorgehensweise.

Charlie griff nach ihrer Hand, während der Wagen durch die Dunkelheit jagte. »Ich werde Sie nicht im Stich lassen.«

Aber sie fragte sich zum erstenmal, ob seine Versprechungen nicht nur leere Worte waren.

21

Im Obergeschoß des leeren Hauses standen O'Hara und Baumberg am Fenster des großen Elternschlafzimmers.

Sie spürten immer noch die drohende Präsenz einer bösen Wesenheit, die sie beobachtete. Sie versuchten es zu ignorieren, klammerten sich an ihren Glauben und ihre feste Entschlossenheit, den Auftrag zu erfüllen, den Mutter Grace ihnen gegeben hatte.

Draußen lag der Garten in schwarzer Dunkelheit da, gepeitscht von einem aufkommenden Wind. Von hier oben konnten sie in das Schwimmbad sehen. Da war kein Tier, das sich in dieser Betonhöhle niederkauerte. Nicht jetzt. Jetzt war es bei ihnen im Haus.

Hinter dem Grundstück gab es eine weitere Rasenfläche und ein weiteres Haus, ein ausgedehntes einstöckiges Haus im Ranch-Stil mit einem eigenen Schwimmbad. Im Pool war Wasser, das von unten her beleuchtet war, ein schimmerndes, blaugrünes, nierenförmiges Juwel.

O'Hara hatte ein Nachtglas aus der Flugtasche zu seinen Füßen genommen. Das Glas nutzte das vorhandene Restlicht und zeigte ein verstärktes Bild einer dunklen Landschaft. Durch die Okulare konnte er sämtliche Grundstücke einsehen, die an die Rückseite der entlang dieser Straße verlaufenden Gärten stießen. Jene Häuser liefen vorne auf eine andere Straße hinaus, die parallel zu dieser verlief.

»Wo ist denn das Scavello-Grundstück?« fragte Baumberg.

O'Hara wandte sich langsam nach rechts und blickte weiter nach Norden. »Nicht das Haus hinter diesem hier. Das nächste, das mit dem rechteckigen Pool und der Schaukel.«

»Ich sehe keine Schaukel«, sagte Baumberg.

O'Hara reichte ihm das Glas. »Links vom Pool. Eine Kinderschaukel und ein Turngerät.«

»Nur zwei Türen entfernt«, sagte Baumberg.

»Mhm.«

»Es brennt kein Licht.«

»Sie sind noch nicht zu Hause.«

»Vielleicht kommen sie nicht nach Hause.«

»Sie werden kommen«, sagte O'Hara.

»Und wenn nicht?«

»Dann gehen wir sie suchen.«

»Wo?«

»Wohin auch immer Gott uns schickt.«

Baumberg nickte.

O'Hara öffnete einen der Wäschesäcke und holte eine Schrotflinte heraus.

22

Als sie in Christines Straße einbogen und ihr Haus zu Gesicht bekamen, sagte Charlie: »Sehen Sie diesen Campingwagen?«

Auf der anderen Straßenseite parkte ein Pick-up-Truck. Auf der Ladebrücke des Trucks war ein Campingaufsatz befestigt. Es war ein ganz gewöhnlicher Campingwagen; sie hatte ihn zwar wahrgenommen, aber nicht über ihn nachgedacht. Plötzlich wirkte er bedrohlich.

»Sind sie das auch?« fragte sie.

»Nein, das sind wir«, erklärte Charlie. »Ich habe einen Mann in dem Wagen, der jedes Fahrzeug beobachtet, das die Straße herunterfährt. Er hat eine Kamera mit Infrarotfilm, kann also selbst im Dunkeln Zulassungszeichen aufnehmen. Er hat auch ein tragbares Telefon und kann damit bei Ihnen oder bei der Polizei anrufen oder, wenn es eilt, mit mir in Verbindung treten.«

Pete Lockburn parkte den grünen Chevy vor dem Scavello-Haus, während Frank Reuther Christines Firebird in die Einfahrt lenkte.

Der weiße Ford-Lieferwagen, der ihnen gefolgt war, fuhr vorbei. Sie sahen ihm schweigend nach, während sein Fahrer in die nächste Straße einbog, einen Parkplatz fand und die Scheinwerfer abstellte.

»Amateure«, sagte Pete Lockburn herablassend.

»Arrogante Schweinehunde«, sagte Christine.

Reuther stieg aus dem Firebird, ließ den Hund im Wagen und trat neben ihr Fahrzeug.

Während Charlie die Scheibe herunterkurbelte, um mit Frank zu sprechen, bat er Christine um die Hausschlüssel. Als sie sie aus der Handtasche geholt hatte, reichte er sie Frank. »Sehen Sie sich im Haus um und vergewissern Sie sich, daß dort niemand auf uns wartet.«

»Geht in Ordnung«, sagte Frank und knöpfte sein Jackett auf, um schnellen Zugriff zu der Waffe in seinem Schulterhalfter zu haben. Er ging auf die Haustür zu.

Pete stieg aus dem Chevy und blieb danebenstehen, sah sich auf der nächtlichen Straße um. Auch er hatte die Jacke aufgeknöpft.

»Tauchen jetzt die Bösen auf?« fragte Joey.

»Hoffentlich nicht, Honey.«

Es gab eine Menge Bäume und nicht sehr viele Straßenlaternen, und Charlie fühlte sich hier am Bürgersteig unbehaglich; also stieg er ebenfalls aus dem Chevy, nachdem er Christine und Joey aufgefordert hatte, dort zu bleiben, wo sie waren. Er stand auf seiner Wagenseite, so daß er Pete Lockburn den Rücken zuwandte, und übernahm damit die Verantwortung für seine Richtung.

Hier und da bog ein Wagen um die Ecke, rollte in die Straße hinein, fuhr vorbei oder bog in die Einfahrt eines der Nachbarhäuser. Jedesmal, wenn er ein neues Scheinwerferpaar sah, spannten sich Charlies Muskeln; er griff mit der rechten Hand unter das Jackett und umfaßte den Kolben des Revolvers in seinem Schulterhalfter.

Er fror. Er wünschte, er hätte einen Mantel mitgebracht.

Am westlichen Himmel zuckten Flächenblitze. Das Donnergrollen in der Ferne erinnerte ihn an die Güterzüge, die an dem schäbigen kleinen Haus vorbeigepoltert waren, in dem er aufgewachsen war, in Indiana, in einer Zeit, die ihm jetzt wie ein vergangenes Jahrhundert vorkam.

Aus irgendeinem Grund waren diese Züge nie ein Symbol der Freiheit und der Flucht gewesen, so wie sie vielleicht andere

Kinder in seinem Alter betrachtet hätten. Für den jungen Charlie, der in seinem engen Zimmer in seinem schmalen Bett lag und versuchte, den letzten gewalttätigen Ausbruch seines betrunkenen Vaters zu vergessen, war das Geräusch jener Züge immer eine Erinnerung daran gewesen, daß er auf der falschen Seite der Geleise lebte. Die klappernden, dröhnenden Räder waren die Stimme der Armut gewesen, der Klang der Not und der Angst und der Verzweiflung.

Es wunderte ihn, daß dieses ferne Donnergrollen mit solch erstaunlicher Klarheit das Poltern jener Zugräder zurückbrachte. Und ebenso überraschend war es für ihn, daß die Erinnerung an jene Züge die Ängste der Kindheit und das Gefühl des Eingeengtseins in ihm wachrufen konnte, die ein so wesentlicher Bestandteil seiner Jugend gewesen waren.

In der Hinsicht hatte er viel mit Christine gemeinsam. Seine Kindheit war von körperlicher Mißhandlung geprägt worden, die ihre von psychischer Mißhandlung. Sie beide hatten unter der Knute leben müssen; der eine buchstäblich, die andere bildhaft; und als Kinder hatten sie sich eingeengt gefühlt, von Klaustrophobie bedrängt.

Er blickte auf das Seitenfenster des Chevy hinunter und sah Joey zu ihm herauslugen. Er gab ihm mit dem Daumen ein Zeichen, und der Junge erwiderte es grinsend.

Weil er selbst als Junge mißhandelt worden war, war Charlie für Kinder, die Opfer von Gewalt waren, besonders sensibel. Nichts machte ihn wütender als Erwachsene, die Kinder schlugen. Verbrechen gegen hilflose Kinder erweckten in ihm ein kaltes, schmieriges Gefühl und erfüllten ihn mit Haß und Verzweiflung wie nichts anderes.

Er würde nicht zulassen, daß sie Joey Scavello ein Leid zufügten.

Er würde den Jungen nicht im Stich lassen. Ein Scheitern kam für ihn nicht in Frage, denn wenn er scheitern würde, dann würde er wahrscheinlich mit sich selbst nicht mehr leben können.

Es schien ziemlich lange zu dauern, bis Frank zurückkam. Er war immer noch auf der Hut, aber etwas entspannter als vorher, als er das Haus betreten hatte. »Sauber, Mr. Harrison. Den Hintergarten hab' ich mir auch angesehen. Niemand zu sehen.«

Sie brachten Christine und Joey und Chewbacca hinein und umringten die Frau und den Jungen, während sie auf das Haus zugingen, so daß niemand auf sie schießen konnte.

Christine hatte gesagt, sie sei erfolgreich, aber Charlie hatte kein so großes, guteingerichtetes Haus erwartet. Im Wohnzimmer gab es einen großen offenen Kamin mit einem wuchtigen Sims und Bücherregalen aus Eichenholz, die bis in die Zimmerecken reichten. Ein riesiger chinesischer Teppich bildete den Mittelpunkt einer sympathischen Mischung aus orientalischen und europäischen Antiquitäten und Replikaten hoher Qualität. An einer Wand stand ein aus acht Paneelen bestehender, handgeschnitzer Paravent aus Rosenholz, geziert von einem doppelten Triptychon mit einem Wasserfall und einer Brücke und einem altjapanischen Dorf, alles aus kunstvoll zusammengesetztem Speckstein.

Joey wollte auf sein Zimmer gehen und mit seinem neuen Hund spielen, und Frank Reuther ging mit.

Auf Charlies Vorschlag hin ging Pete Lockburn durch das ganze Haus, von unten bis ganz oben und wieder zurück, vergewisserte sich, daß alle Türen und Fenster versperrt waren, und zog sämtliche Vorhänge vor, damit niemand hereinsehen konnte.

Christine sagte: »Ich will mal nachsehen, was ich zum Abendessen habe. Wahrscheinlich Würstchen. Das ist das einzige, wovon ich reichlich Vorrat habe.«

»Machen Sie sich keine Mühe«, meinte Charlie. »Ich habe einen meiner Leute beauftragt, uns um sieben Essen zu bringen.«

»Sie denken an alles.«

»Das will ich hoffen.«

23

O'Hara richtete sein Glas auf ein Fenster im oberen Stockwerk des Scavello-Hauses, dann auf das nächste und wieder das nächste und suchte schließlich auch noch das Erdgeschoß ab. In jedem Zimmer brannte Licht, aber sämtliche Vorhänge waren zugezogen.

»Vielleicht ist sie nach Hause gekommen, hat aber den Jungen für die Nacht irgendwoanders untergebracht«, sagte Baumberg.

»Der Junge ist da«, sagte O'Hara.

»Woher weißt du das?«

»Kannst du ihn dort drüben nicht fühlen?«

Baumberg spähte mit zusammengekniffenen Augen durch das Fenster.

»*Fühle* ihn«, sagte O'Hara mit halberstickter, verängstigter Stimme.

Baumberg suchte tastend nach dem Bewußtsein, das seinen Partner in Schrecken versetzt hatte.

»Die Dunkelheit«, sagte O'Hara. »Fühle die besondere Dunkelheit des Jungen, die schreckliche Dunkelheit, die von ihm heranrollt wie der Nebel vom Meer.«

Baumberg strengte seine Sinne an.

»Das Böse«, sagte O'Hara, und seine Stimme war nur noch ein heiseres Wispern. »Fühle es.«

Baumberg legte die Hände gegen das kühle Glas, preßte die Stirn dagegen, starrte eindringlich zu dem Haus hinüber. Nach einer Weile fühlte er es, so wie O'Hara gesagt hatte. Die Dunkelheit. Das Böse. Es strömte aus jenem Haus heraus wie atomare Strahlung von einem Plutoniumblock. Es strömte durch die Nacht, durch das Glas vor Baumberg, verseuchte ihn, eine bösartige Energie, die weder Hitze noch Licht erzeugte, die düster und schwarz und kalt war.

Plötzlich senkte O'Hara sein Fernglas und wandte sich vom Fenster ab, wandte dem Scavello-Haus den Rücken zu, als wäre die böse Energie, die dort herausströmte, mehr als er ertragen konnte.

»Es ist Zeit«, sagte Baumberg und hob eine Schrotflinte und einen Revolver auf.

»Nein«, sagte O'Hara. »Die sollen sich erst eingewöhnen, sich entspannen. Gib ihnen eine Chance, unaufmerksam zu werden.«

»Wann?«

»Wir gehen hier um halb neun weg.«

24

18 Uhr 45.

Christine sah zu, wie Charlie das Telefon in ihrem Arbeitszimmer aus der Dose zog und es gegen ein Gerät vertauschte, das er mitgebracht hatte. Es sah wie eine Kreuzung zwischen einem Telefon, einem Anrufbeantworter und einem aktentaschengroßen Rechner aus.

Charlie hob den Hörer ab, und Christine konnte, obwohl sie ein paar Schritte von ihm entfernt war, den Wählton hören.

Er legte den Hörer wieder auf und sagte: »Wenn jemand anruft, werden wir das Gespräch hier abnehmen.«

»Das Gerät wird das Gespräch aufnehmen?«

»Mhm. Aber in erster Linie ist es ein Peiltelefon. Das ist wie die Anlage, die die Polizei einsetzt, wenn man die Notrufnummer anruft.«

»911?«

»Ja. Wenn Sie 911 anrufen, dann wissen die, von welcher Nummer und welcher Adresse aus Sie sprechen, weil diese Information, sobald die den Hörer abnehmen und die Verbindung herstellen, auf ihrer Seite ausgedruckt wird.« Er deutete auf einen Streifen Papier, der aus einem Schlitz des Gerätes herausragte wie der Additionsstreifen einer Rechenmaschine. »Wir werden dieselbe Information über jeden bekommen, der hier anruft.«

»Wenn diese Grace Spivey also anruft, bekommen wir nicht nur eine Aufzeichnung ihrer Stimme, sondern auch einen Beweis, daß der Anruf von ihrem Telefon aus geführt wurde oder einem, das ihrer Kirche gehört.«

»Stimmt. Als Beweis vor Gericht wäre das wahrscheinlich nicht zulässig, aber immerhin können wir damit die Polizei interessieren, wenn wir beweisen können, daß die Frau Joey bedroht.«

19. 00 Uhr.

Das Essen traf exakt auf die Minute ein, und Christine stellte fest, daß Charlie mit der Pünktlichkeit seines Angestellten zufrieden war.

Sie aßen alle fünf am Eßzimmertisch – Rippchen, gegrilltes Huhn, gebackene Kartoffeln und Salat – während Charlie komische Geschichten über Fälle erzählte, die seine Agentur bearbeitet hatte. Joey hörte gebannt zu, obwohl er die Einzelheiten der Anekdoten nicht immer verstand. Christine beobachtete ihren Sohn dabei, wie dieser Charlie ansah. Wehmütiger denn je wurde ihr bewußt, was dem Jungen gefehlt hatte, weil er nie einen Vater oder sonst eine männliche Autorität gehabt hatte, die er bewundern und von der er hätte lernen können.

Chewbacca, der neue Hund, fraß aus einer Schüssel in der Ecke, streckte sich dann und legte den Kopf auf die Pfoten. Er wartete auf Joey. Offensichtlich hatte er einer Familie gehört, die ihn gemocht und ihn gut erzogen hatte. Er würde sich schnell einfügen. Christine war wegen seiner Ähnlichkeit mit Brandy immer noch etwas verwirrt, glaubte aber inzwischen auch, daß es trotzdem gutgehen würde.

Um 19 Uhr 20 wurde der ferne Donner plötzlich lauter. Ein Blitzschlag riß den Himmel auf, und die Fenster klirrten.

Christine ließ erschreckt ihre Gabel fallen. Einen Augenblick lang dachte sie, vor dem Haus wäre eine Bombe explodiert. Als ihr klarwurde, daß es nur der Donner gewesen war, schämte sie sich ein wenig, aber dann verriet ihr ein Blick auf die anderen, daß auch sie erschrocken waren.

Ein paar dicke Regentropfen klatschten auf das Dach und die Fenster.

Um 19 Uhr 35 hörte Frank Reuther zu essen auf und verließ den Tisch, um eine Runde durch das Haus zu machen. Er untersuchte alle Türen und Fenster, die Pete schon vorher überprüft hatte.

Es regnete jetzt leicht, aber beständig.

Um 19 Uhr 47 hatte Joey fertiggegessen und forderte Pete Lockburn heraus, mit ihm ›Alte Jungfer‹ zu spielen, und Pete nahm an. Sie gingen ins Zimmer des Jungen, der Hund trottete munter hinter ihnen her.

Frank zog sich einen Stuhl an eines der Wohnzimmerfenster und studierte durch einen schmalen Spalt zwischen den Vorhängen die vom Regen gepeitschte Straße.

Charlie war Christine beim Einsammeln der Papierteller und Servietten behilflich und trug sie mit ihr in die Küche, wo der Regen lauter zu hören war, weil er hinter dem Haus auf die Terrasse trommelte.

»Was nun?« fragte Christine, während sie die Abfälle in den Mülleimer stopfte.

»Wir bringen die Nacht hinter uns.«

»Und dann?«

»Wenn die alte Frau heute nacht nicht anruft und uns keine Handhabe gegen sie gibt, werde ich morgen mit Dr. Boothe, dem Psychologen, reden, den ich erwähnt habe. Er interessiert sich besonders für religiöse Neurosen und Psychosen. Er hat ein paar Verfahren entwickelt, um Leute, die bei diesen Spinnersekten einer Gehirnwäsche unterzogen wurden, wieder zu resozialisieren. Er versteht etwas davon, wie diese Kultführer denken, also kann er uns vielleicht dabei behililich sein, Grace Spiveys schwache Stelle zu finden. Außerdem werde ich versuchen, persönlich von Angesicht zu Angesicht mit der Frau zu sprechen.«

»Wie werden Sie das anstellen?«

»Ich werde die Kirche des Zwielichts anrufen und sie um einen Termin bitten.«

»Sie meinen, sie wird Sie tatsächlich empfangen?«

Er zuckte die Achseln. »Vielleicht reizt sie meine Direktheit.«

»Könnten wir jetzt nicht zur Polizei gehen?«

»Womit?«

»Sie haben Beweise dafür, daß man Joey und mir gefolgt ist.«

»Es ist nicht strafbar, jemandem zu folgen.«

»Diese Grace Spivey hat Ihr Büro angerufen und Joey bedroht.«

»Wir haben keine Beweise, daß es Grace Spivey war, und nur Joey hat die Drohung gehört.«

»Vielleicht, wenn wir den Bullen erklären können, daß diese Verrückte glaubt, Joey sei der Antichrist…«

»Das ist nur eine Theorie.«

»Nun, vielleicht könnten wir jemanden ausfindig machen, der einmal dem Kult angehört hat, dann könnten sie diesen Unsinn mit dem Antichrist bestätigen.«

»Niemand verläßt die Kirche des Zwielichts«, sagte Charlie.

»Was wollen Sie damit sagen?«

»Als man uns engagiert hatte, um diese zwei kleinen Kinder aus der Sekte herauszupauken, dachten wir zuerst, wir würden jemanden ausfindig machen, der ein Anhänger Grace Spiveys gewesen war und sie dann verlassen hatte, jemand, der uns sagen könnte, wo die Kinder vielleicht sein könnten und wie wir es am besten anstellen könnten, um sie zu schnappen. Aber es war niemand ausfindig zu machen, der die Kirche verlassen hatte. Sobald sie einmal eingetreten sind, scheinen sie Anhänger auf Lebenszeit zu sein.«

»Es muß doch immer ein paar enttäuschte, desillusionierte…«

»Nicht, wenn es um die Kirche des Zwielichts geht.«

»Womit hat diese verrückte alte Frau die Leute in der Hand?«

»Sie ist hart wie Eisen und dicht wie ein Schraubstock«, sagte Charlie.

Ein Blitz, der so grell war, daß man ihn durch die Vorhänge hindurch sehen konnte, zuckte über den Himmel.

Der Donner krachte, ließ die Fenster erzittern, und der Regen prasselte lauter denn je herunter.

Um 20 Uhr 15 erteilte Charlie Lockburn und Reuther noch einige letzte Anweisungen und verließ dann das Haus. Er bestand darauf, daß Christine die Tür hinter ihm absperrte, ehe er auch nur die Veranda verließ.

Sie zog den Vorhang am Fenster neben der Tür beiseite und sah ihm nach, wie er auf den grünen Chevy zueilte und dabei durch dunkle Pfützen platschte, vom Wind zerzaust wurde, in dichte nächtliche Schatten hineinrannte, die wie schwarze Vorhänge zu flattern schienen.

Frank Reuther empfahl ihr, vom Fenster wegzugehen, und sie nahm seinen Rat an, wenn auch widerstrebend. Irgendwie fühlte sie sich, solange sie Charlie Harrison noch sehen konnte, sicher. Aber in dem Augenblick, in dem sie den Vorhang fallen ließ und sich vom Fenster abwandte, legte sich bedrückend das Bewußtsein um Joeys – oder ihre – Verletzbarkeit über sie. Sie wußte, daß Pete und Frank gut ausgebildet, kompetent und vertrauenswürdig waren, aber keiner von ihnen vermittelte ihr das Gefühl der Sicherheit, das Charlie ihr vermittelte.

20 Uhr 20.

Sie ging in Joeys Zimmer. Er und Pete saßen auf dem Boden und spielten ›Alte Jungfer‹.

»He, Mama, ich bin am Gewinnen«, sagte Joey.

»Er ist ein richtiger Kartenhai«, sagte Pete. »Wenn die Typen im Büro das je erfahren, kann ich mich nicht mehr sehen lassen.«

Chewbacca lag in der Ecke und betrachtete sein Herrchen mit heraushängender Zunge.

Christine konnte fast glauben, daß Chewbacca in Wirklichkeit Brandy war, daß man ihrem Hund nie den Kopf abgeschnitten hatte, daß Pete und Frank einfach zwei Freunde der Familie waren und daß dies bloß ein ganz gewöhnlicher stiller Abend zu Hause war. Fast. Aber nicht ganz.

Sie ging in ihr Arbeitszimmer und setzte sich an den Schreibtisch, blickte auf die zwei von Vorhängen bedeckten Fenster und lauschte dem Regen. Es klang, als würden tausend Leute weit entfernt eine Litanei beten, so weit entfernt, daß man die einzelnen Worte nicht ausmachen, sondern nur das weiche, ineinander verschwimmende Dröhnen vieler eindringlicher Stimmen hören konnte.

Sie versuchte zu arbeiten, konnte sich aber nicht konzentrieren. Sie nahm ein Buch aus dem Regal, einen leichten Roman, aber nicht einmal dafür reichte ihre Konzentration.

Einen Augenblick lang überlegte sie, ob sie ihre Mutter anrufen sollte. Sie brauchte eine Schulter, um sich daran auszuweinen. Aber Evelyn würde ihr den Zuspruch, den sie jetzt brauchte, nicht bieten können. Sie wünschte, ihr Bruder wäre noch am Leben. Sie wünschte, sie könnte ihn anrufen und ihn bitten, zu ihr zu kommen. Aber Tony war für immer gegangen. Ihr Vater war auch für immer gegangen, und obwohl sie ihn kaum gekannt hatte, fehlte er ihr jetzt wie nie zuvor.

Wenn nur Charlie hier wäre…

Trotz Frank und Pete und des Mannes ohne Namen, der das Haus aus dem Campingwagen draußen im Auge hatte, fühlte sie sich schrecklich allein.

Sie starrte das Peiltelefon auf ihrem Schreibtisch an. Sie wünschte, die verrückte alte Frau würde anrufen und Joey bedrohen. Dann wurden sie wenigstens genügend Beweismaterial haben, um das Interesse der Polizei wecken zu können.

Aber das Telefon klingelte nicht.

Die einzigen Geräusche waren die, die der Sturm draußen erzeugte.

Um 20 Uhr 40 kam Frank Reuther in ihr Arbeitszimmer, lächelte ihr zu und sagte: »Lassen Sie sich nicht stören. Ich mache nur meine Runde.«

Er ging ans erste Fenster, zog den Vorhang beiseite, überprüfte das Schloß, spähte eine Sekunde lang in die Dunkelheit hinaus und ließ dann den Vorhang wieder fallen.

Ebenso wie Pete Lockburn hatte Frank sein Jackett ausgezogen und die Hemdärmel hochgekrempelt. Sein Schulterhalfter hing unter seinem linken Arm. Einen Augenblick lang fing sein Revolverkolben das Licht auf und schimmerte schwarz.

Ein paar Sekunden lang hatte Christine das Gefühl, als wäre sie infolge eines unerklärlichen Austausches zwischen Fantasie und Realität in einem Gangsterfilm aus den dreißiger Jahren gefangen.

Frank zog den Vorhang am zweiten Fenster zur Seite und schrie überrascht auf.

Der Schuß aus der Schrotflinte war lauter als die Armeen des Gewitters. Das Fenster explodierte nach innen.

Christine sprang auf, als ein Regen von Glas und Blut auf sie niederging.

Ehe Frank nach seiner eigenen Waffe greifen konnte, wurde er von der Wucht des Schusses in die Höhe gerissen und nach hinten geschleudert.

Christines Stuhl fiel krachend um.

Der Leibwächter brach vor ihr über der Schreibtischplatte zusammen. Sein Gesicht war weg. Sein Schädel bestand nur noch aus Fragmenten. Die Schrotkugeln hatten ihn in eine blutige Masse verwandelt.

Draußen gab der Schütze einen zweiten Schuß ab.

Verstreute Schrotkugeln fanden die Deckenlampe, pulverisierten sie, ließen einen weiteren Regen aus Glas, Mörtel und Finsternis niedergehen. Die Schreibtischlampe war bereits zu Boden geschleudert worden, als Frank Reuther über sie gefallen war. Der Raum lag jetzt in völliger Dunkelheit, sah man von dem wenigen Licht ab, das durch die offene Tür aus dem Flur hereinfiel. Ein Windstoß packte die von Kugeln zerfetzten Vorhänge und ließ sie gegeneinanderpeitschen. Sie flatterten und wirbelten durch die Luft wie die verfaulten Kleider einer belebten Leiche in einer Geisterbahn.

Christine hörte jemanden schreien, dachte, es sei Joey, erkannte, daß es eine Frau war, und stellte dann fest, daß es ihre eigene Stimme war.

Der Regen peitschte durch die zerfetzten Vorhänge. Aber der Regen war nicht das einzige, was sich Einlaß verschaffen wollte. Der Mann, der Frank Reuther ermordet hatte, war dabei, durch das zersplitterte Fenster zu klettern.

Christine rannte.

25

In einem adrenalinheißen, angstversengten, traumgleichen Fieber mit dem drängenden und doch unheimlichen zeitlupenartigen Zeitgefühl eines Alptraumes rannte Christine aus ihrem Zimmer ins Wohnzimmer.

Die kurze Strecke erforderte nur ein paar Sekunden, und doch schien es ihr, als wäre die Entfernung vom einen Ende ihres Hause zum anderen hundert Meilen und als verstrichen Stunden, während sie in Panik von einem Raum in den anderen hetzte. Sie wußte, daß sie wach war, und doch hatte sie das Gefühl zu schlafen. Dies war Wirklichkeit, und doch unwirklich.

Als sie das Wohnzimmer erreichte, kamen Pete Lockburn und Joey gerade aus dem Schlafzimmer. Lockburn hielt den Revolver in der Hand.

Chewbacca kam hinter ihnen her, die Ohren an den Kopf gelegt, den Schwanz gesenkt, und bellte laut.

Ein Schuß aus einer Schrotflinte riß das Schloß aus der Haustür.

Während noch die Holzsplitter durch die Luft wirbelten, platzte ein Mann ins Haus. Er kauerte sich in dem kleinen Vorraum nieder, der ins Wohnzimmer führte, die Schrotflinte vor sich ausgestreckt, die Augen geweitet, das Gesicht vor Wut oder Schrecken oder beidem weiß, ein unpassend normal aussehender Mann, klein und kräftig gebaut, mit einem dichten schwarzen Bart, in dem Regentropfen wie Perlen standen. Er sah zuerst Christine und richtete seine Waffe auf sie.

Joey schrie.

Eine harte, ohrenbetäubende Explosion erschütterte den Raum, und Christine war sicher, daß dies die letzten Millisekunden ihres Lebens waren.

Aber der Schuß traf den Eindringling.

Auf seinem Hemd blühte eine häßliche rote Blume aus Blut auf.

Pete Lockburn hatte zuerst geschossen. Jetzt feuerte er erneut. Blut spritzte aus der Schulter des Eindringlings. Die Schrotflinte flog ihm aus den Händen, und er stolperte nach rückwärts. Lockburns dritter Schuß traf ihn am Hals, schleuderte ihn zu Boden. Bereits tot, wurde er auf einen kleinen Beistelltisch geworfen, sein Kopf krachte nach hinten, traf einen Spiegel über dem Tisch, ließ ihn zerspringen, dann brach er blutüberströmt zusammen.

Als Joey sich in Christines Arme warf, schrie sie Lockburn zu: »Da ist noch ein Mann! Das Arbeitszimmer...«

Zu spät. Der Schütze, der Frank Reuther getötet hatte, war bereits im Wohnzimmer.

Lockburn wirbelte herum. Schnell, aber nicht schnell genug. Die Schrotflinte brüllte auf. Pete Lockburn wurde weggefegt.

Obwohl er nicht einmal einen Tag lang ihr Hund gewesen war, wußte Chewbacca, wem seine Loyalität gehörte. Knurrend, die Zähne freigelegt, sprang er den Mann mit der Waffe an, biß den Eindringling ins linke Bein, schlug seine Fänge tief hinein und hielt fest.

Der Mann schrie auf, hob die Schrotflinte und schmetterte den schweren Kolben auf den goldenen Kopf des Retrievers. Der Hund jaulte und sackte zusammen.

»Nein!« sagte Joey, als wäre der Verlust eines zweiten Haustieres noch schlimmer als die Aussicht darauf, selbst hingemetzelt zu werden.

Vor Schmerz schluchzend, offensichtlich verängstigt, sagte der Mann: »Gott helfe mir, Gott helfe mir, Gott helfe mir«, und richtete seine Waffe auf Christine und Joey.

Sie sah, daß er – ähnlich dem Bärtigen – weder wahnsinnig noch böse erschien. Die Wildheit des Schreckens, der ihn erfaßt hielt, war das Ungewöhnlichste an ihm. Davon abgesehen, wirkte er ganz alltäglich. Jung. Anfang Zwanzig. Etwas übergewichtig. Hellhäutig mit ein paar Sommersprossen und vom Regen durchnäßtem rötlichem Haar, das an seinem Kopf klebte. Seine Alltäglichkeit war es, die ihn so ganz besonders furchterregend wirken ließ; wenn dieser Mann unter dem Einfluß von Grace Spivey ein blindwütiger Killer werden konnte, dann war die alte Frau imstande, jeden zu korrumpieren; dann konnte man niemandem mehr vertrauen.

Er drückte ab.

Nur ein trockenes Klicken war zu hören.

Er hatte vergessen, daß beide Läufe leer waren.

Wimmernd und klagend, als wäre er derjenige, der sich in Gefahr befand, fummelte der Killer an seiner Jackentasche herum und holte zwei Patronen heraus.

Mit einer Kraft und einer Beweglichkeit, die der Schrecken in ihr wachsen ließ, schnappte sich Christine Joey und rannte – aber nicht etwa auf die Haustür zu und die Straße, die dahinterlag, denn dort draußen würden sie sicher den Tod finden, sondern zur Treppe und in ihr Schlafzimmer, wo sie ihre Tasche abgelegt hatte, die Tasche, in der sie die eigene Pistole verwahrt hatte. Joey klammerte sich verzweifelt an sie und schien überhaupt kein Gewicht zu besitzen; für kurze Zeit war sie mit übermenschlicher Kraft ausgestattet, und die Treppenstufen flogen unter ihren Füßen dahin. Dann, fast oben angelangt, stolperte sie, wäre beinahe gestürzt, klammerte sich am Geländer fest und schrie verzweifelt auf.

Aber es war gut, daß sie gestolpert war, denn in ebendiesem Augenblick eröffnete der Angreifer unten das Feuer, schoß beide Läufe auf sie ab. Zwei Ladungen Rehposten schmetterten in das Geländer, zerfetzten den eichenen Handlauf in tausend Splitter, fetzten den Verputz von der Wand, bliesen die Treppenbeleuchtung über ihr weg, und das genau an der Stelle, wo sie gewesen wäre, wäre sie nicht gestürzt.

Während der Killer nachlud, rannte Christine weiter, in den oberen Korridor. Einen Augenblick lang zögerte sie, Joey an sich gepreßt, schwankte, hatte die Orientierung kurz verloren. Dies war ihr eigenes Haus, ihr vertrauter als irgendein anderer Ort auf der Welt, und doch war es ihr in dieser Nacht irgendwie fremd; die Winkel, die Proportionen, das Licht in den Räumen schienen ihr falsch, anders. Der Korridor beispielsweise schien ihr unendlich lang, mit verzerrten Wänden, wie in einem Spiegelkabinett. Sie blinzelte, versuchte die Panik zurückzudrängen, die ihr Herz wie wild hämmern ließ und ihre Wahrnehmung verzerrte; sie rannte weiter, erreichte schließlich ihr Schlafzimmer.

Hinter ihr kamen von der Treppe die schnellen Schritte des Killers, der sie verfolgte und dabei das eine Bein, in das Chewbacca ihn gebissen hatte, hinter sich herzog.

Sie sprang ins Schlafzimmer, knallte die Tür hinter sich zu, schob den Riegel vor, setzte Joey ab. Ihre Tasche lag auf dem Nachttisch. Sie packte sie, als der Killer die Tür erreichte und am Knopf rüttelte. Ihre Finger waren unsicher, einen Augenblick lang brachte sie den Reißverschluß nicht auf. Dann war die Tasche offen, und sie hielt die Waffe in der Hand.

Joey war in eine Ecke gekrochen, hinter der Kommode. Er kauerte sich ganz zusammen, versuchte sich noch kleiner zu machen, als er war.

Die Schlafzimmertür bebte und löste sich dann teilweise unter einem Sturm von Rehposten auf. Ein Loch gähnte plötzlich an der rechten Seite der Tür. Eine Angel war aus dem Türstock gerissen; sie flog durch die Luft, prallte von einer Wand ab und fiel klappernd auf ihre Kommode.

Die Pistole in beiden Händen haltend und wohlwissend, daß sie sie nicht geradehielt, wirbelte Christine zur Tür herum.

Ein weiterer Schuß zerfetzte das Schloß, und die Tür schwang nach innen, hing nur mehr an einer Angel.

Der junge rothaarige Killer stand unter der Tür und sah noch verängstigter aus, als es Christine zumute war. Er stieß sinnlose Laute aus, und seine Hände zitterten. Rotz hing ihm aus der Nase, aber er schien es nicht zu bemerken.

Sie richtete die Pistole auf ihn, drückte ab.

Nichts geschah.

Die Waffe war gesichert.

Der Killer schien verblüfft, sie bewaffnet zu sehen. Seine Schrotflinte war wieder leer. Er ließ sie fallen und zog einen Revolver aus dem Hüftbund.

Sie hörte sich sagen: »Nein, nein, nein, nein, nein«, ein Ausdruck schierer Furcht, während sie nach den beiden Sicherungen der Pistole tastete. Jetzt hatte sie sie beide gelöst und drückte immer wieder ab.

Der Donner ihrer eigenen Schüsse, der dröhnend von den sie umgebenden Wänden widerhallte, war das süßeste Geräusch, das sie je gehört hatte.

Der Eindringling ging auf die Knie, als die Kugeln sich in ihn bohrten, und fiel vornüber. Der Revolver entfiel seiner schlaffen Hand.

Joey weinte.

Christine näherte sich vorsichtig dem leblosen Körper. Blut sickerte in den Teppich. Sie stieß den Mann mit einem Fuß an. Da regte sich nichts.

Sie ging zur Tür, blickte in den finsteren Korridor hinaus, der mit den Überresten des Treppengeländers und Glassplittern von der Deckenlampe übersät war. Der Teppich war vom Blut aus der Beinwunde des toten Killers besudelt; er hatte eine Spur von der Treppe bis zu ihrem Zimmer hinterlassen.

Sie lauschte. Unten regte sich nichts, kein Laut war zu hören, keine Schritte.

Waren es nur zwei Eindringlinge gewesen?

Sie fragte sich, wie viele Kugeln sie noch hatte. Das Magazin faßte zehn. Sie glaubte, fünf Schüsse abgegeben zu haben. Fünf waren also noch übrig.

Joeys Schluchzen ließ nach. »M-Mama?«

»Scht«, machte sie.

Der Junge lauschte.

Wind. Donner. Regen auf dem Dach und gegen die Scheiben pochend.

Vier Männer tot. Die Erkenntnis brach über sie herein, und sie spürte Übelkeit in sich aufsteigen. Das Haus war ein Schlachtfeld, eine Grabstätte.

Vom Wind bewegt, schabte der Ast eines Baumes am Haus.

Drinnen wurde die Totenstille noch tiefer.

Schließlich sah sie Joey an.

Er war weiß wie die Wand. Das Haar hing ihm ins Gesicht. Seine Augen blickten verängstigt. Er hatte sich in einem Augenblick des Schreckens auf die Unterlippe gebissen, und ein dünner Blutfaden hatte ein rotes Rinnsal über sein Kinn und den Hals gezogen. Wie jedesmal erschreckte sie der Anblick seines

Blutes. Aber wenn man bedachte, was ihm beinahe passiert wäre, war die Verletzung erträglich.

Die Grabesstille entließ die Nacht aus ihrem eisigen Griff. Draußen auf der Straße waren Rufe zu hören, Rufe der Angst und der Neugierde, als die Nachbarn sich schließlich aus ihren Häusern wagten. In der Ferne schwoll der Ton einer Sirene an.

Teil III

DIE VERFOLGER

Satan hat keinen einzigen bezahlten Helfer;
die Opposition beschäftigt eine Million.

Mark Twain

Die Höllenhunde hängen
an seinen Fersen mit Gebell.
Die Höllenhunde rennen!
Den Todeshauch er spürt.

Das Buch der gezählten Sorgen

26

Während die Beamten ihrer Arbeit nachgingen, warteten Christine und Joey in der Küche, weil das einer der wenigen Räume im Haus war, der nicht mit Blut besudelt war.

Christine hatte noch nie so viele Polizeibeamte an einem Ort gesehen. Das Haus wimmelte von uniformierten Männern, Beamten in Zivil, Labortechnikern, einem Polizeifotografen, einem Polizeiarzt und seinem Assistenten. Zuerst waren ihr die Beamten willkommen gewesen, weil ihre Anwesenheit ihr endlich ein Gefühl der Sicherheit vermittelte. Aber nach einer Weile fragte sie sich, ob nicht auch einer von ihnen ein Anhänger von Mutter Grace und der Kirche des Zwielichts sein könnte. Sehr weithergeholt schien ihr diese Vermutung nicht. Tatsächlich war die Annahme sogar logisch, daß ein militanter religiöser Kult mit der Zielsetzung, der Allgemeinheit seine Ansichten aufzuzwingen, dafür sorgen würde, seine Leute in den verschiedenen, für die Einhaltung der Gesetze verantwortlichen Organisationen unterzubringen und dort Tätige zu bekehren. Sie erinnerte sich an Officer Wilford, den wiedergeborenen Christen, der ihre Sprache und ihre Kleidung mißbilligt hatte, und fragte sich, ob Grace Spivey nicht vielleicht die Hebamme seiner ›Wiedergeburt‹ gewesen war.

Paranoia.

Aber wenn man die Situation überdachte, war ein gewisses Maß an Paranoia vielleicht nicht einmal ein Zeichen von Geistesgestörtheit; vielleicht war es eher klug, überlebensnotwendig.

Während weiterhin der Regen gegen die Scheiben trommelte und der Donner sich brutal seinen Weg durch die Nacht bahnte, musterte sie die Polizisten aufmerksam und registrierte argwöhnisch jede ungewöhnliche Bewegung. Sie war sich darüber im klaren, daß sie nicht den Rest ihres Lebens jedermann mißtrauen konnte, denn das würde dauernde Wachsamkeit und eine beständige Anspannung erfordern, die ihre physischen, emotionalen und geistigen Energien völlig lähmen würde. Es wäre wie ein Leben auf dem Hochseil. Aber im Augenblick durfte sie sich einfach nicht entspannen; sie blieb wachsam, die Muskeln halb angespannt, bereit, jedermann anzuspringen, der nur die geringste drohende Bewegung Joey gegenüber machte.

Wiederum überraschte sie die Anpassungsfähigkeit des Jungen. Beim Eintreffen der Polizei hatte er zuerst wie im Schock gewirkt. Seine Augen waren glasig gewesen, und er hatte kein Wort hervorgebracht. Der Anblick von so viel blutiger Gewalt und die unmittelbare Todesdrohung hatten eine Spur in ihm hinterlassen, die für eine Weile unauslöschbar erschienen war. Sie wußte, daß dieses Erlebnis ihm für sein ganzes Leben Narben eintragen würde; das war unvermeidbar. Aber eine Zeitlang hatte sie Angst gehabt, die qualvollen Ereignisse der letzten zwei Stunden würden in ihm einen Zustand der Katatonie erzeugen, ihn dazu bringen, sich in sich selbst zurückzuziehen. Aber dann hatte er das alles gleichsam abgeschüttelt, und sie hatte ihn dazu ermuntert, indem sie ihm sein batteriebetriebenes Pac-Man-Spiel geholt und mit ihm gespielt hatte. Die elektronische Musik des Spiels und die Pieplaute, die der Leckereien verschlingende gelbe Kreis auf dem Spielbrett hervorbrachte, bildeten einen bizarren Kontrapunkt zu der Grausamkeit des Mordes und der Mordermittlungen, die um sie herum abliefen.

Auch, daß Chewbacca sich erstaunlich schnell von dem Schlag auf den Kopf erholt hatte, hatte eine positive Wirkung auf Joey gehabt. Der Hund war bewußtlos gewesen und hatte am Kopf eine Schürfwunde, aber als Christine ihn dann mit Jod behandelte, hatte die leichte Blutung aufgehört. Es gab keine Anzeichen, die auf eine Gehirnerschütterung hindeuteten. Jetzt war der Hund so gut wie neu und hielt sich dicht bei ihnen, lag neben Joeys Stuhl auf dem Boden, wobei er sich gelegentlich erhob und das Pac-Man-Spiel bewunderte, den Kopf zur Seite legte, als wollte er ergründen, was das für ein lärmendes Gerät war.

Sie war nicht mehr so überzeugt, daß die auffallende Ähnlichkeit dieses Hundes zu Brandy so schlimm war. Um das Schreckliche zu ertragen, brauchte Joey eine Erinnerung an geruhsamere Zeiten, brauchte ein Gefühl der Kontinuität, das ihm wie eine Brücke half, diese Periode des Chaos ohne Beeinträchtigung zu überwinden. Und Chewbacca konnte dabei helfen.

Charlie Harrison kam alle zehn Minuten in die Küche und sah nach ihnen und den zwei neuen Leibwächtern, die er bei ihnen stationiert hatte. Der eine Mann, George Swarthout, saß auf einem hohen Küchenhocker am Telefon, trank Kaffee und beobachtete Joey, beobachtete die aus und ein gehenden Polizisten, beobachtete Christine, die ihrerseits die Polizei beobachtete. Der andere, Vince Fields, hielt sich draußen auf der Terrasse auf und bewachte den hinteren Zugang zum Haus. Es war unwahrscheinlich, daß Grace Spiveys Leute ein zweites Mal angreifen würden, während das Haus von Bullen wimmelte, aber ganz konnte man die Möglichkeit nicht ausschließen. Immerhin waren Kamikaze-Einsätze bei religiösen Fanatikern einigermaßen populär.

Bei jedem seiner Besuche in der Küche scherzte Charlie mit Joey, spielte eine Runde Pac-Man, kraulte Chewbacca zwischen den Ohren und tat alles in seiner Macht Stehende, um den Jungen aufzumuntern und seine Gedanken von dem Blutbad abzulenken, das er miterlebt hatte. Als die Polizei Christine verhören wollte, blieb Charlie bei Joey und schickte sie in ein anderes Zimmer, damit der Junge von den schrecklichen Details verschont blieb. Sie wollten Joey auch verhören, aber Charlie schaltete sich ein und sorgte dafür, daß die Befragung sich auf das Notwendigste beschränkte. Christine wußte wohl, daß es ihm nicht leichtfiel, ein solcher Felsen der Gelassenheit zu sein, ein solcher Quell guter Stimmung; er hatte zwei seiner Männer verloren, nicht nur Angestellte, sondern Freunde. Sie war dankbar, daß er entschlossen schien, um Joeys willen seine eigenen Gefühle zu verbergen.

Um elf, als Joey allmählich die Lust an Pac-Man zu verlieren begann, kam Charlie herein, zog sich einen Stuhl an den Küchentisch, setzte sich und sagte: »Die Koffer, die Sie heute früh gepackt haben...«

»Sind noch in meinem Wagen.«

»Ich werde sie in den meinen legen lassen. Gehen Sie und packen Sie ein, was Sie noch für, sagen wir, eine Woche brauchen. Wir fahren gleich, wenn Sie fertig sind, hier weg.«

»Wo fahren wir hin?«

»Das würde ich Ihnen jetzt lieber nicht sagen. Man könnte uns belauschen.«

Hatte auch er die Möglichkeit in Betracht gezogen, daß einer von Grace Spiveys Leuten vielleicht als Polizist tätig war? Christine war nicht sicher, ob sie sich angesichts seiner Paranoia nun besser oder schlechter fühlte.

»Fahren wir in irgendein Versteck, um uns dort zu verkriechen?« fragte Joey.

»Richtig«, erklärte Charlie. »Genau das werden wir tun.«

Joey runzelte die Stirn. »Die Hexe hat Zauberradar, sie wird uns finden.«

»Nicht dort, wo ich euch hinbringe«, sagte Charlie. »Wir haben veranlaßt, daß ein Zauberer den Platz verzaubert, so daß sie ihn nicht entdecken kann.«

»Wirklich?« sagte Joey und beugte sich fasziniert vor. »Sie kennen einen Zauberer?«

»Oh, mach dir keine Sorgen, er ist ein anständiger Typ«, erklärte Charlie. »Er macht keine schwarze Magie oder so etwas.«

»Na klar«, meinte der Junge. »Ich könnte mir auch nicht vorstellen, daß ein Privatdetektiv mit einem *bösen* Zauberer arbeitet.«

Christine hatte hundert Fragen, die sie Charlie stellen wollte, aber sie hielt nichts davon, sie vor Joey zu stellen und damit das labile Gleichgewicht zu stören, das er offenbar gefunden hatte. Sie ging nach oben, wo der Arzt den Abtransport der Leiche des rothaarigen Killers überwachte, und packte dort einen weiteren Koffer. Dann ging sie wieder hinunter in Joeys Zimmer und packte dort einen zweiten Koffer für ihn, zögerte eine Weile und stopfte schließlich einige seiner Lieblingsspielsachen in eine weitere Tasche.

Das beunruhigende Gefühl, daß sie dieses Haus vielleicht nie mehr wiedersehen würde, überfiel sie.

Joeys Bett, die Poster aus *Krieg der Sterne* an der Wand, seine Sammlung von Plastikfiguren und Raumschiffen schienen etwas verblaßt, als wären sie in Wirklichkeit gar nicht da, als wären sie Gegenstände auf einem Foto. Sie berührte die Bettstelle, berührte eine ET-Puppe, legte eine Hand auf die kühle Fläche einer Tafel, die in einer Ecke stand. Sie konnte diese Dinge mit den Fingern ertasten, aber trotzdem schienen sie ihr irgendwie nicht mehr wirklich. Es war ein eigenartiges, kaltes Gefühl, das in ihr eine Leere erzeugte.

Nein, dachte sie, ich werde wiederkommen. Natürlich werde ich das.

Aber das Gefühl, etwas verloren zu haben, wollte sie nicht loslassen, als sie das Zimmer des Jungen verließ.

Chewbacca wurde als erster hinausgebracht und in den grünen Chevy gesetzt.

Dann eskortierten Charlie und seine Männer sie – mit Regenmänteln bekleidet – aus dem Haus, und Christine fröstelte, als ihr der kalte, stechende Regen ins Gesicht peitschte.

Zeitungsreporter, Fernsehteams und der Übertragungswagen einer lokalen Radiostation erwarteten sie. Grelle Scheinwerfer flammten auf, als Christine und Joey erschienen. Reporter drängelten, alle redeten gleichzeitig.

»Mrs. Scavello...«

»Einen Augenblick...«

»Nur eine Frage...«

Sie kniff die Augen zusammen, als die Lichter ihr grell in die Augen stachen.

»Wer könnte Sie töten wollen?«

»Geht es um Rauschgift?«

Sie hielt Joey dicht an sich gepreßt. Blieb nicht stehen.

»Können Sie...«

»Werden Sie...«

Mikrofone reckten sich ihr entgegen.

»Haben Sie...«

»Wissen Sie...«

Ein Kaleidoskop fremder Gesichter formte und veränderte sich vor ihr, einige im Schatten, einige unnatürlich bleich und grell im Licht der Scheinwerfer.

»Sagen Sie uns, wie man sich fühlt, wenn man...«

Sie entdeckte das vertraute Gesicht eines Mannes von den KRLA 10-Uhr-Nachrichten.

»Sagen Sie uns...«

»...Terroristen oder was das sonst waren?«

Der Regen rann unter dem Kragen ihres Mantels an ihr herunter.

Joey preßte ihre Hand ganz fest. Die Reporter machten ihm angst.

Sie wollte sie anschreien, sie sollten sie gefälligst in Ruhe lassen, den Mund halten.

Sie drängten sich näher, plapperten alle auf sie ein.

Sie hatte das Gefühl, als müßte sie sich ihren Weg durch ein Rudel hungriger Tiere bahnen.

Dann ragte in all dem Durcheinander ein unfreundliches Gesicht vor ihr auf. Ein Mann um die Fünfzig, grauhaarig, mit buschigen grauen Augenbrauen. Er hatte eine Pistole.

Nein.

Christine stockte der Atem. Sie spürte eine schreckliche Last auf ihrer Brust.

Es konnte doch nicht schon wieder passieren. Nicht so schnell. Die würden doch ganz sicher nicht vor all den Zeugen einen Mord versuchen. Das war Wahnsinn.

Charlie sah die Waffe, schob Christine und Joey weg.

Im gleichen Augenblick sah eine Reporterin die Gefahr und versuchte dem Angreifer die Waffe aus der Hand zu schlagen, bekam dafür aber eine Kugel in den Oberschenkel.

Wahnsinn.

Menschen schrien, Polizisten brüllten, alle ließen sich auf den regendurchnäßten Boden fallen. Alle außer Christine und Joey, die, flankiert von Vince Fields und George Swarthout, auf den grünen Chevy zurannten. Sie war noch fünf oder sechs Meter von dem Wagen entfernt, als etwas an ihr zupfte und ein

Schmerz über ihre rechte Hüfte brannte, etwas oberhalb der Hüfte, und sie wußte, daß das ein Schuß gewesen war. Sie ging nicht zu Boden, stolperte nicht einmal auf dem regennassen Pflaster, rannte einfach weiter, rang um Atemluft, und ihr Herz schlug so heftig, daß jeder Schlag weh tat. Sie hielt Joey fest und sah sich nicht um, wußte nicht, ob der Killer sie verfolgte, hörte aber eine Salve von Schüssen und dann, wie jemand schrie: »Eine Ambulanz!«

Sie fragte sich, ob Charlie den Angreifer erschossen hatte.

Oder war Charlie selbst erschossen worden?

Dieser Gedanke ließ sie fast im Laufen erstarren, aber da hatten sie den Chevy bereits erreicht.

George Swarthout riß die Hintertür des Wagens auf und stieß sie hinein; drinnen bellte Chewbacca aufgeregt.

Vince Fields rannte um den Wagen herum auf die Fahrertür zu.

»Auf den Boden!« schrie Swarthout. »Unten bleiben!«

Dann war Charlie da, zwängte sich nach ihnen hinein, deckte sie mit seinem Körper ab.

Der Motor des Chevy heulte auf, und sie schossen mit quietschenden Reifen davon, rasten die Straße hinunter, weg von dem Haus, hinein in die Nacht und den Regen, in eine Welt, die nicht feindlicher hätte sein können, wenn sie ein fremder Planet in einer anderen Galaxis gewesen wäre.

27

Kyle Barlowe fürchtete sich davor, Mutter Grace die Nachricht zu überbringen, obwohl er annahm, daß sie sie bereits durch eine Vision erfahren hatte.

Er betrat die Kirche von hinten und blieb eine Weile stehen, füllte den Türbogen zwischen der Vorhalle und dem eigentlichen Kirchenschiff, so daß seine breiten Schultern fast die beiden Seiten des Türstocks berührten. Er sammelte Kraft von dem riesigen Messingkreuz über dem Altar, von den biblischen Szenen in den Mosaikfenstern, von der andächtigen Stille und dem süßen Duft des Weihrauchs.

Grace saß alleine auf der linken Seite der Kirche im zweiten Betstuhl von vorne. Falls sie Barlowe hatte eintreten hören, so ließ sie sich durch nichts anmerken, daß seine Anwesenheit ihr bewußt war. Sie starrte gerade vor sich hin, auf das Kreuz.

Schließlich ging Barlowe den Mittelgang hinunter und setzte sich neben sie. Sie betete. Er wartete, bis sie fertig war. Dann sagte er: »Der zweite Versuch ist ebenfalls gescheitert.«

»Ich weiß«, sagte sie.

»Was nun?«

»Wir folgen ihnen.«

»Wohin?«

»Überallhin.« Sie sprach zuerst leise, in einem Wispern, das er kaum hören konnte, aber mit der Zeit erhob sich ihre Stimme, gewann an Kraft und Überzeugung, bis sie gespenstisch von den schattenverhüllten Mauern der Kirche widerhallte. »Wir geben ihnen keinen Frieden, keine Ruhe, keine Zuflucht und keine Gnade. Wir müssen unbarmherzig sein, rücksichtslos, unerschütterlich. Wir werden wie Bluthunde sein. Wie Bluthunde des Himmels. Wir werden uns an ihre Fersen heften und bellen, ihnen an die Kehle springen und sie zu Boden reißen, über kurz oder lang, hier oder dort, wann Gott es will. Wir werden siegen; dessen bin ich sicher.«

Sie hatte beim Reden das Kreuz eindringlich angestarrt, aber jetzt wandte sie ihre farblosen grauen Augen ihm zu, und er spürte, wie ihr Blick bis in sein Innerstes drang, bis zu seiner Seele.

»Was willst du, daß ich tue?« fragte er.

»Jetzt geh nach Hause. Schlafe. Bereite dich auf den Morgen vor.«

»Werden wir sie heute nacht nicht noch einmal angreifen?«

»Zuerst müssen wir sie finden.«

»Wie?«

»Gott wird uns den Weg weisen. Jetzt geh. Schlafe.«

Er stand auf, trat in den Mittelgang. »Wirst du auch schlafen? Du brauchst Ruhe«, sagte er besorgt.

Ihre Stimme war wieder zu einem heiseren Wispern verblaßt, man konnte die Erschöpfung heraushören. »Ich kann nicht schlafen, lieber Junge. Eine Stunde der Nacht. Dann wache ich auf, und mein Geist ist von Visionen erfüllt, von Botschaften der Engel, von Kontakten mit der Geisterwelt, voll Sorgen und Ängsten und Hoffnungen, mit Blicken auf das verheißene Land, Bildern des Ruhmes, der schrecklichen Last der Verantwortung, die Gott auf mich gehäuft hat.« Sie wischte sich mit dem Handrücken den Mund. »Wie ich mir doch wünsche, ich könnte schlafen, wie ich mich nach dem Schlaf sehne und danach, daß all diese Forderungen und Ängste nachlassen mögen! Aber Er hat mich umgeformt, auf daß ich während dieser Krise ohne Schlaf funktionieren kann. Ich werde so lange nicht gut schlafen, bis der Herr es wünscht. Aus Gründen, die mir unbegreiflich sind, braucht Er mich wach, besteht darauf, gibt mir die Kraft, ohne Schlaf auszuharren, hält mich wachsam, beinahe zu wachsam.« Ihre Stimme zitterte, und Barlowe glaubte, daß dieses Zittern von Ehrfurcht und Angst ausgelöst wurde. »Ich sage dir, lieber Kyle, es ist gleichzeitig glorreich und schrecklich, wunderbar und beängstigend, erfrischend und erschöpfend, das Instrument des Willens Gottes zu sein.«

Sie öffnete ihre Tasche, zog ein Taschentuch heraus und schneuzte sich. Plötzlich bemerkte sie, daß das Tuch braun und gelb befleckt war, widerwärtig verklebt.

»Schau dir das an«, sagte sie und deutete auf das Taschentuch. »Es ist schrecklich. Ich war einmal so reinlich. So sauber. Mein Mann, möge der Herr seine Seele segnen, sagte immer, mein Haus sei sauberer als der Operationsraum in einem Krankenhaus. Und ich habe immer sehr darauf geachtet, gepflegt zu sein; ich habe mich gut gekleidet. Und ich hätte nie ein widerwärtiges Taschentuch wie dieses bei mir getragen, niemals, nicht bevor mir die Gabe verliehen wurde und so viele gewöhnliche Gedanken verdrängt hat.« Die Tränen glitzerten in ihren grauen Augen. »Manchmal habe ich Angst. Ich bin Gott für die Gabe dankbar, ja, dankbar für das, was ich gewonnen habe, aber verängstigt wegen dessen, was ich verloren habe.«

Er wollte verstehen, wie es für sie sein mußte, das Instrument des Willens Gottes zu sein, aber er konnte ihren Geisteszustand oder die mächtigen Kräfte, die in ihr am Werk waren, nicht begreifen. Er wußte nicht, was er zu ihr sagen sollte, und war bedrückt, daß er unfähig war, ihr auch nur mit Zuspruch zu helfen.

»Geh nach Hause und schlaf«, sagte sie. »Morgen werden wir vielleicht den Jungen töten.«

28

Während sie über die vom Regen gepeitschten Straßen rasten, bestand Charlie darauf, sich Christines Wunde anzusehen, obwohl sie erklärte, sie sei nicht von Belang. Er stellte erleichtert fest, daß sie recht hatte; die Kugel hatte sie nur gestreift und unmittelbar über der Hüfte eine fünf Zentimeter lange Spur hinterlassen. Eigentlich war es eher eine Schürfung als eine Wunde, denn die Hitze der Kugel hatte sie größtenteils kauterisiert; die Kugel steckte nicht, und die Blutung war schwach gewesen. Trotzdem hielten sie an einem vierundzwanzig Stunden geöffneten Supermarkt an und kauften dort Alkohol, Jod und Verbandmaterial. Charlie versorgte die Wunde, während Vince am Steuer saß und weiterfuhr. Sie wechselten von Straße zu Straße, fuhren wieder ein Stück zurück, kreisten durch die regengepeitschte Finsternis wie ein fliegendes Insekt, das zögerte, sich irgendwo niederzulassen, aus Angst, erschlagen und zerdrückt zu werden.

Sie setzten jede nur mögliche Vorsichtsmaßregel ein, um sicherzustellen, daß man sie nicht verfolgte, und erreichten das Safe-House in Laguna Beach erst gegen ein Uhr morgens. Es lag auf halber Höhe einer stark ansteigenden Straße und bot den Blick über das Meer; es war klein, beinahe nur ein Bungalow, zwei Schlafzimmer und ein Bad, etwa vierzig Jahre alt, aber sehr gepflegt, mit einer Pergola über der vorderen Veranda, altmodischen Fensterläden und von Bougainvillea eingewachsen, die eine ganze Wand und den größten Teil des Daches bedeckte.

Das Haus gehörte Henry Rankins Tante, die gerade in Mexiko Urlaub machte, und es bestand keine Gefahr, daß Grace Spivey oder jemand aus der Kirche des Zwielichts davon wissen konnte.

Charlie wünschte, sie wären früher hierhergekommen, und machte sich Vorwürfe, daß er Christine und Joey erlaubt hatte, in ihr eigenes Haus zurückzukehren. Natürlich hatte er nicht wissen können, daß Grace Spivey so bald und so brutal zuschlagen würde. Einen Hund zu töten, war eine Sache, aber mit Schrotflinten bewaffnete Meuchelmörder auszusenden, sie rücksichtslos und brutal in eine stille Wohngegend zu schikken ... nun, daß sie *so* verrückt war, hatte er sich nicht vorstellen können. Jetzt hatte er zwei seiner Männer verloren, zwei seiner *Freunde*. Er hatte Pete Lockburn neun Jahre gekannt, Frank Reuther sechs – und hatte sie beide sehr gern gehabt. Obwohl er wußte, daß er an dem, was geschehen war, keine Schuld trug, machte er sich dennoch Vorwürfe.

Er gab sich große Mühe, das Ausmaß seiner Wut und seines Leids in sich zu verbergen, weil er Christine nicht noch mehr beunruhigen wollte. Sie war wegen der Morde bedrückt und schien fest entschlossen, sich selbst einen Teil der Schuld zu geben. Er versuchte mit ihr zu argumentieren: Frank und Pete hatten das Risiko gekannt, als sie den Job übernahmen; wenn sie Klemet-Harrison nicht engagiert hätte, wären die Leichen, die jetzt zur Leichenhalle unterwegs waren, die von ihr und Joey; also hatte sie richtig gehandelt, indem sie Hilfe suchte. Doch trotz aller Argumente konnte sie ihr finsteres Gefühl der Verantwortung nicht abschütteln.

Joey war im Wagen eingeschlafen, also trug Charlie ihn durch den immer noch heftigen Regen und durch die feuchte nächtliche Stille der Hügel von Laguna ins Haus. Er legte ihn im Elternschlafzimmer auf das Bett, und der Junge regte sich überhaupt nicht, murmelte nur leise im Schlaf und seufzte. Charlie und Christine zogen ihn gemeinsam aus und deckten ihn zu.

»Ich denke, es macht nichts, wenn er einmal einen Abend auf das Zähneputzen verzichtet«, sagte sie besorgt.

Charlie konnte sein Lächeln nicht unterdrücken, und sie sah

ihn lächeln und schien erst jetzt zu begreifen, wie lächerlich es war, sich um Zahnpflege zu sorgen, nur Stunden, nachdem der Junge drei Mördern entkommen war.

Sie wurde rot und sagte: »Ich denke, wenn Gott ihn vor den Kugeln behütet hat, wird er ihn auch vor Paradontose schützen, wie?«

»Die Wette würde ich halten.«

Chewbacca ringelte sich neben dem Bett ein und gähnte herzhaft. Er hatte ebenfalls einen harten Tag hinter sich.

Vince Fields kam an die Tür und sagte: »Wo wollen Sie mich haben, Boß?«

Charlie zögerte, mußte wieder an Pete und Frank denken. Er hatte sie in die Schußlinie gebracht und wollte jetzt nicht auch noch Vince aufs Spiel setzen. Aber es war natürlich albern, so zu denken; schließlich konnte er Vince nicht gut sagen, er solle sich im Küchenschrank verstecken, wo er sicher sein würde. Vince' Beruf bestand darin, wenn nötig, in der Schußlinie zu sein; Vince wußte das, und Charlie wußte es, und beide wußten, daß es Charlies Job war, ohne Rücksicht auf die Folgen Instruktionen zu erteilen. Worauf wartete er also? Entweder hatte man den Mumm, die Risiken dieses Berufs auf sich zu nehmen, oder man hatte ihn nicht.

Er räusperte sich und sagte: »Genau hier will ich Sie haben, Vince. Auf einem Stuhl. Neben dem Bett.«

Vince setzte sich.

Charlie ging mit Christine in die kleine, ordentliche Küche, wo George Swarthout einen großen Topf Kaffee zubereitet und sich und Vince die Tassen gefüllt hatte. Charlie schickte George an die Wohnzimmerfenster, um die Straße zu überwachen, und goß sich und Christine von dem Kaffee ein.

»Miriam, Henrys Tante, trinkt gerne Brandy. Hätten Sie gern einen Schuß davon in Ihrem Kaffee?«

»Das wär' vielleicht gar nicht so übel«, meinte Christine.

Er fand den Brandy in dem Schrank neben dem Kühlschrank und tat reichlich in beide Tassen.

Sie saßen einander an einem kleinen Tisch vor einem Fenster gegenüber, das auf einen Garten hinausblickte, auf den im Augenblick der Regen hinunterprasselte und in dem nur Schatten blühten.

»Was macht Ihre Hüfte?« fragte er.

»Es juckt nur ein wenig.«

»Sind Sie sicher?«

»Natürlich. Hören Sie, was passiert jetzt? Wird die Polizei Verhaftungen vornehmen?«

»Das können sie nicht. Die Männer, die den Überfall verübt haben, sind alle tot.«

»Aber die Frau, die sie ausgeschickt hat, ist nicht tot. Man nennt so etwas doch Anstiftung zum Mord. Verschwörung. Sie ist genauso schuldig wie die drei Toten.«

»Wir haben keine Beweise, daß Grace Spivey sie geschickt hat.«

»Wenn alle drei Mitglieder ihrer Kirche sind ...«

»Das wäre ein wichtiger Hinweis. Das Problem ist nur: Wie beweisen wir, daß sie Mitglieder der Kirche waren?«

»Die Polizei könnte ihre Freunde und ihre Familien verhören.«

»Was sie ganz sicherlich tun würde, wenn sie ihre Freunde und Familien *finden* könnte.«

»Was wollen Sie damit sagen?«

»Keiner der drei Männer hatte irgendwelche Ausweispapiere bei sich. Und auch keine Kreditkarten, keinen Führerschein, gar nichts.«

»Fingerabdrücke. Könnte man sie nicht nach ihren Fingerabdrücken identifizieren?«

»Natürlich, das wird die Polizei auch überprüfen. Aber wenn diese Männer nicht beim Militär waren oder es irgendwelche Gerichtsakten über sie gibt oder sie einmal in einem Job tätig waren, bei dem man ihnen die Fingerabdrücke abgenommen hat, sind ihre Abdrücke nirgends registriert.«

»Also erfahren wir vielleicht nie, wer sie waren?«

»Kann schon sein. Und wenn wir sie nicht identifizieren können, dann können wir auch keine Verbindung zu Grace Spivey herstellen.«

Sie runzelte die Stirn, während sie einen Schluck von ihrem

Kaffee nahm, und dachte nach, versuchte sich darüber Klarheit zu verschaffen, was sie vielleicht übersehen hatten, und suchte nach einer Möglichkeit, die Killer mit der Kirche des Zwielichts in Verbindung zu bringen. Charlie hätte ihr sagen können, daß sie ihre Zeit vergeudete, daß Grace Spivey viel zu vorsichtig gewesen war, aber das war ein Schluß, auf den sie selbst kommen mußte.

Schließlich sagte sie: »Der Mann, der uns vor dem Haus angegriffen hat – war das der, der den Lieferwagen gefahren hat?«

»Nein. Er ist nicht der Mann, den ich mit dem Feldstecher beobachtet habe.«

»Aber dann parkt vielleicht der Lieferwagen immer noch auf der Straße vor meinem Haus.«

»Nee. Die Polizei hat nach dem weißen Ford gesucht. Weit und breit kein weißer Ford-Lieferwagen zu sehen. Nichts, gar nichts, das auf Das Wahre Wort oder die Kirche des Zwielichts deuten würde.«

»Was ist mit ihren Waffen?«

»Werden ebenfalls überprüft. Aber ich vermute, daß sie nicht legal erworben wurden. Auf die Weise ist nicht herauszufinden, wer sie gekauft hat.«

Ihr Gesicht verfinsterte sich. »Aber wir wissen, daß Grace Spivey Joey bedroht hat, und wir wissen, daß einer ihrer Leute uns in einem Lieferwagen verfolgt hat. Ist das nach dem, was heute nacht passiert ist, nicht Grund genug für die Polizei, wenigstens zu ihr zu gehen und mit ihr zu reden?«

»Ja. Das wird sie auch tun.«

»Wann?«

»Jetzt. Wenn sie es nicht bereits getan hat. Aber sie wird alles ableugnen.«

»Wird man sie überwachen?«

»Nein. Hätte ohnehin keinen Sinn. Es könnte möglich sein, sie zu überwachen, aber man kann unmöglich jedes Mitglied ihrer Kirche im Auge behalten. Das würde den Einsatz von wesentlich mehr Personal erfordern, als denen zur Verfügung steht. Außerdem wäre es verfassungswidrig.«

»Dann sind wir wieder da, wo wir angefangen haben«, sagte sie bedrückt.

»Nein. Irgendwann, vielleicht nicht jetzt sofort, aber zur rechten Zeit, wird einer dieser namenlosen Toten, oder eine ihrer Waffen oder die Fotos, die ich von dem Mann im Lieferwagen aufgenommen habe, uns eine konkrete Verbindung zu Grace Spivey liefern. Diese Leute sind nicht perfekt. Irgendwo haben sie ein Detail übersehen, einen Fehler gemacht, und daraus werden wir Kapital schlagen. Sie werden auch noch weitere Fehler machen, und über kurz oder lang werden wir genug Beweismaterial haben, um sie festzunageln.«

»Und bis dahin?«

»Bis dahin werden Sie und Joey untertauchen.«

»Hier?«

»Für den Augenblick, ja.«

»Sie werden uns finden.«

»Nein.«

»Doch, das werden sie«, sagte sie grimmig.

»Nicht einmal die Polizei weiß, wo Sie sind.«

»Aber Ihre Leute wissen es.«

»Wir stehen auf Ihrer Seite.«

Sie nickte, aber er konnte sehen, daß sie noch etwas zu sagen hatte, etwas, das sie eigentlich nicht sagen wollte, das sie aber auch nicht für sich behalten wollte.

»Was ist? Woran denken Sie?« bohrte er.

»Ist es nicht möglich, daß einer Ihrer Leute der Kirche des Zwielichts angehört?«

Die Frage erschreckte ihn. Seine Leute waren von ihm selbst ausgesucht, er kannte sie, mochte sie, vertraute ihnen. »Unmöglich.«

»Schließlich hatte Ihre Agentur einen Zusammenstoß mit Spivey. Sie haben diese zwei kleinen Kinder aus der Sekte herausgeholt, sie gerettet, sie ihrer Mutter weggeschnappt. Ich könnte mir vorstellen, daß Grace Spivey Ihnen gegenüber vielleicht Argwohn hegte, und zwar in dem Ausmaß, daß sie jemanden in Ihre Organisation eingeschleust hat. Sie könnte einen Ihrer Männer bekehrt haben.«

»Nein. Unmöglich. Wenn sie versuchen würde, einen von ihnen zu kontaktieren, würde der mir das sofort melden.«

»Vielleicht ist es einer Ihrer neuen Angestellten, jemand, der ein Jünger der Spivey war, ehe er die Stellung bei Ihnen angenommen hat. Haben Sie jemanden neu eingestellt, seit Sie diese Kinder zurückgeholt haben?«

»Ein paar Leute. Aber unsere Angestellten werden sehr sorgfältig überprüft, ehe wir sie einstellen.«

»Man könnte die Mitgliedschaft in der Kirche verbergen, geheimhalten.«

»Das wäre schwierig.«

»Ich stelle fest, daß Sie jetzt nicht mehr ›unmöglich‹ sagen.«

Sie machte ihn unsicher. Er gefiel sich in der Vorstellung, daß er immer an alles dachte, sich auf jede Eventualität vorbereitete. Aber daran hatte er nicht gedacht, in erster Linie weil er seine Leute zu gut kannte, um auf die Idee zu kommen, daß irgendeiner von ihnen schwachsinnig genug sein könnte, um einer Spinnersekte beizutreten. Aber dann mußte man natürlich auch einräumen, daß die Leute – insbesondere in dieser Zeit – manchmal seltsame Ideen hatten, und das einzige, was einen wirklich an ihnen überraschen konnte, war, wenn sie einen nie überraschten.

Er nahm einen Schluck von seinem Kaffee und sagte: »Ich werde veranlassen, daß Henry Rankin jeden, der seit dem Spivey-Fall neu bei uns eingetreten ist, noch einmal überprüft. Wenn man beim erstenmal wirklich etwas übersehen haben sollte, wird Henry das feststellen. Er ist der beste Mann, den ich habe.«

»Sind Sie sicher, daß Sie Henry vertrauen können?«

»Herrgott, Christine, er ist wie mein Bruder!«

»Denken Sie an Kain und Abel...«

»Hören Sie, Christine, etwas Argwohn, eine Andeutung von Paranoia – das ist gut. Ich bin sogar sehr dafür. Das macht einen vorsichtiger. Aber man kann auch zu weit gehen. Irgend jemandem muß man vertrauen. Ganz alleine wird man mit der Welt nicht fertig.«

Sie nickte und sah auf ihre halb geleerte Tasse. »Sie haben

recht. Und wahrscheinlich ist es auch nicht sehr nett von mir, mir darüber Sorgen zu machen, wie vertrauenswürdig Ihre Leute sind, wo bereits zwei von ihnen für mich den Tod gefunden haben.«

»Sie sind nicht für Sie gestorben«, sagte er.

»Doch, das sind sie.«

»Sie sind nur...«

»Für mich gestorben.«

Er seufzte, sagte aber nichts mehr. Sie war zu sensibel, um nicht wenigstens etwas Schuld bezüglich Pete Lockburns und Frank Reuthers Tod zu empfinden. Sie würde das einfach für sich alleine verarbeiten müssen – genauso wie er.

»Also gut«, sagte sie. »Was werden Sie unternehmen, während Joey und ich uns hier versteckt halten?«

»Ehe wir Ihr Haus verließen, habe ich die Pfarrei der Kirche angerufen.«

»Spiveys Kirche?«

»Mhm. Sie war nicht da. Aber ich habe ihre Sekretärin gebeten, mir für morgen einen Termin zu machen. Sie hat mir versprochen, Henry Rankin heute abend, auch wenn es spät werden sollte, anzurufen und ihm zu sagen, wann ich kommen kann.«

»Sie wollen die Höhle des Löwen betreten.«

»Ganz so dramatisch und gefährlich ist das nicht.«

»Was wollen Sie damit erreichen, wenn Sie mit ihr reden?«

»Ich weiß nicht. Aber mir scheint es der nächste logische Schritt zu sein.«

Sie rutschte auf ihrem Stuhl herum, nahm ihre Tasse, stellte sie wieder ab, ohne zu trinken, und kaute nervös auf ihrer Unterlippe. »Ich fürchte...«

»Was denn?«

»Ich fürchte, wenn Sie zu ihr gehen, wird Sie sie irgendwie dazu bringen, daß Sie ihr sagen, wo wir sind.«

»So leicht bin ich nicht zu beeinflussen«, sagte er.

»Aber sie könnte Drogen einsetzen oder Sie foltern oder...«

»Glauben Sie mir, Christine, ich kann auf mich aufpassen,

und mit dieser alten Frau und ihren Spinnern werd' ich auch fertig.«

Sie starrte ihn eine ganze Weile an, ohne etwas zu sagen. Ihre Augen wurden immer schöner.

Schließlich sagte sie: »Das können Sie. Ich weiß es. Sie werden mit denen fertig. Ich habe sehr viel Vertrauen zu Ihnen, Charlie Harrison. Das ist ein Instinkt. Sie vermitteln mir ein gutes Gefühl. Ich weiß, daß Sie kompetent sind. Ich zweifle nicht an Ihnen. Wirklich nicht. Aber ich habe trotzdem Angst.«

Um 1 Uhr 30 brachte jemand von Klemet-Harrison Charlies grauen Mercedes zu dem Haus in Laguna Beach, damit er, sobald er fertig war, nach Hause fahren konnte. Um 2 Uhr 05, müde bis auf die Knochen, sah er mit brennenden Augen auf die Uhr, meinte: »Nun, ich denke, ich werde jetzt gehen«, und ging ans Spülbecken, um seine Kaffeetasse auszuwaschen.

Als er die Tasse zum Trocknen ins Regal stellte und sich umdrehte, stand sie am Küchenfenster neben der Tür und starrte auf die dunkle Rasenfläche hinaus. Sie hatte beide Arme über der Brust verschränkt und an sich gepreßt.

Er trat neben sie. »Christine?«

Sie drehte sich zu ihm herum.

»Sind Sie okay?« fragte er.

Sie nickte tapfer. »Nur ein leichtes Frösteln.«

Aber ihre Zähne klapperten beim Reden.

Er legte impulsiv die Arme um sie. Sie lehnte sich ohne das leiseste Zögern an ihn, ließ sich von ihm halten, legte den Kopf auf seine Schulter. Dann schlangen sich ihre Arme um ihn, und sie standen eng aneinandergeschmiegt da, und dieser Augenblick war für ihn das Schönste, was er je erlebt hatte. Ihr Haar lag an seiner Wange, ihre Hände auf seinem Rücken, ihr Körper schmiegte sich an ihn, und ihre Wärme durchdrang ihn. Ihr Duft erfüllte ihn. Es war schwer, sich vorzustellen, daß er sie noch nicht einmal einen Tag lang kannte. Dabei hatte er das Gefühl, er hätte sich schon sehr viel länger nach ihr *gesehnt*, und das hatte er natürlich auch, obwohl er erst, als er sie gesehen hatte, gewußt hatte, daß Christine es war, nach der er sich so viele Jahre gesehnt hatte.

Er hätte sie in diesem Augenblick küssen können. Er verspürte den Wunsch und hatte den Mut, die Hand unter ihr Kinn zu legen und ihr Gesicht hochzuheben und seine Lippen auf die ihren zu pressen. Er wußte, daß sie keinen Widerstand leisten würde, es vielleicht sogar selber wünschte. Aber er begnügte sich damit, sie an sich zu drücken, weil er spürte, daß die Zeit noch nicht reif war für die Verpflichtung, die ein leidenschaftlicher Kuß bedeutete. Jetzt würde es ein Kuß sein, den sie zum Teil aus Angst, zum Teil aus dem Bedürfnis nach einer Stütze suchte. Und wenn er sie küßte, so wollte er, daß dies ein Kuß aus anderen Motiven war – Begehren, Zuneigung, Liebe. Er wollte, daß der Anfang für sie perfekt sein würde.

Als sie ihn schließlich losließ, wirkte sie verlegen. Sie lächelte scheu und sagte: »Tut mir leid. Ich wollte nicht zittrig werden. Ich muß stark sein. Ich weiß es. In dieser Situation ist kein Platz für Schwäche.«

»Unsinn«, sagte er mit sanfter Stimme. »Ich habe das auch gebraucht.«

»Wirklich?«

»Jeder braucht gelegentlich einen Teddybären.«

Sie lächelte ihn an.

Es war ihm zutiefst zuwider, sie jetzt zu verlassen. Den ganzen Weg zu seinem Wagen, während der Wind an seinem Jakkett zerrte und der Regen auf seinen Kopf trommelte, wollte er kehrtmachen und wieder zu ihr ins Haus gehen, ihr sagen, daß sich zwischen ihnen etwas ganz Besonderes vollzog, etwas, das eigentlich nicht so schnell gehen durfte, etwas, wie man es im Film, aber nie im wahren Leben zu sehen bekam. Er wollte es ihr jetzt sagen, selbst wenn das nicht der richtige Augenblick war, weil er trotz all seiner beruhigenden Worte nicht sicher wußte, daß er mit Spivey und ihren Irren fertig werden würde; es gab eine Möglichkeit, so unwahrscheinlich es auch war, daß er nie wieder eine Chance bekommen würde, daß er Christine Scavello nie wiedersehen würde.

Er wohnte in den Hügeln von North Tustin und hatte schon beinahe die halbe Strecke nach Hause zurückgelegt, rollte über den endlosen Irvine Boulevard und dachte an Frank Reuther und Pete Lockburn, als die Ereignisse der letzten paar Stunden ihm plötzlich zuviel wurden und er spürte, wie sein Atem stockte. Er mußte an den Straßenrand fahren und anhalten. Auf einer Seite der Straße waren Orangenhaine, auf der anderen Erdbeerfelder und ringsum Dunkelheit. Um diese Stunde gab es sonst keinerlei Verkehr auf der Straße. In den Sitz zurückgelehnt, starrte er die vom Regen gepeitschte Windschutzscheibe an, wo das Wasser im Widerschein seiner eigenen Scheinwerferbalken gespenstische Muster erzeugte, kurzlebige Muster, die die gleichmäßig klatschenden Scheibenwischer immer wieder auslöschten. Es war entnervend und bedrückend, sich vorzustellen, daß ein menschliches Leben ebenso plötzlich und leicht wie diese Regenmuster auf der Scheibe ausgelöscht werden konnten. Er weinte.

In all den Jahren seiner Existenz hatte Klemet-Harrison bis jetzt nur einen Mann in Ausübung seiner Pflicht verloren. Er war während der Arbeit bei einem Autounfall ums Leben gekommen, aber der Unfall stand in keiner Beziehung zu seinem Einsatz und hätte ebensogut in seiner Freizeit passieren können. Ein paar Männer waren im Laufe der Jahre angeschossen worden, hauptsächlich von getrennt lebenden Ehemännern, die ihre Frauen belästigten, obwohl es Gerichtsbeschlüsse gab, die ihnen das untersagten. Aber bis jetzt war noch nie einer ermordet worden, dem Himmel sei Dank. Der Beruf eines Privatdetektivs war viel weniger gefährlich, als er gewöhnlich im Fernsehen und im Film dargestellt wurde. Manchmal bezog man etwas Prügel oder mußte jemand anderen verprügeln, und das Potential für Gewalt war immer da, aber es wurde nur selten realisiert.

Charlie hatte um sich selbst keine Angst, wohl aber um seine Männer, seine Freunde, die Menschen, die für ihn tätig waren und sich auf ihn verließen. Als er diesen Fall übernommen hatte, hatte er sie vielleicht in etwas hineingezogen, was er besser hätte bleiben lassen sollen. Vielleicht hatte er, indem er sich verpflichtet hatte, Christine und Joey zu beschützen, auch Todesurteile für sich und seine Kollegen unterzeichnet. Wer wußte schon, was man zu erwarten hatte, wenn man sich mit religiösen Fanatikern einließ? Wer wußte schon, wie weit sie gehen würden?

Andererseits kannte jeder seiner Mitarbeiter die Risiken, auf die er sich einließ, selbst wenn sie gewöhnlich mit besseren Chancen rechneten. Und was für eine Detektivagentur würden sie schon sein, was für Leibwächter, wenn sie den ersten wirklich unangenehmen Fall, den sie zu lösen hatten, einfach aufgäben? Und wie konnte er das Christine Scavello gegebene Wort auch zurücknehmen? Wenn er sie schutzlos stehenließ, würde er sich selbst am Morgen nicht mehr im Spiegel in die Augen sehen können. Außerdem war er felsenfest davon überzeugt, daß er im Begriff war, sich mit zwar irrationaler, aber keineswegs unliebsamer Eile in sie zu verlieben.

Trotz des Regens, der auf das Dach trommelte, und des gleichmäßigen Klatschens der Scheibenwischer war die Nacht in dem drückend schwülen Wagen unheimlich still; es herrschte ein unerträglicher Mangel an sinnvollen Lauten, da waren nur die planlosen Geräusche des Sturmes, die ihn gerade durch ihre Planlosigkeit an den Abgrund des Chaos erinnerten, über dem sein Leben und alle anderen Leben sich entfalteten. Doch das war ein Gedanke, mit dem er sich im Augenblick lieber nicht näher befassen wollte.

Er bog wieder in die Straße ein, beschleunigte und strebte den Hügeln und seinem Haus zu.

29

Christine hatte nicht damit gerechnet, einschlafen zu können. Sie streckte sich auf dem Bett aus, wo Joey wie ein Stein lag, und dachte, sie würde dort einfach mit geschlossenen Augen liegenbleiben und ausruhen, bis er aufwachte. Und dann war sie sofort eingeschlafen.

Einmal wachte sie mitten in der Nacht auf und stellte fest, daß es aufgehört hatte zu regnen. Es herrschte völlige Stille.

George Swarthout saß auf einem Stuhl in der Ecke und las im sanften Schein einer Tischlampe mit einem Perlmuttschirm eine Zeitschrift. Sie wollte mit ihm sprechen, wollte wissen, ob alles in Ordnung sei, hatte aber nicht die Kraft, sich aufzusetzen oder auch nur zu reden. Sie schloß die Augen und sank wieder in die Dunkelheit.

Vor sieben Uhr erwachte sie erneut, war diesmal hellwach, wenn sie auch nach nur viereinhalb Stunden Schlaf eine gewisse Benommenheit empfand. Joey schnarchte leise. Sie überließ es George, ihren Sohn zu bewachen, ging ins Badezimmer und duschte dort lange heiß. Sie zuckte zusammen, als Wasser unter ihren Hüftverband geriet und in der noch in Heilung begriffenen Wunde einen stechenden Schmerz auslöste.

Schließlich trat sie aus der Duschkabine, trocknete sich ab, legte einen neuen Verband auf und war im Begriff, in ihre Kleider zu schlüpfen, als sie plötzlich spürte, daß Joey in Gefahr war, in diesem Augenblick, in schrecklicher Gefahr; sie spürte es in allen Knochen. Sie dachte, sie hörte ihn schreien, durch das Dröhnen des Badezimmerventilators hindurch. Jesus, nein! Er wurde draußen im Schlafzimmer hingemetzelt, von irgendwelchen bibelverrückten Irren in Stücke gehackt. Ihr Magen verkrampfte sich, und eine Gänsehaut überlief sie, und trotz des lärmenden Ventilators bildete sie sich ein, noch etwas anderes zu hören, ein dumpfes Krachen, einen Schlag. Sie schlugen ihn, stachen auf ihn ein; der Atem stockte ihr, und sie wußte, daß Joey tot war. In wilder Panik zog sie den Reißverschluß ihrer Jeans hoch, knöpfte sich nicht einmal die Bluse ganz zu, taumelte barfuß aus dem Badezimmer, das Haar naß und zerzaust in die Stirn hängend.

Sie hatte sich alles nur eingebildet.

Der Junge war in Sicherheit.

Er war wach, saß aufgerichtet im Bett und hörte mit großen Augen zu, wie George Swarthout ihm eine Geschichte von einem verzauberten Papagei und dem König von Siam erzählte.

Später machte sie sich Sorgen, ihre Mutter könnte in den Nachrichten etwas über ihre Probleme hören oder in der Zeitung davon lesen, und sie rief sie an, wünschte sich dann aber, sie hätte es nicht getan. Evelyn hörte sich alle Einzelheiten an, war angemessen schockiert, setzte aber dann, statt ihr Mitgefühl auszudrücken, zu einem Verhör an, das Christine zugleich überraschte und verärgerte.

»Was hast du diesen Leuten getan?« wollte Evelyn wissen.

»Welchen Leuten?«

»Den Leuten in dieser Kirche.«

»Ich habe ihnen überhaupt nichts getan, Mutter. Sie versuchen, uns etwas zu tun. Hast du mir nicht zugehört?«

»Aber ohne Grund tun die das doch nicht«, sagte Evelyn.

»Die sind verrückt, Mutter.«

»Die können doch nicht alle verrückt sein, eine ganze Kirche.«

»Nun, das sind sie aber. Das sind schlechte Leute, Mutter, wirklich schlechte Leute.«

»Können nicht alle schlecht sein. Nicht religiöse Leute. Die können doch nicht alle nur zum Spaß hinter dir her sein.«

»Ich habe dir doch gesagt, warum sie hinter uns her sind. Die haben diese verrückte Idee, daß Joey...«

»Ja, das hast du mir gesagt«, unterbrach sie Evelyn, »aber das kann es nicht sein. Nicht wirklich. Da muß etwas anderes sein. Etwas, was du getan hast und was sie zornig gemacht hat. Aber selbst wenn sie zornig sind, bin ich sicher, daß sie niemanden töten wollen.«

»Mutter, ich hab' dir doch gesagt, sie sind mit Revolvern und Schrotflinten gekommen, und es hat Tote gegeben...«

»Dann waren die Leute mit den Revolvern nicht diese Kirchenleute«, sagte Evelyn. »Du hast das durcheinandergebracht. Das ist jemand anderer.«

»Mutter, ich habe es nicht durcheinandergebracht.«

»Kirchenleute benutzen keine Revolver, Christine.«

»Diese Kirchenleute aber schon.«

»Das ist jemand anderer«, beharrte Evelyn.

»Aber...«

»Du hast ein Vorurteil gegen Religion«, sagte Evelyn. »Das hast du schon immer gehabt. Ein Vorurteil gegen die Kirche. Du magst sie nicht.«

»Mutter, das stimmt nicht...«

»Deshalb gibst du so schnell religiösen Leuten die Schuld für diese Geschichte, wo es doch ganz offensichtlich das Werk von jemand anderem ist, vielleicht politischen Terroristen, wie man es die ganze Zeit in den Nachrichten zu hören bekommt. Oder vielleicht bist du in irgendeine Geschichte verwickelt, von der du besser die Finger lassen solltest. Das würde mich gar nicht überraschen. Ist da irgend etwas, Christine, Rauschgift vielleicht? Da gibt es ja dauernd Schießereien, wie man im Fernsehen sieht, Dealer, die einander die ganze Zeit niederschießen – ist es so etwas, Christine?«

Sie bildete sich ein, sie könnte im Hintergrund monoton die Großvateruhr ticken hören. Plötzlich hatte sie Atemschwierigkeiten.

So ging das Gespräch weiter, bis Christine es nicht mehr ertragen konnte. Sie sagte, sie müsse gehen, und legte auf, ehe ihre Mutter Einwände machen konnte. Evelyn hatte nicht einmal gesagt: ›Ich liebe dich‹ oder ›Sei vorsichtig‹ oder ›Ich mache mir Sorgen um dich‹ oder ›Kann ich dir irgendwie helfen?‹

Ihre Mutter könnte ebensogut tot sein; ihre Beziehung war das jedenfalls.

Um halb acht machte Christine für George, Vince, Joey und sich selbst Frühstück. Sie war gerade damit beschäftigt, Toast mit Butter zu bestreichen, als es wieder zu regnen anfing.

Der Morgen war so trostlos, die Wolken hingen so tief, und das Licht war so düster und grau, daß es ebensogut das Ende wie der Anfang des Tages hätte sein können. Der Regen prasselte aus dem düsteren Himmel mit einer Wucht herunter, daß die Dachrinnen überflutet wurden. Draußen zogen immer noch Nebelschwaden vorbei, und ohne Sonne würden sie wahrscheinlich den ganzen Tag hängenbleiben, sich kaum auflösen und, bis es Abend war, noch dichter werden. Dies war die Jahreszeit, wo die Stürme unerbittlich über Kalifornien hereinbrechen konnten. Sie zogen vom Pazifik herein und schütteten ihren Regen über den Küstenregionen aus, bis die Flüsse über ihre Ufer traten, die Reservoirs überliefen, ganze Berghänge abrutschten und Häuser mit tödlicher Schnelligkeit in Schluchten hinunterrissen. So wie es aussah, war dies einer jener Stürme.

Die Aussicht auf eine längere Schlechtwetterperiode machte die Drohung der Kirche des Zwielichts noch beängstigender, denn wenn die Winterregen so hereinbrachen, waren die Straßen überflutet, die Freeways unglaublich verstopft und die Beweglichkeit beeinträchtigt. Kalifornien schien dann einzuschrumpfen, die Berge rückten näher zur Küste und zerquetschten das Land dazwischen. Wenn die Regenzeit am schlimmsten war, dann nahm ganz Kalifornien klaustrophobische Züge an, von denen man nie in den Reiseprospekten las und die auch keine Postkarte zeigte. Bei solchem Wetter fühlte Christine sich immer ein wenig in der Falle, selbst wenn sie nicht von bewaffneten Irren bedrängt wurde.

Als sie Vince Fields einen Teller mit Spiegeleiern und Speck zu seinem Wachplatz an der Eingangstür brachte, sagte sie: »Sie und George müssen ziemlich müde sein. Wie lange halten Sie das denn durch?«

Er dankte ihr für das Frühstück, sah auf die Uhr und sagte: »Wir haben nur noch eine Stunde. Das Austauschteam sollte um halb neun hier sein.«

Natürlich. Ein Austauschteam. Eine neue Schicht. Das hätte sie eigentlich wissen müssen, aber sie hatte nicht darangedacht. Sie hatte sich an Vince und George gewöhnt und gelernt, ihnen zu vertrauen. Wenn einer der beiden ein Angehöriger der Kirche des Zwielichts gewesen wäre, dann wären sie und Joey jetzt schon tot. Sie wollte, daß sie blieben, aber natürlich konnten sie nicht ewig wachbleiben und wachsam sein. Unsinnig von ihr, nicht daran gedacht zu haben.

Jetzt mußte sie sich bezüglich der neuen Männer Sorgen machen. Einer von ihnen hatte möglicherweise seine Seele an Grace Spivey verkauft.

Sie ging in die Küche zurück. Joey und George Swarthout frühstückten an dem halbrunden Tisch aus Fichtenholz, an den nur drei Stühle paßten. Sie setzte sich vor ihren eigenen Teller, hatte aber plötzlich keinen Hunger mehr. Sie stocherte in ihrem Essen herum und sagte: »George, die nächste Schicht Leibwächter...«

»Müßte bald hier sein«, sagte er mit vollem Mund.

»Wissen Sie, wen Charlie... wen Mr. Harrison schickt?«

»Sie meinen, ihre Namen?«

»Ja. Ihre Namen.«

»Keine Ahnung. Da kommen einige Leute in Frage. Warum?«

Sie wußte nicht, warum sie sich wohler fühlen würde, wenn sie ihre Namen kannte. Sie war nicht mit Charlies Mitarbeitern vertraut, und ihre Namen würden ihr nichts bedeuten. Sie würde aus den Namen nicht schließen können, ob sie Grace Spiveys Leute waren. Das war unvernünftig.

»Wenn Sie jemanden von unseren Leuten kennen und es vorziehen, daß die hier arbeiten, sollten Sie das Mr. Harrison sagen«, meinte George.

»Nein. Ich kenne niemanden. Ich habe nur... nun... schon gut. Es war nicht wichtig.«

Joey schien zu ahnen, worauf sich ihre Sorge bezog. Er hörte auf, Chewbacca mit einem Stück Schinken zu necken, und legte eine seiner kleinen Hände auf Christines Arm, als würde er sie damit beruhigen, so wie er es bei Charlie gesehen hatte, und sagte: »Mach dir keine Sorgen, Mama. Die sind bestimmt in Ordnung. Wenn Charlie sie schickt, sind sie das ganz sicher.«

»Die besten«, pflichtete George ihm bei.

Joey wandte sich zu George und meinte: »Hey, erzählen Sie Mama doch die Geschichte von der sprechenden Giraffe und der Prinzessin, die kein Pferd hatte.«

»Ich bezweifle, daß deine Mutter sich für solche Geschichten interessiert«, sagte George und lächelte.

»Dann will ich sie noch einmal hören«, bat Joey. »Bitte.«

Während George das Märchen erzählte, bei dem es sich um ein Eigenprodukt zu handeln schien, wandte sich Christines Aufmerksamkeit wieder dem regnerischen Tag draußen zu. Irgendwo dort draußen waren schon zwei von Charlies Leuten unterwegs, und in ihr wuchs die Überzeugung, daß wenigstens einer von ihnen ein Jünger dieser Spivey-Sekte war.

Paranoia. Sie wußte, daß die Hälfte ihres Problems psychologischer Natur war. Sie machte sich unnötige Sorgen. Charlie hatte sie davor gewarnt. Sie würde weder Joey noch sich selbst nützen, wenn sie anfing, in jedem Schatten eine Gefahr zu wittern. Es war nur das verdammte, lausige Wetter, das sie einengte, der Regen und der Morgennebel, die sie wie ein Leichentuch einhüllten. Sie fühlte sich beengt, und ihre Fantasie machte Überstunden.

All das war ihr bewußt.

Doch das änderte nichts. Sie konnte sich ihre Ängste nicht ausreden. Sie wußte, daß etwas Schlimmes passieren würde, wenn die zwei neuen Männer auftauchten.

30

Am Dienstagmorgen um acht traf sich Charlie mit Henry Rankin vor der Kirche des Zwielichts: Es war ein Bau im spanischen Stil mit Mosaikfenstern, einem roten Ziegeldach, zwei Glockentürmen und einer breiten Treppe, die zu sechs massiven Eichentüren hinaufführte. Der Regen peitschte gegen die Türen, strömte über die Treppenstufen und sammelte sich auf dem zersprungenen Pflaster in öligen Pfützen. Die Türen hätten eine neue Lackierung brauchen können und der Bau neuen Verputz; er war schäbig und vernachlässigt, aber das paßte zu der Umgebung, die schon seit Jahrzehnten im Abstieg begriffen war. Die Kirche war einmal der Sitz einer Presbyterianerkongregation gewesen, die zehn Straßen nach Norden gezogen war, an einen neuen Ort, wo es nicht so viele leerstehende Geschäftslokale, Pornoläden und zerfallene Häuser gab.

»Du siehst ziemlich ausgepumpt aus«, sagte Henry. Er stand mit einem großen schwarzen Regenschirm in der Hand am Fuß der Kirchentreppe und sah Charlie mit gerunzelter Stirn entgegen, als dieser, ebenfalls mit einem Regenschirm in der Hand, herankam.

»Ich bin erst um halb vier ins Bett gekommen«, erklärte Charlie.

»Ich hatte versucht, die Verabredung für später zu treffen«, sagte Henry. »Aber sie hatte nur jetzt Zeit.«

»Das ist schon in Ordnung. Wenn ich mehr Zeit gehabt hätte, wäre ich bloß dagelegen und hätte die Decke angestarrt. Hat die Polizei gestern mit ihr gesprochen?«

Henry nickte. »Ich habe heute schon am frühen Morgen mit Lieutenant Carella gesprochen. Sie haben die Spivey verhört, aber sie hat alles geleugnet.«

»Glaubt man ihr?«

»Sie sind argwöhnisch, allein schon deshalb, weil sie mit diesen Sekten immer Probleme haben.«

Jedesmal, wenn auf der Straße ein Wagen vorbeifuhr, zischten dessen Reifen auf dem feuchten Asphalt wie eine aufgeschreckte Schlange.

»Hat man die Namen der drei toten Männer herausfinden können?«

»Bis jetzt noch nicht. Was die Waffen angeht, so stammen die Seriennummern aus einer Sendung, die ein Großhändler in New York vor zwei Jahren an eine Kette von Sportgeschäften im Südwesten geschickt hat. Die Sendung ist nie eingetroffen. Ein Raubüberfall. Also sind die Waffen auf dem schwarzen Markt erworben. Keine Chance herauszufinden, wer sie ge- oder verkauft hat.«

»Die verwischen ihre Spuren gut«, sagte Charlie.

Es war Zeit, mit Grace Spivey zu reden. Nicht, daß er sich auf das Gespräch freute. Er hatte keine Geduld für das psychotische Geschwätz, das man von diesen Sektierern häufig zu hören bekam. Außerdem war nach dem, was gestern nacht geschehen war, alles möglich; vielleicht riskierten sie sogar einen Mord in ihrem eigenen Gebäude.

Er blickte zu seinem Wagen hinüber, der am Bordstein parkte. Einer seiner Männer, Carter Rilbeck, wartete am Steuer. Carter würde auf sie warten und Hilfe kommen lassen, wenn sie nicht binnen einer halben Stunde wieder herauskamen. Außerdem trugen Charlie und Henry Revolver in Schulterhalftern.

Die Pfarrei war links von der Kirche, sie lag etwas von der Straße zurück hinter einem ungepflegten Rasen zwischen zwei Korallenbäumen, die dringend der Pflege bedurften und von Büschen umgeben waren, die seit Monaten nicht mehr gestutzt worden waren. Die Pfarrei war ebenso wie die Kirche in keinem besonders guten Zustand. Charlie vermutete, daß man, wenn man wirklich daran glaubte, daß das Ende der Welt unmittelbar bevorstand – und das behaupteten diese Zwielichter ja –, keine Zeit auf Äußerlichkeiten wie Gärtnerarbeit oder Hauspflege vergeudete.

Der Fußboden der Veranda ächzte, und die Türglocke gab ein dünnes, schrilles, unregelmäßiges Geräusch von sich, eher animalisch als mechanisch.

Der Vorhang, der das kleine Fenster in der Mitte der Tür abdeckte, wurde hastig beiseite gezogen. Eine rotgesichtige, übergewichtige Frau mit hervortretenden grünen Augen starrte sie eine lange Weile an, ließ dann den Vorhang wieder zufallen, sperrte die Tür auf und ließ sie in die düstere Vorhalle eintreten.

Als die Tür geschlossen war und das Sausen des Sturmes etwas gedämpfter klang, sagte Charlie: »Mein Name ist...«

»Ich weiß, wer Sie sind«, schnitt ihm die Frau das Wort ab. Sie führte sie über den Flur zu einem Raum auf der rechten Seite, dessen Tür offenstand. Sie öffnete die Tür ganz und bedeutete ihnen einzutreten. Sie trat nicht mit ihnen ein, meldete sie auch nicht, sondern schloß einfach die Tür hinter ihnen und ließ sie stehen. Offenbar war in dem bizarren Gebräu aus Christentum und Untergangsprophezeiung, das sie für sich zusammengekocht hatten, kein Platz für allgemeine Höflichkeitsformen.

Charlie und Henry befanden sich in einem sechs Meter langen und fünf Meter breiten Raum, der spärlich und billig möbliert war. Eine Wand war von Aktenschränken gesäumt. In der Mitte stand ein einfacher Stahltisch, auf dem sich eine Damenhandtasche und ein Aschenbecher befanden, hinter dem Tisch ein Klappstuhl aus Metall und zwei davor. Sonst nichts. Keine Vorhänge an den Fenstern. Keine Tische oder Schränkchen oder Schmuckgegenstände. Es gab auch keine Lampen, nur den Beleuchtungskörper an der Decke, von dem ein gelblicher Schein ausging, der sich mit dem grauen Sturmlicht vermischte, das durch die hohen Fenster hereindrang und den Raum in ein schlammiges Licht tauchte.

Das Eigenartigste überhaupt war vielleicht, daß keinerlei religiöse Gegenstände zu sehen waren: keine Christusgemälde, keine Statuen biblischer Gestalten, keine gestickten Bibelsprüche, nichts von all den heiligen Objekten – oder dem Kitsch, je nachdem, wie man es betrachtete – die man in einem solchen Raum erwartet hätte. Auch im Korridor oder in den Räumen, an denen sie vorbeigekommen waren, war davon nichts zu sehen gewesen.

Grace Spivey stand am anderen Ende des Raumes an einem Fenster, wandte ihnen den Rücken zu und starrte in den Regen hinaus.

Henry räusperte sich.

Sie blieb reglos stehen.

Charlie sagte: »Mrs. Spivey?«

Schließlich wandte sie sich vom Fenster ab und sah sie an. Sie war ganz in Gelb gekleidet: eine blaßgelbe Bluse mit einem gelbgepunkteten Tuch um den Hals, ein leuchtendgelber Rock, gelbe Schuhe. Sie trug gelbe Armbänder an beiden Handgelenken und ein halbes Dutzend Ringe mit gelben Steinen. Die Wirkung, die von der ganzen Aufmachung ausging war lächerlich. Die leuchtendgelbe Kleidung betonte nur noch, wie blaß ihr aufgedunsenes Gesicht war, hob das fahle Weiß ihrer von Altersflecken übersäten Haut hervor. Sie sah aus wie eine senile schrullige Alte, die sich für ein zwölfjähriges Mädchen hielt, das sich für den Geburtstag einer Freundin herausgeputzt hatte.

Ihr graues Haar war wild, aber ihre Augen waren noch wilder. Selbst aus der Entfernung, die zwischen ihnen lag, waren diese Augen fremdartig und beängstigend.

Sie hielt sich eigenartig starr, die Schultern nach hinten gedrückt, die Arme gerade an ihren Seiten herunterhängend, die Hände zu Fäusten geballt.

»Ich bin Charles Harrison«, sagte Charlie, weil er der Frau bisher noch nie begegnet war, »und dies ist mein Kollege, Mr. Rankin.«

Unsicher, fast wie eine Betrunkene, machte sie zwei Schritte auf sie zu. Ihr Gesicht verzog sich, und ihre weiße Haut wurde noch weißer. Sie stieß einen Schmerzensschrei aus, wäre beinahe gestürzt, fing sich rechtzeitig und stand dann schwankend da, als bewege sich der Boden unter ihr.

»Fühlen Sie sich nicht wohl?« fragte Charlie.

»Sie werden mir helfen müssen«, sagte sie.

Mit so etwas hatte er nicht gerechnet. Er hatte erwartet, einer starken Frau gegenüberzutreten, einer Frau mit einer vitalen, magnetischen Persönlichkeit, einem zupackenden Typ, der von Anfang an versuchen würde, sie zu dominieren. Statt dessen hatte sie Mühe, das Gleichgewicht zu halten.

Sie stand jetzt halb geduckt da, wie von Schmerzen gekrümmt, und sie wirkte immer noch steif und hatte die Hände immer noch zu Fäusten geballt.

Charlie und Henry gingen zu ihr.

»Helfen Sie mir zu diesem Stuhl, ehe ich falle«, sagte sie mit schwächlicher Stimme. »Es sind meine Füße.«

Charlie blickte auf ihre Füße hinab und stellte erschreckt fest, daß dort Blut zu sehen war. Er ergriff ihren linken Arm und Henry ihren rechten, und dann trugen sie sie halb zu dem Stuhl hinter dem Schreibtisch. Als sie sich setzte, erkannte Charlie, daß sie an beiden Füßen, am Rist, blutende Wunden hatte, Löcher, als hätte man sie gestochen, aber nicht mit einem Messer, sondern mit einer ganz schmalen, spitzen Klinge, vielleicht einem Eispickel.

»Soll ich einen Arzt kommen lassen?« fragte er und war verblüfft darüber, wie besorgt er um sie war.

»Nein sagte sie. »Keinen Arzt. Bitte setzen Sie sich.«

»Aber...«

»Das wird schon wieder gut. Gott wacht über mich, wissen Sie. Gott ist gut zu mir. Setzen Sie sich. Bitte.«

Verwirrt gingen sie zu den beiden Stühlen auf der anderen Seite des Tisches, aber ehe sie Platz nehmen konnten, öffnete die alte Frau ihre Fäuste und hielt ihnen die Handflächen hin.

»Sehen Sie«, sagte sie im Flüsterton, aber herrisch. »Sehen Sie sich das an! *Seht!*«

Der schauerliche Anblick ließ Charlie erstarren. In jeder Handfläche der Frau war ebenfalls ein blutendes Loch, wie in ihren Füßen. Während er die Wunden anstarrte, fing das Blut an, noch schneller aus ihnen herauszuquellen.

Unbegreiflicherweise lächelte sie.

Charlie sah Henry an und sah dieselbe Frage in den Augen seines Freundes, die jetzt ohne Zweifel in den seinen zu lesen stand: *Was, zum Teufel, geht hier vor?*

»Es ist für Sie«, sagte die alte Frau aufgeregt. Sie beugte sich zu ihnen vor, streckte die Arme über den Tisch, hielt ihnen die Hände hin, drängte sie hinzusehen.

»Für uns?« sagte Henry verdutzt.

»Was meinen Sie damit?« fragte Charlie.

»Ein Zeichen«, sagte sie.

»Zeichen?«

»Ein heiliges Zeichen.«

Charlie starrte Ihre Hände an.

»Stigmata«, sagte sie.

Jesus. Die Frau gehörte in eine Anstalt.

Eisige Kälte arbeitete sich an Charlies Wirbelsäule empor und ringelte sich um seinen Nacken, peitschte mit dem eisigen Schweif.

»Die Wunden Christi«, sagte sie.

Worauf haben wir uns da eingelassen? fragte sich Charlie.

»Ich rufe jetzt besser einen Arzt«, sagte Henry.

»Nein«, sagte sie leise, aber keinen Widerspruch duldend. »Diese Wunden tun weh, ja, doch es ist ein süßer Schmerz, ein guter Schmerz, ein läuternder Schmerz, und sie werden sich auch nicht infizieren; sie werden von selbst gut heilen. Verstehen Sie nicht? Das sind die Wunden, die Christus erdulden mußte, die Löcher der Nägel, mit denen man Ihn ans Kreuz geschlagen hat.«

Sie ist wahnsinnig, dachte Charlie, und sah unruhig zur Tür, fragte sich, wo die Frau mit dem geröteten Gesicht sein mochte. Holte sie weitere Verrückte? Organisierte sie einen

Killertrupp? Ein Menschenopfer? Und das nannten die Christentum?

»Ich weiß, was Sie denken«, sagte Grace Spivey, und ihre Stimme wurde dabei lauter, kräftiger. »Sie denken, ich sehe nicht wie ein Prophet aus. Sie denken, Gott würde nicht durch eine alte, verrückt aussehende Frau wirken, wie ich es bin. Aber genauso wirkt er. Christus ist mit den Ausgestoßenen gegangen, hat sich mit den Leprakranken angefreundet, den Prostituierten, den Dieben, den Verkrüppelten und hat sie ausgesandt, um Sein Wort zu verbreiten. Wissen Sie, warum? Wissen Sie es?«

Sie sprach jetzt so laut, daß ihre Stimme von den Wänden widerhallte, und Charlie sah sich unwillkürlich an einen Fernsehprediger erinnert, der in hypnotischen Rhythmen sprach und mit der Ausstrahlung des ausgebildeten Schauspielers.

»Wissen Sie, weshalb Gott die unwahrscheinlichsten Boten auswählt?« fragte sie. »Das tut Er, weil Er Sie auf die Probe stellen will. *Jeder* könnte es über sich bringen, den Predigten eines gutaussehenden Geistlichen zu glauben, der das Gesicht Robert Redfords und die Stimme Richard Burtons hat! Aber nur die *Rechtschaffenen*, nur jene, die wahrhaftig an das Wort glauben *wollen*, nur diejenigen, die genügend *Glauben* besitzen, werden das Wort erkennen und es akzeptieren, gleichgültig, wer es vorbringt!«

Ihr Blut tropfte auf den Tisch. Ihre Stimme war immer lauter geworden und hatte jetzt die Fensterscheiben zum Vibrieren gebracht.

»Gott stellt euch auf die Probe. Könnt ihr Seine Botschaft hören, ganz gleich, was ihr von den Toten haltet? Ist eure Seele rein genug, daß ihr *hören* könnt? Oder ist da etwas in euch, das euch verdorben hat, das euch taub macht?«

Charlie und Henry waren sprachlos. In ihrer Tirade war etwas Hypnotisches, das einen betäubte und zugleich Aufmerksamkeit forderte.

»Hört, hört, hört!« sagte sie eindringlich. »Hört, was ich euch *sage*. Gott hat mich mit diesen Stigmata in dem Augenblick heimgesucht, in dem ihr die Klingel berührt habt. Er hat euch ein *Zeichen* gegeben, und das kann nur eines bedeuten: Noch seid ihr nicht im Banne Satans, und der Herr gibt euch eine Chance, *Buße zu tun*. Offenbar ist euch nicht klar, was diese Frau ist, was ihr *Kind* ist. Wenn ihr es wißt und sie trotzdem schützen würdet, würde Gott euch nicht die Buße anbieten. Wißt ihr, was sie sind? *Wißt* ihr es?«

Charlie räusperte sich, blinzelte, befreite sich von der Benommenheit, die kurz seine Gedanken in den Bann gezogen hatte. »Ich weiß, was Sie glauben, daß sie sind«, sagte Charlie.

»Nicht, was ich glaube. Was ich weiß. Gott hat es mir gesagt. Der Junge ist der Antichrist. Die Mutter ist die Schwarze Madonna.«

Charlie hatte nicht damit gerechnet, daß sie so direkt sein würde. Er war sicher gewesen, daß sie jegliches Interesse an Joey ableugnen würde, ebenso wie sie es der Polizei gegenüber getan hatte. Ihre Direktheit verblüffte ihn, und er wußte nicht, was er damit anfangen sollte.

»Ich weiß, daß Sie dieses Gespräch nicht aufzeichnen«, sagte sie, jetzt wieder mit ganz normalem Tonfall. »Wir verfügen über Instrumente, die ein Tonbandgerät entdeckt hätten. Man hätte mich gewarnt. Ich kann also frei sprechen. Der Junge ist gekommen, um die Erde tausend Jahre lang zu regieren.«

»Er ist bloß ein sechsjähriger Junge«, sagte Charlie, »wie jeder andere sechsjährige Junge.«

»Nein«, sagte sie und hob wieder die Hände, so daß man das Blut sehen konnte, das aus ihren Wunden trat. »Nein, er ist mehr, schlimmer. Er muß sterben. Wir müssen ihn töten. Es ist Gottes Wunsch, Gottes Werk.«

»Sie können doch nicht wirklich meinen...«

Sie fiel ihm ins Wort. »Jetzt, wo Sie es wissen, jetzt, wo Gott Ihnen die Wahrheit klargemacht hat, müssen Sie aufhören, die beiden zu schützen.«

»Sie sind meine Klienten«, sagte Charlie.

»Wenn Sie darauf beharren, sie zu schützen, sind Sie verdammt«, sagte die alte Frau besorgt, flehte sie förmlich an.

»Wir sind eine Verpflichtung eingegangen...«

»Verdammt, begreifen Sie nicht? Sie werden in der Hölle rösten, ohne jede Hoffnung. Eine Ewigkeit im Leid verbringen. Sie müssen zuhören, müssen lernen.«

Er blickte in ihre fiebernden Augen, die ihn mit der Intensität des Berserkers herausforderten. Das Mitleid, das er für sie empfand, mischte sich mit einem Ekel, der es ihm unmöglich machte, mit ihr zu diskutieren. Er begriff, daß es sinnlos gewesen war hierherzukommen. Die Frau war Vernunftgründen nicht mehr zugänglich.

Er hatte jetzt mehr Angst um Christine und Joey als gestern nacht, als einer von Grace Spiveys Anhängern auf sie geschossen hatte.

Sie hob ihre blutenden Hände höher. »Dieses Zeichen ist für euch, für *euch*, und soll euch überzeugen, daß ich wahrhaftig ein Herold bin mit einer wahren Botschaft. Seht ihr? Glaubt ihr jetzt? Versteht ihr?«

Charlie sagte: »Mrs. Spivey, das hätten Sie nicht tun sollen. Wir sind beide keine leichtgläubigen Männer, also war das alles umsonst.«

Ihr Gesicht verdunkelte sich, und sie ballte die Hände wieder zu Fäusten.

Und Charlie fuhr fort: »Wenn Sie einen Nagel benutzt haben, der auch nur die geringsten Rost- oder Schmutzspuren hatte, dann hoffe ich, daß Sie jetzt gleich zu einem Arzt gehen und sich eine Tetanusspritze geben lassen. Das könnte sonst sehr gefährlich werden.«

»Ihr seid mir verloren«, sagte sie mit einer Stimme, die jetzt jeden Ausdruck verloren hatte. Sie ließ die Hände sinken.

»Ich bin hierhergekommen, um mit Ihnen vernünftig zu reden«, sagte Charlie. »Ich sehe, daß das nicht möglich ist. Lassen Sie sich also von mir warnen...«

»Ihr gehört jetzt dem Satan. Ihr habt eure Chance gehabt.«

»Wenn Sie nicht aufhören...«

»Und ihr habt eure Chance verspielt.«

»Wenn Sie die Scavellos nicht in Frieden lassen...«

»Jetzt werdet ihr einen schrecklichen Preis bezahlen!«

»Ich werde mich in diese Geschichte hineinbohren und nicht lockerlassen. Ich werde dafür sorgen, daß man Sie vor Gericht stellt, daß Ihre Kirche ihre Steuerfreiheit verliert, daß jeder weiß, was Sie wirklich sind, werde nicht ruhen, bis Ihre Anhänger ihren Glauben an Sie verlieren und Ihr verrückter kleiner Kult vernichtet wird. Das ist mein Ernst. Ich kann genauso unerbittlich sein wie Sie, genauso entschlossen. Ich kann Sie fertigmachen. Also hören Sie auf, solange Sie noch eine Chance haben.«

Sie funkelte ihn an.

Henry sagte: »Mrs. Spivey, wollen Sie mit diesem Wahnsinn aufhören?«

Sie sagte nichts. Sie senkte die Augen.

»Mrs. Spivey?«

Keine Antwort.

Charlie sagte: »Komm, Henry, verschwinden wir hier.«

Als sie sich der Tür näherten, öffnete sie sich, und ein riesenhafter Mann trat ins Zimmer, zog den Kopf ein, um ihn sich nicht am Türstock anzuschlagen. Er mußte an die zwei Meter zehn groß sein. Er hatte ein Gesicht aus einem Alptraum, wirkte unwirklich. Nur Bilder aus Filmen konnten ihn beschreiben, dachte Charlie. Er war wie ein Frankenstein-Monster mit dem muskelbepackten Körper Conans des Barbaren. Er sah Grace Spivey weinen, und sein Gesicht verzerrte sich in einer Maske der Wut und der Verzweiflung, die Charlies Blut zu Eis erstarren ließ. Der Gigant streckte die Hand aus, packte Charlie am Jackett und hätte ihn fast in die Höhe gehoben.

Henry zog den Revolver, und Charlie sagte: »Halt! Halt!«, weil die Lage zwar unangenehm, aber noch nicht wirklich gefährlich war.

»Was haben Sie ihr getan?« fragte der Hüne. »Was haben Sie getan?«

»Nichts«, sagte Charlie. »Wir wollten...«

»Laß sie gehen«, sagte Grace Spivey. »Laß sie passieren, Kyle.«

Der Gigant zögerte. Seine Augen, die wie harte, helleuchtende Seegeschöpfe aussahen, die sich irgendwo in den Tiefen des Ozeans verbargen, musterten Charlie voll bösartiger Wut, die dem Teufel selbst Alpträume verschafft hätte.

Schließlich ließ er Charlie los und walzte mit schweren Schritten auf den Tisch zu, an dem die Frau saß. Er entdeckte das Blut an ihren Händen und wirbelte zu Charlie herum.

»Das hat sie selbst gemacht«, sagte Charlie und schob sich zur Tür. Der bittende Tonfall seiner Stimme gefiel ihm nicht. Aber im Augenblick schien kein Platz für Stolz zu sein, und jetzt den Macho zu spielen, wäre schwachsinnig gewesen.

»Wir haben sie nicht angerührt.«

»Laß sie gehen«, wiederholte Grace Spivey.

Und der Hüne sagte mit leiser, drohender Stimme: »Hinaus! Schnell!«

Charlie und Henry gehorchten.

Die rotgesichtige Frau mit den hervortretenden grünen Augen erwartete sie in der Halle. Als sie durch den Korridor eilten, öffnete sie die Tür. Kaum waren sie ins Freie getreten, knallte sie die Tür hinter ihnen zu und sperrte ab.

Charlie ging in den Regen hinaus, ohne seinen Schirm aufzuspannen. Er wandte sein Gesicht dem Himmel zu. Der Regen fühlte sich frisch und sauber an, und er ließ ihn auf sich herunterprasseln, weil er das Gefühl hatte, der Wahnsinn im Haus hätte ihn besudelt.

»Gott helfe uns«, sagte Henry mit zitternder Stimme.

Sie gingen zur Straße.

Schmutziges Wasser gurgelte im Rinnstein. Es bildete einen braunen See, der bis in die Mitte der Kreuzung reichte, und aller möglicher Unrat segelte wie eine Flotte winziger Boote auf der windgepeitschten Wasserfläche.

Charlie drehte sich um und sah auf die Pfarrei. Jetzt wirkte all der Schmutz nicht mehr nur wie gewöhnlicher städtischer Verfall: Er war ein Abbild der Menschen, die dieses Haus bewohnten, und ihres Geisteszustandes. In den staubbedeckten Fenstern, der abblätternden Farbe und dem abgesprungenen Verputz sah er nicht nur die Zerstörung, sondern auch das Abbild menschlichen Wahnsinns in der körperlichen Welt. Er hatte als Kind viel Science-fiction gelesen und tat es heute noch, und vielleicht war dies der Grund, weshalb er jetzt an das Entropie-Gesetz dachte, das besagte, daß das Universum und alles, was sich

in ihm befand, sich nur in eine Richtung bewegte – auf den Zer-
fall, die Auflösung und das Chaos zu. Die Kirche des Zwielichts
schien eine Religion zu sein, die die Entropie für den allerletzten
Ausdruck des Göttlichen hielt, die aggressiv Wahnsinn, Unvernunft und Chaos verbreitete und dies genoß.

Er hatte Angst.

31

Nach dem Frühstück rief Christine Val Gardner und ein paar andere Leute an und versicherte ihnen, daß sie und Joey wohlauf
wären, sagte aber niemandem, wo sie sich befand. Dank der
Kirche des Zwielichts vertraute sie jetzt keinem ihrer Freunde
mehr, nicht einmal Val, und war traurig darüber, daß die Dinge
sich so entwickelt hatten.

Als sie mit ihren Telefonaten fertig war, tauchten zwei neue
Leibwächter auf, um Vince und George abzulösen. Einer von ihnen, Sandy Breckenstein, war hochgewachsen und schlank,
etwa dreißig Jahre alt, mit vorstehendem Adamsapfel, während
sein Partner Max Steck ein Bulle von einem Mann war, mit Bo-
xerfäusten, einem mächtigen Brustkorb und einem Hals, der
fast so dick wie sein Kopf war und einem Lächeln so süß und
freundlich wie das eines Kindes.

Joey mochte Sandy und Max sofort und rannte bald von einem Ende des kleinen Hauses zum anderen, um beiden gleichzeitig Gesellschaft zu leisten, plapperte, fragte sie, wie es wäre,
als Leibwächter zu arbeiten, und erzählte ihnen seine eigene etwas verdrehte Version von George Swarthouts Geschichte über
die Giraffe, die sprechen konnte, und die Prinzessin, die kein
Pferd hatte.

Christine schaffte es nicht so schnell wie Joey, ihren neuen
Beschützern Vertrauen zu schenken. Sie war freundlich, aber
vorsichtig und wachsam.

Sie wünschte, sie hätte eine eigene Waffe. Ihre Pistole hatte
sie nicht mehr. Die Polizei hatte sie letzte Nacht an sich genom-

men, um sich zu vergewissern, daß sie ordnungsgemäß registriert war. Sie konnte nicht gut ein Messer aus der Küchenschublade nehmen und damit herumlaufen; wenn Sandy oder Max wirklich Anhänger Grace Spiveys waren, würde das Messer vielleicht Gewalt eher auslösen als verhindern. Und wenn keiner von beiden ein Zwielichter war, dann würde sie sie mit so offen zur Schau getragenem Mißtrauen nur verletzen und abstoßen. Ihre einzigen Waffen waren daher Vorsicht und ihr Verstand, aber mit beiden würde sie gegen einen Irren mit einer 357er Magnum nicht viel ausrichten.

Als dann freilich kurz nach neun Uhr wirklich Gefahr auftauchte, ging diese weder von Sandy noch von Max aus. Tatsächlich war es sogar Sandy, der auf einem Stuhl am Wohnzimmerfenster Wache hielt, der bemerkte, daß etwas nicht stimmte, und sie darauf aufmerksam machte.

Als Christine aus der Küche hereinkam, um ihn zu fragen, ob er eine Tasse Kaffee wolle, sah sie, daß er sichtlich gespannt die Straße draußen musterte. Er war aufgestanden, hatte sich ans Fenster gelehnt und hielt das Fernglas vor den Augen.

»Was ist denn?« fragte sie. »Wer ist denn dort draußen?«

Er beobachtete die Straße noch eine Weile und ließ das Glas dann sinken. »Vielleicht niemand.«

»Aber Sie sehen doch irgend etwas.«

»Sagen Sie Max, er soll hinten aufpassen«, bat Sandy, und dabei tanzte sein Adamsapfel erregt auf und ab. »Sagen Sie ihm, daß jetzt derselbe Lieferwagen das dritte Mal am Haus vorbeigefahren ist.«

Ihr Herzschlag beschleunigte sich, als ob jemand einen Schalter umgelegt hätte. »Ein weißer Lieferwagen?«

»Nein«, sagte er. »Ein dunkelblauer Dodge mit einer Strandszene auf der Seite. Wahrscheinlich hat es nichts zu bedeuten. Nur jemand, der mit der Umgebung nicht vertraut ist und eine Adresse sucht. Aber sagen Sie es trotzdem bitte Max.«

Sie eilte in die Küche, die im hinteren Teil des Hauses lag, und versuchte Max die Botschaft ruhig zu übermitteln, aber ihre Stimme zitterte, und sie konnte ihre Hände nicht kontrollieren, so daß diese nervöse, sinnlose, schmetterlingshafte Gesten vollführten.

Max überprüfte das Schloß an der Küchentür, obwohl er es selbst bereits überprüft hatte, als er seinen Dienst angetreten hatte. Er zog die Vorhänge an einem Fenster ganz, am anderen halb zu.

Chewbacca hatte in einer Ecke gelegen und gedöst. Jetzt hob er den Kopf und schnaubte, fühlte die Spannung, die in der Luft lag.

Joey saß am Tisch neben dem Gartenfenster und malte mit Buntstiften in seinem Malbuch. Christine holte ihn vom Fenster weg und zog ihn in eine Ecke neben den summenden Kühlschrank, aus der Schußlinie heraus.

Mit der emotionalen Anpassungsfähigkeit eines Sechsjährigen hatte er die Gefahr weitgehend vergessen, die sie zwang, sich im Haus eines Fremden zu verstecken. Jetzt kam das alles plötzlich wieder zurück, und seine Augen weiteten sich. »Kommt die Hexe?«

»Es ist wahrscheinlich nichts, worüber wir uns Sorgen machen müssen, Honey.«

Sie beugte sich vor, zog ihm die Jeans hoch, stopfte ihm das Hemd hinein, das halb über den Gürtel herausgerutscht war. Seine Angst ließ ihr Herz schmerzen, und sie küßte ihn auf die Wange.

»Wahrscheinlich bloß blinder Alarm«, sagte sie. »Aber Charlies Männer gehen kein Risiko ein, weißt du?«

»Die sind super«, sagte er.

»Ganz gewiß sind sie das«, sagte sie.

Jetzt, wo es aussah, als müßten die zwei Männer tatsächlich für sie und Joey ihr Leben aufs Spiel setzen, empfand sie Schuldgefühle, daß sie sie beargwöhnt hatte.

Max schob den kleinen Tisch vom Fenster weg, damit er ihm nicht im Weg war.

Chewbacca gab einen fragenden Laut von sich und trottete im Kreis herum.

Besorgt, der Hund könnte Max in irgendeiner Weise behindern, rief sie ihn zu sich, und Joey tat das gleiche. Das Tier konnte seinen neuen Namen noch nicht gelernt haben, reagierte aber auf die Stimme. Er kam zu Joey und setzte sich neben ihn.

Max spähte durch einen Spalt zwischen zwei Jalousiestäben und sagte: »Dieser verdammte Nebel will sich heute morgen gar nicht verziehen.«

Christine begriff, daß der Blumengarten mit seinen Azaleen, Oleanderbüschen, den sorgfältig gestutzten Miniaturorangenbäumen, dem Flieder und den anderen Büschen in dem Nebel und dem dichten Regen es jemandem leichtmachen würde, sich gefährlich nahe ans Haus heranzuschleichen, ehe man ihn entdecken konnte.

Trotz des beruhigenden Zuspruchs seiner Mutter blickte Joey zur Decke, zu dem Geräusch des auf das Dach trommelnden Regens, der in diesem einstöckigen Haus laut zu hören war, und sagte: »Die Hexe kommt. Sie kommt.«

32

Dr. Denton Boothe, zugleich Psychologe und Psychiater, war ein lebender Beweis dafür, daß die Erben Freuds und Jungs auch nicht allwissend waren. Eine Wand in Boothes Büro war mit Diplomen der besten Universitäten des Landes, Auszeichnungen von seinen Kollegen in einem halben Dutzend Berufsorganisationen und Ehrendoktortiteln von wissenschaftlichen Institutionen in vier Ländern bedeckt. Er hatte das am weitesten verbreitete und am höchsten gelobte Grundsatzwerk über allgemeine Psychologie der letzten dreißig Jahre geschrieben, und seine Position als einer der erfahrensten Fachleute in dem Spezialbereich der anomalen Psychologie war unbestritten. Und doch war Boothe trotz all seines Wissens und seiner Erfahrung nicht ohne eigene Probleme.

Er war fett. Nicht nur angenehm beleibt. *Fett*. Erschütternd unansehnlich übergewichtig. Wenn Charlie Denton Boothe

(›Boo‹ für seine Freunde) begegnete, nachdem er ihn ein paar Wochen nicht gesehen hatte, verblüffte ihn die Leibesfülle des Mannes immer wieder; er hatte jedesmal das Gefühl, ihn nicht *so* fett in Erinnerung gehabt zu haben. Boothe war einen Meter zweiundsiebzig groß, ebenso wie Charlie, wog aber einhundertachtzig Kilo. Sein Gesicht wirkte wie eine gute Imitation des Mondes, sein Hals war eine Säule. Seine Finger waren wie Würste. Wenn er saß, quoll er über jeden Stuhl.

Charlie konnte nicht begreifen, weshalb Boothe, der selbst bei höchst schwierigen Patienten deren Neurosen ausfindig machen und behandeln konnte, nicht imstande war, mit seinem eigenen Eßzwang fertig zu werden. Es war ihm ein beständiges Rätsel.

Aber seine ungewöhnliche Figur und die ihr zugrundeliegenden psychologischen Probleme änderten nichts an der Tatsache, daß er ein reizender Mann war, freundlich, amüsant und stets zu einem Lächeln bereit. Obwohl er fünfzehn Jahre älter war als Charlie und unendlich gebildet, waren sie sich schon beim ersten Zusammentreffen sympathisch gewesen und jetzt seit mehreren Jahren Freunde, gingen ein- oder zweimal im Monat gemeinsam essen, machten sich gegenseitig Weihnachtsgeschenke und bemühten sich sehr, in Verbindung zu bleiben, und dies in einem Maße, das sie beide manchmal überraschte.

Boo begrüßte Charlie und Henry in seinem Büro, einer Ecksuite in einem gläsernen Wolkenkratzer in Costa Mesa, und bestand darauf, ihnen seine neueste Sparbüchse zu zeigen. Er sammelte alte, uhrwerkbetriebene Sparbüchsen, die aus dem Einwerfen jeder Münze ein kleines Abenteuer machten. In seinem Büro standen wenigstens zwei Dutzend solcher Objekte herum. Diese hier war eine höchst komplizierte Angelegenheit etwa von der Größe eines Zigarrenhumidors; auf dem Deckel standen handbemalte Figuren von zwei bärtigen Goldprospektoren und einem höchst komisch dargestellten Esel. Boo gab einem der Prospektoren einen Quarter in die Hand und drückte einen Knopf an der Seite des Apparates. Die Hand des Prospektors hob sich, hielt dem zweiten Prospektor die Münze hin, aber der Esel senkte den Kopf und schnappte nach dem Quarter, den der Prospektor daraufhin losließ. Dann hob der Esel den Kopf wieder, worauf der Quarter durch seinen Hals in die Sparbüchse darunter wanderte, während beide Prospektoren verstimmt den Kopf schüttelten. Auf den Satteltaschen des Esels stand ›Onkel Sam‹ geschrieben.

»Die ist 1903 gebaut. Soweit bekannt ist, gibt es davon auf der ganzen Welt nur acht funktionierende Exemplare«, sagte Boo stolz. »Sie heißt ›Der Steuereinnehmer‹, aber ich nenne sie: ›In einer Welt der Esel gibt es keine Gerechtigkeit.‹«

Charlie lachte, aber Henry blickte verdutzt.

Sie zogen sich in eine Ecke des Raumes zurück, in der vier schwere behagliche Sessel um einen Glastisch angeordnet waren. Boothes Sessel ächzte leise, als er sich setzte.

Da es sich bei dem Raum um ein Eckbüro handelte, besaß es zwei fast ausschließlich aus Glas bestehende Außenwände. Und weil dieses Gebäude von den anderen Hochhäusern in Costa Mesa abgewandt war und auf eines der wenigen Stücke Akkerland in diesem Teil des Landes blickte, schien es draußen nur eine graue Leere aus wogenden Wolken, Nebelschwaden und Regen zu geben, der in einem senkrechten Strom an den Glaswänden hinunterschoß. Der Effekt, der dadurch entstand, war verblüffend – so als existierte das Büro nicht in dieser Welt, sondern in einer anderen Realität, in einer anderen Dimension.

»Du sagst, es geht um Grace Spivey?« wollte Boothe wissen.

Er interessierte sich besonders für religiöse Psychosen und hatte ein Buch über die Psychologie von Sektenführern geschrieben. Er war von Grace Spivey fasziniert und hatte die Absicht, ihr in seinem nächsten Buch ein Kapitel zu widmen.

Charlie erzählte Boo von Christine und Joey, von ihrem zusammenstoß mit Grace an der South Coast Plaza und den Anschlägen, die man auf sie verübt hatte.

Der Psychologe, der sonst nichts davon hielt, sich seinem Patienten gegenüber würdevoll zu geben, und der den Humor sogar als Teil seiner Therapie einsetzte, ein Mann, dessen Gesicht nur selten finster blickte, runzelte jetzt die Stirn. Er sagte: »Das ist schlimm. Sehr schlimm. Ich wußte immer, daß Grace eine echte gläubige ist, nicht nur ein Scharlatan, der finanziellen

Nutzen aus dem Glauben anderer zieht. Sie war immer überzeugt, daß das Ende der Welt bevorsteht. Aber daß sie so tief in ihre psychotischen Fantasien versunken ist, hätte ich nie gedacht.« Er seufzte und blickte in die Szenerie aus Sturm und Wolken hinaus. »Sie redet die ganze Zeit von ihren ›Visionen‹, setzt sie dazu ein, ihre Anhänger aufzupeitschen. Ich hatte immer gedacht, daß sie diese Visionen in Wirklichkeit gar nicht hat, daß sie nur vorgibt, sie zu haben, weil sie weiß, daß so etwas ein gutes Instrument ist, um Menschen zu bekehren und Anhänger an sich zu ketten. Indem sie diese Visionen benutzt, kann sie Gott ihren Leuten auftragen lassen, die Dinge zu tun, die *sie* will, Dinge, die sie vielleicht nicht akzeptieren würden, wenn sie nicht glaubten, die Befehle kämen direkt vom Himmel.«

»Wenn sie wirklich gläubig ist«, sagte Henry, »wie könnte sie dann eine solche Lüge vor sich selbst rechtfertigen?«

»Oh, ganz leicht, ganz leicht«, sagte der Psychologe und wandte den Blick von dem regenverhangenen Februarmorgen draußen. »Sie würde es rechtfertigen, indem sie sagte, sie gäbe ja nur Dinge an ihre Anhänger weiter, die Gott ihnen ohnehin gesagt hätte, wenn Er ihr wirklich in Visionen erschienen wäre. Die zweite Möglichkeit, und die ist beunruhigender, ist, daß sie tatsächlich Gott sieht und hört.«

»Sie meinen doch nicht, daß sie Ihn wirklich sieht«, sagte Henry überrascht.

»Nein, nein«, wehrte Boo mit einer heftigen Handbewegung ab. Er war Agnostiker und liebäugelte mit dem Atheismus. Manchmal sagte er zu Charlie, daß Gott in Anbetracht des jämmerlichen Zustandes der Welt irgendwo in Albanien, Tahiti, Cleveland oder einem anderen fernen Winkel des Universums, wo keine Nachrichten zu ihm durchkamen, Urlaub machen mußte. Er sagte: »Ich meine, daß sie Gott sieht und hört, aber Er ist natürlich nur ein Trugbild ihres eigenen kranken Geistes. Psychotiker haben, wenn sie die Realität weit genug hinter sich zurückgelassen haben, häufig Visionen, manchmal solche religiöser Natur und manchmal nicht. Aber ich hätte nicht gedacht, daß Grace schon so weit ist.«

Charlie sagte: »Die ist so weit aus der echten Welt ausgestiegen, daß es dort, wo sie jetzt ist, nicht einmal Taco-Bells-Läden gibt.«

Boo lachte, nicht so herzhaft, wie Charlie das gern gehabt hätte, aber er lachte immerhin, und das war besser als dieser finstere Blick, der Charlie nervös machte. Boo machte sich und anderen über seinen Beruf nichts vor und kannte keine Tabus; man konnte von ihm ebensoleicht den Ausdruck ›verrückt‹ wie ›geistesgestört‹ hören. Er sagte: »Aber wenn Grace wirklich völlig durchgedreht ist, dann gibt es an dieser Situation jetzt etwas, was verdammt schwer zu erklären ist.«

Zu Henry gewandt, meinte Charlie: »Er liebt es, Dinge zu erklären. Ein geborener Pedant. Er erklärt dir, was Bier ist, während du es zu trinken versuchst. Bitte ihn bloß nicht, dir die Bedeutung des Lebens zu erklären, sonst sind wir noch hier, wenn unsere Altersversorgung einsetzt.«

Boothe blieb ungewöhnlich ernst. »Im Augenblick ist es nicht die Bedeutung des Lebens, die mir Kopfzerbrechen bereitet. Du sagst, Grace sei durchgedreht, und es klingt wirklich so, als hättest du recht. Aber, siehst du, wenn sie wirklich all dieses Zeug von wegen Antichrist glaubt und bereit ist, ein unschuldiges Kind zu töten, dann ist sie ganz offensichtlich eine schizophrene Paranoikerin mit apokalyptischen Fantasien und einem Schuß Größenwahn. Aber jemand in einem solchen Zustand wäre nicht in der Lage, als Autoritätsfigur zu funktionieren oder die Geschäfte ihrer Sekte zu führen. Nein. Ganz entschieden nicht.«

»Vielleicht führt jemand anderer die Sekte«, sagte Henry. »Vielleicht ist sie jetzt nur noch eine Galionsfigur, vielleicht wird sie von jemand anderem benutzt.«

Boothe schüttelte den Kopf. »Es ist verdammt schwierig, einen schizophrenen Paranoiker so zu benutzen, wie Sie das für möglich halten. Dazu sind Leute in diesem Zustand zu unberechenbar. Aber wenn sie wirklich gewalttätig geworden ist, wenn sie angefangen hat, gemäß ihren Prophezeiungen vom Weltuntergang zu handeln, dann braucht sie nicht verrückt zu sein; es könnte auch eine andere Erklärung geben.«

»Zum Beispiel was?« fragte Charlie.

»Nun, zum Beispiel... vielleicht sind ihre Anhänger von ihr enttäuscht. Vielleicht ist die Sekte im Begriff auseinanderzufallen, und sie greift zu diesen drastischen Maßnahmen, um ihren Anhängern neuen Schwung zu geben und sie bei der Stange zu halten.«

»Nein«, sagte Charlie. »Sie spinnt.« Er berichtete Boo von seiner vor kurzem stattgefundenen, makaberen Begegnung mit Grace.

Boothe war sichtlich erschreckt. »Sie hat tatsächlich Nägel in ihre Hände geschlagen?«

»Nun, gesehen haben wir es nicht«, räumte Charlie ein. »Vielleicht hat einer ihrer Anhänger den Hammer gehalten. Aber sie hat es sich offensichtlich gefallen lassen.«

Boo rutschte in seinem Sessel zur Seite, worauf dieser laut ächzte. »Es gibt noch eine Möglichkeit. Das spontane Auftauchen von Kreuzigungsstigmata an den Händen und Füßen von Psychotikern mit religiösem Verfolgungswahn ist zwar ein seltenes Phänomen, aber nicht völlig ungewöhnlich.«

Jetzt staunte Henry Rankin. »Sie meinen, die waren echt? Sie meinen, *Gott* hat ihr das angetan?«

»Oh, nein, ich will damit nicht andeuten, daß dies ein echtes heiliges Zeichen oder irgend etwas von der Sorte war. Gott hat damit nichts zu tun.«

»Freut mich, das zu hören«, erklärte Charlie. »Ich hatte schon Angst, du würdest plötzlich auch in mystische Regionen eindringen wollen. Wenn es zwei Dinge gibt, die ich bei dir nie erwarte, dann ist eines davon, daß du zum Mystiker wirst, und das andere, daß du anfängst, Ballett zu tanzen.«

Der besorgte Blick des Dicken hellte sich nicht auf.

Charlie sagte: »Herrgott, Boo, ich habe schon genug Angst, aber wenn diese Situation *dir* solche Sorgen macht, dann reicht meine Angst vielleicht noch nicht.«

»Ich mache mir Sorgen«, sagte Boothe. »Was die stigmatisierungsphänomene angeht, gibt es einige Hinweise darauf, daß ein Psychotiker in messianischem Wahn eine gewisse Kontrolle über seine Körperfunktionen ausüben kann... über die Gewebestruktur... eine beinahe, nun, psychische Kontrolle, die die Medizin nicht erklären kann. Wie diese indischen Fakire, die auf heißen Kohlen gehen oder sich auf Nagelbretter legen und durch reinen Willensakt Verletzungen verhindern. Grace' Wunden könnten auf dieser Ebene liegen.«

Henry, der für alles vernünftige Gründe brauchte, für den alles ordentlich und berechenbar sein mußte und der sich ein Universum vorstellte, das ebenso adrett und sauber gebügelt wie seine eigene Garderobe sein sollte, war von diesen Reden über psychische Fähigkeiten sichtlich beunruhigt. »Sie können sich selbst zum Bluten bringen, einfach indem sie daran denken?«

»Wahrscheinlich brauchen sie nicht einmal daran zu denken, wenigstens nicht bewußt«, sagte Boothe. »Die Stigmata sind das Ergebnis eines starken, unbewußten Wunsches, eine religiöse Gestalt oder ein Symbol zu sein, verehrt zu werden oder jedenfalls Teil von etwas Größerem als dem eigenen Ich zu sein, Teil von irgend etwas Kosmischem.« Er faltete die Hände über seinem mächtigen Leib. »Was wissen Sie denn beispielsweise von dem angeblichen Wunder von Fatima?«

»Nicht sehr viel«, sagte Charlie.

»Die Jungfrau Maria ist dort einer Menge Menschen erschienen, Tausenden von Menschen«, sagte Henry, »in den zwanziger Jahren, glaube ich.«

»Eine verblüffende und bewegende göttliche Erscheinung – oder einer der unglaublichsten Fälle von Massenhysterie und Selbsthypnose, die je registriert wurden«, sagte Boo, der sichtlich die zweite Erklärung vorzog. »Hunderte von Leuten berichteten, sie hätten die Jungfrau Maria gesehen, und beschrieben einen turbulenten Himmel, der in allen Farben des Regenbogens strahlte. Unter den Menschen in dieser riesigen Menge entwickelten zwei Leute Kreuzigungsstigmata, die Hände eines Mannes fingen zu bluten an, und an den Füßen einer Frau tauchten Nagelwunden auf. Einige Leute behaupteten, bei ihnen wären spontan in einem Ring um den Kopf winzige Punkturen aufgetaucht, wie von einer Dornenkrone. Es gibt einen dokumentierten Fall eines Zuschauers, der blutige Tränen weinte; eine kurz darauf durchgeführte ärztliche Untersuchung ließ keinerlei Augenschäden erkennen, keine mögliche Quelle für Blutungen. Kurz gesagt, der menschliche Verstand ist immer noch in weiten Bereichen wie ein kartographisch nicht erfaßtes Meer. Es gibt Geheimnisse hier drinnen«, und dabei tippte er sich mit einem seiner Wurstfinger an den Kopf, »die wir vielleicht nie begreifen werden.«

Charlie fröstelte. Der Gedanke, daß Grace so tief in den Wahnsinn eingetaucht war, daß sie imstande sein sollte, ihren Körper spontan zum Bluten zu bringen, nur um ihren krankhaften Fantasien Substanz zu verleihen, war unheimlich.

»Natürlich hast du mit dem Hammer und den Nägeln wahrscheinlich recht«, sagte Boo. »Spontane Stigmatisierungen sind selten. Grace hat es wahrscheinlich selbst getan oder einen ihrer Leute dazu veranlaßt, es zu tun.«

Der Regen strömte über die gläsernen Wände, und ein jämmerlich nasser schwarzer Vogel flog auf sie zu, suchte Zuflucht vor dem eisigen Guß, bog aber den Bruchteil einer Sekunde, ehe er gegen die Scheibe prallte, ab.

Charlie überlegte, was Boothe ihnen über blutige Tränen und geistig ausgelöste Stigmata gesagt hatte, und meinte: »Ich glaube, jetzt sind wir auf die Bedeutung des Lebens gestoßen.«

»Was?« fragte Boo.

»Wir sind alle bloß Schauspieler in einem kosmischen Horrorfilm in Gottes Privatkino.«

»Könnte sein«, sagte Boo. »Wenn du die Bibel liest, wirst du sehen, daß Gott sich schrecklichere Strafen ausdenken kann, als Tobe Hooper oder Steven Spielberg oder Alfred Hitchcock sich je erträumt haben.«

33

Als der blaue Dodge mit der Surfszene zum drittenmal am Haus vorbeifuhr, hatte Sandy Breckenstein mit dem Fernglas die Zulassungsnummer entziffert. Während Christine Scavello in die Küche gerannt war, um Max von dem verdächtigen Fahrzeug zu berichten, hatte Sandy Julie Gethers angerufen, die bei Klemet-Harrison die Verbindung zur Polizei hielt, und sie gebeten, Informationen über den Dodge zu besorgen.

Während er auf Antwort von Julie wartete, stand er angespannt mit dem Fernglas in der Hand am Fenster.

Binnen fünf Minuten kam der Lieferwagen zum viertenmal, fuhr diesmal den Berg herauf.

Sandy hob das Glas an die Augen und sah undeutlich zwei Männer hinter der regenüberströmten Windschutzscheibe.

Sie schienen das Haus zu studieren.

Dann waren sie wieder weg. Fast wünschte sich Sandy, sie hätten draußen angehalten. Dort könnte er sie wenigstens im Auge behalten. Es paßte ihm nicht, sie außer Sichtweite zu haben.

Während Sandy am Fenster stand und auf seiner Unterlippe kaute und sich wünschte, er wäre Buchprüfer geworden wie sein Vater, sprach Julie in der Zentrale mit der Zulassungsstelle und dann mit dem Sheriffbüro von Orange County. Da beide Behörden computerisiert waren, dauerte es nicht lange, die Information zu besorgen, und sie rief Sandy nach zwölf Minuten zurück. Nach Auskunft der Zulassungsstelle war der blaue Lieferwagen auf Emanuel Luis Spado aus Anaheim zugelassen. Nach Aussage des Sheriffbüros, das Zugang zu sämtlichen Fahndungsberichten der Polizeibehörde des County hatte, hatte Mr. Spado sein Fahrzeug heute morgen um sechs Uhr als gestohlen gemeldet.

Sandy ging sofort in die Küche, um Max zu informieren, den die Nachricht ebenso wie ihn beunruhigte.

»Das gibt Ärger«, meinte Max lakonisch.

Christine Scavello, die ihren Sohn aus der Schußlinie in die Ecke beim Kühlschrank gebracht hatte, sagte: »Aber er gehört nicht der Kirche.«

»Richtig. Aber jemand von der Kirche könnte ihn gestohlen haben«, sagte Sandy.

»Um sicherzustellen, daß zwischen der Kirche und einem etwaigen Überfall auf uns hier keine Verbindung hergestellt werden kann«, erklärte Max.

»Oder es könnte auch nur Zufall sein, daß jemand in einem gestohlenen Lieferwagen hier auf und ab fährt«, sagte die Frau, obwohl ihr anzuhören war, daß sie das selbst nicht glaubte.

»Mir ist noch nie ein Zufall über den Weg gekommen, der mich gefreut hat«, sagte Max, ohne den Garten hinter dem Haus aus den Augen zu lassen.

»Mir auch nicht«, sagte Sandy.

»Aber wie haben sie uns gefunden?« wollte Christine wissen.

»Keine Ahnung«, erklärte Sandy.

»Ich will verdammt sein, wenn ich das weiß«, sagte Max. »Wir haben alle Vorsichtsmaßnahmen getroffen.«

Sie alle kannten die wahrscheinlichste Erklärung: Grace Spivey hatte jemanden bei Klemet-Harrison, der sie informierte. Keiner von ihnen wollte es aussprechen. Die Möglichkeit war zu beunruhigend.

»Was hast du denen in der Zentrale gesagt?« fragte Max.

»Daß sie Hilfe schicken sollen«, sagte Sandy.

»Und meinst du, daß wir darauf warten sollen?«

»Nein.«

»Ich auch nicht. Hier sind wir Zielscheiben. Dieses Haus war nur solange eine gute Idee, als wir angenommen haben, daß die es nie finden würden. Jetzt besteht unsere beste Chance darin, hier zu verschwinden, uns in Bewegung zu setzen, ehe die merken, daß wir sie entdeckt haben. Die rechnen sicher nicht damit, daß wir plötzlich hier Leine ziehen.«

Sandy stimmte ihm zu. Er wandte sich zu Christine. »Holen Sie Ihre Mäntel. Sie können nur zwei Koffer mitnehmen, weil Sie sie beide selbst tragen müssen. Max und ich können uns auf dem Weg zum Wagen nicht mit Gepäck belasten, wir müssen die Hände frei haben.«

Die Frau nickte. Sie wirkte bedrückt. Der Junge war blaß, seine Haut war wie Wachs. Selbst der Hund schien beunruhigt; er schnüffelte herum, legte den Kopf zur Seite und gab seltsame klagende Geräusche von sich.

Sandy fühlte sich auch nicht besonders. Er wußte, was Frank Reuther und Pete Lockburn passiert war.

34

Donner ließ die Fensterseiten des Raumes erzittern.

Der Regen fiel noch heftiger als zuvor.

Aus den Lüftungsöffnungen in der Decke strömte warme Luft, aber Charlie hatte trotzdem eiskalte Hände.

Denton Boothe sagte: »Ich habe mit Leuten gesprochen, die Grace vor diesem religiösen Wahnsinn kannten. Viele von ihnen haben darauf hingewiesen, wie nahe sie und ihr Mann sich gestanden haben. Vierundvierzig Jahre verheiratet, sie hat den Mann vergöttert. Für ihren Albert war ihr nichts zu gut. Sie tat alles so, wie er es haben wollte, kochte nur seine Lieblingsgerichte, hielt das Haus blitzsauber. Das einzige, was sie ihm nie geben konnte, war das, was er sich am meisten gewünscht hätte – einen Sohn. Bei seiner Beerdigung brach sie zusammen, sagte immer wieder: ›Ich habe ihm nie einen Sohn geschenkt.‹ Es ist vorstellbar, daß für Grace ein männliches Kind, jedes männliche Kind, ein Symbol ihres Versagens ist – ihrer Unfähigkeit, ihrem Mann das zu geben, was er sich am meisten wünschte. Solange er am Leben war, konnte sie das dadurch ausgleichen, indem sie ihn wie einen König behandelte. Aber als er nicht mehr war, konnte sie für ihre Unfruchtbarkeit nicht mehr büßen, und da hat sie vielleicht angefangen, kleine Jungs zu hassen. Sie zu hassen, dann sie zu fürchten und schließlich zu fantasieren, daß einer von ihnen der Antichrist war, gekommen, um die Welt zu zerstören. Es ist eine verständliche, wenn auch bedauerliche Entwicklung für eine Psychose.«

Henry sagte: »Wenn ich mich richtig erinnere, haben sie eine Tochter adoptiert...«

»Die Tochter, die Grace zur psychiatrischen Behandlung einweisen ließ, als diese Zwielicht-Geschichte anfing«, fügte Charlie hinzu.

»Ja«, sagte Boo. »Grace hat ihr Haus verkauft, alles Geld, das sie angelegt hatte, flüssig gemacht und es in diese Kirche gesteckt. Es war unvernünftig, und die Tochter hatte recht, indem sie sich darum bemühte, ihrer Mutter den Besitz zu erhalten. Aber Grace hat die psychiatrische Untersuchung mit fliegenden Fahnen bestanden.«

»Wie?« wollte Charlie wissen.

»Nun, sie war schlau. Sie wußte, was der untersuchende Psychiater suchte, und hatte sich hinreichend unter Kontrolle, um all die Tendenzen und Einstellungen zu verbergen, die einen Alarm ausgelöst hätten.«

»Aber sie hat ihren Besitz liquidiert, um eine Kirche zu gründen«, sagte Henry. »Der Doktor mußte doch sicherlich erkennen, daß das nicht die Handlung einer vernünftigen Person war.«

»Im Gegenteil. Unter der Voraussetzung, daß sie die Risiken ihres Tuns begriff und alle möglichen Konsequenzen überblickte – oder zumindest solange sie den Untersuchungsarzt davon überzeugen konnte, daß sie die Dinge im Griff hatte –, würde die bloße Tatsache, daß sie alles für das Werk Gottes einsetzen wollte, nicht ausreichen, um sie für unzurechnungsfähig zu erklären. Wir haben in diesem Lande Religionsfreiheit, wissen Sie? Das ist eine wichtige verfassungsmäßige Freiheit, und das Gesetz nimmt darauf in Fällen wie diesem klar Rücksicht.«

»Du mußt mir helfen, Boo«, sagte Charlie. »Sag mir, wie diese Frau denkt. Ich brauche irgendwie Zugang zu ihr. Zeige mir, wie man sie abschalten kann, wie man sie dazu bringen kann, es sich bezüglich Joey Scavello anders zu überlegen.«

»Diese Art psychopathischer Persönlichkeit ist nicht verängstigt, unsicher oder im Begriff zusammenzubrechen. Ganz im Gegenteil. Mit der Sache, an die sie glaubt, unterstützt von dem Größenwahn, der in diesem Fall höchst religiös ist, ist sie, allem gegenteiligen Anschein zum Trotz, wie ein Felsen und kann jedem Druck und jeder Belastung Widerstand leisten. Sie lebt in einer Realität, die sie sich selbst geschaffen hat; und die hat sie so gut aufgebaut, daß du wahrscheinlich keine Chance hast, diese Realität zu erschüttern oder sie dazu zu veranlassen, den Glauben an sie zu verlieren.«

»Willst du sagen, daß ich sie nicht umstimmen kann?«

»Ich würde meinen, daß das unmöglich ist.«

»Wie bringe ich sie dann dazu, Joey Scavello in Ruhe zu lassen? Sie spinnt doch; es muß doch eine Möglichkeit geben.«

»Du hörst nicht zu oder willst nicht hören, was ich dir sage. Du darfst nicht den Fehler machen anzunehmen, daß sie, bloß weil sie geistesgestört ist, leichter verletzbar ist. Diese Art Geistesgestörtheit trägt eine ganz besondere Stärke in sich, die Fähigkeit, Mißerfolge hinzunehmen und jede Art von Streß zu ertragen. Du mußt wissen, Grace hat ihre Fantasiewelt einzig und allein zu dem Zweck entwickelt, um sich vor diesen Dingen zu schützen; sie panzert sich damit gegen die Grausamkeiten und Enttäuschungen des Lebens, und es ist ein verdammt guter Panzer.«

»Willst du damit sagen, daß sie keine Schwächen hat?« fragte Charlie.

»Jeder Mensch hat Schwächen. Ich sage dir nur, daß es im Falle von Grace nicht leicht sein wird, sie zu finden. Ich muß in meiner Kartei nachsehen, in meinen Akten, eine Weile darüber nachdenken. Gib mir mindestens einen Tag Zeit.«

»Beeil dich mit dem Nachdenken«, sagte Charlie und erhob sich. »Ich habe ein paar hundert mordlustige religiöse Fanatiker im Nacken.«

Als sie an der Tür angelangt waren, sagte Boo: »Charlie, ich weiß, daß du manchmal sehr viel Vertrauen zu mir hast...«

»Ja, das ist der reinste Messiaskomplex.«

Boo ging nicht auf den Scherz ein und blieb immer noch ungewöhnlich ernst, als er meinte: »Ich möchte nur nicht, daß du dir große Hoffnungen auf das machst, was ich vielleicht herausfinde. Es kann durchaus sein, daß ich überhaupt nichts entdecke. Im Augenblick würde ich sagen, daß es wirklich nur eine Lösung gibt, eine Methode, um Grace davon abzuhalten, deine Klienten zu töten.«

»Und die wäre?«

»Töte sie«, sagte Boo, ohne zu lächeln.

»Eines muß man dir lassen: Du bist keiner von diesen weichherzigen Psychiatern, die Massenmördern immer eine zweite Chance geben wollen. Wo hast du dein Examen gemacht – auf Attilas Schule für Gehirnklempner?«

Es war ihm geradezu ein Bedürfnis, Boo zum Lachen zu bringen. Die düstere Reaktion des Psychiaters auf seine Darstellung des Zusammentreffens mit Grace heute morgen paßte so ganz und gar nicht zu seinem Freund, und Charlie beunruhigte das. Er brauchte etwas, das ihn aufmunterte, jemanden, der ihm sagte, daß es irgendwo eine Chance gab. Boos graugesichtiger Ernst war fast noch beängstigender als Grace Spiveys Toben.

Aber Boo sagte: »Charlie, du kennst mich. Du weißt, daß ich bei allem Humor haben kann. In gewissen Situationen kann ich sogar über Dementia praecox lachen. Mich amüsieren bestimmte Aspekte des Todes, die Steuerbehörde, Lepra, die amerikanische Politik und der Krebs. Es wird sogar behauptet, daß ich manchmal bei Wiederholungen von *Laverne & Shirley* gelächelt habe, als meine Enkel darauf bestanden, daß ich sie mir mit ihnen gemeinsam ansehe. Aber an dieser Geschichte finde ich nichts Lächerliches. Du bist ein lieber Freund, Charlie. Ich habe Angst um dich.«

»Es ist doch nicht wirklich dein Ernst, daß ich sie töten soll.«

»Ich weiß, daß du nicht zu einem kaltblütigen Mord imstande wärst«, sagte Boothe. »Aber ich fürchte, Grace' Tod ist das einzige, was die Aufmerksamkeit dieses Kults von deinen Klienten ablenken könnte.«

»Also wäre es hilfreich, wenn ich zum kaltblütigen Mord fähig wäre.«

»Ja.«

»Hilfreich, wenn ich wenigstens einen *kleinen* Killer in mir hätte.«

»Ja.«

»Jesus.«

»Eine schwierige Situation«, pflichtete Boo ihm bei.

35

Das Haus besaß keine Garage, nur einen gedeckten Abstellplatz, und das bedeutete, daß man sie sehen würde, während
sie in den grünen Chevy stiegen. Sandy gefiel das nicht, aber es
gab keine andere Wahl, außer so lange im Haus zu bleiben, bis
Verstärkung kam, und sein Instinkt sagte ihm, daß das ein Fehler sein würde.

Er verließ das Haus als erster durch die Seitentür und trat direkt in den offenen Abstellplatz. Das Dach schützte ihn vor dem
Regen, der von oben herunterkam, und ein mit Geißblatt be-
wachsenes Spalier verhinderte, daß es von der Längsseite
schräg hereinregnete, aber der eisige Wind trieb den Regen
durch das offene Ende des Baues und fegte ihn ihm ins Gesicht.

Ehe er Christine und Joey ein Zeichen gab, daß sie herauskommen durften, trat er in die Einfahrt, weil er sich vergewissern wollte, daß niemand vor dem Haus lauerte. Er trug einen
Mantel, hatte aber keinen Regenschirm bei sich, um die Hände
freizuhalten, und der Regen prasselte auf seinen unbedeckten
Kopf, peitschte ihm ins Gesicht und rann unter seinen Kragen.
Niemand war an der Eingangstür oder am Weg oder kauerte an
einem der Büsche, also rief er der Frau zu, sie solle mit dem Jungen in den Wagen steigen.

Er ging ein paar Schritte weiter auf der Zufahrt, um die Straße
hinauf- und hinunterzublicken, und sah den blauen Dodge. Er
parkte eineinhalb Straßen entfernt hügelaufwärts auf der anderen Straßenseite, die Vorderseite nach unten auf das Haus zu
gerichtet. In dem Augenblick, in dem er ihn entdeckte, löste
sich der Lieferwagen vom Randstein und kam auf ihn zu.

Sandy sah sich um und stellte fest, daß Christine, die zwei
Koffer schleppte und von dem Hund begleitet wurde, gerade
den Wagen erreicht hatte, wo der Junge die hintere Tür für sie
geöffnet hatte. »Warten Sie!« rief er ihnen zu.

Er sah wieder auf die Straße. Der Lieferwagen näherte sich
jetzt schnell. Verdammt schnell sogar.

»Ins Haus!« schrie Sandy.

Die Frau mußte auf einen Zwischenfall vorbereitet gewesen

sein, denn sie zögerte keine Sekunden, fragte nicht, was los wäre, sondern ließ einfach die Koffer fallen, packte ihren Sohn und rannte denselben Weg zurück, den sie gekommen war, auf die offene Tür zu, wo jetzt Max stand.

Der Rest lief in wenigen Sekunden ab, aber der Schrecken verzerrte Sandy Breckensteins Zeitgefühl, so daß ihm die Sekunden wie Minuten vorkamen, die in unerträglich in die Länge gezogener Panik dahinstrichen.

Zuerst überraschte ihn der Lieferwagen damit, daß er schräg über die Straße schoß und in die Einfahrt des übernächsten, hügelaufwärts gelegenen Hauses bog. Aber er hielt dort nicht an, sondern preschte fast im gleichen Augenblick, in dem er hineingefahren war, auch wieder aus der Einfahrt heraus, aber nicht zurück auf die Straße, sondern auf den Rasen. Er raste quer über die Rasenflächen auf ihn zu, fetzte das Gras auf, zog hinter sich eine Fontäne aus Schlamm und Erdbrocken her, walzte Blumenbeete nieder, stieß ein Vogelbecken um, dann heulte der Motor auf, die Reifen drehten einen Augenblick lang durch, griffen dann aber wieder, und der Wagen schoß weiter.

Was zum Teufel –

Die Beifahrertür des Lieferwagens flog auf, und der Mann, der auf der Seite saß, warf sich hinaus, prallte auf den Rasen, überschlug sich.

Sandy dachte an Ratten, die ein sinkendes Schiff verlassen.

Der Lieferwagen pflügte durch den niedrigen Staketenzaun zwischen jener Rasenfläche und dem nächsten Grundstück.

Hinter Sandy schrie Max: »Was geht da vor?«

Jetzt trennte nur noch ein Haus den Dodge von diesem Grundstück.

Chewbacca bellte hysterisch.

Der Fahrer beschleunigte jetzt. Der Lieferwagen kam in rasender Eile auf sie zu, wie ein Expreßzug, wie eine Rakete.

Die Absicht war klar. So verrückt es auch schien, der Lieferwagen würde das Haus rammen, in dem sie sich versteckt gehalten hatten.

»Hinaus!« schrie Sandy nach hinten, wo Christine, Joey Max waren. »Aus dem Haus! Weg von hier, schnell!«

Max stürzte aus dem Haus, und alle drei, gefolgt von dem Hund, flohen in den hinteren Garten, der einzige Fluchtweg, der ihnen blieb.

Der Dodge schlug einen Haken, um einem Jacarandastrauch im benachbarten Grundstück auszuweichen, und traf auf den Zaun, der die beiden Grundstücke voneinander trennte.

Sandy hatte sich bereits von dem Lieferwagen abgewandt und rannte zurück, auf die Hausmauer zu.

Hinter ihm gab der Staketenzaun mit einem Geräusch nach, das an knackende Knochen erinnerte.

Sandy rannte quer durch den Abstellplatz an dem Wagen vorbei, sprang über die stehengebliebenen Koffer, schrie den anderen zu, sie sollten sich um Gottes willen beeilen, *beeilen*, schrie sie an, ihm aus dem Weg zu gehen, drängte sie in den hinteren Garten und dann zum hinteren Zaun, hinter dem eine schmale Seitenstraße verlief.

Aber sie erreichten nicht einmal das hintere Grundstücksende, ehe der Lieferwagen mit einem ungeheuren Krachen das Haus rammte. Den Bruchteil einer Sekunde später erschütterte eine ohrenbetäubende Explosion den regenerstickten Tag, und einen Augenblick lang klang es, als würde der Himmel selbst einstürzen, und die Erde bäumte sich auf, fiel wieder in sich zusammen.

Der Lieferwagen war voll Sprengstoff gepackt gewesen!

Die Explosion packte Sandy und warf ihn in die Höhe, und er spürte, wie eine Welle von heißer Luft über ihm zusammenschlug, dann taumelte er durch ein Azaleenbeet quer über den Rasen in den Bretterzaun an der Seitenstraße, prellte sich die rechte Schulter. Er sah Feuer, wo das Haus gewesen war, Feuer und Rauch, die in einer mächtigen Säule in die Höhe schossen. Trümmer flogen herum, eine ganze Menge davon. Ziegelbrokken, zerfetzte Bretter, Dachplatten, Verputz, Glas, ein Stück von einem Polstersessel, ein zerfetzter Toilettendeckel, Sofakissen, ein Stück Teppich und er zog den Kopf ein und betete darum, daß ihn nicht irgend etwas Schweres oder Scharfkantiges treffen möge.

Während Trümmer auf ihn herunterregneten, fragte er sich,

ob der Fahrer des Lieferwagens auch herausgesprungen war, so wie der Mann auf der Beifahrerseite. War er im letzten Augenblick herausgesprungen, oder war er so davon besessen, Joey Scavello ermorden zu müssen, daß er hinter dem Steuer sitzen geblieben war und den Dodge bis ins Haus gelenkt hatte? Vielleicht saß er jetzt inmitten der Trümmer, ein Skelett, an dem nur noch Fleischfetzen hingen, und klammerte sich mit Knochenhänden an dem feuergeschwärzten Steuerrad fest.

Die Explosion war wie eine Riesenhand, die Christine in den Rücken schlug. Kurz von dem Knall betäubt, wurde sie von Joey weggeschleudert, zu Boden geworfen. In einer nur kurz dauernden, aber gespenstischen Stille rollte sie durch ein schlammiges Blumenbeet, zerquetschte grellrotes und purpurnes Springkraut und spürte die Wellen heißer Luft, die einen Augenblick lang den herunterprasselnden Regen in Dampf zu verwandeln schien. Sie stieß mit dem Knie an die niedrige Ziegeleinfriedung eines Beetes, spürte den Schmerz und die Erde im Mund und blieb schließlich an einem Bougainvilleaspalier liegen. Schindeln, Stücke vom Verputz und andere Trümmer, die sie nicht identifizieren konnte, regneten immer noch lautlos auf sie und den Garten rings um sie herunter. Dann kehrte langsam ihr Gehör zurück, und in dem Augenblick prallte der Toaster, mit dem sie gerade noch Frühstück gemacht hatte, neben ihr ins Gras und hüpfte klirrend ein Stück davon, als wäre er ein Lebewesen, das sein Kabel wie einen Schwanz hinter sich herzog. Ein ungeheuer schwerer Gegenstand, vielleicht ein Dachbalken oder ein größeres Stück Mauerwerk, schmetterte in das Dach des drei Meter langen tunnelähnlichen Spaliers und brachte es zum Einsturz. Die Wand, an der sie lehnte, sackte nach innen, eine Flut von Bougainvillea hüllte sie ein, und erst jetzt wurde ihr bewußt, wie nahe sie dem Tod gewesen war.

»Joey!« schrie sie.

Er gab keine Antwort.

Sie stieß sich von den Überresten des Spaliers ab, richtete sich auf Händen und Knien auf, taumelte, stand auf, schwankte.

»Joey!«

Keine Antwort.

Übelriechender Rauch wälzte sich von dem demolierten Haus über den Rasen heran; zusammen mit den Nebelschwaden und dem vom Wind gepeitschten Regen reduzierte das die Sicht auf wenige Meter. Sie konnte ihren Jungen nicht sehen und wußte nicht, wo sie ihn suchen sollte, also strebte sie blindlings nach links, hatte Atemschwierigkeiten wegen des beißenden Rauches und der Panik, die sie erfaßt hatte und die ihre Brust wie ein Schraubstock zusammenquetschte. Sie stieß auf die verbrannte, zerdrückte Tür des Kühlschrankes, zwängte sich zwischen zwei Orangenbäumchen durch, von denen eines in ein Bettlaken verwickelt war, und trat über die Hintertür des Hauses, die zehn Meter von ihrem ehemaligen Türstock entfernt flach auf dem Gras lag. Sie sah Max Steck. Er lebte, versuchte sich aus den Dornenranken einiger Rosenbüsche zu befreien, zwischen die ihn die Explosion geschleudert hatte. Sie eilte an ihm vorbei, rief immer noch nach Joey, bekam immer noch keine Antwort. Und dann fiel ihr Blick inmitten all der Trümmer auf ein seltsam beunruhigendes Objekt. Es war Joeys ET-Puppe, eines seiner Lieblingsspielzeuge, das im Haus zurückgeblieben war. Die Explosion hatte der Puppe beide Beine und einen Arm abgerissen. Ihr Gesicht war verbrannt, ihr runder kleiner Bauch aufgefetzt, so daß die Füllung herausquoll. Es war nur eine Puppe, aber irgendwie schien sie ihr wie ein Vorbote des Todes, eine Warnung vor dem, was sie finden würde, wenn sie Joey schließlich entdeckte. Sie fing zu rennen an, den Zaun nicht aus den Augen lassend, rannte im Kreis über das Grundstück, suchte verzweifelt nach ihrem Jungen, stolperte, stürzte, rappelte sich wieder auf, betete darum, ihn unversehrt und lebend zu finden.

»Joey!«

Nichts.

»Joey!«

Nichts.

Der Rauch brannte ihr in den Augen. Das Sehen bereitete ihr Schwierigkeiten.

»Joooeeeeey!«

Und dann entdeckte sie ihn. Er lag ganz hinten auf dem Grundstück in der Nähe der Tür, die zu der Nebenstraße führte, das Gesicht nach unten, reglos im regenfeuchten Gras. Chewbacca stand über ihm, leckte ihm den Hals, versuchte ihm eine Reaktion zu entlocken, aber der Junge reagierte nicht, konnte nicht reagieren, lag einfach da, reglos, so völlig reglos.

36

Sie kniete nieder und schob den Hund weg.

Sie legte die Hände auf Joeys Schultern.

Einen Augenblick lang hatte sie Angst, ihn herumzudrehen, Angst, sein Gesicht könnte eingedrückt oder seine Augen von irgendeinem scharfen Trümmerstück verletzt sein.

Schluchzend und hustend, während von den brennenden Ruinen hinter ihnen weitere Rauchschwaden herüberquollen, rollte sie ihn schließlich vorsichtig auf den Rücken. Sein Gesicht war unversehrt. Da waren Erdklumpen, Schmutz, aber keine Platz- oder Schnittwunden, und der Regen wusch den Schmutz schnell weg. Sie konnte kein Blut entdecken. Gott sei Dank.

Seine Lider flatterten. Öffneten sich. Seine Augen wirkten glasig.

Er war nur bewußtlos gewesen.

Die Erleichterung, die durch sie wallte, war so heftig, daß sie das Gefühl hatte, sie schwebe ein paar Zentimeter über dem Boden.

Sie hielt ihn an sich gedrückt, und als seine Augen schließlich wieder klar wurden und sie ihm drei Finger vor das Gesicht hielt und ihn fragte, wie viele Finger er sehe, um daraus zu erkennen, ob er eine Gehirnerschütterung hatte, blinzelte er, sah sie verwirrt an.

»Wie viele Finger, Honey?« wiederholte sie.

Er gab ein paar keuchende Laute von sich, bis er den Rauch aus der Lunge hatte, und sagte dann: »Drei. Drei Finger.«

»Und wie viele jetzt?«

»Zwei.«

Max Steck hatte sich inzwischen aus den Rosenranken befreit und war neben sie getreten.

»Weißt du, wer ich bin?« fragte Christine Joey.

Er schien verwirrt, nicht weil es ihm Schwierigkeiten bereitete, die richtige Antwort zu geben, sondern weil er sich nicht vorstellen konnte, weshalb sie ihn so etwas fragte. »Du bist Mama«, sagte er.

»Und wie heißt du?«

»Kennst du meinen Namen nicht?«

»Ich will wissen, ob du ihn kennst«, sagte sie.

Na klar, kenn' ich ihn«, sagte er. »Joey. Joseph. Joseph Anthony Scavello.«

Keine Gehirnerschütterung

Erleichtert preßte sie ihn an sich.

Sandy Breckenstein kauerte neben ihnen, hustete, quälte den Rauch aus seinen Lungen. Er hatte eine Rißwunde an der Stirn über dem linken Auge, und eine Gesichtshälfte war blutverschmiert, aber er war nicht ernsthaft verletzt.

»Kann man den Jungen bewegen?« fragte Breckenstein.

»Der ist okay«, erklärte Max Steck.

»Dann laß uns hier verschwinden. Vielleicht kommen die nachsehen, ob uns der Sprengstoff erledigt hat.«

Max entriegelte das Tor, schob es auf.

Chewbacca schoß nach draußen auf die Seitenstraße, und die anderen folgten ihm.

Es war eine schmale Gasse, zu beiden Seiten von den Hinterhöfen der Häuser gesäumt, von einigen Garagen und einer Anzahl Abfalltonnen, die darauf warteten, geleert zu werden. Es gab keine Rinnsteine oder Gullys, und das Wasser strömte über die ganze Breite der einspurigen Straße, schoß auf die Sturmkanäle unten am Hügel zu.

Während die vier mitten in dem seichten Strom dahinplatschten und sich zu entscheiden versuchten, welche Richtung sie einschlagen sollten, öffnete sich zwei Grundstücke weiter oben eine Tür, und ein hochgewachsener Mann in einem gelben Regencape mit Kapuze kam aus seinem Grundstück. Selbst in dem

Regen und dem nebligen Zwielicht konnte Christine erkennen, daß er eine Waffe trug. Max riß den Revolver hoch, packte ihn mit beiden Händen und schrie: »Fallenlassen!« Aber der Fremde eröffnete das Feuer.

Max feuerte ebenfalls, drei Schüsse schnell hintereinander, und er war ein viel besserer Schütze als sein Gegner. Der Angreifer wurde am Bein getroffen und stürzte, während noch das Echo der Schüsse von der Hügelflanke widerhallte. Er rollte über den Boden, und sein gelber Regenmantel flatterte wie die Flügel eines riesigen grellbunten Vogels. Er kollidierte mit zwei Abfalltonnen, warf sie um, verschwand halb unter einem Berg Abfall. Die Pistole entglitt seiner Hand, klapperte über den Asphalt.

Sie warteten nicht einmal ab, ob der Mann tot oder lebendig war. Möglicherweise waren noch weitere Zwielichter unterwegs.

»Verschwinden wir aus dieser Gegend«, sagte Max eindringlich. »Sehen wir zu, daß wir ein Telefon finden, und holen wir Verstärkung.«

Geführt von Sandy und Chewbacca und mit Max als Nachhut, rannten sie den Hügel hinunter, immer wieder auf dem glatten Asphalt ausrutschend, stürzten aber nicht.

Christine sah sich ein paarmal um.

Der Verwundete war nicht mehr aufgestanden.

Niemand verfolgte sie.

Noch nicht.

An der ersten Ecke bogen sie nach rechts, rannten über eine Straße, die quer zum Abhang verlief, vorbei an einem verblüfften Postboten, der ihnen aus dem Wege sprang. Ein wütender Wind erhob sich, als wollte er sie verfolgen. Während sie flohen, schüttelten sich die windzerzausten Bäume rings um sie, die brüchigen Äste von Palmen klapperten laut, und eine leere Coladose schepperte hinter ihnen her.

Nach zwei Straßen bogen sie erneut ab, diesmal in eine steil nach unten führende Straße. Bäume bildeten mit weitausladenden Ästen eine Art Tunnel und machten den sonnenlosen Tag noch dunkler.

Der Atem brannte in Christines Kehle. Ihre Augen schmerzten immer noch von dem Rauch, der jetzt weit hinter ihnen lag, und ihr Herz schlug so heftig und schnell, daß ihr die Brust weh tat. Sie wußte nicht, wie lange sie dieses Tempo noch würde durchhalten können. Nicht lange.

Es erstaunte sie, daß Joeys kleine Beine es so gut schafften. Sie brauchten auf den Jungen nicht groß Rücksicht zu nehmen; er hielt gut mit.

Ein Wagen kam den Hügel herauf, und seine langen Scheinwerferbalken durchschnitten den dünner werdenden Nebel und die tiefen Schatten, die die mächtigen Bäume warfen.

Christine war plötzlich sicher, daß hinter diesen Scheinwerfern Grace Spiveys Leute waren. Sie packte Joey an der Schulter und schob ihn in eine andere Richtung.

Sandy rief ihr zu, sie solle bei ihm bleiben, und Max schrie etwas, das sie nicht verstehen konnte; Chewbacca fing laut zu bellen an, aber sie ignorierte sie alle.

Sahen sie nicht den Tod kommen?

Sie hörte, wie der Motor des Wagens hinter ihr lauter wurde. Er klang bösartig, hungrig, raubtierhaft.

Joey stolperte über einen Stein, ging zu Boden, rutschte in irgendeinen Vorgarten.

Sie warf sich über ihn, um ihn vor den Schüssen zu schützen, die sie jeden Augenblick zu hören erwartete.

Jetzt hatte sie der Wagen erreicht. Sein Motorengeräusch erfüllte die ganze Welt.

Sie schrie auf: »Nein!«

Aber der Wagen fuhr weiter, ohne anzuhalten. Es waren doch nicht Grace Spiveys Leute gewesen.

Christine kam sich albern vor, als Max Steck ihr beim Aufstehen behilflich war. Nicht die ganze Welt war hinter ihnen her. Es schien nur so.

37

In der Innenstadt von Laguna Beach suchten sie in einer Arco-Tankstelle Zuflucht vor dem Sturm und vor Grace Spiveys Gefolgsleuten. Nachdem Sandy Breckenstein dem Geschäftsführer seine Detektivlizenz gezeigt und ihm die Lage hinreichend geschildert hatte, um seine Unterstützung sicherzustellen, erlaubte man ihnen, auch Chewbacca in die Servicestation zu bringen, solange sie sich nur verpflichteten, ihn an einem Werkzeugregal festzubinden. Sandy wollte den Hund nicht draußen lassen, nicht nur, weil er dort naß werden würde – er war bereits triefend naß und fröstelte –, sondern weil eine geringe, aber immerhin nicht wegzudiskutierende Möglichkeit bestand, daß Spiveys Leute noch unterwegs waren und nach ihnen Ausschau hielten und vielleicht den Hund entdecken würden.

Während Max sich mit Christine und Joey im hinteren Teil des Servicebereichs aufhielt, abseits von Türen und Fenstern, benutzte Sandy das Telefon in dem kleinen Glasverschlag, der als Verkaufsraum diente. Er rief Klemet-Harrison an. Charlie war nicht im Büro. Sandy sprach mit Sherry Ordway, der Empfangssekretärin, und berichtete ihr soviel von ihrer Situation, daß sie verstand, wie groß die Gefahr war, sagte ihr aber nicht, wo sie sich gerade befanden oder unter welcher Nummer man sie erreichen konnte. Er bezweifelte, daß Sherry die Informantin war, die der Kirche des Zwielichts berichtete, konnte aber nicht absolut sicher sein, was ihre Loyalität anging.

Er sagte: »Machen Sie Charlie ausfindig. Ich werde nur mit ihm sprechen.«

»Aber woher soll er wissen, wo er sie erreichen kann?« fragte Sherry.

»Ich rufe in einer Viertelstunde wieder an.«

»Wenn ich ihn in einer Viertelstunde nicht finde...«

»Dann rufe ich jede Viertelstunde an, bis Sie ihn gefunden haben«, sagte er und legte auf.

Er kehrte in die Werkstätte zurück, die nach Öl und Wagenschmiere und Benzin roch. Ein drei Jahre alter Toyota stand auf der Hebebühne, und ein fuchsgesichtiger Mann in einem grauen Overall war damit beschäftigt, den Auspuff zu ersetzen. Sandy erklärte Max und Christine, daß es eine Weile dauern würde, Charlie Harrison zu erreichen.

Der Garagenhelfer, ein junger blonder Bursche, montierte gerade neue Reifen auf Chromspezialfelgen, und Joey sah zu, fasziniert von dem Spezialwerkzeug, offensichtlich vor Neugierde fast platzend, aber wohlerzogen genug, um den Mann nur mit ein paar Fragen zu belästigen. Der arme Kleine war bis auf die Haut naß, schmutzig, zerzaust, und doch jammerte und klagte er nicht, was die meisten Kinder in seiner Situation getan hätten. Er war wirklich ein guter Junge und schien die Fähigkeit zu besitzen, jeder Situation etwas Positives abzugewinnen; in diesem Fall schien die Chance, beim Reifenmontieren zuzusehen, mehr als genug Ausgleich für all das Schlimme, das er durchgemacht hatte.

Vor sieben Monaten hatte Sandys Frau, Maryann, einen Jungen, Troy Franklin Breckenstein, zur Welt gebracht. Sandy hoffte, daß sein Sohn eines Tages ebenso wohlerzogen und gutgeraten sein würde wie Joey Scavello.

Dann dachte er: Wenn ich mir schon etwas wünsche, dann sollte ich mir vielleicht besser wünschen, daß ich lange genug lebe, um Troy heranwachsen zu sehen, ob er nun brav ist oder nicht.

Als fünfzehn Minuten verstrichen waren, ging Sandy zum Verkaufsraum zurück, trat dort an das Telefon neben dem Schokoladeautomaten und rief Sherry Ordway in der Zentrale an. Sie hatte Charlie angepiepst, aber er hatte noch nicht zurückgerufen.

Der Regen prasselte auf den Asphalt vor der Tankstelle, und die Straße verschwand langsam unter einer einzigen tiefen Pfütze; inzwischen war ein weiterer Reifen montiert, und Sandy war nervöser als je zuvor, als er das Büro zum drittenmal anrief.

Sherry sagte: »Charlie ist mit Henry Rankin im Polizeilabor und versucht herauszufinden, ob die Gerichtsmediziner etwas an diesen Leichen entdeckt haben, das uns erlaubt, eine Verbindung zu Grace Spivey herzustellen.«

»Klingt ziemlich weit hergeholt.«

»Ich denke, das ist die beste Chance, die er hat«, erklärte Sherry.

Das war auch nicht gerade eine gute Nachricht.

Sie gab ihm die Nummer, wo Charlie zu erreichen war, und er notierte sie in einem kleinen Notizbuch, das er aus der Tasche gezogen hatte.

Er rief die Gerichtsmedizin an, verlangte Charlie und bekam ihn sofort an die Leitung. Er berichtete ihm von dem Überfall auf Miriam Rankins Haus und schilderte wesentlich mehr Einzelheiten, als er Sherry Ordway gegeben hatte.

Charlie hatte das Schlimmste schon von Sherry gehört, schien aber immer noch schockiert darüber, wie schnell Grace Spivey die Scavellos aufgespürt hatte.

»Sind sie beide okay?« fragte er.

»Schmutzig und naß, aber unverletzt«, versicherte ihm Sandy.

»Dann haben wir also einen Verräter unter uns«, sagte Charlie.

»Sieht so aus. Es sei denn, man ist Ihnen gefolgt, als Sie gestern von dem Haus weggefahren sind.«

»Das ist sicher nicht der Fall. Aber vielleicht war in dem Wagen, den wir benutzten, eine Wanze.«

»Könnte sein.«

»Aber wahrscheinlich ist es nicht«, sagte Charlie. »Ich räume das ungern ein, aber wahrscheinlich haben wir einen Maulwurf unter uns. Von wo rufen Sie an?«

Anstatt es ihm zu sagen, fragte Sandy: »Ist Henry Rankin bei Ihnen?«

»Ja. Warum? Wollen Sie mit ihm reden?«

»Nein. Ich möchte nur wissen, ob er mithören kann.«

»Nicht das, was Sie sagen.«

»Wenn ich Ihnen jetzt sage, wo wir sind, dann müssen Sie das für sich behalten. Sie dürfen es niemandem sagen«, bestimmte Sandy und fügte dann schnell hinzu: »Nicht, daß ich einen Anlaß hätte, Henry zu verdächtigen. Das ist nicht der Fall. Ich vertraue Henry mehr als den meisten. Im Augenblick vertraue ich nur gar keinem außer Ihnen. Ihnen, mir und

Max, denn wenn es Max wäre, hätte er den Jungen bereits erledigt.«

»Wenn wir einen faulen Apfel haben«, sagte Charlie, »dann ist es höchstwahrscheinlich eine Sekretärin oder ein Buchhalter oder so jemand.«

»Ich weiß«, sagte Sandy. »Aber ich bin für die Frau und den Jungen verantwortlich. Und mein eigenes Leben steht hier auch auf dem Spiel, solange ich mit den beiden zusammen bin.«

»Sagen Sie mir, wo Sie sind«, sagte Charlie. »Ich werde das für mich behalten und alleine kommen.«

Sandy sagte es ihm.

»Dieses Wetter... Geben Sie mir eine Dreiviertelstunde«, sagte Charlie.

»Wir werden hier nicht weggehen«, erklärte Sandy. Er legte auf und ging zu den anderen in der Garage. Als der Regen gestern abend eingesetzt hatte, hatte es eine Zeitlang geblitzt, aber in den letzten zwölf Stunden nicht mehr. Die meisten Stürme in Kalifornien waren viel ruhiger als solche in anderen Landesteilen. Regenfälle waren nur selten von Gewittern begleitet, und heftige elektrische Stürme kamen fast nie vor. Aber jetzt, wo die Hügel sich gefährlich mit Wasser vollgesogen hatten und die Gefahr von Erdrutschen bestand, wo die Straßen überflutet waren und die Küste von Wellen bedrängt wurde, die der Wind fast zur doppelten Höhe aufgepeitscht hatte, wurde Laguna Beach plötzlich auch von heftigen Blitz- und Donnerschlägen überfallen. Mit einem Donnerschlag, der die Mauern des Gebäudes erzittern ließ, fuhr ganz in der Nähe ein gewaltiger Blitz in die Erde, und einen kurzen Augenblick lang war der graue Tag von grellem, flackerndem Licht erfüllt. Es pulsierte vor den offenen Türen der Garage und den schmutzigen, hochliegenden Fenstern und ließ die Schatten einen Augenblick lang zu gespenstischem Leben erwachen. Ein zweiter Blitz folgte mit einem noch heftigeren Donnerschlag, und die Scheiben klirrten in den Rahmen, dann ging ein dritter Blitz nieder, und der feuchte Asphalt vor der Tankstelle funkelte.

Joey hatte sich von seiner Mutter entfernt und sich in die Nähe der offenen Garagentür begeben. Er zuckte bei den Donnerschlägen zusammen, die jedem Blitz folgten, schien aber eigentlich keine Angst zu haben. Als der Himmel sich einen Augenblick beruhigte, schaute er zu seiner Mutter und sagte: »Wau! Gottes Feuerwerk, was, Mama? Hast du nicht gesagt, daß es das ist?«

»Gottes Feuerwerk«, pflichtete Christine ihm bei. »Geh besser von der Tür weg.«

Ein weiterer Blitz flammte über den Himmel, und der Tag draußen schien zusammenzuzucken, als der mörderische Strom ihn durchfuhr. Dieser Blitz war noch schlimmer als alle anderen, und der darauffolgende Donner ließ nicht nur Fenster und Wände zittern, sondern schien sogar den Boden zu schütteln, und Sandy spürte ihn sogar in seinen Zähnen.

»Wau!« machte der Junge.

»Honey, geh von der offenen Tür weg«, sagte Christine.

Der Junge rührte sich nicht von der Stelle, und im nächsten Augenblick wurde seine Silhouette von einer Folge von Blitzen abgezeichnet, die viel heller und heftiger als alles bisher Dagewesene war, so blendend und erschütternd in ihrer Macht, daß sogar der Garagenhelfer erschrak und seinen Schraubenschlüssel fallenließ. Der Hund winselte, versuchte sich unter dem Werkzeugregal zu verstecken, und Christine hastete zu Joey, packte ihn und holte ihn von der offenen Tür weg.

»Ah, Mama, das ist hübsch«, sagte er.

Sandy versuchte sich auszumalen, wie es wäre, wieder jung zu sein, so jung, daß man noch nicht erfaßt hatte, wieviel es in dieser Welt zu fürchten gab, so jung, daß das Wort ›Krebs‹ noch keine Definition hatte, so jung, daß man noch nicht richtig begriff, was der Tod eigentlich bedeutete. Wie es wohl sein mochte, wieder so jung zu sein, so jung, daß man vergnügt Blitze betrachten konnte, ohne zu ahnen, daß der Blitz auch seinen Weg zu einem selbst finden und in einem Zehntausendstel einer Sekunde einem das Gehirn zerkochen konnte? Sandy starrte Joey Scavello an und runzelte die Stirn. Er fühlte sich alt; er war erst zweiunddreißig, aber schrecklich alt.

Was ihn störte, war, daß er sich nicht erinnern konnte, *je* so jung und frei von Furcht gewesen zu sein. Es hieß, daß Tiere ihr

Leben ohne ein Gefühl der Sterblichkeit lebten, und es schien schrecklich ungerecht, daß die Menschen nicht denselben Luxus genossen. Menschliche Wesen konnten dem Wissen um den Tod nicht entrinnen; ob bewußt oder unbewußt, war dieses Wissen jede Stunde eines jeden Tages bei ihnen. Wenn Sandy mit dieser religiösen Fanatikerin, dieser Grace Spivey, hätte sprechen können, dann hätte er wissen wollen, wie sie solchen Glauben und solche Hingabe für einen Gott aufbringen konnte, der menschliche Wesen schuf, nur um sie dann auf die eine oder andere schreckliche Art sterben zu lassen.

Er seufzte. Er fing an, morbiden Gedanken nachzuhängen, und das paßte gar nicht zu ihm. Wenn das so weiterging, würde er vor dem Zubettgehen heute mehr als nur seine übliche Flasche Bier brauchen – vielleicht ein Dutzend Flaschen. Trotzdem würde er Grace Spivey diese Frage gerne stellen.

38

Kurz vor Mittag traf Charlie in Laguna Beach ein, wo er Sandy, Max, Christine, Joey und den Hund in der Tankstelle vorfand.

Joey rannte auf ihn zu, erreichte ihn vor der Garagentür und rief: »Hey, Charlie, Sie hätten sehen sollen, wie das Haus wumm gemacht hat, wie in einem Kriegsfilm oder so!«

Charlie nahm ihn um die Hüften und hob ihn in die Höhe. »Ich hatte schon befürchtet, du würdest böse auf uns sein, weil wir das nicht verhindert haben. Ich dachte, du würdest jetzt wieder verlangen, daß Magnum engagiert wird.«

»Aber nein«, sagte der Junge. »Ihre Leute waren klasse. Und woher hätten Sie auch wissen sollen, daß ein Kriegsfilm draus wird?«

Ja, tatsächlich, wie hätte man das wissen sollen?

Charlie trug Joey in den hinteren Teil der Werkstätte, wo die anderen zwischen den Ersatzteilen, Regalen und Reifenstapeln auf ihn warteten.

Sandy hatte ihm gesagt, daß die Frau und der Junge okay waren, und er glaubte Sandy natürlich, aber trotzdem löste sich seine Besorgnis erst jetzt, wo er die beiden mit eigenen Augen sah. Die Welle der Erleichterung, die ihn durchflutete, war sicher körperlich spürbar, und es kam ihm wieder in den Sinn, wie wichtig diese beiden Menschen ihm doch in so kurzer Zeit geworden waren.

Sie waren ein ziemlich jämmerlich aussehender Haufen, inzwischen zwar einigermaßen abgetrocknet, aber zerknittert und schmutzig, die Haare verklebt und verwildert. Max und Sandy wirkten zornig und gefährlich, die Art von Männern, die eine Bar allein schon dadurch ausräumten, daß sie sie betraten.

Es war ein Tribut an Christines Schönheit und ein Hinweis darauf, wie wenig sie von Äußerlichkeiten abhing, daß sie jetzt fast genauso gut aussah wie mit frischem Make-up. Charlie erinnerte sich daran, was er empfunden hatte, als er sie gestern abend in der Küche von Miriam Rankins Haus an sich gedrückt hatte, kurz bevor er nach Hause gefahren war. Der Wunsch, sie wieder zu umarmen, war fast übermächtig, aber vor seinen Männern mußte er sich damit begnügen, Joey abzusetzen, mit beiden Händen ihre Hand zu ergreifen und zu sagen: »Gott sei Dank fehlt Ihnen nichts.«

Ihre Unterlippe zitterte. Einen Augenblick lang sah sie aus, als würde sie sich an ihn lehnen und weinen wollen. Aber sie behielt sich unter Kontrolle und meinte: »Ich sage mir immer wieder, daß es nur ein Alptraum ist... aber ich kann nicht aufwachen.«

»Wir sollten Sie jetzt hier wegschaffen, aus Laguna heraus«, sagte Max.

»Der Meinung bin ich auch«, pflichtete Charlie bei. »Ich werde das mit meinem Wagen erledigen. Wenn wir weg sind, rufen Sie beide das Büro an, sagen Sherry, wo Sie sind, und lassen sich einen Wagen schicken. Fahren Sie zu Miriams Haus zurück...«

»Davon ist nichts übrig«, meinte Sandy.

»Das war vielleicht eine Explosion«, bestätigte Max. »Dieser Lieferwagen muß bis zum Dach voll Sprengstoff gewesen sein.«

»Mag schon sein, daß von dem Haus nichts übrig ist«, sagte

Charlie, »aber die Bullen und die Feuerwehr sind noch dort. Sherry hat sich bei der Polizei von Laguna Beach erkundigt, und ich habe auf der Fahrt hierher mit ihr telefoniert. Melden Sie sich bei den Bullen, seien Sie ihnen behilflich und finden Sie heraus, was die bisher festgestellt haben.«

»Haben Sie den Burschen gefunden, den ich angeschossen habe?« fragte Max.

»Nee«, machte Charlie. »Er ist entkommen.«

»Dann muß er gekrochen sein. Ich hab' ihn am Bein erwischt.«

»Dann ist er gekrochen«, sagte Charlie. »Oder es war ein dritter Mann dabei, der ihm bei der Flucht behilflich war.«

»Ein dritter?« fragte Sandy.

»Mhm«, machte Charlie. »Sherry sagt, der zweite sei im Wagen sitzen geblieben.«

»Jesus.«

»Das sind also *wirklich* Kamikazes«, sagte Christine erschüttert.

»Von ihm kann nichts übriggeblieben sein, bloß ein paar kleine Stückchen«, sagte Max und hätte noch etwas hinzugefügt, wenn Charlie ihn nicht zum Schweigen gebracht hätte, indem er eine vielsagende Kopfbewegung in Richtung auf den Jungen machte, der ihnen mit offenem Mund zuhörte.

Eine Weile herrschte Stille, und jeder hing seinen Gedanken über das schreckliche Ende des Fahrers nach. Der Regen auf dem Dach klang wie die Trommeln in einem Leichenzug.

Dann schaltete der Mechaniker ein Gerät ein, und alle zuckten bei dem plötzlichen Lärm zusammen.

Als der Mechaniker wieder abschaltete, sah Charlie Christine an und meinte: »Okay, verschwinden wir hier.«

Max und Sandy gingen als erste hinaus und sahen sich argwöhnisch um, musterten alles, was sich bewegte. Dann stiegen Christine und Joey mit Chewbacca in den grauen Mercedes, der vor der Tankstelle parkte. Christine nahm vorne bei Charlie Platz, während Joey es sich mit Chewbacca hinten bequem machte.

Charlie saß am Steuer und hatte seine Scheibe heruntergelassen. Er sagte zu Sandy und Max: »Sie haben verdammt gute Arbeit geleistet.«

»Fast hätten wir sie verloren«, sagte Sandy und wies das Lob von sich.

»Worauf es ankommt, ist, daß es eben nicht dazu gekommen ist«, sagte Charlie. »Und Sie sind auch unversehrt.«

Wenn so kurz nach dem Tod von Pete und Frank noch einer von seinen Männern ums Leben gekommen wäre, hätte er nicht gewußt, wie er damit fertig geworden wäre. Von diesem Augenblick an würde nur noch er alleine wissen, wo Christine und Joey waren. Seine Männer würden den Fall bearbeiten, würden versuchen, die Kirche des Zwielichts mit den Morden und Mordversuchen in Verbindung zu bringen, aber nur er würde wissen, wo sich ihre Klienten aufhielten, bis es gelungen war, Grace Spivey irgendwie zu stoppen. Auf die Weise würden die Spione der alten Frau Christine und Joey nicht finden können, und Charlie würde sich keine Sorgen zu machen brauchen, einen weiteren Mann zu verlieren. Sein Leben war das einzige, das er riskieren würde.

Er schloß sein Fenster, betätigte die Zentralverriegelung und verließ die Tankstelle.

Eigentlich war Laguna eine saubere, warme, nette, lebendige Stadt am Strand, aber heute wirkte sie düster, regen- und nebelverhangen, schlammig. Charlie mußte an einen Friedhof denken, und er hatte sogar den Eindruck, als würde sich diese Atmosphäre verdichten, ihn einhüllen, so wie wenn sich ein Sargdeckel senkt. Erst als sie die Stadt verlassen hatten und auf dem Pacific Coast Highway nach Norden rollten, ging sein Atem wieder leichter.

Christine sah sich nach Joey um, der ruhig auf dem Rücksitz saß. Brandy, nein, *Chewbacca* lag auf dem Sitz und hatte seinen großen Kopf auf den Schoß des Jungen gekuschelt. Joey streichelte den Hund mechanisch und starrte aufs Meer hinaus, das vor einer dichten Mauer aus aschgrauem Nebel, die aus einem Kilometer Entfernung küstenwärts vorrückte, unruhig wogte. Sein Gesicht war beinahe ausdruckslos, fast leer, aber nicht

593

ganz. Da war ein ganz besonderer subtiler Ausdruck, den sie noch nie an ihm wahrgenommen hatte und den sie auch nicht deuten konnte. Was dachte, fühlte er? Sie hatte ihn schon zweimal gefragt, ob bei ihm alles in Ordnung wäre, und er hatte das bejaht. Sie wollte ihn nicht bedrängen, war aber beunruhigt.

Sie machte sich nicht nur um seine körperliche Sicherheit Sorgen, obwohl auch das eine Angst war, die an ihr nagte. Auch sein geistiger Zustand beunruhigte sie. Wenn er Grace Spiveys wahnsinnigen Kreuzzug gegen ihn überlebte, was für Narben würde sein Gefühlsleben dann für den Rest seines Lebens davontragen? Daß er all diese Erlebnisse ohne jede Folgen überstand, war unmöglich. Es würde psychologische Konsequenzen geben, vielleicht sogar nachhaltigen Schaden.

Er fuhr jetzt fort, den Hund am Kopf zu kraulen, aber auf eine hypnotisch-automatische Art, als wäre ihm gar nicht ganz bewußt, daß das Tier bei ihm war, und dabei starrte er auf das Meer vor dem Fenster hinaus.

Charlie sagte: »Die Polizei will, daß ich Sie aufs Revier bringe, damit man Ihnen weitere Fragen stellen kann.«

»Die soll der Teufel holen«, sagte Christine.

»Die sind jetzt eher geneigt, uns zu helfen.«

»Um diese Aufmerksamkeit zu erwecken, mußten eine Menge Leute sterben.«

»Sie sollten sie nicht ganz abschreiben. Sicher, wir werden uns besser um Sie kümmern können als die, und vielleicht stoßen wir auch auf etwas, das denen dabei hilft, Grace Spivey festzunageln. Aber jetzt ist immerhin eine Mordermittlung im Gange, und deshalb werden die den größten Teil der Arbeit erledigen, die für die Anzeigen und Verhaftungen erforderlich ist. Und am Ende wird die Polizei die Spivey stoppen.«

»Ich vertraue den Bullen nicht«, sagte sie ausdruckslos. »Die Spivey hat wahrscheinlich Leute bei denen eingeschmuggelt.«

»Sie kann nicht jede Polizeistation im Land infiltriert haben, so viele Anhänger hat sie nicht.«

»Nicht jede Station«, sagte Christine. »Bloß die in den Ortschaften, wo sie Geld sammelt und Leute bekehrt.«

»Die Polizei von Laguna Beach will natürlich über das, was heute morgen geschehen ist, ebenfalls mit ihnen reden.«

»Die soll auch der Teufel holen. Selbst wenn keiner von denen der Kirche des Zwielichts angehört, könnte die Spivey erwarten, daß ich im Polizeihauptquartier erscheine; sie könnte dort Leute aufgestellt haben, die nur darauf warten, uns in dem Augenblick, wo wir den Wagen verlassen, niederzumachen.«

Plötzlich kam ihr ein schrecklicher Gedanke: »Sie bringen uns doch nicht auf ein Polizeirevier, oder?«

»Nein«, sagte er. »Ich habe nur gesagt, daß man Sie sprechen will. Ich habe nicht gesagt, daß ich das für eine gute Idee halte.«

Sie sackte in ihren Sitz zurück. »Gibt es denn gute Ideen?«

»Sie dürfen sich nicht unterkriegen lassen.«

»Ich meine, was werden wir jetzt tun? Wir haben keine Kleider, nichts außer dem, was wir am Leibe tragen, meiner Geldbörse und meinen Kreditkarten. Das ist nicht viel. Wir haben keine Bleibe. Wir dürfen es nicht riskieren, zu unseren Freunden zu gehen oder irgendwohin, wo man uns kennt. Diese Irren haben es geschafft, daß wir auf der Flucht sind, wie ein paar wilde Tiere.«

»Ganz so schlimm ist es nicht«, sagte er. »Tiere auf der Flucht haben immerhin nicht den Luxus eines Mercedes-Benz zur Verfügung.«

Sie war ihm für den Versuch dankbar, sie zum Lächeln zu bringen, brachte aber nicht die Willenskraft auf, es auch zu tun.

Das ständige Klatschen der Scheibenwischer klang wie ein fremdartiger, unmenschlicher Herzschlag.

»Wir werden nach Los Angeles fahren, denke ich«, sagte Charlie. »Die Kirche des Zwielichts ist zwar dort auch tätig, aber der größte Teil ihrer Aktivitäten konzentriert sich auf die Countys von Orange und San Diego. In L. A. sind weniger von Grace' Leuten unterwegs, also ist auch die Gefahr geringer, daß jemand uns zufällig entdeckt. Genauer gesagt besteht dafür fast überhaupt keine Chance.«

»Die sind überall«, sagte sie.

»Seien Sie optimistisch«, sagte er. »Und denken Sie an kleine Ohren.«

Sie sah nach hinten zu Joey, und eine Welle von Schuldgefühlen überkam sie bei der Erkenntnis, daß sie ihm vielleicht angst machen könnte. Aber er schien auf ihr Gespräch nicht geachtet zu haben. Er starrte immer noch zum Fenster hinaus, jetzt nicht mehr auf das Meer, sondern auf die Läden entlang der Straße in Corona Del Mar.

»In Los Angeles werden wir eben für Sie Koffer, Kleider, Toilettenartikel und was Sie sonst brauchen kaufen«, sagte Charlie.

»Und dann?«

»Werden wir essen gehen.«

»Und dann?«

»Ein Hotel suchen.«

»Und was ist, wenn einer von ihren Leuten im Hotel arbeitet?«

»Und was ist, wenn einer von ihren Leuten Bürgermeister von Peking ist?« sagte Charlie. »Am besten gehen wir auch nicht nach China.«

Das entlockte ihr endlich ein schwaches Lächeln. Es war nicht viel, aber zu mehr war sie nicht imstande, und es überraschte sie, daß sie so reagieren konnte.

»Tut mir leid«, sagte sie.

»Was tut Ihnen leid? Daß Sie ein Mensch sind? Ein Mensch, der Angst hat?«

»Ich will nicht hysterisch werden.«

»Dann werden Sie es eben nicht.«

»Tu' ich auch nicht.«

»Gut. Es gibt nämlich auch positive Entwicklungen.«

»Zum Beispiel?«

»Einer der drei Toten von gestern abend, der Rothaarige, den Sie erschossen haben, ist identifiziert worden. Sein Name ist Pat O'Hara. Man konnte ihn identifizieren, weil er berufsmäßiger Einbrecher ist und eine Strafakte hat – drei Verhaftungen und eine Gefängnisstrafe.«

»Einbrecher«, sagte sie verblüfft, daß jetzt das ganz gewöhnliche kriminelle Element plötzlich auf den Plan trat.

»Die Bullen haben sogar noch mehr erreicht, als seinen Namen ausfindig zu machen. Sie können sogar eine Verbindung zwischen ihm und Grace herstellen.«

Sie fuhr in ihrem Sitz hoch. »Wie?«

»Seine Familie und seine Freunde sagen, er sei vor acht Monaten in die Kirche des Zwielichts eingetreten.«

»Dann haben wir es!« sagte sie erregt. »Das brauchten die doch, um sich Grace Spivey vorzunehmen.«

»Nun, sie sind natürlich wieder zur Kirche gefahren und haben mit ihr gesprochen.«

»Das ist alles? Nur mit ihr gesprochen?«

»Für den Augenblick haben sie keine Beweise...«

»O'Hara war einer von ihren Leuten!«

»Aber es gibt keine Beweise, daß er auf ihre Anweisung gehandelt hat.«

»Die tun alle, was sie ihnen sagt, genau das, was sie ihnen sagt.«

»Aber Grace behauptet, daß ihre Kirche an den freien Willen glaubt, daß keiner ihrer Leute in irgendeiner Weise stärker *kontrolliert* wird als Katholiken oder Presbyterianer, daß sie ebensowenig einer Gehirnwäsche unterzogen werden wie irgendein Jude in irgendeiner Synagoge.«

»Blödsinn«, sagte sie leise, aber voll Überzeugung.

»Stimmt«, sagte er. »Aber es ist verdammt schwer, es zu beweisen, besonders da wir ja keine Ex-Mitglieder der Kirche in die Hand bekommen, die uns sagen könnten, wie es dort zugeht.«

Ein Teil ihrer Hochstimmung verflog. »Was nützt es dann, daß O'Hara als Zwielichter identifiziert wurde?«

»Nun, es unterstützt immerhin Ihre Behauptung, daß Grace Sie belästigt. Die Bullen nehmen Ihre Geschichte jetzt wesentlich ernster als anfänglich, und das kann nichts schaden.«

»Wir brauchen aber mehr als das.«

»Da ist noch eine Kleinigkeit.«

»Was?«

»O'Hara, oder vielleicht war es auch der andere Kerl, der mit ihm zusammen war, hat vor ihrem Haus etwas stehen lassen. Eine Flugtasche. In der Tasche waren Einbrecherwerkzeuge, aber auch noch andere Dinge. Ein großer Plastikbehälter, der mit einer farblosen Flüssigkeit gefüllt war, die sich als gewöhnliches Wasser erwies. Sie wissen nicht, weshalb der Behälter in der Tasche war und welchen Zweck er erfüllen sollte. Und dann war da noch ein kleines Messingkreuz und eine Bibel.«

»Beweist das nicht, daß sie sich auf irgendeinem verrückten religiösen Einsatz befanden?«

»Ein Beweis ist das nicht, nein, aber es ist immerhin interessant. Es ist ein weiterer Knoten in der Henkersschlinge, eine weitere Kleinigkeit, die man gegen Grace Spivey in die Waagschale legen kann.«

»Wenn das so weitergeht, haben wir sie im Jahr zweitausend vor Gericht«, sagte Christine bedrückt.

Sie rollten jetzt auf dem MacArthur Boulevard dahin, ein paar Hügel hinauf und hinunter, vorbei an Fashion Island, vorbei an Hunderten von Millionärsbungalows, einer kleinen Sumpfzone der Newport Bay und Feldern mit hohem Gras, das vom Regen niedergepeitscht wurde und sich dann wieder aufrichtete, als der Sturm seine Richtung änderte. Obwohl es Mittag war, hatten die meisten Fahrzeuge, die ihnen entgegenkamen, die Scheinwerfer eingeschaltet.

»Die Polizei weiß, was Grace Spivey lehrt – vom Herannahen des Zwielichts, vom Weltuntergang und dem Antichrist?« fragte Christine.

»Ja, das ist ihnen alles bekannt«, sagte Charlie.

»Sie wissen auch, daß sie meint, der Antichrist wäre bereits unter uns?«

»Ja.«

»Und sie wissen, daß sie die letzten paar Jahre damit verbracht hat, ihn zu suchen?«

»Ja.«

»Und daß sie vorhat, ihn zu töten, sobald sie ihn findet?«

»Das hat sie in keiner ihrer Reden gesagt und auch nicht in der religiösen Literatur geschrieben, die sie veröffentlicht hat.«

»Aber das ist doch ihre Absicht, und wir wissen es.«

»Was wir wissen und was wir beweisen können, sind zwei Paar Stiefel.«

»Die Polizei sollte erkennen, daß das der Grund ist, weshalb sie sich auf Joey fixiert hat und...«

»Als die Polizei sie gestern nacht verhörte, hat sie geleugnet, Sie und Joey zu kennen – auch die Szene am South Coast Plaza. Sie sagt, sie könne nicht begreifen, was Sie gegen sie haben, warum Sie sie beschuldigen. Sie sagte, sie habe den Antichrist noch nicht gefunden und glaube auch gar nicht, daß er sich in der Nähe befände. Sie haben sie gefragt, was sie tun würde, wenn sie ihn je fände, und sie sagte, sie würde Gebete gegen ihn richten. Sie fragten sie, ob sie versuchen würde, ihn zu töten, und sie gab sich von der bloßen Vorstellung entsetzt. Sie sagte, sie sei eine Dienerin Gottes und keine Verbrecherin. Sie sagte, Gebete würden genügen. Sie sagte, sie würde den Teufel in Gebeten festketten, ihn mit Gebeten fesseln, ihn mit nichts anderem als Gebeten zur Hölle zurückjagen.«

»Und die haben ihr natürlich geglaubt.«

»Nein. Ich habe heute morgen mit einem Detektiv gesprochen und das Protokoll des Verhörs gelesen. Die Polizei hält sie für geistesgestört, wahrscheinlich gefährlich, und ist der Meinung, daß man sie als Hauptverdächtige für die Anschläge auf Ihr Leben betrachten muß.«

Das überraschte sie.

»Sehen Sie?« sagte er. »Sie müssen positiver sein. Es geschieht etwas. Nicht so schnell, wie Sie das gern hätten, weil die Polizei gewisse Vorschriften befolgen und verfassungsmäßige Rechte beachten muß.«

»Manchmal habe ich den Eindruck, daß die einzigen Leute mit verfassungsmäßigen Rechten die Verbrecher unter uns sind.«

»Ich weiß. Aber wir müssen, so gut es geht, innerhalb dieses Systems arbeiten.«

Sie kamen am Orange County Flughafen vorbei und erreichten den San Diego Freeway, fuhren weiter in nördliche Richtung, auf Los Angeles zu.

Christine sah wieder nach hinten, zu Joey. Er starrte jetzt nicht mehr zum Fenster hinaus und hatte aufgehört, den Hund zu streicheln. Er war im Sitzen zusammengesackt und hatte die

Augen geschlossen. Sein Mund stand offen und er atmete tief und regelmäßig.

Sie wandte sich wieder zu Charlie um und sagte: »Was mich beunruhigt, ist, daß wir langsam und behutsam innerhalb des Systems arbeiten müssen und daß unterdessen dieses Miststück Grace Spivey keinerlei Regeln hat, die sie binden. Sie kann sich schnell bewegen und brutal sein. Während wir vorsichtig und auf ihre Rechte bedacht vorgehen, wird sie uns alle töten.«

»Es könnte sein, daß sie sich vorher selbst vernichtet«, sagte er.

»Was meinen Sie damit?«

»Ich bin heute morgen zu Ihrer Kirche gefahren und habe sie kennengelernt. Sie ist völlig verrückt, Christine. Absolut irrational. Die Frau hält das nicht mehr lange durch.«

Er erzählte ihr von seinem Zusammentreffen mit der alten Frau und von den blutigen Stigmata an ihren Händen und Füßen.

Wenn es seine Absicht gewesen war, sie zu beruhigen, indem er ein Bild von Grace Spivey als einer zusammenhanglos plappernden Irren am Rande des Zusammenbruchs malte, so mißlang ihm das gründlich. Die Intensität des Wahnsinns der alten Frau ließ sie nur noch bedrohlicher, noch unberechenbarer, noch unerbittlicher als je zuvor erscheinen.

»Haben Sie das der Polizei gemeldet?« fragte Christine. »Haben Sie gesagt, daß sie Joey vor ihren Augen bedroht hat?«

»Nein. Dann stünde nur mein Wort gegen das ihre.«

Er berichtete ihr von seinem Gespräch mit Denton Boothe, seinem Freund, dem Psychologen. »Boo sagt, eine Irre von dieser Art verfügt über erstaunliche Kraft. Er sagt, wir sollten nicht damit rechnen, daß sie zusammenbricht und damit dieses Problem für uns löst, aber er hat sie schließlich nicht gesehen. Wenn er mit mir und Henry in ihrem Büro gewesen wäre, als sie ihre blutenden Hände hob, dann würde er wissen, daß sie nicht viel länger durchhalten kann.«

»Hatte er irgendwelche Vorschläge oder Ideen, wie man sie stoppen kann?«

»Er sagte, das beste wäre, sie zu töten«, meinte Charlie und lächelte.

Christine lächelte nicht.

Er wandte den Blick lange genug von der regengepeitschten Straße, um ihre Reaktion zu erkennen, und sagte dann: »Aber Boo hat natürlich gescherzt.«

»Hat er das wirklich?«

»Nun, nein, irgendwie war es sein Ernst. Aber er wußte natürlich auch, daß das keine Option war, die wir ernsthaft in Betracht ziehen könnten.«

»Vielleicht ist es die einzige Lösung.«

Er sah wieder zu ihr hinüber, die Stirn besorgt gerunzelt. »Ich hoffe, *Sie* scherzen jetzt.«

Sie sagte nichts.

»Christine, wenn Sie irgendwie mit einer Pistole an sie herankämen, wenn Sie sie töten würden, dann würden Sie nur im Gefängnis landen. Der Staat würde ihnen Joey wegnehmen. Sie würden ihn dann auf diese Weise verlieren.

Grace Spivey zu töten, ist nicht die Lösung.«

Sie seufzte und nickte. Sie wollte nicht darüber diskutieren. Aber sie fragte sich ...

Vielleicht würde man sie ins Gefängnis stecken, und vielleicht würde man ihr Joey wegnehmen. Aber er würde dann wenigstens noch leben.

Als Charlie den Mercedes an der Wilshire Boulevard-Ausfahrt an der Westseite von Los Angeles vom Freeway steuerte, wachte Joey auf, gähnte laut und wollte wissen, wo sie waren.

»Westwood«, sagte Charlie.

»Ich war noch nie in Westwood«, erklärte Joey.

»Oh?« sagte Charlie. »Ich dachte, du seist ein Mann von Welt. Ich dachte, du wärst schon überall gewesen.«

»Wie kann ich denn überall gewesen sein?« fragte der Junge. »Ich bin doch erst sechs.«

»Alt genug, um schon überall gewesen zu sein«, widersprach Charlie. »Als ich sechs war, war ich schon aus meinem Heimatdorf in Indiana bis nach Peoria gereist.«

»Ist das ein unanständiges Wort?« fragte der Junge argwöhnisch.

Charlie lachte und sah, daß Christine ebenfalls lachte. »Peoria? Nein, das ist kein unanständiges Wort. Das ist eine Stadt. Ich denke, du bist doch kein Mann von Welt. Ein Mann von Welt würde Peoria ebenso kennen, wie er Paris kennen würde.«

»Mama, wovon redet er?«

»Er albert nur herum, Honey.«

»Das hab' ich mir gedacht«, sagte der Junge. »Eine Menge Detektive tun das manchmal. Jim Rockford albert manchmal auch.«

»Von dem hab' ich es mir angewöhnt«, sagte Charlie. »Von dem guten alten Jim Rockford.«

Sie parkten in der Tiefgarage neben dem Westwood Playhouse und gingen in Westwood Village einkaufen, wobei sie alles mit Kreditkarte bezahlten. Trotz der Umstände und trotz des Wetters war das ein recht angenehmer Ausflug. Vor den Geschäften gab es immer Markisen oder Vordächer, und sie fanden jedesmal eine trockene Stelle, wo sie Chewbacca anbinden konnten, wenn sie einen Laden betraten, um sich umzusehen. Der unerhörte Wolkenbruch, der bei sämtlichen Verkäufern das Hauptgesprächsthema darstellte, half Joeys und Christines unzivilisiertes Aussehen erklären; niemand sah sie schief an. Charlie machte sich über einige der Kleidungsstücke, die sie probierten, lustig, und Joey hielt sich die Nase zu, als würde er etwas Unangenehmes riechen, wie Charlie vorgab, sich für ein schreiend orangefarbenes Sporthemd zu interessieren. Und nach einer Welle schien es fast, als wären sie eine ganz gewöhnliche Familie auf einem ganz gewöhnlichen Einkaufsbummel in einer Welt, wo alle religiösen Fanatiker sich irgendwo im Nahen Osten befanden und sich dort wegen des Öls und ihrer Moscheen gegenseitig die Köpfe einschlugen. Es war nett, sich auszumalen, daß sie drei eine Einheit mit besonderen Bindungen waren, und Charlie verspürte wieder eine Aufwallung jenes häuslichen Sehnens, das er nie gekannt hatte, bis er Christine Scavello begegnet war.

Sie kehrten zweimal zum Wagen zurück, um ihre Einkäufe im

Kofferraum zu verstauen. Als Christine und Joey alles hatten, was sie brauchten, suchten sie noch ein paar Geschäfte auf, um auch Charlie auszustatten. Er wollte das Risiko nicht eingehen, zu seinem eigenen Haus zurückzufahren, wo sich ihm vielleicht ein Beschatter anhängen könnte, also kaufte er einen Koffer, Toilettenartikel und Kleidung für drei Tage.

Manchmal sahen sie Leute auf der Straße, die den Eindruck machten, sie zu beobachten, oder sonst irgendwie verdächtig wirkten. Aber in jedem Fall erwies sich die Gefahr als eingebildet, und mit der Zeit entspannten sie sich ein wenig. Sie waren immer noch aufmerksam und wachsam, hatten aber nicht länger das Gefühl, daß hinter jeder Ecke ein bewaffneter Irrer lauerte.

Sie beendeten ihre Einkäufe, als die Läden zu schließen begannen, und bis sie dann ein gemütlich wirkendes Restaurant gefunden hatten – nichts Luxuriöses, aber eines mit Holzvertäfelung und Mosaikfenstern und einer Speisekarte mit kalorienreichen Spezialitäten –, war es beinahe halb sechs. Für das Abendessen war es noch früh, aber sie hatten nicht zu Mittag gegessen und waren daher hungrig.

Sie bestellten sich zu trinken, und dann führte Christine Joey in die Damentoilette, wo sie sich beide ein wenig erfrischten und die neuen Kleider anzogen, die sie gekauft hatten.

Während sie damit beschäftigt waren, rief Charlie das Büro von einem öffentlichen Apparat aus an. Sherry saß immer noch an ihrem Schreibtisch und verband ihn mit Henry Rankin, der seinen Anruf erwartet hatte. Aber Henry hatte nicht viel Neues zu berichten. Aus den Ergebnissen der Labortests hatte die Polizei die Vermutung abgeleitet, daß der gestohlene blaue Dodge-Lieferwagen mit Plastiksprengstoff beladen gewesen war, wie ihn die Streitkräfte der Vereinigten Staaten benutzen, aber wo das Zeug gekauft oder gestohlen worden war, hatte man nicht ermitteln können. Man hatte auch Henrys Tante Miriam in Mexiko erreicht, die zwar darüber schockiert war, daß ihr Haus nicht mehr stand, aber Henry keine Schuld dafür gab. Sie schien nicht geneigt, den Urlaub abzubrechen, teils weil ohnehin nichts übriggeblieben war, was sie hätte retten können, teils weil der Schaden durch die Versicherung gedeckt war, teils weil sie schlechte Nachrichten immer gut aufgenommen hatte, aber in erster Linie, weil sie in Acapulco einen interessanten Mann kennengelernt hatte. Er hieß Ernesto. Das waren die einzigen Neuigkeiten, die es gab.

»Ich werde zweimal täglich anrufen, um mir über die Entwicklung berichten zu lassen und eigene Vorschläge zu machen«, erklärte Charlie.

»Wenn ich irgend etwas Neues über Tante Miriam und Ernesto erfahre, melde ich dir das auch.«

»Dafür wäre ich dankbar.«

Sie schwiegen beide eine Weile, da keiner sehr geneigt war weiterzuwitzeln.

Schließlich meinte Henry: »Meinst du, daß es klug ist, wenn du sie ganz alleine beschützt?«

»Eine andere Möglichkeit gibt es nicht.«

»Ich kann mir schwer vorstellen, daß Spivey hier jemanden eingeschmuggelt hat, aber ich sehe mir jeden unter dem Mikroskop an. Wenn es hier einen Zwielichter gibt, werd' ich ihn finden.«

»Ich weiß, daß du das wirst«, sagte Charlie. Er erwähnte nicht, daß ein anderer Mitarbeiter, Mike Specklovitch, auf Charlies Anweisung Henry überprüfte, während Henry alle anderen unter die Lupe nahm. Dieses Mißtrauen erzeugte in ihm Schuldgefühle, obwohl es unvermeidbar war.

»Wo bist du jetzt?« fragte Henry.

»Im australischen Outback«, sagte Charlie.

»Was? Oh. Geht mich nichts an, hm?«

»Tut mir leid, Henry.«

»Ist schon in Ordnung. Das läßt sich wahrscheinlich nicht anders machen«, sagte Henry, klang aber leicht beleidigt.

Als Charlie den Hörer auflegte, empfand er etwas Bedrückung darüber, wie dieser Fall alte Bindungen zerstörte. Er kehrte zum Tisch zurück, wo die Bedienung gerade seinen Wodka Martini gebracht hatte. Er bestellte einen zweiten, ehe er an dem ersten genippt hatte, und sah dann auf die Speisekarte.

Christine kam mit beigefarbenen Cordjeans und einer grünen

Bluse bekleidet aus der Damentoilette zurück. Ihre alten Kleider und ein paar Toilettengegenstände hatte sie in einer Reisetasche verstaut. Joey trug Bluejeans und ein Cowboyhemd, auf das er besonders stolz war. Die neuen Kleider hätten ein Bügeleisen vertragen können, waren aber jedenfalls sauberer und frischer als die Kleider, die sie am Leib gehabt hatten, als sie aus Miriam Rankins explodiertem Haus in Laguna Beach geflohen waren. Tatsächlich sah Christine trotz der Falten, die ihre Bluse aufwies, geradezu atemberaubend aus, und Charlie spürte, wie ihr Anblick seine Bedrückung verjagte.

Als sie dann das Restaurant samt einer Tüte mit zwei Hamburger für Chewbacca verließen, war es Nacht geworden, und der Regen hatte aufgehört. Es nieselte nur noch leicht, und die feuchte Luft war bedrückend, aber es sah wenigstens nicht mehr so aus, als müßten sie anfangen, eine Arche zu bauen. Der Hund roch die Hamburger, ahnte, daß sie für ihn bestimmt waren, und bestand darauf, gefüttert zu werden, ehe sie zur Garage zurückkehrten. Er würgte die zwei Sandwiches vor dem Restaurant hinunter, und Christine sagte: »Weißt du, er hat sogar dieselben Manieren wie Brandy.«

»Du hast doch immer gesagt, daß Brandy keine Manieren hatte«, erinnerte sich Joey.

»Das meine ich ja.«

Jetzt, wo der Sturm nachzulassen schien, füllten sich die Bürgersteige am Westwood Boulevard mit Studenten der Universität, die zum Abendessen oder ins Kino unterwegs waren, Leuten, die sich zu einem Schaufensterbummel aufgemacht hatten, oder Theaterbesuchern, die noch etwas Zeit totschlugen, ehe sie das *Playhouse* aufsuchten. Kalifornier sind dem Regen gegenüber sehr intolerant und platzen nach einem solchen Sturm immer gleich wieder ins Freie, was in ihnen eine schier festliche Stimmung erzeugt. Charlie tat es leid, daß sie weitermußten; Westwood Village schien ihm wie eine Oase der Vernunft in einer gestörten Welt.

Das Parkhaus war fast voll gewesen, als sie am Nachmittag angekommen waren, und sie hatten ihren Wagen in der untersten Etage abstellen müssen. Als sie jetzt mit dem Lift hinunterfuhren, waren sie alle besser gestimmt, als sie das noch vor ein paar Stunden für möglich gehalten hätten. Nichts konnte einen besser davon überzeugen, daß es noch einen Gott im Himmel gab und daß auf der Welt noch alles in Ordnung war, als gutes Essen, ein paar Drinks und ein paar Stunden Herumspazieren auf öffentlichen Straßen, ohne daß jemand auf einen schoß.

Aber es war ein kurzlebiges Gefühl. Es hörte auf, als die Lifttüren sich öffneten.

Von den Lampen unmittelbar vor den Lifttüren brannte keine. In einiger Entfernung zur Linken und zur Rechten leuchteten einige Lampen und ließen Reihen von Fahrzeugen, düstere Betonwände und massive Stützpfeiler erkennen, aber unmittelbar vor dem Lift herrschte Dunkelheit.

Wie wahrscheinlich war es, daß gleichzeitig drei oder vier Glühbirnen ausgebrannt waren?

Diese beunruhigende Frage schoß Charlie in dem Augenblick durch den Kopf, als die Türen sich öffneten, und noch ehe er reagieren konnte, begann Chewbacca die Schatten vor den Türen anzubellen. Der Hund war beunruhigend wild, als wäre er von plötzlicher blinder Wut besessen, und doch rannte er nicht aus der Liftkabine, um den Gegenstand seines Zornes zu verfolgen; das war ein sicheres Zeichen dafür, daß dort draußen etwas sehr Schlimmes auf sie wartete.

Charlies Hand tastete nach dem Kontrollknopf des Lifts.

Etwas pfiff in die Kabine und schmetterte fünf Zentimeter von Christines Kopf entfernt in die hintere Wand. Eine Kugel. Sie fetzte ein Loch durch die Metallverkleidung. Das Peitschen des Schusses war beinahe wie ein nachträglicher Einfall.

»Runter!« schrie Charlie und schlug auf den TÜRESCHLIES-SEN-Knopf, und ein weiterer Schuß krachte in die Türen, als die sich zuschoben. Er drückte den Knopf für das oberste Stockwerk. Chewbacca bellte immer noch, und Christine schrie, und dann waren die Türen ganz geschlossen, und die Kabine setzte sich wieder nach oben in Bewegung. Charlie glaubte einen letzten vergeblichen Schuß zu hören, als sie aus den Betontiefen nach oben stiegen.

Die Killer hatten nicht damit gerechnet, daß der Hund so

schnell und lautstark reagieren würde. Sie hatten erwartet, daß Christine und Joey aus dem Lift kamen, und waren nicht darauf vorbereitet gewesen, ihr Opfer im Inneren der Liftkabine selbst unter Feuer zu nehmen. Sonst wären die Schüsse besser gezielt gewesen, und Joey oder seine Mutter oder beide wären bereits tot.

Wenn sie Glück hatten, waren die Revolvermänner in der untersten Etage der Garage die einzigen hier. Aber wenn sie mit dieser Eventualität gerechnet hatten, mit der Möglichkeit, daß ihr Opfer gewarnt und den Lift nicht verlassen würde, dann konnte es sein, daß sie in den oberen Stockwerken auch welche postiert hatten. Die Kabine konnte in jeder Etage anhalten; dann würden sich die Türen öffnen, und dann wartete vielleicht ein weiteres Killerkommando auf sie.

Aber wie haben sie uns gefunden? fragte Charlie sich verzweifelt, während Christine sich aufrappelte. In Christi Namen, wie?

Er trug immer noch seine Waffe bei sich, die er heute morgen in die Kirche des Zwielichts mitgenommen hatte. Er zog die jetzt und richtete sie auf die Türen.

Die Kabine hielt erst an, als sie das oberste Stockwerk der Garage erreicht hatte. Die Türen öffneten sich. Gelbe Lichter. Graue Betonwände. Glitzernde Wagen in schmalen Boxen, aber keine Männer mit Revolvern.

»Kommen Sie!« sagte Charlie.

Sie rannten, weil sie wußten, daß die Männer aus der untersten Etage der Garage schnell hinter ihnen herkommen würden.

39

Sie rannten zur Hilgarde Avenue und dann weiter, weg von der Universität und dem Ladenviertel von Westwood, in eine wohlhabende, stille Wohngegend. Charlie begrüßte jede Zusammenballung von Schatten, fürchtete aber die Tümpel von Licht, die jede Straßenlaterne umgaben, weil sie hier die einzigen Menschen auf der Straße waren und daher leicht entdeckt werden konnten. Sie schlugen ein paar Haken, suchten Deckung in den gepflegten Vorgärten. Mit der Zeit regte sich in ihm die Hoffnung, sie könnten ihre Verfolger abgeschüttelt haben, obwohl er wußte, daß es noch lange dauern würde, bis er sich wieder völlig sicher fühlen würde.

Obwohl der Regen nachgelassen hatte und es jetzt nur noch leicht nieselte, und obwohl sie alle Regenmäntel trugen, waren sie wieder naß und froren, als Charlie anfing, sich nach einem geeigneten Transportmittel umzusehen. An der Straße parkten Wagen, und er ging unter den tropfenden Korallenbäumen und Palmen an ihnen entlang, probierte verstohlen eine Tür nach der anderen, in der Hoffnung, niemand würde ihn von den Häusern aus beobachten. Die ersten drei Wagen waren abgesperrt, aber am vierten, einem zwei Jahre alten gelben Cadillac, ließ sich die Fahrertür öffnen.

Er winkte Christine und Joey zum Einsteigen. »Schnell!« drängte er.

»Stecken die Schlüssel?« fragte sie.

»Nein.«

»Werden Sie den Wagen stehlen oder was?«

»Ja. Steigen Sie ein.«

»Ich möchte nicht, daß Sie das Gesetz brechen und ins Gefängnis wandern, weil Sie mir und –«

»Steigen Sie ein!« drängte er.

Auf der veloursbezogenen Bank vorne hatten sie alle drei Platz, und so schob Christine Joey in die Mitte; offenbar hatte sie Angst, sich zu weit von ihm zu trennen. Der Hund nahm hinten Platz und schüttelte sich, wobei er alle bespritzte.

Im Handschuhkasten befand sich eine kleine abnehmbare Taschenlampe, die dort in einem besonderen Sockel steckte, wo ihr Akku ständig aufgeladen wurde. Charlie leuchtete mit der Lampe unter das Armaturenbrett, wo er unter dem Steuerrad die Drähte der Zündung ausfindig machte. Er schloß den Cadillac kurz, und der Motor sprang, ohne zu zögern, an.

Keine zwei Minuten, nachdem er die Wagentür geöffnet

hatte, lösten sie sich vom Randstein. Den ersten Block fuhr er ohne Beleuchtung. Dann fühlte er sich sicherer, schaltete die Scheinwerfer ein und nahm Kurs auf den Sunset Boulevard.

»Und wenn uns jetzt die Polizei anhält?« fragte Christine.

»Das werden sie nicht. Der Besitzer wird den Wagen vermutlich nicht vor morgen früh als gestohlen melden. Und selbst wenn er in zehn Minuten feststellt, daß er nicht mehr da ist, dauert es eine Weile, bis die Polizeifahndung einsetzt.«

»Aber man könnte uns wegen Geschwindigkeitsüberschreitung anhalten.«

»Ich beabsichtigte nicht, zu schnell zu fahren.«

»Oder sonst einer Verkehrsübertretung . . .«

»Für was halten Sie mich denn – einen Stuntfahrer?«

»Sind Sie das?« fragte Joey.

»Oh, sicher, besser als Evel Knievel«, sagte Charlie.

»Wer?« fragte der Junge.

»Mein Gott, ich fange an alt zu werden«, sagte Charlie.

»Gibt es eine Verfolgungsjagd wie im Fernsehen?« fragte Joey.

»Hoffentlich nicht«, sagte Charlie.

»Oh, das würde mir aber gefallen«, sagte der Junge.

Charlie sah in den Rückspiegel. Hinter ihnen fuhren zwei Fahrzeuge, deren Marke er nicht erkennen konnte; es waren einfach Scheinwerferpaare in der Dunkelheit.

»Aber über kurz oder lang wird man nach dem Wagen fahnden«, sagte Christine.

»Bis dahin haben wir ihn irgendwo abgestellt und uns einen anderen genommen«, erklärte Charlie.

»Einen anderen stehlen?«

»Zu Hertz oder Avis werd' ich sicher nicht gehen«, sagte er. »Man kann feststellen, wo ein Mietwagen gerade ist. Auf die Weise könnten sie uns finden.«

Herrgott, wenn mir einer zuhören würde, dachte er. Über kurz oder lang werd' ich klingen wie Ray Milland in *Das verlorene Wochenende* und mir hinter jeder Straßenecke Gefahren einbilden und riesige Käfer aus den Wänden kriechen sehen.

Er bog an der nächsten Ecke nach links.

Die beiden Wagen hinter ihnen taten es ihm gleich. »Wie haben die uns gefunden?« fragte Christine. »Die müssen einen Sender in meinen Mercedes eingebaut haben.«

»Wann hätten sie das denn tun können?«

»Keine Ahnung. Vielleicht heute morgen, als ich in ihrer Kirche war.«

»Aber Sie sagten doch, Sie hätten einen Mann im Wagen gelassen, während Sie hineingingen, jemand, der Hilfe hätte holen müssen, falls Sie nicht rechtzeitig wieder zurückgekehrt wären.«

»Mhm. Carter Rilbeck.«

»Also hätte der es doch gesehen, wenn die versucht hätten, einen Sender anzubringen.«

»Außer er ist einer von denen«, sagte Charlie.

»Halten Sie das für möglich?«

»Es ist nicht wahrscheinlich. Vermutlich haben sie die Wanze schon vorher angebracht. In dem Augenblick, als sie erfuhren, daß Sie mich engagiert haben.«

An der Hilgarde bog er nach rechts.

Die beiden Wagen hinter ihm ebenfalls.

Zu Christine gewandt, meinte er: »Oder Henry Rankin ist ein Zwielichter und hat, als ich ihn vor einer Weile aus dem Restaurant anrief, die Leitung überprüft und herausgefunden, wo ich war.«

»Sie sagten doch, er sei für Sie wie ein Bruder.«

»Das ist er auch. Aber Kain war auch wie ein Bruder für Abel, oder?«

Er bog am Sunset Boulevard nach links, so daß die Universität links von ihnen lag und Bel Air auf den Hügeln zur Rechten.

Nur eines der Fahrzeuge folgte ihnen.

»Jetzt klingen Sie genauso paranoid wie ich«, sagte sie.

»Grace Spivey läßt mir keine Wahl.«

»Wo fahren wir hin?« fragte sie.

»Weiter weg.«

»Wohin?«

»Weiß ich noch nicht genau.«

»Jetzt haben wir so viel Zeit darauf verwendet, Kleider und

Sachen zu kaufen, und jetzt ist das meiste wieder weg«, sagte sie.

»Wir können uns morgen wieder neu ausstaffieren.«

»Ich kann nicht nach Hause, ich kann nicht in mein Geschäft und ich kann nicht bei meinen Freunden Zuflucht suchen.«

»Ich bin Ihr Freund«, sagte Charlie.

»Nicht einmal einen Wagen haben wir jetzt«, sagte sie.

»Na klar haben wir einen.«

»Einen gestohlenen.«

»Vier Räder hat er«, sagte er. »Und er läuft. Das reicht.«

»Ich komme mir vor wie die Cowboys in einem dieser alten Filme, wo die Indianer sie in einer Schlucht einschließen und sie dann immer weiter auf die Wand zutreiben.«

»Dann denken Sie daran, wer immer am Ende dieser Filme gewonnen hat«, sagte Charlie.

»Die Cowboys«, sagte Joey.

»Genau.«

Eine Verkehrsampel schaltete auf Rot und zwang ihn anzuhalten; ausgerechnet in dem Augenblick mußte auf der anderen Seite der Kreuzung ein Polizeiwagen stehen. Es gefiel ihm nicht, hier so dazusitzen, für alle sichtbar. Er blickte in den Rückspiegel und dann in den Seitenspiegel, um den Wagen im Auge zu behalten, der ihnen gefolgt war, war besorgt, jemand könnte aussteigen, solange sie hier festgehalten waren – jemand mit einer Schrotflinte.

Mit einer müden Stimme, die Charlie beunruhigte, sagte Christine: »Ich wünschte, ich hätte soviel Zuversicht wie Sie.«

Ich auch, dachte er.

Die Ampel schaltete um. Er fuhr über die Kreuzung. Hinter ihnen fiel der unbekannte Wagen etwas zurück.

»Am Morgen wird alles besser aussehen«, sagte er.

»Und wo werden wir am Morgen sein?« wollte sie wissen. Sie waren jetzt an eine Kreuzung gelangt, die in den Wilshire Boulevard mündete. Er bog nach rechts, auf den Freeway zu, und sagte: »Wie wär's mit Santa Barbara?«

»Ist das Ihr Ernst?«

»So weit ist das nicht. Zwei Stunden vielleicht. Wir könnten um halb zehn dort sein und uns ein Hotelzimmer nehmen.«

Der unbekannte Wagen war ebenfalls auf dem Wilshire rechts abgebogen und befand sich immer noch hinter ihnen.

»Los Angeles ist eine große Stadt«, sagte sie. »Glauben Sie nicht, daß wir genauso sicher wären, wenn wir uns einfach hier versteckten?«

»Wahrscheinlich schon«, sagte er. »Aber ich würde mich nicht so sicher fühlen, und ich muß uns irgendwo unterbringen, wo mir mein Gefühl sagt, daß wir sicher sind, damit ich mich entspannen und aus einer ruhigeren Perspektive über den Fall nachdenken kann. Ich funktioniere nicht besonders gut, wenn ich mich konstant in einem Zustand der Panik befinde. Die rechnen ganz bestimmt nicht damit, daß ich mich so weit von meiner Firma entferne und nach Santa Barbara fahre. Die rechnen damit, daß ich in der Nähe bleibe, wenigstens im Stadtgebiet von Los Angeles, und deshalb weiß ich, daß wir dort oben sicher sein werden.«

Er nahm die Einfahrt zum San Diego Freeway und schlug die nördliche Richtung ein. Sah in den Rückspiegel, sah den anderen Wagen noch nicht, bemerkte, daß er den Atem anhielt.

Sie protestierte: »Aber Sie wußten doch nicht, daß Sie so viel Ärger bekommen würden, so viele Schwierigkeiten.«

»Na, sicher wußte ich das«, sagte er. »Dabei lebe ich richtig auf.«

»Natürlich tun Sie das.«

»Fragen Sie Joey. Der weiß über uns Privatdetektive Bescheid. Er weiß, daß wir die Gefahr lieben.«

»Das tun die wirklich, Mama«, sagte der Junge. »Sie lieben die Gefahr.«

Charlie sah wieder in den Rückspiegel.

Kein anderer Wagen war hinter ihnen, sie wurden nicht verfolgt.

Sie fuhren in nördliche Richtung in die Nacht hinein, und nach einer Weile fing es wieder heftig an zu regnen, und da war auch Nebel. Hier und da vermittelte der Regen, der die Landschaft und die Straße vor ihnen verdunkelte, den Eindruck, als führen sie gar nicht durch die wirkliche Welt, sondern durch irgendein verwunschenes, substanzloses Reich der Geister und Träume.

40

Kyle Barlowes Wohnung in Santa Ana war seinen Dimensionen gemäß eingerichtet. Es gab geräumige Sessel, ein großes, aus einzelnen Teilen zuammengesetztes Sofa mit einem tiefen Sitz, massive Beistelltische und einen solide gebauten Kaffeetisch, auf den man die Füße legen konnte, ohne Sorge haben zu müssen, das Ding würde zusammenbrechen. Er hatte lange in zahllosen Gebrauchtmöbelläden gesucht, ehe er den runden Tisch für die Eßnische gefunden hatte. Es war ein einfacher und schon ein wenig zerkratzter Tisch, vielleicht nicht besonders ansehnlich, aber dafür war er ein wenig höher als die meisten Eßtische und verschaffte ihm so den Freiraum für die Beine, den er brauchte. Im Badezimmer stand eine uralte, sehr große Wanne auf Füßen, und im Schlafzimmer hatte er eine große Kommode, die er für sechsundvierzig Kröten erstanden hatte, und ein extragroßes Bett mit einer nach Maß angefertigten extralangen Matratze, in das er gerade paßte. Das war der einzige Ort auf der ganzen Welt, an dem er sich uneingeschränkt behaglich fühlte.

Aber nicht heute abend. Er konnte sich nicht behaglich fühlen, solange der Antichrist noch am Leben war. Er konnte sich nicht entspannen, wo er doch wußte, daß im Laufe der letzten zwölf Stunden zwei Attentatsversuche fehlgeschlagen waren.

Er ging aus der kleinen Küche ins Wohnzimmer, ins Schlafzimmer, wieder zurück ins Wohnzimmer und sah zum Fenster hinaus. Die Straße wurde von kränklich wirkenden, gelblichen Straßenlaternen und rotem, blauem, rosafarbenem und purpurfarbenem Neon auf gespenstische Art beleuchtet, wobei die Farben alle ineinanderrannen und die echten Farben eines jeden Gegenstandes veränderten und den Schatten ausgefranste Ekken verliehen. Vorüberfahrende Autos sprühten phosphoreszierende Wasserkaskaden auf, die wie Straß aufs Pflaster zurückspritzten. Der vom Himmel fallende Regen wirkte silbern und geschmolzen, obwohl die Nacht alles andere als heiß war.

Er versuchte sich durch Fernsehen abzulenken, aber auch das wollte nicht klappen.

Er konnte nicht still sitzenbleiben. Er setzte sich, stand gleich wieder auf, nahm auf einem anderen Sessel Platz, stand wieder auf, ging ins Schlafzimmer, streckte sich auf dem Bett aus, hörte ein seltsames Geräusch am Fenster, stand auf, um nachzusehen, stellte fest, daß das Geräusch nur vom Regenwasser stammte, das durch die Dachrinne nach unten gurgelte, kehrte wieder zum Bett zurück, beschloß, daß er sich eigentlich nicht hinlegen wollte, kehrte wieder ins Wohnzimmer zurück.

Der Antichrist lebte noch.

Aber das war nicht das einzige, das ihn nervös machte. Er versuchte sich einzureden, daß da sonst nichts war, das ihn beunruhigte, versuchte so zu tun, als machte er sich nur um den Scavello-Jungen Sorgen, aber schließlich mußte er sich selbst eingestehen, daß da noch etwas anderes war, was an ihm nagte.

Die alte Not. Sie ließ ihn nicht los. Die Not. Er wollte *Nein!*

Was er wollte, war unwichtig. Er konnte es nicht haben. Er durfte der Not nicht nachgeben. Er wagte es nicht.

Er fiel mitten im Wohnzimmer auf die Knie und betete zu Gott, er möge ihm helfen, der Schwäche in ihm zu widerstehen. Er betete inbrünstig, betete mit aller Kraft, mit aller Hingabe, derer er fähig war, betete mit solch zähneknirschender Eindringlichkeit, daß ihm der Schweiß ausbrach.

Trotzdem spürte er den alten widerwärtigen, abscheulichen Drang, jemandem wehzutun, ihn zu töten.

In seiner Verzweiflung stand er auf und ging in die Küche zum Ausguß, drehte das kalte Wasser auf. Er steckte den Stöpsel in den Abfluß, holte Eiswürfel aus dem Kühlschrank und warf sie in das Becken. Als es fast voll war, drehte er den Hahn zu und steckte den Kopf in das eiskalte Wasser, zwang sich, ihn dort zu lassen, hielt den Atem an, das Gesicht untergetaucht, bis die Haut brannte und er schließlich wieder auftauchen mußte, um nach Luft zu schnappen. Er fröstelte, und seine

Zähne klapperten, aber er spürte immer noch, wie die Gewalttätigkeit sich in ihm aufbaute, also steckte er den Kopf wieder ins Wasser, wartete, bis seine Lungen schier platzten, kam nach Luft schnappend und spuckend herauf, und jetzt war er eiskalt, zitterte unkontrolliert, und doch war da immer noch der Drang zur Gewalt, schwoll in ihm an.

Satan war jetzt hier. Er mußte hier sein. Satan war hier und zerrte die alten Gefühle aus seinen tiefsten Tiefen hervor, drängte Kyle, führte ihn in Versuchung, wollte ihn dazu bewegen, seine letzte Chance auf Erlösung wegzuwerfen.

Nein!

Er stürmte durch die Wohnung und versuchte genau herauszufinden, wo Satan war. Er sah in Schränke, riß Schubladen auf, zog die Vorhänge beiseite, um hinter ihnen nachzusehen. Er rechnete eigentlich nicht damit, Satan zu sehen, aber er war sicher, daß er wenigstens die Anwesenheit des Teufels irgendwo spüren würde, auch wenn der Dämon unsichtbar sein mochte. Aber da war nichts zu finden. Was nur bedeutete, daß der Teufel es geschickt verstand, sich zu verstecken.

Als er schließlich aufgab, nach Satan zu suchen, war er im Badezimmer und entdeckte sich selbst im Spiegel: die Augen flackernd, die Nasenlöcher geweitet, die Kinnmuskeln gespannt, die Lippen blutlos, zurückgezogen über häßlichen gelben Zähnen. Er dachte an das Phantom in der Oper, dachte an Frankensteins Monstrum und hundert andere gequälte, unmenschliche Gesichter aus hundert anderen Filmen, die er gesehen hatte.

Die Welt haßte ihn, und er haßte die Welt, haßte sie alle, haßte die, die ihn auslachten, die auf ihn zeigten, die Frauen, die ihn abstoßend fanden, all die...

Nein. Gott. Bitte. Laß mich nicht an diese Dinge denken. Lenke meine Gedanken davon ab. Hilf mir. Bitte.

Er konnte den Blick nicht von seinem Boris-Karloff-Gesicht wenden, das den altersfleckigen Spiegel füllte.

Er ließ sich diese alten Horrorfilme nie entgehen, wenn das Fernsehen sie brachte. Viele Abende saß er alleine vor seinem Schwarzweißgerät, von den unheimlichen Bildern gebannt, und wenn der Film dann zu Ende war, ging er ins Badezimmer, an ebendiesen Spiegel, sah sich an und sagte sich, daß er nicht so häßlich, so furchterregend aussah, nicht so widerwärtig wie die Kreaturen, die aus urweltlichen Sümpfen krochen oder von den Sternen kamen oder aus den Labors wahnsinniger Wissenschaftler entflohen waren. Im Vergleich dazu war er beinahe gewöhnlich. Schlimmstenfalls mitleiderregend. Aber er konnte sich selbst nie glauben. Der Spiegel log nicht. Der Spiegel zeigte ihm ein Gesicht, das für Alpträume geschaffen war.

Er lächelte sich selbst im Spiegel zu, versuchte nett auszusehen. Das Ergebnis war abscheulich, das Lächeln einer Grimasse.

Keine Frau wollte je etwas mit ihm zu tun haben, außer er bezahlte sie, und es gab sogar Huren, die ihn ablehnten. Diese Miststücke, alle waren sie das, verkommene, herzlose Miststücke. Er wollte einer von ihnen wehtun. Er wollte einer von ihnen Schmerz zufügen, seinen Schmerz in irgendeine Frau hineinhämmern und ihn in ihr lassen, damit wenigstens kurze Zeit in ihm kein Schmerz war.

Nein. Das war schlechtes Denken. Böses Denken.

Denk an Mutter Grace.

Denk an das Zwielicht und die Erlösung und das ewige Leben.

Aber die Qual blieb – und die Not.

Er fand sich an der Tür zu seiner Wohnung, ohne sich erinnern zu können, wie er dorthin gekommen war. Er hatte die Tür halb geöffnet. Er war auf dem Weg nach draußen, um eine Prostituierte zu finden. Oder jemanden, den er verprügeln konnte. Oder beides.

Nein!

Er knallte die Tür zu, sperrte sie ab, wandte ihr den Rücken zu, sah sich gehetzt und verzweifelt in seinem Wohnzimmer um.

Er mußte schnell handeln, um sich zu retten.

Er war im Begriff, seinen Kampf gegen die Versuchung zu verlieren. Er wimmerte jetzt und schauderte, gab unartikulierte Laute von sich. Er wußte – nur noch ein oder zwei Sekunden, und er würde die Tür wieder öffnen, und diesmal würde er die Wohnung verlassen, auf die Jagd gehen...

In seiner Panik rannte er zu einem kleinen Bücherregal, zog eines der Ernährungsbändchen aus seiner Sammlung, die hundert solcher Titel umfaßte, heraus, riß eine Handvoll Seiten aus dem Buch und warf sie auf den Boden, riß noch mehr Seiten heraus und noch mehr, bis nur noch der Umschlagdeckel zurückblieb, und dann zerfetzte er auch den. Es fühlte sich gut an, etwas zu zerfetzen, zu verstümmeln. Er keuchte und schauderte wie ein Tier und packte ein anderes Buch, riß es in Stücke, warf die Überreste hinter sich, packte das nächste Buch, demolierte es, und dann noch eines und noch eines... Als er wieder zu Sinnen kam, lag er auf dem Boden und weinte leise. Zwanzig ruinierte Bücher, Tausende zerknüllter Seiten waren um ihn herum aufgehäuft. Er setzte sich auf, zog sein Taschentuch heraus, wischte sich die Augen. Ging auf die Knie, stand auf. Er zitterte jetzt nicht mehr. Die Not war vorbei.

Satan hatte verloren.

Kyle hatte der Versuchung nicht nachgegeben, und jetzt wußte er, warum Gott wollte, daß Männer wie er die Schlacht des Zwielichts kämpften. Wenn Gott Seine Armee ausschließlich aus Männern aufbaute, die nie gesündigt hatten, wie konnte Er dann wissen, daß sie imstande sein würden, allen Verlockungen des Teufels zu widerstehen? Aber indem er Männer wie mich wählt, dachte Kyle, Männer, die der Sünde gegenüber keine Widerstandskraft besitzen, indem er uns eine zweite Chance zur Erlösung gibt, indem er uns dazu bringt uns zu beweisen, hat Gott sich eine Armee kampfgestählter Soldaten geschaffen.

Er blickte zur Decke, sah sie aber nicht. An ihrer Stelle sah er den Himmel dahinter, blickte ins Herz des Universums. Er sagte. »Ich bin würdig. Ich bin aus der Gosse der Sünde gestiegen und habe bewiesen, daß ich nie wieder zurücksinken werde. Wenn Du willst, daß ich mich für Dich um den Jungen kümmere, dann bin ich jetzt würdig. Gib mir den Jungen. Laß mich den Jungen haben. Laß mich.«

Er fühlte, wie die Not wieder in ihm aufwallte, der Drang zu würgen, zu reißen, zu zermalmen, aber diesmal war es eine reinere Empfindung, der saubere, weiße, heilige Wunsch, Gladiator Gottes zu sein.

Es kam ihm in den Sinn, daß Gott von ihm verlangte, ebendas zu tun, was er am allermeisten vermeiden wollte. Er wollte nicht wieder töten. Er wollte nie wieder Menschen ein Leid zufügen. Endlich war er im Begriff, ein gewisses Maß an Respekt für sich selbst zu gewinnen, endlich sah er undeutlich und doch real die Möglichkeit vor sich, eines Tages in Frieden mit dem Rest der Welt leben zu können; und jetzt wollte Gott von ihm, daß er tötete, wollte Gott, daß er eine Wut gegen ausgewählte Ziele einsetzte.

Warum? fragte er in plötzlichem stummen Leid. Warum muß ich es sein? Früher einmal war die Not für mich ein Lebenselixier, aber jetzt macht sie mir angst. Warum muß es sein, daß ich so gebraucht werde? Warum nicht auf irgendeine andere Art?

Das war etwas, was Mutter Grace ›falsches Denken‹ nannte, und er versuchte es aus seinem Bewußtsein zu tilgen. Man lehnte sich nicht so gegen Gott auf, man nahm einfach hin, was er wollte. Gott war geheimnisvoll. Manchmal war Er hart und schroff, und man konnte nicht verstehen, weshalb Er so viel von einem forderte. Etwa warum Er wollte, daß man tötete . . . Oder warum Er einen überhaupt zu einer Mißgeburt gemacht hatte, wo Er einen doch ebensogut auch zu einem ganz normalen, gutaussehenden Menschen hätte machen können.

Nein, das war wieder falsches Denken.

Kyle sammelte die Überreste der zerfetzten Bücher auf. Er goß sich ein Glas Milch ein. Er setzte sich ans Telefon. Er wartete darauf, daß Grace ihn anrief und ihm sagte, daß die Zeit für ihn gekommen war, der Hammer Gottes zu sein.

Teil IV

DIE JAGD

Alles, was täuscht, verzaubert auch.

Plato

Es gibt keine Flucht
aus den Armen des Todes,
auch wenn du zuläßt,
daß er dich jagt.

Die Hunde des Todes
genießen die Jagd.
Sieh doch
wie jeder Hund grinst.

Doch die Jagd kann nicht dauern;
die Hunde müssen fressen.
Sie wird vorübergehen
in erschreckender Hast.

Das Buch der gezählten Sorgen

41

In Ventura ließen sie den gelben Cadillac stehen. Sie suchten in einer anderen Wohngegend, bis Charlie einen dunkelblauen Ford fand, dessen Besitzer so unklug gewesen war, die Schlüssel im Zündschloß steckenzulassen. Er fuhr den Ford nur ein paar Kilometer, bis er einen schwachbeleuchteten Parkplatz hinter einem Kino fand, wo er die Zulassungsschilder abnahm und sie in den Kofferraum warf. Er schraubte die Nummernschilder von einem in der Nähe parkenden Toyota ab und brachte diese an dem Ford an.

Wenn sie ein wenig Glück hatten, würde der Besitzer des Toyota erst morgen oder vielleicht noch später bemerken, daß seine Nummernschilder verschwunden waren, und sich dann vielleicht nicht die Mühe machen, bei der Polizei Meldung zu erstatten, wenigstens nicht gleich. Jedenfalls würde die Polizei wegen gestohlener Nummernschilder keine Fahndungsmeldung ausgeben, so wie sie das tun würde, wenn der ganze Wagen gestohlen wurde. Man würde nicht jeden Polizisten im ganzen Staat nach zwei Nummernschildern suchen lassen und würde vermutlich auch dieses kleine Vergehen nicht mit dem wesentlich schwerwiegenderen Diebstahl des Ford in Verbindung bringen. Sie würden den Diebstahl der Nummernschilder einfach als einen Akt von Vandalismus melden. Unterdessen würde der gestohlene Ford neue Nummernschilder und eine neue Identität haben und damit praktisch aufhören, ein heißer Wagen zu sein.

Sie verließen Ventura in nördlicher Richtung und erreichten Santa Barbara um 21 Uhr 50 Dienstag nacht.

Santa Barbara war einer der Lieblingsorte Charlies, wenn es darum ging auszuspannen, weil die Arbeit ihn sonst erdrückt hätte. Gewöhnlich stieg er entweder im Biltmore oder im Montecito Inn ab. Diesmal freilich wählte er ein etwas schäbigeres Motel, die Wile-Away Lodge, am östlichen Ende der State

Street. In Anbetracht seiner bekannten Vorliebe für die schönen Dinge des Lebens war dies so ziemlich der letzte Ort auf der Welt, wo jemand nach ihm suchen würde.

Es gab ein Apartment mit Küche, und Charlie mietete es für eine Woche, trug sich in der Gästeliste unter dem Namen Enoch Flint ein und bezahlte im voraus in bar, um dem Angestellten keine Kreditkarte zeigen zu müssen.

Das Zimmer hatte türkisfarbene Vorhänge, einen orangefarbenen Teppichboden, schreiend purpur und gelb gemusterte Bettdecken; der Dekorateur mußte von einem höchst knappen Budget eingeengt gewesen sein und alles gekauft haben, was innerhalb gewisser Preisgrenzen zur Verfügung stand. Die Matratzen der zwei Betten waren zu weich und durchgelegen. Dann gab es noch eine Couch, aus der man ein drittes Bett machen konnte, aber das wirkte noch weniger bequem. Das Mobiliar paßte überhaupt nicht zusammen, war ziemlich abgenutzt. Das Badezimmer zeichnete sich durch einen vom Alter vergilbten Spiegel, eine Menge zersprungener Bodenfliesen und einen asthmatisch ächzenden Ventilator aus. In der Kochnische gab es vier Stühle und einen Tisch, einen Ausguß mit tropfendem Wasserhahn, einen zerbeulten Kühlschrank, einen Herd, billige Teller, noch billigeres Besteck und eine elektrische Kaffeemaschine mit ein paar Päckchen Gratiskaffee, Zucker und Milchpulver. Viel war es nicht, aber immerhin sauberer, als sie erwartet hatten.

Während Christine Joey zu Bett brachte, bereitete Charlie eine Kanne koffeinfreien Kaffee zu.

Als sie ein paar Minuten später in die Küche kam, sagte Christine: »Mmmm, das riecht ja himmlisch.«

Er füllte zwei Tassen.

»Wie geht's Joey?«

»Der war schon eingeschlafen, ehe ich ihn ganz zugedeckt hatte. Der Hund liegt mit ihm auf dem Bett; normalerweise erlaube ich das nicht, aber, zum Teufel, ich denke, jeder Tag, der mit einem Bombenangriff beginnt und von da ab immer schlimmer wird, ist ein Tag, wo man auch einen Hund ins Bett lassen darf.«

Sie saßen am Küchentisch an einem Fenster, das den Ausblick auf das eine Ende des Motelparkplatzes und einen kleinen, von einem schmiedeeisernen Zaun umgebenen Swimmingpool bot. Der nasse Asphalt und die geparkten Wagen wurden vom orangefarbenen Neonlicht des Motelzeichens beleuchtet. Der Sturm war gerade wieder einmal dabei, etwas abzuflauen.

Der Kaffee war gut und ihr Gespräch noch besser. Sie redeten über alles mögliche, was ihnen in den Sinn kam – Politik, Filme, Bücher, Urlaubsorte, Arbeit, Musik, mexikanisches Essen – alles außer Grace Spivey und das Zwielicht. Es schien zwischen ihnen eine unausgesprochene Übereinkunft zu geben, nicht über ihre gegenwärtigen Probleme zu reden. Sie brauchten dringend Ablenkung.

Aber für Charlie war ihr Gespräch viel mehr als das. Es war eine Chance, etwas über Christine zu erfahren. Mit der zwanghaften Neugierde eines verliebten Mannes wollte er jede Einzelheit ihrer Existenz erfahren, jeden Gedanken, jede Meinung, ganz gleich, wie alltäglich sie auch sein mochten.

Vielleicht schmeichelte er sich nur, aber er argwöhnte jedenfalls, daß sein romantisches Interesse an ihr nicht einseitig war, daß auch sie sich für ihn interessierte. Er hoffte, daß das der Fall war. Mehr als alles andere wünschte er sich, daß sie ihn wollte.

Als es Mitternacht war, ertappte er sich dabei, wie er ihr Dinge erzählte, die er noch nie jemandem erzählt hatte, Dinge, die er schon lange hatte vergessen wollen. Es waren Ereignisse, von denen er dachte, daß sie die Kraft verloren hatten, ihm wehzutun, aber als er jetzt von ihnen sprach, wurde ihm bewußt, daß der Schmerz die ganze vergangene Zeit dagewesen war.

Er erzählte ihr, wie arm er in Indianapolis gewesen war, wie damals nicht immer genug zu essen dagewesen war, weil die Sozialhilfezahlungen zuerst für Wein, Bier und Whiskey verwendet wurden. Er erzählte ihr davon, wie er nicht hatte schlafen können, aus Angst, die Ratten, die ihre armselige Hütte heimsuchten, würden auf sein Bett springen und ihn beißen.

Er erzählte ihr von seinem trunksüchtigen, gewalttätigen Vater, der seine Mutter so regelmäßig verprügelt hatte, als wäre das die Pflicht eines Ehemannes. Manchmal hatte der alte Mann auch seinen Sohn geprügelt, gewöhnlich, wenn er zu betrunken war, um viel Schaden anzurichten. Charlies Mutter war zu schwach und dumm gewesen und selbst Alkoholikerin; sie hatte von vornherein kein Kind haben wollen und hatte sich nie eingemischt, wenn ihr Mann Charlie schlug.

»Leben Ihre Mutter und Ihr Vater noch?« fragte Christine.

»Gott sei Dank, nein! Jetzt, wo ich es zu etwas gebracht habe, würden die vor meiner Tür ihre Zelte aufschlagen und so tun, als wären sie die besten Eltern gewesen, die ein Kind je hatte. Aber in diesem Haus hat es nie Liebe gegeben, nie Zuneigung.«

»Dann sind Sie ein gutes Stück die Leiter hinaufgestiegen«, sagte Christine.

»Mhm. Besonders wenn man bedenkt, daß ich nicht damit gerechnet habe, lange zu leben.«

Sie blickte auf den Parkplatz und das Schwimmbad hinaus. Er wandte ebenfalls den Blick zum Fenster. Die Welt war so still und reglos, daß sie ebensogut die einzigen Menschen hätten sein können, die es auf ihr gab.

»Ich dachte immer, mein Vater würde mich über kurz oder lang töten«, sagte er. »Das Komische ist, daß ich selbst damals schon Privatdetektiv werden wollte, weil ich sie im Fernsehen sah und wußte, daß sie nie vor etwas Angst hatten. Ich hatte immer vor allem Angst und wünschte mir mehr als alles andere, keine Angst zu haben.«

»Und jetzt sind Sie natürlich furchtlos«, sagte sie mit leiser Ironie.

Er lächelte. »Wie einfach einem das doch vorkommt, wenn man ein kleines Kind ist.«

Ein Wagen bog in den Parkplatz, und sie starrten ihn beide an, bis die Türen aufgingen, und ein junges Paar mit zwei kleinen Kindern ausstieg.

Charlie goß ihnen Kaffee nach und sagte: »Ich pflegte im Bett zu liegen, den Ratten zuzuhören und zu beten, meine beiden Eltern möchten sterben, ehe sie es schaffen, mich umzubringen. Und dann wurde ich wirklich böse auf Gott, weil Er mein Gebet nicht erhörte. Ich konnte nicht begreifen, weshalb Er es zuließ, daß die zwei einen kleinen Jungen wie mich so quälten. Ich konnte mich selbst nicht verteidigen. Warum schützte Gott mich also nicht? Und als ich dann ein wenig älter wurde, entschied ich, daß Gott meine Gebete nicht erhören konnte, weil Gott gut war und nie jemanden töten würde, nicht einmal Abschaum wie meine Eltern.

Also fing ich an zu beten, um aus diesem Haus befreit zu werden. ›Lieber Gott, hier spricht Charlie. Ich will nichts anderes, als eines Tages hier rauskommen und in einem anständigen Haus leben und Geld haben und nicht die ganze Zeit Angst haben.‹«

Plötzlich erinnerte er sich an eine makabere, komische Episode, an die er seit Jahren nicht mehr gedacht hatte, und er mußte in der Erinnerung darüber lachen.

»Wie können Sie darüber lachen?« sagte sie. »Obwohl ich weiß, daß am Ende ja alles für ihn recht gutgegangen ist, tut mir dieser kleine Junge in Indianapolis schrecklich leid. So als wäre er immer noch dort.«

»Nein, nein. Mir ist gerade etwas anderes eingefallen. Nach einiger Zeit, nachdem ich vielleicht ein Jahr lang zu Gott gebetet hatte, wurde ich es schließlich leid, daß es so lange dauerte, bis ein Gebet erhört wurde, und ich schlug mich eine Weile auf die andere Seite.«

»Die andere Seite?«

Er starrte zum Fenster hinaus, wo immer noch der Regen in der Dunkelheit fiel, und sagte: »Ich stieß da auf eine Geschichte über einen Mann, der seine Seele dem Teufel verkaufte. Er wünschte sich einfach eines Tages etwas, das er wirklich brauchte, und sagte, er würde seine Seele dafür verkaufen. Und plötzlich tauchte der Teufel auf und hielt ihm einen Vertrag zum Unterschreiben hin. Ich entschied, daß der Teufel viel schneller und effizienter als Gott war, also fing ich an, nachts zum Teufel zu beten.«

»Ich nehme an, er ist nie mit einem Vertrag aufgetaucht.«

»Nee. Er erwies sich als ebenso ineffizient wie Gott. Aber dann kam mir eines Nachts in den Sinn, daß meine Eltern ganz sicher in der Hölle enden würden und daß ich, wenn ich meine Seele dem Teufel verkaufte, ebenfalls in die Hölle wandern würde, wo dann auch meine Eltern sein würden. Dies für alle Ewigkeit, und ich hatte solche Angst, daß ich in der Dunkelheit aus dem Bett stieg und mit aller Kraft zu Gott betete, daß Er mich retten solle. Ich sagte ihm, ich hätte schon begriffen, daß Er einen riesigen Rückstand an Gebeten hätte, die Er erhören müßte, und ich sagte, ich könnte auch verstehen, daß es vielleicht eine Weile dauern würde, bis Er sich um die meinen kümmern konnte, und ich wand mich und bettelte, Er solle mir vergeben, daß ich an Ihm gezweifelt hatte. Ich nehme an, daß ich ziemlichen Lärm dabei machte, weil meine Mutter in mein Zimmer kam, um nachzusehen, was da vorging. Sie war wieder sinnlos betrunken, und als ich ihr sagte, daß ich mit Gott reden würde, meinte sie: ›So? Nun, dann sage Gott, daß dein Daddy sich wieder mit einer Hure herumtreibt und sag ihm, er soll dafür sorgen, daß dem Dreckskerl der Schwanz abfällt.‹«

»Du lieber Gott«, sagte Christine und lachte und war trotzdem schockiert. Sie wußte, daß sie nicht über das Wort schockiert war, das er gebraucht hatte, oder darüber, daß er ihr diese Geschichte erzählte; sie war vielmehr über die beiläufige Grausamkeit seiner Mutter erschüttert und über das, was man daraus über seine Jugend und das Haus, in dem er aufgewachsen war, ableiten konnte.

Charlie fuhr fort: »Nun war ich damals erst zehn Jahre alt, aber ich hatte mein ganzes Leben im schlimmsten Teil der Stadt verbracht; also wußte ich schon damals, wovon sie redete, und dachte, das sei das Komischste, was ich je gehört hatte. Von da an dachte ich jeden Abend, wenn ich meine Gebete aufsagte, über kurz oder lang an das, was meine Mutter von Gott verlangt hatte, und ich fing zu lachen an. Ich konnte kein Gebet zu Ende bringen, ohne zu lachen. Nach einer Weile hörte ich ganz auf, mit Gott zu reden, und als ich zwölf oder dreizehn war, wußte ich, daß es wahrpeinlich überhaupt keinen Gott und keinen Teufel gab und daß man, selbst wenn es sie gab, in diesem Leben selbst für sein Glück sorgen muß.«

Sie erzählte ihm mehr über ihre Mutter und den Konvent und die Arbeit, die es gekostet hatte, das Wine & Dine aufzubauen. Einige ihrer Geschichten waren fast ebenso traurig wie Teile seiner Jugend und andere waren komisch, aber alle waren sie die faszinierendsten Geschichten, die er je gehört hatte, weil sie sie erzählte.

Hier und da sagte einer von ihnen beiden, daß sie eigentlich schlafen sollten, und sie waren beide wirklich erschöpft, aber sie fuhren fort zu reden, zwei Kannen Kaffee lang. Um halb zwei Uhr morgens erkannte Charlie, daß der zwingende Drang, einander besser kennenzulernen, nicht der einzige Grund war, daß sie nicht zu Bett gehen wollten. Sie hatten auch Angst davor einzuschlafen. Sie sahen oft zum Fenster hinaus, und er erkannte, daß sie beide erwarteten, ein weißer Ford-Lieferwagen würde auf den Parkplatz rollen.

Schließlich sagte er: »Schauen Sie, wir können nicht die ganze Nacht wachbleiben. Die können uns hier nicht finden. Unmöglich. Lassen Sie uns zu Bett gehen. Wir müssen für das, was vor uns liegt, ausgeruht sein.«

Sie sah zum Fenster hinaus und meinte: »Wenn wir abwechselnd schlafen, kann einer von uns beiden Wache halten.«

»Das ist nicht nötig. Die können uns unmöglich gefolgt sein.«

»Ich übernehme die erste Schicht«, sagte sie. »Legen Sie sich schlafen, dann wecke ich Sie um ... sagen wir halb fünf.«

Er seufzte. »Nein. Ich bin hellwach. Schlafen Sie.«

»Und werden Sie mich um halb fünf wecken, damit ich übernehmen kann?«

»In Ordnung.«

Sie trugen ihre gebrauchten Kaffeetassen zum Ausguß, spülten sie aus – und dann hielten sie einander plötzlich irgendwie in den Armen und küßten sich sanft und zärtlich. Seine Hände strichen über sie, liebkosten sie leicht, und die Berührung erregte ihn. Wenn Joey nicht im selben Zimmer gewesen wäre, dann hätte Charlie sie jetzt geliebt, und das wäre das beste gewesen, was sie beide je erlebt hatten. Aber so konnten sie sich nur in der Küche aneinanderklammern bis die Enttäuschung am Ende überwog. Dann küßte sie ihn dreimal, einmal tief und zweimal ganz leicht auf die Mundwinkel, und ging zu Bett.

Als alle Lichter ausgeschaltet waren, saß er am Tisch vor dem Fenster und beobachtete den Parkplatz.

Er hatte nicht die Absicht, Christine um halb fünf zu wecken. Eine halbe Stunde, nachdem sie zu Joey ins Bett gekrochen war, und Charlie sicher war, daß sie eingeschlafen war, ging er lautlos zum anderen Bett.

Während er darauf wartete, daß der Schlaf ihn übermannte, dachte er wieder an das, was er Christine über seine Kindheit erzählt hatte, und dann betete er zum erstenmal seit mehr als fünfundzwanzig Jahren. Wie früher betete er wieder um die Sicherheit und die Rettung eines kleinen Jungen, nur daß es diesmal nicht der Junge in Indianapolis war, der er einmal gewesen war, sondern ein Junge in Santa Barbara, der durch Zufall der Brennpunkt des Hasses einer verrückten alten Frau geworden war.

Laß nicht zu, daß Grace Spivey das tut, Gott. Laß sie nicht in Deinem Namen ein unschuldiges Kind töten. Es kann keine größere Blasphemie als das geben. Wenn es Dich wirklich gibt, wenn Du wirklich um uns Menschen besorgt bist, dann ist dies ganz sicherlich der Zeitpunkt eines Deiner Wunder zu tun. Schicke Raben, daß sie der alten Frau die Augen herauspicken. Schicke eine mächtige Flut, um sie wegzuspülen. Irgend etwas. Zumindest einen Herzanfall, einen kleinen Schlag, irgend etwas, um sie zu stoppen.

Während er sich selbst beten hörte, wurde ihm klar, weshalb er nach all den Jahren das Schweigen zwischen Gott und sich gebrochen hatte. Es war, weil er sich zum erstenmal seit langer Zeit auf der Flucht vor der alten Frau und ihren Fanatikern wie ein Kind fühlte, ein Kind, das Hilfe brauchte und der Welt alleine nicht mehr gewachsen war.

42

Kyle Barlowe wurde in seinem Traum ermordet; ein gesichtsloser Feind stach immer wieder auf ihn ein, und er wußte, daß er starb, und doch tat es nicht weh, und er hatte keine Angst, er wehrte sich nicht, ließ es einfach mit sich geschehen, und in dieser Passivität entdeckte er das tiefste Gefühl des Friedens, das er je gekannt hatte. Obwohl er getötet wurde, war es ein angenehmer Traum, kein Alptraum, und ein Teil von ihm wußte irgendwie, daß nicht alles in ihm getötet wurde, nur das Böse in ihm, nur der alte Kyle, der die Welt gehaßt hatte, und wenn jener Teil von ihm schließlich beseitigt sein würde, dann würde er wie jeder andere Mensch sein, und das war das einzige, was er sich je im Leben gewünscht hatte. Wie jeder andere zu sein...

Das Telefon weckte ihn. Er tastete in der Dunkelheit nach dem Apparat.

»Hallo?«

»Kyle?« fragte Mutter Grace.

»Ja«, sagte er, und der Schlaf war plötzlich verdrängt.

»Es ist viel geschehen«, sagte sie.

Er sah auf das Leuchtzifferblatt seiner Uhr. Es war 4 Uhr 06 am Morgen.

»Was?« sagte er. »Was ist geschehen?«

»Wir haben die Ungläubigen mit Feuer ausgemerzt«, sagte sie geheimnisvoll.

»Ich wollte doch dabeisein, wenn etwas geschieht.«

»Wir haben sie mit Feuer ausgetilgt und Salz auf die Erde gestreut, damit sie nicht wiederkehren können«, sagte sie, und ihre Stimme hob sich.

»Du hast es mir versprochen. Ich wollte dabeisein.«

»Ich habe dich nicht gebraucht – bis jetzt nicht«, sagte Mutter Grace.

Er schob die Decke von sich, setzte sich auf den Bettrand, grinste in die Dunkelheit. »Was soll ich tun?«

»Sie haben den Jungen weggeschafft. Sie versuchen ihn vor uns zu verstecken, bis seine Kräfte wachsen, bis er unberührbar ist.«

»Wo haben sie ihn hingeschafft?« fragte Kyle.

»Das weiß ich nicht genau. Mindestens bis Ventura, so viel weiß ich. Ich warte auf weitere Nachrichten oder auf eine Vision, die die Lage klären wird. Unterdessen gehen wir nach Norden.«

»Wer?«

»Du, ich, Edna und sechs oder acht von den anderen.«

»Hinter dem Jungen her?«

»Ja. Du mußt ein paar Kleider einpacken und zur Kirche kommen. In einer Stunde geht es los.«

»Ich komme sofort«, sagte er.

»Gott segne dich«, sagte sie und legte auf.

Barlowe hatte Angst. Er erinnerte sich an den Traum, erinnerte sich, wie wohl er sich im Traum gefühlt hatte, und glaubte zu wissen, was der Traum bedeutete. Er war im Begriff, den Geschmack an der Gewalt zu verlieren, den Durst nach Blut. Aber das war nicht gut, weil er jetzt, zum erstenmal im Leben, die Gelegenheit hatte, jenes gewalttätige Talent für eine gute Sache einzusetzen. Tatsächlich hing sogar sein Seelenheil davon ab.

Er mußte den Jungen töten. Das war gut und richtig. Er durfte den bitteren Haß, der ihn sein ganzes Leben lang bewegt hatte, nicht ganz verlieren.

Es war spät; das Zwielicht rückte näher. Jetzt brauchte Grace ihn, damit er der Hammer Gottes war.

43

Am Mittwochmorgen hatte es aufgehört zu regnen, und der Himmel war nur noch halb von Wolken verdunkelt.

Charlie stand als erster auf, duschte und machte bereits Kaffee, als Christine und Joey erwachten.

Christine schien überrascht, daß sie noch am Leben waren. Sie hatte keinen Morgenrock, also wickelte sie sich in eine Decke und sah, als sie in die Küche kam, wie eine Indianersquaw aus. Eine wundschöne Indianersquaw. »Sie haben mich nicht zum Wachdienst geweckt«, sagte sie.

»Wir sind auch nicht bei der Marineinfantrie«, sagte Charlie und lächelte, fest entschlossen, die Panik zu verdrängen, die sie gestern in ihren Bann gezogen hatte.

Wenn man zu aufgeputscht war, handelte man nicht; man reagierte dann nur. Und diese Art von Verhalten würde sie vielleicht das Leben kosten.

· Er mußte denken; er mußte planen. Und wenn er die ganze Zeit nur nervös hinter sich blickte, war er dazu nicht imstande. Hier in Santa Barbara waren sie sicher, solange sie nur ein wenig vorsichtig waren.

»Aber wir haben alle zur gleichen Zeit geschlafen«, sagte Christine.

»Wir brauchten die Ruhe.«

»Aber ich schlief so tief. Sie hätten hier einbrechen können, und ich hätte es erst gemerkt, wenn sie zu schießen angefangen hätten.«

Charlie sah sich um, runzelte die Stirn: »Wo ist die Kamera? Filmen wir hier einen Werbespot für Schlafmittel?«

Sie seufzte, lächelte. »Sie denken, daß wir in Sicherheit sind?«

»Ja.«

»Wirklich?«

»Wir haben die Nacht überstanden – oder nicht?«

Joey kam in die Küche, barfuß, in Unterhosen, das Haar zerzaust, das Gesicht noch verschlafen. »Ich habe von der Hexe geträumt«, sagte er.

»Träume können dir nichts anhaben«, sagte Charlie.

Der Junge war an diesem Morgen ganz ernst. Seine hellblauen Augen wirkten leblos. »Ich habe geträumt, sie hat Sie in einen Käfer verzaubert, und dann hat sie Sie zertreten.«

»Träume haben nichts zu bedeuten«, sagte Charlie. »Ich habe einmal geträumt, ich wäre der Präsident der Vereinigten Staaten. Aber du siehst doch keine Männer vom Geheimdienst um mich herum, oder?«

»Sie hat... in dem *Traum* hat sie auch meine Mama getötet«, sagte Joey.

Christine drückte ihn an sich. »Charlie hat recht, Honey. Träume haben nichts zu bedeuten.«

»Nichts, wovon ich je geträumt habe, ist je passiert«, sagte Charlie.

Der Junge ging ans Fenster und starrte auf den Parkplatz hinaus. Dann sagte er: »Sie ist irgendwo dort draußen.«

Christine sah Charlie an. Er wußte, was sie dachte. Der Junge hatte bis jetzt erstaunliche Widerstandskraft an den Tag gelegt, sich von jedem Schock erholt, von jedem Schrecken, hatte immer wieder lächeln können. Aber vielleicht hatte er jetzt alle seine Reserven erschöpft; vielleicht war seine Widerstandskraft aufgezehrt.

Chewbacca trottete in die Küche, blieb neben dem Jungen stehen und knurrte leise.

»Seht ihr?« sagte Joey. »Chewbacca weiß es. Chewbacca weiß, daß sie irgendwo dort draußen ist.«

Das Feuer des Jungen war dahin. Es war beunruhigend, ihn mit solch grauem Gesicht und so mutlos zu sehen.

Charlie und Christine mühten sich ab, ihn in bessere Stimmung zu versetzen, aber es war nichts zu machen.

Später, um halb zehn, frühstückten sie in einem Café in der Nähe. Charlie und Christine waren ausgehungert, aber Joey mußten sie zum Essen drängen. Sie saßen in einer Nische an einem der großen Fenster, und Joey blickte immer wieder zum Himmel auf, wo ein paar blaue Streifen wie bunte Seile wirkten, die die düsteren Wolken zusammenhielten. Er sah so bedrückt aus, wie das ein sechsjähriger überhaupt konnte.

Charlie fragte sich, warum die Augen des Jungen immer wieder zum Himmel wanderten. Rechnete er damit, daß die Hexe auf ihrem Besen angeflogen kam?

Ja, das war es vermutlich, worüber er sich Sorgen machte. Wenn man sechs Jahre alt war, war man nicht immer imstande, zwischen echten und imaginären Gefahren zu unterscheiden. In dem Alter glaubte man an Das-Ungeheuer-das-im-Schrank-lebt, und war überzeugt, daß sich unter dem Bett etwas noch Schlimmeres versteckt hielt. Für Joey machte es wahrscheinlich ebensoviel Sinn, nach einem Besenstiel am Himmel Ausschau zu halten wie nach weißen Ford-Lieferwagen auf der Straße.

Chewbacca hatten sie draußen im Wagen gelassen. Als sie ihr Frühstück beendet hatten, brachten sie ihm eine Portion Schinken mit Ei, die er begierig verschlang.

»Gestern abend hat er Hamburger bekommen und heute morgen Schinken mit Ei«, sagte Christine. »Wir müssen uns einen Laden suchen und dort richtige Hundenahrung kaufen, ehe dieser Köter auf die Idee kommt, daß er immer so gut zu fressen bekommt.«

Sie gingen wieder Kleider und persönliche Gegenstände einkaufen, diesmal in einem Shoppingcenter an der State Street. Joey probierte ein paar Kleidungsstücke, aber gleichgültig und ohne die Begeisterung, die er gestern an den Tag gelegt hatte. Er sagte kaum etwas und lächelte überhaupt nicht. Christine machte sich offensichtlich Sorgen um ihn. Und Charlie auch.

Sie waren vor dem Mittagessen mit Einkaufen fertig. Zuletzt kauften sie noch ein kleines elektronisches Gerät. Es war so groß wie ein Päckchen Zigaretten, ein Produkt der paranoiden siebziger und achtziger Jahre, für die es in einer vertrauensseligeren Zeit keine Kunden gegeben hätte: ein Detektor, der einem sagte, ob das Telefon von einem Recorder oder sonst einem Peilgerät überwacht wurde.

In einer Telefonzelle am Eingang zu Sears schraubte Charlie die Hörmuschel aus dem Apparat und schraubte eine andere Muschel auf, die er mit dem Detektor gekauft hatte. Er nahm die Sprechmuschel ab und schloß mit dem Wagenschlüssel den Stromkreis kurz, der es normalerweise unmöglich machte, ohne Einschaltung der Vermittlung ein Ferngespräch zu führen, und wählte Klemet-Harrison in Costa Mesa. Wenn das Gerät angezeigt hätte, daß die Leitung angezapft war, hätte er den Bruchteil einer Sekunde nach dem Zustandekommen der Verbindung auflegen und damit höchst wahrscheinlich die Leitung unterbrechen können, ehe jemand auch nur hätte feststellen können, daß ein Anruf aus einer anderen Gebührenzone eintraf.

Es klingelte zweimal, dann klickte es in der Leitung.

Das Meßgerät, das Charlie in der Hand hielt, gab durch nichts zu erkennen, daß die Leitung angezapft war.

Aber statt Sherry Ordways vertrauter Stimme meldete sich das Tonband einer Telefongesellschaft: »Die von Ihnen gewählte Nummer ist augenblicklich nicht erreichbar. Bitte wählen Sie die Auskunft und...«

Charlie legte auf.

Probierte es erneut.

Dieselbe Antwort.

Mit der Vorahnung einer drohenden Gefahr wählte er die Nummer von Henry Rankins Wohnung. Der Hörer am anderen Ende wurde beim ersten Klingeln abgenommen, und wieder zeigte das Gerät nichts an, aber diesmal meldete sich kein Tonband.

»Hallo?« sagte Henry.

Charlie sagte: »Ich bin's, Henry. Ich habe gerade im Büro angerufen...«

»Ich habe hier am Telefon gewartet und damit gerechnet, daß du über kurz oder lang anrufen würdest«, sagte Henry. »Hier gibt es Ärger, Charlie. Eine ganze Menge Ärger.«

Von außerhalb der Telefonzelle konnte Christine nicht hören, was Charlie sagte, aber sie konnte erkennen, daß etwas Schlimmes passiert war. Als er schließlich auflegte und die Tür der Zelle öffnete, war sein Gesicht aschfahl.

»Was ist passiert?« fragte sie.

Er sah zu Joey hinüber und meinte: »Nichts ist passiert. Ich habe mit Henry Rankin gesprochen. Die arbeiten immer noch an dem Fall, aber bis jetzt gibt es nichts Neues zu melden.«

Er log um Joeys willen, aber der Junge spürte es ebenso wie Christine, und er sagte: »Was hat sie jetzt gemacht? Was hat die Hexe jetzt gemacht?«

»Nichts«, sagte Charlie. »Sie kann uns nicht finden, also hat sie in Orange County einen Koller bekommen. Das ist alles.«

»Was ist ein Koller?« wollte Joey wissen.

»Mach dir darüber keine Sorgen. Wir sind okay. Alles läuft wie geplant. Jetzt gehen wir zum Wagen zurück, suchen uns einen Supermarkt und versorgen uns mit Lebensmitteln.«

Während sie durch das Shoppingcenter gingen und auch nachher auf dem Weg zum Wagen, sah sich Charlie mehrmals unruhig um und ließ dabei eine innere Spannung erkennen, die er den ganzen Vormittag nicht gezeigt hatte.

Christine hatte angefangen, seinen Versicherungen zu glauben, daß sie in Santa Barbara in Sicherheit waren, aber jetzt kroch die Furcht aus ihrem Unterbewußtsein empor und nahm wieder von ihr Besitz.

Als wäre das ein Omen erneuter Gefahr, verschlechterte sich das Wetter wieder. Der Himmel begann sich mit schwarzen Wolken zu überziehen.

Sie fanden einen Supermarkt, und während sie ihre Einkäufe tätigten, ging Joey vor ihnen durch die Gänge. Gewöhnlich pflegte er herumzutollen und ihnen beim Einkaufen zu helfen. Heute bewegte er sich langsam und studierte die Regale ohne Interesse.

Als der Junge weit von ihnen entfernt war, sagte Charlie leise: »Gestern nacht hat man meine Büros angezündet.«

»Angezündet?« sagte Christine. Plötzlich überkam sie Übelkeit. »Sie meinen, verbrannt?«

Er nickte, nahm ein paar Dosen mit Mandarinen von einem Regal und legte sie in den Einkaufswagen. »Alles zerstört. Möbel, Geräte, sämtliche Akten.« Er hielt inne, während zwei Frauen mit Einkaufswagen an ihnen vorbeigingen. »Die Akten waren in feuersicheren Schränken, aber jemand hat die Schubladen geöffnet, sämtliche Papiere herausgezogen und Benzin darüber geschüttet.«

»Aber hat man denn in einer Branche wie der Ihren keine Alarmanlage?« fragte Christine schockiert.

»Zwei Systeme, unabhängig von einander, beide mit Notstromaggregaten, falls es zu Stromausfällen kommt«, sagte Charlie.

»Aber das klingt doch narrensicher.«

»Mhm, das hätte es sein sollen. Aber irgendwie sind ihre Leute durchgekommen.«

Christine hatte das Gefühl, sie müßte sich jeden Augenblick übergeben. »Sie meinen, es war Grace Spivey.«

»Das meine ich nicht, das weiß ich. Sie haben noch nicht alles gehört, was gestern nacht passiert ist, aber selbst wenn es nur das gewesen wäre, würde ich wissen, daß es Grace war, weil daran so viel, so viel Verzweiflung ist, und sie muß im Augenblick wütend und verzweifelt sein, weil wir ihr entwischt sind. Sie weiß nicht, wo wir sind, kann nicht an Joey heran, also schlägt sie zu, wo sie kann, schlägt wie eine Irre um sich.«

Sie erinnerte sich an den Henredon-Schreibtisch in seinem Büro, die Martin-Green-Gemälde und sagte: »Oh, verdammt, Charlie, es tut mir so leid. Meinetwegen haben Sie Ihr Büro verloren und alle...«

»Das kann man ersetzen«, sagte er, obwohl sie spürte, daß der Verlust ihm weh tat. »Die wichtigen Akten sind mikroverfilmt und an anderer Stelle verwahrt. Die kann man wieder aufbauen. Neue Büros können wir auch finden, die Versicherung deckt fast alles ab. Es geht nicht um das Geld oder die Belastung, die mich stören würden. Es ist nur, daß meine Leute jetzt ein paar Tage, bis Henry wieder alles organisiert hat, sich nicht um Grace Spivey kümmern können – und wir haben sie auch nicht als Stütze hinter uns. Für den Augenblick stehen wir ziemlich auf eigenen Füßen.«

Und das war ein beunruhigender Gedanke.

Joey tauchte mit einer Dose Ananas auf. »Kann ich die haben, Mama?«

»Aber sicher«, sagte sie und legte die Dose in den Wagen. Wenn sie damit auf sein kleines finsteres Gesicht ein Lächeln hätte zwingen können, hätte sie ihm sogar erlaubt, ein ganzes Paket Marzipan oder sonst irgend etwas zu kaufen, was sie normalerweise nicht erlaubte.

Joey zog wieder ab, um den Rest der Reihe vor ihnen zu erforschen.

Also meinte Christine zu Charlie gewandt: »Sie erwähnten, daß gestern nacht noch etwas passiert ist...«

Er zögerte und legte zwei Dosen Apfelkompott in den Wagen. Dann sagte er mit besorgter und zugleich Mitgefühl ausdrückender Miene: »Ihr Haus ist auch angezündet worden.«

Im gleichen Augenblick und ohne es eigentlich bewußt zu wollen, fing sie an, das, was sie verloren hatte, zu katalogisieren, die sentimentalen und die wirklich wertvollen Dinge, die dieser Akt der Brandstiftung ihr entrissen hatte: alle Fotografien, die Joey als Baby zeigten, der Orientteppich im Wohnzimmer, der fünfzehntausend Dollar gekostet hatte und der erste wirklich wertvolle Gegenstand gewesen war, den sie besessen hatte, das erste, was sie sich geleistet hatte, nach all den Jahren der Selbstverleugnung, die ihre Mutter von ihr verlangt hatte, Fotos von Tony, ihrem lange verstorbenen Bruder, ihre Sammlung von Kristallgegenständen . . .

Einen schrecklichen Augenblick lang wäre sie beinahe in Tränen ausgebrochen, aber dann kam Joey wieder zurück und sagte, das Molkereiregal sei am Ende dieser Reihe, und er hätte gerne Hüttenkäse zu seinen Ananasringen. Und in dem Augenblick wurde Christine bewußt, daß es nur wenig bedeutete, einen Orientteppich, Gemälde und selbst alte Fotografien zu verlieren, solange sie nur noch Joey hatte. Er war das einzige in ihrem Leben, was wirklich unersetzlich war. Damit waren ihre Tränen gebannt, und sie sagte, er solle den Hüttenkäse holen.

Als Joey gegangen war, sagte Charlie: »Mein Haus auch.« Einen Augenblick lang war sie nicht sicher, ob sie richtig verstanden hatte. »Verbrannt?«

»Bis auf die Fundamente«, sagte er.

»Oh, mein Gott.«

Es war einfach zu viel. Christine kam sich vor, als wäre sie eine Pestkranke. Sie hatte allen Menschen, die versuchten, ihr zu helfen, Unheil gebracht.

»Grace ist verzweifelt, müssen Sie wissen«, sagte Charlie erregt. »Sie weiß nicht, wo wir hingegangen sind, und sie glaubt wirklich, daß Joey der Antichrist ist, und sie hat Angst, sie hätte in ihrer Mission, die Gott ihr übertragen hat, versagt. Sie ist wütend und verängstigt und schlägt blind um sich. Die bloße Tatsache, daß sie all das getan hat, bedeutet, daß wir hier in Sicherheit sind. Und noch besser: Es bedeutet, daß sie sich schnell selbst zerstört. Sie ist zu weit gegangen. Die Polizei wird nicht anders können, als diese drei Brandstiftungen mit den Morden vor Ihrem Haus gestern nacht und mit der Bombe in Miriam Rankins Haus in Laguna in Verbindung zu bringen. Dies ist jetzt die größte Story in Orange County, vielleicht die größte Story im ganzen Staat. Sie kann nicht einfach Häuser in die Luft jagen und sie niederbrennen. Sie hat Krieg nach Orange County gebracht, Herrgott noch mal, und das wird niemand hinnehmen. Jetzt werden die Bullen sie in die Zange nehmen. Sie werden sie und jeden Angehörigen ihrer Kirche in die Zange nehmen. Sie werden ihre Geschäfte mit der Lupe untersuchen. Ganz sicher wird sie gestern nacht einen Fehler gemacht, irgendwelche belastenden Beweise hinterlassen haben. Irgendwo. Irgendwie. Ein winziger Fehler ist alles, was die Bullen brauchen. Den werden sie sich schnappen und ihr Alibi in Stücke reißen. Sie ist erledigt. Jetzt ist es nur eine Frage der Zeit. Wir brauchen hier nur ein paar Tage unterzutauchen und im Motel zu bleiben und darauf zu warten, daß die Kirche des Zwielichts in Stücke geht.«

»Hoffentlich haben Sie recht«, sagte sie, aber das hieß nicht, daß sie bereit war, Hoffnung zu schöpfen.

Joey kehrte mit dem Hüttenkäse zurück und hielt sich eine Weile dicht bei ihnen, bis sie in eine Reihe kamen, wo Spielzeuge aufgestellt waren, und er daranging, sich Kunststoffpistolen anzusehen.

Charlie sagte: »Wir sehen jetzt zu, daß wir mit dem Einkaufen fertig werden, besorgen uns ein paar Zeitschriften, ein Spiel Karten, ein paar Spiele, was wir eben brauchen, um uns den Rest der Woche beschäftigt zu halten. Sobald wir dann alles ins Motel gebracht haben, schaffe ich den Wagen weg –«

»Aber ich dachte, daß der erst in ein paar Tagen in den Fahndungsmeldungen auftauchen würde. Das hatten Sie doch gesagt.«

Er versuchte, nicht grimmig zu blicken, schaffte es aber nicht, die Besorgnis aus seinem Gesicht oder seiner Stimme zu verbannen. Er nahm ein Päckchen Gebäck und legte es in den Wagen. »Nun ja, Henry sagt, die Bullen haben bereits den gelben Cadillac gefunden, den wir in Ventura stehengelassen haben, und haben bereits eine Verbindung mit dem gestohlenen Ford und den verschwundenen Kennzeichen hergestellt. Sie haben in dem Caddy Fingerabdrücke gefunden, und nachdem meine Abdrücke mit meinem Lizenzantrag in den Akten sind, haben sie schnell die Verbindung hergestellt.«

»Nach dem, was Sie sagten, dachte ich, daß sie nicht so schnell arbeiten.«

»Normalerweise nicht. Aber wir hatten Pech.«

»Schon wieder?«

»Dieser Cadillac gehört einem Senator. Die Polizei nimmt solche Fälle etwas ernster als normale Autodiebstähle.«

»Sind wir verhext oder was?«

»Einfach Pech«, sagte er, aber trotzdem schien ihm der Vorgang nahezugehen.

Auf der anderen Seite der Reihe gab es Kartoffelchips und ähnliche Leckereien, von denen Christine Joey gewöhnlich fernhielt. Jetzt aber legte sie Chips, Käsestangen und Fritos in den Wagen. Sie tat es teilweise, um Joey aufzumuntern – aber auch weil es ihr unsinnig erschien, sich selbst irgend etwas zu versagen, wo sie doch vielleicht nur mehr so wenig Zeit hatten.

»Also sucht die Polizei jetzt nicht nur nach dem Ford«, sagte sie. »Die suchen auch nach Ihnen.«

»Es ist noch schlimmer«, sagte er, und seine Stimme war nur noch ein Flüstern.

Sie starrte ihn an und war nicht sicher, ob sie hören wollte, was er jetzt noch zu sagen hatte. In den letzten zwei Tagen hatte sie das Gefühl gehabt, sie befänden sich in einem Schraubstock. In den letzten paar Stunden hatten die Backen des Schraubstokkes sich ein wenig gelockert, aber jetzt drehte Grace Spivey die Zwinge wieder zu.

Er sagte: »Sie haben meinen Mercedes in der Garage in Westwood gefunden. Auf einen anonymen Hinweis hin, der telefonisch bei der Polizei eingegangen ist. Im Kofferraum hat man eine Leiche gefunden.«

Erschreckt fragte Christine: »Wer ist das?«

»Das wissen sie noch nicht. Ein Mann. Um die Dreißig. Ohne irgendwelche Ausweispapiere. Von zwei Schüssen getötet.«

»Spiveys Leute haben ihn getötet und in Ihren Wagen gelegt?« fragte sie und behielt dabei Joey im Auge, der immer noch mit den Spielzeugpistolen beschäftigt war.

»Mhm. So habe ich es mir auch zusammengereimt. Vielleicht war er in der Garage, als sie uns angriffen. Vielleicht hat er zuviel gesehen und mußte beseitigt werden, und dann haben sie erkannt, daß sie seine Leiche dazu benutzen konnten, um die

Polizei auf meine Spur zu setzen. Jetzt hat Grace nicht nur ihre ein- oder zweitausend Anhänger, die nach uns Ausschau halten; jetzt hilft ihr jeder Polizist im ganzen Staat bei der Suche.«

Sie waren stehengeblieben und redeten leise, aber eindringlich, ohne weiter vorzugeben, sich nur für Lebensmittel zu interessieren.

»Aber die Polizei glaubt doch sicherlich nicht, daß Sie ihn getötet haben.«

»Sie müssen annehmen, daß ich irgendwie in die Sache verwickelt bin.«

»Aber werden die denn nicht begreifen, daß es mit dieser Kirche in Verbindung steht, diesem verrückten Spivey-Weib?«

»Sicher. Aber sie könnten auch glauben, daß der Mann in meinem Kofferraum einer von ihren Leuten ist, daß ich ihn beseitigt habe. Aber selbst wenn sie etwas ahnen, müssen sie mit mir sprechen. Sie müssen einfach einen Haftbefehl gegen mich erlassen.«

Jetzt war die ganze Welt hinter ihnen her. Sie hatte das Gefühl, als rückte der Tod von allen Seiten näher. Es schien hoffnungslos. Wie ein Gift machte sich die Verzweiflung in ihren Knochen breit, sog alle Kraft aus ihr heraus. Sie wollte einfach hier weg, sich hinlegen, die Augen schließen und eine Weile schlafen.

»Kommen Sie«, sagte Charlie. »Sehen wir, daß wir die Einkäufe erledigen und alles zum Motel schaffen und dann den Wagen wegbringen. Ich möchte mich verkriechen, ehe irgendein Bulle unsere Nummernschilder entdeckt oder mich erkennt.«

»Meinen Sie, die Polizei weiß, daß wir nach Santa Barbara gefahren sind?«

»Wissen können Sie es nicht, aber sie können sich zurechtreimen, daß wir Los Angeles in nördlicher Richtung verlassen haben; also liegt Santa Barbara nahe.«

Während sie durch die restlichen Reihen gingen und dann an der Kasse bezahlten, hatte Christine Atemschwierigkeiten.

Sie hatte das Gefühl, ein Scheinwerfer wäre auf sie gerichtet. Sie wartete die ganze Zeit darauf, daß plötzlich Sirenen oder Alarmglocken ertönten.

Joey wurde noch lethargischer und ruhiger als zuvor. Er fühlte, daß sie irgend etwas vor ihm verbargen, und vielleicht war es nicht gut, ihm die Wahrheit vorzuenthalten. Aber sie entschied, daß es schlimmer wäre, wenn sie ihm sagten, daß die Hexe ihr Haus niedergebrannt hatte. Das würde ihn davon überzeugen, daß sie nie mehr zurückgehen würden, nie mehr nach Hause gehen würden, und damit würde er vielleicht nicht mehr fertig werden. Sie *selbst* wurde damit kaum fertig.

Weil es vielleicht die Wahrheit war. Vielleicht würden sie nie mehr nach Hause zurückkehren können.

44

Charlie fuhr den Ford auf den Motelparkplatz, parkte ihn vor ihrem Apartment – und entdeckte eine Bewegung an dem kleinen Küchenfenster. Es war natürlich möglich, daß er es sich nur eingebildet hatte. Vielleicht war es auch das Zimmermädchen. Aber er glaubte beides nicht.

Statt den Motor abzuschalten, legte er sofort den Rückwärtsgang ein und steuerte den Wagen wieder rückwärts aus dem Parkplatz.

Christine fragte: »Was ist los?«

»Besuch«, sagte er.

»Was? Wo?«

Vom hinteren Sitz sagte Joey mit einer Stimme, die den ganzen Schrecken ausdrückte, den er empfand: »Die Hexe.«

Dann begann sich vor ihnen die Tür ihres Apartments zu öffnen.

Wie, zum Teufel, haben sie uns so schnell gefunden? fragte sich Charlie. Um beim Wenden keine Zeit zu vergeuden, ließ er den Wagen im Rückwärtsgang und fuhr schnell rückwärts auf die Straße vor dem Motel zu. Draußen auf der Straße tauchte jetzt ein weißer Lieferwagen auf und bog scharf ab, versperrte die Ausfahrt. Charlie sah den Wagen im Rückspiegel, trat auf die Bremsen, um nicht mit ihm zu kollidieren.

Er hörte Schüsse. Zwei Männer mit Automatikwaffen waren aus dem Motelzimmer getreten.

»Runter!«

Christine sah sich zu Joey um. »Auf den Boden!« befahl sie ihm.

»Sie auch«, sagte Charlie, trat wieder auf das Gaspedal, drehte wie wild am Steuer und versuchte dem Lieferwagen hinter ihnen auszuweichen.

Sie löste ihren Sitzgurt und kauerte sich nieder, so daß ihr Kopf unter den Fenstern war.

Wenn eine Kugel durch die Tür drang, würde sie trotzdem getötet werden.

Und Charlie konnte nichts dagegen tun. Nur zusehen, daß er schleunigst hier verschwand.

Chewbacca bellte, ein ohrenbetäubendes Geräusch in dem geschlossenen Wagen.

Charlie raste rückwärts über den Parkplatz, hätte dabei beinahe einen Toyota gestreift, stieß an den schmiedeeisernen Zaun, der den Pool umgab. Es gab keine andere Ausfahrt zur Straße, aber das störte ihn nicht; er würde sich seinen eigenen Ausgang schaffen. Er fuhr rückwärts über das Pflaster und den Bürgersteig. Dabei stieß er mit der Wagenunterseite an, daß es ein scharrendes Geräusch gab, und Charlie betete, daß der Benzintank nicht aufgerissen war, und dann krachte der Ford mit einem mächtigen Ruck auf die Straße. Der Motor starb nicht ab. Gott sei Dank. Während sein Herz ebensoschnell schlug wie die sechs Zylinder des Wagens, preßte Charlie immer noch den Fuß auf das Gaspedal, brauste rückwärts in die State Street, daß die Reifen quietschten und rauchten, kollidierte dabei beinahe mit einem Volkswagen, der den Abhang heraufkam, veranlaßte ein halbes Dutzend anderer Fahrzeuge zum Bremsen.

Der weiße Ford-Lieferwagen löste sich von der Motelausfahrt, die er blockiert hatte, fuhr wieder auf die Straße hinaus und versuchte sie zu rammen. Der Kühlergrill des Lieferwagens sah wie ein großes grinsendes Maul aus, der Rachen eines Haies, während er auf sie zuraste. Hinter der Windschutzscheibe waren zwei Männer zu sehen. Der Lieferwagen streifte den rechten Kotflügel des Fords, und dann war das gequälte Ächzen von zerfetztem Metall zu hören und gleich darauf das Klirren von Glas, als der rechte Scheinwerfer des Wagens pulverisiert wurde. Der Ford schwankte von dem Aufprall; Joey schrie auf, der Hund winselte, und Charlie hätte sich beinahe auf die Zunge gebissen.

Christine wollte den Kopf heben, um zu sehen, was um sie herum vorging, und Charlie schrie sie an, sie solle untenbleiben, während er schaltete und jetzt wieder nach vorne fuhr, in östlicher Richtung auf der State Street, in einem weiten Bogen um das hintere Ende des weißen Lieferwagens. Dieser versuchte ihn rückwärts zu rammen, aber er entkam gerade noch rechtzeitig.

Er rechnete damit, daß der zerdrückte Kotflügel den Reifen behindern und sie schließlich zum Halten bringen würde, aber das trat nicht ein. Es gab ein paar klappernde Geräusche, als zerbrochene Stücke des Wagens herunterfielen, aber es gab kein mahlendes Geräusch der Art, wie es ein Reifen erzeugte, der am Kotflügel streift.

Er hörte weitere Schüsse. Kugeln krachten in den Wagen, aber keine davon drang in das Fahrgastabteil. Dann nahm der Ford Tempo auf, ließ die Verfolger hinter sich.

Charlie biß die Zähne so heftig zusammen, daß seine Kinnladen schmerzten, aber er konnte nicht anders.

Vor ihnen, an der Ecke, tauchte zu ihrer Rechten ein weiterer weißer Ford-Lieferwagen auf, schob sich schnell aus dem Schatten unter einer mächtigen Eiche hervor.

Jesus die sind überall!

Der neue Lieferwagen schoß auf die Kreuzung zu, sichtlich mit der Absicht, Charlie den Weg zu versperren. Um ihm zu entkommen, riß er den Ford brutal auf die Gegenspur. Ein Mustang wich dem Ford aus, und hinter dem Mustang schoß ein roter Jaguar auf den Bürgersteig und auf einen Parkplatz, um einem Zusammenstoß zu entgehen.

Der Ford hatte jetzt die Kreuzung erreicht. Der Wagen reagierte ziemlich träge, obwohl Charlie das Gaspedal bis zum Boden durchdrückte.

Von rechts rückte der zweite Lieferwagen immer noch näher. Er konnte ihm jetzt nicht mehr den Weg versperren; dafür war es zu spät, also würde er versuchen, ihn zu rammen.

Charlie war immer noch auf der falschen Spur. Der Fahrer eines entgegenkommenden Pontiac bremste zu plötzlich, und sein Wagen geriet ins Schleudern. Er drehte sich zur Seite und kam dann geradewegs auf sie zu.

Charlie nahm den Fuß vom Gas, trat aber nicht auf die Bremsen, weil er damit seine Beweglichkeit verlieren würde, wenn er völlig abbremste. Und damit würde er außerdem nur den Augenblick des Zusammenpralles hinauszögern.

Im Bruchteil einer Sekunde gingen ihm sämtliche Optionen, die er noch hatte, durch den Kopf. Er konnte nicht nach links in die Kreuzung einbiegen, weil die voll von Fahrzeugen war. Nach rechts konnte er nicht fahren, weil der Lieferwagen aus dieser Richtung auf ihn zurollte. Rückwärts – das ging auch nicht wegen des Verkehrs hinter ihm, und außerdem war zum Schalten keine Zeit. Er konnte nur weiterfahren, während der Pontiac auf ihn zurutschte, und versuchen, der heranrasenden Masse aus Stahl auszuweichen, die plötzlich wie ein Berg vor ihm aufragte.

Ein Stück Gummi schälte sich von einem der rauchenden Reifen des Pontiac, flog wie eine fliegende Schlange durch die Luft.

In einem weiteren Sekundenbruchteil änderte sich die Situation. Der Pontiac kam jetzt nicht mehr mit der Breitseite auf ihn zu, sondern drehte sich, drehte sich, drehte sich, bis er um hundertachtzig Grad von seiner ursprünglichen Position weggekreiselt war. Jetzt wies sein Heck auf den Ford, und obwohl er immer noch auf sie zurutschte, war das jetzt ein kleineres Ziel als vorher. Charlie riß das Steuer nach rechts und dann wieder nach links, um den schleudernden Pontiac herum, der ein paar Zentimeter entfernt an ihnen vorbeiquietschte.

Der Lieferwagen rammte sie. Glücklicherweise erfaßte er nur die letzten paar Zentimeter des Ford. Die Stoßstange wurde mit einem scheußlichen Geräusch abgerissen, der ganze Wagen erzitterte und wurde einen halben Meter seitwärts gestoßen. Plötzlich schien das Steuerrad seinen eigenen Willen zu haben; es entriß sich Charlies Griff, wirbelte durch seine Hände, die zuzupacken versuchten, verbrannte seine Handflächen. Er schrie auf vor Schmerz, packte es aber wieder. Fluchend, die Tränen des Schmerzes wegblinzelnd, die ihm für ein paar Augenblicke die Sicht versperrten, richtete er den Wagen wieder nach Osten, trat aufs Gas, fuhr weiter. Als sie die Kreuzung hinter sich gebracht hatten, bog er wieder auf seine Fahrspur. Er hupte laut und ermunterte damit die Fahrzeuge vor ihm, ihm Platz zu machen.

Der zweite weiße Lieferwagen – der, der ihnen die hintere Stoßstange abgerissen hatte – hatte sich aus dem Durcheinander an der Kreuzung gelöst und war ihnen gefolgt. Zuerst war er zwei Wagen hinter ihnen, dann einen und dann unmittelbar dahinter.

Als die Schüsse aufhörten, richteten Christine und Joey sich wieder auf.

Der Junge sah zum Heckfenster hinaus, entdeckte den Lieferwagen und sagte: »Es ist die Hexe! Ich kann sie sehen! Ich kann sie sehen!«

»Setz dich und schnall dich an!« befahl Charlie. »Könnte sein, daß wir plötzlich bremsen oder abbiegen müssen.«

Der Lieferwagen war noch zehn Meter hinter ihnen, holte schnell auf.

Sieben Meter.

Chewbacca bellte wieder.

Angeschnallt hielt Joey den Hund fest und beruhigte ihn. Der Verkehr vor ihnen wurde langsamer.

Charlie sah in den Rückspiegel.

Der Lieferwagen war nur noch fünf Meter hinter ihnen.

Drei Meter.

»Die werden uns rammen«, sagte Christine.

Charlie tippte leicht auf die Bremsen, riß den Wagen nach rechts in eine schmale Querstraße und ließ damit den dichten Verkehr der State Street hinter sich. Sie befanden sich jetzt in einer älteren Wohngegend, hauptsächlich Bungalows, ein paar zweistöckige Häuser, eine Menge alter Bäume und Autos, die auf einer Seite parkten.

Der Lieferwagen folgte ihnen, fiel aber etwas zurück, weil er nicht so beweglich wie der Ford war. Das war es, worauf Charlie gebaut hatte.

An der nächsten Ecke bog er nach links, bremste dabei so wenig wie möglich, so daß der Wagen fast auf zwei Rädern stand und er beinahe die Kontrolle über ihn verloren hätte, schaffte es aber irgendwie, wobei er fast einen Wagen gestreift hätte, der zu dicht an der Kreuzung parkte. An der nächsten Straße bog er nach rechts, dann nach links, dann nach rechts, dann wieder nach rechts, jagte durch die schmalen Straßen und vergrößerte den Abstand zwischen ihnen und dem Lieferwagen.

Als sie nicht mehr eine, sondern zwei Straßen Vorsprung hatten und ihre Verfolger nicht länger sehen konnten, in welche Richtung sie bogen, hörte Charlie auf, willkürlich nach links und rechts abzubiegen, und begann ihre Route bewußt zu wählen, Straße für Straße, zurück zur State Street, dann quer über die Hauptstraße und auf den Parkplatz eines weiteren Shoppingcenters.

»Wir halten doch nicht etwa hier an?« sagte Christine.

»Doch.«

»Aber...«

»Wir haben sie abgeschüttelt.«

»Für den Augenblick vielleicht. Aber sie...«

»Ich muß da etwas überprüfen«, sagte Charlie.

Er parkte so, daß man ihn von der State Street aus nicht sehen konnte, zwischen zwei größeren Fahrzeugen, einem Campingbus und einem Pick-up-Truck.

Offenbar hatte der zweite weiße Lieferwagen als er sie hinten gestreift und die Stoßstange abgerissen hatte, auch den Auspuff und vielleicht den Scheinwerfer beschädigt. Beißender Rauch quoll durch den Wagenboden ins Innere. Charlie forderte sie auf, die Scheiben drei oder vier Zentimeter herunterzukurbeln. Er wollte, wenn irgend möglich, den Motor nicht abstellen; er wollte bereit sein, in Sekundenbruchteilen wieder weiterzufahren, aber die Rauchschwaden waren zu dicht, und er mußte schließlich den Motor abschalten.

Christine öffnete ihren Sitzgurt und drehte sich zu Joey herum.

»Alles okay, Honey?«

Der Junge gab keine Antwort.

Charlie sah sich nach ihm um.

Joey war in der Ecke zusammengesackt, seine kleinen Hände waren zu Fäusten geballt, er hatte das Kinn eingezogen. Sein Gesicht war blutleer, seine Lippen zitterten, aber er war zu verängstigt, um zu weinen, sprachlos, vor Angst gelähmt. Auf Christines Drängen blickte er schließlich auf, und seine Augen wirkten gehetzt, vierzig Jahre zu alt für sein junges Gesicht.

Als Charlie die Augen des Jungen und die gequälte Seele, die sie freilegten, sah, überkamen ihn unendliche Traurigkeit und Zorn. Plötzlich war der Drang schier überwältigend, aus dem Wagen zu steigen, zur State Street zu gehen, Grace Spivey zu finden und ihr ein paar Kugeln in den Kopf zu jagen.

Dieses Miststück. Dieses dumme, verrückte, armselige, haßerfüllte, tobende *Miststück!*

Der Hund winselte leise, als ahnte er den Gemütszustand seines Herrchens.

Der Junge gab ähnliche Laute von sich und sah dann den Hund an, der seinen Kopf in seinen Schoß legte.

Wie durch Zauberei hatte die Hexe sie gefunden. Der Junge hatte gesagt, daß man sich nicht vor einer Hexe verstecken könne, ganz gleich, was man tat, und jetzt schien es, daß er recht gehabt hatte.

»Joey«, sagte Christine, »bist du okay? Rede doch, Baby. Bist du okay?«

Schließlich nickte der Junge. Aber er wollte – oder konnte – immer noch nicht sprechen. Sein Nicken war ohne Überzeugung.

Charlie begriff, wie dem Jungen zumute war. Es war schwer zu glauben, daß alles im Laufe von nur ein paar Minuten so schrecklich schiefgelaufen sein konnte.

In Christines Augen standen Tränen. Charlie wußte, was sie dachte. Sie hatte Angst, daß Joey innerlich zerbrochen war.

Und vielleicht war das der Fall.

45

Endlich ließen die wogenden dunkelgrauen Wolken den angestauten Sturm von der Leine, der sich den ganzen Morgen über zusammengebraut hatte. Regen peitschte den Parkplatz des Shoppingcenters und trommelte auf den zerbeulten Wagen herunter. Blitze zuckten über den düsteren Himmel.

Gut, dachte Charlie und blickte auf die verschwommen wirkende Welt hinaus.

Der Sturm – ganz besonders die elektrischen Störungen, die das Gewitter erzeugte – verschaffte ihnen etwas Deckung. Und sie konnten jede Hilfe brauchen.

»Es muß hier drinnen sein«, sagte er, öffnete Christines Tasche und kippte ihren Inhalt auf den Sitz.

»Aber ich kann mir gar nicht vorstellen...« sagte sie.

»Das ist der einzige Ort, wo sie es versteckt haben können«, beharrte er und wühlte verzweifelt im Inhalt der Tasche herum, suchte nach einem Gegenstand, in dem vielleicht ein winziger Sender versteckt sein könnte. »Das ist das einzige, was aus Los Angeles mitgekommen ist. Wir haben die Koffer und meinen Wagen zurückgelassen – dies ist der einzige Platz, wo er versteckt sein könnte.«

»Aber niemand hatte Zugang zu meiner Tasche.«

»Vielleicht hat man es schon vor ein paar Tagen dort versteckt, als Sie noch nicht so argwöhnisch oder so vorsichtig waren, ehe all dieser Wahnsinn anfing«, sagte er, wohlwissend, daß er nach Strohhalmen griff, und bemüht, die Verzweiflung aus seiner Stimme zu verdrängen, was ihm freilich nicht ganz gelang.

Wenn wir nicht, ohne es zu wissen, einen Sender mit uns

herumtragen, dachte er, wie, zum Teufel, konnten sie uns dann so schnell finden?

Er sah auf den Parkplatz hinaus, drehte sich um und blickte zum hinteren Fenster hinaus. Keine weißen Lieferwagen. Noch nicht.

Joey starrte zum Seitenfenster hinaus. Seine Lippen bewegten sich, aber kein Ton kam hervor. Er wirkte ausgepumpt. Ein paar Regentropfen fielen durch den schmalen Spalt oben herein, trafen den Jungen am Kopf, aber er schien es nicht zu bemerken.

Charlie dachte an seine eigene klägliche Kindheit, die Prügel, die er von seinem Vater bekommen hatte, das lieblose Gesicht seiner betrunkenen Mutter. Er dachte an die anderen hilflosen Kinder, Kinder aus der ganzen Welt, die zu Opfern wurden, weil sie zu klein waren, um sich zu wehren, und ein Strom von mächtigem Zorn erfüllte ihn mit neuer Energie.

Er griff nach einer malachitgrünen Puderdose, die mit all den anderen Sachen in Christines Tasche gewesen war, klappte sie auf, nahm die Puderquaste heraus, nahm den Kompaktpuder heraus, ließ beides in den Abfallbeutel fallen, der am Armaturenbrett hing. Er untersuchte die Dose, konnte aber nichts Ungewöhnliches daran erkennen. Er schlug damit ein paarmal gegen das Steuerrad, zerbrach die Dose, untersuchte die Stücke, sah nichts, was seinen Verdacht erweckte.

Christine meinte: »Wenn wir einen Sender bei uns hatten, irgend etwas, was sie anpeilen konnten, dann würde das doch eine starke Energiequelle brauchen, oder nicht?«

»Eine Batterie«, sagte er und nahm ihren Lippenstift auseinander.

»Aber es könnte doch ganz sicherlich nicht von einer so kleinen Batterie betrieben werden.«

»Sie würden überrascht sein, wozu die moderne Technik fähig ist. Mikrominiaturisierung. Sie würden überrascht sein.«

Obwohl alle vier Seitenscheiben zwei oder drei Zentimeter weit geöffnet waren und ein wenig frische Luft hereinließen, fing das Glas an zu beschlagen. Er konnte den Parkplatz nicht sehen, und das machte ihn unruhig, also ließ er den Motor wieder an und schaltete das Gebläse ein, obwohl dies dazu führte, daß Auspuffgase von der beschädigten Auspuffanlage in das Fahrzeug gerieten.

In der Handtasche waren ein goldener Füllhalter und ein Cross-Kugelschreiber. Er nahm sie beide auseinander.

»Aber wie weit würde denn so etwas senden?« fragte Christine.

»Das kommt auf die Konstruktion an.«

»Genauer, bitte.«

»Vier, fünf Kilometer.«

»Nicht mehr?«

»Vielleicht zehn, wenn es wirklich leistungsfähig wäre.«

»Aber doch sicher nicht bis Los Angeles?«

»Nein.«

Keines der beiden Schreibgeräte war ein Sender.

Christine sagte: »Wie haben sie uns dann hier oben in Santa Barbara finden können?«

Während er sorgfältig ihre Geldbörse, eine kleine Taschenlampe, ein Fläschchen mit Grippetabletten und noch ein paar andere Gegenstände untersuchte, meinte er: »Vielleicht haben sie Kontakte zu verschiedenen Polizeirevieren, und vielleicht haben sie davon gehört, daß der gestohlene Cadillac in Ventura aufgetaucht ist. Vielleicht haben sie sich daraus zusammengereimt, daß wir nach Santa Barbara fahren würden, sind hierhergekommen und haben angefangen herumzufahren, einfach in der Hoffnung, dabei Glück zu haben, sind einfach mit ihren Lieferwagen von Straße zu Straße gefahren und haben ihre Empfangsgeräte überwacht, bis sie nahe genug herankamen, um das Signal des Senders auszumachen.«

»Aber wir hätten doch an hundert andere Orte fahren können«, sagte Christine. »Ich begreife einfach nicht, wie sie so schnell auf Santa Barbara gekommen sind.«

»Vielleicht haben sie gar nicht nur hier gesucht. Vielleicht hatten sie auch Suchtrupps in Ventura und Ojai und einem Dutzend anderer Städte.«

»Wie groß ist die Wahrscheinlichkeit, daß sie uns in einer Stadt dieser Größe einfach dadurch finden, daß sie herumfahren und warten, bis sie das Signal unseres Senders aufnehmen?«

»Nicht sehr groß. Aber es könnte passieren. Es *muß* so gelaufen sein. Wie sonst hätten sie uns denn finden können?«

»Die Hexe«, sagte Joey vom Rücksitz aus. »Sie hat Zauberkräfte... Hexenkräfte. Solches Zeug.« Dann versank er wieder in bedrücktes Schweigen und starrte in den Regen hinaus.

Charlie war beinahe bereit, Joeys kindliche Erklärung zu akzeptieren. Die alte Frau war auf eine unmenschliche Art unerbittlich und hartnäckig und schien über eine geradezu unheimliche Gabe zu verfügen, ihre Opfer aufzuspüren.

Aber es war natürlich nicht Zauberei. Es gab eine logische Erklärung. Ein versteckter miniaturisierter Sender war die einleuchtendste Erklärung. Aber ob es nun ein Sender oder sonst etwas war, sie mußten dahinterkommen, mußten Vernunft und gesunden Menschenverstand einsetzen, bis sie die Lösung fanden, sonst würden sie die alte Hexe und ihre verrückten Gefolgsleute nie abschütteln können.

Die Fenster waren jetzt wieder klar. Soweit Charlie sehen konnte, gab es auf dem Parkplatz immer noch keine weißen Lieferwagen.

Er hatte jetzt den gesamten Inhalt der Tasche untersucht, ohne das elektronische Gerät zu finden, von dem er so überzeugt gewesen war, daß es da sein würde. Er begann die Tasche selbst zu untersuchen, suchte nach Verdickungen im Futter.

»Ich denke, wir sollten weiterfahren«, sagte Christine nervös.

»Gleich«, meinte Charlie und benutzte ihre Nagelfeile dazu, die Naht im Taschengriff aufzutrennen.

»Mir wird von den Auspuffgasen schlecht«, sagte sie.

»Machen Sie das Fenster etwas weiter auf.«

Er fand in den Griffen nichts, nur Schaumstoff und Watte.

»Kein Sender«, sagte sie.

»Und doch muß das die Lösung sein.«

»Aber wenn nicht in meiner Tasche, wo dann?«

»Irgendwo«, sagte er mit gerunzelter Stirn.

»Sie haben doch selbst gesagt, daß es die Tasche sein muß.«

»Dann hab ich mich eben getäuscht. Irgendwo sonst...« Er

versuchte zu überlegen, aber die weißen Lieferwagen beunruhigten ihn zu sehr, als daß er klar hätte denken können.

»Wir müssen weiter«, drängte Christine.

»Ich weiß«, sagte er.

Er löste die Feststellbremse, legte den Gang ein und fuhr aus dem Parkplatz hinaus, quer durch die riesigen Pfützen, die sich angesammelt hatten.

»Wohin jetzt?« fragte Christine.

»Ich weiß nicht.«

46

Eine Weile fuhren sie ziellos durch Santa Barbara und das benachbarte Montecito, meist abseits von den Hauptstraßen, bewegten sich von einer Wohngegend zur nächsten, in erster Linie darauf bedacht, in Bewegung zu bleiben.

Hier und da bildeten an Kreuzungen verstopfte Abflüsse Seen, die es schwierig oder unmöglich machten, die Stelle zu passieren. Die triefenden Bäume wirkten schlaff und glitschig. In dem Regen und den Nebelschwaden sahen alle Häuser grau und düster aus, gleichgültig, welche Farbe sie hatten und in welchem Stil sie gebaut waren. Christine hatte Angst, daß Charlie die Ideen ausgegangen waren. Und was noch schlimmer war, sie hatte Angst, daß ihm auch die Hoffnung ausgegangen war. Er wollte nicht reden, fuhr stumm dahin, starrte mürrisch auf die sturmgepeitschten Straßen. Bis jetzt war ihr noch gar nicht ganz bewußt geworden, wie sehr sie sich auf seine gute Stimmung, seine positive Einstellung und seine schier bulldoggenhafte Entschlossenheit verlassen hatte. Er war der Kitt, der sie zusammenhielt. Sie hätte nie gedacht, daß sie so etwas je über einen Mann sagen würde, irgendeinen Mann. Aber in bezug auf Charlie mußte sie es sagen: Ohne ihn wäre sie verloren.

Joey sprach nur, wenn man ihn anredete, aber er hatte nicht viel zu sagen, und seine Stimme war schwach und kam wie aus weiter Ferne, wie die Stimme eines Gespenstes.

Chewbacca war ebenso lethargisch und schweigsam.

Sie hörten Radio, wechselten von einer Station, die Rock sendete, zu einer, die Country-Musik brachte, und dann zu einer, die Swing und anderen Jazz sendete. Die Musik, ganz gleich, um welche es sich handelte, klang ausdruckslos und langweilig. Die Werbeeinblendungen waren alle albern. Wenn man auf der Flucht vor einem Rudel Irrer war, die einen umbringen wollten, einen selbst und seinen kleinen Jungen, wen interessierte es dann schon, ob eine Whiskey-, Bluejeans-, Toilettenpapier- oder Motorenölmarke besser als eine andere war? Die Nachrichten befaßten sich fast ausnahmslos mit dem Wetter und waren alles andere als gut: Überflutungen in einem halben Dutzend Städte zwischen Los Angeles und San Diego; Hochwasser bis in die Wohnzimmer teurer Häuser in Malibu; Schlammlawinen in San Clemente, Laguna Beach, Pacific Palisades, Montecito und Orten weiter nördlich entlang der stürmischen Küste.

Christines persönliche Welt war in Stücke gegangen, und jetzt schien der Rest der Welt fest entschlossen, ihrem Beispiel zu folgen.

Als Charlie schließlich zu denken aufhörte und wieder zu reden begann, war Christine so erleichtert, daß sie fast geweint hätte. Er sagte: »Das Wichtigste ist jetzt, daß wir Santa Barbara hinter uns lassen, einen sicheren Ort finden, um uns zu verstecken und uns dort zu verkriechen, bis Henry die Organisation wieder in Gang gebracht hat. Wir können überhaupt nichts tun, um uns zu helfen, bis alle meine Männer sich auf Grace Spivey konzentriert haben und auf sie und all die anderen Anhänger dieser verdammten Kirche Druck ausüben.«

»Und wie verschwinden wir aus dieser Stadt?« fragte sie. »Dieser Wagen ist heiß.«

»Mhm. Außerdem fällt er in Stücke.«

»Stehlen wir wieder einen?«

»Nein«, sagte er. »Als allererstes brauchen wir jetzt Bargeld. Das Geld geht uns aus, und wir wollen nicht überall Kreditkarten einsetzen, weil wir damit auch eine Spur hinterlassen. Es ist natürlich ohne Belang, ob wir hier die Karten verwenden oder nicht, weil sie bereits wissen, daß wir in Santa Barbara sind, also werden wir zusehen, daß wir mit Hilfe der Karten soviel Bargeld wie möglich zusammenkratzen.«

Als Charlie wieder in Aktion trat, tat er das mit beruhigendem Tempo.

Zuerst fuhren sie zu einer Telefonzelle und besorgten sich dort die Adressen der nächstliegenden Wells-Fargo- und Security-Pacific-Zweigstellen. In Orange County hatte Charlie seine Konten bei der erstgenannten Bank, Christine bei der zweiten.

In einer Zweigstelle von Security Pacific benutzte Christine ihre Visa-Karte, um sich tausend Dollar in bar auszahlen zu lassen, was der maximal zulässige Betrag war. In einer anderen Zweigstelle hob sie fünfhundert Dollar mit ihrer Mastercard ab. In einer dritten kaufte sie mit ihrer American-Express-Karte Travellerschecks im Wert von zweitausend Dollar und holte sich dann im Vorraum derselben Bank noch einmal Bargeld aus dem Geldautomaten. Sie hatte die Möglichkeit, pro Abhebung bis zu dreihundert Dollar an Geldautomaten auszahlen zu lassen, und dies zweimal täglich. Also konnte sie den fünfzehnhundert, die sie von Visa und Mastercard bekommen hatte, weitere sechshundert hinzufügen. Wenn man die zweitausend in Travellerschecks mitzählte, verfügte sie damit jetzt insgesamt über viertausendeinhundert Dollar.

»Jetzt wollen wir sehen, was ich noch dazulegen kann«, sagte Charlie und machte sich auf die Suche nach einer Wells-Fargo-Zweigstelle.

»Aber das sollte doch für eine ganze Weile genügen«, sagte sie.

»Nicht für das, was ich vorhabe«, sagte er.

»Und was haben Sie vor?«

»Das werden Sie gleich sehen.«

Charlie trug immer ein Scheckformular bei sich. Damit hob er bei der nächstgelegenen Wells-Fargo-Zweigstelle nach Vorlage einiger Ausweispapiere und einem längeren Gespräch mit dem Filialleiter 7500 von den 8254 ab, die sein Privatkonto aufwies.

Er war besorgt, daß die Polizei seine Bank von dem Haftbefehl verständigt haben könnte, der gegen ihn erlassen worden war, und daß der Computer von Wells Fargo jeden Kassier angewiesen haben könnte, die Behörden zu verständigen, falls er auftauchen sollte, um Geld abzuheben. Aber das Glück war ihm hold. Die Polizei war nicht ganz so schnell wie Grace Spivey und ihre Gefolgsleute.

Bei anderen Banken machte er Barabhebungen mit Visa, Mastercard, Carte Blanche und American Express.

Zweimal sahen sie auf ihren Fahrten quer durch die Stadt Polizeifahrzeuge, und Charlie versuchte ihnen auszuweichen. Wenn das nicht möglich war, hielt er den Atem an, überzeugt, daß das Ende nahe war, aber man hielt sie nicht auf. Er wußte, daß ihr Glück nicht mehr lange anhalten konnte. Jeden Augenblick würde ein Polizist ihre Zulassungsnummer entdecken – oder Spiveys Leute würden ihre Spur wieder verfolgen.

Wo war der Sender, wenn er nicht in Christines Tasche versteckt war? Irgendwo mußte es einen Sender geben. Das war die einzige Erklärung.

Seine Unruhe wuchs von Minute zu Minute, bis er merkte, daß ihm der kalte Schweiß ausgebrochen war.

Am späten Nachmittag hatten sie eine Kriegskasse von mehr als vierzehntausend Dollar zusammengetragen.

Es regnete immer noch. Die Dunkelheit zog schnell herauf.

»Das wär's«, sagte Christine. »Selbst wenn es noch eine Möglichkeit gäbe, noch ein paar hundert Dollar herauszuquetschen, sind die Banken jetzt alle geschlossen. Was nun?«

Sie hielten an einem kleinen Shoppingcenter, wo sie eine neue Reisetasche für Christine und einen Aktenkoffer für Charlie kauften, in dem er die vielen Geldbündel unterbringen konnte, die sie zusammengetragen hatten, und schließlich noch eine Zeitung.

Eine Überschrift in der unteren Hälfte der Titelseite zog seine Aufmerksamkeit auf sich: SEKTENOBERHAUPT NACH BRAND- UND BOMBENANSCHLÄGEN GESUCHT.

Er zeigte Christine den Artikel. Unter dem Vordach einer Kleiderboutique lasen sie den Artikel, während der Regen rings um sie im heranziehenden Zwielicht herunterplätscherte. Ihre Namen – auch der von Joey – waren mehrfach erwähnt, und in dem Artikel stand auch zu lesen, daß Charlie gesucht wurde, weil man ihn in einer Mordsache verhören wollte, aber zum Glück gab es keine Bilder.

»Also sucht die Polizei nicht nur mich«, sagte Charlie. »Sie wollen auch mit Grace Spivey reden. Das ist immerhin ein Trost.«

»Ja, aber anhängen werden sie ihr nichts können«, sagte Christine. »Dazu ist sie zu glatt, zu raffiniert.«

»Hexen haben keine Angst vor Bullen«, sagte Joey grimmig.

»Wir dürfen nicht so pessimistisch sein«, erklärte Charlie. »Wenn Sie sie mit diesen Löchern in ihren Händen gesehen hätten, wenn Sie gehört hätten, wie sie sich ereiferte, dann würden sie wissen, daß sie dicht am Abgrund steht. Mich würde es nicht überraschen, wenn sie das nächste Mal, wenn die Bullen mit ihr reden, damit prahlen würde, was sie getan hat.«

Christine sagte: »Hören Sie, die suchen sie wahrscheinlich in Orange County oder vielleicht in Los Angeles, jedenfalls nicht hier. Warum rufen wir nicht die Polizei an, anonym natürlich, und sagen ihnen, daß sie sich hier in der Gegend aufhält?«

»Ausgezeichnete Idee«, sagte er.

Er führte das Gespräch von einer öffentlichen Zelle aus und faßte sich kurz. Er sprach mit einem diensthabenden Sergeant namens Pulaski und sagte ihm, daß in den Vorfall bei dem Motel am Vormittag Grace Spivey und die Kirche des Zwielichts verwickelt waren. Er beschrieb den weißen Lieferwagen und warnte Pulaski, daß die Zwielichter mit automatischen Waffen versehen seien. Dann hängte er auf, ohne irgendeine der Fragen des Beamten zu beantworten.

Als sie wieder im Wagen saßen, schlug Charlie den Anzeigenteil der Zeitung auf, fand den Abschnitt ›Kraftfahrzeugmarkt‹ und fing zu lesen an.

Das Haus war klein, aber liebevoll gepflegt, hellblau mit weißen Läden und weißen Fensterrahmen. Die Lampen am Ende des Eingangsweges und auf der Terrasse waren Messing-Schiffslampen mit Glühbirnen in der Form von Flammen. Es sah aus wie eine warme, gemütliche Zuflucht vor dem Sturm und all den anderen Widrigkeiten des Lebens.

Charlie überkam plötzlich Sehnsucht nach seinem eigenen Zuhause in North Tustin. Und erst in diesem Augenblick traf ihn die Nachricht, die Henry ihm heute morgen übermittelt hatte, mit ganzer Wucht. Sein Haus war ebenso wie das Christines niedergebrannt worden. Er hatte sich damit getröstet, daß das Haus versichert war. Er hatte sich damit getröstet, daß es keinen Sinn hatte, mit dem Schicksal zu hadern. Er hatte sich damit getröstet, daß er jetzt wichtigere Sorgen hatte, als sich darüber den Kopf zu zerbrechen, was er bei dem Brand verloren hatte. Aber jetzt schaffte er es dennoch nicht, den stumpfen Schmerz zu verdrängen, der Besitz von seinem Herzen ergriff. In der kalten Februardunkelheit dastehend, vom Regen zerzaust, müde und besorgt, unter der Last seiner Verantwortung für Christine und Joey, einem schier erdrückenden Gewicht, das Stunde um Stunde wuchs, überkam ihn quälende Sehnsucht nach seinem Lieblingssessel, nach seinen Büchern, nach den vertrauten Möbeln seines häuslichen Arbeitszimmers.

Hör auf damit, versuchte er sich selbst zu disziplinieren. Jetzt ist nicht die Zeit für Sentimentalität oder Selbstmitleid. Nicht, wenn wir am Leben bleiben wollen.

Sein Haus lag in Schutt und Asche.

Sein Lieblingssessel war zu Asche verbrannt.

Seine Bücher waren in Rauch aufgegangen.

Mit Christine, Joey und Chewbacca stieg Charlie die kleine Treppe zu dem Haus hinauf und klingelte.

Ein weißhaariger Mann um die Sechzig in einer braunen Wolljacke öffnete.

»Mr. Madigan?« sagte Charlie. »Ich habe vor einer Weile angerufen wegen…«

»Sie sind Paul Smith?« fragte Madigan.

»Ja«, nickte Charlie.

»Kommen Sie herein, kommen Sie herein. Oh, Sie haben einen Hund. Nun, binden Sie ihn dort an der Veranda an.«

Charlie blickte an Madigan vorbei auf den hellen Teppichboden im Wohnzimmer und sagte: »Ich fürchte, wir würden Ihren

Teppich schmutzig machen. Ist das der Wagen, in der Einfahrt?«

»Das ist er«, sagte Madigan. »Warten Sie einen Augenblick, ich hole die Schlüssel.«

Sie warteten schweigend auf der Veranda. Das Haus lag auf einer kleinen Anhöhe über Santa Barbara. Unter ihnen schimmerte und blinzelte die Stadt in der Dunkelheit, hinter den Vorhängen aus peitschendem Regen.

Als Madigan zurückkehrte, trug er einen Regenmantel mit Kapuze und Gummistiefel. Das bernsteinfarbene Licht der Außenlampen milderte die Falten in seinem Gesicht; wenn sie einen Film gedreht und dabei nach einem freundlichen Großvatertyp gesucht hätten, wäre Madigan die perfekte Besetzung gewesen. Er hielt Christine und Joey für Charlies Frau und Sohn und bedauerte sie, daß sie in so scheußlichem Wetter im Freien sein mußten.

»Oh, wir stammen aus Seattle«, log Christine. »Wir sind solches Entenwetter gewöhnt.«

Joey hatte sich noch tiefer in seine ganz persönliche Welt zurückgezogen. Er sprach nicht mit Madigan, lächelte auch nicht, als der alte Mann einen Scherz mit ihm machte. Aber wenn man nicht wußte, was für ein fröhlicher Junge er gewöhnlich war, dann wirkte das nur wie Scheu.

Madigan war sehr daran interessiert, den Jeep zu verkaufen, obwohl ihm wahrscheinlich nicht klar war, wie deutlich ihm das anzumerken war. Er versuchte den Eindruck von Gleichgültigkeit zu erwecken, wies aber immer wieder auf den niedrigen Tachostand, die fast neuen Reifen und andere Vorzüge seines Wagens hin.

Nachdem sie sich eine Weile unterhalten hatten, begriff Charlie die Situation, in der sich der Mann befand: Madigan war vor einem Jahr in den Ruhestand getreten und hatte schnell feststellen müssen, daß die Sozialversicherung und eine bescheidene Pension nicht ausreichten für den Lebensstil, an den er und seine Frau sich gewöhnt hatten. Sie besaßen zwei Autos, ein Boot, den Jeep und zwei Schneemobile. Jetzt mußten sie sich entscheiden, ob sie Wintersport treiben oder segeln wollten;

also hatten sie beschlossen, den Jeep und die Schneemobile zu verkaufen. Madigan war verbittert. Er beklagte sich ausführlich über all die Steuern, die ihm die Regierung aus der Tasche gezogen hatte, als er noch jung war. »Wenn die bloß zehn Prozent weniger genommen hätten«, sagte er, »hätte ich eine Pension gehabt, die es mir erlaubt hätte, den Rest meines Lebens wie ein König zu verbringen. Aber nein, weggenommen haben sie es mir und es dann verpißt. Entschuldigen Sie, Mrs. Smith, aber genau das haben die getan.«

Die einzige Beleuchtung, die ihnen zur Verfügung stand, waren die zwei Lampen am Garageneingang, aber Charlie konnte keinerlei Karosserieschäden an dem Wagen entdecken und auch keine Rostspuren. Der Motor sprang sofort an, stotterte nicht, klopfte auch nicht.

»Wenn Sie wollen, können wir ja eine Runde fahren«, sagte Madigan.

»Das wird nicht notwendig sein«, erklärte Charlie. »Reden wir über den Preis.«

Madigans Gesichtsausdruck hellte sich auf. »Kommen Sie doch bitte ins Haus.«

»Ich will immer noch Ihren Teppich nicht schmutzigmachen.«

»Wir können zur Küchentür hineingehen.«

Sie banden Chewbacca an einem Pfosten der hinteren Veranda fest, streiften sich die Schuhe ab, schüttelten den Regen von ihren Mänteln und gingen hinein.

Die pastellgelb gehaltene Küche war freundlich und warm.

Mrs. Madigan war damit beschäftigt, Gemüse zu schneiden. Sie war grauhaarig und hatte ein rundes Gesicht und war genau wie ihr Mann das Urbild des typischen Amerikaners. Sie bestand darauf, Charlie und Christine Kaffee einzuschenken, und machte Joey, der auch sie weder eines Wortes noch eines Lächelns würdigte, eine Tasse heiße Schokolade.

Madigan verlangte zwanzig Prozent zuviel für den Jeep, aber Charlie stimmte dem Preis ohne zu zögern zu, und der alte Mann hatte einige Mühe, seine Überraschung zu verbergen.

»Nun, fein! Wenn Sie morgen mit einem bankbestätigten Scheck kommen können...«

»Ich würde gern bar bezahlen und den Jeep gleich mitnehmen«, sagte Charlie.

»Bar?« sagte Madigan verdutzt. »Nun, ich denke, das ist auch in Ordnung. Aber die Papiere?«

»Schulden Sie der Bank noch etwas, oder haben Sie den Brief?«

»Oh, der Wagen ist bezahlt. Ich habe den Brief hier.«

»Dann können wir doch den Papierkram gleich erledigen.«

»Sie müssen einen Emissionstest machen, ehe Sie den Wagen auf Ihren Namen zulassen können.«

»Ich weiß. Das kann ich ja gleich morgen früh erledigen.«

»Aber wenn es irgendwelche Probleme gibt...«

»Sie sind ein ehrlicher Mann, Mr. Madigan. Ich bin überzeugt, daß Sie mir einen erstklassigen Wagen verkauft haben.«

»Oh, natürlich. Ich habe ihn immer gut in Schuß gehalten.«

»Das reicht mir.«

»Sie werden mit Ihrer Versicherung noch sprechen müssen.«

»Das werd' ich tun. Aber für die ersten vierundzwanzig Stunden habe ich eine Deckungszusage.«

Die Eile, mit der Charlie alles erledigen wollte, im Verein dem Bargeld, das er anbot, überraschte Madigan nicht nur, sondern machte ihn unruhig und sogar ein wenig argwöhnisch. Aber er bekam acht- oder neunhundert Dollar mehr, als er erwartet hatte, und das reichte aus, um seine Bedenken zu zerstreuen.

Eine Viertelstunde später fuhren sie mit dem Jeep los. Wenn sie keine Umschreibung vornehmen ließen, gab es für Grace Spivey oder die Polizei keine Möglichkeit, den Verkauf mit ihnen in Verbindung zu bringen.

Obwohl es noch immer regnete und hier und da in der Ferne ein Blitz die Wolken von hinten erhellte, schien die Nacht jetzt weniger bedrohlich als vor ihrem Handel mit Madigan.

»Warum mußte es ein Jeep sein?« fragte Christine, als sie den Freeway erreicht hatten und auf ihm nach Norden rollten.

»Dort, wo wir hinfahren«, sagte Charlie, »brauchen wir Vierradantrieb.«

»Wo ist das?«

»In den Bergen.«

»Warum?«

»Ich kenne einen Ort, wo wir uns versteckt halten können, bis Henry oder die Polizei eine Möglichkeit gefunden haben, Grace Spivey zu stoppen. Mir gehört ein Anteil an einer Hütte in den Sierras, in der Gegend von Tahoe.«

»Das ist sehr weit weg.«

»Aber dafür der perfekte Ort. Abgelegen. Ich habe da eine Anteilsvereinbarung mit drei anderen Besitzern. Jeder von uns hat das Recht, die Hütte ein paar Wochen im Jahr zu nutzen, und wenn keiner von uns sie braucht, dann vermieten wir sie. Ursprünglich hätte es eine Skihütte sein sollen, aber wir haben im tiefen Winter kaum Mieter, weil die Zugangsstraße nie asphaltiert wurde. Insgesamt hätten da zwanzig Hütten gebaut werden sollen, und der Bezirk hätte die Straße asphaltieren sollen, aber nach dem Bau der ersten ist alles geplatzt. Also fährt dort auch nie ein Schneepflug, weil die Hütte an einer einspurigen Zufahrt liegt, und es ist nicht leicht, im Winter durchzukommen. Eine schlechte Investition, wie sich später erwies, aber jetzt kann sich vielleicht mein finanzieller Einsatz auszahlen.«

»Wir sind dauernd auf der Flucht, und ich bin es nicht gewöhnt, vor Problemen wegzurennen.«

»Aber wir können hier nichts tun. Alles hängt jetzt von Henry und meinen anderen Leuten ab. Wir müssen untertauchen und am Leben bleiben. Und in den Bergen wird nie jemand nach uns suchen.«

Vom Hintersitz kam Joeys müde und resigniert klingende Stimme: »Doch, das wird die Hexe. Sie wird uns nachkommen. Sie wird uns finden. Wir können uns nicht vor der Hexe verstecken.«

Grace konnte wie gewöhnlich nicht schlafen.

Nachdem sie Santa Barbara verlassen hatten und eine Weile nach Norden gefahren waren – sie waren zu zehnt in zwei weißen Lieferwagen und einem blauen Oldsmobile –, hatten sie schließlich an einem Motel in Soledad angehalten. Sie hatten den Jungen verloren. Grace war überzeugt, daß er immer noch in nördlicher Richtung unterwegs war; sie spürte es in ihren Knochen, aber sie wußte nicht, *wo* im Norden sein Ziel lag. Sie mußte anhalten und die Nachrichten abwarten oder eine heilige Erleuchtung.

Ehe sie in das Motel gezogen waren, hatte sie versucht, sich in Trance zu versetzen, und Kyle hatte alles in seiner Macht Stehende getan, um ihr dabei zu helfen. Aber sie hatte die Barriere zwischen dieser Welt und der nächsten nicht durchbrechen können. Etwas versperrte ihr den Weg, eine Mauer, auf die sie bisher nie gestoßen war, eine bösartige, hindernde Macht. Sie war sicher, daß Satan da war, hinten im Lieferwagen, und daß er sie daran hinderte, in das Geisterreich einzutreten. All ihre Gebete hatten nicht ausgereicht, um den Teufel zu vertreiben, und sie Gott nahezubringen, wie sie das gewünscht hatte.

47

Für den Augenblick waren sie besiegt, und deshalb hatten sie angehalten, um die Nacht in dem Motel zu verbringen. Sie hatten zusammen im Coffeeshop das Abendessen eingenommen, und die meisten von ihnen waren zu müde und zu verängstigt, um viel zu essen oder zu reden. Dann waren sie in ihre separaten Zimmer gegangen, wie Mönche in ihre Zellen, um zu beten und nachzudenken und auszuruhen.

Aber Grace fand keinen Schlaf.

Ihr Bett war fest und bequem, aber sie wurde von Stimmen aus dem Geisterreich abgelenkt. Obwohl sie sich nicht in Trance befand, sprachen sie aus dem Jenseits zu ihr, riefen ihr Warnungen zu, die sie nicht ganz verstand, stellten Fragen, die sie nicht ganz begriff. Dies war das erste Mal, seit ihr die Gabe zuteil geworden war, daß sie nicht fähig war, mit der Geisterwelt zu kommunizieren, und das bereitete ihr zugleich Enttäuschung und Angst. Sie hatte Angst, weil sie wußte, was dies bedeutete.

Die Macht des Teufels auf Erden nahm schnell zu; sein Selbstvertrauen war zu solchen Ausmaßen angewachsen, daß er sich jetzt bedenkenlos zwischen Grace und ihren Gott stellen konnte.

Das Zwielicht kam schneller als erwartet.

Die Tore der Hölle öffneten sich.

Obwohl sie die Stimmen der Geister nicht länger verstehen konnte, obwohl ihre Rufe gedämpft und verzerrt waren, entdeckte sie in ihnen eine Eindringlichkeit und wußte, daß vor ihnen der Abgrund gähnte.

Vielleicht, wenn sie ausruhte, etwas Schlaf bekam, würde sie stärker werden und damit eher die Fähigkeit besitzen, die Barriere zwischen dieser Welt und der nächsten zu durchbrechen. Aber es gab keine Ruhe. Nicht in so verzweifelten Zeiten.

Sie hatte in den letzten Tagen fünf Pfund abgenommen, und ihre Augen brannten vom fehlenden Schlaf. Sie sehnte sich nach Schlaf. Aber die unverständlichen Geisterstimmen fuhren fort, sie zu bedrängen, ein beständiger Strom von Stimmen war das, wie ein Wasserfall, wie eine Flut von Botschaften aus der anderen Welt. Ihre Eindringlichkeit steckte sie an, trieb sie an den Rand der Panik.

Ihre Zeit wurde knapp. Der Junge wurde immer stärker.

Zuwenig Zeit, um all das zu tun, was notwendig war.

Zuwenig Zeit. Vielleicht gar keine Zeit.

Sie war überwältigt, und dies nicht nur von den Stimmen, sondern auch von Visionen. Wie sie so im Bett lag und zu der dunklen Decke emporstarrte, gewannen die Schatten plötzlich Leben, und die Hüllen der Nacht verwandelten sich in in lederne schwarze Schwingen, und etwas Scheußliches stieg von der Decke herab, fiel auf sie, flatternd und zischend, und spuckte ihr ins Gesicht, etwas Schleimiges, Kaltes mit einem Atem, der nach Schwefel stank. Sie würgte und schlug um sich und versuchte nach Hilfe zu rufen, aber ihre Stimme versagte ihr, so wie sie im Dienste Gottes versagt hatte. Ihre Arme wurden festgepreßt. Sie wand sich, bäumte sich auf. Harte Hände packten sie, kniffen sie. Schlugen sie. Eine ölige Zunge leckte über ihr Gesicht. Sie sah Augen, in denen purpurnes Feuer leuchtete, die sie anfunkelten, sah einen grinsenden Mund voll bösartig scharfer Zähne, eine Fratze aus einem Alptraum, die teilweise menschlich war und teilweise wie ein Schwein und teils wie das Gesicht einer Fledermaus. Endlich konnte sie wieder sprechen, aber nur im Flüsterton. Sie rief verzweifelt einige der Namen Gottes und die der Heiligen an und sprach jene heiligen Worte, die auf den Schattendämon Wirkung hatten; er löste sich ein Stück von ihr, seine Augen verloren etwas von ihrem Leuchten, der Gestank seines Atems wurde schwächer, und dann erhob er sich barmherzigerweise von ihr, schwebte zur Decke, wirbelte in eine von Schatten erfüllte Ecke des Zimmers.

Sie setzte sich auf. Warf die zerknüllten Laken von sich. Rutschte an den Bettrand. Tastete nach der Nachttischlampe. Ihre Hände zitterten. Ihr Herz hämmerte so heftig, daß der Schmerz sich über ihre ganze Brust ausbreitete und sie glaubte, ihr Brustbein würde jeden Augenblick zerbrechen. Schließlich knipste sie die Nachttischlampe an. Da kauerte kein Dämon im Raum.

Sie knipste die anderen Lampen an, ging ins Badezimmer.

Auch dort war der Dämon nicht.

Aber sie wußte, daß er Wirklichkeit gewesen war, ja, schreckliche Wirklichkeit, wußte, daß das, was sie jetzt erlebt hatte, nicht nur ihre Fantasie oder der Wahnsinn war. O ja. Sie wußte es. Sie kannte die Wahrheit. Kannte die schreckliche Wahrheit –

– aber was sie *nicht* wußte, war, wie sie aus dem Badezimmer an das Fußende ihres Bettes gekommen war, als sie sich dann dort fand. Sie mußte im Badezimmer ohnmächtig geworden und zum Bett gekrochen sein. Aber sie konnte sich an nichts erinnern. Als sie zu sich kam, war sie nackt, lag auf dem Bauch, weinte leise und krallte sich am Teppich fest.

Erschüttert, verlegen, verwirrt, fand sie ihren Pyjama und zog ihn an – und entdeckte die Schlange unter dem Bett. Zischend. Es war das bösartigste Geräusch, das sie je gehört hatte. Jetzt glitt sie unter dem Bett hervor, groß wie eine Boa Constrictor, aber mit dem bösen Kopf einer Klapperschlange, den Facettenaugen eines Insekts und gifttriefenden Fängen, so groß wie gekrümmte Finger.

Wie die Schlange im Garten Eden, sprach diese: »Dein Gott kann dich nicht länger schützen. Dein Gott hat dich verlassen.«

Sie schüttelte wild den Kopf.

Mit einer fließenden Bewegung, die ihre Panik noch steigerte, begann die Schlange sich zu ringeln, hob ihren Kopf. Ihr Rachen öffnete sich. Und dann stieß sie zu, biß sie in den Hals –

– und dann, ohne zu wissen, wie sie dorthin gekommen war, fand sie sich eine Weile später auf einem Hocker vor dem Ankleidespiegel und starrte in ihre eigenen blutunterlaufenen, wäßrigen Augen. Sie fröstelte. Ihre Augen, selbst ihr Abbild, enthielten etwas, das sie nicht sehen wollte, also suchte sie in dem Spiegel etwas anderes, ließ den Blick zum Abbild ihres von Altersfalten gezeichneten Halses wandern, wo sie den Biß der Schlange zu finden erwartet hatte. Da war keine Wunde. Unmöglich. Der Spiegel mußte lügen. Sie griff sich mit der Hand an die Kehle. Aber sie konnte auch keine Wunde fühlen. Da war kein Schmerz. Die Schlange hatte sie also doch nicht gebissen. Und doch erinnerte sie sich ganz deutlich daran.

Sie entdeckte vor sich einen Aschenbecher. Er quoll über von ausgedrückten Zigaretten. Sie hielt eine glimmende Zigarette in der rechten Hand. Sie mußte eine Stunde oder länger hiergesessen und dauernd geraucht und in den Spiegel gestarrt haben, und doch konnte sie sich an nichts davon erinnern. Was ging mit ihr vor?

Sie drückte die Zigarette aus, die sie in der Hand hielt, und sah wieder in den Spiegel und war erschüttert. Es war, als sähe sie sich zum erstenmal seit Jahren. Sie sah, daß ihr Haar wild, zerzaust, ungewaschen war. Sie sah, wie eingesunken ihre Augen waren, umgeben von aufgedunsenem, ungesund gerötetem Fleisch. Ihre Zähne – sie sahen aus, als hätte sie sie ein paar Wochen nicht mehr geputzt; sie waren gelb, mit Zahnstein verkrustet! Die Gabe hatte nicht nur den Schlaf aus ihrem Leben verbannt, sie hatte auch noch viele andere Dinge aus ihrem Leben gedrängt; das war ihr bewußt. Aber bis zu diesem Augenblick war ihr nicht auf so schmerzhafte Weise klar gewesen, daß die Gabe – die Visionen, die Trancen, die Kommunikation mit Geistern – sie veranlaßt hatte, die persönliche Hygiene völlig zu vernachlässigen. Ihr Pyjama war mit Essensresten und Zigarettenasche besudelt. Sie hob die Hände und betrachtete sie erstaunt. Ihre Fingernägel waren zu lang, brüchig, schmutzig. Sie hatte Schmutzspuren an den Knöcheln.

Dabei hatte sie auf Reinlichkeit und saubere Kleidung immer so großen Wert gelegt.

Was würde ihr Albert sagen, wenn er sie jetzt sehen könnte?

Einen erschütternden Augenblick lang fragte sie sich, ob ihre Tochter vielleicht doch recht gehabt hatte, als sie sie zur psychiatrischen Behandlung in ein Krankenhaus hatte einweisen lassen. Sie fragte sich, ob sie in Wirklichkeit vielleicht doch keine echte Religionsführerin keine Visionärin, sondern einfach eine geistesgestörte alte Frau war, senil, von bizarren Halluzinationen und Trugbildern geplagt, krank. War der Scavello-Junge wirklich der Antichrist? Oder bloß ein unschuldiges Kind? Kam das Zwielicht wirklich? Oder war ihre Furcht vor dem Teufel nur die wirre Fantasie einer närrischen alten Frau? Plötzlich war sie sicher, daß ihre ›heilige Mission‹ in Wahrheit nur der Kreutzzug einer armseligen Schizophrenen war.

Nein. Sie schüttelte heftig den Kopf. Nein!

Diese abscheulichen Zweifel schickte ihr der Satan.

Dies war ihr Gethsemane. Jesus hatte im Garten von Gethsemane nach dem Bach Kedron die Agonie des Zweifels erdulden müssen. Ihr Gethsemane lag an einem bescheideneren Ort: einem unauffälligen Motel in Soledad, Kalifornien. Aber für sie war dies ein ebenso wichtiger Wendepunkt wie das, was Jesus in jenem Garten erlebt hatte, für Ihn gewesen war. Dies war eine Versuchung. Sie mußte an ihrem Glauben an Gott und an sich selbst festhalten. Sie schlug die Augen auf. Sah wieder in den Spiegel. Sie sah in ihren Augen immer noch den Wahnsinn.

Sie hob den Aschenbecher auf und warf damit nach ihrem Spiegelbild, zerschmetterte den Spiegel. Glas und Zigarettenstummel regneten über Tisch und Boden.

Im gleichen Augenblick fühlte sie sich besser. Der Teufel war in dem Spiegel gewesen. Sie hatte das Glas zerschmettert und damit zugleich den Bann, den der Teufel über die kurze Zeit gehabt hatte. Neues Selbstvertrauen flutete in sie zurück.

Sie hatte eine geheiligte Mission.

Sie durfte nicht versagen.

48

Charlie hielt kurz vor Mitternacht an einem Motel an. Sie bekamen ein Zimmer mit zwei großen Betten. Er und Christa wechselten sich mit Schlafen ab. Obwohl er absolut sicher war, daß man ihnen nicht gefolgt sein konnte, und obwohl er sich jetzt sicherer als in der letzten Nacht fühlte, glaubte er doch, daß immer jemand Wache halten mußte.

Joey schlief unruhig, wachte mehrere Male von Alpträumen auf, fröstelte, hatte Schweißausbrüche. Am Morgen wirkte er blasser als je zuvor und sprach noch weniger als am vergangenen Tag.

Der Regen war in ein leichtes Nieseln übergegangen.

Der Himmel hing tief, grau, finster und drohend.

Nach dem Frühstück, als Charlie den Jeep wieder nach Norden wandte, auf Sacramento zu, saß Christine mit dem Jungen auf dem Rücksitz. Sie las ihm aus den Büchern und den Comics vor, die sie gestern gekauft hatten. Er hörte zu, stellte aber keine Fragen, zeigte wenig Interesse, lächelte nie. Sie versuchte ihn für ein Kartenspiel zu interessieren, aber er wollte nicht spielen.

Charlie machte sich zunehmend Sorgen um den Jungen, und seine Enttäuschung und sein Zorn nahmen ebenfalls zu. Er hatte versprochen, sie zu schützen und die Drohung, die von Grace Spivey ausging, von ihnen fernzuhalten. Jetzt war das einzige, was er für sie tun konnte, daß er ihnen bei der Flucht half, den Schwanz zwischen den Beinen eingeklemmt, einer unsicheren Zukunft entgegen.

Selbst Chewbacca wirkte deprimiert. Der Hund lag hinter dem Rücksitz, regte sich nur selten, stand nur einige Male auf,

um zu einem der Fenster auf den rußfarbenen Tag hinauszu-
blicken und sich dann wieder einzurollen.

Sie trafen kurz vor zehn Uhr vormittags in Sacramento ein,
machten dort einen großen Sportartikelladen ausfindig und
kauften eine Menge Dinge, die sie für die Berge brauchen würden: isolierte Schlafsäcke für den Fall, daß das Heizungssystem
der Hütte nicht ausreichte, um die Kühlschranktemperaturen
des Winters auszugleichen; robuste Stiefel; Skianzüge – weiß
für Joey, blau für Christine, grün für Charlie; Handschuhe; ge-
tönte Schutzbrillen, um sich vor Schneeblindheit zu schützen;
Strickmützen; Schneeschuhe; wettersichere Zündhölzer in wasserdichten Dosen; eine Axt und noch ein Dutzend anderer
Dinge. Er kaufte auch eine Remington-Schrotflinte und einen
Winchester-Automatik-Karabiner, Modell 100 für 308-Patro-
nen, eine leichte, aber wirksame Waffe; und dazu reichlich Munition.

Er war sicher, daß Grace Spivey sie in den Bergen nicht aufspüren würde.

Völlig sicher.

Aber für alle Fälle...

Nachdem sie bei McDonalds ein frühes und ziemlich hastiges
Mittagessen eingenommen hatten, schloß Charlie den elektro-
nischen Detektor an einem Apparat einer Telefonzelle an und
rief Henry Rankin an. Die Leitung war nicht angezapft, und
Henry hatte nicht viele Neuigkeiten. Die Zeitungen in Orange
County und Los Angeles berichteten immer noch von der Kirche des Zwielichts, und die Polizei fahndete immer noch nach
Grace Spivey. Die Polizei suchte auch immer noch nach Charlie
und fing an, ungeduldig zu werden; langsam verdichtete sich
bei ihnen der Verdacht, daß er sich deshalb nicht gestellt hatte,
weil er wirklich den Mord begangen hatte, dessentwegen sie
ihn befragen wollten. Sie konnten nicht begreifen, daß er ihnen
deshalb aus dem Wege ging, weil Grace Spivey möglicherweise
Anhänger in der Polizeibehörde haben könnte; sie weigerten
sich, eine solche Möglichkeit auch nur in Betracht zu ziehen.
Unterdessen war Henry damit beschäftigt, Klemet-Harrison
wieder in funktionsfähigen Zustand zu versetzen, und hatte für

den Augenblick die Zentrale der Agentur in seinem eigenen Haus untergebracht. Ab morgen würde sie wieder mit voller Kraft an dem Spivey-Fall arbeiten.

Sie fuhren zu einer Tankstelle und kleideten sich dort auf der Toilette um, legten die Winterkleidung an, die sie gekauft hatten. Die Berge waren nicht weit entfernt.

Dann nahmen sie wieder in dem Jeep Platz, und Charlie steuerte nach Osten, auf die Sierras zu, während Christine sich wieder auf den Rücksitz setzte und Joey vorlas, mit ihm redete, sich redlich, aber ohne großen Erfolg darum bemühte, ihn aus seiner verängstigten Isoliertheit herauszuholen.

Der Regen hörte auf.

Der Wind verstärkte sich.

Und nach einer Weile setzte leichtes Schneegestöber ein.

49

Mutter Grace fuhr in dem Oldsmobile. Acht ihrer Jünger folgten in den zwei weißen Lieferwagen. Sie befanden sich jetzt auf der Interstate 5 im Herzen des kalifornischen Farmlandes, rollten zwischen immensen Getreidefeldern, wo selbst mitten im Winter das Korn wuchs.

Kyle Barlowe steuerte den Oldsmobile, und er war jetzt besorgt und reizbar, dann wieder gelangweilt und müde, manchmal auch von der langen Fahrt und der regengrauen Landschaft bedrückt.

Obwohl die Informationsquellen der Kirche – auf verschiedenen Polizeirevieren und andernorts – keine Nachrichten über Joey Scavello und seine Mutter lieferten, hatten sie von Soledad aus nördlichen Kurs eingeschlagen, weil Grace sagte, daß der Junge und seine Beschützer in jene Richtung fuhren. Sie behauptete, in der Nacht eine Vision gehabt zu haben.

Barlowe war ziemlich sicher, daß sie keine Vision gehabt hatte und nur rätselte. Er kannte sie zu gut, um sich täuschen zu lassen. Wenn sie wirklich eine Vision gehabt hätte, wäre sie euphorisch. Statt dessen war sie mürrisch, stumm, finster. Er vermutete, daß sie ohne Orientierung war, ihnen aber nicht sagen wollte, daß sie keinen Kontakt mit der Geisterwelt hatte.

Er war beunruhigt. Wenn Grace die Fähigkeit verloren hatte, mit Gott zu reden, wenn sie den Zugang zur anderen Welt verloren hatte und nicht mit den Engeln und den Geistern der Toten kommunizieren konnte, war sie dann vielleicht nicht länger Gottes auserwählter Bote? Bedeutete das, daß ihre Mission Seinen Segen verloren hatte? Oder bedeutete es, daß die Macht des Teufels auf Erden so dramatisch angewachsen war, daß das Böse sich zwischen Grace und Gott stellen konnte? Wenn letzteres zutraf, war das Zwielicht sehr nahe, der Antichrist würde sich bald offenbaren, und eine tausendjährige Herrschaft des Bösen würde beginnen.

Er sah zu Grace hinüber. Sie blickte starr nach vorne durch den Regen, auf die schnurgerade Straße, war in Gedanken verloren. Sie sah älter aus, als sie letzte Woche ausgesehen hatte. Sie war in wenigen Tagen um zehn Jahre gealtert. Sie wirkte geradezu uralt, und ihre Haut sah leblos spröde und grau aus.

Ihr Gesicht war nicht das einzig Graue an ihr. Alle ihre Kleider waren ebenfalls grau. Aus Gründen, die Barlowe nicht ganz durchschaute, kleidete sie sich immer in einer einzigen Farbe; er dachte, daß es eine religiöse Bedeutung hätte, irgendwie mit ihren Visionen im Zusammenhang stünde, aber er war nicht sicher. Er war ihre monochromen Kleider gewöhnt, aber dies war das erste Mal, daß er sie je in Grau gesehen hatte. Gelb, blau, feuerrot, apfelrot, blutrot, grün, weiß, purpur, violett, orange, rosa – ja, all die Farben hatte sie getragen, aber immer helle Farben, nie etwas so Düsteres.

Sie hatte nicht erwartet, sich grau zu kleiden; nachdem sie an diesem Morgen das Hotel verlassen hatten, hatten sie einkaufen gehen müssen, um ihr graue Schuhe, graue Hosen, eine graue Bluse und einen grauen Pullover zu kaufen, weil sie keine grauen Kleider besaß. Sie war sehr beunruhigt gewesen, beinahe hysterisch, bis sie komplett in Grau gekleidet gewesen war. »Es ist ein grauer Tag in der Geisterwelt«, hatte sie gesagt. »Die Energie ist ganz grau. Ich bin nicht synchronisiert. Ich bin nicht in Einklang, nicht in Berührung. Ich muß in Berührung treten!« Sie hatte auch Schmuck gewollt, weil sie Schmuck sehr gerne mochte, aber es war nicht leicht, graue Ringe und Armreifen und Broschen zu finden. Der meiste Schmuck war bunt. Schließlich hatte sie sich mit einer grauen Perlenkette begnügen müssen. Es war eigenartig sie ohne einen einzigen Ring an ihren blassen ledernen Händen zu sehen.

Ein grauer Tag in der Geisterwelt.

Was bedeutete das? War es gut oder schlecht?

Grace' Verhalten nach zu schließen, war es schlecht. Sehr schlecht. Die Zeit ging zur Neige. Das war es, was Grace an diesem Morgen gesagt hatte, aber sie hatte keine näheren Erklärungen abgeben wollen. Die Zeit ging zur Neige, und sie hatten die Orientierung verloren, fuhren einer bloßen Ahnung folgend nach Norden.

Er hatte Angst. Er machte sich immer noch Sorgen, daß es für ihn schrecklich sein würde, jemanden zu töten, daß er damit in sein früheres Wesen zurückglitt, selbst wenn er es für Gott tat. Er war stolz auf sich, daß er den gewalttätigen Impulsen, denen er früher nachgegeben hatte, Widerstand leistete; stolz darauf, wie er angefangen hatte, sich in die menschliche Gemeinschaft einzufügen, etwas zumindest, und er hatte Angst, daß ein Mord zum nächsten führen wurde. War es richtig zu töten – selbst wenn es für Gott war? Er wußte, daß das ein schlechter Gedanke war, aber er konnte ihn nicht von sich schütteln. Und manchmal, wenn er Grace ansah, hatte er das beunruhigende Gefühl, daß er in bezug auf sie vielleicht unrecht gehabt hatte, die ganze Zeit, daß sie vielleicht gar nicht eine Abgesandte Gottes war – und das war noch *mehr* unrechtes Denken. Grace hatte ihm beigebracht, daß es so etwas wie moralische Werte gab, und jetzt konnte er nicht verhindern, daß er diese Werte auf alles anwandte, was er tat.

Jedenfalls, wenn Grace in bezug auf den Jungen recht hatte – und das hatte sie sicherlich –, dann ging die Zeit zur Neige, und sie hatten keine andere Wahl, als zu fahren und darauf zu warten, daß sie den Kontakt mit der Geisterwelt zurückgewann, und hier und da die Kirche in Anaheim anzurufen, um zu erfahren, ob es irgendwelche Nachrichten gab, die ihnen vielleicht weiterhalfen.

Barlowe drückte etwas heftiger auf das Gaspedal. Sie fuhren bereits mit über hundert Stundenkilometern, und bei dem Regen war das sicherlich die obere Grenze, selbst auf dieser langen, geraden Fernstraße. Aber sie waren doch auserwählt, oder etwa nicht? Gott wachte über sie, oder nicht? Barlowe beschleunigte, bis die Nadel bei 130 Kilometern zitterte. Die zwei Lieferwagen hinter ihm beschleunigten ebenfalls, hielten das Tempo.

50

Der Jeep befand sich, wie Madigan das versprochen hatte, in erstklassigem Zustand. Er bereitete ihnen keinerlei Schwierigkeiten, und so erreichten sie Lake Tahoe am Donnerstagnachmittag.

Christine war müde, aber Joey war etwas munterer geworden. Er zeigte einiges Interesse an der vorüberziehenden Landschaft, und das war gut so. Er wirkte nicht etwa glücklicher, nur wachsamer, und ihr kam in den Sinn, daß er bis zu diesem Tag noch nie Schnee zu Gesicht bekommen hatte, außer in Zeitschriften, im Fernsehen oder im Kino. In Tahoe lag viel Schnee. Die Bäume beugten sich unter seiner Last. Aus dem stählernen Himmel wehten immer wieder frische Flocken herunter, und das Radio verkündete, daß es im Laufe der Nacht zu ausgiebigen Schneefällen kommen würde.

Der See, der die Grenze der beiden Bundesstaaten bildete, lag teilweise in Kalifornien, teilweise in Nevada. Auf der kalifornischen Seite gab es eine große Zahl von Hotels einige davon für eine so schöne und relativ teure Erholungsgegend sogar erstaunlich schäbig –, eine Menge Touristengeschäfte und Schnapsläden und Restaurants. Auf der Nevadaseite gab es einige große Hotels, Casinos, Glücksspieletablissements so ziemlich jeder Form, aber nicht so viel Glanz und Flitter wie in Las Vegas. Entlang der Nordküste waren die von Menschenhand errichteten Gebäude besser in die Landschaft integriert als im Süden. Zu *beiden* Seiten der Grenze, sowohl im Norden als auch im Süden, dehnte sich eine Landschaft, die wohl zu dem Schönsten zählte, was die Erde hervorgebracht hatte, und was viele Europäer die ›Schweiz Amerikas‹ genannt hatten: schneebedeckte Gipfel, die selbst an einem wolkigen Tag in eisiger Schönheit strahlten; riesige urtümliche Wälder mit Fichten, Kiefern, Tannen und anderen immergrünen Bäumen; ein See, der in seiner eisfreien Sommerphase der sauberste, klarste und farbenprächtigste der ganzen Welt war, mit irisierenden Blautönen und leuchtendem Grün, ein See, so rein, daß man bis auf eine Tiefe von zwanzig oder dreißig Meter den Grund sehen konnte.

Sie hielten an einem Supermarkt am Nordufer, einem großen rustikalen Gebäude, dem Lärchen und Rottannen Schatten spendeten. Sie hatten noch den größten Teil der Lebensmittel, die sie am Tag zuvor in Santa Barbara gekauft hatten, waren jedoch nicht dazu gekommen, sie im Kühlschrank des Motels zu verstauen. Was davon verderblich gewesen war, hatten sie bereits weggeworfen und mußten es jetzt nachkaufen: Milch, Eier, Käse, Eiscreme und Tiefkühlkost aller Art.

Auf Charlies Bitte packte die Frau an der Kasse das Eis und die andere Tiefkühlkost in einen kräftigen Pappkarton mit Deckel, getrennt von anderen, nicht tiefgekühlten Lebensmitteln. Auf dem Parkplatz schnitt Charlie vorsichtig ein paar Löcher in den Karton. Er hatte in dem Supermarkt eine Nylonwäscheleine gekauft und fädelte das Seil jetzt mit Christines Hilfe durch die Löcher, schlang es um den Karton und befestigte ihn auf dem Dachträger des Jeeps. Die Außentemperatur lag unter dem Gefrierpunkt; auf die Weise bestand keine Gefahr, daß auf der Fahrt zu der Hütte etwas auftauen würde.

Während sie damit beschäftigt waren (und Chewbacca interessiert aus dem Jeep zusah), stellte Christine fest, daß viele Fahrzeuge auf dem Parkplatz mit Skiträgern ausgestattet waren. Sie hatte immer Skifahren lernen wollen und sich oft vorgenommen, eines Tages mit Joey Stunden zu nehmen, sobald er dafür alt genug war. Das hätte sicher Spaß gemacht. Jetzt war das vermutlich auch eines der Dinge, die sie nie zusammen tun würden.

Das war ein verdammt düsterer Gedanke. Ungewöhnlich düster.

Sie wußte, daß sie unter keinen Umständen den Mut aufgeben durfte, schon um Joeys willen. Er würde ihren Pessimismus ahnen und noch tiefer in das seelische Loch kriechen, das er anscheinend für sich selbst grub.

Sie konnte die Bedrückung nicht abschütteln, die auf ihr lastete. Ihre Stimmung war auf dem Tiefpunkt, und es schien nichts zu geben, was sie wieder in Schwung bringen konnte.

Sie redete sich selbst ein, saubere, frische Bergluft zu genießen, aber sie schien ihr nur schmerzhaft und beißend kalt. Wenn Wind aufkam, würde das Wetter unerträglich sein.

Sie sagte sich, daß der Schnee schön war und sie Freude daran haben sollte. Aber er wirkte feucht und kalt und unfreundlich.

Sie sah Joey an. Er stand neben ihr und sah zu, wie Charlie den letzten Knoten in die Wäscheleine knüpfte. Er wirkte eher wie ein kleiner alter Mann als wie ein Kind. Er machte keinen Schneeball, er streckte nicht die Zunge heraus, um Schneeflokken aufzufangen. Er rannte auch nicht auf dem vereisten Parkplatz herum oder versuchte zu schlittern. Er tat nichts von alledem, was man eigentlich von einem kleinen Jungen erwartete, der zum erstenmal richtigen Schnee erlebte.

Er ist einfach müde, und ich bin das auch, sagte sich Christine. Es war ein langer Tag. Seit letztem Samstag haben wir beide keine ruhige Nacht mehr verbracht. Sobald wir ordentlich zu Abend gegessen und acht Stunden Schlaf hinter uns haben, ohne Alpträume und ohne ein dutzendmal aufzuwachen, weil wir uns einbilden, Schritte zu hören, werden wir uns besser fühlen.

Aber sie konnte sich auch nicht selbst davon überzeugen, daß sie sich morgen besser fühlen oder daß ihre Lage sich verbessern würde. Trotz der Entfernung, die sie zurückgelegt hatten, und der Abgeschiedenheit des Zufluchtsortes, dem sie entgegenstrebten, fühlte sie sich nicht sicher. Und dies nicht nur, weil es da ein paar Tausend religiöse Fanatiker gab, die sich mehr als alles andere ihren Tod wünschten; das war schon schlimm genug. Aber da war auch etwas eigenartig Erstickendes an den mächtigen Bäumen, die rings um sie aufragten und aus allen Richtungen hereinzudrängen schienen, etwas Klaustrophobisches an der Art, wie die Berge sie einengten, eine undefinierbare Drohung in den schroffen Schatten und dem grauen Winterlicht dieser Landschaft. Sie würde sich hier nie sicher fühlen.

Aber es waren nicht nur die Berge. Sie hätte sich auch anderswo nicht sicherer gefühlt.

Sie verließen die Hauptstraße die um den See herumlief, bogen in eine schmalere Straße, die sich ein paar steile Abhänge hinaufwand, vorbei an teuren Häusern und Berghütten, die zwischen die dicht beieinanderstehenden, mächtigen Bäume hineingepackt waren. Wenn in diesen Häusern kein Licht gebrannt hätte, das warm aus den purpur-schwarzen Schatten unter den Bäumen herausglühte, hätte man nicht gewußt daß sie überhaupt dawaren.

Der Schnee war zu beiden Seiten der Straße hoch auf getürmt, und an manchen Stellen gab es neue Schneewehen, die die Straße auf eine einzige Fahrspur einengten. Nicht, daß es viele andere Fahrzeuge gegeben hätte: Sie begegneten nur zweien – einem weiteren Jeep mit einem Schneepflug vorne dran und einem Toyota Land Rover.

Als das Ende der Ausbaustrecke nahte, entschied Charlie, Schneeketten aufzuziehen. Obwohl vor kurzer Zeit ein Pflug durchgekommen war, reichten die Schneewehen hier weiter in die Straße hinein als auf den Abhängen weiter unten, und die Eispartien waren länger und breiter. Er bog in eine Einfahrt und holte die Ketten aus dem hinteren Teil des Wagens. Er brauchte zwanzig Minuten, um alle vier Ketten anzulegen, und war sich dabei unangenehm bewußt, wie schnell die Sonne hinter den schneespeienden Wolken verblaßte.

Mit klappernden Ketten fuhren sie weiter; bald endete die Asphaltstraße und ging in eine einspurige Bergstraße über. Auch dieser Weg war die ersten Kilometer gepflügt, aber weil er schmaler als die Straße zuvor war, wurde er auch schneller wieder zugeschneit. Trotzdem arbeitete sich der Jeep langsam und mühsam weiter nach oben.

Charlie versuchte erst gar nicht, ein Gespräch in Gang zu bringen, es hätte keinen Sinn gehabt. Seit sie Sacramento verlassen hatten, war Christine immer schweigsamer geworden; sie war jetzt fast ebenso still und in sich gekehrt wie Joey.

Charlie beunruhigte die Veränderung, die sich in ihr vollzogen hatte; er begriff aber, weshalb es ihr schwerfiel, gegen ihre Bedrücktheit anzukämpfen. Die Berge, die gewöhnlich ein erhebendes Gefühl der Offenheit und der Freiheit vermittelten, schienen jetzt paradoxerweise beengend und bedrückend. Selbst als sie entlang einer breiten Bergwiese fuhren und die Bäume von der Straße zurücktraten, veränderte sich die Stimmung in der Landschaft nicht.

Christine fragte sich wahrscheinlich, ob es nicht ein schwerer Fehler gewesen war hierherzukommen.

Charlie stellte sich dieselbe Frage.

Aber ein anderes Ziel hatte es für sie nicht gegeben. Mit Grace' Leuten auf den Fersen, mit Polizeibeamten in ganz Kalifornien, die nach ihnen Ausschau hielten, und ohne jedes Vertrauen zu den Behörden oder auch nur Charlies eigenen Angestellten, hatten sie keine andere Wahl gehabt, als einen Ort auszuwählen, wo niemand sie entdecken würde; und das bedeutete einen Ort, an dem es nur wenig Menschen gab.

Charlie sagte sich, daß sie klug gehandelt hatten, daß sie beim Kauf des Jeep vorsichtig vorgegangen waren, daß sie gut geplant und sich mit bewundernswertem Tempo und Flexibilität bewegt hatten, daß sie ihr Schicksal selbst in die Hand genommen hatten. Wahrscheinlich würden sie hier nur etwa eine Woche bleiben, bis entweder seine Leute oder die Polizei Grace Spivey zur Strecke gebracht hatten.

Aber trotz alledem hatte er das Gefühl, von Panik erfüllt zu fliehen und in Wirklichkeit keine Kontrolle über sich zu haben. Der Berg schien eher eine Falle als eine Zuflucht. Er hatte das Gefühl, aus freien Stücken an einen Abgrund getreten zu sein.

Er versuchte diese Gedanken zu verdrängen und wußte, daß sie unvernünftig waren. Für den Augenblick hatten seine Emotionen die Oberhand über sein rationales Denken gewonnen. Bis er wieder ruhig denken konnte, war es am besten, Grace Spivey völlig aus seinem Bewußtsein zu verdrängen.

Entlang der Bergstraße gab es nun wesentlich weniger Häuser und Hütten als entlang der asphaltierten Straße, und nach etwa einem halben Kilometer waren überhaupt keine mehr zu sehen.

Nach weiteren dreihundert Metern war die Straße nicht mehr gepflügt und verschwand unter einem Meter Schnee. Charlie hielt den Jeep an, betätigte die Feststellbremse und schaltete den Motor ab.

»Wo ist die Hütte?« wollte Christine wissen.

»Einen knappen Kilometer von hier.«

»Und was nun?«

»Wir gehen zu Fuß weiter.«

»Mit Schneeschuhen?«

»Genau. Deshalb haben wir sie gekauft.«

»Ich habe noch nie welche benutzt.«

»Das läßt sich lernen.«

»Und Joey?«

»Wir werden ihn tragen und uns dabei abwechseln. Dann kann er in der Hütte bleiben, während Sie und ich hierher zurückkommen, um...«

»Alleine dortbleiben?«

»Er wird den Hund bei sich haben und absolut sicher sein. Spivey kann nicht gewußt haben, daß wir hierherkommen würden; sie ist ganz woanders.«

Joey hatte keine Einwände. Er schien nicht einmal zu hören, was sie sagten. Er starrte zum Fenster hinaus, aber die Scheibe war von seinem Atem beschlagen, so daß er nichts sehen konnte.

Charlie stieg aus dem Jeep und zuckte zusammen, als die eisige Bergluft ihn erfaßte. Seit sie den Supermarkt unten am See verlassen hatten, war es wesentlich kälter geworden. Die Schneeflocken waren riesengroß und fielen jetzt dichter und schneller als zuvor. Sie kreiselten aus dem tiefer sinkenden Himmel in einer sanften, immer wieder die Richtung wechselnden Brise, die weniger sanft und ungleichmäßig wurde, während er kurz stehenblieb und den Wald studierte. Die Bäume standen Schulter an Schulter und machten den Eindruck, als duckten sie sich, um jeden Augenblick auf die Wiese einzuschlagen.

Aus irgendeinem Grund fiel ihm das Märchen vom Rotkäppchen ein. Er konnte sich immer noch an die Illustration in dem Märchenbuch erinnern, das er als Kind gehabt hatte, sah ein Bild von Rotkäppchen vor sich, wie es durch einen düsteren, vom Wolf heimgesuchten Wald ging.

Und das führte seine Gedanken zu Hänsel und Gretel, die sich im Wald verlaufen hatten.

Und *das* ließ ihn wieder an Hexen denken.

Hexen, die Kinder in Backöfen brieten und sie aufaßen.

Herrgott, er hatte nie richtig darüber nachgedacht, wie grausam manche Märchen waren!

Die Schneeflocken waren etwas kleiner geworden und fielen jetzt Sekunde um Sekunde schneller.

Und dann fing der Wind langsam und ganz leise und dann immer lauter werdend zu heulen an.

Christine war überrascht, wie schnell sie in den plumpen Schneeschuhen zu gehen lernte, und sie begriff, wie schwierig, ja vielleicht unmöglich die Reise ohne sie gewesen wäre, ganz besonders mit den schweren Rucksäcken, die sie trugen. An manchen Stellen hatte der Wind die Wiese fast kahlgefegt, aber an anderen, überall, wo das Land auch nur den geringsten Windschutz bot, hatten sich Wehen von drei, vier und fünf Metern Höhe aufgetürmt. Der Schnee hatte jede Furche, jedes Loch und jedes Becken im Land aufgefüllt. Wollte man versuchen, eine Senke ohne Schneeschuhe zu durchqueren, so könnte es sein, daß man in irgendein tiefes Schneeloch sank, aus dem man dann nur mit Schwierigkeiten oder vielleicht auch überhaupt nicht mehr klettern konnte.

Das graue Nachmittagslicht, das beunruhigend künstlich wirkte, spielte seine eigenen Tricks mit Reflexen und Schatten, vermittelte ein falsches Gefühl für Distanzen und verzerrte die

Formen. Manchmal führte es sogar dazu, daß ein Schneekamm wie eine Senke aussah, bis sie diese dann erreichte und feststellte, daß sie klettern mußte statt hinunterzusteigen, wie sie erwartet hatte.

Joey fiel es wesentlich schwerer, mit den Schneeschuhen zurechtzukommen, als ihr, obwohl sie für ihn ein besonders kleines, für ein Kind geeignetes Paar gekauft hatten. Weil der Tag schnell verblaßte und weil sie den Jeep nicht in der Dunkelheit ausladen wollten, hatten sie nicht die Zeit, ihm den Umgang mit ungewohnten Schneeschuhen sofort beizubringen. Also hob Charlie ihn auf und trug ihn.

Chewbacca war ein großer Hund, aber dennoch leicht genug, um nicht durch die Harschkruste zu brechen, die den Schnee bedeckte. Außerdem besaß er einen Instinkt, Stellen auszuweichen, wo diese Kruste zu dünn war oder überhaupt nicht existierte, und fand oft Umwege um den tiefsten Schnee, eilte von einer vom Wind freigefegten Stelle zur anderen. Dreimal sank er ein: Einmal konnte er sich selbst ausgraben, aber zweimal brauchte er Hilfe.

Von dem verlassenen Jeep gingen sie dreihundert Meter hangaufwärts, bis sie das Ende der Wiese erreicht hatten. Sie folgten der vom Schnee verborgenen Zufahrt zu den Bäumen, hielten sich auf einem breiten Kamm mit einer Waldfläche zur Rechten und einem mit Bäumen bestandenen Tal zur Linken. Obwohl es bis zum Einbruch der Nacht noch vielleicht eine Stunde war, versank das Tal zuerst in grauen, blauen und purpurnen Schatten und schließlich ganz in Schwärze. Es gab dort unten auch keine Lichtpunkte, also nahm sie an, daß dort keine menschlichen Behausungen waren.

Ihr war unterdessen klargeworden, daß Charlie ein wesentlich eindrucksvollerer Mann war, als man seiner Größe oder seinem Aussehen nach hätte schließen können. Trotzdem überraschte sie seine Ausdauer. Ihr eigener Rucksack fing an, wie eine Wagenladung Ziegelsteine auf ihren Schultern zu lasten. Obwohl Charlies Rucksack größer und schwerer als der ihre war, schien er ihm überhaupt nichts auszumachen. Außerdem trug er Joey ohne jede Klage und hielt im Laufe des ersten halben Kilometers nur einmal an, um den Jungen abzusetzen und seinen sich verkrampfenden Muskeln Erleichterung zu verschaffen.

Nach hundert Metern bog der Weg zum Rand des Tales ab, verlief jetzt an der Bergflanke entlang und nicht mehr bergauf, bog aber nach weiteren fünfzig Metern wieder nach oben. Die Bäume wurden dicker und größer und buschiger, und an manchen Stellen lag der Weg so tief im Schatten, daß ebensogut bereits die Nacht hätte angebrochen sein können. Schließlich erreichten sie eine weitere Wiese, die breiter war als die, an der sie den Jeep abgestellt hatten, und etwa vierhundert Meter lang.

»Dort ist die Hütte!« sagte Charlie, und die Worte platzten aus ihm mit Wolken kristallisierten Atem heraus.

Christine sah sie nicht.

Er blieb stehen, setzte Joey wieder ab und deutete. »Dort! Ganz hinten, vor den Bäumen. Daneben ist eine Windmühle.«

Sie sah zuerst die Windmühle, weil ihr Auge die Bewegung wahrnahm. Es war eine hohe, skelettartige Mühle, an der nichts Anheimelndes war; sie wirkte eher wie ein Ölbohrturm als etwas, zu dem sich ein Holländer hingezogen gefühlt hätte, sehr zweckmäßig und irgendwie häßlich.

Sowohl die Hütte als auch die Windmühle wurden fast von den Bäumen dahinter verschluckt, wenn sie auch vermutete, daß sie früher am Tag besser sichtbar gewesen wären.

»Sie haben mir gar nicht gesagt, daß da auch eine Windmühle ist«, meinte sie. »Heißt das, es gibt elektrische Beleuchtung?«

»Aber sicher.« Seine Wangen, die Nase und das Kinn waren von der Kälte rosafarben, und er schniefte, weil ihm die Nase lief. »Und genügend heißes Wasser.«

»Elektroheizung?«

»Nee. Es gibt Grenzen für das, was eine Windmühle liefern kann, selbst an einem so windigen Ort wie dem hier.«

Der Druckknopf an Joeys Hals hatte sich gelöst, und sein Schal hing heraus. Christine beugte sich vor und brachte das in Ordnung. Sein Gesicht war eher rot als rosa, und seine Augen tränten von der Kälte.

»Wir sind beinahe da, Captain.«

Er nickte.

Nachdem sie etwas verschnauft hatten, setzten sie den Marsch hügelaufwärts fort, und Chewbacca sprang vor ihnen her, als hätte er begriffen, daß die Hütte ihr Endziel war.

Sie war aus Rotholz gebaut, das in dem unwirtlichen Wetter einen silbernen Glanz erhalten hatte. Obwohl das mit Zedernschindeln gedeckte Dach steil geneigt war, hing trotzdem etwas Schnee daran. Die Fenster waren von Frost überzogen, und der Schnee war über die Eingangsstufen auf die Veranda gekrochen.

Sie zogen die Schneeschuhe und die Handschuhe aus.

Charlie holte einen Schlüssel aus einem geschickt gewählten Versteck in einem der Vordachpfosten. Das Eis sprang von der Tür, als er sie aufzog, und die gefrorenen Angeln ächzten kurz.

Sie gingen hinein, und Christine war überrascht, wie gemütlich die Hütte war. Das Untergeschoß bestand aus einem riesigen Raum mit einer Küche am anderen Ende, das Mobiliar aus einem langen Eßtisch aus Fichtenholz und einem polierten Eichenboden, ein paar geknüpften Teppichen, behaglichen dunkelgrünen Vorhängen im Schottenkaromuster, in dem das Grün der Sofa- und Sesselbezüge dominierte, und einem mächtigen offenen Kamin aus grobbehauenen Steinen, der fast so groß wie eine Besenkammer war. Das Untergeschoß war zur Hälfte bis zur Decke offen, während die andere Hälfte eine Galerie einnahm. Oben führten drei Türen zu drei weiteren Räumen. »Zwei Schlafzimmer und ein Bad«, sagte Charlie. Das Ganze wirkte rustikal und doch recht zivilisiert.

Zwischen der Eingangstür und dem Eichenboden des Wohnzimmers war ein Teil der Bodenfläche mit Fliesen gekachelt; dort entledigten sie sich jetzt ihrer schneeverkrusteten Stiefel. Dann inspizierten sie die Hütte. Die Möbel waren etwas staubig, und ein stickiger Geruch hing in der Luft. Es gab keine Elektrizität, weil die Schalter im Sicherungskasten umgelegt waren, und der befand sich draußen im Batterieraum unter der Windmühle. Aber Charlie sagte, er würde in ein paar Minuten hinausgehen und das in Ordnung bringen. Neben jedem der drei offenen Kamine – dem großen im Wohnzimmer und je einem kleineren in jedem Schlafzimmer – lagen reichlich gespaltenes Holz und Späne, mit denen Charlie drei Feuer entfachte.

»Zum Glück ist niemand eingebrochen und hat Unordnung geschaffen«, sagte er.

»Ist das ein Problem?« erkundigte sich Christine.

»Eigentlich nicht. In den wärmeren Monaten, wenn die Straße geöffnet ist, ist fast immer jemand hier. Wenn die Straße zugeschneit ist, käme wohl kaum ein Einbrecher auf die Idee, daß es so tief im Wald noch eine Hütte gibt. Und diejenigen, die es wissen, sind sich wahrscheinlich klar darüber, daß der weite Weg sich für das wenige, was man hier wegschaffen könnte, nicht lohnt. Trotzdem fragt man sich jedesmal im Frühling, ob man hier alles zerstört vorfindet.«

Die Feuer prasselten munter und erfüllten den Raum mit angenehmer Wärme. Chewbacca hatte sich bereits mit dem Kopf auf den Pfoten vor dem großen Kamin niedergelassen.

»Und was nun?« fragte Christine.

Charlie öffnete einen der Rucksäcke und entnahm ihm eine Taschenlampe. Er meinte: »Jetzt packen Sie und Joey die Rucksäcke aus, und ich will sehen, daß wir Elektrizität bekommen.«

Sie und Joey trugen die Rucksäcke in die Küche, während Charlie wieder in seine Stiefel schlüpfte. Als er dann die Hütte verlassen hatte, waren sie damit beschäftigt, Konserven in die Küchenschränke zu räumen, und fast schien es so, als wären sie eine ganz gewöhnliche Familie auf ganz gewöhnlichem Winterurlaub, damit beschäftigt, sich auf eine Woche Ferien vorzubereiten. Beinahe. Sie versuchte in Joey Ferienstimmung zu erzeugen, indem sie ein paar vergnügte Lieder pfiff und Witze machte und so tat, als würde sie wirklich an diesem Abenteuer Spaß haben. Aber entweder durchschaute der Junge ihr Spiel, oder er achtete überhaupt nicht auf sie, denn er reagierte kaum und lächelte nie.

Begleitet vom monotonen Summen der Propeller der Windmühle schaufelte Charlie den Schnee von der Holztür, hinter der eine Treppe in den Raum unter der Windmühle führte. Er stieg die zwei Treppen, die ziemlich tief in die Erde führten, hinunter; der Batterieraum befand sich unter der Frostgrenze. Als er unten angekommen war, befand er sich in einer dunstig-blauen Finsternis, die den Schneeflocken, die hinter ihm herein-wehten, das Weiße raubten, so daß sie aussahen, als wären sie graue Asche. Er holte die Taschenlampe heraus und knipste sie an. Vor ihm war eine schwere Metalltür zu sehen. Der Hütten-schlüssel paßte ins Schloß, und gleich darauf stand er im Batte-rieraum, wo alles in Ordnung zu sein schien: Kabel; zwanzig Akkumulatoren nebeneinander auf zwei massiven Bänken auf-gereiht; ein Betonsockel für die Maschinerie und ein Werkzeug-regal.

Ein fauliger Geruch schlug ihm entgegen, und er wußte so-fort, wo er herrührte, wußte, daß er sich darum würde küm-mern müssen. Aber zuerst ging er an den Sicherungskasten, legte sämtliche Hebel um und anschließend den Wandschalter neben der Tür; zwei lange Neonröhren an der Decke leuchteten auf. Im Lichtschein waren drei tote, verweste Mäuse zu sehen, eine mitten im Raum, die anderen beiden in der Ecke bei der er-sten Batteriebank.

Es hatte sich als notwendig erwiesen, in diesem Raum vergif-tete Köder auszulegen, ganz besonders im Winter, wo hier häu-fig Mäuse Zuflucht suchten. Überließ man die Nager nämlich sich selbst, so war damit zu rechnen, daß sie von allen Kabeln und Drähten die Isolierung abnagten, und dann war das elektri-sche System bis zum Frühling zerstört.

Die Maus in der Mitte des kleinen Raumes war schon seit lan-ger Zeit tot. Der Verwesungsprozeß war beinahe abgeschlos-sen; es waren nur Knochen und etwas ledrige Haut übriggeblie-ben.

Die beiden in der Ecke hatte ihr Schicksal erst in letzter Zeit ereilt. Die kleinen Kadaver waren aufgedunsen, und der Fäul-nisprozeß war im vollen Gange. In ihren Augenhöhlen wim-melte es von Maden. Sie waren erst seit ein paar Tagen tot.

Mit einem Gefühl des Ekels ging Charlie hinaus, holte die Schaufel, kam wieder zurück, trug die drei Kadaver in das Waldstück hinter der Mühle und warf sie zwischen die Bäume. Auch als er sie beseitigt hatte, und obwohl ein heftiger Wind

den Berghang heraufwehte und die Welt dabei sauber-
schrubbte, konnte Charlie den Gestank des Todes nicht aus
der Nase bekommen. Eigenartigerweise haftete ihm dieser Geruch den ganzen Weg zurück zum Batterieraum an, wo er natürlich immer noch in der stickig-feuchten Luft hing.

Er hatte keine Zeit für eine wirklich gründliche Inspektion
der Geräte, wollte sich aber immerhin schnell umsehen, um
sich zu vergewissern, daß die Mäuse keinen ernsthaften Schaden angerichtet hatten. Die Drähte und Kabel waren an einigen Stellen leicht angenagt, aber es gab keinen Grund zur Besorgnis, daß wegen Nagersabotage die Stromversorgung aus-
fallen würde.

Er hatte sich schon fast von der Unversehrtheit des Systems
überzeugt, als er hinter sich ein fremdartiges, drohendes Geräusch hörte.

51

Der Tag schmolz mit der Dunkelheit. Die Farbe sickerte aus der
Landschaft, durch die sie fuhren; Bäume, Hügel und alles andere wurde ebenso grau wie die Oberfläche der Straße.

Kyle Barlowe machte die Scheinwerfer an und beugte sich
grinsend über das Steuerrad des Oldsmobile.

Jetzt. Jetzt hatten sie etwas Greifbares in der Hand. Einen
echten Hinweis. Information. Einen logischen Plan. Sie folgten
nicht länger bloßen Ahnungen und Gebeten. Sie fuhren nicht
länger blindlings nach Norden, nur weil sie es für eine gute
Idee hielten. Sie wußten, wo der Junge war, wo er sein mußte.
Jetzt hatten sie ein Ziel, und jetzt begann Barlowe wieder an die
Führerschaft von Mutter Grace zu glauben.

Sie saß neben ihm auf dem Sitz, gegen die Tür gelehnt, in
eine jener kurzen und doch meilentiefen Schlafperioden versunken, die sich bei ihr in immer geringer werdenden Abständen einstellten. Sie brauchte Ruhe. Die Konfrontation rückte
näher. Die Entscheidung. Wenn sie dem Teufel von Angesicht

zu Angesicht gegenüberstanden, würde sie alle Energie brauchen, die sie aufbringen konnte.

Und wenn Grace kein Bote Gottes war, warum war ihnen dann diese wichtige Information übermittelt worden? Dies bewies, daß sie recht hatte, es gut meinte, die Wahrheit sagte, daß man ihr gehorchen mußte.

Für den Augenblick waren seine Zweifel gewichen.

Barlowe blickte in den Rückspiegel. Die zwei Lieferwagen waren immer noch hinter ihnen. Kreuzfahrer. Kreuzfahrer auf Rädern statt auf Pferderücken.

52

Als Charlie die seltsamen Geräusche hinter sich hörte, duckte er sich unwillkürlich beim Umdrehen. Er rechnete damit, Grace Spivey unter der Tür zum Batterieraum zu sehen, aber das Geräusch hatte keinen menschlichen Ursprung. Es war eine Ratte.

Das widerliche Ding befand sich zwischen ihm und dem Eingang, aber er war sicher, daß das Tier nicht aus dem Schnee hereingekommen war, denn das, was er gehört hatte, kam von den Geräten her; die Ratte war irgendwo angestoßen. Jetzt zischte sie, quiekte, funkelte ihn mit blutigen Augen an, als wollte sie ihm drohen und ihn an der Flucht hindern.

Es war eine verdammt große Ratte, aber trotz ihrer Größe, die darauf hindeutete, daß sie einmal wohlgenährt gewesen war, sah sie jetzt ungesund aus; ihr Pelz war nicht glatt, sondern ölig, verklebt und stumpf. Sie hatte etwas Dunkles, Verkrustetes an den Ohren, wahrscheinlich Blut, und aus ihrem Maul triefte blutiger Schaum. Sie hatte von dem Gift gefressen. Jetzt, von Schmerz zerrissen, würde sie sich vielleicht als bissig-bösartiger Widersacher erweisen.

Und dann war da noch eine andere, noch weniger angenehme Möglichkeit in Betracht zu ziehen. Vielleicht hatte die Ratte gar nicht von dem Gift gefressen. Vielleicht deutete der Schaum auf Tollwut. Konnten Nager ebenso wie Hunde und

Katzen Tollwut bekommen? Jedes Jahr entdeckten die Parkwächter in den Bergen Kaliforniens ein paar tollwütige Tiere. Manchmal wurden sogar Teile von Staatsparks geschlossen, bis sichergestellt war, daß keine Tollwutepidemie vorlag.

Höchstwahrscheinlich war der Zustand dieser Ratte auf Gift und nicht auf Tollwut zurückzuführen. Aber wenn er unrecht hatte und die Ratte ihn biß...

Er wünschte, er hätte die Schaufel mitgebracht, nachdem er die drei toten Mäuse beseitigt hatte. Außer seinem Revolver hatte er keine Waffe, und der eignete sich hierfür nicht; das wäre, als würde man mit einer Kanone auf Fasanenjagd gehen.

Er richtete sich auf, und seine Bewegung reizte die Ratte. Sie griff an.

Er machte einen Satz nach rückwärts gegen die Mauer.

Sie kam mit einem schrillen Kreischen auf ihn zu.

Er trat zu, traf sie mit der verstärkten Stiefelspitze, und sie flog durch den Raum, prallte quietschend gegen die Mauer und fiel zu Boden, auf den Rücken.

Charlie erreichte die Tür und war draußen, ehe die Ratte wieder auf den Beinen war. Er stieg die Treppe empor, hob die Schaufel auf, die am Sockel der Windmühle lehnte, und ging wieder hinunter.

Die Ratte war jetzt hinter der offenen Tür, die in den Batterieraum führte. Sie gab ein Geräusch von sich, in das sich Zischen, Winseln und Klagen mischten und das Charlie durch Mark und Bein ging. Jetzt sprang sie ihn erneut an.

Er schwang die Schaufel wie einen Hammer, traf die Ratte, traf sie wieder, ein drittes Mal, bis sie still war, sah sie an, sah sie zittern, schlug wieder zu, heftiger, und dann war sie offensichtlich tot. Er ließ langsam und schwer atmend die Schaufel sinken.

Wie konnte eine Ratte von der Größe in den verschlossenen Batterieraum gelangen?

Mäuse, ja, das war verständlich, weil Mäuse nur einen winzigen Spalt brauchten, um hineinzukommen. Aber diese Ratte war größer als ein Dutzend Mäuse; sie würden ein Loch brauchen, das wenigstens acht oder zehn Zentimeter durchmaß.

Und weil die Decke des kleinen Raumes aus Stahlbeton war und die Mauern aus Ziegeln und Mörtel, gab es keinen Weg, durch den sich das Tier einen Zugang hätte nagen können. Und die Tür zu dem Raum bestand aus Metall, war unverletzbar und unverletzt.

Konnte es sein, daß sie im vergangenen Herbst eingesperrt worden war, als die letzten Besucher die Hütte abgeschlossen hatten, oder vielleicht als die Immobilienfirma heraufgekommen war, um die Hütte ›einzuwintern‹? Aber wenn sie damals eingeschlossen worden war, hätte sie das Gift gefressen und wäre schon seit Monaten tot gewesen. Sie war erst in letzter Zeit vergiftet worden; und deshalb war sie erst vor kurzem in den Batterieraum gelangt.

Er suchte den Raum ab, suchte nach dem Zugang, fand aber nur ein paar Ritzen im Mörtel, wo eine Maus, aber nichts Größeres sich hätte durchquetschen können, nachdem sie sich zuerst Zugang zu dem Luftspalt zwischen den Doppelmauern verschafft hatte.

Es war mysteriös, und als er so dastand und die tote Ratte anstarrte, hatte er das unheimliche Gefühl, daß die kurze heftige Episode mehr war, als sie schien, daß sie etwas zu bedeuten hatte. Er dachte über Ratten im allgemeinen nach und das, was sie den meisten Menschen bedeuteten, was sie symbolisierten, und mußte unwillkürlich an alte Horror-Comics und Horrorfilme denken und Szenen darin in alten Friedhöfen, in denen Ratten lauerten. Tod. Das war es, was Ratten gewöhnlich symbolisierten. Tod, Verwesung, die Rache des Grabes. Also war dies vielleicht ein Omen. Vielleicht war es eine Warnung, daß der Tod – Grace Spivey – sie hierher verfolgen würde, auf den Berg, eine Warnung, die sie ermahnte, auf der Hut zu sein.

Er schüttelte sich. Nein. Jetzt ging seine Fantasie mit ihm durch. Wie in seinem Büro am Montag, als er Joey angesehen und gedacht hatte, er sähe dort, wo das Gesicht des Jungen hätte sein sollen, nur einen kahlen Schädel. Das war Einbildung gewesen, und dies jetzt auch. Er glaubte nicht an Omen. Der Tod würde sie hier nicht finden. Grace Spivey würde nicht herausfinden, wohin sie gegangen waren; das konnte sie nicht, nicht in tausend Jahren.

Joey würde nicht sterben.

Der Junge war in Sicherheit. Sie alle waren in Sicherheit.

Christine wollte Joey nicht alleine in der Hütte lassen, während sie und Charlie zu dem Jeep zurückkehrten, um weitere Vorräte zu holen. Sie wußte, daß Grace Spivey nicht in der Nähe war. Sie wußte, daß die Hütte sicher war, daß in der kurzen Zeit, die sie unterwegs waren, nichts passieren würde. Dennoch quälte sie die Angst, daß sie ihren kleinen Jungen tot vorfinden würde, wenn sie zurückkam.

Aber Charlie konnte nicht alles alleine tragen; es war nicht richtig von ihr, das von ihm zu erwarten. Joey konnte nicht mitkommen, weil er sie jetzt, wo das Tageslicht so schnell verblaßte und der Sturm immer heftiger wurde, zu sehr aufhalten würde. Sie mußte gehen, und Joey mußte bleiben. Sie hatte keine Wahl.

Sie sagte sich, daß es möglicherweise sogar gut für ihn sein würde, eine Weile mit Chewbacca alleine zu sein, weil ihm das ihr und Charlies Vertrauen in die Sicherheit ihres Verstecks demonstrieren würde.

Und doch, nachdem sie ihn an sich gedrückt, ihn geküßt, ihn beruhigt und auf dem grünen Sofa vor dem Kamin zurückgelassen hatte, fand sie sich fast nicht imstande, ihm den Rücken zuzuwenden und wegzugehen. Als sie die Hüttentür schloß und Charlie dabei zusah, wie er sie absperrte, überkam sie eine Aufwallung von Angst, daß sich ihr beinahe der Magen umdrehte. Als sie dann die schneebedeckte Treppe von der Veranda hinunterkletterte, verspürte sie eine schmerzende Schwäche in den Beinen, die sie fast bewegungslos machte. Jeder Schritt, den sie sich von der Hütte entfernte, war wie ein Schritt auf einem Planeten mit der fünffachen Schwerkraft dieser Welt.

Das Wetter hatte sich wesentlich verschlechtert, seit sie vom Jeep aus den Berg hinaufgestiegen waren, und die extreme Feindseligkeit der Elemente nahm mit der Zeit all ihre Gedanken in Beschlag und verdrängte ihre Furcht. Der Wind wehte jetzt mit dreißig bis vierzig Stundenkilometern, schwoll manchmal auf siebzig an, raste heulend wie ein böser Geist über die Bergflanke und ließ die mächtigen Bäume zittern. Die Schneeflocken waren jetzt nicht mehr groß und flauschig, sondern klein, vom Wind getrieben, und türmten sich mit erschreckendem Tempo zu riesigen Schneewehen auf. Als sie zur Hütte heraufgestiegen waren, hatten sie keine Skibrillen und -mützen getragen, aber Charlie hatte darauf bestanden, daß sie sie diesmal aufsetzten. Obwohl sie ursprünglich Einwände erhoben hatte, weil die maskenartige Mütze sie beengte, war sie jetzt doch froh darum, denn die Temperatur war drastisch gefallen und mußte jetzt weit unter Null liegen, selbst wenn man den Wind nicht mit in Betracht zog. Trotz der schützenden Maske stachen eisige Nadeln in ihre Gesichtshaut und hinterließen ein taubes Gefühl; ohne die Maske hätte sie sicherlich Erfrierungen davongetragen.

Als sie den Jeep erreichten, verblaßte das Tageslicht, als befände sich die Welt in einem Topf, auf den man einen riesigen Deckel gelegt hatte. Der Schnee hatte sich bereits rings um die Reifen aufgetürmt; das Schloß war halb zugefroren und leistete Widerstand, als Charlie versuchte aufzuschließen.

Sie stopften ihre Rucksäcke mit Konserven und Lebensmitteln, Streichhölzern, Munition für ihre Gewehre und anderen Dingen voll. Charlie reihte die drei fest zusammengerollten Schlafsäcke an einem Stück Wäscheleine auf und band sich das eine Ende der Leine um die Hüften, um die Schlafsäcke hinter sich herziehen zu können; sie waren leicht, aus einem kältesicheren Kunststoffgewebe, das gut über den Schnee gleiten würde; er sagte, er wäre sicher, daß sie ihm keine Schwierigkeiten bereiten würden. Sie trug den Karabiner, der mit einem Schulterriemen versehen war, während Charlie die Schrotflinte übernahm. Keiner von ihnen hätte auch nur einen weiteren Gegenstand tragen können, ohne unter der Last zusammenzubrechen, und doch war noch mehr im Wagen.

»Wir müssen noch einmal gehen«, sagte Charlie, wobei er schreien mußte, um sich im Brüllen des Sturmes Gehör zu verschaffen.

»Es ist fast finster«, protestierte sie, nachdem ihr klargeworden war, wie leicht man sich in der Nacht in einem Schneesturm verlaufen konnte.

»Morgen«, sagte er. »Wir kommen morgen noch mal her.«

Sie nickte, und er sperrte den Jeep ab, obwohl das Wetter sicherlich schon hinreichende Abschreckung für Diebe war. Kein Krimineller mit einem Funken von Selbstachtung würde in einer Nacht wie dieser hinausgehen.

Sie strebten wieder der Hütte zu, diesmal wesentlich langsamer als auf dem Hinweg, sowohl wegen der Last, die sie schleppten, aber auch weil der Wind auf sie einpeitschte, und weil sie jetzt kletterten, anstatt abzusteigen. Das Gehen in Schneeschuhen war überraschend einfach gewesen – bis jetzt. Während sie sich über die erste Wiese nach oben arbeiteten, fingen Christines Schenkelmuskeln zu schmerzen an, dann die Wadenmuskeln, und sie wußte, daß sie am Morgen einen Muskelkater haben würde.

Der Wind peitschte den Schnee auf, der bereits auf dem Boden lag, hüllte sich in Mäntel aus Kristall, die wirbelten und tanzten, formte Trichter, die durch das Zwielicht hüpften. Im schnell ersterbenden Licht wirkten die Schneeteufel wie Geister, kalte Gespenster, die die einsamen Wege am Dach der Welt unsicher machten.

Die Hügel machten jetzt einen steileren Eindruck als beim erstenmal, als sie und Charlie mit Joey und dem Hund aufgestiegen waren. Ihre Schneeschuhe schienen jetzt doppelt so groß wie bei jenem ersten Marsch und zehnmal so schwer.

Die Dunkelheit senkte sich über sie, als sie im Wald waren, noch ehe sie die obere Wiese erreicht hatten. Gefahr, sich zu verlaufen, bestand keine, weil von der schneebedeckten Landschaft ein fahles Leuchten ausging und ihnen die für die Straße geschlagene Lichtung zwischen den sonst dicht beieinanderstehenden Bäumen den Weg wies.

Aber als sie schließlich die obere Wiese erreichten, löschte die Wut des Sturmes den Vorteil der leichten Phosphoreszenz des Schnees aus. Frischer Schnee fiel jetzt in so dichten Schwaden, und der Wind peitschte den alten Schnee so heftig auf, daß sie, hätte in der Hütte nicht das Licht gebrannt, ohne Zweifel die

Orientierung verloren hätten und ziellos im Kreis herumgelaufen wären, bis sie schließlich weniger als vierhundert Meter vom sicheren Zufluchtsort entfernt zusammengebrochen und gestorben wären. Das schwache, diffuse, bernsteinfarbene Leuchten hinter den Fenstern der Hütte war wie ein willkommener Leuchtturm. Und wenn hin und wieder der jetzt fast mit Orkanstärke wehende Schneesturm ihnen den Blick auf diesen Leuchtturm verwehrte, mußte Christine die Panik verdrängen, stehenbleiben und warten, bis sie ihr Ziel wieder entdeckte; denn wenn sie weiterging, ohne das Licht zu sehen, dann geriet sie unweigerlich nach wenigen Schritten bereits in die falsche Richtung. Obwohl sie sich dicht bei Charlie hielt, konnte sie ihn häufig nicht sehen; die Sichtweite schrumpfte manchmal auf höchstens einen halben Meter.

Der Schmerz in ihren Beinmuskeln verschlimmerte sich, und das Pochen in ihren Schultern und am Rücken wurde unerträglich; irgendwie fand auch die nächtliche Kälte ihren Weg durch all die Kleiderschichten. Aber obwohl sie den Sturm verfluchte, hieß sie ihn zugleich auch willkommen. Zum erstenmal seit Tagen fing sie an, sich sicherzufühlen. Dies war nicht nur ein Sturm; es war ein verdammter Blizzard! Sie waren jetzt von der Welt abgeschnitten. Isoliert. Bis es Morgen wurde, würden sie eingeschneit sein. Der Sturm war der beste Schutz, den sie sich wünschen konnten. Wenigstens ein oder zwei Tage würde Grace Spivey sie nicht erreichen können, selbst wenn sie durch irgendein Wunder ihren Aufenthaltsort erfuhr.

Als sie schließlich die Hütte erreichten, fanden sie Joey in besserer Stimmung als beim Weggehen. Sein Gesicht hatte wieder Farbe bekommen. Zum erstenmal seit zwei Tagen war er wieder lebhaft und redselig. Er lächelte sogar. Der Wandel, der sich an ihm vollzogen hatte, war verblüffend und einen Augenblick lang unerklärlich. Aber dann wurde deutlich, daß der Sturm ihm ebensoviel Sicherheit verlieh wie Christine. Er sagte: »Jetzt kann uns nichts mehr passieren, was, Mama? Eine Hexe kann in einem Blizzard nicht mit einem Besen fliegen, oder?«

»Nee«, versicherte ihm Christine, während sie ihren Rucksack abnahm. »Sämtliche Hexen haben heute nacht Flugverbot.«

»BHV-Vorschrift«, sagte Charlie.

Joey musterte ihn verdutzt. »Was heißt BHV?«

»Bundeshexenverwaltung«, sagte Charlie und schlüpfte aus seinen Stiefeln. »Das ist die Behörde, von der die Hexen ihre Lizenz bekommen.«

»Braucht man eine Lizenz, um eine Hexe zu sein?« fragte der Junge.

Charlie gab sich überrascht. »Aber sicher. Was denkst du denn? Meinst du vielleicht, jeder kann Hexe werden? Zuerst einmal muß ein Mädchen, wenn sie eine Hexe werden will, beweisen, daß sie einen bösartigen Zug an sich hat. Deine Mama zum Beispiel würde da nie durchkommen. Und dann muß man häßlich sein, weil Hexen immer häßlich sind. Und wenn eine hübsche Lady wie deine Mama eine Hexe werden möchte, muß sie sich operieren lassen, um häßlich zu werden.«

»Mann«, sagte Joey leise und mit großen Augen. »Wirklich?«

»Aber das ist noch nicht das Schlimmste«, sagte Charlie. »Das größte Problem, wenn man eine Hexe werden möchte, ist es, die hohen, spitzen, schwarzen Hüte zu finden.«

»Echt?«

»Nun, denk doch einmal nach. Du warst doch mit deiner Mama einkaufen, als sie dir Kleider besorgte. Hast du in irgendeinem der Geschäfte diese hohen schwarzen Hüte gesehen?«

Der Junge runzelte die Stirn und dachte nach.

»Nein, ganz sicher nicht«, sagte Charlie, während er einen der schweren Rucksäcke in die Küche trug. »Niemand verkauft diese Hüte, weil niemand möchte, daß die ganze Zeit Hexen in den Laden kommen. Hexen riechen wie Fledermausflügel, Molchschwänze und Salamanderzungen und all die anderen schrecklichen Dinge, die sie immer in ihren Kesseln sieden. Nichts verjagt schneller Kunden aus einem Geschäft als eine Hexe, die nach gekochter Schweineschnauze riecht.«

»Puuh«, machte Joey.

»Genau«, pflichtete Charlie ihm bei.

Christine war glücklich und erleichtert, daß Joey sich wieder wie ein Sechsjähriger benahm; sie hatte Mühe, die Tränen zurückzuhalten. Sie wollte die Arme um Charlie legen, ihn an sich drücken und ihm für seine Kraft und die Art und Weise, wie er mit dem Kind umgehen konnte, danken und einfach dafür, daß er so war, wie er war.

Draußen heulte der Wind und fauchte und winselte und pfiff.

Die Nacht umschlang die Hütte. Schnee schmückte sie.

In dem Kamin im Wohnzimmer prasselten die großen Scheite und knisterten.

Sie machten gemeinsam Abendessen. Nachher saßen sie auf dem Boden im Wohnzimmer und spielten Mensch-ärgere-dich-nicht, und Charlie erzählte Witze, die Joey höchst spaßig fand.

Christine fühlte sich sicher. Behaglich.

53

Als Grace Spivey, Barlowe und die acht anderen eintrafen, war das Geschäft mit den Motorschlitten in South Lake Tahoe gerade im Begriff zu schließen. Sie waren ein Stück weiter oben an der Straße ausgestiegen und hatten sich dort alle Skianzüge und sonstige Thermokleidung gekauft. Dann hatten sie sich umgezogen und sahen jetzt aus, als gehörten sie nach Tahoe. Zur großen Überraschung und Freude des Eigentümers von Mountain Country Sportmobile – einem etwas behäbig wirkenden Mann, der sich Orley Treat nannte und sagte, seine Freunde würden ihn ›Skip‹ nennen kauften sie vier Schneemobile und zwei Anhänger, um sie damit zu befördern.

Kyle Barlowe und ein Kirchenmitglied namens George Westvec übernahmen den größten Teil der Verhandlung, weil Westvec so etwas wie ein Experte für Schneemobile war und Barlowe über die Fähigkeit verfügte, bei jedem Einkauf den bestmöglichen Preis herauszuschlagen. Seine hünenhafte Größe, sein beängstigendes Äußeres und eine Aura von Gewalttätigkeit verliehen ihm natürlich bei jeder Verhandlung einen Vorteil: aber es war nicht etwa so, daß sich sein Verhandlungsgeschick auf

Einschüchterung beschränkte. Er besaß darüberhinaus die angeborene Fähigkeit, in seinem Gegenüber Stärken, Schwächen, Grenzen und Absichten zu ahnen. Das war eine Eigenschaft, die er an sich selbst erst entdeckt hatte, nachdem Grace ihn von einem Leben des Selbsthasses und asozialen Verhaltens bekehrt hatte, und das war eine Entdeckung, die ebenso erfreulich wie überraschend war. Er stand für immer in Mutter Grace' Schuld, nicht nur weil sie seine Seele gerettet hatte, sondern weil sie ihm auch die Möglichkeit gegeben hatte, Talente zu entdecken und zu vertiefen, die er ohne sie nie in sich geahnt hätte.

Orley Treat, der viel zu kräftig gebaut war, um einen so kindischen Spitznamen wie ›Skip‹ zu besitzen, versuchte die ganze Zeit über herauszufinden, wer sie eigentlich waren. Er stellte Grace und Barlowe und den anderen immer wieder Fragen etwa in der Art, ob sie irgendeinem Club angehörten oder miteinander verwandt wären.

Barlowe war sich jedoch bewußt, daß die Polizei immer noch daran interessiert war, mit Grace über gewisse Vorgänge der letzten Zeit in Orange County zu sprechen, und daher besorgt, einer ihrer Jünger könnte versehentlich Treat gegenüber zuviel sagen. Deshalb schickte er alle außer George Westvec hinaus, um die naheliegenden Motels an der Hauptstraße abzusuchen und eines zu finden, das genügend freie Zimmer für sie alle hatte.

Als sie mit Bündeln von Bargeld für die Motorschlitten bezahlten, starrte Treat ihr Geld ungläubig an. Barlowe entdeckte Habgier in den Augen des Mannes und nahm an, daß Treat bereits überlegt hatte, wie er seine Bücher frisieren und das Bargeld vor der Steuerbehörde verheimlichen konnte. Obwohl ihn fast schmerzhafte Neugierde quälte, hörte er doch auf, ihnen Fragen zu stellen, weil er Angst hatte, das könne am Ende den Handel noch zum Platzen bringen.

Die weißen Ford-Lieferwagen besaßen keine Anhängerkupplungen, aber Treat erklärte, er könne die notwendigen Schweißarbeiten in der Nacht erledigen lassen. »Sie sind morgen früh fertig, sagen wir um zehn.«

»Früher«, sagte Grace. »Viel früher. Wir wollen gleich bei Tagesanbruch ans Nordufer.«

Treat lächelte, deutete auf die Fenster seines Ausstellungsraumes und den Schneesturm draußen im Schein der Parkplatzbeleuchtung. »Der Wetterbericht sagt etwa einen halben Meter Schnee voraus. Das Sturmtief wird sich bis vier oder fünf Uhr morgen früh halten; also werden die Straßen ans Nordufer frühestens um zehn oder elf gepflügt sein. Es hat gar keinen Sinn, wenn Sie früher abfahren.«

Grace erklärte bestimmt: »Wenn die Anhängerkupplungen und die Schlitten bis halb fünf Uhr früh nicht fertig sind, ist das Geschäft hinfällig.«

Barlowe wußte, daß sie bluffte, weil sie keine andere Chance hatten, die Maschinen zu beschaffen. Aber dem gequälten Gesichtsausdruck Treats nach zu schließen, nahm er ihre Drohung ernst.

»Hören Sie, Skip«, meinte Barlowe, »das muß doch in ein paar Stunden erledigt sein. Wir bezahlen auch dafür, wenn es noch heute nacht erledigt wird.«

»Aber ich muß noch die Schlitten herrichten.«

»Dann richten Sie sie eben her.«

»Aber ich wollte doch gerade schließen, als Sie...«

»Dann bleiben Sie eben noch ein paar Stunden da«, sagte Barlowe. »Ich weiß, daß das unbequem ist. Ich weiß das wirklich zu schätzen. Aber, Skip, wie oft kommt es denn schon vor, daß Sie vier Schneemobile und zwei Anhänger auf einen Schlag verkaufen?«

Treat seufzte. »Okay. Alles wird morgen früh um halb fünf fertig sein. Aber um die Zeit kommen Sie nie ans Nordufer.«

Grace, George Westvec und Barlowe gingen nach draußen, wo die anderen warteten.

Edna Vanoff trat vor und sagte: »Wir haben ein Motel mit genügend Zimmern für uns alle gefunden, Mutter Grace. Es ist nur einen halben Kilometer von hier entfernt. Das können wir leicht zu Fuß schaffen.«

Grace blickte in den frühen Nachthimmel und kniff die Augen zusammen, als ihr der Schnee ins Gesicht schlug und sich

Rauhreif an ihren Augenbrauen bildete. Unter ihrer Wollmütze, die sie sich über die Ohren gezogen hatte, hingen lange zerzauste Haarsträhnen heraus, die jetzt noch feuchter und ungepflegter wirkten. »Satan hat diesen Sturm gebracht. Er versucht uns aufzuhalten. Er versucht uns davon abzuhalten, den Jungen zu erreichen, bis es zu spät ist. Aber Gott wird dafür sorgen, daß wir durchkommen.«

54

Um halb zehn wurde Joey schläfrig. Sie brachten ihn zu Bett und deckten ihn mit einer schweren, blau und grün gemusterten Steppdecke zu. Christine wollte bei ihm im Schlafzimmer bleiben, obwohl sie noch nicht zum Zubettgehen bereit war, aber Charlie wollte mit ihr reden und Pläne machen.

»Du kommst doch alleine klar, oder, Joey?« fragte er.

»Ich glaube schon«, sagte der Junge. Unter der mächtigen Steppecke und mit dem Kopf auf einem riesigen Kissen wirkte er winzig, elfenhaft.

»Ich will ihn nicht alleine lassen«, sagte Christine.

»Hier kommt niemand an ihn heran«, meinte Charlie, »es sei denn, sie kommen über die Treppe herauf, und dann werden wir ja unten sein, um sie aufzuhalten.«

»Das Fenster?«

»Wir sind im Obergeschoß. Sie müßten eine Leiter gegen das Haus lehnen, um heraufzusteigen, und ich bezweifle, daß sie eine Leiter mithaben würden.«

Sie musterte das Fenster mit gerunzelter Stirn, war unschlüssig.

»Wir sind hier sicher, Christine«, sagte Charlie. »Hören Sie doch den Wind. Selbst wenn sie wüßten, daß wir hier in diesen Bergen sind, selbst wenn sie wüßten, daß wir ausgerechnet in dieser Hütte hier sind – und das wissen sie nicht –, dann würden sie es heute nicht schaffen hierherzukommen.«

»Ich bin schon okay, Mama«, sagte Joey. »Ich hab' ja Chewbacca. Und wie Charlie gesagt hat, die BHV-Vorschriften lassen ja nicht zu, daß Hexen in einem Sturm fliegen.«

Sie seufzte, zog ihrem Sohn die Decke zurecht und gab ihm einen Gutenachtkuß. Joey wollte Charlie auch einen Gutenachtkuß geben, was für Charlie eine völlig neue Erfahrung war. Als er die Lippen des Jungen auf seiner Wange spürte, überkam ihn eine Flut von Empfindungen: das quälende Gefühl, wie verletzbar der Junge noch war; der glühende Wunsch, ihn zu beschützen; der herzzerreißende Eindruck von Unschuld; die rührende und zugleich beängstigende Erkenntnis, daß der Junge ihm völlig vertraute. Der Augenblick war so warm, so entwaffnend, so befriedigend, daß Charlie nicht verstehen konnte, wie er es eigentlich fertiggebracht hatte, sechsunddreißig Jahre alt zu werden, ohne selbst eine Familie zu gründen.

Vielleicht war es seine Bestimmung gewesen, dazusein und auf Christine und Joey zu warten, um ihnen dann zu helfen, wenn sie ihn brauchten. Wenn er natürlich eine eigene Familie gehabt hätte, dann hätte er nicht so für die Scavellos eintreten können, wie er das getan hatte; was in den letzten Tagen geschehen war – alles Dinge, die weit über die bloße Pflicht hinausgingen –, wäre einem seiner Männer zugefallen, der vielleicht nicht so geschickt oder so ergeben wie Charlie gewesen wäre. Als Christine sein Büro betreten hatte, hatte ihn ihre Schönheit förmlich umgeworfen und zugleich das sichere Gefühl, daß sie dazu bestimmt waren, sich zu begegnen, so oder so, daß sie sich auch auf andere Art gefunden hätten, wenn Grace Spivey sie nicht jetzt zusammengeführt hätte. Ihre Beziehung schien unvermeidbar. Und jetzt schien es ebenso unvermeidbar und *richtig*, daß er Joeys Beschützer sein sollte, daß er jeden Tag der gesetzmäßige Vater des Jungen sein sollte, daß er jede Nacht hören sollte, wie dieser kleine Junge sagte: »Gute Nacht, Papi« und nicht mehr: »Gute Nacht, Charlie.«

Bestimmung.

Das war ein Wort, ein Begriff, über den er nie viel nachgedacht hatte. Wenn ihn jemand letzte Woche gefragt hätte, ob er an so etwas wie Bestimmung oder Vorsehung glaubte, hätte das wahrscheinlich verneint. Jetzt hingegen schien es ihm eine einfache, natürliche und unwiderlegbare Wahrheit, daß alle Männer und Frauen eine Bestimmung zu erfüllen hatten und daß die seine bei dieser Frau und diesem Kind lag.

Sie zogen die schweren Vorhänge am Fenster vor und ließen eine Lampe brennen, über die sie ein Handtuch legten, um das Licht zu dämpfen. Joey schlief ein, während sie das Handtuch über den Lampenschirm legten. Chewbacca hatte sich ebenfalls auf dem Bett eingerollt. Christine bedeutete dem Hund mit einer Handbewegung, daß er das nicht dürfe, aber der starrte sie nur mit traurigen Augen an. Charlie flüsterte, daß Chewbacca bleiben sollte, und schließlich schlichen er und Christine auf Zehenspitzen aus dem Zimmer und ließen die Tür ein paar Zentimeter weit offenstehen.

Während sie die Treppe hinuntergingen, sah sie sich ein paarmal um, als überlege sie, ob sie ihren Jungen wirklich allein lassen durfte, aber Charlie hielt ihren Arm und lenkte sie zum Tisch. Sie setzten sich und tranken Kaffee und redeten, während der Wind in den Schindeln stöhnte und körnige Schneeflocken gegen die Fenster pochten.

Charlie sagte: »Sobald dieser Sturm vorbei ist und die Straßen wieder offen sind, möchte ich zum Markt hinuntergehen, von dort aus Henry Rankin anrufen und sehen, was im Gange ist. Ich werde mindestens alle zwei Tage hinfahren, vielleicht sogar jeden Tag. Und wenn ich nicht da bin, denke ich, daß Sie und Joey in den Batteriekeller unter der Windmühle gehen sollten.«

»Nein«, sagte sie schnell, »wenn Sie hinunterfahren, kommen wir mit.«

»Wenn das jeden Tag geschehen muß, wird das recht langweilig.«

»Das werde ich überstehen.«

»Aber Joey vielleicht nicht.«

»Wir werden nicht alleine hierbleiben«, sagte sie hartnäckig.

»Aber wenn die Polizei uns sucht, sind wir als Gruppe auffälliger, und man kann uns leichter...«

»Wir gehen überallhin mit«, sagte sie. »Bitte. Bitte.«

Er nickte. »Also schön.«

Er holte eine Landkarte, die er in dem Sportgeschäft in Sacramento gekauft hatte, breitete sie auf dem Tisch aus und zeigte ihr ihren Fluchtweg durch die Hintertür, den sie benutzen würden, falls Spiveys Leute entgegen aller Wahrscheinlichkeit auftauchten – und falls dann noch genug Zeit zur Flucht war. Sie würden weiter den Berg hinaufgehen, bis zum nächsten Kamm, dort nach Osten in das Tal einbiegen, das dort lag, den Fluß in der Talsenke finden und ihm in südlicher Richtung folgen. Das Ganze war ein Marsch von sechs bis acht Kilometern, der ihnen freilich in der schneebedeckten Wildnis wie hundert Kilometer vorkommen würde. Aber es würde überall gute Markierungspunkte geben und daher wenig Gefahr, sich zu verlaufen, wenn sie über eine Landkarte und einen Kompaß verfügten.

Allmählich entfernte sich ihr Gespräch von Grace Spivey, und sie begannen über sich zu reden, die Vergangenheit des anderen gegenseitig zu erforschen, das, was er mochte und nicht mochte, seine Hoffnungen, seine Träume. Nach einer Weile verließen sie den Eßtisch, schalteten die Beleuchtung ab und setzten sich auf das große Sofa vor dem offenen Kamin, dessen flackerndes Feuer die Schatten in Schach hielt. Ihre Unterhaltung wurde intimer, weniger Worte sagten jetzt mehr, und schließlich reichte selbst das Schweigen aus, um sich zu verstehen.

Charlie konnte sich nicht mehr erinnern, wann sie sich das erste Mal geküßt hatten; ihm wurde nur plötzlich klar, daß sie sich schon eine ganze Weile mit zunehmender Glut berührt und geküßt hatten, und dann lag eine Hand auf ihrer Brust, und er konnte ihre steifen Brustwarzen durch ihre Bluse spüren, ganz heiß auf seiner Handfläche. Ihre Zunge bewegte sich in seinem Mund, und sie war auch sehr heiß, und ihre Lippen brannten. Als seine Fingerspitzen ihr Gesicht berührten, war der Kontakt so elektrisierend, daß es schien, als müßten Funken sprühen. Er hatte noch nie eine Frau so begehrt oder gebraucht, wie er jetzt Christine begehrte; und danach zu schließen, wie sie sich an ihn drängte, ihre Muskeln sich spannten, kam die Leidenschaft, die sie empfand, der seinen gleich. Er wußte, daß sie sich trotz ihrer Lage und der Tatsache zum

Trotz, daß das Schicksal ihnen nicht gerade ein ideales Liebesnest beschert hatte, in dieser Nacht lieben würden. Es war unvermeidbar.

Ihre Bluse war jetzt aufgeknöpft, und sein Mund wanderte zu ihren Brüsten.

»Charlie«, sagte sie leise.

Er leckte über ihre angeschwollenen Brustwarzen, zuerst die eine, dann die andere.

»Nein«, sagte sie, aber sie schob ihn nicht von sich, leistete keinen Widerstand, wollte überzeugt werden.

»Ich liebe dich«, sagte er und meinte es auch so, wußte, daß dies mehr als körperliches Begehren war. In diesen wenigen Tagen hatte er sich in ihr feingeschnittenes Gesicht verliebt, in ihren Körper, ihren Witz und ihren Verstand, ihren Mut angesichts so vieler Widrigkeiten, in die Art, wie sie ging, wie ihr Haar im Wind flog.

»Joey«, sagte sie.

»Der schläft.«

»Er könnte aufwachen.«

Charlie küßte sie auf den Hals, spürte das Schlagen ihres Pulses an den Lippen. Ihr Herz schlug schneller. Das seine auch.

»Er könnte auf die Galerie heraustreten und uns sehen«, sagte sie.

Er führte sie aus dem Flammenschein weg, zu einem langen, tiefen Sofa, das direkt unter der Galerie stand, so daß es von oben nicht eingesehen werden konnte. Die Schatten waren tief und purpurn.

»Wir sollten das nicht tun«, sagte sie, aber dabei küßte sie ihn immer wieder auf den Hals, das Kinn, die Lippen, die Wangen, die Augen. »Selbst hier ... wenn er aufwacht?«

»Dann wird er uns zuerst rufen«, sagte Charlie atemlos, von schmerzhaftem Begehren erfüllt. »Er wird nicht einfach ins dunkle Wohnzimmer herunterkommen.«

Sie küßte ihn auf die Nase, die Mundwinkel und setzte dann viele Küsse nebeneinander auf sein Kinn, küßte ihn am Ohr.

Seine Hände bewegten sich über ihren Körper, ihre perfekte Figur faszinierte ihn. Jede Rundung, jede Wölbung, die Kurven ihrer Brüste und Hüften, ihr flacher Bauch, die glatte Rundung ihrer Schenkel – alles an ihr schien auf den Millimeter das perfekte Ideal der Weiblichkeit.

»Also gut«, sagte sie schwach, »aber leise.«

»Kein Ton«, versprach er.

»Kein Ton.«

»Nicht der leiseste Ton.«

Der Wind stöhnte am Fenster über dem Sofa, aber Charlie behielt sein Entzücken ganz für sich.

Das ist der falsche Zeitpunkt dachte sie benommen. Der falsche Ort. Die falsche Zeit. Alles ist falsch daran.

Joey. Könnte. Aufwachen.

Aber obwohl das wichtig sein sollte, schien es ihr jetzt nicht so, wenigstens nicht so, daß sie sich gewehrt hätte.

Er sagte, daß er sie liebte, und sie sagte, daß sie ihn liebte, und sie wußte, daß sie das beide so meinten, daß es wirklich war, echt. Sie wußte nicht genau, wie lange sie ihn schon liebte, aber wenn sie gründlich genug darüber nachdachte, würde sie wahrscheinlich den exakten Augenblick herausfinden, in dem Respekt und Bewunderung und Zuneigung sich in etwas Besseres, Kraftvolleres verwandelt hatten. Schließlich kannte sie ihn erst seit ein paar Tagen; es sollte also nicht schwer sein, den Augenblick, in dem die Liebe entstanden war, exakt zu fixieren. Natürlich konnte sie in diesem Augenblick nicht sehr gründlich oder klar über irgend etwas nachdenken; sie war einfach hingerissen, wenn auch ein solcher Zustand überhaupt nicht zu ihr paßte.

Trotz ihrer Liebesbeteuerungen war es nicht nur die Liebe, die sie dazu veranlaßte, alle Vorsicht in den Wind zu schlagen und das Risiko einzugehen, inmitten ihrer Leidenschaft belauscht zu werden. Es war auch gute, gesunde Wollust. Sie hatte noch nie einen Mann so begehrt, wie sie Charlie begehrte. Plötzlich mußte sie ihn einfach in sich haben, konnte nicht mehr *atmen*, bis er sie nahm. Sein Körper war schlank, seine Muskeln hart und ausgeprägt; seine Schultern, sein steinharter Bizeps, seine glatte, breite Brust – alles an ihm erregte sie in solchem

Maße, wie sie noch nie erregt gewesen war. Jeder Nerv in ihrem Körper war um ein Vielfaches empfindlicher als je zuvor; jeder Kuß, jede Berührung, jeder Stoß, den sie in sich spürte, war so explosiv entzückend, daß es an Schmerz grenzte, ein Genuß, der sie erfüllte und alles andere verdrängte, jeden anderen Gedanken, bis sie sich an ihn klammerte, überrascht, mit welcher Hingabe sie ihn umarmte, ganz ohne die sie sonst beherrschende Furcht.

Das Bedürfnis, leise zu sein, der Eid des Schweigens, erzeugte eine seltsam erotische Wirkung. Selbst als Charlie seinen Höhepunkt erreichte, schrie er nicht auf, sondern packte nur ihre Hüften und hielt sie gegen sich gepreßt, bäumte sich auf, riß den Mund auf, blieb aber stumm. Irgendwie, indem er den Schrei in sich behielt, hielt er auch seine Energie und seine Männlichkeit fest, denn er verlor seine Erektion nicht, nicht einmal einen Augenblick lang, und sie hielten nur inne, um die Stellung zu wechseln, blieben ineinander verschlungen, bis sie oben war, und dann ritt sie ihn in einem fließenden Rhythmus, wie er das noch nie erlebt hatte. Er verlor den Sinn für Zeit und Raum, verlor sich in dem weichen, seidigen, stummen Lied aus Fleisch und Bewegung.

Ihr ganzes Leben lang war sie in der Liebe noch nie so ohne jegliche Befangenheit gewesen. Über lange Augenblicke hinweg vergaß sie, wo sie war, ja sogar, wer sie war; sie wurde ein Tier, ein kopulierender Organismus, der nur den Genuß suchte und alles andere vergaß. Nur einmal gab es eine Unterbrechung im hypnotischen Rhythmus ihrer Liebe, und das war, als sie plötzlich das Gefühl packte, Joey wäre die Treppe heruntergekommen und stünde im Schatten, beobachtete sie. Aber als sie den Kopf von Charlies Brust hob und sich umsah, sah sie nichts außer den Schattenumrissen der Möbel im Widerschein des ersterbenden Feuers und wußte, daß sie es sich nur eingebildet hatte. Dann packte sie erneut die Wollust mit einer Macht, die sie verblüffte, ihr angst machte, und sie gab sich wieder ganz ihrer Lust hin, war unfähig, irgend etwas anderes zu tun, war völlig versunken.

Am Ende hatte Charlie drei Orgasmen erlebt und nicht mehr mitgezählt, wie oft sie zum Höhepunkt gekommen war, aber er brauchte nicht Buch zu führen, um zu wissen, daß keiner von ihnen beiden je so etwas erlebt hatte. Als es vorbei war, zitterte er immer noch und kam sich vor, als stünde er unter Rauschgifteinfluß. Sie lagen eine Zeitlang da, ohne zu reden, bis sie schließlich draußen den Wind heulen hörten und bemerkten, daß es in dem Raum kühl geworden war. Erst jetzt zogen sie sich widerstrebend an und gingen nach oben, wo sie das zweite Schlafzimmer für sich herrichteten.

»Ich sollte bei Joey schlafen und dir dieses Bett überlassen«, sagte sie.

»Nein, wenn du jetzt hineingehst, weckst du ihn nur. Das arme Kind braucht Ruhe.«

»Aber wo wirst du schlafen?« fragte sie.

»In der Galerie.«

»Auf dem Boden?«

»Ich werde meinen Schlafsack vor die Treppe legen.«

Einen Augenblick lang verdrängte die Besorgnis den verträumten Blick aus ihren Augen. »Ich dachte, du hättest gesagt, die könnten unmöglich heute nacht hierherkommen, selbst wenn...«

Er legte einen Finger auf ihre Lippen. »Können sie auch nicht. Überhaupt nicht. Aber Joey sollte mich doch nicht am Morgen in deinem Bett liegen sehen, oder? Und die Sofas unten sind zum Schlafen zu hart. Wenn ich also schon einen Schlafsack benutze, kann ich ihn ebensogut hier auslegen.«

»Und eine Waffe danebenlegen?«

»Natürlich. Obwohl ich sie nicht brauchen werde. Also leg dich jetzt schlafen.«

Als sie unter der Decke lag, gab er ihr einen Gutenachtkuß und ging dann rückwärts aus dem Zimmer, ließ die Tür einen Spalt offenstehen.

In der Galerie sah er auf die Uhr und erschrak, wie spät es war. Konnte es sein, daß sie sich fast zwei Stunden lang geliebt hatten? Ganz sicher nicht. Es war etwas beängstigend und herrlich Animalisches darangewesen; sie hatten sich ihrer Liebe mit einer Intensität hingegeben, daß die Zeit jede Bedeutung verloren hatte, aber die Vorstellung, daß er so unersättlich gewesen war, war ihm dennoch rätselhaft. Und doch war seine Uhr bisher noch nie vorgegangen; sie konnte doch ganz sicher in der letzten halben Stunde nicht gleich eineinhalb Stunden zugelegt haben.

Dann wurde ihm bewußt, daß er hier alleine vor ihrer Schlafzimmertür stand und wie ein Honigkuchenpferd grinste, voller Befriedigung.

Er legte unten Holz nach, trug einen Schlafsack auf die Galerie und rollte ihn aus, schaltete die Treppenbeleuchtung aus und schlüpfte in den Schlafsack. Er lauschte auf den Sturm, der draußen wütete; aber nicht lange, denn der Schlaf kam wie eine große dunkle Woge.

Im Traum legte er Joey ins Bett, zog die Decke zurecht, schüttelte dem Jungen das Kissen auf, und Joey wollte ihm einen Gutenachtkuß geben; Charlie beugte sich über ihn, aber die Lippen des Jungen waren hart und kalt auf seiner Wange. Als er hinunterblickte, sah er, daß der Junge plötzlich kein Gesicht mehr hatte, sondern nur einen kahlen Schädel mit zwei starren Augen, die in dem ansonsten knochigen Antlitz schrecklich deplaziert waren. Charlie hatte an seiner Wange keine Lippen gespürt, sondern einen fleischlosen Mund, kalte Zähne. Er zuckte erschreckt zurück. Joey warf die Decke zurück und setzte sich im Bett auf. Er war in jeder Hinsicht ein ganz normaler kleiner Junge, nur daß er anstelle eines Kopfes einen Totenschädel hatte. Die vorstehenden Augen des Schädels fixierten Charlie, und dann fingen die kleinen Hände des Jungen an, seinen Pyjama aufzuknöpfen; und als seine schmale kleine Brust frei dalag, begann sie sich zu spalten. Charlie versuchte sich umzudrehen und wegzurennen, aber er konnte es nicht, konnte auch die Augen nicht schließen, konnte nicht wegsehen, konnte nur zusehen, wie der Brustkasten des Kindes sich auseinanderspaltete und wie ihm eine Horde rotäugiger Ratten entströmte, wie die in dem Batterieraum, zehn, dann hundert, dann tausend Ratten, bis der Junge leer war und zu einem Häufchen Haut zusammengeschrumpft war, wie ein Ballon, dem die Luft entströmt ist, und dann rannten die Ratten alle auf Charlie zu...

Er wachte auf, schweißüberströmt, stöhnend, mit einem Schrei, der in seiner Kehle erstarrt war. Irgend etwas hielt ihn fest, behinderte seine Arme und Beine, und einen Augenblick dachte er, daß es Ratten wären, die ihm aus dem Traum gefolgt waren, und dann schlug er in seiner Panik um sich, bis ihm klar wurde, daß er sich in einem Schlafsack befand und den Reißverschluß zugezogen hatte. Er fand den Reißverschluß, öffnete den Schlafsack, befreite sich und kroch in der Dunkelheit, bis er zur Wand kam, lehnte sich mit dem Rücken dagegen, lauschte seinem dröhnenden Herzschlag und wartete darauf, daß der Puls sich normalisierte. Als er sich schließlich wieder unter Kontrolle hatte, ging er in Joeys Zimmer, nur um sich zu vergewissern. Der Junge schlief friedlich. Chewbacca hob den Kopf und gähnte.

Charlie sah auf die Uhr, sah, daß er etwa vier Stunden geschlafen hatte. Die Morgendämmerung nahte heran.

Er kehrte zur Galerie zurück.

Aber er konnte nicht aufhören zu zittern.

Er ging nach unten und machte sich Kaffee.

Er versuchte, nicht an den Traum zu denken, schaffte es aber nicht. Er hatte nie zuvor einen solchen Alptraum gehabt, und die erschütternde Macht, die dieser über ihn gewonnen hatte, ließ ihn glauben- daß das nicht so sehr ein Traum, sondern eine Art hellseherisches Erlebnis gewesen war, eine Vorrahnung von Ereignissen. Nicht, daß Ratten aus Joey herausströmen würden, natürlich nicht. Der Traum war symbolisch gewesen. Aber er bedeutete, daß Joey sterben würde. Er wollte das nicht glauben, war von dem bloßen Gedanken erschüttert, daß es ihm nicht gelingen würde, den Jungen zu beschützen, und doch konnte er das, was er erlebt hatte, nicht als bloßen Traum abtun: er wußte es, er fühlte es tief in seinen Knochen: *Joey würde sterben*. Vielleicht würden sie alle sterben.

Jetzt begriff er, warum er und Christine sich mit solcher alles vergessenden Intensität geliebt hatten, mit solcher Hingabe, so animalisch. Tief in ihrem Inneren hatten sie beide gewußt daß die Zeit verrann; in ihrem Unterbewußtsein hatten sie den nahenden Tod gefühlt und hatten versucht, ihn in jenem fundamentalsten, lebensbestätigendsten Ritual zu leugnen, der Zeremonie des Fleisches, dem Tanz, den man liegend tanzt.

Er erhob sich vom Tisch, ließ die halbgeleerte Tasse stehen und ging an die Tür. Er wischte den Beschlag vom Glas, bis er auf die schneebedeckte Veranda hinaussehen konnte. Er konnte nicht viel erkennen, nur ein paar tanzende Schneeflocken und Dunkelheit. Der Sturm hatte seinen Höhepunkt überschritten. Und Spivey war dort draußen. Irgendwo. Das war es, was der Traum bedeutete. Wann würde sie kommen? Es hätte ihn nicht überrascht, wenn ihn plötzlich ihr Gesicht angesprungen hätte, so wie der Kopf eines Schachtelteufels.

55

Als es dämmerte, hatte es aufgehört zu schneien.

Christine und Joey waren früh aufgestanden. Der Junge war nicht so aufgekratzt, wie er das gestern abend gewesen war. Er war sogar wieder im Begriff, in seine düstere, vielleicht sogar verzweifelte Stimmung zurückzusinken, half aber seiner Mutter und Charlie, Frühstück zu machen, und aß reichlich.

Nach dem Frühstück zog Charlie sich warm an und ging hinaus, um den Karabiner einzuschießen, den er gestern in Sacramento gekauft hatte.

Im Laufe der Nacht waren fast vierzig Zentimeter Neuschnee gefallen. Die Wehen, die sich gegen die Hütte lehnten, waren wesentlich höher als gestern, und ein paar Fenster im Erdgeschoß waren zugedeckt. Die Äste hingen tief unter der Last des frischen Schnees, und die Welt war so lautlos, daß sie wie ein riesiges Gräberfeld wirkte.

Der Tag war kalt, grau und düster. Im Augenblick wehte kein Wind.

Er hatte sich aus einem Stück Pappkarton und Schnüren eine Zielscheibe gemacht. Jetzt band er sie an den Stamm einer Douglaskiefer, die ein paar Meter hügelabwärts von der Windmühle stand, ging dann fünfundzwanzig Meter zurück und legte sich flach in den Schnee. Er benutzte einen der eingerollten Schlafsäcke als Stütze, zielte auf die Mitte der Zielscheibe und gab drei Schüsse ab, pausierte nach jedem Schuß, um sicherzugehen, daß das Fadenkreuz wieder auf die Mitte der Scheibe gerichtet war.

Die Winchester war mit einem Dreifach-Zielfernrohr ausgestattet, das ihm die Zielscheibe heranholte. Er schoß 180-Gran-Weichmantelgeschosse und sah jedes einzelne aufschlagen.

Die Schüsse zerschmetterten die morgendliche Stille und hallten aus fernen Tälern zurück.

Er stand auf, ging zur Zielscheibe und vermaß den durchschnittlichen Einschlagpunkt, also den Mittelpunkt der drei Einschläge. Dann maß er dessen Abstand zum Zielpunkt (also dem Zentrum der Scheibe, auf das er das Fadenkreuz ausgerichtet hatte) und konnte jener Zahl entnehmen, wie das Zielfernrohr justiert werden mußte. Der Karabiner zog nach rechts unten. Er korrigierte zuerst die Richthöhenskala und dann die Skala für die Windabweichung, legte sich dann wieder in den Schnee und gab weitere drei Schüsse ab. Diesmal stellte er zu seiner Befriedigung fest, daß er mit jedem Schuß die Mitte der Scheibe getroffen hatte.

Nachdem sich eine Kugel nicht auf gerader Linie, sondern auf einer gekrümmten Bahn bewegt, kreuzt sie zweimal die Sichtlinie – einmal beim Aufsteigen und einmal beim Fallen. Charlie konnte sich ausrechnen, daß bei der Waffe und der Munition, die er benutzte, jeder Schuß, den er abgab, die Sichtlinie zuerst bei etwa fünfundzwanzig Metern kreuzen und dann aufsteigen würde, bis sie etwa in hundert Metern Distanz sechs Zentimeter über dem Ziel sein und dann bei etwa zweihundert Metern die Sichtlinie ein zweites Mal kreuzen würde. Die Winchester war jetzt auf zweihundert Meter eingestellt.

Er wollte niemanden töten.

Er hoffte, daß es nicht notwendig sein würde, jemanden zu töten.

Aber er war bereit.

Christine und Charlie legten ihre Schneeschuhe und Rucksäcke an und gingen den Berg hinunter zu der unteren Wiese, um die restlichen Dinge aus dem Jeep zu holen.

Charlie trug den Karabiner am Schulterriemen.

»Du rechnest doch nicht damit, daß es Schwierigkeiten geben wird?« fragte sie.

»Nein. Aber was nützt es, ein Gewehr zu haben, wenn ich es nicht immer bei mir trage?«

Sie war heute eher bereit, Joey alleine zu lassen, als sie das gestern abend gewesen war, war aber immer noch nicht glücklich darüber. Seine Hochstimmung war nur von kurzer Dauer gewesen. Er war wieder im Begriff, sich in sich zurückzuziehen, in seine eigene innere Welt, und diesmal war dieser Wandel noch beängstigender als das letztemal, weil sie gestern abend gedacht hatte, seine Bedrückung wäre vorbei. Wenn er sich jetzt wieder in Schweigen und Verzweiflung zurückzog, würde er vielleicht sogar noch tiefer eintauchen als zuvor, und diesmal würde er vielleicht nicht zurückkommen. Es war durchaus möglich, daß ein ganz normales extrovertiertes Kind autistisch wurde und jede Beziehung zur realen Welt abbrach. Sie hatte von solchen Fällen gelesen, sich aber nie darüber Sorgen gemacht, weil Joey immer ein offenes, vergnügtes, kommunikatives Kind gewesen war. Autismus war etwas gewesen, das den Kindern anderer Leute widerfuhr, nie ihrem eigenen extrovertierten kleinen Jungen. Aber an diesem Morgen redete er kaum und lächelte überhaupt nicht. Sie wollte jede Minute bei ihm bleiben, ihn an sich drücken, aber dann erinnerte sie sich, wie ihn gerade die Tatsache, daß sie ihn gestern abend eine Weile alleine gelassen hatten, davon überzeugt hatte, daß die Hexe doch nicht in der Nähe sein konnte. Wenn man ihn heute morgen wieder sich selbst überließ, hatte das möglicherweise die gleiche heilsame Wirkung.

Christine sah sich nicht um, als sie und Charlie den Hügel hinuntergingen. Wenn Joey sie vom Fenster aus beobachtete, könnte er einen solchen Blick als Hinweis darauf deuten, daß sie sich um ihn ängstigte, und dann würde ihre Furcht die seine nähren.

Der Atem gefror ihr vor den Lippen, hüllte ihren Kopf in Rauhreif. Es war bitterkalt, aber weil kein Wind wehte, brauchten sie keine Skimasken zu tragen.

Zuerst redeten sie und Charlie überhaupt nicht, gingen nur stumm dahin, suchten sich in dem weichen, frischen Schnee ihren Weg, sanken hier und da trotz der Schneeschuhe ein, suchten eine festere Kruste, kniffen die Augen zusammen, weil der grelle Widerschein des Schnees ihre Augen selbst unter einem sonnenlosen Himmel ermüdete. Aber als sie schließlich den Wald erreichten, sagte Charlie: »Wegen gestern nacht...«

»Zuerst ich«, sagte sie schnell und ganz leise, weil die Luft so reglos war, daß ein Flüstern ebensoweit reichte wie ein Schreien. »Ich war... ich war den ganzen Morgen... nun, ein wenig verlegen.«

»Wegen dem, was gestern nacht war?«

»Ja.«

»Tut es dir leid, daß es geschehen ist?«

»Nein, nein.«

»Gut, weil es mir nämlich ganz sicherlich nicht leid tut.«

Sie sagte: »Ich möchte nur, daß du weißt, daß ich gestern so... so munter, so aggressiv, so...«

»Leidenschaftlich?«

»Das war mehr als Leidenschaft, meinst du nicht?«

»Doch, das meine ich.«

»Mein Gott, ich war wie ein Tier oder so etwas. Ich konnte nicht genug von dir bekommen.«

»Das hat meinem Ego ungeheuer gutgetan«, sagte er und grinste.

»Ich wußte gar nicht, daß du ein schwaches Ego hast.«

»Das ist es auch nicht. Aber ich habe mich auch nie für ein Geschenk Gottes an die Frauen gehalten.«

»Und jetzt, nach gestern nacht, tust du das, hm?«

»Unbedingt.«

Als sie zwanzig Meter weit in den Wald eingedrungen waren, blieben sie stehen, sahen einander an und küßten sich zärtlich.

Dann sagte sie: »Ich möchte nur, daß du verstehst, daß ich noch nie so wie gestern war.«

Er tat überrascht und enttäuscht. »Du meinst, du bist nicht vom Sex besessen?«

»Nur mit dir.«

»Das kommt daher, weil ich ein Geschenk Gottes an die Frauen bin, vermute ich.«

Sie lächelte nicht. »Charlie, das ist wichtig für mich – ich meine, daß du mich verstehst. Letzte Nacht... ich weiß nicht, was in mich gefahren ist.«

»Ich.«

»Nein, ernsthaft. Bitte. Ich möchte nicht, daß du glaubst, daß ich mit anderen Männern je so war. Das war ich nicht. Niemals. Ich habe gestern nacht Dinge mit dir getan, die ich nie zuvor getan habe. Ich wußte nicht einmal, daß ich das konnte. Ich war wirklich wie ein wildes Tier. Ich meine... ich bin nicht prüde, aber...«

»Hör zu«, sagte er, »wenn du gestern nacht ein Tier warst, dann war ich eine Bestie. Es ist nicht meine Art, die Kontrolle über mich einfach zu verlieren, und es ist ganz bestimmt nicht meine Art, so... anmaßend oder brutal zu sein. Aber mir ist das, was gestern war und wie ich war, nicht peinlich, und dir sollte es auch nicht sein. Wir haben etwas Besonders, etwas Einmaliges erlebt, und deshalb war uns beiden danach, uns gehenzulassen. Einige Male war es vielleicht etwas grob, aber dann war es auch wunderschön, oder nicht?«

»Herrgott, ja.«

Sie küßten sich wieder, aber es war nur ein kurzer Kuß, den ein Summen in der Ferne unterbrach.

Charlie legte den Kopf zur Seite, lauschte.

Das Geräusch wurde lauter.

»Flugzeug?« sagte sie und blickte zu dem schmalen Streifen Himmel auf, der zwischen den Bäumen sichtbar war.

»Schneemobile«, sagte Charlie. »Es gab einmal eine Zeit, wo die Berge immer ruhig und beschaulich waren. Aber heute ist das nicht mehr so. Diese verdammten Schneemobile sind überall, wie Flöhe auf einer Katze.«

Das Brausen der Motoren wurde lauter.

»Aber so weit kommen sie doch nicht herauf?« fragte sie besorgt.

»Vielleicht schon.«

»Das klingt ja, als wären die gleich um die Ecke.«

»Wahrscheinlich sind sie noch ziemlich weit weg. Geräusche täuschen hier oben das Ohr; der Schall trägt ziemlich weit.«

»Aber wenn wir auf Leute mit Schneemobilen stoßen?«

»Dann sagen wir, daß wir die Hütte gemietet haben. Ich heiße... warte mal... Bob Henderson. Und du bist Jane Henderson. Wir wohnen in Seattle. Wir sind hier zum Langlaufen und um uns zu erholen. Klar?«

»Klar«, sagte sie.

»Sag nichts von Joey.«

Sie nickte.

Sie gingen weiter bergab.

Das Geräusch der Schneemobil-Motoren wurde lauter und lauter und verstummte dann, eines nach dem anderen, bis es wieder nur die tiefe, alles einhüllende Stille der Berge und das weiche Knirschen der Schneeschuhe im Schnee gab.

Als sie den Waldrand erreichten, sahen sie vier Schneemobile und acht oder zehn Leute, die sich etwa dreihundert Meter unter ihnen um den Jeep gesammelt hatten. Sie waren zu weit von Christine entfernt, als daß sie hätte sehen können, wie sie aussahen oder auch nur, ob sie Männer oder Frauen waren; es waren einfach nur kleine, dunkle Gestalten vor dem blendenden Weiß des Schnees. Der Jeep war zur Hälfte von Schnee bedeckt, aber die Fremden waren emsig bemüht, ihn auszugraben, und versuchten, die Türen zu öffnen.

Christine hörte schwache Stimmen, konnte aber nicht verstehen, was sie sagten. Jetzt hallte das Splittern von Glas durch die kalte Bergluft, und ihr wurde klar, daß es sich um keine gewöhnlichen Schneemobil-Fans handelte.

Charlie zog sie zurück, in die Dunkelheit zwischen den Bäumen links vom Weg, und beide wären beinahe gestürzt, weil Schneeschuhe nicht dafür gebaut sind, daß man sich mit ihnen schnell bewegt. Sie standen unter einer mächtigen Hemlock-

Tanne. Ihre mächtigen Äste begannen etwa zwei Meter über dem Boden, warfen mächtige Schatten und verstreuten Nadeln über die dünne Schneehaut, die die Erde darunter bedeckte. Charlie lehnte sich gegen den mächtigen Baumstamm und spähte um ihn herum, vorbei an ein paar anderen Hemlock-Tannen, zwischen ein paar Fichten, zur Wiese und dem Jeep. Er öffnete das Feldstecherfutteral, das er am Gürtel trug, und nahm das Glas heraus.

»Was sind das für Leute?« fragte Christine, während sie Charlie dabei zusah, wie er das Glas scharfstellte, und war sicher, daß sie die Antwort auf ihre Frage bereits kannte, wollte sie aber nicht glauben, hatte nicht die Kraft, sie zu glauben. »Ganz sicher nicht bloß ein paar Winterurlauber; die würden sicher nicht einfach die Scheiben eines verlassenen Fahrzeugs einschlagen.«

»Vielleicht sind es junge Leute«, sagte er, immer noch mit dem Feldstecher beschäftigt. »Vielleicht bloß ein wenig übermütig.«

»Niemand fährt bei diesem Wetter so weit in die Berge, bloß weil er übermütig ist«, sagte sie.

Charlie trat zwei Schritte von der Tanne zurück, hielt den Feldstecher mit beiden Händen und spähte nach unten. Schließlich sagte er: »Ich erkenne einen von ihnen. Der große Bursche, der in die Pfarrei kam, als Henry und ich gerade weggingen. Sie hatten ihn Kyle genannt.«

»O Gott.«

Der Berg war also doch keine Zuflucht, sondern eine Falle.

Plötzlich ließ die Einsamkeit der schneebedeckten Hügel und Wälder ihre Flucht in die Hütte kurzsichtig, unsinnig erscheinen. Es war ihnen so vernünftig vorgekommen, von den Menschen wegzugehen, einen Ort aufzusuchen, wo man sie nicht entdecken konnte. Aber damit hatten sie zugleich auch jede Chance auf Hilfe aufgegeben, waren fern von allen, die ihnen hätten zu Hilfe kommen können, wenn sie angegriffen wurden. Hier, an diesem kalten Ort in den Bergen konnte man sie hinschlachten und begraben, und niemand außer ihren Mördern würde je wissen, was ihnen zugestoßen war.

»Siehst du sie?« fragte Christine.

»Spivey? Ich glaube, das ist die Gestalt, die immer noch auf einem Snowmobile sitzt. Ich bin sogar sicher, daß sie das ist.«

»Aber wie haben sie uns finden können?«

»Jemand, der wußte, daß ich Mitbesitzer der Hütte bin. Jemand hat sich daran erinnert und es Spiveys Leuten gesagt.«

»Henry Rankin?«

»Vielleicht. Es gibt nur wenige Leute, die Bescheid wissen.«

»Aber trotzdem. So schnell!«

Charlie sagte: »Sechs . . . sieben . . . neun sind es. Nein. Zehn.«

Wir werden sterben, dachte sie. Zum erstenmal, seit sie den Konvent verlassen hatte, seit sie ihre Religion verloren hatte, wünschte sie, sie hätte sich nicht ganz von der Kirche abgewandt. Plötzlich waren im Vergleich mit dem Wahnsinn, an den Spiveys Kult glaubte, die alten Lehren der römisch-katholischen Kirche ungemein beruhigend und anziehend, und sie wünschte, sie könnte sich ihnen jetzt zuwenden, ohne sich dabei scheinheilig vorzukommen, wünschte, sie könnte Gott um Hilfe anflehen, die heilige Jungfrau bitten, ihr zu helfen. Aber man konnte nicht einfach die Kirche von sich stoßen, sie ganz aus seinem Leben verdrängen – und dann zu ihr zurückkehren, wenn man sie brauchte, und erwarten, sie würde einen wieder in ihren Schoß aufnehmen, ohne daß man zuerst Buße tat. Gott verlangte, daß man in guten Zeiten ebenso wie in schlechten an ihn glaubte. Wenn sie jetzt von der Hand dieser Fanatiker starb, dann würde das geschehen, ohne daß sie vorher einem Priester ihre letzte Beichte ablegte, ohne die letzte Ölung, ohne daß man sie in geheiligter Erde begrub. Und es überraschte sie, daß diese Dinge nach all den Jahren, in denen sie für sie ohne Wert gewesen waren, plötzlich wieder Bedeutung hatten und ihr wichtig schienen.

Charlie schob den Feldstecher ins Futteral zurück und verschloß es. Er nahm den Karabiner von der Schulter.

»Geh du zur Hütte zurück«, sagte er. »So schnell du kannst. Halte dich zwischen den Bäumen, bis zur nächsten Wegbiegung. Ab dort können sie dich von der unteren Wiese aus nicht mehr sehen. Zieh Joey an. Packe Lebensmittel in deinen Rucksack. Tu, was du kannst, um bereit zu sein.«

»Du bleibst doch nicht hier? Warum?«

»Um ein paar von ihnen zu töten«, sagte er.

Er zog den Reißverschluß an einer der Taschen seiner Isolierjacke auf. Sie war mit Patronen gefüllt. Wenn er das Magazin des Karabiners leergeschossen hatte, würde er schnell nachladen können.

Sie zögerte, hatte Angst, ihn zu verlassen.

»Geh!« sagte er. »Schnell. Wir haben nicht viel Zeit.«

Ihr Herz schlug wie wild, als sie nickte, sich umdrehte und zwischen den Bäumen bergauf davonging, so schnell, wie ihre Schneeschuhe es erlaubten, und das war bei weitem nicht schnell genug. Hier und da mußte sie Zweige vor sich herschieben. Sie war dankbar dafür, daß die mächtigen Bäume kein Licht durchließen, so daß unter ihnen nicht viel wachsen konnte, sonst wäre sie viel langsamer von der Stelle gekommen.

Erfolgreiches Schießen mit einem Karabiner setzt zwei Dinge voraus: einen sicheren und festen Standort für den Schützen und daß der Abzug im exakt richtigen Zeitpunkt und so weich wie möglich betätigt wird. Sehr wenige Schützen – Jäger, Soldaten, was auch immer – sind wirklich gut. Viel zu viele von ihnen versuchen schnell und aus der Hand zu schießen, obwohl eine bessere Position zur Verfügung steht, oder üben den ganzen Druck auf den Abzug ruckartig aus und verreißen ihn dabei.

Am besten schießt es sich auf dem Bauch liegend, besonders wenn man bergab zielt. Nachdem Charlie seine Schneeschuhe ausgezogen hatte, ging er daher an den Rand des Waldes, bis an den oberen Wiesenrand und legte sich dort hin. Der Schnee war hier nur etwa fünf Zentimeter tief, weil der Wind vom Westen über die Wiese wehte und das Land freifegte, den größten Teil des Schnees nach Osten schob und ihn in Wehen entlang der Waldflanke auftürmte. Der Abhang war an diesem Punkt steil, und er blickte auf die Leute hinunter, die sich immer noch an dem Jeep zu schaffen machten. Er hob den Karabiner, stützte ihn auf seinen linken Handrücken; sein linker Arm war gebeugt, und der linke Ellbogen befand sich direkt unter dem Karabiner. In dieser Position würde die Waffe nicht wackeln, weil die Unterarmknochen als Stütze zwischen dem Boden und der Waffe dienten.

Er zielte auf die dunkle Gestalt im vordersten Schneemobil, obwohl es bessere Ziele gab, weil er fast sicher war, daß es sich dabei um Grace Spivey handelte. Sie hatte den Kopf unterhalb der Windschutzscheibe des Fahrzeugs, und damit war ihm eine Sorge genommen: Er brauchte nicht zu befürchten, daß der Schuß von dem Plexiglas abgelenkt wurde. Wenn es ihm gelang, sie zu erledigen, würden die anderen vielleicht psychisch daran zerbrechen. Für einen Fanatiker mußte es erschütternd sein, wenn sein kleiner Götze vor seinen Augen starb.

Sein behandschuhter Finger krümmte sich um den Abzug, aber das fühlte sich nicht gut an, vermittelte ihm nicht das richtige Gefühl; also streifte er mit den Zähnen den Handschuh ab, legte den bloßen Finger um den Abzug, und das war wesentlich besser. Die Mitte des Fadenkreuzes lag auf Grace Spiveys Stirn, weil die Kugel auf diese Distanz, bis sie ihr Ziel traf, unter die Sichtlinie fallen und damit etwa zweieinhalb Zentimeter tiefer einschlagen würde. Wenn er Glück hatte – zwischen ihren Augen. Andernfalls würde er sie immer noch im Gesicht oder am Hals treffen.

Trotz der eisigen Temperatur schwitzte er. Unter seinem Skianzug rann ihm der Schweiß aus den Achselhöhlen.

Konnte man dies als Notwehr bezeichnen? Keiner von den Leuten dort unten hatte in diesem Augenblick eine Waffe auf ihn gerichtet. Er befand sich nicht in unmittelbarer Lebensgefahr. Aber wenn er nicht einige von ihnen erledigt hatte, ehe sie näherkamen, würden sie ihn mit Sicherheit überwältigen. Dennoch zögerte er. Er hatte noch nie etwas so Kaltblütiges getan. Eine kleine innere Stimme sagte ihm, daß er, wenn er sich auf so etwas einließ, auch nicht besser als die Ungeheuer sein würde, die gegen ihn angetreten waren. Aber wenn er es nicht tat, würde er am Ende sterben – ebenso wie Christine und Joey.

Das Fadenkreuz ruhte auf Spiveys Stirn.

Charlie drückte den Abzug, aber er zog ihn nicht ganz durch, weil er damit den Karabiner ein wenig aus dem Ziel bewegen würde; also ließ er den Abzug dicht vor dem Druckpunkt niedergedrückt, bis das Fadenkreuz wieder im Ziel war, und drückte erst dann ab. Der Schuß löste sich, und er zuckte, aber nicht in Erwartung der Explosion, sondern nur in einer verzögerten Reaktion darauf, zu einem Zeitpunkt, wo es bereits zu spät war, daß die Kugel davon abgelenkt wurde, denn sie hatte den Lauf bereits verlassen. Man mußte um jeden Preis vermeiden, daß man zu früh zuckte, und ein Abdrücken in zwei Etappen täuschte das Unterbewußtsein immer ein wenig, gerade soviel, daß der Explosionsknall eine leichte Überraschung war.

Es gab noch eine Überraschung, eine schlimme, als er glaubte, er sähe Spivey sich nach vorne beugen, nach etwas greifen, ihr Profil in dem Augenblick senkend, als er den Schuß abgab. Als er jetzt die Waffe erneut auf sie richtete, konnte er sie nicht sehen, und das bedeutete, daß er sie entweder getroffen hatte und sie unter der Windschutzscheibe zusammengebrochen war – oder daß sie sich wirklich im allerletzten Augenblick vorgebeugt hatte, daß das Schicksal sie gerettet hatte und sie sich jetzt außer Schußweite geduckt hielt.

Er richtete sofort seine Waffe auf einen der anderen.

Einen Mann, der neben dem Jeep stand. Sich einfach als Reaktion auf den Schuß herumdrehte. Jemanden, der nicht die Gabe blitzschneller Reaktion besaß, der verwirrt war, die Gefahr noch nicht ganz erfaßt hatte.

Charlie feuerte. Diesmal hatte er getroffen, denn sein Ziel flog rückwärts und blieb im Schnee liegen, tot oder tödlich verwundet.

Christine hatte inzwischen das Ende des Weges erreicht und war außer Sichtweite der Leute auf der Wiese aus dem Schutz des Waldes hervorgetreten, als sie einen Schuß hörte. Sie wollte zu Charlie zurück, wollte dort sein, ihm helfen und wußte doch, daß da nichts war, was sie für ihn tun konnte. Sie hatte nicht einmal die Zeit, sich umzusehen. Vielmehr verdoppelte sie ihre Anstrengung, keuchte, versuchte leichtfüßig auf dem Schnee zu gehen und brach doch wegen ihrer Hast durch die Kruste, suchte verzweifelt nach vom Wind freigewehten Stellen, wo sie schneller vorankommen würde.

Aber was war, wenn Charlie etwas zustieß? Was, wenn er nicht zu ihr und Joey zurückkehrte?

Sie war kein Mensch, der dem Leben im Freien viel abgewinnen konnte, und würde nicht wissen, wie man es anstellen mußte, in dieser Winterwüste zu überleben. Wenn sie die Hütte ohne Charlie verlassen mußten, würden sie sich in der Wildnis verlaufen und dort entweder verhungern oder erfrieren.

Und dann, als hätte die Natur sich vorgenommen, Christines Angst auf die Spitze zu treiben, gleichsam als wollte sie sich über sie lustigmachen, begannen die Schneeflocken wieder aus dem Himmel herabzutanzen.

Als der erste Mann getroffen wurde und zu Boden ging, suchten einige der anderen neben dem Jeep Deckung. Aber zwei Männer rannten auf die Schneemobile zu, so daß sie perfekte Zielscheiben darstellten. Charlie zielte auf einen von ihnen. Auch dieser Schuß traf sein Ziel, erfaßte den Mann an der Brust, warf ihn über eines der Schneemobile, und als er gleich darauf in eine Schneewehe sank, blieb er dort reglos liegen.

Der andere Mann ließ sich fallen und bot damit kein Ziel mehr. Charlie feuerte trotzdem. Er konnte nicht sagen, ob er diesmal getroffen hatte, weil sein Opfer jetzt von einem Schneehaufen verdeckt war.

Er lud nach.

Er fragte sich, ob es unter den Leuten dort unten Jäger oder ehemalige Soldaten gab, die genügend Erfahrung hatten, um seine Position bereits ausgemacht zu haben. Er überlegte, ob er sich einen neuen Standort am Waldrand suchen sollte, und wußte, daß die Schatten, die die Bäume warfen, ihm vermutlich Deckung bieten würden. Aber er nahm an, daß die meisten von ihnen in so etwas ohnehin nicht erfahren waren, nicht auf Guerrillakrieg vorbereitet waren, also blieb er, wo er war, und wartete darauf, daß einer von ihnen einen Fehler machte.

Er brauchte nicht lange zu warten. Einer von den Leuten, die beim Jeep Deckung gesucht hatten, war neugieriger, als für ihn gut war. Als eine halbe Minute verstrichen war, ohne daß Schüsse gefallen waren, richtete der Zwielichter sich auf, sah sich um, immer noch halb geduckt, bereit, sich gleich wieder hinfallen zu lassen, wahrscheinlich weil er glaubte, daß er in dieser Haltung kein Ziel bieten würde, was freilich nicht der Fall war. Höchstwahrscheinlich vermutete er auch, daß er sich beim leisesten Geräusch fallen lassen könnte, aber er wurde getroffen und war tot, ehe der Abschußknall an sein Ohr gedrungen war.

Drei erledigt. Blieben noch sieben. Sechs – falls er Spivey ebenfalls getötet hatte.

Zum erstenmal in seinem Leben war Charlie Harrison froh, daß er in Vietnam gedient hatte. Fünfzehn Jahre waren verstrichen, aber die Instinkte, die er auf dem Schlachtfeld erlernt hatte, waren ihm geblieben. Er verspürte den herzzerreißenden Schrecken des Jägers ebenso wie den des Gejagten, den Kampfstreß, der mit keiner anderen Art von Streß vergleichbar war, aber er wußte immer noch, wie man diese Spannung einsetzte, wie man den Streß ausnutzte, um wachsam und scharf zu bleiben.

Die anderen verhielten sich still, gruben sich in den Schnee, dicht an den Jeep und die Schneemobile gepreßt. Charlie konnte hören, wie sie einander zuriefen, aber keiner von ihnen wagte es, sich zu bewegen.

Er wußte, daß sie jetzt fünf oder zehn Minuten untenbleiben würden. Vielleicht sollte er jetzt aufstehen, zur Hütte eilen und den Vorsprung nutzen. Aber wenn er wartete, bestand die Aussicht, daß er das nächste Mal, wenn sie wieder etwas Zuversicht geschöpft hatten, noch einen sauberen Schuß schaffen würde. Für den Augenblick jedenfalls bestand keine Gefahr, irgendwelche Vorteile zu verlieren, wenn er hierblieb; also wartete er am Waldrand. Er lud wieder nach und starrte auf sie hinunter, von seiner Schießkunst entzückt, wobei er sich wünschte, daß er nicht stolz darauf wäre, nicht begeistert darüber, daß er drei von ihnen erledigt hatte, und war zugleich voll Scham über diese Freude.

Der Himmel sah hart und metallisch aus. Leichte Schneeflokken tanzten in der Luft.

Noch kein Wind. Gut. Der Wind würde ihn beim Schießen stören.

Unten hatten Spiveys Leute zu reden aufgehört. Ein unnatürliches Schweigen kehrte in die Bergwelt zurück.

Die Zeit verstrich.

Sie hatten Angst vor ihm, diese Leute dort unten.

Er wagte zu hoffen.

56

In der Hütte fand Christine Joey im Wohnzimmer stehen. Sein Gesicht war aschfahl. Er hatte die Schüsse gehört. Er wußte Bescheid.

»Das ist sie.«

»Honey, zieh deinen Skianzug an und deine Stiefel. Wir gehen hier bald weg.«

»Stimmt's?« fragte er leise.

»Wir müssen abmarschbereit sein, sobald Charlie kommt.«

»Ist sie's nicht?«

»Doch«, sagte Christine. Tränen quollen aus den Augen des Jungen, und sie drückte ihn an sich. »Alles wird gut. Charlie wird sich um uns kümmern.«

Sie blickte in seine Augen, aber er blickte nicht in die ihren. Er sah durch sie hindurch, in eine andere Welt als diese, an einen Ort, den nur er kannte, und die Leere in seinen Augen ließ es ihr eisig über den Rücken laufen.

Sie hatte gehofft, daß er sich anziehen konnte, während sie Sachen in ihren Rucksack stopfte, aber er war am Rande der Katatonie, stand einfach mit ausdruckslosem Gesicht und herunterhängenden Armen da. Sie packte seinen Skianzug und zog ihm diesen an, zog ihn über seinen Pullover und die Jeans, die er bereits trug, streifte zwei Paar dicke Socken über seine kleinen Füße, zog ihm Stiefel an, schnürte sie zu. Sie legte seine Handschuhe und seine Skimaske neben der Tür auf den Boden, um sie nicht zu vergessen, wenn die Zeit gekommen war.

Als sie in die Küche ging und anfing, Lebensmittel und andere Dinge für den Rucksack auszuwählen, kam Joey mit, stellte

sich neben sie. Und dann schüttelte er plötzlich seinen Trance-
zustand ab, und sein Gesicht verzerrte sich vor Angst, und er
sagte: »Brandy? Wo ist Brandy?«

»Du meinst Chewbacca, Honey.«

»Brandy. Ich meine Brandy!«

Erschreckt hörte Christine auf zu packen, beugte sich neben
ihm nieder, legte die Hand auf seine Stirn. »Honey, tu das nicht,
mach deiner Mami keine Sorgen. Du erinnerst dich doch. Ich
weiß das. Du erinnerst dich… Brandy ist tot.«

»Nein.«

»Die Hexe…«

»Nein!«

»Hat ihn getötet.«

Er schüttelte heftig den Kopf. »Nein. Nein! Brandy!« Er schrie
verzweifelt nach seinem toten Hund. »Brandy! *Braaandeeee!*«

Sie hielt ihn fest, und er kämpfte dagegen an. »Joey, bitte,
bitte.«

In dem Augenblick trottete Chewbacca in die Küche, um
nachzusehen, was all die Unruhe zu bedeuten hatte, und der
Junge entwand sich Christine, packte den Hund vergnügt,
drückte seinen Kopf an sich. »Brandy! Siehst du? Das ist
Brandy. Er ist immer noch hier. Du hast gelogen. Brandy ist
nicht verletzt. Brandy ist okay. Dem guten alten Brandy fehlt
gar nichts.«

Einen Augenblick lang konnte Christine weder atmen noch
sich bewegen, weil der Schmerz sie bewegungsunfähig machte,
nicht physischer Schmerz, sondern emotionaler Schmerz, tief
und bitter. Joey fing an, ihr zu entgleiten. Sie hatte gedacht, daß
er Brandys Tod akzeptiert hatte, daß all dies erledigt war, als sie
ihn gezwungen hatte, den Hund Chewbacca und nicht Brandy
Zwei zu nennen. Aber jetzt, als sie seinen Namen aussprach,
reagierte er nicht, sah sie nicht einmal an, sondern murmelte
nur auf den Hund ein, streichelte ihn, drückte ihn an sich. Sie
schrie seinen Namen, aber er reagierte immer noch nicht.

Sie hätte nie zulassen dürfen, daß er diesen Hund behielt, der
dem anderen so ähnlich sah. Sie hätte ihn zwingen sollen, ihn
ins Tierheim zurückzubringen, hätte ihn dazu bringen müssen,

einen anderen Hund auszuwählen, alles, nur keinen Golden Retriever.

Oder vielleicht auch nicht. Vielleicht war da nichts, was sie hätte tun können, um seine Zurechnungsfähigkeit zu retten. Man konnte von einem Sechsjährigen nicht erwarten, daß er selbst intakt blieb, während seine ganze Welt ringsum ihn in Stücke ging. Viele Erwachsene wären schon früher zerbrochen. Obwohl sie sich das Gegenteil einzureden versucht hatte, waren doch seine emotionalen und geistigen Probleme unvermeidbar gewesen.

Ein guter Psychiater würde ihm helfen können, das redete sie sich ein. Sein Rückzug aus der Realität war nicht von Dauer. Sie mußte glauben, daß das so war. Sie mußte es glauben. Sonst hatte es keinen Sinn, von hier aus weiterzumachen.

Sie lebte für Joey. Er war ihre ganze Welt, alles, was ihr Leben lebenswert machte. Ohne ihn...

Das Allerschlimmste war, daß sie jetzt nicht die Zeit hatte, ihn an sich zu drücken und mit ihm zu reden, obwohl das etwas war, was er dringend brauchte und übrigens auch etwas, das sie brauchte. Aber Spivey war unterwegs, und die Zeit ging zur Neige, also mußte sie Joey ignorieren, sich in dem Augenblick von ihm abwenden, wo er sie am allermeisten brauchte, mußte sich wieder unter Kontrolle bekommen und den Rucksack pakken. Ihre Hände zitterten, Tränen strömten ihr über das Gesicht. Ihr war nie schlimmer zumute gewesen. Jetzt würde sie möglicherweise, selbst wenn Charlie Joeys Leben rettete, ihren Jungen verlieren, und nur die lebende, aber leere Hülle von ihm würde ihr vielleicht bleiben. Aber sie arbeitete weiter, riß offene Schranktüren auf, suchte Dinge, die sie brauchen würden, wenn sie in den Wald gingen.

Sie war erfüllt vom schwärzesten Haß auf Spivey und die Kirche des Zwielichts. Sie wollte sie nicht nur töten. Sie wollte sie zuerst foltern, sie wollte das alte Miststück dazu bringen, daß sie schrie und um Gnade bettelte, das schmutzige verkommene, verrückte alte Miststück!

Und Joey sagte leise und einschmeichelnd: »Brandy... Brandy... Brandy«, und streichelte dabei Chewbacca.

57

Sieben Minuten verstrichen, bis einer von Spiveys Leuten es wagte, sich aufzurichten, um zu prüfen, ob Charlie sie immer noch im Visier hatte.

Das hatte er, und er eröffnete das Feuer. Aber obwohl dies die Gelegenheit war, auf die er gewartet hatte, war er unkonzentriert, zu angespannt und zu eifrig. Er riß den Abzug durch, anstatt ihn sachte durchzuziehen, riß damit die Waffe aus dem Ziel und verfehlte.

Das Feuer wurde sofort erwidert. Er hatte damit gerechnet, daß sie bewaffnet waren. Aber ganz sicher war er bis jetzt nicht gewesen. Zwei Karabiner eröffneten das Feuer, und es war auf das obere Ende der Wiese gerichtet. Aber die ersten Kugeln schlugen fünfzig Meter links von ihm im Wald ein; er hörte die Kugeln in die Bäume schlagen. Die nächsten Schüsse lagen näher, vielleicht fünfunddreißig Meter entfernt, immer noch zu seiner Linken, aber das Feuer hielt an, und die Schüsse kamen näher. Sie wußten in etwa, wenn auch nicht genau, wo er war, und versuchten, ihm eine Reaktion zu entlocken, damit er seinen Standort verriet.

Als die Schüsse näherkamen, zog er den Kopf ein und preßte sich in die dünner werdenden Schatten am Waldrand. Er hörte, wie unmittelbar über ihm Kugeln durch die Äste fetzten. Stücke von Rinde, ein Regen von Tannennadeln und ein paar Tannenzapfen regneten rings um ihn herunter; ein paar Stücke fielen sogar auf seinen Rücken, aber wenn die Schützen dort unten auch auf einen Glückstreffer hofften, würden sie enttäuscht sein.

Das Feuer wanderte langsam nach rechts weiter, und das deutete darauf, sie wußten nur, daß die Schüsse von oben gekommen waren, aber nicht, an welcher Stelle der Angreifer verborgen war.

Charlie hob den Kopf, hob seinen Karabiner, legte das Auge an das Okular des Zielfernrohrs und stellte erschreckt fest, daß die Schüsse noch einen weiteren Zweck verfolgten: Sie waren als Feuerschutz für zwei Zwielichter gedacht, die, so schnell sie konnten, auf den Wald am östlichen Ende der Wiese zurannten.

»Scheiße!« sagte er und versuchte schnell auf einen von ihnen zu zielen. Aber sie bewegten sich trotz des wieder einsetzenden Schneefalls zu schnell und wirbelten dabei ganze Schneewolken auf. Gerade als er einen von ihnen im Fadenkreuz hatte, tauchten beide Männer in die Dunkelheit zwischen den Bäumen ein und waren verschwunden.

Die Zwielichter unten am Jeep hörten zu schießen auf.

Charlie überlegte, wie lange es dauern würde, bis die zwei im Wald sich zwischen den Bäumen durcharbeiten und ihn von hinten angreifen konnten. Nicht lange. In diesen Wäldern gab es nur wenig Unterholz. Fünf Minuten. Oder weniger.

Er konnte immer noch einigen Schaden anrichten, selbst wenn die Leute unten auf der Wiese sich nicht zeigten. Er zielte auf eines der Schneemobile und jagte zwei Schüsse hinunter, in der Hoffnung, irgend etwas Wichtiges zu zerstören. Wenn er es fertigbrachte, daß sie sich zu Fuß bewegen mußten, würde er bewirken, daß die Jagd langsamer und fairer wurde. Er zielte auf das nächste Schneemobil, jagte zwei Kugeln in den Motor. Die dritte Maschine war von den beiden anderen halb verdeckt und bot kaum ein Ziel, und so gab er fünf Schüsse auf sie ab, lud nach, und all die Schüsse machten es ihnen schließlich möglich, seine Position auszumachen. Sie begannen von unten auf ihn zu schießen, aber diesmal schlugen alle Schüsse im Umkreis von wenigen Metern rings um ihn ein.

Das vierte Schneemobil war hinter dem Jeep außer Reichweite, also konnte er jetzt nichts mehr unternehmen. Er schlüpfte in den Handschuh, den er vor ein paar Minuten abgestreift hatte, und robbte dann tiefer in den Wald hinein, bis er eine mächtige Hemlock-Tanne fand, deren Stamm ihn vor dem Kugelhagel schützte. Er hatte vorher die Schneeschuhe ausgezogen, um sich hinlegen zu können, und zog sie jetzt wieder an, arbeitete, so schnell es ging, versuchte dabei, so leise wie möglich zu sein, und lauschte die ganze Zeit auf eventuelle Geräusche der beiden Männer im östlichen Teil des Waldes.

Er hatte erwartet, daß er sie jetzt sehen oder hören würde,

aber nun wurde ihm klar, daß sie äußerst vorsichtig sein würden. Sie würden annehmen, daß er sie gesehen hatte, als sie über die Wiese herauframnten, und sicher sein, daß er ihnen auflauerte. Sie wußten, daß er den Vorteil hatte, mit dem Terrain vertraut zu sein. Sie würden sich langsam bewegen, von einer Deckung zur nächsten, würden gründlich jeden Baum und jede Felsformation und jede Bodensenke studieren, die vor ihnen lag und stets mit einem Angriff rechnen. So würde es vielleicht weitere fünf oder sogar zehn Minuten dauern, bis sie hier waren. Und sobald sie einmal da waren, würden sie wenigstens weitere zehn Minuten damit vergeuden, die Gegend abzusuchen, bis sie ganz sicher waren, daß er sich zurückgezogen hatte. Das verschaffte ihm, Christine und Joey vielleicht einen Vorsprung von zwanzig oder fünfundzwanzig Minuten.

Er eilte, so schnell er konnte, durch den Wald, auf die obere Wiese und die Hütte zu.

Es schneite immer noch.

Inzwischen war Wind aufgekommen.

Der Himmel hatte sich verdunkelt und war tiefer gesunken. Es war immer noch Morgen, aber man hatte eher das Gefühl, es wäre Nachmittag. Zur Hölle, man hatte das Gefühl, als wäre es sogar noch später, viel später. Man hatte das Gefühl, daß das Ende der Zeit gekommen war.

Chewbacca blieb neben Joey, als fühlte er, daß sein Herrchen ihn brauchte, aber der Junge achtete nicht länger auf den Hund. Joey war in einer inneren Welt versunken, hatte diese Welt ganz aus den Augen verloren.

Christine biß sich auf die Lippen und unterdrückte die Sorge, die sie um ihren Sohn empfand. Sie hatte inzwischen ihren Rucksack mit Lebensmitteln vollgepackt und all die Dinge aufgestapelt, die in Charlies Rucksack gepackt werden sollten, und auch die Schrotflinte geladen, als er schließlich zur Hütte zurückkehrte. Sein Gesicht war von der eisigen Luft gerötet, und in seinen Augenbrauen hing Rauhreif, aber einen Augenblick lang waren seine Augen das Kälteste an ihm.

»Was ist geschehen?« fragte sie, als er durch das Wohnzim-

mer zum Eßtisch ging und auf dem Fußboden schmelzende
Schneeklumpen hinterließ.

»Weggeblasen hab ich sie. Wie auf dem Schießplatz.«

Während sie ihm half, seinen Rucksack abzunehmen, und
ihn auf den Tisch legte, fragte sie: »Alle?«

»Nein. Drei Männer habe ich entweder getötet oder schwer
verwundet. Und vielleicht einen vierten angekratzt, aber das
bezweifle ich.«

Sie fing an, in fieberhafter Eile den wasserdichten Rucksack
zu packen. »Spivey?«

»Ich weiß nicht. Vielleicht. Vielleicht hab ich sie getroffen. Ich
weiß es nicht.«

»Kommen sie immer noch?«

»Bestimmt. Wir haben vielleicht einen Vorsprung von zwanzig Minuten.«

Der Rucksack war jetzt halbvoll. Sie hielt inne, eine Dose mit
Streichhölzern in der Hand. Sie starrte ihn an. »Charlie?« sagte
sie. »Was ist?«

Er wischte sich den schmelzenden Schnee vom Gesicht. »Ich
habe noch nie so etwas getan. Das war ein Abschlachten. Im
Krieg natürlich, aber das war anders. Das war Krieg.«

»Das ist das hier auch.«

»Mhm. Wahrscheinlich. Bloß, daß es mir gefallen hat, als ich
sie abschoß. Und selbst im Krieg war das nicht so. Niemals.«

»Dagegen ist nichts einzuwenden«, sagte sie und fuhr fort,
Dinge in den Rucksack zu stopfen. »Nach dem, was die uns angetan haben, würde ich selbst gerne ein paar von ihnen abschießen. Herrgott, und ob ich das möchte!«

Charlie sah Joey an. »Zieh deine Handschuhe und deine
Maske an, Captain.«

Der Junge reagierte nicht. Er stand am Tisch, sein Gesicht war
ausdruckslos, seine Augen tot.

»Joey?« sagte Charlie.

Der Junge regte sich immer noch nicht. Er starrte Christines
Hände an, während sie verschiedene Gegenstände in den zweiten Rucksack stopfte, aber es schien, als würde er sie in Wirklichkeit gar nicht sehen.

»Was ist mit ihm los?« fragte Charlie.

»Er... er ist einfach... weggegangen, nicht mehr da«, sagte Christine und kämpfte erneut gegen die Tränen an, die sie erst vor kurzem verdrängt hatte.

Charlie ging zu dem Jungen, legte ihm die Hand unter das Kinn, hob seinen Kopf. Joey blickte auf, richtete den Blick auf Charlie, sah ihn aber nicht, und Charlie redete auf ihn ein, aber ohne Wirkung. Der Junge lächelte vage, humorlos, ein gespenstisches Lächeln, aber selbst das war nicht für Charlie bestimmt; es galt etwas, das er in der Welt, in die er sich begeben hatte, gesehen oder erkannt hatte, irgend etwas, das Lichtjahre weit entfernt war. Tränen schimmerten in den Augenwinkeln des Jungen, aber das unheimliche Lächeln blieb auf seinem Gesicht haften, und er gab keinen Laut von sich, schluchzte auch nicht.

»Verdammt«, sagte Charlie ganz leise.

Er drückte den Jungen an sich, aber Joey reagierte nicht. Dann nahm Charlie den ersten Rucksack, der bereits voll war, schob die Arme durch die Riemen, rückte ihn zurecht und schnallte ihn sich über der Brust fest.

Christine legte letzte Hand an den zweiten Rucksack, vergewisserte sich, daß die einzelnen Taschen sicher verschlossen waren, und nahm dann ebenfalls die Last auf die Schultern.

Charlie zog Joey die Handschuhe und die Skimaske an. Der Junge unterstützte ihn dabei so gut wie gar nicht.

Dann nahm Christine die geladene Schrotflinte und folgte Charlie, Joey und Chewbacca aus der Hütte. Sie sah sich noch einmal um, ehe sie die Tür hinter sich schloß. Im offenen Kamin loderte ein Feuer. Eine der Messinglampen war eingeschaltet und warf einen Kegel aus weichem bernsteinfarbenem Licht. Die Armsessel und Sofas sahen behaglich und verlockend aus.

Sie fragte sich, ob sie je wieder in einem Sessel sitzen, je wieder eine elektrische Lampe sehen würde. Oder würde sie noch heute nacht dort draußen im Wald sterben, in einem Grab aus angewehtem Schnee?

Sie schloß die Tür und drehte sich um, stellte sich der grauen, froststarrenden Festung der Berge.

Charlie, der Joey trug, führte Christine um die Hütte herum in den Wald dahinter. Bis sie den Schutz der Bäume erreicht hatten, sah er sich immer wieder nervös nach der offenen Wiese hinter ihnen um, erwartete, daß am anderen Ende Spiveys Leute auftauchten.

Chewbacca hielt sich ein paar Meter vor ihnen; irgendein sechster Sinn ließ ihn die Richtung ahnen, die sie einschlagen wollten. Er hatte etwas mehr Mühe mit dem Schnee, bis er den von Schneewehen freien Wald erreicht hatte, und dann stolzierte er eifrig und munter vor ihnen her, unbehindert von Felsformationen, umgestürzten Bäumen oder sonst etwas.

Am Waldrand gab es etwas Unterholz, aber dann rückten die Bäume zusammen, und das Unterholz verschwand. Das Terrain stieg an, und der Boden wurde felsig und schwierig, wenn man von einer nicht sehr tiefen Rinne absah, die sich im Frühling wahrscheinlich mit Schmelzwasser füllte, das aus den oberen Bereichen herunterströmte. Sie hielten sich in der Rinne und schlugen nordwestliche Richtung ein, wie sie es vorgehabt hatten. Sie hatten sich die Schneeschuhe an die Rucksäcke geschnallt, weil sie die nächsten paar Stunden überwiegend unter den mächtigen Bäumen marschieren würden, wo die Schneedecke nicht besonders tief war. Es gab sogar Stellen, wo die Zweige der dicht beieinanderstehenden Fichten und Tannen so dicht ineinander verfilzt waren, daß der Boden darunter ganz oder beinahe schneefrei war.

Dennoch lag genügend Schnee, daß sie eine klare Spur hinterließen. Er hätte stehenbleiben und versuchen können, ihre Spuren zu verwischen, aber er sparte sich die Mühe. Zeitvergeudung. Die Spuren, die er hinterlassen würde, indem er versuchte, ihre Fußstapfen zu verwischen, würden ebenso auffällig wie die Fußstapfen selbst sein, weil der Wind im tiefsten Teil des Waldes nicht genügend Gewalt hatte, wenigstens nicht hier unten, und deshalb würde er die Kehrspuren nicht tilgen. Sie konnten nur weitereilen, in Bewegung bleiben und hoffen, daß sie schneller waren als ihre Verfolger. Vielleicht später, falls sie freies Land überquerten – vielleicht war dann der zunehmende Wind kräftig genug, um ihnen zu Hilfe zu kommen und ihre Spuren zu löschen.

Wenn sie es je schafften, diesen Teil des Waldes zu durchqueren und offenes Land zu erreichen.

Wenn sie nicht Spiveys Bluthunde in der nächsten halben oder dreiviertel Stunde stellten.

Wenn.

Der Wald war von tiefen Schatten erfüllt, und sie stellten bald fest, daß die schmalen Augenschlitze der Skimasken ihre Sicht noch zusätzlich einschränkten. Sie stolperten und taumelten, weil sie nicht alles sahen, was auf ihrem Weg war, und mußten schließlich die Masken abnehmen. Die eisige Luft nagte an ihnen, aber das würden sie erdulden müssen.

Charlie wurde eindringlich bewußt, daß ihr Vorsprung vor Spiveys Leuten schrumpfte. Sie waren beinahe fünf Minuten in der Hütte gewesen. Also waren sie jetzt dem Rudel noch eine Viertelstunde voraus, vielleicht sogar weniger. Und weil er sich nicht so schnell bewegen konnte, wie er wollte, solange er Joey trug, hatte Charlie kaum Zweifel daran, daß ihr Vorsprung von Minute zu Minute gefährlich schrumpfte.

Das Terrain stieg jetzt noch steiler an, sein Atem ging schwerer, und er hörte Christine hinter sich keuchen. Seine Schenkel- und Wadenmuskeln verkrampften sich, begannen bereits zu schmerzen, und seine Arme ermüdeten unter der Last des Jungen. Die bequeme Rinne begann sich ostwärts zu wenden, und das war nicht die Richtung, die sie gehen wollten. Sie verlief immer noch stärker nach Norden als nach Osten, also konnten sie ihr noch eine kurze Weile folgen, aber bald würde er den Jungen absetzen müssen, um sich den Weg über beträchtlich unwirtlicheres Terrain bahnen zu können. Wenn sie die Flucht schaffen sollten, würde Joey selbst gehen müssen.

Was aber, wenn er nicht gehen wollte? Was, wenn er einfach stehenblieb und mit glasigen Augen ins Leere starrte?

58

Grace kauerte im Inneren des Schneemobils und hielt sich aus der Schußlinie, obwohl ihre alten Knochen gegen diese verkrampfte Haltung protestierten.

Es war ein schwarzer Tag in der Geisterwelt. Sie hatte am Morgen diese beunruhigende Entwicklung entdeckt und befürchtet, sie würde sich nicht im Einklang mit den spektralen Energien kleiden können. Sie hatte keine schwarzen Kleider. Bisher hatte es nie einen schwarzen Tag gegeben. Nie. Zum Glück hatte Laura Panken, eine ihrer Jüngerinnen, einen schwarzen Skianzug, und sie hatten beinahe die gleiche Größe; also tauschte Grace ihren grauen Anzug gegen Lauras schwarzen.

Aber jetzt wünschte sie beinahe, sie befände sich nicht im Kontakt mit den Heiligen und den Seelen der Toten. Die spektralen Energien, die von ihnen ausstrahlten, waren gleichmäßig beunruhigend, von Furcht gefärbt.

Und dann bedrängten Grace auch hellseherische Bilder des Todes und der Verdammnis, aber die kamen nicht von Gott; sie gingen von einer anderen Quelle aus, trugen den Gestank nach Pech und Schwefel. Mit solchen beunruhigenden Visionen versuchte Satan ihren Glauben zu zerstören, sie zu terrorisieren. Er wollte, daß sie kehrtmachte, floh, ihre Sendung aufgab. Sie wußte, was der Vater der Lügen im Schilde führte. Sie wußte es. Manchmal, wenn sie die Gesichter ihrer sie umgebenden Jünger ansah, dann sah sie nicht deren wirkliches Antlitz, sondern verfaulendes Gewebe und von Maden durchsetztes Fleisch, und diese Visionen der Sterblichkeit erschütterten sie. Der Teufel, dessen Klugheit seiner Bosheit nicht nachstand, wußte, daß sie nie der Versuchung nachgeben würde; also bemühte er sich, ihren Glauben mit dem Hammer der Angst zu erschüttern.

Doch das würde ihm nicht gelingen. Niemals. Sie war stark.

Aber Satan fuhr fort, es zu versuchen. Manchmal, wenn sie zum stürmischen Himmel aufblickte, sah sie in den Wolken Visionen: grinsende Köpfe von Ziegenböcken monströse Schweinegesichter mit vorstehenden Fängen. Und da waren auch

Stimmen im Wind: zischende, tückische Stimmen, die falsche Versprechungen machten, Lügen verbreiteten, von perversen Freuden sprachen, und ihre hypnotischen Schilderungen dieser unsäglichen Taten waren voll von Bildern bösartiger Schönheit.

Während sie sich in dem schneemobil niederkauerte und vor dem Schützen oben an der Wiese Deckung suchte, sah Grace plötzlich ein Dutzend riesiger Küchenschaben, jede so groß wie ihre Hand, die über den Boden des Fahrzeugs krochen, über ihre Stiefel, nur Zentimeter von ihrem Gesicht entfernt. Fast wäre sie angewidert hochgesprungen. Und das war es, was der Teufel wollte; er hoffte, daß sie ein besseres Ziel bieten und es damit Charlie Harrison leichtmachen sollte. Sie schluckte, würgte ihren Ekel hinunter und blieb zusammengekauert, wo sie war.

Sie sah, daß jede Küchenschabe anstelle eines Insektenkopfes den eines Menschen hatte. Ihre winzigen Gesichter, erfüllt von Schmerz und Ekel und Schrecken, blickten zu ihr auf; sie wußte, daß dies verdammte Seelen waren, die durch die Hölle gekrochen waren, bis Satan sie vor wenigen Augenblicken hierher befördert hatte, um ihr zu zeigen, wie er seine Untertanen marterte, um zu beweisen, daß seine Grausamkeit keine Grenzen kannte. Sie hatte solche Angst, daß sie fast die Kontrolle über ihre Blase verloren hätte. Während sie diese Insekten mit Menschengesichtern anstarrte, sollte sie sich fragen, wie Gott die Existenz der Hölle zulassen konnte. Das war es, was der Teufel mit dieser Taktik vorhatte. Ja, sie sollte sich fragen, ob Gott, indem er Satans Grausamkeit zuließ, nicht selbst grausam war. Sie sollte an der Tugend ihres Schöpfers zweifeln. Diese Vision sollte Verzweiflung und Furcht in ihr Herz tragen.

Dann sah sie, daß eine der Küchenschaben das Gesicht ihres verstorbenen Mannes Albert hatte. Nein. Albert war ein guter Mann. Albert war nicht zur Hölle gefahren. Das war eine Lüge. Das winzige Gesicht starrte sie an, schrie und gab doch keinen Laut von sich. Nein. Albert war ein lieber Mann, ohne Sünde, ein Heiliger. Albert in der Hölle? Albert für die Ewigkeit verdammt? Gott würde so etwas nicht tun. Sie freute sich darauf, im Himmel wieder mit Albert zusammenzusein. Aber wenn Albert den anderen Weg gegangen war...

Sie spürte, wie sie am Rande des Wahnsinns taumelte.

Nein. Nein, nein, nein. Satan log. Satan versuchte sie in den Wahnsinn zu treiben.

Das würde ihm Freude machen. Wenn sie wahnsinnig war, würde sie ihrem Gott nicht dienen können. Wenn sie auch nur den leisesten Zweifel an ihrer Zurechnungsfähigkeit hatte, würde sie auch an ihrer Mission Zweifel haben, an ihrer Gabe und an ihrer Beziehung zu Gott. Sie durfte nicht an sich zweifeln. Sie war geistig gesund, und Albert war im Himmel, und sie mußte alle Zweifel unterdrücken, sich ganz dem blinden Glauben hingeben.

Sie schloß die Augen und weigerte sich, das zu sehen, was über ihre Stiefel kroch. Sie konnte sie fühlen, selbst durch das dicke Leder, aber sie biß die Zähne zusammen und lauschte dem Gewehrfeuer und betete, und als sie schließlich die Augen wieder aufschlug, waren die Küchenschaben verschwunden.

Für eine Weile war sie sicher. Sie hatte den Teufel abgewehrt.

Das Gewehrfeuer hatte ebenfalls aufgehört. Jetzt riefen Pierce Morgan und Denny Rogers, die zwei Männer, die sich oben am Waldrand hinter Charlie Harrison anschleichen sollten, zu ihnen herunter, daß der Weg frei war. Harrison wäre nicht mehr da.

Grace kletterte aus dem Schneemobil, sah Morgan und Rogers oben an der Wiese winken. Sie wandte sich der Leiche von Mike Rainey zu, dem ersten Mann, den Harrison erschossen hatte. Er war tot, hatte ein großes Loch in der Brust. Der Wind trieb Schnee über seine ausgestreckten Arme. Sie kniete neben ihm nieder.

Nach einer Weile trat Kyle neben sie. Seine Stimme zitterte vor Wut und Bedrückung. »O'Connor ist auch tot. Und George Westvec.«

Darauf sagte sie: »Wir wußten, daß einige von uns geopfert würden. Sie sind nicht umsonst gestorben.«

Die anderen sammelten sich um sie: Laura Panken, Edna Vanoff, Burt Tully. In ihren Gesichtern stand ebensoviel Zorn und

Entschlossenheit wie Furcht. Sie würden nicht kehrtmachen und fliehen. Sie hatten ihren Glauben.

Grace sagte: »Mike Rainey ist jetzt im Himmel, in den Armen Gottes. Und ebenso...« Die Vornamen von O'Connor und Westvec wollten ihr nicht einfallen, und sie zögerte, wünschte sich erneut, daß die Gabe nicht so viel anderes aus ihrem Bewußtsein verdrängen möge. »Und ebenso George Westvec und... Ken... Ken... *Kevin* O'Connor... sie alle im Himmel.«

Allmählich wehte der Schnee ein Leichenhemd über Raineys Leiche.

»Werden wir sie hier begraben?« fragte Laura Panken.

»Der Boden ist gefroren«, sagte Kyle.

»Laßt sie. Dafür ist jetzt keine Zeit«, sagte Grace. »Der Antichrist ist in Reichweite, aber seine Kraft wächst Stunde um Stunde. Wir dürfen nicht säumen.«

Zwei der Schneemobile waren unbrauchbar: Grace, Edna, Laura und Burt Tully bestiegen die verbliebenen zwei, während Kyle ihnen zu Fuß zum oberen Wiesenrand folgte, wo Morgan und Rogers warteten.

Tiefe Trauer durchpulste Grace. Wieder drei Tote.

Sie zogen weiter, mal langsam, mal schnell, nur wenn der Weg vor ihnen erforscht war, darauf bedacht, nicht wieder in einen Hinterhalt zu geraten.

Der Wind war stärker geworden. Es schneite kräftig. Der Himmel trug alle Farben des Todes.

Bald würde sie dem Kind von Angesicht zu Angesicht gegenüberstehen, und dann würde sich ihre Bestimmung erfüllen.

Teil V

DAS ENDE

Pestilenz, Krankheit und Krieg
haben diesen Ort der Tränen heimgesucht.
Und nichts dauert ewig;
dem müssen wir ins Auge sehen.

Wir verwenden viel Zeit und Energie,
einander den Tod zu bringen.
Niemand ist jemals irgendwo sicher.
Nicht Vater, nicht Kind, nicht Mutter.

Das Buch der gezählten Sorgen

Indem ich meine Daumen ritze,
naht Böses mir.

Macbeth, William Shakespeare

Nichts betrübt Gott mehr als der
Tod eines Kindes.

Dr. Tom Dooley

59

»Das ist gut«, sagte Christine. »So mag ich meinen Jungen«, als Joey Charlie zwischen den Bäumen folgte, auf eine Senke im Hang zu, etwa auf halbem Wege zum Kamm.

Sie hatte Sorge gehabt, er würde vielleicht nicht von sich aus gehen, würde einfach wie ein Zombie stehenbleiben. Aber vielleicht war er gar nicht so von der Wirklichkeit losgelöst, wie er den Eindruck machte; er redete nicht, wich ihrem Blick aus, schien vor Angst betäubt, aber offenbar befand er sich noch so weit in Einklang mit dieser Welt, daß er begriff, daß er in Bewegung bleiben mußte, um der Hexe zu entgehen.

Seine kleinen Beine waren nicht stark, und sein Skianzug behinderte ihn etwas; das Terrain war an manchen Stellen extrem steil, aber er blieb in Bewegung, hielt sich an Felsbrocken und den wenigen Büschen fest, um nicht auszurutschen. Das Gehen bereitete ihm zunehmend Schwierigkeiten, und an manchen Stellen mußte er sich auf allen vieren bewegen, und Christine, die hinter ihm ging, mußte ihn oft über umgestürzte Baumstämme heben oder ihm an schlüpfrigen, mit Eis verkrusteten Felsvorsprüngen helfen. Sie konnten sich mit dem Jungen nicht so schnell bewegen, wie sie das ohne ihn gekonnt hätten, aber zumindest kamen sie noch von der Stelle. Hätten sie ihn tragen müssen, dann hätte sie das weitaus mehr behindert.

Chewbacca eilte ihnen häufig voraus, überwand die Hänge, als wäre er nicht etwa ein Hund, sondern ein Wolf und in diesen urtümlichen Regionen zu Hause. Oft blieb der Retriever über ihnen stehen und sah sich um, hechelte, hob sein Ohr, so daß sein Ausdruck beinahe komisch wirkte. Wenn der Junge ihn sah, schien ihm das jedesmal neuen Mut zu verleihen, und er gab sich dann wieder größere Mühe, so daß Christine den Eindruck gewann, sie sollte dankbar sein, daß das Tier bei ihnen war, selbst wenn seine Ähnlichkeit mit Brandy vielleicht in anderer Hinsicht dazu beigetragen hatte, Joeys seelischen Zustand zu verschlechtern.

Sie hatte sogar angefangen, sich um die Überlebenschancen des Hundes Sorgen zu machen. Er hatte zwar ein dickes Fell, aber seidig, nicht etwa den dicken Pelz, wie ihn Wölfe oder andere in dieser Klimazone beheimatete Tiere besaßen. An den Haarspitzen, an seinen Flanken und am Bauch hatte sich bereits Schnee in Klumpen angehängt, ebenso an seinem Schweif und seinen Ohrspitzen. Dem Hund schien das jetzt noch nichts auszumachen, und ihm war auch nicht zu kalt, aber wie würde er sich in einer Stunde fühlen? In zwei Stunden? Auch seine Pfoten waren nicht für dieses unwirtliche Terrain geschaffen. Chewbacca war trotz allem ein Haustier, das bequeme Leben der Vorstadt gewöhnt. Bald wurden seine Füße zerschunden sein und weh tun, und er würde zu hinken beginnen, und statt vor ihnen herzurennen, würde er hinter ihnen zurückbleiben.

Wenn Chewbacca es nicht schaffte, wenn der arme Teufel hier draußen umkam, was würde das in Joey bewirken? Ihn vielleicht unwiderruflich in seine eigene, stumme innere Welt schicken?

Ein paar Minuten lang hörte Christine ein fernes Summen hinter ihnen und wußte, daß das die Schneemobile sein mußten, die die obere Wiese erreicht hatten und sich der Hütte näherten. Diese beunruhigende Tatsache mußte auch durch Joeys Nebel gedrungen sein, weil er sich ein paar Minuten lang besondere Mühe gab, sich schneller bewegte, wie gehetzt bergauf krabbelte. Als das Geräusch der Schneemobile dann erstarb, war es auch um seine Energie geschehen, und er schlug wieder ein langsameres, gequälteres Tempo an.

Sie erreichten den Kamm und hielten an, um Atem zu holen, aber keiner von ihnen sprach, weil das Reden Energie erforderte, die sie besser einsetzen konnten. Außerdem war da nichts zu reden, es sei denn, wie bald man sie einholen und töten würde.

Ein paar Meter von ihnen entfernt löste sich etwas aus einem Gebüsch und jagte quer durch den Wald. Erschreckte sie.

Charlie nahm den Karabiner von der Schulter.

Chewbacca erstarrte, kläffte kurz und scharf.

Es war nur ein Graufuchs.

Er verschwand in den Schatten.

Christine vermutete, daß er hinter irgendeinem Wild her war, einem Eichhörnchen vielleicht oder einem Schneehasen oder so etwas. Das Leben hier oben mußte im Winter hart sein. Dennoch galt ihre Sympathie nicht dem Fuchs, sondern seiner Beute. Sie wußte, wie es war, wenn man gejagt wurde.

Charlie hängte sich die Waffe wieder über die Schultern, und sie setzten ihren mühsamen Marsch fort.

Über ihnen, auf dem letzten Abhang vor dem obersten Kamm, wurden die Bäume dünner, und es lag mehr Schnee auf dem Boden, wenn auch nicht so viel, daß sie Schneeschuhe brauchten. Charlie fand einen Hirschwechsel, der der Route des geringsten Widerstandes zu der flachen Partie des Kammes folgte. Wo der Weg unvermeidbar durch Tiefschnee führte, der Joey vielleicht Schwierigkeiten bereitet hätte, hatten die Hirsche den Weg für sie freigetreten – seit dem letzten großen Sturm mußten Dutzende von ihnen hier durchgekommen und den Schnee mit den Hufen festgetrampelt haben –, und so konnte der Junge ohne größere Schwierigkeiten weitergehen.

Chewbacca wurde unruhig, als er die Witterung der Hirsche aufnahm, die hier vor ihnen durchgekommen waren, und er fing zu winseln und zu knurren an, bellte aber nicht. Ihr fiel jetzt auf, daß er nicht mehr gebellt hatte, seit sie die Hütte verlassen hatten. Selbst als der Fuchs ihn erschreckt hatte, hatte er nur einen einzigen kläffenden Laut von sich gegeben, der aber nicht besonders weit getragen hatte, so als fühlte er, daß sein Bellen für die Hexe ein sicheres Orientierungsmittel gewesen wäre. Möglicherweise hatte er einfach nicht mehr genug Energie, um gleichzeitig klettern und bellen zu können. Er sah auch schon etwas mitgenommen aus.

Jeder Schritt nach oben vergrößerte nicht nur den Abstand zwischen ihnen und ihren Verfolgern, sondern schien sie zugleich in noch schlimmeres Wetter zu tragen. Sie hatten den Eindruck, als wäre der Winter eine geographische Realität und nicht nur ein atmosphärischer Zustand, eher ein Ort als eine

Jahreszeit, und als würden sie immer tiefer in sein eisiges Territorium eindringen.

Der Himmel schien nur Zentimeter von den Baumwipfeln entfernt. Aus dem leichten Schneegestöber waren jetzt dichte Flecken gewordene die zwischen den Fichten und Kiefern schräg auf sie heruntertrieben. Als sie den höchsten Punkt des Kamines erreicht hatten, wo es überhaupt keine Bäume mehr gab, konnte Christine sehen, daß sich ein neuer Sturm zusammengebraut hatte, und wenn man nach dieser frühen Phase schließen konnte, würde er noch schlimmer werden als der in der letzten Nacht. Die Temperatur lag ein gutes Stück unter Null, und der Wind fegte von den Tälern herauf, blies immer heftiger und peitschte sie, während sie dastanden und versuchten, Atem zu schöpfen. Ein paar Stunden noch, und der Berg würde eine weiße Hölle sein. Und jetzt waren sie ohne den warmen Zufluchtsort, den die Hütte geboten hatte.

Charlie führte sie nicht sofort in das nächste Tal hinunter. Er drehte sich um und starrte, am Rande des Kammes stehend, nachdenklich auf den Weg, den sie gekommen waren. Irgend etwas beschäftigte ihn, irgendein Plan. Soviel konnte Christine erkennen, und sie hoffte, daß es ein guter Plan war. Sie waren in der Minderzahl und mußten verdammt geschickt sein, wenn sie gewinnen wollten.

Sie kauerte sich neben Joey nieder. Die Nase lief ihm, und die Flüssigkeit war ihm auf der Oberlippe und der Wange festgefroren. Sie wischte mit der behandschuhten Hand über sein Gesicht, säuberte ihn, so gut sie konnte, und küßte ihn auf beide Augen, drückte ihn an sich.

Er redete nicht.

Seine Augen sahen durch sie hindurch, so wie vorher.

Grace Spivey, ich werde dich töten, dachte Christine und blickte auf den Weg, den sie gekommen waren, und den Wald. Für das, was du meinem kleinen Jungen angetan hast, werde ich dir deinen gottverdammten Schädel herunterblasen.

Charlie kniff die Augen zusammen, während der eisige Wind ihm den Schnee ins Gesicht blies, musterte ihre Umgebung und entschied, daß dies genau der richtige Ort für einen Hinterhalt war. Es war eine lange, baumlose Fläche, die ungefähr in Nordsüdrichtung verlief, an manchen Stellen nur fünf Meter breit, an anderen zehn und größtenteils von den eisigen Winden vom Schnee befreit. Felsformationen, von Jahrhunderten des Windes geglättet und ausgehöhlt, ragten überall in die Höhe und boten ein Dutzend idealer Verstecke, von denen aus er die aufsteigenden Zwielichter beobachten konnte.

Im Augenblick war keine Spur von Spiveys Leuten zu sehen. Er konnte natürlich nicht besonders weit in die von Schatten verhangenen Wälder hineinsehen. Obwohl die Bäume auf dem Abhang unmittelbar unter ihnen ebenso dicht standen wie weiter unten, wirkten sie doch wie eine hundert oder vielleicht hundertzwanzig Meter entfernte Mauer aus Bäumen. Dahinter könnte sich eine ganze Armee anschleichen, und er würde sie nicht sehen. Und der Wind, der über den Kamm pfiff und stöhnte, entlockte den Zweigen der riesigen Bäume ein lärmendes Zischen und Rascheln und übertönte damit jegliches Geräusch, das die Verfolger vielleicht machten.

Doch Charlie ahnte instinktiv, daß die Verfolger wenigstens noch zwanzig Minuten hinter ihnen lagen, vielleicht sogar noch weiter. Während sie mühsam den Kamm erkletterten, von Joey zusätzlich behindert, hatte Charlie das sichere Gefühl gehabt, daß sie wertvollen Vorsprung verloren. Aber jetzt wurde ihm klar, daß Spiveys Bande vorsichtig aufsteigen würde, besorgt, es könne einen weiteren Hinterhalt geben, und das wenigstens den ersten halben Kilometer, bis sie wieder Zutrauen gewannen. Außerdem hatten sie wahrscheinlich angehalten, um in der Hütte nachzusehen, und dort einige Minuten vergeudet. Er hatte genügend Zeit, um einen hübschen Willkomm für sie vorzubereiten.

Er ging zu Christine und Joey und kniete neben ihnen nieder.

Der Junge war immer noch wie in Trance und nahm nicht einmal wahr, daß sich der Hund freundlich an seinem Bein rieb.

Zu Christine sagte Charlie: »Wir gehen jetzt hinunter ins

nächste Tal, so weit wir es in fünf Minuten schaffen, und finden eine Stelle, wo ihr beide etwas vor dem Wetter geschützt seid. Dann gehe ich wieder hier herauf und warte auf sie.«

»Nein.«

»Ich sollte wenigstens einen wegputzen können, ehe die Deckung suchen.«

»Nein«, sagte Christine und schüttelte hartnäckig den Kopf. »Wenn du hier auf sie wartest, warten wir mit dir.«

»Unmöglich. Sobald ich mit dem Schießen fertig bin, möchte ich hier schnell abhauen. Wenn ihr hier bei mir seid, müssen wir uns langsam bewegen; auf die Weise verlieren wir zu viel Vorsprung.«

»Ich glaube nicht, daß wir uns trennen sollten.«

»Das ist die einzige Möglichkeit.«

»Aber das macht mir angst.«

»Ich muß weiterhin auf die schießen.«

Sie biß sich auf die Unterlippe. »Trotzdem macht es mir angst.«

»Für mich wird es nicht gefährlich sein.«

»Den Teufel wird es.«

»Nein. Wirklich. Ich werde über denen sein, wenn ich zu schießen anfange. In guter Deckung. Die werden nicht wissen, woher das Feuer kommt, bis es zu spät ist, bis ich weggelaufen bin. Ich werde den Vorteil ganz auf meiner Seite haben.«

»Vielleicht werden sie uns nicht einmal nach hier oben folgen.«

»Doch, das werden sie.«

»Ein bequemer Weg ist das nicht.«

»Wir haben ihn geschafft. Also können sie das auch.«

»Aber die Spivey ist eine alte Frau. Sie ist so etwas nicht gewöhnt.«

»Dann werden sie sie eben mit ein paar Leuten, die auf sie aufpassen, in der Hütte lassen, und der Rest wird uns verfolgen. Ich muß es denen schwermachen, Christine. Ich muß sie alle töten, wenn ich kann. Ich schwöre dir, ein solcher Überfall wird nicht gefährlich sein. Ich werde ein oder zwei abschießen und verschwinden, ehe die herausfinden, wo ich bin, und dieses Feuer erwidern können.«

Sie sagte nichts.

»Komm schon«, sagte er. »Wir vergeuden Zeit.«

Sie zögerte, nickte dann und richtete sich auf. »Gehen wir.«

Sie war wirklich eine Klassefrau. Nicht viele Männer, die er kannte, wären, ohne sich zu beklagen, bis hierher mitgekommen, wie sie, und er kannte auch keine andere Frau, die sich unter diesen Umständen bereitgefunden hätte, inmitten dieser eisstarrenden Wälder allein gelassen zu werden, ganz gleich, wie notwendig das auch sein mochte. Ihre Kraft stand ihrer Schönheit in nichts nach.

Ein Stück weiter nördlich auf der Kaminhöhe fand er den Hirschpfad wieder, und sie folgten ihm nach unten ins nächste Tal. Der Trampelpfad beschrieb zwei Kehren, um den steilsten Stellen auszuweichen und die Kontur des Hanges ganz auszunutzen. Charlie hoffte, sie fast ganz nach unten führen zu können, ehe er kehrtmachen mußte, um die Falle für Spiveys Leute zu legen. Aber als fünf Minuten vergangen waren, mußte er feststellen, daß der Hirschpfad ihnen zwar den Abstieg leichtermachte, ihnen aber auch zugleich den Weg verlängerte und sie somit die Talsohle noch lange nicht erreicht, ja noch nicht einmal die Hälfte des Weges zurückgelegt hatten.

Er fand eine Stelle, wo der Pfad unter einem Felsüberhang durchführte und so eine schützende Höhlung bot, keine richtige Höhle, aber etwas Ähnliches, dem Wind entzogen und dem wenigen Schnee, der durch die Bäume hindurch nach unten rieselte. Am anderen Ende der Nische wölbte sich der Hügel etwas nach außen und bildete eine Wand, so daß der natürliche Unterschlupf wenigstens an drei Seiten geschlossen war.

»Wartet hier auf mich«, sagte Charlie. »Vielleicht könnt ihr euch von dieser abgestorbenen Tanne dort drüben ein paar Äste abbrechen und Feuer machen.«

»Aber du wirst doch nur zwanzig oder fünfundzwanzig Minuten weg sein. Da lohnt es doch gar nicht, Feuer zu machen.«

»Wir sind unterwegs, seit wir die Hütte verlassen haben«, sagte er. »Dabei haben wir die ganze Zeit Körperwärme entwikkelt. Aber wenn ihr hiersitzt, ohne euch zu bewegen, werdet ihr die Kälte bald spüren.«

»Wir tragen doch Isolier...«

»Das hat nichts zu bedeuten. Ihr werdet das Feuer wahrscheinlich brauchen. Und wenn nicht du, dann Joey. Er hat nicht die Kraftreserven eines Erwachsenen.«

»Also gut. Wir könnten natürlich auch weitergehen, auf die Talsohle zu, bis du uns einholst.«

»Nein. In diesen Wäldern verläuft man sich zu leicht. Der Weg könnte sich gabeln, und ihr könntet sogar an einer Gabelung vorbeikommen, ohne es zu bemerken, aber ich würde sie sehen, und dann wüßte ich nicht genau, wohin ihr gegangen seid.«

Sie nickte.

»Baut das Feuer hier am Weg«, fuhr er fort, »aber außerhalb des Überhangs. Auf die Weise kann der Rauch abziehen und ihr spürt die Wärme trotzdem.«

»Werden die nicht den Rauch sehen?« fragte Christine.

»Nein. Die sind immer noch auf der anderen Kammseite und können den Himmel nicht sehen.« Er schnallte die Schneeschuhe von seinem Rucksack. »Und außerdem macht es nichts, wenn sie ihn sehen. Ich werde zwischen euch und ihnen sein und hoffe, wenigstens einen von ihnen zu erledigen, vielleicht sogar zwei, und das wird sie für wenigstens zehn Minuten dazu veranlassen, Deckung zu suchen. Bis die sich wieder in Bewegung setzen, wird das Feuer hier aus sein, und wir sind unten im Tal.« Er schlüpfte schnell aus seinem Rucksack, stellte ihn ab und behielt nur seinen Karabiner und die Taschen voll Munition. »Jetzt muß ich wieder dort hinauf.«

Sie küßte ihn.

Joey schien gar nicht zu bemerken, daß er ging.

Er ging den Weg zurück, den sie gekommen waren, über den schmalen Trampelpfad, er lief nicht gerade, beeilte sich aber, weil es nach oben länger dauern würde als nach unten und er nicht viel Zeit zu vergeuden hatte.

Christine und Joey alleine im Wald zurückzulassen, fiel ihm schwerer als irgend etwas, was er bisher getan hatte.

Joey und Chewbacca warteten unter dem Felsüberhang, während Christine Holz für ein Feuer sammelte. Unter den mächtigen Zweigen lieferten die Tannen eine Menge abgestorbener Äste mit alten Zapfen und trockenen Nadeln, die sich ideal zum Anfachen des Feuers eignen würden. Sie waren völlig trocken, weil die darüberhängenden Zweige den Schnee aufhielten. Außerdem hatte das Gewicht dieser mit Schnee belasteten oberen Zweige das abgestorbene Holz darunter splittern lassen, so daß es ihr relativ leichtfiel, das Feuerholz, das sie brauchte, abzubrechen. Bald hatte sie einen großen Haufen aufgetürmt.

Kurz darauf hatte sie vor dem Unterschlupf, in dem sie und Joey und der Hund Zuflucht gefunden haften, ein loderndes Feuer entfacht. Als sie seine Wärme spürte, wurde ihr zum erstenmal bewußt, wie tief die Kälte trotz ihrer Winterkleidung in ihre Knochen eingedrungen war, und sie wußte, daß es gefährlich gewesen wäre, hier ohne Bewegung und ohne Feuer zu warten.

Joey kauerte sich an die Felswand und starrte das Feuer ausdruckslos an, mit Augen, die wie zwei flache Ovale aus poliertem Glas aussahen, völlig leer, nur mit dem Reflex der tanzenden Flammen erfüllt.

Der Hund rollte sich ein und fing an, zuerst die eine Pfote und dann die andere zu lecken. Christine war nicht sicher, ob er sich die Pfoten nur aufgeschürft oder verletzt hatte, aber sie konnte jedenfalls erkennen, daß sie ihm etwas weh taten, wenn er auch nicht winselte.

Rings um sie begann das Felsgestein die Hitze des Feuers aufzunehmen, und weil der Wind nicht unter den Felsvorsprung hineinreichte, wurde es schnell erstaunlich warm.

Christine saß neben Joey und zog jetzt ihre Handschuhe aus, zog den Reißverschluß einer der Taschen ihrer Isolierjacke auf und holte die Schachtel mit der Munition für die Schrotflinte heraus. Sie öffnete sie und legte sie neben die Waffe, die bereits geladen war. Das tat sie für den Fall, daß Charlie nicht mehr zurückkam, und für den Fall, daß an seiner Stelle jemand anderer kam.

60

Als Charlie die Kammhöhe wieder erreicht hatte, war er außer Atem, und ein stechender Schmerz hatte sich eingestellt, der in rhythmischen Abständen durch seine Schenkel und Waden zuckte. Sein Rücken und seine Schultern schmerzten ebenso wie sein Nacken, so als trüge er immer noch den schweren Rucksack, und er mußte immer wieder das Gewehr von einer Hand in die andere nehmen, weil die Muskeln beider Arme ebenfalls ermüdet waren und schmerzten.

Nicht, daß er schlecht in Form gewesen wäre; in Orange County, als das Leben noch normal gewesen war, war er zweimal die Woche in ein Fitneßstudio gegangen und jeden zweiten Morgen acht Kilometer weit gelaufen. Wenn er jetzt anfing, müde zu werden, wie mußte es dann um Christine und Joey bestellt sein? Selbst wenn es ihm gelang, noch einmal zwei von Spiveys Fanatikern zu töten, wie lange würden Christine und Joey noch durchhalten?

Er versuchte die Frage aus seinem Bewußtsein zu verdrängen. Er wollte nicht darüber nachdenken, weil die Antwort wahrscheinlich alles andere als ermutigend sein würde.

Er rannte geduckt, weil der Wind, der über den Kamm blies, jetzt so heftig geworden war, daß er ihn immer wieder taumeln ließ, und überquerte das schmale Felsplateau. Es schneite jetzt so heftig, daß die Sichtweite in dieser baumlosen Zone nur noch fünf oder sechs Meter betrug, wesentlich weniger sogar, wenn ein Wind aufkam. Er hatte nie in seinem Leben so viel Schnee gesehen; es schien, als käme er nicht einfach nur in Flocken herunter, sondern in einem kaltverschweißten Aggregatzustand, in ganzen Klumpen. Wenn er nicht genau gewußt hätte, wo er hinwollte, hätte er vielleicht die Orientierung verloren, hätte er wertvolle Zeit damit vergeudet, auf dem Kamm herumzuirren. Aber so strebte er unbeirrt auf eine Formation aus vom Wetter glattpolierten Felsbrocken auf dem Kamm zu und ließ sich dort an der Stelle, die er schon vorher ausgewählt hatte, auf den Bauch fallen.

Hier konnte er am Rande des Abhanges liegen, in einer Spalte

zwischen zwei Vorsprüngen, in einer langen Folge aus Granit-
formationen, und hatte klaren Ausblick auf den Hirschpfad,
den er und Christine und Joey heraufgekommen waren und
über den jetzt mit Sicherheit die Zwielichter kommen würden.
Er schob sich vor, spähte zwischen den Bäumen hindurch und
erkannte erschreckt, daß sich weniger als hundert Meter unter
ihm etwas bewegte. Er riß den Karabiner hoch, sah durch das
Zielfernrohr und entdeckte zwei Leute.

Jesus.

Sie waren bereits hier.

Aber nur zwei? Wo waren die anderen?

Er sah, daß diese beiden auf eine nicht einsehbare Stelle des
Pfades zustrebten, und nahm an, daß sie die letzten in der
Gruppe sein mußten. Die anderen, die vor diesen beiden gingen, hatten die Biegung bereits hinter sich gebracht und würden in Kürze weiter oben wieder auftauchen.

Von den beiden, die er im Visier hatte, war der erste mittel-
groß und trug dunkle Kleidung. Der zweite war ein auffällig
großer Mann in einem blauen Skianzug, über dem er einen
braunen Anorak mit Kapuze trug, deren Pelzfutter sein Gesicht
einrahmte.

Der Hüne im Anorak mußte der Mann sein, den Charlie in
Spiveys Pfarrbüro gesehen hatte, das Monstrum Kyle. Charlie
schauderte. Kyle war ihm ebenso unheimlich wie Mutter Grace
selbst.

Charlie hatte damit gerechnet, hier eine Weile warten zu müssen, zehn Minuten vielleicht oder länger, ehe sie auftauchten,
aber jetzt waren sie beinahe da. Sie mußten ohne Pause geklettert sein, ohne den Weg vor sich auszukundschaften, ohne jede
Vorsicht, ohne Angst vor einem Hinterhalt. Wenn er auch nur
ein paar Minuten länger gebraucht hätte, würde er geradewegs
in sie hineingelaufen sein.

Der Hirschpfad beschrieb wieder eine Kehre. Die beiden
Zwielichter verschwanden hinter einem Felsen und einer Anzahl dicht ineinander verwachsenen Fichten und Kiefern.

Sein Herz schlug wie wild, als er seine Waffe auf die Stelle
richtete, wo der Weg wieder zwischen den Bäumen hervorkam.

Er sah eine Strecke von etwa acht Metern Länge, die ihm ein freies Ziel bot. Die Entfernung zwischen ihm und ihnen würde nur etwa siebzig Meter betragen, und das bedeutete, daß jeder Schuß beim Aufprall etwa vier Zentimeter über dem Ziel treffen würde; er mußte also auf den unteren Teil der Brust zielen, um ihnen eine Kugel durch das Herz zu jagen. Je nachdem, wie dicht beieinander diese Schweinehunde gingen, konnte es sein, daß bis zu drei von ihnen sich auf jenem Wegstück befanden, ehe der erste wieder eine nicht einsehbare Stelle erreicht hatte. Aber er rechnete nicht damit, alle drei wegputzen zu können, weil jeder dem anderen im Wege sein würde; der erste würde erst umfallen müssen, damit er gut auf den nächsten zielen konnte. Außerdem würden sie ganz sicher Deckung suchen, sobald der erste Schuß peitschte. Den zweiten würde er vielleicht noch schaffen, während sie Schutz suchten, aber der dritte würde Deckung gefunden haben, ehe er neu zielen konnte.

Er würde auf zwei hoffen.

Der erste erschien, trat aus den Schatten in das graue Licht heraus, das zwischen den Bäumen herrschte. Er richtete sein Fadenkreuz auf das Ziel und sah, daß es eine Frau war. Eine ziemlich hübsche junge Frau. Er zögerte. Eine zweite Gestalt tauchte auf, und Charlie richtete sein Zielfernrohr auf sie. Wieder eine Frau, nicht ganz so hübsch und nicht so jung wie die erste.

Sehr geschickt. Sie schickten die Frauen voraus, in der Hoffnung, er würde Skrupel haben, Frauen zu töten, Skrupel, die sie nicht hatten. Es war beinahe belustigend. *Sie* waren die Kirche, und sie glaubten, sie wären Abgesandte Gottes und er ein Ungläubiger, und doch stellte die Tatsache für sie keinen Widerspruch dar, daß *sein* Moralkodex vielleicht ein höherer als der ihre sein könnte.

Ihr Plan hätte sogar gelingen können, wenn er kein ehemaliger Vietnamkämpfer gewesen wäre. Aber vor fünfzehn Jahren hatte er zwei gute Freunde verloren (und wäre selbst beinahe gestorben), als eine Dorfbewohnerin ihnen lächelnd entgegengekommen war, um sie zu begrüßen, und sich dann selbst in die Luft gejagt hatte, als sie stehengeblieben waren, um sie anzusprechen. Dies waren nicht die ersten Fanatiker, mit denen er zu tun hatte, obwohl die anderen durch eine politische und nicht durch eine religiöse Ideologie motiviert gewesen waren. Aber das machte eigentlich keinen Unterschied. Politik und Religion konnten beide manchmal ein Gift sein. Und er wußte, daß der sinnlose Haß und der Drang nach sinnloser Gewalt, die einen wahren Gläubigen erfüllten, eine Frau in einen tollwütigen Killer verwandeln konnten, die dann einem Mann in nichts, aber auch gar nichts nachstand. Institutionalisierter Wahnsinn und Barbarei kannten keinen Unterschied zwischen den Geschlechtern.

Er hatte an Joey und Christine zu denken. Wenn er diese Frauen verschonte, dann würden sie die Frau töten, die er liebte, und mit ihr ihren Sohn.

Und mich werden sie auch töten, dachte er.

Die Notwendigkeit, sie zu erschießen, stieß ihn ab, aber er richtete seine Waffe auf die erste Frau, schob das Fadenkreuz über ihre Brust. Drückte ab.

Sie wurde in die Höhe geworfen und von dem Hirschpfad gefegt. Tot, ehe sie gegen eine Hemlock-Tanne geschleudert wurde, von deren Ästen eine kleine Lawine auf sie niederging. Dann geschah etwas Schreckliches.

Christine hatte gerade frisches Holz ins Feuer gelegt und sich wieder neben Joey unter dem Felsdach niedergelassen, als sie das Echo des ersten Schusses hörte.

Chewbacca hob den Kopf, spitzte seine Ohren.

Dann waren andere Schüsse zu hören, vielleicht eine Sekunde nach dem ersten, aber sie kamen nicht von Charlies Karabiner. Es war vielmehr ein beständiges Knattern, ein donnerndes, metallisches *Ack-ack-ack-ack,* an das sie sich aus früheren Filmen erinnerte: die das Blut zum Gefrieren bringende Stimme einer Automatikwaffe, vielleicht einer Maschinenpistole. Es war ein kaltes, häßliches, schreckliches Geräusch, das den Wald erfüllte, und sie dachte, daß es wohl so klingen würde, wenn der Tod lachte.

Sie wußte, daß Charlie in Gefahr war.

Charlie hatte nicht einmal die Zeit, ein zweites Mal zu zielen, ehe die Maschinenpistole zu knattern begann und ihm eine Höllenangst einjagte. Einen Augenblick lang hallte der Feuerstoß von hundert Stellen am Berg wider und mischte sich in sein eigenes Echo, und es war kaum festzustellen, wo es herkam. Aber die Ereignisse der letzten paar Tage hatten ihm bewiesen, daß er seine mit Mühe im Krieg erworbenen Fähigkeiten nicht vergessen hatte, und so war ihm schnell klar, daß der Schütze sich nicht an dem Hang unter ihm befand, sondern mit ihm zusammen auf der Kammhöhe postiert war, ein Stück nördlich von ihm.

Sie hatten einen Kundschafter vorausgeschickt, und der hatte ihm eine Falle gestellt.

Flach zu Boden gepreßt und bemüht, mit dem Stein eins zu werden, fragte Charlie sich, warum sie die Falle nicht schon früher hatten zuschnappen lassen. Warum hatte man ihn nicht in dem Augenblick niedergeschossen, in dem er die Kammhöhe erreicht hatte? Vielleicht war der Kundschafter nicht aufmerksam gewesen und hatte in die falsche Richtung gesehen. Oder vielleicht hatte der dichte Schneefall Charlie genau im richtigen Augenblick unsichtbar gemacht. Vermutlich war das die Erklärung, denn er erinnerte sich jetzt an einen besonders dichten Schneefall, als er den Kamm erreicht hatte.

Die Maschinenpistole verstummte einen Augenblick lang.

Er hörte ein paar metallische Laute, dann ein scharrendes Geräusch und vermutete, daß der Schütze jetzt das leere Magazin der Waffe auswechselte.

Ehe Charlie sich aufrichten und sich umsehen konnte, begann der Mann wieder zu feuern. Kugeln prallten von den Felsen ab, hinter denen Charlie Deckung gesucht hatte, ließen Granatsplitter fliegen. Der Schütze hatte die Felsformation nördlich von Charlie beschossen, und jetzt entfernte sich das durchdringende Pfeifen der abprallenden Kugeln wieder, wanderte an der Kammlinie südwärts, und das verriet ihm, daß der Zwielichter blind feuerte und seine Position nicht kannte.

Es bestand also doch eine Chance, daß Charlie den Kamm lebend verlassen konnte.

Er zog die Füße zu sich heran, immer noch hinter die Felsen geduckt, und drehte sich auf dem Bauch herum, bis er nach Norden blickte.

Das Feuer verstummte.

Geschah das nur, weil der Schütze das Terrain studierte oder eine andere Position einnahm? Oder wechselte er wieder ein Magazin aus?

Wenn ersteres der Fall war, war der Mann noch bewaffnet und gefährlich; andernfalls war er für den Augenblick wehrlos.

Charlie konnte die Geräusche nicht hören, die er vorher beim Magazinwechsel vernommen hatte, aber er konnte auch nicht hier hockenbleiben und ewig warten, also sprang er auf, und da war seine Nemesis, nur sechs Meter entfernt, stand im Schnee. Es war ein Mann in braunen Thermohosen und einem dunklen Anorak, und er war *nicht* damit beschäftigt, das Magazin auszuwechseln, sondern spähte zu dem Plateau hinter Charlie – bis Charlie in die Höhe schoß und seine Aufmerksamkeit erweckte. Er schrie auf und richtete den Lauf seiner Maschinenpistole auf Charlie.

Aber Charlie hatte den Vorteil der Überraschung auf seiner Seite und schoß zuerst. Die Kugel traf den Zwielichter in die Kehle.

Der Mann schien einen mächtigen Satz nach hinten zu machen, riß dabei seine Maschinenpistole in die Höhe und gab einen sinnlosen Feuerstoß in den schneeerfüllten Himmel ab, während er zusammenbrach. Sein Hals war zerrissen, seine Wirbelsäule zerschmettert. Der Tod war sofort eingetreten.

In dem Augenblick, in dem der Tod den Mann umarmte und der Knall von Charlies Schuß die kalte Bergluft zerfetzte, sah er, daß da noch ein zweiter Mann auf dem Bergkamm war, zehn Meter hinter dem ersten und ein Stück rechts von ihm. Der Mann hatte einen Karabiner und feuerte in dem Augenblick, in dem Charlie die Gefahr wahrnahm.

Wie von einem Vorschlaghammer getroffen, wurde Charlie herumgewirbelt und zu Boden geschleudert. Er schlug hart auf und blieb hinter den Felsbrocken liegen, außer Schußweite des Mannes, sicher, aber nicht auf lange Zeit. Sein linker Arm, die linke Schulter und seine linke Brust fühlten sich plötzlich kalt an, sehr kalt und taub. Obwohl da noch kein Schmerz war, wußte er, daß er getroffen worden war. Ein gefährlicher Treffer. Es sah schlecht aus.

61

Die Schreie trieben Christine aus der Höhle heraus, vorbei an dem ersterbenden Feuer, auf den Pfad.

Sie blickte zu dem Kamm hinauf. Sie konnte natürlich nicht ganz nach oben sehen; dazu war es zu weit, und der Schnee und die Bäume versperrten ihr die Sicht.

Die Schreie hörten nicht auf. Herrgott, das war schrecklich. Trotz der Ferne und der dämpfenden Wirkung des Waldes war es ein schrecklicher Schrei voll Angst und Pein. Sie fröstelte, und zwar nicht wegen der Kälte.

Es klang wie Charlie.

Nein. Jetzt ging die Fantasie mit ihr durch. Das konnte irgend jemand sein. Es war zu weit entfernt und von den Bäumen zu verzerrt, als daß sie sagen könnte, es sei Charlie.

Die Schreie hielten eine halbe Minute an, vielleicht sogar länger. Ihr kam es wie eine Stunde vor. Wer immer es war, er schrie sich die Kehle heraus, ein Schrei nach dem anderen, bis Christine am liebsten auch geschrien hätte. Dann hörte es auf, verhallte, als reiche dem Schreienden plötzlich die Energie nicht mehr aus, um seine Qual hinauszubrüllen.

Chewbacca trat neben sie und blickte nach oben.

Schweigen folgte.

Christine wartete.

Nichts.

Sie kehrte in den Unterstand zurück, wo Joey benommen und wie erstarrt dasaß, und griff nach der Schrotflinte.

Es war eine Schulterwunde. Gefährlich. Sein ganzer Arm war taub, und er konnte die Hand nicht bewegen. Verdammt gefährlich. Vielleicht tödlich. Er würde es erst wissen, wenn er aus seiner Jacke und der Thermowäsche schlüpfen und sich die Wunde näher ansehen konnte – oder wenn er anfing, die Besinnung zu verlieren. Wenn er in dieser bitteren Kälte bewußtlos wurde, würde er sterben, ob die Zwielichter nun kamen, um ihn zu erledigen, oder nicht.

Sobald ihm klargeworden war, daß er getroffen war, schrie Charlie, nicht weil es so weh tat, denn es tat noch gar nicht weh, und nicht weil er Angst hatte, obwohl er verdammte Angst hatte, sondern weil er den Mann, der auf ihn geschossen hatte, wissen lassen wollte, daß er getroffen war. Er schrie, wie jemand schreien würde, der vielleicht mitansehen mußte, wie ihm die Eingeweide aus einer Bauchwunde quollen, schrie, als wüßte er, daß er sterben müsse, und während er schrie, wälzte er sich auf den Rücken, streckte sich flach im Schnee aus, schob den Karabiner weg, weil er ihm jetzt, wo er keine zwei brauchbaren Hände mehr hatte, nur noch wenig nutzte. Er zog den Reißverschluß seiner Jacke auf und holte den Revolver aus dem Schulterhalfter. Die Waffe in der unverletzten rechten Hand haltend, zog er den Arm unter sich, so daß sein Körper die Waffe verdeckte. Den nutzlosen linken Arm hatte er zu seiner Linken ausgestreckt die Handfläche nach oben, schlaff. Jetzt fing er an, zwischen seinen Schreien verzweifelt keuchende Laute von sich zu geben; dann ließ er die Schreie verhallen, stöhnte aber noch schrecklicher. Schließlich verstummte er.

Der Wind legte sich einen Augenblick, als wollte er Charlie unterstützen. Die Berge waren stumm.

Er hörte eine Bewegung hinter dem Felsen, die ihm vor dem Schützen Deckung boten. Stiefel auf schneefreiem Stein. Ein paar schnelle Schritte. Dann vorsichtiges Schweigen. Dann wieder ein paar Schritte.

Er zählte darauf, daß dieser Mann ein Amateur war, so wie der Bursche mit der Maschinenpistole. Ein Profi würde schießen, wenn er um die Felsen herumkam. Aber ein Amateur würde den Schreien glauben wollen, würde sich selbst zu dem guten Schuß gratulieren und damit verletzbar sein.

Schritte. Näher. Jetzt sehr nahe.

Charlie öffnete die Augen weit und blickte starr zum grauen Himmel auf. Die Felsformation hielt den fallenden Schnee von ihm ab, aber trotzdem wehten Schneeflocken auf sein Gesicht, auf seine Augenlider, und er brauchte seine ganze Willenskraft, um nicht zu blinzeln.

Er ließ den Mund offenstehen, hielt aber den Atem an, damit er nicht dampfend über ihm stand und ihn verriet.

Eine Sekunde verstrich. Fünf Sekunden. Zehn.

Noch eine halbe Minute, und er würde Atem holen müssen.

Seine Augen begannen zu tränen.

Plötzlich schien ihm der Plan nicht mehr gut. Er würde hier sterben. Er mußte sich etwas Besseres, Klügeres einfallen lassen.

Dann tauchte der Zwielichter auf, schob sich um die Granitplatten.

Charlie starrte zum Himmel, spielte den Toten. Er konnte nicht erkennen, wie der Fremde aussah; er nahm nur seine Umrisse wahr. Aber er war überzeugt, daß seine schauspielerische Leistung als Leiche überzeugend war, und das mußte sie wohl auch sein, da er reichlich von seinem eigenen Blut als Kulisse geliefert hatte.

Der Schütze trat näher, stand jetzt unmittelbar über ihm, blickte grinsend auf ihn herab.

Charlie mußte sich alle Mühe geben, den Blick nicht auf ihn zu richten, weiterhin starr durch ihn hindurchzusehen. Es war nicht leicht. Das Auge wurde ganz natürlich von Bewegung angezogen.

Der Fremde hatte immer noch einen Karabiner, war auf den Füßen, war besser bewaffnet und beweglicher als Charlie. Wenn er erkannte, daß Charlie noch lebte, würde er das, was er angefangen hatte, im Bruchteil einer Sekunde zu Ende bringen.

Ein Schlag.

Noch einer.

Wider jede Vernunft dachte Charlie: Er wird mein Herz hören!

Und jener unvernünftige Schrecken wich einer realistischeren Furcht – der Möglichkeit, daß der Zwielichter Charlies Puls an seinem Hals oder seiner Schläfe schlagen sah. Charlie geriet bei dem Gedanken beinahe in Panik, hätte sich fast bewegt. Aber dann wurde ihm klar, daß seine Jacke und die daran befestigte Kapuze sowohl seinen Hals als auch seine Schläfen verdeckten; das Pochen seiner Adern würde ihn also nicht verraten.

Dann trat der Zwielichter an ihm vorbei an den Rand des Plateaus und rief seinen Freunden unten am Hang zu: »Ich hab' ihn! Ich hab' das Schwein!«

In dem Augenblick, in dem die Aufmerksamkeit des Mannes von ihm abgewandt war, rollte Charlie sich ein wenig nach links, machte damit seine rechte Hand frei und hob den Revolver.

Der Zwielichter rang nach Luft, fing an, sich umzudrehen.

Charlie gab zwei Schüsse auf ihn ab. Einer traf ihn an der Seite. Der andere am Kopf.

Der Mann stürzte in den Abgrund, rollte durch ein paar Büsche, rollte zwischen den Bäumen durch und kam schließlich am Stamm einer Fichte zum Stillstand. Tot, ehe er Gelegenheit zum Schreien bekommen hatte.

Charlie wälzte sich auf den Bauch und zog sich an den Abgrund und blickte nach unten. Ein paar von Spiveys Leuten waren aus ihren Verstecken hervorgekommen, als sie den Triumphschrei gehört hatten. Offenbar hatten noch nicht alle begriffen, daß Ihr Feind noch am Leben war. Vermutlich nahmen sie an, daß die beiden Schüsse von ihrem eigenen Mann abgefeuert worden waren, um sicherzugehen, daß Charlie tot war; vermutlich dachten sie, daß die Leiche, die den Abhang hinuntergerollt war, die Charlies war. Sie suchten keine Deckung, bis er »Ihr Schweine!« schrie und zwei Schüsse aus seinem Revolver abgab. Erst jetzt huschten sie wie ein Rudel Ratten, das eine Katze wittert, wieder in Deckung.

Er gab die beiden letzten Schüsse ab, die in seinem Revolver waren, rechnete nicht damit, jemanden zu treffen, zielte nicht einmal, wollte sie nur verängstigen und zwingen, eine Weile in Deckung zu bleiben.

»Ich hab sie beide erwischt!« schrie er. »Sie sind beide tot. Wie kommt es denn, daß sie beide tot sind, wenn Gott auf *eurer* Seite steht?«

Niemand antwortete ihm.

Das laute Rufen strengte ihn an. Er wartete einen Augenblick, atmete ein paarmal tief, wollte nicht, daß sie Schwäche in seiner Stimme hörten. Dann rief er wieder: »Warum steht ihr nicht auf und laßt Gott die Kugeln abhalten, wenn ich auf euch schieße?«

Keine Antwort.

»Das würde doch etwas beweisen, oder nicht?«

Keine Antwort.

Er atmete ein paarmal lange und tief durch.

Dann versuchte er die linke Hand zu bewegen, und die Finger regten sich tatsächlich, aber sie waren immer noch taub und steif.

Er überlegte, ob er genügend von ihnen getötet hatte, um sie zur Umkehr zu bewegen, und stellte dann eine kleine Rechnung an. Zwei hatte er auf der Kaminhöhe getötet, einen auf dem Weg, drei unten auf der Wiese, als sie sich um den Jeep und die Schneemobile gedrängt hatten. Sechs Tote. Sechs von zehn. Wie viele waren dann noch unter ihm im Wald? Drei? Er dachte, er hätte drei gesehen: eine weitere Frau, Kyle und den Mann, der vor Kyle gegangen war. Aber würde nicht wenigstens einer von ihnen mit Mutter Grace zurückgeblieben sein? Sie war doch sicherlich nicht alleine in der Hütte geblieben. Und hierher hätte sie es nicht geschafft, dazu war der Weg zu anstrengend. Aber stimmte das? Oder war sie auch hier zwischen den Bäumen, nur zwanzig oder dreißig Meter entfernt, wie ein böser alter Troll, irgendwo im Schatten geduckt lauernd?

»Ich werde jetzt hier warten«, rief er.

Er fischte sich ein halbes Dutzend Patronen aus der Tasche und lud den Revolver nach, dadurch behindert, daß er nur eine gute Hand hatte.

»Über kurz oder lang müßt ihr euch bewegen«, rief Charlie zu ihnen hinunter. »Ihr müßt die Muskeln strecken, sonst bekommt ihr Krämpfe.« Seine Stimme hallte in der schneebedeckten Wüste unheimlich. »Ihr werdet Krämpfe bekommen, und dann fangt ihr langsam an zu erfrieren.«

Der narkotische Schock der Schußverletzung begann nachzulassen. Seine Nerven begannen zu reagieren, und der erste dumpfe Schmerz kroch in seine Schulter.

»Sagt mir, wenn ihr soweit seid«, rief er, »dann können wir ja euren Glauben auf die Probe stellen. Wir wollen sehen, ob ihr wirklich glaubt, daß Gott auf eurer Seite ist. Sagt es mir nur, wenn ihr soweit seid, laßt euch sehen, und laßt mich auf euch schießen, und dann sehen wir ja, ob Gott die Kugeln abhält.«

Er wartete eine halbe Minute, bis er sicher war, daß sie nicht reagieren würden, dann steckte er den Revolver ins Halfter und zog sich zurück. Sie würden nicht wissen, daß er weggegangen war. Ahnen würden sie es vielleicht, aber sicher sein konnten sie nicht. Sie würden eine halbe Stunde in Deckung bleiben, vielleicht sogar länger, ehe sie schließlich beschlossen, den Aufstieg fortzusetzen. Wenigstens hoffte er, daß sie das tun würden. Er brauchte jede Minute, die er kriegen konnte.

Während der stumpfe Schmerz in seiner Schulter immer bohrender wurde, kroch er auf dem Bauch über die schmale Kammfläche, bewegte sich wie eine verkrüppelte Krabbe und richtete sich erst auf, als er die Stelle erreicht hatte, wo das Terrain sich senkte und der Hirschpfad zwischen den Bäumen nach unten führte.

Als er aufzustehen versuchte, stellte er fest, daß seine Beine erstaunlich schwach waren; sie sackten unter ihm ein, und er fiel zu Boden, stieß sich dabei den verletzten Arm an. Er spürte, wie eine große schwarze Welle auf ihn zubrauste, und hielt den Atem an, schloß die Augen und wartete, bis die Welle vorübergezogen war, weigerte sich, von ihr davongetragen zu werden. Dann war der Schmerz nicht mehr stumpf; er war jetzt stechend, brennend, ein nagender Schmerz, als wäre da im Inneren seiner Schulter ein lebendes Wesen, das sich den Weg nach draußen fraß. Es war schlimm genug, wenn er sich völlig ruhig hielt, aber die geringste Bewegung machte den Schmerz nur noch zehnmal schlimmer. Trotzdem konnte er nicht einfach hier liegenbleiben. Er mußte aufstehen, und wenn es noch so wehtat, mußte zurück zu Christine. Wenn er sterben mußte, dann wollte er, wenn seine Zeit kam, nicht alleine hier im Wald sein. Herrgott, das war unverzeihliches negatives Denken, oder nicht? Er durfte einfach nicht an das Sterben denken. Der Gedanke ist der Vater der Tat, oder? Der Schmerz war schlimm, aber das hieß doch nicht, daß die Wunde tödlich war. Schließlich hatte er das alles nicht durchgemacht, um so leicht aufzugeben. Es gab eine Chance, immer gab es eine Chance. Er war sein ganzes Leben lang Optimist gewesen. Er hatte zwei betrunkene Eltern überlebt, die ihn gequält hatten. Er hatte die Armut überlebt. Den Krieg. Und er würde das hier auch überleben, verdammt noch mal. Er kroch von dem Plateau auf den Hirschpfad. Dort klammerte er sich am Ast einer Rottanne fest und zog sich endlich in die Höhe, lehnte sich an den Stamm, um sich von ihm stützen zu lassen.

Er war nicht schwindelig, und das war ein gutes Zeichen. Nach einigen tiefen Atemzügen, und nachdem er eine Minute lang an den Baum gelehnt dagestanden war, fühlten sich seine Beine nicht mehr so gummiartig an. Der Schmerz der Wunde ließ nicht nach, aber er stellte fest, daß er sich langsam daran gewöhnte; er mußte sich entweder daran gewöhnen oder ihm entfliehen, indem er sich der Bewußtlosigkeit hingab, und das war ein Luxus, den er sich nicht leisten konnte.

Er löste sich von dem Baum, biß die Zähne zusammen, als das Feuer in seiner Schulter etwas höher loderte, und stieg den Hirschpfad hinunter, bewegte sich schneller, als er es für möglich gehalten hätte, aber nicht so schnell wie beim erstenmal, als Christine und Joey bei ihm gewesen waren. Er hatte es eilig, aber zugleich war er vorsichtig, hatte Angst auszugleiten, zu stürzen und seine Schulter und den Arm noch mehr zu verletzen. Wenn er auf die linke Seite stürzte, würde er wahrscheinlich von der darauffolgenden Schmerzexplosion die Besinnung verlieren, und dann würde er nicht wieder zu sich kommen, bis Spiveys Leute über ihm standen und ihn mit einem Gewehrlauf anstießen.

Zwanzig oder dreißig Meter unter der Kammhöhe wurde ihm bewußt, daß er die Maschinenpistole hätte mitnehmen müssen. Vielleicht trug der tote Schütze noch ein paar Ersatzmagazine bei sich. Das würde die Chancen etwas ausgleichen. Mit einer

Maschinenpistole könnte er einen weiteren Hinterhalt errichten und sie diesmal alle erledigen.

Er blieb stehen und sah sich um, überlegte, ob er umkehren und die Waffe holen sollte. Der Weg hinter ihm sah steiler aus, als er ihn in Erinnerung hatte. Tatsächlich wirkte er jetzt so gefährlich wie die steilste Flanke des Mount Everest. Schon vom bloßen Hinsehen mußte er angestrengter atmen. Und mit jeder Sekunde, die er den Weg studierte, schien er noch steiler zu werden. Er hatte nicht die Kraft umzukehren, und verfluchte sich, daß er nicht an die Maschinenpistole gedacht hatte, als er noch dort oben war. Er erkannte, daß er nicht mehr so klar denken konnte, wie er das meinte.

Er setzte den Weg nach unten fort.

Nach weiteren sechs Metern schien es ihm, als würde der Wald sich um ihn drehen. Er hielt inne und stemmte beide Beine in den Boden, so als könnte er das Baumkarussell zum Anhalten bringen, indem er die Absätze in den Boden bohrte. Er verlangsamte es, aber ganz konnte er es nicht zum Stehen bringen also setzte er seinen Weg schließlich vorsichtig fort, ein Fuß vor den anderen und tat dies mit der gemessenen Überlegung eines Betrunkenen, der einem Polizisten beweisen will, daß er nüchtern ist.

Der Wind war stärker geworden und machte jetzt ziemlichen Lärm in den mächtigen Bäumen. Einige der größten davon ächzten, als die höheren schlankeren Partien ihrer Stämme von den Böen geschüttelt wurden. Die Zweige klapperten gegeneinander, und ihre Nadeln raschelten und zischten. Das Ächzen wurde lauter, bis es wie tausend Türen klang, die sich auf ungeölten Angeln öffneten, und auch das Rascheln wurde lauter, bis er das Gefühl hatte, er befände sich im Inneren einer Trommel. Er taumelte, stolperte und wäre beinahe gestürzt; dann wurde ihm bewußt, daß der größte Teil des Lärms nicht von dem Wind zwischen den Bäumen kam, sondern aus seinem eigenen Körper, er erkannte, daß er sein eigenes Blut in seinen Ohren rauschen hörte, während sein Herz schneller und schneller schlug. Dann begann der Wald sich wieder zu drehen, und während er sich drehte, zog er die Dunkelheit vom Himmel, wie Faden von einer Spule, mehr und mehr Dunkelheit, und jetzt schien der wirbelnde Wald nicht mehr wie ein Karussell, sondern wie ein Webstuhl, der die Fäden der Dunkelheit in ein schwarzes Tuch webte, und das Tuch wallte um ihn auf, senkte sich über ihn, und er konnte nicht mehr sehen, wohin er ging, stolperte wieder und stürzte –

Eine grelle Explosion.

Dunkelheit.

Schwärze.

Tiefer als die Nacht.

Stille.

Er kroch durch pechschwarze Dunkelheit, suchte verzweifelt nach Joey. Er mußte den Jungen bald finden. Er hatte erfahren, daß Chewbacca kein gewöhnlicher Hund war, sondern ein Roboter. Eine bösartige Konstruktion, die mit Sprengstoff vollgepackt war. Joey kannte die Wahrheit nicht. Er spielte wahrscheinlich in diesem Augenblick mit dem Hund. Jeden Augenblick würde Spivey jetzt den Knopf drücken, und der Hund würde explodieren, und Joey würde tot sein. Er kroch auf einen grauen Felsen in der Dunkelheit zu, und dann befand er sich in einem Schlafzimmer und sah Joey, der sich im Bett aufsetzte. Chewbacca war auch da, setzte sich auf wie ein Mensch, hielt in einer Pfote ein Messer und in der anderen eine Gabel. Der Junge und der Hund aßen beide ein Steak. Charlie sagte: »Um Himmels willen, was eßt ihr da?« Und der Junge sagte: »Schmeckt herrlich.« Charlie stand neben dem Bett auf und nahm dem Jungen das Fleisch weg. Der Hund knurrte. Charlie sagte: »Seht ihr denn nicht? Das Fleisch ist vergiftet. Die haben euch vergiftet.« – »Nein«, sagte Joey, »es ist gut. Versuchen Sie es doch.« – »Gift! Es ist Gift!« Dann erinnerte sich Charlie wieder an den Sprengstoff, der in dem Hund versteckt war, und er fing an, Joey zu warnen, aber es war zu spät. Die Explosion kam. Nur, daß nicht der Hund explodierte. Es war Joey. Seine Brust platzte auseinander, und ein Rudel Ratten strömte heraus, so wie die Ratte in dem Batterieraum unter der Windmühle, und sie rannten auf Charlie zu. Er taumelte nach rückwärts, aber sie krabbelten seine Beine hinauf. Jetzt waren sie über ihm, Dutzende von Ratten, und sie bissen ihn, und er stürzte, von ihrer Überzahl zu Boden gezerrt, und das Blut strömte aus ihm heraus, und es war kaltes Blut, kaltes, nicht warmes, und er schrie.

Er erwachte, würgte. Er konnte kaltes Blut überall in seinem Gesicht spüren und wischte es weg, sah seine Hand an. Doch in Wirklichkeit war es gar kein Blut, es war Schnee.

Er lag mitten auf dem Hirschpfad auf dem Rücken, blickte zu den Bäumen und einem Streifen grauen Himmels auf, aus dem der Schnee herunterpeitschte. Es kostete ihn einige Mühe, sich aufzusetzen. Seine Kehle war voll Schleim. Er hustete und spuckte.

Wie lange war er bewußtlos gewesen? Unmöglich festzustellen.

Soweit er das erkennen konnte, war der Weg, der zum Kamm hinaufführte, verlassen. Spiveys Leute waren also noch nicht hinter ihm hergekommen. Er konnte also nicht lange bewußtlos gewesen sein.

Der Schmerz in seinem Arm und seiner Schulter hatte tastende Ranken über seinen Rücken und seine Brust gesandt, seinen Hals hinauf, in seinen Schädel. Er versuchte den Arm zu heben, hatte einigen Erfolg und konnte die Hand ein wenig bewegen, ohne daß der Schmerz dabei schlimmer wurde.

Er arbeitete sich zum nächsten Baum und versuchte sich in die Höhe zu ziehen, schaffte es aber nicht. Er wartete einen Augenblick, versuchte es erneut, schaffte es wieder nicht.

Christine. Joey. Sie verließen sich auf ihn.

Er würde eine Weile kriechen müssen. Nur bis seine Kraft sich wieder einstellte. Er versuchte es auf Händen und Knien, legte den größten Teil seines Gewichts auf den rechten Arm, forderte aber auch vom linken Arm etwas Hilfe, und kam zu seiner Überraschung sogar einigermaßen voran. Wo die Neigung des Abhanges es ihm möglich machte, die Hilfe der Schwerkraft in Anspruch zu nehmen, rutschte er den Pfad hinunter, manchmal vier oder fünf Meter weit, ehe er wieder zum Stillstand kam.

Er wußte nicht genau, wie weit es bis zu dem Felsüberhang war, unter dem er Christine und Joey zurückgelassen hatte. Die Stelle mochte hinter der nächsten Biegung sein oder noch Hunderte von Metern entfernt. Er hatte jegliche Fähigkeit verloren, Entfernungen zu schätzen. Aber seinen Richtungssinn hatte er nicht verloren, und so rutschte er weiter.

Ein paar Minuten oder auch nur ein paar Sekunden später wurde ihm bewußt, daß er sein Gewehr verloren hatte. Wahrscheinlich war es beim Sturz von seiner Schulter gerutscht. Er sollte umkehren und es holen. Aber vielleicht war es vom Weg gerutscht, in irgendein Gebüsch oder zwischen Felsen. Vielleicht würde es gar nicht leicht sein, es zu finden. Er hatte ja immer noch seinen Revolver. Und Christine hatte die Schrotflinte. Das würde reichen müssen.

Er kroch weiter den Pfad hinunter und erreichte einen umgestürzten Baum, der ihm den Weg versperrte. Er konnte sich nicht daran erinnern, daß der Baumstamm vorher schon dagewesen war; vielleicht war er irgendwo falsch abgebogen. Aber bei den ersten beiden Malen waren ihm keine Abzweigungen aufgefallen. Wie konnte er sich also verlaufen haben? Er lehnte sich gegen den Stamm –

– und befand sich in der Praxis eines Zahnarztes, war auf einen Sessel geschnallt. An seiner linken Schulter und dem linken Arm waren ihm hundert Zähne gewachsen, und wie das Schicksal es wollte, brauchten sie alle eine Wurzelbehandlung. Der Zahnarzt öffnete die Tür und kam herein, und es war Grace Spivey. Sie hatte den größten, häßlichsten Bohrer, den er je gesehen hatte, und sie würde ihn nicht einmal an den Zähnen an seiner Schulter einsetzen; sie würde ein Loch durch sein Herz bohren –

– und sein Herz schlug wie wild, als er aufwachte und feststellte, daß er sich an den umgestürzten Baum klammerte.

Christine.

Joey.

Er durfte sie nicht im Stich lassen.

Er kletterte über den Stamm, fragte sich, ob er wohl einen Gehversuch wagen durfte, entschied sich dagegen und ging wieder auf die Knie. Er kroch.

Nach einer Weile fühlte sein Arm sich besser an.

Er fühlte sich *tot* an. Das war besser.

Der Schmerz legte sich.

Er kroch.

Wenn er einen Augenblick innehielt, sich zusammenringelte und die Augen schloß, würde der Schmerz ganz weggehen. Das wußte er.

Aber er kroch weiter.

Trotz der eisigen Luft hatte er Durst, und ihm war heiß. Er hielt inne, schöpfte mit der hohlen Hand etwas Schnee und schob ihn in den Mund. Er schmeckte wie Kupfer, faulig. Er schluckte trotzdem, weil seine Kehle sich anfühlte, als stünde sie in Flammen, und der scheußlich schmeckende Schnee wenigstens kühl war.

Das einzige, was er jetzt brauchte, ehe er sich weiterbewegte, war ein Augenblick der Ruhe. Der Tag war nicht hell; trotzdem schmerzte das graue Licht, das zwischen den Bäumen durchsickkerte, in seinen Augen. Wenn er sie nur einen Augenblick schließen konnte, den grellen grauen Schein ein paar Sekunden verdrängen konnte...

62

Christine wollte Joey und Chewbacca nicht alleine lassen, hatte aber keine andere Wahl, weil sie wußte, daß Charlie in Bedrängnis war. Nicht nur der anhaltende Schußwechsel hatte sie beunruhigt. Es waren auch die Schreie, die vor einer Weile aufgehört hatten, und die Tatsache, daß er so lange brauchte. Aber in erster Linie war es einfach eine Ahnung – vielleicht weibliche Intuition –, die ihr sagte, daß Charlie sie brauchte.

Sie erklärte Joey, daß sie nicht weit gehen würde, nur hundert Meter oder so, um nach Charlie zu sehen. Sie drückte den Jungen an sich, fragte ihn, ob er alleine zurechtkommen würde, dachte, ihn nicken zu sehen, konnte aber keine andere Reaktion aus ihm herausholen.

»Geh nirgendwohin, während ich weg bin«, sagte sie.

Er gab keine Antwort.

»Geh hier nicht weg. Verstehst du?«

Der Junge blinzelte, aber sein Blick ging immer noch durch sie hindurch.

»Ich liebe dich, Honey.«

Der Junge blinzelte wieder.

»Paß du auf ihn auf«, sagte sie zu Chewbacca.

Der Hund schnaubte.

Sie nahm die Schrotflinte und trat unter dem Felsüberhang hervor, vorbei an dem ersterbenden Feuer. Sie sah sich um. Joey sah sie nicht einmal an. Er lehnte mit herunterhängenden Schultern an der Felswand, den Kopf gesenkt, die Hände im Schoß und starrte vor sich zu Boden. Hin und her gerissen zwischen der Angst, ihn alleine zu lassen, und der Sorge, Charlie könnte sie brauchen, drehte sie sich um und ging den Hirschpfad hinauf.

Die Wärme des Feuers hatte ihr gutgetan. Ihre Knochen und Muskeln fühlten sich nicht mehr so steif wie vor einer Weile an; jetzt tat wenigstens nicht mehr jeder Schritt weh.

Die Bäume schützten sie vor der Wut des Windes, aber sie wußte, wie wütend er blies, denn er erzeugte in den obersten Zweigen ein wildes, gespenstisches Geräusch. An den Stellen, wo der Wald sich öffnete und der bleierne Himmel zu sehen war, kam der Schnee so dick und schnell herunter, daß er fast wie Regen wirkte. Sie hatte höchstens achtzig Meter zurückgelegt und zwei Wegbiegungen hinter sich, als sie Charlie sah. Er lag mit dem Gesicht nach unten mitten auf dem Weg, den Kopf zur Seite gewandt.

Nein.

Sie blieb ein paar Schritte vor ihm stehen und hatte Angst näherzutreten, weil sie wußte, was sie entdecken würde.

Er bewegte sich nicht.

Tot.

O Gott, er war tot. Sie hatten ihn umgebracht. Sie hatte ihn geliebt, und er hatte sie geliebt, und jetzt war er für sie gestorben. Der Gedanke machte sie krank. Die düsteren, mürrischen Farben des Tages sickerten in sie hinein, und eine betäubende Verzweiflung erfüllte sie.

Aber die Trauer mußte auch der Furcht Platz lassen, weil sie
und Joey jetzt auf sich alleine gestellt waren, und weil sie nicht
glaubte, daß sie es ohne Charlie schaffen würden, diese feindliche Bergwelt zu verlassen. Wenigstens nicht lebend. Sein Tod
war ein Vorbote ihres eigenen Schicksals.

Sie studierte den sie umgebenden Wald und entschied, daß
sie mit der Leiche allein war. Charlie mußte oben auf dem
Kamm angeschossen worden sein und es aus eigener Kraft bis
hierher geschafft haben. Spiveys Fanatiker waren allem Anschein nach immer noch auf der anderen Seite des Kammes.

Oder vielleicht hatte er sie alle getötet.

Sie hängte sich die Schrotflinte am Riemen über die Schulter,
ging zu ihm, zögerte, ihn näher zu untersuchen, war nicht sicher, daß sie die Kraft besaß, auf sein kaltes, totes Gesicht zu sehen. Sie kniete neben ihm nieder und bemerkte, daß er atmete.

Der eigene Atem stockte ihr in der Kehle, und ihr Herz schien
ein oder zwei Schläge auszusetzen.

Er lebte.

War bewußtlos, lebte aber.

Es gab doch Wunder.

Sie wollte lachen, drängte aber diesen Ausdruck der Freude
zurück, voll abergläubischer Angst, die Götter würden das miß-
billigen und ihr Charlie dennoch wegnehmen. Sie berührte ihn.
Er murmelte etwas, kam aber nicht zu sich. Sie drehte ihn auf
den Rücken, und er murmelte irgend etwas, ohne dabei die Augen zu öffnen. Sie sah die zerfetzte Schulter seines Jacketts und
erkannte, daß er angeschossen worden war. Rings um die
Wunde war der zerfetzte Stoff mit Klumpen von dunklem und
gefrorenem Blut verklebt. Es war schlimm. Aber wenigstens
war er nicht tot.

»Charlie?«

Als er keine Antwort gab, berührte sie sein Gesicht und sagte
wieder seinen Namen, und schließlich schlug er die Augen auf.
Einen Moment lang wirkten sie glasig, aber dann erfaßte sie sein
Blick; er blinzelte, und sie sah, daß er bei Bewußtsein war, benommen vielleicht und verwirrt, aber nicht im Delirium.

»Ich hab' es verloren«, sagte er.

»Was?«

»Das Gewehr.«

»Mach dir darüber keine Sorgen«, sagte sie.

»Drei von ihnen hab' ich getötet«, sagte er mit belegter Stimme.

»Gut.«

»Wo sind sie?« fragte er besorgt.

»Ich weiß nicht.«

»Müssen nahe sein.«

»Das glaube ich nicht.«

Er versuchte sich aufzusetzen.

Offenbar durchzuckte ihn dabei ein finsterer Strom der Pein, denn er fuhr zusammen und hielt den Atem an, und einen Augenblick lang hatte sie Angst, er würde wieder das Bewußtsein verlieren. Er war blaß, weiß wie eine Leiche.

Sie drückte seine Hand, bis der Schmerz etwas nachließ.

Er sagte: »Es kommen noch welche«, und diesmal schaffte er es, sich aufzusetzen, als er es erneut versuchte.

»Kannst du dich bewegen?«

»Schwach...«

»Wir müssen hier weg.«

»Bin... gekrochen.«

»Kannst du gehen?«

»Nicht alleine.«

»Wenn du dich auf mich stützt?«

»Vielleicht.«

Sie half ihm auf die Füße, stützte ihn und redete ihm zu, während sie sich den Weg hinuntermühten. Sie kamen langsam voran, zuerst stockend, dann ein wenig schneller; einige Male glitten sie aus und wären beinahe gestürzt, aber schließlich erreichten sie den Felsüberhang.

Joey reagierte nicht auf ihre Ankunft. Aber als Christine Charlie dabei half, sich hinzusetzen, kam Chewbacca zu ihnen, wedelte mit dem Schweif und leckte Charlie das Gesicht.

Die Felswände hatten einen Gutteil der Wärme des Feuers in sich aufgenommen, das jetzt nur noch eine schwache Glut war, und so strahlte allseits von den Steinen Wärme aus.

»Hübsch«, sagte Charlie.

Seine Stimme klang zu verträumt, um Christine zu gefallen.

»Benommen?« fragte sie.

»Ein wenig.«

»Schwindelig?«

»Vorher. Jetzt nicht mehr.«

»Verschwommene Sicht?«

»Nichts dergleichen.«

»Ich will mir die Wunde ansehen«, sagte sie und begann ihm das Jackett herunterzuziehen.

»Keine Zeit«, sagte er und legte die Hand auf die ihre, hielt sie davon ab, sich um ihn zu kümmern.

»Ich mach' es ganz schnell.«

»Keine Zeit!« beharrte er.

»Hör zu«, sagte sie, »wenn du solche Schmerzen hast, kannst du dich nicht schnell bewegen.«

»Wie eine verdammte Schildkröte.«

»Und du verlierst all deine Kraft.«

»Fühle mich wie... ein kleiner Junge.«

»Aber wir haben doch eine ganz ordentliche Reiseapotheke, also können wir dich vielleicht zusammenflicken und den Schmerz etwas lindern, dann kannst du vielleicht wieder gehen und kommst schneller voran. In dem Fall werden wir verdammt froh darüber sein, daß wir uns die Zeit genommen haben.«

Er dachte darüber nach und nickte. »Okay. Aber... halt die Ohren offen. Könnte sein, daß die... nicht weit sind.«

Sie zog ihm die Steppjacke herunter, knöpfte sein Hemd auf und zog es von seiner verletzten Schulter. Dann löste sie die Druckknöpfe seiner Thermounterwäsche, die mit Blut und Schweiß verklebt war. Jetzt sah sie das häßliche Loch, hoch an der linken Brustseite, dicht unter dem Schlüsselbein. Als sie es sah, hatte sie das Gefühl, als würden sich lebende Schlangen in ihrem Magen winden. Die Blutung hatte aufgehört, aber das Fleisch um die Wunde war angeschwollen und bösartig rot. Etwas weiter außen hatte seine Haut eine häßliche Purpurfarbe angenommen und dahinter war sie weiß wie die Wand.

»Viel Blut?« fragte er.

»Ja, aber jetzt blutet es nicht mehr stark.«

»Spritzt es?«

»Nein. Wenn eine Arterie verletzt worden wäre, wärst du jetzt tot.«

»Glück gehabt«, sagte er.

»Und wie.«

An seinem Rücken sah die Austrittsöffnung des Schußkanals ebenso schlimm wie die Vorderseite aus, und sie glaubte, in dem zerfetzten blutigen Fleisch Knochensplitter zu erkennen.

»Die Kugel steckt nicht mehr in dir«, sagte sie.

»Das ist gut.«

Die Reiseapotheke befand sich in seinem Rucksack. Sie holte sie heraus, schraubte eine kleine Flasche mit Borsäurelösung auf und schüttete etwas davon in die Wunde. Einen Augenblick lang schäumte es heftig, aber es brannte nicht so wie Jod. Charlie sah mit verträumter Miene zu, wie die Flüssigkeit Blasen zog.

Sie drückte schnell etwas Schnee in einen Blechbecher und ließ ihn auf der heißen Glut des ausgebrannten Feuers schmelzen.

Jetzt schien er seine Verträumtheit überwunden zu haben, und er schüttelte den Kopf, wie um ihn klarzubekommen, und sagte: »Schnell!«

»Ich geb' mir die größte Mühe«, sagte sie.

Als die Borsäure ihre Arbeit getan hatte, bestäubte sie beide Öffnungen mit einem gelblichen antiseptischen Puder und anschließend einem weißen schmerzstillenden Puder. Jetzt hatte die Blutung fast ganz aufgehört. Sie hatte die Handschuhe ausgezogen, um schneller und besser arbeiten zu können, und fertigte jetzt aus Wattebäuschchen und einer fünf Zentimeter breiten Gazerolle einen nicht besonders professionellen Verband an, den sie dann aber mit so viel Heftpflaster festklebte, daß er nicht abfallen würde.

»Horch!« sagte er.

Sie war mäuschenstill.

Sie lauschten, aber da war nur das Pfeifen des Windes in den Bäumen.

»Das sind sie nicht«, sagte sie.

»Noch nicht.«

»Chewbacca wird uns warnen, wenn jemand kommt.«

Der Hund lag entspannt neben Joey.

Die eisige Luft hatte unterdessen die aufgespeicherte Wärme in den Felsen abgekühlt. Unter dem Felsüberhang wurde es in der geschützten Nische wieder kalt. Charlie fröstelte heftig.

Sie zog ihn hastig an, zog den Reißverschluß seines Jacketts zu, schob ihm die Kapuze zurecht, band sie ihm unter dem Kinn zu und holte dann den Becher mit geschmolzenem Schnee von der Glut. In der Reiseapotheke war auch Tylenol, ein für seine Bedürfnisse bei weitem nicht ausreichendes Schmerzmittel, aber sonst hatten sie nichts. Sie gab ihm zwei Tabletten, dann noch eine dritte. Zuerst bereitete ihm das Schlucken etwas Mühe, und das beunruhigte sie; aber er sagte, das käme nur daher, daß sein Mund und seine Kehle so trocken waren. Als er die dritte Tablette nahm, schien es schon besser zu gehen.

Er würde seinen Rucksack nicht tragen können; sie würden ihn zurücklassen müssen.

Sie nahm einige Dinge aus dem eigenen Rucksack, um dafür die Reiseapotheke einpacken zu können, und schloß alle Klappen. Sie fuhr mit den Armen in die Schlaufen und schnallte sich den Riemen über die Brust.

Sie hatte es eilig weiterzukommen. Sie brauchte keine Uhr, um zu wissen, daß ihre Zeit verrann.

63

Kyle Barlowe war groß, aber keineswegs schwerfällig. Wenn er wollte, konnte er sich vorsichtig und leise bewegen. Zehn Minuten, nachdem Harrison Denny Rogers getötet und seine Leiche hinuntergeworfen hatte, schob sich Barlowe vorsichtig aus dem Unterholz heraus, wo er sich versteckt hatte, und arbeitete sich quer über den Abhang bis zu einer Stelle vor, wo die Schatten wie gefrorene Tümpel der Nacht lagen. Aus den Schatten huschte er katzenartig zu einem mächtigen umgestürzten Baum und von dort zu einer schroffen Felsnase, die aus dem Hügel emporstach. Er bewegte sich weder bergauf noch bergab, nur seitwärts, von der Stelle weg, über die Harrison die Gewalt hatte und von der aus er die anderen in Schach hielt, freilich, wenn Barlowe Glück hatte, nicht für lange.

Nach weiteren zehn Minuten – und jetzt ziemlich sicher, daß er außer Harrisons Sichtweite war – wurde Barlowe etwas weniger vorsichtig, rannte mutig zum Kamm hinauf und kroch die letzten paar Meter. Er schob sich durch eine Spalte zwischen zwei Felsformationen und richtete sich dann auf der glatten, vom Wind schneefrei gefegten Fläche des Kammes auf.

In seinem Schulterhalfter steckte eine Smith & Wesson 357er Magnum. Er zog den Reißverschluß seiner Jacke so weit auf, daß er an den Revolver herankonnte.

Es schneite so heftig, daß er höchstens fünf Meter weit sehen konnte, manchmal nicht einmal so weit. Die eingeschränkte Sicht machte ihm nichts aus, ja er betrachtete sie sogar als eine Gabe Gottes. Er kannte die Stelle bereits, von der aus Harrison auf sie gefeuert hatte; es würde ihm keine Schwierigkeiten bereiten, sie zu finden. Aber bis dahin würde der Schnee ihn vor Harrison abschirmen – falls der Detektiv immer noch auf der Kammhöhe war, was er bezweifelte.

Er bewegte sich in südlicher Richtung, direkt auf den wütenden Wind zu. Der biß ihm ins Gesicht, machte es taub, zwang ihn, die Augen zusammenzukneifen. Seine Augen fingen zu tränen an, und seine Nase tropfte. Aber der Wind konnte ihn nicht erschüttern oder gar umwerfen; leichter hätte er einen der mächtigen Bäume gefällt.

Fünfzig Meter später fand er Pierce Morgans Leiche. Die starren, blicklosen Augen hatten nichts Menschliches mehr, denn sie waren von milchigen Katarakten überdeckt, die tatsächlich eine dünne Eisschicht waren. Seine Augenbrauen, seine Lider und sein Schnurrbart waren mit Frost überzogen und der Wind fegte eifrig immer mehr Schnee in die Winkel, die die Arme und Beine des toten Mannes bildeten.

Barlowe war überrascht, daß Harrison Morgans Uzi nicht mitgenommen hatte, eine kompakte Maschinenpistole israelischer

Herkunft. Er hob sie auf und hoffte, daß sie vom Schnee nicht beschädigt war. Dann entschied er sich, sich besser nicht auf die Uzi zu verlassen, solange er nicht Gelegenheit gehabt hatte, sie zu erproben, schlang sie sich über die Schulter und behielt die Magnum in der rechten Hand.

Dicht an den Granitfelsen am östlichen Gratrand entlang arbeitete er sich auf die Stelle zu, von der aus Harrison auf sie geschossen hatte und von der aus er Denny Rogers den Abhang hinuntergeworfen hatte. Die Magnum vor sich ausgestreckt, schob Barlowe sich um den Felsen herum, der die nördliche Wand von Harrisons Zufluchtsort bildete, und war nicht überrascht, daß der Detektiv nicht mehr da war.

Die Nische zwischen den Felsformationen war etwas windgeschützt; ein wenig Schnee hatte sich dort festgesetzt und war liegengeblieben. Messing glitzerte im Schnee: ein paar leergeschossene Patronenhülsen. Barlowe entdeckte auch Blut auf den Steinen, die den Zufluchtsort umgaben: dunkle gefrorene Flecken auf grauem Granit.

Er beugte sich vor und starrte die Patronenhülsen an, die auf dem weißen Boden lagen. Er wischte die weiche, trockene Schicht weg, die in der letzten halben Stunde gefallen war, schob dabei auch die leeren Hülsen beiseite und fand auf der älteren Schneeschicht darunter wesentlich mehr Blut. Denny Rogers' Blut? Oder das Harrisons? Vielleicht hatte Rogers den Dreckskerl doch verwundet.

Er drehte sich um, trat über den schmalen Grat hinweg und fing an, die Stelle zu suchen, wo der Hirschwechsel ins nächste Tal hinunterführte. Nachdem der Antichrist und seine Behüter dem Pfad so weit gefolgt waren, konnte man logischerweise annehmen, daß sie ihm auch weiter in die Tiefe folgen würden. Der frische Schnee blieb nicht auf dem vom Wind gefegten Plateau liegen, türmte sich aber gleich hinter dem Grat an Steinen und Gebüsch auf, wo der Wind nicht so heftig auftraf; er verdeckte auch den Zugang zu dem Hirschwechsel. Fast hätte Barlowe ihn verpaßt, aber dann sah er Hirschspuren und menschliche Fußstapfen in dem dünneren Schneeteppich unter den Bäumen.

Er ging den Abhang ein paar Meter hinunter, bis er das fand, was er erhofft hatte: Blutflecken. Das konnte unmöglich Denny Rogers' Blut sein. Jetzt gab es für ihn keinen Zweifel mehr: Harrison war verwundet.

64

Die Schnelligkeit und das Selbstbewußtseins, mit dem Christine die Führung übernahm, beeindruckten Charlie, verwunderten ihn aber nicht. Sie führte sie auf dem Pfad und schlug den Weg nach unten ein. Joey und Chewbacca folgten ihnen. Der Junge sagte nichts, schlurfte mit, als fühlte er, daß sie ihre Zeit vergeudeten, indem sie zu fliehen versuchten. Aber er blieb nicht stehen, fiel nicht zurück, hielt sich dicht an die anderen. Der Hund trottete stumm hinter seinem Herrchen her, den Kopf gesenkt, die Augen nach unten gerichtet.

Charlie rechnete damit, Rufe von hinten zu hören. Minute um Minute wuchs in ihm die Überzeugung, daß gleich Schüsse fallen würden.

Aber nur Schnee fiel, der Wind pfiff, die Bäume ächzten und raschelten, und Spiveys Leute erschienen nicht. Er mußte ihnen mit seinem letzten Überfall verdammte Angst eingejagt haben. Sie mußten wenigstens eine halbe Stunde dort geblieben sein, wo er sie verlassen hatte, es nicht gewagt haben, aus ihren Verstecken herauszukriechen; und als sie sich schließlich wieder in Bewegung gesetzt hatten, mußten sie mit größter Vorsicht zu dem Kamm vorgerückt sein.

Zu hoffen, daß sie aufgegeben hätten und umgekehrt wären, war zuviel verlangt. Sie würden nie aufgeben. Soviel hatte er über sie gelernt. Denton Boothe, sein fetter Freund, der Psychologe, hatte recht gehabt. Nur der Tod würde diese Art von Fanatikern aufhalten.

Als der Hirschwechsel die unteren Teile des Tales erreichte, wurde er immer weitläufiger. Sie würden nicht so schnell nach unten kommen, wie sie das erwartet hatten.

In den ersten zwanzig Minuten brauchte Charlie nicht viel Hilfe. Das Terrain war größtenteils leicht begehbar. Einige Male mußte er sich an einem Baum festhalten oder sich auf einen Felsbrocken stützen, um das Gleichgewicht zu halten, und zweimal, als der Boden sich zu steil neigte, stützte er sich auf Christine, aber er hing nicht dauernd an ihr. Tatsächlich kam er sogar wesentlich besser voran, als er es zu Anfang für möglich gehalten hätte.

Obwohl das Tylenol und der Puder die Schmerzen in seiner Schulter und seinem Arm gelindert hatten, tat es immer noch ziemlich weh. Tatsächlich war der Schmerz trotz der Drogen so intensiv, daß er erwartet hätte, er würde ihn bewegungsunfähig machen; aber er stellte fest, daß seine Fähigkeit, Schmerz zu ertragen, wesentlich größer war, als er das für möglich gehalten hätte. Er fing an, sich damit abzufinden, biß die Zähne zusammen und grub damit dauernde Furchen der Pein in sein Gesicht, aber er hielt durch.

Nach zwanzig Minuten freilich begannen seine Kräfte zu schwinden, und er brauchte jetzt öfter Christines Hilfe. Sie erreichten die Talsohle nach fünfundzwanzig Minuten, und dies war der Augenblick, wo er wieder anfing, etwas schwindelig zu werden. Fünf Minuten später, als sie den Rand einer breiten Wiese erreichten, mußte er, solange sie noch im Schutz der Bäume waren, stehenbleiben und ausruhen. Er setzte sich unter eine Fichte und lehnte sich an den Stamm.

Joey saß neben ihm, sagte aber nichts, schien nicht einmal seine Anwesenheit zur Kenntnis zu nehmen. Charlie war zu müde, um den Versuch zu machen, dem Jungen ein Wort oder ein Lächeln zu entlocken.

Chewbacca leckte sich die Pfoten. Sie bluteten ein wenig.

Christine setzte sich ebenfalls und holte die Karte heraus, die Charlie gestern auf dem Tisch in der Hütte ausgearbeitet hatte, als er darauf bestanden hatte, ihnen zu zeigen, wie sie aus den Bergen herauskommen würden, falls Spiveys Leute auftauchten. Herrgott, wie unwahrscheinlich das damals doch erschienen war – und wie schrecklich unvermeidlich es jetzt war!

Christine mußte die Karte mehrfach zusammenfalten, um sie möglichst klein zu halten, während sie sie studierte, weil immer wieder der Wind von der Wiese herauffegte und zwischen den Bäumen durchpeitschte, tief in den dichten Wald hineingriff und alles rüttelte, was ihm in den Weg kam.

Jenseits der schützenden Mauer des Waldes wütete ein heftiger Blizzard über der Talsohle. Der Wind kam aus dem Südwesten, brüllte wie ein Expreßzug von einem Ende des Tales zum anderen, trieb mächtige Schneeschwaden vor sich her. Der Schnee war so dick, daß man die meiste Zeit nur ein paar Meter weit über die Wiese sehen konnte, wo die Welt in einer undurchdringlichen weißen Mauer zu enden schien. Aber gelegentlich legte sich der Wind für ein paar Sekunden oder wechselte kurz die Richtung, und die undurchsichtigen Schneevorhänge flatterten und öffneten sich im gleichen Augenblick, und dann konnte man in der Ferne sehen, wie sich weitere Bäume auf der anderen Seite der Wiese zusammendrängten, und dann die andere Wand des ziemlich schmalen Tales und dahinter einen weiteren, weit entfernten Grat, wo Eis und Felsgestein selbst in dem düsteren, sonnenlosen Licht wie Chrom blitzten.

Der Karte nach zu schließen, durchschnitt ein kleiner Bach die Wiese in der Mitte und floß durch das ganze Tal. Sie blickte auf, sah mit zusammengekniffenen Augen in den weißen Mahlstrom jenseits des Waldes, konnte aber den Bach dort draußen nicht erkennen, selbst als der Schneevorhang sich wieder einmal öffnete. Sie vermutete, daß er zugefroren und mit Schnee bedeckt war. Wenn sie dem Bach folgten, anstatt die Wiese zu überqueren und das nächste Waldstück aufzusuchen, würden sie schließlich an das obere Ende einer schmalen Senke gelangen, die sich zum See hinunterneigte; denn dies war ein Hochtal, das noch ein gutes Stück über Tahoe lag. Gestern, als Charlie die Karte zum erstenmal herausgeholt hatte, hatte er gesagt, daß sie diesen Weg einschlagen würden, falls sie die Hütte verlassen und in die Wildnis ziehen mußten; aber das war gewesen, ehe er angeschossen worden war. Von hier war es ein Marsch von fünf bis sechs Kilometern in die Zivilisation, nicht weit, wenn man sich in gutem körperlichem Zustand befand.

Jetzt freilich, wo er verwundet und schwach war und sich ein Blizzard zusammenbraute, bestand absolut keine Hoffnung, auf dieser Route zum See hinunterzugelangen. Unter den gegenwärtigen Umständen waren fünf oder sechs Kilometer eine Reise von gleicher epischer Länge wie ein Marsch quer durch China.

Sie suchte verzweifelt die Karte nach einem anderen Ausweg oder nach irgendeinem Hinweis auf einen Zufluchtsort ab, und nachdem sie einige Male die Zeichenerklärung studiert hatte, um die Symbole des Kartographen zu entziffern, entdeckte sie die Höhlen. Sie befanden sich auf dieser Seite des Tales, etwa achthundert Meter nordöstlich von hier. Nach der Karte zu schließen, handelte es sich bei den Höhlen um eine Sehenswürdigkeit für Leute, die sich für indianische Höhlengemälde interessierten und Pfeilspitzen sammelten. Christine konnte nicht ausmachen, ob es sich nun um eine oder zwei Höhlen oder ein ganzes Höhlensystem handelte, aber sie nahm an, daß sie wenigstens groß genug sein würden, daß sie dort sowohl vor Spiveys Fanatikern als auch dem mörderischen Wetter Zuflucht finden konnten.

Sie schob sich näher an Charlie heran, legte den Kopf dicht an den seinen, um sich im Heulen des Windes Gehör zu verschaffen, und sagte ihm, was sie vorhatte. Er stimmte sofort zu, und seine Zuversicht, mit der er ihren Plan aufnahm, verlieh ihr noch mehr Vertrauen. Sie hörte auf, sich den Kopf darüber zu zerbrechen, ob es eine kluge Entscheidung war, die Höhlen aufzusuchen, und fing an, sich darüber zu sorgen, ob sie es durch den Sturm dorthin schaffen würden.

»Wir könnten in nordöstlicher Richtung durch den Wald gehen, an der Talwand entlang«, sagte sie zu Charlie, »aber da würden wir Spuren hinterlassen.«

»Wenn wir dagegen auf die Wiese hinausgehen und dort nach Norden gehen und erst später abbiegen, dann verweht der Sturm unsere Spuren sofort.«

»Ja.«

»Und dann würden Spiveys Leute unsere Spur hier verlieren«, nickte er.

»Genau. Um die Höhlen zu erreichen, müßten wir natürlich weiter im Norden wieder in den Wald eindringen, aber es besteht nicht die geringste Chance, daß sie unsere Spur wiederfinden. Zum einen werden sie erwarten, daß wir in südwestlicher Richtung ins Tal hinuntergehen, auf den See zu, weil dort die Zivilisation ist.«

»Richtig.« Er leckte sich die gesprungenen Lippen. »Nordöstlich von uns ist nichts außer Wildnis.«

»Und dort werden sie nicht nach uns suchen, oder?« fragte Christine.

»Das bezweifle ich«, sagte er. »Gehen wir.«

»Leicht wird es nicht sein, dort draußen bei dem Wind und dem Schnee«, sagte sie.

»Das schaffe ich schon.«

Nicht daß er so *ausgesehen* hätte, als ob er es schaffen würde. Er sah nicht einmal so aus, als würde er aufstehen können. Seine Augen waren wäßrig und blutunterlaufen. Sein Gesicht wirkte ausgemergelt und erschreckend bleich, seine Lippen waren blutleer.

»Aber du mußt... auf Joey achten«, sagte Charlie. »Am besten schneidest du ein Stück Schnur ab. Nimm ihn an die Leine.«

Das war ein guter Vorschlag. Dort draußen auf dem freien Feld betrug die Sicht bestenfalls ein Dutzend Meter, und wenn der Wind den Schnee aufpeitschte, wurden daraus allerhöchstens eineinhalb. Die Gefahr, daß Joey ein paar Schritte vom Weg abkam, war daher sehr groß, und sobald sie einmal getrennt waren, würde es schwierig, wenn nicht unmöglich sein, einander wiederzufinden. Sie schnitt ein Stück Seil von dem Bündel ab, das an ihrem Rucksack hing, und machte daraus eine Leine, die dem Jungen zwei Meter Spielraum gab; dann band sie das eine Ende um ihre, das andere um Joeys Hüfte.

Charlie sah sich mehrfach nervös um.

Christine beunruhigte mehr die Tatsache, daß auch Chewbacca den Weg beobachtete, den sie gekommen waren. Er lag immer noch relativ ruhig auf dem Boden, aber seine Ohren hatten sich aufgerichtet und er knurrte leise tief in seiner Kehle.

Sie half Charlie und Joey ihre Skimasken anzulegen, weil sie sie jetzt brauchen würden, ob nun die Augenschlitze ihre Sicht behindern würden oder nicht. Sie setzte sich selbst die Maske auf, zog sich die Kapuze über und band die Schnur unter dem Kinn fest. Joey stand auf, ohne daß ihm das jemand zu sagen brauchte. Sie entschied, daß das ein gutes Zeichen war. Er schien immer noch verloren, losgelöst, ohne Interesse für das, was um ihn herum geschah. Aber er hatte wenigstens unbewußt erkannt, daß sie jetzt gehen mußten, und das bedeutete, daß er nicht völlig unerreichbar war.

Christine half Charlie auf die Füße.

Er sah schlimm aus.

Dieser letzte Marsch zu den Höhlen würde für ihn die schiere Tortur sein. Aber sie hatten keine andere Wahl.

Mit einer Hand an Charlies unverletztem Arm, bereit, ihn zu stützten, falls er das brauchte, durch die Leine mit Joey verbunden, führte sie sie auf die Wiese. Der Wind war wie ein wütendes Tier. Die Lufttemperatur betrug bestenfalls zehn Grad unter Null. Die Schneeflocken waren jetzt nicht länger Flocken; sie waren zu winzigen Kristallkugeln zusammengeschrumpft, die mit einem scharfen, tickenden Geräusch von Christines Thermokleidung abprallten. Wenn die Hölle nicht heiß, sondern kalt war, dann mußte sie etwa so sein.

65

Asche und halbverbrannte schwarze Äste waren alles, was von dem Feuer übriggeblieben war, das noch vor kurzem neben dem Hirschwechsel gebrannt hatte. Kyle Barlowe trat nach den verkohlten Überresten, so daß sie auseinanderflogen.

Er bückte sich unter den Felsüberhang und sah den zurückgelassenen Rucksack. In einer Ecke der Felsnische lagen Papierfetzen, Verpackungsreste von Gazebinden.

»Du hast recht gehabt«, meinte Burt Tully. »Der Mann ist verwundet.«

»Und zwar so schwer, daß er seinen Rucksack nicht mehr tragen kann«, meinte Barlowe und wandte sich von dem liegengebliebenen Rucksack ab.

»Aber ich bin immer noch nicht sicher, ob wir die Verfolgung fortsetzen sollten, nur wir vier, meine ich«, sagte Tully. »Wir brauchen Verstärkung.«

»Dafür ist keine Zeit«, widersprach Kyle Barlowe.

»Aber er hat so viele von uns getötet.«

»Fängst du jetzt an feige zu werden?«

»Nein, nein«, wehrte Tully ab, aber sein Gesichtsausdruck strafte ihn Lügen.

»Du bist jetzt ein Soldat«, sagte Barlowe. »Mit dem Schutz Gottes.«

»Ich weiß. Es ist nur ... dieser Typ ... dieser Harrison ... er ist verdammt gut.«

»Aber jetzt, wo Denny ihn erwischt hat, nicht mehr ganz so gut.«

»Aber *er* hat Denny erschossen! Er muß noch ganz schön auf Draht sein.«

Kyle wurde ungeduldig. »Du hast doch die Stelle auf dem Weg gesehen, wo er gestürzt ist. Da war eine ganze Menge Blut.«

»Aber Verstärkung ...«

»Vergiß es«, sagte Kyle und trat an ihm vorbei.

Er hatte selbst seine Zweifel und fragte sich, ob er sich deshalb Burt gegenüber so sicher gab, um damit seine eigenen Zweifel zu verdrängen.

Edna Vanoff und Mutter Grace warteten auf dem Weg. Die alte Frau sah nicht gut aus. Ihre Augen waren blutunterlaufen, tief eingesunken und von dem verquollenen Fleisch, das sie umgab, halb verdeckt. Sie stand mit hängenden Schultern da, nach vorne gebeugt, ein Bild der Erschöpfung.

Barlowe war erstaunt darüber, daß sie so weit mitgekommen war. Er hatte gewollt, daß sie mit einer Wache in der Hütte blieb, aber sie hatte darauf bestanden, mit ihnen weiter in die Berge zu ziehen. Er wußte, daß sie eine vitale Frau mit beträchtlichem Stehvermögen war, trotzdem überraschte ihn, wie gut sie sich hielt. Gelegentlich mußten sie ihr in schwierigem Terrain helfen, und einmal hatte er sie sogar etwa dreißig Meter weit getragen, aber größtenteils schaffte sie es alleine.

»Wie lange ist es her, daß sie diesen Ort verlassen haben?« fragte Grace, und ihre Stimme klang ebenso brüchig und blutlos, wie ihre Lippen waren.

»Schwer zu sagen. Das Feuer ist kalt, aber bei diesem Wetter kühlt die Asche schnell ab.«

Burt Tully sagte: »Wenn Harrison so schwer verletzt ist, wie wir glauben, dann können sie unmöglich sehr schnell vorankommen. Wir müssen aufgeholt haben. Wir können es uns leisten, langsam zu gehen und vorsichtig zu sein, um sicherzustellen, daß wir nicht wieder in einen Hinterhalt laufen.«

Grace war damit nicht einverstanden. »Nein, wenn sie in der Nähe sind, sollten wir uns beeilen und das hinter uns bringen.«

Sie drehte sich um, machte einen Schritt, stolperte und stürzte.

Barlowe hob sie auf. »Ich mache mir Sorgen um dich, Mutter.«

Doch sie wehrte ab. »Ich bin schon in Ordnung.«

Edna Vanoff meinte: »Mutter, du siehst ausgepumpt aus.«

»Vielleicht sollten wir hier ein paar Minuten Rast machen«, sagte Burt.

»Nein!« entschied Mutter Grace. Ihre blutunterlaufenen Augen fixierten sie, einen nach dem anderen. »Nicht ein paar Minuten. Nicht einmal eine Minute. Wir können nicht wagen, dem Jungen auch nur eine Sekunde mehr Zeit zu lassen, als unbedingt nötig ist. Ich habe euch doch gesagt, seine Kraft wächst jede Sekunde, die er lebt. Tausendmal hab' ich es euch gesagt.«

»Aber Mutter«, widersprach Barlowe, »wenn dir etwas zustößt, können wir anderen nicht weiter.«

Er zuckte unter ihrem durchdringenden Blick zusammen. Jetzt hatte ihre Stimme einen ganz besonderen Klang, den sie nur dann hatte, wenn sie eine Vision hatte, eine alles durchdringende Resonanz, die seine Knochen zum Vibrieren brachte: »Wenn ich versage, *müßt* ihr weitergehen. Ihr *werdet* weitergehen. Es ist Blasphemie, wenn ihr sagt, daß eure Loyalität mir

und nicht Gott gilt. Ihr *werdet* weitergehen, bis euch die Füße
den Dienst versagen, bis ihr keinen Zentimeter weit mehr krie-
chen könnt. Und dann werdet ihr *immer noch* weitergehen, oder
Gott wird kein Mitleid mit euch haben. Kein Mitleid und kein
Erbarmen. Wenn ihr Ihn jetzt im Stich laßt, dann wird Er eure
Seelen den Armeen der *Hölle* überantworten.«

Manche Leute beeindruckte es nicht, wenn Mutter Grace so
zu ihnen sprach, manche hörten dann nur das Keifen einer alten
Närrin. Manche flohen, als würden sie bedroht. Manche lachten. Aber Kyle Barlowe war dann immer von tiefer Demut erfüllt; ihre Stimme schlug ihn in ihren Bann.

Aber werde ich auch beeindruckt und gehorsam sein, wenn
sie mir am Ende befiehlt, den Jungen zu töten? Oder werde ich
mich der Gewalt widersetzen, die früher einmal mein Leben bestimmt hat? Falscher Gedanke.

Sie verließen den Felsüberhang und folgten dem Hirschwechsel nach unten, Barlowe an der Spitze, dann Edna Vanoff, Mutter Grace als dritte und Burt Tully als Nachhut. Das Heulen des
Windes schien wie eine mächtige Dämonenstimme; sie erinnerte Barlowe ständig an die bösen Mächte, die sich selbst in
diesem Augenblick verschworen, die Herrschaft über die Erde
anzutreten.

66

Christine begann zu glauben, daß sie die Wiese nie lebend verlassen würden.

Das war schlimmer als ein Blizzard. Es war ein ›Whiteout‹
und der Wind war so stark, daß man ihn in den Tropen als Hur-
rikan bezeichnet hätte; der Schnee peitschte in solcher Fülle und
mit solcher Gewalt auf sie herunter, daß sie nur einen halben
Meter weit sehen konnte. Die Welt war verschwunden; Christine bewegte sich in einer Alptraumlandschaft ohne Einzelheiten, in einer Welt, die einzig und allein aus Schnee und grauem
Licht bestand. Sie konnte nirgends den Wald sehen. Nicht ein-

mal Joey konnte sie sehen, obwohl er sich am Ende der Leine befand. Es war erschreckend. Auch wenn das Licht grau und diffus war, war da noch ein alles durchdringender, greller Schein, der ihre Augen brennen ließ, und ihr wurde bewußt, daß sie in Gefahr war, schneeblind zu werden. Was würden sie tun, wenn sie sich ohne zu sehen ihren Weg durch die Wiese ertasten mußten und somit gezwungen waren, das nordöstliche Ende des Tales mit bloßem Instinkt zu suchen? Sie kannte die Antwort: Sterben würden sie. Sie blieb alle dreißig Schritte stehen, um auf den Kompaß zu sehen, schützte ihn mit den behandschuhten Händen, und obwohl sie sich bemühte, sich auf einer geraden Linie zu bewegen, stellte sie mehrere Male fest, daß sie in die falsche Richtung gingen, und mußte dann immer wieder ihren Kurs korrigieren.

Selbst wenn sie nicht die Orientierung verloren und sich verliefen, konnten sie hier draußen sterben, wenn sie sich nicht schnell genug bewegten; denn es war kälter, als sie dies für möglich gehalten hätte, so kalt, daß sie es nicht überrascht hätte, wenn sie plötzlich mitten im Schritt erstarrt wäre.

Sie machte sich schreckliche Sorgen um Joey, aber der blieb auf den Füßen und trottete neben ihr her. Sein quasikatatonischer Zustand war unter diesen Umständen verrückterweise für ihn von Vorteil; nachdem er sich von der wirklichen Welt abgewandt und sie aus seinem Bewußtsein verdrängt hatte, hatten die Kälte und der Wind weniger Wirkung auf ihn, als sie das sonst vielleicht gehabt hätten. Dennoch wurden die Elemente mit der Zeit ihren Tribut von ihm fordern. Sie mußte ihn bald von der Wiese in den vergleichsweisen Schutz des Waldes bringen, ob sie nun die Gegend erreichten, wo die Höhlen waren, oder nicht.

Charlie ging es weniger gut als dem Jungen. Er stolperte häufig, ging einige Male in die Knie. Nach fünf Minuten lehnte er sich gelegentlich an Christine, um sich von ihr stützen zu lassen. Nach zehn Minuten brauchte er sie öfter als nur gelegentlich. Nach fünfzehn brauchte er ihre Stütze dauernd, und das verlangsamte ihr Vorankommen erheblich.

Sie konnte weder ihm noch Joey sagen, daß sie bald Kurs auf

die Wälder nehmen würde, weil der Wind jedes Gespräch unmöglich machte. Wenn sie das Gesicht in den Wind drehte, wurden ihr die Worte in die Kehle zurückgetrieben, während sie sie aussprach, wandte sie sich von ihm ab, wurden ihr die Worte wie brüchiger Stoff zerfetzt, in sinnlose Silben zerstreut.

Lange Minuten verlor sie Chewbacca ganz aus den Augen, und mehrere Male war sie sicher, sie würde den Hund nie wiedersehen, aber er tauchte immer wieder auf, mitgenommen und offensichtlich geschwächt, aber am Leben. Sein Fell war mit Eis verkrustet, und wenn er aus den wogenden Schneeströmen erschien, dann erweckte er den Eindruck eines Wiedergängers, der von der anderen Seite des Grabes wieder auftaucht.

Der Wind fegte breite Flächen der Wiese fast vom Schnee frei, so daß er nur an manchen Stellen ein paar Zentimeter hoch liegenblieb; dafür türmten sich aber auch an den kleinsten Vorsprüngen Wehen auf, füllten Gräben und Senken und erzeugten damit Fallen, die man weder sehen noch vermeiden konnte. Sie hatten Charlies Schneeschuhe mit seinem Rucksack zurückgelassen, zum Teil weil seine verletzte Schulter es ihm unmöglich machte, sie zu tragen, zum Teil auch, weil er nicht mehr sicher genug auf den Beinen war, um sie zu benutzen. Demzufolge konnten sie und Joey ihre Schneeschuhe nicht dazu benutzen, diese Wehen zu überqueren, weil sie einer Route folgen mußten, die auch für Charlie gangbar war. Manchmal fand sie sich plötzlich bis zu den Knien im Schnee, dann bis hinauf zu den Schenkeln, und spürte, wie sie noch tiefer einsank; sie mußte umkehren und einen Weg um die Senke finden, was nicht leicht war, weil sie ohnehin nicht wußte, in welche Richtung sie überhaupt ging. Dann trat sie wieder in Löcher, die der Schnee ausgefüllt hatte, und war ohne jede Warnung von einem Schritt zum nächsten hüfttief eingesunken.

Sie fürchtete, daß es irgendwo in der Wiese wirklich tiefe Löcher geben könnte. So etwas war im Bergland nicht ungewöhnlich; sie hatten früher am Tag ein paar davon passiert, abgrundtiefe Löcher, manche uralt und mit vom Wasser geglätteten Kalkstein umgeben. Ein einziger falscher Schritt, der dazu führte, daß sie bis über den Kopf in den Schnee sank, und Charlie würde sie nicht mehr herausholen können, selbst wenn sie sich dabei nicht das Bein brach. Außerdem war sie auch keineswegs sicher, daß sie die anderen aus einer solchen Falle würde befreien können, falls sie hineinstürzten.

Diese Gefahr bereitete ihr solche Sorge, daß sie stehenblieb und die Leine von ihrer Hüfte löste. Sie hatte Angst, Joey mit sich in einen Abgrund zu reißen. Sie wand sich die Leine um die rechte Hand; auf diese Weise konnte sie sie immer noch loslassen, wenn sie wirklich in eine Falle trat.

Sie sagte sich, daß die Dinge, die man am meisten fürchtet, nie passieren, daß es immer etwas anderes ist, etwas völlig Unerwartetes – wie das zufällige Zusammentreffen mit Grace Spivey auf dem Parkplatz der South Coast Plaza am letzten Sonntag. Aber als sie dann mitten in der Wiese waren und Christine den Beschluß faßte, sie wieder zum östlichen Wald zurückzuführen, geschah das Schlimmste dennoch.

Charlie hatte gerade neue Kraftreserven mobilisiert und ihren Arm losgelassen, als sie ihren Fuß in tiefen Schnee setzte und erkannte, daß sie auf genau das gestoßen war, was sie so fürchtete. Sie versuchte sich nach hinten zu werfen, hatte sich aber schon nach vorne gebeugt, gegen den Wind, und so konnte sie ihr Gleichgewicht nicht mehr rechtzeitig finden. Einen lauten Schrei ausstoßend, den der Wind zu einem leisen Ruf dämpfte, sank sie bis über den Kopf in den Schnee, traf in zweieinhalb Metern Tiefe auf den Grund, sackte in sich zusammen, wobei sich ihr Rucksack schmerzhaft unter ihr verkeilte.

Sie blickte nach oben, sah, wie der Schnee über ihr das Loch füllte, das sie beim Fallen aufgerissen hatte.

Sie würde lebend begraben werden.

Sie hatte Zeitungsberichte von Arbeitern gelesen, die lebend begraben wurden, die in eingebrochenen Gräben, nicht tiefer als dieser hier, erstickt oder erdrückt worden waren. Aber Schnee war nicht so schwer wie Sand oder Kies, und deshalb würde sie nicht erdrückt werden; sie würde sich den Weg freigraben können, und selbst wenn sie es nicht nach draußen schaffte, würde sie immer noch unter dem Schnee atmen können, denn er war nicht so kompakt und erstickend wie Erde. Aber diese Erkenntnis milderte ihre Panik nicht.

Sie richtete sich ruckartig auf, nur einen Augenblick, nachdem sie auf dem Boden aufgeprallt war, und dies, obwohl ein stechender Schmerz durch ihr Bein schoß, suchte mit beiden Händen verzweifelt nach irgend etwas, woran sie sich festhalten konnte, fand aber nichts. Nur Schnee. Weicher, nachgiebiger Schnee, ohne jede Substanz.

Sie schrie immer noch. Ein Klumpen Schnee fiel in ihren offenen Mund, erstickte den Schrei. Immer noch fiel von allen Seiten Schnee auf sie, bis zu ihren Schultern, ihrem Kinn. Sie fuhr fort, den Schnee von ihrem Kopf wegzuschieben, verzweifelt darum bemüht, Gesicht und Arme freizuhalten, aber er schloß sich schneller, als sie ihn wegschaufeln konnte.

Über ihr erschien Charlies Gesicht. Er lag auf dem Boden, lehnte sich über den Rand des Abgrundes, blickte zu ihr hinunter. Er schrie irgend etwas, aber sie konnte nicht verstehen, was er sagte.

Sie schlug nach dem Schnee, aber er lastete auf ihr, eine immer größer werdende Kaskade, die rings um sie herabfiel, bis schließlich ihre schmerzenden Arme buchstäblich an ihre Seiten gepreßt waren. Und da kam immer noch Schnee, wieder bis zu ihrem Kinn, dem Mund. Sie preßte die Lippen zusammen, schloß die Augen, war sicher, daß sie ganz untergehen würde, daß der Schnee ihren Kopf bedecken würde, daß Charlie es nie schaffen würde, sie herauszuholen, daß dies ihr Grab sein würde. Aber dann hörte der Schnee auf zu fallen, ehe ihre Nase zugedeckt wurde.

Sie schlug die Augen auf, blickte vom Grunde eines weiten Trichters nach oben, zu Charlie. Die Schneemauern waren jetzt zum Stillstand gekommen, aber sie konnten jeden Augenblick erzittern und weiterstürzen, sie zudecken.

Sie war völlig erstarrt, hatte Angst, sich zu bewegen, atmete schwer.

Joey. Was war mit Joey?

Sie hatte die Leine in dem Augenblick losgelassen, als sie gespürt hatte, daß sie in das Loch fiel. Sie hoffte, daß Charlie Joey aufgehalten hatte, ehe auch der über den Abgrund gestürzt war. In seinem tranceartigen Zustand würde der Junge nicht notwendigerweise stehengeblieben sein, nur weil sie versunken war. Wenn er in die Wehe gefallen war, würden sie ihn wahrscheinlich nie finden. Der Schnee würde sich über ihm geschlossen haben, und sie würden ihn nicht finden können, nicht, wenn der Wind so heulte, nicht, wenn schon ein halber Meter Schnee seine Rufe ersticken würde.

Sie hätte nie geglaubt, daß ihr Herz so schnell oder so wild schlagen könnte, ohne zu zerplatzen.

Über ihr griff Charlie mit seinem unverletzten Arm nach unten, die Hand geöffnet, machte mit den Fingern eine Jetzt-komm-zu-mir-Geste.

Wenn sie die Arme von dem Schnee befreite, der sie jetzt an ihre Seiten preßte, konnte sie ihn packen und mit seiner Hilfe versuchen, sich aus dem Loch herauszuarbeiten. Aber indem sie ihre Arme befreite, würde sie möglicherweise eine weitere Lawine auslösen, die dann ihren Kopf mit einem halben Meter Schnee bedecken würde. Sie mußte vorsichtig sein, sich langsam und bedächtig bewegen.

Sie verdrehte den rechten Arm unter dem Schnee, drehte ihn vor und zurück, preßte den Schnee zusammen, erzeugte eine Höhlung, drehte dann die Handfläche nach oben und kratzte mit den Fingern an dem weißen Zeug, lockerte es, ließ es in die Höhlung an ihrem Arm rutschen und grub so in wenigen Sekunden einen Tunnel, der bis zur Oberfläche reichte. Sie schlängelte den Arm durch den Tunnel, und da tauchte er auf, von den Fingerspitzen bis zum Ellbogen frei. Sie griff nach oben, packte Charlies ausgestreckte Hand. Vielleicht würden sie es doch schaffen. Sie grub den anderen Arm frei, packte Charlies Handgelenk.

Der Schnee um sie rutschte. Nur ein klein wenig.

Charlie fing an zu ziehen, und sie stemmte sich in die Höhe.

Die weißen Mauern fingen wieder an zu fallen. Der Schnee saugte an ihr, als wäre er Treibsand. Ihre Füße verließen den Boden, als Charlie sie in die Höhe zog, und sie trat um sich, suchte verzweifelt nach der Wand des Lochs, traf sie, versuchte die

Füße dagegenzustemmen und sich so nach oben zu schieben. Er beugte sich langsam zurück, zog sie weiter in die Höhe. Für ihn mußte das qualvoll sein – die Belastung und Anstrengung, die durch seinen unverletzten Arm und seine Schulter in die verwundete Schulter flossen und an den letzten Kräften nagten, die er noch besaß. Aber es funktionierte. Gott sei Dank. Der saugende Schnee ließ sie los. Sie war jetzt weit genug oben, um riskieren zu können, sich nur noch mit einer Hand an Charlies Arm festzuhalten, während sie mit der anderen den Rand des Lochs zu packen versuchte. Eis und gefrorene Erde gaben unter ihren zupackenden Fingern nach, aber sie griff nach und bekam diesmal etwas Festes zu packen. Jetzt, wo sie sich an Charlie und festen Boden klammerte, konnte sie sich in die Höhe hebeln und auf den Rücken, keuchend und wimmernd und mit dem entnervenden Gefühl, daß sie dem kalten Maul eines lebenden Geschöpfes entkam, einer Bestie, die aus Eis und Schnee bestand und die sie beinahe verschlungen hätte.

Plötzlich wurde ihr bewußt, daß ihr die Schrotflinte, die sie beim Sturz am Riemen über der Schulter getragen hatte, entweder heruntergerutscht war – oder daß der Riemen gerissen war. Sie mußte noch in dem Loch liegen. Aber dieses Loch hatte sich hinter ihr geschlossen, als Charlie sie herausgezogen hatte. Die Waffe war verloren.

Es machte nichts. Spiveys Leute würden ihnen nicht durch den Blizzard folgen.

Sie kroch auf Händen und Knien von der Schneefalle weg, hielt nach Joey Ausschau. Und da war er, auf dem Boden, eingerollt wie ein Fötus, die Knie hochgezogen.

Chewbacca war bei ihm, als ob er wüßte, daß der Junge seine Wärme brauchte, obwohl er nicht den Anschein erweckte, als könnte er noch Wärme geben. Sein Fell war mit Schnee und Eis verkrustet, und er hatte Eis an den Ohren. Er sah sie mit seelenvollen braunen Augen an, die voll Verwirrung, Leid und Furcht waren.

Sie schämte sich, daß sie ihm, wenigstens teilweise, die Schuld für Joeys Zustand gegeben und sich gewünscht hatte,

sie hätte ihn nie gesehen. Sie legte eine Hand auf seinen großen Kopf, und er leckte sie ihr trotz seiner Schwäche.

Joey lebte, war bei Bewußtsein, aber in schlimmem Zustand. Festgebackener Schnee überzog seine Skimaske. Wenn
sie ihn nicht bald aus diesem Wind herausbekam, würde er
sich Erfrierungen holen. Seine Augen wirkten noch ferner als
zuvor.

Sie versuchte, ihn zum Stehen zu bewegen, aber das
konnte er nicht. Obwohl sie erschöpft und zitterig war, obwohl ihr linkes Bein immer noch von dem Sturz schmerzte,
wurde sie ihn tragen müssen.

Sie grub den Kompaß aus der Tasche, studierte ihn und
wandte sich nach Nordosten, auf den Teil des Waldes zu, wo
die Höhlen sein sollten. Sie konnte nur eineinhalb oder zwei
Meter weit sehen.

Überrascht vom eigenen Durchhaltevermögen, hob sie Joey
auf und hielt ihn in beiden Armen. Der Instinkt einer Mutter
war es, ihr Kind zu retten, gleichgültig um welchen Preis,
und ihre mütterliche Verzweiflung hatte eine letzte armselige
Dosis Adrenalin in ihr freigesetzt.

Charlie schob sich neben sie. Er stand auf eigenen Füßen,
sah aber schlimm aus, fast so schrecklich wie Joey.

»Wir müssen in den Wald!« schrie sie. »Aus diesem Wind
heraus!«

Sie konnte sich nicht vorstellen, daß er sie gehört hatte,
nicht solange der Sturm wie eine Furie über das Feld heulte.
Aber er nickte, als hätte er ihre Absicht verstanden, und sie
traten wieder in die weiße Hölle hinein, vertrauten darauf,
daß der Kompaß sie in den vergleichsweisen Schutz der
Mammutbäume führen würde, setzten mit übertriebener Vorsicht schlurfend einen Fuß vor den anderen, um nicht wieder
in eine Schneefalle zu stürzen.

Christine sah sich nach Chewbacca um. Der Hund versuchte aufzustehen, um ihnen zu folgen. Aber selbst wenn er
das schaffte, bestand doch fast keine Chance, daß er es mit ihnen bis zu den Bäumen schaffen würde. Wahrscheinlich war
dies das letzte Mal, daß sie ihn sah; der Schnee würde ihn

verschlingen, so wie die schneegefüllte Grube versucht hatte, sie zu verschlingen.

Jeder Schritt war eine Qual.

Wind. Schnee. Grausame Kälte.

Sterben würde leichter sein als weitergehen.

Der Gedanke jagte ihr Angst ein und gab ihr die Willenskraft, ein paar weitere Schritte zu tun.

Ein Gutes hatte der Schneesturm: Es gab keinen Zweifel, daß ihre Spur völlig verwischt werden würde. Der wütende Wind und der heftige Schneefall würden es Spiveys Fanatikern unmöglich machen, ihnen zu folgen.

Schnee fiel vom Himmel, als würde er aus riesigen Behältern gekippt, wirbelte in dicken Klumpen herunter.

Wieder ein Schritt. Und noch einer.

Als wollte er sie panzern, schweißte der Wind ihnen den Schnee an Arme, Beine, Rücken und Brust, bis ihre Kleider dieselbe Farbe wie die Landschaft rings um sie hatten.

Etwas vor ihnen. Ein dunkler Umriß. Er materialisierte im Sturm, wurde dann wieder von einem noch wütenderen Schneeschauer verdeckt. Dann tauchte es wieder auf, verblaßte diesmal nicht. Und noch einer. Riesige Flecken aus Dunkelheit, schattenhafte Formationen, die hinter Schneevorhängen aufragten. Allmählich wurden sie klarer, deutlicher definiert. Ja. Ein Baum. Mehrere Bäume.

Sie quälten sich wenigstens fünfzig Meter tief in den Wald hinein, ehe sie eine Stelle fanden, wo die ineinander verwobenen Äste so dick waren, daß der Schnee abgehalten wurde. Die Sicht besserte sich. Jetzt waren sie auch den brutalen Fäusten des Windes entkommen.

Christine blieb stehen, setzte Joey ab, zog ihm die schneeverkrustete Skimaske herunter. Ihr Herz setzte einen Schlag aus, als sie sein Gesicht sah.

67

Kyle Barlowe, Tully und Edna Vanoff sammelten sich am Waldrand unter dem letzten Baum um Grace. Der Wind griff von der Wiese zu ihnen herein, als hungerte er nach ihrer Wärme. Grace hatte die Handschuhe ausgezogen, streckte die Arme aus, so daß die Handflächen der Wiese draußen zugewandt waren, und empfing aus dem Äther dort draußen hellseherische Impressionen. Die anderen warteten stumm darauf, daß sie entscheiden würde, was als nächstes zu tun war.

Draußen auf dem offenen Talboden war das Tosen des Blizzards wie eine endlose Kette von Dynamitdetonationen, ein beständiges Brausen, die heftigen Windstöße wie Erschütterungen, der Schnee so dick wie Rauch. Es war das passende Wetter für das Ende der Welt.

»Sie sind in diese Richtung gegangen«, erklärte Mutter Grace.

Barlowe wußte bereits, daß sie den Wald hier verlassen hatten, weil ihm das ihre Spuren sagten. Was ihr Ziel war, als sie nach draußen gezogen waren, war eine völlig andere Frage; obwohl sie erst vor kurzem hier weggegangen waren, waren ihre Fußspuren jenseits der Waldgrenze nicht mehr erhalten. Er wartete, daß Mutter Grace ihm etwas sagte, das er nicht selbst erkennen konnte.

Burt Tully studierte besorgt die schneegepeitschte Wildnis vor ihnen und sagte: »Da können wir nicht hinaus. Dort draußen würden wir sterben.«

Plötzlich senkte Grace die Hände und trat zurück, wieder in den Wald hinein.

Sie folgten ihr, von dem Ausdruck des Schreckens alarmiert, den ihr Gesicht zeigte.

»Dämonen«, sagte sie heiser.

»Wo?« fragte Edna.

Grace zitterte. »Dort draußen.«

»Im Sturm?« fragte Barlowe.

»Hunderte ... Tausende ... Sie warten auf uns. In den Wehen versteckt ... warten darauf, sich zu erheben und uns zu vernichten.«

Barlowe blickte auf das offene Feld hinaus. Er konnte nichts als Schnee sehen und wünschte, er besäße Mutter Grace' Gabe. Da waren bösartige Geister in der Nähe, die er nicht entdecken konnte, und das machte ihn auf beängstigende Art und Weise verletzbar.

»Wir müssen hier warten«, sagte Grace, »bis der Sturm vorüber ist.«

Burt Tully war sichtlich erleichtert.

»Aber der Junge?« fragte Barlowe.

»Wird stärker«, räumte Grace ein.

»Und das Zwielicht?«

»Rückt näher.«

»Wenn wir warten…«

»Könnte es zu spät sein«, sagte sie.

Und Barlowe fragte: »Wird Gott uns nicht beschützen, wenn wir auf die Wiese gehen? Sind wir nicht durch Seine Macht und Barmherzigkeit gewappnet?«

»Wir müssen warten«, war ihre Antwort. »Und beten.«

Da wußte Kyle Barlowe, wie spät es wirklich war. So spät, daß sie noch wachsamer sein mußten, als sie je zuvor gewesen waren. So spät, daß sie nicht mehr kühn sein durften. Satan war jetzt in dieser Welt ebenso stark und wirklich wie Gott selbst. Vielleicht hatte die Waagschale sich noch nicht zum Teufel hin gesenkt, aber das Gleichgewicht war bereits labil.

68

Christine zog dem Jungen die eisverkrustete Skimaske herunter, und Charlie mußte sich abwenden, als das Gesicht des Jungen sichtbar wurde.

Ich habe versagt, dachte er.

Verzweiflung durchflutete ihn und ließ Tränen in seine Augen treten.

Er saß auf dem Boden, den Rücken an einem Baum. Er lehnte den Kopf an den Stamm, schloß die Augen, atmete ein paarmal tief, versuchte nicht mehr zu zittern, versuchte positiv zu denken, versuchte sich zu überzeugen, daß alles gut werden würde, und schaffte es nicht. Er war sein ganzes Leben lang Optimist gewesen, selbst in Vietnam, und diese jüngste Bekanntschaft mit dem Zweifel, der die Seele erschütterte, war bedrückkend.

Das Tylenol und der Heilpuder hatten die Schmerzen, die er litt, nur wenig gelindert, aber selbst jene minimale Erleichterung fing an zu verebben. Der Schmerz in seiner Schulter nahm wieder an Stärke zu und fing an, nach außen zu kriechen, so wie vorher, quer über seine Brust, den Hals hinauf und in seinen Kopf.

Christine redete leise und aufmunternd auf Joey ein, obwohl ihr in Wirklichkeit bestimmt mehr danach gewesen wäre, über den Anblick, den er bot, zu weinen, so wie Charlie das getan hatte.

Er richtete sich innerlich auf und sah dann den Jungen wieder an.

Das Gesicht des Kindes war rot, verquollen und von einem Ausschlag verformt, den die brutale Kälte erzeugt hatte. Seine Augen waren fast zugeschwollen; an den Rädern waren sie mit einer klebrigen, schleimartigen Substanz verkrustet, ebenso seine Wimpern. Die Nase war ihm fast zugeschwollen, also atmete er durch den Mund, und seine Lippen waren aufgesprungen, geschwollen und bluteten. Der größte Teil seines Gesichts war wie im Zorn gerötet, aber zwei Flecken auf seinen Wangen und einer auf seiner Nasenspitze waren grauweiß, was möglicherweise auf eine Erfrierung hindeutete, obwohl Charlie hoffte, daß dem nicht so war.

Christine sah Charlie an; man konnte die Bedrückung an ihren gequälten Augen ablesen, wenn auch ihrer Stimme nichts anzumerken war. »Okay. Wir müssen weiter. Müssen Joey aus dieser Kälte herausbringen. Wir müssen diese Höhlen finden.«

»Ich sehe nirgends eine Spur von ihnen«, sagte Charlie.

»Sie müssen in der Nähe sein«, sagte sie. »Brauchst du Hilfe beim Aufstehen?«

»Ich schaffe es schon«, sagte er.

Sie hob Joey auf. Der Junge hielt sich nicht an ihr fest. Seine Arme hingen schlaff herunter. Sie sah zu Charlie hinüber.

Charlie seufzte, packte den Baum und stand mühsam auf, selbst überrascht darüber, daß er es schaffte.

Aber noch überraschter war er, als eine Sekunde darauf Chewbacca auftauchte, in Schnee und Eis gehüllt, mit herunterhängendem Kopf, ein wandelndes Bildnis des Elends. Als er den Hund zuletzt draußen auf der Wiese gesehen hatte, war Charlie sicher gewesen, daß das Tier zusammenbrechen und im Sturm sterben würde.

»Mein Gott«, sagte Christine, als sie den Hund sah, und blickte ebenso verblüfft wie Charlie.

Es ist wichtig, daß der Hund durchkommt, dachte Charlie – das bedeutet, daß wir *alle* überleben werden. Er gab sich redliche Mühe, sich selbst zu überzeugen.

So wie alles für sie gelaufen war, dachte Christine, würden sie die Höhlen nicht finden und einfach durch den Wald irren, bis sie vor Erschöpfung und Kälte zusammenbrachen. Aber endlich gönnte ihnen das Schicksal auch ein wenig Glück, und sie fanden das, was sie suchten in weniger als zehn Minuten.

Der Baumbestand wurde in der Umgebung der Höhlen dünner, weil das Land extrem felsig wurde. Es stieg in unregelmäßigen steinernen Stufen an, in Buckeln und Hügeln und Simsen. Weil weniger Bäume wuchsen, fand mehr Schnee seinen Weg hierher; unten am Abhang und an vielen Stellen weiter oben gab es riesige Wehen, wenn ein schmaler Sims dem Schnee Platz bot. Aber hier pfiff auch der Wind heftiger, und so wurden große Felsflächen vom Schnee freigefegt. Sie konnte in den unteren Formationen die finsteren Mündungen von drei Höhlen erkennen, die sie und Charlie vielleicht kletternd erreichen konnten, und dann gab es weiter oben noch ein halbes Dutzend, aber die waren außer Reichweite. Vielleicht existierten auch noch mehr Öffnungen, die jetzt verschlossen und versteckt waren, weil dieser ganze Talabschnitt wie eine Wabe aus Tunnels, Höhlen und Kavernen zu bestehen schien.

Sie trug Joey zu einer Ansammlung von Felsbrocken unten

am Hang und setzte ihn an einer Stelle ab, wo der Wind ihn nicht erreichen konnte.

Chewbacca hinkte hinter ihnen her und ließ sich müde neben sein Herrchen fallen. Es war erstaunlich, daß der Hund es bis hierher geschafft hatte, aber es war klar, daß er nicht viel weiter gehen konnte.

Mit einem dankbaren Seufzen und einem halb unterdrückten Aufstöhnen ließ Charlie sich neben Joey und dem Hund zu Boden sinken.

Sein Aussehen machte Christine ebensoviel Angst wie Joeys gequältes Gesicht. Seine blutunterlaufenen Augen wirkten fiebrig, zwei heiße Kohlen in einem ausgebrannten Gesicht. Sie hatte Angst, am Ende hier draußen alleine mit den Leichen der zwei einzigen Menschen, die sie liebte, übrigzubleiben, Leichengräberin einer Grabstätte der Wüste, die am Ende auch ihre letzte Ruhestätte werden würde.

»Ich werde mir diese Höhlen ansehen«, erklärte sie Charlie und mußte schreien, um sich Gehör zu verschaffen. »Ich will sehen, welche sich am besten für uns eignet.«

Er nickte, Joey reagierte nicht, und sie wandte sich von ihnen ab, kletterte über das felsige Terrain auf die erste dunkle Öffnung im Abhang zu.

Sie war nicht sicher, ob dieser Teil der Talwand nun Kalkstein oder Granit war, aber das hatte nichts zu bedeuten, weil sie ohnehin keine Expertin war und daher nicht wußte, aus welcher Art Gestein die sichersten Höhlen waren. Außerdem, selbst wenn diese hier nicht sicher waren, würde sie sie benutzen müssen; es gab für sie keine Alternative.

Der Eingang zur ersten Höhle war niedrig und schmal. Sie holte die Taschenlampe aus dem Rucksack und ging hinein. Sie war gezwungen, auf Händen und Knien zu kriechen, und an manchen Stellen war der Durchgang so eng, daß sie sich winden mußte. Nach drei oder vier Metern mündete der Tunnel in einen Raum, der vielleicht fünf Meter im Quadrat maß, mit einer niedrigen Decke, die gerade hoch genug war, daß sie stehen konnte. Der Raum war groß genug, um sie alle zu beherbergen, aber keineswegs ideal. Andere Gänge führten tiefer ins Innere des Hügels, vielleicht zu größeren Räumen, aber keiner der Gänge war weit genug, daß sie hindurchgekonnt hätte. Sie ging wieder hinaus in den Wind und den Schnee.

Die zweite Höhle war ebenfalls nicht geeignet, aber die dritte kam dem Ideal so nahe, wie sie das nur hoffen konnte. Der erste Gang war hoch genug, daß sie nicht zu kriechen brauchte, und breit genug, um sich nicht durchzwängen zu müssen. Es gab eine kleine Schneeverwehung am Eingang, aber sie hatte keine Schwierigkeiten hindurchzustapfen. Nach eineinhalb Metern bog der Gang scharf nach links, eine Art Schleuse, die den Wind abhielt. Der erste Raum war etwa sechs Meter breit, zehn oder zwölf Meter lang und am vorderen Ende dreieinhalb bis vier Meter hoch, mit einem glatten Boden und Wänden, die an manchen Stellen zersprungen und schroff waren, dafür an anderen vom Wasser geglättet.

Zu ihrer Rechten öffnete sich ein weiterer Raum, der aber kleiner war und eine niedrigere Decke hatte. Es gab mehrere Stalaktiten und Stalagmiten, die so aussahen, als wären sie aus geschmolzenem grauen Wachs gebildet worden, und an ein paar Stellen trafen sie sich in der Mitte des Raumes und bildeten Säulen mit Wespentaille. Sie leuchtete mit der Taschenlampe herum, sah am anderen Ende des zweiten Raumes einen Gang und nahm an, daß dieser in eine dritte Kaverne führte, aber das war alles, was sie wissen mußte.

Der erste Raum hatte alles, was sie brauchten. Am hinteren Ende stieg der Boden an, und die Decke senkte sich, und die letzten eineinhalb Meter bildete der Boden einen eineinhalb Meter tiefen und sechs Meter breiten Sims, nur einen Meter zwanzig unter der Decke. Als Christine diese Nische mit ihrer Taschenlampe erkundete, entdeckte sie in dem Felsen darüber ein Loch, das einen halben Meter durchmaß und sich in die Dunkelheit hinaufbohrte, und begriff, daß sie hier eine riesige natürliche Feuerstelle mit eigenem Abzug entdeckt hatte. Das Loch mußte in eine andere Höhle weiter oben im Berg führen, und jener Raum oder ein anderer dahinter würde sich schließlich nach draußen öffnen; so würde der Rauch ungehindert abziehen können.

Ein Feuer war wichtig. Sie hatten ihre Schlafsäcke nicht mitgebracht, weil die sie zu sehr belastet und ihre Flucht verlangsamt hätten – und weil sie damit gerechnet hatten, den See vor Einbruch der Nacht zu erreichen. Der Blizzard und Charlies Verwundung hatten ihre Pläne drastisch verändert, und jetzt war ein Feuer lebensnotwendig, weil sie keine Schlafsäcke hatten, um die nächtliche Kälte abzuwehren.

Sie machte sich keine Sorgen, daß der Rauch sie etwa verraten könnte. Der Wald würde ihn verbergen, und sobald er einmal über die Bäume aufstieg, würde er in den weißen wirbelnden Röcken des Sturmes untergehen. Außerdem wurden Spiveys Fanatiker mit an Sicherheit grenzender Wahrscheinlichkeit im Südwesten suchen, am Ende des Tales, das wieder in die Zivilisation führte.

Dann gab es in dem Raum noch etwas, das ihn attraktiv machte. Eine Wand war mit einer zwei Meter hohen Zeichnung dekoriert, dem indianischen Totem eines Bären, vielleicht eines Grisly. Die Zeichnung war mit irgendeiner korrodierenden gelben Farbe in den Fels geätzt. Sie war entweder primitiv oder höchst stilisiert; Christine verstand nicht genug von Indianertotems, um diese feine Unterscheidung treffen zu können. Das einzige, was sie mit Sicherheit wußte, war, daß Zeichnungen wie diese gewöhnlich dazu bestimmt waren, den Insassen der Höhle Glück zu bringen; das Bild des Bären verkörperte vermutlich einen Geist, der ihnen Schutz bieten würde. Zunächst schien ihr das gut. Sie und Charlie und Joey brauchten allen Schutz, den sie bekommen konnten. Aber als sie sich dann einen Augenblick Zeit nahm, um den schwefelgelben Bären zu studieren, hatte sie das Gefühl daß an ihm etwas Drohendes war. Das war natürlich lächerlich und nur auf ihren labilen Gemütszustand zurückzuführen, denn es war ja nichts außer einer Zeichnung auf Stein. Dennoch entschied sie bei nochmaligem Überlegen, daß sie eine düstere graue Wand an Stelle des Totems vorgezogen hätte.

Aber sie würde keine andere Höhle suchen, nur weil ihr in dieser die Dekoration nicht gefiel. Die natürliche Feuerstelle wog wesentlich schwerer als der Kunstgeschmack des letzten

Bewohners. Wenn sie ein Feuer hatten, das ihnen Wärme und Licht lieferte, würde die Höhle fast ebensoviel Unterschlupf wie die Hütte bieten, die sie verlassen hatten. Sie würde natürlich nicht so behaglich sein, aber im Augenblick war Behaglichkeit für sie bei weitem nicht so wichtig wie die Sorge, ihren Sohn, Charlie und sich selbst am Leben zu halten.

Obwohl sie sowohl als Stuhl als auch als Bett nur den Steinboden zur Verfügung hatten, war Charlie von der Höhle begeistert; für den Augenblick erschien sie ihm luxuriöser als jede Hotelsuite, in der er sich je aufgehalten hatte. Nicht mehr vom Wind und dem Schnee gepeinigt zu werden, war ein Segen, der mit nichts zu vergleichen war.

Mehr als eine Stunde lang sammelte Christine trockenes Holz und Äste, um damit ein Feuer zu machen, das sie bis zum Morgen in Gang halten konnte. Immer wieder kehrte sie mit neuem Brennstoff zur Höhle zurück, errichtete einen Stapel mit größeren Holzstücken und einen zweiten mit den kleineren Ästen, die sie zum Anzünden brauchen würde.

Charlie staunte über ihre Energie. War es möglich, daß allein der Instinkt einer Mutter, das Leben ihres Kindes zu schützen, solches Durchhaltevermögen erzeugte? Eine andere Erklärung schien es nicht zu geben. Eigentlich hätte sie schon lange vor Erschöpfung zusammenbrechen müssen.

Er wußte, daß er – um die Batterie zu schonen – die Taschenlampe eigentlich jedesmal ausschalten sollte, wenn Christine hinausging, und sie erst wieder einschalten dürfte, wenn sie mit Holz zurückkkam. Aber er ließ sie trotzdem brennen, weil er Angst hatte, Joey könnte nachteilig darauf reagieren, in völliger Dunkelheit dazuliegen.

Der Zustand des Jungen war besorgniserregend. Sein Atem ging stockend und gequält, und er lag reglos und stumm neben seinem ebenso erschöpften Hund.

Während er dem unregelmäßigen Atem des Jungen lauschte, sagte sich Charlie, daß es ein gutes Omen war, daß sie die Höhle gefunden hatten, ein Hinweis darauf, daß ihr Glücksstern wieder am Aufsteigen war, daß sie in ein oder zwei Tagen ihre

Kräfte zurückgewinnen und dann zum See hinuntergehen würden. Aber eine andere, weniger optimistische innere Stimme stellte die bohrende Frage, ob die Höhle nicht etwa ein Grab war. Und obwohl er sich mit einer so deprimierenden Möglichkeit nicht auseinandersetzen wollte, konnte er sie auch nicht ganz verdrängen.

Er lauschte auch dem beständigen Tropfen des Wassers in einer danebenliegenden Höhle. Die kalten Steinwände und Hohlräume verstärkten das schwache Geräusch und ließen es fremdartig und drohend erscheinen, wie ein mechanischer Herzschlag oder vielleicht wie das Klopfen einer Klaue auf Glas.

Der Feuerschein beleuchtete das gelbe Bären-Totem an der Wand mit flackerndem Licht und ließ es tanzen. Willkommene Wärme strömte von dem lodernden Holzhaufen. Der natürliche Abzug funktionierte so, wie Christine das gehofft hatte, sog den Rauch in weiter oben liegende Kavernen, so daß die Luft bei ihnen rein blieb. Tatsächlich trocknete das Feuer sogar die feuchte Höhle etwas und beseitigte damit den größten Teil der unangenehmen muffigen Gerüche, die sie beim ersten Betreten wahrgenommen hatte.

Eine Weile genossen sie einfach die Wärme, taten nichts, sagten nichts, ja versuchten nicht einmal zu denken.

Nach einer Weile zog Christine die Handschuhe aus, schob sich die Kapuze vom Kopf und zog schließlich sogar die Jacke selbst herunter. Die Höhle war nicht gerade warm, und aus den umliegenden Kavernen zog es, aber ihr Flanellhemd und die Thermo-Unterwäsche reichten jetzt aus. Sie war auch Charlie und Joey beim Ausziehen ihrer Jacken behilflich.

Dann gab sie Charlie wieder Tylenol. Sie löste seinen Verband, gab Antibiotika und schmerzstillende Mittel auf seine Wunde.

Er sagte, er hätte kaum mehr Schmerzen.

Sie wußte, daß er log.

Der Ausschlag des Jungen begann jetzt zurückzugehen. Die Schwellung ließ nach, und sein verquollenes Gesicht gewann langsam wieder die richtigen Proportionen zurück. Seine Nase öffnete sich, und er brauchte nicht mehr durch den Mund zu atmen, obwohl er immer noch leicht keuchte, als wären seine Lungen noch etwas verstopft.

Bitte, lieber Gott, keine Lungenentzündung, dachte Christine.

Seine Augen öffneten sich weiter, aber sie waren immer noch beängstigend leer. Sie lächelte ihm zu, schnitt ein paar spaßige Grimassen, versuchte eine Reaktion von ihm zu bekommen, aber ohne Erfolg. Soweit sie das feststellen konnte, sah er sie überhaupt nicht.

Charlie glaubte nicht, daß er Hunger hätte, bis Christine anfing, in dem Aluminiumtopf, der zu ihrem Kochgeschirr gehörte, Bohnen und Wiener Würstchen zu kochen. Der Duft, der aus dem Topf aufstieg, ließ ihm das Wasser im Munde zusammenlaufen; sein Magen fing an zu knurren, und plötzlich zitterte er vor Hunger.

Als er freilich zu essen begann, war er schnell satt. Sein Magen blähte sich auf, und das Schlucken bereitete ihm zunehmend Schwierigkeiten. Der bloße Akt des Kauens verstärkte die Schmerzen in seinem Kopf, die bis zu seinem Hals und seiner Schulterwunde ausstrahlten, so daß auch dort der Schmerz zunahm. Schließlich verlor das Essen seinen Geschmack und schien ihm dann sogar bitter. Er aß etwa ein Viertel von dem, was er sich zuerst zugetraut hatte, und selbst dieses kärgliche Mahl bereitete ihm Magenschmerzen.

»Mehr kriegst du nicht hinunter?« fragte Christine.

»Ich nehme mir später noch einmal.«

»Was ist denn?«

»Nichts.«

»Ist dir nicht gut?«

»Nein, nein, ich bin schon okay. Nur müde.«

Sie studierte ihn schweigend einen Augenblick lang; er quälte sich um ihretwillen ein Lächeln ab, und sie sagte: »Na schön, wenn du noch etwas haben willst, dann wärme ich es auf.«

Während das flackernde Feuer die Schatten über die Wände huschen ließ, sah Charlie ihr zu, wie sie Joey fütterte. Der Junge war bereit zu essen und konnte auch schlucken, aber sie mußte die Würstchen und die Bohnen zerdrücken und ihm alles in den Mund löffeln, als würde sie einen Säugling füttern und nicht einen Sechsjährigen.

Wieder überkam Charlie das düstere Gefühl der Niederlage.

Der Junge war aus seiner unerträglichen Situation geflohen, aus einer Welt reiner Feindseligkeit, hinein in ein Reich der Fantasie, das ihm vertrauter erschien. Wie weit hatte er sich in jene innere Welt zurückgezogen? Zu weit, um je wieder zurückzukommen?

Joey wollte jetzt nichts mehr essen. Seine Mutter war unzufrieden, daß er so wenig gegessen hatte, schaffte es aber nicht, ihm auch nur noch einen Löffel voll aufzunötigen.

Dann fütterte sie den Hund, der einen besseren Appetit als sein Herrchen hatte. Charlie wollte ihr sagen, daß sie sich nicht leisten konnten, Essen an Chewbacca zu vergeuden. Wenn auf den ersten Sturm ein zweiter folgte, wenn das Wetter ein paar Tage nicht aufklarte, würden sie ihre wenigen Vorräte rationieren müssen, und dann würde ihnen jeder Bissen leid tun, den sie dem Hund gegeben hatten. Aber er wußte, wie sehr sie die Courage und die Anhänglichkeit des Hundes bewunderte und überzeugt war, daß seine Anwesenheit Joey davon abhielt, völlig in tiefe Katatonie oder gar ins Koma zu sinken. Er hatte nicht das Herz, sie daran zu hindern, das Tier zu füttern. Nicht jetzt. Noch nicht. Das hatte Zeit bis morgen. Vielleicht würde das Wetter bis dahin umgeschlagen haben, und vielleicht konnten sie dann zum See hinuntergehen.

Joeys Atem verschlechterte sich einen Augenblick lang; sein Keuchen wurde erschreckend laut und unregelmäßig. Christine veränderte sofort die Position des Kindes, schob ihre zusammengeknüllte Jacke unter seinen Kopf. Es funktionierte. Das Keuchen wurde leiser.

Charlie beobachtete den Jungen und dachte: Tut dir auch alles so weh wie mir, Kleiner? Herrgott, hoffentlich das nicht. Das hast du nicht verdient. Du verdienst einen besseren Leibwächter, als ich es gewesen bin. Ganz sicher sogar.

Die Schmerzen, die Charlie selbst litt, waren viel schlimmer, als er Christine gegenüber zugab. Die frische Dosis Tylenol und der Puder halfen, aber bei weitem nicht so wie die erste Dosis. Der Schmerz in seiner Schulter und seinem Arm fühlte sich jetzt nicht mehr wie ein lebendes Wesen an, das versuchte, sich seinen Weg aus ihm herauszubeißen. Jetzt fühlte er sich an, als wären kleine Männer von einem anderen Planeten in ihm, kleine Männer, die seine Knochen in kleinere und immer kleinere Splitter zerbrachen, seine Sehnen und seine Muskeln zerfetzten und über alles Schwefelsäure schütteten. Ihr Ziel war, ihn mit der Zeit völlig auszuhöhlen, mit Säure alles in ihm wegzubrennen, bis nur noch seine Haut zurückblieb, und dann würden sie den schlaffen, leeren Hautsack aufblasen und ihn in einem Museum auf ihrer eigenen Welt ausstellen. So fühlte es sich jedenfalls an. Nicht gut. Gar nicht gut.

Später ging Christine an den Höhleneingang, um Schnee zu holen und daraus Trinkwasser zu schmelzen, und stellte fest, daß die Nacht hereingebrochen war. Sie hatten den Wind in der Höhle nicht hören können, aber er wütete immer noch. Schnee fegte schräg aus der Finsternis herunter, und die eisige turbulente Luft hämmerte mit arktischer Wut auf das Tal nieder.

Sie kehrte in die Höhle zurück, stellte den Topf mit Schnee ans Feuer, damit er schmolz, und unterhielt sich eine Weile mit Charlie. Seine Stimme war schwach. Er hatte größere Schmerzen, als er ihr eingestehen wollte, aber sie ließ ihn in dem Glauben, daß er sie täuschte, weil sie nichts tun konnte, um seine Schmerzen zu lindern. Doch es verging nicht einmal eine Stunde, bis er trotz seiner Schmerzen ebenso wie Joey und Chewbacca eingeschlafen war.

Sie saß zwischen ihrem Sohn und dem Mann, den sie liebte, den Rücken dem Feuer zugewandt, blickte zum Höhleneingang und beobachtete die Schatten und Reflexe der Flammen, die an den Wänden eine hektische Gavotte tanzten. Ein Teil ihres Bewußtseins lauschte auf ungewöhnliche Geräusche, ein anderer Teil überwachte die Atmung des Mannes und des Jungen, voller Angst, einer von beiden könnte plötzlich zu atmen aufhören.

Der geladene Revolver lag neben ihr. Zu ihrer Bestürzung hatte sie erfahren, daß Charlie keine weiteren Ersatzpatronen in den Jackentaschen hatte. Die Schachtel mit Munition befand sich in seinem Rucksack, den sie an dem Felsüberhang zurückgelassen hatten, wo sie seine Schulter versorgt hatte.

Sie war wütend auf sich selbst, daß sie sie vergessen hatte. Der Karabiner und die Schrotflinte waren weg. Der Revolver war jetzt ihr einziger Schutz, und sie hatten nur die sechs Patronen in der Trommel.

Der Totembär leuchtete an der Wand.

Zehn Minuten nach acht hörte Christine auf, Holz nachzulegen. Charlie begann im Schlaf zu stöhnen und den Kopf unruhig auf dem Kissen herumzuwerfen, das sie aus seiner zusammengerollten Jacke für ihn gemacht hatte. Schweiß war ihm ausgebrochen. Sie brauchte ihm bloß die Hand auf die Stirn zu legen, um zu erkennen, daß er Fieber hatte. Sie beobachtete ihn eine Weile und hoffte, daß er sich wieder beruhigen würde, aber es wurde nur schlimmer. Aus seinem Stöhnen wurden leise Schreie, dann weniger leise. Er fing an zu plappern. Manchmal war es unartikulierter Unsinn. Manchmal spuckte er Worte und sinnlose Satzfetzen aus.

Und dann wurde er so unruhig, daß sie zwei weitere Tylenoltabletten aus der Flasche holte, einen Becher mit Wasser füllte und versuchte, ihn aufzuwecken. Obwohl der Schlaf ihm anscheinend kein Behagen bereitete, wollte er zuerst nicht zu sich kommen, und als er schließlich die Augen aufschlug, waren sie trüb und blicklos. Er befand sich im Delirium und wußte allem Anschein nicht, wer sie war.

Sie brachte ihn dazu, die Pillen einzunehmen, und er schluckte gierig das Wasser hinunter, spülte sie damit hinab. Als sie den Becher von seinen Lippen nahm, war er bereits wieder eingeschlafen.

Er stöhnte und murmelte noch eine Weile, und dann fing er, obwohl er heftig schwitzte, zugleich zu frösteln an. Seine Zähne klapperten. Sie wünschte, sie hätten ein paar Decken. Sie türmte mehr Holz auf das Feuer. In der Höhle war es relativ warm, aber sie dachte, daß es im Augenblick gar nicht warm genug sein konnte.

Gegen zehn wurde Charlie wieder ruhig. Er hörte auf, den Kopf hin und her zu werfen, hörte auf zu schwitzen, schlief friedlich.

Wenigstens redete sie sich ein, daß der Schlaf ihn hatte. Aber sie hatte Angst, es könnte das Koma sein.

Etwas quiekte.

Christine packte den Revolver und sprang in die Höhe, als wenn das Quieken ein Schrei gewesen wäre.

Joey und Charlie schliefen ungestört weiter.

Sie lauschte, und da war das Quieken wieder, diesmal mehr als nur ein kurzes Geräusch, eine Folge quiekender Geräusche, ein schrilles, wenn auch fernes Zirpen.

Das war kein Geräusch, wie es ein Stein oder Erde oder Wasser erzeugen, kein totes Geräusch. Das war etwas anderes, etwas Lebendiges.

Sie griff nach der Taschenlampe. Den Revolver vor sich ausgestreckt, das Herz wie wild pochend, bewegte sie sich vorsichtig auf das Geräusch zu. Es schien aus der benachbarten Kaverne zu kommen. So leise sie auch waren, führten die schrillen Schreie dennoch dazu, daß sich ihre Nackenhaare sträubten, weil die Laute so unheimlich, so fremdartig waren.

Am Eingang zur Nachbarhöhle blieb sie stehen, ließ den Lichtbalken der Taschenlampe herumwandern. Sie sah die wächsern aussehenden Stalaktiten und Stalagmiten, die feuchten Felsmauern, aber nichts Ungewöhnliches. Die Geräusche schienen jetzt aus einer dritten Kaverne oder auch einer vierten zu kommen.

Als sie den Kopf zur Seite legte und schärfer hinhörte, begriff Christine plötzlich, was sie da hörte. Fledermäuse. Sehr viele Fledermäuse, den Schreien nach zu schließen.

Sie mußten in einer anderen Kammer nisten, anderswo im Berg, durch eine andere Höhlenmündung ein- und ausfliegen, denn hier gab es keine Spur von ihnen, keine Fledermauskadaver, keinen Unrat. Es machte ihr nichts aus, daß sie die Höhlen mit ihnen teilen mußte, solange sie sich nur in ihrem eigenen Areal aufhielten.

Sie kehrte zu Charlie und Joey zurück und setzte sich zwischen sie, legte die Waffe beiseite, schaltete die Taschenlampe aus. Dann fragte sie sich, was passieren würde, wenn Spiveys Leute auftauchten, den Eingang zu dieser Höhle blockierten und ihnen keine andere Wahl ließen, als tiefer in den Berg einzudringen, auf der Suche nach einem anderen Weg ins Freie, einer Hintertür in die Sicherheit. Was, wenn sie und Charlie und Joey gezwungen wurden, von Höhle zu Höhle zu fliehen und sie schließlich jene Kaverne passieren mußten, in der die Fledermäuse nisteten? Wahrscheinlich war der Boden dort knietief mit Fledermausscheiße bedeckt, und Hunderte – vielleicht sogar Tausende – der Tiere würden von der Decke hängen, und einige von ihnen, vielleicht sogar alle, hatten Tollwut. Fledermäuse übertrugen Tollwut...

Hör auf! befahl sie sich selbst wütend.

Sie hatte schon genügend Sorgen. Spiveys Irre. Joey. Charlies Wunde. Das Wetter. Die lange Reise zurück in die Zivilisation. Da durfte sie jetzt nicht auch noch Fledermäuse auf die Liste setzen. Das war verrückt. Die Wahrscheinlichkeit, daß Spiveys Leute sie fanden und sie je näher an die Fledermäuse heranmußten, betrug eins zu einer Million.

Sie versuchte sich zu entspannen.

Sie legte mehr Holz ins Feuer.

Das Quieken verstummte.

Stille zog wieder in den Höhlen ein, wenn man von Joeys gequältem Atem und dem Prasseln des Feuers absah.

Sie fing an schläfrig zu werden.

Sie setzte jeden Trick ein, den sie kannte, um wachzubleiben, aber der Schlaf bedrängte sie immer mehr.

Sie hatte Angst einzuschlafen. Joeys Zustand könnte sich verschlechtern, während sie döste. Oder Charlie würde sie vielleicht brauchen, und sie würde es nicht merken.

Außerdem sollte jemand Wache halten.

Spiveys Leute könnten in der Nacht hereinkommen.

Nein. Der Sturm. In solchen Stürmen durften Hexen nicht auf ihren Besen fliegen.

Sie lächelte bei dem Gedanken daran, wie Charlie mit Joey gescherzt hatte.

Das flackernde Licht der Flammen war hypnotisch...

Aber jedenfalls sollte jemand Wache halten.

Nur ein kurzes Nickerchen.

Hexen...

Jemand... sollte...

Es war einer jener Alpträume, in denen sie wußte, daß sie schlief, wußte, daß das, was geschah, nicht wirklich war, aber das machte es nicht weniger beängstigend. Sie träumte, daß alle Höhlen in der Talmauer zu einem komplizierten Labyrinth verbunden waren und daß Grace Spivey und ihre religiösen Terroristen von anderen Kavernen weiter hinten am Berg in diese ganz spezielle Höhle eingedrungen waren. Sie träumte, daß sie ein Menschenopfer vorbereiteten und daß Joey dieses Opfer war. Sie versuchte, sie zu töten, aber jedesmal, wenn sie einen von ihnen erschoß, teilte sich die Leiche in zwei *neue* Fanatiker, und so vergrößerte sie ihre Zahl nur, indem sie sie tötete. Sie wurde immer verstörter, ihre Angst wuchs, und gleichzeitig wurde die Übermacht immer größer, bis sämtliche Höhlen in der ganzen Talmauer von Spiveys Leuten wie von einem Rudel Ratten oder Küchenschaben wimmelten. Und dann, wohlwissend, daß sie träumte, begann sie zu vermuten, daß Grace Spiveys Gefolgsleute nicht nur in den Höhlen des Traumes waren, sondern auch in den wirklichen Höhlen in der wirklichen Welt jenseits des Schlafes, und daß sie sowohl im Alptraum als auch in der Realität ein Menschenopfer brachten, und sie, wenn Christine jetzt nicht aufwachte, und sie daran hinderte, Joey wirklich zu töten, im Schlaf töten würden. Sie kämpfte darum, sich aus dem eisernen Griff des Schlafes zu befreien, schaffte es aber nicht, schaffte es nicht aufzuwachen, und jetzt waren sie im Traum im Begriff, dem Jungen die Kehle durchzuschneiden. Und in der Wirklichkeit, jenseits des Traumes?

69

Als Christine am Morgen aufwachte, war Joey damit beschäftigt, einen Schokoladenriegel zu essen und Chewbacca zu streicheln.

Sie beobachtete ihn einen Augenblick und merkte dann, daß ihr die Tränen über die Wangen strömten. Nur daß sie diesmal weinte, weil sie glücklich war.

Er schien aus dem psychischen Exil zurückzukehren, in das er sich selbst verbannt hatte. Auch körperlich hatte sich sein Zustand gebessert. Vielleicht würde er durchkommen.

Die Schwellungen waren aus seinem Gesicht verschwunden, und an ihre Stelle war eine bessere, wenn auch nicht gerade gesunde Farbe getreten; sogar das Atmen bereitete ihm keine Schwierigkeiten mehr. Seine Augen waren immer noch glasig, und er wirkte immer noch in sich zurückgezogen, aber bei weitem nicht so apathisch und fern wie gestern.

Daß er an die Vorräte gegangen war, in ihnen herumgewühlt und die Schokolade gefunden hatte, war ermutigend. Offenbar hatte er auch Holz nachgelegt, denn das Feuer brannte hell, während es eigentlich in der Nacht hätte herunterbrennen müssen, so daß jetzt nur noch heiße Glut hätte da sein dürfen.

Sie kroch zu ihm und drückte ihn an sich, und er drückte sie auch, wenn auch nicht fest. Er sagte nichts, ließ sich durch nichts dazu bewegen, auch nur ein Wort von sich zu geben. Er sah ihr immer noch nicht in die Augen, als wäre ihm gar nicht bewußt, daß sie hier bei ihm war. Aber sie hatte das Gefühl, daß seine tiefblauen Augen sie suchten, wenn sie den Blick von ihm wandte, und dann nicht mehr so glasig und verträumt wirkten. Aber sicher war sie nicht. Sie konnte ihn nicht dabei ertappen. Doch sie wagte zu hoffen, daß er im Begriff war, zu ihr zurückzukehren, sich langsam vom Rande des Autismus zurücktastete, und wußte, daß sie ihn dabei nicht drängen durfte.

Chewbacca hatte sich noch nicht so weit erholt wie sein Herrchen, obwohl er nicht mehr ganz so schwach und ausgemergelt wirkte wie gestern nacht. Aber Christine hatte den Eindruck, daß er zusehends gesünder und vitaler wirkte, auf jedes Streicheln des Jungen reagierte, als ob Joeys kleine Hände heilende Kräfte besäßen.

Joey hielt seine Schokolade vor sich, drehte sie hin und her, schien sie anzustarren. Er lächelte vage.

Christine hatte sich noch nie etwas mehr gewünscht, als ihn jetzt lächeln zu sehen, und dabei schlich sich ein Lächeln über ihr eigenes Gesicht.

Hinter ihr wachte Charlie plötzlich auf, und sie ging zu ihm. Sie sah sofort, daß sein Zustand sich nicht gebessert hatte. Das Delirium hatte ihn losgelassen, aber in jeder anderen Hinsicht hatte sich sein Befinden verschlechtert. Sein Gesicht wirkte teigig, von Schweiß durchtränkt. Seine Augen schienen in seinen Schädel eingesunken zu sein, so als wären die Knochen und das Gewebe, das sie trugen, unter dem Gewicht von Dingen, die er gesehen hatte, zerbrochen. Ein Schüttelfrost packte ihn und steigerte sich hier und da zu so heftigem Zittern, daß er am ganzen Körper zuckte, wie in einem Epilepsieanfall.

Das Fieber hatte ihn fast völlig ausgetrocknet, und als er zu reden versuchte, klebte ihm die Zunge am Gaumen fest.

Sie half ihm, sich aufsetzen, und flößte ihm zwei weitere Tylenol mit einem Becher Wasser ein. »Besser jetzt?«

»Ein wenig«, sagte er mit einer Stimme, die kaum lauter als ein Flüstern war.

»Was macht der Schmerz?«

»Überall«, sagte er.

In der Meinung, er wäre verwirrt, sagte sie: »Ich meine, der Schmerz an deiner Schulter.«

»Mhm. Das... meine ich ja. Es ist nicht mehr... nur in meiner Schulter. Er fühlt sich an... als wäre er jetzt... überall... am ganzen Körper... von Kopf bis Fuß... Wie spät ist es?«

Sie sah auf die Uhr. »Du großer Gott! Halb acht. Ich muß neun Stunden geschlafen haben, ohne mich zu bewegen, und das auf diesem harten Boden.«

»Wie geht es Joey?«

»Sieh doch selbst.«

Er drehte den Kopf herum und sah zu, wie Joey gerade Chewbacca ein letztes Stück Schokolade gab.

»Sein Zustand bessert sich, denke ich«, sagte Christine.

»Gott sei Dank.«

Sie strich Charlie mit den Fingern das feuchte Haar aus der Stirn.

Als sie sich in der Berghütte geliebt hatten, als eine nie zuvor erlebte Leidenschaft sie erfaßt hatte, hatte sie in ihm den schönsten Mann gesehen, den sie je gekannt hatte. Die Konturen eines jeden Muskels, jedes Knochens an ihm hatten sie in Entzükken versetzt. Und selbst jetzt, eingefallen, blaß und schwach, schien er ihr schön. Sein Gesicht war so empfindsam, seine Augen so besorgt. Sie wollte sich neben ihn legen, ihn umarmen, ihn an sich drücken, aber sie hatte Angst, ihm dabei weh zu tun.

»Kannst du etwas essen?« fragte sie.

Er schüttelte den Kopf.

»Das solltest du aber«, sagte sie. »Du mußt wieder zu Kräften kommen.«

Er blinzelte mit wäßrigen Augen, so als würde er versuchen, wieder klar zu sehen. »Später vielleicht. Schneit es immer noch?«

»Ich war heute morgen noch nicht draußen.«

»Wenn das Wetter aufgeklart hat... müßt ihr sofort hier weg... ohne mich.«

»Unsinn.«

»Um diese Jahreszeit... könnte das Wetter nur... einen Tag lang... aufklaren... oder vielleicht sogar bloß... ein paar Stunden. Ihr müßt... das gute Wetter nutzen... aus den Bergen raus... vor dem nächsten Sturm.«

»Nicht ohne dich.«

»Kann nicht gehen«, sagte er.

»Du hast es ja gar nicht versucht.«

»Kann nicht. Kann kaum... reden.«

Selbst der Versuch, mit ihr zu sprechen, schwächte ihn. Sein Atem wurde mit jedem Wort, das er sprach, stockender.

Sein Zustand machte ihr angst, und die Vorstellung, ihn alleine zu lassen, schien herzlos und grausam.

»Du könntest alleine nicht einmal das Feuer schüren«, protestierte sie.

»Sicher. Hilf mir... näher ans Feuer. Daß ich es erreichen kann. Und dann... mußt du Holz aufstapeln... für ein paar Tage. Ich komme schon klar.«

»Du wirst kein Essen kochen können.«

»Laß mir ein paar... Tafeln Schokolade da.«

»Das reicht nicht.«

Er sah sie finster an und schaffte es, einen Augenblick lang Kraft in seine Stimme zu legen. »Ihr *müßt* ohne mich gehen. Das ist die einzige Chance, verdammt. Für dich und Joey ist das das Beste... und für mich auch, weil ich... hier nicht herauskann... ohne einen Arzt.«

»Also gut«, sagte sie. »Okay.«

Er sackte zusammen. Das Reden hatte ihn erschöpft. Als er dann wieder sprach, war seine Stimme nicht nur ein Flüstern, sondern ein gequältes Flüstern, das manchmal am Ende eines Wortes völlig verschwamm. »Wenn ihr... zum See hinunter... kommt... könnt ihr... mir Hilfe schicken.«

»Nun, das ist für den Augenblick ja reine Theorie, bis ich herausgefunden habe, ob der Sturm nachgelassen hat oder nicht«, sagte sie. »Ich gehe besser nachsehen.«

Und in dem Augenblick, in dem sie sich erhob, hallte eine Männerstimme vom Höhleneingang herein: »Wir wissen, daß ihr dort drinnen seid! Ihr könnt euch vor uns nicht verstecken! Wir wissen, daß ihr da seid!«

Spiveys Bluthunde hatten sie gefunden.

70

Dem Instinkt folgend, und ohne eine Sekunde zu zögern, um darüber nachzudenken, ob das, was sie tat, vielleicht gefährlich wäre, schnappte sich Christine den geladenen Revolver und rannte quer durch die Höhle auf den wie ein Z geformten Durchgang zu, der nach draußen führte.

Charlie sagte: »Nein!«

Sie ignorierte ihn, erreichte die erste Biegung, bog nach

rechts, ohne nachzusehen, ob jemand da war, sah nur die engen Felsmauern und einen undeutlichen grauen Lichtfleck bei der nächsten Biegung, hinter der das letzte gerade Tunnelstück und dann die Öffnung der Höhle lagen. Sie rannte ohne jede Hemmung, weil das wahrscheinlich das letzte war, was Spiveys Leute von ihr erwarteten, aber auch weil sie zu langsamerer Bewegung überhaupt nicht imstande war; sie hatte beinahe die Kontrolle über sich verloren. Diese verrückten, bösartigen Schweine hatten sie aus ihrem Heim vertrieben, hatten sie zur Flucht gezwungen, hatten sie hier in ein Felsloch gedrängt, und jetzt wollten sie ihr Kind töten.

Die Männerstimme schrie erneut: »Wir wissen, daß ihr dort drinnen seid!«

Sie war noch nie in ihrem Leben hysterisch gewesen, aber jetzt war sie es und wußte es auch, konnte nichts dagegen ausrichten. Tatsächlich machte es ihr überhaupt nichts aus, daß sie hysterisch war, weil es gut war, sogar verdammt gut, einfach loszulassen, die Kontrolle über sich zu verlieren, der blinden Wut nachzugeben und einer wilden Gier, das Blut der Bestien zu vergießen, ihnen Schmerz zuzufügen und Angst einzujagen.

Mit der gleichen irrationalen Gleichgültigkeit gegenüber jeglicher Gefahr, die sie an den Tag gelegt hatte, als sie um die erste Biegung gerannt war, bog sie jetzt um die zweite, und jetzt lag vor ihr das letzte Tunnelstück und dann das Freie und eine Gestalt, die sich silhouettenhaft im grauen Morgenlicht abzeichnete, ein Mann in einem Parka mit hochgeschlagener Kapuze. Er hielt einen Karabiner – nein, eine Maschinenpistole –, aber er hielt sie mehr oder weniger zu Boden gerichtet, nicht in den Tunnel hinein, weil er nicht damit rechnete, daß sie geradewegs auf ihn zugerannt kam und auf diese Weise eine Zielscheibe abgab, keinen Gedanken verschwendete er daran, aber genau das tat sie, wie ein verrückter Kamikaze. Sie überraschte ihn völlig, und er fing an, die Maschinenpistole zu heben, sie auf sie zu richten, aber sie feuerte, einmal, zweimal, dreimal, traf ihn jedesmal, weil er so nahe bei ihr war, daß es fast unmöglich war, ihn zu verfehlen.

Der erste Schuß versetzte ihm einen Ruck, schien ihn hochzuheben, der zweite Schuß schleuderte ihn nach hinten, und der dritte fegte ihn zu Boden. Die Maschinenpistole flog aus seiner Hand, und einen Augenblick lang hatte Christine die Hoffnung, sie auffangen zu können, aber als sie den Höhleneingang erreichte und ins Freie trat, klapperte die so heißbegehrte Waffe bereits den Felshang hinunter.

Sie sah, daß es aufgehört hatte zu schneien, daß kein Wind mehr blies und daß hinter dem Mann, den sie getötet hatte, drei Leute am Hang waren. Einer von den dreien, ein unglaublich großer Mann zu ihrer Linken, duckte sich bereits, um Deckung zu suchen, reagierte auf die Schüsse, die seinen Freund getötet hatten, obwohl die Leiche gerade erst gefallen und wieder abgeprallt war und sich noch regte. Die zwei anderen Zwielichter waren nicht so schnell wie der Riese. Eine kleine untersetzte Frau stand unmittelbar vor Christine, höchstens drei oder vier Meter entfernt, ein perfektes Ziel, und Christine feuerte, ohne nachzudenken, auf sie, und auch jene Frau ging zu Boden, und ihr Gesicht explodierte wie ein angestochener Ballon voll roten Wassers.

Obwohl Christine lautlos durch den Felstunnel und aus der Höhle gerannt war, fing sie jetzt zu schreien an, völlig unkontrolliert, beschimpfte sie, brüllte so laut, daß ihre Kehle schmerzte und die Stimme ihr den Dienst versagte, schrie dann noch lauter weiter. Sie gebrauchte Worte, die sie noch nie gebraucht hatte, und war selbst von dem schockiert, was über ihre Lippen kam, und konnte doch nicht damit aufhören, weil ihre Wut sie auf unartikulierte Laute und sinnlose Obszönitäten reduziert hatte.

Und während sie sich die Lungen herausbrüllte und sah, wie das Gesicht der Frau explodierte, wandte Christine sich dem dritten Zwielichter zu, dem zu ihrer Rechten, sechs Meter von ihr entfernt, und sah sofort, daß es Grace Spivey war.

»Du!« schrie sie, und der Anblick der Hexe schürte ihre Hysterie. »Du! Du verrücktes altes Miststück!«

Wie konnte eine Frau ihres Alters über die Kräfte verfügen, um diese Berge zu ersteigen und den Kampf mit dem Blizzard zu bestehen? War es ihr Wahnsinn, der ihr Kraft verlieh? Wahrscheinlich. Ihr Wahnsinn blockte jeden Zweifel, jede Müdigkeit ab, ebenso wie er sie vor Schmerz abgeschirmt hatte, als sie sich die Hände und Füße durchbohrt hatte, um Stigmata vorzutäuschen.

Gott stehe uns bei, dachte Christine.

Die Alte stand reglos und ungebeugt da, arrogant und trotzig, als wollte sie Christine herausfordern, doch abzudrücken, und Christine spürte selbst auf diese Entfernung die unheimliche und magnetische Kraft, die von den Augen der alten Frau ausging. Doch sie erwies sich dem hypnotischen Blick gegenüber immun und feuerte einen Schuß ab, wobei der Revolver in ihrer Hand hochruckte. Sie verfehlte ihr Ziel, obwohl die Entfernung nicht groß war, drückte erneut ab, wunderte sich, daß sie auf so kurze Distanz auch das zweite Mal das Ziel verfehlte, versuchte einen dritten Schuß, stellte aber fest, daß die Munition zu Ende war.

O Gott.

Keine Kugeln mehr. Keine anderen Waffen. Herrgott. Nichts außer ihren bloßen Händen.

Okay, ich kann es, ich kann es, mit bloßen Händen, ich werde das Miststück erwürgen, ihr den verdammten Kopf abreißen.

Schluchzend, fluchend, unartikuliert kreischend, von einer Welle des Schreckens getragen, setzte sie dazu an, Grace Spivey anzuspringen. Aber der andere Zwielichter, der Riese, der inzwischen hinter ein paar Felsbrocken Deckung gefunden hatte, begann auf sie zu schießen. Schüsse peitschten und prallten rings um sie durchdringend pfeifend von den Felsen ab. Sie fühlte, daß Kugeln ganz nahe an ihrem Kopf durch die Luft pfiffen. Sie begriff sofort, daß sie Joey nicht helfen konnte, wenn sie tot war, also hielt sie inne und drehte sich zum Höhleneingang um.

Wieder ein Schuß. Steinsplitter spritzten auf.

Sie war immer noch von Hysterie getrieben, aber all die manische Energie hatte plötzlich ein anderes Ziel, hatte sich von Wut und Blutgier abgewandt und konzentrierte sich jetzt ganz auf den Überlebensinstinkt. Während hinter ihr weitere Schüsse peitschten, taumelte sie zur Höhle zurück. Der Riese verließ seine Deckung und folgte ihr. Kugeln prallten neben ihr von der Felswand ab, und sie rechnete jeden Augenblick damit, am Rücken getroffen zu werden. Dann hatte sie den Höhleneingang hinter sich, befand sich im ersten Abschnitt des Z-förmigen Ganges, war außer Sichtweite des Schützen und glaubte in Sicherheit zu sein. Aber ein letzter Schuß prallte von der Tunnelwand ab und fetzte in ihren rechten Schenkel, warf sie um. Sie ging zu Boden, landete hart auf der Schulter und spürte, wie Dunkelheit sie umfing.

Sie kämpfte gegen den lähmenden Schock an, rang nach Atem, wehrte sich verzweifelt gegen die aufwallende Finsternis, die sie verschlucken wollte, und schleppte sich weiter.

Sie nahm nicht an, daß sie gleich nachkommen würden. Sie konnten nicht wissen, daß sie nur eine Schußwaffe besaß und keine Munition mehr hatte. Sie würden vorsichtig sein.

Aber sie würden kommen. Vorsichtig. Langsam.

Nicht langsam genug.

Sie waren unerbittlich wie eine Bande in einem Wildwestfilm.

Sie schwitzte trotz der Kälte, keuchte, zog ihr Bein hinter sich her, als wäre es ein Brocken Beton, und erreichte schließlich die Höhle, wo Charlie und Joey im tanzenden Flammenschein des Feuers warteten.

»O Gott, du bist angeschossen«, sagte Charlie.

Joey sagte nichts. Er stand neben dem Feuer, und das flakkernde Licht hüllte sein Gesicht in blutroten Schein. Er lutschte an seinem Daumen und beobachtete sie mit riesigen Augen.

Sie griff sich an den Schenkel, spürte klebriges Blut und weigerte sich hinzusehen. Wenn es kräftig blutete, würde sie eine Aderpresse brauchen. Aber für Erste Hilfe war jetzt keine Zeit. Wenn sie sich die Zeit nahm, eine Aderpresse anzulegen, dann konnte es sein, daß Spivey oder der Riese in die Höhle trat und sie abknallte.

Sie war noch nicht benommen und auch nicht mehr in Gefahr, die Besinnung zu verlieren, fühlte aber Schwäche aufkommen.

Sie hielt immer noch die leergeschossene und jetzt nutzlose Waffe in der Hand. Sie ließ sie fallen.

»Schmerzen?« fragte Charlie.

»Nein.« Das stimmte sogar; im Augenblick spürte sie kaum etwas, wußte aber, daß der Schmerz sich bald einstellen würde.

Draußen schrie der Riese: »Gib uns den Jungen! Wenn ihr uns den Jungen gebt, lassen wir euch leben.«

Christine ignorierte ihn. »Ich habe zwei von den Dreckskerlen erwischt«, sagte sie zu Charlie.

»Wie viele sind noch übrig?« fragte er.

»Zwei«, sagte sie, ohne weitere Einzelheiten anzugeben, weil sie nicht wollte, daß Joey erfuhr, daß Grace Spivey eine von den beiden war.

Chewbacca hatte sich erhoben und knurrte tief in der Kehle. Christine wunderte sich, daß der Hund aufstehen konnte, aber er war bei weitem noch nicht bei Kräften; er wirkte krank und wackelig. Er würde kaum kämpfen oder Joey schützen können.

Sie entdeckte das Messer aus ihrem Eßbesteck, das am anderen Ende der Höhle zwischen Joey und Charlie lag. Sie bat Joey, es ihr zu bringen, aber der starrte sie nur reglos an und war durch nichts zu bewegen, ihr zu helfen.

»Keine Munition mehr?« fragte Charlie.

»Nein.«

Von draußen kam wieder der Schrei: *»Gib uns den Jungen!«*

Charlie versuchte sich auf das Messer zuzuschieben, aber er war zu schwach und zu schmerzgepeinigt, um es zu schaffen. Die Anstrengung löste in ihm zuerst ein trockenes Hüsteln und dann einen würgenden Hustenanfall aus, und am Ende trat ihm blutiger Speichel auf die Lippen.

Christine hatte das schreckliche Bild vor sich, daß ihnen die Zeit verrann, so wie Sand, der aus einem Trichter fließt.

»Gib uns den Antichrist!«

Obwohl Christine sich nicht schnell bewegen konnte, arbeitete sie sich langsam zum anderen Ende der Höhle hinüber, immer an der Wand entlang und auf diese gestützt, wobei sie auf dem unverletzten Bein humpelte. Falls sie an das Messer herankam und dann zu diesem Ende der Höhle zurückkehrte, konnte sie auf dieser Seite des Ganges hinter der Biegung warten. Wenn sie dann hereinkamen, würde sie es vielleicht schaffen, einen von ihnen niederzustechen.

Schließlich war sie bei den Vorräten, beugte sich vor, hob das Messer auf und erkannte erst jetzt, wie kurz die Klinge war. Sie drehte es in der Hand und versuchte sich selbst einzureden, daß es genau die Waffe war, die sie brauchte. Aber das Messer würde einen Parka und die Kleider darunter durchdringen müssen, ehe es Schaden anrichtete, und dafür war es nicht lang genug. Wenn sie die Gelegenheit bekam, auf ihre Gesichter einzustechen... Aber sie würden Schußwaffen haben, und so war ihre Hoffnung nicht sehr groß, sie erfolgreich angreifen zu können.

Verdammt.

Sie warf das Messer angewidert weg.

»Feuer«, sagte Charlie.

Zuerst begriff sie nicht.

Er griff mit einer Hand an den Mund und wischte sich den blutigen Speichel weg, den er immer noch heraufwürgte. »Feuer. Das ist... eine gute... Waffe.«

Natürlich. Feuer. Besser als ein Messer mit einer kleinen Stummelklinge.

Plötzlich dachte sie an etwas, das im Verein mit einem brennenden Holz fast ebenso wirksam wie eine Pistole sein würde.

Ihre Schenkelwunde hatte inzwischen im Rhythmus mit ihrem jagenden Puls zu bluten begonnen, aber sie biß die Zähne zusammen und kauerte sich neben dem Vorratshaufen nieder. Sich zu bücken, war nicht leicht, ein kompliziertes, schmerzhaftes Manöver, und sie hatte Angst davor, sich wieder aufzurichten, obwohl sie sich an der Wand abstützten konnte. Sie suchte in den Sachen herum, die sie gestern aus dem Rucksack gekippt hatte, und stieß nach ein paar Sekunden auf den Behälter mit Feuerzeugflüssigkeit, den sie gekauft hatten, falls ihnen das Entfachen eines Feuers in der Hütte Schwierigkeiten bereitet hätte. Sie verstaute die Dose in ihrer rechten Hosentasche.

Als sie sich dann aufrichtete, bäumte sich der Steinboden

unter ihr auf. Sie klammerte sich an der Wand fest und wartete, bis der Schwindelanfall nachließ.

Dann wandte sie sich dem Feuer zu, schnappte sich einen brennenden Ast und stellte befriedigt fest, daß er nicht erlosch, als sie ihn aus dem Feuer zog, sondern weiterbrannte wie eine Fackel.

Joey regte sich nicht von der Stelle und sagte auch nichts, beobachtete sie aber interessiert. Er verließ sich auf sie. Sein Leben lag jetzt ganz und gar in ihrer Hand.

Sie hatte eine ganze Weile keine Rufe mehr von draußen gehört. Diese Stille war beunruhigend. Möglicherweise bedeutete sie, daß Spivey und der Riese bereits im Tunnel waren...

Sie arbeitete sich wieder um die Kaverne herum, an Charlie vorbei, auf den Tummel zu, durch den jetzt jeden Augenblick die Zwielichter kommen konnten, machte aber einen Umweg, weil das in ihrem jetzigen Zustand das Sicherste war. Die wertvollen Sekunden, die sie dabei vergeudete, waren ihr qualvoll bewußt, aber sie konnte es nicht riskieren, quer durch den Raum zu gehen, weil sie dabei möglicherweise stürzen und die Besinnung verlieren oder ihre Fackel auslöschen würde. Sie hielt den brennenden Ast in der linken Hand und stützte sich mit der anderen an der Wand ab, hinkte jetzt, anstelle zu hüpfen, weil das schneller ging, wagte es, das verletzte Bein ein wenig zu gebrauchen, obwohl sie jedesmal ein stechender Schmerz durchzuckte, wenn sie ihr Gewicht zu sehr auf den rechten Fuß verlegte. Obwohl der Schmerz immer noch im Gleichklang mit ihrem Puls pochte, war es nicht länger ein dumpfer Schmerz; es war ein brennender, stechender Schmerz, der mit jedem quälenden Schlag ihres Herzens schlimmer wurde.

Einen Augenblick lang fragte sie sich, wieviel Blut sie wohl verlieren mochte, aber dann sagte sie sich, daß das jetzt wohl ohne Belang war. Wenn sie nicht viel verlor, würde sie vielleicht den Zwielichtern ein letztes Gefecht liefern können. Wenn sie zu viel verlor, wenn das Blut aus einer größeren Vene strömte oder aus einer angeritzten Arterie spritzte, dann hatte es ohnehin keinen Sinn, sich zu vergewissern, ob es so war, weil eine

Aderpresse sie nicht retten würde, nicht hier draußen, meilenweit vom nächsten Arzt entfernt.

Als sie das andere Ende der Kaverne erreicht hatte und neben dem Eingangstunnel stehenblieb, war ihr schwindelig. Es würgte sie, und der Geschmack von Erbrochenem drang ihr in den Mund, aber sie würgte es hinunter. Das flackernde Licht der Flammen verlieh der Höhle eine Formlosigkeit, so als befänden sich die Dimensionen und Konturen der Kaverne in einem dauernden Fließzustand, als wäre der Stein gar nicht Stein, sondern irgendein fremdartiges Plastikmaterial, das beständig schmolz und sich neu formte: Die Wände zogen sich zurück, rückten jetzt wieder näher, zu nahe, und zogen sich erneut zurück; plötzlich war der Fels dort, wo er eben noch konkav gewesen war, konvex; der Boden wölbte sich auf und glitt dann wieder herunter, daß es so aussah, als würde er ganz unter ihr wegtauchen.

In ihrer Verzweiflung schloß sie die Augen, preßte sie fest zusammen, biß sich auf die Lippen und atmete tief, bis der Schwächeanfall verebbte. Als sie die Augen wieder aufschlug, war die Kaverne wieder massiv und unverändert. Sie fühlte sich relativ stabil, wußte aber, daß das eine brüchige Stabilität war.

Sie preßte sich gegen die Wand, in eine Vertiefung neben dem Tunnel. Die Fackel in der linken Hand haltend, griff sie mit der rechten Hand in die Tasche und holte die Spritzdose mit der Feuerzeugflüssigkeit heraus. Sie hielt sie mit drei Fingern und der Handtasche fest, schraubte mit Daumen und Zeigefinger den Deckel ab, so daß die Plastiktülle jetzt freilag. Sie war bereit. Sie hatte einen Plan. Einen guten Plan. Er mußte gut sein, weil er der einzige Plan war, der ihr einfallen wollte.

Wahrscheinlich würde der große Mann als erster die Höhle betreten. Er würde eine Waffe haben, wahrscheinlich denselben halbautomatischen Karabiner, den er draußen benutzt hatte. Er würde die Waffe vor sich halten, nach vorne gerichtet, in Hüfthöhe. Das war das Problem: ihn zu bespritzen, ehe er den Lauf auf sie richten und den Abzug betätigen konnte. Das würde er vielleicht in zwei Sekunden schaffen. Vielleicht in einer. Der Überraschungseffekt war ihre beste und einzige Hoffnung. Vermutlich rechnete er mit Schüssen, Messern – aber nicht damit. Wenn sie ihn in dem Augenblick, in dem er auftauchte, mit Feuerzeugflüssigkeit bespritzte, würde er vielleicht hinreichend verblüfft sein, um eine ganze Sekunde Reaktionszeit zu verlieren, und eine weitere Sekunde im Schock, wenn er die Flüssigkeit roch und begriff, daß er mit etwas leicht Entzündbarem bespritzt worden war. Und das war der Zeitpunkt, den sie nutzten mußte, um ihn in Brand zu stecken.

Sie hielt den Atem an, lauschte.

Nichts.

Selbst wenn die Flüssigkeit nicht auf die Haut des Riesen kam, nur seinen Parka benetzte, würde er höchstwahrscheinlich erschreckt den Karabiner fallen lassen und nach dem Feuer schlagen.

Sie atmete tief durch, hielt den Atem an, lauschte erneut.

Immer noch nichts.

Wenn sie es schaffte, ihm ins Gesicht zu spritzen, würde ihn nicht nur die Panik dazu veranlassen, die Waffe fallen zu lassen. Dann würde ihn unerträglicher Schmerz packen, wenn sich auf seiner Haut Blasen bildeten und das Feuer sich in seine Augen fraß.

Rauch kräuselte von ihrer Fackel in die Höhe und wehte zur Decke, suchte einen Fluchtweg aus der Kaverne.

Am anderen Ende des Raumes warteten Charlie, Joey und Chewbacca stumm. Der müde Hund hatte sich wieder hingelegt.

Komm, Spivey! Komm, verdammt.

Christine war keineswegs von unerschütterlichem Glauben erfüllt, daß sie die Spritzflasche und die Fackel wirksam würde einsetzen können. Sie rechnete sich aus, daß sie bestenfalls eine Eins-zu-zehn-Chance hatte, damit durchzukommen, aber sie wollte trotzdem, daß sie kamen, jetzt gleich, damit sie es hinter sich brachte. Das Warten war schlimmer als die unvermeidliche Konfrontation.

Etwas knackte, schnappte, und Christine fuhr zusammen, aber es war nur das Feuer am anderen Ende des Raumes.

Kommt!

Sie wollte um die Biegung spähen, in den Tunnel, und der Spannung ein Ende machen. Aber sie wagte es nicht. Dann würde sie den Vorteil der Überraschung verlieren.

Sie dachte, sie könnte das leise Ticken ihrer Uhr hören. Es mußte ihre Fantasie gewesen sein, aber das Geräusch zählte dennoch die Sekunden: *tick, tick, tick*...

Wenn sie es schaffte, den Riesen anzuzünden, ohne selbst von ihm niedergeschossen zu werden, würde sie sich dann um Spivey kümmern müssen. Die Alte hatte ohne Zweifel selbst eine Waffe.

Tick, tick...

Wenn die Hexe dicht hinter dem Riesen kam, würde der Flammenblitz und die Schreie des Mannes sie vielleicht ablenken. Die alte Frau könnte so verwirrt sein, daß Christine noch einmal zuschlagen konnte, wieder mit der Feuerzeugflüssigkeit und ihrer Fackel.

Tick, tick...

Der natürliche Abzug sog den Rauch vom Feuer, aber der Rauch von Christines Fackel stieg zur Decke auf und bildete dort eine stinkende Wolke. Jetzt senkte die Wolke sich langsam nach unten, vergiftete die Luft, die sie atmen mußte, wollte sich nicht auflösen. Der Gestank war noch nicht schlimm, aber in ein paar Minuten würde sie zu würgen anfangen. Die Kavernen waren so zugig, daß keine Gefahr des Erstickens bestand, aber trotzdem würde der Rauch sie noch weiter schwächen. Aber sie konnte die Fackel nicht löschen; sie war ihre einzige Waffe.

Hoffentlich passiert bald etwas, dachte sie. Verdammt bald.

Tick, tick, tick...

Von dem Rauchproblem und dem imaginären, aber dennoch qualvollen Geräusch der verrinnenden Zeit abgelenkt, hätte Christine beinahe das wichtige Geräusch überhört, als es schließlich kam. Ein einziges Klicken, ein scharrendes Geräusch. Es war vorbei, ehe Christine begriff, daß es Spivey oder der Riese sein mußte.

Sie wartete angespannt, die Fackel hoch erhoben, die Sprühdose vor sich ausgestreckt, die Finger bereit, auf den kleinen Behälter zu drücken.

Wieder schabende Laute.

Ein leises metallisches Geräusch.

Christine beugte sich aus der leichten Vertiefung, in die sie sich gezwängt hatte, vor, betete, daß ihr verletztes Bein durchhalten würde, und erkannte abrupt, daß die Geräusche gar nicht aus dem Tunnel kamen, sondern aus der Kaverne, die hinter der ihren, tiefer im Inneren des Berges lag.

Einen Augenblick lang entdeckte sie den gedämpften Lichtkegel einer Taschenlampe in der nächsten Höhle, der an einem Stalaktiten vorbeizog. Dann verlosch das Licht wieder.

Nein. Das war nicht möglich!

Sie sah Bewegung am Rande der Dunkelheit, dort, wo die Kaverne in die nächste überging. Ein großer, breitschultriger, abscheulich häßlicher Mann trat aus der Düsternis in den Schein der zuckenden Flammen, vier oder fünf Meter von Christine entfernt.

Viel zu spät begriff sie, daß Spivey durch das Kavernennetz zu ihnen kam und nicht durch den leichter zu verteidigenden Eingangstunnel. Aber wie? Wie konnten sie wissen, welche Höhlen zu dieser hier führten? Hatten sie bessere Karten? Karten des Höhlensystems? Oder vertrauten sie auf ihr Glück? Wie konnten sie solches Glück haben?

Es war verrückt.

Christine torkelte ein, zwei Schritte aus den Schatten heraus, in denen sie sich versteckt hatte.

Der Riese sah sie und hob die Waffe.

Sie spritzte die Feuerzeugflüssigkeit nach ihm.

Es war zu weit entfernt. Die brennbare Flüssigkeit spritzte vielleicht zwei Meter weit, senkte sich dann aber und klatschte etwa einen halben Meter vor ihm auf den Steinboden.

Ihm mußte sofort klargeworden sein, daß sie ihn nie mit einer so primitiven Waffe angreifen würde, wenn sie noch Munition für ihren Revolver hatte.

»Fallenlassen!« sagte er kalt.

Ihr großer Plan schien ihr plötzlich armselig und närrisch. Joey. Er verließ sich auf sie. Sie war der letzte Schutz, den er noch hatte.

Sie torkelte einen weiteren Schritt auf ihn zu.

»Fallenlassen!«

Ehe er schießen konnte, versagte ihr das verletzte Bein den Dienst, und sie brach zusammen.

Voll Angst und Verzweiflung die schwer auf dem einen Wort lasteten, sagte Charlie: »Christine!«

Der Behälter mit der Feuerzeugflüssigkeit glitt über den Boden, weg von ihr und Charlie und Joey, und blieb in einer unzugänglichen Ecke liegen.

Sie landete auf ihrem verwundeten Schenkel und schrie auf, als eine Handgranate des Schmerzes in dem Bein explodierte.

Als sie zusammenbrach, entfiel ihr die Fackel und landete in der Flüssigkeitsspur. Eine Feuerwand schoß hoch, erfüllte die Höhle kurz mit blendendem Licht und sank dann wieder in sich zusammen, verlosch, verletzte niemanden.

Knurrend, die Zähne freigelegt, sprang Chewbacca den Riesen an, aber der Hund war zu schwach, um etwas ausrichten zu können. Er schlug die Zähne in den Parka, aber der Hüne hob seine Waffe mit beiden Händen und schmetterte sie dem Hund auf den Schädel. Chewbacca jaulte kurz auf und brach zu Füßen des Riesen zusammen, bewußtlos oder tot.

Christine klammerte sich an ihrem Bewußtsein fest, obwohl Wellen der Schwärze über ihr zusammenzuschlagen drohten.

Grinsend wie eine Kreatur aus einem alten Frankensteinfilm trat der Riese vor.

Christine sah, wie Joey sich in einen fernen Winkel der Höhle zurückzog.

Sie hatte versagt, ihn im Stich gelassen.

Nein! Es mußte doch irgend etwas geben, was sie tun konnte, irgend etwas, das das Blatt auf dramatische Weise wendete, etwas, das sie retten würde. Es mußte so etwas geben. Doch es wollte ihr nicht einfallen.

71

Der riesige Mann trat weiter in die Höhle hinein. Es war das Monstrum, dem Charlie in Spiveys Pfarrei begegnet war, der Riese mit dem verzerrten Gesicht. Der, den die Hexe Kyle genannt hatte.

Während er Kyle dabei zusah, wie er in die Kaverne stolperte, und Christine sah, wie sie sich vor dem grotesken Eindringling duckte, erfüllte Charlie zu gleichen Teilen Angst und ein auf sich selbst gerichteter Abscheu. Er hatte Angst, weil er wußte, daß er in diesem einsamen feuchten Loch sterben würde, und er verabscheute sich wegen seiner Schwäche, seiner Unfähigkeit und der Tatsache, daß er versagt hatte. Seine Eltern waren schwach und unfähig gewesen, hatten sich in den Dunst des Alkohols zurückgezogen, um sich damit zu trösten, daß sie nicht mit dem Leben fertig wurden, und Charlie hatte sich von frühester Jugend an gelobt, nie so wie sie zu werden. Er hatte ein ganzes Leben damit verbracht zu lernen, stark zu sein, immer stark. Er wich nie einer Herausforderung aus, und dies in erster Linie, weil seine Eltern immer ausgewichen waren. Er verlor selten eine Schlacht; er haßte es, zu verlieren; seine Eltern waren Verlierer, nicht er, nicht Charlie Harrison von Klemet-Harrison. Verlierer waren schwach an Körper, Geist und Mut, und Schwäche war die größte Sünde. Aber er konnte die Umstände, in denen er sich befand, nicht leugnen; es gab nicht den geringsten Zweifel daran, daß er jetzt vor Schmerz halb gelähmt war, schwach wie ein kleines Kätzchen und einzig und allein darum bemüht, bei Bewußtsein zu bleiben. Und es gab auch nichts, was ihm erlaubte, an der Wahrheit zu rütteln: Er hatte Christine und Joey an diesen Ort und in diese Lage gebracht, hatte ihnen Hilfe versprochen, und sein Versprechen hatte sich als leer und unhaltbar erwiesen. Sie brauchten ihn, und er konnte nichts für sie tun, und jetzt würde sein Leben enden, und er würde die im Stich lassen, die er liebte, und das machte ihn auch nicht viel anders als seinen Vater, den Alkoholiker, und seine sich vor Haß verzehrende, betrunkene Mutter.

Etwas in ihm wußte, daß er zu hart mit sich ins Gericht ging.

Er hatte sein Bestes getan. Niemand hätte mehr tun können. Aber er war *immer* hart zu sich selbst gewesen und würde auch jetzt keinen anderen Maßstab anlegen. Worauf es ankam, war nicht, was er vorgehabt hatte, sondern was er geschafft hatte. Und was er geschafft hatte, war, daß er sie in den Tod geführt hatte.

Hinter Kyle trat eine zweite Gestalt aus der angrenzenden Höhle. Eine Frau. Einen Augenblick lang befand sie sich im Schatten, dann erfaßte sie der gespenstische orangerote Schein des Feuers. Grace Spivey.

Mit ungeheurer Mühe drehte Charlie seinen steifen Hals, blinzelte, um klarer sehen zu können, und blickte zu Joey hinüber. Der Junge hatte sich in die Ecke gezwängt, den Rücken zur Wand, die Hände an den Seiten, so daß die Handflächen sich gegen den Stein hinter ihm preßten, als könnte er sich mit bloßer Willenskraft in den Fels hinein verkriechen. Seine Augen schienen aus den Höhlen hervorzutreten. Tränen glitzerten auf seinem Gesicht. Ohne Zweifel hatte ihn irgend etwas aus der Fantasiewelt herausgerissen, in die er zu fliehen versucht hatte; ohne Zweifel wurde seine große Aufmerksamkeit jetzt wieder von dieser Welt in Anspruch genommen, von der eisigen Realität.

Charlie versuchte die Arme zu heben, denn wenn er die Arme heben konnte, würde er sich vielleicht auch aufsetzen können, und wenn er sich aufsetzen konnte, würde er vielleicht aufstehen können, und wenn er stehen konnte, konnte er auch kämpfen. Aber er konnte die Arme nicht heben, keinen Zentimeter.

Spivey blieb stehen und blickte auf Christine herab.

»Tut ihm nicht weh«, sagte Christine, der jetzt nur noch das Betteln blieb. »Um Gottes willen, tut meinem kleinen Jungen nicht weh.«

Spivey gab keine Antwort. Vielmehr drehte sie sich zu Charlie herum und schlurfte langsam durch den Raum. In ihrem Blick mischten sich irrer Haß und Triumph.

Charlie war von dem, was er in diesen Augen sah, entsetzt und zugleich abgestoßen, und er wandte den Blick von ihr. Er suchte verzweifelt nach irgend etwas, das sie retten konnte, nach einer Waffe, irgendeiner Maßnahme, die sie übersehen hatten.

Plötzlich war er sicher, daß es immer noch einen Ausweg gab, daß sie doch noch nicht verloren waren. Das war nicht nur Wunschdenken und auch nicht nur ein Fiebertraum. Dazu kannte er seine eigenen Gefühle zu gut; er vertraute seinen Eingebungen, und die hier war so echt und verläßlich, wie er nur je eine gehabt hatte. *Es gab noch einen Ausweg*, aber wo, wie, was?

Als Christine in Grace Spiveys Augen starrte, hatte sie das Gefühl, eine eiskalte Hand hätte in ihre Brust gegriffen und ihr Herz mit arktischem Griff erfaßt. Einen Augenblick konnte sie kein Auge bewegen, nicht schlucken, nicht atmen, nicht denken. Die alte Frau war verrückt, eine gemeingefährliche Irre, aber in ihren Augen war Macht, eine perverse Stärke, und jetzt begriff Christine, wie Spivey es fertigbrachte, Menschen zu ihren Anhängern zu machen und sie zu ihrem Kreuzzug des Wahnsinns zu bekehren. Dann wandte sich die Hexe von ihr ab, und Christine konnte wieder atmen, und aufs neue wurde ihr der brennende Schmerz in ihrem Bein bewußt.

Spivey blieb vor Charlie stehen und starrte auf ihn hinab.

Sie ignoriert Joey bewußt, dachte Christine. Er ist der Grund, daß sie hierhergekommen und das Risiko eingegangen ist, erschossen zu werden. Er ist der Grund, daß sie sich durch zwei Blizzards gequält hat, und jetzt ignoriert sie ihn, um den Augenblick auszukosten, ihren Triumph zu genießen.

Christine hatte schwarzen Haß auf Spivey genährt, aber jetzt war er noch schwärzer als schwarz. Er verdrängte alles andere aus ihrem Herzen; ein paar Sekunden lang verdrängte er selbst ihre Liebe zu Joey und wurde allerfüllend, verzehrend.

Dann wandte sich die Wahnsinnige Joey zu, und der Haß in Christine flutete zurück; miteinander kollidierende Wellen von Liebe, Schrecken, Angst und Reue wallten in ihr auf.

Und noch etwas anderes durchflutete sie: das sichere Gefühl, daß es noch etwas gab, womit sie Joey retten konnte, etwas, das Spivey und den Riesen in die Knie zwingen konnte, wenn sie nur fähig war, klar zu denken.

Und dann stand Grace endlich dem Jungen von Angesicht zu Angesicht gegenüber.

Sie nahm die dunkle Aura wahr, die ihn umgab und von ihm ausstrahlte, und hatte Angst, es könnte zu spät sein. Vielleicht war die Macht des Antichrist schon zu stark geworden, vielleicht war das Kind jetzt schon unverletzbar.

Tränen standen in seinem Gesicht. Er tat immer noch, als wäre er nur ein ganz gewöhnlicher Sechsjähriger, klein und verängstigt und unfähig, sich zu verteidigen. Glaubte er wirklich, daß sie sich davon täuschen ließ, daß er die leiseste Chance hatte, so spät noch Zweifel in ihr zu wecken? Sie hatte in der Vergangenheit mehrfach Augenblicke des Zweifels gehabt, wie in jenem Motel in Soledad, aber jene Perioden der Schwäche waren nur von kurzer Dauer gewesen und lagen jetzt weit hinter ihr.

Sie trat ein paar Schritte auf ihn zu.

Er versuchte, sich noch weiter in die Ecke hineinzuzwängen, aber er hatte sich bereits so eng an den Felsvorsprung gepreßt, daß er fast wie ein Auswuchs des Gesteins erschien, der wie ein kleiner Junge geformt war.

Sie blieb stehen, als sie nur noch zwei oder drei Meter vor ihm stand, und sagte: »Du wirst nicht die Gewalt über die Erde bekommen. Nicht für tausend Jahre und nicht einmal für eine Minute. Ich bin gekommen, um dich aufzuhalten.«

Das Kind gab keine Antwort.

Sie fühlte, daß seine Kräfte noch nicht so stark geworden waren, und ihre Zuversicht wuchs. Er hatte immer noch Angst vor ihr. Sie hatte ihn rechtzeitig gefunden.

Sie lächelte: »Hast du wirklich gedacht, du könntest mir entfliehen?«

Sein Blick löste sich von ihr, und sie wußte, daß er nach dem Hund suchte.

»Dein Höllenhund wird dir jetzt nicht helfen«, sagte sie.

Er begann zu zittern, und sein Mund zuckte; er versuchte zu sprechen, und sie konnte sehen, wie er das Wort ›Mami‹ bilden wollte, aber er war unfähig, auch nur den leisesten Laut hervorzubringen.

Aus einer Scheide, die an ihrem Gürtel befestigt war, zog sie ein Jagdmesser mit langer Klinge. Es war nadelspitz und scharf wie ein Rasiermesser geschliffen.

Christine sah das Messer und schoß in die Höhe oder versuchte es zumindest, aber der quälende Schmerz in ihrem Bein behinderte sie, und sie brach wieder auf dem Steinboden zusammen, als der Riese seine Waffe auf sie richtete.

Zu Joey gewandt, sagte Spivey: »Ich bin für diese Aufgabe auserwählt worden, weil ich mich all die Jahre ganz Albert hingegeben habe, weil ich wußte, wie man sich ganz und rückhaltlos hingibt. Und so habe ich mich dieser heiligen Mission hingegeben – ohne Zögern, ohne Vorbehalt, mit jedem Funken Kraft und Willensstärke. Du hattest nie eine Chance, mir zu entkommen.«

Verzweifelt bemüht, Zugang zu Spivey zu finden, bemüht, an ihre Gefühle zu appellieren, sagte Christine: »Bitte, hören Sie zu, bitte, das stimmt doch alles nicht, Sie haben unrecht, schrecklich unrecht. Er ist doch nur ein kleiner Junge, mein kleiner Junge, und ich liebe ihn, und er liebt mich.« Plötzlich lallte sie und war wütend auf sich selbst, daß sie keine überzeugenden Worte finden konnte. »O Gott, wenn Sie nur sehen könnten, was für ein süßer und lieber Junge er ist, dann würden Sie wissen, wie unrecht Sie haben. Sie dürfen ihn mir nicht wegnehmen, das wäre... so unrecht.«

Doch Grace Spivey ignorierte Christine und fuhr fort, das Messer ausgestreckt, auf Joey einzureden. »Ich habe viele Stunden im Gebet über diesem Messer verbracht. Eines Nachts sah ich, wie der Geist eines der Engel des Allmächtigen Gottes aus dem Himmel herunterkam, durch mein Schlafzimmerfenster, und jener Geist ist in diese Klinge gefahren, in den Stahl hinein, und jener Geist wohnt immer noch hier in diesem heiligen Instrument, und wenn es sich in dich hineinbohrt, dann wird das nicht nur eine Klinge sein, die dein Fleisch zerreißt, sondern auch der Geist des Engels.«

Die Frau war eine Irre, jenseits jeder Vernunft, und Christine wußte, daß ein Appell an Logik und Vernunft ebenso hoffnungslos sein würde, wie ein Appell an ihre Gefühle gewesen war, aber sie mußte es dennoch versuchen. Mit wachsender Verzweiflung sagte sie: »Warten Sie! Hören Sie zu. Sie haben unrecht. Sehen Sie das denn nicht? Selbst wenn Joey das wäre, was Sie sagen – und das ist er nicht –, aber selbst wenn er es wäre, selbst wenn Gott seinen Tod wollte, warum würde dann nicht Gott selbst ihn vernichten? Wenn Er den Tod meines kleinen Jungen wünschte, warum straft Er ihn dann nicht mit einem Blitz oder mit Krebs... oder indem er von einem Wagen überfahren wird? Gott würde doch Sie nicht brauchen, um sich mit dem Antichrist auseinanderzusetzen.«

Diesmal antwortete Spivey Christine, drehte sich aber nicht zu ihr um, sondern fixierte weiterhin Joey. Sie sprach mit einer Eindringlichkeit, die beängstigend war, mit einer Stimme, die sich hob und senkte wie die eines Predigers, aber mit viel mehr Energie als irgendein Elmer Gantry, mit einer tollwütigen Erregung, die manche Worte in animalische Knurrlaute verwandelte, und mit einer Hingabe, die andere Sätze wie Stücke einer Litanei klingen ließ. Das erzeugte eine zugleich erschreckende und hypnotische Wirkung, und Christine stellte sich vor, daß dies die gleiche geheimnisvolle Macht war, die Hitler und Stalin auf Menschenmengen ausgeübt hatten:

»Wenn das Böse uns erscheint, wenn wir es in dieser gequälten, gequälten Welt am Werke sehen, dann können wir nicht einfach nur auf die *Knie* fallen und Gott bitten, uns davon zu erlösen. Das Böse und die gemeine Versuchung sind eine *Prüfung* unseres Glaubens und unserer Tugend, eine *Herausforderung*, der wir uns an jedem Tag unseres Lebens stellen müssen, um uns der Erlösung und des Aufsteigens in den Himmel *würdig* zu erweisen. Wir können nicht erwarten, daß *Gott* das Joch von uns nimmt, da es doch ein Joch ist, das wir zuallererst *selbst* uns auferlegen. Es ist unsere geheiligte Verantwortung, *Front* gegen das Böse zu machen und darüber zu triumphieren, und dies *aus eigener Kraft*, mit den Hilfsmitteln, die der Allmächtige Gott uns gegeben hat. Nur so verdienen wir uns einen Platz zu Seiner Rechten in der Gesellschaft der Engel.«

Jetzt wandte sich die alte Frau endlich von Joey ab und sah

Christine an, und ihre Augen blickten noch beunruhigender als je zuvor. Sie setzte ihre Tirade fort:

»Du enthüllst nur deine eigene Ignoranz und deinen *verdammenswerten* Mangel an Glauben, wenn du Krebs und Tod und andere Gebrechen unserem *Herrn*, dem Gott des Himmels und der Erde zuschreibst. Nicht *Er* hat das Böse auf die Welt gebracht und die Menschheit mit zehntausend Geißeln geplagt. *Satan* war es, die abscheuliche *Schlange*, und *Eva* im geheiligten Garten des Friedens, die das Wissen um *Sünde* und *Tod* und *Verzweiflung* über die *tausend* Generationen gebracht hat, die ihr folgten. Wir haben das Böse über uns gebracht, und jetzt, wo der *Gipfel* des Bösen im Körper dieses Kindes auf Erden wandelt, ist es unsere Verantwortung, selbst damit fertig zu werden. Das ist die *Prüfung der Prüfungen*, und die Hoffnung der ganzen Menschheit ruht darauf, daß wir fähig sind, sie zu bestehen!«

Die Wut der alten Frau hatte Christine sprachlos gemacht und ihr jede Hoffnung genommen.

Spivey wandte sich wieder Joey zu und sagte: »Ich rieche dein fauliges Herz. Ich fühle das Böse, das von dir ausstrahlt. Das ist eine Kälte, die durch meine Knochen dringt und dort vibriert. Ich kenne dich, ja wahrlich, ich *kenne* dich.«

Gegen die Panik ankämpfend, die sie sowohl geistig als auch emotional hilflos zu machen drohte, wie sie das körperlich schon war, zermarterte Christine sich das Gehirn auf der Suche nach einem Plan, einer Idee. Sie war bereit, alles zu versuchen, ganz gleich, wie sinnlos es auch schien, alles, aber es wollte ihr nichts einfallen.

Sie sah, daß Charlie sich trotz seines Zustandes aufgerichtet hatte und jetzt saß. Bei seiner Schwäche und den Schmerzen, die er leiden mußte, war sicher jede Bewegung eine einzige Qual für ihn gewesen. Er hatte sich bestimmt nicht grundlos in die Höhe gezogen, oder? Vielleicht war ihm etwas eingefallen, irgend etwas, das Hilfe brachte. Sie wollte das glauben, hoffte es von ganzem Herzen.

Spivey drehte jetzt das Messer in der Hand und hielt dem häßlichen Riesen den Griff hin. »Es ist Zeit, Kyle. Das Aussehen des Jungen täuscht. Er sieht klein und schwach aus, aber er wird stark sein, er wird sich widersetzen, und obwohl ich auserwählt bin, bin ich körperlich nicht stark, nicht mehr. Das kommt jetzt dir zu, dir mit deinen Muskeln.«

Ein eigenartiger Ausdruck erfaßte Kyles Gesicht. Christine erwartete einen Blick, der Triumph, Eifer, wahnsinnigen Haß ausdrückte, aber statt dessen schien er... nicht beunruhigt, nicht verwirrt, aber ein wenig von beidem... und zögernd.

Spivey sagte: »Kyle, für dich ist jetzt die Zeit gekommen, der Hammer Gottes zu sein.«

Christine schauderte. Sie krabbelte auf den Riesen zu, von Angst gepeitscht, daß sie den Schmerz in ihrem Bein nicht spürte. Sie griff nach dem Saum seines Parka, hoffte, den Mann aus dem Gleichgewicht zu bringen, ihn umzuwerfen, ihm die Waffe wegzureißen, ein hoffnungsloser Plan, wenn man seine Größe und seine Kraft bedachte, aber sie bekam nicht einmal Gelegenheit, den Plan auszuprobieren, weil er mit dem Kolben seines Karabiners nach ihr schlug, so wie er nach dem Hund geschlagen hatte. Er krachte gegen ihre Schulter, warf sie zurück, auf die Seite und trieb ihr die Luft aus den Lungen. Sie keuchte nach Atem, griff sich mit der Hand an die verletzte Schulter und fing zu weinen an.

Mit ungeheurer Anstrengung, einer Anstrengung, bei der ihm vor Schmerz schwarz vor den Augen wurde, setzte Charlie sich auf, weil er dachte, er könnte die Lage so besser überblicken und vielleicht am Ende doch noch einen Ausweg entdecken, den sie bisher übersehen hatten. Aber es fiel ihm immer noch nichts ein.

Kyle nahm das Messer von Grace und gab ihr den Karabiner. Die alte Frau trat zur Seite.

Kyle drehte das Messer in der Hand, starrte es mit leicht verwirrtem Ausdruck an. Die Klinge blitzte im gespenstischen Schein des Feuers.

Charlie versuchte, sich an dem eineinhalb Meter hohen Sims in die Höhe zu ziehen, auf dem das Feuer brannte, wollte einen brennenden Ast packen und ihn werfen. Spivey sah ihn aus den

Augenwinkeln gegen die tote Last seines eigenen gequälten Körpers ankämpfen und richtete die Waffe auf ihn. Aber die Mühe hätte sie sich sparen können; seine Kräfte reichten ohnehin nicht aus, um das Feuer zu erreichen.

Kyle Barlowe blickte auf das Messer in seiner Hand und dann auf den Jungen und war nicht sicher, was ihm mehr Angst machte.

Das war nicht das erste Mal, daß er ein Messer benutzte. Er hatte schon früher auf Menschen eingestochen, ja sogar getötet. Es war einfach gewesen, und er hatte damit etwas von der Wut abreagieren können, die sich gelegentlich in ihm aufbaute wie Dampf in einem Kessel. Aber er war nicht mehr derselbe Mensch, der er damals gewesen war. Er konnte jetzt seine Emotionen unter Kontrolle halten. Endlich verstand er sich. Der alte Kyle haßte jeden, der ihm entgegentrat, ob er ihn nun kannte oder nicht, weil sie ihn alle unvermeidlich von sich stießen. Aber der neue Kyle begriff, daß sein Haß ihm selbst mehr Schaden zufügte als anderen. Tatsächlich wußte er jetzt, daß man ihn nicht immer wegen seiner Häßlichkeit zurückgestoßen hatte, sondern häufig wegen seines mürrischen Wesens und seiner Zornesausbrüche. Grace hatte ihm ein Ziel im Leben gezeigt, ihn akzeptiert, und mit der Zeit hatte er die Zuneigung entdeckt, und nach der Zuneigung waren die ersten Anzeichen gekommen, daß er die Fähigkeit zu lieben und geliebt zu werden besitzen könnte. Wenn er jetzt das Messer gebrauchte, wenn er den Jungen tötete, hatte er Angst, damit unvermeidbar wieder auf eine Bahn zu geraten, auf der er in die Tiefen zurückglitt, aus denen er aufgestiegen war. Er fürchtete das Messer.

Aber vor dem Jungen hatte er auch Angst. Er wußte, daß Grace psychische Macht besaß, weil er gesehen hatte, wie sie Dinge tat, die ein gewöhnlicher Mensch nicht hätte tun können. Deshalb mußte sie recht haben, wenn sie sagte, daß der Junge der Antichrist war. Wenn er an der Aufgabe scheiterte, das dämonische Kind zu töten, dann würde er Gott im Stich lassen und Grace und die ganze Menschheit.

Aber verlangte man von ihm nicht, seine Seele wegzuwerfen,

um gerettet zu werden? Sollte er nicht töten, um gesegnet zu werden? Machte das Sinn?

»Bitte, tun Sie meinem kleinen Jungen nicht weh. Bitte«, sagte Christine Scavello.

Kyle blickte auf sie herab, und sein Dilemma wuchs. Sie sah nicht wie die dunkle Madonna aus, so als stünde hinter ihr die Macht Satans. Sie war verletzt, verängstigt, bettelte um Mitleid. Er hatte ihr weh getan und empfand jetzt Schuldgefühle wegen der Verletzung, die er ihr zugefügt hatte.

Mutter Grace fühlte, daß etwas nicht in Ordnung war, und sie sagte: »Kyle?«

Kyle drehte sich wieder zu dem Jungen herum und zog die Hand mit dem Messer zurück, um die ganze Kraft seiner Muskeln in den ersten Stich legen zu können. Wenn er die letzten paar Schritte geduckt machte, mit dem Messer von unten herauf zustieß, dem Jungen die Klinge in die Eingeweide trieb, dann würde in ein paar Sekunden alles vorbei sein.

Das Kind weinte immer noch, und seine hellblauen Augen fixierten das Messer in Kyles Hand wie gebannt. Sein Gesicht war zu einer gequälten Maske des Schreckens verzerrt, und auf seiner fahlen Haut standen dicke Schweißtropfen. Sein kleiner Körper war leicht verkrümmt, als ahnte er schon den Schmerz, der ihm bevorstand.

»Stich zu!« drängte Mutter Grace.

Fragen jagten durch Kyles Bewußtsein. Wie kann Gott barmherzig sein und doch mich die Bürde meines monströsen Gesichts tragen machen? Was ist das für ein Gott, der zuläßt, daß ich aus einem sinnlosen Leben der Gewalt und des Schmerzes und des Hasses erlöst werde – und mich dann zwingt, wieder zu töten? Wenn Gott die Welt beherrscht, warum läßt Er dann so viel Leid und Pein und Elend zu, und wie könnte die Welt schlechter sein, wenn Satan herrschte?

»Der Teufel legt Zweifel in deinen Geist!« sagte Grace. »Von dort kommen sie, Kyle. Nicht aus deinem Inneren! Vom Teufel!«

»Nein«, wandte er ein. »Du hast mich gelehrt, daß ich immer daran denken muß, richtig zu handeln, und deshalb werde ich mir jetzt eine Minute Zeit nehmen, nur eine Minute, um nachzudenken!«

»Denke jetzt nicht, tu es!« sagte sie. »Oder geh mir aus dem Weg, damit ich diese Waffe gebrauchen kann. Wie kannst du mich jetzt im Stich lassen? Nach allem, was ich getan habe, wie kannst du jetzt versagen?«

Sie hatte recht. Er schuldete ihr alles. Wenn sie nicht gewesen wäre, würde er immer noch mit Rauschgift handeln, in der Gosse leben, verzehrt von Haß. Wenn er sie jetzt im Stich ließ, wo war seine Ehre, seine Dankbarkeit? Wenn er sie im Stich ließ, würde er dann nicht ebenso sicher in sein altes Leben zurückgleiten, als wenn er das Messer jetzt so gebrauchte, wie sie es verlangte?

»Bitte«, sagte Christine Scavello. »O Gott, bitte, tun Sie meinem Kind nicht weh.«

»Schick ihn für immer in die Hölle zurück!« schrie Grace.

Kyle hatte das Gefühl, er werde in Stücke gerissen. Er hatte nur wenige Jahre lang moralische Entscheidungen getroffen, nicht lange genug, daß das für ihn zur unbewußten Gewohnheit hätte werden können, nicht lange genug, um mit einem solchen Dilemma fertig zu werden. Er merkte, daß ihm die Tränen über die Wangen rannen.

Der Blick des Jungen hob sich von der Spitze seines Messers.

Kyle begegnete den Augen des Kindes, und sie versetzten ihm einen Schock.

»Töte ihn!« sagte Grace.

Kyle zitterte heftig.

Der Junge zitterte ebenfalls.

Ihre Blicke hatten sich nicht nur aneinander festgeklammert, sondern sie waren miteinander verschmolzen. Kyle hatte den Eindruck, er könne nicht nur durch seine eigenen Augen sehen, sondern auch durch die des Jungen. Es war eine fast magische Empfindung, so als wäre er zugleich er selbst und das Kind, gleichzeitig Angreifer und Opfer. Er fühlte sich groß und gefährlich und zugleich doch auch klein und hilflos. Er war plötzlich benommen und zunehmend verwirrt. Sein Blick wurde einen Augenblick lang unscharf. Dann sah er – oder bildete sich ein zu sehen –, wie er über dem Kind aufragte, sah sich aus dem Blickwinkel des Jungen, so als wäre er Joey Scavello. Es war ein verblüffender Augenblick der Einsicht, fremdartig und desorientierend, fast ein hellseherisches Erlebnis. Er blickte durch die Augen des Jungen auf sich selbst und war von seinem Aussehen schockiert, von der Wildheit seines Gesichts, vom Wahnsinn seines Angriffs. Ein eisiger Schauder lief ihm über den Nacken, und der Atem stockte ihm. Diese Vision seiner selbst war wie ein Hammerschlag auf den Schädel, psychologisch erschütternd. Er blinzelte, und der Augenblick der Einsicht verging, und er war wieder er selbst, wenn auch mit schrecklichen Kopfschmerzen und leichtem Schwindel. Jetzt endlich wußte er, was er tun mußte.

Zu Christines Überraschung wandte sich der Riese von Joey ab und warf das Messer in die Flammen hinter Charlie. Funken und Asche flogen auf, wie ein Schwarm Glühwürmchen.

»Nein!« schrie Grace Spivey.

»Für mich ist mit dem Töten Schluß«, sagte der große Mann, und die Tränen strömten über seine Wangen, weichten das harte, gefährliche Bild auf, das er bot, so wie Regen auf einer Fensterscheibe den Anblick dahinter verschwommen und weich erscheinen ließ.

»Nein!« wiederholte Spivey.

»Es ist unrecht«, sagte er. »Selbst wenn ich es für dich tue, ist es unrecht.«

»Der Teufel hat dir diesen Gedanken in den Kopf gesetzt«, warnte die alte Frau.

»Nein, Mutter Grace. Das hast du getan.«

»Der Teufel!« beharrte sie verzweifelt. »Der Teufel war es!«

Der Riese zögerte, wischte sich mit den großen Händen über das Gesicht.

Christine hielt den Atem an und beobachtete die Konfrontation mit Hoffnung und Furcht zugleich. Wenn dieses frankensteinsche Geschöpf sich tatsächlich gegen seine Herrin wandte, konnte er ein machtvoller Verbündeter sein, aber im Augenblick schien er nicht hinreichend stabil, um ihnen aus ihrer Krise zu helfen. Obwohl er das Messer weggeworfen hatte, wirkte er verwirrt, geistig wie emotional aufgewühlt und sogar etwas unsicher auf den Beinen. So wie er sich die Tränen wegwischte, schien er Schmerzen zu empfinden, fast als hätte man ihm einen Schlag auf den Kopf versetzt. Es war immer noch gut möglich, daß er sich jeden Augenblick wieder gegen Joey wandte und ihn tötete.

»Der Teufel hat dir diesen Zweifel in den Kopf gesetzt«, beharrte Grace Spivey und rückte dem Riesen näher, schrie ihn an. »Der Teufel, der Teufel, der *Teufel!*«

Er nahm die von Tränen nassen Hände vom Gesicht und sah die alte Frau blinzelnd an. »Wenn es der Teufel war, dann ist er nicht ganz schlecht. Nicht ganz schlecht, wenn er will, daß ich nie wieder töte.« Er taumelte auf den Tunnel zu, der aus der Höhle ins Freie führte, blieb stehen und lehnte sich müde gegen die Wand, als brauchte er einen Augenblick, um sich von einer Erschöpfung zu erholen.

»Dann werde ich es tun«, sagte Grace Spivey wütend. Sie hatte den Karabiner am Schulterriemen gehalten, nahm ihn jetzt in beide Hände. »Du bist mein Judas, Kyle Barlowe. Judas. Du hast mich im Stich gelassen. Aber Gott wird mich nicht im Stich lassen. Und ich werde Gott nicht im Stich lassen so wie du. Nein, nicht ich, nicht die Auserwählte, nicht *ich!*«

Christine sah Joey an. Er stand immer noch in der Ecke, den Rücken an der Felswand, die Arme jetzt erhoben, die kleinen blassen Hände ausgestreckt, als könnte er damit die Kugeln abwehren, die Grace Spivey auf ihn abfeuern würde. Seine Augen waren riesengroß und verängstigt und fixierten die alte Frau, als hätte sie ihn hypnotisiert. Christine wollte ihm zurufen, er solle weglaufen, aber das war sinnlos, weil Spivey vor ihm stand und ihn sicherlich aufhalten würde. Außerdem, wohin sollte er gehen? Nach draußen in die eisige Luft, wo er bald erfrieren würde? Tiefer in die Höhlen hinein, wo Spivey ihm mit Leichtigkeit folgen und ihn bald finden würde? Er hatte keinen Ausweg, war klein, konnte sich nicht verteidigen, sich nirgends verstecken.

Christine sah zu Charlie hinüber, und dem standen die Tränen der Enttäuschung darüber, daß er ihr nicht helfen konnte, in den Augen. Sie versuchte sich selbst auf Grace Spivey zu werfen, aber ihr verwundetes Bein und die verletzte Schulter hinderten sie daran, und so sah sie schließlich in ihrer Verzweiflung zu Kyle hinüber und sagte: »Lassen Sie nicht zu, daß sie es tut! Um Himmels willen, lassen Sie nicht zu, daß sie ihm weh tut!«

Der Riese blinzelte nur dümmlich. Er schien unter Schock zu stehen, außerstande, Spivey den Karabiner zu entwinden.

»Bitte, bitte, stoppen Sie sie«, bettelte Christine.

»Du hältst den Mund!« warnte Grace und trat drohend einen Schritt auf Christine zu. Dann wieder zu Joey gewandt: »Und du versuche bloß nicht, deine Augen gegen mich einzusetzen. Bei mir funktioniert das nicht. Damit schaffst du es bei mir nicht, nicht bei mir. Ich kann mich wehren.«

Die alte Frau schien Probleme mit dem Mechanismus der Waffe zu haben, und als sie schließlich einen Schuß abfeuerte, ging der in die Höhe, schlug über Joeys Kopf ein, traf fast die Decke, und der Explosionsknall hallte in dem engen Raum, ein Echo, das sich über das andere legte. Der donnerartige Lärm und der Rückstoß überraschten Spivey, ließen sie zwei Schritte nach rückwärts taumeln. Sie feuerte noch einmal, ohne es zu wollen, und die zweite Kugel traf die Decke, prallte ab und pfiff durch den Raum.

Joey schrie.

Christine brüllte, suchte nach irgend etwas, das sie werfen konnte, nach einer noch so primitiven Waffe, konnte aber nichts finden. Der Schmerz in ihrem verletzten Bein war wie eine Schraube, die sie am Stein festhielt, und sie konnte in ihrer Hilflosigkeit nur mit der Hand auf den Stein schlagen.

Die alte Frau rückte Joey näher, hielt die Waffe ungeschickt, aber sichtlich entschlossen, diesmal ein Ende zu machen. Aber irgend etwas stimmte nicht. Entweder war die Munition ausgegangen, oder die Waffe hatte tatsächlich eine Ladehemmung, denn Spivey begann wütend an dem Karabiner zu zerren.

Während das Echo des zweiten Schusses verhallte, erhob sich aus den Tiefen des Berges ein seltsames Geräusch, steigerte die Verwirrung, verstärkte sich in den anderen Kavernen, ein

fremdartiges, beunruhigendes Tosen, das Christine nicht identifizieren konnte.

Die Waffe hatte tatsächlich eine Ladehemmung. Spivey
schaffte es, die leere Patronenhülse, die sich verklemmt hatte,
auszuwerfen. Der Messingzylinder sprang heraus, funkelte im
Flammenschein und fiel klirrend zu Boden.

Das fremdartige, lederne, klatschende Geräusch kam näher,
rückte aus den Tiefen des Berges heran. Die kühle Luft vibrierte.

Spivey wandte sich halb von Joey ab, um zum Eingang der
nächsten Höhle zu blicken, durch den sie und der Riese vor ein
paar Minuten hereingekommen waren. »Nein!« sagte sie und
schien zu wissen, was kam.

Und in dem Augenblick wußte es Christine auch.

Fledermäuse.

Ein donnernder, flatternder, wirbelnder Tornado aus Fledermäusen.

Im nächsten Augenblick schwärmten sie aus den umliegenden Kavernen herein, hundert von ihnen, zweihundert, mehr,
stiegen zur gewölbten Decke, kreischten, flatterten wild mit ihren ledernen Schwingen, schossen vor und zurück, eine brodelnde Menge durcheinanderwirbelnder Schatten in den oberen Bereichen des Flammenscheines.

Die alte Frau starrte sie an. Sie sagte etwas, aber das Dröhnen
des Schwarmes übertönte ihre Worte.

Und dann hörten die Fledermäuse plötzlich zu kreischen auf.
Nur das Rascheln und Zischen von Schwingen blieb. Ihr
Schweigen war so unnatürlich, daß es noch schlimmer als ihre
Schreie war.

Nein, dachte Christine. O nein!

Spiveys aus dem Wahnsinn geborenes Selbstvertrauen zerbrach unter dem Mantel der beängstigenden Kreaturen. Sie feuerte zwei Schüsse auf das alptraumhafte Rudel ab, ein sinnloser
und, wie es sich erweisen sollte, gefährlicher Angriff.

Ob sie nun die Schüsse oder sonst etwas provoziert hatte, die
Fledermäuse stürzten sich wie ein einziges Geschöpf auf sie her-
unter, wie eine Wolke winziger schwarzer Killermaschinen,
Klauen und Zähne, stürzten sich auf Grace Spivey. Sie fetzten

an ihrem Ski-Thermoanzug, verhedderten sich in ihrem Haar, schlugen ihr die Klauen in die Haut und klammerten sich fest. Sie taumelte durch die Kaverne, schlug mit den Armen um sich, wirbelte herum wie in einem makaberen Tanz oder so, als dächte sie, sie könnte mit ihnen davonfliegen. Kreischend und würgend stieß sie gegen eine Wand, prallte davon ab, und immer noch klammerten sich die Bestien an sie, umschwirrten sie, fetzten, rissen.

Kyle Barlowe machte zwei zögernde Schritte auf sie zu, hielt inne, wirkte eher verwirrt als verängstigt.

Christine wollte nicht hinsehen, konnte aber nicht anders. Die schreckliche Schlacht ließ sie erstarren.

Spivey schien ein Kleid aus Hunderten von wehenden Lumpen zu tragen. Ihr Gesicht verschwand völlig unter dem zerfetzten Tuch. Abgesehen von dem Flattern und Rascheln ihrer Schwingen, bewahrten die Fledermäuse ihr gespenstisches Schweigen, obwohl sie sich jetzt noch fieberhafter bewegten, bösartiger. Sie rissen sie in Stücke.

72

Endlich waren die Fledermäuse still.

Grace Spivey regte sich nicht mehr.

Vielleicht eine Minute lang waren die Fledermäuse ein lebendes schwarzes Leichentuch, das ihren Körper bedeckte und im Wind leicht flatterte. Mit jeder Sekunde wurde ihre unnatürliche Stille offensichtlicher und entnervender. Sie sahen nicht wie gewöhnliche Fledermäuse aus und verhielten sich auch nicht so. Ganz abgesehen von dem verblüffend rechtzeitigen Erscheinen und der Zweckbestimmtheit ihres Angriffs, war an ihnen etwas undefinierbar Fremdartiges. Christine sah, wie einige der kleinen, dunklen bösen Köpfe sich hoben, nach links, dann nach rechts und dann wieder nach links sahen, wie ihre roten Augen blinzelten, und es schien, als warteten sie auf einen Befehl vom Anführer ihres Rudels. Dann, als käme der Befehl von einer Stimme, die nur sie hören konnten, erhoben sie sich gleichzeitig in einer plötzlich flatternden Wolke und flogen zurück in andere Kavernen.

Kyle Barlowe und Charlie waren stumm, benommen.

Christine konnte nicht auf die tote Frau sehen.

Und sie konnte den Blick nicht von ihrem Sohn wenden. Er lebte, lebte – wie unglaublich, erstaunlich, wunderbar. Nach all der Pein und dem Schrecken, den sie durchgemacht hatten, nachdem der Tod schon unvermeidbar erschienen war, fiel es ihr schwer zu glauben, daß diese Rettung in letzter Minute Wirklichkeit war. Sie hatte das irrationale Gefühl, daß Joey, wenn sie den Blick auch nur einen Moment von ihm wandte, tot sein würde, wenn sie wieder hinsah, und daß sich ihre außergewöhnliche Rettung als Illusion, als Traum erweisen würde.

Sie wünschte sich nichts so sehr, als ihn an sich zu drücken, sein Haar zu berühren, sein Gesicht, ihn fest an sich zu pressen, den Schlag seines Herzens zu fühlen und die Wärme seines Atems an ihrem Hals. Aber ihre Verletzungen hielten sie davon ab, zu ihm zu gehen, und er schien sich in einem Schockzustand zu befinden, der ihn für den Augenblick seine Umwelt vergessen ließ.

Weit entfernt in anderen Höhlen mußten die Fledermäuse wieder ihre vertrauten Plätze eingenommen haben, denn jetzt quiekten sie wieder, wie im Wettbewerb um ihre Lieblingspositionen. Ihre gespenstischen Laute, die bald wieder verhallten, jagten Christine einen eisigen Schauer über den Rücken, ein Schaudern, das sich verstärkte, als sie sah, wie ihr Sohn den Kopf zur Seite legte, so als verstünde er die schrille Sprache jener Alptraumgeschöpfe. Er war beunruhigend blaß. Sein Mund verzog sich zu etwas, das wie ein vages Lächeln aussah, aber dann entschied Christine, daß es in Wirklichkeit eine Grimasse des Ekels oder des Schreckens war, hervorgerufen von der Szene, die er gerade erlebt hatte und die ihn in diese halbparalytische Starre versetzt hatte.

Als die Rufe der Fledermäuse langsam verhallten, wuchs in Christine neue Furcht, aber nicht wegen dem, was Grace Spivey widerfahren war. Und sie hatte auch keine Angst, die Fledermäuse würden zurückkommen und aufs neue töten. Tatsächlich wußte sie sogar irgendwie, daß sie das nicht tun würden, und genau jenes unmögliche Wissen war es, was ihr angst machte. Sie wollte nicht darüber nachdenken, woher es kam, wollte nicht grübeln, *woher* sie es wußte. Sie wollte nicht darüber nachdenken, was es vielleicht bedeuten könnte. Joey lebte. Sonst war nichts von Belang. Der Schuß hatte die Fledermäuse angelockt, und glücklicherweise – oder dank Gottes Barmherzigkeit – hatten sie ihren Angriff auf Grace Spivey beschränkt. Joey lebte. *Lebte*. Sie spürte plötzlich Freudentränen in ihren Augen brennen. Joey lebte. Sie mußte sich auf jene wunderbare Wendung des Schicksals konzentrieren, denn dies war der Punkt, an dem ihre Zukunft begann, und sie war fest entschlossen, daß es eine strahlende Zukunft voll Liebe und Glück sein würde, ohne Traurigkeit, ohne Furcht und ganz besonders ohne *Zweifel*.

Der Zweifel konnte an einem fressen, das Glück zerstören und Liebe in Bitterkeit verwandeln. Der Zweifel konnte sogar zwischen eine Mutter und ihren heißgeliebten Sohn treten, einen unüberbrückbaren Abgrund erzeugen, und daß das geschah, durfte sie einfach nicht zulassen.

Dennoch stellte sich, ohne daß sie das wollte, eine Erinnerung bei ihr ein: Dienstag, Laguna Beach, die Arco-Tankstelle, wo sie auf Charlie gewartet hatten, nachdem sie nur knapp der Bombe entkommen waren, die Miriam Rankins Haus zerstört hatte. Sie und Joey und die zwei Leibwächter hatten vor den Reifenstapeln gestanden, und die Welt draußen wurde von einem heftigen Gewitter geschüttelt, das so mächtig war, als kündete es das Ende der Welt an. Joey war an die offene Garagentür getreten, fasziniert von den Blitzen, den gewaltigsten, die Christine je gesehen hatte, ganz besonders in Südkalifornien, wo Blitze eine Seltenheit waren. Joey hatte das Gewitter ohne Furcht betrachtet, als wäre es nur ein Feuerwerk, als... als wüßte er, daß es ihn nicht verletzen konnte. Als wäre es ein *Zeichen*? Als wäre die unnatürliche Wildheit des Sturmes irgendwie eine Botschaft, die er verstand und aus der er Hoffnung schöpfte?

Nein. Unsinn.

Sie mußte solche dumme Gedanken aus ihrem Bewußtsein verdrängen. Das war die Art von Verrücktheit, die einen allein schon dadurch anstecken konnte, wenn man mit Leuten wie Grace Spivey in Verbindung geraten war. Mein Gott, die alte Frau war wie ein Seuchenträger gewesen, hatte Irrationalität verbreitet und jeden mit ihren paranoiden Fantasien angesteckt.

Aber was war mit den Fledermäusen gewesen? Warum waren sie exakt im richtigen Augenblick gekommen? Warum hatten sie nur Grace Spivey angegriffen?

Hör auf damit, sagte sie sich. Du bauschst da etwas auf. Die Fledermäuse sind gekommen, weil sie die ersten zwei Schüsse, die die alte Frau abgefeuert hat, aufgeschreckt haben. Die Schüsse waren so laut, daß sie ihnen angst gemacht haben. Und dann, als sie hierherkamen, hat sie auf sie geschossen und sie wild gemacht. Ja. Natürlich. Das allein war es.

Nur, wenn die ersten beiden Schüsse den Fledermäusen angst gemacht haben, warum haben ihnen dann der dritte und der vierte Schuß nicht wieder angst gemacht? Warum sind sie nicht weggeflogen? Warum haben sie sie angegriffen und sie so... passend... erledigt?

Nein. Unsinn.

Joey starrte immer noch den Boden an, immer noch anämisch blaß, aber er fing an, aus seinem halbkatatonischen Zustand zu erwachen. Er kaute nervös an einem Finger, ganz so wie ein kleiner Junge, der wußte, daß er etwas getan hatte, was seine Mutter ärgern würde. Nach ein paar Sekunden hob er den Kopf, und sein Blick begegnete dem Christines. Er versuchte unter seinen Tränen zu lächeln, aber sein Mund war immer noch weich und vom Schock und der Furcht schlaff. Er hatte nie süßer ausgesehen, bedürftiger nach der Liebe einer Mutter, und seine Schwäche, seine Verletzbarkeit griffen an ihr Herz.

Den Blick von Schmerz umwölkt, von der Infektion und dem Blutverlust geschwächt, fragte sich Charlie, ob alles, was in der

Höhle geschehen war, sich in Wirklichkeit nur in seiner fiebrigen Fantasie vollzogen hatte.

Aber die Fledermäuse waren echt. Ihr blutiges Werk lag nur ein paar Meter von ihm entfernt, unzweifelhaft.

Er versicherte sich, daß der Angriff auf Grace Spivey eine rationale, natürliche Erklärung haben mußte, konnte sich aber selbst nicht ganz überzeugen. Vielleicht waren die Fledermäuse tollwütig; das könnte eine Erklärung dafür sein, daß sie nicht vor dem Schuß geflohen waren, sondern statt dessen von ihm angezogen worden waren, denn alle tollwütigen Tiere waren gegenüber grellen Lichtern und lauten Geräuschen besonders empfindlich. Aber warum hatten sie sich nur auf Grace gestürzt, sie zerfleischt und Joey, Christine, Barlowe und Charlie selbst unangetastet gelassen?

Er sah Joey an.

Der Junge war aus seiner quasiautistischen Trance erwacht. Er war zu Chewbacca gegangen und kniete jetzt schluchzend neben dem Hund, wollte das reglose Tier berühren und fürchtete sich doch, machte mit beiden Händen kleine Gesten der Hilflosigkeit.

Charlie erinnerte sich, wie er letzten Montag in seinem Büro Joey angesehen und anstelle seines Gesichts einen fleischlosen Schädel gesehen hatte. Es war eine kurze Vision gewesen, die nur ein Augenzwinkern lang gedauert hatte, und er hatte die Erinnerung daran in die hinteren Bereiche seines Bewußtseins verdrängt. Wenn er sich überhaupt deshalb gesorgt hatte, dann, weil er geglaubt hatte, die Vision könne bedeuten, Joey würde sterben; aber in Wirklichkeit hatte er nicht an hellseherische Visionen geglaubt und sich auch deshalb keine großen Sorgen gemacht. Jetzt fragte er sich, ob die Vision Wirklichkeit gewesen war. Vielleicht hatte sie nicht bedeutet, daß Joey sterben würde; vielleicht hatte sie bedeutet, daß Joey der Tod *war*.

Sicherlich waren derartige Gedanken nur ein Beweis für die Schwere seines Fiebers. Joey war Joey – nicht mehr, nichts Schlimmeres, nichts Geheimnisvolles.

Aber Charlie erinnerte sich auch an die Ratte im Batterieraum und an den Traum, den er später in derselben Nacht gehabt hatte, den Traum, in dem Ratten – Boten des Todes – aus der Brust des Jungen geströmt waren.

Das ist doch verrückt, sagte er sich. Ich bin zu lange Detektiv gewesen. Ich vertraue jetzt niemandem mehr. Jetzt suche ich sogar in den unschuldigsten Herzen nach Täuschung und Verderbtheit.

Joey streichelte den Hund und fing zu reden an, wobei die Worte atemlos aus ihm hervorquollen, immer wieder von Schluchzen unterbrochen: »Mama, ist er tot? Ist Chewbacca tot? Hat dieser böse Mann Chewbacca umgebracht?«

Charlie sah Christine an. Ihr Gesicht war von Tränen feucht, und in ihren Augen wartete die nächste Flut. Sie schien im Augenblick kein Wort hervorbringen zu können. Widerstreitende Gefühle kämpften um die Herrschaft über ihr liebliches Gesicht: Schrecken über Spiveys blutigen Tod, Überraschung über ihr eigenes Überleben, die Freude über den Anblick ihres unversehrten Kindes.

Jetzt, da er ihre Freude sah, schämte sich Charlie, daß er den Jungen mit Argwohn betrachtet hatte. Und doch war er ein Detektiv, und argwöhnisch zu sein gehörte zu den Aufgaben eines Detektivs.

Er musterte Joey scharf, entdeckte aber nichts von der bösen Strahlung, von der Spivey gesprochen hatte, hatte nicht das Gefühl, sich in der Gegenwart von etwas Monströsem zu befinden. Joey war immer noch ein sechsjähriger Junge, immer noch ein hübsches Kind mit einem süßen Lächeln. Konnte immer noch lachen und weinen und sich ängstigen und hoffen. Charlie hatte gesehen, was Grace Spivey widerfahren war, und hatte doch nicht die geringste Angst vor Joey, weil er nicht plötzlich anfangen konnte, an Teufel, Dämonen und den Antichrist zu glauben. Als Laie hatte er sich immer für die Wissenschaften interessiert und seit seiner Kindheit mit Begeisterung die Entwicklung der Weltraumfahrt verfolgt; er hatte immer geglaubt, daß Logik, Vernunft und Wissenschaft – das säkulare Gegenstück zur heiligen Dreifaltigkeit der Christenheit – eines Tages alle Probleme der Menschheit und all die Mysterien der Existenz lösen würden, darunter auch das Rätsel um die Herkunft und die Bedeutung des Lebens. Und wahrscheinlich konnte die Wissenschaft auch erklären, was hier geschehen war; ein Biologe oder ein Zoologe, der sich auf Fledermäuse spezialisiert hatte, würde höchstwahrscheinlich ihr Verhalten als durchaus normal klassifizieren.

Joey kniete immer noch über Chewbacca, streichelte ihn, weinte – und da regte sich plötzlich der Schweif des Hundes und strich über den Boden.

Joey schrie: »Mama, schau! Er lebt!«

Christine sah, wie Chewbacca sich zur Seite rollte, sich vorsichtig erhob, sich schüttelte. Er hatte den Eindruck erweckt, tot zu sein. Jetzt war er nicht einmal benommen. Er richtete sich auf den Hinterpfoten auf, legte seinem jungen Herrchen die Vorderpfote auf die Schultern und begann Joey das Gesicht zu lecken.

Der Junge kicherte, zerzauste dem Hund das Fell. »Wie geht's denn, Chewbacca? Braver Hund. Braver alter Chewbacca.«

Chewbacca? fragte sich Christine. Oder Brandy?

Spiveys Leute hatten Brandy den Kopf abgeschnitten, und man hatte ihn mit allen Ehren auf einem hübschen Tierfriedhof in Anaheim begraben. Aber wenn sie jetzt zu dem Friedhof zurückfuhren und das Grab öffneten, was würden sie dann finden? Nichts? Eine leere hölzerne Kiste? War Brandy wiederbelebt worden und gerade rechtzeitig in dem Tierheim aufgetaucht, so daß Charlie und Joey ihn wieder adoptieren konnten? Unsinn, sagte sich Christine verärgert. Dummes Zeug.

Aber sie konnte diesen Gedanken nicht aus ihrem Kopf verdrängen, und sie führten zu anderen unvernünftigen Überlegungen.

Vor sieben Jahren... der Mann auf dem Schiff... Lucius Unter... Luke.

Wer war er wirklich gewesen? *Was* war er gewesen?

Nein, nein, nein. Unmöglich.

Sie drückte die Augen zu und preßte sich die Hand gegen die Stirn. Sie war so müde. Erschöpft. Sie hatte nicht die Kraft, gegen diese Spekulationen anzukämpfen. Sie fühlte sich von Spiveys Verrücktheit angesteckt, benommen, schwindelig, so wie vielleicht Malariaopfern zumute sein mußte.

Luke. Jahrelang hatte sie versucht, ihn zu vergessen; jetzt versuchte sie sich zu erinnern. Er war etwa dreißig gewesen, schlank, muskulös. Blondes Haar mit von der Sonne gebleichten Strähnchen. Klare blaue Augen. Gebräunt. Weiße, perfekt gleichmäßige Zähne. Ein einschmeichelndes Lächeln, gute Manieren. Er war eine charmante, aber nicht besonders originelle Mischung aus Kultiviertheit und Einfachheit gewesen, aus Welterfahrenheit und Unschuld. Ein Mann, der es verstand, von Frauen das zu bekommen, was er wollte. Sie hatte ihn für einen Surfer gehalten; so war er ihr erschienen, das perfekte Abbild des jungen kalifornischen Surfers.

Selbst in ihrem augenblicklichen Zustand, wo ihre Kraft durch ihre Wunde aufgezehrt und sie immer benommener wurde und obwohl ihre Erschöpfung und der Blutverlust sie Grace Spiveys wahnsinnigen Anklagen gegenüber aufgeschlossener gemacht hatten, konnte sie doch nicht glauben, daß Luke der Satan gewesen war. Der Teufel als Surfer verkleidet? Es war zu banal, um glaubwürdig zu sein. Wenn Satan wirklich existierte, wenn er einen Sohn wollte, wenn er wollte, daß sie jenen Sohn tragen sollte, warum war er dann nicht einfach in seiner wahren Gestalt nachts zu ihr gekommen? Sie hätte keinen Widerstand leisten können. Warum hätte er sie nicht einfach nehmen können, mit den Schwingen schlagend und mit peitschendem Schweif?

Luke hatte Bier getrunken und eine wahre Leidenschaft für Kartoffelchips gehabt. Er hatte uriniert und geduscht und sich die Zähne geputzt wie jedes andere menschliche Wesen. Manchmal war seine Konversation ausgesprochen langweilig, ja dumm gewesen. Wäre denn der Teufel nicht wenigstens witzig gewesen?

Nein, Luke war ganz sicherlich Luke gewesen; nichts mehr und nichts weniger.

Sie schlug die Augen auf.

Joey kicherte und drückte Chewbacca an sich, war glücklich. So normal.

Natürlich könnte der Teufel, dachte sie, sich ein perverses Vergnügen daraus machen, mich, ausgerechnet mich dazu zu benutzen, sein Kind zu tragen.

Schließlich war sie eine ehemalige Nonne. Ihr Bruder war Priester gewesen – und ein Märtyrer. Sie hatte ihren Glauben verleugnet. Sie war Jungfrau gewesen, als sie sich auf dem Schiff dem Mann hingegeben hatte. Hatte sie sich nicht perfekt dazu geeignet, dem Teufel die Möglichkeit zu liefern, die erste jungfräuliche Geburt zu verspotten?

Wahnsinn. Sie haßte sich selbst dafür, Zweifel an ihrem Kind zu haben, Spiveys Geschwätz auch nur andeutungsweise Glauben zu schenken.

Und doch... hatte nicht ihr ganzes Leben eine Wendung zum Besseren genommen, als sie schwanger geworden war? Sie war ungewöhnlich gesund gewesen und glücklich, im Geschäft erfolgreich. So als ob sie... gesegnet wäre.

Endlich zufrieden, daß es seinem Hund gutging, löste Joey sich von Chewbacca und kam zu Christine. Er rieb sich die roten Augen, schniefte und sagte: »Mama, ist es vorbei? Wird alles gut sein? Ich habe immer noch Angst.«

Sie wollte nicht in seine Augen sehen, fand aber zu ihrer Überraschung nichts Furchterregendes in ihnen, nichts, bei dem ihr das Blut in den Adern zu Eis erstarrt wäre.

Brandy... nein, *Chewbacca* kam zu ihr und leckte ihr die Hand.

»Mami«, sagte Joey und kniete neben ihr nieder, »ich habe Angst. Was haben die mit dir gemacht? Was haben die getan? Wirst du sterben? Bitte, stirb nicht, Mami, bitte, nicht sterben.«

Sie legte ihm die Hand auf die Stirn.

Er hatte Angst, zitterte. Aber das war besser als autistische Trance.

Er rutschte näher zu ihr heran, und nach einem Zögern, das nur einen Augenblick dauerte, hielt sie ihn mit ihrem unverletzten Arm an sich gedrückt. Ihr Joey. Ihr Sohn. Ihr Kind. Wie er sich so an sie kuschelte, war unbeschreiblich schön, wunderbar. Die Berührung war besser, als jede Medizin hätte sein können, denn sie erfüllte sie mit neuem Leben, machte ihr einen klaren Kopf und verdrängte die krankhaften Bilder und die verrückten Ängste, die Grace Spiveys perverses Vermächtnis waren. Indem sie ihr Kind an sich drückte und spürte, wie er ihre Liebe und ihren Zuspruch brauchte, wurde sie von Spiveys wahnsinniger Ansteckung kuriert. Dieser Junge war die Frucht ihres Leibes, ein Leben, das sie der Welt gegeben hatte, und nichts war für sie wertvoller als er – und so würde es immer sein.

Kyle Barlowe war auf dem Boden zusammengesunken, mit dem Rücken an der Wand, und hatte das Gesicht in den Händen vergraben, um nicht Mutter Grace' abscheuliche Überreste anstarren zu müssen. Aber der Hund kam zu Kyle, drückte seine Schnauze an ihn, und Kyle blickte auf. Der Hund leckte ihm das Gesicht; seine Zunge war warm, seine Nase kalt, so wie das bei allen Hunden ist. Er hatte ein Gesicht wie ein Clown. Wie hatte er sich je einbilden können, daß ein solcher Hund ein Hund der Hölle wäre?

»Ich habe sie wie eine Mutter geliebt, und sie hat mein Leben verändert. Also bin ich bei ihr geblieben, als sie anfing, Unrecht zu tun, als sie schlecht wurde, selbst als sie anfing, wirklich verrückte Dinge zu tun«, sagte Kyle, vom Klang seiner eigenen Stimme verblüfft, überrascht, sich selbst zu hören, wie er Christine Scavello und Charlie Harrison erklärte, was er getan hatte.

»Sie hatte . . . diese Kraft. Das ist nicht zu leugnen. Sie war wie eine Hellseherin im Kino. Verstehen Sie? Psychische Kräfte. Auf die Weise konnte sie Ihnen und dem Jungen folgen . . . nicht weil Gott sie gelenkt hat . . . und nicht weil der Junge der Sohn des Satans war . . . sondern weil sie einfach über hellseherische Kräfte verfügte.« Er hatte selbst nicht gewußt, daß er diese Erkenntnis besaß, bis er sich diese Worte aussprechen hörte. Tatsächlich schien er selbst jetzt nicht zu wissen, was er sagen würde, bis die Worte aus ihm herausdrängten. »Sie hatte Visionen. Wahrscheinlich waren sie gar nicht religiöser Natur wie ich das dachte. Nicht von Gott. Vielleicht wußte sie das die ganze Zeit. Aber vielleicht hat sie es auch mißverstanden. Vielleicht glaubte sie wirklich, daß sie mit Gott redete. Ich glaube nicht, daß sie Böses tun wollte, wissen Sie? Sie könnte doch ihre Visionen falsch gedeutet haben, oder nicht? Aber es ist ein großer Unterschied, ob man nur psychische Kräfte hat oder ob man Jeanne d'Arc ist, hm? Ein großer Unterschied.«

Charlie hörte zu, wie Kyle Barlowe mit seinem Gewissen rang, und die tiefe, von Reue erfüllte Stimme des häßlichen Riesen übte eine seltsam beruhigende Wirkung auf ihn aus. Barlowe half ihnen, diese jüngsten Ereignisse in einem weniger fantastischen Licht zu begreifen als dem des Armageddon. Aber auch der seltsam weiche, polternde Tonfall der Stimme des Riesen entspannte ihn, ebenso wie die leicht rauchige Luft und vielleicht auch eine undefinierbare Qualität des Lichts oder der Wärme, die ihn für diese Botschaft aufnahmefähig machten, so wie das Medium eines Hypnotiseurs für Suggestionen aller Art aufnahmebereit ist.

Kyle sagte: »Mutter Grace hat es gut gemeint. Nur zum Ende hin wurde sie konfus. Konfus. Und so wahr mir Gott helfe, ich bin mit ihr gegangen, obwohl ich meine Zweifel hatte. Fast wäre ich zu weit gegangen. Fast... Gott möge mir beistehen... fast wäre ich mit dem Messer auf diesen kleinen Jungen losgegangen. Sehen Sie, vielleicht ist es so... ich denke, Ihr Joey ... er hat vielleicht auch ein wenig psychische Fähigkeiten, wissen Sie? Haben Sie das je bemerkt? Irgendwelche Hinweise? Ich denke, er muß selbst ein wenig wie Mutter Grace sein, ein wenig hellsichtig oder so was. Selbst wenn er es nicht weiß, selbst wenn die Kraft noch nicht deutlich geworden ist... und *das* hat sie in ihm wahrgenommen, es aber mißverstanden. Das muß es sein. Das muß es erklären. Die arme Grace. Die arme, liebe Grace. Sie hat es gut gemeint. Können Sie das glauben? Sie hat es gut gemeint, und ich auch. Und alle in der Kirche. Sie hat es gut gemeint.«

Chewbacca verließ Kyle und kam zu Charlie, und der ließ zu, daß der Hund sich liebevoll an ihn drückte. Er entdeckte Blut in seinen Ohren und verklebtes Blut an seinem Kopf, und das bedeutete, daß Barlowe ihn mit dem Gewehrkolben hart getroffen hatte, schrecklich hart sogar, und doch schien er sich völlig erholt zu haben. Ohne Zweifel hatte er eine schwere Gehirnerschütterung erlitten. Und doch war er weder benommen noch verwirrt.

Der Hund sah ihm in die Augen.

Charlie runzelte die Stirn.

»Sie hat es gut gemeint. Sie hat es gut gemeint«, sagte Kyle und verbarg wieder sein Gesicht in den Händen und fing zu weinen an.

An seine Mutter gekuschelt, sagte Joey: »Mami, er macht mir angst. Wovon redet er? Er macht mir angst.«

»Es ist schon gut«, sagte Christine.

»Er macht mir angst.«

»Ist schon in Ordnung, Captain.«

Zu Charlies Überraschung fand Christine genügend Kraft, um sich aufzusetzen und einen Meter nach hinten zu rutschen, bis sie an der Felswand lehnte. Sie hatte zu erschöpft gewirkt, um sich bewegen zu können, ja um zu sprechen. Ihr Gesicht sah jetzt aber besser aus, nicht mehr ganz so blaß.

Immer noch schniefend, wischte Joey sich mit dem Ärmel die Nase, wischte dann mit seiner kleinen Faust über die Augen und sagte: »Charlie? Alles okay?«

Obwohl Spivey und ihre Leute keine Gefahr mehr darstellten, war Charlie immer noch ziemlich sicher, daß er in dieser Höhle sterben würde. Er befand sich in einem miserablen Zustand, und es würden Stunden vergehen, ehe Hilfe eintreffen würde. So lange würde er nicht durchhalten. Und doch versuchte er Joey zuzulächeln und sagte mit einer Stimme, die so schwach war, daß sie ihm angst machte: »Ich bin okay.«

Der Junge verließ seine Mutter und kam zu Charlie. »Magnum hätte es nicht besser machen können«, meinte er.

Joey setzte sich neben Charlie und legte eine Hand auf ihn. Charlie zuckte zusammen, aber es war schon in Ordnung, völlig in Ordnung. Und dann verlor er ein paar Minuten lang die Besinnung, oder vielleicht schlief er auch nur ein. Als Charlie wieder zu sich kam, war Joey wieder bei seiner Mutter, und Kyle Barlowe schien sich zum Gehen fertigzumachen. »Was ist denn los?« fragte Charlie. »Was geschieht jetzt?«

Christine war sichtlich erleichtert, ihn wieder bei Bewußtsein zu sehen. Sie sagte: »Du und ich, von uns beiden hat keiner die leiseste Chance, es zu Fuß zu schaffen. Man muß uns tragen. Mr. Barlowe wird Hilfe holen.«

Barlowe lächelte beruhigend, was in seinem grausam verformten Gesicht zu einer schrecklichen Grimasse wurde. »Es hat aufgehört zu schneien, und der Wind hat sich gelegt. Wenn ich mich an die Waldwege halte, müßte ich eigentlich in ein paar Stunden wieder in zivilisiertem Gebiet sein. Vielleicht schaffe ich es, vor Einbruch der Nacht ein Rettungsteam hierherzubringen. Ich bin sicher, das geht.«

»Nehmen Sie Joey mit?« fragte Charlie. Er stellte fest, daß seine Stimme jetzt kräftiger als vorher war; das Sprechen kostete nicht mehr so viel Mühe wie noch vor ein paar Minuten. »Schaffen Sie ihn hinaus?«

»Nein«, erklärte Christine. »Joey bleibt bei uns.«

»Ich komme ohne ihn schneller voran«, sagte Barlowe. »Außerdem brauchen Sie ihn, damit er hier und da trockenes Holz ins Feuer legt.«

»Ich werd' mich schon um sie kümmern, Mr. Barlowe«, sagte Joey. »Sie können sich auf mich verlassen. Auf Chewbacca und mich.«

Der Hund bellte leise, einmal, als könnte er damit die Aussage des Jungen bestätigen.

Barlowe schenkte dem Jungen ein weiteres verzerrtes Lächeln, und Joey grinste zurück. Joey hatte die Wandlung des Riesen wesentlich bereitwilliger akzeptiert als Charlie, und sein Vertrauen schien erwidert zu werden.

Barlowe verließ sie.

Sie saßen einen Augenblick lang stumm da.

Grace Spiveys Leiche würdigten sie keines Blickes, als wäre sie nur eine weitere Steinformation.

Dann biß Charlie die Zähne zusammen, rechnete mit einem weiteren qualvollen und vermutlich fruchtlosen Unterfangen; trotzdem versuchte er sich aufzusetzen. Obwohl seine Kräfte vorher dafür nicht ausgereicht hatten, fiel es ihm jetzt bemerkenswert leicht. Der Schmerz, der von der Kugelwunde an seiner Schulter ausstrahlte, hatte geradezu dramatisch nachgelassen – was ihn sehr überraschte – und war jetzt nur noch ein dumpfes Pochen, das ihn kaum beeinträchtigte. Seine anderen Verletzungen bereiteten ihm noch einiges Unbehagen, aber auch sie waren nicht mehr so lästig und zehrten auch nicht mehr so an seiner Energie wie vorher. Er fühlte sich irgendwie ... neu belebt ... und wußte, daß er sich am Leben würde festklammern können, bis das Rettungsteam eingetroffen war, sie aus der Höhle geholt und in ein Krankenhaus gebracht hatte.

Er fragte sich, ob er sich wegen Joey besser fühlte. Der Junge war zu ihm gekommen, hatte die Hand auf ihn gelegt, und er hatte ein paar Minuten geschlafen; als er wieder zu sich gekommen war, war er teilweise geheilt. War das eine der Kräfte des Kindes? Wenn ja, dann war es eine unvollkommene Kraft, denn Charlie war nicht ganz oder nicht einmal zum größten Teil geheilt; die Schußwunde hatte sich nicht geschlossen; seine Aufschürfungen waren nicht verblaßt. Gerade die Unvollkommenheit seiner Heilkraft wenn sie überhaupt existierte – schien für die psychische Erklärung zu sprechen, die Barlowe erwähnt hatte. Ihre Unzulänglichkeit deutete darauf, daß es eine Kraft war, derer Joey sich nicht bewußt war, eine paranormale Fähigkeit, die sich auf völlig unbewußte Art ausdrückte. Und das bedeutete, daß er einfach nur ein kleiner Junge mit einer besonderen Gabe war. Denn wenn er der Antichrist war, würde er unbeschränkte Wunderkraft besitzen und würde sowohl seine Mutter als auch Charlie schnell und ganz heilen. Oder nicht? Sicher. Sicher würde er das.

Chewbacca kehrte zu Charlie zurück.

In den Ohren des Hundes war immer noch verkrustetes Blut.

Charlie starrte ihm in die Augen.

Dann streichelte er ihn.

Die Schußwunde an Christines Bein hatte zu bluten aufgehört und tat nicht mehr weh. Sie hatte jetzt wieder einen klaren Kopf. Und mit jeder verstreichenden Minute wußte sie ihr Überleben mehr zu schätzen, das sie jetzt nicht mehr dem Eingreifen übernatürlicher Kräfte zuschrieb, sondern ihrer unglaublichen Entschlossenheit. Selbstvertrauen stellte sich wieder bei ihr ein, und sie begann wieder an die Zukunft zu glauben.

Ein paar Minuten lang, als sie blutüberströmt und hilflos dagelegen war und Grace Spivey sich drohend vor Joey aufgebaut hatte, hatte Christine einer für sie völlig uncharakteristischen Verzweiflung nachgegeben. Sie war in so bedrückter Stimmung gewesen, daß sie, als die Fledermäuse auf die Schüsse reagiert und Spivey angegriffen hatten, sogar kurz überlegt hatte, ob Joey nicht vielleicht doch das war, was Spivey behauptete. Du lieber Gott! Jetzt, wo Barlowe unterwegs war, um Hilfe zu holen, die schlimmsten Schmerzen vorüber waren und in ihr die Überzeugung wuchs, daß sie und Charlie überleben würden, jetzt, wo sie zusah, wie Joey etwas ungeschickt neue Zweige ins Feuer legte, konnte sie sich nicht mehr vorstellen, daß solch unvernünftige Ängste sie ergriffen hatten. Sie war so erschöpft und so schwach und so bedrückt gewesen, daß sie Spiveys verrückte Botschaft in sich aufgenommen hatte. Obwohl jener Augenblick der Hysterie vorüber war und in ihr wieder Gleichgewicht herrschte, trieb ihr die Erkenntnis, daß sie, wenn auch nur für kurze Zeit, Spiveys Wahnsinn ein offenes Ohr geschenkt hatte, eisige Schauder über den Rücken.

Wie leicht das doch passieren konnte: Eine Verrückte verbreitet die Auswüchse ihrer kranken Fantasie unter den Leichtgläubigen, und bald gibt es einen hysterischen Mob, oder in diesem Fall einen Kult, der daran glaubt, von den besten Absichten getrieben zu sein und sich deshalb mit stählerner Selbstgerechtigkeit gegen jeden Zweifel wappnet. Es *gab* das Böse, das war ihr klar: nicht in ihrem kleinen Jungen, sondern in der fatalen Neigung der Menschen, an bequeme Antworten zu glauben, selbst wenn sie irrational waren.

Von der anderen Seite der Höhle fragte Charlie: »Vertraust du Barlowe?«

»Ich denke schon«, sagte Christine.

»Er könnte es sich auf dem Weg nach unten ja noch einmal anders überlegen.«

»Ich glaube, er wird Hilfe schicken«, sagte sie.

»Wenn er es sich in bezug auf Joey anders überlegt, würde er nicht einmal zurückzukommen brauchen. Er könnte es einfach der Kälte und dem Hunger überlassen, seinen ursprünglichen Auftrag zu erfüllen.«

»Er kommt zurück, da wette ich«, sagte Joey und wischte sich die kleinen Hände ab, nachdem er Zweige ins Feuer gelegt hatte. »Ich glaube, daß er doch einer von den Guten ist. Meinst du nicht auch, Mama? Meinst du nicht, daß er einer von den Guten ist?«

»Doch«, sagte Christine und lächelte. »Er ist einer von den Guten, Honey.«

»So wie wir«, sagte Joey.

»So wie wir«, sagte sie.

Stunden später, aber noch vor Einbruch der Nacht, hörten sie den Helikopter.

»Der Chopper ist sicher mit Kufen ausgerüstet«, sagte Charlie. »Die werden auf der Wiese landen, und dann kommt das Rettungsteam zu Fuß.«

»Gehen wir nach Hause?« fragte Joey.

Christine weinte vor Erleichterung und Glück. »Ja, wir gehen nach Hause, Honey. Du holst am besten deine Jacke und deine Handschuhe und ziehst dich an.«

Der Junge rannte zu dem Kleiderhaufen in der Ecke.

Zu Charlie gewandt, sagte Christine: »Danke.«

»Ich habe versagt«, sagte er.

»Nein. Am Ende hatten wir etwas Glück... Barlowes Unschlüssigkeit, und dann die Fledermäuse. Aber wenn du nicht gewesen wärst, wären wir jetzt nicht hier. Du warst großartig. Ich liebe dich, Charlie.«

Er zögerte mit der Antwort, denn sie zu umarmen, hieß auch den Jungen umarmen; da gab es keinen Ausweg. Er fühlte sich in der Nähe des Jungen immer noch nicht ganz behaglich, obwohl er sich redlich bemühte, Barlowes Erklärung für die richtige zu halten.

Joey ging zu Christine, seine Stirn war gerunzelt. Die Schnur an seiner Kapuze war zu locker, und er konnte den mißglückten

Knoten, mit dem er sie zugebunden hatte, nicht aufbekommen. »Mami, warum haben die mir einen Schnürsenkel ans Kinn gemacht?«

Christine lächelte und half ihm. »Ich dachte, du bist inzwischen Meister im Schnürsenkelbinden.«

Bin ich auch«, sagte der Junge stolz »Aber die müssen an meinen *Füßen* sein.«

»Nun, ich fürchte, wir können dich noch nicht als großen Jungen betrachten, solange du nicht Schnürsenkel binden kannst, ganz gleich, wo sie sind.«

»Dann werd' ich wohl nie ein großer Junge sein.«

Christine hatte den Knoten inzwischen aufbekommen und band ihn neu. »Oh, eines Tages wirst du das schon schaffen, Honey.«

Charlie sah zu, wie sie ihren Sohn an sich drückte. Er seufzte. Dann schüttelte er den Kopf. Er räusperte sich. »Ich liebe dich auch, Christine«, sagte er dann. »Wirklich.«

Zwei Tage später, nach Behandlungen durch zahllose Ärzte und Schwestern, nach mehreren Gesprächen mit der Polizei und einem mit einem Pressevertreter, nach langen Telefonaten mit Henry Rankin, nach zwei Nächten, in denen ihnen Medikamente Schlaf gebracht hatten, überließ man Charlie in dem Krankenhaus in Reno sich selbst, um ohne Unterstützung Schlaf zu finden. Das Einschlafen bereitete ihm keine Schwierigkeiten, aber er träumte.

Er träumte davon, wie er Christine liebte, und es war nicht so sehr eine Sexfantasie, sondern eher eine Erinnerung an die Nacht, die sie in der Berghütte verbracht hatten. Er hatte sich noch nie so völlig hingegeben wie in jener Nacht, und am nächsten Tag hatte sie wie aus einem inneren Drang heraus erklärt, sie hätte Dinge mit ihm getan, von denen sie nie für möglich gehalten hätte, daß sie so etwas tun würde. Jetzt, in seinem Traum, kopulierten sie mit derselben verblüffenden Hingabe und Energie, legten alle Hemmungen ab. Aber im Traum, ebenso wie in der Wirklichkeit, war etwas... Wildes daran, etwas Eindringliches, Animalisches, als wäre ihr Sex mehr als ein

Ausdruck der Liebe oder des Begehrens, als wäre er ein... eine Zeremonie, eine Bindung, die ihn irgendwie völlig an Christine fesselte und damit auch an Joey. Während Christine rittlings auf ihm saß und er wie ein Bulle in sie hineinstieß, begann der Boden unter ihnen aufzuplatzen – hier löste sich der Traum von der Realität –, die Couch begann in die immer weiter werdende Öffnung zu rutschen, und obwohl er ebenso wie Christine die Gefahr erkannte, konnten sie nichts dagegen tun, konnten mit ihrer lustvollen Paarung nicht aufhören, nicht einmal, um sich zu retten, sondern fuhren fort, Fleisch gegen Fleisch zu pressen, während der Spalt im Boden immer breiter wurde und ihnen schließlich bewußt wurde, daß dort unten in der Finsternis etwas war, das nach ihnen hungerte. Charlie wollte sich von ihr losreißen, wollte fliehen, schreien, konnte es aber nicht, konnte sich nur an sie klammern, während die Couch durch das gähnende Loch brach und der Boden der Hütte über ihnen verschwand. Und sie stürzten ab in...

Keuchend fuhr er in dem Krankenhausbett in die Höhe.

Der Patient in dem anderen Bett gab einen leisen Grunzlaut von sich, erwachte aber nicht aus dem tiefen Schlaf.

Der Raum lag in völliger Dunkelheit, nur am Fußende eines jeden Bettes brannte ein kleines Licht, und hinter dem Fenster strahlte schwaches Mondlicht.

Charlie lehnte sich gegen das Kopfteil.

Langsam wurden sein schneller Herzschlag und sein hektischer Atem ruhiger.

Er war über und über in Schweiß gebadet.

Der Traum hatte all die Zweifel, die ihn bezüglich Joey plagten, wiedererweckt. Val Gardner war mit dem Flugzeug aus Orange County gekommen und hatte Joey an diesem Nachmittag mit nach Hause genommen, und Charlie hatte es richtig leid getan, das Kind abreisen zu sehen. Der Junge war so nett gewesen, stets gutgelaunt und immer voll munterer Reden, daß die Krankenhausangestellten ihn ins Herz geschlossen hatten, und seine häufigen Besuche hatten die Zeit für Charlie schneller und angenehmer verstreichen lassen. Aber jetzt befand er sich dank seines Alptraums, der aus seinem Unterbewußtsein kam, wieder in einem Zustand aufgewühlter Gefühle.

Charlie hatte in sich immer einen guten Mann gesehen, einen Mann, der sich stets bemühte, das Richtige zu tun, den Unschuldigen zu helfen und die Schuldigen zu bestrafen. Deshalb hatte er sich auch für seinen Beruf entschlossen und dafür, sein Leben als Privatdetektiv zu verbringen. Sam Spade, Philip Marlowe, Lew Archer, Charlie Harrison: Männer mit bewundernswerter Moral, vielleicht sogar Helden. Also. Aber was wenn? Was, wenn *Joey* diese Fledermäuse herbeigerufen hatte? Was, wenn Chewbacca Brandy war, zweimal tot, und beide Male von seinem Herrchen wieder zum Leben erweckt? Was, wenn Joey nicht so sehr der unbewußt psychisch begabte Junge war, wie Barlowe das glaubte, sondern mehr der Dämon, wie Grace Spivey behauptet hatte? Verrückt. Aber was, wenn es so war? Was erwartete man, daß ein guter Mann in einem solchen Fall tat?

Wochen später, an einem Sonntagabend im April, suchte Charlie den Tierfriedhof auf, wo man Brandy begraben hatte. Er traf dort ein, nachdem die Tore bereits geschlossen waren, lang nach Einbruch der Dunkelheit, und hatte einen Pickel und eine Schaufel bei sich.

Das kleine Grab mit dem kleinen Gedenkstein befand sich am höchsten Punkt eines Hügels, so wie Christine es gesagt hatte, zwischen zwei Lorbeerbäumen, und das Gras schimmerte silbern im Licht des zunehmenden Mondes.

BRANDY
Geliebter Hund und Freund

Charlie stand neben dem Grab und starrte darauf, wollte das nicht tun, was er sich vorgenommen hatte, wußte aber zugleich, daß er keine Wahl hatte. Er würde erst dann Frieden finden, wenn er die Wahrheit kannte.

Der Friedhof, über dem der Mantel der Nacht lag, war voll von ewig schlummernden Katzen, Hunden, Hamstern, Papageien, Hasen und Meerschweinchen, alle in unnatürlicher Stille. Die leichte Brise war kühl. Die Zweige der Bäume bewegten sich sanft, raschelten aber kaum.

Widerstrebend schlüpfte er aus seiner leichten Jacke, legte seine Taschenlampe hin und fing zu arbeiten an. Die Schußwunde an seiner Schulter war gut geheilt, schneller, als die Ärzte das erwartet hatten, aber er war noch nicht wieder in Form, und seine Muskeln begannen von der Arbeit schnell zu schmerzen. Plötzlich gab es ein hohes Geräusch als sein Spaten auf den Deckel einer massiven Kiste aus Fichtenholz stieß, die einen halben Meter unter der Erde lag. Ein paar Minuten später hatte er den ganzen Sarg freigelegt; im Mondlicht war er als fahles Rechteck inmitten schwarzer Erde sichtbar.

Charlie wußte, daß der Tierfriedhof zwei Begräbnismethoden anbot: mit oder ohne Sarg. In beiden Fällen wurde das Tier in Tuch gehüllt und in eine mit einem Reißverschluß versehene Segeltuchtasche gesteckt. Offenbar hatten sich Christine und Joey für die aufwendigere Methode entschieden und im Inneren dieser Kiste lag einer dieser Säcke mit Reißverschluß.

Aber enthielt der Sack Brandys Überreste – oder war er leer?

Er nahm keinen Verwesungsgeruch wahr, aber das war zu erwarten, wenn der Segeltuchsack dicht war.

Einen Augenblick saß er am Rand des Grabes und tat so, als müsse er Atem schöpfen. Tatsächlich zögerte er nur das hinaus, was kommen mußte. Er hatte Angst davor, den Hundesarg zu öffnen, nicht weil ihm die Vorstellung zusetzte, einen von Maden zerfressenen Golden Retriever vorzufinden, sondern weil ihm die Vorstellung zusetzte, *keinen* zu finden.

Vielleicht sollte er jetzt Schluß machen, das Grab wieder auffüllen und weggehen. Vielleicht war es nicht wichtig, wer oder was Joey Scavello war.

Schließlich gab es Theologen, die argumentierten, der Teufel sei ein gefallener Engel und deshalb dem Wesen nach gut, in keiner Hinsicht böse, sondern nur anders als Gott.

Plötzlich erinnerte er sich an etwas, das er auf dem College gelesen hatte, ein Zitat von Samuel Butler, das er sehr schätzte: *Man darf nicht vergessen, daß wir nur die eine Seite des Falles gehört haben. Gott hat alle Bücher geschrieben.*

Die Nacht roch nach feuchter Erde.

Der Mond sah zu.

Schließlich stemmte er den Deckel des kleinen Sarges hoch.

In seinem Inneren lag ein Sack mit einem Reißverschluß. Zögernd streckte er sich neben dem Grab aus, griff hinunter und legte die Hände auf den Sack. Er spielte ein makabres Blinde-Kuh-Spiel, erforschte die Konturen des Dinges im Inneren des Sackes und überzeugte sich mit der Zeit, daß es sich um den Kadaver eines Hundes etwa in der Größe eines ausgewachsenen Golden Retriever handelte.

Also gut. Das reichte. Hier war der Beweis, den er gebraucht hatte. Der Himmel wußte, warum er geglaubt hatte, ihn zu brauchen, aber hier war er. Er hatte das Gefühl gehabt, daß etwas ihn drängte, die Wahrheit ausfindig zu machen. Ihn hatte nicht nur Neugierde getrieben, sondern auch ein Zwang, der von außen zu kommen schien, ein motivierender Drang, von dem mancher vielleicht gesagt hätte, daß es die Hand Gottes war, die ihn schob, aber den er vorzog, weder zu analysieren noch zu definieren. Die letzten paar Wochen waren von jenem Drang geformt gewesen, von einer inneren Stimme, die ihn zwang, den Tierfriedhof aufzusuchen. Schließlich hatte er sich dem Zwang gebeugt, hatte sich auf dieses alberne Vorhaben eingelassen, und was er gefunden hatte, war nicht etwa der Beweis für ein Komplott der Hölle, sondern vielmehr die Bestätigung seiner eigenen Unvernunft. Obwohl in dem Tierfriedhof niemand war, der ihn sehen konnte, trieb ihm die Verlegenheit die Röte ins Gesicht. Brandy war nicht aus dem Grab zurückgekehrt. Chewbacca war ein ganz anderer Hund. Es war dumm gewesen, etwas anderes zu argwöhnen. Dies war ein hinreichender Beweis für Joeys Unschuld. Es hatte keinen Sinn, den Sack zu öffnen und sich selbst zu zwingen, die widerwärtigen Überreste zu betrachten.

Er fragte sich, was er getan hätte, wenn das Grab leer gewesen wäre. Hätte er dann den Jungen töten müssen, den Antichrist vernichten, die Welt vor dem Armageddon bewahren? Er hätte nichts dergleichen tun können, selbst wenn ihm Gott im wallenden weißen Gewand erschienen wäre, mit feurigem Bart und mit dem Todesbefehl auf steinernen Tafeln. Seine eigenen Eltern waren Kindesmißhandler gewesen und er das Opfer. Das war das Verbrechen, das ihn am meisten empörte – ein Verbrechen gegen ein Kind. Selbst wenn das Grab leer gewesen wäre, selbst wenn ebendiese Leere ihn überzeugt hätte, daß Grace Spivey in bezug auf Joey recht gehabt hatte, hätte Charlie dem Jungen nichts antun können. Er konnte nicht seine eigenen kranken Eltern dadurch übertreffen, indem er ein Kind tötete. Eine Weile würde er vielleicht mit der Tat leben können, weil er sich sicher fühlen würde, daß Joey mehr als nur ein kleiner Junge war, daß er ein böses Wesen war. Aber dann würden im Laufe der Zeit Zweifel in ihm aufsteigen. Er wurde anfangen zu glauben, daß er sich das unerklärliche Verhalten der Fledermäuse nur eingebildet hatte, und das leere Grab würde dann weniger Bedeutung haben, und all die anderen Zeichen und Omen würden ihm dann wie Sinnestäuschungen und Selbstverblendung erschienen sein. Er würde anfangen, sich selbst einzureden, daß Joey nicht dämonisch war, nur begabt, daß er keine übernatürlichen Kräfte besaß, sondern lediglich psychische Fähigkeiten. Er würde unausweichlich zu dem Schluß gelangen, daß er nichts Böses getötet hatte, daß er ein ungewöhnliches, aber völlig unschuldiges Kind getötet hatte. Und dann würde, zumindest für ihn, die Hölle auf Erden zur Realität werden.

Er lag mit dem Gesicht nach unten auf dem kühlen, feuchten Boden.

Er starrte in das Hundegrab.

Das in Segeltuch gehüllte Bündel wurde von gelblichen Fichtenbrettern eingerahmt. Es war ein völlig schwarzes Bündel, in dem sich alles mögliche befinden konnte, aber ein Bündel, von dem seine Hände ihm sagten, daß es einen Hund enthielt, und es bestand also überhaupt keine Notwendigkeit, es zu öffnen, überhaupt keine Notwendigkeit.

Der Reißverschluß des Sackes spiegelte sich in einem Mondstrahl. Das silberne Schimmern war wie ein kaltes, starr blickendes Auge.

Selbst wenn er den Sack öffnete und nur Steine fand, oder selbst wenn er etwas Schlimmeres fand, etwas unvorstellbar Schreckliches, den unumstößlichen Beweis für Joeys höllische Herkunft, konnte er doch nicht als Rächer Gottes handeln. Welche Untertanenpflicht schuldete er denn einem Gott, der in der Welt so viel Leid zuließ? Was war mit seinem eigenen Leiden als Kind, der schrecklichen Einsamkeit, den Schlägen und der ständigen Furcht, die er erlitten hatte? Wo war Gott denn damals gewesen? Konnte das Leben denn soviel schlimmer sein, nur weil es einen Wechsel in der göttlichen Monarchie gegeben hatte?

Er erinnerte sich an Denton Boothes mechanische Spardose: *In einer Welt der Esel gibt es keine Gerechtigkeit.*

Vielleicht würde ein Wechsel Gerechtigkeit bringen.

Aber er glaubte natürlich ohnehin nicht, daß die Welt von Gott oder dem Teufel regiert wurde. Er glaubte nicht an göttliche Monarchie.

Was seine Anwesenheit hier noch lächerlicher machte.

Der Reißverschluß blitzte.

Er wälzte sich auf den Rücken, um das Blitzen nicht zu sehen.

Er stand auf, hob den Sargdeckel. Er würde ihn wieder befestigen, das Grab auffüllen, nach Hause gehen und in bezug auf diese Situation vernünftig sein.

Er zögerte.

Das Zwanghafte an seinem Handeln verfluchend, legte er den Deckel weg. Statt dessen griff er in das Grab und holte den Sack heraus. Er zog den Reißverschluß auf, der ein insektenähnliches Geräusch erzeugte.

Er zitterte.

Er zog das Tuch zurück.

Er knipste seine Taschenlampe an, stöhnte auf.

Was zum Teufel...?

Mit zitternder Hand richtete er den Lichtkegel der Taschenlampe auf den kleinen Grabstein und las in dem schwachen Licht die Aufschrift, richtete dann das Licht wieder auf den Inhalt des Sackes. Einen Augenblick lang wußte er nicht, was seine Entdeckung bedeutete, aber dann lichteten sich langsam die Nebel der Verwirrung, und er wandte sich von dem Grab ab, wandte sich von dem verwesenden Kadaver ab, von dem ein widerwärtiger Gestank ausging, unterdrückte den Brechreiz, der ihn erfaßte.

Als das Ekelgefühl nachließ, begann ~r zu zittern, aber vor Lachen, nicht vor Angst. Er stand da in der Stille der Nacht, auf einem Hügel in einem Tierfriedhof, ein erwachsener Mann, den kindischer Aberglaube erfaßt hatte, fühlte sich, als hätte man ihm eine Posse von kosmischen Ausmaßen gespielt, einen guten Witz, einen ungeheuer spaßigen Witz, bei dem er sich wie ein Riesenkerl vorkam. Der Hund in Brandys Grab war ein Irish Setter, kein Golden Retriever, überhaupt nicht Brandy, und das bedeutete, daß die Leute, die diesen Tierfriedhof betrieben, grandiosen Mist gebaut hatten, Brandy im falschen Grab bestattet und den Setter in dieses Loch gelegt hatten. Ein in Segeltuch gehüllter Hund ist wie der nächste, und die Verwechslung des Bestattungsunternehmers schien nicht nur verständlich, sondern sogar unausweichlich. Wenn der Bestatter nicht sorgfältig war, oder, was wahrscheinlicher war, er hier und da einen Schluck aus der Flasche nahm, war die Wahrscheinlichkeit groß, daß hier eine Menge Hunde unter den falschen Steinen lagen. Schließlich war die Bestattung eines Familienhundes nicht genauso wichtig wie das Begräbnis von Oma oder Tante Emma; die Vorkehrungen waren nicht ganz so gründlich. Nicht ganz! Um Brandys echten letzten Ruheort zu finden, würde er die Identität des Setters aufspüren und ein zweites Grab öffnen müssen, und ein Blick auf die Hunderte und Aberhunderte niedriger Steine sagte ihm, daß es eine unmögliche Aufgabe war. Außerdem hatte es nichts zu sagen. Die Verwechslung war wie ein Guß kalten Wassers ins Gesicht; sie brachte Charlie wieder zur Besinnung. Plötzlich sah er sich als eine Parodie des Helden in einem dieser alten Horrorfilme, der einen Friedhof heimsucht, auf der Suche nach... nach was? Nach dem Dracula-Hund? Er lachte so laut, daß er sich hinsetzen mußte, um nicht hinzufallen.

Es hieß, der Herr tue sein Werk auf geheimnisvolle Art, also tat vielleicht auch der Teufel sein Werk auf geheimnisvolle Art. Aber Charlie konnte einfach nicht glauben, daß der Teufel so geheimnisvoll, so subtil, so raffiniert, so albern war, daß er die Spur zu Brandys Grab verwischte, indem er eine Verwechslung in der Leichenhalle eines Tierfriedhofs veranlaßte. Einen solchen Dämon konnte man nicht ernst nehmen.

Wie und weshalb hatte er das so ernst genommen? War Grace Spiveys religiöser Wahnsinn wie eine ansteckende Krankheit gewesen? Hatte er sich selbst mit dem Ende-der-Welt-Fieber infiziert.

Sein Lachen hatte eine befreiende Wirkung, und als er schließlich lange genug gelacht hatte, fühlte er sich besser als seit vielen Wochen.

Er benutzte seine Schaufel dazu, den toten Hund und den Segeltuchsack wieder ins Grab zu schieben. Dann warf er den Sargdeckel darauf, schaufelte die Grube voll Erde, stampfte sie fest, wischte die Schaufel im Gras ab und kehrte zu seinem Wagen zurück.

Er hatte das nicht gefunden, was er erwartet hatte, und vielleicht hatte er nicht einmal die Wahrheit gefunden, aber er hatte mehr oder weniger das gefunden, was er zu finden gehofft hatte – einen Ausweg, eine akzeptable Antwort, etwas, womit er leben konnte, Absolution.

Anfang Mai war das Wetter in Las Vegas angenehm; die brütende Sommerhitze stand noch bevor, aber die kühlen Winternächte hatten sich für ein Jahr verabschiedet. Die warme trockene Luft blies die letzten Erinnerungen an die alptraumhafte Jagd in den Sierras davon.

Am ersten Mittwochmorgen des Monats sollten Charlie und Christine in der grandios kitschigen, unglaublich geschmacklosen Hochzeitskapelle neben einem Casino getraut werden, was sie beide ungeheuer amüsierte. Sie sahen ihre Hochzeit nicht als einen würdigen Anlaß, sondern als den Anfang eines vergnügten Abenteuers, das am besten mit Gelächter begann und nicht mit Prunk und Zeremoniell. Außerdem hatten sie es, nachdem sie sich einmal dazu entschlossen hatten zu heiraten, ungeheuer eilig, es hinter sich zu bringen, und kein anderer Ort außer Las Vegas mit seinen liberalen Heiratsgesetzen paßte in ihren Terminkalender.

Sie kamen am Abend zuvor in Las Vegas an und nahmen sich eine kleine Suite im Bally's Grand, und binnen weniger Stunden schien die Stadt ihnen Omen zu senden, die auf eine glückliche gemeinsame Zukunft deuteten. Auf dem Weg zum Abendessen steckte Christine vier Quarters in einen Spielautomaten und gewann – obwohl es das erste Mal war, daß sie an einem Automaten gespielt hatte – den Hauptpreis von tausend Dollar. Später spielten sie ein wenig Black Jack und gewannen noch einmal fast je tausend Dollar. Am Morgen, als sie nach einem grandiosen Frühstück den Coffeeshop verließen, fand Joey einen Silberdollar, den jemand verloren hatte, und in seinen Augen übertraf sein Glück das seiner Mutter und Charlies bei weitem: »Ein ganzer Dollar!«

Sie hatten Joey mitgenommen, weil Christine es nicht übers Herz brachte, ihn alleine zu lassen. Das, was sie in der jüngsten Vergangenheit durchgemacht hatte, lastete immer noch schwer auf ihr, und wenn der Junge, den sie beinahe verloren hätten, mehr als ein oder zwei Stunden außer Reichweite war, wurde sie nervös. »Mit der Zeit werde ich das etwas entspannter sehen«, hatte sie zu Charlie gesagt. »Aber jetzt noch nicht. Mit der Zeit werden wir alleine weggehen können, nur wir beide. Wir können Joey dann bei Val lassen. Das verspreche ich. Aber jetzt noch nicht. Noch nicht ganz. Wenn du mich also heiraten wirst, dann wirst du meinen Sohn mit in die Flitterwochen nehmen müssen. Ist dir das romantisch genug?«

Charlie machte es nichts aus. Er mochte den Jungen. Joey war ein guter Weggefährte, wohlerzogen, wißbegierig, intelligent und liebenswürdig.

Joey machte den Trauzeugen und war von der Rolle, die er spielen durfte, entzückt. Er bewachte den Ring mit feierlich strenger Miene und gab ihn im richtigen Augenblick Charlie; er tat das mit einem so breiten und warmen Grinsen, daß zu befürchten war, das Gold, in das der Diamant gefaßt war, könnte schmelzen.

Als alles amtlich war, als sie die Kapelle zu den Tonbandklängen von Wayne Newton, der ›Joy to the World‹ sang, verließen, beschlossen sie, auf die Gratislimousine zu verzichten und zu Fuß zum Hotel zurückzugehen. Es war ein warmer, blauer, klarer Tag, sah man von ein paar verstreuten weißen Wolken ab, und all der Rummel des Las Vegas Boulevard konnte dem keinen Abbruch tun.

»Was ist mit dem Hochzeitsessen?« fragte Joey.

»Du hast doch erst vor zwei Stunden gefrühstückt«, sagte Charlie.

»Ich bin ein heranwachsender Junge.«

»Stimmt.«

»Was hättest du denn gerne als Hochzeitsessen?« fragte Christine.

Joey dachte ein paar Schritte lang darüber nach und sagte dann: »Big Macs!«

»Weißt du, was mit dir passiert, wenn du zu viele Big Macs ißt?« fragte Christine.

»Was denn?« fragte der Junge.

»Dann siehst du mit der Zeit wie Ronald McDonald aus.«

»Stimmt«, sagte Charlie. »Große rote Nase, komisches orangefarbenes Haar und dicke rote Lippen.«

Joey kicherte. »Mann, ich wünschte, Chewbacca wäre hier.«

»Ich bin sicher, daß Val gut auf ihn aufpaßt, Honey.«

»Das schon, aber er kriegt all die Hitze nicht mit.«

Sie schlenderten entlang der Straße dahin, Joey zwischen ihnen, und selbst um diese frühe Stunde blitzten schon einige der großen Neonzeichen.

»Werd' ich auch große komische Clownsfüße bekommen?« fragte Joey.

»Unbedingt«, sagte Charlie. »Größe achtundfünfzig.«

»Womit du kein Auto fahren kannst«, sagte Christine.

»Und auch nicht tanzen«, sagte Charlie.

»Ich mag nicht tanzen«, sagte Joey. »Ich mag keine Mädchen.«

»Oh, in ein paar Jahren wirst du sie schon mögen«, sagte Christine.

Joey runzelte die Stirn. »Das sagt Chewbacca auch, aber ich glaube das einfach nicht.«

»Dann kann Chewbacca also reden, was?« hänselte ihn Christine.

»Nun...«

»Und versteht etwas von Mädchen!«

»Na schön, wenn ihr so ein Theater daraus macht«, meinte Joey, »dann muß ich wohl zugeben, daß ich nur so *tue,* als würde er reden.«

Charlie lachte und zwinkerte seiner frischgebackenen Ehefrau über den Kopf ihres Sohnes hinweg zu.

Joey sagte: »He, wenn ich zu viele Big Macs esse, bekomme ich dann auch große komische Clownshände?«

»Jawohl«, erklärte Charlie. »Dann wirst du dir die Schuhe nicht zubinden können.«

»Oder in der Nase bohren«, sagte Christine.

»Ich bohre sowieso nicht in der Nase«, sagte der Junge indigniert. »Weißt du, was Val über das Nasenbohren gesagt hat?«

»Nein. Was hat Val denn gesagt?« fragte Christine, und Charlie merkte, daß sie etwas Angst vor der Antwort hatte, weil der Junge von Val immer die unpassenden Ausdrücke lernte.

Joey kniff die Augen gegen die Wüstensonne zusammen, als müßte er sich Mühe geben, sich genau an das zu erinnern, was Val gesagt hatte. Dann verkündete er: »Sie hat gesagt, die einzigen Leute, die in der Nase bohren, sind Landstreicher, Spinner, Steuerfahnder und ihr Ex-Ehemann.«

Charlie und Christine sahen einander an und lachten. Das Lachen tat so gut.

Joey sagte: »He, wenn ihr beiden, ihr wißt schon... alleine sein wollt, dann könnt ihr mich ja im Hotelspielzimmer lassen. Mir macht das nichts aus. Sieht prima dort aus. Die haben dort alle möglichen guten Spiele und Sachen. He, vielleicht wollt ihr wieder Karten spielen oder an die Spielautomaten gehen, wo Mama gestern so viel Geld gekriegt hat.«

»Ich denke, wir werden wahrscheinlich das Spielen einstellen, solange wir am Gewinnen sind, Honey.«

»Oh«, sagte der Junge, »ich denke, du solltest spielen, Mama!

Du wirst gewinnen, das wett' ich. Eine ganze Menge mehr wirst du gewinnen. Wirklich. Ich weiß das. Ich weiß es einfach, daß du gewinnst.«

Die Sonne kam hinter einer der verstreuten weißen Wolken hervor, und ihr Licht fiel mit voller Kraft auf das Pflaster, glitzerte im Chrom und Glas der vorüberfahrenden Autos, ließ die herausgeputzten Hotels und Casinos heller und sauberer aussehen, als sie in Wirklichkeit waren, und ließ die Luft selbst fantastisch schimmern.

Es endete im Sonnenschein, nicht in einer finsteren stürmischen Nacht.

Dean Koontz,
ein Meister des Schreckens

Innerhalb von 20 Jahren schrieb Koontz 51 Bücher. Schaffenskrisen kennt er nicht. »Es ist beinahe, als ob ich mit Ideen bombardiert würde. Ich kann mich 15 Minuten lang hinsetzen und ein Dutzend Einfälle haben. Viele Schriftsteller stehen mit diesem Die-Muse-hat-mich-verlassen-Gefühl vom Schreibtisch auf. Mich verläßt die Muse nie. Ich muß sie rausschmeißen.«

Der 1945 in Pennsylvania geborene Horror-Spezialist begann schon als Kind, Geschichten zu schreiben. Lesen und Schreiben bedeuteten für ihn die Flucht aus der Realität: Seine Familie lebte in Armut, der Vater, ein Alkoholiker ohne festen Job, schlug seinen Sohn.

Noch während seiner Studentenzeit begann Koontz, seine Werke – damals Science-fiction-Romane – zu verkaufen. Er verdiente sehr wenig damit und war deshalb gezwungen, große Mengen zu produzieren. 1966 schloß er sein Studium ab. Bis 1969 arbeitete Koontz als Englischlehrer. Danach schlug er sich als freier Schriftsteller durch – zunächst mit finanzieller Unterstützung seiner Frau, die er 1966 geheiratet hatte. Seine Romane erschienen zum Teil unter verschiedenen Pseudonymen.

Der Erfolg kam 1972 mit dem Thriller »Chase«, den endgültigen Durchbruch schaffte Koontz 1980 mit »Whispers« (»Flüstern in der Nacht«).

Inzwischen wird der Autor längst in einem Atemzug mit Stephen King und anderen Horror-Größen genannt. Seine Bücher sind in 18 Sprachen erhältlich. Weltweit wurden über 70 Millionen Exemplare verkauft. Kritiker loben neben der atemberaubenden Spannung immer wieder auch die ausgezeichnete literarische Qualität seiner Werke.

Dean Koontz lebt heute zusammen mit seiner Frau in Orange, Kalifornien. Sein Haus enthält eine zirka 25000 Bände umfassende Bibliothek, die ihm das Recherchieren erleichtert. Der produktive »Meister des Schreckens« ist ein Workaholic: Er arbeitet täglich 10 bis 15 Stunden.

Dean Koontz
Verzeichnis lieferbarer Titel

Die Augen der Dunkelheit (01/7707)
Brandzeichen (01/8063)
Chase
Codewort: Pentagon
Flüstern in der Nacht
Ein Freund fürs Sterben
Das Haus der Angst (01/6913)
In der Kälte der Nacht (01/8251)
Die Kälte des Feuers (41/32)
Die Maske (01/6951)
Mitternacht (01/8444)
Nach dem letzten Rennen
Nacht der Zaubertiere
Nackte Angst
Ort des Grauens (01/8627)
Schattenfeuer (01/7810)
Schlüssel der Dunkelheit (41/40)
Schutzengel (01/8340)
Schwarzer Mond (01/7903)
Todesdämmerung (01/8041)
Tür ins Dunkel (01/7992)

Unheil über der Stadt (01/6667)
Unter Beschattung
Das Versteck
Vision (01/8736)
Wenn die Dunkelheit kommt (01/6833)
Zwielicht (41/29)

2 bzw. 3 Romane in einem Band:
Die Maske / Die Augen der Dunkelheit / Die Hellseherin (23/76)
Mike Tucker und der Maya-Fries / … alias Mike Tucker / Mike Tucker auf Tauchstation
Schattenfeuer / Tür ins Dunkel (23/85)

Die Bandnummern der Heyne-Taschenbücher sind jeweils in Klammern angegeben.

HEYNE BÜCHER

Stephen King

»Stephen King kultiviert den Schrecken… ein pures, blankes, ein atemloses Entsetzen.«

Eine Auswahl:

H e y n e - T a s c h e n b ü c h e r